女帝本色

1 女人花 上

天下归元 著

江苏凤凰文艺出版社
JIANGSU PHOENIX LITERATURE AND ART PUBLISHING, LTD

图书在版编目（CIP）数据

女帝本色. 1，女人花：全2册/天下归元著. —南京：江苏凤凰文艺出版社，2015

ISBN 978-7-5399-7048-6

Ⅰ.①女… Ⅱ.①天… Ⅲ.①长篇小说－中国－当代 Ⅳ.①I247.5

中国版本图书馆CIP数据核字（2015）第045451号

书　　名	**女帝本色1女人花**
作　　者	天下归元
出版统筹	黄小初　侯　开
选题策划	李文峰
责任编辑	姚　丽
文字编辑	李文峰
责任监制	刘　巍　江伟明
出版发行	凤凰出版传媒股份有限公司 江苏凤凰文艺出版社
出版社地址	南京市中央路165号，邮编：210009
出版社网址	http://www.jswenyi.com
经　　销	凤凰出版传媒股份有限公司
印　　刷	北京彩虹伟业印刷有限公司
开　　本	700×980毫米　1/16
字　　数	650千字
印　　张	35.5
版　　次	2015年6月第1版，2018年5月第4次印刷
标准书号	ISBN 978-7-5399-7048-6
定　　价	59.80元（全二册）

影视版权抢订热线　13911704013

江苏凤凰文艺版图书凡印刷、装订错误可随时向承印厂调换

C O N T E N T S

目录[上]

楔　　子		1
第 一 章	天上掉下只女王来	3
第 二 章	十个男人七个傻	11
第 三 章	腰带拿来	16
第 四 章	天授风情	21
第 五 章	得见一人倾国色	28
第 六 章	坑爹的第三次	33
第 七 章	做我王夫好吗?	39
第 八 章	震撼	42
第 九 章	你熏到我了	52
第 十 章	醋意?	56
第十一章	这个杂役有点冷	62
第十二章	不许随便向我求婚	67
第十三章	诱饵	73
第十四章	后手	79
第十五章	香甜好滋味	84
第十六章	有女如狼	92
第十七章	默契	98
第十八章	祸害	105
第十九章	快到我碗里来	110
第二十章	惩罚?	118
第二十一章	Only you	144
第二十二章	诱惑的代价	167
第二十三章	私奔?	189
第二十四章	心事	210
第二十五章	痛揍小三	228
第二十六章	女王的魅力	257

C O N T E N T S

目录[下]

第二十七章　惊艳大荒　269
第二十八章　坑爹的女王　278
第二十九章　男人都是祸害　286
第 三 十 章　轰动帝歌　302
第三十一章　夜探寝殿　311
第三十二章　玩转人心　328
第三十三章　并肩作战　338
第三十四章　动情　346
第三十五章　艳光　354
第三十六章　拯救帝歌　370
第三十七章　女王凶猛　380
第三十八章　他的捍卫　388
第三十九章　倾情　404
第 四 十 章　表白　413
第四十一章　被掳　431
第四十二章　勇闯盘丝洞，暴打蜘蛛精　442
第四十三章　他的出手　451
第四十四章　献吻　460
第四十五章　让我温暖你　470
第四十六章　求婚　488
第四十七章　美人如花在云端　497
第四十八章　你一定很爱他　505
第四十九章　又相信了爱情　511
第 五 十 章　逼宫　526
第五十一章　决裂　544
第五十二章　梦里拾花　553

楔子

东方有泽，名大荒。

在这片大陆的传说中，大荒泽，是一处诡异、封闭、落后、神秘、沼泽遍地、野兽横行、男女赤身裸体、百姓茹毛饮血的……蛮荒之地。四面沼泽，飞鸟难渡的地形，让这处广阔的国土，隔离于他国的视线。周围大燕、东堂、南齐各国，对这块神秘的土地充满好奇和野心，却不得其门而入。

也不是没有国家打过大荒泽的主意，毕竟大荒泽所占的面积，远远超越目前任何一国。当然，堂皇光明的各国，是不会轻易觊觎人家的国土的。他们自有更加堂皇光明的理由。

“被困在沼泽中的邻国人民，你们一定吃不饱穿不暖，非常渴望外界自由富足的生活！现在，我们来拯救你们了！”

大燕附属的云雷城来了！南齐附属的西番来了！

他们深情地对沼泽对岸喊话，表达了自己想将大荒泽人民，从水深火热的生活中拯救出来的美好意愿，在和几只青蛙几条蛇打过招呼之后，他们浩浩荡荡开进了大荒泽。

一天之后，一望无际的沼泽中，侵入者们仓皇而退，留下无数天然人体雕塑遗迹。士兵们进入大荒泽不过三里，先被毒火沼泽烧跑一半，再被诡异的冰沼泽冻住一半。那些黑色晶体一般的冰沼泽，美丽，虚幻，在阳光下闪烁着七彩的绚烂光圈，然而士兵们的靴子刚刚踏上那冰面，就听见细微的碎裂的声音，巨大的吸力紧紧抓住他们的脚心，连带一股阴寒之气瞬间从脚底攀上心脏，咔嚓一声，绝了生机。

最终，数千人站在那片黑色的大地上，以各种永恒的运动姿态，永久地警告了所有蠢蠢欲动的入侵者。从此，大荒泽四周，安静了。

各国主政者，都悻悻地笼起了袖子，找点理由给自己下台阶。

“不用理会那个国家，都是一群野人！”

“国力落后！政权无能！百姓吃不饱穿不暖，一件衣服全家穿！可怜！”

“啊啊，出门上街怎么办？”

“光着！”

喧嚣的风声，飘过灰黑的沼泽，渐渐远了。各国主政者们攻不进大荒泽，回头想想，一个遍地沼泽的穷地方，就算地盘大，抢过来似乎也没什么好处，算了算了。

大荒泽冰沼泽上的人体雕塑，因此经年日久地站着，没有人去收尸。大荒泽的人们，似乎也不介意家门口有群活体雕塑。偶尔遇上大事，举国欢庆时，还会涌出来，给这群冰雕披红挂彩。

某年某月某日。大荒泽深处，礼炮轰鸣，一大群人涌出来，欢天喜地给那群雕塑挂上鲜花彩缎，丝缎精美，花纹繁复，放在哪一国都价值千金，在这里，却随随便便披在一群“人体雕塑”上。

“哈哈哈，右国师大人就位了，咱们要有新王了，庆贺庆贺！”人们围着花团锦簇的雕塑跳舞唱歌喝酒，猜拳打牌偷情，完了一哄而散，冰沼泽上，又只有那些雕塑，冷冷地立着。

花渐渐地谢了，落了一地枯黄卷翘的叶。丝缎被风雨侵蚀，破败如蛛网，在风中瑟瑟翻飞。

过了一段日子。某一天，大荒泽深处又礼炮巨响，欢声雷动，一群人欢欢喜喜地涌出来，将雕塑上的残花破绢扯去，换上更昂贵更精美的绢绸。

“哈哈哈，右国师大人扶立新王了！国师睿智！女王美貌！庆贺！庆贺！”

一些丝缎被风卷了出去，被外头的猎户惊喜地拾了，拿去卖钱。大荒泽的人晓得了，啧啧两声，扔出更多的丝绢来，挂在雕塑上。

“外头那些傻子，吃不饱穿不暖，怪可怜的，扶贫！扶贫！”

又过了一些日子。某一天，大荒泽深处礼炮再次炸得所有沼泽都在震动，更多人涌出来，对着雕塑们炸烟花。

“哈哈哈，右国师大人看上女王了！娶她娶她！庆贺庆贺！”

又过了一些日子。一大群人肃穆低头走出，手捧素花白绸，披挂在看大门的雕塑上。长长白绸在风中曳开，似右国师大人清冷的眼波，笼罩大荒泽方圆。

“女王驾崩了！”

“按照国例，我们应该寻找转世女王了！”

“左国师大人夜观星象，卜卦问天，得出了转世女王的天命指示！”

“右国师大人说左国师大人胡扯。这一代女王身负罪孽，通奸被天罚，不会转世！”

“左国师大人说有罪到死一笔勾销，天命指示不能违背！”

“右国师大人也卜卦问天，列出了转世女王的所在……哇，大燕！北斗七星勺斗处，再南行百里。其时天降霹雳，地陷大坑，宝石遍地，飞盘悬空，有女一人，赤身黑丝自天崩地裂处生……喂，这是人还是神？你说可能吗？”

“不可能。所以右国师大人同意咱们去找了啊。”

“哦……咱就是找找？”

“对，就是找找。”

“那就……找找？”

“嗯，找找。”

“找多久？”

“转一圈就回来呗，我的第七房小妾正好要我去大燕买点红参。”

“那穷地方有好货？”

"一背篓宝石能买到好点的吧？反正咱不差钱。"

"嗯，就当扶贫。走。"

"走，找转世新女王去！"

……

第一章　天上掉下只女王来

那一年那一日。天定风华研究所。半夜三更。

君珂、太史阑、景横波、文臻、幺鸡，四人一狗围成一圈，眼神灼灼地盯着研究所密室里一个红色的按钮。

"按下按钮，打开密门，外面，就是我们渴望了十几年的自由！"

"我们，终于可以结束因为一点异能，被当作小白鼠一般关着研究的日子！"

"打开密门的按钮亮着，一个声音嚎叫着：按下吧，给你自由！"

"嗷！"小白狗幺鸡当先拍下了爪子。

"轰！"一声巨响之后——

"救命呀！"

"幺鸡，不准飞！"

"我的蛋糕！"

"妈呀！飞了！"

最后一声，不同于前三个声音的紧绷或惊惶，听起来特别高亢、尖厉、嘚瑟、激情……充满不可预料事件导致的极度兴奋和张狂。

"妈呀！飞了飞了飞了飞了飞飞飞了！"景横波在黑暗穿梭天地颠倒的混乱中，爆出一连串机关枪一般的叠字。

"幺鸡跟我！"第一个动作，她伸出染了金色指甲油的爪，狠狠抓向小白狗。

等待已久的时刻到了！掳只狗可以保护自己，关键时刻还可以杀了吃肉！

"咻。"小白狗在黑洞中一闪不见，身边似乎隐约有个娇小的人影。

"啊！"景横波叫一声，伸手又捞。

"蛋糕妹！姐来救你！蛋糕妹擅长厨艺，居家旅行拐带帅哥之必备法宝。

"咻。"蛋糕妹化为一个小点，在黑洞终端闪了闪不见。

接连两次失手，景横波犹豫了零点零一秒。要不要抓住太史阑？长得跟盾牌似的，带着可以做打手不？

“咻。”不等景横波伸爪捞人，一股巨大的吸力袭来，她身子一颤，只觉身子翻滚碰撞，天昏地眩中来到一片灰暗混沌中，忽有猎猎凉风逼来，再一抬头——哇！

姐在天上飞！这回可真的是在天上！不是先前突然被卷入的黑洞，眼前掠过稀薄的云层，风瞬间将长发鼓荡。景横波紧紧闭着眼睛，抱紧自己的皮箱，忽然想到一个重要的问题——大气层的气压变化，会让姐的胸也发生神秘变化不？比如，再长一个尺寸？还有，这天上的空气，分外湿润清新，对皮肤是不是也很有好处？天空面膜啊这是！

采取浮云来敷脸，古往今来有几人？景横波瞬间兴奋了。张开双臂，准备做个扩胸动作。

“啊！”悬浮力场下擅自动作导致状态失衡，从而致使个体自由落体运动发生。

她掉下来了。

她掉下来之前。大燕国，某个小村。一群人正鬼鬼祟祟忙碌着。有人在清理地面，有人在地上用石子列出阵图，有人组装出一把华贵的椅子，铺上锦褥，放在阵图的正中。

“一路按照罗盘指示过来，国师大人说的地方，应该就是这里吧？”

“大燕。方向北斗七星勺斗处，再南行百里。错不了。”

“圣坛已经布好了，宝座也已经安置完毕，现在就差一个女王了。”

“我觉得最后一件事很有点难度。”

“你怎么可以质疑国师大人的权威？他说会有女王，就一定会掉下来一个女王！”

“你怎么知道是掉下来的？我怎么觉得是爬出来的？你看国师大人的指示——其时天降霹雳，地陷大坑，宝石遍地，飞盘悬空，有女一人，自天崩地裂处生……爬出来的嘛这是！”

“掉下来！你看，天降霹雳！”

“爬出来！你看，自天崩地裂处生！”

“掉下来！”

“爬出来！”

“掉！”

“爬！”

“嘘，别吵了，好像有声音……”远处有叱喝声传来，隐约还有刀剑相击声响。忙忙碌碌的人们停下手，互相看看。

“大燕人就是爱打架，一路过来，我已经看了三十七次打架了。”

“今天继续看。”一群人训练有素地猫腰躲入草丛中或者灌木后，互相挤挤屁股，占据有利地形。

叱喝声越来越近，隐约有火把的光芒闪动，一群人冲破黑暗狂奔而来，步履踉跄，大部分人身上带伤，一边跑一边回头。随着他们奔跑的脚步，不断有闪烁的绿色石子般的东西落地，道路上逶迤着一片绿光，如深绿的鬼眼忽然自地面幽幽浮现。

草丛中偷窥的大荒泽人民瞪大了眼睛。

“好像是祖母绿！”

“还是顶级的那种！”

“这种宝石，就在我们那宝石遍地的地方，也算好东西啊！”

“哎呀，这是在抢劫吗？”

“不像。你们看，追兵追过来了，根本没有捡宝石！”

火把的红光和宝石的绿光颤动交织，将黑暗深处点亮，隐约露出黑衣追兵的轮廓，当先是一匹纯黑油亮的马，一双眸子也如宝石般熠熠，碗口大的蹄子一扬，瞬间三丈。

马背上，有沉厚的声音，坚定地传来。

“前方逃窜者，速速停下！降者不杀！”前方逃跑的人们，听而不闻，仍然在疯狂奔逃。

“后头喊话的是哪个傻子？”草丛中偷窥者嗤之以鼻，“你叫人家停人家就停啦？你又不是他妈。人家带那么多宝石都不要了，还在乎什么……等等，宝石？”

“宝石？”

“哎呀！”有人惊呼，“国师大人说的‘宝石遍地’应上了！应上了！”

“啊！我的国师大人，我的神！”

草丛里簌簌响动，一群被国师大人神迹感动得热泪盈眶的人们，就地开始撅屁股，对大荒泽方向礼拜。好在外头追的追，逃的逃，谁也来不及管草丛里的骚动。追兵叱喝阻止无效，逃的人却也已经没了路。后头的追兵已经赶上来，就在这村外，将这群人围住了。又是一场厮杀。喊杀声被风吹散，同时被吹散的还有血滴。草丛中的人抹抹脸上被溅到的血，耐心地等待下一个神迹。那一方的战斗却已经到了尾声，被围住的人一个个倒下，场中只剩几个人在苦苦支撑。

围观的人脸色也严肃了——这很明显，是杀人灭口的现场。既然不是为钱，那么，逃的人也许带有什么重要信息，而追的人，不想他们把消息传递出去，为此，不惜将人杀光。不过，照这一边倒的架势，似乎不太可能打出什么“天崩地裂”来。

场中已经只剩两人，一老一少。追兵的领头者，策马上前，他的身子隐在马后，只露出黑色隐云纹的重锦袍角。“投降吧……”杀了那么多人，他的声音似乎也有些疲倦。

场中少年脸色悲愤，老者却似乎在沉思。

“我们这一支不能绝后……”半晌老者苦涩地道，“好……我们投降……”

马上男子轻轻嗯了一声。

“皇太孙殿下，”老者道，“你……”他声音忽然低下去，马上那位被称作太孙殿下的男子，不得不策马又靠近了些。

“小四！”被围困的老者忽然将少年狠狠向外一推，“快走！快走！一定要把消息传到冀北——”

推出少年的同时，他飞身跃起，衣袖一振，嗡嗡之声大响，一抹圆形冷电，如冷月自黑暗深处生，直袭大燕皇太孙头颅。皇太孙猝不及防，衣袂一卷霍然飞起，那圆盘就袭向了他的胸腹，他冷哼一声，半空中横臂沉腕，手中长剑护在胸腹。

当！一声巨响，震得人耳朵嗡嗡直响。圆盘被击飞，半空旋转不坠，如一轮圆月，停在当空。

“飞盘！”草丛中围观的人惊呼。马上皇太孙听见异声，转目要看，忽然口中喷出鲜血，向后便倒。

“殿下！”他的随从急忙扶住他，皇太孙在晕过去之前，一指那老少两人。

“杀！”利箭飞闪，老者扑挡在前，身中数十箭，少年却已经含泪逃出丈外。眼看少年将要逃出。忽有呼啸声，自头顶生。声音一开始还不响亮，随即便越来越大，像有巨石自头顶砸落。众人都忘记动作，傻傻抬头，便见头顶一点黑影，迅速放大，直线坠落——

“闪开！”一声厉喝，所有人跌跌爬爬赶紧跑开。

“轰！”烟尘弥漫，碎屑纷飞。四面跑得慢的人，被腾开的烟雾呛得险些闭气。

半晌之后，烟停雾收。地上多了一个直径足有一丈的坑。

坑的位置正在先前大荒泽人民摆放阵图和宝座的地方，大荒泽人民惊叫着，跌跌撞撞扑过去。

“啊啊啊，神坛宝座都被毁了啊……啊？啊？”嚎叫声顿止，眼珠子落地。眼前一只坑，坑中一堆土，土堆里倒栽葱插着一双黑丝长腿。一抖，又一抖。

大荒泽人民傻了。大燕的追兵们愣了。人们齐齐抬头看月——天空如幕布低垂，星光月色从容闪烁，夜静如水。刚才的呼啸坠落，或许是个梦？

可是再离奇的梦，也造不出这样一只坑和这种造型的一双腿。腿是好腿。纤细笔直，浑圆紧致，袜子是一层奇异的闪着珠光的黑丝，夜色中明明暗暗，分外诱惑。

女人？这种倒栽葱造型，死了？哦，不，那脚指头还抖着呢。

大燕追兵有心上前查看，奈何主子似乎受了重伤，只得先赶紧退走寻大夫。场中只剩下了大荒泽人民。汉子们眼珠子比地上闪烁的祖母绿还亮。

“喂，你们觉得……刚才那一幕……”

“可不就是天降霹雳，地陷大坑，宝石遍地，飞盘悬空，有女一人，自天崩地裂处生？”

“哎呀，那还等什么？赶紧挖呀！”

“挖！”汉子们寻锹找铲，准备动工。

“啪！”忽然土堆里挣扎出一只手臂，重重地拍在土面上。大荒泽人民吓了一跳。

“诈尸了？”

“啪！”又一只手臂伸出来，拍在另一边的地面上。随即松垮垮的泥土一阵簌簌翻动，一颗长头发的头颅，幽幽冒出地面……冷月、凄风、尸首、绿光、天坑、长发乌黑的头颅……“鬼呀！”大荒泽人民四散奔逃。

“鬼呀！”土里冒出来的那只，声音更尖，一边尖叫一边吐嘴里的土，“呸呸，鬼呀——呸呸——别拉我——呸呸——怎么这个造型——呸呸——我的高跟鞋呢？”

逃出三丈外的大荒泽人民迅速停住脚步，面面相觑，转头。土坑里，一个窈窕身影慢吞吞爬了起来，抖抖索索踢开脚底什么东西，急急忙忙抖衣服，拍胸口，“还好还好，没压扁没压扁……”

她脸一转，月光下，是一张满是泥巴，但明显充满活人气的脸。大荒泽人民若有所悟，赶紧凑上去，探头瞧瞧。

“哎！她落在了圣坛的位置！”

“底下有碎了的椅子片儿，她掉下时正坐在椅子上！”

“刚才那个少年正垫在她身下，被她压死了！”

“啊！女王找到了！”

景横波一直在一边弹着自己的丝袜。刚才身下有尸体，袜子染了很多血，她皱眉，远远躲着尸首，跷着兰花指，一点一点弹着带血的泥土，听见这一句，惊得手指一颤，嗤的一声丝袜钩破了。

“女王？”她霍然转头。

“女王陛下！”汉子们扑通扑通跪了一地，热泪盈眶，“咱们遵从国师大人神圣指示，跋涉万里，不辞劳苦，终于找到了转生的您！我大荒泽天神护佑！国师护佑！”

“转生？”景横波眼珠子转了转。

一瞬间她调取记忆库存，将脑海里学习了十数年的各类经典小说迅速过了个遍，觉得也许大概可能或者……她撞上狗屎运了。很明显，眼前是一群寻找转世女王的傻瓜，而自己的神奇到来，大概正符合了转世的各种所谓条件？

老天有眼！姐就说嘛，惊天动地穿梭时空一回，怎么可能让人来做炮灰？这不符合逻辑。女王……嗯，马马虎虎。就是不知道美貌王夫给配几只？三宫六院七十二妃，七十二多了点，三十六倒也凑合。

景横波一低头，看见地上露出半个破碎的椅面，隐约还有锦褥，这是他们刚才提到的宝座吧？

“女王陛下，您……”大荒泽人民思考着，如何和眼前女子交代清楚事情始末，不知道这位神奇的天降女王，能不能理解并接纳他们的“转世”之说？会不会出现什么抵触情绪？需不需要先用强？要不要立即告诉她关于女王的诸多规矩和限制？还有等一下到底该以什么态度对待她？国师大人虽然同意寻找转世女王，但内心里可并不愿找到她，如今真找到了，国师大人会怎么想怎么做？那这个女人到底该怎么办……

左思右想，左右为难，犹豫中头一抬。咦？月光下，土坑中，破碎只剩一张椅面的“宝座”上，那黑丝女已经一转身款款坐下，跷起二郎腿，撑起下巴，勾起兰花指，风骚、嘚瑟、笑吟吟、自来熟地……勾了勾手指。

“爱卿平身，速速给朕来碗木瓜雪蛤炖人参。”

……

同一时刻。大荒泽深处。玉阙金宫，帘幕深深。帘幕深处，有夜明珠光泽幽幽，照耀着一双稳定的手。手如玉雕，指尖洁白，指甲如贝，明光莹润，却无血色。手指灵巧地翻转着一对古老的龟壳，青黑色的甲壳衬得那双手掌心细腻如雪。

“啪。”龟壳翻转，现出卦象。手一停，指尖轻轻搁在壳甲上，手背微微拱起，似一只将要飞翔的鹤。

“……找到了？”语气微含诧异。这声音极轻也极清，极平也极冷。似寒冰沼泽深处的凝结的冰晶，被穿过的风吹响。他轻轻站起来，袍角微微一动，似一大片雪蔓延至阶下。

无数明珠渐次亮起，将夜的黑暗点亮。帘幕外跪伏的仆佣们，更深地俯下身去。浅金色的帘幕垂下，被宫灯照耀得光泽迷幻，也遮住了他的脸，众人只能看见雪色的长袍，遮住了所有的肌肤，高高的束领一直束到下颌，用一枚淡金色的珍珠扣紧。视线到此为止，没有人再敢将眼光向上。

他静静站着。纤细挺直，衣裳宽大却又紧束颈部和腰部，线条紧凑又张扬，因此周身的洁净潇洒尊贵里，便又透出几分周正谨严禁欲的气息——如此矛盾的气质风华。

“转世女王已经找到。”他道。还是那不疾不徐、毫无情绪的声调，但所有人都颤了颤，将肩膀收得更紧。殿宇静默，似有杀气淡淡散开。

“本座决定，亲自前往迎接。”

……

木瓜雪蛤炖人参当然没有吃上。大荒泽人民光顾着张大嘴吃风了。女王转世，是大荒泽在女皇没有留下继承人的情况下，另行寻女王的一个传统。一般由掌控国家大权的国师主持，经过种种苛刻条件核对，才能找到一只女王。

以往那些转世的女王，很多都是幼儿或者孩童，带走她们往往需要和部族宗族以及人家父母一一说清楚，很费一番口舌。如今这位倒好，来得最离奇，接受“女王”身份，却最快最自然。瞧那小表情，似乎很愉悦？

大荒泽人民交换一个眼色，决定既然女王陛下接受愉快，也就不必和她说得太清楚了。比如女王在大荒泽其实是个傀儡，是纯洁和忠贞的象征。比如做了女王终生不能再见任何亲人。比如女王终生保持贞洁，除非国师看上她。比如女王如果不贞或不守规矩将会遭受悲惨的厄运。比如大荒泽部族众多，小国林立，且民风彪悍，族与族之间战乱时有，女王会在必要的时候，作为“神祭”献给神灵，以求平息祸端和纷乱，而这必要的时候，有可能是因为一次叛乱，也有可能仅仅因为国师的一个不祥的梦。

比如女王将被无比严厉的宫规束缚，一言一行一举一动都必须遵循无数严谨的规则，那些教条将如绳索捆紧她的一生，这样压抑沉闷的生活，让很多女王不能拥有青春和自由，甚至因此早早忧伤死亡。

比如以上原因以及更多不能说的原因，大荒泽的女王从来不是一个美差，立国数百年，女王更替足有上百个，平均每位女王在位不超过六年，大多早夭。所以谁家女儿如果被指中转世，家人往往悲痛欲绝。也因此，从百年前开始，关于女王转世制度，便开始有人提出异议。当代的两位国师，左国师遵循传统，右国师却认为女王制度大可废除。

在这种情形下，右国师列出了苛刻的寻找转世女王条件，甚至首次找出了大荒泽国土。众人都以为，这是右国师的神妙安排，这次真的不会再有女王了。而一直手掌大权，拥有军队，且和几大强势部族小国交好的右国师大人将会顺势登位，成为大荒泽历史上的首位男性帝王。

大家对此也很期待。谁知道，天上真的掉下个女王来。

“喂。”景横波左瞧右瞧，总觉得这群家伙脸色很有点诡异。“你们有什么事瞒着我吗？”

众人摇头如拨浪鼓。景横波转眼就把这问题扔到了九霄云外。

“哎，爱卿们，快去给朕把箱子找回来，哎，丢哪去了呢……”

“爱卿”们抖了抖，小声委婉提醒，“陛下，爱卿是对大臣们的称呼。我等地位低微，只不过是玉照宫中三等行走侍卫，当不起您的称呼……”

“好的，好的。箱子，箱子。”景横波大声招呼，“箱子刚才好像裂开了，别忘记把掉下来的东西都给我找齐了啊……”

半晌护卫们抬着一只硕大的箱子来了。还有几个拎着提着。

“这鞋子好奇怪。鞋底有刺！好大的刺！”

“这玩意是什么？只有我巴掌大，三角形，怎么穿？是领巾吗？还是面罩？”

“这两个圆的连着几个布条是啥？装水的吗？”

景横波眉开眼笑地接过自己的箱子，“谢谢了啊爱卿……啊不，小乖乖！”“小乖乖们”踉跄……

三下两下脱了坏了的黑丝扔掉，从箱子里找出一双新的换上，景横波顺手挑了挑高跟鞋。

“粗跟的稳当……啊不，女人味不足……要么平跟的？这里地面不咋平……啊不，这样显不出我的长腿……还是细跟的吧……万一有人想害我，我一脚钉死他！”景横波换上那双豹纹细带十寸高跟鞋，巧笑嫣然地抬头，“是不是啊，小乖乖？”

“小乖乖们”盯着那银亮细长如钢钉的鞋跟，齐齐打了个颤……

“小乖乖，朕渴了，给朕烧水。”

“小乖乖，朕饿了，有什么吃的？最好是烤鸡腿。”

“小乖乖，朕的脸还没洗，去打点水来。记得放点花瓣。你们皇家有什么宫廷秘方配制的精油啊花皂啊这个也可以有。”

“小乖乖，给朕整个帐篷睡一睡，要羊毛的。”

景横波得意扬扬地跷着二郎腿，看着一群大荒侍卫给她使唤得团团转，表情很满意。她其实也不那么饿，也不那么渴。她只是想既然做了女王，便得赶紧享受，再说天上的馅饼掉太快，总有点不真实感，好歹得测试下这女王，是不是真金白银的高大上。

测试结果很OK。景横波放心了。景横波放心地收拾她的宝贝箱子，顺便从地上捡了几颗祖母绿宝石随身带着。她觉得这石头很漂亮，保不准可以换钱。收拾箱子时她看看身上满是泥巴的衣服，决定将衣服换了。顺手从箱子里抓出一件超短裙，也不打招呼，哧的一声拉下身上那件紧身裹裙的后背拉链。拉链沾了土，拉到一半卡住，她头也不抬，“小乖乖，来帮个忙。”

没有动静。景横波头一抬——咦，人呢？再一看，最近的都在三丈外，齐齐屁股对着她。

景横波耸耸肩，“神经。”把拉链再往上拉拉，唰的一下拉到底。裙子从肩膀滑落，景横波自恋地抚摸手臂，“冰肌雪肤啊……”后背一阵凉风吹过，她抖了抖，这才注意到遍地死人。

“怎么死了这么多人？”后知后觉的某人唰的一下跳开，惊恐地捂住肩膀，“来人！来人！给朕把这些尸体都拖开！来人！来人！给朕挡着风！”

背对着她的侍卫们一动不动——女王陛下你那件裙子只有一声拉下的声音还没有拉上的声音呢，这说明你目前一定还是衣衫不整状态，咱们这会儿转身会死人的，你就自求多福吧。

“救命啊！”景横波尖叫，她跳来蹦去，踩到一具尸首，她浑身汗毛都竖了起来。

一个定力不足的小侍卫听她声音惊恐，忍不住转身。一眼看见黑暗里一片耀眼的白，女子的美妙轮廓，起伏在混沌的黑暗里，似一尊玉琢的宝瓶。

“救……”景横波刚想对他伸手求救，这小子唰的一下又转过身去，尖叫一声狂奔几步，扑通一声跳进河水里。

景横波伸出的手臂，硬硬地停在半空。咋了这是？她张着嘴，等那半夜发疯跳河的孩子从水里浮上来，然而只看见一道水线咻地穿过河面，消失在河的另一岸。这是啥意思？跑了？水遁了？就因为转身看了她一眼？至于吗？

“喂……”她呆滞了半天，走到一个背对着她的侍卫面前，戳了戳他的背，“刚才那人……他那是干什么啊？”

侍卫抱头缩肩，死死把脸对着泥土，瓮声瓮气地道：“回陛下，自我放逐。”

“啊？为什么啊？”

“他犯了重罪。”侍卫悲伤地道，“按说应该自裁的，他逃了。我们看在同僚一场，也不想追。其实我们也犯了包庇罪……唉，就这样吧。”

“啊？”景横波眸子都大了一圈，“啥重罪？看了我？至于吗？我不介意啊！”

“我介意。”忽然一个声音飘来，似一声呢喃，响在她耳侧。

“谁？”景横波一惊，低头看侍卫，侍卫一动不动，根本没说话。她抬头，寻向声音来处，这才看见，河对岸忽然多了一个人影。那人影颀长，黑色的袍角在夜风中似一缕黑云招展，仔细看袍子也并不是黑的，泛着细碎的银光，那光芒和朦胧月色河水粼光交织在一起，蔓延开一片烂漫的淡银色，令人摸不清他的轮廓，却忽然觉得耀目。

景横波明明没有看见这个人的脸，却觉得他在对她笑。一种奇异的、难以说清喜悦与否的笑容。像隔了时光岁月，在宇宙尽头，看见另一生，因了然而寂寥，却又含了淡淡讥诮。几分邪，几分怅。

景横波口水立即唰的一下滴了下来。美人！绝对是美人！凭她阅人无数积累的对美色的非凡鉴别经验推断，百分之百美人！还是气质极其特殊的那种！太好了！穿梭时空定律果然没在她这里打破——除了金手指，还有遍地美人！

一分钟之前她还因为跳水侍卫，萌发的那么一丝丝“有点不对劲，要么别当这女王”的念头，转眼就被远远河岸上一个人影给掐灭了。“啊哈！”景横波怕吓跑美人，再跳一次水自己艳福就没了，唰的一下赶紧拉上拉链，直奔河边，“帅哥你好，我是景横波，英文名Jennifer，你可以叫我大波或者詹妮。你叫什么名字？今年多大？属相是啥？什么星座？家住哪里？咱们认识一下……”

那神秘而邪魅的男子，忽然对她伸出手，月色下手指细长。景横波立即眉开眼笑伸出手，“啊，你好你好，不过这么远咱们怎么握手……”

那男子手指一抬，哗啦一声河水暴涨，水底一条人影直挺挺被拎了出来，男子用一根手指钩住那人衣领，随手一抛。砰！

水淋淋的尸体，砸到了景横波脚下。

第二章　十个男人七个傻

水淋淋的人体如天堑，生生挡住了景横波奔向美人的热情脚步。景横波一低头，就看见刚才跳水小侍卫的脸，那脸上还残存惊骇之色，瞳仁里的光却已经散了。这人跳水逃生，明显水性精熟，绝不可能是溺水死亡，那么就是刚才，那美人手指一拎，生生将这人从水底拎起，拎死？

景横波打个寒战。穿梭时空第三定律，此时才从她被美色迷昏的大脑中掠过。封建制或奴隶制社会，统治阶级权威至上，草菅人命。没有人权、民主、自由之类的现代文明标志。她好运，成为一只女王。原以为可以不必从底层混起，脱离这定律的魔咒。但如今一个陌生人，便可以在她这个女王面前随意杀人。这女王似乎含金量也太低了些。难道这个社会比较特殊？女王是小姐的代称？就好比现代那一世，某种女人被称作公主？

景横波细跟高跟鞋悄悄在地面一转。风紧，扯呼！身子还没转过去，她忽然浑身绷紧，后颈上的汗毛，一根根站立舞蹈。

身后有呼吸。淡、柔、微微湿润，像月色下弥漫开的水汽，她甚至感觉到呼吸喷在肌肤上的细微热气。

身后……身后是一个死人。再远点，隔着河岸，是一个心狠手辣的美人。不论此刻在她后颈喷气的是哪位，都足够让她惊悚。

“啊——”景横波尖叫，高分贝震得地皮都似乎颤了颤。她抬腿，毫不犹豫，细长后跟狠狠反踩！

踩死你！

突的一声，后跟并没有踩到人的脚背，却钉入泥土，景横波一拔，拔不出来——她用力太过了。

景横波暗叫不好，当机立断便要赤脚跳出，然而已经迟了。

一双手忽然轻轻按上了她的脚踝，一手扶住她的脚踝，一手扶住了卡住的高跟鞋。

他的手指细长，指尖姿势轻轻，明明只是虚虚扶住她的脚踝，连黑丝袜都没碰上，可那般淡淡曼殊般的香气袭来，景横波竟然忍不住心中一荡，身子都软了软。

这男子，连香气，都是邪而诱惑的。

一抹袍角在她低垂的视野里蔓延，银黑色，却在月光下闪烁着七彩的光，像这个人给人的感觉一般，简单又华丽，低调又奢靡。

“这种鞋子露这许多肌肤，你如何能穿？请让微臣替您换鞋。”他还是那带笑语气，“女王陛下。”

景横波又颤了颤，只觉得这一声女王陛下听起来特别阴森。

“左国师大人！”侍卫们已经齐齐拜倒在地。

也有人叫：“耶律大人！”

左国师？野驴大人？什么东东？听起来很高大上的样子。景横波有点不是滋味地瞟着那些侍卫，觉得他们拜见这位什么国师时的态度，比对自己这个女王尊敬多了。

脚跟忽然一动，身后男子竟然在脱她鞋。

景横波不怕他脱鞋，但是这家伙的口气，很明显是个老古董，这鞋子脱了不会被他扔河水里去吧？这可是她最爱的高跟鞋之一。

景横波身子一斜，脚踝向下一沉，已经靠在那家伙身上，把鞋子再次穿好。

身后男子似乎也没预料到她如此随意，身子一僵。

景横波就势转身，踮脚，双臂柔柔地挂在了左国师的脖子上。

“国师大人……”她笑眯眯地对他的脸吹气，“这地方脱啥啥的，不方便吧？要么咱们换个地方？”

她如此柔软，当丰满处极其丰满，紧紧地贴在对方身上，是一波颤颤危险的荡漾。

面前美人又是一僵。

下一瞬她飞了出去。

她在空中看见飞快倒退的树木、河水以及侍卫们目光闪闪张大嘴的脸，他们仰着头，追随着她的抛物线，脸上露出“好看死了”的兴奋讯息。

哎，哪个姿势着陆能够维持自己的美貌……

念头没转完，砰的一声轻响，她双脚落地，身后一株树及时挡住了她的摇摇欲坠，她稳稳妥妥地站着，毫发无伤。

对面，她刚才脸都没能看清的美人，还是那般柔和地笑着，道：“陛下，休要戏耍微臣。微臣可不想负罪投水自尽。”

心思被戳穿的景横波嘿嘿一笑。

“是吗？”她眨眨眼，“刚才那侍卫只是看了我一眼，就被你杀了。刚才你可是摸过我也被我摸过了，你难道不该立刻自杀？”

“微臣不敢触摸陛下玉体。”男子笑道，“至于陛下触摸微臣，嗯……不守宫规的女王被废后，怎么处置来着？”

一个侍卫大声答：“回国师大人，女王陛下无比尊贵，不能亵渎，赐自尽便可以了！”

男子嗯了一声，微笑。

月光下他的脸隐在暗影里，眉直目长，眉梢和眼角都微微挑出上扬的弧度，眸光如墨色琉璃闪亮，整个人便显出几分逸兴遄飞之态。偏偏他的神情却又是懒的、散漫的、不在意的，连洁白肌肤上一抹薄薄红唇也是淡的，似雨后蔷薇，又或者晚春桃花，艳在不经意，艳得似乎每一刻都在等候结局，却在下一个风雨之后，依旧惊心动魄地艳着。

如此美色，足可颠倒众生，花痴景此刻却无暇欣赏，小心肝一寸寸地正凉。

上当了！亏大发了！这哪里是女王，寡妇吧？这劳什子当不得，她还有美好人生，她还要享尽天下美人，她还要如所有穿梭时空客人一般搞个惊天动地，她可不想关鸟笼子立贞节牌坊。

景横波转身就走。“别跟来啊，亲们。”她道，“朕忽然想嘘嘘。朕嘘嘘你们要偷看也是死罪吧？”转身之前她肉痛地看了一眼皮箱，唉，以后有机会一定要夺回来，上帝保佑这些卫道士不要烧了她的宝贝。

没人跟来，看来过于严厉的教条偶尔也有好处。身后就是树林，树林稀稀拉拉的，林中能看见一座小屋子，应该是以前守林人的居处。屋子陈旧破败，应该已经很久没有人居住。当然，她嘘嘘不需要走那么远，这些人也不会给她走那么远。

她看了看那屋子，感觉到美人的视线紧紧锁在她背后。景横波媚笑回头，站在树前，站出一个前凸后翘的S形姿势，缓缓将裙子向上捋起……美人立即掉转视线。

景横波唰一个转身，到了树后。美人没动，他耳聪目明，仅凭声音便可以确定景横波没有离开。

树后传来景横波的歌声。

“十个男人七个傻八个呆九个坏，还有一个人人爱……”

侍卫们低头捂住耳朵。这歌喉……好吧，这歌喉其实不算太坏，好好唱尚可一听，再培养培养说不定还能卖唱，但是能不这么直着脖子吼吗？左国师大人托着下巴，颇有些诧异地扳着手指。

“七个傻，八个呆，九个坏，再加一个是二十五，怎么算出来十个的？算术没学过？弱智？”

他扳着的手指忽然一停，霍然抬头。树林安静如前，树叶因风簌簌颤动，树后隐隐露出一点艳红色的衣角，是景横波身上裙子的颜色，一切都很正常，这极短的时间内，没有任何动静，她也不可能在他眼皮底下有任何动静。

但是……呼吸声……没有了！银黑色衣袍一闪，下一瞬间左国师已经到了景横波嘘嘘的树后。他平静带笑的脸色，终于露出惊讶、疑惑、不解、微怒的神情。

树后无人。

只留一角红衣。

“嘎嘎嘎，任你精似鬼，也要喝老娘的洗脚水！”一双着了黑丝的脚丫子竖在半空，鲜红的脚趾神经质地抖动，抖出无限张扬得意，脚丫子的主人痛快地对空中连蹬数下，抱着肚子无声大笑。

“找吧找吧！”景横波一骨碌爬起来，就着窗户，看着林子里的动静。她现在所在的，就是林中那个小屋，她悠然自得地在窗子后，看着林子那一群傻瓜，围着那棵树研究她到底穿天遁地去了哪里，和一群绕树找地方嘘嘘的傻狗似的。

景横波手指绕着发，嘿嘿地笑。天定风华研究所四人组，君珂拥有一双透视眼，太史阑拥有奇特的复原能力，文臻的眼睛可以看见最细小的细菌。而景横波，则能瞬间转移，以及隔空移物。

不过以前她的瞬移距离不远，连占地几亩的研究所都出不去，有时候状态不好，也只能从自己的床瞬移到幺鸡的狗窝。刚才她还有些担心，怕不能如愿瞬移到林中小屋，想不到穿梭一遭，似乎移动的能力比以往增长，只是一闪之间，便心念达成。

不过，从树后移动到屋子里，只是第一步。如果她没猜错的话，野驴美人是不会那么容易善罢甘休的。果然，下一刻她就看见那黑衣美人，转过头来，他鬓发很长，被斑驳月色朦胧打亮，遮住了半边脸，只露出一抹精致轮廓。景横波痴迷地盯着他白玉似的下颌，想着手指捏上去不知道滑不滑？

那美人国师却似有心灵感应一般，忽然便转向了屋子，眼光落向蒙灰的窗。顿了一顿，他唇角慢慢弯起，唇边半抹神秘半抹笑，似一朵因风开了一半的花。

景横波咻地将脑袋一缩，心中吃惊不小——这么远，她只露一双眼睛，窗户又全是灰土蛛网，绝对不可能被看见。他是凭什么有所察觉？直觉？直觉强的人都很可怕，她认为那些人上辈子一定是兽，比如太史阑。

再下一瞬她慢慢凑到窗边，探眼一看。林中美人已经不见。景横波心中一跳，第二反应就是赶紧看门边。果然，窗边已经多了一抹银黑色的袍角！这家伙，鬼一样倏忽来去！

景横波大惊，头一缩，我闪！砰！林中小屋门被撞开。

左国师耶律祁立在门口。眼眸一转，已经看清屋内无人。他眉头微微皱起，心中更增疑惑。眼光随即落在床上。床上有人睡过的痕迹，床褥揉皱了一大片。看这糟蹋样儿，不像睡觉，倒像床上的人狠狠翻滚过很多次。是得意得抱肚子大笑翻滚吧？

他俯下身，从枕头上拈起一根卷曲的长发。细细端详半晌，手指一弹。发丝在指尖瞬间化去。

“有意思。”他道。

“嘎嘎嘎，追吧，找得到算你有本事！”景横波站在树林另一侧边缘，看着林中小屋，叉腰贼笑。她等着一声愤怒的咆哮，可惜屋子里静悄悄的，看来这家伙耐性很好。

“一、二、三……”数到三，她立即转身，消失不见。她消失的同时，一抹银黑色的袍角，从屋子里掠出。下一瞬景横波在五丈外坡下的河边，着迷地自照，风情万种地掠鬓，“姐真美……一、二、三……”

她的身影刚刚不见，银黑色袍角一闪，落在河边，黑衣国师垂头，看着河边泥地上两个锥子一样的脚印。

一匹马在坡下草地上吃草。人影一闪，景横波落地，差点一头撞上马屁股。“好臭……”她咕哝一句，抬头看见骏马，眼睛一亮，围着马转了几圈，思量着要不要骑马逃跑。

“不行。”想了想，她摇摇头，“不会骑，掉下来怎么办？再说马鞍好硬，磨破我细腻的肌肤留下疤怎么办？这马真好看，来，么么哒，哎呀，你别踢我……哎……来了！一、二、三！”

银黑色袍角一闪，落到马上，烦躁不安的马喷着热气，蹄子踢踏。黑衣人拍拍马头，轻笑，“香得差点被熏死？下次离她远点。”

他抬起头，看着浓郁夜色的某个方向。

“嘘。别叫。”景横波竖起手指，对眼前浓妆艳抹、眼神惊惶的新娘子嘘了一声。轿子晃啊晃，景横波笑眯眯地打量对面的小新娘。这是一队从山坡下经过的迎亲花轿，本地有凌晨迎亲的习俗，这新娘子在轿子里昏昏欲睡，忽然感觉腿上一重，一睁眼，面前一个满脸灰的泥猴儿。

新娘子要叫，被景横波眼疾手快地堵了回去。景横波摸摸脸，有点遗憾自己没能以本来面目示人，不然也好让姐这张倾国倾城的脸儿，让这村姑见识一下什么叫真正的美貌。

怪只怪时间仓促，她没来得及洗脸。当然她完全可以就着侍卫打来的水先洗洗，可是她怎么能那么简单地洗脸？她洗脸必须得备四盆水，一盆冷，三盆温，先冷水拍脸收缩肌肤，再用温水洗脸，用磨砂洗面奶去角质，再用滋润洗面奶护肤……

爱美的人，清洁的事情往往很严重……

“妹子，今天结婚啊？”景横波自来熟地攀着新娘子肩膀，“你这妆画得不好啊，胭脂擦过头了啊，猴子屁股似的，反而掩盖了你本身的美色啊亲……”

“啊，这样啊……”新娘子果然顿时忘记某人来路不明，“姐姐你教教我……”

“哪，你去做个柔软的小刷子，从脸颊向鬓角轻扫，嗯，一挑一勾，像李宁的标志一样……”景横波谆谆教导，开展化妆术现场教学。

外头轿夫咕哝：“咦，轿子怎么忽然重了？”

“刚才经过了一个乱葬岗，莫不是……”有人狐疑地猜测，忽然一抬头，看见身后山冈上，一抹银黑色的衣角，悠悠飘着。

“鬼呀……”

“快些走，快些走！”轿夫们颤抖着加快脚步。

“……下巴两侧凹陷处也用深色粉扫一扫，修出立体轮廓……”景横波忽然停住，眼珠一转，“哎呀，来了，一、二、三！妹子再见！”

正抚摸自己下巴的新娘子抬起头，愕然瞪着空荡荡的轿子，片刻，尖叫，“啊——”

“啊！”外头轿夫也叫了起来，“你是谁！站住！这是花轿不可冲撞！”

唰地轿帘掀起。新娘子尖叫抬头，就看见一张难以形容的脸。她的尖叫咽在喉咙里，眼神微微发痴，下意识仰起下巴，想要将自己最美的角度向他展示。

黑衣人半俯身，目光在轿子中一掠而过，露出不出意外而又微微恼怒的神情。新娘子目不转睛地看他。

黑衣人放下轿帘要走，新娘子迷迷茫茫地伸出手去，自己也不知道自己要做什么，“哎，你……”

黑衣人停住，半转身，看一线深红帘子后露出的手，手白而圆润，村姑身份使这手略微有些茧子，指甲倒是干净的，染了微红的凤仙花汁，染得不太好，有些凸凹不平。

他忽然便想起另一双洁白纤长、指甲淡金色的手，那般炫目的淡金色，晶莹、平滑、修剪得齐整圆润，像一枚枚反射日光的精致小瓦。他心底忽有些奇怪感受，一转身，拈住了新娘子的指尖。

新娘子受宠若惊，喜出望外地仰头盯着他，红唇翕动。

“你这样的丑女，”他款款握着人家的手，温柔地道：“下次不要染指甲了，狗啃似的。”

……

第三章　腰带拿来

嗖！站定下来的景横波举目四望，眼前是一处渡口，垂柳依依，淡绿的枝叶扫在乌黑色的乌篷船梢头。她心中一喜。“喂！船家！”她扬手招呼船上睡觉的艄公，“送我去对岸！”

船家懒洋洋起身，将船摇了过来。“十个铜板过河费。”船家声音低沉。

“没问题！”景横波摸摸腰间祖母绿，财大气粗。祖母绿有价无市，一枚少说也值一线城市顶级别墅一幢吧，她可是背了七八栋别墅游走天下呢！她迈上船板，回头看看，来路一望无垠，空荡荡没有人影。

“傻瓜，追不到了吧，哈哈。”景横波哈哈一笑，准备钻进船舱。披着蓑衣的船家坐在船头，背对着她，遥遥望着对岸。

景横波低头往船舱里钻，忽然心中一动，觉得有什么事不对劲，但怎么想也想不起来。她回头望着船家。船家低头专心摇橹，看起来没什么异常。景横波向来是个懒人，想不出的事情绝不会死命想，耸耸肩干脆放弃，这时心微微定了，才觉得脸上脏得无法忍受，也顾不得那许多讲究了，蹭到船边去捧水洗脸。

河水清亮，倒映着她的脸。倒映着玉兰一般沉润洁白的肌肤，尖尖下巴，较他人分外艳的红唇，和那双宝光流动的眼睛。她的眼睛并不算很大，却生着极其流畅的弧度，双眼皮在眼尾处挑出来，似一双展翼的蝶，翅尖承载跃动的春光。唇天生微翘，望去总有三分喜气，再仔细看，却又像是媚气，那媚气如此张扬，让人心痒着，怕遇上带刺的玫瑰。这样的颜总让自恋的家伙迷醉，景横波洗着洗着第一万次发痴，“皮肤真好……眼睛真漂亮……真美……”

船似乎抖了抖。河水流动，倒映一色艳红，那是她的艳红裹裙，紧身，包臀，低领，露风光跌宕一线天。

景横波手一顿。她想起来哪里不对劲了！她穿成这样，在这里标准的奇装异服，这艄公怎么一点意外表情都没有？心怦怦地跳起，越来越急，将要冲到喉咙口，她想要转头看那艄公，想要尖叫，想要赶紧跳水，然而几个念头转过，她依旧一动不动。她只是将视线移了移，看水中艄公倒影。她看见艄公手中的橹根本没有触及水面，而船在飞快前行。她看见艄公脊背笔直而姿态潇洒。她看见水中艄公影影绰绰的倒影，脸被水波曳乱，隐约只看见微长的鬓发，垂落颊侧。

景横波吸一口气，开始慢慢往后梢移动，双手攥紧。她脸色有点古怪，似乎在蓄力准备做什么，以至于鼻尖都挣出一点汗。她身子刚刚一动，艄公便似背后有眼睛一般，转过身来。

……

景横波还没看见他的脸，只看见那长长鬓发一扬，立刻举起双手，凶猛一挥，“下去！”

扑通一声，猝不及防的艄公仰身入水。

景横波站在船上，浑身大汗，脸色通红。她能瞬移自己，也能隔空移动物体，但以往实验的都是小件，从来没试过人体这样的大件。使尽了吃奶力气，好歹一次成功，把大件一瞬间扔到了水里。哗啦一声，大件物体从水中冒头，黑发湿漉漉地贴在脸上，肌肤泛着晶莹的光。

他盯着景横波，眼神里恼怒已去，反而泛上浓浓的好奇。他确定，刚才伟大的女王陛下，绝对绝对，没有碰上他一根毫毛，也不可能碰上他一根毫毛。她是怎么出手的？武学上最高级最神异的隔山打牛？瞧着也不像啊……

景横波张大嘴，看着那黑衣美人国师从水中冉冉升起。科幻片啊。天色已亮，日光点燃河面半面金，那人冉冉自水波出，水珠不断从他衣上滚落，在一片淡金霓虹的日色中晕开。这姿态，似一朵迎风盛开的莲花，可惜是黑色的。

景横波眼看他肌肤在日光下近乎透明，湿漉漉的黑发，一点一点迅速干了，黑色发丝轻轻扬起……景横波扑到船头，抓起桨，迅速摇船！一开始船在水面转圈，好在她向来聪明，学东西极快，几下之后，船便向后退去，只是速度太慢，她心急如焚一回头——

身后水面上，黑色影子如白日鬼魂般，竟然飘过来了！这这这这就是武功？登萍渡水凌波微步草上飞水上漂？平日里或许这一幕挺稀奇挺有美感，她少不得要买点瓜子边嗑边道声："好看，赏！"但此刻她只恨爹娘少给自己生了两只手。

景横波生平第一次不顾形象，狗爬一般扳桨，试图将船开快些，更快些。身后忽然传来轻笑，景横波魂飞魄散——那声音就在耳后！

"女王陛下。"那声音带几分懒懒鼻音，依旧带笑，"您这么殷勤地替微臣操船，微臣真是三生有幸。"身后水波声响，他似乎已经完全出水，将要踏上船板。

景横波背对他，忽然唇角一扯，回头："此路我开，腰带拿来！"

嗖！一枚黑金色镶黑曜石的玉版腰带，自耶律祁腰间飞出，啪地落在了景横波手中。

耶律祁身子一震，立即低头。腰带不见，宽松的裤子慢慢垂落……他唰的一下双手拎住裤子……扑通。美人国师再次坠入水中……

景横波仰头哈哈大笑，满头大波浪卷晃出嗑药一般的节奏，一阵猛划将船靠岸，三两步蹿上岸，跑出好远了才回头。水中，某人正赶紧寻水草系裤子……

"嘎嘎嘎嘎嘎。"景横波双手叉腰站在岸上，看那家伙远远地抬头看她，笑眯眯双手扶在腰上，向下一抹，再肚子一挺，向上一拎。一个活灵活现的系裤子动作。那人定格在水中。这么远，看不清那家伙表情，景横波有点遗憾。一定很精彩，可惜没带相机。

景横波抬手搁唇边，掌心向外曼妙一弹，给出个荡漾的飞吻，才装模作样"拎着裤子"，扭着屁股，转到路边。路边一株树上，拴着一匹马，想必是美人国师骑来的。

景横波要爬上马，马低嘶着，很有抗拒之意，景横波笑眯眯，把手慢慢伸到马腹下……黑马赶紧夹着腿上前几步，在女王陛下面前低下高贵的头颅。

景横波上马，扬鞭，回头，对还在水中系裤子的国师大人，飞出一个三百六十度全方位高辐射媚眼，"达令，拜拜！"

骑出一小段路，看见路边有村庄，景横波便下马，用骏马和村人换了一辆牛车，换了一件新的大褂子，一条裙子，一块新的包头巾，在村姑帮助下换上，问明了附近的县城，赶车继续上路。

她直奔最繁华的县城而去。

研究所四人组，在这种情况下，君珂可能先躲入山中，文臻多半就在村庄落脚，而太史阑则随意地走，到哪是哪。但对于爱热闹爱享受爱张扬的景横波来说，她宁被抓走，也不愿意在深山或破旧的小村过活，她必然要选一个最繁华的所在，把她的祖母绿变卖了，先过上上流社会的生活再说。

大半天后她到了附近的三水县城。她早就问明了当铺所在，直奔而去。

一刻钟后，她坐在当铺专给客人预备的桌椅边，惬意地喝茶，小伙计殷勤地在她身边转来转去，一会儿送茶，一会儿送点心，眼珠子滴溜溜地，围着她撩起的裙子下只着黑丝的腿看。

景横波大大方方伸着长腿让他瞧，偶尔还变换一个姿势，好让他欣赏得更全面更具体。美好的身材存在是为了啥？就是为了让人膜拜欣赏嘛。这个朝代的衣服太丑陋了！太扼杀人的爱美天性了！怎么可以让这些粗陋的、无法体现曲线的衣服，遮挡住她无比美妙的身材？

景横波坐在那里，裙子左撩一把右撩一把，叠在纤长的腿上，当铺里来来去去的人，眼珠子滚了一地，有个汉子抬脚出门还在频频回头，被门槛绊倒，骨碌碌跌出去。

景横波托腮看得欢乐，唇角翘起，滟滟朱红，所有人吸一口惊艳的长气。

脚步终于响起，老掌柜从后宅亲自赶了过来，景横波认为她的祖母绿是大宗生意，要求伙计一定要请掌柜亲自掌眼。

“姑娘……”老掌柜倒是见过世面的，见到她的时候虽然也怔了怔，表情倒是正常。

景横波笑吟吟放下杯子，掌心变戏法般托出一枚祖母绿。

“啊……”四面响起惊叹声。雪白的掌心，祖母绿华光四射，白绿交辉，色泽清艳。

“怎么样，值钱吧？”景横波扬扬得意。

一个腮帮上贴块狗皮膏药的家伙，一摇三晃地上前，拈起景横波的手指，啧啧赞叹。

“真美……真白……肌理如玉……玉指似贝……确实值钱！姑娘多少钱？”

景横波一高跟鞋就把他蹬出了俩洞。

“掌柜的，怎么样？”她忙着对付登徒子，一抬头看见老掌柜的神情似乎有点不对。

老掌柜面色一正，急忙笑道：“果然是好东西。不过财不露白，此地人来人往，不太妥当。姑娘还请随老夫移步后宅，咱们慢慢商量？”

景横波听着也是有道理，手掌一握将宝石收起，一群男人看着她随老掌柜进入后宅，都发出一声悲伤的叹息。

“各位，小店今日提前打烊了。”伙计前来赶人，等人全部离开后，上了铺板。向后走的老掌柜半转身，对一个伙计使了个眼色。那伙计开了边门，出去了。

这边景横波没有察觉，跟着老掌柜一路进后宅，在后宅花厅分宾主坐定。她正要议价，老掌柜又站起身来，颤巍巍地道：“老夫眼力不行了，得去拿个花镜来，仔细瞧瞧才好。再说您的宝石价值昂贵，老夫也得筹措些银子。”

景横波心花怒放，挥手，“是的是的，快去快去！”

老掌柜出了门，将门带上，景横波也没在意。她在厅中等人，喝完了一碗茶，人还是没来，她又等了一会儿，觉得有些内急，便开门去找厕所。门一拉，没拉动。景横波隔着门缝一瞧，好家伙，上了锁！好端端上什么锁？明显不对劲，景横波第一个念头——碰上黑店了！

景横波跳上椅子，对窗外四处张望，没看见人，她思量这屋子的构造格局，想着老家伙的卧室会在哪？她要穿到老家伙的床上，吓死他！

忽然传来一阵急促的脚步声，隔着窗缝她看见人头攒动。来了一大批人，当先是那老掌柜，后面是一大群一样衣服的人，红色对襟衫，黑色裤子，胸口圆圈画个“卫”字，手里都拿着扁圆的棍子。景横波瞧着这造型挺熟悉的。

老掌柜在前头引路，一边说话，声音遥遥飘了过来。

“……各位官爷……真是料事如神……确实有人来当祖母绿宝石……对对，还是带有星芒的极品祖母绿……嗯嗯……失窃的贡品我们绝不敢隐瞒销赃……人已经关在正厅……您请……”

景横波皱起眉，没想到捡到的祖母绿也能带来麻烦，失窃的贡品？

老掌柜开了锁，推开门。吱呀——门将光影缓缓割裂。所有人一抬头，呆若木鸡。

“人呢？”

同一时间。景横波呆若木鸡。她低头看看脚下木台，看看台上面色惊惶衣不蔽体妆容妖艳的女子，看看四周各式装饰华艳的小楼，再看看底下同样张大嘴表情惊恐的……男人们。

我去。这是到了哪里？四面建筑风格俗艳，姑娘们衣着华丽且暴露，她现在所在的位置是一座看台。面前横着一方粉红轻纱，轻纱内外都有女子。外头的女子似乎在跳舞，隔着轻纱可以看见台底下的男人们表情猥琐且兴奋，眼珠子红通通或者绿油油。按照景横波多年来的经验，这种场合所展现出来的气质风格，九成九是妓院。现在应该正在做歌舞表演，而她直接移到了看台幕后。

身后咕咚一声，她回头，便看见穿着红绫衫儿的半老徐娘，翻白着眼睛跌倒在地，颤颤巍巍地指着她，眼神满是惊恐：“你……你……你从哪里冒出来的……”姑娘们还没反应过来，眼神直勾勾地瞪着她。

此时不远处也传来呼喝声，“人呢？怎么不见了？一定没跑远，在附近搜！”

景横波暗叫不好，原来她这次瞬移，没移出多远，追兵就在附近！她暗暗皱眉，想着这县城今日逢集，到处都很热闹，不比先前的荒郊野岭，她这样大白天移来移去，很容易给人看见，反而会带来麻烦。

“有鬼！”身后老鸨发出一声似乎被捋直了脖子般的尖叫。景横波忽然一个大转身，高抬腿，手叉腰，十公分尖刺鞋底对准老鸨的脖子，“叫呀，你继续叫呀！”

老鸨的尖叫呃的一声收在喉咙里，听起来像一只打鸣的公鸡。几个姑娘的尖叫声倒是控制不住传了出来，却被外头的丝竹之声掩盖。

景横波抖抖鞋，媚笑，“你一叫，我一抖，我可保不准这鞋跟会不会向前一冲，刺到你脖子哦……”老鸨忽然一怔，打量她的笑容，又上上下下看了她一遍。

景横波笑眯眯地任她看，还特地拗了拗身形，让脖子和胸、胸和腰、腰和臀，各自憋着股劲儿，拗出点段儿，站出个曲线玲珑、风情万种、姿态万方。

老鸨眼神亮了，连脖子上的凶器鞋跟都忘了。经得住她眼神打量，还能这么风姿十足的女人，可不多见！天生尤物啊这是！

景横波眼神却有点烦躁，因为追兵声越来越近。

“隔壁妓院先搜！”

我去，居然就在隔壁！忽然粉红轻纱帘子一掀，一个姑娘旋转着进来，还没转完就扑倒在地，揉着脚踝连声娇呼，“哎呀妈妈，赶紧换人，我这脚扭了，不能再跳了！”

“这……这可如何是好！”老鸨一惊，都忘记了脖子上的鞋跟，连忙吩咐一个黄裙女子，“彩环儿，你赶紧替上！”

“妈妈！”叫彩环儿的女子险些哭出来，“曼云姐姐学的醉羽裳是新舞，咱们都还没学会呀……”

“哎呀，你们这群遇事不顶用的蠢妮子……”老鸨滔滔不绝地骂开，底下等得不耐烦的男人们开始鼓噪，而一直凝神倾听的景横波，却只听见一大波人冲出隔壁的脚步声。

马上人就会到这里来……来这么多人，说的又是什么贡品，事情一定不小……

隔院的追兵人头晃动，帘外的看客呼声汹涌，面前的舞女哀哀呼痛，景横波瞟一眼那裙子那造型，撇撇嘴：啥羽衣舞？火鸡舞吧？土掉渣了！

她忽然有了一个念头，迅速把鞋子一收，蹲下身，一把抓住老鸨的脖子，在一群女子的低呼尖叫声中，快速地道：“喂，咱们来做个交易怎样？”

第四章　天授风情

“凤来栖”院里的姑娘曼云，刚才舞着舞着，舞到了幕后，好一阵子没出来，底下等着的看客，渐渐烦了。

“哎，人呢？怎么跳着跳着不见了啊？”

“不是说今天出新曲新舞，顺便竞争新来的曼云姑娘的度夜权吗？”

“这舞瞧着也没什么稀奇的，不过是变了几个动作罢了，早看腻了……”

“‘凤来栖’不就是因为没新意，始终做不过旁边的‘眼儿媚’和‘蝶双飞’，这次才绞尽脑汁想了个什么新舞献艺的花样吸引客人吗，还以为会有啥新花样，搞了半天还是老德行……”

乐声忽然一变。舒缓缠绵的靡靡之调停息，一静之后，忽响起女子的齐声吟唱。

说吟唱也不算，没有曲调，没有配乐，一片寂静里，是女子和声的“啊、啊、啊……”之声。声音起初极轻，带几分喘息，似静夜里风卷来的轻吟，携着淡淡夜来香馥郁香气，敲响了床头摇晃的金钩。看客们眼睛开始发亮。

一群看客，不由自主地涌过来，脸色涨红，手心里涔涔地出汗。帐幕后，一群女子跪坐着，按照景横波的要求齐声吟唱，看着帐外男子们的激动之态，都有些愕然。

老鸨蹲在一边，目光灼灼。她从来没想过，没有暴露的肌肤，没有挑逗的动作，没有轻佻的配乐，仅仅凭女子口舌发出的声音，便能令人血脉贲张。“你不是说要跳舞的？跳啊！跳好了，什么要求我都答应！”老鸨的怀疑之色化为期待，连连催促景横波。

景横波撇撇嘴，抓起一个半脸缀羽毛面具戴上，操起一根准备好的铁棍，掀帘而出。

众人抬头，眼睛一亮。台上忽然出现的女子，体态妖娆，脸上虽戴着面具，露出的一双眼睛却流眄生波，眼尾微微勾起，是少见的桃花眼，瞳仁大而灵活，不动时也如春水，微微顾盼更是光彩照人。半脸面具是蝴蝶形，镶了飞羽做蝶翼，可那风中飞舞的彩羽，也不抵她眼波灵动。一些花丛老手已经开始喝彩，都知道仅凭这双眼睛，这女子就当是极品。更多的人注意力放在女子的衣着上，那一身少见的艳红裹裙，将一身曲线紧紧勾勒，每一寸起伏，都是经得起推敲的美妙线条。更不要提裙子短袖半截，露出的胳膊和腿，肌肤莹润，瘦不露骨……

“风情天授，人间绝色……”花丛老手们哈喇子流了一摊。

“不过她拿个棍子做什么？不会是耍棍吧？好好一个美人，煞风景……”不远处一棵大树上，也有人在窃窃私语。

“出来了！出来了！果然是女王陛下！”

“国师，我们要不要现在就……”

耶律祁托着下巴，饶有兴趣地盯着景横波，摆摆手，“大家都看看再说。”看样子新女王似乎要献舞？他很想瞧瞧惊世骇俗的女王陛下，能跳出什么舞蹈来。他调整了下坐姿，下意识地又摸了摸腰带。

手指搁在腰带上凉凉的，心却有些热热的，还有些混乱，有些复杂，有些愤怒，有些哭笑不得。这样复杂的情绪，多年没有过，只因为遇见了不在调上的新女王。他没想过，一个手无缚鸡之力的女子，会令他连连失手。她的放纵、张狂、自如、恣肆，鲜亮得像一面猎猎招展的旗，忽然就出现在他的视野，忽然就凶猛扑上了他的脸，柔软而鲜艳的一个起伏，他似连呼吸都被窒住。见过女子不知凡几，艳烈女子不乏其人，但从未有人如她这般鲜明存在，放肆占有，潇洒昭告，却又风情十足。

他人的艳烈尚存收敛，有着对这世道规则的畏惧与臣服；她的艳烈却毫无顾忌，一抬手便击碎这人间铁壁藩篱。很难想象，规矩教条天下第一的大荒女王位，遇上了这么位肆意人物，会碰撞出什么样的火花？他忽然很期待。

木质台面有缝隙，景横波把底端扁平的棍子往缝里一插，固定住。这是她的舞蹈道具，也是她的武器，万一还是出了问题，还指望这棍子护身。至于要跳的舞蹈嘛……钢管……哦不，铁棍舞。景横波露一抹贱贱的笑——钢管舞？没系统学过，只感兴趣看过，玩不出最标准的专业舞。但是这些土包子也没看过呀。

还是那简单的吟唱配乐，她展开身体，极度放松，长腿一抬，忽然就一字马贴上了棍身！柔软身体拉成一线，似一条赤焰妖蛇。裹裙里安全裤也是一色艳红，男人们的惊呼险些瞬间把台板给冲了。树叶一阵簌簌抖动，原本躺坐的耶律祁霍然坐起，动作太剧烈险些掉下来。

“这动作……”他身边一个护卫目光呆滞。

“这身体……”一个护卫脸红如血，赶紧捂脸，却留下巨大的可以偷窥的指缝。

耶律祁定了一定，霍然正色喝道：“大惊小怪做什么！大燕的舞都是这样的。对了，你们都在这里做什么？难道四面不需要警戒吗？难道敌人不会趁机摸过来吗？还有我让你们时时传递宫胤的行踪的呢？谁准许你们都在这儿偷懒的？快去！”护卫们被轰下了树，一步三回头……你刚才明明说大家一起看的！

台上景横波，蛇一般地滑下，单腿勾管一个飞旋。定格的一霎身姿是春风里婉转的大丽花。人们眼前晃过艳色的风，脑子里也似呼啸起腾腾的火焰和风。果然新奇！

“跳啊！跳啊！”一个公子哥儿忽然从座位上跳起来，从人群里挤出来，踉跄扑到台前，掏出一把银票砸到台上，“快跳！都赏你！赏你！”银票乱舞如蝴蝶，哗啦啦飞了漫天，没人去捡。景横波看也不看，一群人扑上去揍他，“去你娘的！挡老子视线！滚开！”

树上耶律祁嘴角抽搐，手里扣着一把树叶，他忽然很想把这些树叶都砸到这群混账头上，削掉他们油光铮亮的头皮。或者用树叶，把台上那个正在做匪夷所思动作的女子，给埋了。

“国师！国师！”被赶走出去探听消息的护卫们回来了，可是连呼三声，平时耳聪目明的国师大人竟然没听见。

景氏铁棍舞几乎瞬间就到了高潮。一字马引起的呼喊小意思，三百六十度旋转又是一场狂乱的旋风，盘身倒仰献上的美好曲线令男人们腿软，彩练一般的折叠翻转让喝彩几乎掀翻了屋顶。一字、卷腰、勾转、反转、飞管、缠管、倒挂……脱离魅惑的范畴，这是极度展现女子柔韧之美的舞，从指尖到足尖，诉说的都是舒展和缠绵，棍棒的坚硬衬托女子的柔软，她化身为一匹艳丽的彩带，在人们惊艳的视野里自如浮沉。而女子齐声的吟唱呼喊，又赋予这舞蹈极致简单又极致契合的真义——邀请、等待和呐喊。呼应血液的澎湃，召唤内心深藏的猛兽，期待一场嗜血的攫取。

所有人开始觉得，这样的曲和这样的舞，才是人间佳配。到了后来，院子反而安静下来，男人们张大嘴，想为这澎湃诱惑的舞蹈惊呼，却又怕呼喊打乱了歌和舞的节奏，只得急促地呼吸，眼神里满是急切的渴望。

树上耶律祁抓乱了一大把无辜的枝条，才听见护卫的回报，“右国师宫胤大人，已经进入大燕国境！”

耶律祁嘴角的笑意凝了凝，看了一眼景横波。宫胤居然真的亲自千里来迎，他那样的人，要遇上这样的女子，会出现什么结果？想到这点，他心里有点烦躁。

“国师，还有一封信。”护卫悄悄踮脚在他耳边说了几个字，“斩羽部的……”

耶律祁展开信，第一遍读得心不在焉，眼角不时瞟景横波方向，慢慢脸色开始严肃，专心读信，完了将信一合，信在掌心无声湮灭，他的脸色，从刚才的微红渐渐转为沉郁的白。

“走。”他道。

“啊？现在就走？”护卫们愕然，“不和女王一起走吗？”

“如此异宝，还是留给有缘人消受吧……”耶律祁唇角泛出一抹神秘的笑意，却并没有起身，反而舒舒服服向后一躺。

“大人，不走吗？”

“哦，等我先看完。”

一个翻身，攀上棍顶，双腿勾棍，连飞三圈，女子狂野的波浪卷发在空中飞卷，张开的雪白双臂似一双轻盈的鹤。

“好！”喝彩声如爆，点燃这不小的空间，狂呼叫喊和挥起的手臂，汇聚成兴奋的海洋。忙碌的耶律祁手中树叶不断嗖嗖嗖，飞射那些兴奋过度想爬台的家伙，削起一片片的头发，居然没有人察觉。

在人群情绪狂欢的最高处。砰！院门忽然被撞开，一大队衙役冲了进来。

“让开让开！抓捕逃犯……”班头习惯性挥舞着水火棍叫嚷。

没人理他。人们忙着挤在台前，连回头都懒得。挤在后面的人砰砰砰地擂前面的人的背，挤在前面的人砰砰砰地擂台板，叠加的声浪一浪浪掀开，将所有的声音淹没。“干什么干什么！没看见老爷吗？让开让开！我们要……啊！这……这是什么舞？”班头冲上前，费劲拨开人群，一眼看见台上舞蹈，顿时直了眼。看一眼觉得奇特，第二眼就转不开眼，第三眼忍不住站下，扶着水火棍看得津津有味，再过一会儿，衙役们发觉同伴不知到了何处，再一找——呵！在台板前打拍子呢！

吟唱以一长声“啊——”结束，仿佛极致疲惫又放纵解脱，众人也忍不住啊了一声，嘘出一口长气。台上景横波勾着木棍飞了一圈，艳红的裙划过霓虹般的轨迹，众人轰然一声好，衙役们的声音尤其响亮。

老鸨喜笑颜开上台谢幕，介绍说是新来的姑娘，几乎立刻台下就开始嚎叫，竞争度夜权。

衙役们此时才想起自己追捕人犯的任务，拨开人群，查问老鸨，可见着一位穿灰大褂子的年轻姑娘，又指着台上景横波问来历。

“您说的姑娘，奴家可没见着。‘凤来栖’刚才的院门，只有大爷你们打开过，没进来过别人。咱这院子里的老少爷们都可以作证。至于这位，可是‘凤来栖’重金买来的姑娘！”老鸨笑得满面肥肉颤动，把刚刚准备好的账本翻给衙役看，“您瞧，一个月前，从安州花三十两银子买来的，奴家把她秘密藏在楼里练舞，今天才请出来和大爷们见面，您瞧瞧人家这相貌、这身形、这满身的勾魂劲儿，不是我，凤来栖谁能教得出这样出众的姑娘？”

衙役班头上下打量景横波，景横波盘在棍子上对他翻个媚眼儿。班头端着下巴，也觉得，这种风情，平常人家绝不会有，要说不是在“凤来栖”调教过几个月，连他都不信。

“你瞧着像不像？”他问当铺掌柜。当铺掌柜神情也很有些迷惑。刚才景横波穿着大褂子，戴着包头巾，他又有心事，并没有看清楚脸。此刻眼前的女子风情万种，怎么瞧都像是“凤来栖”教出来的花魁，一句“好像是”的话，怎么都说不出口。再说虽然当铺和“凤来栖”隔得不远，但也越过了三四个院子，那短短时辰之内，那身怀祖母绿宝石的女子，根本不可能跑到这里，和老鸨串通好了跳舞。

当铺掌柜只知道祖母绿宝石涉及朝廷大案，上头追索所有拥有这宝石的人，具体什么案子也不明白。他不知道这宝石来源于大燕属国尧国，尧国内乱，尧人给他们远嫁大燕冀北藩的镇国公主报信，大燕却在此时要对冀北削藩，不希望冀北王妃得到国内任何消息。因此皇太孙亲自追杀尧国报信特使，杀尽尧国特使，却遗落了特使带着的祖母绿。而持有祖母绿的人，自然就是那晚目击大燕皇太孙追杀尧国特使的人，为免泄露朝廷秘密，大燕秘密下文命官府仔细查访，发现持有宝石者，立即缉捕。

事关国政，这些人自然不知道内情，掌柜原本想得个赏金，此时倒不愿再多事。想着“凤来栖”的嬷嬷向来泼辣，得罪了麻烦不小，犹豫半天，搓搓手，“小老儿……瞧着不像。”

“那就走，还得去别处看看！”衙役班头用力盯了景横波一眼，咽了口唾沫，一挥手带人离开。

“大爷记得常来呀。”景横波很入戏地挥着小手绢媚声相送。惊出一身汗的老鸨，恨不得给她一脚。

衙役一走，刚才大气不敢出的男人们，呼啦一下捧着银子涌上来。

“这姑娘我要了！”

“一百两！今夜归我！”

“我出一百五！”

“这般尤物，几百几百的你们嫌丢人不？一千两！”

“就你有钱？老子用钱砸死你！两千！”

老鸨眉开眼笑手忙脚乱，百忙中还不忘记回头，悄声道：“姑娘，说好了的，我帮你撒谎，你留在我‘凤来栖’……”

景横波跷着二郎腿坐在椅子上嗑瓜子，上下嘴唇翻飞吐出一片瓜子壳，笑吟吟地道：“好呀。”

“大波姑娘，城南姚老爷打发人来说了，今晚他过来，让你不要再见别的客人了。”

“好啊。”景横波吐出一片瓜子壳，笑眯眯地答应，眼角瞟了瞟身边不远处一个姑娘，那姑娘立即喜滋滋地起身上楼。小厮殷勤地给景横波上了一壶上好的茉莉香片，市面上最高价的那种。现在景横波是“凤来栖”的头牌，是“凤来栖”起死回生的功臣，她一场古怪的铁棍子舞，风靡小城，慕名而来的人络绎不绝，所以景横波如今在楼里要风得风要雨得雨，人人巴结，生怕惹她姑奶奶不高兴。

她说她要住在顶层阁楼，由她。她给自己起的艺名叫大波，虽然难听，也由她。她不在自己房间内等客人，喜欢在楼内东逛西逛，还喜欢端着姑娘们下巴瞧来瞧去摸来摸去，也由她。“凤来栖”的老鸨在门口迎客，瞧着东游西荡的景横波，笑得心满意足。真是天降福星啊！

自从这姑娘莫名其妙掉到舞台上之后，“凤来栖”便转了运，不光生意好了，连楼内气氛都祥和了。其余姑娘们似乎也没了以往互相争客的嫉妒倾轧，一个个每日喜笑颜开，十分满足的模样，瞧着令人欢喜，由此生意也便更旺几分。

正常情况下，头牌总是容易被嫉妒，由此引发的争端不少，这样的老例在景横波身上却似乎不起作用。她人缘极好，老鸨再三告诫姑娘们不得泄露景横波来历，姑娘们却根本不需要她关照，对景横波极尽巴结。老鸨有时候觉得，她们对大波的态度，与其说是喜爱亲切，倒不如说是敬畏，有时候她们流露出的眼神，还带着几分感激。

这当然有点蹊跷，不过老鸨不打算深究，天降的福气，何必疑神疑鬼坏了好事？景横波回自己阁楼梳妆打扮，路过二楼一间厢房门口，唤一声，“静筠，今天好点了吗？”

房内传来的语声，隐着几分中气不足的弱，答：“用了参，今日好多了，只是那银子……”

“银子你不用担心，回头让姚大夫去我那结账。”景横波摆摆手。不去理屋内传来的感激道谢，转头对着门楣上挂着的鸟笼子，摆了个S形，“二狗子，我美吗？”

“呸。”笼子里红鹦鹉中气十足地答。

“嘘！”景横波吹口哨。

二狗子浑身一个激灵，双翅张开，双目圆睁，颤抖一阵，啪嗒一声，掉下一坨鸟屎。

景横波早已咯咯笑着跳了开去。

“呼，‘舒湖’了。”二狗子摸着肚子，满足地踱了两步。

“大波姐姐，别叫它二狗子，它叫青衿……”屋内的声音有气无力又无可奈何，“取意青青子衿，悠悠我心……”

“一不小心，人亡精尽。”景横波嘴一撇，拔了二狗子一根鸟毛扬长而去，“别背你那酸诗了，养着吧！”

“滚你个蛋，作死妖精！”二狗子跳脚怒骂。

“青衿！”屋内一声切切哀呼，“我教了你这许久诗词歌赋你学不会，怎么这些粗词俚语你一学就会……”

景横波把鸟毛插在头上，早去得远了。经过三楼一间屋子，探头听听没有声音，正要倚门框敲敲门，忽然门背后伸出一只手，一把将她拉了进去。景横波被拉得一个踉跄，吓了一跳，“作死！鬼鬼祟祟的干吗！”

“你要的消息有了，我费尽心思才打探来的，给钱！”一双手摊在面前，食中两指捏成一个圆圈，“二十两！”

“怎么样？人走了？我的箱子在哪？找回来了吗？”景横波两眼放光，握住那双雪白的手，顺手把那个圆圈给抹平了。

“少废话，钱！”手指直直地戳她的掌心，指甲一掐一个印子，力道毫不含蓄。

“死翠姐儿，别掐，掐破了影响我肌肤的美感小心我掐死你。”景横波掏出一张小额银票，拍在那双手的掌心。那手才缩了回去。

“人不在原地，箱子也不见了。”翠姐接过银票塞进怀里，言简意赅。这位“凤来栖”

的三等姑娘翠姐，相貌平平，和刚才那个对鹦鹉赋诗的二等姑娘静筠，是“凤来栖”的两大极品。也是“凤来栖”生意最差的两个姑娘。静筠是官家出身，也曾是千娇百宠的千金小姐，家道中落，被卖进楼，她身子娇弱，十天有八天生病，还有一天在吐血，留一天时间凄惨惨对月赋诗，咳上七八十声。每次恩客一进门，静筠就发昏，男人们乘兴而来，求的就是娇花解语软玉生香，谁愿意对个哭丧脸的病秧子？久而久之，也便没了生意，成了卖艺不卖身的清倌，陪着几个爱她“娇怯怯扶风柳，泪盈盈拈花貌”风采的老才子，盖着被窝纯聊天。日子过得凄惶，凄惶的日子唯有一只同样风雅娇怯的鹦鹉相伴，可堪安慰。可眼看着鹦鹉也将不堪大波荼毒，化风雅娇怯为暴雨狂花，导致最近静筠的咳嗽又多了几声。

翠姐则是街头卖艺出身，随父兄街头卖艺，结果父兄都被富少惊马撞死，富少撞死人后扬长而去。当时不在面前的翠姐拼命赶来只看见了一个背影，她身无分文，在街头卖身葬父，把自己卖进了“凤来栖”。这个看起来性子简单的姑娘，进了“凤来栖”以后做尽粗活，却不肯接客，不接客也就没银钱进项，翠姐时刻显得很穷，自此又添了个爱钱的毛病。但她过得再憋屈，也没有想过要离开“凤来栖”，有人猜测，她留在这里，只是希望能够碰见杀父仇人，毕竟那种公子哥儿，来青楼买欢的可能性不小。

景横波原本没注意她，却在来了不久之后某一晚，在厨房偷食的时候，遇见翻墙进来、鲜血淋漓的翠姐。景横波吓了一跳，却没有声张，当即把翠姐拖进了自己房内，暗中托人请来大夫给她治伤。翠姐默不作声地接受了她的帮助，走的时候还顺手拿走了景横波的薄胎珐琅瓷碗，景横波也不过一笑而已。

之后景横波知道她会点武功，便出钱让她去看看大荒的那群人走了没有，自己的箱子有没有被带走，指望着能把箱子拿回来。里面可藏着许多现代带来的要紧宝贝，比如她那些美妙的紧身内衣，少了它们，她觉得活得都不够精彩。听到这个消息她有些沮丧，现在只寄希望左国师他们不会开她的密码锁。

“再帮我查查人去了哪里。”她有些不放心，嘱咐翠姐。

翠姐斜眼看她，手一摊。

“不是给过你钱了！”

“那是前一件事，这是新活计。”翠姐逢上钱，脑子挺活，“再来二十两。”

景横波啪地把一张小额银票拍她脑门上，“给我去查！现在！马上！立刻！”翠姐把银票从脑门上揭下来塞进怀里，“哦。我立刻就可以告诉你。人是不在原地了，但是好像在三水县城里。”

“啊？”景横波一惊。美人国师来了？找到地头了？怎么办？

“一晚上跑了几十里，我要补觉，出去。”翠姐将发呆的景横波推出门外，顺手捋下了景横波手指上新戴上去的韭叶金戒指，砰的一声关上门。景横波正沉浸在噩耗里，茫然未觉，一路游魂般晃荡。经过一个门，给点碎银子，经过一个门，说两句闲话儿，再经过一个门，顺手救了个被打得要死的小丫头。把每天几乎都要干的亲民事儿干完，回到自己房内，就开始收拾细软。准备跑路！

第五章 得见一人倾国色

美人国师逼近，保不准很快就能找到她，还是早做准备的好。景横波把细软都放在妆台抽屉里，到时候好拿，收拾妆台首饰时，她特意用油将黄铜镜台的边缘抹了抹。

镜子是暗门，暗门后有个小间。这是“凤来栖”的特别设计，每个姑娘房间都有，专门用来对付那些家有悍妻打上门的情形，那边母老虎一来，这边就把恩客赶紧推进暗门躲藏，凭这一手狡兔三窟，“凤来栖”就多了三成生意。时常不用，机关有点发涩，得润滑润滑，她可不希望事到临头出岔子。

入夜，一辆华丽马车载来了恩客姚老爷，被老鸨喜笑颜开迎入了景横波的阁楼。银红茜纱窗被淡黄的烛光晕染得绮丽，倒映出女子起伏的身姿和男子肥硕的大肚皮。景横波咯咯咯的笑声，在夜色繁华喧闹中的“凤来栖”中依然清晰，脆亮。满楼里萦绕着她青春的华美和嚣张气息，楼上楼下，每间香闺里的男人们，忍不住便要停下动作，竖起耳朵，羡慕地听一听。

笑声没多久就止了，灯火噗的一声被吹灭，听墙脚的男人们摇摇头，羡慕嫉妒恨地咕哝一声：“老姚好艳福……”抱着自己的女人继续寻欢。

老鸨反手闩上门，喜笑颜开地下楼，将走廊里的灯一盏盏灭了。这是景横波的规矩，她接客时，周围不能有光。顶层阁楼上安静下来，一个人也没有。

景横波的屋内，似乎有点响动。又过了一会儿，黑黝黝的走廊里，忽然出现一个人。如果有人在，此时会吓一跳，因为这人没有来处，凭空出现，好像从楼板中生出来一样。那人还抱着一个人，从垂落的裙子来看，是女子。人影左顾右盼，咕哝一声：“又跑错了……”

楼下微光反射，映亮她猫般荧光流动的眼睛，是景横波。她放下怀中女子，将她往自己屋内推，“快去，老姚等着呢。”

“你把他兜里银子都掏出来了？”女子进门前问。

“放心，保证他出门连条内裤都买不起。”景横波打个响指，身子一闪不见。下一瞬她舒服地躺在一间卧房内，开始补觉。这大半个月的“接客”生涯，就是这么过来的。她给客人大灌迷魂汤，骗到钱财后熄灯，熄灯那一霎假称去帘后卸妆，瞬移去别的没有生意的姑娘屋内，将人带来替代自己。事后她所骗来的金银礼物都归那姑娘，她则躲在人家屋里睡觉。皆大欢喜。

对于楼内姑娘们来说，多了生意和意外收入，对景横波自然感激。见识过景横波的瞬移手段后，她们更认为景横波拥有大神通，或者是官府供奉的高人，或许是哪家海外神仙门第派出来体察民风的弟子，越发不敢得罪。时间久了，姑娘们俨然已经把景横波看成自家的风月班头。

景横波小睡了一会儿起来，叼了一根炒米糖，回忆了一下今天下午在大堂看见的某位长相不错的公子，想着那位应该是进了红香的房，便蹑手蹑脚地摸到红香房门口。趴在门上听了一会儿，没听见什么有趣的，她身子一闪，穿过了门，蹲在妆台边仔细观摩。

哎……时辰不够……力度不够……身材不行……白瞎了一张好脸皮，银样镴枪头！

她悻悻地咬一口炒米糖，咔嚓一声脆响，床上的男子浑然不觉，红香恼怒地抬起头，砸过来一只袜子。男人被惊动，抬起头问："谁？"隐约看见床前一条黑影，再一眨眼又不见，他揉揉眼睛，还是没有人，地上一只袜子，还有一块啃了一半的炒米糖。

"有鬼啊！"男子一蹦而起，惨呼声响彻楼内。景横波早已无趣地换个地方偷窥……

天快亮的时候，她房间里的活计干完，她将代劳的妓女送回去，把软成烂泥的姚老爷揪起来送出门。把床单换掉，继续心满意足睡大觉。她心满意足，红香却十分懊恼，昨晚客人受了惊吓，请大夫折腾了半夜，客人的娘子闻讯赶来，还赏了她一顿巴掌。

红香脸上有伤，短期内不能接客，便戴上帷帽，出门去看大夫。看完大夫出门，她看着天气晴好，便起了逛逛的心思，青楼女子白天睡觉晚上工作，很少有出门游乐的机会。白日里集市热闹，玉水坊闹市区一溜排的胭脂摊子成衣店，向来令女子趋之若鹜，红香一路逛了过去，眼看衣香鬓影，红粉如流，人流潮水般泻过来，她忽然觉得有点奇怪。所有人，不管在做什么，往哪个方向，脑袋都转向同一个方向。

集市的气氛似也有点不对，红香想了一会才明白，刚才一直很喧闹，现在声音却慢慢低了下去，汹涌的人声被一阵窃窃的低语所取代，像奔腾的潮，在柔和清亮的沙滩前忽然温柔，不断欣喜回旋。姑娘们的抽气声很明显，隐约还有低低的尖叫。红香转过头，明明四面人极多，偏偏一眼就看见一个影子。那是一个背影，高而挺秀，白衣质地精洁，并无暗纹花饰，却在日光下闪耀着奇异的淡银光彩，帷帽下一截乌发垂落，光泽却更盛几分。

只是一个背影，便叫人移不开眼睛。他在集市缓缓而行，四面人潮俱迎他而来，人们看见他便忍不住打量他，打量他却又不敢靠近他，不敢靠近他却又禁不住想多看一眼，不断有人发出惊呼，因为边走边回头，撞到了人或者撞到了树，震落一树淡粉桃花，簌簌落如天雨。

那些浅粉樱红，娇艳无伦的花瓣落在他肩头，他并没有伸手拂落，也没有停下步伐，花却随着他前行的步伐，慢慢向后飞起，粉瓣盈舞，似被透明丝线拖曳，在他身后翻飞如桃花氅，衬那一身暗光流转的白裳，清极艳极。

集市寂静，连那些惊叹私语都彻底消失不见，人们张大嘴，满目炫彩，倒映这一刻奇景，这一霎风华。得见一人倾国色，天雨飞花动半城。

红香也被震得忘记呼吸，想着"凤来栖"不乏清贵名流的翩翩少年上门，可无论是谁，也难有这般神采，一个背影便足以颠倒众生。她痴痴看着那背影离集市越来越远，渐渐看不见。此时集市才仿佛从梦中惊醒，人们各自找到了自己，该做啥做啥，红香做梦般地嘘出一口长气，忍不住喃喃地道："这般风采，要是给大波瞧着，八成立即便扑了过去，或者半夜穿墙，直接掳了来……"

话音未落，她忽觉眼前一亮，似有一道白影如电光穿至眼前，带起一阵清逸清爽的风，随即她忽然觉得全身不能动了。

仿若在做梦，梦里人潮汹涌都成静态，身周有雪色衣袂似淡云，冷香氤氲如般若。梦里，一个声音在她耳侧，清晰而平静地道：“她在哪里？”

红香浑身发颤地往“凤来栖”走，脸色青白。刚才发生的事，梦一般在她脑中回旋。不过是一句无心的喃喃自语，竟然引得那个已经离开集市的白衣人，忽然出现在她面前。隔了足有十几丈远，她无意的叨叨，这人也能听见？是人是鬼？

白衣人神鬼一般出现在她身侧，下一瞬已经带着她越过集市，集市中竟然没人发现。后来的事就更奇怪了，白衣人把她带到僻静处，统共只问了她三句话，然后交代了她一件事，便让她回来了。红香慢慢松开满是汗水的手掌，掌心里一颗红宝石熠熠闪光。说价值千金也不为过，这神秘的美人，说赏就赏了。

她一直不敢抬头，连那人垂在下颌的帷纱也不敢看，只看见他扣得紧紧的衣领，领上一颗银色的珍珠足有龙眼大，润泽晶亮，美而尊贵。那是他通身上下唯一装饰，可是就是连红香这样的风尘女子，也禁不住觉得，就这点装饰，正合适。少了，担不住他的清贵气质，多了，便是一种亵渎。那一颗珍珠，价值只怕还远在这颗宝石之上。

对方问话时，四面有护卫把守巷口两端，她偷偷瞄一眼那些人，只觉得杀气透体心惊。红香想着对方的嘱咐，打了个寒战，抱紧了双臂。大波，你自求多福吧……

又是华灯初上时候。景横波今晚接待的是城北王守备家的公子。和弱鸡瘦柴一般的王公子拼酒三轮之后，景横波如愿将对方灌倒，摸尽他身上金银，一半塞在自己藏私房的箱子里，一半放在桌上。随即她吹熄烛火，身子一晃，已经出现在红香门前。

红香傍晚的时候和她说，遇见了一个知情着意的少年郎，她想从良，正在攒赎身银子，求多让些机会给她。景横波向来性子随意，当即应了。

红香的房里没点灯火，床上隐约有人，房内香气浮动，却不是红香常用的欢合香的浓郁香气，分外的清雅。景横波嗅了嗅，觉得好闻，却没有多想，咯咯笑着扑到床上，双手去抱红香，“香乖乖，香妞儿，香妹子，姐姐昨儿坏了你的好事，今天带你去宰肥羊……”

她的狼爪忽然顿住。床上的人翻了个身。黑暗里看不见容貌，只看见一双亮若星辰的眼睛，景横波确定红香绝没有这样明亮清冽的眼神，这世上绝大多数人都不会有。她想向后退，却发现全身忽然都僵住，只能维持着双手前伸、弯腰屈膝的猥琐姿势，定在床前。看起来好像她正准备向床上人跪地求饶一样。

给她定了个这么猥琐的姿势，床上的人好像还有点嫌弃，缓缓伸出一根手指，虚虚点在了她心口。景横波只觉得心口一窒，整个人不由自主缓缓向后退去，直到退到三尺之外，才以躬身姿态停住。

那人坐起身，扇扇袖子，后墙的窗户忽然开了，一股清风卷入。床上人手指抬了抬，桌上红泥香炉里幽幽暗暗燃着的香块，红光便亮了亮，清雅香气弥散。

景横波看他动作，忽然明白，这敢情是嫌她气味太浓，推开她，再开窗熏香散味！这人从出现到现在所有动作，都在诉说一个情绪。嫌！弃！

景横波来不及愤怒，因为床上人坐起来了。这一坐，她才发现，床上一片雪白，红香桃红鸳鸯的床单床褥都被卷巴卷巴扔在地下，这家伙根本没有睡在红香的床单上，他借人家床一用，还带了自己的垫子。矫情！

那人盘膝坐在床上，姿态端严，一抹雪色衣角垂落如流月，景横波忽然心跳，只觉得似看见帝王高踞宝座，正待对她冷然垂询。

这男人的气场……她忽然也屏了呼吸。他并没有看她，微微抬着脸，手搁在膝上，月光斜斜，只照亮他下颌，一片冷玉般的光辉，他的声音也似冷玉清凉，一字字凝冰碎雪，道："准你逃三次。陛下。"

景横波眼睛瞪起。高冷帝出没！准姐逃三次？姐需要逃吗？需要准吗？姐抬脚上月球转身游宇宙，需！要！逃！吗？这家伙，也是那批要她去做女王的人之一吗？可是怎么这个做派？

说起"陛下"两个字，明明特别清晰平静，怎么就令人感觉到一股浓浓的讽刺意味？

不说那群护卫见了自己屁股朝天朝拜，就算那一看就身居高位的黑衣美人，见了自己也好歹躬了个身。这位可真是高贵冷艳，就这么大喇喇坐着，轻飘飘一句，眼睛还看着屋顶。屋顶有什么？有她这么活色生香的美女吗？

"爱卿跪安！"她立即答，高高翘起下巴。

输人不能输阵，你看屋顶我也看屋顶，我看得比你还高。

听见这么意外的回答，床上白衣人终于肯把眼光放了下来，抬抬手指，景横波浑身一松，刚才的束缚没有了。

"爱卿拜拜！"唰的一声，景横波光速消失。开玩笑，美人是垂涎的，但也要有命去吃的，这位摆明了是大荒追兵，还是来头更大手段更强的大佬，而且态度比耶律祁还恶劣——有杀气！

她用一根汗毛打赌，如果此刻她不逃得精彩点，以后一定会活得很不精彩。

唰！下一瞬景横波出现在自己屋内。不是她不想逃远，而是金银细软还在屋内呢，不带着，以后的逃亡之路，等着饿死？她来不及喘口气，直奔床背后，床下墙角有个老鼠洞，她的钱就藏在那里，"凤来栖"的老板娘最擅长偷偷搜刮别人的私房，所经之处平地也能刮一层皮，只有老鼠洞才能逃过一劫。

挪开床，床背后是一堵墙，墙下有藏钱的洞，墙后是她平日洗澡的地方，放着木桶等物。床一挪，景横波一呆。墙呢？床后面那堵藏钱的墙，忽然不见了！现在她可以直接看见雾气氤氲里的洗澡木桶。

等等，雾气氤氲……桶里有热水？可是刚才她根本没有吩咐人打水洗澡，哪来的热水？还有，最关键的，墙呢？墙呢！景横波觉得浑身有点僵麻，眼前一切超越个人对世界的认知，难道她住的房间待久了，墙也混出了灵气，也能瞬移？更要命的是，雾气之后，隐隐约约出现了一个人影。白衣委地，襟袖如雪，束得紧紧的领口上，一枚淡金色的珍珠，在一片淡白色的雾气中微微闪光……

"第一次。"雾气飘渺，衣袂如仙，他的声音却清晰坚定。

景横波一个踉跄。这家伙怎么冒出来的？怎么知道她会移到这里的？他也会瞬移？后窗开着，水汽淡雾如流云，夜风掀起那人衣袂，漾出一抹水波般的浅纹，一笔曼行草书般自袖口蔓延至袍角，连带黑发微微鼓荡而起，似要向月色中飞去。此刻若有才子骚客在，大抵要摇头晃脑吟诵一句“仿佛兮若轻云之蔽月飘飘兮若流风之回雪”，景横波却只顾着后退。

心惊太过，有点腿软，她无法立刻瞬移，踉跄一退，砰地一下碰到硬物。她下意识反手一抓，确定自己撞到了妆台，想到妆台抽屉里有细软，妆台上有金钗银簪，霍然转身。金钗银簪也是值钱东西，还可以用作武器，抓一把防身先！更重要的是，妆台镜子一翻转，就可以打开暗门，她特意用油抹过轴承，一推就开！

景横波一把抓起桌上一瓶刨花油砸了过去，大叫：“看我蚀骨催魂被翻红浪欢天喜地颠鸾倒凤闻风即倒之春欢散！”瓶子砸出，她转身扑到镜前，只要狠狠一推，就能进入暗门，然后再瞬移——

景横波手已经碰到镜子，忽然停住。黄铜镜面光滑明亮，倒映了一个人影。白衣胜雪，领口紧束，一枚淡金色珍珠低调又奢华地亮着，黄铜的光亮都无法掩盖。

他个子太高，又站着，镜子只能照到他的领口处。

“第二次。”他还是那么平静冷峻，纹风不动。连领口淡金色的珍珠，都居高临下，寒光熠熠。

景横波心都凉了，这是哪里来的阴魂不散的鬼？刚才砸出的瓶子呢？砸出去的时候盖子已经开了，落到水里也该有个声响吧？就这么凭空消失了？连一秒都没把人挡住？原以为这家伙打扮得这么禁欲干净，一定对青楼各种东西戒备心很重，必定要躲一躲，可是连个转折都没有，她又在镜子里看见他了。

更要命的是，她发现这个家伙极有气场，这不是形容气质的气场，而是这家伙所在的地方，四面空气就好像特别的沉重，宛如实质，她完全没有把握在这样的感觉中瞬移多远。

保不准她使尽吃奶的力气，也不过从他面前瞬移到他身边。

这是哪来的深井冰？想当初黑衣美人国师那么牛，她也顺顺当当耍完人逃了，现在这家伙怎么这么难缠。

景横波向前一扑，决定还是不管不顾进入暗室，无论如何，先逃离有他在的空间再说！

砰的一声清脆响亮，回音袅袅作响。景横波啊的一声大叫，趴在镜子上，捂住额头泪眼蒙眬。眼看着光洁的脑门上，一个青紫微红的包慢慢鼓起，衬着脸上雪白的肌肤，煞是精彩。

暗门没打开，她以吃奶的力气，撞在了镜子上。景横波欲哭无泪的目光，缓缓落在了身侧。身侧有一根手指。手指洁白，形状优美，指尖晶莹如冰色，此时景横波趴在镜前，男子在极近的身后，手臂从后伸出，按住了暗门。两人距离极近，男子一低头，下巴就会挨着景横波的头顶，如果从后面看去，大抵似一个拥抱的姿势。虽然男子身子远远侧开，一副不愿意靠近的模样，但从镜子里看，这一幕颇有几分画眉婉转耳鬓厮磨的旖旎。

但现在景横波完全没有欣赏的心情，只想一偏头，狠狠咬断这只可恶的爪子。就是这只手指，正正压在镜子边缘，阻住了暗门的翻转，阻止了她的逃跑计划。

必须加以惩罚！景横波这么想，也这么做了。她一偏头，伸出舌尖，舔了一下那根手指。

第六章　坑爹的第三次

身边人毫无动静，似乎连呼吸都忽然消失。景横波刚刚还在庆幸，这家伙总是山一样一动不动，也许反应比较迟钝也未可知？忽觉四周气息呛人，仿佛起了烟，眼角一扫——四周墙壁的墙皮，正在扑簌簌往下掉，像是有隐形人在大力剥墙，弥漫出青灰色的烟尘，露出红砖的内里。

一怒剥墙皮？这档次比暴走挠墙牛多了！景横波忽觉浑身皮也在发痒……

她想跑，但跑不了，四周空气令人窒息，充满无形压力，头顶似矗了座巍巍巨山，她连头都抬不起来，只能趴那里，盯着那只被舔的手指。手指纹丝不动，冰色的指甲晶莹圆润，看起来却有点僵硬。

他是因为被调戏震惊，在寻找可以擦手的东西呢，还是在酝酿感情，准备好好一指头捺死她呢？

景横波拿二狗子的贞操赌，绝对是后一种。因为他全身写满“嫌弃”二字，保不准连拿她衣服擦手都嫌不够档次，因为他手指虽然没动，但杀气，忽然就唰唰唰蹿了满屋。

景横波的小心肝在发颤……擦擦擦墙皮飞了！擦擦擦地板裂了！擦擦擦花瓶忽然灰飞烟灭了！擦擦擦他想好了！抬起手来了！如冰似玉的指尖慢慢抬起……

“大神，我错了……”景横波声泪俱下，赶紧把脸往他手指上一迎，“快！快拿我的脸擦一擦！”

手指霍然一僵！机不可失！景横波立即头一低，狠狠向前一撞！砰！镜子翻转，她一头撞进暗室，正撞到额头大包，痛得她嘶嘶吸气，险些又惨叫出声。

但现在也不是呼痛的时候，景横波一边捂住脑袋，一边挣扎起身，一边呸呸地吐口水。啊呸，要不是为了分散他注意力逃跑，她才不要舔！那家伙看起来干净，谁知道会不会刚才嘘嘘过没洗手？

景横波爬起身，庆幸自己计策妥当跑得快，就知道舔一舔，精神好！脸上似乎还残存刚才迎上他手指的感觉，微凉玉润，脸皮有微微的痛，唉，她狗腿地迎上去的时候太卖力了。没事，大波报仇十天不晚，今天她拿脸给他擦手指，下次就让他拿胸膛给她擦脚趾。

走着瞧！挣扎起身，她再不犹豫，身子一旋。

“走！”

“唰！”一瞬之后，闹哄哄的“凤来栖”大堂，忽然一静。

老鸨僵住，龟公洒了茶壶，抱住女人们调戏的恩客们歪了嘴，咯咯笑着的姑娘们笑成了一声：“嘎？——”

人人盯着大厅中央。最中央一张八仙桌边，不知何时坐了两个人，一个白衣委地，身躯挺直，另一个坐在白衣人怀中，头埋在他怀中，看不见脸，不过从鲜艳如火的衣着来看，好像是……

问题是，那八仙桌旁刚才还没人，这两人是怎么出现的？

景横波感觉自己正坐在一个人腿上，心中忍不住嘎嘎大笑。成功了！

她进入暗门的时候就想好了，下一步不能瞬移到屋外，不然还是被那神出鬼没的家伙逮个正着，她就直接移到楼下大厅，移到某个老财的怀里，将脸埋住。她就不信那一看起来就特别高贵特别冷漠特别洁癖的家伙，肯纡尊降贵出现在大厅，会一个个把人拽起来看人！

就算他真的这样做，这里可是大燕，不是大荒，她出现在大庭广众之中，厅中难免有改装前来的达官贵人，这些人能容他一个来历不明的人，生生将她掳走？怎么看，她都立于不败之地，哈哈！

心安定下来，便自然注意到了自己所在的怀抱，鼻端有一股淡淡的香气，非花非草，也不是时下流行的浓郁的熏香，令人觉得冷，又觉得安宁，像行走在高山雪线之上，在一片皑皑之中，忽然看见一株碧绿晶莹的雪莲。

可远观而不可亵玩焉……真是少见的香气，也真令人……迷醉。景横波狠狠吸了一大口，手指按在对方胸膛，只觉得掌下似软实硬，弹性内蕴，又是一种奇特的手感。

景横波眉飞色舞——凭她前世无比丰富的经验，她可以判定，这回移进来的怀抱，必定是个极品美人！

所谓因祸得福，如是也。吸气，双手一抬款款抱上对方颈项，景横波慢慢抬头，酝酿出最摇曳的笑容，准备给对方一个最惊艳的亮相。被美色迷惑，她也就没注意到四面诡异的安静和这个怀抱的僵硬。

视线慢慢上移。雪白的、质料高贵的外袍。外袍每道缝边，抿着不仔细看根本看不见的金线。紧束的同色领口。领口上，淡金色龙眼大的……珍珠！

“啊！”景横波惨叫声几乎撞破屋瓦，唰地一蹦而起。自投罗网，风紧，扯呼！

可惜已经来不及了。白衣人手一勾，就钩住了景横波的衣领，将她拎到一边坐下，另一只手将一张银票往桌上一推。“赎身。”语声清冷，如珠玉相撞，整座楼的人都禁不住打个寒战。

老鸨愣愣地走过来，看一眼那大额银票，神色有点犹疑，又看一眼白衣人。

白衣人隐在帷帽下的容颜没有任何变化。一只手指虚虚地点在景横波肩头，景横波满脸通红，眼睛瞪如圆珠，一副有话不能说的模样，明眼人一看就知道她是被制住了。

景横波只能用眼神向老鸨叫嚣：别答应！老娘是你家头牌！摇钱树！答应了你“凤来栖”就没戏唱了！

老鸨果然舍不得，挑起一边眉毛，狐疑地道：“公子要给大波姑娘赎身，本是一桩美事，老奴乐见其成。只是这赎身也得你情我愿，不然这人出了门，有什么不妥当的事儿，难免是我‘凤来栖’办事不明招来的孽。如今瞧着大波姑娘神情态度，似乎不是很情愿？您看是不是……”

白衣人不语，伸手一招，人群里忽然出现一个瘦高男子，也不知道从哪冒出来的，他直挺挺上前一步，老鸨警惕地后退一步，男子却变戏法般拿出一只茶壶一只茶杯，恭敬地给白衣人斟了一杯茶。

青玉浮雕双螭龙茶盏，被淡红迷离的灯光照得薄透，茶叶根根直立，柔曼青翠，尖端银白，是顶级的银毫。从老鸨的角度看过去，淡淡水雾里，似有两条小龙在碧水中游动迤逦，玉杯方寸之地，隐有气象万千。

识货的人开始吸气——这样的茶盏，无论是质料还是雕工，都当得上奇珍异宝，便说是贡品也来得，这人什么来头?

下一刻吸气的人齐齐啊了一声。

白衣人喝完了茶，将杯子递给了随从，随从接过，随手将杯子一扔。哐啷一声，碎的不仅是千金难求的异宝，更是许多渴慕希冀的心。

大厅上捶胸顿足一片，人人面色惨白。被震得瞠目不语，连句“败家”都不敢骂出口。败家败到一定境界，就是霸气。

见多识广的老鸨却顾不得心疼，眼睛直勾勾盯着那碎了的杯子，杯子刚才撞在柱子上，碎成了粉。碎成粉……

老鸨激灵灵打个寒战，她确定自己再大力砸杯子，也不能把这样薄脆的杯子砸成粉，她更确定如果砸杯子的人想用什么东西砸她的脑袋，那必定会比杯子的粉末还碎。

“您看是不是现在就走？需要老奴给您整理大波姑娘的行李细软吗？”老鸨唰地一躬到地，老脸上笑意如菊花盛放。

满厅哗然，不明白老鸨何以话锋忽转，景横波却是看明白了，只恨不得将那银票揉巴揉巴，塞进那家伙的嘴里。

白衣人点点头，似终于满意老鸨的识相，手指一拂，解了景横波腿上禁制，随即站起。

景横波还想赖着不肯动，白衣人轻描淡写对她比出三个手指。好吧，第三次。

手指纤长挺直很漂亮，景横波这回却真想狠狠都咬断。看她悻悻不语，他回答老鸨，“不必了，走吧。”

众人神色惋惜。人人都知这“赎身”有猫腻，只是奈何不得对方极度强势，可惜色艺双全景肥水，从此流入强盗田。

景横波眼珠子东溜西瞭，指望着天降英雄来解救她出牢笼，可是哪怕媚眼飞抽了筋，也落不到实处，平日里那些叫着喊着心肝宝贝、信誓旦旦要为她抛头颅洒热血的男人，此刻眼神比她还飘，飞上梁飞下地，飞到东飞到西，就是不肯和她对一对。

至于那些楼内姐妹，大多还没瞧出来不对，都聚集在楼梯口，又高兴又心酸又嫉妒地给她送行。姐儿从良本就是喜事，何况这来赎身的人虽然掩了容貌，但久经风月的姑娘们谁看不出，这位风姿气度，绝非凡品。大波运气真好啊……

看遍众生神情，景横波也绝望了。危难之前，世人多半选择明哲保身，她景横波还没有真正能令众生颠倒，为了她不顾身家性命。

这个白乎乎的家伙，连话都不肯多说，做的事却如藏筋骨，凶意内敛。斟茶砸杯，不是为了摆富而是为了立威，一个能顺手将价值连城宝物毁弃的人，财力势力，岂是这些寻常人物能及？

这家伙，是自己懒得开口，便要让所有人闭嘴。这家伙，才是大荒的真正掌权者吧？和他比起来，那位黑美人，足可算得上温婉慈善亲切可人……

景横波转着眼珠子，决定好汉不吃眼前亏，识时务者为俊杰。走就走，听说那个大荒千里之遥，她就不信一千里的路，就找不到一个逃跑的机会？

她转身。

“等等！”声音从楼上传来，景横波愕然抬头，便看见二楼站着的是翠姐和静筠，还有一个小丫头，有点面熟。说话的是翠姐，不顾身后拼命拉着她衣角的静筠，大声道：“喂，白无常，你带人走我没意见，但是大波还欠我几身新衣服没拿给我，你让她去赶紧给我拿来！”

翠姐噔噔噔地从楼梯上奔下来，身后跟着神色惊惶不安的静筠和那个小丫头，“把我的衣服给我！”翠姐上前就要扯景横波手臂。

景横波大喜，翠姐有武功，只要能把她扯过来，她就有希望再做一次瞬移。

一只手伸了过来，明明手在右侧，不知怎的就绕过景横波，压住了景横波左侧的翠姐的衣袖，“衣服吗？”白衣人淡然地道，“她的衣物已经整理完毕放上马车，既如此，你随我去马车取来。”

景横波心一沉。

静筠在翠姐身后拼命拉她衣角，翠姐头一昂，“拿就拿！”

白衣人似乎轻笑一声，又似乎没有，转身缓步前行，一转身时正好一阵风过，将他的帷帽微微掀起。

不过没几个人看见。

瘦高男子扶着景横波手臂跟了上去，翠姐愣了愣，犹豫一下，也跟了上去，走了几步回头，看见静筠站在原地发呆，冷冷地道：“不敢走？不敢就赶紧回去，反正大波给你留的钱，也够你吃一阵子参了。”

静筠却似有点魂不守舍，怔怔地望着白衣人背影，脸上渐渐泛出一抹难得的酡红，衬着她平日里微显苍白的肌肤，娇艳如霞。

翠姐看得一怔，还没反应过来，静筠已经上前挽住她臂膀道：“怎么能不去？大波和那位公子瞧着有些不对，莫要被人拐带了才好。咱们和她姐妹一场，好歹要看个明白。”

翠姐这才笑了笑，扶了她出去，那小丫头也跟着。老鸨想阻止，动了动嘴唇没说话。外头那几个不好惹，翠姐静筠又是不能挣钱的，还有那小丫头，不肯接客，昨儿刚被大波救了，“凤来栖”要她们也没什么用，就让她们去。

“凤来栖”门外果然停着车，一辆牛车，铺着干草，气味酸臭，一辆马车，雕鞍饰轮，精致华贵。

景横波很自然地向马车走去，身为女王，她有享受尊荣的自觉。下一瞬她飞了起来，在星火迷离的天空中转了一个圈，砰的一声，后背落在厚厚的干草上。老牛哞的一声，尾巴啪的一下甩在她脸上，臊哄哄的。

“见鬼！干吗摔我！我不要上牛车！马车是我的……”景横波喊了一阵子，忽然一呆，这才发现自己能说话了。

“救……”她立刻扯了嗓子打算喊救命。砰！一个柔软的物体重重撞在她胸口，她险些以为心脏都被撞出了喉咙。

“救……”她身上那个东西动了，似乎也是人，似乎是那小丫头的声音。砰！又撞下来一个，然后是翠姐的大叫，“放开我！”砰！最后一个罗汉叠了上来，是静筠，她的尖叫也和别人不同，细声细气，一唱三叹，“呀呀公子，万请怜香惜玉则个——”

景横波已经不能惨叫了。她翻着白眼，肚子一缩一缩，“快……给……我……下……来……”

翠姐把静筠推了下去，自己翻身落下，顺手扯下小丫头，才顺利解救景横波免于死于叠罗汉。四个人挤在牛车内，挂着一头的干草面面相觑。还以为要有一番口舌相争你来我往，谁知道这人作风粗暴，掳一个是掳，掳三个也无所谓。

牛车已经上了锁，一个不知道从哪冒出来的矮胖子在赶车，前头马车赶车的是瘦子，那白衣人想必已经进了马车。牛车前后方都有骑士，年龄不一，面貌不一，但有一点非常一致：杀气。所经之处气温骤降，看人眼神如暗夜之狼的杀气。和之前景横波初遇的大荒逗比侍卫，完全不是一回事。

景横波看见胖子轻轻甩鞭，鞭子抽在空处发出一阵阵炸响，牛脊背一抖一抖，不须催促也跑得飞快。她看见瘦子走了一截，手一招，三丈外的树上的一截柳条就到了瘦子手里。她看见一个脸上茸毛未褪的少年，手指一弹便将路边一只欲待狂叫的巨犬射死，弹出去的是这少年没吃完的馒头屑。

静筠在发抖，小丫头迷迷蒙蒙还不明白发生什么事，翠姐眼睛却亮了，扒着车门边盯着那些护卫，眼前一眨不眨。

景横波叹了口气。原本还寄希望于本地官府会不允许这样一批人进出城池，如今看这些人要钱有钱、要武力有武力的做派，哪里去不得？她本来也想问问护卫，大神如何能知道自己会瞬移去大厅，又如何能正正在大厅堵截，如今看这些家伙金口难开的模样，想要答案也许得下辈子。

果然这一路神奇地都没碰见巡夜兵丁，到了城门口，城门早下了锁，车马远远地停了，那瘦子拔身而起，片刻后回来，手里一大串明晃晃的钥匙。

景横波扶额无语，想着三水县城好歹也有五百兵丁，怎么在这些人手下就好像纸扎的城楼一样呢？最后一丝希望也破灭了，她扒着车门，和夜幕下的三水县城做了最后的告别。

随即她伸个懒腰，眼角往四面飞了飞。人人都在赶路，前头马车毫无动静，身边翠姐已经大大咧咧地睡了，小丫头也迷迷瞪瞪地靠着车门，只有静筠，紧张地盯着她，眼神奇异。她身上的禁制已经解了，这牛车根本困不住她，只要一个瞬移就可以离开……

于牛车里那三人一鸟，她想了想，觉得没事。三个人是因为她才被困在牛车里，只要她逃走，这群人要这三个人也没什么用，会放掉她们的。

想定了，正好前方经过一处树林，树林后有一片山坡，只要移到山坡后，逃走的可能性很大。

景横波刚要闭上眼睛瞬移，忽然身后哎呀一声。景横波下意识回头，就看见静筠捂着肚子，脸色苍白，她一怔，赶紧先转身扶住，“怎么啦？”

“我……我肚子痛……”静筠额头冒出冷汗，眼神惶恐，苍白的手指攥紧她衣襟。景横波立即忘记自己要逃走的事儿，转头大喊：“喂！停车！停车！”

没人理她，别说前方毫无动静的马车，就连近在咫尺的赶车的胖子，都没有回头。

“停车！停车！有人生病了！”整支队伍静得诡异，牛马继续前行，人在马上不动，所有目光只向前，似一支钢铁打造的队伍，只受总控机关的控制，景横波的喊叫，似一阵风般从他们耳边掠过，然后散了。

翠姐和小丫头被惊醒，跟着呼喊嚷叫，然而面对无动于衷的人群，三人渐渐都觉得毛骨悚然。看样子，前头不发话，她们叫破天也没用。

景横波回头看看脸色越发苍白的静筠，这姑娘身子弱，景横波一进楼，就逢上她大病将死快要被抬出去。和她擦身而过时，景横波被她求生的眼神惊着，当即拿出一位老财赠送的银两，救了她一条命，之后又几株老参吃下去，才渐渐有了人模样。

这么多银子花了才救回来的命，丢在这荒郊野地就太不划算了。景横波叹了口气她不想在这些护卫面前展现瞬移的本领，她希望能留着这一手好跑路，一旦被人发现这技能，她必定会被严防死守，想走就更难了。

唉，人家真的不想……她叹着气，身子一闪，不见了。下一瞬她出现在牛车车顶上。众人齐齐仰头，眼神惊愕。景横波懊恼地一拍大腿，“啊，错了！”都是那见鬼的冰山，酷到没朋友，害她留下阴影，连瞬移都能移错。

景横波闭上眼睛默念几声，再一闪。咚的一声，她落在了马车车顶上。景横波大力踩车顶，“停车！停车！我命令你立即停车！有人生病了！”高跟鞋踩了几下嵌入木缝里，她干脆脱下高跟鞋梆梆地敲，车顶上一定有浮尘落下来，最好让那无情的家伙吃一嘴！

拉车的马忽然一声长嘶，脚步一顿，车子因惯性向前一冲，景横波只穿了丝袜，收势不住向前一滑，唰的一下滑出了车边。跌下去不被惊马踩着也被车轮轧着！

“啊啊啊啊！”惊声尖叫刺破黑暗，景横波半空中张牙舞爪，拼命想要抓住什么东西救命，可惜车夫座位上的瘦子已经腾空而起去查看马匹，眼看着她要落入车轮下。

车帘忽然一掀。一截衣袖如玉白匹练飞卷，转瞬抵达景横波脚踝，灵蛇般霍霍缠住，一抛一点一拽，景横波风筝一般被扯了进去。

第七章　做我王夫好吗？

砰的一声，景横波再次后背着地，却没感觉到疼痛，眼角一扫，地上是厚厚地毯，一抹暗嵌金线的雪白袍摆，静静垂落。

马车外有烈马驰过的声音，一个护卫道：“主上，似有山贼隐于道路骚扰，属下等前去查看。”

白衣人嗯了一声，声音清淡，似乎不以为意，随即又接了一句，“两人去即可。”

外头护卫领命去了，景横波听得有些糊涂，他们这一群人不算少，既然是山贼出手，自然对方人也不会太少，就派两个护卫去查看，算什么事？

白衣人似乎根本没将所谓山贼放在心上，指上声响沙沙，似在翻书，他的袍角就在她眼前，质地细密精洁，如霜如雪。从她的角度，可以看见他一手持杯，一手在批注小几上的地图。杯子里酒液一滴没洒，地图卷下来落在她面前，每个字都清隽峭拔，让人想不明白刚才他到底用哪只手把一个人拽了回来，还丝毫不影响写字和酒杯。

景横波看见地图上有“燕北”二字，标注山川河流，这是大燕北部的地图，正是他们要经过的路，现在在三水县这一片区域，已经画出了三个圆圈。

小几挡住了他的脸，景横波只能看见一方被黑檀木半掩住的修长颈项，黑白映衬，夺人眼目。她目光流连了一阵，默默咽了口口水，想着男人的肌肤，竟然也会让人第一瞬间联想到“冰肌玉骨”几个字。

面前的人摔她进来之后，就当她不存在，继续做自己的事。景横波目光乱转，忽然遇上一双瞪大的眼睛，吓了一跳，随即才发现整个马车的背壁，是一幅巨大的黄花梨飞龙雕。雕工并不算精细，行刀疏狂，却正因为如此，反将那飞龙的狂野之气展示得淋漓尽致，怒睛凸目，五爪闪金，马车晃动间，似欲随时破壁而出。这样的雕刻看得人心惊，景横波饶有兴致地凑过去，伸手在龙眼上抠——她发觉这龙眼内含宝光，里面可能镶嵌有宝石。

啪的一声，她闲不住的爪子被打了下去。景横波摸摸被打红的手背，回头怨念地看看那岿然不动的家伙，道：“帅哥，你这里有大夫吗，我有个朋友需要看病……”话说到一半，忽然眼神一直。

星光朦胧，正勾勒他的侧影，少见的精致美妙线条，高鼻如玉柱，线条明朗清晰，唇线却薄而柔软，淡银的星光和肌肤的玉色交相辉映，让人忽然想起“剔透”这样洁净的字眼。下一秒景横波发现自己不知何时已经蹭到他身边去了。

“嘿！帅哥——”声音绵长柔软，一只胳膊已经款款搭上他的肩，景横波笑得艳光摇曳，嘴唇一寸寸逼近他薄玉般的耳垂，“我叫景横波，小名波波，或者你叫我大波也行，我看你有点眼熟，认识一下好吗……”再下一秒她眼前天旋地转，马车顶翻了个个儿，身后触着坚硬的马车壁，一只手卡着她脖子，将她按在马车壁上，一双目光，淡淡冷冷地笼罩着她。

景横波目光热烈奔放——哗！终于看到正面了！哗！没让姐失望！果然好一张倾国倾城的颜！尤其一双眼睛，极深的双眼皮，极黑的瞳仁也罢了，偏偏眼眸深处，隐隐有幽蓝色彩，不显怪异，只令眸子更加明锐深邃，星彩璀璨不足以明其神采，一眼看进去，像堕入宇宙深处不知去路和来路，只见天地玄幻，七彩流光。

仅仅这一双眸子，便似囊括天下颜色，其余五官之美，便都成了陪衬。而那般极白至近乎透明的肌肤，极净，极澈，像盛夏斑斓里看见玉池里的冰，寒气幽幽，令人凛然。

现在这双冰晶一般的眸子盯着她，景横波忍不住打个寒战，忽然感到马车里气温骤降，冷意彻入骨髓。有杀气！这股莫名其妙的杀气冻得她连想要伸出去占便宜的爪子都顿了顿。

但是！她的眼睛扫过他的耳垂。有没有人告诉她，为什么，明明这家伙周身杀气凛然冷若冰晶，耳垂……却！红！了！

他太清澈太晶莹，以至于那抹红如此显眼，淡淡薄薄地抹在耳垂上，甚至微微往鬓角扫了一些，似霞光映上雪地，又似白玉里透出浅红的玉晕。

景横波眼珠子也快幽幽发红了——这样对比反差的诱惑，真的好吗！

"美人……"她不敢摸，嘴上却不舍得放过机会，直挺挺挂在车板上，诚挚地凝视着对面的粉红耳垂冰山美人，热泪盈眶双手捧心，"我好像爱上你了，做我王夫好吗？"

热泪盈眶的美人，两人独处的马车，款款深情的眼神，温柔恳切的表白。一般会有什么结果？正常情况就是滚一滚再滚一滚了，直到滚出一只小的为止。含蓄点就是欲拒还迎，你来我往，三五回合之后也就该全垒打了。再含蓄的？没有了。男人嘛，你懂的。

景横波对自己的魅力很有信心，她的眼神、动作、肢体、神态，统统都是练过的！魔镜一万次告诉她：你必将纵横群男沙场永不言败！清高骄傲洁癖男，往往都是擅长伪装伪君子，越高洁，越龌龊，越表面道德典范循规蹈矩，内心越奔放如狼！

她只要眼神专注、姿态风情、表情热烈奔放暗含几分邀请……一、二、三……白衣人动了。他抬起手，将她拎了拎，打量咸鱼干一般上下打量一遍，道："这么宽大的身板，想来应该够了。"

啊？宽大身板？景横波眨眨眼，好一阵子才反应过来他说的是自己。啥？老娘宽大身板？老娘前凸后翘身材喷火三围傲人曲线玲珑而又不失纤长老娘这样天生丽质的火爆身材你敢说宽大？还身板？

白衣人手腕一翻，啪的一声把她转了过去。景横波脸贴在马车窗上，整个人扁扁地挡住了车窗。她刚要挣扎，身后有滑动声响，砰的一声一件硬物重重地顶住她的屁股，从触感来看，应该就是刚才他靠着的小几。

冷风呼呼地刮在脸上，吹得人睫毛乱飞。景横波好一会儿才反应过来，敢情她被这个不解风情的家伙，拿来堵窗户了！

她这身材，正好将窗户填满，一丝风都透不进。难怪他说，应该够了！够了！不就是贪图美色表白一下吗？至于把她挂出去堵窗眼示众？

身后被紧紧顶着，动弹不得，景横波悲愤地看见牛车里翠姐在指着她大叫，小丫头一脸懵懂，静筠看不出病态了，见鬼一般坐得笔直盯着她，景横波悲愤了一阵，也就不悲愤了。美人总是比较难搞的。位高权重的美人尤其如此。她用一秒的时间原谅了美人，并且做好了下一步再接再厉追求（调戏）的计划，下一秒她就听见嘣的一声轻响。

咻！一支箭，忽然从路边的草丛中射出，乌光如电，直袭她眉心！“救命啊——”

嗤的一声，身后一只手，一把将她从窗边撕了下来，另一只手一抄，将箭抄在手中。马车向前一冲，停了。脚步杂沓奔马车而来，瞬间将马车团团围住，是外面那些护卫。

景横波惊魂未定地伏在小几上，听见外头瘦子疾声禀告：“主上，左侧方有人以丝绳连弓射箭，从痕迹看，有三四人，都是高手。”

白衣人点点头，将她拎起来，扔在一边，取过雪白的布巾，一遍遍地擦手抹桌子，漫不经心地看了车窗外一眼，“这便是了。”他道，顿了顿，又接了一句，“这回，去吧。”

瘦子领命而去，蹄声杂沓，一大群人从车马边驰过。

景横波想了一会儿，决定先不要瞬移离开，附近有盗匪，不安全。

她又想了一会儿，隐约有些明白，先前马被惊时，只是敌人的试探，敌人想要调虎离山，骗走大批护卫，再攻击护卫不足的马车。而这个看似冷淡实则狡猾的家伙没有上当，只派了两个人去查看。之后将她挂在窗口，果然引来敌人出手，暴露了真实意图，这才命大部队追下去，斩草除根。

换句话说，这货猜到她是对方要下手的目标，故意将她挂出去的？果然是个心狠手辣奸狡凶恶冷酷无情的冷美人！有个性，姐喜欢！

白衣人并不理会她，继续翻看地图图谱，景横波想了一会儿这莫名其妙冒出来的敌人该是谁，想来想去如果不是山匪，就是宫大神的敌人，反正不关她的事。

眼看身边男子修指如玉，一截雪白袖口里露出的手腕瘦不露骨，精致如雪中竹，两指夹着图谱边缘的姿势坚定又从容，怎么看怎么心痒，她再次磨磨蹭蹭地凑过来，懒洋洋趴在他刚刚擦干净的小几上，挑起一边眉毛，笑吟吟地翻他的图谱，看见上面鲜红的小篆跋印，歪着脑袋辨认，“……宫……肉？”

白衣人的眼角似乎抽了抽。

景横波瞧着似乎不对，换个角度再辨认一遍，“……吕……肉？”

白衣人眉毛颤了颤。

“……周……月？”景横波偏着脑袋，觉得这字体真神奇，横看成岭侧成峰，远近高低各不同。

啪！图册一合，修长手指将她下巴推开，“宫胤！”

“哦！”景横波眉开眼笑，“小胤胤！这名字真好听！”反手一把抓住他手指，“我给你看手相好吗？哗，你好像是断掌哟……”

宫胤手指一弹，击在她下巴上咚的一声，景横波啊的一声，有些微痛。痛完了忽然又觉得一痒，眼角余光似乎看到什么东西钻入了自己的下巴。

景横波急忙去抓，肌肤上却光滑一片，哪里抓得着？她怔怔地抬起手指，发现指尖上黏着一点细细的金丝，像丝又像黏液，也不知道从哪来的。

“这是什么？”她有点不安。

宫胤抽回手，顺手从车顶又扯下一条雪白的布巾，慢慢地擦拭手指，擦完扔掉。车顶上一排横栏上挂着这样的布巾足有十来条，已经用了一半，景横波进车厢后使用速度直线增长。

“定魂蛛。”他道，“陛下似乎身负奇技？不过这奇技从今以后还是不要施展的好。定魂蛛一蛛双生，各有宿主。心意相通，无形无影。如今一蛛在我这里，一蛛在陛下这里，只要陛下离开我身侧三丈，我这里的定魂蛛便会示警，你那里的定魂蛛便会施毒，放出毒气一路引我过去寻你。陛下如果不想被我寻到尸首一具，不妨安分些。”

他将拖开的小几又拖了过来，横在自己面前，手指敲在黑漆桌面上，倒影如玉竹。

景横波第一次听他说这么多话，却听得心凉了半截，摸摸下巴，想着下巴里藏着一只蜘蛛，顿觉毛骨悚然，“你骗我的吧？”她道，殷切地盯着他的眼睛，“什么定魂蛛，什么蛊啊异术啊，都是走江湖的人拿神鬼小说编出来的故事来骗人的对吧？”

宫胤淡淡瞟她一眼，“也许。”

他这么答，景横波剩下的半截心也凉了。完了，技能点作废，后面的日子怎么混？

第八章　震撼

本来景横波已经打算得过且过了，反正有美人，有吃喝，美人对她没杀意，虽然那声陛下喊得没什么敬意，看样子也不至于弑主。只是不知为什么，她待在他身边，总觉得不安心，一边为美色心神荡漾，一边为预感坐立不安。

女人的第六感告诉她，这个叫宫胤的家伙，不愿接近她。他的冷淡，不仅是本性的冷淡，更有不想也不愿掩饰的拒绝。那样的拒绝似烟灰般淡淡弥漫，在他的眼神里，在行动中，在一个回眸和一个拂袖的瞬间。

他看她，像看断壁残垣废墟泥淖间开出的黑色的毒花。

景横波前十八年都在研究所度过，虽隔绝世间，却也知道女子的美色是最宝贵的天赋和最重要的武器，世上男子无人能抵挡。她生来热爱一切美丽的东西，对于自己的美更是不遗余力地保护和发展，她有自信走出研究所，只要面对的社会是男权社会，她就有活路。

男人，到哪里都是男人，正如美貌，到哪里都是吃得开的资本。

不过这个千百年屡试不爽的定论，在这个异世她所正式遇见的第一个强大男人面前，就似乎碰了壁。

唉，运气咋这么不好哩，这种坑爹事儿不是该君珂那种老实头，文臻那种小狐狸，或者太史阑那种茅坑臭石遇见才对吗？

不远处有交战激烈之声，景横波挑开窗帘一角，就看见刀剑的寒光在月色下飞刺，星光都似被逼得暗淡。

“怎么打到这里来了？”她一惊，斜睨宫胤，“你的手下武力值不怎么样哟，明明是出去追杀伏击者的，居然被人家一路追砍回来了。”

宫胤抬眼瞄了一眼战场，手中笔在地图上画了一横。

景横波不明白他在做什么，但这家伙明显不紧张是真的。想来安全没什么问题，她打量了一阵宫胤的大腿，开始认真思考靠在上面睡觉的可能性。

还没等这个计划付诸实施，外头厮杀声渐灭，几条黑影远纵过山林逃逸，瘦子则带人回归队伍，手里还抓着俘虏。

景横波打量着回来的队伍，宫胤这边的人一个不少，只是不少人也挂了彩，但一个个气定神闲，步伐稳定，眉宇间有和宫胤一般的从容气质。

景横波皱起眉，总觉得哪里不对劲，这支队伍似强又似弱，说他们强吧，出去追人还被追回了自家马车附近，又大多受了伤，还放跑了几个敌人，显得实力不济；说他们弱吧，战果倒也不错，俘虏了不少人，就算受了伤，那些伤也不过是皮肉伤，看起来血淋淋，实际上对他们毫无影响，看他们走路神态就知道没问题。

战场凶危，后果难料，按说谁也不能控制结果，这些人身上齐整的不大不小的伤，倒像是故意所为……

她细细的眉皱起来，宫胤忽然抬头看她一眼，明澈晶莹的眸子里，飘过一丝奇异的神情。看起来慵懒妖娆，和她决然不像，可骨子里的敏锐，似乎又重叠了一分她的影子……

宫胤眸中忽然一冷，修长的手指慢慢将图册叠起，一折，二折……图册边缘，印痕清晰。

景横波莫名其妙地看着他的动作，忽觉有点发冷，懒懒地向外挪了挪。

车外瘦子的声音响起：“主上，我等擒获盗匪七人，请示下如何处置。”

一排被俘的拦路贼被捆绑着跪在马车前头，景横波饶有兴致地勾起头，想瞧瞧这冷美人会怎么对付拦路贼。

从一个人对待敌人的态度，也可以看出他的心性。从一个人拷问敌人所用的手段，可以看出他行事的底线。

随即她就听见两个毫无感情的字，从宫胤薄唇里淡淡地吐出，“继续。”

继续？景横波愣了愣，实在没明白这没头没脑两个字代表的是什么意思。不是该下车审问吗？她还指望着或许就可以睡一觉不用连夜赶路了。随即她就明白继续是什么意思了。外头鞭子空抽一声脆响，骏马长嘶，马车立刻轰隆隆利箭般冲出。

马车动得太突然，景横波身子被冲得撞向宫胤怀中，宫胤眼疾手快，衣袖一拂，黑漆小几挡在身前，砰的一声景横波再次趴倒在小几上，胸被挤成了两摊煎饼。

"能打声招呼吗……"景横波颤巍巍在桌子上挣扎，伸手努力拾掇，"挤扁了挤小了谁负责……"一抬头正遇上宫胤眼光，干脆身子向前撑了撑，"怎样？是不是沟深缝紧一线天？"

宫胤的目光唰的一下转过去，可惜马车里太暗，景横波没看出他的脸色是否有变化。

她哈哈一笑，顿觉扳回一城，好不爽哉。

马车忽然一颠，似乎撞上了什么物体，接着砰砰几声连震，震得整个马车都在摇晃，惨呼声接二连三，近在耳侧，还夹杂着后头牛车里翠姐等三人的惊叫。

景横波心中一震，这才想起，刚才马车向前猛冲，而车前跪着俘虏……她猛地扑向窗边，还没扑到，就被一双手冷冷地拽了回去。

"安分些。"宫胤的声音清如水晶冷如冰，听得景横波这样散漫的人，都忍不住颤了颤。手指靠在窗帘边，愣是没勇气掀开，她在黑暗中瞪大眼睛，默默数着马车撞上物体的震动，一、二、三、四……七！一共七下。最后一震尤其剧烈，什么东西砰的一下撞在车顶上，再从车顶翻滚而下，景横波一抬眼，忽然尖叫。车窗上方，垂吊着一只血淋淋的胳膊，以一种诡异的角度扭曲着，大片鲜血噗地喷洒在淡绿竹枝窗帘上，似竹林里忽然开了一蓬血色大丽花。

瘦子策马而来，手中长枪一挑，便将那被撞到车顶上的最后一个俘虏挑了下来，那人手指上的血在窗帘上长长地拖出五道印痕，似五把出鞘空回的绝望的剑。

马车停了下来，景横波听见后头牛车上的呕吐声。她呆呆地坐着，被震撼得无以复加——这就是封建社会草菅人命的残酷？人如灯草风吹灭，势似磐石压山沉？

来到异世近一个月，虽沦落青楼，见多的却是歌舞升平纸醉金迷，就算初来那日被黑衣美人动辄杀人的手段惊住，也没有今日这般的残忍。想到刚才她就是坐在车上，车轮凶猛地碾过那些刚才还鲜活的生命……

黑暗里她身姿如此僵硬，对面的宫胤也一动不动，冰晶般的眸子，第一次正视了她。看她的震惊，她的茫然，她被瞬间击碎的散漫和她此刻眼底涌上的恐惧。这样的恐惧似乎有些熟悉。就在不久前，那座鲜花盛开的宫殿里，那血迹殷殷的一夜，那不能书于史册的、属于宫廷和皇权的带着血腥铁锈气息的杀戮和背叛……

他坐得越发笔直，雪白的双手平平端放在膝上，浑身上下一尘不染，如不为世事所侵的谪仙人。不过是个开始而已。今日所见或许残酷，但如果一直不见，将来她直接面对的，会更残酷。

景横波忽然站起，一把推开车门，也不和他打招呼，也不管马车已经启动，转身就匆匆跳了下去。如果不是宫胤及时弹指示意停车，这一下足够她扭伤脚。就这么的，她的高跟鞋还是让她吃了苦头，落下地的时候歪了一歪，她护痛地蹲下身，抚住脚踝，却没有停留，干脆脱下高跟鞋，拎在手里，昂着头，一瘸一拐往牛车去了。

宫胤没有出声，也没有挽留，景横波歪倒的一霎他的手指似乎一动，又似乎没有。随即他道："继续。"这一声，听来比刚才更淡几分。

三水县城外十里，有一座路人用来歇脚的凉亭，平日里人流不少，今天却空空荡荡。亭子边本有附近农家来卖茶水，挣个零花钱，今天卖茶水的汉子，也抖抖索索蜷缩在一边，眼神惊恐地瞧着亭子中那自斟自饮的黑衣男子。

男子很年轻，背对着官道坐着，一身剪裁简单却讲究的黑缎长袍，一头长发只簪白玉簪，分不清乌发和黑缎哪个更亮，分不清玉簪和手指哪个更修长。

亭中高高矮矮站着几个人，抱臂的，靠柱的，抬首眺望来路的，姿态各异，只是都在叹气。

"大人。"一个男子皱眉，神色不赞同地道，"您明明已经找到了陛下，为何一定要放弃，避出三水县，还给宫胤让道？"

黑衣男子不答，手指弹在碗沿，叮当作响，碗就是凉亭里供应茶水的平常粗瓷碗，碗边还有豁口，这人一身尊贵，却毫不在意地用这碗喝水。

另一人冷哼一声，"大人可不是给宫胤让道，宫胤算老几？"

黑衣男子笑了笑，手指弹碗声音清越，不疾不徐，没有任何变化。

"真不知道他来做什么？"有人愤然道，"他在宫中独掌大权，把持朝政，挤兑大人还不够，连出国迎主子这样的事，也要插一脚做什么？他就不怕一朝离了大荒，六国八部趁机作乱？"

"作乱倒好！"一人哈哈一笑，"宫胤权倾朝野，连王位承继都他说了算，再这么下去，保不准没多久就自己坐上那位置，成为我朝第一个男帝。我朝先佑圣太祖遗命，大荒世代不可以男子为帝，他竟然敢窥测大宝，不过是自取灭亡！"

"先太祖皇帝精通星盘推算之术，曾经说过，大荒女帝朝，自第一百零八代有惊天转折，顺者天下大昌，逆者大荒沦丧，如今可不就是第一百零八代？难道太祖皇帝的预言，说的就是宫胤要取代大荒的女帝传统，成为大荒第一男帝？"

"他的野心何止于此？他还要中央集权，大荒一统。现下大荒王朝，只能统治帝歌城及其周围三省十二郡的土地。其余六封国及八部，都是太祖皇帝朝就分封下去的藩属国，独享自治权，世代发展，早已成了国中之国，各王缩在自己国中，对王朝号令阳奉阴违，渐成尾大不掉之势。可自从宫胤掌权，强势召六国王子为质子居住帝歌之后，眼看着六国和八部的态度便显得微妙了。"

"说起质子事件，真不明白，宫胤是用什么手段令六国八部乖乖送来儿子当人质的？简直不可思议！"

“不可思议的何止这一件？他下令重新丈量全国土地，制定商律，开放了很多通商禁令，对六国进行商业控制，同时合纵连横，离间诸国关系，使得几个较为弱小的属国不得不紧紧依附他，眼看着他势力越来越雄厚，这时候却冒出个天命女王……”

叮的一声，黑衣男子手指敲击的声音微脆，所有人立即闭嘴。亭子中沉默下来，呼吸声显得有些压抑，一边侍候茶水的汉子想走又不敢走，听着那些大逆不道的话，直觉不好，恨不得捂起耳朵。

又过了好一阵子，才有人低低咕哝道：“王朝对六国控制力渐弱，六国却又忌讳围绕在他们周围的八部，八部现在被六国挤压得日子难过，不也正在向咱们大人求援？大人您看……”

众人又沉默，大荒国土广袤，整个国家地域分布却很奇特。最内部是王城和王城势力所及的省郡，六国围绕着王城，八部却又围绕着六国，最外围便是各种各样的天然沼泽，隔绝了大陆诸国。整个大荒，便如一块巨大的千层饼，在世人不能触及的角落，散发着各种神秘的气味。

这种格局，换成大陆其余诸国都不可能存在，王城被势力雄厚的藩属之国包围在正中心，那不是分分钟倾灭的结局？偏偏大荒自有其特殊处，最外围的八部，和六国国主多有世仇，六国要想进攻王城，必定要被八部反咬一口，到时候六国前后对敌，注定下场悲惨。

而八部却也不能擅自攻击六国，因为八部相互之间也各种矛盾，一旦有其中一部开战，就得提防两侧的他族是不是会趁机浑水摸鱼，而且没有退路，因为背后就是沼泽。

因此，多年过去，王朝和六国之间，六国和八部之间，关系越发复杂，利益纠缠越发紧密，僵持着生存，平衡着交往，真正形成了牵一发而动全身的局面，谁都想动一动，谁也不敢先动一动。

每次说到这样纷乱的局势，众人在头痛的同时，也不禁惊叹先太祖皇帝的智慧与苦心。这样的国家格局，和大荒当初建国时的特殊情形有关，但先太祖皇帝在这样的劣势中，形成这样相互牵制的格局，并安稳维持数百年至今，其间布局掌控，已近天人之境。

想到先太祖皇帝，众人便不禁想起先太祖皇帝和耶律家的世代纠葛，不禁紧紧闭起了嘴。人们一边想着右国师宫胤的独揽大权，有着收服六国、震慑八部的勃勃野心，一边想着左国师耶律祁不甘于家族逐渐式微，同样在六国八部之间游走结盟，对抗宫胤对皇权的蚕食。两人目前最直接的冲突，就集中在对女皇的态度上——宫胤不愿意迎立女王导致他的如意算盘发生变数，耶律祁和他背后的势力，却坚持迎立女王，拖延时间，打乱宫胤的计划。

于是那个倒霉的女王，在不知不觉间，就成为一块不知是香是臭的馅，希望等争斗结束，她还能剩点渣渣……

众人沉默，耶律祁却好像多了点说话的兴致，手指在碗边一敲，一口喝干那苦涩的茶水。

茶叶粗劣，茶水泛着不洁的油光，远比不上他平日所用的最差茶水，他喝得却十分顺畅，连眉头都未曾一皱。吃得珍馐，也尝得草根，上位者的天地，不计较人间微末。

他搁下茶碗，笑问："他们已经走了？"

"是。"有人答道，"宫胤已经带她们离开三水。"

耶律祁点点头，笑道："宫胤既然亲自来接女王，那便让他接。我等回国便是。"

"大人！"

耶律祁手掌一竖，众人立即噤声。

"叫什么？觉得很委屈很没面子？"耶律祁笑得可亲，"我等先回，一路上也好为宫大国师以及女王陛下开路。当然，我等先回了国，也自然要将已经寻到女王的消息传达全国，如此，众臣也好提前准备，百里远迎陛下。"

众人若有所悟。

"大燕是敌国，一路千里迢迢，风刀霜剑。"耶律祁叹气，神情担忧，"也不知道国师能不能顺利陪着陛下，回到国内。真是让人不放心哪。"

众人眼睛一亮。千里路途，群敌环伺，国师接陛下回国，这一路假如出了什么意外，可不就是国师的大罪？而主子先一步赶回国内，趁宫胤不在，正好也可以做一番布置……看主子笑容莫测高深，有人想起前几日主子收到的信，也许，宫国师路上，已经受到了"照顾"也未可知。

"何况，先女王在世时……"有人阴阴笑了一声。

众人顿时明白，唇角一扯，呵呵一声。先女王暴毙，死后还背负不贞之名，更有一些流传在宫廷内外的不堪流言，给那位倒霉女子的身后事，涂抹桃红暧昧色彩。此刻流言还未消弭，新女王已经出现，虽说新女王是另一个人，但在深信转世之说的大荒泽人民心目中，新女王是前任的转世，自然连前任的旧事名声性格都一并传承。前任女王也是历代女王中，唯一因为污秽罪名暴毙的，这种情况下，那些守规矩如守命的老古董，以及前任女王的敌人们，会做什么可想而知……

"可是大人……"有人疑惑不解地问，"您不是主张迎立女王的吗？女王要是出了事，岂不是……"

耶律祁笑看他一眼，神情当真和蔼可亲，那发问的人却禁不住打个寒战，懵懵懂懂中只觉不安。

其余人都叹口气。这个新进的家伙，以后，永远也没有机会飞黄腾达了。皇帝随时可以有，但令右国师宫胤获罪的机会可不会随时有。宫胤权势滔天，为人谨慎，长年在玉照宫一步不出，想寻到他的疏漏比登天还难，好容易他出了宫甚至出了国，这机会谁要放过，就不配在大荒争斗中活着。所以主上听闻宫胤到来，立即远避，这也是为日后的计划，洗脱嫌疑。

耶律祁手指一拂，放下茶碗，起身离开，"记住，在利益和大局之前，永远没有需要绝对坚持的目标。"

他黑衣飘拂，如黄昏之后一幕天色的暗影，无声无息地滑了出去，从头到尾，看也没看那茶水汉子一眼。

众人躬身，跟随离去。一直胆战心惊在一边伺候茶水的汉子，等人走了好久，才一溜烟蹿进凉亭，一眼看见茶碗边一锭十两银子，青白挂霜，上好成色，不由笑眯了眼。不过一碗茶水，这些客人好大方，可是他们讨论的内容，也太惊心了些，要不要抽空和亭长说一说……

汉子一边想着，一边收起银子，顺手还要收起茶碗，手指一碰茶碗，忽然咦的一声。茶碗上不知何时，出现无数放射性裂纹。

想必是刚才黑衣男子手指敲击导致，奇怪的是，裂纹多成这样，早就该碎了，可碗还是完整的，里面残存的茶水，一滴不漏。

茶水汉子好奇地去碰。咔嚓一声，茶碗崩裂，底部一块沾着茶水的瓷片射出，嚓的一声，射入茶水汉子咽喉。茶水汉子向后便倒，鲜血尚未流出，便被瓷片堵住，只在瓷片边缘，洇出慢慢变黑的血迹。

一着杀手怕不能成功，还有第二着，最后一滴茶水，都下了毒。茶水汉子静静倒在地上，十两银子落在他手边。

榉木棺材五两纹银，丧衣丧仪三两纹银，请人打穴二两。

加起来，正好纹银十两。

车马在黑暗中继续前行。愤而从马车出走的景横波，和翠姐三人挤在牛车里，翠姐脸色苍白眼睛发红，小丫头还在吐，静筠居然没晕，软软地靠在车栏上，眼睛望天不知道在想什么。只有二狗子还在麻木不仁地聒噪："两只黄鹂鸣翠柳，一坨白肉上青天……"

景横波又想吐了，一把捏住了它的脖子。二狗子愤怒地在她胸上踩了几脚，还是静筠出手解救了它。

二狗子开始絮絮叨叨问候景横波祖宗，这都是景横波以前教它的，可以骂上一个时辰不重样……

景横波懒懒地躺在牛车上，以避免看见车下的狼藉，她也忘记了静筠说不舒服的事，事实上静筠现在看起来比她们三个要好得多。

血腥气一阵阵往鼻子里钻，想要逃避也逃避不了，景横波忽然想起一件事，一骨碌翻身爬起来。这些人杀了人，一定要埋藏尸体，既然还在赶路，埋尸的地方一定就在附近，她要看见地点，之后有机会向官府告状！这样还有机会逃脱！

美色我所欲也，自由我所欲也，二者最好得兼也，如若美色太恐怖也，舍美色而取自由也。景横波伏在牛车上，一面思考着要首告于官府，一面想着不然投靠黑衣美人国师也不错，都是国师，想必可以一拼。

瘦子们果然在处理尸体，就在路边，这些人胆子也太大了些吧？然后景横波就瞪大了眼睛。那些尸体被堆放在一起，瘦子从怀中取出一个小瓶，从瓶子里倒出黑黑的淤泥一般的流质，洒在那些尸体上。

完了他们也不掩埋，就这么骑上马走了。景横波没见过这么嚣张地善后的歹徒。

她正高兴这样可以更清晰地向官府指认，赶牛车的胖子忽然似乎自言自语：“大哥太小心了，这么点东西，放这么多‘天解泥’，实在是浪费……”

景横波立即好学地问：“什么叫天解泥？”

“启禀陛下，”胖子说起“陛下”两个字，口气比宫胤还随意，“这是咱们那儿独有的东西。大荒境内外，绵延数千里，都是各类沼泽，很多沼泽各有功用。有些可以治病，有些可以培育珍贵草木，有些可以制毒，而天解泥，顾名思义，可以化解天下一切的物体。”

“化尸散！”

“那算什么？”胖子居然也听过这个词，不屑一顾，“化尸散只能化尸体，而且尸体化过的地方寸草不生，蛇虫绝迹，很容易被看出问题。我们的天解泥，只需要一点点，就能慢慢扩张，覆盖消解其下三丈方圆内的物体，之后转化为正常土壤，该长什么就长什么，神仙来也找不出痕迹！”

景横波抽一口气。大荒神秘，举世闻名。这么多年，居然没有一个人知道这个国家具体方位，是何形貌、国体政体、人民多寡。蔓延无际的可怕沼泽，挡住了世人追索的视线。所以这个国家也给其余国家的人留下了“愚昧、落后、闭关锁国、贫穷不开化”的印象。事实真是这样吗？这些人衣着打扮举止行为，哪样像是愚昧的化外之民？胖子这一番话，也不是说着玩的，就是来警告她别耍小心思的。

景横波叹口气，也懒得再辨认地点了，反身躺下。现在她觉得，以毒攻毒才是唯一法子。黑衣国师和宫胤都是国师，前者明明已经到了三水，却没有出现，反而是宫胤带走了她，随即宫胤和自己被伏击，十有八九和黑衣国师有关系。

宫胤采取这么酷烈的手段，是要震慑？他知道动手的是谁，所以连审问都不需要，连活口都不留。所以逃生之前，最好先祈祷自己，不要成为两虎相争的炮灰……

车子忽然又停了，景横波坐起身，发现前方有座被废弃的屋子，看样子是当地农户造来看守田地的。宫胤竟然已经下了车，坐在屋子前，一卷帛书搁在他膝上。竟然是明黄色的。四人坐牛车也坐得浑身酸痛，趁这机会赶紧下来走走。屋子里已经由瘦子带人打扫干净，还生起了一堆火。

景横波挺胸从宫胤身边过，眼角瞄过他身下的席子，席子很朴素，雪白底，黑缎饰边，但美得惊人，远远看去像一片薄云，在月色火光下光泽朦胧莹润，坐在上面的衣衫如雪的乌发男子，看来越发似谪落的神仙。连这破屋沙地，都被这隐藏的尊贵气息，提升成别有韵致的风情。

静筠从景横波身边走过时有点踉跄，进了屋便紧张地抓住了景横波的手臂，“象牙席！他用的是专作贡品的象牙席！天哪！他一定是皇族！”

静筠看起来很激动，苍白的脸上闪出熠熠红光，景横波拍拍她的肩，“他确实有可能是皇族，但我觉得他更可能是抢了皇族贡品的江洋大盗。”

血色从静筠脸上褪去，随即她尖声道：“不会！他这样的人，怎么会是江洋大盗！”

她声音刺耳，景横波吓了一跳，疑惑地摸摸她的头，担心地道：“生病了？”

静筠怔了怔，渐渐平静，勉强一笑道：“嗯……我有点不安。”

景横波怜惜地摸摸她的脸，又对翠姐道：“连累你们了。不过咱姐们还是得想个办法，逃出去！”

翠姐似乎对刚才的血腥一幕心有余悸，低声问：“你怎么招惹了这么一群人？他们是哪里来的？还有，我好像听他们叫你陛下？”问到最后一句她瞪大眼睛，似乎自己也不相信自己的耳朵。

景横波正要回答，那瘦子进屋了，手里捧着几套衣服，道：“麻烦几位改个装。”又对身后一个矮少年道：“阿善，麻烦你了。”

矮少年抬起头，一双有点深陷的大眼睛，景横波这才发现她是女扮男装。

这个叫阿善的女子打开一个箱子，景横波看见里面刀剪俱全，寒光闪闪，顿时惊出了一身冷汗，“你要干什么！”

阿善没有回答，只冲她诡异地一笑，景横波想要后退，眼前的笑容忽然摇曳起来，似烟波水荡雾气氤氲……随即她倒了下去。在倒下去之前，她似乎看见翠姐静筠也软软地落地……

二狗子瞪大眼，看着四个忽然倒地的女人，半晌忽然醒悟，头一歪，惨烈地啊了一声，倒在了景横波的胸上。

一人缓缓步入，轻轻拈起二狗子，二狗子睁开一只眼瞄一眼，赶紧闭上。它怕。宫胤将二狗子拎起，二狗子越发紧张，爪子紧紧抓住景横波的胸前衣裳不肯放，某些起伏就一漾啊一漾……

宫胤的眼神便也很自然地落了落，随即赶紧掉开眼光，指尖一弹，二狗子惨叫一声，一根鸟毛落在了景横波胸衣上。

宫胤拎着二狗子转身，眼角一瞟地面春光。某人衣裳向来只恨领不够低衩不够高，此刻自然也绣花低领雪玉半隐，一枚金红翠绿的鸟毛落在那颈下一抹雪色上，悠悠颤颤，随呼吸起伏，不随呼吸坠落……

真真一幕好风景……

宫胤拎着鸟的手指似乎紧了紧，随即在二狗子的吱呀惨叫声中走了出去。

“开始吧。”他道。

景横波一睁开眼，就看见了自己。“自己”正捧着大碗，稀哩呼噜地吃饭，落筷如雨点，扒饭似龙卷。景横波头痛地扶额，哦，一定是噩梦做多了，见鬼了。再一转眼，侧对面居然还有个自己，弱不胜衣地靠着柱子，拿着双筷子，对着碗叹气纠结。

景横波也纠结了。梦还没醒来吗？这个梦也太神奇了，居然出现两个自己，还是两个绝对不像自己的自己。她吃饭绝不狼吞虎咽，也不挑三拣四，她细嚼慢咽，喝汤无声，吃饭也要吃出风情。

一个热腾腾的碗放在她面前，碗里是香浓的鸡丝粥，浓郁的香气扑鼻而来，肚子叽叽咕咕开始唱歌，她才醒悟过来，这不是梦。摸摸脸，脸上有干涩感，景横波转头，问一边的女子，“有没有镜子？”

黄铜小镜递过来，镜子里是她自己又不太像，比自己丑了三分，再仔细看对面那两个，也是这种比原版景横波粗糙三分的长相。

“陛下容貌艳丽，阿善无能，不能易容如同陛下，只得替陛下改了改容貌。”

是了，这丫头擅长易容，但是易容很难达到一模一样的效果，干脆将她的容貌也稍微改动。完全易容成某一个人也许有难度，但是易容出近似的三张脸却不难。

对面那两个“景横波”，想必就是翠姐和静筠了。不过这样做是什么意思？第二天上路时，景横波便明白了是什么意思。因为一到夜间，在荒郊野外赶路时，敌人又来了。他们是异国人，人数又多，并不适合在城内客栈投宿，所以一直走的是野外小路，也因此，到了夜间，便是最危险的时候。

昨夜对俘虏的残暴杀戮并没有吓住那些人，半夜扎营的时候，宫胤吩咐下来，让景横波和翠姐静筠三人睡一个帐篷。睡到半夜，景横波正在做梦，梦中狂风浪卷，波涛呼啸，黑色的浪顶一人白衣如雪遥遥而立，连接深海和月色，他伸手一指，掌间忽然多了一柄长刀，哧的一声划裂天地——

“哧”声近在耳侧，景横波霍然睁眼，一眼看见帐篷裂开，刀光如雪涌入，刀光后是一张毫无表情的脸。景横波霍然坐起，静筠尖叫着躲入她身后，翠姐还迷迷糊糊不知道发生了什么事。

刀劈帐篷探头进来的人，劈手便抓，却看见一模一样三张脸，不禁一怔。只这么一怔，随即他身后咚地一响，似乎什么东西狠狠砸在他背上，砸得他脊梁一折，脸容一僵，一口血狂喷而出，洒满靠他最近的翠姐膝头。随即他身子歪倒在裂缝口，将帐篷挂破，一个护卫走过来，无声将他拖走。

景横波扒开缝隙向外看，又看见几个人往山野里逃去，宫胤的护卫们又挂了彩，受伤人数比上次还多，不过伤还是那种不轻不重的小伤。

景横波回身，遇上静筠惊恐的眼睛，她似乎终于明白易容的作用，忽然抽出汗巾。

景横波挑挑眉毛，没有阻止，她也觉得，让静筠和翠姐做她的替身，有点太过了，刚才静筠就睡在帐篷的最外端，险些被人抓去。

她想把易容药物擦掉，那就擦吧。翠姐却盯着静筠的汗巾道：“你做什么？”

静筠垂下眼，不理她，拿着汗巾正要出去，忽然在帐篷口停了停，随即转身坐回原处，拿了汗巾擦了擦翠姐发鬓，笑道：“翠姐儿刚才吓着了？瞧你这一头汗。”

“我有汗吗？”翠姐懵懂地伸手摸额头，静筠对她微笑，翠姐也笑了笑。

景横波没有在意静筠的动作转折，只下意识地回头，却看见一袭白影，不知何时静静立在帐篷三步远处，看她探头出来，白影顿了顿，转身离开。

“莫名其妙！”景横波骂一声，唰地一下掩上帐篷门。

第九章　你熏到我了

之后暗杀和骚扰几乎成了家常便饭，大部分时候目标都落在宫胤和景横波身上，三个景横波也没能阻止暗杀者的脚步，不过把目标变成了三个而已。

宫胤的应对也越发诡奇，某一天晚上他邀请翠姐去他马车上吃饭，吃到一半就有一柄剑从马车底下穿出，穿过桌子，差点削掉了翠姐的鼻子。然后宫胤用筷子夹断了剑尖，再用那半截剑尖射入了杀手的眉心。

当晚宫胤的护卫又伤了一批。又有一天静筠怯怯地提出想洗澡，宫胤同意了，派出一大队护卫送她去山坡下的河边洗澡。景横波也想去，被他冷冷一句“别去了，河水根本洗不干净你的三斤胭脂”气着，干脆拖着他去一边好生“看清楚姐到底用没用胭脂”，两人大眼相对还没看个明白，那边河边水波飞溅，静筠尖叫声震耳，她遇刺了。

有刺客藏在水底，一剑劈波直逼静筠心口，如果不是护卫拉得快，病美人就要变成两半病尸体。之后静筠受惊病了好几天，再也没提过任何要求，景横波也悻悻闭嘴，危机四伏，一路颠沛，谁都没了心情再斗嘴。

这一日进入了燕北之地，风物渐渐开阔，深黄色的地平线上，绿树掩映三五人家，远远望去，也是一座村庄的规模。一路晓行夜宿，多在荒郊野外，少见人烟，宫胤的首席护卫，那个叫蒙虎的瘦子，便带了人去村中补充食物。

车队远远地停在村外，景横波攥着车栏，挪挪坐得酸麻的腿，很想下去遛个弯儿。她眼风一次次飞向宫胤，那人静静坐在树下象牙席上看书，日光下眼眸颜色变浅，清凉得像高原的天空。

天空都是很远的，媚眼够不着。景横波叹气，站在车辕横杠上做扩胸运动，呼吸新鲜空气。

洁白的手臂收拢起伏，挤压出曲线的山川深谷，深且诱惑，活泼泼而新鲜的女子香气弥漫，来来往往的年轻护卫，眼光藏在腋窝底下，瞄过来一眼，瞄过去一眼。

景横波视若无睹，笑得更加愉悦。不远处树下，宫胤书似乎看得入神，久久没翻过一页。

景横波斜睨一眼，心想这一页上面不会飘满自己的倩影吧？下一刻他准备做什么？三秒钟之内他会不会丢下书非礼勿视地离开？他离开，自己也就可以下车散散步了。嗯，一，二，三……

宫胤搁下书。景横波唇角扬起。

“你在上风方向。”他终于开口，清清冷冷的嗓音。

“啊？”景横波觉得这对话似乎有点不在状态。

“熏到我了。”他指指她大幅张开的腋下，起身将席子挪了挪。

景横波双臂展开在十点十分方向，僵硬着忘记放下来了。翠姐在嗤嗤地笑，静筠表情古怪，护卫们脸色颇同情。

右国师大人话少，却出名的句句是刀，曾经活活气死过一族之长。如今不过是小意思。

景横波弯下身，踮着高跟鞋，思考着将这十公分高的高跟鞋，钉到他那高傲的后脑勺上，不知道能不能改变他的嗅觉系统。

宫胤的嗅觉系统还没被她改造，她自己忽然抽了抽鼻子。香！眼珠一转，看见几个小姑娘挎着篮子涌出村口，正围着蒙虎等人兜售食物。一股清甜的香味顺风飘来，景横波眼睛亮了。

她没闻见过这样的香气，只能确定是油炸过的食物，最近赶路整天干粮干粮干粮，她已经觉得自己快变成了一个巨大的移动干粮。

肚子忽然咕噜噜叫起来，声音响亮，景横波摸摸肚皮，无可奈何地叹息一声。不用去乞求，宫胤那个不食人间烟火的，一定不会同意买零食的。

宫胤忽然放下书。身后咕噜噜乱响，不用猜也知道是景横波。天知道这家伙哪来的这么好的胃口，其余几个都忧心忡忡食不下咽，她每天三顿外加一顿消夜，更神奇的是吃成这样，运动也少，也没见她胖上一分，还是该凸的凸，该凹的凹……

他忽然咳嗽一声，打断自己的思绪。他微微有些怔忪。印象中那个人，也有这般玲珑的身线，却吃得很少，他几乎没见过她用餐，唯一一次一起用餐，便是那惊心动魄的一夜……

书本搁在膝上，被风乱翻，哗啦啦作响，薄薄的纸页割着手指，微痛，隔了一阵子，才见一抹淡淡血痕。人生里很多次，便是在最祥和的环境里，预见阴谋和杀机的冷，嚓一刀如电掠过，当时看不见伤痕，直到很久之后，静夜里依旧有血滴在唇边。

只有自己才知。

“蒙虎。”思绪一闪便过，他对蒙虎做了个手势。已经买好东西往回走的蒙虎，怔了怔，招手示意一个卖零食的姑娘上前。护卫们盯紧她的步子，看得出来这是个不会武功的。

临近有集市，姑娘们一早带着自制的零食去集市卖，换几个零花钱，倒也正常。篮子里是炸槐花，一种带几分野趣的小食。属于春天的独特馈赠。淡黄里透出浅浅紫色的槐花饼很有卖相，连宫胤都站起身，亲自看了看，命人买了。景横波早已拉了翠姐静筠凑上去，摩拳擦掌。

宫胤一转身，就迎上她企盼的眼神，还有那双雪白的摊开的手掌。他的目光自她手指上掠过，眼睫一垂，先递给了静筠。静筠似乎怔了怔，脸色一喜，随即似乎想到了什么，又一惊。不过刹那之间，卖零食的少女忽然将手中的篮子砸向静筠！紫色的槐花饼四处翻飞，饼下嗡的一声冒出无数的黑色小虫，一只虫子落在静筠袖子上，双层绫锦的袖子立即烂了一个洞。

静筠尖叫着捂住脸，一把拉住了景横波的袖子，然而景横波的袖子从她手中滑了出去，蒙虎一步冲来，似有意似无意撞倒了欲待上前挡住静筠的景横波。

宫胤掠过来，看上去好像在嫌弃景横波碍手碍脚，一脚踢倒了她，亲身扑向静筠，拉住她急急后退。护卫们奋勇冲上，在他和静筠面前结成人墙。好一副“保护女王”的姿态。

景横波骨碌碌翻滚下斜坡，同时滚下去的还有翠姐，翠姐滚在她前面，有追杀也是先冲着翠姐。

景横波跌倒的那一霎，只看见一只黑色的虫子越过人墙，擦过静筠的颈项，雪白的颈项上，立即多了一抹可怖的黑色焦痕。

那一霎静筠竟然没有哭泣尖叫，她在重重保护的人群中回头，望定她，泪流满面。她张着嘴，一开一合在说话，却没有声音。

景横波被这一眼瞧得心头巨震，忘记控制身形，砰的一声撞到坡底一棵树上。随即又砰的一声，翠姐撞在她身上，把她最后一点力气也撞没了，她头晕眼花，趴在地上抱着头，只听见上头厮杀声一开始剧烈，很快就淡去，鼻端有淡淡的血腥气弥漫开来。

过了一会儿，有脚步声接近，步伐轻、稳定、有种不为任何软弱所动的岿然，没来由地，她就知道是宫胤。景横波趴在泥地上，一动不动，头痛欲裂，抱住脑袋。

“这日子没法过了……”她喃喃自语，“要自由……”

他在她身边蹲了下来，停了停，似乎在听她呼吸，随即双手扶住了她肩膀，要将她拉起。

景横波忽然狠狠抓住他的双手，用尽全身力气大力一抡，往地下一摔！呼的一声，雪白的袍角云一般地从她脸上拂过，宫胤修长的身子在半空一翻，稳稳落在地上。

景横波爬起身，对于她唯一会的过肩摔没能摔死宫胤，深表遗憾。她还没能站直，眼前白影一晃，啪的一声脆响，她又仰天倒了下去。她倒下去时也没忘记脚用力一蹬，高跟鞋恶狠狠甩出，砸向他小腿。

高跟鞋没能抵达目标就飞了出去，砰的一声砸上了什么物体，随即啊的一声尖叫，山坡上飞出几根五彩的鸟毛。

二狗子脑袋顶着高跟鞋，晕头晕脑地转圈，大骂：“谁家的痰盂到处乱扔！”

景横波跌跌撞撞爬起来，宫胤远远甩出的袖子，就够她飞到西伯利亚了。正常情况下力量如此悬殊，她不会傻到和他对抗，要对抗早就对抗了。可是刚才，静筠回首的眼神，还有那句无声的呼告，至今还撞在她心里，刺激得她要发疯。

静筠说：“求求你，放了我。”

景横波扶住额头，脑子里乱糟糟的。她再散漫，现在也知道是怎么回事了。这样当面置人于死地真的好吗？静筠能不受刺激吗？静筠惜命，她知道，也理解。她不觉得自己随手的救命之恩，别人就一定该拿命来报，或许翠姐能做到，可是娇气自恋的静筠，做不到。

这样流泪不甘的眼神，比大哭大闹更撞人心扉，她不知道自己能坦然看多久。

一方雪白的袍角静静垂在她面前，连褶皱都没有，对比她满身泥土的狼狈，眼前这个人高贵得似刚从云端光降。

景横波始终低着头，此刻踉踉跄跄地爬起，扶着额头晕头转向，他看着，也不扶。她似乎真的晕了，转着转着，眼看着要撞到他。

宫胤伸手，要隔开她。景横波立即就势抱住他的手，身子狠狠往下一压！

宫胤手向外推，景横波把胸往他手上一送，“来呀！”宫胤立即就不动了。

下一瞬景横波抱住他的腰，一头撞在他肚子上。咚的一声两人仰天而倒，宫胤怒哼一声，要将她甩开，景横波三蹭两蹭已经爬了上来，八爪鱼一般紧紧缠住他，绞紧了他的腿。

宫胤又不动了。这姿势太尴尬，他再不想接近她，也是个正常男人，这架再打下去，撩起的就是血脉里的烈火，到时候只会更尴尬。

此刻她的腿紧紧压着他的腿面，薄薄的长裙隔不住灼热的肌肤，他甚至能感觉到她腿上肌肤的细腻，如香衿胜暖绸，又似一双柔滑的蛇，摇曳着要钻入肌骨。这时刻他脑子里竟然飘过一个奇怪的念头：她裙子里面好像不穿裤子……

他赶紧扼杀掉自己这个见鬼的念头，一抬头，正迎上她灼灼的眸子。霎时间他在她大而乌黑的眸子深处，看见自己，在她潋滟的眸光中摇曳，又或者摇曳的不是眸中倒影，只是一份忽然被扰乱的心情。

“让开！”他赶紧开口，庆幸自己声音依旧清晰如常。

景横波嘿嘿笑起来，举起手，手中一只高跟鞋，十寸尖刺形鞋底正对着他的颈动脉。宫胤连脸色都没变。只是对愣在一边的翠姐道：“你退下，不许护卫过来。”

景横波立即道：“别离开，不然又被骗去做靶子！”

“你信不信我现在就可以让她成为靶子？”翠姐一溜烟跑了，无视景横波好心的呼唤。

景横波不泄气，高跟鞋银色的跟亮闪闪，她相信一定可以轻易戳破那骄傲家伙特别薄的肌肤。

“放我们走！”她开始谈判。

“尸体可以。”

景横波手中的高跟鞋抖了抖，思考是不是要先戳个洞放放血。好杀杀这个家伙的傲气。都被压在底下了，还拽成这样？

“那么你放翠姐和静筠走。”她让步，“我不稀罕挡箭牌。她们跟我出来是为了帮我，已经被我连累，再被当作挡箭牌，你叫我怎么过意得去？你把静筠逼急了，她闹出事来怎么办？”

“那是你的事。”宫胤淡定如常，眼睛半开半合，居然要睡觉的模样。

“我过不好你也别想好过。”景横波晃了晃高跟鞋，“下次你再玩这一招，我就直接说破自己身份。”

“请便。”宫胤唇角微微翘起，似笑非笑，“你如果觉得自己命贱如蚁，尽管拿来换那两个女人。”不等景横波回答，他又道：“其实我也觉得你命不怎么值钱，不过在到达大荒之前，在你正式继位之前，我不允许你死。”

景横波听出了破绽，警惕地眯起了眼睛，“继位之后呢？”

宫胤沉默，半晌道：“能让我为你操持这一路，你足可以死而无憾。”

“去你妹的死而无憾，姐让你现在就死而无憾！”景横波眼中凶光一闪，高跟鞋高高举起，直奔那人从来都高傲扬起的脖颈。让他成为倒在高跟鞋凶器下的第一人！

下一瞬她的高跟鞋咄的一声钉在了树上，她呼的一声从宫胤上头飞了过去，挂在了树杈上。树身一震，高跟鞋砸在她头上，歪歪地挂着，形状倒也似女王冠冕。

宫胤已经从草地上起身，起身时草叶泥土簌簌而落，他还是那副干净得仿佛刚从天池里洗浴出来的神仙德行。身周有香气浮动，属于景横波独特的馥郁芬芳。极淡，但不可忽略地存在。宫胤下意识在那样的香氛中停了停，随即忽然惊觉，自己似乎对她的一切有些过于敏感？

“下次不要再拿你粗糙的肌肤蹭我。”他立即去了外袍，呼唤蒙虎，“这套衣服拿去扔了。”蒙虎一点都不意外地出现，给他换上新袍，捧着外袍去烧了。

景横波眨巴眨巴眼睛，看看那边烧袍子冒出的烟气，在心中亲切问候了他祖宗十八代，并准备使用自己另一隐藏技能，给他留个深刻记忆。是拿三丈外的那根树枝好呢，还是拿树底下的那块石头？前者杀伤力不够，后者太重，她不确定自己能不能做到。

思考还没结束，宫胤已经掸掸衣襟，离开。走开时他道：“从现在开始，你如果再有任何对我不敬不利的举动……”

蒙虎端着一大盆猪油及时出现，凑到景横波鼻下，油腻的荤味儿刺得景横波险些吐出来。

宫胤已经施施然走开去，“我就请你一天五顿吃猪油拌饭，用猪油擦身，喝猪油汤，总之你的所有一切，都用猪油解决，直至你雪白粉嫩，体形如它。”他手一指，山坡上正好走过一群肥猪。

……

半刻钟后。被噩耗震呆终于还魂的景横波，发出一声振聋发聩的尖厉嘶吼。

“宫胤，总有一天我要把你掰弯！”

第十章　醋意？

不得不说宫胤是个相当厉害的角色，这点从他不威胁则已，一威胁就找准软肋的作风上就可以看得出来。相比于打杀之类的威胁，“让你胖”的恐吓对景横波确实更有效果。足足有两天，景横波躲着宫胤走，每次看见衣衫飘飘的他，就得想起那只千斤重的猪。

那天刺客又留下了好几具尸体，宫胤这边的护卫依旧受着小伤，只是伤员越发多了，看着颇有些狼狈。静筠又被吓病了，宫胤一点都没有放过她的意思，命护卫严加看守，好生照顾，如临大敌的模样，吸引得杀手越发飞蛾扑火般向静筠帐篷扑，静筠病中还得屡受惊吓，看起来着实凄惨。

景横波也凄惨，宫胤的“惑敌”之策要想看起来真实，就得做个全套，她和翠姐待遇便显得很不怎么样，粗茶淡饭几天后，她竟然开始想念猪油拌饭。

一路行走，一路应对暗杀，杀手却也越来越少——这样凶狠狡诈的长途对抗，虽然敌暗我明，又身在异国土地，但对方始终没占到任何便宜，长期的折损，再强大的势力，也难免吃不消。

攻击少了，队伍的气氛便也渐渐好了些，除了宫胤外，大多数护卫和景横波已经很熟悉，闲着没事也能说上几句。

护卫们私下里都觉得，景横波看起来慵懒妖娆，爱争爱抢爱出风头，性子倒还不算坏，她信奉“好心情就能好容貌”，每日再怎么行路颠簸，怎么受宫僵尸的气，都不忘记把自己收拾得溜光水滑。护卫们最喜欢看见她一大早起来在山坡上做操，迎着日光，眼眸和脸颊明媚灿烂胜过朝霞，又或者伸腰弯背，短短的紧身衣曼妙地缩上去，拉拽出一段雪白如锦的腰。

赏心悦目而又热爱生活的女子，总是令人向往的，每逢那个时段，年轻护卫们来来回回走得特别勤。每逢那个时段，宫胤必定在练功，绝对不出马车一步。

两人之间的气氛古怪，蒙虎为此特别小心，他曾经抓获景横波在宫胤的饭食里偷偷吐口水，为此他大为紧张，用银针试了十次毒，宫胤知道了，当晚打发阿善送去了一大碗猪下水。

那碗没有放调料的猪下水景横波当然没吃，但是怎么都扔不掉，放在马车里发臭熏也熏死她了，之后她老实躲了宫胤两天，也不故意在他帐篷外做操了。总算暂时相安无事，让蒙虎悄悄松口气。

一行人已经过了大燕冀北，进入鲁东地域，再往后就是草原和高原，宫胤这一日首次决定进城，要在鲁东祥符城停留一晚。听见这个消息，所有人都松了口气，坐了这么久的车马，总算可以在床上躺一躺了！

景横波叽叽咕咕和翠姐咬耳朵，“宫胤是个神经病，明明走城池更安全，城池要路引，有宵禁，杀手没那么容易混进来，他非要在荒郊野外露宿，招蚊子一样招敌人……”说到这里她怔了怔，脑海中什么念头一闪，只是来得太快，怎么也抓不住。

车马已经进了城，祥符城很热闹，店铺林立车水马龙，对于久在荒原上行走的人来说，简直繁华好比通衢大埠。宫胤命蒙虎在城中最大的客栈包了一间独院，随即打发人出去买衣服，据说他是因为换洗衣服不够了，才同意在城中停留一晚的。

景横波撇撇嘴——每天几乎都要扔一套衣裳，有时候甚至两套。当然不够用。当然她是不会承认宫胤这么频繁地扔衣服大多和她有关的。

今天是一个好日子，因为宫胤好像吃错了药，不仅进了城，甚至准许景横波和翠姐去街上逛逛。

景横波问了三遍，终于确定自己没听错，她又担心自己的“定魂蛛”会带来麻烦，传信的护卫眨眨眼，道：“国师说，您尽管去，只要不想着逃跑，不会有事儿。”

景横波想着这蜘蛛敢情还是能遥控的？此时也没心思管这些有的没的，兴奋地一把拉住小护卫，叭的一声啃了个脑门儿。

“好极了！姐姐回头买糖给你吃！”

不管小护卫瞪大眼睛、满脸雷劈的神情，景横波已经拉着翠姐一阵风般地转了出去，留下一阵浓郁的香风。留下小护卫痴痴立在门口，摸着脑门不断回味……

傻了半天，小护卫忽然想起景横波的身份，立即变了脸色，刚想偷偷地赶紧回房，一转身，看见门廊下，静静负手立着白衣的人影。宫胤不知道站了多久，眼眸里一片冰晶雪色。

小护卫砰的一声跪下，正要请罪自裁，宫胤却已经转身进去了。他离开时衣袍落地无声，似卷过一地的初雪。

死里逃生的小护卫摸着脑袋站起来，他知道女王不可亵渎的规矩，却不知道规矩什么时候变了。他怔怔地立在原地，想着妖娆可亲的女王，想着回去后那些可怕的规矩，想着国师刚才那一霎眼底奇异的神情，忽然觉得心底微凉。

景横波和翠姐走在街上，明知道身后悄悄跟着护卫，仍然觉得胸臆畅快，此刻看糖葫芦是美妙的，路边小贩是美妙的，地上一块臭狗屎也是美妙的。

这是自由的味道。想到自由两个字，景横波就皱了眉，用眼角余光悄悄打量身后尾随的人，无声吸了口气。呵呵，什么自由，不过是虚幻错觉。不过，她相信，她总会找到彻底摆脱大荒人的办法的。

翠姐今日兴致也不错，平日里她很讨厌逛街，今天却比她逛得还带劲，一直拉着她转来转去，在她耳边絮絮叨叨说静筠的病，又在敲诈她的银子说要买个手镯，看见卖艺的又要挤进去看，景横波正要跟进去，蓦然翠姐又挤了出来。

景横波一抬头看见她脸色，不禁一怔。向来大大咧咧的翠姐，脸色雪白，眼眸发红，唇角不自觉地微微抽动，神态紧张又凄惶。

“怎么了你？”

翠姐一把抓住她的手，手掌冰凉，冻得景横波一个哆嗦。

“仇人……我我……我的仇人！我看见了我的仇人！”景横波一怔，踮起脚尖，顺着翠姐目光的方向望过去。在她们的对面不远处，挺胸腆肚站着一群人，当先是一个衣着锦绣的公子哥儿，四面都是青衣壮硕汉子，一看便知都是打手。

景横波知道翠姐身世，她的父兄就是被富家子欺侮至死，以至于她流落青楼，只是没想到居然会在祥符城遇见。可是这样一群人，不是两个弱女子可以对抗的。首先跟在后面的大荒护卫，就不会允许她们上前报仇，引发骚乱带来麻烦。

“大波……”翠姐的手在颤抖，声音也在抖，每个字都是哀求，“你……你帮我……你帮我引开大荒的人……我自己去找他报仇……你帮我这一次，我一辈子给你做奴仆！”

景横波握住她的手，想了想，嗤地一笑。

她抬手掠了掠翠姐的头发，顺手给她把眼泪擦去，拍拍她的脸，“报仇就报仇呗，既然遇见了，哪有错过的理。也不用说什么奴仆不奴仆的，咱姐俩遇见是缘分，我就盼着和你和静筠、拥雪，一辈子在一起才好。”

翠姐呆呆地仰头看着景横波。从放纵自如的景横波嘴里听见这样温暖的话可不容易，尤其她此刻笑得那德行更让人怀疑她这话的可靠程度。

景横波却已经一个转身，迈着猫步走了回去。她迎着那群跟在一丈后的大荒护卫走去，一边走一边解衣裳领口，笑吟吟媚眼如丝，“今天真热……”

“有女人脱衣服！”她身前，一个眼尖的混混立即发出一声惊喜的尖叫，声音都兴奋得变了调。

这一声惊醒了发呆的大荒护卫，下一瞬他们齐齐霍然转身。他们转身的那一刻，景横波脚跟一旋已经退了回去，一把拉住还在发呆的翠姐，“走！”

下一瞬原地已经没了景横波和翠姐，那惊喜的混混愕然转首四顾，“咦，人呢？刚才还在的啊……”一群被他招来的混混们失望地扑上去，“让你乱喊！揍他！”

打架的人群挡住了大荒护卫们的视线，等他们拨开挡路的人群，哪里还看见人？

景横波此时拉着翠姐已经出现在目标距离半丈之外。集市上人来人往，大多人做着自己的事，无人注意到身边忽然少了或者多了一个人。

景横波首先深吸了一口气，确定自己有无不适——她很担心离开大荒护卫视线后，自己就会毒发什么的。奇怪，没事，是不是因为离得还不够远？“有武器吗？”景横波放下心，问翠姐。要动手就赶紧，马上护卫们就能找来了。

翠姐摇头，两个女人逛街，哪来的武器，就算有，也得被先搜走。

景横波四面找了一圈，最后捡起一块结实的青砖，“那就这个吧。”

“嗯！”翠姐紧紧攥住青砖，两眼放光，好似抓了一把倚天剑。

景横波拉着翠姐，先往目标靠近。那公子哥儿还在饶有兴致地瞧着杂耍，正托着下巴，和身边一个清客模样的家伙讨论。

“你瞧那走绳的妞怎么样？”他小指尖指着场地中心正在走绳的少女，“瞧那脸，六月荷苞；瞧那臀，五月桃瓣，瞧那腿……那腿……那腿……”他呼吸忽然急促起来，眼神直勾勾地落在面前的一双腿上。腿是刚才忽然出现在他眼前的。腿一出现，就把他的眼神从卖艺女子的长腿上拽回来，死死黏住。

腿的主人，正用一种奇异的步伐从他面前走过，脚尖点地，脚跟微抬，整个人像在跳舞般透着股令人心跳的韵致，经过他面前时，她手指有意无意将裙子一撩……

哔——这一帮人眼神都直了。这美人裙子里面竟然没穿长裤！这美人的裙子竟然是开衩的！衩开在大腿上，平常走路瞧不见，这一撩……这一撩，就觉眼前雪白耀眼，奇异地泛着珠光的肌肤……

美人拈着腰衩，一手叉着腰，微微侧身，腿前倾成直角，便见大腿圆润，小腿修长，脚踝精致，精美曲线，蔓延直上小蛮腰……这撩的哪里是裙子，撩的明明是人……

一时间四面静寂，此刻便是绳子上的妞栽下来都没人看见。对面墙头上，似乎有人吸了口气……景横波笑得流光生媚，撩住裙边的手指，慢慢往上移……

所有人屏住呼吸，眼神里灼灼都是期待，那锦衣华服的公子哥，情不自禁地离开了重重护卫，上前两步。

景横波笑得更开心了。

啪！脆响，好似新鲜西瓜将剖，听起来嘎嘣清越。噗！一蓬鲜血飞溅，鲜红里还有些白白的东西，倒像溅出来的未成熟的白西瓜子儿。啊！一声惨叫，似走投无路的绝望狼嚎。

这一声惊醒众人，霍然回首，才看见不知何时，公子哥儿身边多了一个女子，那女子面容惊惶，手中拿着半块鲜血淋漓的青砖，另半块青砖落在地上，将血泊溅开。这结实青砖，不用说，是在公子哥的脑袋上，狠狠拍断的。

“杀人啦——”一声惊叫，众人纷纷围上去，景横波一把抓住大仇得报还在发怔的翠姐，“走啊！”

人潮都往这方向涌，这时候她不敢使用瞬移，众目睽睽之下唰的一下不见，她一定会被当作妖怪烧掉的。她只得拽着翠姐向外跑，身后响起“站住！别跑”的声音，对方护卫中已经有人反应过来，追了上来。

“那边人少！”惊慌失措的翠姐要往人流稀少的方向跑。

“不！这边！”景横波紧紧拉住翠姐，往最拥挤的人群里钻了进去。

后头追兵看见她慌不择路，竟然钻入拥挤的人群，都冷笑一声，顿时不急了——景横波目标那么明显，钻入人群一样好辨识，相反她自己会因为人流阻碍寸步难行，很快就会被追上。

“拦住那群人，她们就在那里面！”打手们追上，将那一撮人都拦住。可等他们控制住人群，拨开人流进去找人的时候，哪里还有刚才那裙子开衩的美貌女子身影？

“呼哧呼哧……”景横波砰的一声撞进了一条巷子，一边靠墙喘气，一边赶紧脱下高跟鞋揉脚，“太挤了，姐差点施展不出，还差点崴了脚。”

翠姐佩服地看着她的丝袜高跟鞋，她一直不明白景横波为什么在长裙里不穿长裤，要穿那古怪的丝袜和高跟鞋子，如今可算知道了，这是色诱勾引杀人害命之出行必备法宝。

她此时才觉得脱力，倚靠着墙角瘫坐着，怔怔地抬起双手瞧着，手上血迹殷殷。

刚才那一下……真狠。用尽了全身力气，将家破人亡三年来的仇恨、痛苦、孤独、绝望，都化为干脆利落的一击，拍不断仇人的头骨，就拍不碎这一生的苦痛和梦魇。

不远处，隐约又传来追兵的声音，翠姐看了一眼景横波，她正气喘吁吁地靠在墙上，看样子也没什么力气再瞬移了。翠姐爬起身，没有擦手，扶着墙看看景横波，忽然道：“我们分开走吧。”

景横波怔了怔。刚才助翠姐报仇，是她出面，所有人注意力都在她身上，而她又高挑美丽，目标明显，说起来，一旦走在人群中，她是比翠姐这个真正凶手危险的。

翠姐想分开走，是怕被连累？景横波忽然有点心灰意懒，懒懒地托着下巴，道：“行啊，那你从西边巷口出去，我从东边走，争取回客栈会合。”

翠姐没说什么，深深看了她一眼便向外走。景横波忽然开口：“你不打算回客栈了，是吗？”

翠姐停住脚步。

“你不喜欢逛街，今天却一反常态拉我出来，你知道会在这里碰见仇人，是吗？”景横波没有抬头，语气很轻，手指慢慢抠着指甲。指甲油已经有点脱落，显得斑驳，她身边又没有指甲油可以补上，看着怎么都觉得难看，她一块块剥着，动作有点恶狠狠。

翠姐默然。

"你平常和我交情谈不上多好，却跟着我出了'凤来栖'，你本来就是打算趁机出来报仇的是吗？"景横波有点烦躁地将指甲在墙上蹭着，"你知道我有瞬移的本事，觉得我迟早能帮上你的忙？所以你一路跟着，只是后来运气不好，被看守住了，谁知道今天居然进了城，真的遇上了你的仇人，说起来你运气还是不错。"

她心中一动，忽觉不对，有些事太过巧合了，而且应该根本不是翠姐就能安排的巧合。只是此刻心情沮丧，也懒得多想。她耷拉下眼皮，想着如果是静筠，也许会软弱，会晕倒，但应该会陪她一起吧？

翠姐还是不说话，背对她站着，指上血滴慢慢积蓄成一滴血弧，再圆润地落下，哧哧有声，听得人烦躁。

半晌她木木地道："我先走一步。"

景横波嗯了一声，懒洋洋翻个身，像只受了挫只想晒肚皮的猫。这一刻她分外想念研究所三人组。

翠姐的脚步声已经出了巷口，景横波正要起身，从另一个方向出去，蓦然听见一声惊呼，翠姐已经噔噔蹬地又倒退回来。

她眼光向着地下，颤声道："你……你……"

景横波这才看见，不知何时，一只满是鲜血的手臂从巷子拐角探进来，在地上摸摸索索，颤抖着去抓她的脚踝。与此同时一个颇为动听的声音，凄凄惨惨戚戚地呜咽道："别……走……我……死……得……好……惨……啊……"

陋巷、冷风、阴影、地上挪动的断臂、沾血的手指、刚刚杀过人的惊悸犹在。足够摄人心魄的惊悚。

翠姐抬起脚，似乎想踩下去，然而那鲜血淋漓的五指向上霍然一张，她便啊了一声，两眼翻白地倒了下去。

景横波也啊的一声尖叫。一瞬间贞子伽椰子楚人美聂小倩统统在脑中复活，从电视里书里录音带里电梯里墙上各处蠕动爬出……景横波飞奔要逃，脚下忽然一紧，她头皮一炸，缓缓低头。那双血淋淋的手，已经抓住了她的脚踝。幽幽咽咽的泣诉萦绕在她耳侧。

"你……色诱……我……啊……你……骗……我……做鬼……"

脚踝上冰凉凉黏腻腻，似一条死去的蛇将她紧紧缠绕。景横波忍住恶心，拼命甩脚，"滚开！滚开！"

手软绵绵地被她甩开去，连带她高跟鞋也甩了出来，景横波也顾不得捡拾，甩开步子飞奔。奔没两下忽然想到箱子已经被黑衣美人拿走了，这双高跟鞋是仅剩的一双，想到这里她心如刀割——怎么可以丢下这唯一的心爱的高跟鞋！

"还给我！"她赤着脚又蹦回去，一把从那手里夺走自己的高跟鞋，顾不得穿，往腰上一挂转头就跑。抢到高跟鞋的鬼手，似乎也没想到居然有人还能回头"鬼手夺鞋"，五指一张，也僵住了。

哧的一声忍不住地轻笑，回荡在巷子里。景横波向前冲的身子一僵。这笑声……熟悉！

在哪听过？鬼会这么笑？

她慢慢回头，巷子空荡荡的，翠姐晕在地上，她身边还是那只手臂，从墙角处露出一截深红锦缎的袖子，是刚才那纨绔的衣裳，袖子尽头一只修长的手，手指头忽然对她勾了勾。

第十一章　这个杂役有点冷

地上沾满血迹的手指，忽然对她勾了勾。这一勾把景横波浑身的汗毛都勾了起来。她一眨不眨地看着那只手指，脚下慢慢向后移，这一幕太诡异，傻子才应招上前。

然而她的脚步很快停住，因为那手指一勾之后便向下，落在泥地上，开始写字。

景横波怔怔地盯着手指，嗯，手指很修长，嗯，字好像也不错，嗯，好像关注的重点错了……一排字出现在泥土上，她眼睛眨了眨，有点不明白这手的主人，明明可以站起身来和她交流，为什么非要躲在墙角背后装神弄鬼。

很快她就明白了为什么。手指忽然在地面一顿，随即向她身后一指，又对地下字迹指了指，然后，忽然不见。

与此同时，一个声音在她身后缓缓响起，“你在做什么？”声音清冷好听，似静夜里拨动落雪的琴弦，景横波却叹了口气。

宫胤那个阴魂不散的家伙，还是来了。只是，他到底看没看见那只诡异的手？

宫胤的语气还是那么平静疏离，听不出什么变化，“玩够了？”景横波哼一声。

“玩够了就回去。”宫胤也不提两人当街杀人的事，似乎那点事不算事。

景横波又嗯了一声，抢先蹲下身去扶翠姐，却好像力气不足，扶了一半翠姐从她臂膀里滑了下去，她转头看看宫胤。

宫胤挥挥手，一个护卫鬼魅般出现，扛起了翠姐。

景横波眼角向地下一瞥——刚才给她这么一扶一蹭，地上的字迹和血迹都没了。景横波正想着这样出去会不会被追捕的兵丁发现，蓦然听远处一声大喊：“发现那个杀人的女人啦，快来啊！”耳听得脚步杂沓人声喧嚣，都往那个方向去了。

一个很简单的调虎离山计，却很有效果，最起码随后景横波被宫胤的护卫们围在中间出来时，已经没什么人注意，一路很顺利地回了客栈。

客栈门口，景横波看见生病未愈的静筠正焦急地在门口张望，看见她静筠似乎松了口气，急急迎上来道：“你们没事吧？我刚才听说街上出了事……”说着眼波向景横波身后一绕，双颊蓦然隐隐泛上红晕。

景横波正在左顾右盼街上动静，也没注意她的神情，听她声音关切，心中温暖，拉住她手笑道：“放心，这么多人，哪里会有事呢？”

身边忽然一阵凉风过，白衣飘拂，却是宫胤已经先进了门，虽然一言不发，但身体语言满满“你们真啰唆”几个字。

景横波撇撇嘴，跟着猫步进门，静筠抿抿嘴，退到一边，望了望宫胤的背影。宫胤和景横波房间面对面，只要宫胤愿意，随时可以隔空劈开景横波的房门，对这样的安排景横波抗议无效，只得快步抢过他身侧，恨恨地用力摔上门。

她在房间里坐了一坐，想起刚才看见的地上的字，不禁心烦气躁，想了想，忽然又拉开门，探头向对面望去。门一开，背对门负手而立的白衣人缓缓转身，一双眸子在黄昏的日光下，凝定如深海明珠。浅金色的日光在他发梢跳跃，映得他面容越发如雪。

景横波没想到他竟然一直站在自己门前，不由一怔，“你在这干吗？”

宫胤眼神淡淡，越过她的肩，“你开门做什么？”

景横波顿顿，眉毛一挑，“……我要水洗脸！”左右看看，“咦，我门口两个护卫怎么给你调走了？调走他们，你又不许我出门，我有什么需要怎么办？”

宫胤对她伸出手。景横波又一呆——这是干吗？

“盆。”

景横波差点要掏耳朵——听错了吧？她低头看看他的手，细腻洁白，纹路清晰，手指修长，指节优美……属于大荒第一人的手。

这只手在等着她的盆？

“你不是要洗脸吗？”他语气冷而自然，“不拿盆我怎么打水？”

景横波这回真要掏耳朵了。不是她自轻自贱，也不是她抬高宫胤，可是，宫胤这样的人，去给她亲自打洗脸水？再说一看他就没做过这样伺候人的事，他就不知道小二会送上热水大壶，根本不需要拿盆去打吗？

他好端端地把护卫赶走，就是为了守她门口做杂役？可惜她对满身贵气的宫大神望了半天，人家硬是没有缩手的意思，景横波只好回去拿了盆，砸在他掌心。

“要滚烫的！速速给朕送来！”有权不用，过期作废。

宫胤看她一眼，接过盆，转身走到栏杆边，栏杆下就是一楼天井，一个小二正吃力地拎着一大壶热水路过。宫胤招了招手。那壶从小二手中飞了出来，扶摇直上，轻轻巧巧落入他掌中。小二仰头张嘴的表情就好像看见天上忽然掉下个神仙。

宫胤将壶中热水倒入盆中，衣袖一拂，送回了景横波房中，不偏不倚正落在盆架上。

袅袅热气遮住了景横波的神情，想来她是恼怒的，宫胤想着景横波气怒脸红的时候，从鬓角淡淡扫出一抹嫣红，一直红到波光潋滟的眼角，艳若盛夏莲，忽然心头微微一动。一动之后，却又是满彻全身的寒。

他迅速转身，掐灭这一刻的联想，眼角忽然瞄到一个小护卫，正站在楼下阴影处徘徊，不断仰望景横波的房间，脸色微红，眼神隐隐渴望。

这小护卫正是先前被景横波欢喜之下啃了一口的那位。两个时辰前，那一口之后，他就失去了在景横波门前站岗的机会。

宫胤瞄他一眼，双手扶在二楼栏杆上，遥望远处夕阳在山后收去最后一抹微光。心情忽然不错。

景横波洗完脸，在屋子里转了转，想着先前看见那手在地上写的那几个字。

“想要自由，今晚支开宫胤，与我会面，以三声鹧鸪为号。”支开宫胤……怎么可能？没见人家都守门口了吗？正想得烦躁，忽听横梁上传来三声低低鸟叫。

景横波心中一震，先快步走到窗边对外张望，宫胤已经不在门口了，对面他的房门却开着，相信等会儿他也会随时劈开她的门。这神秘人这样也敢联系她，胆子也太大。

她抬头向上看了看，看见一角黑衣垂落，在阴影中也依稀暗光隐约，那衣裳式样再次令她心中一惊，觉得眼熟。

果然，下一秒，横梁上已经传来悠悠的笑声。

“尊敬的陛下，你领口散了，赶紧替微臣束起来好吗？”

景横波眨眨眼，咽了口唾沫，心中却在骂人。踏破铁鞋无觅处，哪壶不开提哪壶！早知道装神弄鬼联系她的是黑衣美人国师，她还费这心思干吗？

也是她自己笨，怎么就没想到，这一路八成就是两个国师大斗法，黑衣美人国师一直没占到便宜，迟早会从她身上下手嘛。

不过也无所谓，既来之则安之，现在黑衣美人过来也是冒险，主动权还在她手里嘛。

“我忽然手软……”她靠在床边，笑吟吟地仰头，特意将散开的领口对着他的方向，“你来替人家束上好不好？”

横梁上嗤地一笑，“耶律祁可不敢唐突陛下。”

哦，他叫耶律祁。“人都不敢下来，还好意思说什么给我自由？”景横波懒洋洋地转身，“负分滚粗。”

横梁上微响，一截黑色衣角垂落，耶律祁宜嗔宜喜活色生香的脸探下来，笑道：“您给微臣半刻钟，微臣保证您不后悔。”

景横波看不清阴影里生花的容色，只听着他低沉醇厚的笑声，就硬不下心来赶人——她是颜控也是声控。

“宫胤在调息，所以微臣冒险现身，咱们长话短说，”耶律祁道，“咱们做个交易。您帮微臣一件事，之后，微臣不再做您的微臣，您便可以做自己的女王，如何？”

景横波挑眉，“你们国家不是需要一个转世女王？你舍得放我走？”

“和留住一个女王比起来，”耶律祁微笑，“当然是杀掉一个祸国殃民的野心家更重要。”

“谁？宫胤？”

耶律祁笑而不语。

“我身上有什么定魂蛛，”她眨眨眼，有点烦恼，“貌似走不出宫胤身边三丈距离。”

“哪来的什么定魂蛛，我怎么没听过？”耶律祁笑了起来，“你真要被下了这东西，刚才怎么能去集市？”

“也许他能控制那玩意儿也未可知？你不知道的东西难道就一定没有吗？”景横波不服气。

耶律祁退后一步，看看她的气色，摇头笑道：“宫胤厌恶各种毒物，不会养这些。我看你中的不是定魂蛛，是别的东西。”

“什么？”

“你先说说当初你和宫胤初遇的情形。”

景横波说了，完了托腮道：“他是不是有读心术啊？怎么就能猜到我会移动到大厅，在那等我呢？”

耶律祁笑道：“你的房间是不是正对楼梯？下面就是大厅？”

“是呀。”

“你遇上他时，是不是有过短暂肌体接触？或者靠近？”

“舔一舔算不算……”景横波眼瞅着耶律祁脸色古怪起来，急忙摆手，“别想太多。肌体接触算不上，但靠近是有的。”宫胤曾经压住她的镜子暗门，算很近了。

“我是奇怪你怎么还活着？”耶律祁笑一声，“你和他在一起，是不是觉得特别压抑、行动困难？”

“对，当时觉得气场特别凝重来着。”景横波眼睛亮起来。

“这就是了。”耶律祁道，“说起来很简单。宫胤的般若雪内功，本身就有控制作用。他对你施加了真力，你的瞬移当时速度已经变慢，只是你自己不知道而已。你瞬移后，他立即出你门，自顶楼直降大厅，他速度快，你速度变慢，所以他比你还早一点，降落在唯一的空桌上。而他对你施加真力后，你瞬移后气机受到牵引，三丈之内，必然只会靠近他。自投罗网说的就是你这种。”

“他怎么能猜到我会瞬移到大厅……”

“猪都能猜到。”耶律祁不客气地评点，“这是当时你最好的选择。”

景横波叹了口气，终于搞明白了大神的伎俩。和大神斗智真是件累心事儿。她随即眼睛就亮了起来，“那么既然没有定魂蛛，他在我下巴上那一招，很可能就不是种蛛，而是把抓我时对我下的禁制给解了！”

“总算聪明一回。”耶律祁笑吟吟地点头。

景横波顿觉浑身松快——最近她都不敢想定魂蛛的事儿，一想到下巴有一个活的小东西，就觉得浑身发痒。不过宫胤也太狡猾了，骗了她这么久！

话又说回来，她转转眼珠，宫胤狡猾，耶律祁难道就不狡猾？他的话一定就是真的？他说定魂蛛这东西没有，这可能是真的，但是宫胤当真就没对自己这个会瞬移的人，下过任何禁制？想来还是有的，只是没杜撰的定魂蛛那么可怕罢了。

算了，这些人脑容量太大，自认为脑子只比核桃大一点的景横波，实在没有兴趣和大神们周旋下去。

“你们国家的糟心事儿，我从来都不想管。”景横波弹弹手指，“要我帮你，三个条件。”

“请讲。”

“保证我没后患。”

“解决了他，大荒不会再有任何人能对您不利。”

“保我一辈子荣华富贵衣食无忧。”

“这是您该得的。”

“把我的箱子还给我。”

“事情办完，箱子一定立即奉上。”

“OK。”景横波一撩长发，“成交！”

耶律祁低头看她，女子仰起脸，红唇笑意弧度张扬，眉梢直插入乌黑的鬓发里去，眸子亮若黎明天幕里第一颗星。艳到亮烈。他的心微微颤了颤，陡然生出一丝惋惜的情绪，然而随即他便掐灭了这情绪，笑道：“如此甚好，那么烦请陛下……”他声音渐渐低下去，景横波凝神听着。

“到时候……”耶律祁忽然声音一变，“不好！宫胤来了！千万别让他——”

话音未落，门已经无声无息地开了。一袭白衣委地，似一抹冷云无声天降。

宫胤立在门口。他在对面打坐，忽心中似有警兆，想起景横波在屋内似乎太安静，这不符合她的习惯——她在睡觉前总是各种折腾，永远不会安静超过一刻钟。

门缓缓开启，宫胤的眼光正要向屋中各处藏人的死角扫去，忽然一怔。床上……床上有景横波。只是她那姿势……双臂分开撑着床边，背部弯折，双腿倒翻越过头顶和下巴平齐，整个人拗折成一团，只一张艳丽微汗的脸，正对着他。

见多识广的宫胤也不禁因这诡异的姿势给震住——这似乎是一种奇异的体术？只是这姿势也太奇特，脑袋居然从裆里冒出来了，还有，人的身体真的可以这么柔软，折叠成这般模样？

最后一个念头让他震了震，再一看景横波的身体，倒翻的双腿突出流畅紧绷的曲线，似要逼到眼前……他微微退后一步，忘记了刚才想查看屋子的初衷。

一退之后，他皱眉，道：“你在做什么？成何体统？快点放下来……”说到一半忽然神色一动，便要抬头。

景横波一瞧不好——这么高难度的姿势也没能震呆这货？赶紧换个！

“放下就放下呗……”她身子向前灵活地一翻，已经把自己像口袋一样翻了过来，趁势舒展，整个人看起来好像忽然高了几公分，看得宫胤目光又是一凝。

景横波就势俯身，展臂，以右腿叠上左腿，昂头，身子微微前倾，一个标准的瑜伽“鹰”势。这个姿势很有气势，更为舒展，也因为身子的前倾和腿的交叠，上身挤压得更加厉害，且俯下的身子，正将某些事业线送到对面的人眼底。

宫胤再一抬眼，就看见一抹深深雪白，在一半阴影一半烛光中颤颤，一呼一吸间，漾人间万象……而她一张脸雪玉娇艳，红唇若火，似要送至他眼前……

他霍然后退一步，衣袖一拂，便要关门离开。

景横波大喜——成了！下一瞬她忽觉从腿到股猛然收缩般一痛，不禁哎哟一声尖叫，麻花状直挺挺向前倒下。做瑜伽姿势太急切，抽筋了！

正要退开的宫胤下意识向前一迎，双手向前迎接，景横波砰的一声倒入他手中，宫胤只觉柔软撞入掌心……他一怔，随即如雪如玉的颊上似也泛出微红，便要将她推开。

景横波却赖着不肯动了。因为这一刻她听见耳中细细一声：帮我拦住他！头顶上似有风声微微，宫胤似乎已经发觉，再次要抬头。

景横波忽然向前一扑，将身子后仰半倾在门槛上的宫胤扑倒，顺势双手蒙住宫胤的双眼，娇笑道："不许乱看！"

宫胤白若冷玉的脸，似乎有点发青。谁看你了！

景横波却不心虚，咯咯笑着双手捂紧。你是没乱看，可你乱摸啊，姐还在你手中哪！也不算冤枉你。头顶上风声一卷，应该是刚才藏在顶梁上的耶律祁，趁此机会出门，景横波正想着他胆子不小居然从门口走，蓦然背心一痛，身子一沉。一股巨力从她背上踏下。

景横波险些破口大骂——姐帮你拖住宫大神你居然踩着姐的背逃跑！慌不择路了还是怎的？这一踩险些将她踩闭气，也骂不出声，双手却不由自主松开了，耳听得身下宫胤似乎一声闷哼。

景横波这才后知后觉地想起一件事，武林中传说有种功夫叫隔山打牛。

难道刚才耶律祁那一踩，真正要踩的是宫胤？够狠。

头顶黑影卷过，耶律祁果然快要逃脱。宫胤忽然冷哼一声，压在景横波身下的双手手指一弹。两道红色流光尖啸而起，自两人靠得极近的胸膛前一擦而过，在景横波眼前如焰火一闪，便追到了黑影背后。

砰的一声低响，隐约一声闷哼，半空中洒落几滴嫣红鲜血，落在深红漆栏杆上湮为一色。

景横波根本没看清那红光运动轨迹，只觉得眼前一闪胸前一凉，低头一看，骇然变色。下一瞬她的愤怒尖叫，险些嚷破了宫胤的耳膜，"天杀的，你们打架就打架，做毛弄坏了老娘唯一一件bra！"

第十二章　不许随便向我求婚

她声音刺耳，一楼二狗子被吵着，探头大骂："生当为美人，死当泡美男，至今思bra，你呀真傻蛋！"

"再吟你歪诗，送猫给你做伴！"景横波骂完二狗子，躺在地上单手用力一挥，"负分砸粗！”砰！二楼一个花盆应声倒下，正砸在掠出去的耶律祁的脑袋上……哎哟一声惨叫，光荣负伤的耶律祁脑袋上再添一洞……

景横波得报大仇，嘿嘿一笑，低头对宫胤道：“喂，你起来！”不是她不想起来，也不是她不想再对宫胤施以爱的惩罚，主要她给那一脚踩得半个魂都快飞了，又隔空移物耗尽最后一点元气，现在没力气。

本来她以为宫胤一定会在最短时间内用最快速度把她推开，可奇怪的是，他到现在居然还没动静。他眼睛微合，看上去竟然像是要睡了。喂喂，有这么占便宜的吗？能给你这样占便宜吗？给你这样占便宜了，姐自然要……占回来。

揍不动，就捏好了。景横波低头欣赏宫胤，咦呀，还是第一次这么近地欣赏宫大神呢，近距离看，才发现这家伙皮肤真好，居然连毛孔都瞧不见，男人有必要皮肤这么好吗？

趴他身上嗅嗅他的气息，很好闻，却很难形容的香气，不像后天草木熏蒸所致，倒像人体肌肤自然生成的香，有点凉，有点缥缈，有点神秘，令人感觉舒适，似被极地带雪的海水包裹，脸颊擦过孕育天地精华的珍珠。

再伸出手指，用力戳他胸膛，毁我bra，受我九阴白骨爪。我抓，我抓，我抓抓抓。隔着衣裳，依旧能感觉到他肌理的弹性和力度，他虽然偏清瘦，却不是羸弱的男人，标准“穿衣显瘦，脱衣有肉，远看清透，手抓享受”类型……

景横波正眉开眼笑狼爪乱抓，忽然宫胤浑身一震，一口血喷出。

“噗。”发紫的瘀血正落在她胸前，那已经破了洞的bra上……

景横波已经不会反应了。她呆呆地举起自己手指——穿越金手指了吗？刚才一不小心点通他任督二脉了？一低头看见自己再遭荼毒的目前唯一的bra，再次发出一声惨叫。

“宫胤！你和我的bra有仇吗？”

宫胤回答她的就是一声“唰”。

美艳无双的景美人终于如愿回到了床上去挂着。

宫胤站起身，瞄了她一眼，刚才他受伤后瞬间闭气，景横波一阵乱戳，确实好巧不巧解开了他的气海。当然他不会感谢她的。领口珍珠有点歪了，他伸手调整，一低头发现整个胸前衣襟都是皱的，似被人大力揉搓过，他微微皱眉——刚才她做什么了？

看看她脸上表情，他决定不问了，如此猥琐，必无好事。

她在床上躺着，双腿交叠，曲线起伏不能增减一分，天生曼妙好身材，虽然她抓过床单遮了上身，但隐约可以看见深红艳色一抹，依稀眼熟。那是什么东西？惊鸿一瞥，只觉似亵衣又比亵衣精致，她那般爱惜，八成又是什么内媚的玩意。她刚才在嚷什么？“不让？”明明是“非让”好不好？

目光所及，落在心瓣，他忽觉掌心发烫，似一瞬前温软触感重来，烫得心中都似一跳。赶紧岔开话题。

“刚才是谁？”

“刺客。”景横波笑嘻嘻地抛媚眼，“如果不是我扑上来保护你，你早已被人家踩死。

你不谢谢我以身相护？要不要对我以身相许？”

“可以。”宫胤站起身，一脸淡定地对忽然张开嘴的景横波道：“做到几个要求我就容许你以身相许。不许裙子里不穿裤子，不许穿高鞋子，不许穿透明袜子，不许穿艳丽紧身衣裳，不许涂脂抹粉，不许照镜子，不许露出除了双手以外的任何肌肤，不许做任何古怪动作，不许和陌生人接触说话，不许不和我好好说话……我不想说那么多，你如果真心想嫁我，稍后我会令府官给你相关手册背诵，在背熟并做到之前，你不许随便向我求婚，否则我听一次，就毁一件你的古怪玩意。”

“你去……”景横波一个“死”字还没来得及骂出来，宫胤再次在门口施施然回首。

“还有，不许随便抛媚眼。”

景横波立即抛了个媚眼，“嘻嘻，受不住了是不？”

宫胤眼神仿若看木头一般从景横波脸上掠过，“你抛媚眼的时候，左眼上移半寸，右眼下移半寸，脸部肌理移动七块导致嘴角歪斜，我总是有点担心你会瞬间中风。”

“……你去死！”

“不许穿高跟鞋不许穿丝袜不许穿紧身衣裳不许化妆不许照镜子不许随便向他求婚……啊呸！他以为他是谁？倒贴给姐姐都嫌他太闷！”景横波大力揉搓着盆里的bra，一边叽叽咕咕大骂一边添进去更多皂角。

静筠在一旁给她帮忙，道：“手轻些，仔细把衣裳洗破了。”

景横波从水盆里拎出那件湿淋淋的宝贵内衣，看了半晌，泄气地又扔回盆里，“见鬼，根本洗不掉！”

深红黑色蕾丝镶边钉金珠的戴安娜文胸上，一边一个小洞也罢了，关键在文胸正中间，多了一团浅红的痕迹，怎么洗都洗不掉。

“宫胤！”她抬头对二楼大叫，“滚下来给我洗bra！”自然没人理她。

静筠凑过头，仔细看了看那痕迹，道：“这形状倒好看，似一朵芙蓉花，要么回头我给你就着这痕迹绣一朵花吧。”

景横波眼睛一亮，仔细看看也觉得可行，只是想着这是宫胤留下的血痕未免有点怪怪的，可谁叫她目前只剩这一套内衣，每一件都无比宝贵呢。她可受不了静筠她们用的松松垮垮的系带肚兜，会下垂的！

“那便拜托你了。”她眉开眼笑地将湿淋淋的文胸塞给静筠。

静筠接过，目光落在那痕迹上，似乎想问什么，却抿了抿唇，欲言又止。翠姐从拐角那边过来，看见她们两人便站住了，远远地唤：“收拾一下，要动身了。”

景横波瞟她一眼，懒洋洋地起身去收拾东西。

宫胤在城里把牛车给换了，又添了两辆马车，景横波和小丫头拥雪坐一辆，翠姐和静筠坐一辆。景横波昨夜没睡好，上车就呼呼大睡。静筠在车里，用自己的药炉子，将景横波那件文胸慢慢烘干，取了针线，一针一线绣起来。她绣得很精心，像在面对自己的爱物，手指时不时从那片淡红的痕迹上怜惜地抚过。

有时候她累了，会抬起头，将针尖在乌黑的发间抿抿，眼神有意无意地，落在前头第一辆宫胤的车上。眼神很静，却很有力，似牵扯不断韧性绵延的棉线。

一路北行，渐渐走入地广人稀地域，离大荒越来越近。一行人神色各异。宫胤永远高远淡定，护卫们有回家的兴奋，翠姐、拥雪有对未来命运未知的茫然，静筠一直都病恹恹的，看不出喜怒。

景横波有点烦躁。她的烦躁体现在不断掀马车帘子的动作上，前方明明就是灰蒙蒙的山，她一早上看了七遍。她的视线一次次从那些护卫身上掠过——不断地遇敌，不断地退敌，现在队伍里大多数人都受了伤，每个人看起来都很疲惫，让人想起"强弩之末"这个词。

现在如果有人全力奔袭，也许这个一直勉强维持着的队伍，就会像鲁缟一样，被瞬间穿透。快黄昏的时候，天色暗得很快，景横波看见宫胤走出马车，旷野上无所遮挡的风将他的衣衫鼓荡，他黑发底是一双乌黑迥彻的眸子。

景横波目光在他领口掠过，天气已经有些热了，他的领口依然紧束，淡金色的珍珠，在夕光中流转。

宫胤看了看欲雨的天色，对队伍做了个手势。护卫们训练有素地将马车围成一圈，外头又围了一圈。

旷野上的暴风雨往往来得快，因为四面无遮挡也特别猛烈，这样的环境如果再遇上伏击，就是雪上加霜。好在四面空旷，来人一眼就能看见，伏击暗杀也不太可能。

景横波的马车被围在正中间，美其名曰不受风雨侵袭，说到底看守最严密。

风渐大，撕扯得四面长草断裂纷飞，黑压压的云层底下，一大片暗黄的枯草和各种泥尘杂物浮沉呼啸，天地间一片蒙蒙的灰黄之色，对面看不清人影。

景横波呼吸有点急促，目光灼灼。拥雪有点诧异地盯着她。

"哎，今晚的晚饭好像不太干净，我肚子怎么有点痛。"景横波抱着肚子，探头对外头护卫道："喂，我要去解手。"

几个护卫无动于衷，好像没听见，只站在更远处的一个护卫，转头看了她一眼。

景横波看那护卫有点眼熟，对他飞了个媚眼，小护卫的脸立即红了，那熟悉的神情让景横波依稀想起，好像前不久这孩子是自己的守门护卫，被自己占过便宜，之后就没看见他在自己面前出现过了。好像被调去看管翠姐、静筠那辆车。媚眼飞到一半，远远地看见宫胤忽然转头，景横波立即想起他那毒舌的"中风预言"，一个媚眼顿时做得兴致索然。

小护卫脸上漾着兴奋的微红，有点犹豫地上前。景横波眼睛一亮，伸手从车窗出去抓住他，"拜托！帮我回报大人，我肚子痛要解手，再不让我出去，我就……我就……"

她眼睛对马车斜瞟，大有"我就就地解决"之意。小护卫犹豫了一下，跑去和宫胤说了什么，过了一会儿，宫胤亲自过来了。在景横波兴奋期待的目光中，他把一条锁链扔给了小护卫。

"把她固定在车上。"宫胤道，"她脑子太轻，容易被吹走。"

“宫胤！”景横波的尖声连风都扯不碎，“你要逼我解决在车上吗？”

“也无妨。”宫胤道，“反正你也从来没做过什么有风度的事。”他从容走开，指挥护卫固定马车和随身物件，安排布防。留下景横波以及她花样翻新不重复的咒骂。

“你脑子重，你全家都脑子重！你全家脑子里都是猪下水！”景横波从他全家开始问候到他全族，二狗子从前面一辆车上艰难地探出脑袋仔细聆听，一簇红毛翠羽在风中瑟瑟地耷拉在眼皮上。

小护卫犹犹豫豫地抓着锁链上车来。正骂人骂得脸红脖子粗的景横波，忽然将身子靠了过来。

“达令！你不能这么对我。”她吐气如兰地靠在小护卫肩膀上，指着那锁链，“好粗，好大，好怕人哟！”

“嗯……这……”人家一未经人事的小男孩直接晕了，眼睛里冒出蚊香圈，锁链在手中丁零当啷地抖。

“达令……”景横波笑眯眯伸手去摸他的脸，“你可真萌，我最喜欢正太了，么么哒……这链子借我玩玩好不好？”末一句忽然说得飞快，随即她手一抽，已经从小护卫手中抽走了锁链。巴掌一拍，手心里暗藏的迷香拍在小护卫脸上，小护卫应声而倒。

景横波跳起来，第三个动作是从小护卫裤腰带上取下了前面那辆马车的钥匙。

“拥雪，快跑！”她只来得及说完这句，顾不上等那孩子反应过来，拿着钥匙跳下了马车。三步并作两步前奔，“二狗子！”二狗子跳上横栏，优美地伸出一只爪子。

景横波抬手就把钥匙扔了出去，二狗子高抬腿，追着钥匙的轨迹单脚跳了几步，当啷一声钥匙挂在它爪子上。

“好重！死啦！”二狗子砰地向后一倒倒入车厢，被沉甸甸的钥匙坠进去了。

“打开锁链，从窗户逃跑！”景横波一声大喊。

前方白影一闪，穿越灰黄的野风，宫胤已经掠了过来。景横波再不犹豫，转身就逃，她没有时间再去救翠姐和静筠，只能把钥匙抢给她们。

宫胤有可能在她跑掉后放走已经无用的翠姐、静筠，也有可能老羞成怒杀了她们，她没有把握，只能做到这样。

此时翠姐、静筠还没反应过来，她在离开的那一霎，耳中却似乎听见细细的一声。

“小心陷阱……”景横波心中一惊，这是很少开口的拥雪的声音！她好端端地怎么会说这个？

突然哗啦一声，一道乌金色的闪电从黑色的天空劈下，似要将旷野劈成两半，天尽头蓝光闪了又闪，每一闪都带来一阵浑浊的狂风。几乎瞬间，冰雹一样的雨珠就凶猛地砸了下来，天地间雨水和风，连成一片闪烁着晶光的屏幕。屏幕里景横波的身影闪了一闪，不见。

大雨猛烈地落下，连天扯地，雨水在宫胤的肩上溅开一阵迷蒙的雾气，宫胤立在雨中，并没有躲避，只静静地望着景横波消失的方向。

“想走吗……”他忽然轻轻一声，语气如雨珠之冷，似天水之冰。

景横波在雨中瞬移。雨幕如灰色大布，被风吹得飘摇，她的身影就是飘摇雨幕中的一抹淡影，鬼魅般忽焉在左忽焉在右。快速的连续瞬移中，她还不忘从怀中扒拉出一幅手帕，手帕上绣着她移动的路线指示图。这是耶律祁给她的。那晚短暂谈判，他留下的就是这个东西。

计划里，他要求她在到达这块鲁西北郊野的时候，想办法离开队伍，引宫胤来追。

当然不能让她乱跑，路线图指示她向着某个方向急行。只要能保证到那里就行，后面的事就不用她操心了，她只管享受她之后的自由便好。

景横波身上被宫胤下了引子，她到哪里宫胤都能追到哪里，而耶律祁，要的就是这样的亦步亦趋。

景横波对这个计划不抗拒，因为不需要她亲手害宫胤，只让她奔向她的自由。而且她这样全力奔逃，宫胤追的时候必然有所防备，耶律祁想拿他怎样只怕也不容易。不知怎的，她莫名地对宫胤比较有信心。最后一眼看地图，离目标已经不远。

景横波身子在雨幕中连闪，气喘吁吁。雨太大，哗啦啦淹没一切声响，她也不敢回头，不知道宫胤是不是已经追了上来，但是感觉里，他一定在附近。

下一个瞬移的间歇里，她试探地回头，一眼看见蒙蒙水幕尽头，似乎有一条白影一闪，第一闪还很远，再一眨眼就快到身后。她被这样鬼魅般的移动惊得撒腿就跑，险些以为宫胤也是个异能者。

不行，再这样下去她一定会被追上。随后她一抬头，心中一喜。前方出现一棵树！

耶律祁那一晚的交代响在她耳侧。

“我们将在鲁西北边境发动，你引出宫胤后，一直向南方走，看到一棵笔直的树的时候，就差不多到了地头。你看见树的时候注意一下，树前方三丈左右会有我们升起的红色标记，那里是一处安全地域。你冲过去……对，一次性全力冲过去，一定不要耽搁，一定要一次性冲到那红色标记之前……之后你就安全了，就什么也不用管了，接下来的事都是我们的……”

现在，那棵树就在眼前。景横波抬起湿漉漉的脸，费力地在倾盆大雨里寻找那红色标记。

看见了！树后三丈，一道似烟雾似丝带的红色物质游移不定，即使在这瓢泼大雨中依旧看得清晰，闪电明灭间，那一缕红忽深忽浅，似在向她眨眼。

景横波大喜，随即便觉得后心一凉。宫胤快到了！

景横波毫不犹豫，一步前冲，向那一缕希望的红，瞬移！自由和安全。我！来！了！

唰！人在半空，一脚踏空。

最后一霎，景横波才看见眼前那一缕红，根本不是什么安全实地，只是一缕特别浓重的深红烟气，悬浮在空中！

太！坑！了！那设定的抵达地点，竟然是悬崖上方！

第十三章　诱饵

小丫头拥雪真说中了，真是陷阱。景横波从没想过世上还有这么坑的陷阱。瞬移抵达的地点根本不是实地，而她一旦瞬移根本不可能改变落地轨迹。这等于诱着她自己往悬崖下面跳。

电光石火间她明白了这个计策。让她引出宫胤，然后骗她对空瞬移，她既然毫不犹豫地奔向那悬崖上空，宫胤自然想不到她会把自己瞬移到空处，自然也是全力追出，偏巧大雨倾盆，视线不清，然后……

然后宫胤也会落崖，落入耶律祁设置好的陷阱。至于她……她就是个诱饵以及垫背的。

一瞬间念头闪完，景横波的怒火几乎要将这大雨烧干。然而没有时间给她愤恨，呼啸声里她直线下坠。身后有掠空声响，隐约暴雨里一声低叱，似乎有人想伸手抓住她，然后随后她便什么都听不见。

身在半空无法瞬移，生死一霎她只确定了一件事，那就是崖下一定有人。这些人杀不杀宫胤她不知道，但救不救她，还得靠她自己！

景横波尖叫，声音似要激碎四面水珠，“秘密！”她只来得及喊出这两字。

风声猛烈，雨势如泼，雷声震耳，她甚至不确定自己拼尽全力喊出来的两个字能不能被听见，然而她也只能撒开手往下坠，把自己交给命运。

生死煎熬一刻说起来长，其实却短。几乎她声音刚落，霍然地面劈空声响，一道乌黑的长鞭如黑色闪电般劈开雨幕，卷上了景横波的腰。景横波只觉得腰上一紧，随即整个人便横向飞了起来，迎面的雨噼里啪啦打在全身，火辣辣地痛，她勉力睁开眼，看见四周雨丝被扯碎溅飞，自己正像个风筝一样，被斜斜扯着向地面飞去，而风筝的线端，就是耶律祁。

他黑色的身影在崖下雨地中绕圈奔跑，瞬间拽着她横飞十丈，生生消去了人体坠落对地面的冲力。

景横波正要欢喜，忽然听见霍的一声，腰上又是一紧，随即身上一重。

底下耶律祁似乎骂了一句什么。景横波一抬眼，就看见上头飞着宫胤。宫胤手里也是一根细长的黑色的线，线的另一端……也在她腰上。

景横波一句粗话险些冲口而出。一个两个，都当老娘这么好放吗？

耶律祁扯着她当风筝奔跑以抵消冲力，谁知道这宫胤竟然也用绳子拴住了她的腰随着一起转圈，耶律祁等于同时放俩风筝，其中一个还是他要杀的人，他肯吗？

他要是一撒手，景横波岂不是要变精肉泥？

“宫胤你要害死我啊！”景横波破口大骂。

腰上忽然一松，果然耶律祁松手了。景横波一低头，似乎还看见雨幕里他笑嘻嘻的惋惜表情。随即她就觉得身上一重，砰的一声什么东西撞到她身上，一双有力的臂膀揽住了她的腰，两人直挺挺向下坠去。

这一刹景横波眼角似乎看见地面上什么东西银光翻飞。又是一声闷响，景横波只觉得撞上了什么柔软又有韧性的物体，身子沉了沉，如果不是上头还压着一个人，她八成还得往上弹弹。

身上被勒得生痛，她睁开眼瞧瞧，果然，自己落入了一个大网。网很有韧性，泛着银光，想必用特殊材料制成，否则也不能托住从高崖上掉下来的人。

不过景横波奇怪的是，耶律祁既然要杀宫胤，怎么还会准备救命的网？身上还被什么东西沉沉压着，无法移动，她伸手摸了摸，从衣服质料来看，是宫胤。

这家伙还是拽着她一起掉下来了，好在耶律祁放风筝那一顿，冲力被抵消了不少，最后落下的那段距离，不及高崖高度的三分之一。

大网一阵震动，四面有人声呼喝向中心靠拢，很快大网被折叠起来，景横波和宫胤如同两只湿淋淋的粽子，被网捆得紧紧的，吊在一棵树上。

一只乌骨黑伞款款飘来，伞下是一张雨幕中有点模糊，但依旧不掩明媚的脸，“嘿，我敬爱的陛下，您好吗？”

景横波很想把耶律祁那熠熠闪光的眼珠子抠下来当弹球玩。

“还有您，我尊敬的右国师大人。”耶律祁又笑嘻嘻地转向宫胤。

宫胤没有反应，景横波怀疑他是不是摔昏了，毕竟先前她已经被放了阵风筝冲力较小，宫胤却是除了那一顿，直挺挺摔下来的。

“别用那样的眼神看我。”耶律祁笑道，“说起来你还要感谢我救了你不是？这网原本是贴紧地面的，因为你掉下来，我才招呼将网拉起，兜住了你哦。”

景横波这才明白这网的真正用意。耶律祁一定对宫胤十分忌惮，所以除了以悬崖为陷阱外，也贴地布了一层没有张开的大网。这样宫胤能摔死最好，如果摔不死平安落地，这网就是将他擒住的第二道防线。

这些人玩起心机计谋就和吃蚕豆一样。

耶律祁身边还站着个少年，年纪不大，十五六岁，穿一身极其华贵的锦袍，袍子上镶的黄金宝石炫到人眼花。他袖着双手站在一边，神态漫不经心，眼珠子却骨碌碌一直盯着景横波被网兜勒得越发喷薄的胸。几个护卫在他身后，亦步亦趋地跟着。

“我也不追究你之前陷害我的事情了。”景横波斜眼看他，“你现在把我放出来，咱们一拍两散。”

“不行。”耶律祁立即微笑摇头，“一旦解开网，宫胤随着你蹿出来怎么办？”

“你们是死人啊？不晓得拦住他？”

“不行不行。”耶律祁只管摇头，“咱们的右国师大人很狡猾的。最擅长于不利情势之中自救。他登位至今历经暗杀三十一次，到现在身上连块破皮都没有。倒是暗杀他的人，死了三千余人，死的时候身上没一块好皮。所以我不会给他任何逃脱的机会。”

“懦夫。”景横波伸手，狠狠在宫胤腰上扭了一把，“你看！他已经撞昏了，我想怎么蹂躏就怎么蹂躏，你还怕什么？你是不是男人？”扭完她搓搓手指，有神往之态，“哎，手感不错！”耶律祁望定她，笑容颇有些古怪，似乎有点同情。

一群卫士远远地站定，手中拉弓搭箭，对准了吊在树上的网兜，看那模样，真的是不打算靠近，直接万箭射杀。

“对了。”耶律祁好似漫不经心地忽然问，“您先前落下的时候，大喊了一声秘密，可以问问是什么秘密吗？”

景横波这才想起先前自己死马当活马医胡乱喊的那一句，想不到还真是那两字起了救命效果，看来耶律祁当真对宫胤忌惮得很，胜券在握也想多知道一点关于他的秘密。

“想知道吗？”景横波瞟了瞟耶律祁，忽然便笑得从容，“那我要求和我身份匹配的待遇。”

“可以。定当厚葬。”

“那你去我皇陵里翻秘密吧。”景横波媚笑，“希望到时候你有命去。放心，我对你比较好，你死了我一定要你殉葬。”

“陛下甚有气节。”耶律祁大赞，居然也不问了，退后一步，就要招手示意射箭。

“中原有句话，叫夜长梦多。”他笑道，“再说便有天大的秘密，成了死人也就没了秘密。”

“喂！喂！”景横波大急，“那秘密真的很要紧哦……还有你，宫胤，你快醒啊！装什么死狗，喂！快醒！快点！不然我就捏爆你……”

景横波恨煞宫胤，这货不仅装死，还紧紧压着她，她想瞬移离开这网兜都没办法。

更坑爹的是，刚才掉下来的时候他抓到了她衣襟，一番滚动她的衣襟被扯开，她本就领口松散，这下大半个胸都露在外面，被那半大小子狼狗一样的眼神瞄来瞄去，她觉得那眼珠子里像飞出了钩子，一拉一拽地让她不爽。

耶律祁缓缓退后，面带笑容，眼睛却一直盯着宫胤，“既然这样……”他道，缓缓举起手。

“等等。”那一直盯着景横波胸的少年，忽然伸手拉了拉耶律祁。耶律祁笑容里多了点无奈。

“六少。”他道，“少安毋躁……”

“这么个美人儿你要杀了？岂不辜负了耶律大人素来的怜香惜玉美名？”少年斜着眼睛，“宫胤从上头摔下，冲力巨大，这网上又已经涂了专门禁制他武功的月光砂，他现在就是个废人，你还怕什么？至于让这么个美人陪他死吗？”这少年对耶律祁说话并不客气，景横波暗暗揣测他的身份，一边对少年露出明媚鼓励的微笑。

“宫胤诡计多端，不可不防。”耶律祁皱着眉。

“既如此，先杀了宫胤便是！”少年不耐烦。

耶律祁依旧有些犹豫，“宫胤手上的兵符和六国效忠契约，最好还是拿到……”

“那再加一层禁制便是！”少年手一扬，指尖唰地飞出两道流光，咻咻两声，已经穿过巨网缝隙，钉入了宫胤的琵琶骨。

景横波心中一震，勉力转头，看见两根黑色的长针，各自插在宫胤左右两肩，宫胤似乎还是没醒，昏迷中微微皱眉，似也感到痛苦。暴雨中他乌发越乌，脸色便越发的白，下颌微垂，紧靠着领口硕大的淡金珍珠，越发显得薄唇浅红，如雨后零落的樱花。一股淡淡的血腥气逼入鼻端，大雨也冲刷不去，景横波心中微颤，转开眼睛。

“怎样？”少年手辣心黑，神情若无其事，“这可是我斩羽部名动天下的密法，一针入骨，两针锁魂，宫胤现在连一根手指都动不了，你还怕他怎的？”不待耶律祁回答，他已经换了脸色，笑吟吟地撑伞上前。

“美人儿。”他将伞移到景横波上方，手臂撑在一边树上，笑吟吟地俯下脸，“我来替你解开好不好？”说的是解网，眼光却落在衣襟上，醉翁之意不在酒，满满都是毫不掩饰的挑逗。

景横波也在笑，目光流水般掠过他的脸，一脸笑意盛放如玫瑰，“好呀，就知道弟弟最贴心了。”看清楚你的脸，叫你弟弟以后和你不贴身！

“真是个知情解意的妙人儿，想不到陪耶律国师出来一趟，还有这样的收获……”少年笑得越发得意，伸手去解网扣，手指却有意无意地捏向景横波。

“小心！”耶律祁忽然掠了过来。

与此同时景横波脸一偏。她身侧的宫胤忽然睁眼！少年被他清冷迥彻的目光一盯，惊得一呆。一霎间，宫胤下颌向内一收，他颌下一直被下巴紧紧压着的淡金大珍珠，忽然爆开！

哧！一道淡金色的光芒，细若雨丝，射入少年的指尖！

“啊！”少年惊叫后退，下意识赶紧甩手。

“别甩！”耶律祁又叫慢了一步，那金色细丝竟然被甩了出来，带着几滴黑色污血，逆着倾盆雨水直刺向上，扑入先前那一缕诱敌的淡红色烟雾中。

“糟糕！”耶律祁跌足，下意识抬头去看烟雾，正在此时少年脚底一个踉跄，打了个旋，撞在他手臂上。耶律祁注意力都在烟雾上，随手一扶，扶完之后忽觉不对，立即又将少年推开。

这几个变化如闪电，远处箭手还没注意到，忽听上头砰的一声炸响，那淡红不散的烟雾，忽然变成了金色！

景横波目瞪口呆地仰望。心想这是刚才那金色细丝导致的？什么玩意这么牛？

耶律祁仰望烟雾脸色难看——消息还是传出去了！马上宫胤的护卫就会追来！他忽然觉得手臂一阵凉一阵热，低头一看，半只手臂不知何时变成了淡金色，尤其小臂正中，淡金的五指印特别明显。是刚才那少年抓过的地方。再看一眼那少年，已经倒了下去，脸色淡金。

大雨中耶律祁脸色也似发黄了。

景横波看得一阵阵吸气，刚才她只是感觉到忽然被宫胤掐了一把，感觉到他要出手，立即一让，谁知道后头就生出这么多事来。这家伙好厉害，一颗珍珠便连伤两敌，还能弹入烟雾示警，立即咸鱼翻身，立于不败之地。可是仔细想来，他之前一直在装死？他怎么知道那少年好色？又怎么算定他会上前？又怎么算定那少年会甩手？甩手之后会碰触耶律祁？还有那射珍珠的角度，是不是也是经过计算的？

每个人的态度、反应、动作，稍有差池便不可能达到这样的效果，他是怎么做到的？难道今日一切，其实原本就在他计算中？细思恐极。

忽然间山谷中只剩下了大雨哗哗声。

咻咻两声，刚才钉在宫胤肩上的黑色长针，被激了出来，穿透雨幕不见。

景横波眼角一瞟宫胤肩部，长针钉入的破洞里，隐约可以看见一个发黑的很深的伤口，在他玉似的肌肤上分外显眼，然而她随即瞪大了眼睛——那伤口颜色越来越淡，越来越浅，竟然在以肉眼可见的速度，自动愈合！

这家伙练的是什么功夫？这么神奇？景横波想起从耶律祁口中听过的“般若雪”三个字，听起来就很高大上，还带点禅宗的韵味，宫胤也如雪似冰，连肌肤都似是透明的。

宫胤缓缓从网中坐起，他到此刻依旧从容清越模样，清浅神态隐含睥睨，那神情好似他在上头训话，下头两个才是被网捆住的俘虏。

“还有半刻钟，他们会赶来。”宫胤开口，语气淡如寒暄。

“那又怎样？”倒在地下的少年咬牙冷笑，“你的手下这一路被我们伏击，几乎都受了伤，早已战力大减，就算赶来，能敌得过我们吗？”

宫胤看也不看他一眼，只对耶律祁道：“说实话，你这计划不错，半空烟柱可称妙手。只是可惜你和战绝在一起。”

耶律祁苦笑。景横波深有同感——不怕神一样的对手，就怕猪一样的队友。当然，拥有了猪队友还遇上神对手的耶律祁，更倒霉一些。

“斩羽部邻近边境，路途比较好走，常和周边各国隐秘通商，十分富足也有人脉，我需要他们的力量，在异国对你截杀。”耶律祁在最初的挫折过后，倒也平静下来，从容地对宫胤解释。

在大荒国内，想对宫胤下手几乎是不可能的，唯一的机会就是趁他脱离势力范围远在他国。可宫胤在别国势力不足，耶律祁同样不足，要想截杀宫胤，自然要和别人联合。

耶律祁和八部中最富有的斩羽部联合本来是件好事，可惜斩羽部派来主持此事的第三代嫡幼子战绝身份虽然贵重，武功也算不弱，却有个好色的缺点。

战绝身份贵重，耶律祁无法指挥，因此成了这场截杀最大的变数。

“你……一直也在等吧。”耶律祁语气越来越肯定，“你甚至知道来的是战绝，早已对他做过了解。”

“想要解药吗？”宫胤直接转话题。

“据说你使用的毒药，从来没有解药。”耶律祁冷笑，“你不会给敌人生存的机会。”

“你错了。”宫胤唇角露出一个浅淡的笑容，“我的毒药都有解药，只是我的解药，从来没有人能拿到而已。”

“那你需要什么条件？”耶律祁目光灼灼，“你拿出解药，我立即退走，如何？”

宫胤唇角笑意淡淡讥讽。

“或者你还要我付出什么代价？”耶律祁随手一指那网，“你别忘记，你也受了伤，我的解药，也不是那么好拿的。你逼急了我，我就下令对你射杀，回头从你尸体上找解药，大不了让人一个个试过去罢了！”

“你射杀我，便永远也获得不了解药。”宫胤淡淡地道，“因为解药，就是我腕脉三分处第一次取出的活血。”

耶律祁一怔。

“不过，我不需要你付出代价，也不需要你交换解药。”

耶律祁又一怔。

“刀。”

耶律祁手指一抬，射过去一把刀，宫胤接住，轻轻在腕脉上一按，又道：“瓶子。”

耶律祁抬手弹过去一只瓶子，宫胤腕上鲜血涔涔而下，灌满一瓶。随手扔了回去。

耶律祁接住，神情终于露出一丝茫然，似是不敢相信这么容易就得到解药。

瓶子里血色鲜红，不可能有毒，瓶子和刀都是他自己的，当然也没毒。他也隐约听过，宫胤武功独特，而且特别呵护自身精血，早有人猜测他的血十分紧要。

随即宫胤一句话就让他变了脸色。

“只有第一次取出的活血，才有解药的效果。之后三天内取出的血都无效。”他乌黑澄澈的眼眸在大雨中依旧熠熠，闪烁着一层淡紫的华光，“这一瓶，就是唯一一份解药。”

耶律祁退后一步，瞬间脸色铁青。

景横波想了想，从齿缝里嘶了一声。好狠。一份解药，两个中毒的人，给谁？何况解药三天之后才能出第二份，耶律祁用脚指头想也知道这第二份是拿不到的，也就是说，解药是唯一的。想拿解药还不能杀宫胤，宫胤已经先把自己置于不伤之地。

因此，为了这唯一的解药，耶律祁和战绝必定要自相残杀。一般来说应该是耶律祁占上风，可是他夺了战绝的解药，导致战绝毒发身亡，好容易结成联盟的两家，必定翻脸为敌。而他不顾战绝性命夺走解药，为了灭口，自然也要把战绝的人都杀了，于是他的势力大减。他势力大减，又得罪了斩羽部，自身还中毒受伤，和宫胤之间的追杀势态立即便调转了过来。不能安然回国的，就变成了他。

就算他安然回国，他和斩羽部联盟必毁，宫胤还可以拿这件事做文章。由此翻推下去，宫胤可以做的事很多，影响更是足够深远，这何止是一石二鸟，一石足可以砸坏七八鸟。而达到这样的效果，并不是临时起意能做到的事，难道……

头顶忽然有叱喝之声，景横波勉力抬头，隐约看见山壁上人影翻飞，快速攀援而下，耶律祁这边的战士纷纷上前堵截，却都不是对手，不断有人影翻落，不断有人倒下，在雨水中溅开艳丽的血花。

景横波再一次目瞪口呆了——下来的这一群人，战力彪悍，速度惊人，哪里还有前几天个个挂彩筋疲力尽的衰样？

“给跪了！”她呜呜地哭。预感没错！果然大神够狠！什么连日征战？什么频频受伤？什么战力耗损？宫胤一直在诱敌！

第十四章　后手

在宫胤的诱敌大计里，她景横波，是其中最悲剧的一环。他早就猜到耶律祁等人会在边境集中力量来一发狠的。他早就在麻痹敌人故意示弱。从第一次交战开始，他就让护卫“不断地受伤”，不断地“削减战力”，让人觉得他力量越来越弱，放胆下手。

那天进城休整也是他故意的，让耶律祁有机会接触她，商量“大计”。保不准翠姐遇到仇人也是他安排过的，世上哪有那么巧的事。他早就摸清了耶律祁以及他的帮手，不惜亲身犯险，制订了这样步步深入的诱敌计划。这一遭他打翻了耶律祁，还破坏了左国师和第一富部的联盟，后者才是他真正的目的。借力打力，目标深远，伪装诱惑，示弱装样，翻手为云覆手为雨。难怪独霸大荒！

可是他们玩他们的，为什么要把她卷来卷去，她不当这个女王不成吗！景横波发誓只要有机会一定要离这个家伙越远越好。

网兜里宫胤也不催促也不说话，连绵的雨势里静若雕像，唇角依旧是那般笑意，三分嘲弄三分冷，看穿这世间倾轧。网兜之下的耶律祁却已经到了最后抉择的关头。宫胤的意思，他和战绝都听懂了。

耶律祁一低头，就看见躺在地下的战绝露出惶然又警惕的眼神。再看看头顶，宫胤护卫势如破竹一路逼近，想要杀或者掳走宫胤已经不可能。耶律祁叹了口气。

“宫胤，你以为我一定要按你的计算去做吗？”他弯下身，去扶战绝，“战兄弟，不要听宫胤挑唆。这是非常时候，你我不能再内讧。放心，我不伤你，我们马上赶到前面的镇子，那里我认识一个善于解毒的名医……”

他一边说一边将战绝扶起，眼神清澈，语声娓娓，毫无杀气。

景横波也不禁有些佩服，耶律祁不管胜败，都够资格做宫胤的敌人，劣势之下能维持如此镇定气度绝非常人。

战绝不安地盯着他，似乎被他诚恳的语气打动，手慢慢伸出，抓住了耶律祁的手。

“是了。”耶律祁露出笑意，“你放心……”

“放你娘的心！”战绝忽然一声狂吼，猛地跳起，就势一头撞入耶律祁怀中，另一只空着的手不知何时已经抽出一把刀。刀光在他肋下隐藏的角度抛洒开一片晶莹的水光，他的咆哮低沉凶狠，“解药是我的！拿命来！”

砰！人体如炮弹在极近距离下撞入，肉体接触发出闷响，震得四面雨珠逆飞，两人身侧一片透明真空。逆风逼人如刀锋，压迫空气，景横波气息如被巨力锁住，呼吸困难，她因此只能张大眼睛和嘴，面对这一刻雨中战局。

雨幕悬停，这一刻便如慢动作，在她眼底放大。战绝撞入毫不设防的耶律祁怀中，刀自下而上划弧裂腹，耶律祁却忽然一笑。笑容竟似有几分羞涩，在雨中清晰又模糊。随即他手一抖！他还抓着战绝的另一只手，一抖之下，景横波眼看着战绝那只手臂，竟然如蛇般诡异地起伏了两遍，随即响起一阵细碎的骨裂之声。只轻轻一抖，他已经将战绝左臂的骨头全部抖碎！

战绝的惨叫惊天动地，另一只持刀的手顿时使不出力气，刀当啷一声落地，耶律祁好似拂去尘埃一般衣袖一拂，砰的一声已经将战绝的身体甩在了前方山壁上。

他动作轻巧，一甩却如此大力，整个山壁都似在震动，簌簌落下发红的泥土，被大雨瞬间冲刷成沟，似横流的鲜血。战绝似一摊烂泥般软软滑在地上，再被一摊烂泥掩埋。山谷中有一霎的寂静，景横波觉得窒息，宫胤缓缓睁眼看了耶律祁一眼。湿透了的他，发黑肤莹，眼眸似雪中黑曜石，透亮也透冷。

耶律祁有点惋惜地看了看战绝的尸首，“你为什么就不肯相信我呢？”随即他又看了看宫胤，“唉，我好像输了。”

“是又输了。”宫胤眉宇淡漠。“又”字咬字略重。

“总有一天我会赢的。”耶律祁对他的毒舌没反应，吹吹手指，咳嗽两声，收起了那瓶鲜血解药。

他劝慰战绝时情真意切，反击杀他时反应却一点不慢，毫不犹豫且更利落。天知道他搀起战绝时到底是什么打算，但景横波可以肯定的是，比狠，十个战绝也不是耶律祁的对手。三个自己也不够他塞牙缝。

耶律祁抬头望上方，从他对战绝出手开始，他的属下也开始了对战绝属下的杀人灭口，反应快捷，十分有他的风范。只是这样一来，他的力量更加无法和宫胤即将到来的护卫相比。

“看来，我要先走了……”耶律祁轻轻叹息一声，拍了拍山壁，回头看了一眼，“祝你好运。”

景横波心中一震，忽觉这一句和这一眼若有深意，而且似乎是对着自己说的。雨幕如一匹朦胧的丝纱，隔离了人的音容笑貌，他那一抹笑容似一朵伴风而来的棠梨花，摇曳而有风情，转眼宛转风中去。黑影一闪，耶律祁消失在原地，他走得倒干脆。

景横波心中总觉得不安，耶律祁那一眼留像极美，于她的感觉却像一个凶兆，她总觉得还会有什么事发生。左右看看敌人已经撤去，抬头看看上面宫胤护卫已经下来接应，按说应该很安全了。可是……她忽然听见一阵低微的簌簌声。

景横波扭过头，就看见先前被战绝撞上的山体，有山土源源不断流下，已经将战绝的尸体全部掩埋。怎么还在流……

景横波疑惑地看看四面的山壁，发现岩层十分疏松，山体多半是泥土，显出被雨水长期浸泡的痕迹……

宫胤忽然睁开眼睛，声音远远地向上传出，“速拿绳索，将我们先吊上去……”话音未落，轰的一声巨响淹没了他后一句话，那响声突然又剧烈，似无数人在耳边忽然炸雷擂鼓，震得景横波耳膜如被炸裂，脑袋里嗡嗡一阵乱响，一时什么都听不见了。

她骇然转头，就看见面前一座山倒了下来，先咔嚓一声压裂了吊着网兜的树枝，随即劈头盖脸对她压下……景横波下意识惶然挣扎，张嘴要叫却瞬间被滚落的黄土塞了满嘴，眼前一片黄影红影翻滚呼啸，夹杂着石块树叶和泥土的泥石流呼啸而至，巨大冲力和压力扑面而来，击在她背上，她很快就觉得窒息，咽喉似被异物堵塞，却连呼喊都无法发出……时间忽然变得漫长而痛苦，世界由黄红二色渐渐湮灭光亮，一片黑暗里只有前方隐约有针尖般的白光，这是……快死了吗……

到此时她才知道，快死的时候并不痛苦，但也绝不好受，那一段黑暗又漫长的路，一个人走得太孤独。脑海里最后飘过的意识竟然是：姐也算死过了，要是活下来，回头得好好和小透视蛋糕妹男人婆吹嘘吹嘘……

忽然啪的一声响，声音清脆，生生将她快飞走的魂拍了回来，她背心一痛，噗的一声喷出一嘴的泥巴，其中一块小小的石子溅了出去，她顿时觉得呼吸舒畅天地生光。

天地并没有生光，眼前还是一片黄乎乎，后背却多了一只有力的手，手按在她的后心，逼出了要她命的小石子。另有一只手揽在她腰间，她感觉到自己还在翻滚，拖拽着那张网，四面景物呼啸飞旋，无法停止也无法辨别身在何处。

景横波隐约想着，大抵是雨太大，泡软了一片山体，再加上耶律祁将战绝往山壁上狠狠一摔，生生摔出了个泥石流，泥石流砸断了吊住他们的树枝，裹着他们往下坡走，同时挡住了护卫们救援的路，还差点要了她的命。

耶律祁一定是故意的！所以他才看着自己说祝你好运！景横波牙齿咬得咯咯响，目前如果是耶律祁她一定会毫不犹豫啃下去。

不用说，身后这个救了她一命的就是宫胤了，不过景横波可不感激他，不是因为他，她哪至于落到这种地步？这两只黑心鬼，把她当作摆放在他们棋局上的棋子。三十年风水轮流转，有种你们将来别落老娘手上！

景横波现在倒不担心了，刚才她已经感觉到，这泥石流限于地形，不算很凶猛，最初一批的倾毁过后，后续压力有限，这一波虽然可以压死淹死普通人，但搞死宫胤还是不够的。只要他们顺着泥石流的方向冲出一定距离，背后的推力自然越来越弱，就能停下来再慢慢解网，逃出生天。

她刚刚放下心，就听见头顶宫胤慢慢出了一口长气。气很沉，很缓，让人感觉他的慎重和如临大敌。有什么危险了吗？

景横波微微有些诧异，努力睁眼对前方看，景物颠倒看不清，只感觉越来越往下，她忽然眼睛一睁，想起一件事。她下来时看过地形，记得这山谷是三面有山一面有水。她记得有水的那一面被一截断山形成的石梁隔开。她记得山崩的那一处是正对着断山石梁方向的。

换句话说，她和宫胤现在正被泥石流推着往石梁运动，往下运动速度会越来越快，没过多久，她和宫胤就会先狠狠撞上石梁！高达数丈、厚达数米的石梁，两个在网中的人不可能跃起避过！这样的下行高速运动也不可能来得及解开身上的网，就算解开网能及时飞身而起的也是宫胤，她景横波十成十撞上石梁做成景肉饼！

念头一闪而过，景横波魂飞魄散地睁开眼，一眼看见对面石梁，半截青灰嶙峋石面，底部生出一大片的郁郁青青的青苔青藤等植物。不用计算重力加速度，她也能猜到几秒之后她就要撞在石上粉身碎骨！她眼前一黑。

耶律祁的后手！他看似输，其实还未输，这里的地形和位置以及后续可能发生的事，他也是算过的！结局还未出！

头顶上宫胤忽然又吸了口气，随即手臂全力一甩。砰的一声，这隔空一甩竟然轰然有声，宫胤发出的罡力撞上石梁，景横波似乎感觉到整个石梁都嗡嗡一震。因为抗力，两人的身子出现短暂的停顿，冲势略微一缓。

景横波的心都吊在了喉咙口。借着这一缓，宫胤接连挥臂，“轰轰轰轰轰”不停息地打在石梁上。反弹回来的力道激起雨珠纷飞泥水四溅，宫胤忽然噗地喷出一口血，鲜红的血色在黄色的雨水中铺开如血路。一块长形的棱条被震得飞了出来，撞在宫胤肘弯，景横波清晰地听见咔嚓一声裂响。

往下滚落的速度慢了下来，可是此时景横波的脑袋距离那石梁也只有一米左右，最后一点冲力足以将她的脑袋送上那块突出的尖石，将她的脑袋撞得粉碎！

“啊啊啊啊啊！”景横波要疯了。提起希望之后再次面对绝境，她脑中没有了任何想法，只想咆哮号啕，想搬石头砸天，甚至想把正拼死自救的宫胤给砸到那石梁上去。

“啊啊啊啊啊！”她这么想也这么做了，满腔的愤怒使她忍不住双手舞动，对准了前面一块被宫胤劈掉的石头。极度危机下的潜能激发，使她的念力控物发挥到完美，那块不小的石头忽然凌空飞起，呼地砸上了石梁底部！

唰！景横波眼睁睁看着那石头穿过横梁上那一大片藤蔓绿叶，不见了。

她脑中灵光一闪，霍然醒转！正要大喊时眼前一黑，整个脑袋被紧紧蒙住，鼻端一股熟悉的清逸气息。

景横波一瞬间来不及思考这动作的含义，生怕被捂住嘴，大急之下死命大喊：“向左三尺！”

感觉到抱住自己的身子微微一顿，随即一个急速的大挪移。

唰！恐惧的撞击声没有传来，取而代之的是一大片枝叶折断之声，哗啦啦叶片不断从脸上身上扫过，无数细小的带着钩齿的叶片在身上留下细碎的伤痕，景横波眼前一片绿色的纷乱的光影，切割了一片黑色的头顶空间，下一瞬眼前一亮身上一冷，“扑通。”

她落进了水里。冰冷的河水激得她浑身疼痛，那些被草叶割破的伤口都在同时发作，她痛得越发头脑清醒，勉力在河水里睁开眼睛，就看见一大片白白的东西浮在水里，仔细一看是网以及网里的宫胤。

宫胤似乎已经晕过去，脸色雪白。景横波在心底吐出一口长气。猜对了。她绝境之下以念力搬石头砸石梁，谁知道误打误撞地发现了左侧三尺处并不是石头，那里应该是空心的，有足可一两人通过的缝隙，大概是水冲刷所致，只是长年累月被水草和石梁上生长的藤蔓密密盖住，如果不是石头从那里砸了过去，仓促之下哪里能发现。

天无绝人之路啊。河水不深，网入水后竟然自然散开，不再紧紧捆住两人。景横波几下游动到了宫胤身边，拖住他正要向上游，忽然又停住。救他干吗？救他再去利用自己吗？要说救，刚才也救了他一次了，如果不是她砸出那石头发现石梁缝隙，他宫胤现在不也是宫肉饼？他欺负她利用她的仇还没报，有救他的道理吗？

哗啦一声景横波冒上水面，想想，把宫胤给按了下去。去死吧人渣！

景横波在水面上美美地呼吸了一口新鲜空气，看看四周平静的水面，忽然又有点不安。

哎，刚才那动作，算得上杀人了吧？她想了想，又一头潜进水里。景横波水性极好，前世，研究所有游泳池，景横波最喜欢的地方就是游泳池，最喜欢的季节是夏天，因为夏天的游泳池是她展示美好身材并收获最多眼珠子的美好地方。

她游鱼般下潜，看见宫胤还是静静地浮在水里。景横波游近他，有点奇怪他怎么不窒息也不沉但也不醒，也许这和他的武功有关？但不管怎样，在这水底待久都会死的。

凑近了看他，越发觉得这人如美玉如压雪的青松。雪白的长衣散开了腰带，漂在碧水之中，俨然有了几分翩若惊鸿宛若游龙的味道，密密乌黑的长睫毛微垂，细密的水珠浮游其上如珍珠。

景横波瞧着瞧着，舍不得了。哎，这般美色，天下少有，就这么淹死在水里，化为一堆白骨，似乎有点浪费。景横波爱包括她自己在内的一切美的东西，她觉得对一切美的东西的不珍惜和破坏都是罪。她不想犯罪也不舍得犯罪。

“这么美这么美……”她一边心中叨念着一边嘿咻嘿咻地把宫胤给再次拖上去了。哗啦一下她再次破水而出，因为用力，无意中撞着了身上无处不在的伤口，景横波嘶的一声。这一声哼完，回头看看安静若无辜的宫胤，景横波小宇宙里的怒火又烧起来了。姐算倒了八辈子霉才遇见你！

这什么见鬼的女王，姐从来就没想做，都是被你们逼的！逼的！救他干吗？傻了啊？救了他让他再把剑搁在自己脖子上去做那个朝生暮死的女王傀儡？

景横波，你药不能停！哗啦一声，怒火上头的景横波，再次把宫胤给推下去了……

凶手做完这一遭后，觉得心情松快，左顾右盼，哼起了小曲儿。她看见河水旁边的石梁，石梁底下两人穿过的缝隙已经枝断叶残，又被涌过来的泥石流给堵死。

景横波看见石梁，忽然想起最后那一刻宫胤似乎抱住了自己，用身体护住了她的头脸。

景横波一呆。那个动作……他不会是在最危急时刻，想以身相救吧？

景横波越想越觉得可能，傻了半晌，然后……哗啦一下，她又钻水下去了。淡绿色的水波中，宫胤依旧漂浮，睡莲般洁白而安静着。景横波这回看了看他身上，才发觉他衣襟上血迹斑斑，一只右手还以有点诡异的姿势扭着。看样子骨折了。

景横波想起最后那一连串对石梁的凶猛对轰，坚硬的石梁石屑纷飞，声势惊人，他必定耗尽了全身的力气，难怪最后连一块石头都躲不开去。

所以最后他也没有了办法，只能以身相救？

景横波神情有点古怪，她向来自恋，但也没敢自恋到以为宫胤会拿自己的命换她的命。但不管怎么说，如果没有他那一串对轰延缓了下冲的趋势，她不可能来得及以念力抓石头砸石梁发现那条缝隙，他们也不可能逃生。说起来，这场惊心动魄的变故中，真的说不清谁救谁更多。

四面气泡忽然绵密起来，景横波发现宫胤的脸色有点不对，开始挣扎，急忙上前一把拖住他，准备把他拖上去。

她心急之下忘记了一个道理：溺水之人遇见来救人的人，常常会把对方拖住。哗啦水响声中，宫胤忽然半睁开眼，一把抱住了她！

第十五章　香甜好滋味

景横波一惊，连喝了几口水，赶紧想要挣脱他，但她的力气哪里能和宫胤比？两人紧紧纠缠，撕脱不开，水波一阵阵涌动，眼看景横波就被宫胤拖往水底。

景横波张大眼睛——好人果然做不得！宫胤神志不清，她双手被困，也无力挣扎，当真要这么冤屈地被拖死？

景横波忽然把脸凑了上去。她一口咬住了宫胤的唇！随即她双手反抱住了宫胤的腰，身子更紧地贴了上去，狠狠压住他！不信他真的完全没感觉，不信他这个道貌岸然的禁欲主义者，双管齐下的女子魅力，都搞不醒！

宫胤的唇凉而滑而软，让她想起新鲜馥郁的果冻，她忍不住咬咬，再舔舔，嗯，软软QQ，香甜好滋味……而他的腰劲瘦而结实，手扶上去顺滑下来一个流畅的弧度。肌肤相触，是丝缎与丝缎的邂逅，是天生万物的契合。人体似水柔与美，人体也似水刚与劲，交汇融合，升华出一片晶莹的水泡……

他几乎立刻睁开了眼睛。黑白分明的眸子，边缘似有幽蓝的光芒一闪而过，因此显得更加清透，似雪山之上被天风洗过的长空。

下一瞬他笔直地逆水冲了上去。哗啦一声，比先前剧烈，半空中冲开水柱一朵，盛开如雪莲。他自莲心生，纤尘不染，脸色如雪。

下一瞬两人重重地跌在河岸上。景横波险些撞痛了鼻子。她有点留恋地滚了滚，盯着宫胤的唇，一边想着这家伙气色这么差唇怎么还是这么鲜嫩诱人，一边想着果冻果然是吃不腻的，下次不知道什么时候再啃一口？他都亏欠她这么多了，啃一口也不算什么吧？波波大美人可不是谁都愿意啃的。

不过清醒状态的宫胤便宜不好占，景横波懒洋洋地想爬起来，却被背上的网勒得往下一趴，她这才发觉这网很有些神奇，遇水会散开，但是一旦离水，网索立即收缩得比先前还厉害。紧紧捆住她不能动弹。

“喂，你先想办法把这网解开啊。”景横波气急败坏地扯网绳，“不然姐不是分分钟都要被你占便宜？”

宫胤睁开眼看她一眼，不说话，眼神里分明是“到底谁占谁便宜”？景横波也无所谓，便宜嘛，你占我占还不一样？

“我现在真力未复，解不开网。”半晌他答。

“什么时候能复？”她扒着他的手臂问。

宫胤看她一眼，觉得她眼睛亮得像小狗。他心里涌起一阵淡淡的奇怪的情绪，这奇怪是因为她。

真的没见过这样的人，说胆小也胆小，尖叫起来吵死人；说胆大也胆大，临死也敢搬石头砸天；说猥琐也猥琐，一个女人看男人的眼神色眯眯；说高贵也高贵，除了刚才水底无奈贴近，她平时并不投怀送抱，她容貌美，时时遇见人以眼神调戏，她似乎不在意，有时候还飞个媚眼，可那眼底，分明是不屑的。

石梁前最后一霎她的大叫，他原本不该听，可是莫名其妙就按着她的指令去做了，果然逃出生天……她还是个神奇的女人。

落水后他原本龟息疗伤，根本不怕被淹死，谁知道她把他拎来拎去，反而扰了他调息，为了让她安静，他才准备装作溺水拖住她，也不过是为了教训她离他远点，谁知道……

想到刚才水底一幕，便不由想到她凉而滑而软的唇，携着馥郁狂野的香气，那般轻轻一咬，便要破了他的平静天地。又或者是那朦胧一刻她紧紧贴上来的身体，如水柔滑，肌肤相触便似要顺着流下去，似流过一段月光。而在靠近心脏的地方，是另一种贴近与柔软，呼吸与天地被瞬间温柔而狂放地束缚，心也似在悸动奔腾，跃马长行，一瞬神思万里……

他忽然低咳一声，垂下眼睫。

景横波好奇地看着他清俊容颜上的一抹淡红——好端端地怎么脸红了？

“喂，”她没心没肺地追问，“你还没回答我的问题呢！”

宫胤运气流转，气息在左胸便有所阻滞，他微微皱了皱眉，知道自己伤得不轻。

虽然针对耶律祁的计划早已布置好，但发动之时正逢雨夜却是个意外，大雨茫茫之中，连他也着了道。眼看景横波不遗余力地前奔，他怎么也没想到有人会奔向悬崖，自然也跟着坠落，好在还是有点准备的，只是落下冲力太大，本就受了点内伤。

之后对石梁挥出十来掌耗尽真力还受到反噬，内腑现在空荡荡的，左臂也断了，伤筋动骨，短期之内他战力有限，更无法解开这耶律家独门秘制的“天索”。

“短期之内不能复原。”他道，“我可以给你一个照顾我的机会。”

“啊呸。”她答得干净利落。

“那你的护卫们呢？他们应该可以很快找到这里。”

“不行。”他答，“泥石堵死了那边的通道，甚至很可能将那边山体改变，不能再通行。现在这边等于是另外一座山脉的谷地，能不能找得到先不说，要想过来几乎没有路，这茫茫大山，谁能保证自己一翻就翻对地方？”

景横波想想也是这个道理，不由泄气。

“难道我们要在这里做野人？做多久？三天？五天？一个月？两个月？天啊！不要啊！这样的人生不适合我！”

“最起码你还有人生。”宫胤语气淡淡，“你还是先想想怎么对付野兽比较好。”

“野兽？”

大概是景横波的声音太高，宫胤顿了顿，才淡淡地道：“嗯，大抵现在也被你的尖叫惊走了。”

“我们怎么办？”景横波无心和这毒舌斗嘴，垂头丧气地揉着脚踝，“没吃没喝没外援还受着伤，要怎么在这荒郊野地生存下去？”

“我有嘴你有手，”宫胤貌似很奇怪地看她一眼，“还有什么过不下去的？”

“为什么不是我有嘴你有手？”景横波抓狂，为什么听这意思，自己还要被分派做苦力？

“也可以。”宫胤瞄了一眼她的胳膊，“我打断你双臂，你没有手了，我可以考虑咱们换换。”

景横波把双臂挤到胸前，以防这个黑心的家伙忽然凶性大发把自己双臂给打断了。她这姿势颇有些不妥，似一句无言诱惑。宫胤立即垂下眼，道：“走吧，先找个地方歇下。”

景横波看看两人被网捆得紧紧的造型，茫然地问：“怎么走？”

“你背我。”宫胤答得理所当然。

景横波觉得自己耳聋了一秒，一秒之后她发现宫大神脸上的神情特坦然。景横波仰天长叹。大神就是大神，气度脸皮，非常人能比。

“你断的是手不是腿，为什么不能自己走？”

宫胤奇怪地看她一眼，“你觉得这样我们两个能走得起来？”

网在一个网里的两个人，想要一起走，比一个人走还要困难。“那为什么不是你背我？”

“因为我脚上也受伤了，还因为我需要抓紧时间调息，我恢复体力了才能有更多生机。”宫胤浅浅瞟她一眼，“而你，就算全盛状态，也不过是野兽排泄物。排泄物能出点力气，是你的荣幸。”景横波想把那张高冷的脸踩成排泄物。但是宫胤的从容神情告诉她，动真格的，她一定是做排泄物的那个。

“怎么背？”她只能咬牙问，暗暗思量君子报仇十年不晚。两个人紧紧纠缠着，她想爬起来都困难。

“自己想办法。”大神不负责任地答。

景横波在肚子里问候完了他祖宗三代，才勉强找到一个办法。她趴在地上，滚了几滚，几次滚动中，宫胤就像一团被窝卷儿，蹭到了她背上。

姿势难看了一点，她从胳膊缝里偷窥宫胤的表情，决定只要他露出一点嘲讽意思她就把他掀河里去。

好在宫胤向来清冷淡定，也就是眉毛稍微抽了抽。他的脸毫无表情的时候高贵冷淡，一旦有了点表情，就像春风解冻万里冰河，每一寸都是花开的天堂，景横波偷看得目眩神迷，色令智昏，顿时觉得做苦力也没什么不成。

她吭哧了半天也没能爬起，从卧倒姿态再站起来本就有难度，何况还背个人。背上宫胤忽然轻轻敲了敲她背脊，也不知道他用的什么手法，她忽然觉得一股暖流涌入背心，浑身轻快有力，噌的一下便站了起来。

“你刚才是输真气给我吗？”她目光发亮，“再给点啊，亲。”

“宝贵的东西大量用在你身上是罪过。”他答。

景横波又想把他狠狠摔下去了，但是背上宫胤忽然拉了拉她发辫，道：“快走。”

景横波顿时觉得自己像匹被吆喝赶路的马，下一句头顶那人就会吆喝：“驴……驾！”她的长发是妖艳奔放的大波浪，为了方便逃跑扎成了马尾辫子，现在辫子就抓在他手里，驱策着她这匹痛苦的马。

身上捆着网根本走不快，好在网洞眼不小，脚还是能伸出去的，但是只能一点一点地挪，景横波绝望地想，难道在获救之前，自己和宫胤都得连体婴般网在一起？还好宫胤看起来高，却不重，景横波脚下并不吃力，当然她不知道这是宫胤给她的真力的作用。

穿着双高跟鞋走这样崎岖不平的路实在是折磨，景横波却还在庆幸，幸亏脚上是双系带高跟鞋，否则之前坠崖落水一大堆折腾，这唯一一双宝贵的鞋子还想保得住？

然而下一瞬她就听见宫胤说：“把鞋子换掉。”

“不干。”景横波立即拒绝。

“你这样天黑也走不到安全的地方。”宫胤的手指轻轻搁在她喉咙上，声音很平静，“对不听话的人，我一般不说第二次。”

不说第二次，打算干什么？

景横波好像听见自己的脖子发出了一声清脆的“咔”声。她觉得上头这位做得出。

“换鞋！”她愤愤停下来，扒下他脚上的靴子换上，又脱下自己的鞋子，塞在他手里，“给我拎着，不许弄丢了！”

一边换鞋一边咕哝：“臭死了臭死了！”当然这是假话。宫胤的靴子清清爽爽，而且很奇怪，不知道用什么皮做成的，柔软舒服，束口很紧，靴帮能自动契合地贴在小腿上，宛如另一层肌肤。甚至靴子里没怎么浸湿，竟然有防水效果。更神奇的是，雪白的靴子一路折腾，自然染了不少泥巴草叶，但走上几步，那些泥巴草叶居然慢慢落了下来，靴面上还是一尘不染。

景横波发现了这靴子的神奇，也忍不住好奇，“这是什么皮？天生防水去污功能啊！”

宫胤手里拎着她的豹纹高跟鞋，一边眯着眼打量那细长如锥子的高跟，一边淡淡地答：“浮水沼泽里一种兽的皮。”

“这种兽皮做成衣服一定很舒服很拉风！”景横波目光闪闪，眼前出现穿着雪白华丽皮草的自己，不染尘垢，不染风雪，气度尊贵，天仙下凡，哈……

“此兽十年出一只，力大无穷，口吐毒液，四爪如金刚，周身刀枪不入，且生性好杀，所经之处千里无活物。且只有心口一处皮毛可用，其余都有剧毒。浮水部成立百年，也不过向王城进贡过两次这皮子，据说每次捕猎都动用了超过千人的军队，死伤惨重。”

“这么珍贵！”景横波憧憬地道，“还有一张皮子在哪？王宫吗？这是送给女王的吧？我可以拿去做围巾吗？”

“还有一张，”宫胤研究着她鞋子上的系带，慢吞吞地答：“做了我的擦手巾。”

她想把这个奢靡浪费、跋扈不臣的家伙，狠狠扔进泥地里去！然而她最终也不过是用力将宫胤的靴子往泥地里多踩踩。

河岸边移动着古怪的一大坨，下头是艰难前行的女子，中间是优哉游哉的男人，男人手里还晃着一双高跟鞋，两人披着网纱麻袋。

“你太慢了。”那家伙闭着眼睛，高跟鞋细带子在指尖晃啊晃。景横波叉着双手，不想斗嘴，只想来个过肩摔。

“不要往前走，往西边草木多的地方去。”骑士骑着女王，发出新指示。

“前面我好像看见一个山洞。”景横波觉得山洞是各类小说之主角奇遇必备道具。

“想和猛兽住你就自己去。”

“西边树林子茂密，难道没猛兽？”景横波不服气，不信他隔那么远就能判断出那山洞里有野兽，这家伙分明是想折腾自己。

“女人话多面目可憎。”他答。

景横波往西去，林中树木草木多，走得更加艰难，她开始庆幸换了鞋，不然脚底早就戳破了。

她也有点奇怪，走了也有好几里路了，自己还背了一个人，不仅不觉得累，先前因为落崖摔滚而有些窒闷的胸口，现在也舒畅了很多。倒是背上的宫胤，大神被背着，却似乎并不享受，话很少，偶尔开口似乎也有淡淡疲倦之意。最好伤势发作暴毙！她不无恶意地想。

这一片想必是无人来过的丛林，草木茂盛，树干粗壮，还有不少百年老树。

头顶似乎有簌簌之声，树叶哗啦啦一阵乱响，景横波抬起头，看见被翠绿枝叶遮住的不规则的天空，似有一道黑影闪过。“好像……有什么东西！”她骇然道。

“你幻听。”宫胤无所谓。

嚓的又是一声轻响，景横波感觉似乎有阵风掠过身边，她伸手一捞，隐约摸着什么毛茸茸的东西，她正要向外拽，忽然面前一丛枝叶弹起来，巴掌大的叶子拍在她脸上，打得她眼睛生痛。

景横波愤恨地把叶子从眼睛上抓下来，“有东西！”天色已经渐渐暗下来，黄昏的光线被树叶淘洗，落在地上脸上，不过是一些暗淡的光斑，景横波眼睛里似乎晃过无数黑影，她激灵灵地打了个寒战。

“这林子不能待！有东西！有鬼！”她声音发尖，“我们出去！”

宫胤的回答是拍了一下她的后脑勺，跟拍发傻的小狗似的。昏暗的树林里似乎响起叽叽咕咕的怪笑声。

“出去好不好？”景横波顾不得计较宫胤的恶劣行为，抓住他手中晃荡的高跟鞋撒娇，“这林子真的有鬼！”

宫胤把高跟鞋的鞋跟对准了她的嘴。“这鞋跟真的很尖。”他说。

景横波后悔自己把鞋子交给他拎，留在自己手中好歹是个凶器！没有了凶器，还有异能，她吸吸鼻子，目光落在前方不远的一块碎石上。大小合适，以她现在基本恢复的状态，应该可以……

“好吧，走就走，出了事你得保护我，不然我死了，你也得和一具尸首捆在一个网里。”景横波目光落在那石头上，“我好累，咱们停下休息一会儿行不行？”

宫胤不说话，景横波自作主张停下来，靠在一棵树边，那位置，正好可以让宫胤看不见那石头，当然，如果他动动脑袋，还是能看见的。

为了不让他动脑袋，景横波只好动嘴分散他的注意力。

“我跟你讲个故事吧，从前有一只猴子，他有三个师弟，一个叫牛魔王，一个叫红孩儿，一个叫紫霞仙子……”

目光落在石头上，石头慢慢浮起来，很好，第一步！

“猴子无意中得到了一个月光宝盒……”景横波眼睛盯着石头，“这个宝盒可以让人回到过去，看见和自己有三生孽缘的人……”

石头往侧面移动，很好，第二步！

“猴子用月光宝盒回到了过去，发现和牛魔王是三辈子的舍友……”

“什么叫舍友？”

“就是在一起睡的人。”景横波随口答，哎呀，石头已经移出半米了！

宫胤似乎嗯了一声，声音颇有点意味深长，不过景横波这时候哪里在意。

“第一辈子舍友叫君珂，是个老实孩子；第二辈子舍友叫太史阑，是个男人婆；第三辈子舍友叫文臻，是个厨艺高手。她的名言是：好对象就像好食材，用料多了白瞎力气，讲究原汁原味，早吃干抹净早超生。”

“什么叫好对象？”

“你想跟他睡觉的那个……别吵，别打扰我思路。”景横波指挥着石头拐过一个弯，从两人身后包抄。

“嗯。”

“猴子看完了牛魔王三世，就和他失散了，猴子正想看红孩儿三世的时候遇见了一个叫甄嬛的女人。甄嬛对他说，红孩儿是他的前世宿敌安陵容，喜欢穿白衣，喜欢用珍珠，心肠狠毒法力无边，隐藏了身份潜伏在他身侧，就是为了有一天吃他的肉，要想打败红孩儿，就要联合紫霞仙子一起……”

景横波专心地胡说八道，那块石头已经接近两人了！宫胤听得还挺认真，点评道：“你这故事好像有点乱。”

“你懂什么，故事高潮就在后头。”景横波目光转了个弯，嗯，石头翻了一下，尖端朝下。

“紫霞仙子这时候却转世回了五百年前，猴子用月光宝盒回了五百年前，拔出了紫霞仙子珍藏的紫青宝剑，紫霞仙子同意嫁给猴子，一起回去铲除红孩儿……”

“你刚才说紫霞仙子是猴子的师弟。”宫胤听出了漏洞，进行提醒。

“我有说猴子是公的吗？”景横波趁机一转头瞪他，目光一转，哟嗬，石头转到了她的右后方。为免宫胤发现，她又立即转回头。

石头到了她的侧后方，景横波已经不能再用目光去看，用意念也是可以的，她闭上眼，控制着石头一点一点往宫胤方向移动。

“……半路上紫霞仙子迷失在沙漠，被喜欢穿白衣用珍珠的安陵容掳去逼婚，猴子乘着五彩祥云而来，救紫霞，关键时刻……”石头唰的一下掠过她脑袋，马上就要到宫胤脑袋上方，然后砸昏他，她就可以逃离这座鬼林了，等到离开这里，他还能讲什么？大功告成！

“猴子！”关键时刻宫胤忽然喊。

“啊？”景横波下意识转头，意念一断。

随即她便知道不好，但是已经来不及了。

啪！一块黑乌乌的东西，尖端朝下从天而降，清脆干净地砸在了她脑门上。五彩祥云伴随着星星飞啊飞……扑通。

宫胤低头看看被自己控制的石头砸倒的景横波。

“猴子怎样了？你的故事讲得真烂。”

过了一会儿他想了想，用脚尖拨了拨景横波。

“还有，安陵容这名字，我不喜欢。”

“哎哟，我的妈呀，哪个二货砸我！”景横波醒来的第一瞬间，就感觉到脑门疼痛，想也不想地骂了出来，骂完之后思维恢复了流畅，才想起来先前的事。她赶紧闭嘴，睁开眼睛。

有个声音淡淡静静地问她：“二货是什么意思？”

“聪明完美的意思。”她反应很快。

宫胤不说话了，景横波打量一下四周，骇然睁大眼睛。网好像不见了，自己不知何时身处一间屋子里，屋子很小，不过两三平方米的模样，身下是厚厚的落叶，四面是乌黑的墙，墙上似乎有一道一道灰白的线。

这是什么地方？她感觉自己没有晕多久，这么短暂的时间，宫胤还有伤，怎么带她走出丛林，还找到了这么间屋子？还有那据说一时半刻解不开的网呢？宫胤怎么办到的？他有乾坤袋？大挪移？缩地千里？空间袋？魔法储物戒指？

宫胤背对她在调息，景横波忽然觉得身下有点奇怪的感觉，她微微动了动，立即发觉有什么东西在牵扯，低头一看，咦，网绳？网还在？那两人身形怎么没有绑在一起？而且随着她一动，这屋子的形状似乎也发生了变化，四面簌簌一阵响动，一股浓郁的草木青涩气息扑来。

“二货，别乱动。”

景横波：“……”

深呼吸三口之后，她忍住再次控物砸人的冲动，抬头再次打量四周。这才发现，四面不是墙壁，是网。网被撑开成了四方形，那些墨绿色的墙壁是树叶，树叶绞着网绳，密密地挡了风和光线，甚至挡了视线。头顶上好像是一株千年老树的粗壮的枝干，做了屋顶，她的高跟鞋正呈对角钉在顶上，绷开了网绳的两角，另外两角分别以两根结实的削尖的树枝绷住。

她眨巴眨巴眼，没想到高跟鞋还可以派上这样的用场。底部四角则用四块不小的石头压住。这样整个网就成了一个树叶伪装的网屋，位置可能选在某棵古树下。身下还有潺潺的水声，好像还有条小溪近在咫尺，真是绝妙好地。

不得不说宫胤看似高大上，真正动起手来很有效率也很有智慧，天知道这网屋他怎么想到的。这样既挡风，又脱离了网的束缚，还十分隐蔽，很难被林中野兽发现。

景横波试了试网绳，这网伸缩性很好，但现在也已经撑开到了极限，网眼最多能出去个拳头，想要脱困是不能的。不过就算这样，和半个时辰前的艰难跋涉比起来，景横波顿时觉得到了天堂。

可惜的就是网屋太矮，无法直身，她必须在身体自由且直身状态下才能瞬移，否则马上就可以自由了。

肚子在咕噜噜地叫，景横波有点发愁。这网屋好虽好，但还是限制人行动的，这样怎么去捕猎或采摘可以吃的野果？早知道刚才顺便摘一些了。

“喂，”她用脚尖点宫胤的背，“有办法找点吃的来吗？”

宫胤微微侧身，眼尾向下一垂，就看见她绷紧的脚背，雪白莹润，丝袜里隐隐露出涂得鲜红的趾甲，鲜艳得像打磨过的红贝壳，朦胧的光线和丝袜阻隔了视线，却因此更增诱惑。这样的装束和动作，如果在大荒，大抵可以治她一个“放浪不尊”之罪。

他不说话，手中一枚圆滚滚的东西一弹。“哎哟”，景横波脚背被砸，慌忙缩脚，这才发现地上滚着一个果子，她捡起，擦擦外皮，一嘴下去又是哎哟一声。好涩！

景横波皱起脸，想吐不舍得，想扔又犹豫，看看宫胤手中并无其他果子，不会食物就只这个吧？

“二货，爱吃不吃。”他还是那个气死人的不屑语气。

“你才二货！你全家都叫二货！”景横波忍无可忍地狠咬一口果子，就好像咬的是宫胤的脸，“姐叫景横波！横看成岭侧成峰的横，波涛起伏的波！”边说边侧转身挺挺胸，用实际经纬度展示所谓的波涛和山峦的真实性。

可惜媚眼做给了瞎子看，宫胤瞟都没瞟一眼。他在吃果子。甜香味弥漫开来，空气里都似乎充满蜜味和一股独特的清香。景横波狐疑地看看他手里饱满圆润的紫色果子，再看看自己手里的青色瘦果，鼻子凑上去嗅了嗅，没香气，倒有股淡淡的涩气。

他吃的果子有那种气味绝对很甜！把涩果子分给她，自己吃甜的？还有，没看见他动作，果子哪来的？景横波狐疑地盯着他，就看见宫胤吃完果子，顺手把果核对着缝隙弹了出去，缝隙间忽然黑影一闪，等宫胤手收回来，掌心又多了几枚果子，有紫的，有黄的，也有青的。

外头树叶簌簌，似乎有什么东西从头顶飞过……景横波汗毛都竖了起来，一声“有鬼”又要冲口而出。

宫胤抛过来一个黄色的果子，堵住了她的惊叫。这果子也没能好吃到哪去，景横波盯着他的香甜果子馋涎欲滴。可惜眼神暗示这一招对宫大神根本没有用，景横波只能闻着那令人迷醉的香气，默默啃着自己的涩果子暗自悲愤。

不过她并没有放弃。

研究所四人组里，景横波是公认性格最奇怪的一个，她比君珂滑头，不似太史阑坚刚，也没文臻萌系甜美。她好色却并不滥交，她偷懒怕事却并不懒惰，她大大咧咧却又心思精细，她看似放纵却很会审时度势，她不冲动但绝不缺临阵上场的勇气，她……用太史阑评价的话说：花花绿绿万花筒，揉圆搓扁橡皮泥。

简单地说：没定规。因为没定规，所以她弹性大，不会像太史阑一样无所畏惧横冲直撞，也不会像君珂谨小慎微步步当心，她会试探别人的底线，在抵达底线之前怎么做都可以，到达底线立即缩回。

宫胤的底线，她想摸一摸。“啊！有鬼！”她忽然跳起来，扑向宫胤怀中。

第十六章　有女如狼

果然下一瞬，在接触那温暖的胸膛之前，她被请回了屋角，四脚朝天。景横波躺在地上，嘿嘿地笑了两声。

她手里紧紧地抓着一个紫色果子，这是她刚才假借扑宫胤时顺手牵羊拿来的。

果子拿在手里，那股清甜馥郁的诱惑香气越发令人陶醉摇曳，这种香气似乎有魔力，呼唤她立即品尝，她缩在屋角，悄悄咬了一口，啊……牛奶香浓，丝般感受……

一只手伸过来，劈手将她的美味夺了去。宫胤低头看看已经咬了一口的果子，脸色微沉，顺手就把果子给扔了。

景横波悲愤地把剩下的涩果子砸了他个劈头盖脸。

“姐不吃了！有种你饿死我！”扑通一声她向后一倒，死猪不怕开水烫的模样。

四面很安静，宫胤并没有过来揍她，过了一会儿她挤开一条眼缝偷窥，看见宫胤捡起散落的果子，堆在角落，然后继续打坐。景横波觉得无趣，也有些累了，闭上眼睛往角落一滚，很快就睡着了。

不知道睡了多久，她被头顶的风声惊醒。那种枝叶拨动的簌簌声又来了，她紧张地睁大眼睛，仔细聆听，网屋绞着树叶，不少缝隙漏进月光，她眼睁睁看见角落里那堆果子一动，又一动，缝隙里似乎有什么黑影一闪……

她数数果子，少了一个……过了一会儿果子堆又一动，她再数，又少一个。

景横波额头的汗出来了，紧张地瞧瞧对面的宫胤，宫胤的容颜在黑暗中是洁白的浮雕，没有任何变化。这家伙武功那么高，不是该耳聪目明吗？怎么一点反应都没有？更要命的是，景横波忽然觉得，身上肌肤紧绷绷的，咽喉很干，一股火线从体内蹿起，呼啦一下就烧到了眼睛里！

她睁大眼看着对面的宫胤，忽然发现他的领口散了！他的领口原本由珍珠束着，珍珠用来制敌之后，领口自然散开，之前她一路忧心，哪里在意。但此刻，黑暗中，细碎月光下，紧张心情里，她忽然就发现了宫胤这一点微不足道的变化。

她死死地盯着那一线领口，如果说宫胤的脸在黑暗中像精美的浮雕，他的颈项就是一条洁白流畅的河流，河流延伸下是一片肌理平滑锁骨精致的肩颈胸膛……火灼灼地热了起来，咽喉干痛，她忍不住咽了口口水，咕咚一声好响，吓了她一跳。

这声音惊醒了宫胤，他睁开眼就看见对面女色狼漂浮着的鬼火般的眼神。宫胤顿了一下，顺着景横波的目光看了看自己的领口，又想了下，伸手从旁边的藤蔓上扯下一段淡绿色的柔软茎叶，扯掉嫩叶，只留下绿茎……

然后景横波就看见他把这东西穿过了领口，绸带一样绕了一圈，再慢条斯理地一扯，拉紧，还系了个精美的结。景横波看着那个茎领结，胸中的熊熊热火如被冷水泼过，哗啦一声灭了。太丢人了！她觉得自己瞬间变身一只猥琐色狼，遇上禁欲冷冰山，求爱不得被嫌弃，偃旗息鼓灰太狼。

想当初她号称研究所第一美人、少男杀手，所经之处万男俯首，裙下拜臣无数，从来都是别人对她露出贪婪的眼神，她欲擒故纵游戏人间，今天这是怎么了？

一世英名晚节不保啊，崩溃！景横波目光发直向后一倒，僵硬地不动了。

人是安分了，心思却如潮水奔涌不绝，或者体内也有热浪奔涌不绝，冲得她面红耳赤，又似被无数小手抓挠，总不得痒处，眼前一幕幕都是他的优美如天鹅般的颈项，颈项下一线月光流水般的肌肤……

她紧紧抓住网绳的边缘，抠着那些细嫩的藤蔓，在心中一遍一遍地告诫自己："不许扑不许扑不许去不许去……"

不知何时茎叶都被扯完，自我告诫也变成了："去？不去？去？不去？扑？不扑？扑？不扑？"

身后忽然有人扳她的肩。

她脑中轰的一声，理智决堤，唰地一个大翻身将人抱住，一边狠命蹭蹭蹭，一边伸手就去抽宫胤领口那个“绿叶领结”。

手指被握住，宫胤似乎冷哼了一声，哼得她魂飞魄散，只觉得哪怕一声哼也美妙如天籁。那绿色的“领结”好像成了她和他之间的天堑，她蹦起来试图用嘴去咬掉那一层阻碍，然后打算再一撕……下一瞬天地翻倒，她的脑袋不知何时已经塞在了某处网眼口。宫胤的声音响在她身后，“给我吐出来！”随即背后被一拍，喉间一阵响动，一块东西从嘴里滑了出来，她看得清楚，正是那紫色的果肉，居然没有完全消化。

她半张脸露在网眼处，迷迷糊糊里似乎看见一条短短的黑影一闪而过，隐约发出咕咕的笑声，一只毛茸茸的爪子，在她脸上轻佻地一捏——

景横波被吓清醒了，霍然睁大眼睛，待要看清楚，身子一沉，已经被宫胤拖了回来。

景横波气喘吁吁地躺在地上，宫胤的脸就在她上方，此刻再看这脸和颈项还是美的，但忽然就没了刚才的冲动和急不可耐。她隐约似明白了什么。

“那紫色果子……”

“山林主人用来帮助繁衍后代的东西。”宫胤答得隐晦，景横波听得脸皮抽抽——动物专用的印度神油？难怪宫胤不肯给她吃，她还以为他抢占独食……

“不对，你吃得比我多……”

“我清心寡欲，从不色欲熏心。”宫胤端坐，神一样的风姿，“而且，你的容色实在也不足以令我失控。”

景横波发誓有机会一定要划花他的脸！叫他臭屁！叫他高冷！叫他蔑视！叫他装牛！说景横波丑者，虽远必诛！

宫胤垂下眼睫，将她的愤怒纳入眼帘，关起，锁住。

从不色欲熏心……他忽然就想到她翻身时宛如水蛇的双臂，哈在他耳侧灼热清甜的呼吸，那一刻忽然明白所谓柔若无骨媚若妖狐真的不是传奇话本子里的空话。一霎间肌体相触，似柔软的海波在身侧荡漾，每一寸都似乎忽然起了战栗，月光被战栗晃碎，化为无数细小的火焰钻进了身体。他用了很大力气立即把她推开，用了更大力气维持那一刻的冷漠和决然。然而直到现在，指尖颈侧，似乎还残留她天生馥郁的香气……

宫胤觉得自己一定是身体没有复原，出岔子了。解决心猿意马的一个重要办法，就是打碎一切美好的幻象。

“吃了那么多果子，你渴了吗？”他忽然问。

景横波觉得这句话非常奇怪且不合逻辑，然而这句话似乎提醒了什么，她猛地一下按住小腹，露出痛苦的神情。尿急！这下景横波傻了眼，她忘记了这个重要问题，两人困守在网内，无法离开彼此，生理问题怎么解决？

宫胤已经无比淡定地指了指角落里某处网眼，示意她在那里解决。随即他转过身去。

景横波的脸红了又青青了又红，最终抵抗不了腹部的疼痛，一步步蹭到角落边缘，一点点解决问题，肚子吸了又吸，生怕发出一点点声音。

为了避免有声响被他听见，她想唱歌，可是唱歌会失控，她只好说话。

“你怎么不需要？”

“我可以以内力尽量排出身体里的水汽。”

“那个……大号呢？也可以通过毛孔排出吗？会不会到时候你浑身都冒出黄色的……”尴尬之下比较容易胡言乱语。

“到那时我应该已经恢复一半真力脱困。”宫胤飞快地截断她恶心的话，脸色有点发青。

“呜呜呜，我要学武功。”景横波哭。

宫胤不理她。之前吃了那么多苦她不说学，为了撒尿才想起来要学武功，她的志向和决心也就这么回事了。好容易用一刻钟的工夫解决完，景横波窸窸窣窣地收拾，忽然头一抬，通过网眼的缝隙，看见对面站着一个矮矮的黑影，正对着她浑身发抖动作陶醉，那东西看见她看过来，猥琐地将小肚子一挺。

“啊！”景横波尖叫。那东西受惊，唰的一下蹿起来，长长的尾巴从景横波脸上扫过，钩住了上头一根树枝，荡了几荡不见了。

景横波的尖叫戛然而止，“猴子？”她眼珠子瞪得圆圆，这才发现树顶上无数蹿来蹿去的黑影。原来林子里的响动，不断闪现的鬼影，宫胤手里神奇出现又失踪的果子，都是这些来去如飞的猴子的杰作。

“你的猴子故事太精彩，”宫胤在她身后道，“它们来等着听结局。”

“猴子的结局是，”景横波转身，怒目圆睁，“它们终于找到了穿白衣用珍珠的贱人安陵容，一拥而上！”

被猴子闹了半夜，精疲力竭的景横波，骂完了之后还是倒头睡了一觉。

网屋虽然不是长久之计，但因为宫胤地方选得好，短期之内还是给他们提供了很多便利。想吃东西，猴子们会送果子来，宫胤居然好像能支使这些猴子，后来送来的果子便没有那种猴子版印度神油。想喝水，准备一个果壳，手臂从网眼一个角落伸出去，就能够到不远处一条浅浅的小溪。最重要的问题都得到了解决。

不过景横波还是不敢多喝水，因为每次嘘嘘都是一种尴尬的折磨。她后来才发现，宫胤指给她的嘘嘘地点，在离开水源的另一个角落，那里有树根天然生成的下行的沟，排泄物自然地流了下去，也不会有气味脏着他们。说明这事儿宫胤在做网屋的时候已经想到了，并做出了妥善的安排。

景横波表示她爱他的高智商，更恨他的高智商。

不过她还是有件忧愁的事，大号呢？大号怎么解决？好在吃的东西少，第一天没什么需要，大部分时间她在睡觉宫胤在调息，眼看着宫胤气色转好，她想或许第二天他就能恢复大半，斩断这见鬼的网。

至于救兵，她也问过他了，从地形和山林密度来看，运气好的话七八天能得救，运气不好一辈子遇不上也有可能，还是得自己走出去。

景横波心急如焚，为此不惜放下身段，她看他右手骨折，左手似乎也有拉伤，为了他尽快康复，表示愿意帮他按摩。

宫胤的回答是立即停止调息，赶紧抽了几根嫩条，将自己的袖口什么的再绑紧一点。

景横波的厚脸皮一阵红一阵白，在肚子里大声咆哮：老娘没打算强奸你！

好在禁欲的宫大神虽然动作不给她面子，却也告诉她，他恢复得很快，两三天就可以想办法解网。一天工夫两人都和猴子混熟了，这林中的猴子们十分聪明，景横波甚至教会了猴子从一数到五，并根据比手指数目多少的方式来分最好吃的果子，当然，这种只有四根爪子的猴子们每次都输。

这段时间内景横波和宫胤都没停止破网的试验，发现这网绳虽然有伸缩性，却当真结实，水不能泡软，火不能烧断，利器切割不能斩分毫。宫胤使用内力可以将其最大限度地扩展，但扩展到一定程度就再无变化，依旧不会断，网眼也还是不能让人进出。

景横波为此很有点烦躁，这天傍晚继续试验时，手指用力过度，啪地折断了一根指甲。裂指甲滋味不好受，景横波捧着手指鬼哭狼嚎，心疼自己养了好久精心护理的长指甲，断裂的指甲处渗出一点鲜血，她恨恨地蹭在网绳上，转头捧着断掉的指甲伤心地哭去了。

忽然宫胤伸手捞过那一截染了血迹的网绳，放在眼前仔细地看。景横波哽咽地道：“我知道你心疼我受伤，不过你不是更应该捧住我的手给我吹吹吗……”

“这网绳有变化。”宫胤好像没听见她叨叨，忽然道。景横波凑过头去，看了半天，“啊？没有啊。变红了？我的血好艳。”宫胤挪了挪身子，离这个超级自恋的家伙远一点，才指了指网绳，“断了一丝。”景横波扑在绳子上，眼睛都瞪瞎了，也没看出来手指粗的网绳，哪里断了一丝。这一丝到底是怎么个一丝？不会真是头发丝的丝吧？

不过宫胤既然发现断了一丝，那就一定断了，景横波虽然嘴上永远不会承认宫胤的权威性，关键时刻还是愿意相信的。

“你是说，鲜血能令网绳断裂？”她的眼睛亮了起来，终于找到办法了！

“嗯。”宫胤的下一句话扑灭了她的美好愿望，“你的一滴鲜血，令绳子断掉了大约头发丝的十分之一厚度。”

景横波换算了一下，发现最后的结果数字十分恐怖。

“而且可能还需要一定时间的浸泡才行。”宫胤又补了一刀。

景横波又抽一口冷气，忽然觉得浑身的汗毛都竖了起来。

“你说……”她小心翼翼地瞟着宫胤的神色，“渗透、浸泡导致这绳子完全断裂，所需要的血量大概有多少？”不会需要一个人的血量吧？

宫胤看了她一眼，这一眼看得她遍体生寒。

“杀了你应该可以。”

她就知道是这个答案！景横波跳起来，去够顶上的高跟鞋。

“你干什么？”宫胤把她拽下来。

景横波不说话，跳脚往上蹦——高跟鞋是目前她身上唯一可以称作“凶器”的东西了，她要取下来自保！宫胤一定会半夜杀了她，用她的血泡断绳子，她会在网中死不瞑目，从此永远孤独地困在这一片人迹罕至的山林中……

“下来！”她再次跳起的时候，宫胤抓住她的小腿，一把将她拽了下来，景横波掌握不住平衡，跌倒在他怀中。一只高跟鞋落了下来，砸在景横波屁股上，一半网也随之落下，将两人半边身子立即捆住。

不过两人暂时都没有注意到这样的变化。两人都有些发愣。景横波埋头在宫胤怀里，一时不知身在何处，鼻端有淡淡奇异的香气，非花非草，却纯净好闻，隐约还掺杂几分草木的涩香，洁净里便多了几分硬朗。她忍不住深深吸一口气。

宫胤有点发怔，女子光滑的头发正顶着他下颌，滑溜溜地微痒，似乎还听见怦怦的心跳之声，也不知道是谁的。他只觉得手掌间温软，这才惊觉自己好像还握着她的小腿，赶紧放手，手微微一抬，忽然又触着什么，隐约听得景横波啊了一声，他触电般赶紧又收手，觉得自己好像不小心又碰触了不该碰的地方。

黑暗中景横波抬起头来，脸颊似乎微微红了，她本就乌发如浪，眉色如黛，唇色如火，容色十分艳丽。此刻眼眸晶亮，泛琥珀美酒般的光，衬这一抹难得的粉酡，艳中便多三分娇，令人心惊。

宫胤目光所及，又是微微一顿，这一顿极其细微，随即他眼底掠过复杂之色，扶住景横波的手，下意识向外一推。这一推却没推动，半边网绳已经收缩捆住了两人，宫胤正要重新撑网，忽然头顶树叶如海浪狂响，唰唰的风声从林子深处穿出，伴随着一阵阵惊惶聒噪的猴子尖叫，越来越近。

四面的猴子似乎也被这样的惊慌感染，狼奔豕突逃窜，景横波的脑袋和身子接连不断被猴子的大脚丫子踩过，不断有折断的树枝砸在她身上。

“神经病！”景横波破口大骂，“好端端地发什么疯！站住！给我站住！哎哟，还敢踩我！哎哟，混账，你敢踩我的脸……哎哟，好臭！”

一股腥风吹来，臊臭味浓重，张口大骂的景横波险些吐出来。

“闭嘴。”宫胤忽然按住了她的唇，“有猛兽！”景横波一声“啊”被堵在了喉咙口，愣了一秒才反应过来这个噩耗。她转头看看黑洞洞的林子深处，再低头看看自己和宫胤的造型，顿时眼前一黑。

猛兽出动，网屋被毁，两人困在网中束手束脚，怎么逃生？除非一击必杀，否则就算伤了豹子也不过是自己找死。但这样的姿态和限制，连胳膊都挥不出，怎么可能一击杀兽？

就算网屋没毁也没用，缀满树叶的网屋只能骗骗猴子，绝对瞒不过嗅觉灵敏的虎豹之流。

想到两人被困在网中无法施展手脚，被豺狼虎豹隔着网眼一抓一块肉，一撕一大条……景横波就觉得不如还是自杀算了。

“我们必须先上树。”宫胤这时候声音居然还是平静的，景横波怀疑他的心是不是铁做的。

“对对，上树！”景横波眼睛一亮，抱住树就往上爬。她小时候爬过树，虽然后来为了形象不肯再爬，但此时危急时刻，也不必顾虑那么多了。

爬上一米，感觉到身下拖曳的力量，她低头一看，宫胤居然还在原地没动，顿时火冒三丈。两人困在网中，可以做小范围动作，但必须一起动作才行，否则就成了她拖着宫胤爬树，哪里能爬得上去？

“作死啊你？”她用脚蹬树皮，破口大骂，“还不快点上来？”

宫胤仰头看她，眼珠子清亮干净，清泉里的黑石子一般，景横波听见他淡淡地道：“一，二，三……”第三声还没到，哧溜一声，景横波滑了下来。砰的一声，她摔在地上，被不知什么玩意硌得腰痛，她躺在地上，瞪着上头的树，“树上什么玩意？好滑！”

“这种树会分泌树脂，时间久了在树干上糊了一层凝固树脂，很滑很硬，很难爬。”

“你为什么不早告诉我？”景横波悲愤地揉着腰，又庆幸不是脸着地。

“与其花时间和二货解释，不如让她自己领受教训。”宫胤道，“省时，省事，省我的精力。”

“你是应该尽量保存精力，”景横波恶毒地道，“不然我担心你能不能坚持一分钟。”

“什么？”智慧绝顶位高权重的某人，过往几十年中大抵没有人和他说过这么过分的话，以至于一时没反应过来，然而转眼，景横波恶毒的眼神和她目光贼兮兮扫向的地方，就让他明白过来。

对此他的回答是将景横波一把抓起顶在网的边缘。

“你干什么？”嘴硬胆怯的景某人惊慌地问。

第十七章　默契

“你攻击我，我却不打算攻击你。”宫胤在她耳边慢条斯理地道，“我倒想看看你最引以为豪的女性美色，有没有可能在豹子面前坚持超过一分钟？”顿了顿，他若有所思地道：“虽然我不明白一分钟是什么。想来是时辰计算方式。从你的恶毒表情来看，想必不会很久，你应该可以的。”

“我勒个去！”景横波反手一把抓紧他的衣袖，“这么缺德冒烟的事儿你也能干得出来？啊啊，你还真顶上了……啊啊我错了……啊啊救命！啊啊再不放手老娘死也拉你垫背……”

尖叫声特能吸引兽类，一大波猴子呼啸地来了，一大波猴子呼啸地过了，在两人身上留下无数的脚印。

宫胤忽然一招手，踩着网欲待翻身上树的猴子们，身子便似被定住，吸在网顶上动弹不得。景横波停止挣扎，眨巴眼睛看着。风越来越臭，咆哮声近在耳侧，伴随着枝叶被豹子狂奔卷断的脆响不断接近，网上被困住的猴子越发惊慌，吱吱喳喳地叫成一团。

宫胤忽然放手，景横波向下落了落，随即宫胤抓住景横波的手臂，把她又往上一拎。

景横波瞬间一起一落，眼睛里晕出蚊香圈。猴子们却像得了旨意，垂下的爪子抓住了网绳，齐齐向上一拎。

十几只猴子顿时将网拎了起来，飞快地往树上移动，两人被迅速卷了上去，景横波看着地面离自己越来越远，惊喜地咯咯笑，终于肯赞宫胤一句，“啊哈！你真是奇思妙想！”确实奇思妙想，利用猴子们爱模仿的天性，只是一个动作，便让猴子们主动拎起了网袋。轻轻松松上了树。

底下一声嘶吼，粗哑浑厚，整个山林都似在簌簌颤动，属于猛兽的雄威震得遍山翠叶纷飞，夜色都似要碎出黎明的鱼肚白。

景横波一低头，就看见底下灌木丛间露出豹子的油亮的背脊，斑驳带圈的黄黑花色似一双双残暴的眼睛，在夜色中灼灼逼人。豹子扑到树下却没有找到意想中的猎物，爪尖抠地，身子后拉，尾巴钢鞭般竖起，发出一声愤怒的长吼。

老树都似在震动，景横波心惊胆战地提醒宫胤，“亲，千万别手软啊，千万别松手丢下我啊，你一丢，猴子也丢，咱们正好落到豹子嘴里……”

话音未落，宫胤手一松。猴子们眼睛一亮，齐齐爪子一松。

“呼。”景横波的提醒伴随尖叫被风堵在了咽喉里。刚上天堂，便下地狱，她一低头，就看见底下豹子正好抬头，眼底目光似有惊喜，随即张开了血盆大口，守株待兔地等待猎物自投豹口，雪白的尖牙光泽惨白，越来越近，越来越近，甚至可以看见左前方那一颗门齿上挂着的一缕鲜红的肉丝……

景横波在这一瞬间脑子里还非常清醒地骂遍了宫胤的祖宗八代。拎上树就是为了顶她下来，他现在把她顶在前面迎上豹子的大嘴，等豹子把她一口咔嚓之后，他就可以逃生，好毒的算计！下辈子她不把他抽筋剥皮煎炒烹炸她誓不为人……

“嗷。”吼声惊天动地，豹子嘴里腥臭的气息快要熏晕了景横波，那只好运的豹子，不再试图上树，在原地目光灼灼等待自己的天降美食。

两丈……一丈……三米……两米……一米……景横波感到自己的手指已经快要碰触到豹子的齿尖！她恨自己怎么还不晕？

“嘶。”仿若毒蛇吐芯般极轻微的一声。景横波在那一霎神奇地看见一道亮光，也似毒蛇的白色的芯子，自她的身后穿出，擦着她的脸颊零点零一公分处掠过，只一闪，便没入了豹子的左眼。

下一瞬她被狂喷的鲜血糊了一脸。再被豹子惊天动地的咆哮声险些震聋了耳朵。最后一霎她坠落，一头撞在豹子的头上，竟将那豹子撞翻，翻倒的那一霎她看见一根细细的东西顶天立地在豹子的咽喉正中，再从豹子颌下穿出，一道细细的血泉如黄河之水绵绵不绝，将旁边的小溪染得通红。

那一“剑”，从豹子左眼刺入，穿过豹子喉咙，再从下巴穿出……她瞬间理清了形势，不再觉得豹子的鲜血腥臭难闻，反而慢慢地兴奋起来。这是安全了？

原来宫胤一开始就没想逃，他利用猴子把她拎上去，再顶着她冲下来，是为了隐在她身后，借助这凶猛的冲力，给豹子必死一击？否则，那极细极细的剑，这网的束缚，实在很难给豹子必杀一击，豹子伤而不死，凶性大发，他们才会必死无疑。

刹那之间，危机当前，他怎么想到的？

景横波有一丝佩服，正想从网中爬起，避开豹子的污血，忽听一声：“小心！”一双手臂伸过来，抱住她骨碌碌一滚。

嗷！一声愤怒且绝望的大吼，震得地面叶子横飞，一双巨大的寒光闪闪的爪子啪一声狠狠抠入景横波身侧地面，离她腰侧仅有半寸距离。换句话说，如果不是宫胤及时抱着景横波滚开，景横波现在就已经开膛破腹。

景横波浑浑噩噩地睁大眼，看见那豹子愤怒地拔出双爪，带起脑袋大的坚硬泥土……

“赶紧滚啊！”景横波一声尖叫，用力反抱住宫胤，二话不说，滚！滚过树根，滚过泥地，滚下矮坡，滚过浅溪，滚断无数花花草草枝枝叶叶，两人的合作从未这么紧密默契，两人的眼底不断飞旋着鲜红的血和黄黑色的皮毛的光，那只濒死的愤怒的豹子不甘心地追击，洒着血跃过一道道树丛，似一支出弦凶猛后继却无力的箭，在快要扑倒那两只捆着古怪东西的阴险人类之前，忽然发出了一声绝望的长号。

砰！豹子从半空重重坠下，浮土震起半天高，再黄扑扑地落了两人一脸。

“呸呸呸。”景横波连连喘息又连连吐土，忽然嘴被一双手捏住。

“你吐到我脸上了。”大神冷冷地道。

景横波不能说话，噘起嘴儿。她现在心情很好，想和他“大功告成，亲个嘴儿”。

宫胤立即放开了她的嘴，用手掌压住。坚决断绝她的偷香可能。手掌压住了景横波的鼻子，她呼吸不畅，便用舌尖在他掌心画个圈儿。

宫胤触电般立即松开手，景横波却是一脸亏大发的表情，瞪着他道：“完了，我忘记你好像几天没洗手了，还有嘘嘘之后也没洗手……”

“我没有！”宫胤说的不知道是没嘘嘘还是没洗手。

“我闻闻？”景横波凑过鼻子。

“不要用你的肮脏的肌肤碰触我。”大神又开始毒舌。

“哦？”景横波瞟他一眼，“那你为什么又要紧紧地碰触着我肮脏的肌肤舍不得离开呢？”

宫胤顺着她的眼神一低头，这才发现自己还紧紧压着她，赶紧一个翻身翻下来，不说话了。

景横波首次告捷，心情畅快，“哈！哈！哈！”大笑三声。笑完，便听见“嘣、嘣、嘣”三声。景横波吓了一跳，险些以为自己运气过度，泄露肚中之气。随即她便看见宫胤慢条斯理又十分优雅地站起来，掸掸衣袖，一根发黑的绳子落下。

景横波愣了一会儿才想起来这是网绳，被豹子血浸透了……断了？啊哈，终于断了？她终于自由了？终于不用和这个家伙没日没夜绑在一起受他欺负了？

欣喜之余不知为何又有点小失落，尤其是想到后一点……

她爬起身来，果然网绳被大量鲜血浸润，纷纷断裂。景横波这才明白先前宫胤冒险对豹子凌空击杀，原来不仅为了自保逃生，是为了解开束缚一劳永逸。

所谓牛人是不是就是这样，每做一步，都想好了后面的好几步，做一件事从来都不只为一个目的？

看着被鲜血浸得发黑的绳子，想着这网原本是为了让她和宫胤的血这样染红绳子，她忍不住激灵灵地打个寒战。一瞬间再次萌发了逃离的想法。没别的，这些人太可怕，心思太深斗争太烈，她玩不起。当然现在不能说这话，莽莽丛林她还指望靠着宫胤走出去。

宫胤走到不远处豹子的身边，从豹子咽喉下抽出一根细细长长的东西，也不知道他在手中怎么盘弄的，转眼那东西就不见了，景横波愣是睁大眼也没发觉那是什么，以及藏在了哪里。想来这样的人物，身上总有些保命的东西，珍珠是，这一点细细的东西也是，所谓位高权重祸也深，景横波觉得没意思得很。

抬头看看茂密的森林，她有点发愁，这人迹罕至的深山，要怎么走出去？这山面积这么大，一两个人进入如针入大海，宫胤那些属下又要怎么找到他们？

“走吧。”宫胤回头看她。

“去哪里？”

“休息一下。”

这回找到了一个山洞，依稀就是一开始她看见的那个洞，远远地就闻见浊臭熏人，洞口满地兽骨，应该就是原先那个豹子的窝。宫胤忽然停住脚步，随即一根碎骨闪电般从洞口射了出来，伴随着一阵挣扎厮打之声，几簇毛悠悠飘了出来，落在景横波的手指上。

景横波抓着那毛瞅了瞅，有黄黑色的豹子毛，也有一些白毛，还有一些乱七八糟的毛，洞深处传来的声音呜呜作响，似有喘气之声，像是一堆东西在翻滚打架。

景横波立即向外走，她可不想面对豹子打架。宫胤却不动，眼神似乎还有几分兴趣。忽然一声凄厉尖叫，洞口黄光一闪，一只豹子冲了出来。

景横波吓了一跳往后一退，险些踩到宫胤的脚，宫胤一伸手拎住她衣领，“安静！兔子都比你稳重些！”

“你才兔子，你兔儿爷。”景横波哼一声，这才发现那只豹子体形很小，还是只幼豹。

又是几道光芒闪过，景横波分明看到了一只兔子，她瞪大眼，看着兔子板牙一亮，狠狠地咬在豹子屁股上，咬得那幼豹嗷的一声嚎叫。

景横波揉了揉眼睛，再揉了揉眼睛——做梦呢这是？兔子咬豹子？

灰光一闪，洞里又蹿出来几只狍子，都是一些弱小无害的吃素小兽，竟然当着他们的面，围攻起那只幼豹，辗转腾挪，杀气纵横，景横波下巴越来越垂，眼珠子满地乱滚收不回来。

宫胤忽然道："看！"顺着他指的方向，景横波这才看见一只白毛的小兽，躲躲藏藏在那些发飙的兔子、狍子之后，身形极快，动作极鬼祟，并不上前作战，却时不时抽冷子冲出来咬上一口。几次三番之后，景横波这不通武功的人也发现，这只小兽每次出手，必定是在豹子进入死角或者动作用老无法反击之际，下口坚决，动作精准。那些兔子狍子，眼眸赤红，动作凶猛却僵硬，虽伤痕累累却悍不畏死，只知道一次次地冲锋，瞧来很有几分诡异，倒像是被什么控制了一般。

一场架虽是幼儿级别，却也打得翻翻滚滚毛皮纷飞，景横波连呼精彩。只恨手机不在身边，不然必得拍视频发微博火上一把，赚个"新浪V"。

众弱兽围攻之下，豹落平阳被兔欺。忽然那白毛小兽一声尖嘶，电闪射出，一口咬在豹子后颈，幼豹连声惨嚎，拼命甩头。那小兽却自有一股狠劲，死咬不松，小小身子破麻袋般被甩出虚影，景横波看得头晕。

忽然豹子一声凄厉惨叫，猛力甩头，小兽唰的一下被甩了出去，眼看便要撞上嶙峋山壁——砰！不是血肉横飞的脆响，是软肉撞上软肉的闷响。小兽眼珠子里冒出黑色的旋涡，晃了晃，一头栽倒在景横波胸前不动了。

景横波笑嘻嘻地拎起这家伙，她刚才瞬移，挡在了山壁前，把这奇葩玩意救了下来。此时上下一打量，不禁咦了一声。

"怎么是紫毛？"此时才发现小兽只有短短的尾巴是白色的，身上的毛发出银紫色的光，整体像一只肥短的狸猫，眼珠子圆大得像戴了美瞳。除去爪子特别尖锐之外，百分百一个萌货。

景横波皱起眉，她记得之前看这小家伙明明白白一团白，为什么现在变成这颜色？

地上倒霉的豹子已经死了，还有那几只疯狂的兔子、狍子，一番激战后都力尽而亡。死时都踉跄行走两步倒地，姿态舒展。景横波瞧着那些小兽，恍惚竟觉得它们是在笑的。

这感觉太诡异了，她打个寒战。但不知怎的，抱着这诡异的小兽，她心情也忽然变好，特飞扬特激动的感觉，似乎很想逮着什么咬一口。

她回过头来，盯着宫胤的喉结，咕咚咽了口唾沫。宫胤那模样，似乎又想拿根茎叶穿领口守贞了。不过他的眼神一直盯着景横波怀中那小兽，小兽仍然晕着，短毛脸颊舒舒服服地紧紧贴着一线天。

宫胤的眼光太执着，景横波挺挺胸，期待地问他："深吗？"

宫胤的眼光立即唰地滑过去，注视远处一棵树的树梢。

景横波心情大好，抱着小兽昂然而过，擦身而过时听见宫大神对那树轻声道："何止深，都八字形了。"

……

山洞里满地血迹不能住了，两人只好在外休息。景横波愤恨着那句“八字形”，坚持不睬宫胤。宫胤似乎也无所谓的样子，自己吃了一个野果，忽然道：“这东西叫腓腓。”

一句话便成功勾引了景横波的好奇心，她立即忘记刚才的置气，凑过头去，“狒狒？你蒙我吧？狒狒和这可不像。”

“《山海异兽志》云：霍山有兽其状如狸，而白尾，有鬣，名曰腓腓，养之可以已忧。”

“听不懂，说人话。”

“腓腓，如同狸猫，白尾，颈下有如同马鬃的白色长毛，养了它可以解除忧愁。”宫胤难得这么有耐心地翻译。

“抽象。”景横波抚摸着还在晕的腓腓的毛，“什么养它可以解除忧愁？怎么个解除法？”

“山海志说得笼统，也许是暗指这兽的奇特本事。毕竟之前也没人见过这东西。”宫胤看了看四周的兔子、狍子尸首，“这些兔子、狍子本身就有伤，估计是给母豹捉来，给幼豹追逐扑戏练爪之用，玩腻了再吃掉。谁知道这里面混了只腓腓，这只腓腓趁母豹不在，蛊惑兔子、狍子对幼豹发动进攻，自己躲在后面偷袭……厉害的小家伙。”

“说得神乎其神，这是猫不是人。”景横波撇撇嘴，拎起腓腓上看下看，不肯信。

“喂，我叫你非非好不好？或者菲菲？霏霏？你是男的还是女的？男的叫非非女的叫霏霏如何？”她抓着小兽倒过来东瞧西瞧，“公的？母的？哎，宫胤你帮忙看看啊，我认不出来这是不是小丁丁。”

“女性之耻。”宫胤坐过去一点，捡起一只兔子剥皮。

“你最好离它远点，这种异兽不是可以收服的。”

“我可救了它一命。”景横波嗤之以鼻，“你嫉妒我捡了宝，想叫我自己放弃？没门！”

宫胤用看白痴的眼神看了她一眼，下手剥兔子更快了，还将两块兔皮完整地放在一边洗净风干。又采了一些柔软的枝条，在编着什么。

景横波看他手指灵巧如翻花，很是好看，虽然不肯靠近，眼角却一次次地偷瞟。不一会儿那东西就在宫胤手中成型，原来是一双草鞋。景横波没见过草鞋，但也感觉这一双打得挺精美挺结实。

她有点想笑，想不到宫胤这样清贵得要命的家伙，居然会这一手乡人技艺。

当她看见宫胤还裁切了两块风干的兔皮，将皮毛的那一面向上，垫在鞋子里时，更加想笑了。这回变成琐碎老婆子了。

当被嘲笑的琐碎宫婆子，将完工的草鞋向她面前一递时，她终于笑不出来了。

“呃……给我的？”

“我的名贵皮靴，不能穿在你这样的白痴脚上。”有种人就算做了好事都让你没法承他情，只想把草鞋塞他嘴里。宫胤就是。景横波忍了又忍才接过草鞋，宫胤的鞋子已经还给他了，毕竟大了些，穿起来不方便，她的高跟鞋又实在无法应付这样的山路丛林，她需要这双鞋子，硬气不起来。

鞋子大小很合适，兔皮柔软，她站起来走几步，觉得浑身松快。景横波向来不是小家子气的人，一码事归一码事，还是笑嘻嘻和他道谢："这鞋子虽然丑了点，可做得真舒服，你一个世家公子哥儿，怎么会做这个？"

"谁告诉你我是世家公子哥？"宫胤淡淡地道，"大荒人都知道我贫苦出身。"

"哦。"景横波偷偷瞟他，心想这小白脸贫苦出身年纪轻轻怎么爬到如今高位的？她想了半天，一个念头闪过，恍然大悟一拍手。还用想吗？吃软饭呗！肯定是前任女王被他美色蛊惑，为他夜夜笙歌不早朝，把国家大权都托付给了他，才有他今天篡权夺国的地位……小说都这么写的！嗯哼，美色误国啊。

景横波推断完毕，呆站了一会儿，不知怎的心里有点发堵，直到鼻端嗅见一股焦煳味道，才反应过来。

"哎！你把兔子烤煳了！"

树枝串着的兔子一边没熟一边焦黑，宫胤将兔子从火上撤下来，光洁如雪的脸颊上，难得地似乎有了微红。还好还有一只兔子，景横波熟练地拿过来在火上烤，一边在旁边的草丛中搜寻，忽然目光一亮，喜道："居然有香茅草！"

香茅草可以作为调料做烧烤，是傣家人和泰国人最爱的烧烤调料之一。景横波虽然对厨艺一窍不通，不过和文臻待久了，偷吃她的东西太多，多少也知道些。她采了些细细长长的香茅草叶子，这种叶子发出一种天然浓郁的柠檬香气，景横波用香茅草捆住兔子，在火上慢烤，奇特的柠檬香气氤氲开来，她贪馋地嗅了嗅鼻子，又有点遗憾地道："可惜没有盐……"

宫胤一直静静地看她动作，乌黑的眼珠子清而高远，像森林梢头明净的天空。

"你怎么会烤兔子？"

"你怎么不会烤兔子？"

两声出于一声，随即两人都闭嘴，顿了顿，再互相望望，景横波呵的一声笑了，宫胤虽然没笑，神色也柔和了不少。这还是两人相遇以来气氛最为和谐的一刻，没有争吵和针锋相对，反而生了淡淡的默契。空气宁静，连火光都姿态温柔。

景横波翻烤着兔子，心想好歹一起出生入死了一回，这家伙终于有了点人味。

"你……"

"我……"

又是同出一声，两人又一顿。

"你先……"

"你先……"

景横波哈哈笑起来，前仰后合，手里的兔子险些捣到宫胤脸上去。宫胤伸手按住，注视她的明艳笑意，从眸中一直点染到眉梢，心中忽然微微一动。

第十八章　祸害

这是一个明朗恣肆、特立独行的女孩儿，有点自恋，有点猥琐，似乎有点小笨，关键时刻却绝对灵活，略显妖媚的外表下，袒露着明灿灿毫无遮掩的心思。看她就像冬日里看见一团火，腾飞艳丽，吸引人走近，却又为那恣肆张狂所惊，不敢上前。

景横波笑得张扬，领口又微微开了，他不想往下探索，眼光沿洁白的颈项一路向上，落在艳美的红唇上。她笑得毫无遮拦，齿若编贝，闪着晶亮的光。

他的眼光飘了过去，神情若有所思。

景横波用手中的烤兔子指着他的嘴，笑道："别说话，别说话，我是女士我优先。"

宫胤一笑不语，心底温软如春阳下的沙滩，却又被渐渐热起的沙砾磨砺得微微生痛。

"你打草鞋这么熟练，为什么不会烤兔子？"

"小时候没吃过烤兔子，后来兔子不需要我亲自烤。"

"不对吧，你会打草鞋，自然小时候经常行走山林，行走山林靠山吃山，会没有机会烤野味？"

"有机会，只是轮不上我吃。"

景横波默了默，看看他晶莹的指甲，很难想象他小时候如何"屌丝"。

"采访一下，"她兴致勃勃地凑过来，"'屌丝'是如何变成高富帅的？是因为遇见慧眼识英才的千金小姐白富美吗？"

宫胤似乎在走神，随口答："你怎么知道？"

景横波愣了愣，没想到答案真是这个。啊？真是吃软饭到今天的啊？那包养他的富婆是谁呢？前任女王？富婆包养了小白脸，然后被小白脸杀了？这故事挺合逻辑，她却觉得有些不舒服。

宫胤的目光从她脸上掠过，清晰地看见她的茫然和淡淡失落，他心中微微一动，随即无声一笑。她是想多了吧？

是有那么一段遇见，然而相见争如不见，他能从当年的穷山恶水中走出，从来不是因为那年秋黄金马车中伸出来的那双洁白的手。过往也是一枚在秋风中翻飞的落叶，一面起伏着古怪的爱和占有，一面隐藏着欺骗、背叛、愤怒和暴戾。在风中撞碎了边边角角，拼凑不出完整的真相。

他目光落在她脸上，眼前的这张脸，和当初的她竟然真的有几分相似。说起来也很奇怪，历朝女王转世，转的是灵魂，没听说连长相都近似的。这是冥冥中安排的轮回吗？对他来说，是祸是福？

两人都沉默下来，景横波默默地烤兔子，香气渐渐弥漫，她拿下兔子，抖抖索索撕香茅草，“嘘……烫！嘘……烫！”

一只手伸过来，很随意地接过兔子，剥开香茅草，撕下两只腿，递给她。景横波托着下巴，心想这算不算大神对她的关怀？

加了香茅草的兔肉果然鲜嫩肥美，两只腿她一眨眼就啃完。一转眼看见宫胤还在慢条斯理地吃第一只腿，动作颇优雅，景横波鄙视且嫉妒地哼一声，正准备撕些兔肉，忽然发现放在身边的兔身子不见了。

身后传来老鼠钻洞般的细碎声响，她回头，就看见那只腓腓正将最后一点兔骨头塞进嘴巴。

“呵呵呵呵，原来是霏霏。”原本准备骂人的景横波立即换上慈爱谄媚的嘴脸，“香吗？吃饱了吗？没吃饱我让宫胤再给你弄只狍子来？咱想怎么吃？红烧还是清蒸？”

这么说的时候她心里隐约觉得有那么点不对劲，但是当霏霏抬起头用戴了美瞳的幽紫圆大眼眸对她眨一眨的时候，她顿时就忘记想说啥了。

“狍子？嗯？再烤一只？”她满脸慈爱的光辉。

霏霏投桃报李地对她摸摸小肚子，示意自己已经饱了，景横波大喜——这只腓腓有灵性！

“它当然饱了。”宫胤在一边凉凉地道，“骨头都不剩。”

轻描淡写一句话，听得景横波头皮一炸，随即才想起来到底哪里不对劲。这只腓腓刚才一霎间就吃完了整只比它身子还大的兔子，不仅没什么声音，连骨头渣子都没剩下，这得多可怕的速度，多锋利的牙口？多凶蛮的吃相？就这速度，吃个人都只需要五分钟……她激灵灵地打个寒战。不过当霏霏再次对她慢腾腾地眨眼展示美瞳时，她又迅速安慰自己——也许它饿了呢，嗯，吃快点也没什么嘛。

吃完兔子，两人休息了一会儿，宫胤以树枝尖端插地，然后拔出来看了看泥土，随即道：“从山势看，很可能西南方向有出口。”

两人正要动身，忽然那只腓腓从景横波怀里跃出，闪电般向前掠去。景横波正要大声呼唤，随即发现它是向着西南方向，心中一动，快步跟过去，果然腓腓在草丛中隐没来去，始终在她视线范围之内，竟然像是在带路。

“看，果然是个知恩图报的好孩子，我觉得它是想把我送出山去呢。”景横波眉开眼笑。

“也可能送你去乱葬岗。”宫胤平平淡淡的毒舌，听得景横波浑身汗毛又是一炸，恨恨瞪他一眼，宫胤哪里理她的色厉内荏，目光一直盯着腓腓。

走了好一阵，太阳落山前景横波悲呼着再让她走一步她就自杀，腓腓也就心有灵犀般停下来，景横波就地一躺打算把自己放平，腓腓却跳到她肚子上，对前方指啊指。景横波不理，它就在景横波肚子上跳来跳去，景横波觉得再给它跳下去只怕得踩出排泄物来，只得一把抓住它，有气无力地问：“嗯？”

腓腓对前头狂指，景横波懒洋洋翻个身瞧，看见前方有块大石，平坦干净，背靠山崖，倒是个睡觉的好地方。

“我去那里睡。”她一指宫胤，“你不许靠近，不许偷看，不许……”

宫胤翻个身背对她，“别靠近我，别偷看我，多谢。”

“看你妹啊！姐什么时候看过你？姐哪只眼瞧得上你？你有哪里值得看？嗯？脖子？锁骨？人鱼线？肱二头肌？”景横波纤纤细指险些点到他额头上，声音洪亮毫无愧色。

宫胤对景某人“转头忘”以及“死不认”的本事表示由衷佩服。

景横波舒舒服服地躺下了，准备睡一觉再起来把那带着的狍子烤了吃，身边有腓腓还有宫胤，不怕野兽招呼。

这一觉睡得好深。梦里有红色豹子咆哮而去，下一秒宫胤破水而出勒住了豹子的咽喉，豹子冲她露出雪亮的牙齿，她惊骇地站在原地发抖。忽然隐约一道乌紫的光亮闪过，宫胤将手中血淋淋的豹子向她砸来，风声呼啸，湿淋淋的豹血落在脸上，她惊得向后一退，“啊——”

叫声震醒了她自己，臂上忽然一紧，被温暖的手掌紧紧勒住，一个熟悉的声音恼怒地响在她耳侧，“醒醒！”

景横波睁开眼。第一眼看见的就是悬崖。一瞬间她差点以为自己还是没醒，回到了几天前那个落崖的噩梦中。随即她发觉这个崖不一样，这个崖不高，能看见底下隐约一些东西发出白光。再然后，她就发现自己的一只脚已经悬在悬崖外，另一只脚，也已经出了崖边一半。如果不是身后宫胤及时抓住了她，她现在应该在崖底。

“我怎么会在这里？啊？我怎么会在这里？”景横波骇然四顾，越过宫胤肩头看见刚才睡觉的大石已经远在一丛树后。

梦游？她什么时候有这病了？

宫胤目光有点冷地向上看了看，景横波这才看见树上幽紫的光芒缓慢地闪了闪，那是腓腓在卖萌地眨眼。

“你是说……”她若有所悟，“霏霏诱惑我跳崖？”

宫胤不说话，脸色不太好看。他对这种东西了解也不深，没想到它不仅能蛊惑兽还能蛊惑人，生生将景横波骗到崖边，如果不是他感觉不对赶紧追来，现在大概可以到崖底去找景横波的尸骨了。月色出了云层，照亮晦暗深青的山崖，景横波这才发现，崖底的白色东西，是各类动物的骨骼。

她浑身汗毛竖起，冷汗沾满了毛孔，听见宫胤声音比这月还冷，“这里大概是腓腓的食物储存库。”

“它吃人肉？”景横波声音都变了。

“这倒未必。”宫胤道，“也许它只是想把你骗下去，断腿重伤，成为诱饵，诱使猛兽前来吃你，它就可以趁机偷袭猛兽，饱餐一顿顺便储存肉干。”他探头对下面看了看，点点头，“地方选得不错，底下挺通风。”

景横波瞧瞧那些支离的断骨，确定宫胤的推测一定不会错。然后她就出离愤怒了。

“啊啊，你这混账！”她跳上崖，对那只混账腓腓戟指大骂，“忘恩负义狼心狗肺！姐救了你，喂你吃，捧着你抱着你，你竟然骗姐去死！你怎么不去死！你怎么不去死！”腓腓的大眼睛又缓慢地眨了眨，景横波忽然觉得它有表情，而且表情很奇怪。

她还没来得及思考，忽然听见细细的一声“嘶”，似乎就响在头顶。树上的那只腓腓听见这声音，浑身毛立即炸了开来，一转身蹦到树后，头仰着，冲着上头拼命抱拳。似乎在哀求什么。

景横波看呆了，不明白这变化从何而来，宫胤忽然道：“另一只腓腓！”

景横波一仰头，这才发现树顶上，竟然还有一只腓腓，体形比刚才那只大许多，正横眉竖目，瞪着下头那只小的。

“这玩意竟然有两只……”景横波惊叹，宫胤神情也挺惊奇。现在看来，下头害景横波这只似乎很害怕上头那只，又似乎被它所控，浑身瑟瑟发抖，一直在求饶，上头那只低声咆哮，神情狰狞，则似乎在责骂。

过了一会儿，上头腓腓似乎失去耐心，蓦然身影一闪如闪电，冲到下头腓腓身边，抬臂就是啪的一掌。景横波惊呼声里，那只小腓腓一个倒栽葱栽下了树，跌倒在她脚边，半天爬不起。

景横波低头看着那刚才还很嚣张现在很可怜的小东西，神情犹豫。

上头那只大腓腓似乎很骄狂，根本没把两个人类放在眼里，唰啦啦攀着树枝下来，对着小腓腓发出一阵奇异的低音。那只小腓腓顿了顿，随即慢慢地挣扎起来，慢慢向崖边爬去。

景横波看见它灵动幽紫的眼眸，直勾勾的，茫然不动。月色薄凉，照不亮铁黑色的山巅，只涂了地面一抹霜白，那小腓腓从阴影里慢腾腾爬出来，身上银紫的皮毛，忽然又变成了一片雪白。

它往悬崖去。大腓腓目露凶光。

景横波心中冰凉，只觉得窒怖又压抑，这便是腓腓的蛊惑之术了。只是没想到，刚才还蛊惑她去跳崖的腓腓，一刻钟后竟然就被另一只腓腓蛊惑去跳崖。

她动了动脚步。宫胤在她身后冷冷地道：“你确定要救仇兽？”

她想笑，却笑不出来。她知道他说的是对的。这是兽，不是人，没有道德伦理，未必懂得感恩。那只小腓腓，也许是想杀她，也许是被大腓腓逼着寻找猎物要杀她，但不管怎样，这兽都是狡猾残忍的，是吃肉的，太危险。

宫胤对她虽从无好言，但扪心自问，还真没害过她，从认识到现在，救她命都有好几次。就在刚才，他还留住了她跳崖的脚步。

腓腓向崖边爬去，一刻钟前它安排给景横波的命运，一刻钟后轮到了它自己。景横波闭上眼转过头。宫胤望定她，月光下神情柔和了些。

腓腓离崖边不过数寸。景横波退后一步。腓腓忽然发出一声凄厉的哀鸣，声音竟然不似兽似人，似人在绝望时的哀哭，四野茫茫，孤独末路。听得人心颤。

树下大腓腓睥睨不动，眼神阴鸷。小腓腓哀呼未绝，迈完最后一步，落下。

一只手忽然像从空气中冒了出来，在最后一霎一把抓住了腓腓。随即景横波高分贝噪音响起，“啊啊啊，我冲太快了！我站不稳了！救命！快拉我！”白影一闪，宫胤出现在崖前，将逞英雄烂好心救兽的美人乱晃的身体扯住。

他似乎叹了口气，又似乎没有，眼神中没什么太多意外。早知道她会这样的。这丫头看似不在意，其实还是心软。

一声尖嘶，银光一闪，大腓腓向宫胤扑了过来，雪白的牙齿亮如小刀，直奔宫胤后颈要害。

“嗤。”似一线流星过，黑暗中白光留在虹膜中的残影犹在，鲜红的血已经从大腓腓的前胸飙出，也是细细一线，在山崖上打出一道笔直的“一”。

大腓腓惨呼一声，不顾重伤，毫不犹豫一个跟斗翻回，一闪不见。

山崖空寂，如果不是崖壁上那一道血色“一”蔓延，淋漓出倾斜的褶皱，刚才的一幕就好像没发生过。景横波立即感觉到掌心里的小腓腓全身都似松懈了下来，连毛都顺顺地垂落，雪白的毛色渐渐又转了淡淡的紫色。这东西，毛色似乎和情绪有关。紧张哀伤激动时，毛色转白。

“好了，没事了。”景横波顺手将它抛掉，“以后好自为之吧。”

她不想再停留，准备再找个宿处，走没两步，觉得脚下绊住，低头一看，小腓腓咬着她裙角，一步一拖地跟着。

“有病啊你。”她拎起这家伙扔开，“我可不敢再带你，半夜被带着跳崖好玩吗？压不死自己，压死花花草草也不好啊，亲！”

宫胤似乎笑了笑。景横波自觉这件事做得干净漂亮，昂首继续向前，走没两步，霍然停脚，低头。

“姐的裙子不是你的小拖车！”她怒吼。

那小腓腓扒着她的裙子，干脆一屁股坐在她裙摆上，随着她的步子一摇一晃，听她咆哮，腓腓抬起头，幽紫色的大圆美瞳慢慢地眨啊眨……一股喜乐的情绪在景横波心头蔓延开来，她心立即软了。

“那啥……”她对宫胤背影讲话。宫胤不回头。

“它也怪可怜的……”宫胤不理她。

“它肯定不是主动想害我，一定是被大腓腓逼着害人做饵……”宫胤没反应。

“刚才那只大的也不知道死没死，我们走了，它只怕又要惨了……”宫胤随手采了朵花，慢慢地嚼。

景横波看着他笔直傲娇的背影，火气上来了，“莫名其妙！姐干吗低声下气要你同意？”她恨恨地拎起腓腓，往自己肩膀上一放，“你又不是我老公！”她将腓腓放在肩上，大步越过宫胤走开，经过宫胤身边时故意撞了他肩膀。擦肩而过时，她听见宫大神轻描淡写地道：“是啊，谁知道你呢？”

景横波身子僵了一秒。好似忽然被一道电劈进心里。是啊，谁知道自己呢。明明是自己可以做主的事，为什么第一就是想着要他同意？为什么自己的语气中不由自主就带了询问、征求、讨好、获得肯定的希冀……就像……就像一个做了错事的妻子，有点畏怯地希望得到丈夫的同意……

啊呸！啊呸呸呸！什么有的没的？他算老几？景横波你又被蛊惑了吧？被丫一句话蛊惑了！明明是怕他出手害了腓腓才想要征求他同意的！

就是这样！

“呵呵呵呵。”她不理宫胤，抱着腓腓发腻，“霏霏，霏霏，以后就叫你霏霏了哦，我可救了你两次，你以后一定要对我忠诚哦……”

宫胤瞟一眼她故作不屑一顾的嘴脸，懒得和她计较。当然他也不会告诉她，这只名叫霏霏的腓腓，是个公的。霏霏幽紫色的大圆美瞳缓慢地眨来眨去，似乎有点要晕，难为它忍得浑身发颤，景横波还以为它爱上了这个温柔乖巧卖萌装乖故作甜美范的名字。越发抱着它喊个不休，喊一次人家抖一次，喊一次人家抖一次。

宫胤觉得也不需要给这只腓腓什么新惩罚了，这就足够了。

密林里行走的日子因为有了霏霏带路，显得轻松了许多。它知道哪里有猛兽，知道哪里有美味的野果和山泉，知道哪里的路更好走，而哪里不适合穿行。更妙的是，它所经之处，蛇虫躲避，景横波从此逃离了被硕大山蚊子追杀的噩梦，身上被蚊子咬出来的疙瘩逐渐消失。这使她心花怒放，原本还有些犹豫收养霏霏的举动，现在已经觉得离不开这家伙了。

山间不知日月，只知道日光不断升起，山脉起伏渐渐变缓，草木叶片变得细长，渐渐出现了很多分支的溪流。虽然一直没有遇见前来寻找的护卫，但景横波也从宫胤脸上日渐轻松的神情看出来，快要走出去了。

第十九章　快到我碗里来

景横波想到可以走出去，自然欢喜，却又生出些淡淡的怅然。这些在密林中行走的日子，除了一开始遇见一只豹子，后来也没发生什么惊险，每天晚上宫胤会为她找好一个适合睡觉的地方，自己和衣在她附近休息。她有时甚至看不见他在哪里，但就是能感觉到空气中存在着他，存在着他的呼吸，平静的，安详的，悠长轻缓，似一层宁静气场，将她笼罩，她总是因此一夜无梦，睡得香甜。

早上起来在朦胧的晨光里相视一笑，林子中透光如绿纱，他和她都觉得对方笑意纯净动人。虽然之后不多久就开始毒舌斗嘴，可是晨间初醒，意识朦胧，心中空明那一刻，所展现的情绪才是最真的。

她渐渐跟他学会了剥兔子皮，从一开始大呼小叫嫌脏嫌恶心到如今的一分钟利索搞定。他也学会了辨认香茅草，甚至在她的指引下找到了牛至草。后者她总说有比萨味，至于比萨是什么，她不说，他也就笑而不语——反正连猜带蒙，结合语境，多半也能猜到她的意思。她的胡言乱语，特立独行，才是这林间最亮丽新鲜的一幕，何必追究个是非明白？

这一日行到一处河水旁，前头无数小溪到此处汇集成滔滔河流，滚滚而去。宫胤看了看河水的流向，道："走过这条河，应该就可以出去了。"

景横波舒出一口长气。

宫胤取下肩上的狍子，这是今天的饭食。景横波则取下肩上的一堆兽皮铺在地上，疲惫地舒展开长腿。兽皮是宫胤一路打猎收集的，用来夜间铺盖以免被山间寒气侵袭。之前一直是他背着，但从昨天开始，懒女人景横波忽然良心发现，抢了几块兽皮来背，所以她现在的表情，似乎躺下就不想动了。

"没走了多少路，你怎么就又困了？"宫胤皱眉看着她。

"你打呼，吵得我睡不着。"

"哦？"宫胤淡淡地道，"我打不打呼我不知道，不过想来我不会说梦话，更不会半夜大喊都敏俊兮我爱你，都敏俊兮快给我睡一睡。都敏俊是谁？"

"怎么可能！"景横波霍然坐起，大惊，"我喊的应该是：都敏俊兮你不要这么热情，我还没考虑好！"

"都敏俊是谁？"宫胤对这个问题很执着。

"我梦到了他吗？怎么没印象？"景横波很懊恼，"哎呀，这么大好的机会……"

"你这样的机会很多。"宫胤生着火，面无表情，"有时候你说，小贝你真帅，和维多利亚离婚吧，我比她身材好多了！有时候你说，长腿欧巴你腿真长，给我摸摸好不好？有时候你说，卷福你怎么越看越中看呢？来给姐笑一个。有时候你说，哇！小哇！哇哇哇哇哇……"

"哇……"景横波目光发直，"这也能梦到？"

宫胤注视她半晌，她捧着心在那神游万里，又是高兴自己的梦又是懊恼自己怎么都记不得这些梦，脸上表情一会儿高兴一会儿沮丧一会儿郁闷一会儿嘚瑟，千变万化丰富得像万花筒，精彩是精彩，可看的人就觉得郁闷了。

傻子也能看出来，这一刻她在美男的海洋中遨游，什么宫胤什么霏霏什么耶律祁什么大荒统统靠边站。

"我问你。"宫胤脸色发青，忍无可忍地道："都敏俊是谁？小贝是谁？长腿欧巴是谁？卷福是谁？小哇是谁……"

"都是美人……"景横波目光直勾勾地，手在虚空中招魂般招来招去，"美人，快到我碗里来……"

宫胤站起身，背上的狍子甩开来，撞在景横波肩上。啪的一下，神游的景美人应声而倒。

她很没姿态地大字形躺着，按说这种姿势很不雅很难看，可架不住她的好身材，反而越发显得腿长踝细腰若一束，起伏曲线美妙。她对宫胤的暗中攻击似乎毫无所觉，翻了个身支住头痴痴地笑着，大抵还在烦恼如何在都敏俊李敏镐贝克汉姆卷福钟汉良之间选择。翻动间裙子掀了开来，长腿若隐若现，一抹肌肤若凝脂，又似远方山顶皑皑的雪。

霏霏乖乖地坐在一边，动作很乖巧，态度很谨慎，表情很端正，就是美瞳不停地往腿缝里瞄。

宫胤的目光从她腿上飘过，飘出，又飘过，再看看霏霏。半刻钟后，他从她身边过，抱着一堆捡来的柴火，长长的树枝落下来，钩住了景横波的裙子，宫胤手腕一带，裙子掩上了。

还有一根带刺的树枝落下来，砸到了霏霏的头。

马大哈景姑娘毫无察觉这一刻的钩心斗角。她还没遐想结束，早知道自己有梦美男的功能，该在来这里之前多带美男照片才是。

她忽然想到一个严重的问题，耶律祁和宫胤也在她的美男标准里，她有没有梦过他们？有没有喊出什么话来？

从宫胤仿佛更年期提前的臭脸色来看，大抵是没有的。

嗯，他不高兴，应该就是觉得，他如此美貌，却不能入她之梦，这极大地挫伤了他的高傲和自尊，导致他行为失常。嗯，一定是的。可以理解，选择原谅。

“来剥皮。”宫胤若无其事地招呼她。

景横波自觉做了一点错事，很积极地爬起来，去给狍子剥皮。自从收留霏霏之后，宫胤这个无良的，就说他没义务养两个废物，景横波必须贡献劳动，将处理动物的活儿强行扔给了她。他给了景横波一柄锋利的匕首，亲手教她如何动手，还监督景横波的动作，要求景横波一定要严格按照他的要求步骤去做。有次景横波觉得他教的办法麻烦，有心偷懒，被他发现了，那天宫胤足足逮了三十只兔子狍子獾之类的玩意儿，逼着她处理了整整一天。到了晚上，她连手腕都抬不起来，饭还是宫胤塞到她嘴里去的。

景横波坚持认为宫胤是一个偏执狂，搞不好是处女座？没有按照一定的步骤和顺序来，他就会浑身长虱子一般难受？

她熟练地按着狍子，手腕一挑一起，转过几个流利而古怪的弧度，嚓嚓嚓嚓一阵轻响，骨头先于皮毛分离出来，再刀尖一转，一整张皮完整地剜了出来。整个过程不超过一分钟，最牛的猎户看见了也得以为她在丛林已经待过二十年。

宫胤眼底，微微露出满意的神情。

“我去洗洗刀，顺便解个手哈。”景横波披着兽皮，蹒跚地向河流走去。

宫胤转身用香茅草包裹狍子，又取出前几天晒的岩盐细细涂抹。霏霏跳到她怀里。

景横波转过一个弯，进入一株足可遮挡视线的大树后，立即抽下肩头的兽皮。翻开兽皮，里面是一长条用兽皮拼接的东西，拼成圆形，看上去像个巨大的肠子。

景横波拍了拍那玩意，倦意袭上，忍不住打个哈欠。这东西，她偷偷摸摸，熬了好几个晚上才做出来呢。

圆圈状的“肠子”一头留有吹气的孔，景横波一边紧张地对那头望，一边鼓足腮帮往里吹气，吹了好半天险些吹痛了肚皮，才勉勉强强把这东西吹鼓起来。现在可以看出完整的轮廓了——兽皮游泳圈。

景横波把游泳圈套在自己腰上，凑过去对霏霏悄悄地道：“现在，你能想办法帮我逃走吗？”

这片大陆现在已经是盛夏，火红的太阳从大燕的最东边一直点亮到云雷高原，却在云雷高原背后那一片沼泽前停步。无边的黑色沼泽隔绝了视线似乎也隔绝了日光，在沼泽的背后，神秘富饶的大荒沉默似在等待。

大荒首府帝歌，位于大荒中心的第一雄城，最近也笼罩在神秘的气氛里，安静地涌动着喧嚣的暗流。

城中心一座官邸内，帘幕深深，花影扶疏，风从湖面上来，到此处徘徊轻响，不敢造次。光可鉴人的青玉磨石地面倒映着侍从垂头敛容的身影，所有人穿软底鞋来去，轻巧敛行如一只只黑暗中潜行的猫。

或粗或细的对话声，响在珠帘琳琅的碰撞声里。

“他们在大燕鲁南北部无名谷中失踪，距今已经过了半月有余。”

“难道他们……死了？”

“你倒是敢想！要我看，宫胤何许人也？几场境外暗杀就能令他魂断异乡？我看过大燕山川图了，他们所在的那片山脉广阔绵延，出口却正好靠近大燕北部，如果宫胤走得快的话，保不准现在已经走出大山，接近大燕国境或者西鄂。”

“可惜了！这么好的机会，耶律祁和斩羽部费了那般大力气，居然也没能留下宫胤那小子，真是令人扼腕！”

“何止，耶律祁还被迫和斩羽部决裂，斩羽部大王发誓和他不死不休，正在派人追杀他。前几日，斩羽部大司寇竟然秘密托人给老夫送来了族中至宝秘药，希望和老夫结成同盟呢。”

“那您的意思是……”

“当初我们曾有誓言，永不侵犯玉照宫主人，何况宫胤手下‘蛛网’探子极其厉害。所以任何公开的行动，我们都不能做。”

“时移世易，玉照宫现在也鹊巢鸠占，换了主人，我们何必还遵守当初的誓言，再说什么叫永不侵犯，咱们当初对那一位做的事……”

“噤声！”室内一阵沉默，有人讪讪地咳了一声。

“说到这里，有个好消息通报于诸位，新女王已经找到了。”

“……呃，早就知道了，这算好消息吗……”

“这当然不算，我还没说完。听说新女王居然相貌也和前一位有几分相像。”

“啊？”

“你们瞧，这转世一说，还真有几分道理。”有人呵呵地笑起来，十分快意，“宫胤大权独揽，翻云覆雨，可是，他不是没有软肋的。如果他知道当初的真相……”

“如果咱们早做准备，好好地栽培新女王……”有人含笑接口，“也许将来，不用咱们动手，玉照宫自己就能爆出血海火花来。”

“然也！”一众人等舒心快意地笑起。

“既然她继承了那一位的位子，还继承了她的容貌，那么属于前一位未尽的恩仇纠葛，是非谋划，就请她继续接下！”

“咱们就好好准备，好好迎接新女王的到来吧！”

一条河流从绵延的山脉中奔腾而出，在前方一个窄道一拐，即将奔入前方的平原。河道中忽然哗啦一声响，一条人影从山缝中顺水流出，动作剧烈，溅开满天晶莹的水花。景横波浮在河水里，抹一把脸上的水，转目四顾平原上的景色，表情有点怔怔的。她也没想到，竟然真的顺利地甩开了宫胤！先前她让霏霏去蛊惑宫胤，也不知道霏霏用什么办法，正在烤狍子的宫胤忽然就慢慢坐倒，霏霏一边狂奔而回一边对她打爪势，她看懂那意思是必须立即走，否则宫胤很快就会醒。毫不犹豫抱着兽皮游泳圈，扑通一声跳入河中。

之前他们一直顺着这条越来越宽的河走，昨天她听宫胤无意中提起，这河应该直通山外，而且山口已经不远。果然，水流里闭气潜一阵，游一阵，眼前的景物渐渐由山壁变成了平地，她走出来了！景横波舒一口气，爬上岸，霏霏湿淋淋地从她肩头上下来，甩了甩蓬松白尾上的水。

景横波看看空旷的四野，心花怒放，抱住霏霏狠狠啃了一口，“大功告成，亲个嘴儿！”

霏霏在她肩头发出哼哼唧唧的声音，景横波乐颠颠地跑到一边崖壁旁，大声道：“来！刻个大波到此一游！”她摸出宫胤给她的小刀就刻，忽然听见头顶一阵簌簌响声，有什么东西似乎飘到了头顶，她一边乐不可支地抬头看，一边道：“这外面的风就是自由，吹起来就是不一样……呃？呃！”

上头，一个乱七八糟花花绿绿的东西，正炮弹般逆风飙下来，风将那玩意儿的顶毛吹得倒飞而起，翻开大丽花的造型，红色的细长的小腿似一对飞快移动的筷子，直直地似要戳到景横波眼里去。

“菩提本非树，明镜亦非台。底下那怪物，把路让开来！”

破锣一般的嗓子十分振聋发聩，景横波呆了一呆，不敢置信地惊呼：“二狗子！”

崖顶上超人一般俯冲而下的居然是超鸟二狗子，只是此时它的表情却似乎没有景横波惊喜。绿豆眼里闪着无尽的惊恐，无法控制身体地向下直冲，巨大的引力让它很快就无法再踏足崖壁奔跑，身子炮弹般弹出来，向着地面——

二狗子想不起来吟诗了，惨叫：特么的救命啊！

砰的一声，二狗子如愿撞在了一团熟悉的柔软上，它发出一声娇弱的呻吟，爪子一钩，钩住老位置，头一歪。不过它没能如愿歪过去。一只爪子伸过来，拎起二狗子，在爪中打了个晃，对准前方草窝，“咻——”二狗子横飞三丈，五彩翅膀在半空中急张，才勉强维持身形晃晃悠悠落地，还没站稳就张口大骂：“国破山河在，城春草木深。哪来小王八，敢动你老妈？”

白影一闪，霏霏已经出现在二狗子面前，揉爪，掰手腕，咔吧咔吧一阵响，左摆拳——“呔！吃俺二狗子一招！”二狗子反应不慢，飞起来对着霏霏脑袋就抓。

一鸟一霏霏二话不说开战，鸟毛纷飞草屑四溅，景横波瞧着目瞪口呆——至于吗？这俩一见面就打？难道这就是传说中的天生对手气场不合？

“哇呀！气煞老夫也！”二狗子被霏霏一爪拍出，在空中凄惨咏叹。霏霏追上去，一把抓住它的鸟腿扯下来，掐着二狗子脖子，将它弯弯的鸟嘴对着地面敲敲敲敲敲……

“行了……”景横波不忍目睹地捂着眼睛。

不知道为什么，看着跋扈的二狗子被阴狠的霏霏一顿好整，她就想起了自己和宫胤……霏霏把二狗子甩到一边，在它身上踩了两脚，顺便还拔了二狗子视若宝贝的一根红色顶毛插在头上，这才一溜烟回到景横波身边。蹭蹭她小腿，蓬松的大尾巴拍了拍她脚面，温柔爱娇地对她慢慢眨了眨美瞳，眼神纯洁无辜。

如果不是二狗子鸟毛散了一地的话，景横波差点以为刚才的一幕是错觉。她激灵灵地打个寒战，站得离霏霏远些。

身后忽然传来惊讶的呼唤：“大波？”景横波听到这声音，一愣，随即才反应过来。糟了！

怎么忘了，既然二狗子在附近，那么翠姐、静筠、拥雪应该也在附近。既然遇袭那晚宫胤早有准备，那么当时就算拿了钥匙，翠姐、静筠也逃不掉，既然她们逃不掉，她们就应该还和宫胤的护卫们在一起。

宫胤的护卫们不敢进入山林寻找，怕两下错过，最有可能的就是在几处山口留人等候，只要宫胤和她走出，迟早就能碰到……

才出虎穴，又入狼窝！想明白这些，她转身就想走，但是已经迟了。

“原来陛下在这里，想不到二狗子追果子落下山壁还能碰上陛下。”山崖上绳索荡了荡，一个眼熟的男人荡了下来，细长的眼睛盯着她，“陛下可否见告，国师何在？”

景横波认出他是宫胤那个瘦子护卫首领。

“他啊，”景横波呵呵笑，“死啦。”

那护卫神情一凝，“什么？”

“说起来都是我不好。”景横波说哭就哭，抹泪嘤嘤地道：“我们被捆在网中无法动弹，撞入了河中，在岸边遇见了豹子，他为了保护我，被豹子给吃了，唉，他真是个好人……呜呜呜……”

“国师怎么可能被豹子吃了！”瘦子烦躁地道。

“我们被网捆住了呀。”景横波张大眼睛看着他，绘声绘色地道：“那时候只能被动挨打，可怜他为了保护我，英勇地扑在我身上，豹子一口就咬断了他的腰，哎呀那个清脆那个响亮！只听见咔嚓一声……”

他为了保护我，被豹子一口一口啃吃了，他到死都没发出声音。豹子吃饱后就走了，他握住我的手，留下了遗言……”

瘦子神色一紧，犹豫一会儿，咬咬牙问：“什么……遗言？”

“他含泪握住我的手，说对不起我，”景横波抹泪，“他说他不该抓走我，强迫我，违背我的意志，逼我去做这个我不想做的女王。现在他死这么惨，这完全是报应，叫我不用给他收尸，不用给他报仇，不用有任何心理负担，也不用再去做那个女王。从此我就自由了。天高任鸟飞，海阔凭鱼跃……”

“等等，”瘦子面颊抽动，“国师说您自由了？”

“你没听见吗？”景横波斜睨他，“他临死忏悔，放我自由，你是他的属下，当然要遵从主子的遗言。从现在开始，我和你们没瓜葛了。哦，对了，静筠、翠姐、拥雪也和我一起走，你们该干吗干吗去吧。”她拎起二狗子，抱起霏霏，顺着不高的山崖斜路往前走。一眼看见前方不远马车上居然有自己的箱子，不知道从哪找来的，大喜过望奔过去拿下了自己的箱子。招呼从车上下来，一脸震惊的静筠、翠姐、拥雪，“走咯！”

“等等……”其余护卫都茫然着，不知道要不要听这女人满嘴鬼话，那瘦子想了想，上前拦她，“你不能走……万一主上……”

他拦住景横波，正面对出口山缝，忽然眼睛一直，说的话也顿住了。

景横波等了一会儿，见他呆呆的，不耐烦地拨开他，道：“哎，你敢不听你主子遗言？”

“我主子……”瘦子说。

“不过话说回来，”景横波眼珠子骨碌碌一转，“你主子法力高强，神通广大，七十二变无所不精，也许他被豹子咬是假的？也许他没死？你们做护卫的，应该赶紧进去找一找才对，我告诉你，他就在进山往东北方向走十天左右的一个密林子里……”

“也许他没死……”瘦子直勾勾地盯着山对面，道。

“对啊，也许他没死，快去找他啊。”景横波巴不得这些家伙赶紧滚，最好永远迷失在山脉深处。

“快去找他……”瘦子好像忽然变成了应声虫。

景横波这才发现他有点不对劲，狐疑地瞧了瞧他发直的眼神，顺着他眼神向后看。后头就是她出来的山缝，河水滔滔从山口流出，空空荡荡无人。

“中邪了吧？”她莫名其妙地耸耸肩，推开挡路的瘦子，拖着自己的行李箱，招呼身后那一大串，“走咯！”

翠姐立即跟了上来，拥雪看看护卫没有阻拦的意思，也跟了上去，静筠怔怔站在原地，对山口望望，又对护卫们望望。

“静筠，怎么不走？”景横波回头招呼她，拼命对她挤眉弄眼——再不走这些护卫回过味来就走不掉啦！

静筠还是怔怔的样子，景横波以为她脑子慢，干脆上前一把拽住她就走。

静筠似乎挣扎了一下，景横波愕然看她，静筠又回头看了看，想了想，忽然抿了抿嘴，不再挣扎了。

景横波也没注意她的表情，拖着几人一阵快走，眼看护卫真的没追，才欢呼一声："哟嗬，自由咯！咱们下面去哪里？附近有市镇吗？去找个夜店玩玩好不好？"

……

远处景横波的欢呼声，隐隐约约传到这边护卫耳朵里，他们的神色都很有些古怪。人人都看着山缝，再看看景横波消失的方向。山缝里风慢慢地吹着，藤蔓悠悠地晃着，河水静静地流着，泛着雪白的浪花。一抹依旧雪白的衣角，静静流过浪花的上方，那人的步子也如高山厚土沉稳巍然，从山中行出，如仙人履及世间。

护卫们都跪下去。"主上！"

宫胤从藤萝之后缓缓走出，绿色的藤叶背后的脸雪白如大理石雕。他脸上也没什么表情，随意地伸手，接过瘦子护卫递来的手巾，擦了擦手，立即扔了。一出大山，他的尊贵矜严气场顿时又无声无息笼罩了四周。

"主上，我们为什么不……"瘦子转头看看景横波的方向，不明白主子刚才为什么明明在，却不拆穿那女子的满嘴谎言，还放她离开。

宫胤在护卫铺好的地毡上坐下来，就着溪水慢慢洗手。

"总得给她机会逛逛夜店。"语气似乎漫不经心，表情也很平常，看不出任何怒气，但护卫们忽然觉得有点阴森森的，忍不住打个寒噤。

"那样她会玩得更开心。"

护卫们觉得四周更冷了……有杀气。

"我作为一个对不起她报应到头没脸报仇死得活该的死人……"宫胤慢吞吞地道。

护卫们抱紧双臂……救命啊。

"应该履行作为幽魂的职责。"宫胤道，"在不该出现的时候再出现。对吧？"

护卫们抖了抖……玩大了。

宫胤拿起一根树枝，随意地玩水，他目光很专注，很有力度，护卫们觉得树枝很可怜。

"想象力真好，"宫胤似乎在自言自语，"以身相护？死于豹口？被豹子一口咬断了腰？能想出这么死得活色生香的一幕，她心里一定希望很久了，一定推演了很多遍了吧？"

护卫们不敢接口，慢慢后退……小命要紧。

"怎么咬的？这样？"宫胤把树枝弯了弯。

护卫们觉得腰好痛。

"这样？"反过来再掰了掰，像掰景横波柔软的腰肢。

护卫们已经退出三丈远……

“或者，这样？”宫胤手指用力一折，树枝断裂。像豹子一口咬断腰肢一样清脆响亮。咔嚓！

第二十章　惩罚？

“什么声音？”已经跑出好远的景横波，隐约感觉冥冥中好像听见咔嚓一声，下意识地浑身一颤，忍不住回头瞧瞧。后方空荡荡的哪有人。她摸摸身上起来的鸡皮疙瘩，眉开眼笑地道：“前边好像有个镇子，咱们去那里雇辆车，再回内地好不好？”

自然没有人有异议，好在路确实不远，众人到了近前才发现，那里是一个军镇，迎面的石牌坊上写着“西康”二字。西康是军城，进城没那么容易，好在这一行都是女子，景横波谎称路上遭劫进城投亲，还把穿了草鞋的脚丫子抬起来给人家看，雪白柔腻的脚上有眼屎般大的擦痕，配上她娇嗲的语气、勾魂的眼风，两三句就让守门士兵晕陶陶地放了行。

城中倒还热闹，一半西康军一半老百姓，据说这是为大燕镇守西北边境的老将钟元易的驻地。军城内外士兵二十万，百姓十万，是大燕出关前最后一个繁华的人类聚居地，多年和边境通商，繁衍人口，因此显得人烟繁华，并不比内陆差多少。

景横波在大山里走了很久，此刻看见人浑身细胞都想跳舞，分外兴奋地拉着所有人去吃小摊。西康城有整条街的夜市，卖些腊羊肉羊蹄兔头粉皮子炒果子面条饺子之类的杂食。景横波在街上走了两个来回，虽然饥肠辘辘，渴望人间烟火，但又觉得这些摊子十分污脏，犹豫着不肯进。

她以前相当有洁癖，不过那洁癖很多时候是被那几个无良舍友逼出来的。景横波这个人其实适应力很强，原则性很低，在必要的时候她完全可以放弃不必要的坚持。所以到了异世之后，当环境不允许她洁癖，当身边有人比她更洁癖，她也就不那么洁癖了。现在脱离宫胤身边，顿觉放纵自由，同时心里似乎又有些空空的，旧毛病自然而然冒出头来，又开始觉得这里脏那里脏，哪里都看不顺眼。

在短短小街走了第三个来回之后，众人都觉得累了饿了。霏霏已经拖着她的裙摆，对着前方一家卖肉包子的指着不肯动腿，“二次元”大圆美瞳眨啊眨拼命放电，等着景横波良心发现。

翠姐忽然道：“前方那家，看起来似乎干净。”

景横波这才看见，街角有一家白布搭的棚子，地方不大，但白布雪白，布下的桌椅板凳也挺新，不似别家黏着厚厚的油泥。几个男女在里头忙碌，也有客人在，个个显得整洁干净，在这烟气蒸腾人声喧闹充满烟火气的杂乱小街上，如一道独特清爽的风景。

“咦，刚才走了两遍，怎么没看见？”景横波一边疑惑，一边自然而然走了进去。她一进来，里面的客人正好吃完走了出去，留下的位置刚好够坐。景横波撇头看看走掉的客人背影，恍惚里觉得有什么不同，却又想不起来。

一个妇人迎了上来，笑容和善，面容慈蔼，笑问：“客人吃什么？小店有本地名产凉拌漏鱼儿，有酸辣红薯粉，有粉皮青瓜，手拉面条，羊肉烩粉，加上辣子调上醋，夏日里吃最是爽口开胃……”

“人家都是专卖一两样，你这里倒齐全。”景横波随口笑答，没注意妇人忽然一僵的神情，左顾右盼看看菜色，道：“喂，这家看起来小，花样倒多，你们自己选，我请客！”众人都点了自己爱吃的，景横波给霏霏都点了一份酸辣红薯粉，有心想瞧瞧伪萝莉小怪兽能不能吃辣，顺便给它买了两个雪白的葱肉包子。

一直蔫头耷脑不吭声的二狗子，踮脚偷偷绕过桌子，跳上盆架，绕到霏霏的包子上方，转身，屁股一撅……

“啪。”霏霏蓬松的大白尾巴一甩，狠狠抽在二狗子屁股上，二狗子大字形倒地，趴在地上悲呼：“开轩面场圃，把酒话桑麻。小贼专偷袭，生儿没菊花！”

除了静筠同情地看了它一眼，把它拎起来搁一边盆架上，所有人包括景横波在内都呼哧呼哧吃饭懒得理它。自作孽，不可活。

那妇人看了霏霏一眼，目中闪过一丝异色，笑道：“这只猫倒甚可爱。”

景横波也不澄清，一路过来，所有人都把霏霏当成猫，连翠姐她们也因此没有多问，景横波也不特意解释，倒不是想防着谁，只是觉得解释起来麻烦而已。

棚子后起着炉灶，妇人将众人点的吃食报了过去，一个肩上搭着雪白布巾的老头慢声应了，佝偻着腰进去做菜。景横波原本没在意这人，看他年纪不小，怕他有什么咳喘之类的病症，多看了一眼。

这一眼过去，倒没看出老头有什么不对，却发现在老头身边，那妇人显得分外挺拔笔直，缓缓走路时裙摆不扬，点尘不惊，分外的娉婷优雅。

景横波只觉得美，她对于美的事物都有兴趣，忍不住盯着妇人背影，忽然发现静筠也在看妇人背影，不禁一笑，道：“这老板娘步态真好看，一点也不像这街上的婆娘们，是吧？”

静筠似乎怔了怔，才啊的一声道：“啊？是吧？嗯，是的。”

景横波听出她心不在焉，正失笑想问一句，妇人已经将各人饭食按序送上来。静筠低眼看了看自己的碗，忽然道：“二狗子身上脏了，我去和老板要些水给它洗洗。”

“吃完再去啊……”景横波挥舞着筷子挽留，静筠已经抓起二狗子到了棚子后，棚子后烧饭的热气遮没了她的身影。景横波觉得好像听见她短促地啊了一声，然而她探头过去，什么动静都没有。相隔的白布映出两个身影，是她和那老头，有水流声响起，大概对方正在帮她冲鸟。

众人都开始吃起来，景横波的羊肉粉却还没好，四面香气氤氲，人人埋头苦吃，于她便如一场煎熬。她坐立不安，又不好意思总盯着别人的碗，就东看西看，忽然看见前方第三个摊子上坐了一个青衣人，远远看去姿态特别直，眼光一凝，惊呼道："那边坐的是谁？那么笔直的，僵尸一样！"

青衣人的背影似乎更僵了……

景横波永远骚动不安的目光早已转了过去，随即又被下一个目标吸引，指着街上一个走过的戴大斗笠的家伙道："那家伙走路好贱好讨厌！你们看你们看，他看上去像在人群中走，但周围没人能靠近他，这是不是武侠小说常说的沾衣十八跌？太装了！以为自己是宫胤那个高富帅啊！祝你走路踩到屎喝汤噎石子嘎嘎嘎……"

远远走过的斗笠男子，步子似乎微微不稳……

景横波忽然又指着极远处一个背影道："快看，又有人戴斗笠，这地方戴斗笠的人真多，他们不知道这造型很弱智吗哈哈哈……"

不远处阴暗角落里的斗笠男子，雪白的手指搁在斗笠边，微微一抖，又一抖……

景大美人还要指点江山评点天下贱人，终于她的酸辣粉上来了，等了半天，被香气勾引得早已口水直流的景横波，觉得自己可以吃下三大碗。赶紧把鼻尖凑到酸辣羊肉粉上，陶醉地深吸一口气，"哇，好香……"

"啪。"一点灰色的东西落入汤碗，滚烫的汤溅到景横波鼻尖上。

"上头谁乱扔石子？谁！"景横波一眼看清落下来的是颗脏兮兮的石子，怒不可遏地跳起来，抬头向上看。

一看之下，不禁一怔。上头没有楼，这是路边摊，上头就是平整干净的白布一张，连灰都没有。白布上怎么会掉下石子？

"老板娘怎么回事？"景横波捂着烫红的鼻子问匆匆赶来的妇人。

妇人微微一怔，随即恢复从容，微笑着端起碗，道："此地风大，许是风吹来的石子，既如此，我给姑娘换一碗。"

这妇人虽然容貌平常，年纪也不小，但语声清和，态度雍容，气质极为端庄。听她这么和声软语说话，景横波也不好意思为难人家，点了点头。看她将碗端进去，不多时又端了一碗出来。

"给姑娘加料重新熬制的。"她款款微笑。

景横波谢了，再次端起碗。"啪！"斜刺里忽然一物飞来，竟然绕过景横波的腰，啪地击上了景横波的碗。这东西比先头石子还有杀伤力，碗咔嚓一声裂了一半，红油汤洒在景横波的裙子上。白毛一扬，霏霏蹿出去了，及时躲过油汤侵袭，嘴里还叼着个肉包子。

景横波跳起来，拼命抖裙子上的油，手抖心颤地发现，这次砸到碗的是坨狗屎。风能把狗屎正好吹到碗上吗？

景横波冲出棚子，转目四顾，街上人来人往，人人看着可疑，人人毫无嫌疑。

白光一闪，霏霏嗖地蹿回来，嘴里肉包子已经没了，幽紫的大美瞳转得更慢了，像在

“二次元”。

景横波问它：“发现可疑目标没？”

霏霏缓慢地对她眨了眨圆眼睛，景横波目瞪口呆地看见它从尾巴里掏出一只肉包子叼着，又对包子铺指了指。

景横波只好再挤到包子铺门口买个包子，贿赂那个贪心狡诈的双面小怪兽。包子到了小怪兽爪子里就不见了，不用猜景横波也知道藏尾巴里去了。神奇的是从外头居然看不出来，包子居然也不掉。

景横波恶狠狠地在心中诅咒热包子烫烂菊花，笑眯眯地问霏霏：“有啥发现啊，亲？”

捧着包子啃的霏霏，打了个小小的嗝，拍拍肚子，再迎着景横波期待的目光，蠢萌蠢萌地对她摇头，嘴巴斜斜地咧上去，看上去竟然笑靥如花。

“Shit！”景横波一甩手回了棚子，其他人早已吃完，都看着她这个倒霉蛋。景横波搔搔头发，忧愁地道：“看样子这家和我气场不合，我换家吃好了，老板娘，结账。”

“承惠六十个钱。”妇人微笑。

景横波伸手去摸钱袋，她们出门的时候宫胤允许去收拾细软，翠姐帮景横波也收拾了钱袋，钱袋一直在翠姐身上，刚才还给了景横波。

手伸进去，像陷进了泥淖，拔不出来了。景横波脸上的神色很精彩。

“我去……”她低声道，“这样叫祸不单行吗？”

“怎么了？”翠姐瞧着不对，问她。

“钱袋丢了。”景横波目光发直，气若游丝。

刚才买包子还在，也许就是挤入买包子人群的时候被小偷顺手牵羊了。

“我这里有。”翠姐去翻自己钱袋，静筠也掏钱，但两人随即都停了手，面面相觑。

“这个……”景横波看她们的表情，心中涌起不好的预感，小声道：“你们的钱不会也丢了吧？”两人呆呆地点头。景横波懊恼地一拍脑袋。这事儿！自己曾经出过棚子，钱丢了也罢了，翠姐、静筠几乎没动过，钱什么时候丢的？进城的时候？还是更早？

不管怎样，没有钱寸步难行，先想办法解决当下要紧。拥雪身上是没钱的，景横波皮箱里虽然有好东西，却不能随便拿出来变卖，再说她也舍不得。这可是她混世界的真正金手指，怎么能随便在这边陲小城卖了？有没人识货都是问题。

景横波看一眼老板娘，她正背对这边忙碌，似乎没注意几人的异常。

“我去想办法弄点钱。”她悄声对静筠道，招呼了霏霏，一扭身出了棚子。

还好，老板娘和老板都没看见。

景横波嘘一口气，站在大街上思考怎么搞钱，忽然看见前方不远处一处屋舍，外观平平无奇，却用一面血红旗帜挑出个斗大的“赌”字，不由眼前一亮。

赌博来钱最快啦！麻将、牌九、掷色子、划拳，姐统统擅长地干活！

搓麻高手笑眯眯地想。

不过这城中赌场似乎特别高调，一般赌场少有光明正大挑出牌子来的。

景横波迈步向赌场去，却在门口就远远地被拦住。本地规矩，女人和小孩不许进入赌场，尤其女人。

据说这里的风俗，和女人对赌会坏一辈子手气。

景横波被拦了回来，却不肯泄气，在赌场附近小巷子转悠。

远远地看见有个少年从赌场中歪歪扭扭出来，走进了这条小巷子，她赶紧迎上去，挡在人家面前。

那少年路被堵住，不耐烦地抬头正要喝骂，看见眼前赫然是个娇媚美人，不由眼前一亮。

“这位大哥，和你商量件事儿……”景横波笑吟吟地将手臂撑在那少年肩膀上，吐气如兰地对着他脖子吹气，“我想借你的……”

霏霏从另一边悄悄闪出来，准备施展一二。

少年的魂已经快飞了，满眼都是景横波的桃花眼艳红唇，反手一把搂向景横波的腰，涎着脸笑道：“哪来的风骚小娘子，是来陪哥哥的吗？平常哥哥可不喜欢这样，不过你嘛……嗯，多少钱一晚？”

“啪。”

景横波今天第三次听见这声音了。

以至于她条件反射向后便退，堪堪躲过了一道莫名其妙的怪风。

然后她就看见那怪风撞上少年，啪的一下将他撞倒，再卷着那少年一路滚开，路上乒乒乓乓撞到了许多墙角啊石头啊牛屎堆啊烂泥坑啊什么的。

“我勒个去，这是咋了。”景横波含着手指，和忽然缩起尾巴的霏霏讲，“今天出门看过黄书没？撞鬼了吗？”

霏霏摇了摇尾巴，掏出半个包子来吃。

景横波忽然又看见巷子里多了个目标物。

一个高个子黑皮肤青年，半垂了头，似乎喝醉了酒，摇摇晃晃进来。

景横波锲而不舍地迎上去。

她不想打劫，也不想出卖色相，她真的只是想和人家借一身男装而已。

“这位大哥……”她笑吟吟地迎上去，还没来得及开口，那青年晃了两晃，身子向下一倾。

砰！尘土弥漫，弥漫的尘土里被压在下面的景横波哭了。

“呜呜呜今天怎么这么倒霉呀……”

身上的人酒气不浓，却很重，好死不死地压着她，一双长臂肘尖抵着她咽喉，稍一用力景横波就可以香消玉殒了。

“喂！喂喂！起来！快起来！”景横波想拍这个家伙的脸，却够不着，只得拍他的背，谁知道她手一动，那醉汉垂在一侧的左手忽然向前抡出一个圆，巧巧拍在她脸上，胳膊上沾满的灰顿时落了她满脸。

"呸呸呸。"景横波吐掉满嘴的灰，隐约觉得这个场景似乎有些熟悉，偏头想了想想不出来，又去推那家伙，谁知道那家伙忽然在她身上翻了个身，手肘在她腰间重重一抵，她被顶得一口气险些上不来，把满嘴吐出的灰又吸了回去。

景横波还没来得及大叫，那家伙摇摇晃晃似乎要站起来了。景横波心花怒放正要爬起，砰的一下那家伙又倒下了，背压在她胸上，后脑勺正撞在她鼻子上，景横波只觉得眼前哗的一下，烟花灿烂地爆了。

好多星星飞啊飞，漫天漫天小星星……

当她再次满身灰土地被压在地上时，她真的想哭了。

今儿这是招谁惹谁了啊！

她有一瞬间怀疑宫胤作祟，可是这家伙要擒她何必玩什么花样，这不像他的风格啊！

她狐疑地眯起眼，上下打量这青年，但她的角度看不见对方的脸，她目光落在对方满身的灰尘上，自我否定地摇了摇头。

大神山巅花高岭雪，干净尊贵得恨不得在云端打滚，怎么可能愿意在尘埃中翻腾。

好在这醉汉接二连三对她进行打击之后，终于醉死不动了。景横波在他身下一动不敢动，好半天才喘匀了气，嗅着他淡淡的酒气和一股奇特的清香气息，小心翼翼地爬起来。这回不敢造次，三下两下扒下他的外衣，匆匆披了，也不敢停留，拖着霏霏见鬼般赶紧跑了。

她走后，巷子静悄悄。过了一会儿，一枚落叶从墙头落下，打着转儿飘近那一动不动的醉汉，却在接近那人上空的最后一刻，忽然消失不见。

醉汉缓缓地坐起身来。他支起腿，手肘搁在膝上，长长的睫毛垂下，姿势随意而潇洒，身姿却在黄昏的光芒中，端凝。

……

景横波当然不知道巷子里的变化。

如果她回头看一眼，或许就确定了今天为什么这么倒霉的真相。

但她现在一心奔赌场而去，要在赌场大展雌风，为一行四人一鸟一兽赢回路费和饭费。

到底有没有人捣乱，她不关心，只要此刻还是自由的，她就要自由个够本，绝不会为还没发生的事担忧纠结。

醉鬼的衣衫内袋里竟然有钱，景横波喜出望外，有钱意味着有了赌本，解决了她一个大问题。

钱还不算少，一张五十两的通兑银票，景横波没有去想寻常百姓怎么会在身上带这么大一笔银子，欢天喜地地去开赌。

她当然可以用这五十两银子去付饭钱，去雇车，去生活。这银子够一个小康人家生活两年，但是用了这钱性质便成了偷，她更希望自己挣来钱，再把银子和衣裳都还给人家。

"啦啦啦法海你不懂爱，知道真相的我眼泪掉下来……"景横波哼着小曲儿迈进了赌场的大门，这回当然没有遇到阻拦。

"赌神驾到！"景横波兴致勃勃地挤入一张桌子。

“客人玩哪种？”庄家问她。

“掷骰子赌大小！”景横波毫不犹豫，赌大小来得快。

庄家将骰盒舞得眼花缭乱，瞻之在左忽焉在右，连绵成虚无的光影，一众赌徒眼珠子滴溜溜随着转，乌黑眸子闪烁着金银色的贪婪。此时景横波就算装男人装得粗疏也无人关注。

只有桌子斜对面一面容平常的男子，以手撑头，眼眸低垂，身体语言诉说着不关注和不耐烦。他身子甚至微微倾斜，避开了身侧一身臭汗的赌徒和身后试图献媚的侍姬。

当然，这紧张时刻，没人注意。

庄家手中骰盒已经舞到终梢，一个令人炫目的花活之后，砰，骰盒重重落下。

“押小！”一直凝神倾听的景横波唰的一下推过自己的全部财产。

“哈，已经连出三把小，我可不信这个邪！”有赌徒不以为然。

景横波笑眯眯地对他伸出中指。

一众赌徒各自押注，庄家双腮肌肉咬紧，霹雳大喝一声：“开——”

声音如炸雷响，震得众人都一呆，趁这失神一刻，庄家的小指悄悄伸入骰内……

桌子对面那撑头男子，忽然指尖轻轻一弹。

庄家手指一僵，便在此时，骰盒翻开。

再想动手脚已经来不及。

“小！”景横波尖叫蹦起，大喜沸腾兴奋难抑，一把抱住身边一个阿猫阿狗，就准备来个表达兴奋的贴面，“哦也——”

嘴唇离那幸运的家伙还差零点零一公分时，面前那傻兮兮的家伙忽然不见了。

嚓的一声轻响，景横波面前已经换了个人，青衣长衫，面容僵木，替代了刚才的阿猫阿狗，静静地杵在景横波面前。

景横波本来就没看身边是谁，不过是发泄心中欢喜而已，只觉眼前一花，似乎有变化，但也来不及看清。

叭的一声，响亮清脆。

唇和脸颊接触零点零一秒，触及肌肤四分之一寸方面，抵达心湖深处三万英尺，深及灵魂尽头八千里路。

有一瞬间，两个人都木了木。

天地似乎在这一刻停息，喧嚣赌场，沮丧庄家，兴奋赌徒，媚笑侍姬，足够炸翻屋顶的各式纷扰吵闹，都在一瞬间定格，只留这一刻唇下清风琉璃月，颊上春雨杏花天。

一触即分。

景横波转开脸，好像什么都没发生，不过一个和陌生人的欢呼贴面。

她笑哈哈地捋起袖子，银票往桌上一拍，“再来！”

“再来！”

凝固的赌场又活了。

骰盒摇动，庄家鼓腮，红的白的黑的滴溜溜转，笑颜和怅惘同在，兴奋并潜藏同行，捋起的袖子雪白的手臂，转动的手腕艳美的红唇。

众生相，色相。

景横波若无其事地听着骰盒动静，一双眼睛却终于有意无意地向身边一瞟。

身边刚才那被贴面的青衫人已经不见了。

景横波眼光忍不住又向后扫，终于在人群的尽头，看见他的背影。

步子不快，但不知为何眨眼便到了三丈外的大门，隔着纷扰的人群，她似乎看见他举起袖子，靠近颊边，似乎要擦。

她脊背抽紧，竟然忘记去听骰盒的声音。

“押大小！”庄家的声音令她一惊，急忙转眼看回赌桌，也没听清骰盒动静，胡乱押了大，再回头看那人，哪里还有人影？

她愤愤哼一声，不明白自己是怎么了，不过是高兴起来表达兴奋，以前在研究所也是经常的事，今天怎么这么心绪不宁，莫名其妙。

想着刚才，原本没打算亲上的，不知怎的鬼使神差靠了上去。那一霎唇下肌肤有点怪异，随即又觉得有热力逼上来，灼灼似火，像隔着一泊清冷的湖，看见对面深红的火焰。

之后便觉得温软，一霎战栗从颊上透入唇底，连心都似颤了颤。

明知这是无稽的情绪，心意却似乎自有提醒。

景横波再哼一声，不明白一个贴面怎么就令自己心神不安，以前在研究所看球看兴奋了，经常逮着君珂、文臻贴面，也没这么荡漾过。

神经。

她嘀咕一句，强迫自己收拾了情绪，嚷嚷着扑上去再战。

“小！”庄家开盘。

“哎呀怎么输了！”景横波沮丧地嚷，眼角又瞟一眼。

哎，刚才那混账，到底抹脸了没有？

……

高个子青衣人走出门去。计划不如变化快，尤其是面对某个无厘头的女人，事情常常变得不可收拾。他本来是打算亲自待在赌场，看着那女人赢满口袋，再离开的。而且刚才那女人如此疯癫，他更应该待在一边，免得她看见人就投怀送抱。然而那一霎颊上杏花春雨，她的香气透骨而来，似要唤醒他久已沉睡蛰伏的许多情绪，以至于他在那一刻不知是澎湃还是无措，竟只想迅速离开。

多少旧情绪，在那一刻无间的距离里，被哗啦一下翻开，在光天化日之下升腾起灰黄的烟气，遮没这从来掌握在他掌中的乾坤，他竟至迷茫，辨不清方向。

脸颊上那处肌肤，似乎有点湿，又有点干？紧紧地绷着，像还是有一双娇俏的唇，在爱娇地轻啜。

他觉得荒唐。明明戴了面具，如何还会有这样细腻的感受。他抬起手，要将那奇异感觉抹去，仿如抹平忽然褶皱的心。手举到颊边，停住。顿了一顿，最终缓缓放下。

他出了门，望着远方苍青色山脉底拖出的一轮夕阳，轻轻叹息一声。也许，出来太久了。该让一切回到轨道了。

女王、国师、六国、八部、纷乱天下、暗流大荒。

……

就在某人受不了调戏逃跑之际，失去强人罩着的景横波，终于输了。五十两本钱没了，后来赢来的五十两也没了。瞬间就变成赤贫阶级一员的景横波，如同一切输红了眼睛的赌徒一般，抓着赌桌边不肯放手。

“没钱了？没钱滚蛋！”庄家吆喝着赶人。

景横波看看四周，输光了的没人借她，赢了的多半脑满肠肥，一脸淫笑，和这种人借钱实在丢份，和个帅哥还差不多。她眼风四处乱飞，想寻个看起来顺眼又有钱还不会惹来麻烦的家伙做冤大头，不经意瞟到了楼上，一个苍白瘦弱的少年正趴在栏杆上，饶有兴趣地盯着她看。

景横波的眼神迅速从他身上华贵的衣料、脸上从容的表情，以及他身后站着的神态恭敬的从人扫过，得出了“这是个凯子”的结论。更重要的是，她认出对方身后的从人，穿的是这赌场里的护卫制服。这少年，应该是赌场的主人，不然也有关系。

“喂，你到底还赌不赌？不赌把位置让出来！”庄家不耐烦地赶人。

景横波让开他的手，袍子一撩，一抬腿，跳上了桌子。

“哗。”底下庄家赌徒们齐齐仰着头，呆了。楼上的少年脖子伸得更长，眼底闪烁着兴奋的光。

“喂！上头那个！你看看我的美貌！”景横波扯着脖子对上面喊，“老子这么美貌，你们好意思赢我钱，好意思出千？”

“好厚的脸皮……喂，你说谁出千？滚下来！”庄家暴怒。

一堆人去拽景横波，景横波笼着袍子左蹿右跳，大骂：“就是出千！老……子要是出千，你们早输得光屁股回家，在老子这个正人君子面前出千，你们有脸没有！”

“哪来的疯子，吃了熊心豹子胆，敢在城南赌场胡言乱语？”庄家怒极反笑，对着逼近的彪悍侍卫一挥手，“来人——”

“让他上来。”上头一个恹恹声音传来。

庄家神色一正，立即垂首躬身：“是！”

景横波得意地一笑，笼着袍子，风情万种地下桌，款款上楼去了。

少年摇摇晃晃地迎来，景横波一看他的脸，心中大呼：“小受！”这位当真长了一张小受脸，苍白脸色，细细腰身，淡淡眉弯弯眼，风一吹晃三晃，说起话来轻言细语。

“在下钟情，还没请教公子大名。”钟受受难得这么有礼貌，细长的眼睛盯着眉目明媚的景横波，灼灼生亮。

景横波给他盯得浑身发毛，有点庆幸袍子宽大挡住了曲线，又有点遗憾袍子太宽大挡不住曲线。对于这么一个性情阴柔的家伙，她不知道哪种性向更合适些。

"客气客气，在下景大波。"她一脸假笑，咳嗽一声，正考虑怎么开口借钱，或者光明正大赌一场赢回赌本，那钟受受已经一脸讨好地笑迎上来握住了她的手。

"大波兄弟，今日得见，真是上天所赐的缘分，底下兄弟不懂道理，冒犯了兄弟，你大人大量，别和他们一般见识，来，来，请兄弟往在下雅室移步一叙，让愚兄当面好生给你赔罪。"

钟情满面春风，抓着景横波脚不点地地往里走，景横波想要拒绝，却忽然闻见一股诱人的食物香气。再一看，那看似软趴趴的钟情，已经动作很迅速地让人送上点心。桂花莲子粥百合糕水晶虾饺翡翠烧卖色香诱人，本就饿着肚子讨生活的景横波顿时便身不由己地跟上去。

底下恢复了热闹，众人继续开赌，没人注意到门口人影一闪。景横波跟着钟情，没注意到那一大批随从不知什么时候已经不见了。然后她忽然发现，上三楼的楼梯口，竟然是空的。没有楼梯？

钟情站在楼梯口，笑得得意。

"梯来。"他仰头，十分装酷地曼声轻唤。

四面墙壁忽然轧轧连响，弹出无数横木条，转眼迅速拼接在一起，正是一个悬空梯形状。

"妙！"景横波赞道，笑吟吟地看着钟情，"你设计的，真牛！"跟美国科幻大片似的，难为这古代边陲小镇还能看见这样的设计。

钟情苍白的脸上涨出兴奋得意的微红，嘴上勉力轻描淡写，"小意思。"

女人崇拜的晶亮的目光，总能令男人荷尔蒙大量散发，钟情现在神采奕奕，搀扶景横波踏上梯子时分外殷勤。景横波笑吟吟地捏了一把他的脸，以示赞赏，钟少爷越发开心，目光灼灼如狼。

屋梁上似乎有影子一闪，不过一个低头看楼梯一个专心览美色，没人注意。

"就是梯子悬空，看着有点怕人。"景横波低头看看楼梯，可以看见下面两层的人头。

钟情笑得越发得意神秘，迫不及待地打了个响指。"板来！"

啪的一声脆响，所有悬空木板突然横向滑出一截薄板，垂直往下一搭，咔咔一阵相连，完整的楼梯搭建完毕。

"奇思妙想！"景横波想不到还有这一层设计，瞪大眼睛惊呼，"你怎么想出来的？"

她语气里的真心夸赞连傻子都能听出来，艳美容颜因惊讶而眸光晶亮，肌肤透红，似蒙上一层珠光，温润又耀眼。

钟情欢喜陶然得似要飘起，笑道："不过雕虫小技耳……梯板最近打过桐油，小心滑脚……哎哟！"一句未完，猛然一阵怪风掠过，撞得他脚下一滑，一个倒栽葱，乒乒乓乓顺着梯子滑了下去。

景横波吓了一跳，赶紧奔下去扶他，"怎么回事？这楼梯不怎么滑啊。"

“我也不知道……”钟情满脸涨红，这楼梯打桐油还是一个月之前的事，根本算不上滑，他不过是想献殷勤去扶扶佳人玉臂，怎么就倒了呢？

景横波伸手来扶他，黝暗的楼道衬得她手指根根如玉，从钟情的角度，正看见她浓黑鬓发边珍珠一样的耳垂，透着淡淡的粉红色，一边一个晶莹的小孔。

耳洞。第一眼看见这个，就知道她是女子。馥郁的香气在四周浮动，因暗室而越发鲜明，香气浓郁又自然，让钟情想起诸如牡丹芍药大丽菊之类的名花。这些以艳丽著名的花都不香，但不知为何，他就觉得她有牡丹芍药的艳，又有牡丹芍药不能有的芬芳，天意钟爱，自得完美。

钟情心中腾腾一热。他是西康老帅的独子，自幼先天不足深居简出，过惯了苍白寂寞的日子，闲暇时，也只能凭借自己少有的天分，玩玩机关之术。因为身体原因，以往未曾想过女人，也没觉得女人有什么重要。

然而今天似乎有些不同。也许，苍白惨绿少年，往往更易被风情独具、张扬于外的艳丽御姐吸引。钟情有点悻悻又有点欢喜地去接景横波的手指，指尖将要相触时，忽然景横波哎哟一声道：“谁推我？”身子向前一倾。

两人手指交错而过，景横波控制不住身形，踉跄跌下一步楼梯，砰的一声将正准备爬起来的钟情又撞了下去。

“啊啊啊啊……”钟情娇弱的小腰垫在楼板上一级级噌噌下滑，腰骨摩擦硬木发出可怖的嚓嚓之声。

“嘭嘭嘭。”他再次一路栽到底，大头朝下，裤裆朝天。

景横波手指含在嘴里，眼睛瞪得溜圆，觉得今天诸事不吉，或者应该先烧香。她回头望望，楼梯口哪有人影？刚才一阵推在背上的怪风哪来的？

钟情哎哟哎哟跌在楼底，泪汪汪望着上头，“哀上楼之多艰，长太息以掩涕”。

这回景横波不敢搀他了，钟情一步三摇地爬了上来，终于没再发生什么事，到了楼上，钟情靠在楼梯口，气喘吁吁地道：“美吗……”

景横波的目光已经被一片巨大的黄杨木屏风吸引。迎面一面巨大的黄杨木墙，墙上满是向日葵，个个大如轮盘，花托饱满，昂头挺胸，姿态英俊。景横波想了一下，没发觉本地人有用向日葵花做装饰的爱好，一般都用牡丹桃花什么的。

“这些迎阳花美不美？”钟情神情陶醉，“它们只迎日光盛放，志向高远风标独具。它们看起来是不是特别强壮，特别挺拔，特别……像我？”

景横波看一眼他水蛇似的腰、霜似的脸，觉得除了“迎阳”两个字特别符合他受的气质之外，其余什么都不像。

“不好，不好。”她大摇脑袋，“为什么用这么丑的花？为什么用这么傻的花？人要像这花那可糟了，傻兮兮地只晓得向一个方向看，后头有鬼怎么办？还有这身材，细身子顶个巨大的脑袋，你是怕人家想不起来你发育不好吗？”

钟情呃的一声，再想不到还有人这么诠释他心目中独特有气节的迎阳花。这么一说，再看那迎阳花，忽然就觉得姿态乏味面目可憎。

“那你觉得什么花适合我？”

“菊花！”景横波欢欣鼓舞地拍着黄杨木屏风，“菊花才最符合你的气质，是所有极品美男子的经典标志！这一面墙如果都是菊花，大菊花小菊花金灿灿的菊花，该多么美多么令人触景生情！”

不知道她手舞足蹈触及了哪处机关，轰隆一声，屏风一分为二，景横波就势跌了进去，一抬头看见满室的向日葵花瓶向日葵帷幕向日葵地毯向日葵座椅，金灿灿华丽丽，硕大的花盘逼人眼球。

景横波连连摇头，“太没品位了，为什么不是菊花？都换成菊花多美！”

“我都换成菊花，你会喜欢吗？”钟情气喘吁吁的问话好像就在身后。景横波似乎都感觉到了他忐忑呼吸的热气。

景横波一回头，果然看见钟情苍白的小脸就在自己后脑勺五公分处，因为她的突然回首，那少年不及掩饰眼底的渴望和倾慕，景横波被那忽然灼热的目光灼得一怔，钟情已经一把抓住了她的手。

“如果这里什么都换成你喜欢的，你会留下吗？”钟情握紧她的手，在她耳边切切又怯怯地道：“我知道你是女子，你好像也就是一个人，我不问你的来历，我只想讨你的喜欢，如果我都顺着你，宠着你，你……你会留下来陪我吗？”

朦胧的密室光线里，少年苍白发青的脸色难得地涌上红晕，握住景横波的手有些颤抖。景横波的手试探地向后缩了缩，钟情感觉到她的退缩，脸色白了白，却不肯放弃，手指一紧，反而扣紧了她的手。

景横波转着眼珠，心底有些古怪的意味。如果说一开始她看出这少年身患重病，并不介意陪他玩乐，此刻因了这别样的心思，倒是一分钟都不打算再留了。负不起的责任，就得避开，她留着玩玩无所谓，万一人家动真格了，她以后跑了，人家心脏病发怎么办？瞧那小嘴唇，爬个楼梯都紫成了桑葚。她迎着钟情希冀的目光，笑嘻嘻地伸出手，准备以一种委婉的方式开个玩笑，不伤他面子地拒绝。比如摸摸他的脸，说句弟弟你好帅姐姐一见钟情可是姐姐早已嫁人是残花败柳之身可不能昧着良心糟践你之类的好听话儿。

手指还没碰到钟情的脸，忽然背后起了风，风咻的一声从她颊侧掠过，她眼睁睁地看见自己发鬓飞起一蓬黑烟，雾一般地在她眼前化了。仔细一看，右鬓的短发全没了。掠过她颊侧的锐风并没有停留，咻的一声射向钟情脑门，下一瞬钟情两眼一闭，砰的一声直挺挺倒在楼板上。景横波一声尖叫未及出口，忽然脑后崩地一响，眼前一黑。

砰，她也直挺挺地倒了。满是向日葵的屋子里静悄悄，似乎无人。

过了一会儿，一双软底靴踏着精织向日葵的华贵地毯，无声地缓缓出现在门口。来人步伐从容，似于自己家中闲庭信步，袍摆如云，漫过人间，经过钟情身侧时，好像没看见般踩过他胳膊。

昏迷中的钟情龇牙咧嘴。

那人在景横波身边停下，手轻轻一抄，将景横波抄起，麻袋般扔在肩后。随即那人转身，随手一抛，一张写满字的纸，轻飘飘地落在昏迷的钟情身边。

“承蒙公子错爱，妾身敢不从命？只是妾身痴迷于菊，见菊则喜，失菊则伤。公子称对妾身无有不应，如此，请公子为妾身置此菊花屋。诸般器物，帐幕被褥，且请皆为菊花。花屋落成之日，妾身定为公子请执箕帚，自荐枕席。请以三月为期，届时，妾身定与公子，喜结秦晋之好，遂成金玉良缘。”

……

景横波睁开眼的时候，以为自己还在睡着。好黑，一定还在梦中。她重新闭上眼睛，一会儿又睁开来，这回她确定自己没睡着了。她一骨碌爬起身，感觉这里是个屋子，可是没有光，没有人，没有声音，没有呼吸，甚至没有一切感觉有生命的物质，给人感觉好像是……死地。

对，死地，阴气沉沉，毫无生机。景横波打个寒战，努力地回想先前发生了什么，脑海中浮现的只有钟情苍白惊愕的脸，满目的向日葵。哦，还有一道奇异的光，似乎从自己后面穿过来。

她摸摸身边，二狗子不在，霏霏不在，翠姐、静筠、拥雪自然也不在，这个地方好像只剩下她一个人。一个恐怖的想法忽然冒出来，猛地抓住了她的全部神经。

四面这么离奇地黑，毫无光亮，不会如那些狗血小说所说，没穿好，一不小心穿到时空黑洞或者时空夹缝里了吧？这个念头一出现，景横波脑袋上的毛都炸起来了。

她跳起来，四处摸索，没有摸到任何门窗。她敲击墙壁，发出的声音沉闷，感觉四面都是实心的。

周围的空间很狭窄，三步就可以跨到头，奇怪的是，明明这么狭窄，却没有感觉到气闷。景横波眨巴眨巴眼睛，心上似压了一块大石头，她记得以前逛论坛听说过极度黑暗对人心理的压迫，提到关黑屋子胜于一切酷刑，却不以为然，今天总算是见识到了。极度黑暗和寂静，让人视觉遗失，自我认知能力遗失，由此衍生的恐惧推演、胡思乱想、思维散乱，才是对人造成伤害的最大利器，时间越长，越危险。

景横波想瞬移，这里的高度却不够，无法完全站直，那就没法离开。她心知不好，赶紧闭上眼睛睡觉，想着既然睡着来这里的，或许也能睡着回去，回哪儿都好，就是别在这伸手不见五指的黑暗里待着。

也不知道睡着没有，也不知道睡了多久，仿佛很久又仿佛只是一瞬间。当她再睁开眼时，依旧看不见自己，依旧面对的是沉重压抑得令人窒息的黑暗。她的冷汗，顿时慢慢渗了出来。头顶上忽然隐隐约约有声音。景横波身形定住，抬头，上望。紧张的同时心里微微松口气，有声音就好，总比极度的寂静要好。完全沉默的世界才让人要发疯。

声音似从远处传来。一开始是风声，水波溅起声，树叶被拂动的声音，还有各种细细碎碎的声音，如蚊虫唧唧野鸟啾啾，寂静中又满含热闹，像是有人在河流山川树林中行走，用惊恐的眼神在打量陌生的自然。景横波忽然有点恍惚，想起和宫胤行走山林的日子。

随即忽然四面一静，景横波正听得入神，给吓得不由自主也屏住呼吸，寂静里鸟不叫虫不鸣，树叶不动，只有风声在不断地呼啸，越来越近，越来越近。景横波开始紧张。她忽然想到了那只凶兽豹子。随即风声大作，随即整个林子也似突被惊醒，从隐秘的寂静到极度的凝固到忽然炸开，树叶狂摇，群鸟高飞，虫子入洞，小兽躲藏，不知道什么灵巧动物，成群结队地从树梢上狂奔而过。所有的声音都在诉说四个字：危险逼近，快逃！

黑暗里声波的传达特别逼真，令人身临其境，景横波开始四下找洞来钻。洞找不到，四面像是铁打的，随即一声低沉的咆哮声，在景横波身后响起。

景横波身形一下凝固，后背汗毛都似根根竖起。猛兽！

极度惊恐的同时，她隐约也觉得这种感觉似乎有些熟悉，可惜人在极致惊恐时，注意力只会停留在自己的感官之上，没有思考的能力。

咆哮声近在咫尺，树林里的动物们越发惊恐疯狂。景横波紧紧地趴在地下，感觉好像那猛兽血盆大口里的腥臭气息，就扑在自己头顶，晶亮的涎水尺半长，颤悠悠地挂下来。张口咆哮之间，林间卷起暴烈的风。忽然一道凶猛的风声越过头顶，像是猛兽正越过树丛，随即咕咚一声，似乎一个人体被猛兽扑倒，景横波浑身鸡皮疙瘩竖起，感觉好像自己被扑倒一样。

林中静了静，树叶恹恹地垂下来，动物们呼吸急促，似乎都躲在树后悄悄地偷看。有沉闷的咀嚼声响起，伴随着不断的细微咔嚓、嘎嘣、刺啦之声。猛兽似乎在享受它的大餐，在咀嚼、吞咽，踩断骨头撕开肌肉贪婪地一口口啃吃……景横波这下连头皮都麻了。

黑暗将人的感受无限放大，导致无限敏感，也导致人对环境和自身所处的境况难以辨别，而音效如此逼真，有过类似经历的人更难保持清醒。景横波渐渐变得恍惚，仿佛那被按在猛兽臭烘烘的身下、被那血盆大口狰狞利齿一口口撕咬啃吃的……是自己。

“啊——”她终于受不了这么强烈的刺激，张口尖呼，声音惨烈，似要刺破这黑洞，把整个宇宙刺个鲜血淋漓。

砰的一声闷响，地面一阵晃动，随即眼前一亮，似黑暗忽然被撕开一条裂缝，一条颀长的人影，以无法看清的速度闪入，一把将她紧紧搂进怀中。

“怎么了……”声音有点发颤，“怎么会……”

景横波觉得这声音有点像宫胤，可是语气决然不像，宫胤怎么会心急发颤？他有人的情绪？但不知为何，听见他声音，她莫名就软了下来，浑身大汗湿答答地挂在他手臂上，犹自不忘努力举起手臂，气息奄奄地一把掐住他脖子。

怎么到现在才来！

“横波！”他似乎在呼唤她，声音还是急切的，景横波又觉得自己幻听了，宫胤怎么会呼唤她名字？他都冷冰冰喊她陛下或者喂的！

她手指用力，想要掐住他脖子狠狠晃上几个来回，问问到底怎么回事，问问他怎么会救驾来迟，问问他还想不想活了，可惜她还没来得及晃上他，自己就晃了晃，翻白了眼睛。

她晕过去了。

……

宫胤蹲在黑暗中，抱着景横波，一辈子第一次呆若木鸡。怎么会这样?

身后有人接近，呼啦一下拉开黑布。天光大亮。景横波此刻如果意识清醒，八成得气死。所谓黑洞，不过是之前的铁马车。只是卸下了轮子，关紧了车门，四面蒙了黑布，遮没了所有光线。就成了一个毫无缝隙的“黑洞”。因为马车密封，自然十分安静。所有人都被驱离马车之外，不许发出任何声音，只有一个擅长口技的护卫，蹲在马车附近。现在那个擅长口技的护卫，正弯着腰偷偷摸摸远离宫胤，从宫胤身上发出的气息和景横波的状态看，他知道一定惹祸了，虽然这祸事是宫胤的主意，怪不上他，可他很担心此刻看起来很不对劲的国师大人，会一怒宰人。

瘦子护卫首领蒙虎，悄无声息地招呼人重新收拾马车，踢了那口技护卫一脚让他赶紧滚远点，又命人迅速去寻大夫，寻附近的客栈，务求把事情办得妥当，以免国师回神后大怒，众人倒霉。

蒙虎一边辛苦做事一边苦着脸，偷偷瞄一眼宫胤，再瞄一眼。

别人不知道国师怎么回事，他倒是隐约猜得。从女王“逃跑”开始，国师大人就不对劲了。一个从不喜欢改装的人，竟然改装。跟在她身边看她对别人笑靥如花，他冷眼旁观。躲在巷子里看她打劫路人，他抿唇沉默。赌桌上她跳上桌展示美貌，他脸色开始发青。楼梯上她对钟情伸出援手，他表情开始阴霾。密室里钟情狗胆包天开始示爱，他终于发飙——

从听见她绘声绘色地描述他“死亡”场景就开始的不快，终于累加到了一个即将爆炸的程度，促使他以牙还牙，小小地“惩治”一下那个太风流太浪漫又大大咧咧不听话的女人。

其实想得很简单。你不是咒我被豹子咬断腰骨，一口口吃掉吗？我就让你听听被豹子咬断腰骨，一口口吃掉的声音。听得爽不爽？欢喜不欢喜?

……

蒙虎叹息一声。听是听了，惩治也惩治了，不过好像被惩治的是国师大人。早在模拟豹子吞吃人体声音时，国师大人好像就发现了不对，飞快地掠过来打断，跑得太快踩到了地面的凹坑，一个大高手竟然扭了脚。所以，压倒骆驼的最后一根稻草，那声模拟咬断腰骨的可怕声音，并不是口技者的杰作。只不过是宫胤踝骨重重扭着了而已……

蒙虎又叹了口气。英明神武的国师大人，自从遇见了不着调的女王陛下，似乎，也许，大概，可能，这智慧也噌噌地降了。想到女王陛下醒来知道真相之后的天雷地火，蒙虎也觉得头痛，却不敢再帮主子出任何主意，赶紧远远地避开去。

唉，主子……自求多福吧!

景横波醒来的那一刻，脑海里忽然劈进昏倒前的可怕的黑洞，吓得还没睁开眼，就尖叫一声。叫声惨烈，好似被杀。随即她发觉自己立即被搂进一个怀抱，那人用有点笨拙的手势，一下一下地拍着她的背给她压惊，跟拍小狗似的。

景横波给拍得两眼翻白，恐慌的心绪却莫名地渐渐安定下来。鼻端气息颇有些熟悉，也清、也冷、也温醇，让人安心的味道。睁开睡太多有点模糊的眼睛，她首先看见了灯光，极其明亮的灯光，立即觉得安心。

等看清楚了她又睁大了眼睛——至于吗？满室灯火，儿臂粗的蜡烛足足点了十八支。浪费！

拍着她背的人感觉到了她的清醒，随即感觉到她清醒之后立即活力非常的眼神，好似反应过来了什么，立即飞快地推开了她。景横波被推得撞在床背上，好在床背上都是厚厚的被褥，倒也不痛。景横波正思量该谢这家伙还是骂这家伙，床边的人已经站起来，看也不看她一眼，转身就走。景横波眯着眼睛辨认了一下他的背影，惊愕地张大了嘴，赶紧又揉揉眼睛。

没看错。居然是宫胤！景横波拥被而坐，难得严肃地思考了一阵，最后得出了出现这种怪异现象的结论。这家伙刚才一定是想砍昏她，然后被她看得良心发现，才没有继续下毒手！她随即绝望地想到，怎么兜兜转转，自己还是落入了宫胤的魔爪？

此刻也没什么力气再挣扎，她心跳气促头昏目眩，浑身无力。这回是真病了，一半是因为惊吓，一半是因为之前在丛林行走，寒气湿气的侵袭。景横波把自己埋在被子里，懒洋洋地不想动也不想思考，姐都这样了，爱咋咋吧。

门声一响，进门的是宫胤，手里端着热气腾腾的碗。景横波惊吓地想：不会是毒药吧？再一看宫胤的走路姿势，咦，怎么拐了？

宫胤没啥表情，迎着她满是探索的目光，很自然地在她床边坐下，碗往她面前一推。“喝药。”他道。

景横波没好气地翻白眼，有这么伺候病人的吗？他金尊玉贵的大国师为什么要来伺候她？让翠姐、静筠来不好吗？她舒服他也舒服。“手痛，端不动。”

宫胤的长眉微微皱在一起，瞟她一眼，神情满是不敢苟同，“你是要我喂你？”

“啊，别！”景横波受了惊吓，不敢再拿乔，以免噩梦成真，立即坐好把药端过来，咕嘟咕嘟一口喝尽，喝酒般爽快一亮碗底，“好了。”把药碗放下，原以为大神应该表示满意，结果看起来这家伙似乎更不满意，脸更黑了。

“让我喂药就这么可怕？”他问。

景横波呆了三秒。有磨牙的冲动，觉得怎么一觉醒来，世界变了，自己生病了，宫胤也不正常了。

她瞪着药碗，等他滚蛋。宫胤瞪着她，两人诡异地僵持了一会儿，还是宫胤开口：“你不觉得苦？”

景横波一愣，这才注意到这家伙手里还端着个小碟子，里面居然是话梅糖。景横波眨了眨眼睛，心中的诡异感更强烈了。宫胤脑子被门挤了？被雷劈了？穿越了？被另一个灵魂从躯体中重生了？最后一种很有可能啊。

“她们都说，吃药之后应该会想吃点甜的。”宫胤迎着她猥琐的目光，有点艰难地解释。他想起先前向静筠取经时她惊讶的目光，脸色有点发僵。

景横波越看越觉得这家伙一定是重生了！“好的好的，吃糖吃糖。”她眉开眼笑拈起一颗话梅糖吃了，顺手塞了一颗到他嘴里，“喏，一起吃。”

宫胤浑身一僵。女子指尖淡淡药香亦有肌肤之香，指甲滑润如一枚小小玉石，离开时指甲似乎刮搔到了他的唇，他忽觉唇上微微火辣。

话梅糖无声无息地含在口中，第一次接触这样的味道，酸酸甜甜，似此刻心情。

他脸色忽然微变，发觉自己最近似乎破例太多。此刻和她一起吃着糖越发荒唐。如果此刻在强敌遍地的大荒，如果她已经做了女王，如果她已经接触了那一批人，如果他正履行国师的职责，这一颗糖不会递出来，更不会进入他的嘴。或许出来太久，离开表面和平内在诡谲的大荒太久，久到连他都失却了警惕之心，犯下了太多错误。

他慢慢地将糖吐了出来，迎着景横波不解的目光。“我不吃这些东西。”他淡淡地道，“你好好休息。”

景横波失望地发现宫大神没有重生，那个讨厌的家伙又回来了。两人气氛忽然有点尴尬，她想找点话来说，忽然想起一件事，立即拍着床边问他：“哎，对了，先前怎么回事？谁关我黑屋子害我的？你抓住那个王八蛋没有？把他拖过来，我要把他先奸后杀先杀后奸再杀再奸一万次……”

宫胤脸色一僵。

景横波咬牙切齿滔滔不绝发泄心中恨意，完了一抬头，愕然道：“你怎么了？脸色那么难看？人没抓到？”也许是大神没抓到案犯，觉得没面子来着？

宫胤咳嗽一声，又咳嗽一声。

景横波饶有兴趣地瞧着他，觉得这一刻的宫大神脸上的表情挺丰富挺精彩，比平时的高贵冷艳好看多了。

宫胤咳完了，似乎怕她追问，忽然伸手帮她掖掖被角，掖被角动作很自然。从景横波的角度，正可以看见他轻抿的唇角，薄薄红红，似春日桃花温柔一瓣，乌黑的眉毛长长地飞到鬓角，几分凌厉，却被此刻眼神中的如水的温柔中和。

景横波震惊地看他，不知道他哪根筋搭错了线。然而就这般看着他静谧的脸，她忽然屏住呼吸，只觉得莫名心惊，不敢也不舍说话，似乎语声会惊扰这一刻，两人之间流动的奇异的氛围。

她呼吸一停，他却好似忽然惊醒，手一顿，顿住了。随即他的手飞快地从她被角旁缩回去，再开口时，刚才的温柔仿似幻觉般散去，声音还是那般静而冷。“病人要有病人的样子，操心那么多做什么？睡你的。”

景横波抓着被角，奇怪地瞧着他，喃喃地道：“你脸上的表情，好像写着心虚二字？”

宫胤把被角往上拉拉，捂住了她喋喋不休的嘴，眼角一瞟药碗，似乎自言自语：“你不想睡？那么再来一碗！”

景横波咬着被角，不想喝药又心有不甘，呜呜噜噜地道：“你今天各种奇怪……”

宫胤似乎很想把那碗塞她嘴里去，又似乎想立即走，想走又似乎有些犹豫，幸亏此时门声一响，解救了大神的纠结状态。

景横波掀起眼皮瞟一眼，先进来的却是一簇红色的顶毛。二狗子来探病了。景横波心中稍感安慰，她宁可看见二狗子的鸟嘴，也不想看见宫胤的古怪脸。

二狗子四面望望，鬼鬼祟祟走了几步，张嘴。

“浮生长恨欢娱少，肯爱千金轻一笑……”

“闭嘴，不许念诗！”景横波立即粗暴地喝止了二狗子。

二狗子难得听话地闭了鸟嘴，慢步踱到景横波身前，探头看了看她，又看了看四周，确定霏霏似乎不在，伸爪钩住了景横波的领口。这是它和景横波在青楼养成的习惯动作，景横波经常隔着笼子教它说话，二狗子有所要求的时候，就会伸爪钩住她低胸的领口。二狗子用它眼屎大的脑容量，思考出了这么一个唤醒景横波亲切感的动作，好为接下来的谈判做铺垫，却忽视了一旁国师大人冰冷的目光。那目光很有质感地在低领上做短暂停顿，再很有力度地沿着那轻薄的爪子一路延伸。因为二狗子的浑然不觉，大神的思路，已经从打算把这爪子揪下来，转为决定把这爪子烤了算了。

“大波，大波，”不知危机逼近的二狗子，揪扯着景横波的领口，和她急切地打着商量，“赶走猫！赶走猫！”

哦，被霏霏欺负怕了，来做生存努力的。景横波眉开眼笑地看着二狗子发急，正所谓恶鸟自有恶猫磨也。

一只手伸了过来，毫不客气地抓起二狗子的顶冠。预备投掷。二狗子大急，伸爪拼命抓挠，哪里够得着宫胤的脸，习惯性地想钩住某处低领领口，那只手仿佛早有预料地一弹，将它的禄山之爪狠狠弹开。

“去你的小白脸！”二狗子愤怒大叫，对景横波凄惨地伸出双爪，“大波救我——”

“这个……”景横波试图假惺惺地求情。

“小白脸”宫胤拎着二狗子，冰凉凉的目光转向景横波。

景横波呃了一声，后知后觉地反应过来——二狗子可不会自创名词，这些“小白脸”之类的美好形容词，自然出自她的教导。

景横波嘿嘿笑一声，心虚地缩进被窝里，不再试图挑战大神权威。

大神信步拎着鸟出去，二狗子绝望地伸爪攀扯住门柱，惨烈大叫：“关她黑……”

“咻。”二狗子在宫大神手上神速消失。

景横波呆呆地看着二狗子飞去的抛物线，再看看宫胤，再指指二狗子，“它说……它好像说……”

“看样子你好了，明天开始赶路。”宫胤飞快地岔掉了她的话，转身就走，速度极快，像后面有鬼在追。

景横波目瞪口呆地看他用比二狗子还快的速度消失，半晌大叫。

“你跑这么快干吗，好歹告诉我怎么回事啊……”

可惜她注定得不到答案了，后来直到上路，她都没能看见尊贵的国师大人。

宫胤还很不讲道理地不顾她的病体，下令立即上路，理由是路上已经耽搁太久，现在国内迎接的贵族和军队，可能已经等急了。当天她就被拖进马车，不过当景横波看见那辆为回国特意准备的马车时，忍不住哇了一声掉了满地的眼珠子。马车看上去就像一座移动的小型宫殿，雕鞍饰轮，镂金嵌玉，垂下的水晶帘五彩璀璨，日光下绚烂如霓虹。里头深红的长毛地毯能埋人，起坐和睡卧居然还分里外间，更不要说各样器具华丽精致，只要眼睛能看见的地方，到处都镶满宝石。景横波眼睛冒着同样的彩光，当即就扑了进去。

护卫首领蒙虎走在马车旁，听着里头不断传来的老鼠咬啮般的细碎声，女王陛下大概在试图啃下碟子上的宝石。

蒙虎听得很认真，等会儿要向国师一一回报。蒙虎现在对国师智慧的崇拜再次上升到一个高度，本来依他的意思，马车不会这样华丽俗艳。大荒生产黄金宝石，亮灿灿的东西大家都已经看腻，国内现在流行原木色或者桐油清漆，讲究返璞归真的美。但国师关照，马车一定要华丽精美，越炫目越好，不怕宝石用得多，用得越多女王越乖。蒙虎衷心叹服——国师怎么就这么了解女王陛下呢？

马车辘辘前行，一连数天，景横波见不到宫胤，三个女伴倒都在车上，静筠负责照顾她，翠姐和拥雪则默默在一边喂养霏霏，不怎么到她面前来。

景横波有时夜半醒来，看见静筠依旧在她身侧黑暗中端坐，微光照亮她长而秀气的睫毛，睫毛下的眼珠温润湿黑，定定地凝视一个空茫的方向。她搁在衣襟上的双手微微绞扭，如一朵即将开残的白花，在瑟瑟夜风中挣扎。

有时她也能看见大大咧咧的翠姐，坐在车辕上，转头对大燕方向凝望，眼神被风吹乱的额发遮住。景横波知道这叫忧伤。

离大荒越来越近，离故土越来越远，每个人心中都充满对未知的未来的无限迷茫。她在黑暗中轻轻抿紧唇。没有关系，我的朋友。既然你们为我一路追随，我自然要保住你们。哪怕倾尽全力，与一切为敌。

离开西康，穿越大燕西北边境最后一个郡流花郡，景横波一行，终于正式离开了大燕国土，进入了相邻大燕的西鄂。

依照宫胤的意思，原本不想穿越西鄂国境，宁可绕路，但是他出来已经太久，终究不放心国内局势，只得从西鄂天南州经过，穿羯胡草原，过云雷高原，回到大荒。景横波对此持欢迎态度，之前很荒凉，之后也很荒凉，好容易经过一个听说很繁华的天南州宝梵城，不去逛逛怎么行。车队进入宝梵城并没有费什么事，交钱就行了，据说天南大王爱财如命，给麾下所有官衙机构都下达了高额的赋税任务，以至于守城门的士兵也拼命盘剥来往客商，只要钱够多，带大燕皇帝进去都行。

“咱们去逛逛嘛，去逛逛。”景横波进城后就拽住了宫胤的袖子。

大神不发话，谁也不敢逛。大神果然不理她，淡淡地道：“听闻掌管宝梵城的天南王，暴虐无耻，行事狂妄。我们只是休整，还要赶路，在她的地盘上，你安分些。”

“再怎么狂妄，她在她王宫，我逛我的街，碍着她啥了？”景横波不服气，伸出两根手指，“就逛两个时辰，你多多派护卫跟着我，我保证不跑，嗯？”

宫胤轻轻拉开她手指，掸掸衣袖。

“一个时辰。”手指弯下一根。

宫胤转身查看客栈。

“半个时辰。”景横波委委屈屈。

宫胤在护卫递上的盘子里选了块点心，顺手递给她，道：“甜的。等会儿吃完药过过口。”

景横波懂他的意思是你可以赶紧闭嘴了，不过“吃完药”三个字提醒了她。

“好吧，不去就不去吧。”她瞄着宫胤离开的背影，忧伤地道：“我反正是个没自由的傀儡，别人要怎么对我就怎么对我。要欺负我就欺负我，要关我黑屋子就关我黑屋子，要吓我就吓我……”

宫胤背影一僵。

“……被关了黑屋吓了一身病，到头来都不知道是谁干的……”

宫胤站定脚步。

“可是知道是谁干的又怎样呢？还不是由着人想怎么捏就怎么捏，想怎么拒绝就怎么拒绝，一天顺心日子都过不着……”景横波吸吸鼻子，仰头望天，哎哟妈呀，演苦情戏感觉有点不到位啊，眼泪，触景生情的眼泪有没有？谁借根辣椒？

宫胤忽然转身，走了过来。

景横波大喜，赶紧垂下脸，拖着脚步，抽抽噎噎往里去了。这个背影一定写满失落委屈忧伤无奈有没有！衣袖被人抓住，景横波四十五度角泪光闪闪娇媚抬头，就看见大神直视前方，拈着她袖子，道：“附近街道，半个时辰。”

“好呀！”景横波立即笑靥如花，转身摇摇曳曳走了出去，走了一会儿感觉不对，一回头——宫胤怎么还跟着？

宫胤还是不看她，目光在人群上方扫过，淡淡地道：“听说宝梵城有人市很特别，我打算去瞧瞧。”

“那咱们各走各的。”景横波立即潇洒转身，她才不要看奴隶，她想去逛逛花鸟市场啊、胭脂水粉店啊、成衣店啊，了解了解这里女性的穿衣打扮风格。用脚指头想也知道，大神一定会嫌脂粉熏人，嫌店里人多，嫌花鸟市场有粪臭……才不要和他一起。

走出三步，眼角瞄到雪白的衣角，她停下，转身，手撑着下巴，瞧他。

对上她疑问又戏谑的目光，他似乎微微有些发窘，眼光流水般滑了开去，表情倒还是淡定地道：“似乎同路？那就一起走。”

景横波撇撇嘴，她就不信人市能和花鸟市场同路，不过她向来随意，懒得揭大神谎言，要是人家恼羞成怒，不给她逛了怎么办？

“是哦，也许真的同路。”她转转眼珠，笑吟吟地上来挽住了宫胤的胳膊，“那么，一起逛？”

宫胤垂眼看了看被她挽住的手臂，表情和动作都有点僵硬。

景横波却怕他别扭起来变卦，拖着他就往前走，猝不及防的宫胤险些一个踉跄，想要拉住她，最终犹豫了一下，还是被她拉走了。

人影一闪，蒙虎从人群后闪出来，看着僵硬地被拖走的主子，眼珠子险些瞪出来。完了他叹口气，似乎想笑，最终却没笑出来，只是转身对属下吩咐道：“咱们的人回来没？”

“还没，不过有消息传递，说最近耶律国师有出现于西鄂境内，在临近黑水城的黑山出没过，我们的人已经追了过去。”

“黑水城在宝梵城西侧，已经接近羯胡，耶律祁既然已到了那里，应该就不会折转回头。何况他被一路追杀，没有机会调养，伤得不轻。既然如此，传信前头追踪护卫，务必加紧，争取将耶律祁灭杀在国境外。”

“是。”

传信的护卫消失在人群中，蒙虎微微松了松肩膀，最近他受命指挥宫胤的护卫，对受伤远遁的耶律祁实施了反追杀。一方面想要一劳永逸，另一方面也是为了让耶律祁疲于奔命，没有心思再去和宫胤捣乱。

现在看来，耶律祁逃命还来不及，将要离开西鄂，路线直奔大荒，宝梵城是安全的。

蒙虎的视线在人群中扫过……咦，怎么几句话工夫，主子和陛下就不见了？

景横波心情很好，拉着宫胤在人群中欢快地穿行。

今天来得很巧，竟然是西鄂的传统节日“坐花节”。这节日源于西鄂的一个古老传说，某朝某代有妖花作祟，化为妖魅女子危害众生，幸亏一良家女子，舍身坐于花上，灭了妖花挽救众生。自此被西鄂百姓称为坐花娘娘，每年这一日，百姓会开办花市纪念，女子可以上街玩乐。每座城池还会选出美貌女子，担任“坐花娘娘”和“妖花”，招摇过市，引人追逐。

所以今日的宝梵城也不用特地去找花市了，满街都有人卖花，满街衣香鬟影，红衫翠袖。路边摆满了花架藤篮，簇拥垂吊着各种品种的花朵，很多景横波叫不出名字，只觉得满眼烂漫，赤橙黄绿青蓝紫，簇簇的娇嫩花朵在风中、素手里、女子鬟边和所有娇媚的眼波中盈盈，空气中充满甜蜜浓郁的气息。

景横波一路赶路，所见不是苍蓝的天空就是黑色的马车顶，此刻被这样的鲜艳和热闹淘洗了眼睛，只觉得从胸臆到指尖，都舒展着畅快和自如。她在人群中飞快地穿行。

“这是什么花？美得冒泡！好纯正的粉！”

“这花四种颜色，有点像五色梅，比五色梅颜色更艳！”

“这倒吊金钟的花形够特别，颜色再多些就好了。”

“这花好艳，金紫斑斓……呃错了，是只鸟……”景横波从花丛中抓出特别鲜艳的一簇，看了半天才发现也是一只鹦鹉，忍不住啧啧叹息，“啊二狗子，同为鹦鹉，你比人家丑多了……”

“好雨知时节，当春乃发生。一只秃毛鸟，也敢来呛声。”二狗子的尖声大骂听来特别刺耳，“老娘会吟诗，你会吗？会吗？”

霏霏无声地踱出来，爪子一抬，抓住二狗子，往那只无辜被骂的漂亮鹦鹉面前一送。

那货抬爪就给二狗子一爪子，一边挠一边嚷，“大爷万安！大爷万安！”

二狗子不甘被挠怒而反击，一爪子挠下那金刚鹦鹉三根顶毛，那金刚鹦鹉一边躲闪惨叫一边大叫：“大爷万安！大爷万安！”敢情只会这一句。二狗子得意扬扬，忽然找到了优越感——霏霏也好，这只贱鸟也好，都没狗爷会说话！

景横波笑得险些断气。多亏宫胤及时拍她背救命。

日光下宫胤淡淡俯脸，清透乌黑的眸子，闪耀着他自己都不曾觉察的温存的光。四面忽然安静，所有的喧嚣和热闹，似悄悄忽然定格。

今日集市姑娘很多，从宫胤出现在集市开始，姑娘人群就出现了诡异的变化，基本都围绕着宫胤的所在，顺流或者逆流，或者先顺流后逆流，有人一遍遍走过他身边，有人直挺挺站在对面，有人机灵些，斜着身子，貌似看花实则看人，宫胤移动一步，她们就换个摊子。

宫胤停下拍景横波背的时候，几乎所有姑娘目光都落在他的手和景横波的背上，对那手是充满向往，对那背则是恨不得用眼光烧一个洞。也有很多姑娘，注视着宫胤注视景横波的眼神，禁不住痴了。她们咬着嘴唇，无意识地盘弄蹂躏着手中的花朵，将那清丽色泽一片片揉得零落，也如此刻被揉搓发紧的心……

集市上卖花贩子们一片哀嚎。

始作俑者景横波，毫无所觉，好容易停了咳嗽，一抬头看见前方一团深红银边的花，眼睛一亮，一把抓住宫胤的手，指着那边道：“哇！那花漂亮！好靓的银边！像那种十八学士茶花！去看看！”

宫胤微微一顿，眼光缓缓落在被她拉住的手上。

一瞬间他如玉洁白的脸颊，似乎洇出淡淡的红，唇线紧紧地抿了起来，也是薄薄一抹淡红，眸子却显出几分琉璃色，整个人清透似高山雪。

整个集市的少女们都不自禁揉烂了手中的花，恨那手在她人手中，更恨那不要脸的女子，竟然强拉民男！瞧那一看就生性高洁的美人，如此不甘，如此不愿，如此表情生硬，如此动作迟缓，却因为心性善良，不忍令那不要脸的女人难堪，生生被她牵着向前走……啊，为什么不甩手……为什么不甩手！说起来神经大条有神经大条的好处，景横波对满街杀气腾腾的目光视而不见，在她看来那是众女垂涎宫胤姿色，再正常不过，但是这和她有关系吗？

“这花怎么卖？”她心思都在那盆可称国色的花上，兴致勃勃地蹲下来问价，“老板，多少钱一盆？”

“五百文。”卖花郎斜睨一眼两人衣裳打扮，狮子大开口。

“当我傻呢你？”景横波一指头捺到他额上去，“这集市上所有花最贵不过五十文，你敢卖出五百文，这花用金子种的？”她长指纤纤，眼波流动，日光下那双眼角斜飞的桃花眼，几乎也要飞出无数惑人的桃花来。

“姑娘，”卖花郎给她这一捺，魂都捺出了宇宙外，贼兮兮伸手去拉她手指，笑道：“贵了吗？这花养成这样可不容易，每日要放在最高的山上沐浴天地精气，晚上还得收回暖笼里……只是好花配美人，既然姑娘喜欢，二百五十文！我亏本卖了！”

景横波手指一晃，已经轻巧地躲过他的狼爪，笑声如流水荡漾，“二百五十？果然是个二百五！”那卖花郎不懂她调侃，呵呵笑着，把花递过来，顺势想去摸她的手。两人一来一往，谈得似热火朝天，全然忘记旁边寒气越来越重的一座冰雕。

“我好像没同意你买花。”冷冷清清嗓音传来。忙着讨价还价的景横波才想起这号大神。

她眼睛一亮，抓住宫胤向前一推，“快，快帮我还价！”

宫胤：“……”

“还好价后，帮我选一盆最好的。要叶子饱满，带花骨朵多的。”擅长自说自话的女王陛下，从容地拍拍大神的肩膀，在他耳边低声道：“这家伙很色，话多，一定不是个好鸟，一定欺软怕硬，你出马绝对能压下价！相信你！”

宫胤一个拂袖的动作做了一半，转头看看她。

“你也觉得他很色？很不好？”

“当然。”景横波点头，没注意到那个“也”字的奥妙。

大神不说话了，当真蹲下身，开始砍价和选花。

一众远远围观的少女们，发出不可思议的感叹声。

这一看就十分孤高的男子，还价？买花？景横波瞧着，也觉得似乎有点违和。高岭之花般的宫胤，蹲下身讨价还价搬花盆？不过人生嘛，本就该什么造型都试一试，接接地气有什么不好？

她眼光一掠而过，注意力忽然被不远处的喧闹声吸引。听起来那是一片锣鼓之声，夹杂着孩子和男人们的欢呼。

“看坐花娘娘咯！”

“看妖花咯。”

“咦，坐花娘娘。”已经打听过坐花节传说的景横波眼睛立刻亮了，也忘记后头要买花的宫胤，赶紧向前挤，偏偏此时人流都开始向那个方向流动，她挤了好久都没挤出几步。景横波烦躁起来，干脆一个闪身，唰。她消失于原地。

另一边，不食人间烟火的宫胤，正在努力地讨价还价。

“五百文！”卖花郎看见换了个男人，还是个让人嫉妒的男人，顿时态度大变，喊回原价。

宫胤伸出一根手指。

“一百？”卖花郎瞪大眼睛，“有你这么还价的吗？”

宫胤摇摇头，伸着那根手指。手指很漂亮，指甲如冰晶，不过看在小贩眼里就不漂亮了。

“……十文？”他疑疑惑惑，不可思议地问。

虽然他刚才狮子大开口，但最起码五十文还是值的，十文？太无耻了吧？

宫胤还是摇摇头，依旧竖着那根手指，优雅、淡定而冷漠。

“你……你这到底是什么意思？”卖花郎口吃。

“一文。”大神终于冷冷淡淡地开金口。冰凉梆硬，砸死人。

“你……”卖花郎傻了一瞬，捧着花盆跳起，“你就是来捣乱的！白和你说这么多！怎么，想强买强卖？告诉你，大爷不是吃素的……”

“梆。”宫胤轻轻一弹指。指尖击在空处，却像击在实物之上般，清脆有声，卖花郎那宽大发青的脑门，眼看着便青了、红了、紫了、鼓了……

卖花郎的眼睛里旋出无数个层层叠叠的旋涡，手中准备用来砸人的花盆直挺挺落地，宫胤轻描淡写地顺手一抄，抄在掌心。

砰！卖花郎倒地，震得架子上花盆齐齐一跳。

叮！一枚铜钱弹在他胸口上。

宫国师说话算数，说给一文钱就给一文，晕了也照给。

四面忽然静无声息，宫胤好似完全没感觉，抬起脚，从从容容地从卖花郎身上跨过，低头打量那些花，最终认认真真地选定了一盆颜色娇嫩、叶片新鲜、花骨朵特别多的，头也不抬地道：“这盆怎样？”

没有回音。宫胤眉头一皱，直腰而起，眼神匆匆四处一扫，忽然衣袖一拂。

白影一闪，他已不见。留下满街偷窥他的女子们，茫然掉落手中花朵，几疑身在梦中。

宝梵碧水坊附近，正锣鼓喧天地热闹。因为今年的“坐花娘娘”和“妖花”已经开始游行，按照既定路线，会从靠近王宫的城南碧水坊开始，载歌载舞一直游到城北善德坊。在整个游行过程中，会以彩轿搭乘“坐花娘娘”，用饰满鲜花的“假牢笼”困住“妖花”，一路前行一路表演，展示当年坐花娘娘如何英勇无畏、坐死妖花的丰功伟绩。“坐花娘娘”和“妖花”都从当地寻找良家美貌女子扮演，给予相当丰厚的报酬。被选出的女子在坐花节上一举成名，身价飙升。

今年碧水坊附近尤其热闹，里三层外三层挤满了人，都在兴致勃勃地述说今年娘娘和妖花的美。

“听说今年选出的花娘娘，是本城第一富户黄家的小姐！据说才貌双全，将来要抛绣球招亲的！”

“我倒听说妖花的人选更有来头，是咱们西鄂原先第一戏班子瑞丰班台柱子的女儿，金凤凰的女儿小凤凰，据说青出于蓝而胜于蓝，姿容媚绝，音若金铃，还擅歌舞，是本城府太爷早就看中的尤物，下个月首次登台摆明要大捧的……”

“今年的娘娘和妖花，都是近十年来难遇的资质，所以也热闹得厉害，不知道会不会吸引大王出宫观看。”

“你这话千万别说！咱们还要不要过节了？她来了还有好吗？”

“噤声！莫谈大王！”

热闹的人群外，临街有一些彩棚，还有一些茶馆二楼，也高高地搭了棚子供人观看，当然这都是官员富户的待遇，寻常百姓挤不进去。最高的一座彩楼，此时显得颇安静，淡玫瑰红的帷纱低垂，束帘的银钩被风吹得琳琅作响，掩不了室内隐约的低笑之声。

“今年坐花节特别热闹些，是不是因为你来了呢？”说话的声音是个女声，略显粗哑，却因为声线压低，显出几分压抑的魅惑。

室内静了一静，随即男子低沉动听的声音响起。

“宝梵城的热闹，自然都是因为大王。若非大王携我来，我也见不得这番热闹。”

紫罗帐内女子笑声低哑，天生的音韵起伏，说着平常的事，也似时时在挑逗。

“你是在怪我坚持出来吗……”女子柔若无骨的手臂缓缓探出来，似有意似无意攀上男子的肩头，指尖缠绵地打着圈圈，一路延伸到他浓黑的鬓角里去，“……我这不是怕你养伤闷着，陪你出来散散心吗……”

她哧哧地笑着，微微偏转了脸，西番莲剪花影宫灯投射淡黄的光，她知道自己在灯光下这样的角度最美。

他轻轻侧头，灯光剪出他的侧影，美妙，所有线条都在诉说乌衣子弟侧帽风流。她着迷地凝视他乌黑眉宇，想将自己的唇贴上他那一抹温润魅惑的红，却最终因为他尊贵的美，收敛了蠢蠢欲动的想望，只含笑看他轻轻拈住自己的指尖，温柔而又轻巧地搁在掌心。

对于这样一株人间碧树，她不敢太过心切，怕折了他枝繁叶茂的美。

他微笑，拈着她的手指，轻咳了两声。

“伤势发作了吗？”她顿时关切，“要不，我们还是回宫吧。”

“游行刚开始……”他神情体贴。

“你身体要紧……”她更如婉转温柔的妻子。

娓娓软语还没说完，底下一阵喧闹，隐约有惊呼之声，她诧然转身，走到窗边，“怎么回事？”

白影一闪，宫胤出现在街道另一边，左右一看，便知道景横波不在。他和卖花郎讨价还价不过一瞬工夫，景横波能这么快脱离他视线，自然是用了瞬移。顺着人流涌动的方向，他对远处聚集的人群看了看，不出意料，那女人跑那里看热闹去了。

他想了想，发出召唤暗号，片刻，蒙虎出现在他身边。

“城内怎样？”

“安全。”

“耶律祁的消息？”

“据称已经到达黑水城，在黑山附近出现，下一步应该往羯胡。”

宫胤忽然停住脚步。

“黑山？黑水城？”

“是。”

“一直在那里？”

“我们的人在那围剿了他三天。”

宫胤不动了，慢慢仰头看了看天空，西鄂的日光如此热烈，他眼眸里却似慢慢凝了一层冰。

蒙虎有点不安。

“主上……”

“你们弄错了。”宫胤缓慢地打断了他的话，“耶律祁，没有停留在黑水。”

“这……”

“我给他的鲜血解药，是解药，也有特殊的引子。内含我般若雪的冰晶种，冰晶种在所有寒冷阴湿环境中都会发作，衍变成另外一种毒。耶律祁为了应付追杀，一定会用我的解药，用了解药，就一定不能在黑水那种湿冷地方待很久。三天？”他讥诮地唇角一撇，“三天，你们都不用追了，大可以给他收尸。”

蒙虎面红耳赤，急忙低头。

“属下办事不力……”

宫胤摆手止住了他的话。“不知者不罪，当务之急是知道他到底在哪里。如果他没有停留在黑水，就不会过羯胡，那么……”他忽然一顿，若有所思看向城中热闹处，随即脸色一变，身影一闪，已如一片白云，掠过了人群的中心。

碧水坊人流中心，缓缓移动着彩车，彩车由几辆马车拆去外壁连接而成，四柱饰以彩幔，板上堆满花草，正中坐着红色宫裙、眉目端庄的“坐花娘娘”。而穿着妖艳、浓妆艳抹、画挑高眉的“妖花”，正舒展一双玉臂，围绕着“坐花娘娘”作舞，此刻演的正是“妖花作乱，漫天花雨”的情节。演妖花的女子，不愧是即将大红的名伶之女，身段柔软妖娆，一场舞姿态绮丽，不时跃上四面饰柱顶端，足尖花瓣绚烂浮沉，引一路看客轰然叫好。

“唰。”人影一闪，景横波到了。她出现在人群中最前方，因为人多，众人注意力都在彩车上，虽有奇怪之感，却没有在意。唯有在饰柱上跳舞、居高临下的“妖花”，忽然一顿，睁大了眼睛。

景横波知道她看见了，露齿对她一笑。那女子眼底惊骇之色更浓，脚下一软，顿时盘不住柱子，啊的一声，身子倒仰，已经栽了下去。咔的一声，她脑袋撞上彩车边缘，吭也不吭便晕了过去。

欢呼声戛然而止，人人目瞪口呆，不明白为何突然出此变故，那“坐花娘娘”愕然站起，却被“妖花”的身子绊得一跌，砰的一声也摔彩车下面去了。目瞪口呆的寂静顿时被惊呼惊破，众人面面相觑——以往也不是没出过问题，但是一转眼倒了俩主角，还是从来没有过的事儿。谁干的？

“谁干的！”一声大叫，一个绿袍官员拎着袍子，杀气腾腾地跳上彩车，“啊？谁干的！”这是本城府丞，是此次游行的组织者管理者，也是“妖花”小凤凰的背后支持者。

彩车出事，“坐花娘娘”和“妖花”都不能再游行，对他来说也是件难以交代的事情。

“谁干的，啊？”大老爷出离愤怒了，啪啪甩出袖子，“谁干的！拖出来上车示众！”

众人沉默，过了一会儿，人群中的姑娘们，忽然有人将目光投向景横波，低低惊呼了一声。接着，又有更多的人把目光投向了她。这些人多半都是女子。

景横波给这些人目光看得莫名其妙，搞错没，这俩女的自己吓出了问题，和姐有一毛钱的关系？她那自如自在的神情看在姑娘们眼底，更加燃出熊熊妒火。

对！就是她！刚才在那边街上拖着个美人买花的那个！不要脸在大街上拽男人！还让那么个俊逸高贵公子给她讨价还价！现在又跑来这里招摇过市！这种女人不惩罚怎么行？

“谁干的！”彩车上大老爷咆哮。

彩车前哗啦啦涌上一群女子，齐刷刷地转身，指住了景横波。“她！”

天南王靠着窗台，笑看下方动静。“怎么了？”慵懒魅惑的男声传来，他似乎并不打算过来看热闹。

“似乎坐花娘娘和妖花都受了惊吓，”天南王不在意地推开窗，“看样子这场游行要意外中止了，正好咱们回宫。”

男子轻笑一声，声音愉悦，“也好。”

“咦，”已经准备离开的天南王，忽然停住，转头看了看底下，“拉上去一个女子……这怎么可以随便凑数……啊，这女人竟然比那妖花还艳！”

她的声音里满怀妒意，说到后来已经带了杀气。

这世上所有娇媚艳丽的女子，都该不及她风情万一，谁若超越，谁就该被抹杀。

男子已经起身，向门外行去，听见这句，忽然一顿，转过身来。

第二十一章　Only you

“是你干的？”彩车上府丞原本要发作，一眼看清景横波的容貌，顿时语气和缓了许多。

“啊？”景横波不防人在看戏中，祸从身边来，愣了一愣道：“喂，有没有搞错，我离那两个有八丈远呢，我怎么弄昏她们？”

众人瞧着也觉得是，众目睽睽，没人靠近彩车，这女子不可能做什么的。景横波却有点心虚——要是那妖花小凤凰醒来，指着她说一句“妖怪”，下一瞬她就会被人群淹没，这么密集的人群，瞬移都移不远，还会被当作妖怪群殴。

怕什么来什么，那被人扶起掐人中的小凤凰忽然嘤咛一声，悠悠吐了口气，缓缓睁开眼来，一眼看见被拉到车前的景横波，怔了怔，脸色大变，抬手颤巍巍地指着她，道：“妖……”

“妖怪你也配当！”景横波一口截断了她的话，一掀裙子跨上彩车，一脚踢在她腰上，“这么烂的舞你也好意思跳，也不嫌丢人现眼！一边去！这妖花让姐做，姐给你瞧瞧，什么叫上天入地、开天辟地、惊天动地、美绝人寰第一妖！”

可怜的小凤凰，本就半晕半醒，给这么劈头盖脸一骂，眼睛一翻，又晕了。那府丞要骂，仔细看看景横波的脸，目光漾了漾，点头道：“好大的口气，既然如此，你就上来做这妖花！做得好有功无罪，做不好加倍惩罚！”

景横波回头看看人群，好多人，里八层外八层！这架势，跑跑不掉，瞬移也瞬移不了。那就做呗，就让西鄂这些乡巴佬见识见识女王陛下的绝世舞蹈吧！

“坐花娘娘”由人搀扶着又爬了上来，她倒没什么大碍，就是跌了一跤。反正她也不需要做什么动作，只需要最后在准备好的大花道具上坐一坐即可。

景横波却不乐意了。妖花是要绕着坐花娘娘跳舞的，她不乐意绕着这么个木头一样的姑娘跳。四人组里论起性格高傲，景横波和太史阑有一拼，一个是天下众生皆“傻帽”，一个是天生只有我如花。景横波认为论起容貌天下女子都只能是她陪衬，她怎么可以去做别人陪衬。“我不要绕着她跳。”她抗议，眼风在人群中飞啊飞，想要找个看得顺眼的坐花娘娘——要么极美可以让她服气，要么极丑可以更加衬托她的美。

忽然一道人影闪电般出现在彩车前，伸手就来拉她，“下来！”

“那女子哪来的？是谁？不像本地人，怎么出现的？快给我去查！”彩楼上天南王濒临抓狂。

一道黑影缓缓移了过来，一双玉白修长的手，轻轻覆在她肩上。“怎么忽然生气了？”他在她耳边软语，轻轻吹着她的耳郭，眼角有意无意地往街上彩车上一瞥，眸光一闪，露一抹神秘笑意。

“没什么。”天南王勉强一笑，反抓住他的手，有点不安地看进他的眼睛，“我觉得底下那个女人很像探子……你看着像不像？”

“哦？”男子漫不经心地扫了一眼，似乎对底下女子毫无兴趣，“大王看着像，那就像咯。”

他对景横波容貌的无动于衷，令天南王心情大好。“既然是探子，自然要抓过来好好审问。”天南王咬牙切齿，似乎齿间磨着的不是字，是景横波那张媚态天生的脸。

“如此甚好。”男子仍然是懒懒的，眉微微斜飞，从底下女子身上掠过。随即他微微一顿，目光落在人群中一条飞速闪现的白影身上。白影在人群中的行走轨迹如电如风，轻轻巧巧顺着人群的缝隙逼近彩车，周围人头攒动却无人知晓。黑衣男子眉毛微微一挑，身子向后避了避，手轻轻落在天南王肩上，温柔地将她扳了扳，挡在自己面前。

天南王就势咯咯笑着靠向了他的肩，手指底下景横波对护卫道：“把那个女人抓来……咦，那个穿白衣的是谁？好美的男人！”她的语气忽然爆出巨大的惊喜。

景横波眼睛一亮，一听这语气，就知道宫大神到了。她理也不理宫胤，一手扶住彩柱，笑吟吟地对万众飞了个媚眼，“想看我跳舞吗？”

“想！”回答声激越，尤其以青年男子响应更为积极。

“可我家夫君不让我跳呢……”景横波向宫胤方向噘了噘嘴，“人家跳了他会抓人家回去，还会逼人家跳给更多人看，人家好怕……”

“夫君”二字入耳，宫胤抬起的脚步一顿，他忽然垂下眼，密密的睫毛遮住此刻波澜暗涌的眼神。

“还有这样的男人！”众人横眉竖目，“揪出来，打！”一群人顺着景横波的目光找到宫胤，一眼之下，顿觉颇受刺激。有人握着拳头本想冲上来，然而宫胤冷凝尊贵的气场，让人望而生畏，探出一步，又缩回两步。

“啊，别，别！”景横波不怕大神被打，怕大神发飙全城被打，急忙笑道：“夫君其实也爱看我跳舞啦，只是不喜欢我当着众人面献舞。你们呢，要是能让他上来，做这个坐花娘娘，我围着他跳，他就没意见哟。”她托着下巴，笑吟吟地看宫胤。想拉他上来，是灵光一闪，高岭雪般的大神，真要做了坐花娘娘多好玩啊；另一方面，宫胤上来之后，带她离开就更方便，飞来飞去的妖怪就变成了宫胤而不是她；再一方面……她的钢管舞、肚皮舞、草裙舞，还没跳给他看过呢！不过，她用手指想也知道，大神的配合度等于零。瞧他站在那里生人勿近的模样，周围自动空开三尺距离，谁敢勉强他！

“一个大男人，管女人那么多做什么？”大神没配合度，百姓却自有百姓的智慧，忽然几个男子从宫胤背后冲出来，一头顶向宫胤。

景横波清晰地看见宫胤的手瞬间抬起，指间似弥散淡淡寒气，然而转眼就放了下去。景横波放了心，宫胤果然是有原则的。他素来缜密稳重，肯定不愿在这异国闹市伤人。只是这么一顿，人们得了鼓励，顿时人潮如涌推过来，将宫胤生生推了个踉跄，靠近了彩车。妙的是，推他的人当中，居然还有不少遮遮掩掩的女子。好容貌在哪都吃得开，无数人目光灼灼，颇有兴趣欣赏这一对美貌“夫妻”的表演。“你就勉为其难坐一坐，也让我们瞧瞧美人献舞！”不知道谁发了一声喊，一大群人涌过来，推着宫胤向前。还有人跳上车，将那倒霉的“坐花娘娘”拉了下去，叫道：“让位！让位！我们要看美人！”人潮汹涌，千百号人顿时将宫胤硬生生地挤到彩车前。

在即将被挤上车的前一刻，宫胤手一抬，啪的一声把住了彩车的边缘。景横波看见他垂着眼，指尖因用力而微微发白，神情似乎在忍耐，又似乎在犹豫，睫毛密密地垂下来，如玉额头流转的阳光分外晶莹地闪耀着。

她忽然觉得他这样很可爱。这种感觉很古怪，高岭雪、寂寞冰一般的宫胤，从来都是不染纤尘、气质绝俗的，谁也不敢用那些充满烟火气的人间词汇形容他，会觉得那是亵渎。然而此刻景横波只觉得垂着眼睛的他，略微的茫然和满身的淡淡拒绝，充满了独特的诱惑，诱惑得她心都痒了。她忽然真的很想在这万众之前，围着他跳一场，让所有人中的唯一一个他，看清楚她的美。在自己反应过来之前，她蹲下身，伸出手。

宫胤正在思考下一瞬间到底是出手还是将这胡闹的女人直接掳走，眼前忽然多了一只手。洁白，指尖纤细，指甲莹润，闪着淡紫色的奇异碎光，精美如名师雕琢。一个邀请的姿势！他微微抬起眼，就看进她水光流转的眸子，带着盈盈的笑意、微微的鼓励，亲切而活泼。一道眸光便似一尾小鱼，游进了他心里。他忽然更不愿意了。跳舞可以，跳给这么多人看……不行！他伸手，准备将她拉下来，然后离开，随便去哪个地方再惩罚她。

彩楼上鸦雀无声。

天南王盯紧宫胤，银牙紧咬，却控制不住浑身都兴奋地发抖。

黑衣人手指停留在她发上，眼睛却不由自主地看向彩楼下，正看见宫胤被推近彩车，而那女子忽然弯下身，向宫胤伸出手。从他的角度，正看见宫胤的神情。黑衣人忽然眼眸一动，下意识地身子向前一探，想要琢磨清楚这一刻最大政敌的神色。一探身之下，他忽然醒觉，赶紧又向后一缩。

然而楼下，宫胤忽然抬头，眼神如电，已经扫向彩楼！

景横波的手指已经触到宫胤的手，她已经感觉到宫胤的拉力，顿时明白了他还是不会配合，不由在心中微叹一声——这舞，还是跳不成。然而就在这时，宫胤忽然抬头，眼神向上头某处一扫。景横波心中一跳，盯紧了宫胤。

宫胤的眼神准确地从彩楼上方扫过，只看见一个女子，半遮着面纱，似乎正在向他抛媚眼。宫胤皱了皱眉，他看一眼就知道这女人不会武功，没有威胁。那刚才的警兆从何而来？心中终究有些怪异的感觉，他想了想，手一抬，接住了景横波的手，轻轻一跃。

景横波目瞪口呆看着他真的上了台。大神就是大神，虽然有各种不愿，真上了台也从容自若。不需要人请，一旋身就在坐花娘娘位置上坐了，那神情姿态，宛如登上他玉照宫的宝座。

随即他下巴一抬，不理忽然寂静的百姓，对着已经傻了的景横波，淡淡地道：“跳吧。”

景横波傻了三秒。拉他不过是个玩笑，用脚指头想也知道宫胤不会配合，但此刻他竟然真的端端正正坐那扮演起“坐花娘娘”。是昨晚的梦还没醒吗？

她在那发傻，百姓却兴奋了，此时众人才看清楚宫胤容貌，顿觉哪怕是个男人，也比刚才的“坐花娘娘”美上百倍。众人瞧瞧他，再瞧瞧景横波，忽然都觉得，虽然两人容貌是截然不同的两种类型，可当真算得上旗鼓相当，风华互补，满满奇妙的协调感。“跳啊！跳啊！”人群鼓噪，一波波人头黑压压如潮水般向上涌。

景横波忽然笑了，蓦然腿一扬，招牌式一字形大劈叉，贴上了彩柱！

百姓们张大嘴，一霎震惊之后，哗的一声狂呼乱叫，“好身段！”

注意力还在四周的宫胤，一转眼，呆了呆。女子身体延展成一竖直线，拉扯得长腿更长，腰肢更细，长发流水般泻落，如春日柳枝拂过曲线的起伏。她让人很难想象人体可如此柔韧，仿佛指尖一招便可掌中作舞，如飞天锦绦浮沉曼妙。这才是展现惊心动魄身材的最神秘角度。

一瞬间所有眼睛都似着了火。女子们是嫉妒的火，男子们是欲望的火，大神……

大神是生气的火。这样的姿势……“坐花娘娘”坐不住了，一拂袖要起身，而景横波身子已经蛇一般从柱子上下来，风一般地旋到他面前，身子一弯已经把住了椅子的扶手。宫胤顿住了。景横波低低一笑，手指掠起，轻巧地从他喉结上掠过，随即一个曼妙转身，衣裙系带拂过他鼻尖。她一个斜斜倒翻，钩住了他的脖子，芙蓉面柔软似春风，桃花眼瞥来如流水，长发梦一般地散在他肩上。

一连串动作行云流水，宫胤整个人似乎都僵了。她忽然向他弯唇一笑，笑意调皮，笑得他心中一震，一时竟有些手足无措的感觉。他应付得了波谲云诡，习惯得了尔虞我诈，见腻了生死之争，翻弄了朝堂争霸。此刻，却不知道如何应对一个女子明媚的眼波和柔软的双臂。

她却已经低低地哼唱起来，“Only you……”古怪的调子，古怪的发音，他不知道这是什么，只是从她带三分笑意三分戏谑、三分认真又三分古怪的眸光里，感觉出这句歌词定然与众不同。

众人何曾见过这样的舞蹈，就算伶人出身的小凤凰，也不过做几个柔软动作而已。而众人又何尝见过宫胤这样的气度，一个男子端坐于坐花娘娘座上，却让人忘记这样的尴尬，恍惚里只觉他于云端傲然相望。

“这是什么舞？我要学！”天南王目光灼灼，身子几乎探到窗外，激动地指住景横波，“拿下她！”想了想，眼角一瞥那已经走开的黑衣人，又指了指宫胤，悄声道：“出动供奉们，拿下他！”

黑衣人背对窗户，似乎沉思半晌，也向底下人群打了个手势。日光掠过他唇角，令人觉得微冷的笑容。耶律祁。

“你是我的小苹果……”景横波似笑非笑，手指去挑宫胤的下巴。宫胤微微一让，她已经娇笑着旋了开去，一抬手在彩柱上摘了两朵绢花，一枝叼着，一枝拈着，风一般舞了过来，将花抛向宫胤膝头。

“给我！给我！”一大群男人跳了起来，恨不得扑上彩车来接。

宫胤抬手，似乎是要接，手却越过了绢花，一把拉住正要再次旋身舞走的景横波，“别跳了！走！”

景横波被他拉得身子向后一转，风中倾倒的旗一般，落入他怀中。她此时正微微仰起脸，眸光晶莹流转。双目对视，宫胤清明的眼神一霎迷失。

就在这一霎，忽然数条人影从人群中蹿起，鹰隼般黄色的影子一掠三丈，眨眼落于高台。其中一人劈手一抓，将景横波抓在手里，立即风筝般向后退去。另有四个黄衣人影无声无息地出现在宫胤身侧，其中一个矮胖子，一出手就截断了宫胤欲待去拉景横波的手。

白影一闪，伴随一声冷笑，宫胤已经鬼魅般出了包围圈，衣袖一挥，抓住景横波的人便被挥跌出三丈。宫胤一手从容搭上了景横波的肩头，“走！”他道。

景横波正要瞬移，忽然眼角余光看见前方黑影一闪，一人鬼鬼祟祟从人群掠过，手中暗黑色的物体一抬——“小心！”她尖叫，抱住宫胤向后急倒。暗器正对着她和宫胤的方向，这个姿势，会将她先打成筛子，再穿透宫胤。她并非想不到，只是一霎间来不及想。一股大力涌来，生生改变了她的姿势，将她斜斜推向一边。景横波骨碌碌滚出去，一眼看见宫胤已经高高跃起，立在彩色柱子的顶端，稍稍放心。她无意中一侧头，看见人群中那个似乎熟悉的背影，惊叫一声：“耶律祁！”

宫胤抬头，目光一凝。那人立即抛掉暗器，闪身就跑，他身侧几条黑衣人影电射而起，冲向宫胤试图阻挡。宫胤衣袖一甩，其中两人便惨号着远远坠落。人影连闪，最初出来的几个黄衣人闪身而出，挡向宫胤，却丝毫不能阻止宫胤，白影如电一闪，宫胤已经即将脱离他们的包围圈。

骨碌碌一阵乱滚的景横波稍稍放心。眼看将要滚下彩车，她盘算着等站直身子，立即瞬移逃走，没有她牵绊，宫胤立即就可以去追杀耶律祁。砰！她落下了彩车，却没有如预料般落在坚硬的地上。触感温软而有弹性，似一双有力臂膀，将她稳稳托住。她心中一沉，隐约有不好预感，随即她听见一个要命的熟悉声音在她耳边轻笑道：“真是人生何处不相逢，我的陛下。”

“耶律祁！”景横波第一反应就是大喊，她要求救，宫胤在附近，宫胤的护卫也一定在附近！然而一双柔软如春风的手在她身上轻轻一拂，她就再也喊不出来了，甚至觉得浑身如被无形的绳索绑紧，一丝一毫也动不了。

彩车忽然动了，不知道被什么力量推动，轰的一声撞进了路边一家民居。碎裂的砖瓦木棚倾斜下来，遮住了他人的视线，也挡住了追逐的路途。彩车移动撞向墙壁时，耶律祁抱着她同时移动，黑色的身影如鱼般，借着彩车的掩护滑入室内，再抱着景横波穿窗而出。他出去的同时，屋子里的几个窗子同时射出几个穿着打扮一模一样、手中也抱着物体的人，往各个方向去了。

景横波暗叹一声国师们都很狡猾。耶律祁被追杀中，依旧不知道有多少个替身。先前在人群中对她和宫胤发射暗器的是个替身，目的是吸引他们的注意力，隔开她和宫胤。之后真身进入路边屋内，而屋内最起码还埋伏着三个替身。等下这些人四面八方散开，要宫胤到底追哪个？追错一个，耶律祁就可以掳着她跑出千里了。

被敌人掳了要争取留下自己的物件做指示，可身上没有任何可以留下的物件怎么办？高跟鞋是系带的，甩都甩不掉，而且她不认为耶律祁会马虎到任她甩鞋。如果可以的话，狠狠心掰断一截指甲或者是个办法，她的指甲都涂过指甲油，很有辨识度……

耶律祁抱着景横波跃过一道墙时，景横波正想咬牙把手指在墙上刮一下，刮掉一截指甲，忽然耶律祁伸手，兜住了她微微探出的手臂，将她的手指款款握在掌心里，笑道：“尊敬的陛下，你的指甲是世上最完美的物件，可千万不要轻易折损了。”景横波只恨自己没在指甲上淬毒，下药，装匕首，安机关，不然必定戳这个腹黑流氓十个小窟窿！

耶律祁抱着她轻盈地掠了出去，前方是一架不起眼的马车，他直接进了马车，马车立即辘辘行驶。车厢里很暗，景横波一时看不清，忽听见一个微有些粗哑的声音，带点不满地道："你果然还是对这女人有兴趣！"景横波听出了这话里的杀气。

"我这不是为你嘛！"耶律祁笑道，"我对她有没有兴趣还两说，但我知道你对那白衣男人一定有兴趣，我把她掳来，你要的那个男人就一定会追来的。"

"是吗？"女子的声音有了几分兴奋，"那我得加紧布置，让他来得去不得。"

耶律祁低低笑了起来，"那是自然。"

马车辘辘前行，景横波听见四面也有车马的声音，渐渐从岔道消失不见。看来耶律祁故技重施，又用了很多疑似目标，让宫胤无法确定行踪。不过她觉得，宫大神有种刹那穿透迷雾线索直击中心的本事，耶律祁花费这么多心思，很可能白费力气。

马车走了大约一刻钟，感觉中穿过很多门户，不断有人上前查问，但又不断退开。从查问者的语气来看，像是士兵，从士兵的反应来看，马车里的人非富即贵。

景横波听见重重门户在身后关上的声音，那种沉重的吱嘎作响声，让她想起厚重古老的宫门……不会是到了天南王宫吧？

车子终于停了下来，耶律祁要将她抱下，车厢里的女子手一拦，微带醋意地道："何须劳动你大驾？本王唤宫人伺候。"景横波立即知道了她是谁，原来就是西鄂传说里凭美色心计获得王位的那个天南王。

天南王提着裙子，娇娇弱弱地下车，车下明明有人跪着等她踩背，她却不动，抿嘴笑着看耶律祁。耶律祁笑了笑，跳下马车，对她伸出手。天南王这才满意地下车，一边吩咐人带景横波下车，一边道："王家护卫出三百人，务必日夜守好宫门，活捉一切闯宫者。"

"陛下，"耶律祁含笑提醒，"三百护卫，别说不能活捉，只怕全部填进去都不够挡人家脚步。"

"这么厉害？"天南王眼底漾出亮亮的水光，不觉得畏惧反倒增加了几分兴趣，"那就加上全部王家供奉……不过，守门的太厉害把他吓跑了怎么办？"

"据我所知，"耶律祁看了景横波一眼，"这种事不太可能发生。"

景横波瞟他一眼，勾唇一笑，"确实，知道你在，他也一定会来的。"

耶律祁挑挑眉，知道这话没错。他派替身在西鄂边境和宫胤派去追杀的人周旋，自己躲在西鄂天南王宫养伤，这事无意中被宫胤发现，自然不会放过。只是为什么这普通的话从景横波嘴里说出来，就感觉这么古怪呢……

有这感觉的不是他一个人。天南王瞟一眼景横波的古怪神情，又瞟一眼耶律祁，皱起眉头，问："你这话什么意思？"

景横波笑得贱贱的，唇一努，"你问他咯，不过我看他也不会告诉你，嘿嘿嘿嘿……"

耶律祁眼风飞了过来，带几分思索考量。对这位女王陛下，他自认算有几分了解，看似糊涂呆蠢，其实脑子里有各种奇思妙想，稍不小心就会着她的道。也不知道她现在这话是什么意思，但想来也不是什么好意。他微微一哂，对天南王道："大王，这个女子看来很是狡猾，不如我替大王看守……"

他话音未落，天南王脸色就一变。景横波察言观色，早已看在眼底，忙喜滋滋不胜娇羞地俯首，一脸“人家就知道你要这样，你这人真坏”的潜台词。果然，天南王立即道：“你伤势未愈，不可操劳。这个女子我会亲自看守，你还是好好养伤吧。”耶律祁瞟景横波一眼，后者对他飞了个笑吟吟的眼风。

“既如此，便不扰大王雅兴了。”耶律祁倒也干脆，优雅施一礼，转身就走。

夕阳下他银黑色的大袖翩然飞舞，天南王凝视他背影的眼神迷醉。景横波凝视着天南王的侧脸，忽然悠悠地道：“喜欢他？”

天南王身子微微一震，冷哼一声。

“喜欢他，却觉得这个人很难把握。”景横波不以她的冷淡为忤，自顾自地说：“他优雅、亲切、有礼、细致周到，有股神秘的魅力，只是那亲切温和，似乎对谁都一样。你找不着他对你的特殊之处，他的身周似乎笼罩了淡淡雾气，你看不清，也感觉自己无法真正走近。”

天南王身子又颤了颤，侧转头盯着她。

景横波心中嘿嘿一笑，就知道这些话有用。耶律祁这种男人哪里会轻易对天南王这种女人动心，不过利用而已，但天南王作为女人自有其敏感处，自然就难免不安纠结。她纠结，就好办了。“这样的男人，说难办也难办，”她咂咂嘴，似惋惜地叹息一声，“说好办，也好办。”

天南王神色不定地打量她，冷声道：“男女情事，哪里是别人能帮得了的？你再胡言乱语揣测我的心思，我就划花了你的脸，把你送入军营做妓！”

“我这样的人，降临你面前，你不好好赶紧捧着供着学着，还来这些血淋淋的废话做啥？”景横波皱起细细的眉，“浪费机会是可耻的，懂不懂？”

“机会？”天南王斜睨她。

“你看我怎样？”景横波对她绽开明媚笑容。

天南王盯她半晌，很不情愿地冷哼一声，道：“还行，一般。”

“我刚才的舞你也看见了，怎样？”

“如果不是看见你刚才的舞，现在你想必已经尸横就地。”

“是了，大王聪明人，你也发现了那舞的价值对不对？”景横波笑眯了眼，“我别的不敢说，只说凭大王你这身材相貌，如果学会了我那舞，别说这一个美男，再来十个，也不过是统统拜倒在你石榴裙下的命。”

天南王瞟了一眼景横波的身材，眼底掠过一丝难以抑制的嫉妒之色，那丝嫉妒在女子褊狭的心中暗暗发酵，演化为眉宇间一抹难掩的杀气。

景横波暗叫不好，急忙添火，“我会的可不止这些哦，我还会教你如何美容，如何化妆，如何保养肌肤，如何保持身材，如何穿衣打扮，将一个九十分美人精致成一百零一分绝代佳人。我这些秘术都是来自神人传授，绝对独一无二，它们是错过这村没这店的居家美容泡美男之无上法宝。大王你如果杀了我，半分好处都没，还失了一个令自己更美的机会。这么赔本的生意，你做？”

天南王默然，侧头看看远处耶律祁的背影。他在高台看景，遥望夕阳下的宫门，玉树一般的背影高而远，在昏黄的光晕里不可触摸。她心中涌起一股热潮，似想要卷了一切人间美好去，却又漫不过他身前微冷的沙滩。眼前景横波如火红唇，艳到逼人，想起她的舞，也是逼人的艳与美，乍一见就杀入眼神心魂，她信任何男人在这样的舞面前，都将丢盔弃甲，溃不成军。“你教我那舞，还有你说的那些。”她终于道，“我不杀你。”她薄薄的唇抿出微带凛冽的一线，眼眸里神情浮沉不定——这样的女子不该存在，现在不杀，等学会了她的舞技，再杀也不迟！

景横波笑得明朗坦荡，似乎早知道自己性命无忧。“大王，”她下巴点了点自己，亲切地道：“我好像被那家伙封了穴道啦，你觉得这样咱能学好舞吗？”

天南王警惕地看她一眼，示意侍女上前绑住她双手，才对身后一个黄衣男子道：“给她解了禁制。”

那男子大抵是王宫高手，跟在天南王身后一步不离，神态颇矜贵，闻言微微点头，上前解了景横波穴道。景横波按他的手势揣度他的功力，觉得比起宫胤、耶律祁来差得远。景横波对他飞了个感谢的眼风，那男子眼神微微一荡，情不自禁手指一顿，试图蹭她肌肤，景横波却早已笑吟吟地让开手去。

天南王将这一幕看在眼里，瞪了自己不争气的属臣一眼，心中也不免对景横波高看几分——这女子果然天生媚态，不过一个眼神，便令她麾下练气高深的副相险些入了彀中。

景横波被捆着双手，坦然自若地跟着天南王在王宫里逛。天南王果然不愧是个以色起家的，对开发自身女性的美不遗余力，她有专门练舞的宫殿和广场，不管走到王宫哪里，都备有给她化妆换衣的衣物房。现在她打算先带景横波看看自己的舞场，好杀杀这个艳美女子的傲气。

不知何时耶律祁也出现了，他竟然没有选择去宫门堵截围攻宫胤，而是悄无声息地站在了天南王身边。景横波对他视而不见，他似乎也不在意景横波，亲自扶着天南王手臂，笑道：“大王在说什么？看起来好兴致。”

“带这位开开眼，见识见识咱们王宫。”

景横波首先观赏的是王宫内部的歌舞广场，广场地面以各色琉璃砖砌成日月图案，圆形的广场边铺以水青色琉璃砖。“造型不错，”景横波点评，“只是四周没了看台，中间少了花样。”

“哦？你有什么建议？”天南王四面张望，忽然也觉得一人独舞无人欣赏是件寂寞的事，而那平日里觉得精致的舞场，似乎也显得太过空荡。

“我觉得吧，你是舞者，也应该是观舞者。听说你很喜欢在人市寻找美人，你该让你的美人们和你同乐嘛。”景横波指点江山般口若悬河，“四面辟出一间一间的小包厢，嗯，就是小房子，垂着薄纱，背后有饰灯。头顶呢，最好弄出拱形的穹顶，装上长明的灯火，如夜明珠啊、能折射光线的大块水晶啊也可以用上。你想想啊，当你跳舞时，华丽的吊灯会将你身上的饰品映照得闪闪发光，是不是好美？你还可以观舞，坐在广场正中，一圈包厢垂着薄纱，让你的美人们在其中跳舞，墙上的饰灯点亮。想象一下，各种颜色的背光被纱隔得朦朦胧胧，纱幕后无数美人在为你跳舞。不想跳舞你可以让他们演戏，让他们摆出各种你喜欢的姿态，你无论转过哪个角度，都可以看见不同的风情……”

“好！”天南王眼神闪闪发光。

“还有这场中心。”景横波说起美容、化妆、舞蹈、装饰口若悬河，“光秃秃的难看，再好的舞蹈也需要精美的道具。你这地面日月星辰很好看，但是却不能变化。如果你在地面下加机关，让地面可以旋转，排列成你要的格式，比如北斗七星啦，比如日月同行啦，然后在地下建一个跳舞平台，机关到位的时候平台升起，平台上打造你跳舞的用具，或者是树，或者是花，比如一朵水晶莲花，慢慢绽放，你在其中翩然作舞，该多美……”

“我不喜欢水晶。库房里似乎有个黄金莲盘，不过式样古板？”天南王插口，转头问身边官员。“你喜欢什么花？”她忽然又问景横波。

“罂粟花，这花你们这里也有，就是那种妖花的原型。”景横波想也不想地回答，“做花就该做罂粟，迷幻、妖艳，绝色倾城，致人死命！”

“好！”天南王拊掌，“来人，去把那黄金莲盘熔了，做一朵大型妖花！”

“花要可以旋转，最好每转一圈就绽开一朵花瓣！这样人在其中，慢慢显现身形，增加神秘感……”景横波兴奋地追加。

“好极！做个深红琉璃的花蕊！要结实！灯光下更璀璨！”天南王连声赞好。

官员们领了旨意急急去做，天南王环顾四周，想着改造后的舞场必定艳惊四座，溢彩流光，忍不住神采飞扬地嘘一口气，对景横波一笑。景横波也一笑。两个极其爱美的女子，在此刻竟然寻着一丝心灵共通，刚才的敌意淡化了许多。天南王虽然仍旧没敢给她松绑，却命人给她换了绸带捆着，以免留下勒痕。

“大王，带我看看你的化妆间和试衣间吧。有些舞蹈需要特殊的服装，我得给你点建议。”景横波瞟着那些小屋子，向天南王建议。

“好。”

天南王带着她那一群人正要抬脚，景横波已经娇笑起来，“我的大王，你明不明白新奇感的重要性？一场惊艳的舞蹈，一次特别的妆容，一件奇异的衣服乃至一双与众不同的鞋子，都是属于个人的一次首秀，在没有攒够足够的眼光和关注之前，为什么要轻易给别人看见？”

天南王停住脚步。这个女子放肆凶恶，却并不笨，隐约觉得这句话里颇有些人生道理，想了想点头，“你们都不要跟来。”

景横波笑了。耶律祁一步不落地跟着太讨厌了，不闪开他，怎么对这傻妞儿洗脑？

“大王，有人硬闯宫门！”一道人影电射而来，在天南王身前急急躬身，一身狼狈，气喘吁吁。

“这么多人拦不住一个？”天南王十分惊讶，“都去前面看着！别给人打进来！活捉！记得活捉啊！千万别划花他的脸！”

划花吧！景横波恶意地祈祷。

耶律祁回头对宫门望望，自动起身带着人去了。

景横波眼看耶律祁离开了，亲亲热热地靠向天南王。“大王，”她压低嗓子，“你如此美貌聪慧，学这些快得很。不过呢，我提醒你一下，我教你的技艺，足可征服全天下的男人，可如果你只想在一棵歪脖子树上吊死，我觉得你学得就不值得啦。”

“你什么意思？”天南王眼神立即从耶律祁身上收回来，警觉地问。

“喏，我跟你说，你如果信我的话，最好把宫门口你的那些护卫啊供奉啊撤回来，”景横波下巴对宫门点了点，“不要花了力气，死了人，到头来一无所有，还被人家抢了房子做了窝。”

“嗯？”天南王皱起修得细细的眉，“你什么意思？明白说。”

“大王啊，我问问你，”景横波凑近她，神神秘秘地道：“这位美人你可知道来历？”

“他说他叫耶律祁，是大燕的富商，出关贩卖货物被劫，自己受伤，从人全部死了，流落西鄂。我在无意中发现，将他捡了回来。怎么？有什么不对？你可别挑拨我和耶律公子的关系，否则小心我饶不了你！”最后一句声色俱厉，杀气溢于眉端。

可惜对于神经大条的某人来说好比清风过耳，景横波凑得更近了。“鬼话连篇！一个字都不能信！”她鬼话连篇地道，“大王，您不杀我，待我又好，我感激得很，冒死和你说实话。这个耶律祁，除了名字是真的，其余都是假的。他不是大燕人，是东堂人，做奸细出身的，后来为了爱背叛了组织，被组织追杀，才一路逃到西鄂。他被追杀累了，有心想找个可以庇护他的地方。可他那组织很庞大很厉害，一般人罩不住他。他去过大燕当将军，去过云雷当长老，去过尧国当驸马，因为没有实权都待不长……”

“驸马？”天南王打断她的话，声音都变了调。

“驸马。”景横波正色地点头，“不过大王你放心，他这个驸马是虚的，哎呀他其实那方面不行的……”

“不行？”天南王瞪圆了眼睛。

“嘘——”景横波也瞪圆眼睛，“给他听见我完蛋啦！”

“你满嘴胡扯！”

“胡扯不胡扯……”景横波笑眯眯地斜睨天南王，“他和你认识也有段日子了吧？你如此美貌如此动人，他对你如此深情如此在意，按说早该干柴烈火滚床上了，你们滚了没？”

“这是因为……”天南王一开口就顿了顿。

“是不是他百般找理由推托？伤没好啊头好痛啊之类的？”景横波低低一笑，“喂，你就信啦？他那么高的武功，怎么会被普通劫匪追杀得孤身一人？他那么高的武功，当真伤到连男人都做不了？”景横波靠着椅子，瞟着天南王的晦暗神情，晓得心理攻势奏效，懒洋洋地低笑。宫胤说过，他的暗器可不是常人能消受得起的，半年之内耶律祁都不能泄漏精元，否则小命堪忧。

耶律祁，送你一场艳遇，要，还是不要？她趴在沉默的天南王肩头，在她耳边悄悄地道："告诉你个惊天大秘密，耶律祁是男人也不是男人，他是象姑馆里的小倌儿那种，你懂的。他和外面那个闯宫的白衣服小白脸是一对，那个才是他的真爱。他们两个掳了我来，设计了今天的事，要我接近你身边暗害你，他们两个再里外联合。白衣服的在外面杀尽你的高手，耶律祁在里面打开门，他们夺了你的王宫，抢了你的权，借助你天南宫的势力和组织对抗。从此后占据你天南王的位置，双宿双飞，彻夜狂欢……"

"你说的我一个字都不信！"天南王反应激烈。

激烈就对了，雄壮的声调往往是为了给虚弱的内心打气嘛。坑一坑耶律祁，整一整宫胤，如果再能让自己逃一逃，这计划就完美无缺啦。"信不信，试试咯。"景横波笑眯眯地拍她的手，"别再耗费你的高手和小白脸硬拼，培养一个精英容易嘛你，不如放他进来看他要做什么。这是你的地盘，你怕啥？正好观察观察他和耶律祁的奸情是不是？顺便今晚再把耶律祁给睡了，他要不给你睡，他就有问题！"

天南王沉默，脸色阴晴不定，几分渴望几分不安，几分犹豫几分凶狠。

景横波好整以暇地等着，她觉得眼前这女人自恋心燥，多疑敏感，她的建议切中她的渴望，她一定会上钩。

"那为什么不是你试？"天南王沉吟良久，似乎心动，忽然道："既然你说他两个是一对，都对女人没兴趣，那么，你先证明给我看！你这么擅长女子之道，若全力展示，是男人就没理由拒绝。如果用尽你的女性魅力，都不能让那小白脸动心的话，我就信你，放了你，杀了耶律祁，请你做我的第一女官。否则……"她声音转冷，森然若刀，"你记住我最讨厌骗我的人，你记住这是我的地盘，你若骗我，我必用尽全力杀了你！"

"没有问题！"景横波眼睛都不眨便一口应了下来。骗人这种事，骗得越天花乱坠，表情就得越理直气壮。瞧天南王目光灼灼地盯着她的眼神，如果她露出稍稍的犹豫，相信此刻天南王已经喊来人将她大卸八块。她的毫不心虚的干脆，果然令天南王神色缓和。

天南王拍了拍手掌，身后墙角鬼魅般闪出黄衣人影。"把宫门外的人撤回来，告诉外头闯宫的那位，他要找的人现在是我的座上客，他够胆量的话，就自己进来瞧一瞧。"

"是。"

"你若不信我的话，还可以先试试他们……"景横波在天南王耳边叽叽咕咕。

天南王点了点头，回头和属下嘱咐几句，"照办去吧。"

使者传令去了，景横波和天南王要保证："我把他们给卖了，你可得罩着我。"

"放心，你既忠心于我，我定不会辜负你。"天南王此刻倒有几分真喜欢景横波了，觉得这女子率性娇媚，说话行事十分讨喜，又擅长女子媚术，留在身边也未必不是好事。唉，如果不生那么美就好了。"你还有什么本事，一并拿出来吧。"天南王看看天色，时辰还早，想等会儿不知道还会发生什么事，不如先将这女子的本事多掏些出来。

景横波转转眼珠笑道："或者我可以为大王参考一下您的舞衣啊装扮啊什么的。"

"好极。"天南王亲自带着景横波进了一间化妆间，给她瞧自己的霓裳羽衣，"是不是很精致，很华丽？"

景横波嗤之以鼻。“好看而已，华贵而已，”她坐在椅子上，跷着二郎腿，脚尖一踮一踮指着那五彩羽毛装饰的舞衣，“可是有特色吗？有风情吗？令人一见难忘吗？这和青楼里姑娘常穿的舞衣有什么不同？也就用料精致点呗。”

天南王脸一红，她本就是青楼出身，靠内媚之术得老王宠爱乃至夺权篡位。人在某种行道浸淫久了，行事便总是脱不开往日的痕迹，舞衣还是妓女的舞衣，顶多华贵些罢了。景横波正说中她的心病，这凶恶的女子颇有些不快，眼光向下一沉正要发作，忽然一怔，眼神直勾勾地盯在景横波脚上不动了。景横波脚上惯常穿着高跟鞋，大红漆皮，十寸水晶跟，鞋头尖尖，娇俏玲珑，鞋面色泽纯正光润，在略显阴暗的室内熠熠生辉。系带一直向上延伸到小腿，这种系带高跟鞋如果穿在小腿粗的人脚上简直是噩梦，然而穿在景横波脚上，只令人惊觉那小腿纤细，雪白润泽。天南王低头看鞋，呼吸仿佛都将停止。

景横波暗叫不好，很担心她下一瞬就会扑上来从自己脚上扒走高跟鞋，这可是她不多的宝贵珍藏！她赶紧将脚一缩，将裙子往下拉拉，举起天南王的舞衣，笑道：“你这舞衣我建议换个式样，分成两件式，上身一件抹胸，饰璎珞和珠串，下身可以是灯笼裤，裤筒宽大，裤脚收缩，会显得腰肢特别细，特别有风情。如果你愿意的话还可以加些别的装饰……”

她一边说一边站着四面走，鞋跟敲击地面声音清脆。天南王嗯嗯地听着，眼神黏在裙角上撕扯不开。景横波瞧着不好，这货神情疯魔，夺鞋之心不死，得抛出个大的转移注意力。手臂忽然碰到腰侧拴着的一个小包，她心中一动，靠近桌边的时候微微一顿，将小包扯开一个口子，弯身将舞衣捧给了天南王，“请收好……”她腰一弯，一样东西啪地掉下来，她赶紧去捡。一只手伸过来，眼疾手快将那东西抄住，紧紧握在掌心。景横波低着头，唇角一抹贼兮兮的笑容，再抬头时，已经换了不安的神色。

“咦，这是什么东西？”天南王将那东西翻来覆去地看。薄薄的一个小袋子，上面印着心形紫色花纹，质地光滑，似乎还有淡淡的香气。

天南王下意识要闻，景横波的手已经轻轻按在了小袋子上。“这个就是我展示女性魅力的法宝之一，叫勾魂摄魄鼻血狂喷艳情无双独步天下之粉紫诱惑罩，简称口罩。”

“口罩？”

景横波神秘兮兮地道：“分男用和女用，还分夏天款和冬天款，这个是超薄的夏天款。这样，”她撕开袋子，取出一小片白白薄薄似纸非纸的东西，灵巧地撕开后面的贴纸，将那一片护垫往嘴上比了比，“戴上。”

“戴上又能怎样？”天南王怔怔地看着那一小块，觉得虽然精美，但如果说凭这么一块东西就能令人上钩，似乎不大可信。

“你看这东西，轻软、透气、销魂，有着刺绣也无法绣出的精美图案，在不同的灯光和角度下还能闪出诱惑的荧光……”景横波将护垫比来比去，就着灯光发现护垫闪着暗光，顿时心中大骂——天杀的商家添加荧光剂，下次坚决不用这牌子了！“这种东西，你能做得出来？你身边有？你见过？什么叫诱惑？诱惑就是独一无二令人倾倒，是所有细节的完美！你想想，雪白的印花口罩外露出一双乌黑的水汪汪的眼睛，哪个男人看见不会动心爱上？”

天南王眼睛盯着那护垫，不得不承认这东西从制作工艺上来说绝无仅有，香气也十分特别，也许戴上真的挺有诱惑力也说不定。“我戴戴试试。”她忍不住道。

景横波很舍不得地把手中拆开的那一个递了过去，犹自嘱咐道：“戴一下就还我，我还指望着靠它发大财呢。”

“你将来就是我的女官，要什么没有，何必抛头露面做生意。再说你的东西就是王宫的东西，怎么能给那些低贱的女人分享？以后供应我就够了。”天南王按照景横波的指点，将护垫粘在嘴上，发出的声音模糊不清，“嗯……香……”

“好了好了。”景横波毫不客气地把护垫给撕了，收回自己的小包包里，“现在用多浪费啊，这东西很宝贵的。”

“你的东西都该是我的。”天南王皱眉。

“好东西应该珍惜，”景横波变戏法一般从小包里又抽出一个超薄日用卫生巾，“再给你看个好的，男用的。”

“这个大好多。”天南王神情诧异，没想到还有大号版。

“男用的嘛，你瞧耶律祁嘴那么大，不是这种怎么能挡得住他那喋喋不休的嘴？”景横波遥想着耶律祁嘴上贴了块这种玩意儿，笑得很贱。关键是，这块宝贝是加了料的！抛出护垫，就是为了此刻的“男用口罩”哟。

“有什么用？”天南王颇有些好奇，如果说女用口罩十分精美，可以增加诱惑力和魅力，那么这个“男用口罩”有何用处？她可不需要耶律祁来勾引她，她只愁耶律祁不肯上她钩。

“洞房花烛的时候……”景横波悄悄地在他耳边道，“趁他不注意，给他戴上，这里面有一种独特的异香，男人一闻，就觉得你美若天仙，神魂颠倒，你要他什么姿势就什么姿势，你要他怎么配合就怎么配合。更妙的是这效用……”她笑得眉飞色舞，“……是终生！”

天南王眉心一跳，脱口而出，“当真？”

“比真金还真！”景横波气概凛然，照抄台词。

天南王当真有几分心动了。助情药物没什么稀奇，哪座王宫里都会备上好几种，何况她这以色起家的个中高手？只是耶律祁十分警觉小心，对以往她悄悄试过的药，都毫无反应。更重要的是，她怕霸王硬上弓用了药之后，耶律祁清醒之后迁怒于她，便真的无法挽回了。对于这个碧树灵花一般的男子，她自有珍惜和爱重，不愿如那些人市买来的男子一般对待，想和他尽量长久些。如果真的能持续一生……

景横波一直瞄着她的神情，明明白白地看见那眼神写满心动。“不过呢，以大王的美貌和魅力，这东西我看也用不着。哎，还是给我省一省吧，这可是我漂洋过海带来的，用一个少一个。”她作势将卫生巾往包里收。

“哎，”天南王按住她的手，“试试也无妨。别总心疼你的东西了，真要成了，我重重赏你。”

“给你就给你吧……”景横波一脸肉疼，“不过话说回来，最好偷偷给他戴，趁他不注意贴上，效果才好。如果怕被他发现，你贴在枕头内侧效果也行。还有你记得这是男用版，你自己用了就浪费了啊。”

“这就不用你操心了。”天南王将景横波袖子拍拍，一脸妥当的神情。

景横波神情也很妥当——耶律祁，晚上有美人勾魂，有卫生巾捂嘴，还有霏霏尿助兴，喜欢不喜欢？姐为了报答你山谷一骗的恩情真是不遗余力啊！

宫胤在宫门前击退了王宫供奉的三次进攻后，身影一转，迎上了赶来的护卫们。

“主上……”蒙虎忧心地看着宫内，“陛下被掳了，咱们要不要硬冲？”

“她目前安好。”宫胤神情淡定，“不必硬冲，耗损了精力，如何去见老朋友呢？”

蒙虎知道宫胤自有办法确定景横波的安全，闻言稍稍放心，听见最后一句却惊得眉毛一挑，“左国师在宫内！”

“天快黑了……”宫胤负手看夕阳缓缓沉落，悠悠地道：“晚上的天南王宫，或许值得一看。”

蒙虎会意地退下去做准备，知道主子是要晚上再进王宫。

宫胤却忽然抬头，眼神一凝。宫墙之巅，忽然出现了银黑色长袍的身影，大袖飘飘，眼眸含笑，远远地还对宫胤招了招手。

“左国师！”蒙虎牙疼似的嘶了一声。

宫胤面无表情，也不回应，用看死人的目光看着耶律祁。远远地耶律祁在宫墙上和王宫供奉们谈笑风生，似乎人缘甚好，一边说话一边顺手指了指宫胤的方向，那些已经有些退缩的宫廷供奉，忽然又扑下了城墙。蒙虎低骂一声，立即做好备战准备。宫胤倒是毫不意外——耶律祁会放过这个围杀他的机会才奇怪。

不过没等他抢先出手，宫墙上忽然又出现了一个男子，远远地喝道：“结阵以火龙攻杀之！”随着他的命令，一大队护卫从宫墙两侧冲出，手执黑色喷火筒，点燃之后火光腾出足足三尺。诸多火筒火焰首尾相接，翻腾飞舞，远望真如火龙，十分壮观。

耶律祁一见却脸色大变，急喝：“别用火龙！”

宫墙上天南王派来试探的使者侧目而视——果然有问题！大王说要试探耶律公子，怕他和这闯宫者有勾结，如今看来果然不假，一动大杀器，瞧他这焦急模样！“射！”他好像没听见耶律祁的喝阻，厉声下令。

宫胤唇角掠过一丝冷笑。般若雪前，一切存在热源的攻击都是白费力气。火龙呼啸，似自夕阳尽头生，携一色艳红和无边杀气，奔腾而来。宫胤只轻卷衣袖，雪色衣袖如漫天大雪，旋开三丈方圆的连绵白影，四周温度骤降，冷热空气交击弥漫开淡白的雾气，遮没他修长身形，朦胧飘渺如蓬莱仙人。

耶律祁叹了口气。当然，他的叹息看在冷眼旁观的使者眼底，那是心疼。

火龙狂舞逼来，遇上淡白雾气，嘶嘶一阵轻响。众人瞪大眼睛，眼睁睁看见那狂猛腾舞的大簇红色火焰，被那轻薄若无物的薄薄一层雾气阻挡、隔绝，一点点消融，似被无形刀锋戛然划开，断裂。冰火交激，雾气升腾更烈，满地凝结出细碎冰晶。众人几乎已经看不清宫胤的身影，只隐约看见一只手圆转如意，指甲越发毫无血色，冰晶般透明。宫墙上下众人骇然，下意识纷纷后退。

耶律祁又叹息一声。听在懊恼挫败的使者耳中，那是在幸灾乐祸。使者眼底掠过一丝恼怒，忽然身子向后一踹，踉跄似要跌倒。耶律祁急忙来扶，使者抬起手似乎想要借他的力，衣袖从他手背掠过，衣袖上敕金的镶边不知何时微微翘起，剐过了耶律祁手背的肌肤。

"哎。"耶律祁感觉手背微微一痛，缩手看时，手背已经被剐破，流出点淡淡的血液来。

"哎呀，对不住。"使者急忙道歉，眼睛不住往伤口上瞟。

耶律祁手一缩，衣袖垂下盖住伤口，淡笑道："无妨。"转过眼去不愿再理会使者。

使者走开了两步，暗暗握紧了拳头。果然又看出了问题，耶律祁的血液里有细碎冰晶！大王要他注意耶律祁和小白脸有无奸情，说最有力的证据就是他们武功同出一源。真真一点不假，那个白衣服家伙那一手满地冰晶，如今耶律祁的血液里也有冰晶色，不是一家子谁信？现在只剩最后一层试探了，试探底下那个白衣服对这个黑衣服的感情！使者忽然一掌劈向耶律祁后背，另一只手做了个假动作，从耶律祁身后抛出一枚黑色的木牌，看上去像是他偷袭耶律祁并偷到了木牌一样。

远远宫墙下宫胤眼神一亮，飞快地掠上前几步，想要看清楚那木牌是什么东西，是不是耶律祁的左国师令牌？

宫墙上耶律祁警觉地转身，一抬袖挡住了使者一掌，眉毛一挑愕然道："你做什么？"

使者嘿嘿一笑，脚尖一挑将木牌挑起抄在手心，顺手往衣袖里一塞，道："听说耶律公子武功高强，在下想试试你的反应。呵呵，开个玩笑，开个玩笑。"

耶律祁目光一闪，神情明显不信，笑道："哦？这时候开玩笑？"

使者不答，走到墙边，刚才对耶律祁出手那一瞬，他已经看见宫胤的急迫神情。行了，这也证实了。这果然是一对有情的奸夫淫夫，居心叵测，里应外合，试图夺走大王的权柄！"呵呵呵呵，"他低头哂笑，"好一对有情鸳鸯，难为你们了！"

"你说什么？"耶律祁没听清。

宫墙下宫胤抬头，隐约觉得上头气氛古怪。

"没什么，在下还要将宫城状况回报大王。另外，传大王令，不必和对方开战，他要进来就让他进来好了。"使者不肯再留，匆匆告辞，一边走一边感叹摇头。虽说处于敌对立场，但想不到这一对男子如此深情，他为他甘做内应，强颜欢笑，伴于不喜欢的女人身侧；他为他奔赴万里，对敌无数，城下呼应，不惜以一人之力与一国为敌，使者十分感动！

宫胤抬头看着那忽然出现又赶紧离开的使者，心中隐隐觉得有什么不对劲，回头问蒙虎："有没有觉得有什么不对？"

蒙虎："有，眼神特感动。"

宫墙上耶律祁皱皱眉，摸了摸鼻子，天南王怎么回事，竟然要放宫胤进来？是听了那个小妖精的话吗？看不出来小妖精还有这本事。今儿宫胤穷追不舍，到底是为了追索他呢，还是为了小妖精？

景横波看见使者匆匆回来，脸上的神色阴晴不定，心中笑了。当她看见天南王听了使者汇报，脸色也霍然大变，近乎狰狞的时候，心中笑得更欢了。“相互呼应，忍辱负重，里应外合，至死不渝的男男爱情”被证实了吧？她之前就听宫胤提过，中他的毒用他的解药之后，耶律祁受伤期间的血液会发生变化，出现冰晶。某种程度上，看起来像和宫胤的武功同出一源。而耶律祁手中掌握的力量，自然也是宫胤念念不忘的东西，让使者抛出那个“伪令牌”，宫胤怎么可能不在意？至于令牌的式样——她在山谷中见过斜插在耶律祁腰间露出一点点端头的黑色木牌，想来该是属于耶律祁的身份令牌之类的东西。当然天南王的人抛出去的木牌不会和耶律祁的一模一样，但隔那么远，哪里辨别得清？想到那两只总将自己耍来耍去的狡猾冷酷国师终于被自己涮了一把，景横波不能不笑得开心。

天南王脸色难看，好半天才将这见鬼的论证消化完毕。原本她对景横波的话半信半疑，所谓让她去试女性魅力不过是试探态度，此刻心中恼怒，倒真有了几分要好好试试的心思。她一挥手，很干脆地令人给景横波解掉了手上的绑缚。

景横波舒服地伸了个懒腰，她现在彻底自由了。不过她并不想走。她想在两只国师和一头大王中间寻个夹缝，妥妥帖帖钻进去，既可以摆脱做傀儡女王的命运，又可以一劳永逸地安排好以后自己的生活。她舒舒服服地坐下来，等着宫胤的到来。

天南王则盯着“口罩”，开始认真思考今晚将耶律祁放倒的可能性。忽然她想起一个要紧的问题。“你今晚自己用不用？”天南王指了指“口罩”。

景横波一脸古怪——给大神嘴上贴个这个？她能看到明天的太阳吗？“也不是不可以试试啦，”她想着大神嘴上贴姨妈巾的妙态，顿觉热血沸腾——雪白的大神配雪白的姨妈巾，绝配有没有？“带翅膀超长夜用的也许他会喜欢？”景横波比了个翅膀状姨妈巾，满脸神往。

“喜欢什么？”有人在身后问。

“夜用超长39厘米啦……”景横波眯着眼睛充满憧憬地回答，忽然醒神，这声音不对。吓！她一回头就看见了雪白的大神。

雪白的大神就立在门口，招牌式的微皱眉头，盯着她，一眼将她看了个透彻，确定外面没什么不妥，才清清冷冷地开口：“带翅膀？超长？夜用？”最后两个字许是触到他其实很敏感的神经，他看向景横波的眼神充满审视。

“呵呵呵呵，”景横波自有招架之法，“是啊，我的雪白带翅膀三点式超短紧身天使蓬蓬裙，想看吗？我穿给你看？”

“别胡闹！”拒绝干脆爽快，表情义正词严。

看在天南王眼里，果然好一个意志坚定不好女色的特殊爱好者！

宫胤眼睛里根本没有天南王——他眼里能容纳的只有走进视野里的那一两个。他对景横波抬起手，示意她过来跟他离开。

景横波一看不好，她怎么就忘记了大神的性子。他一进来肯定直接要带她走，这看在天南王眼里，和那个“里应外合图谋王宫”的计划就对不上了。“胤胤……”她急忙笑吟吟地走过去，靠着他的肩，低声道：“现在不能走，我中毒了……”

“抓住她，拿解药便是。”宫胤眉一扬，伸手去把她的脉。

景横波身子一斜让开，在他耳边悄声道：“毒是耶律祁下的，或者也不叫毒，他说我要走出天南王宫，就会倒地身亡。你说这事儿，宁可错信不可不信是不是？不过这事可怪不得天南王，天南王对我还不错，她很崇拜我要拜我为师，等会儿还要设宴请咱们呢。要我说，既然来了怎么能就这么走？不把耶律祁这个炸弹引爆了咱们能走好这一路吗？你就留一留，咱们一起解决了你的心头大患，好不好？”

她附在他耳边说话，淡淡的香气和热气吹拂他耳鬓细发，他微微有些痒，忍不住偏头想让。一偏头却正见她含笑抬起的眼睛。寻常人这个角度眼睛会显得有些吊诡，她却显出眼尾长长如燕尾蝶，眼波似落花窗前流连的月光，每一瞥都是灵动、轻俏、柔软，似花落了满肩，拂不去的迷离香。而那“咱们”二字，咬字轻轻，透着不拘泥的熟稔亲切，听得他冰雪肝胆也似化作春水，忍不住便轻轻嗯了一声。

景横波攀着他的肩，本是故意亲热软语蛊惑，此刻却觉得他肩膀坚实似昆仑之玉，无来由地心中安定，忍不住又蹭了蹭。一蹭之下，宫胤便一僵——她本就侧身，这一蹭，自有温软饱满相邀，轻轻撞在他臂侧，撞得他心潮一涌，脸色一白。再一抬眼看见对面天南王眼色古怪，似在看戏，不由脸色一冷，啪地一弹指，弹在景横波的鬓发上，“站好。”景横波正中下怀，撇撇嘴，站直身，对天南王递个眼色，“瞧，果然这样吧？”

天南王用眼神表示赞同。她刚才瞧着景横波的色诱似乎已经开始，正觉得景横波连攀人说话的角度都似分外美妙，刚想好好学学，不想景横波就被这么煞风景地推开了。这使得她更信几分——刚才景横波那角度神情如此美丽娇媚，连她都怦然心动不舍转开目光，这白衣服的家伙却如此不解风情，若不是个爱好男风的，似乎也没法解释了。天南王恋恋不舍地看了宫胤一眼——可惜了这么一副绝俗的好相貌！她偷偷回了景横波一个眼色，“看你的了！”

景横波胸有成竹地一笑。如何让两只狐狸国师丢盔弃甲，如何让天南王深信不疑转而强睡耶律祁，如何在三只猛兽环伺下逃脱，不做那个夹心饼干傀儡女王，机会会垂青有准备的人！一切就在今晚。横波宴！

因为景横波的坚持，宫胤最终还是留了下来。天南王宫的高手一直潜伏在近侧，虽然单打独斗没人是他对手，但一拥而上他难免顾不上景横波。如果让她自己瞬移，又怕这个不着调的乱移移到不该去的地方，到时候找她又麻烦。先前他被围攻逼上高杆，一眼看见她落入耶律祁怀中却来不及第一时间救援时的心情，他不想再重来一次。何况景横波说中了耶律祁禁制，也促使他下决心，要在今晚解决耶律祁。

夜，天南王宫醉霓阁上，席面初开。醉霓阁建在两座长拱桥中间，两桥朱红，似两段霓虹自水上生，跨越碧波，拱出圆形若明珠的醉霓阁。一到入夜，两桥每隔三尺点起红灯一盏，似无数夜明珠自天际垂挂而来，映得湖水影影绰绰，半边碧色半边红。所有菜色和用具都由宫女乘轻舟送来，湖上桨声灯影，欸乃不绝，夹杂着女子们低低的笑语，令人想起荷塘生翠眼儿媚的水乡风情，忘却这里是穷山恶水的西鄂。这是天南王宴请贵客的地方，只有贵客可以从铺了红毯的桥身上进入醉霓阁，其余所有从人必须乘舟往返，在安全防范上，做得十分严谨。

此刻阁中席开四面，烛影摇红。面对面坐着天南王、耶律祁，景横波、宫胤。天南王表示，景横波给了她很多好建议，她请客以示感谢，宫胤既然是她的朋友，自然一并邀请。

四人除了景横波神色自若喝酒吃菜之外，其余三人都脸色古怪。尤其宫胤和耶律祁，多少年来既同殿为臣，也是政敌。他们同席喝酒自然有过，可是那都是在国内，一些必须要撑场面的场合，离开朝廷，在其他任何场合，几乎都是你死我活，一见必杀。至于天南王，心怀愤怒和警惕，看谁都带着恶意，眼神宛如探照灯，在几人身上扫来扫去。好在都是强人，天南王还能以主人之姿热情招呼，耶律祁除了一开始怔了怔之外，之后便从容自若，宫胤则不看所有人，不吃菜，只垂眼慢慢喝酒。

酒液很清冽，菜色味道很正，天南王似乎也知道在这样的人面前耍花招毫无作用，所以宴席摆得坦荡荡。

宫胤旁若无人，似乎更不爱看景横波，时不时侧开身离她远点。景横波正中下怀，越发将一顿饭吃得杯盏凌乱，骨头乱飞，此刻正抓着一条红煎鲱鱼大啃。

“吃慢点，”大神似乎忍无可忍，目光直视，“你的鱼骨头吐到我袖子上了。”

“哦。”景横波挪了挪，继续啃，她喜欢吃鱼。

“秀气点，”大神一会儿又批评她，“声音太响，你吃东西的时候怎么这么不女人？”

“哦。”景横波再挪挪，换个方向啃。

对面耶律祁笑吟吟地看过来，比了个“好好吃”的手势。景横波瞟他一眼，按了按自己鼻子——还是好好操心你的塌鼻子吧，您哪！耶律祁又悻悻地摸鼻子去了，将这眉来眼去的一幕看在眼里的宫胤，眉头微微一皱。摸鼻子？什么意思？

“安静点！”大神没安静一分钟，终于没忍住再次批判，“你就不怕卡着鱼刺吗！”

话音刚落，景横波涨红着脸猛力咳嗽——她卡着鱼刺了。宫胤一只手很熟练地伸过去，在她背上狠狠一拍，咔的一声，景横波身子一仰，一根白白的鱼刺喷出，宫胤早已眼疾手快地端了小盂等着。饶是如此也难免衣袖被袭，染上一小片污迹。景横波捂着喉咙，软绵绵地倒在他膝上，一边将嘴边油腻往他雪白的裤子上擦，一边在心里号叫：快嫌弃吧！嫌弃吧！大怒扔我出去吧，这样更能证实你们的相爱！

宫胤眼睛慢慢垂下，看看袖子上点点红褐色斑，看看裤子上一片流星状的擦痕，抬起手——景横波眼一闭，等着腾云驾雾再倒飞一次。手落在了她的背上，指尖拨弦般轻轻按过后背穴道，一股暖流顺经脉而过，熨帖了景横波因猛力咳嗽而发疼的咽喉。

太过意外，她有点发傻，大神今天又重生了吗？

微凉的手伸过来，将赖在他膝上的她扶起，蹾在座位上坐好，顺手拖过她的碟子，将上面两条鲱鱼都夹到了自己的盘子里。景横波呆呆地看着。看他取出一枚精致的小银刀，刀上还有一枚银色细针。他垂下眼，用刀剖开鱼身，剔出鱼骨，再用银针慢慢剔出背部和尾部的小刺。他微微垂头，神态专注，刀下得快，针挑得从容，动作细致而精心，仿佛面对的不是一条鱼，而是需要他殚精竭虑的国事奏章。一缕鬓发微微散了下来，遮住他澄澈清明的眼神。

景横波几乎被震撼。再丰富的想象力，再发散的思维，她也没能想到，宫胤居然会做这样的事。哎，吃鱼就吃鱼，犯得着这么费事吗？果然大神就是金贵难伺候。宫胤动作快而不乱，几乎瞬息之间，两条鱼的刺被剔得干干净净。他放下银刀银针，将盘子往景横波面前一推。

正看得津津有味腹诽不休的景横波，盯着盘子里还保持完整的鱼肉，又傻了，“给我的？”

“省得你再卡着，弄脏我。”宫胤的语气永远那般冷而嫌弃。

景横波盯着两条如艺术品般剔去刺的鱼，听着他冷酷得冻死人的语气，觉得跟着大神永远这么有落差感啊落差感。

对面，天南王和耶律祁都看过来，桌上有酒壶高盘等物遮挡，刚才宫胤动作又快，他们没看清楚发生了什么。天南王想了想，端着杯，笑吟吟走过来，似乎要敬酒，一眼看见景横波盘子里的鱼，眼色一变，扬眉笑道：“这鱼剔得可巧妙！横波，这是你剔的？”

“是啊，”景横波心不在焉，懒洋洋地端起盘子，“想吃吗？”

宫胤霍然抬头。

天南王看来也是爱吃鱼却讨厌刺的，她没注意到宫胤的神情，颇为欢喜地来接，“好。难得你这番孝敬……”

啪。盘子忽然碎了，汤汁溅了天南王一手，鱼肉翻滚着落下，这回再也无法维持完整，碎成了一堆。景横波看一眼那鱼肉，看一眼发呆的天南王，转头看宫胤。宫胤似乎依旧如常，再次端起酒杯喝酒，鬓发垂落，眸子如雪中的黑曜石，定而冷。景横波觉得心中那种奇怪的燥热感更甚了。

她霍然推开席面站起，道：“今晚我有助兴节目，走过路过别错过啊！”一扭身就进了侧门。

天南王娇笑鼓掌，“好极！正好见识横波神舞！”眼光有意无意地在耶律祁和宫胤身上掠过。宫胤一动不动，握杯的手背微微绷紧。耶律祁眼睛一亮，含笑举起了酒杯。看在天南王眼里，嗯，是在给这小白脸遥遥敬酒吗？

哗啦一声响，侧门的帘子掀开，一团火，忽然滟滟地旋了出来。整个醉霓阁从天南王开始，到伺候的下人，齐齐发出一声意味难明的惊叹。宫胤头一抬，定住。耶律祁直了背脊。仿佛是电，或者是光，自霓虹尽处穿射，一眨眼抵达虹膜，留一抹惊艳鸿影，起伏穿梭。不知何时，阁中地毯上已经亭亭立了蒙面的女子。所有人瞪圆了眼睛。

张扬！诱惑！大胆！奔放！倾泻的大波浪斜插一朵艳红的大丽花，用朱红的琉璃珠子挽住两鬓，上身是一件抹胸式的火红兜肚，长度只齐胸，垂着无数金紫斑斓的琉璃珠子，映衬着雪白的肌肤和浑圆的肚脐。肚脐之下是黄金七彩编织腰带，同样垂着长长短短的琉璃珠，其下是火红飘逸的裙子，剪裁出不规则的裙摆，露出一双雪白的脚，脚踝上串着七八串金铃。一袭镶细水晶的赤红面纱，遮住了她半张脸，露一双眸子勾魂摄魄，眼角飞一抹赤红淡金的胭脂，艳得压住了这满堂的锦绣辉煌。

天南王忘记了碎掉的盘子。耶律祁丢下了酒杯。宫胤一杯酒停在唇边，酒杯倾斜，酒液沥沥而下，他竟浑然不觉。极度寂静中，好一会儿宫胤才似反应过来，将酒杯一抛，就要站起。

咚咚咚！鼓声忽起。比想象中更快，景横波快速的舞步已经如风一般旋起！雪白的裸足摇曳出雪色的影，火红的裙摆漾开霓虹霞光，各色的琉璃珠子飞扬七彩，黄金配饰灿烂如朝阳，伴随着金铃脆响，各色琉璃珠子飞起的细碎之响，和着节奏明快激烈的鼓，所有元素都在诉说属于舞蹈的华艳和绚烂。而身体则是另一种语言，写满妖媚诱惑，从颤动的臂、摇曳的水蛇般的腰、晃动的雪白的肚皮、细碎急速震颤的臀中不断延展，似火焰奔腾，似海浪叠涌，似流水潺潺，似蝴蝶欢快自由。肚皮舞，具有悠久历史的最具女性特色的东方舞蹈，是女性用以展示身体之美的最著名舞蹈之一，只有对自己身体有着极度自信、坚信自己的美丽足可征服一切的女子，才可以舞出这种舞的精髓。

几乎刹那之间，景横波便点燃了舞蹈的韵律，满室里都是她渲染开的节奏和色彩，人们瞪大眼睛，却无法捕捉属于她的具体颜色，一会儿是雪色淘洗，一会儿是火焰灿烈，一会儿琉璃珠儿飞得满天满地，一忽儿金黄色的铃铛亮摄人眼。而那柔软起伏、如雪白锦带一般的腹部和急速晃动、似内藏机关一般的臀部，更让所有人大开眼界——原来人体可以摇曳出如此美妙的弧度，可以震颤出如此激烈的频率！看得人心也似同步激颤，咚咚咚响的不知是鼓声还是心跳！有人在发抖，有人腿在下意识随着鼓点轻颤，有人直直扶住了柱子，手臂也无意识地慢慢抖动。景横波身体的各处都将人的欲望点燃，她起伏颤抖所经之处，抖落一地急促的呼吸和惊艳的目光。

人群中心景横波勾唇一笑——姐的电动小马达可不是白叫的！她的眼光掠向宫胤，当初青楼钢管舞，不过迫于形势随便一跳，先前彩车上几个动作，也不过随意展示不成章法，唯有这一刻的肚皮舞，是她真真正正要跳给他看的，让这冰山一般的家伙，正视一下女性身体之美！

宫胤端坐如常，按住桌案的双手却姿态绷紧，手背发白。他垂着密密的眼睫，似乎根本不屑看她的舞。景横波却看见他盯住了一旁盛清水的金盆，金盆里水波微微震动，倒映出她流水般的身影。她微微笑了。不让你心跳一百八，姐枉称舞中霸！一个旋舞，她已经接近了宫胤，微微倾身，长发流水般泻落。

对面耶律祁看她果然舞向宫胤，面色平静，微微漾动的眼神却泄露了此刻的心思。恍惚里还是那日青楼见她献舞，狂野至令人惊心，然而此刻这一番装扮，风情似乎还胜三分。但她的风情，到底愿意为谁绽放？

宫胤身姿有些僵硬地抬头，他的手缓缓按紧了桌面，眼神在景横波裸露的曲线、流畅的脊背和腹部掠过。随即又从旁观发痴的众人脸上掠过，乌黑的眼神凛然似有杀气。景横波一看他那眼神就知道大神要发飙了。她一个翻身，倒入他怀中，双臂一抬，钩住了他脖子。四面发出意味不明的抽气声。

“继续装你的酷啊！”她在他耳边吹气，姿态婉转娇媚，语气却清朗。

宫胤身姿似乎有些僵硬，抬手要推她，触手却是温软和滑溜，他半抬的手微微一僵，不知该落向何处，眼光想落下去，却依旧不知该落往何处，眼尾扫到一片盈盈的白，他慌忙转开眼光，“别这样。”

景横波险些噗的一声笑出来——宫胤脑子搭错线了吧？这话说得怎么这么充满违和感？她攀住他的肩，端起一旁的酒杯，递到他唇边，“好人，且饮一杯……”声音绵长，甜腻似掺了半斤蜜，景横波被自己恶心得抖了抖。

宫胤垂下乌黑的眼睫，他坐姿笔直，手虚虚地按在她腰上，心里想推开，却又觉得扶上她肌肤也是不妥的，眼底只倒映她素手纤纤，擎玉色酒杯，芬芳如蜜的酒液在眼前微微晃动，漾开的不知道是那青碧的液体，还是他的心。而她同样清甜的呼吸就在颈下，痒痒地拂着他领口，一寸一寸，似也要攻杀进靠近胸口的那个位置。他忽然有些恍惚，眼前飞掠过她飞扬的红裙，大片大片摆荡的彩色琉璃珠儿，滑溜溜一颗颗似射进了心底，砰的一声炸开五彩的迷雾。他似迷失，一低头欲饮醇酒。

“喂，冰山，你不会真喝吧？”忽然听见她的声音，清醒而微带诧异，小小声响在耳边。

恍如被冰水当头浇下，他竟然浑身一冷，一股寒气放射状从胸口四射，他霍然抬头。

景横波已经蝴蝶般从他怀中飞起，一个旋身跳开，再一个旋身反手探到背后，唇角似嗔似怨地一弯。“死人，竟然不喝我的敬酒……”语气充满哀怨。

宫胤盯着她，忽觉认识这个女人，生活充满了落差和诡异感。

景横波手一扬，手中不知何时多了条鞭子。细长的彩鞭，装饰作用胜于武器作用，是肚皮舞常用道具之一。啪！彩鞭如蛇一甩，击在地面清脆有声，与此同时忽地所有灯都灭了。众人发出低低的惊叹，幽深低沉的叹息声在黑暗的阁内听来深远。一片黑暗里，鼓声还在继续，景横波的脚铃声还在响，沉重的鼓声和轻巧的铃声糅合成古怪挑逗的旋律，众人眯着眼睛，不由自主地在黑暗中想象那一片烂漫的火红，旋转起伏成七彩的旗。

啪！一声清脆鞭响。一道火光燃起，是壁上的一支儿臂粗的牛油蜡烛，忽然被点亮。昏黄光线晕晕地射在地面，将人脸映得朦胧。第一支烛光亮起，天南王做了个手势，众人躬身无声退场，退出阁外犹自恋恋不舍地抬头，眼神遗憾。

啪！又一声鞭响。第二支烛光点亮，正在宫胤身后，一片红影下他眼眸更黑，幽幽似藏着千万年静默的深渊。有淡淡的香气迤逦开来，香气里似乎还有些奇异的味道。

景横波红色的裙裾散开，从宫胤的颊上掠过，她的笑声如精灵惊破羽衣之梦，轻俏而慵懒，“……对我好点哟，亲……我今晚美不美？”

宫胤手指微微一抬，似要捕捉住那香风隐隐的裙裾，然而她翩然凌波，倏忽而过。

“别拉我裙子！”跃身而过时她低声警告，煞风景的语气。

他手指停在空中，指尖一瞬间微微发白，一层细碎的冰晶色忽然出现，再慢慢消失。

丁零零，一道黄光闪过，带着浓烈的香气穿越昏暗飞向他，这是她脚上的金铃。

“接住哦心肝儿……”她的笑声在不远处如水波荡漾，声声都是撩拨。

他没动。一蓬灼灼的热一次次逢上无奈的冷。他也不得不在黑暗中静默。她是这世上绝无仅有的奇葩，勾魂摄魄与拒人千里兼具，热情奔放与漫不经心同存。

金铃当的一声落地，她弯身一抄抄在手中，悄悄一跷大拇指，“对！就是这样！高冷大神，点赞！”

他依旧端坐不动，衣衫似雪，面容也似雪，指甲上隐隐泛起一层冰晶色，缓缓蔓延，这次没有再消失。

长鞭一甩，啪！第三支烛光嚓地燃起，点亮在耶律祁身后，不知何时天南王已经坐在他身边，弯臂钩住了他的腰。

啪啪啪啪，鞭声连响，蜡烛渐次点亮，一共八支蜡烛，分居四方，但室内并没有亮堂，烛台都安放在靠近横梁的地方，投射到底下时，只剩浅浅的光晕。光晕里亭台楼阁，金盆玉盂，帐幔垂帘，桌椅器物，似乎都发出模糊暧昧的光，人们的脸也似变得模糊，只有一双双眸子，在浮沉迷离的香气里幽幽地亮着。

景横波不知何时再次舞到了宫胤的身边。手中彩鞭一弯一折圈成一圈，咯咯笑着向前一兜，套住了宫胤的腰。“死人，不信你这次还拒绝我……”她娇笑着将彩鞭一拉。

另一边，天南王抛了酒杯，眼神迷离，手一抬抖出一条彩练，也拴住了耶律祁的脖子，“好人，今晚良辰美景，你得陪陪我……”她拉着耶律祁，轻笑着迈入身后重重叠叠的帐幕，在进入暗室之前，做了一个手势。

昏暗里隐约似有细微声音响起，随即归于安静。醉霓阁内微微诡异的气氛，终于消散。

景横波松了一口气。天南王在做好事儿之前，终于撤走了埋伏在暗处的机关和护卫。这是她不敢不卖力施展的原因，不过她对大神放心得很，论起定力，他说第二，没人敢称第一不是？景横波唇角笑意放松……大功快要告成了。

耶律祁被天南王拖走了，浸泡过霏霏无色无味尿液的卫生巾会给他带来销魂的一夜。霏霏的尿液是有毒的。前几天养病，她就研究过霏霏的蛊惑之术。小怪兽主动给她提供了口水、尿液，指手画脚表示这才是它的精华所在，所以她早就备了尿液版卫生巾、口水版手帕，等等。手中的彩鞭，把手端系着的手帕，都是加了料的。她的八鞭多甩在宫胤附近，想必那股属于霏霏的气味，已经开始慢慢渗透。现在天南王已经对她放心，撤走了机关和护卫，下一步她只要把手帕趁黑给大神擦擦脸……然后她就可以跑了！

对于大神，这种用量极其轻微的霏霏口水，根本迷惑不了他多久，他不至于长时间丧失行动力被人伤害，而天南王此时忙着纠缠耶律祁也未必顾得上找他麻烦。真是个完美的计划！这回她要一个人跑，谁也找不着！

景横波心花怒放地再次感谢霏霏的倾情赞助，一边套着宫胤的腰，一边解着鞭梢的手帕，轻悄悄地道："多谢配合，这回咱们戏可演完了……就知道大神你不会躁动啦，哈哈……你累不累，你好像出汗了……我拿手绢给你擦擦脸好不好……"

话音未落，砰的一声，顺着她的拉势，宫胤忽然倒在了她身上！景横波不妨情节急转直下，啊的一声呆住，未及反应，忽然双臂被狠狠压住，身上那人，已经沉沉地压下来。

他的声音响在耳侧，低沉而冷，"惹我？给点代价！"

第二十二章　诱惑的代价

景横波拿手绢的手顿在半空，眼眸瞬间睁圆。宫胤这样的反应太出乎她意料了！好吧，她其实是知道大神对她有一点点好感的，女人对这种事不可能毫无感觉，可是她不认为那一点点的、也许大神自己都不能确定的好感，能让大神这种对天下野心勃勃的人物失控。无论从他性格推断，还是从他表现推断，他此时都该是傲然不睬，拂袖而去，或者干脆来一句"别啃脏了我"之类的毒舌啊！

她终于心颤。根本没有准备好该如何应对，她贪恋他清郁高远的气息，却畏惧他肌肤的如雪之冷；她着迷于他落雪青竹般的气质，却又不愿走进他眼眸里冰封琉璃的世界。他的天地，于她是好奇，是诱惑，是神秘，是天山高处的一泊玉池，她愿意远远欣赏，也愿意乘风掠过，以指尖试探那般因自己而生的淡淡涟漪，她想看见他的人间烟火味道，却又害怕真正走近，被一怀澈冷冻着。今晚……也许他是生气了。肚皮舞这种放纵舞蹈，让宫胤一个恪守规矩的古人如何面对？

她呼吸微微急促，随即慢慢放缓，拿手绢的手落了下来，准确地将手绢扯在手中。睡一睡吧，对彼此都好。他却忽然凶猛地倾倒下来，手一落，就压住了她拿手绢的手臂，另一边手肘一抵，便抵在了她腰间，她顿时上半身动弹不得。

景横波惊吓得睁大眼，此时脑海中才反应过来大神刚才那句话——代价？呃？什么代价？不会是那啥那啥吧？不要啊姐的贞洁！"宫胤你怎么了？"怎么都觉得不对劲，她反手去握宫胤的手，试图推开他，"中毒了？中药了？忽然重生了？"

他不答，沉沉地压下来，她忽然一顿，脖子半仰着僵住——一双柔软微冷的唇，忽然落在她的耳垂上。微冷与灼热，柔软与温腻……仿佛电光流过，穿透相拥的肌体，他和她都颤了颤。

景横波只觉得心跳太急，以至于似乎整个心脏都悠悠地浮起，此刻感受出乎意料，人模模糊糊如在梦中，只感觉到他唇间由冷到热，似一枚终于被温暖的千年玉。而自己的耳垂忽然似着了火，一路火线，腾腾地燃到了肺腑里。理智告诉自己不妥不妥，年轻的躯体却自有其渴望，她忽然就提不起力气，眼眸里的抗拒化为一汪盈盈的目光。

他却似个笨拙的少年，唇在耳垂一沾，便似被烫着般一让，再落下时，寻到了她乌黑的鬓边。她的发柔软细滑，乌亮润泽，散发着淡淡的奇异香气，唇触上去，便似要滑落，他被那香气所惊，又似被那香气透入肺腑，化为一段吐不出咽不下的复杂心情，梗在了胸口。

景横波有些痒，想笑，忽然又起了淡淡怜惜——此刻的他远不是平日的冷静自持、运筹帷幄风范，有些笨，有些拙，似懵懂初开的青涩少年。他的过往二十余年岁月，定然无比清净，如冰封天水，不曾为人间烟火风华掠动一丝褶皱。她似乎不必紧张清白是否会被侵犯，却得担心他会不会因为始终不知道该怎么吻女人，而将她压到窒息。

他的唇似在追索也似在寻找，犹豫了半晌，下一瞬落在了她额上，她忍不住又想笑——高冷的人萌起来真让人毫无抵抗力，瞧他就是找不着该落的地方。他肌肤冷玉一般柔软又舒适，让人想要靠近，唇却似在微微轻颤，在她同样微凉柔软光洁的额头停住，她浓密的睫毛无辜地刷在他脸上，一扫一扫，似要将这人生里所有难控的复杂心绪，都扫进心的角落里去，又似要将尘封的情绪撩拨而起，一波波漾出清晰的波纹来。她也似微微荡漾，被他逼人的气息笼罩，似困在了黑甜温软乡，倦而无力，只想沉溺，忍不住便想将这样的气息留得久一些，再久一些，双臂无意识地抬起，想要抱抱他，忽然发觉他的双臂竟然还僵硬地垂在身侧，忍不住心底又是一笑，手指抬起，轻轻触了触他的手背。

触手冰凉！隐约还似有什么东西碎裂在指尖！霍然瞪大眼睛！这一瞬他也忽然一停，她感觉到他身体难以控制的细微轻颤，随即他的唇飞快地向下移去，似乎终于明白要找到她的唇。然而没等他抵达目标，也没等她想好怎么应对，他忽然身子一僵，半身仰起，哇，一口灼热喷在了她颈侧。景横波赫然看见昏暗灯光下那一抹深重的艳红！飞扬溅射如血樱，刺着了她的眼。

宫胤的身子软了下去，倾倒在一边。景横波骇然坐起，一眼看见满地细碎的冰晶。正是她刚才在他手上触摸到的东西，从他的指尖出现，迅速蔓延，布满半条手臂，现在碎了一地！

景横波脑子一片空白，怎么也想不到会遇见这样的情况，宫胤这是怎么了？怔了好一会儿她急跳而起，急忙去扶宫胤，手绢落地被血水染脏，失去了效用，她也忘了。

宫胤并没晕，只是脸色极白，皑皑如山巅雪，连唇色都不见一丝血色。他躲开景横波搀扶的手，自己盘膝坐起，闭上眼之前，伸手对外指了指。这是示意她自己赶紧滚蛋的意思。

景横波这时候便是请她走也不会走了，看都没看大神的手势，先奔到门边，确定四面无人，赶紧将虚掩的门关上。随即她看看宫胤脸色似乎没有好转，想着是不是去找点药，天南王在阁内里间有休息室，可是现在能去吗？她和耶律祁正忙着好事呢。再说她和耶律祁对宫胤也没有好意，知道他出问题还能不出手？还没想清楚，一回头，她短促地啊了一声，惊讶地发现，不知何时，宫胤露在身体外的所有肌肤，都笼罩了一层淡淡的冰晶，竟然顷刻之间成了一个冰人。

这是个什么造型？到底是发作还是疗伤？景横波蹲在冰人胤面前，仔细研究了一下，眼看那冰渐渐蔓延过他的所有肌肤，在越来越厚即将冻住他整个人的时候忽然停止，随即，有淡淡的雾气升起，那冰又开始以极慢的速度在消融。景横波若有所悟，看来宫胤在疗伤，冰化之时，就是恢复行动能力的时候。般若雪到底是一门什么样的功夫？怎么这么奇怪？

景横波从冰化的速度上推算了一下，最起码还要一个时辰，宫胤才能恢复。这一个时辰怎么过？景横波捶胸——自作孽不可活！

内室里，天南王双臂如蛇，死死缠住了耶律祁。不知何时两人衣衫都已经半解，散落的衣襟垂在软榻下。

“耶律……我的好人儿……”天南王回忆着景横波看人时的角度，爱娇地攀着他的肩，吐气如兰拂着他耳郭，“……今晚……今晚咱们在一起好不好……”

“好……”耶律祁含笑俯看着她，揽住她的腰将她放倒，“……那我先去洗浴……”

“不用了……”天南王迅速伸臂揽住将要抽身而起的他，一点点地将他往榻上拽，“别败了兴致，我不嫌你的……现在……咱们现在就……”手指有意无意几个轻巧的打转，耶律祁前襟的扣子无声无息地松落。

天南王呼吸越发急促，脚背弓起，轻轻蹭着他的腿弯，手臂如藤蔓般，死死将他缠紧。她的手伸在被褥下，掌中“口罩”蓄势以待，只是一直正面对着耶律祁，没法给他贴上，她也不甘心贴在枕头上，怕影响效果。

“也好……”耶律祁低低笑着，温柔地揽住她，身子缓缓倾下。

天南王心花怒放。今日他如此配合，看来果真心动，也许无须口罩功用，便水到渠成。她噘起红唇如娇花，殷勤迎上。

唇将相触，耶律祁忽然一顿，随即抬头，道：“怎么忽然冷了？”

天南王此时正浑身燥热如着火，听着便觉得他搪塞，眼神微微一冷，道：“这里四季如春，哪里冷了？”

耶律祁神色却很凝重，抬头注视着隔绝了外间的层层帐幔，忽然道：“有雾气。”

天南王不耐烦地道：“夜雾而已！咱们赶紧睡吧！”一伸腿将耶律祁往自己面前一勾。

耶律祁撑住双臂，低头瞧她，笑道：“我这不是关心你吗？你把护卫机关都撤走了，你的安全自然便该我操心，你瞧瞧这夜雾，有冰霜之气，明显不对劲。”

天南王听他说得慎重，不甘不愿地半转身，看了好半天，才看见深红帐幔缝隙里透进一缕淡淡的白色雾气，隐约似有寒气袭来。“可能外头起风了吧……”她懒懒地道，伸臂去揽他的脖子。

“不像……我得去瞧瞧，马上就来，”耶律祁低头，在她脖子上轻轻一触，低笑道：“别急啊我的美人，等着我……”他温柔却又坚决地拉开天南王的手，起身下榻。

天南王不甘心地起身，转头望他坚决的背影，恨恨地擂了软榻一拳。

耶律祁心思却都在那一缕冰霜之气上，掀开帐幔对外头看了一眼，眼底忽然浮现笑意。真是……意想不到啊……

“祁……”身后天南王在软软娇唤，“没什么吧，快回来……”

“哦，好像有点不对，”他回头，对她温柔一笑，“我去瞧瞧，可不能让刺客惊扰了你。”

天南王目光落在他领口，不知何时他被她解开的几道扣子都已经再次扣上了！

景横波时刻听着里头的动静，不知道怎的，她就是觉得不放心。就她对耶律祁的了解，就算有霏霏尿液版手帕，天南王那个智商也未必能搞得定他。可她又不敢移动宫胤，怕惊动外头的守卫，也不敢试图通知宫胤护卫，再说她也不知道宫胤通知护卫的方法。耳中隐约听到细碎动静，似乎里间有低低人声。景横波转目四顾，顺手抄起一个珐琅花瓶抓在手里，轻手轻脚地走到里面门口。醉霓阁的里间外间没有隔扇，就是一层层厚重的帐幔，人走过去完全无声。景横波抓着花瓶蓄势以待，同时在帐幔旁的盆架上瞄准了一盆盆景。

室内暗沉沉，气氛压抑而沉静，物件都笼罩在晦暗的光影里，声音都闷在厚厚的帐幔中，似从遥远的地方回声而来，只有宫胤身上散发出的一缕淡淡的冰霜气息，似有若无地穿堂入户。帐幔忽然动了动，一根手指探了出来，景横波屏住呼吸，举起花瓶——

天南王盯着耶律祁的背影，被拒绝被欺骗的恼恨这一刻似火一般蓬勃燃起，嚓的一下点燃了所有理智。她悄无声息地翻身下榻，赤脚走到耶律祁背后，手里紧紧扣住那加料“口罩”！

耶律祁掀起帐幔。

“啊，你是谁！”天南王忽然一声尖叫，声音惨厉。

耶律祁下意识回头，第一眼便看清身后没有状况，顿知不好，眼角扫到天南王狂扑而来，掌心一抹白色的东西，他急退！呼啦一声帐幔直直飞起，如门户洞开，他的身子已经闪电般退向外间。

砰！他身子穿越帐幔那一刻，一声脆响，一只沉重的花瓶快准狠地砸向他脑袋，景横波出手！

耶律祁后有天南王手拿卫生巾狂追，侧有景横波高举花瓶埋伏，百忙中只来得及微微侧头。啪的一声花瓶碎在他左肩。便是钢筋铁骨，这一刻也难免微痛，他动作微微一顿，天南王已经扑上，纵身一跃将他压倒，手中卫生巾顺势狠狠地拍在他嘴上！

耶律祁身子一顿，后退之势顿止，砰然倒地。又是砰的一声，天南王收势不住，栽倒在他身上。接着再砰的一声，架子上的盆景倒下，砸在天南王背上，砸得她眼睛翻白直接晕了。

一地碎片旁，景横波拍拍手，蹿出来，无声地“耶”。

耶律祁醒得很快。虽然有伤在身，又屡受暗算，但底子好就是好，霏霏尿也好，花瓶也好，都不能令他长久昏迷。他睁开眼睛的时候，先看见一边被捆起的天南王，再看见对面盘膝坐着的景横波。她还是先前的舞娘装束，长发披散花朵妖艳，七彩璎珞琉璃垂在雪白的腹部和纤细的腰部，火红飘逸的裙摆在身周覆盖出饱满的圆，同样雪白的脚上金铃金光一闪一闪，装扮诱惑而姿态庄重，让人想起古壁画上色彩浓丽姿态曼妙的飞天。

耶律祁的眼神有一霎迷醉，不过当他发现自己的处境时，刚刚弥漫的绮思顿时消散。他的嘴被一片白白的东西封住，印象中这好像是天南王最后一扑贴在他嘴上的，手被捆在背后，用的是越挣扎越勒入肉的掺了牛筋的丝索。这还罢了，更重要的是一柄明晃晃的小刀插在他肩头。他斜睨肩头，终于露一抹无奈的笑。插得可真巧妙。正正是他的真气运转枢纽之地，等于加上一层强力禁制，他的真气会在这里被阻断，失去反抗能力。她不可能知道这个，是宫胤教她的吧？

对面的女子托着下巴，笑得没心没肺。

景横波笑吟吟地瞧着他。从他的神色中，确定自己猜对了。她脑海中忽然掠过无数只被肢解的兔子、狍子、獾子，掠过当日密林里宫胤说过的话，“从肩胛三分下部位刺入……对，不仅动物可以这样处理，对某些人，也可以。”大神从来不说废话，这句他说过两遍，所以当她看见耶律祁的时候，便想，这肩胛三分要害，是指他吧？她脑海里飘过宫胤给她示范时的手，修长稳定，闪耀着林间细碎的日光。为什么会出现冰晶？为什么会有这样的状况？

耶律祁看着她微微放空的双眸，就知道她又走神了，忍不住叹口气，“你打算怎样？这样和我相看两相厌吗？”声音从卫生巾后传出，不太清晰，那玩意黏性不够，两句话的工夫掉下大半。耶律祁觉得有点头晕，甩甩头，又掉下一截。

景横波转回目光，盯着他嘴上的卫生巾，白白的一大块贴在耶律祁嘴上真是赏心悦目啊，她从没想到卫生巾换个位置竟然效果如此销魂啊销魂。

她笑容太暧昧，以至于耶律祁狐疑地盯着那一大块，问：“这是什么东西？”

景横波一点都不打算让他好过。“哦，”她轻描淡写地道，“这是女人特制的卫生用品。不方便的时候用的。对了，就是你想的那个。听说这玩意可以辟邪，还能令男人倒霉，我觉得简直是天生为你设计的。瞧，妥帖安全三百六十度二十四小时不泄漏，点赞。”

耶律祁：“……”下一瞬他运气一喷，那玩意飘然落地，耶律祁脸色青了白白了青，唯一可宽慰自己的是这东西雪白干净，看起来是没用过的。

下一瞬景横波便残忍地打破了他的自我安慰。“对了，忘记告诉你，”她笑吟吟地道，“这玩意虽然没用过，但是呢，我让我的宠物在上面撒了泡尿。”

耶律祁决定以后有机会一定要让她戴着自己的亵裤跳舞！

景横波欣赏完了他迅速变换又迅速平复的脸色，暗赞国师级别的定力果然都不错，本来她还想瞧瞧紫脸耶律祁好不好看来着。“这玩意我还有很多，如果你不想一张张地被贴住、以后一辈子霉得出门被车撞走路被石砸的话……”景横波笑吟吟点了点他，“咱们就来做个交易。”

“嗯？”耶律祁运气，努力忘记地上那白白的一条。

“我不要你的命，你送我和宫胤出宫。”她道。

“送出宫之后呢？宫胤护卫来追杀我？”

“那是你的事，难道我还得保护你？别告诉我这点自保本事你都没，”她不买账，“我不现在杀你，就是给你机会。”

“我肩膀很痛，怕走不动，”耶律祁对她展开微笑，夜色里幽然生光，“你扶着我，我送你们出去。”

“我还是把天南王弄醒好了，”景横波若有所思地道，“她虽然破了头，但是应该还是有体力把你给办了吧？”

“你舍得？”耶律祁似笑非笑，“我的人，本来只打算留给你呢，我的陛下。”

“不接收二手货。”景横波笑得比他还勾魂。

“二十余年守身如玉，不信你可以验证。”耶律祁眨眨眼。

景横波指了指他的胸膛，“被别人靠过的。”指了指他的脸，“被别人摸过的。”手指上下一划，似将他整个人都划去，“被别人从头到脚染指过的。”指尖一弹，啪一个响指，“三万里大海都洗不干净你身上的脂粉味。”

耶律祁挑眉，并不生气，眼角斜斜瞟过半凝冰状态的宫胤，“沾染他人香气，也比沾染他人身体要来得干净吧？”

“谁？”景横波难得敏感。

耶律祁笑而不语，瞟向宫胤的眼神，便是无声的答案。

“和谁？”景横波来了八卦心。

“你说呢？”耶律祁微笑，“国师若无意外，都是娶女王呢。”

景横波倒是第一次听见这个，微微一怔，忍不住瞟了宫胤一眼。

“大荒国内，对于当初的旧事，都讳莫如深，或许，这个答案只有宫胤能给你了。当然，他会给你什么答案，得看他自己情愿。祝你灵台清明，永不为他人蛊惑。”

景横波抬起眼睛，定定看他，耶律祁被她剔透又神秘的眼光看得有点不自在，轻咳一声，微笑，“怎么？”

“我现在就在被蛊惑，好在我灵台清明。”景横波纤长的手指点点他，“耶律祁，不要白费力气，想挑拨，也要看什么时候。”

“哦？对他这么有信心？”

“我对自己的直觉有信心，我对男人的细微反应有判断。”景横波狡黠地一笑，“什么叫秘闻？就是只有当事人知道，然后一堆人猜来猜去传来传去传得离题万里面目全非的玩意儿。闲话八卦，听听就完了，当真那不是找虐？再说……那关我什么事？”

景横波背对宫胤，没有发现，最后一句话音刚落，脸上冰晶已经全部消融的宫胤忽然睁开眼看了她一眼。

景横波没看见这一眼，却忽然发现坐自己对面的耶律祁笑得很贱很开心。一般狐狸们这种笑容都没好事，她不想再和狐狸扯皮下去，起身，随手扯过之前备好的披风披了，拔下那柄小刀，用刀背敲敲耶律祁的背，“走吧。”刀刺入的伤口只要还没愈合，都会对耶律祁造成阻断，她留着这把刀还好防身。

耶律祁从容地站起身，景横波将宫胤挪到他背上，笑道："背好你的老相好啊，千万别摔跌了。"然后她一脚踢醒天南王。"大王，"她在刚从昏迷中醒来、还没搞清楚状况、眼神发空的天南王耳边絮絮叨叨，"你刚才差点死了！多亏我冒险救了你！现在那个白衣服受了伤，耶律祁要送他出去疗伤。我劝你，赶紧把瘟神送走吧，别给自己找麻烦了。这些人你搞不掂的啊！"

"我……"天南王晕晕乎乎的。

"你就这么办了。"景横波一手搀起她，手中小刀硬硬地顶在天南王的腰上。

天南王浑身一颤，稍稍清醒，惊恐地望着她。景横波对她展现足可颠倒众生的笑容。这样的笑容璀璨又坚硬，天南王咽口唾沫，无可奈何地认识到，和景横波这样看似好商量的人，其实没什么商量的余地，她只能慢慢地挪出去。耶律祁真气被阻断，行动却没什么妨碍，似笑非笑地背着宫胤跟着。景横波最警惕的就是他，一手挟持着天南王，一边还用眼角扫着他。

耶律祁走了几步，也没回头，忽然道："我背后有什么？"

"这都被你发现了。"景横波娇笑如花，"一根钗子而已，稍稍有点尖，可能刺死人，也可能刺不死，或者你可以试试？"

天南王骇然看着一根金钗不知何时悄然悬浮在耶律祁背后，闪闪发光的尖锐顶端对准耶律祁后心。景横波却觉得疲惫，她的意念控物其实不能维持长时间，正如带人瞬移也不能太远一样。等下一出去，她要挟持天南王，要看守耶律祁，还要注意天南王的护卫的动向，一心三用，怎么顾得过来？果然，几个人一出现在阁外，立即有幢幢黑影出现在桥的两侧，将桥堵死。

"我说，你何必一定要抓着我？"耶律祁悠悠地道，"这一路退出去，大王的护卫随时可能出手，你顾得过来吗？"

"不抓着你行吗？你才是最大的变数。"景横波的钗子轻轻戳了戳耶律祁，"向下走。"

向下是近水的阶梯，系着宫人们用来传送菜品的小舟。耶律祁眼底掠过一丝诧异、一丝激赏，想不到她竟智慧如此。

一行人下桥，上船，景横波让耶律祁坐在船头，将天南王绑住双手放在船尾，她和宫胤坐在中间，金钗悬浮在耶律祁身后。这是宫中活水，顺水可以驶向宫外，河水颇宽，两岸射箭的可能性不大，将天南王押船尾，她就是一个活活的挡箭牌，避免了有人从桥上射箭暗杀她和宫胤。耶律祁在船头，自然也是一个人肉挡箭牌，等会儿接近宫门处必定有闸门看守，谁要出手阻拦，就让耶律大人挡着好了。

"麻烦耶律大人撑船了。"她将桨递给他，嫣然一笑，"咱们刚认识的时候，你便为我撑过船，现在正好试试手生不？"

"你若许可，我愿为你一辈子操船。"他毫无异议，语气深情款款。

景横波不过呵呵一笑。耶律祁看她一眼，一笑坐在船头，长袍悠悠地散开去，在夜风中缓缓鼓荡。水声唰唰，反显得船稳夜静，岸上天南王的护卫们紧张地跟随移动着，幢幢黑影似风一般掠过。耶律祁听着身后女子平稳的呼吸，心中也似这水波般，微微漾起。以往从未真正将她放在眼里，此刻，他却听着她的呼吸，想着她熠熠光彩的面容，心似这流水悠悠，面上平静，自有横波脉脉。

景横波这时候却忙得很，顾不上他的细微心情。她悄悄撤走了那柄金钗，偷偷抹一把汗，从宫胤身上剥下一块冰晶，搁在了耶律祁的身后。一直维持金钗悬浮状态，她现在是不行的。既然耶律祁感觉那么敏锐，想必冰块的寒气也会让他感觉到杀机？

耶律祁似乎毫无所觉，背影平静，景横波吐一口气，看一眼身边的宫胤，他身上的冰晶已经化到了膝头，月光下脸色冷白，不似人间气息。她忽然想用掌心焐热他。手还没抬起，忽然听见耶律祁悠悠地道："行舟欸乃，月夜花明，身边有美人相伴，岸上有好汉相送，似乎正是一个谈心说故事的好时机。"

景横波咯咯一笑，"好啊，要不说一说你和宫胤之间不得不说的故事？"

"或者是宫胤和前女王之间不得不说的故事？"耶律祁声音含笑低沉，"想不想听？"

"不想。"景横波悻悻地哼一声，不认为从耶律祁嘴里出来的八卦有什么可信度，耳朵却不由自主地竖了起来。

耶律祁就好像没听见她的话，手指轻轻掠过流水，开讲，"大荒的政治格局一向都很奇怪，巧合的是，每代的左右国师必定一个出身豪门，一个出身民间。传说里，如果有一代出现了变化，将预示着大荒政治格局的巨大变动。"

景横波插嘴，"反正这一代还是没变化，你出身豪门，宫胤出身民间。"

"呵呵，没变化……"耶律祁笑得似乎有几分古怪，"好吧，算他出身民间好了。话说有一年，还是前前女王在位的时候，大荒朝野上流星般崛起一个小子，获得了前右国师的信重。短短三年，他为前右国师铲除异己，稳定部族，丰满羽翼，交联势力，立下了汗马功劳。"

景横波静静地听着，轻轻捞起水面上浮沉的一瓣落花，花上结着细碎的冰晶，看上去像假花。

"前右国师很喜欢这小子，数次说要将女儿嫁给他。当时前右国师的女儿年纪还太小，都说等再过几年，大抵好事就要成了。"

"但是好日子终究没有来，一年后，前右国师出巡时被刺暴毙，整个府邸被屠满门，连那小小女孩，也难逃毒手。"

耶律祁语气深幽，景横波注视黑漆漆的河面和远处宫殿的森然星火，想着数年前的某一夜，刺客在黑夜中翩飞，细长的剑尖滴落浓腻的鲜血，不由打了个寒战。

"那个深受前右国师大恩的小子，自然发誓要为恩人报仇。但是刺客下手干净利落，毫无线索。而此时前右国师留下的势力急需一个新的领导者。这位领导者自然非这位原未来女婿莫属。毕竟之前好几年，这些事都是他出面打理，早已为大家所信奉，他接受前右国师基业，顺理成章。"

“所以，四年，他只用了四年，便成为大荒历史上最年轻的国师。上位之后手段铁腕，行事决断，以强硬手段迅速镇服大荒朝野，逐渐把持了政权。”

“他掌权后没多久，有消息传出来，说当初前右国师的女儿没死，流落荒野。他闻讯派人多方打听，至于打听着没打听着，除了他没人知道。总之对外，都是说没打听着的。”

“又一年，前女王驾崩，国师定转世女王。那一年我刚做国师，在宫中势力还不如他，当夜占星塔上左右国师定卦，我的卦在出来前一刻忽然被天风所毁，卦象便以右国师的为准。而我当夜下塔时失足受伤，迎接转世女王便是他亲自去了。”

他似乎轻笑了一下。景横波垂眼不语。

“他迎回了女王。便是前明城女王。回来的第一天，就有些臣子觉得不对劲。”

“哪里不对劲？”景横波忍不住问。

“女王似乎有点脸熟。”

“你不会说她是前右国师女儿吧？”景横波冷笑，“问题是如果是前右国师女儿，自然很多人见过，相隔也不算久，应该一眼就认得出，怎么会仅仅觉得脸熟？”

“是啊……”耶律祁点点头，手一遍遍在船帮上轻轻拂过，“这是个问题。再说也只有几个人这么觉得，所以都将疑问搁在了心里。之后不多久，众人又发现了第二个疑问。”

这回景横波不问了，反正不问他也会说的。

果然耶律祁道：“众人发现国师和女王似乎关系不和。两人一直避免见面，据说见面就会出些事端。但国师没有因此对女王不好，相反，他对她约束比较宽松，明城女工是历代女王当中拥有自由较多、权力也相对较大的一位。”

“两人之间奇异的状态，令人猜疑，却没人能给出答案。众人公认的是，无论国师态度对女王如何冷淡，但他确实给了女王很大优裕。有些遵守旧传统的人，就开始提出女王下嫁国师之事。”

景横波托着下巴，瞟一眼宫胤——好像没嫁成？

“你说，”耶律祁忽然问她，“他同意没同意？”

景横波懒洋洋地道：“关我什么事？”

“他同意不同意先不说，但是另外有件事不得不说。”耶律祁笑得似乎有几分恶意，“这件事，和现在船尾这家伙满身挂冰的状况有关系。”

景横波眯起眼睛，这事儿她还是关心的，总得知道原因才能对症下药，不然这家伙不小心就结冰她哪里来得及敲？听着这故事，她看似不关心，其实一直在思索，也就没再注意前方动向。

“听闻下嫁消息之后不久，某日女王开繁花宴，宴请国师。国师本来不想去，女王派人给他送了一封信，之后他便去了。没想到他一去，女王就对他做了一件非常残忍的事……”

“什么事？”景横波心中一紧，忍不住身子向前一倾。

“让你一辈子都难以幸福的事！”耶律祁忽然哈哈一笑，跃身而起，扑通一声，跃入水中！

“大贱人！”景横波没想到他重伤也敢跳水，大惊之下站起，刚要去抓，一抬头忽然看见前方铁闸！最后一道用于防守的宫门水闸，已经降下来了！铁闸深黑，上下左右都闪烁着武器的冷光，天南王宫的护卫已经严阵以待。景横波劈手就去抓天南王，这阵势她早有准备，有种就射！然而船身忽然一震，明明没了操桨人，却速度加快，箭一般向前射去。景横波还没来得及推出天南王当箭靶，上头护卫还没能看清船上是谁，船已经飞一般地直撞铁闸！电光石火，景横波来不及骂耶律祁，心中念头一闪而过，知道必定是他搞鬼！

尖尖船头将要撞上沉重铁闸，三丈、两丈、一丈……风将景横波的长发掠起，乱乱覆了她一脸。铁闸上士兵已经放下武器，谁都知道不必要再出手，看船的去势，马上就要在铁闸上撞得粉碎。景横波来得及瞬移，但是此刻却根本没有去想。船身将要撞上铁闸的那一刻，她忽然反身扑到船尾，扑在了宫胤身上，一把抱住了他。正在此时，宫胤忽然睁眼，抬头，啪，似有声似无声，两唇相交，紧紧贴合。一瞬间景横波瞪大了眼睛，在同样忽然睁大的宫胤的眸子里，看见自己惊愕的眼光。两目相望，倒映彼此。而唇的香气交融，是温软与微凉的对接，是馥郁和清冽的渗透。一霎便如千年。

砰的一声巨震，景横波只觉大力似捶在背上，五脏六腑都似在翻涌。船撞上铁闸了！巨大的撞击力让她身子向上一震，却被身下的宫胤双臂一抬紧紧抱住，随即一个翻身，在落水之前凭空腾跃而起。

他散飞的白色衣袂在空中团舞若落英，人未落下，手中寒光一闪，一剑直刺河心！

景横波清晰地看见河水之下一道横纹一闪而逝，片刻，大团大团的红色液体升腾而起，将一片河面染红。她微微一惊。耶律祁中剑了？死了？这狡猾多智、城府深沉、随时都有新变化的大荒能人，真的就这么死了？宫胤这一剑决断干脆，突如其来，选的是人在水下动作最缓慢的时候，想想似乎他不可能逃得开。

半空里宫胤纷飞的衣袂似散开的梨花雪，细碎的冰晶簌簌而下，化为尖锐的冰凌，直射河水之中。满天碎冰如冷月，他似从洪荒冰雪时代走出的天人。宫墙铁闸上护卫们茫然抬头，一时忘记出手。宫胤的反应却永远不会迟钝，一抬手将被撞昏的天南王拎起，随手一甩。呼的一声，百十斤的人被他凌空甩起，湿淋淋水花四溅，甩上墙头。

“大王！”护卫们终于认出这倒霉蛋是谁，慌忙丢下武器去接。一片乱象中，白影一闪，宫胤携着景横波已经悠然越过宫墙，消失在长天的另一端。只留纷乱宫城，昏迷大王，一地碎片，一池还在静静泛红的河水。

马车外的景色，渐渐由苍黄色的云雷高原，转为连绵的大片的树，叶片翠绿宽阔，泛着油一般的亮光。景横波掀开帘子，探头看看外面的景色。脸上几分期待的神情。离开西鄂已经有段日子，当晚脱险后，宫胤立即整装上路，似乎也没有兴趣再去追索耶律祁的死活了。之后路途很是平静，安全过了羯胡草原和云雷高原，现在，已经可以算是将要进入大荒地域了。

道路掩映在长草中，不宽，勉强能行走马车。树林深处，似乎有大片大片的黑色土地，遥遥发出油腻的光，护卫说那就是占大荒泽面积百分之三十以上的沼泽。这些沼泽大部分危险无用，只占据面积，只有百分之六的沼泽是有特殊出产或者作用的。每个特殊的沼泽，都会造就一个强盛的属国或者部族。因为沼泽占地太多，耕种面积太少，大荒的农耕发展得很不怎么样，这么些年来，都是靠丰富的宝石黄金出产，偷偷地和外界买粮食，吃了不少亏。

第一次听到这个说法，景横波忍不住脱口而出："这要把其余的沼泽给利用上，你们岂不是又多了一片国土，又多了许多产出，很多贫民得到温饱，整个国力都有所提升？"

"可不是吗！"护卫们答，"大荒闭锁，也是因为沼泽过多，粮食太贵，民生难调，无法攻打别人，别人也无法攻击。沼泽保护了我们，也限制了我们。"

有护卫指着遥远的在沼泽边寻找吃食的百姓，指着他们褴褛的衣着道："看见他们就想起我还没进宫前，我娘和我妹就是这样的，一年有半年在找食物，在饿肚子，逢上荒年和灾年，为了抢一块小地，会出现两族火拼，地主可以杀掉一村人。"

"至于吗？"景横波很惊讶，"沼泽也可以种东西啊，一样可以有产出啊。"

"沼泽怎么能种出东西？"护卫们不以为然，"陛下您这想法，一听就是贵人们理所当然的想法。百姓们在沼泽试种过很多东西，都没能成功，还毁掉了很多宝贵的粮食，后来大家就知道沼泽无用，再也不乱试了。"

"这谁要找出给沼泽增加产出的办法，可不就是你们的大恩人？"景横波开玩笑。

"那当然！"护卫们答得坚决，充满憧憬，"那人会成为大荒所有人的救命恩人！大荒所有人的神！他会成为大荒人永远感激涕零的人，永远享受大荒百姓的供奉！因为他让百姓们不再饿肚子了，功德无量！"于百姓眼中，国土扩充也好，国力强盛也好，都不如一个喂饱肚子来得最重要、最实际。

景横波被他的语气说得热血沸腾，然而随即那护卫便颓然低下头，"怎么可能呢？那么多高人试过都没成功的事……别多想了……"

景横波却在抱头拼命想——她记得好像在哪看见过沼泽的种植使用方法来着？在哪？想了很久没有结果，景横波只有暂时遗憾地放弃做大荒神的机会。

在那样的路上走了两天，景横波才后知后觉地想起一件事——传说中大荒的遍地沼泽呢？传说中大荒的神秘门户呢？传说中那无数被冻住的各国士兵雕塑呢？为什么这一路过来都没看见？她回望两侧似要压下的高山，恍然大悟。难怪大荒这些人对大陆各国并不陌生，各国眼里大荒却无比神秘，原来在大荒境内，另有通往各国的密道，只是掩藏在大山和沼泽之间，多年来各国没有发现罢了。

一根手指敲在掀开的车窗边，手指雪白如玉雕。

她色眯眯地想，这手指真好看。

手指在她面前一晃，变戏法般手中多了一个华贵的大盒子，宫胤的声音从上头冷冰冰地传来："请你注意这盒子，而不是我的手。"

景横波："啥？"

盒子扔在她腿上，重得她吱吱乱叫。

“换上这衣服，从今天开始，你可能就要不间断地接见六国八部的代表。注意仪态，千万别丢了我的脸。”大神冷冷淡淡地答。

景横波叹口气——自从那坑爹的一晚之后，她和宫胤之间的状态，便一夜回到了从前。宫胤好像忽然患了失忆症，忘记了之前那些隐约的眼神和暧昧的萌动，重新做回了他自己——冷峻、疏离，而毒舌。

景横波这才注意到宫胤今天的衣服似乎也有了变化，虽然仍旧是白衣，但质料更加精美，袖口一排银色珍珠扣子紧束，每枚珍珠四周都绣着极其精美的卷草瑞兽纹，日光一照，瑞气升腾。雪白镶银边的披风从他肩头卷下，从肩至手腕，亦有银线绣成似龙非龙的飞腾之兽，随着日光出没忽隐忽现，如龙隐深渊，待时而升。他一头乌发以一枚温润云纹白玉簪簪住，玉色如高山之上无人履及的皑皑白雪，而发如流水，闪着暗暗的乌光。从马车阴暗的角落看车外日光下的他，像看见蓝天之下矗立的水晶雕像，清净自持，不容亵渎。

盒子里的衣服，她用尽了力气才拉出来，果然是缀满宝石、金线就用了好几斤的华丽礼服。景横波很喜欢宝石，但绝不喜欢背着宝石到处跑。何况这礼服毫无式样，从头到脚直直一条，丝毫不能展现身体曲线，她最讨厌不能展现她美好身材的衣服！穿着密不透风的礼服，端正坐在车里，等着什么乱七八糟的野人来迎接，景横波觉得自己特别傻。唯一的乐趣，就是隔着窗子看看宫大神华丽丽的背影了。真好看，景横波第十八次抹掉唇边口水。可惜宫胤就是不肯回头，脊背笔直，目光只在前方。

景横波十分怨念——这家伙也太别扭了，不就是占了她一点便宜吗？怎么搞得好像是他被占便宜一样？难道要她付精神损失费？景横波悻悻地缩在座位上，抓住窗帘穗子慢慢地揪。

霏霏在一边啃肉夹馍，时不时抬头看看她，眼神里写满“手贱”。

远处忽然传来号角声，雄浑悠长，节奏一快三慢，隐约有狮虎咆哮之声。

宫胤的马停住了，似乎在仔细辨认号角声。

一个前探的护卫快马奔来，老远就在高叫，“报国师：六国八部使者，百里远迎王驾！”

宫胤神色忽然一紧。

马车旁蒙虎一脸诧异，自言自语：“百里迎王驾！现在还有这个规矩？好端端怎么来这一手？还有，来的怎么不是襄国？”

“什么意思？”景横波探头出去，看见远处一道黑色队列，如怒龙般飙来。

“凡间生彩凤，龙虎动风云。十四彩衣使，不辞千里迎。”蒙虎沉声道，“这是大荒迎接王者的旧风俗之一。以前，转世女王初次进入王城继位之前，隶属于大荒的六国八部都应派使者彩衣相迎，迎出千里虽然夸张了点，但可以迎出百里，而且六国八部飞马衔接，一路连着一路，直到王驾进京，正好十四使全部出动。”

语声里，那一队黑衣骑士在距离车队十丈外停下，当先骑士手臂一振，一柄黑色镶金边旗帜钉入泥土，大幅黑色锦缎旗面呼啦一声招展而开，上头金色飞鹰双翼如盖，利爪如铁。

骑士们在道路两边一字排开，在马上微微俯身，从远处望去下巴排成笔直一线，日光从头盔的银片上穿过，射出一道雪亮的银光。

“六国以国君姓氏为国号，这是易国派出的护卫队，易国国土紧邻神农沼泽，沼泽中盛产迷幻草和天机泥，都有变幻改颜的功效，所以易国人以变化和蛊惑闻名。”蒙虎介绍，指着队伍最前面一个彪悍的大胡子，“陛下，你看这位是男是女？”

“当然是男的。”

“易国黑衣飞鹰使见过陛下。”大胡子开口，声音娇嫩，还对景横波娇滴滴使了个媚眼。

景横波的脑袋砰的一下撞在车壁上。

蒙虎又指着一个身材窈窕杏眼桃腮、肌肤吹弹可破的美貌护卫问景横波，“陛下，这个呢？”

“男的！”景横波干脆来个最不像的答案。

“女的。”蒙虎的回答让景横波怒目圆睁，正想骂他耍人，蒙虎轻描淡写地道：“但是八成已经五十岁了。你看她的脖子……”

景横波掀起裙子就往车下跳，“快快！我要问问她驻颜良方……”

蒙虎手疾眼快把她扯了回去，告诉她：“易族的改颜没你想象的那么美好，脸上年轻一岁，身上就老一岁，你愿意？”

景横波想着那年轻美貌的女侍卫身上一层层垂挂的皮，打了个寒战坐稳。

“这个呢？”蒙虎指着一个面貌平常的高个子青年问她。

景横波看了半晌，肯定地回答：“人妖！”

“……那是个孩子，不超过十岁。”

“妖怪民族！”景横波扒着车窗哀叹，觉得要去的地方有各种不正常。

蒙虎不以为然地笑笑。这算什么，易国不过是六国八部里较弱的一国而已。

车马队伍驶过护卫群，那大胡子女护卫手一挥，分列道旁的护卫无声无息地汇入护卫人群，跟随在队伍的最后。

“他们将一直护送王驾至王城。”蒙虎解释。

这边刚刚汇入队伍，前方绿色旋风已经卷来，景横波老远就看见一群绿巨人在迅速接近，到了近前才看清楚这百人队人人都戴着绿色的高帽子。帽子最矮的有半尺高，最高的足有三尺，顶上还镶嵌着大小不一的绿色宝石，远远看去像来了一堆莴苣。

“蒙国。”蒙虎的脸色不太好看，有点生硬地道：“临近绿沼泽，以绿沼泽中独有的铁甲兽为图腾，崇尚一切自然之力，崇拜绿色。”

“哈哈哈哈哈哈，绿帽子！”景横波抱着肚子在车里滚来滚去，“居然有爱绿帽子的民族，哈哈哈哈，这世界太玄幻了……”

绿帽子蒙国卫队接近后，景横波才发现这群人大部分都很矮——难怪喜欢戴高帽子，而且他们职位越高帽子越高，排在最前面的两个护卫头领分列两侧向景横波的马车鞠躬时，头上两顶长达三尺的绿色高帽砰地撞在了一起。

景横波笑得差点掉下马车。笑得蒙虎脸色铁青，之后一直不理她，直到黄色旋风卷来，才勉强道："禹国，临近厚土沼泽，也是大荒当中最盛产宝石的地方。富裕而民风懒散，钱多而最爱生事。"

景横波老远就听见丁零当啷的声音，一大片金光在迅速接近，每个人都是一座移动的黄金城堡，金色盔甲金色长袍金色护臂上镶满了彩色宝石，刀鞘上都用宝石镶出各种诡异图案。他们的袍子都特别长，拖泥带水地一直拖到地上，很明显是因为长长的袍摆可以多缀一点宝石。每匹马都不堪负荷，慢腾腾地走着，被沉重的奢侈品压得气喘吁吁。

"这样怎么打仗？"景横波注意到护卫的刀都是金子打的，瞠目结舌，"难道每次把宝石抠下来当赎金？"

"陛下英明。"

"……"

下一个队伍接近的时候，整个车队除了景横波那几个外来户，全部捂住了鼻子。

"啊？你们为什么捂鼻子？有什么不对吗？"景横波一边也拿袖子捂住鼻子一边东张西望，看见前方迅速接近的红色卫队，没有高帽子，没有金袍子，没有男女不分，看起来正常得很。

"商国。"蒙虎捂住鼻子，瓮声瓮气地答，"临近烈火沼泽，烈火沼泽盛产各类强筋健骨和治疗外伤的名药，是大荒最负盛名的医药之都。"

"这个要拉好关系，谁知道什么时候就要人看病了呢。"景横波下令掀开帘子，没注意到众人同情的眼神。

红色商国彩衣使，也如他们的衣服一般热情，看女王掀开帘幕，赶紧飞奔而来，当先的红衣使恭谨地躬身不敢抬头，"微臣……biu……商国红衣使郑香……biu……参见女王陛下……biu……陛下千秋万载……biu……德被万方……biu……"

biu biu怪声不绝，同时一股难以形容的味道散开来。景横波脸色铁青，忍住那股足以让人窒息的味道，低声问蒙虎："你告诉我……你千万告诉我……他不是在一边说话一边放屁……"

"陛下英明。"

景横波脑袋咚的一声撞在车壁上，"救命啊，快放下帘子！"

静筠已经趴一边吐了，翠姐气息奄奄地爬过去赶紧扯下了帘子。

商国红衣使眼神很哀怨，可是景横波更哀怨。她发现即使放下帘子，也不能阻止那股怪气体的渗入，因为整个队伍的护卫都在放屁。

"烈火沼泽虽然出产丰富灵药，但也有一点不好的地方，"蒙虎这才给她解释，"沼泽散发一种奇怪的气息，虽然能令人强身健体，但靠近久了，会肚腹胀气，容易……泄气。"

景横波对他怒目而视，恨他的不提醒，原来看起来老实的家伙才是最恶毒的。她瞟一眼宫胤，发觉那家伙竟然不知何时戴上了一个奇怪的面具，想必是为了遮挡商国彩衣使节的臭气攻势。果然有其仆必有其主！

商国红衣使被安排在了队伍最后端还差百米的地方，他们汇入队伍时，景横波发现那红色旗帜上竟然绣的是黄鼠狼。

队伍一队队地过来，百里道路两侧渐渐插满了彩旗，灯火下一路逶迤如彩龙，看起来蔚为壮观。

景横波这一天眼珠子掉在地下就没捡起来过，虽然她还没正式继位，按照严厉的大荒规矩，现在不能和这些彩衣使接触，但是风采各异的大荒六国八部，已经足够让她“不明觉厉，累觉不爱”。

六国中姬国全是女子，住在海拔最高的接天沼泽附近。她们骑的是兽驼羊，据说是她们一位祖先漂洋过海带回来的，在气候特殊的接天沼泽附近繁育成功。现在已经成为姬国的主要驼兽，甚至出现了变种驼羊，不仅拥有驼羊原本的机警敏锐特质，还凶悍勇猛，体型巨大者甚至可力搏狮虎。

景横波自从发现了“草泥马”之后，就赖在车厢中哭号不休，“给我一只！给我一只！”最终如愿获得一只小号草泥马，取名小胤胤，准备训练成自己的专用坐骑。

“小……胤胤？”牵草泥马过来的蒙虎眼神闪烁着狐疑。

“小盈盈。”景横波对他媚笑，爱怜地抱着小“草泥马”，“小胤胤，晚上好！”

之后又有八部追风使远迎，浮水、沉铁、落云、斩羽为上四部，玳瑁、琉璃、黄金、翡翠为下四部。景横波发现一个规律，大荒的部族和王国划分，多半与境内最有特色的沼泽有关。比如上四部的浮水、沉铁、落云、斩羽，说的是境内沼泽的特性，浮水沼泽之上，水淹不沉，会浮起任何东西；沉铁、落云、斩羽顾名思义，就是能够解决一切经过的物体，一根毛都会被沼泽绞杀。至于黄金、翡翠、玳瑁、琉璃，自然就是那里盛产这些宝贝啦，景横波听到这四个名字，就已经在自己的“大荒必游攻略”名单上，将这四个排在了第一位。

一天一夜的工夫，五国八部前迎百里，十三色旗帜飘满了蜿蜒的道路，景横波的护卫队伍也成了浩浩荡荡的一长条，很有点女王的架势。不过让她有点不爽的是，虽然对方迎接女王的礼仪齐备，十分隆重，但对她这个正主却显得淡漠，态度好的在车马前拜一拜，态度不好的绕着车子打个转便罢了。倒是人人对宫胤十分趋奉，十三个护卫首领绕在宫胤身边，那大胡子女人笑声若银铃不绝，听得景横波牙痒痒只想把她的胡子一根根拔下来。

每到一个王国部族，对方都会在女王车驾车辕上插一面小小的彩旗，景横波在天快黑的时候数了数，咦了一声道：“还差一个。”

“还差一个最强大、离王城最近的襄国。”蒙虎接口，凝望夜色的眼神中隐有忧色。

“为什么没来？”

“六国八部，表面上大多和国师交好，但也有蠢蠢欲动不安分之辈，比如势力强盛的襄国，一直想取国师而代之，成为大荒权柄第一人。”蒙虎道，“百里迎女王的旧俗，其实已经荒废数十年，最近五代女王，都没享受到这个待遇。而且就算百里迎女王，也该是按照王国部族的地位排序，或者从弱到强，或者从强到弱，没有像这次这样打乱的，更没有说襄国久久不露面的，看来这次百里迎女王的礼仪，来得并不那么简单。”

景横波直了眼，喜悦的心情堕入谷底——难道还没进入大荒国境，就要先来一个下马威？她想起和耶律祁勾结、暗杀自己和宫胤的斩羽部，悻悻地道：“果然有人的地方就有江湖。”

“有人的地方就有江湖……”蒙虎重复一遍，一挑大拇指，“陛下好句！”

“何止好句，我还会作好诗呢，正宗梨花体，给你见识下。”景横波兴致勃勃地道，“听着，诗名‘一个人在大荒’。咳咳。”

被一群人簇拥办事经过的宫胤忽然停下了脚步，其余人莫名其妙站下，接着众人就听见马车上女王在高声朗诵：

“一个人在大荒。”

“毫无疑问。”

“我做的女王。”

“是全天下。”

“最牛的。”

道路边有一霎的寂静。

“这诗……”有人面露疑惑。

“这诗……”有人讪讪地作答。

“这诗好！”有人瞧瞧宫胤脸色，赶紧吹捧，“明快、简练、直白、动人。一个人在大荒，将孤身在异乡的游子的寂寞忧伤表达得淋漓尽致，而诗歌中隐含的豪气和壮志，透纸而出，入骨三分……”

众人露出呕吐神情，纷纷离这恶心的家伙远一点。宫胤皱着眉看着这个商国彩衣使，想着放屁功能是不是和拍马屁功能互通？

这边话音未落，那边找到感觉的新晋先锋女诗人忽然一拍桌子，大声道：“还有一首更好的！”

“《一个国师在大荒》！”

准备走开的宫胤停住脚步，眼眸眯起，眼神幽幽深深，一点黑光跳跃般闪烁。

景横波的声音在安静的夜色中传得很远。

“毫无疑问。”

“大荒的右国师。”

“是全天下。”

“最像僵尸的！”

死寂。

半晌宫胤面无表情地抬脚走了开去。他错了，他就不该停下来听的。对景横波抱有期待，好比相信商国人能不放屁。

一大群彩衣使节屁颠颠跟着，好像什么都没听见。

景横波不知道外头这么多听众，吟完了在马车里嘎嘎笑——她最近特讨厌宫胤，特别特别讨厌，哪怕骂骂他都像六月喝了冰可乐，爽。

马上她就爽不起来了。因为宫胤下令说错过宿头，露营不利，干脆连夜赶路，请女王陛下在车内不必下车。景横波立即崩溃了。这两天她都穿着沉重的行头在车内装木偶，一天下来里外汗湿，就指望晚上睡觉时在附近找个水塘洗个澡爽一爽。这一路虽是山路丛林，但水塘很多，水质干净温暖，是她一天的最佳享受。但现在，就因为一首贴切的诗，她唯一的享受就被剥夺了。

“不——行——”浑身汗湿一直熬着等休息洗澡的景横波听见这一句，顿觉浑身瘙痒齐发作，一分钟也不可忍受，唰的一下掀开车帘，就开始解衣纽，“我——要——洗——澡——”

车驾旁宫胤的眼睛清凌凌地扫过来，似夜空中最凛冽的星子。

景横波毫不退让，怒目而视。“你关我黑屋子，还不给我洗澡！”她控诉，苦大仇深。

宫胤似乎怔了怔，眼神微软，随即挥了挥手。

车马一停，景横波大喜，张开双臂就要对他扑上去，“小胤胤你最好了……”

“让开。”宫胤立即退让。

“滚开！”另一声却不是宫胤的，出自黑暗中，与此同时一道乌光呼啸而来，直扑景横波心口。乌光未至，隐约一股浓浊的气息逼入口鼻，那气息有点像臭鸡蛋气味，刺激性极大，景横波瞬间被熏得头晕眼花，身子发软，啪的一下摔到地上，跌了个狗吃屎。她四仰八叉趴在地上，头顶似乎有什么东西哗啦落下，砸在她背上，臭鸡蛋气味更浓了，她险些当场吐出来。

啪啪啪，黑暗中有人鼓掌，不疾不徐，一人哑哑地笑道：“不愧是女王陛下，跌起来也比别人好看。”

听见这个声音，正待搀扶她的宫胤停住，微微绷起了下巴。景横波抬起头，对面黑暗中缓缓凸现一个人影，一入目便是玲珑浮凸的身材，衣着怪异，上身软甲下身长裙。偏偏就是这样的衣服，却将她出众的身材尽情勾勒，显得饱满处越发饱满，纤细处越发纤细，而长裙飘飘，又显得长腿细腰，曲线飘逸。这身衣着奇特地将粗犷与精致、豪放与优美、刚硬与柔和结合在一起，让人未见其容，便已眼前一亮。她的声音微哑，乍一听并不好听，仔细听却听出几分慵懒沧桑几分冷，是同样令人记忆深刻的特别。

“襄国女相！”景横波听见人群中有人惊呼。

伴随这一声惊呼的，是猛然一声爆响，前方一团白光大亮，亮光中，一群紫衣骑士如同天神般狂驰而来，急速驱驰之中不断向道路两侧抛掷旗杆，啪啪啪啪爆响不断，每根旗杆必定会将原来已经插上的他国部族旗帜从中截断。骑士们驶近车驾之后并不停留，当先骑士一声呼哨，群马齐齐一顿，随即流水般分开，自车驾两侧卷过。骑士们从马侧再次取出一卷旗杆，沿着道路呼啸而去，又是一阵啪啪急响，襄国的旗帜将来路的他国旗帜也齐齐从中劈断。道路前后三十丈，很快就只剩下襄国的明紫色旗帜，前方黑暗里猛然一声擂响，道路连车马都一震，那些插好的旗帜唰的一声展开，无数个明黄色的“襄”字在夜色火光中飘扬。

襄国一出，声势惊人。霸道嚣张的作风，令其余诸国部族都露出愤然之色，却没有人敢开口。

所有护卫看绯罗的眼神，都满含深深顾忌。眼前的这个女人，可以说是大荒真正最有权势的女子，传闻里她是襄国摄政王的私生女，也有说是前任襄王的秘密情人，但这两个传说中的身份，和她现居的高位没有任何关系。她的权势来源于婚姻，这个女人，自十二岁起，先后嫁过三任丈夫，都是大荒一方王者。位高权重的丈夫们，在遇上她之后都成了短命鬼，给她留下雄厚的实力和巨额的家产，助她一步步走上今日襄国政坛。因此她有了一个“彩蝎”的称号，如蝎子一般嗜杀配偶，如蝎子一般艳毒，喜怒无常，风流多变。据说最近几年，她的追逐目标是大荒号称“明珠双璧”的左右国师。

一道烟花升起，在夜空爆开，巨大的彩色烟光覆盖了半个天空，中间“襄”字足有数十丈方圆。在那个巨大的“襄”字之下，襄国女相走向宫胤，一边伸出手，一边笑吟吟地道：“听说有人敢背后辱骂国师为僵尸，绯罗不忿，正想为国师出手，不想国师已经先出手惩戒了，只是这一摔也太便宜了她些，要不咱们再重些？”

她一走过来，蒙虎就开始紧张，不动声色地护到了景横波身前，听见她这一句，蒙虎上前一步，刚要说话，一直巧笑嫣然的绯罗的手，忽然就已经绕过他，落到了景横波的脸上。“真美……”她轻轻抚摸着景横波细腻洁白的肌肤，眼神迷醉。

被一个女人用这样的眼神动作摸着，景横波身上的汗毛都要竖起，尤其对方的眼光，虽有几分羡慕，更多的却是一种占有欲和漠然，像看着市场上自己可以随便买下的面具。这感觉让她毛骨悚然，抬手就打下了绯罗的手。“我知道我很美，”她笑眯眯地道，“所以你别摸脏了我。”

绯罗的手在半空微微一顿，宫胤的脸偏了过来，众人屏住呼吸。谁也没想到，大荒名义上的女王和大荒实际上最有权势的女子，一见面就这么火药味十足。

仔细想想也不奇怪，绯罗向来随心所欲，而以她的立场和心性，不管女王强悍还是懦弱，都不会被她放在眼底。和一个傀儡女王比起来，掌握大荒最大属国军政大权的女相绯罗，才是真正更具优势和地位的一个。前任女王曾经为她让道，前前任女王曾经因为一个宴会上和她穿了一样颜色式样的裙子，被她一个眼神逼得称病退出宴会。更何况初来乍到一个新女王。

绯罗的手只是微微一顿，随即她笑了。这女人的笑容十分特别，从眼角漾起，一寸寸蔓延到脸颊，唇角却几乎不动，这让她的眼眸越发水意盈盈，似乎发自内心地轻松和愉悦。

四面的人却连肌肉都已绷紧。

“是呀，你说得对呀。”绯罗的手指滑下去，微笑着扶住了景横波的肩膀，“这么美的人儿，被我摸脏了多不好，我怎么和国师大人一样不懂怜香惜玉了呢？该打，该打。来，我先扶你起来。”

四面的人呼吸一松。

景横波却敏锐地注意到她始终没有称呼自己陛下，随即她就感觉到尖锐的痛感——绯罗的指甲好像太尖了，都快要戳破她的肌肤了。景横波身子向后一让，却没能挣扎开，绯罗手指如铁钳，紧紧掐住了她的肩井穴，景横波一抬头看见绯罗笑意盈盈的脸，脸上那一双眼，却冰冷幽深如久冻的黑河。她心中一惊，看看四面，护卫们反应如常。确实，两人气氛祥和，没谁觉得有什么不对。景横波觉得绯罗的指甲已经快要穿透自己厚厚的外裳。

“陛下，绯罗是国之重臣，您的措辞太失礼了。”一直没说话的宫胤忽然冷冷开口，衣袖一卷拂在她肩头，她身子一震，脱开了绯罗的掌控，向后歪倒落在车身下。

四面护卫一动不动，有些人露出怜悯的眼光——果然还是如此啊。和以前一样，女王永远都是表面尊荣的傀儡，国师毫不犹豫地选择了成全襄国女相的面子。

景横波一时爬不起身，衣服太重了，足足几十斤的厚缎和首饰，山一般压下来将她带倒。勉强穿这衣服，是不想在六国八部面前让宫胤为难。毕竟是他迎回王驾，她做得出格首先扫的是他的尊严。景横波不想让他被人非议，要挑战规矩等进入大荒直面那些古董再说。现在她有些后悔了。

绯罗双手优雅地交叠在腹前，不看别人，只笑吟吟地打量宫胤，眼神似有深意。

蒙虎要上前，却被绯罗身后的护卫有意无意地挡住。蒙虎看向宫胤，以眼神寻求指示，宫胤手指微微一动，随即停住。夜色里他面无表情，眸中似有微光。

景横波趴在地上，看见面前并列的两只脚，宫胤的雪白长靴和绯罗裙底十分精致的绣鞋，那两双脚在她目光之下不退却也不移动，有种底气十足的漠然。这就是异世社会的强权和阶层吗……景横波叹口气，她有点想学武功了，有没有一种武功，不太苦，不太累，又不会练肿关节、老化皮肤？

身上的东西太重，那就扔掉。心里的怒火升起，等下再说。她抬手掀掉沉重的披风，拔下累赘的金步摇，顺手扔在地上。

“大庭广众之下脱衣去簪，这位是要请罪吗？”绯红的裙摆轻移，绯罗笑吟吟地在向她靠近。

雪白的靴子一动，拦在了绯罗的道路上，宫胤的声音清冷从容：“女相，我正好有要事需要和你商议，不如移步去前方一叙如何？”

绯罗顿了顿，再开口声音愉悦：“好啊。”

雪白长靴和精致绣鞋轻巧地移动开去，这时候翠姐和静筠才敢探出头来，将景横波扶上车去。景横波还没坐稳，绯罗经过车辕旁时忽然道：“这马好神骏！”她似乎对拉车的马十分喜欢，伸手在马头上一拍，咯咯笑着走了开去。那马浑身一颤，蓦然一声长嘶，扬蹄向外狂冲！马车猛地被拉动，站在车口还没来得及坐下的景横波身子向前一倾，就要栽倒车下！

一道冷光闪过，嚓的一声切断了系在马身上的缰绳，那马立即狂奔而去，在寂静的夜里击打出猛烈的蹄声。远去的马嘶声激烈，似乎在一瞬间疯了。

在车口摇摇欲坠的景横波，被蒙虎及时扶住，免于跌倒车轮之下。

宫胤的声音传来，微含怒气：“女相！你放肆了！这是王驾！”

绯罗的声音听来无辜且轻巧，让人可以想象到此刻她一定圆睁双眼，轻捂双唇，一脸不小心闯祸的茫然，“哎呀，不好意思，我忘记了！”

景横波怏怏躺在车上，双眼放空，直直向着车顶。一旁的静筠、翠姐和拥雪都不敢说话，时不时担心地望望她，生怕她因为刚才的事，忽然想不开。

现实永远比想象更恶劣，相比之下，被宫胤控制的日子，似乎像天堂。景横波眼神放空，脑子却没放空，眼神早已透过车顶，穿越广袤的星空，回到前世的那段日子。仿佛还是那间四人套房，文臻永远在厨房做各式各样的美食，太史阑永远在把试图爬上她床的幺鸡给扔出来，君珂永远在网上做着各种围观，自己永远在偷吃文臻的零食，一边涂指甲油一边看韩剧。当初那些琐碎无聊的日子，如今想起，怎么忽然觉得心有点酸、有点软？

她无聊地抬手，按按眼窝，手指有点湿润，她撇撇嘴，把那点湿在衣袖上揩掉，随即表情有点狰狞起来——她思绪忽然又转到了刚才的一幕，宫胤雪白的长靴和绯罗绯红的裙角并列，各自拥有沉静从容、掌握一切的姿态，怎么看怎么不爽，想起来更加不爽。

她转头听着外头的动静，夜色渐渐深了，四面人声喧哗。今天从人众多，护卫们在平地上搭建了帐篷，准备宿营。正中间最华丽最大的一顶是景横波的，还没有扎好，两边宫胤和绯罗的已经建好，把守森严。

马车暂时无人理会，就在翠姐三人以为景横波睡着的时候，她忽然懒洋洋地抬了抬手，“要吃东西。”

大量的食物被送上来，景横波居然胃口很好，带着她的新宠霏霏大快朵颐，一边吃一边吮吸着指甲上沾到的肉汁，转头看着绯罗的帐篷，眼神灼灼有光。

翠姐看见她这样的眼神，莫名其妙地打了个寒战。

“来点臭咸鱼，越臭越好。”景横波点菜。

这要求有点离奇，好在现今各族护卫都有，臭咸鱼正好是某个部族的爱物。臭烘烘的咸鱼很快送了上来，景横波嘿嘿嘿地笑起来，声音听起来挺瘆人的。她吃干净了一大堆碗盘，翠姐、静筠三人捧了下去洗，马车内空了下来。

景横波开始了细致的工作。她将臭咸鱼剥开，鼻子嗅来嗅去，选了最臭的肚腹部位，用一块绸巾小心地包好。随后她又把臭咸鱼分外坚硬的刺剥了下来，霏霏凑上来，对着刺撒了一泡尿。被霏霏尿泡过的鱼刺，泛出淡淡的红色，看起来有几分诡异。霏霏发出嘿嘿的笑声，抓起一根刺，对着屁股虚虚刺了刺，大脑袋晃了晃，喝醉酒般一个踉跄，扑倒在自己的尾巴上。景横波给这家伙活灵活现的表演逗得哈的一声笑起来，“好兄弟，我就知道你一定会帮我的！”

片刻后，翠姐等人擦着手回到马车上，环视着空荡荡的马车，愕然不解，“女王哪里去了？”

景横波四面打量着绯罗的帐篷，撇了撇嘴。襄国女相的帐篷看起来虽然没她那个大，帐篷材质和里头装饰却极尽华贵，果然是区别待遇。

景横波取出那包鱼刺，掀开帐篷门口的地毯，计算着步距，将鱼刺渐次埋入地下。这鱼刺原本她是想埋到榻上的，既然霏霏给加了料，那就给女相大人踩一踩好了。景横波爱惜容貌，所以非到不得已也不愿伤人容貌。

帐篷里静悄悄的，景横波身后的帘幕似乎被风吹开一线，隐约似有乌黑的光芒一闪，转眼却又不见。景横波屁股对着帘幕，自然毫无所觉，专心埋完鱼刺抬头一看，帐篷是用木架子架起来的，头顶有一根圆木支撑。她想了想，发出一声轻轻的呼哨。白影一闪，霏霏悄无声息地潜进来。景横波指指那根圆木，做了个抹脖子手势，霏霏立即明白，蹿上去爪子唰唰一阵乱挥，嚓嚓几声，圆木出现深深的裂痕。景横波打个响指，笑逐颜开，转头四面看看，寻找什么东西比较顺手，可以用来砸人。

横波报仇，绝不过夜。谁摔了她一个马趴，她就请谁泥地上打几个滚。打几个滚还不够，最好扑上去噼噼啪啪一顿，当然绯罗武功看起来挺高，她得想好退路，万一走不掉，就用硬物砸断支撑木，砸她个铺天盖地。

桌几上有个双耳瓷瓶，她满意地点点头。掂了掂手中臭咸鱼包儿，那股销魂的气味更强烈了。她微微有点犹豫，这臭咸鱼包儿原本是打算扔到宫胤被窝里去的，但此刻离开绯罗帐篷似乎不太方便报复计划开展。她正思考着，忽听外头步声、话声传来。

“……夜深露重，你我何必站在外头议事，不如进我帐篷，咱们秉烛把酒，彻夜长谈，岂不是好？”

是绯罗的声音，宫胤似乎轻轻嗯了一声。

景横波咔嚓一声险些捏碎了手中的臭咸鱼包儿——彻夜长谈？

帐篷外人影晃动，即将进入，要走只能趁这时候，景横波却不想走了，她要看看这对狗男女打算彻夜谈什么！

唰地一个转身，目光四处一转，她发现帐篷后头垂挂着帘幕，赶紧掀开溜了进去。一进门就绊到东西往前一扑，身下软软，原来是床。绯罗可真讲究，住个帐篷也分出个里外间。景横波低头看看雪白精致的床单毛毯，看得出这位也有洁癖，床上连丝褶皱都没有。她无声地呵呵一笑，穿着鞋子上了榻，脚踩在洁白的枕头上，跷起二郎腿，我晃，我晃，我晃晃晃……鞋底泥土簌簌地落在毛毯的缝隙里，有些落在了床边的缝隙中，隐约床下的黑暗中似乎有点微响，景横波却没在意。

床下，一个人影护着头，恼怒地看着上方，不明白好好的床怎么会有灰土掉下来。

景横波忙忙碌碌，把臭咸鱼塞进三层褥子下，有点遗憾地叹息一声，这东西她原本是打算塞在宫胤褥子下的。这样，当他上床时，会闻见臭气，但却找不到臭源，多汁的臭咸鱼肉经过挤压，也会慢慢渗透到褥子内，那股销魂气息就可以幽幽盘旋，经久不散，爱干净的尊贵国师，非得折腾一晚上换被褥睡不成觉不可。现在这美好馈赠，只好给绯罗享用了。

臭咸鱼放好，她跪在床上满意地拍拍，隔着床褥，臭气淡了很多。这样效果最好，保证能折腾得绯罗一夜睡不好。

咸鱼的臭气不能透过三层褥子传入景横波的鼻子，却和床下只隔着一道床板，那股销魂的刺鼻气味极其具有穿透力。床下那个一动不动的黑影死命捂住鼻子，奈何那气味实在凶猛，忍了又忍实在忍不住……噗！一声轻响。

“谁在打喷嚏？”这一声景横波听见了，狐疑地坐直身子四面望，床头忽然垂下霏霏的大尾巴，幽紫的大眼探下来对她慢慢地眨，景横波松一口气，“原来是你这家伙。”

床下黑暗里，有人痛不欲生地捂住鼻子……

景横波又舒舒服服地躺下去，外头帘子一掀，有人进来了，景横波忽然想起一件事，暗呼糟糕！她在门口埋了加料的鱼刺，这要万一被宫胤踩上……景横波抱着被子滚了滚，心中稍稍煎熬了一下——要不要暗示他呢……一探头看见映在帘幕上的俪影双双，顿觉气不打一处来。踩上就踩上，踩死活该！

门口处传来一阵轻笑，绯罗此刻的声音比白天柔婉了许多，“怎么站在门口不进来？我这里又没有老虎吃了你。”

景老虎盘腿坐在床上，夹着绯罗雪白的枕头，阴恻恻地盯着帐篷口。

宫胤还是站着不动，声音冷若玉珠：“女相，方才你说有秘密军情要与我密议，如今可以说了吗？”

绯罗一声轻笑，“国师好心急。”

宫胤不语。

两人站在帐篷口不进不退，景横波瞧得心痒难熬。

“其实我不说，国师也应该知道了。”绯罗笑声柔腻，就在帐篷口聊起天来，“一旬前，斩羽部忽然和耶律大人反目，双方据说在天望河有过一场恶战，各有损伤。之后斩羽部暗杀耶律大人，耶律大人雷霆震怒，随即反击，在朝中制裁斩羽族的官员，一日之内流放官员十六人，双方矛盾激化。随即，除我襄国和最弱的商国之外，其余四国七部或多或少都卷入了斩羽和耶律之争。耶律大人掌控左皇城；斩羽部及其支持者则掌握了外京畿十三坊；您麾下的玉照军则处于两者之间，保持中立并管理宫城；拱卫京城的亢龙军则全军戒备，封锁京城，等待您的回归……皇城暗流汹涌，稍不小心便有滔天大祸，此刻是战是和，是强力镇压还是疏导引流，我的国师，整个皇城乃至大荒，都在等待您的意旨。”

景横波此时终于听见耶律祁的消息，看来他那晚果然没事，不仅没事，还早早地回了大荒继续搞事，果然是打不死的小强，千年王八活得长。

“所以你们搞了这个乱糟糟的百里迎女王，其实就是为了提前一步探听到我的意向，从而决定下一步动作？”宫胤似乎早知道耶律祁动向，语气听来毫不意外。

“只怕还不止如此。”绯罗轻笑，一转身轻轻捏住了宫胤的袖子，“你进来，你进来我就悄悄告诉你……”最后几句说得轻巧娇俏，满满邀请，却又不显狎昵，只令人觉得纯稚可爱，忍不住便要荡漾在她又媚又清甜的眸光里。

景横波把羊毛毯揉得和她的脸一样狰狞变形，却又忍不住细细观看绯罗的姿态神情。她觉得这姿态甚好，不落痕迹的诱惑，得学学。

“女相愿意说就说，不愿意说就不说。”宫胤淡淡地道，“这帐篷似有异味，不进也罢。”

景横波瞪大眼——狗鼻子吗？这也闻得到？

绯罗却是闻不到的，她只嗅见帐篷口浓郁的龙涎香气，还以为是素来高冷的国师故意挑剔。她也不生气，一笑扬眉，手指轻巧地掠过鬓发，“异味？是我身上的气息吗？你再闻闻，香不香？”她一抬襟袖，衣袖间便透出清润芬芳的薄荷龙脑香气，绯罗笑得十分自信，她知道宫胤喜欢这样的气息。手指在半空划过一道娇弱的弧，似有意似无意地落在宫胤的衣袖上。

床下黑影一双眸子幽幽地闪着，似有冷意。

床上景横波抬起手臂，嗅了嗅腋下，有点悻悻地抬起头，用口形骂：狐狸精！

“夜了，”宫胤语气很平静也很决然，“女相也该休息了，本座告辞。”他不待绯罗回答，转身就走。

绯罗还是那副悠然的模样，不急不忙地看宫胤转身，才笑道：“百里迎女王礼仪数十年不曾出现，以至于国师都忘记规矩了。”

宫胤脚步一顿，似乎想起什么。

“百里迎王驾以示隆重，女王陛下也必须在入城欢迎盛典上展现出让六国八部倾倒的风采才华！”绯罗敛了笑意，一字一字地道：“否则，她的下场就是，废黜、流放、身死、破家！”

第二十三章　私奔？

宫胤霍然转身。

景横波惊得眼睛都大了一圈——啥？才华？这东西她有过吗？这个令人震惊的消息冲击得她忘了身处何地，抱着头开始苦苦思索，哪些东西可以镇场？

唐诗宋词几百首，语不惊人死不休，有没有？

没有！

伦巴探戈来几曲，霓裳一舞动天下，有没有？

没有！

预知历史数十年，独领风骚占鳌头，有没有？

没有！

先进政体来改革，一朝大权拿在手，有没有？

没有！

现代科技多推行，改朝换代我魁首，有没有？

没有！

发明创造做生意，随随便便赚大钱，有没有？

没有！

……

景横波在来到异世数月后，在某个危机前，终于被一道认知的闪电劈进脑海。原、来、她、是、个、废、柴！

绯罗的声音隐隐约约传入脑海，“……您也知道，在迎接王驾的大典上，如果陛下令六国八部失望，轻则废黜，重则流放，无论哪种，最后都难安稳一生。天元三年柔则女王就是因为大典失仪被流放，很快死在了烟瘴泽，这也是后来六国八部不再迎女王的原因之一……承受多大的荣耀，就要付出多大的代价，这向来是人间公平至理……”

景横波在心中咆哮，这什么见鬼的道理？百里迎女王又不是她要他们迎的，凭什么就要求她“展示令人折服的才华”？六国八部那么多人，各有心思和才艺，就算天神降世，也不能让人人折服吧？她目前最擅长的是跳舞，可是她的舞，如果一开始就在规矩大得吓死人的大荒抖搂出来，只怕也不用展示了，直接押解流放去吧。

景横波急不可耐地搔着下巴，紧盯着宫胤——他知道她底细的，应该会帮她吧？这家伙也就脸冷了点，话难听了点，脾气大了点，不太好说话了点，不好接近了点……其实对她还是很好的！会……帮她的吧？

“国师看起来似乎不太欢喜？”绯罗的轻笑意味深长，“如果我没记错的话，国师你可是最反对女王转世制度的人之一。也是，平白无故迎来一个出身平凡的女子，奉她上高位，容她对你我这等国家栋梁指手画脚，真真不公平。国师你掌我大荒军政，六国八部都以你马首是瞻，如果没有这所谓的转世女王，你必将是我大荒首位男帝。掌天下权，卧美人膝，这才是国师所应拥有的将来。为什么要容忍一个外来女子，骑在你头上作威作福呢？”

宫胤依旧沉默，帐篷里微黄的灯火，映着他肌肤如雪、大理石一般清俊的轮廓。

景横波呼吸慢慢静了下来，缓缓托起了下巴。

绯罗的笑容越发神秘，声音幽幽，“我听说，明城女王临终前，正在为国师游说，要修改大荒千百年来的国令，修改女王转世终身制，允许男性帝王登位。谁知道政令尚未修改通过，明城女王暴毙。新女王诞生，偏偏又是左国师耶律祁先发现了女王，为了避免他在迎接女王的过程中动手脚，破坏你的登位计划，你急急亲自赶来迎接女王……国师，你真的是因为担心女王的安危，不惜亲自远赴万里来接她吗？”

宫胤并不看她，淡淡地道：“大荒国令，还是立国之初太祖皇帝定下的规矩。如今时移世易，自然需要修改。至于要修的是哪一条，似乎女相你打听错了。”

绯罗好像没听见他的话，自顾自道：“其实以你的实力，不在乎国令，直接登位也不是不可以。只是大荒组成特殊，像一个国家更像一个联盟，牵一发而动全身，你若出手，必有更多的人出手。你要的不是动乱的皇城，更不希望引起六国八部趁机分裂，大荒陷入连连征战之中。你想利用女王，做好和平过渡，对不对？”

“女相不愧是襄国掌舵者，盘算时局比本座还周全，令人佩服。难怪短短数年，青云直上，尽灭对手，俯瞰襄国。”宫胤居然笑了笑。

绯罗似乎没有听出他话里的讽刺，直勾勾地盯着他的脸，呼吸紧促。眼前男子不笑时皑皑如山巅雪，高旷似琉璃天，忽然这般一笑，寒气尽去，天地似生无限明光，风过似有不尽温柔，碧泉之中缓缓开放白玉莲花。

景横波咬了咬牙——这家伙居然笑了，居然对别的女人笑了！笑什么笑！无耻！淫荡！

绯罗好一会儿才从美色中抽离，静了静，笑道：“比起国师来，我不过是浅薄之见。国师既然有这样的打算，想必女王回銮之后，你就要开始施展早早准备好的对付女王的手段，定然让她乖乖按照您的意旨行事。这倒不必我操心。”

景横波听得不耐烦，正在拨头发，听见这句，手一顿。

“女相想得真是周全如意。那么，”宫胤悠悠地道，“女相说了这么多，这也不操心，那也不操心，真正操心的，是什么呢？”

“自然是我襄国和未来大帝和衷共济的美好将来。”绯罗接得很快，“百里迎女王，有人在背后推动。女王一旦通不过被流放，迎立的人也将声誉受损受到牵连。您失势，自然有人得势，这个人是谁，您猜不到吗？”

“耶律祁的伤应该好了。”宫胤答了一句听起来莫名其妙的话。绯罗正愕然地望着他，便听见他淡淡地道：“可能伤得不够痛，所以想死一死。”

景横波无声虚拍床板：霸气！

床下黑影动了动，抬起头，一道森然的眼光。

绯罗噗地一笑，眼光流动，“都说右国师其人清冷，却不知王霸之道才是真正的您！”

“那么，”宫胤还是那副岿然不动的模样，“女相今晚提醒了我耶律祁的打算，又有意相助一臂之力，真是云天高义，宫胤十分感激，多谢，告辞。”

他居然唰地又欲转身就走，绯罗呛了一下，急忙一把拉住他袖子，也顾不得再矜持，赶紧高声道：“世人所谓无功不受禄，襄国如此示好，国师难道一点都不打算回报吗？！”

宫胤头也不回，衣袖一振，绯罗向后便倒，她急忙向后退一步。

帘幕后景横波无声嗤地一笑，挥挥衣袖。算了，这见鬼的女王当不得，走了。这对奸夫淫妇叽叽歪歪，她不想再理会了。一直以来她抗争着不想做女王，天南王宫之后，虽然他似乎回归原点，她却有些舍不得了。也不知道为什么，她觉得大神说冷淡也冷淡，但那冷淡又和原先不同，他的拒绝里带着牵念，他的毒舌里藏着关注，这种细微的萌动的探索，令看似风流实则情场菜鸟的她，渐渐感觉出了一些特别的味道，忽然人生里似有了盼头和不舍，拂袖而去再无原先干脆。从羯胡过云雷一路，逃跑的念头渐渐淡去，每次想要走，她总要掰着指头碎碎念：“哎呀，静筠她们三个带不走，会倒霉的”，“哎呀宫大神太厉害了，万一被抓回来屁股一定遭殃”，“哎呀今天好像不是逃跑的黄道吉日”……理由掰了一大堆，每天都有新思路。当然，她是绝对不肯承认，其实自己就是越来越不想走。但现在，不想走似乎也得走了。有人不想她登位，有人等着利用她，她要面对的不仅是左右国师斗法，甚至牵连了整个大荒六国八部的奇葩。想到要和那群莴苣、人妖、屁蛋宫斗，她就觉得这种人生还是算了吧。不过走之前，她还是想给绯罗一个教训……

景横波屁股刚刚抬起，就听见绯罗一声惊叫，身子向后一倾，那边宫胤回头，绯罗一边尖叫“我的脚”一边双手乱挥，似乎想抓住宫胤的衣袖，宫胤赶紧把衣袖往回一收，绯罗抓不到依靠，踉跄又退一步，再次踩上鱼刺，又是一声惨叫，急忙伸手对宫胤求援：“底下有东西……”慌乱中又退一步，再踩一脚，痛得整个人都蹦了起来，啊的一声尖叫，眼睛赤红，砰地扑在宫胤身上。

“让开。”宫胤在这个时候声音居然还是平静的，捂紧袖口，单手将绯罗往下捋，跟捋苞米皮似的。

怪的是一直还算矜持的绯罗，此刻丝毫不觉得羞耻难堪，双手在宫胤身上乱扒，嘴里哼哼唧唧发出似哭泣似呻吟的怪声，浑身一阵奇怪的颤抖，忽然尖叫一声：“我忍不住了！”

与此同时宫胤怒喝：“放开！”这回声音里满满怒气，啪的一声微响，绯罗身子如同皮球一般被弹了出来，在空中划过一道不算曼妙的弧线，洒下几滴莫名的液体，砰的一声重重撞在床沿上。宫胤这一下含怒出手毫不容情，床板顿时震塌半边，景横波猝不及防，啊的一声向后滚倒。正在此时塌了的床板下灰头土脸钻出一个人来，还没来得及起身，砰的一声景横波的后背砸在他的后背上，两人都滚倒在半边破床板和一堆倾倒的被褥中。

这一下动静不小，偏偏外头动静更大，宫胤站在帐篷口，脸色铁青，低头看着自己的前襟，上面有几滴黄色的散发着臊气的液体……不用去嗅宫胤也知道，这是尿液，还是绯罗刚才突然洒在他身上的……宫胤的脸色难得这么丰富多彩——这状况实在太挑战人的应变和智商了。本来宫胤已经准备喊人，此刻这情形却让他犹豫了一下。来不及多想，他唰地便撕下了沾了秽物的衣襟。

不撕还好，一撕，这刺啦一声响不知道又刺激了绯罗哪根敏感的神经，她忽然一个鲤鱼打挺蹦起来，一蹦就蹦到了专心整理衣服的宫胤身上，抓住了宫胤撕破的衣襟就往外拽，嘶——

还压在床下人背上的景横波一抬头瞧见，瞪大眼差点跳起来，半空中伸出手，发出无声的号叫。不——许——撕！换——我——来！

她以尔康呼唤紫薇的造型定住一秒，被下头那家伙一把拱倒在地，那人的大脚踩在她衣襟上，拼命把她和被子一起往外踢，似乎急着要出去。

景横波抬起头盯住这家伙背影，眼神凶狠，这时候冒出去天知道会发生什么事，再说这家伙鬼鬼祟祟躲床下一定没好事。宫胤正被绯罗纠缠，搞不好就会中招，想到这点她浑身汗毛一竖，也来不及看清这床下客是谁，一把抱住他小腿就咬。

尖尖的牙齿刺入肌肤，景横波嘴角尝到了腥咸的液体的滋味，被咬中的人身体一僵，随即景横波觉得脸上一震，竟然被弹开。嘴角火辣辣的，她摸了摸，指尖一抹艳红，嘴角竟然被震破了。

那人无意中一回头，就看见乱糟糟的雪白被褥上，艳丽的华服女子歪坐着，金红的衣襟上金线在暗处幽幽闪光，她艳红的唇角似笑非笑，眼波却幽幽定定，三分恣肆三分风流三分狠，流转着深黑幽蓝的光，肌肤和指尖却又是雪白的，在暗处不可忽视地鲜明着，像一幅色泽明朗的神秘名画。

一眼夺人。只是一眼，他心中一窒，随即想起此刻要务，霍然转头。然而已经迟了。

嗤的一声响，宫胤付出了再撕裂一件衣襟的代价，终于将发疯的绯罗推了出去。绯罗这回却有了经验，被推出的那一霎一把抱住了宫胤的肩头，忽然变得狂野大力。宫胤想护住余下不多的衣裳，被她拉得向前踉跄几步，只觉得足底微微一痛，天旋地转，随即嗤的一声两人撞上帘幕，挂破帘幕一路冲进，再砰的一声相拥着撞在那床下客身上。刚爬出来的倒霉床下客被两人砸中，再砰的一声向后一倒，撞在更倒霉的景横波身上。景横波身子向后一仰，四个人的力量叠加，嘎吱一声，最后半边床板断了。

宫胤在衣衫不整被撞倒之前只来得及喝一声“不许进来”。外头听到动静的护卫在帐篷外停住了脚步。四个人乱七八糟地跌入乱七八糟的被褥之中。

上头白影一闪，霏霏出现，瞪大眼睛看着跌得狼狈的四个人，惊吓地张大嘴，似乎没想到自己的尿液造就了如此伟大的成果，眼看底下那一堆动了动，赶紧一溜烟逃到帐篷顶上。

景横波觉得自己腰都被砸断了，三个人的重量几乎都压在她身上。更糟糕的是，帘幕被撕破，罩在了众人的头上，眼前一片黑暗看不清，只闻到一股淡淡的尿臊气，还有绯罗呼哧呼哧的急促呼吸。

身上压着的不知是谁，能感觉到对方年轻有力的肌肤，灼热滚烫。对方的呼吸喷在她脸上，是一种奇特的魅惑的香，少了几分清冷，她立即确定不是宫胤。那就是那个床下客了。恶作剧的心思涌起，她的手悄悄探了出去，摸准对方大腿内侧，捏住，指甲掐入，狠狠一转，一拧——

“啊！”一声低叫，男人从她身上迅速翻了下去。景横波嘎嘎笑，她知道捏这个部位人最痛了！

“宫胤！宫胤！”她努力要挥开头上的乱七八糟的被褥和帘幕，心里很奇怪宫胤为什么没有立即起身？为什么没有立即抓住那个刺客？下一秒她就发觉不对了，急促的呼吸声除了绯罗的，似乎还有一个人的，只是声音显得低而压抑，她一开始没发现。景横波呆了呆，忽然想起那鱼刺是分开埋在帐篷下的，无差别攻击……

宫胤被绯罗拖进来的时候，是不是也踩着了？不过绯罗连着踩到三根，宫胤踩着一根，会不会状态有所不同？还有点奇怪的是，小怪兽的尿以前不是只能让人发晕吗？这次怎么忽然让人发狂？竟然让绯罗尿失禁。难道小怪兽的蛊惑技能，也会随着成长升级？现在没有答案，唯一确定的是，宫胤现在状态肯定异常，否则区区几床毯子早掀开了。

景横波赶紧去掀被褥，忽然浑身一颤，只觉背后汗毛根根竖了起来。身后刺客在！她能发现宫胤有异，对方自然也能发现！这个念头来不及转完，她就感觉到身后冷风一穿而过，风中那股利器的森森寒意，激起了她背上的鸡皮疙瘩。景横波猛然向后一倒，脑袋拼命向后一撞。砰的一声似有回声，她撞上柔软又结实的部位，感觉到微微的弹性，似乎是刺客的小腹。刺客刀已出手，给她这一撞身子一歪，刀嗤的一声划破一床毯子。又是嗤的一声，伴随着绯罗的咯咯怪笑，也不知道他们两个谁被撕了衣服。

景横波猛地向前一扑，逃过刺客对自己脑袋击下的肘拳，破口大骂：“奸夫淫妇，给我打住！打住！”

“救命啊！有刺客啊！”她拼命狂喊，但是帘幕被褥都很厚，挡住了她的声音。

刺客身子一闪，双手连抓，已经抛开好几床被褥，鬼魅般闪到正纠缠不休的宫胤、绯罗面前，那边被褥还没落下，他的手已经闪电般扼向宫胤咽喉。

“啊！”刚刚爬起的景横波尖叫。

砰！一声闷响，不知谁击中了谁，宫胤和绯罗恰在此时分开。绯罗身子向后一仰，在倒悬的视野里看见刺客，突然咯咯一笑，抱住了他的手臂。“哥哥！”她清脆地叫道，将脸颊在刺客手臂上摩挲。

景横波扑过来，正要拖开宫胤，又担心绯罗发疯或者刺客扔开绯罗立即出手，百忙中眼角一瞟，正看见刺客看绯罗的眼神。她一怔。刺客竟然没有动，也没有重手扔开绯罗，这一霎他的眼神落在绯罗的脸颊上，朦胧光线里，那眼神……竟然是温柔的。似脉脉流水，自回忆深处潺潺而出，到得此处，徘徊婉转，每一水珠，都在唱过往那首最美的歌。

光影翻转只一霎，一霎也如梦中，刺客眼神很快恢复平静，手腕一转，将绯罗卸在一边，随即跨前一步。随着他的步伐，地上一床毯子忽然飞起，遮住了他的身影。景横波心中一紧。嚓的一声轻响，如月光忽降，一柄雪亮的刀刃穿毯而出，直刺以手扶额、微微摇晃、将起未起的宫胤。

刺客的声音微哑，刺杀人时也带着不灭的笑意，“宫胤，你要不要先死一死？”

“耶律祁！又是你！阴魂不散啊你！”景横波终于看清他的脸，怒骂出声。帐篷里的灯火已经被扑灭，借着匕首的光亮，她隐约看见耶律祁飞扬的眉眼。电光石火间还隐约看见宫胤头向后仰，双眼微闭，口鼻间有淡黄的气息散出，似乎正在排毒的紧要关头。刀光如电光一往无前。

景横波霍然抬腿，脚尖绷直，九十度弹起，“吃我一脚！”绷紧的脚尖，尖刺一般的鞋底，直奔耶律祁的“黄金分割点”而去。不锈钢鞋底银光闪闪，堪比利器。那寒光掠入耶律祁眼中，他只得扭身一闪，不敢拿自己的一生雄风去挑战女王的鞋跟。

景横波立即连滚带爬扑向绯罗，狠狠薅起她的头发，向宫胤身上一扔！“来杀吧！来吧！”她哈哈笑，“你的短刀也许能透过绯罗的心口，刺入宫胤的胸膛哦！”

绯罗痛得一声尖叫，被薅下一大把的黑发四处飘散。

耶律祁又是一顿。他竟然真的投鼠忌器，景横波心花怒放。就知道他和绯罗有猫腻！

“霏霏！”趁这一顿空隙，她仰头大叫，“你这回的尿太猛了！给解了毒，不管你用什么办法，必须，立刻！”

帐篷顶上大白尾巴一晃一晃，霏霏蹦蹦跳跳奔过来，双爪捧着一颗小小的圆圆的红果子，往下一扔。

景横波扑过去接，耶律祁却比她更快，身影一闪已经越过景横波。景横波一瞧抢不过他，立即一脚蹬翻了跌跌撞撞奔来的绯罗，绯罗向前一个踉跄，发出一声痛哼，耶律祁霍然回首，一个铁板桥后仰接住了她，急声道："绯……"就在他开口的一瞬间，小圆果滴溜溜地落下，正落入他口中。

景横波呆了一呆，大叫一声扑了过来压住耶律祁，伸手就去掐他的脸颊："吐出来！吐出来！"

耶律祁哪想到这女人如此生猛，猝不及防被压倒，只觉得鼻端甜香馥郁似可透骨，而她的身体柔软如绵，荡漾着惊人的起伏，腰线处却又可怕地细，触着便可想象那般销魂的曲线，起落有致，每分每寸都写满诱惑和契合，让人想将她更深地揉向自己。他竟有片刻的失神，恍惚里抬起了手，似受到召唤，轻轻按在了她的腰上。

景横波毫无所觉，她怕耶律祁下重手，干脆双脚缠住他，一只手搂紧他脖子，一只手掐他脸，"吐出来吐出来！"

一个失神，一个忘神，都没发觉帐篷顶上霏霏鼓起腮帮，不解地看看穷形恶状的景横波，小爪子一撒，又有几颗果子落下，骨碌碌滚入宫胤的掌心。

"吐出来吐出来！"景横波掐啊掐，蓦然耶律祁一声低笑，道："我吃了，怎么办？"

"啊？"景横波一怔，耶律祁手臂一抬抱紧她，懒洋洋地嗯了一声："很香。"也不知道他是说果子香还是女人香。

"又不是汇仁肾宝你吃什么吃！"景横波神情愤愤，正要爬起，忽觉身下耶律祁身子一僵，与此同时她背后汗毛一竖。她一回头，就看见宫胤不知何时已经站起，正静静地垂头看着她和耶律祁。昏暗的光线里，他面无表情却眸光微冷，眼底有深雪般的寒。他静静地看着地上纠缠的男女——无意中吃了霏霏抛下的果子，他立即恢复了意识，先前的事情却有些记不太清，隐约只记得人影闪动，刀光横曳，似有一场刺杀。想起这些他心中一紧，正要寻找景横波，就看见了眼前这一幕。紧紧相拥的男女，毫不避讳的姿势，景横波毫无顾忌地抚摸男子的脸……他沉默着，脸色平静，似冰封住了所有潺潺的暗流。

景横波却没有看清他的神情，一眼看见地上残留的几个果子，哈的一声欢欢喜喜要爬起来，道："霏霏你太坏了，明明有这么多解药为什么不说？害我抢得辛苦……喂，耶律祁你放开我，喂，宫胤你快来救我——"

"我想你根本不需要救。"宫胤打断了她的话，冷冷地转身。

景横波愕然抬头，连一直没说话全神戒备的耶律祁也一怔。

堪堪转身的宫胤忽然衣袖一拂，一道冷光击在已经被霏霏咬开裂缝的撑柱上。咔嚓一声柱断，厚重的帐篷猛地倾倒下来，将所有人埋住。景横波只觉得眼前一黑，来不及应变就觉得手腕一紧被人拽住。她一惊，不知道是宫胤还是耶律祁，对方用力一带，她踉跄扑入他怀中，熟悉的香气令她没来由心中一安，正要靠过去，对方手上用力，一把将她甩到身后，与此同时一人从她身侧掠过，她甚至能感觉到对方紧绷的躯体下灼热的肌肤。

砰！一声闷响，黑暗中两个男人似乎对了一掌，掠起的掌风震得她歪歪倒倒。景横波掂量掂量形势，觉得宫胤既然已经没事，耶律祁自然不能得手，两虎相争殃及池鱼，她还是赶紧滚蛋的好。正准备招呼了霏霏瞬移，猛然手腕被紧握，宫胤的声音响在她耳侧："做什么？想和谁跑掉？"

啥？景横波眨眨眼，我自己跑掉，不想拖累你，这都不行？她来了火气，将宫胤手一掷，"爱谁谁！"

"她当然要和我走。"耶律祁在黑暗的对面笑吟吟地道，"我今晚就是来接她的。"

"耶律祁你闭嘴。"景横波哼哼冷笑，"你约的是绯罗吧？"她天生嗓音柔媚黏腻，冷笑也似媚笑，再怎么愤怒也撑不出十足气势，撒娇的味道多过斥骂。

劲风鼓荡的交手里，耶律祁的声音更加欢喜，"原先想约的是绯罗，看见你就把持不住啦。"

景横波嗤之以鼻，"一边去吧你。"

一来一回倒似调情，耶律祁声音里笑意更浓。

"你们说完没？"忽然插进来的宫胤声音更冷，冷到景横波忍不住打个寒战，随即砰然一声巨响，四面厚重的帐篷布被震得腾空飞起，混沌的光线里一条人影哈哈一笑，风筝般后飞几步，单手撕开帐篷裂缝，冲天而起。

宫胤身子前倾，就要随着追出，景横波忽然大喊："等等！"

"等什么！"宫胤怒道，"捉刺客！"

"要捉你自己捉！"景横波声音比他更高，拼命甩手，"姐有要事！"

宫胤看起来急如星火，却偏偏停住了脚步，但又不肯放手，景横波也不管他，挣扎着抬腿，对地上摇摇晃晃爬起来的绯罗脸上就是狠狠一脚。砰！刚站稳的绯罗四仰八叉地倒下去，溅起一地灰土。

"不愧是女相，趴着都这么好看！"景横波声音很亮。

宫胤："……"

景横波还不罢休，哗啦一声撕下绯罗因为尿失禁湿淋淋的半幅裙子，用力向外一扔，大声道："快去传医官！女相大人失禁了！"

散发臊气的衣裳碎片正迎面扑在一个冲过来的护卫脸上，他猛地一把抓下，飞快地奔到一边，随即墙角响起了响亮的呕吐声。绯罗本来已经好了些，正挣扎欲起，看见这一幕，砰的一声又倒了下去。

景横波妩媚一笑，"哎呀，我不该大声说的，这下全都听见了吧？不好意思，我忘了！"

记仇的女王陛下终于报了仇，宫胤拽着景横波冲破帐篷裂缝而出。景横波正要大喊捉贼，蓦然发现外头人声鼎沸，火把乱舞，无数人大喊"有刺客，捉贼"，在营地内狼奔豕突，场面混乱成一团。

“啊哈，这些家伙反应真快，都发现刺客了……”景横波说到一半发觉不对，回头看看宫胤，他脸色森冷如冰雪。景横波想了想也就明白了，吸了吸鼻子，叹气，“人多坏事啊……”

很明显，六国八部的护卫队伍，有耶律祁的内应，所以他这边一露出形迹，那些内应就开始抓刺客搅浑水。人多眼杂，耶律祁很容易就可以混出营地。如果只有耶律祁一个人，就算被耽搁一会儿，已经做好布置的宫胤护卫也依旧能拦下他，此刻这般混乱，却是不能了。

宫胤看了她一眼——知道她一向聪明，只是此刻这聪明的叹息，听起来似乎怎么都有点兴奋的味道。“很庆幸？”他淡淡地道。

“啊？”景横波没听懂。

宫胤已经不说话，衣袖一拂，将她推给赶来的静筠、翠姐，冷然地道：“看好她！”

景横波被这一推推得跌入翠姐怀中，一抬头看见宫胤已经走向迎来的护卫首领。

“我知道你可以随时离开，谁也拦不住你；我知道你心不在……这里，谁也留不住，”他走了几步忽然回头，迎着她的目光，“我也不会给你加镣铐，限制你的自由。你愿意留便留，愿意走便走，愿意和谁一起就一起。只是今日你从这里走出一步，来日你我就是敌人。”

景横波仰头，看进他的眸子，他比常人更黑的瞳仁深处，是一抹千年冰晶一般冷而锐利的幽蓝。她后知后觉地想：他在生气？景横波有点发怔，一直以来，她觉得他毒舌、高冷、别扭，还是个大闷骚，只是此刻忽然觉得，原来他的真正属性是寂寞。因为长久的寂寞，忘却众生的喧嚣，不再适应人间的烟火，很难随意地融入凡尘。非同寻常的经历隔离了他和这个世界，保护自我成为本能，在恶意和拒绝还没到来之前，他先伸手，关上心门。

心里凉丝丝的，似忽然渗进了一块冰，她呵了呵双手，想着怎样的经历造就了他这样的性格，想着想着忽然有些烦躁。关她什么事？她是打定主意要笑傲异世，逍遥一生的！美丽和奔放是她的本钱，怎么能不在异世活个潇洒，干吗非要和一个别扭货死扛？她狠狠甩手，仿佛这样便把那些奇怪的情绪都甩了出去。

“走吧。”两个陌生的仆妇走过来，从翠姐手中接过她，半搀扶半强迫地拉着她到自己帐篷前，把她推了进去。

景横波并没有抗拒，先前在帐篷里和耶律祁一番争斗，虽然不过短短几个来回，却用尽体力和心力，此刻浑身松懈下来，只觉得每个细胞都在叫嚷着躺倒睡觉。她赶紧爬到垫子上躺好，拍拍自己的脸，咕哝道：“睡觉。”她睡得直挺挺的，是她向来的平板形睡姿。她认为侧睡会在脸上造成皱纹，是不可饶恕的罪过。

黑暗朦胧，外间喧嚣似乎已远，却有苍蝇般嗡嗡嗡的声音，在她脑海里不断浮沉。“掌天下权，卧美人膝，这才是国师所应拥有的将来。为什么要容忍一个外来女子，骑在你头上作威作福呢？”“……国师，你真的是因为担心女王的安危，不惜亲自远赴万里来接她吗？”她烦躁地翻了个身，手臂重重打在地面上。“睡觉！”她喝令自己。翻平身体，躺尸一样面对着帐篷顶。

嗡嗡嗡又来了。“你想利用女王，做好和平过渡，对不对？”“想必女王回銮之后，你的玉照宫中，定然也早早准备好了对付女王的手段……”她霍然坐起，面对着黑暗，龇牙咧嘴。“手段……对付……”她哼哼几声，揪了揪头发，将被子踢开，四仰八叉地躺下。

“女王一旦通不过被流放，迎立的人也将声誉受损受到牵连……”“我想你根本不需要救。”“很庆幸？”两个声音在她脑海里打架，她嗷的一声爬起来，揪住被子拳打脚踢，“阴阳怪气！这日子没法过了！”

“你愿意留便留，愿意走便走，愿意和谁一起就一起。只是今日你从这里走出一步，来日你我就是敌人。”宫胤那清冷的嗓音回想起来特别讨厌。景横波看看空寂的帐篷，外头喧嚣已经渐渐归于平静，宫胤的帐篷似乎点起了灯火。他已经结束了事务，却没有过来看她，也没有人告诉她事情怎样了，她似乎被扔在这里，遗忘了。

景横波站在被子上，双手叉腰，望着宫胤安静的帐篷，眼眸里腾起怒火。这算什么？欺负了自己，再用一句话就困死了自己？横波你什么时候这么没志气了？难道真的就被那句话吓住……最后一个念头掠过，景横波立即狂摇脑袋，把那个念头给摇飞了。“当！然！不！是！”她一脚踢翻一个凳子，“姐现在就证明给你看！”

宫胤的帐篷一直静悄悄的。护卫们在刺客惊扰之后，再次严守了他的帐篷。

耶律祁没有被找到，宫胤也不意外，将一道道命令流水般发布下去。“严查今晚六国八部所有值守护卫，注意查明有无换岗代岗行为。”“从明晚开始，打尖宿营时，对六国八部护卫的宿营地进行重新分配，这是分配图。”“安排天潜司暗查绯罗，着重查襄国高层有无和耶律祁私下来往。”“传令亢龙统领，出三千精兵，在青函关前迎王驾。”“传令玉照宫，在宫中八艺监寻找擅长奇术巧技者，送往此处。”……

宫胤忽然停了一停，低头仔细聆听的蒙虎诧异地一抬头，便看见主子眉尖微蹙，手指无意识地在文书上画杠杠，一道杠，又一道杠。这是国师心中有事盘算时的习惯小动作，只是这些年，能让国师有片刻犹豫为难的事，已经很少了。他有一些好奇，忍不住猜是谁让主子露出这种神情的，不会是……吧？

“拨甲一队，日夜守护女王帐篷和马车。”宫胤终于说。

果然是关于她的，蒙虎眉头微微一蹙，甲一队是他所带领的崔嵬营最精锐的小队之一，是一直没有露面、专门用来暗中保护的力量。国师要动用甲一队他不奇怪，只是……“您是想看守住女王吗？”他道，“可是只要甲一队不能进入帐篷或马车，女王随时都能脱离出掌控……”他的话停住了，因为宫胤抬头看了他一眼。凝冰渗雪，像千万里外的雪山之雪忽然呼啸坠落。

他出了一身冷汗，瞬间明白了主子的真正心意，暗悔自己多嘴，急忙噤声后退，眼角只敢看着宫胤的手。雪白平金暗绣夔纹的袖角纹丝不动，露出一截指甲似玉冷白。

帘子掩上，宫胤缓缓垂下眼睫，指尖一弹，指甲缝里一颗微黄的液体被弹出。他嘘了一口气——毒素终于被完全逼了出来。霏霏扔下的红果子并不完全对症，比如绯罗现在就在自己帐篷里翻滚，虽然没有再闹，依旧丑态百出，以至于他不得不下令，将绯罗的帐篷严加看守，不许人出入。

他逼出毒素，站起身，掀开帘子，面对的，正是黑沉沉的景横波的帐篷。他定定地看了那帐篷半晌，眼神复杂。他微微抿了唇，脚步微不可见地向前挪移了一步，随即停住。天知道刚才中了什么招，至今都有些精神虚幻心跳激烈。一想到要见她，莫名地就会想到那一次空山雨夜网中相拥，她润泽的肌肤和甜蜜的呼吸，黑暗中熠熠发光的眸子，以及那双不点丹天生绝艳的红唇；又或者天南王宫里她和身扑来，微带凉意的肌肤忽然就狠狠压上了他……呼吸莫名地便急促起来。

他赶紧收回脚步，不敢再踏前一步，这般心思浮动，如何能见？手一松，帘子放下，他转身要入定，忽然心中一动，袍袖一卷，已经穿帘而出。宫胤帐篷的帘子刚刚落下，下一瞬他已经掀开了景横波的帐篷帘。随即他身子一僵。空荡荡的帐篷，满地乱扔的被褥，哪里有人。

帘子微微晃动起来，被宫胤攥得过紧，褶皱纵横。宫胤的声音一字一字地从齿缝里逼出，“果然还是……跑了！”

景横波游荡在黑暗的田野上。一怒之下瞬移出来，昏头昏脑也不知道移到了什么地方，只知道离宿营地不算很远，因为转身就可以看见后方星星点点的灯火。她的瞬移，在不同状态下效果不同，心意集中时可以瞬移到自己想去的地方，精神专注时可以移出好几里地，心思混乱时，却有可能从厕所左蹲位移到厕所右蹲位。现在也没移到多远，她也没心思多跑。

看前方有条河，她没精打采地过去，撩起垂在河边的一根枝条打水玩。河边乱草丛生，看得出没什么人来，生着许多翠绿的嫩茎叶。景横波捞起一丛看看，咦了一声，喃喃地道：“这好像是芦蒿？好东西啊，大荒居然有这个……”她折了几枝芦蒿，嗅了嗅那气味，眼神若有所思。

水声唰唰，在静夜里传得很远，她也无所谓，不时回头对宿营地看看。好半天宿营地都没动静，她焦躁起来，干脆换个地方，背对宿营地蹲着，就着河水照自己的脸。“姐这么美，这么好，”她百思不得其解地咕哝，“应该一路黄金滚滚小弟遍地桃花满街人见人爱花见花开苍蝇见了倒头栽才对，为什么轮到我就姥姥不亲舅舅不爱女人神经男人变态？”

霏霏和二狗子一左一右待在她身侧，刚才她出来时，顺便把它们带来解闷。不过这似乎不是好主意，解闷更有可能变成添愁——二狗子不停地偷偷地踹霏霏，被霏霏大尾巴抽得鸟毛乱飞。问题在于它无论被抽多少次都不知道换个方式踹，充分证明了小怪兽对猥琐鸟的智商碾压。

“霏霏。”景横波把装萌阴险小怪兽抱上膝，对着它慢慢眨动的幽紫大眼睛，“你看看姐，美不美……”她手忽然一颤，盯着霏霏的大眼珠子，浑身的汗毛慢慢竖了起来。那幽亮的大眼珠子，清晰地倒映着身后，半空中的二狗子，不对，还有抓住二狗子的那只手。黑夜里飘动着银黑色衣袂，分外细长的手指，捂住了二狗子的嘴……景横波双膝一颤，一边继续道："……魅不魅？啊，天气好冷，咱们起来热热身怎么样"，一边试图起身。坐姿状态她是无法瞬移的。

可惜已经迟了，那人鬼魅般出现在她身后，膝盖顶着她的背，将二狗子的鸟爪在她头上搔来搔去，声音带笑："怎么？想走了？你想走我可拦不住你，不过这只鸟就留给我烤了吃吧？"

"别吃爷！别吃爷！"二狗子大叫，"要吃就吃小怪兽！皮薄肉厚一嘴油！"

景横波叹口气，侧过身，拍拍身侧草地，道："来，坐下来商量怎么烤鸟更香。"

"横波你个女色狼，吃鸟全家火葬场！"破口大骂的二狗子，被过河拆桥的耶律祁重重地按在了泥地里。

"这种废物养了作甚？"耶律祁很自来熟地指了指霏霏，"这样的不妨多养几只……哎你可别瞧我，我经不起你的媚眼。"他笑着伸手按住了霏霏的大脑袋，挡住了霏霏的眼睛。

霏霏妄图用目光蛊惑他、以解救主人的计划瞬间失败，悻悻地甩了甩尾巴，跳下景横波的膝盖。

景横波掠了掠鬓发，"嘿，我以为你早跑了，怎么还留在这里？"

耶律祁的眼眸眯了一眯，霍然错身，避开了霏霏在他身后撒的一泡尿。霏霏摇摇头叹口气，耷拉着尾巴踱走。景横波无奈地撇撇嘴——美人计也失败。

耶律祁向一边坐了坐，依旧抓紧二狗子，笑着叹了口气："都说新女王不学无术好色懒馋不守规矩一无是处，可为什么我觉得你才是真正的聪明人？"

"你前面说的是我吗？"景横波眨眨眼睛，"当然你后面一句我觉得很对。"

她长而微卷的睫毛扑扇扑扇，耶律祁忽然觉得心上被扇了一阵香风，柔柔痒痒，撩得人心发慌。她静下来的时候，无辜而又微带媚态的神情，似一把红莲艳刀，将人的肌骨血肉轻轻地刮。

耶律祁又不动声色地向外坐了坐，才笑道："不过这么聪明的人，马上要被流放，也挺可惜的。不知道你的聪明，能不能保你在那烟瘴泽恶地安然无恙？"

"这是你冒险留下来的原因吧？"景横波嘿嘿一笑，"你特地等着我谈判？你想和我谈什么？你怎么知道我会出来？"

耶律祁笑而不语，半晌才道："我还是了解宫胤的。"

景横波耸耸肩，不明白他了解宫胤和知道自己会出来有什么联系。现在听到宫胤这个名字她就心烦气躁，赶紧转移话题，"你等着我想做什么？又想出什么幺蛾子？你离我远点，我被你害得还不够吗？你上次吃的亏还不够吗？"忽然想起什么，身子向后一让，警惕地盯着他，"不会是算刚才我踢你的账吧？喂喂，我那招'一柱擎天'可没真的踹断你的……"

"打住！"耶律祁赶紧挥手，打断某个女人那张肆无忌惮的可怕的嘴，"我要真的打算和你算账，你现在还能好好地坐在这里？"

"少吹牛。"景横波撇撇嘴，"我要真想走你可留不住我……"

"好，好，算我留不住你。"耶律祁笑吟吟地看她，"满脸丧气相，怎么，吃宫胤的瘪了？你方才三番四次拼命救他，他居然还不领情，真真是个不解风情的家伙。要不要踹开他投奔我？嗯，敬爱的陛下，请相信我一定会保护你哟。”他双手向后一撑，微微仰起下巴，微笑对着景横波，竟然是个毫不设防的姿势。

景横波的目光非常精准地落在了他颈下——不知何时耶律祁的领口开了，露出一线胸膛和半抹锁骨。他淡乳色晶莹的肌肤在朦胧的星光下似能生晕，而锁骨如此平直精致，让人想起他分外纤长的手指，每分每寸都是精美的，是大师以美玉琢成。美色……鲜活美色……神秘暖男系星光美人……景横波听见自己咕嘟咽口水的声音，分外响亮。在她自己反应过来之前，她的爪子已经毫不客气地摸上了耶律祁颈侧耳后，“呀……你怎么保养的，这里的皮肤很容易粗糙啦，啧啧，好细腻，真好摸，用的什么护肤品……”

“你……”耶律祁瞪着她，表情很有些复杂。似乎被轻薄了，又似乎美人上了钩，但那般随性好色的举动背后，他却能感觉到她的纯净和漫不经心。似乎，男色于她是喜欢的，但也就是喜欢，和喜欢一朵花、一只鸟，一片白云、一般的喜欢。这感觉让他有些不舒服，悻悻地拨开了景横波的手，顺手把领口拉上了。随即他瞟了瞟一个方向，忽然又懒洋洋地笑了笑。

景横波缩回手，想了想也觉得有点奇怪，刚才她是动心了，震撼了，喜欢了，但这动心震撼喜欢，也就是因为出现美丽事物的喜欢，和以往无数次在论坛看猛男图片一样，花痴垂涎，但是花痴完，心上并无涟漪，很快，也就忘了。“我干吗要投奔你？你很善良吗？”景横波撇撇嘴，将柳条儿对着河水撩着，“行了，咱们别卖关子了，你想怎么样，说来听听。”

“先前在绯罗帐篷，你也听见百里迎女王的规矩了。”耶律祁终于肯坐正了，身子却又向景横波微微倾斜，从某个角度看来，两人似偎依在一起。

“在迎驾大典上，女王要展示出令所有人折服的才能。”他笑道，“你有吗？”

“你有？以往女王有？”景横波悻悻地反驳，“我才不信有什么才能能令所有人都折服，这根本就是刁难人。”

“你说对了。”耶律祁拊掌笑，“大荒历史上，百里迎女王其实只有三次，每次都有隐情。历史上，三次迎驾大典有两次女王顺利通过，一次失败被流放。”

“通过率不低嘛，三分之二呢。”景横波眼睛发亮，舔了舔唇。

她粉红色的舌在唇边一溜，活跃如一尾小鱼，耶律祁一眼看住，只觉得心又是一跳，赶紧收敛了心神，笑道：“是，不低，也挺容易通过的。”

“你说说，你说说。”景横波赶紧抓住他的手，神情兴奋。

耶律祁低头看看她的手，温软小巧，掌心特别温暖，似一团被火烤热的丝绵贴在手背，让人的心在一瞬间变得暖而柔。他的手渐渐松开，眼神有意无意地再次瞟了远处黑暗中一眼，笑得很愉悦。他拍了拍景横波的手，才道：“一位女王来自襄国，襄国集全国之力，为女王配备了多达三百人的智囊团。整整三天三夜的考校，才助她通过大典。另一位女王来自玳瑁族，富裕的玳瑁族派出了上百位使者、数百辆装载金银的车辆，在一夜之间用金银敲开了所有重臣的门，以重金买得他们的沉默，才有了女王的顺利登基……嗯，你觉得怎样？”

“太好了……”景横波呆若木鸡地道，“一个砸枪手，一个砸黄金。全国全族为一个人做后盾……姐能砸什么？霏霏吗？谁给姐做后盾？二狗子吗？”

“生当为人杰，死当为鬼雄，”二狗子含了满嘴泥沙尖叫，“不给三千万，绝不过江东！”

“让霏霏给你三巴掌！”景横波心烦气躁地一巴掌把它拍飞，抱着头苦苦思索。

“让如你这般的女子如此忧心，真是所有臣下最为不安的事，”耶律祁含笑地看着她，“所以我冒险留下，为你分忧解愁……”

话还没说完，景横波霍然站起，顺顺头发，嘘口气：“好了，就这样。嗯，耶律祁，谢谢你陪我聊天，帮助我下了决定。咱们以往的恩怨就一笔勾销了啊，么么哒，再见！”她机关枪一般说完，随手从发怔的耶律祁手中抓过二狗子，招呼了霏霏，转身就走。

“你……”耶律祁怎么也没想到这家伙是这样的反应，愕然道：“你……你有没有在听我说话？”

“好像没有……”

耶律祁开始咳嗽。

“不过，我能猜到你想说什么。”景横波斜了他一眼，“天上不会掉馅饼，你冒险留下来和我提这事，肯定就有值得你冒险的需要。我能给你什么？能和你交换什么？如果你帮我过了女王考验那一关，我需要帮你做什么？女王登基，入住玉照宫，而宫胤的公署也在玉照宫，那么我这个傀儡女王，唯一能做的也就是帮助我们野心勃勃的左国师耶律大人，里应外合除去同样野心勃勃的右国师宫胤大人了，对不对？”

一霎的静默。

好半晌，耶律祁才微微仰起脸，首次露出苦笑，道：“我觉得我从没小看你，到头来我发觉我还是低估了你。”

景横波得意地一甩头发，叉腰大声道：“姐是谁？姐是在无数宫斗穿越耽美百合玄幻言情虐心虐身大潮中千锤百炼出来的上知天文下知地理中间人情世故风俗地理人心计谋无所不知的景、横、波！”

耶律祁定定地瞅了这个一瞬凝重一瞬抽风的家伙半晌，险些再次推翻自己的评断。“你想清楚，”他终于收了笑，换了凝重口气，“你已经进入大荒国境。现在四周看起来无异常，只是因为这是一条经过国人百年开辟的密道。你要想离开，躲避宫胤的追捕，就不能走这条道。在这条道四周，都是无边的沼泽，国境外围的沼泽不比国内的沼泽，充满危险。多年来大荒就是靠这些沼泽，阻挡了各国入侵的脚步，你确定你能走得出去吗？”

“这么可怕？”景横波抖了抖，“不过，不试试怎么知道呢？”

“你宁可试沼泽也不肯去做女王？”耶律祁不可思议地看着她，“大荒女王没你想象的那么可怕，除了不够自由，女王享有无上尊崇和最尊贵的待遇。是，女王可以由国师废立，那么你就更该和我合作了。宫胤如掌大权，是不会允许你永远骑在他头上的，他有必须要登上皇位的理由。可如果你帮我夺取玉照宫大权，我可以承诺，将来助你修改律令，给你自由，永远尊你为女皇。”

景横波托着下巴，一眨一眨地看他，似在掂量他话里的真实性。

“和永远在各种可怕沼泽中流浪比起来，”耶律祁的微笑充满诱惑，“做一个轻松自由、一生享尽荣华富贵的女王，不是更好吗？”

景横波沉吟半晌，很诚恳地点点头，“嗯，你说得很有诱惑力，只是我不明白，你身为左国师，我听说你虽然看似势力不如宫胤，其实私下也积蓄了雄厚的实力，你既然不缺人用，为什么非得亲自冒险，和我这个傀儡女王谈交易呢？”

“我今晚，刺杀宫胤只是顺带，其实专为你而来。”耶律祁懒懒地靠在树上，蔷薇一般的红唇绽出微带邪气的笑容，“女王陛下，不要妄自菲薄，你在真正当上女王、入主玉照宫之后，会有很重要的、不可替代的作用。能杀宫胤者，非你莫属……”他忽然看见景横波变了脸色，一怔停住，脸色也一变。

景横波瞬间恢复了笑容，快得好像一霎变脸没发生过，笑吟吟地冲他勾了勾手指，“说呀，继续。我很感兴趣。”

耶律祁深深地注视她的眼睛，景横波笑容不变，心里暗骂这只是属狐狸的。

耶律祁终于转开眼，再开口已经换了口气：“当然，如果你双手不愿沾血，或者不愿意和宫胤直接对上引起他报复，我可以不杀他，只要你帮一点小小的忙，把他赶下台就好。我甚至可以承诺你，给他一个富贵尊荣位置到老。这样，你既做了顺心顺意的尊贵女王，也没有伤害宫胤，岂不是两全其美？”

景横波又嗯了一声，眼珠慢慢转动，似乎在认真思考。

“陛下是聪明人，当知如何取舍。”耶律祁微笑。

“嗯，我想……”景横波慢慢地道，“你和我说了这么多，如果我不答应你，你一定会想办法杀死我吧？”

“何必说得这么血淋淋呢？微臣知道陛下是聪明人，不会令微臣失望的。当然，陛下不答应，又知道这么多，自然从此就是微臣的敌人。虽然微臣势单力薄，手段有限，不过想来，陛下也不会愿意树立微臣这样一个敌人，以至于以后步步皆有杀机吧？”耶律祁眼风从黑暗中某处掠过，温柔地看着她的眼睛，“如果陛下犯傻不答应……微臣会很奇怪……陛下，你不会是舍不得宫胤吧？”最后一声挑得微高，在黑暗中远远传了开去。

景横波像被蝎子蜇了一般跳了起来。“舍不得他？”她像受了侮辱，怒不可遏地尖声道：“我干吗舍不得他？他抓我，捆我，欺负我，冷冰冰对我，恩将仇报对不起我，还想夺我的女王位，我瞎了眼发了疯才舍不得他。”

“不过……”她暴怒的脸忽然一变，邪邪一笑，伸指挑住耶律祁的下巴，“你说对了一点，我是不喜欢杀人，我这么一个美人，手上沾血多煞风景。而且我觉得杀了宫胤很可惜啊，他那么好看。杀所有的美人都是不对的！你废了他，夺了他的权，把他送给我怎么样？他欺负了我这么久，也该风水轮流转，让姐欺负欺负他啦。”

耶律祁笑得越发轻柔，伸手轻轻握住她的手指，唇在她指尖一碰，笑道：“那么，陛下是同意和我达成合作了？”

“当然，我想通了。”景横波笑眯眯地道，“我原来以为这附近和大燕一样好走，却原来都是沼泽，那我是走不出去的。死在沼泽和做一个自由的女王，傻子才不选后面那个。”

“陛下英明。”耶律祁大赞。

两人相视而笑，温情脉脉，景横波媚笑着想要收回手指，耶律祁却抓着不放，犹自含情脉脉地贴在唇边。

景横波脸色变了变，随即笑容更浓，干脆将手指往前凑凑，贴在他脸上，迷醉地笑道：“你也很好看呢……我一见你，就被你惊艳了……”

耶律祁笑声低沉魅惑，“是吗？真巧，我一见陛下，也惊为天人……”

小河，淡月，微风，浅草，树下相对的俊男美女，含笑轻吻手指的姿态，构成一幅气氛迷离诱惑的剪影。任谁瞧着，都是一对夜半私会、互诉衷肠的有情男女。

二狗子一直被耶律祁压着，眨巴眨巴眼睛，似乎很想顺应风景，吟一首带颜色的好诗，可惜的是嘴巴里塞着土。霏霏特别乖巧地坐着，忽然放了一个屁，二狗子呜呜地叫：“臭死了臭死了！”霏霏鄙视地白它一眼。

没有人知道，就在这清脆的屁声里，一根尖锐的树枝，忽然脱离了树身，慢慢向下移动。

景横波错开和耶律祁对视的目光，抬手掠鬓，漫无目的地东张西望，喃喃地道：“出来这么久，会不会被发现啊？”

“这里看似离营地不远，其实和营地隔一个小沼泽，这沼泽毒气猛烈，一时不会有人过来。”耶律祁笑着看了看景横波，“怎么，陛下看起来似乎有些失望？”

“是呀，我失望你怎么这么不解风情……”景横波似笑非笑地看着他，手指轻轻在他线条精致的下巴划过，“既然没人，路远，你看……”

“啊……陛下垂青……微臣万幸……”耶律祁声音也低了下去，一字字醇厚如浓酒，亮得惊人的眸子里，渐渐晕染几分迷醉。

树枝下行，尖端朝下，正对耶律祁的后颈要害。

“那么你是不是该……”景横波咻咻地笑着，手指在耶律祁脖子上打圈，身子微微倾斜出一个柔曼的弧度。

树枝已经到了耶律祁身后一尺处。黑暗中远远似有衣袂带风声。

“正合我意……”耶律祁握住她的手，身子也缓缓向后靠去，“不如就在这里，交付彼此，也让陛下看看微臣的心意……”

景横波眼光一抬，咯咯笑着手臂钩住他的脖子，把他轻轻地又带了回来，“喂……你倒什么？难不成你还喜欢女上？好人……我喜欢你的男儿风范……”

“我也喜欢你的风情天生……”耶律祁从善如流，揽住了她的腰。

树枝正在他后颈处，顿一顿，闪电插下！

“……不过我不喜欢你的阴人把戏！”耶律祁声音忽转冰冷！

景横波暗叫不好，可惜此时双臂已经被耶律祁紧紧抱住，她刚想大叫霏霏出手，耶律祁头一低，唇已经压了下来。景横波立即偏头，耶律祁灼热的唇瓣擦过她脸颊，景横波一偏眼就看见那根见鬼的树枝正快速落下，正在这时耶律祁肩膀有意无意地一偏，吱的一声，树枝正正插入景横波肩井穴，她的上半身顿时不能动了。景横波眼神一僵，在心底发出嗷嗷的号啕——为什么每次使用隔空取物害人都不成功？难道这技能和国师这种生物犯冲吗？

“陛下真是狡猾……”耶律祁犹自一脸温柔，亲热地埋在她肩上，低低笑了一声，顺手将那树枝给毁尸灭迹了。景横波内心号啕未休，正想骂人时听见他下一句话，浑身一僵。“……右国师真是好性子，”耶律祁笑吟吟地道，“偷看了这么久，还不肯现身吗？”

啥？右……右……右国师？宫胤？景横波头皮一炸，惊恐地抬头——宫胤一直在？他竟然一直在？那刚才他听到多少？又看清楚多少？然后她就看见了宫胤。

山林原野的黑暗，向来都浓浓淡淡，深的是树，浅的是天，起伏的是远处的山峦。当那深深浅浅的黑暗忽然被剥脱，一大片蓬蓬的碎叶飞旋而起时，景横波看见慢慢显现的宫胤的身形。位置竟然不远，就在细细的小河对岸，足够听得见大多大声说的话。

景横波瞪大眼，看着宫胤慢慢走来，身前一大团翠叶不断粉碎，四散逸开，露出他如雪的身形，似黑夜的大氅无声脱落，又似他正从宇宙黑洞混沌中走来。许是正用内力震碎身前用以遮掩的翠叶，他的发也微微扬起。黑色的发随风鼓荡，越发显得一双眸子凝定深远，似千万年宁静的深渊。

叹为观止的障眼法，神一般的出现场景，景横波却顾不得惊叹，宫胤的眼神太冷漠，相较于往日疏离感更浓，她感到了危险。但此刻也没心思研究这个了，景横波看着他缓缓踏水而来，翠叶碎成漫天齑粉，似一蓬缭绕的绿丝在他身侧一绕，悠悠沉降在清亮的水面上。河水如明镜，翠叶如碧玉，他踏着河面翠叶前行，如雪衣袍和黑发一同飞起，身侧碎叶零落飞舞。

连耶律祁看他的眼神都更加凝重，他忽然微微叹了口气，道：“晶心冰魄，他竟然真的快练成了……”

“嗯？”景横波目不转睛看着宫胤，用鼻音发问。

耶律祁似乎也有些心不在焉，自言自语：“奇怪，这家伙事务比我还繁杂，钩心斗角的事儿比我还多，怎么就能练成这么清心寡欲的心法呢……”随即他轻轻一笑，道：“陛下，别乱动，你撩拨微臣，微臣就只好乱来了。”

双膝悄悄抬起，想要趁机顶他个肺的景横波膝盖一僵，讪讪一笑，暗骂一声这货狡猾。她看看自己，再看看大神有点僵硬的站姿，心中实在发虚——之前装模作样说了那么多鬼话，现在又和耶律祁是这个姿势，大神得想到哪里去啊……

“宫胤，”耶律祁搂着动弹不得的景横波坐起身，笑吟吟打招呼，“这大半夜的，劳你吹风帮我们守卫，实在不好意思啊，哈哈。”随即他一脸羞涩地加了一句，“陛下实在太热情了……刚才帐篷私会还不够，一定要再见我一面……陛下垂爱，咱们做臣子的也不好拒绝对不对？”

景横波刚想骂，忽然接触到耶律祁眼波。又或者那不是眼波，是一片迷雾，一波朦胧的水，一片空茫与虚无。景横波心中一震，忽然觉得恍惚和困倦，眼皮重得撑不开，含含糊糊嗯了一声。这一声一出口，她忽然一醒，霍然睁开眼睛，面前的耶律祁眼神清亮，哪有刚才的虚无与空茫？什么东西？邪术？催眠？之前怎么没用过？……

“女王陛下娇羞了呢……”耶律祁转头和宫胤笑。

宫胤已经在河面上停住，衣袂飘飘，不言不动。

黑暗里看不清他的神情，景横波只觉得心里发凉。

“你在这附近都埋伏有人手吧？”耶律祁不急不忙地道，“我没有把握闯出你的重围，怎么办呢？”

“那就留下来死。”宫胤终于开口，语气平静，看也不看景横波一眼。

“可我不想死。”耶律祁耸耸肩，看看还和自己亲密拥抱着的景横波，眼波一转，“要么，咱们来做个交易？”

“挟持女王，换我放你？”宫胤一口截断，“和一个随时可以替换的女王比起来，我对你的性命更感兴趣。”

景横波眨巴眨巴眼——好吧，她可以自我安慰说，这是宫胤为了救自己，故意装作不在意，以免陷入被动，只是这样的话听在耳里，实在……不怎么爽啊……

“哦，不，不，”耶律祁抱着景横波，摇着手指，“你哪只眼睛看见我挟持女王了？你明明亲眼看见她私自出门对我投怀送抱不是吗？我只是想送个大礼给你，我帮你杀了她，怎样？”

景横波浑身一震，不敢置信地瞪着耶律祁——这什么脑洞？杀了姐你就跑得掉了？

“想杀她我自己随时可以，不劳你费心。”宫胤并无震惊之色，还是那不为所动的模样。

“你这话我信。”耶律祁笑道，“全大荒都知道，你根本不愿意再来一个女王。如果没有她，你就可以称帝了。后来迫于形势，你不得不一路护送她到这里。现在百里迎女王，你骑虎难下，必须得扶持她先登上王位。可是你也知道，一旦她登上王位，难免会产生变数。六国八部里不知多少人虎视眈眈玉照宫，一旦她被谁引诱，就会成为埋伏在你身边的杀手。啧啧，这日子我替你想着，都觉得不好过。我很奇怪你为什么不杀她，想来是舍不得？那我替你杀了她好了，这个女人刚刚还答应了我，要为我暗杀你呢，这样的女人留在身边，多不安全啊，是不是？”

“你放屁，我没……”景横波的咆哮还没说完，就被耶律祁一个迷迷茫茫的催眠眼波给放倒了。

看在宫胤眼里，大抵就是一个心虚难言。

“杀了你，再杀她，我觉得更好。”宫胤眼眸掠过景横波，在她扯开的领口上停了停，再开口的时候还是那么简练冷峻，一针见血。

“杀了我你多少要付出代价，再杀她你会陷入被动。”耶律祁摇手指，“你是聪明人，怎么今天一定要选择做麻烦的事？”

宫胤淡然看着他，眼神讥诮，“这世上没有什么坏事是不麻烦的。”

“我可以帮你做麻烦的坏事。”耶律祁微笑，“你去召唤来六国八部的护卫首领以及绯罗，然后我当着所有人的面，宣布新女王不守宫规，强迫、诱惑左国师，亵渎宫律尊严，令她自尽。当然，她不肯自尽我也会让她乖乖自尽的。这样，女王轻松解决，你无须承担任何责任，而我也可以顺利脱身，毕竟你当着六国八部的面，是不能杀害我的。你看，这样我安全了，你也如愿了，岂不是两全其美？”

“骑野驴我是杀了你全家还是强奸了你妹夫，你用得着这么狠毒地害姐？”景横波怒目尖声，如果不是浑身不能动，她一定会扑上去先攻下三路再往脸招呼，一定揍他个满身桃花朵朵开。

耶律祁像躲苍蝇一般躲开她的口沫横飞，笑吟吟地道：“哎，你这个外号我不喜欢。”

“去死你去死……”

“好。”一声清冷而坚定的回答，生生截断了景横波愤怒的咆哮，她呆了呆，有点不相信自己的耳朵，慢慢侧头。水面上宫胤已经在缓缓后退。他向来那么冷峻决然，做了决定不解释也不犹豫，后退的同时手指一抬，一道烟花亮起，四面八方立刻人声鼎沸，汇聚而来。景横波死死地盯着他，心腔发紧，紧到似乎在抽搐，气息也似薄了，似一柄刀，压抑地刺在胸口。

错了。什么都错了。刚才她还在想，宫胤一定是和耶律祁虚与委蛇，假意答应他，一定不会相信耶律祁的鬼话，一定是在用计救她。可惜宫胤如此残忍，连她自我安慰的机会都不给，这么迅速地，用行动摧毁了她的希望。本来就算他答应耶律祁的条件，只要他还是一个人，景横波就坚信他是在骗耶律祁，可是他放出了通知，这让她绝望。

大荒女王戒条何其严苛，她和耶律祁现在的姿态，怎么看都是她投怀送抱，给那些人看见，她不被逼自尽也会被砸死。她忽然有些恍惚……宫胤……他，是真的生气了吗？本就对帐篷里她和耶律祁在一起怀疑，又看见她真的跑走，看见她和耶律祁“亲热”，听见那些要命的背叛之语，换谁，都会愤怒失望吧？

黑暗里他的唇如此冷白，一线紧抿，似一柄刀，狠狠劈在她和他之间。只隔一河，却如山海遥迢。“你今天走了，明天就是我的敌人。”呵呵，大神就是大神，够决断，只有她才会当玩笑吧？

人潮的到来比她预想的更快，闪动的火把光亮每逼近一分，她离死亡就近一步。景横波呼吸困难，眼前发黑，心似烈马脱缰，四处冲撞不得安定。等待死亡的滋味如此难受，以至于她暂时忘记恨这两个无情的男人。她现在改变主意了，她不再逃，她要做女王，但决不再做被人钳制、被无数规矩捆绑、被随便阿猫阿狗都可以决定生死命运的傀儡女王，她要做真正的手握大权，决定自己以及他人生死，永不为人所控的女王！她要坐稳王位，拥有实力，然后把那些见鬼的规矩教条统统推翻、搞倒、踩在脚下，在那些别有用心的卫道士独裁者脸上狠狠地扇上七八十个耳光！现在，她首先要活！

不远处黑暗已经被照亮，已经快要看见第一个人头。只要一个人看见，事情便不可挽回……

耶律祁脸色被火把光芒映得古怪，似失望似惊讶，忽然低声喃喃道："失算，他竟然真的舍得，看来我只好……"身子一动便待起身。

他的话没有人注意，因为景横波正在吸气，而宫胤却在此时忽然举起了手。在最快的一个人即将进入视野之前，他两指一并，忽然射出一团青色的火焰。火焰一出，四野浩荡声响和绵绵不绝而来的人潮立刻止住。

耶律祁脸色大变，随即变为狂热的兴奋，目光灼亮若星辰，"极限禁止令！哈哈哈我还是没猜错，你果然……"

他的话还没说完，蓦然景横波一声尖叫，盖过了他的声音，"嘘——"

很难想象一个人发出嘘声也会这么响亮，嘘声里一直在一边瑟瑟发抖的二狗子忽然直挺挺飞了过来，似被线牵着，又似被无形的人猛拽，半空中僵硬地张开双翅，双眼圆睁，浑身一阵打摆子般地颤抖。

"快点！"景横波着急地大叫，"嘘！"

啪，一坨黄黄绿绿的鸟屎，顺嘘声而出，正正落在耶律祁正仰头大笑张开的嘴中！

一霎静默。景横波在喘气，隔空移动二狗子，耗费了她比以往更多的精力。二狗子啪地栽下地。闪电般掠过来的宫胤险些栽到河水里。远处的火把因风摇动，越发衬出这一刻的僵硬。

哦，还有一个清醒的，霏霏趁这一刻混乱，悄悄摸了过来，出现在耶律祁的右侧。血盆小口一张，现出两排闪亮的白牙，咔嚓！

"啊！"耶律祁终于发出大叫，唰的一下蹿起，身子一甩将霏霏甩了出去，另一只手犹自不忘拽住想要趁机逃脱的景横波。人影一闪，宫胤竟然已经出现在他对面，封住了他的去路。

霏霏落地打滚即起，一蹿蹿上了耶律祁的头发，抓住他的发髻，身子唰的一下挂下来，准备给他来个亲密对视。不过它没对视成。耶律祁人在半空，忽然拎起了景横波，一低头，死死堵住了她的唇！

正待出手的宫胤脸色一变。

景横波瞪大眼睛。想也想不到这么危机一刻耶律祁会这么做。可是立刻她就知道耶律祁为什么会这么做了！对方唇舌一动，随即，一坨奇臭无比、软软烂烂的东西，突然喂进了她的嘴里！电光石火，两个字掠过她的脑海，鸟！屎！

"哇！"景横波在半空中就狂吐了出来，却一边吐，一边从大腿侧掏出一柄匕首，手指一转便极其灵活地捅了出去！鲜血和秽物同溅，红黄之色交错而过。几乎立刻，耶律祁一撒手，将呕吐不止的景横波一把甩向反方向。人影一闪，宫胤毫不犹豫地去接。

噗，落在他怀中的景横波瞬间就喷了他一身的呕吐物，黄黄绿绿，腥臭扑鼻，宫胤却连眉头都没皱，只是死死地抱紧了她，将她慢慢放下地，扶在臂弯里，上半身下倾，好方便她呕吐，以免被喷射的呕吐物堵塞了喉咙。他轻拍她的脊背，不断将她往下滑的身体搂住。景横波吐得眼泪模糊，胃里翻江倒海，浑身抽搐，也顾不得扶着自己的是谁，只觉得依靠的臂膀坚实温暖，稳稳地定住了不断向下瘫软的自己，眼角余光看见被黄绿液体溅湿的雪白袍角，不断覆盖上一层又一层的呕吐物，却始终静静垂落，不曾有丝毫避让。这是宫胤吗……不是吧……他那么冷漠……一定是搞错了……

脑海里思绪模模糊糊一闪而过，又被新一轮的恶心感覆盖，她不知道这自作自受的一泡鸟屎怎么会带来这么大的反应，或者从刚才她移动了二狗子开始，她体内就又发生什么变化了。

“头好痛……”景横波喷射状猛吐了一阵，忽然发出一声无力的呢喃，随即身子一仰，晕了过去。

宫胤及时接住了她。他此刻看起来也不比满身狼藉的景横波好多少，满身黄黄绿绿，白衣成了花衣。

不远处火把依旧在闪动，人群依旧没动——右国师的所有命令都是铁令。尤其是后发的那一个禁止令。禁止令一发，所有人严禁擅动！禁止令是重令，非大事不可用，一般是总掌大权的国师在调动或控制军队时才会使用的命令。今晚乍见禁止令，又不明白前方到底发生了什么事，所有僵立在原地、不敢越雷池一步的人，都茫然张望，惴惴不安。自然，也没有人拦阻耶律祁离去的脚步，宫胤好像已经将这个大敌给忘了。

人影一闪，一人出现在宫胤身侧，蒙虎算是禁止令下唯一还能动的宫胤亲信了。

“送女王回营地。”宫胤将景横波交给他，又吩咐，“派医官好好照顾她。我跟着耶律祁再走一截，看看他有什么布置。”

“是。”蒙虎接过景横波，却没有立即就走，神情犹豫。

宫胤转头静静地看他。

“主上。”蒙虎被他清明迥彻的眸子看得心中发凉，咬了咬牙还是道：“属下觉得，您今日还是心急了……”

宫胤沉默，转头看远处起伏的黑色山峦。

“说到底，今日是您和耶律祁的互相试探。他想知道女王在您心中究竟是什么地位，现在，他知道了。”蒙虎叹息一声，“如果属下没有猜错的话，耶律祁不会真的将女王置于险地，如果您坚持住不发禁止令，他一定不会挟持着女王离开。”

宫胤还是没回头，蒙虎不说话了。他知道的，宫胤一定也知道，知道依旧这么做，是因为什么？他不敢想，也不想想。他只是扼腕叹息，为自己的无懈可击的主子，从此终于被敌方抓住一个软肋而叹息。上位者之争如此残酷激烈，稍有不慎便为他人登堂入室操刀一击，一直以来，自己的主子能威慑天下独掌大权，就在于他如玉石一般坚实、如水晶一般明澈的内心，强大浑然，令他人无懈可击。这样的内心，来自于他的经历，也来自于他所选择的独特功法。也正因此，他于人性和情爱一道，比常人有更多禁锢。以往不觉得有什么，男儿逐鹿天下，心在朝野，余事草芥耳，但如果真的有了牵绊，有了在意，那就似玉石生隙，水晶蒙尘，浑身上下因此多出无数漏洞和弱点，每一处都通往失败和死亡。蒙虎看看气息微弱的景横波，再看看立在黑暗中、矗立如玉雕的宫胤，忽然激灵灵地打了个寒战。大荒不荒，沼泽是泽，一朝相遇，是孽是缘？他只觉得心忽然沉甸甸的，每一寸每一分都满载担忧，却不敢再说什么，扶着景横波慢慢退了下去。

第二十四章　心事

景横波醒来的时候觉得脑袋痛肚子痛骨头痛，浑身上下无一不痛，好像又发烧了，身下微微晃动，似乎又上了马车。她懒得睁开眼睛，躺在那里把刚睡醒脑袋里的思绪重整，越想心越凉，越想越懒得睁开眼睛。黑暗里的火把……不断逼近的人群……不怀好意的耶律祁……冷漠如冰的宫胤……被迫推入的生死危机……哦，这世界如此坚硬，撞得她脑门好痛。

景横波在心里嘘口长气，只觉得痛得有点心灰意懒，连先前发下的要抽宫胤、耶律祁大嘴巴子的宏愿，一时都懒得去思考执行计划。

身侧有撩动水波的声音，还有轻轻拧手巾的声音，她心中一动，想睁眼看看是谁在照顾她，想了想，嘴角扭了扭，还是忍住了——就不看！就不看！冰凉的手巾落在她灼热的额头上，身侧的人呼吸轻轻，她感觉到对方转身，眯眼偷偷一瞧，却是静筠瘦弱的背影。景横波不知自己是失望还是坦然，随即心底呵呵一笑。

想什么呢？脑子有病啊？还抱什么希望啊？这世上谁真在乎谁啊？要不是自己自救吃鸟屎，现在想必八成下了地府和前任女王相见欢了。生死大事见真章，再想什么有的没的，景横波觉得自己都会瞧不起自己。就这样吧，男人嘛，尤其政坛上的男人嘛，就那么回事，爱美人不爱江山那是小说，聪明点的，就该想想怎么活下去，最起码不能给人想绊跌就绊跌，想挟持就挟持，想说你不守妇道，你就得马上上吊。

景横波低落了一阵后就振作了精神，开始思考以后的活路。女王不好做，那就不做，但如果别人逼着不给做或者拿女王的位置来限制她，她就会犯二——无论如何一定要做。

她躺在那里，想着如何在迎驾大典上一技惊天下。跳舞？钢管舞还没跳完她就得被钢管打死吧？唱歌？《忐忑》要是能让大荒人喜欢她不如姓荒，荒唐的荒。才艺？能一边吃东西一边做瑜伽算不算才艺？诗词歌赋？小时候被逼学了一肚子，忘了半肚子，现在剩下的都是教给二狗子的“经典版”……

景横波难得地开始叹气，发愁，又开始安慰自己，这种情况，就算君珂、太史阑、文臻来也一样没好办法啦。君珂难道能告诉人家胃上长了个瘤？太史阑能用自己的棺材脸令人虎躯一震？文臻的厨艺比较实用或许能征服几个，可这回考验的是女王不是厨娘。

风将帘子掀开一线，吹进来的气息似乎有点不同往常，带点涩带点酸，据说这是远处沼泽的气味。占据大荒国土百分之三十的沼泽，是一片看上去肥沃其实却无用的黑色土地，承载着无数人期盼的目光，一日日荒凉。她忽然想起之前路上听护卫说起的大荒现状，土地少，沼泽多，物产不够丰富，多数靠秘密进口，宝石黄金贬值，食物昂贵，民众生活匮乏，部族为一块小土地可以流血不休……沼泽……维系了大荒人民生命与精血的沼泽……成也沼泽败也沼泽……

她忽然浑身一颤，脑中似有一道亮光划过！她其实，还拥有一样重要的东西！

“箱子……箱子……”她立即有气无力地喊。

静筠听见声音，惊喜地转过身，道：“你醒啦，想喝水吗？现在感觉怎样？”

“箱子……”景横波摇摇头，不屈不挠。

“我去告诉国师大人！”静筠似乎十分兴奋，转身就要下马车。

“箱子！”

小宇宙爆发的声音生生止住了静筠的脚步，她惊吓地回过身来，看见面色苍白的景横波坚定地指着马车一角的箱子。静筠有些发怔，她没见过景横波这样的神情，感觉似乎眼前变了一个人。她有点麻木地回身，拖过了箱子。景横波托着脑袋，她拨不动巨大箱子的密码锁，只好报出密码，指挥着静筠开了锁。静筠有点好奇地小心翼翼拨动着全钢的锁码，眼底都是惊异的光，“这是什么东西，好精密，最优秀的锁匠，也做不出这样的锁柱吧……”

“我做的。”景横波随口说，“你帮我翻翻箱子，最下面好像有本书。”她的箱子正常情况下绝不会出现书这种多余的玩意——放bra还嫌不够地方呢！不过她因为箱子底部不平，怕压坏了她的柔软裙子和内衣，特地撕了一本书垫平了箱子，撕书的时候她曾经瞄过一眼封面，好像是君珂当初在网上买的《走遍天下都不怕——生活技能大全》。君珂买回来是为了将来逃出研究所，用以学习技能维持生计用的。书的介绍吹嘘得上天下地无所不能，一书在手天下我有。买回来后君珂发现上当。书中的所谓技能，在网上都能搜索到，都是农业工业商业等各行各业的一些基本常识，八成是高校学生挣外快拼出来的书。也就扔在了一边，最后承担了给景横波垫箱子的伟大任务。

这样的书，一经穿越，其中所记载的先进生产技术，自然宝贵，不过景横波并不敢奢望太多——她记得自己把书撕得很残……

静筠埋头翻她的箱子，不时发出颤颤的惊呼声。景横波也不在意，她并不太记得箱子里都有些什么，收拾东西的时候她都是随手乱塞的，只记得衣服内衣最多，那些精美的内衣睡衣，哪个女人见了都要惊叹的。

“啊。”静筠的手忽然一停，发出一声低低的骇然的惊叫。

“怎么？”景横波已经等得不耐烦了，探头去看，“还没好？”

“哦，不，不，已经找到了！”静筠啪的一下关上箱盖，动作出乎意料地猛，随即她抓着薄薄的小半本书转过身，“是这个吗？”

马车晦暗的光线里，她一贯苍白的脸忽然涨得通红，连耳根子都红成了透明的胡萝卜。景横波瞧着奇怪，找本书至于这样？

“我蹲久了，血气上涌……”面对她的目光，静筠期期艾艾地解释。

景横波也没心思多想，急不可耐地抓过书，她的手指无意中碰到静筠的手指，静筠竟然像被火烫了一般急忙向后一缩。景横波看她一眼，又专心低头快速翻书，越翻脸色越难看，越翻越惴惴不安，忽然手指一停，又快速翻回几页，想了想，发出一声欢呼，“找到了！”

“找到什么？”被她的一惊一乍吓了一跳的静筠急忙问。

“嘿嘿嘿嘿。”景横波将那短短几行字认真看了几遍，将书一合，兴奋地一把抱住了静筠，“找到可以坐稳女王宝座的办法啦，哇哈哈哈哈，哇哈哈，我再也不要被欺负啦，哇哈哈哈哈，我迟早要把这见鬼的大荒改造，哇……”

她心情兴奋，怀里的静筠却忽然一僵，随即不吭声地猛力挣扎，景横波唰的一下放开她，又兴奋地将那本残破的小册子仔细翻上了几遍，嘴里不住念念有词，“这个或许可以用上？哎呀，这个不行，绝对没有的技术……啊啊啊，蒸汽机都没有的时代谈什么工业革命……”

终究是病人，一时的兴奋不能抵消身体的疲倦，她翻了一会儿，颓然向后一倒：“头好痛，还是收起来以后再看吧。”也不待静筠来接，她将书抛到箱子里，盖上箱盖拉上拉链，这回没有再设置密码——以前设密码是因为她偷了小蛋糕很多点心，现在苦主都不见了，锁不锁有必要吗？

静筠站在一边，目光在箱子上掠过，看她精疲力尽很快睡着，想了想，转身下车。

景横波睡得不太安稳，梦里总有一团灼热的鲜红的火，在身周摇曳，烤得她心焦骨头痛；梦里不远处就有一座雪山，看着特别高冷清凉，还是个人形的，她跑啊跑，雪山往后退啊退，真讨厌……

蒙蒙眬眬里似乎有人坐在了她身侧，接着响起淅淅沥沥的水声，再接着便觉得额头清凉，她迷迷糊糊地想，哦，是静筠来了，这快半夜了吧？她可真尽心……“静筠……静筠……”她含含糊糊地咕哝，“别怕啊，姐会保护你的……”

替她擦拭的手似乎顿了顿，随即又似乎响起一声低低的笑，笑她莫名的信心和勇气，又似在笑她的傻。笑声如风过，没在景横波耳边停留。她的梦换了个场景，现在是跃动的火把和冷漠的国师，一群人画着花脸，跳着蹦着要烧死她。

“男人婆……蛋糕妹……小透视……你们在哪呢……”她又开始喊了，“这里钱多，人傻，你们快点来啊……”

擦拭的手又一顿，一声发自鼻音的轻轻的“哼”。

“……你们再不来，姐就要被宰了啃光了，呜呜呜……”景横波在梦里，终于哭兮兮地发出了平时死也不会出口的求救，“他们都不救我……害我……忽冷忽热地对我……姐的命就像他们手里玩的球，就这么抛来抛去……抛来抛去……”

擦拭的手一僵，在半空中定住了。

某人在梦里还会配合地做动作，一只手当真甩了起来，啪的一下甩在身旁的人脸上，清脆一声。马车里气氛一僵。那人也似完全没想到，一时抚着脸，竟然怔住了。似乎，很多年，没受过这样的待遇了吧……

“……无情！无义！无耻！无心！”景横波毫无所觉，还在控诉，一只手激烈地舞动。

那人绷紧的身躯却渐渐缓了下来，忽然轻轻叹息一声，按住她不安分的手，给她仔细擦拭着滚烫的掌心。

景横波哼哼唧唧地很舒服，但又觉得不满足，忽然一翻身抱住了那双手，呢声道：“静筠……静筠……怎么总擦脑门啊……给擦擦脖子呗……”

那双手一停，这回连胳膊都僵硬了。一线月色微光，打亮黑暗里端坐绷直的身影，整条手臂倾斜出三十度，手臂上迷迷糊糊地睡着懒猫一样的女子，口水险些沾湿了人家的衣袖。这也罢了，偏生这斜身抱臂的姿势，昭显着颤颤的危险，还在完全无意识地揉揉蹭蹭，似一只小野猫，霸占着自己的爱物，务必要留下自己的气味，昭告着无言的占有。黑暗中的身躯似乎一动不动，再仔细看，雪白的袍角却似在微微震颤，像积厚千年久无人涉的雪，被山间清越的声音呼唤，颤颤地震出无声的呼应。触感从未如此灵敏，每根血管都似穿过了天上的电流，战栗之间是一片片雪色的空白，中间交织着她的艳色和红唇。似火灼了无边的雪原，他感觉到危险的崩塌。就这样还没完，她不耐烦地扭来扭去，三五下就蹭开了宽松寝衣的纽扣。

“静筠……给擦擦……身上好热……”

确实好热。黑暗似忽然不见，夜晚也似忽然不见，眼前是春的风和春的水，漾出载满桃花船的细细波纹，天和地之间却不是淡绿色的连接，只余了那一片白，如雪的白，耀眼的白，纯洁的白，晶莹透明的白……逃避在视野里，却放大在天幕中，越来越大……越来越大……广袤无边……将他淹没……身影颤抖愈烈，一线殷红自唇边幽幽现出，如此突然，他抬手轻轻拭去，侧了侧身，将她轻轻扶正。她又腻了上来，下意识贪恋他清凉的气息和温度，他唇边微微绽开一抹笑。月光似因这笑意的美，而忽然黯淡。

景横波在空中胡乱抓挠，还想抓到那骨秀玉润的手，梦却还在纠缠，这回换了黑衣的美人，砰的一下扔了尸体在她脚下，溅了她一身鸟屎臭的尸水，她想吐，忍不住喃喃地骂：“耶律祁……”

他的笑意忽然凝结在唇边。空气似被压缩了，低沉得连风也不兴，他盯紧了她的唇，她却在咻咻喘息，一句话挣扎在唇边，欲吐不吐，像一件难言的心事。等待似乎很漫长其实很短，他的眸光如同笑意一般，一寸寸黯淡下去。随即他将她推开，霍然起身，唰地帘子一响，雪色人影已经不见。

他出去的同时，景横波猛咳一声，终于呛出了堵住喉咙的那一口痰，发出了下半句的怒吼：“……你这个贱人！”

景横波第二天体温降了下去，觉得好多了，神清气爽地和静筠道谢：“多谢你昨晚照顾我啊。”

在一边绣花的静筠还没回答，忽然哎哟一声，吮了吮手指。

“怎么了？”景横波探头望。

“没事。”静筠再回头笑靥如花，“不用谢，照顾你是应该的。”

一旁默默喂霏霏吃饭的翠姐默默抬头看了静筠一眼。

景横波发现静筠脸上两个大黑眼圈，明显晚上没睡好，嘿嘿笑着拍了拍她，“下次你生病，我整夜不睡照顾你！”

“哪有咒人生病的。”静筠轻轻拍了拍她手背，对她一笑，再拿起针时，打了个喷嚏。

“怎么？感冒了？车里很暖和啊，难道是我传染你的？”景横波有点过意不去。

“没有的事，昨晚我出去起夜吹了点风，喝碗姜汤就好了。”静筠放下绣花绷子，下车去找姜汤，过了一会儿再进来，身后还跟着一个圆脸的少年，端着一碗药汤。

“这是琉璃部的护卫。”静筠介绍，“他帮忙熬药，又说烫，主动帮忙送过来。”又悄悄地俯身对她耳语，“送药过来人家被查了三次，真难为人了。”

景横波听着有点过意不去，少年却毫不在意的样子，对她憨憨地笑，眼神纯真。景横波瞧着大有好感——正太型的哎。

少年放下药，对她行了礼，并不等她多说什么，就很安分地退下了。下车前回看她一眼，眼神温暖。景横波被这一眼看得心中酸酸的，到这里后颠沛流离，历经冷暖，她这样一只活蹦乱跳的小强，都被折腾得心力交瘁，此刻这一眼隐藏的关怀，似荒漠里忽然出现的一颗绿芽，鲜亮了整个心房。她抬起手，掩了掩额角，定了一会儿，再抬头，还是那无所谓的张扬的笑：“嘿！居然有人来瞧我哎。”

翠姐悄悄地抬头看了她一眼，无声叹息。

静筠笑道：“六国八部，其实有不少人想要亲近你，你毕竟是他们的新主子嘛，只是国师严令不许人接近你，他们不敢罢了。要我说，你若有精神，也该给人家一点机会，和臣下亲近亲近，将来对你有好处。”

景横波心中一动，觉得很有道理，甘于做傀儡的女王不是好女王，想要夺权的第一条，还是得先了解臣属，接近臣属，分化拉拢什么的，肥皂剧常有嘛。“嗯，是该亲近亲近。”她道。

“要不，我带他们来见见你？”静筠试探地问。

景横波瞟她一眼，觉得这病秧子今日怎么这么热心？再说这事儿本就不能操之过急，给点善意回应就行了，真要偷偷摸摸交联，反而不妥。景横波从来没打算让静筠参与这些事，她好好安静养病就行了。政治这东西，还是先只信自己比较好，何况静筠心思重，接触这些未必是好事。“不用了。”她道，“随意一些便好。”

从这日起，她便时常在马车四周见到对她微笑致礼的各部族属国护卫，她也回之以微笑，因此常常导致人跌下马。有时下去散散步什么的，也会遇见人远远躬身，她也点点头。

遇见最多的是那琉璃部的少年，那个圆脸憨厚的少年，总在角落处对她施以注目礼，并不走近来，也不特意想让她发现。有时她注意到了，他便远远躬身，露齿一笑。景横波每逢此时，便心中感慨，觉得妥帖又温善。这样的次数多了，两人相遇时，便自有一份温暖的默契，脉脉流动。

晚上宿营时，她会收到自制的暖炉，或者一份有特殊风情的小饰物，不用问，都是那少年送的。她笑一笑，把玩一阵，默默收起。有次走路不小心，鞋跟嵌在泥地里，她拔了半天才拔出来。当时似乎根本没有人在，可是没多久，翠姐就送来一双古怪的木头制作的东西，看来像个鞋套子，一头高高的。她脱下鞋对了对，发现竟然是可以和她的高跟鞋套一起的，套住了底就平了。虽然整体看起来十分古怪，但是制作得很精巧，居然套得很服帖。

她笑得前仰后合——这玩意套上去，高跟鞋还叫什么高跟鞋！

翠姐也笑，又忍不住为那孩子解释，“他说这样套上走路就稳当了。”

景横波忽然不笑了，拿过那多此一举的鞋底套子，触手滑润，线条流畅，用的是好料子，看得出好雕工，更难得的是那份细致和耐心。整个底套子，连个木刺和结疤都没有。其实套在鞋子底下的东西，哪在乎什么木刺，但就是没有。她忍不住又笑，笑着笑着抹抹眼睛，手盖在眼睛上，似乎睡着了，好久好久之后，翠姐听见她喃喃地道：“真想有个弟弟，赖住他让他养我一辈子……”

翠姐叹息着，轻轻替她盖上被褥。

宫胤对此似乎没发觉，只是来她马车附近更加少了，有时候她掀帘子在队伍里找很久，也找不到他的身影。帘子因此被她摔了无数次，细金丝都变了形。她却不知道，每次那些来示好的人走后，宫胤的马车内就会得到一份详细的报告。那些人做了什么，说了什么，对她态度怎样，有无任何接触，以及相应的分析，都清楚明白，列出了报告。宫胤总是看得很仔细，有时还批批点点。很多时候蒙虎也陪在身边，提供一些现场参考。一些零碎的对话，在马车内不大的空间里逸散。

“……几日观察筛选，可疑者约有十一人，其中，以这个最有心机……”

“果然心思颇深。”

“女王还是太善良了些……”

“……她以后习惯就好了……传我命令，调动龙骑和永烈两营，在帝歌山口守候。”

“……主上，两营太过招眼，此时调动不妥，何况手段太烈，也会令六国八部生出不满……”

“你也说了，她其实还是太善良，总愿意相信别人……不以龙骑、永烈两营雷霆镇住那些人，不逼出那些人的真面目，谁知道以后还会发生什么？”

“主上用心良苦……只是那些人也颇有心计，就怕女王到时误会……”

“她误会她的，我做我的，何须管那许多……蒙虎。”

“属下在。”

“迎驾大典，所谓献艺，瞧她那不学无术的模样，定然是过不了关的。让你安排的人早日在帝歌等候，实在没办法就出手……”

“是，属下这就去安排。”

这一日景横波忽闻外头欢笑，拥雪下马车查看，很快惊喜地探进脑袋来，道：“快到了哎！”

景横波一听，赶紧扒窗户向外看，才发现不知何时，古道不见，密林不见，远处连绵的黑色沼泽也不见，出现在眼前的，是一座山，山似被天斧劈开，中间窄窄一道只留两辆马车并行的道路，两边山壁近乎九十度，都是嶙峋山崖，连根草也不生。这山虽险，吸引她目光的，却是人。山道前，满满的人。都是军人。

左边一色白衣白甲，除头盔系红缨、皮带镶红宝石外，其余都是纯白色。半身铠甲少见的华贵，也少见的明洁，式样精美，轻便灵巧。护膊龙首形，护肩护膝白色皮制，似乎上了一层油，远远望去光泽很亮，连胸口的护心镜都镶以闪亮宝石，灼灼逼人。

战士们大多年轻，身姿颀长，即使远远看去也觉英姿勃发。一半以上是骑士，身后背着白柄长弓，箭囊里红羽在风中微微颤动。

漂亮！太漂亮！景横波除了听说三军缟素之类的话外，从未在电视或传说里看过听过全白的军队。军队摸爬滚打，风餐露宿，作战攻城，干的是最脏最苦最累的活儿，怎么能穿得雪白干净像出门做客？除非是仪仗队。偏偏这支军队人数足有上万，虽然平静沉默，但杀气内敛，一看就知道，并不是华而不实的花架子。

景横波双目放光，趴在窗户上哈喇子哗啦啦地流，兴奋得直哆嗦——制服诱惑啊制服诱惑！这些帅哥都是她的麾下，这叫她以后如何是好，要不要经常劳劳军慰慰问啥的，啊啊啊啊。

马车前方不远处，宫胤似有意似无意地回头看了她一眼，一眼看见这家伙正在窗前颤抖。他停一停，转开眼，垂下眼帘，眼神微冷。改不掉的臭毛病！

景横波哆嗦了一阵，眼光才恋恋不舍地从那批年轻漂亮显眼的白色队伍中拔出来，落到另一半的队伍上。另一半的军队，全黑。黑衣黑甲，色泽凝重。但这回的军队，就不如身边的白色军队精致华贵。虽然衣甲周全，但很多人甲胄斑驳，都是刀剑斩痕，似乎都是身经百战的纪念品。站得越往前的将官，身上甲胄越旧，刀痕越多。站在最前面的那位，干脆就赤膊披了个半身甲，甲胄倒没什么痕迹，但耳朵却缺了半只。那些或新或旧层层叠叠的刀痕上，散发出一股浓重的血腥气和杀气，整个队伍的沉默，截然不同于白色队伍的沉默，后者给人的感觉是安静和纪律，这支队伍给人的感觉却是潜藏的野性，压抑的杀心，在下一刻就要狂刀咆哮而起的血色野欲！

一白一黑，色泽分明。似两面肃穆大旗，无声地插在进入帝歌城的最后一条道路上。有那么一瞬间，震惊、压抑、不安、恐惧的情绪忽然生起，整支远迎女王的护卫队伍呈现了少见的寂静，随即仿佛被天雪忽然淋醒，轰的一声，众人发出压抑不住的惊呼。“玉照军！玉照龙骑！”“亢龙军！亢龙永烈营！”“天啊，宫大人麾下最强的两军！”“还是两军最强的两大营！”“宫大人要做什么？龙骑就连这次帝歌生乱都没有出动。更不要说永烈营几乎就是大荒皇牌，自从三年前帝歌宫变，永烈营出动一支小队，当殿斩下叛乱的玳瑁王领人头，将王领家族灭门之后，他们有多久没出现了？就为了迎接这个女王？至于吗？”“噤声！你忘了帝歌之变是禁忌！”“哎呀……我给吓忘记了！谁想到居然会在这里看见永烈营和龙骑……”

……

纷纷扬扬的语声传入宫胤耳中，他只是漠然，眼眸却又是悄然一转，落在景横波身上。这女人有时胆大有时胆小，如今她见了杀气名气可止小儿夜哭的永烈营，会是什么样的反应？会不会和那些六国八部的人一样，吓尿了裤子？他看见景横波瞪得圆圆的眼睛，一双天生媚眼都快被撑开了，眼眸似一对玛瑙珠子。这什么表情？惊吓过度？宫胤皱了皱眉，忽然想起她的身体不太好，这万一吓着……他微微动了动身子，随即停住，手指挽住缰绳，脸色微微一沉。算了！她想必更愿意看见耶律祁的关切吧！

身子停住不动，眼神又掠了掠，正在此刻，景横波擦一把鼻子，猛地一拍窗栏，“猛男！好多猛男！酷！毙！了！”

“……”

蒙虎不安地看着忽然凝定如雕像的宫胤，悄悄地向一边挪开了一步。

景横波喘了一阵，咕咚一声从窗边翻了下去，紧紧捂住鼻子，“不能看了不能看了，再看真的流鼻血了，早知道这个女王麾下这么多帅哥军队，我还跑什么跑啊……”

“那不是你的军队。”翠姐泼冷水，“你没听见吗？这是宫国师麾下两大强军，也不知道今天调过来守在这山口是打算做什么。”

“打算做什么？”景横波不以为然地道，“这是进入帝歌的最后一个山口，之后就是平原坦途，是帝歌城抵御外敌的天然屏障，宫胤是怕有人在这里伏击他吧？干脆提前调来了军队，将这里满坑满谷地守住了。”

翠姐想了想，同意地点点头。

“不过我觉得宫胤可能还有别的打算。”景横波趴在车边，“我要不要下去陪他呢？”

“外面风大，再说国师也不喜欢你随意下车，要不我去问问吧。”静筠放下绣花绷子下车，景横波撇撇嘴，骂一声独裁，无聊地躺倒。

静筠轻轻走到宫胤身侧。宫胤看见她过来，有些不想问，想了想，还是很随意地道：“陛下在车内？”

“是。”静筠微笑点头；“陛下精神很好。”

宫胤的脸色微微一沉——当然很好，看见猛男了嘛。

“国师真是行事谨慎。”静筠微笑道，“这里是进入帝歌的最后一个山口吧？此山一定是帝歌城抵御外敌的天然屏障，之后就是平原坦途，您提前调来了军队，守住了这里所有可以伏击的位置，想必也就没人能再在这里玩什么花招了。”

宫胤有点意外地看了她一眼。“虽说稍通军事的人都能看出并做到这一点，但你一介女子，能想到这一步，很是不错。”他随意赞了一句，又似乎更随意地道：“陛下怎么看？等会儿我们还有事要处理，你问问她要不要下车来到我身侧。”

“陛下看完军队就躺下了。”静筠轻笑，“她说很累，让我们都不要扰她呢。”

宫胤微微抿了抿唇，看了她一眼，忽然道：“前些日子，利用了你，抱歉。”

他说得生硬，静筠的脸上却立即绽开了光，展颜笑道：“小女子怎敢当国师歉意。横波本来就是我的恩人和朋友，别说为她挡几次灾，就算为她死，小女子也心甘情愿。”

最后四个字咬得坚决清晰，宫胤忍不住看了她一眼。夏末的风中，少女正微笑着仰起脸。脸蛋小小白白，下巴圆润，似一朵在碧池中沉睡的温婉的莲，因久病而微显苍白的肤色，染上淡淡的酡红，平添几分娇艳。当然这样的艳并不显眼，远不如景横波容色夺人，却胜在水乡女子独有的软和柔，让人觉得那样的荏弱也是美的，美在隐忍，因待人呵护而不得，因此怯怯在人间开放。

静筠心中却有些着恼。她施过了胭脂，调整了最好的角度，说出了最动听的话，选择了最好的时机，却在此刻发现一切都是空投。她是水中不胜凉风的莲花，他就真的是那凉风，或者是那流水，眼风如水般从她脸上流过，不带一分情动，不做一刻停留。她笑得越发纯挚，坚决不同景横波的张扬。

“很好。”宫胤的心思还在她的话上，满意地点点头，“你既然知道感恩。希望以后不管怎样，你能一直忠诚地跟在她身边。”他又看了她一眼，“只要做到，你不会被亏待。”

她咬唇点头，神情羞怯而欢喜，比刚才更姿态楚楚。

他却已经转过脸去，“你去吧。”

静筠吸一口气，端庄行礼，并不多说一句，立即离开。

“等等。”

她满怀希冀地回头。他却有些犹豫，想了想才道：“等会儿她若惊讶误会，你告诉她……别怕。”

静筠微微闭了闭眼，笑道：“好。”

“宫胤说什么？”静筠一上车，看似睡着的景横波就问。

“国师没说什么。”静筠道，“就是说请女王不要随意走动，不要去打扰他，不要干涉他的事。”

“谁干涉他的事了！”景横波立即把枕头给砸了，狠狠转身背对车窗，“爱干吗干吗！”

翠姐过来给她掖了掖被角，被她烦躁地推开。眼睛刚闭上，她忽然听见外头巨大的嘈杂声，听起来像是很多人在奔跑，脚步迅速越过了她的马车，随即又有马蹄疾驰之声，奔雷一般从远处袭来，刹那间就到了近前，人声如爆炸激起，瞬间炸破了前一刻的安宁。

“发生什么事了？”她霍然坐起，看见趴在窗外的翠姐三人冷白的脸色，赶紧凑到窗前，还没看清楚窗外，蓦然噗的一声，一蓬鲜血烟花般在眼前炸开，唰唰地喷在了翠绿竹丝窗帘上，黏腻的鲜血挂住了竹缝，她的眼前只余一片鲜红。

翠姐、静筠在尖叫，拥雪紧紧抿唇，死死抓住车栏，神情却还镇定。

景横波脸色苍白如雪，但她只怔了一怔，“叫什么！”随即厉声叱喝，“快拿布来擦干净窗帘，还有，关紧车门！”

三个女子手忙脚乱地听她吩咐，景横波嫌擦得太慢，干脆扯下窗帘扔开，此时才看见外头乱象。六国八部的护卫群都在纷乱地奔走，黑白军队如双龙般自山谷出，左右包抄而来，身前不远处，有人在干脆利落地杀人，白刀子进去，红刀子出来。

“兵变了？”景横波喃喃地道，随即一惊，急忙道，“宫胤！宫胤呢？”

“那边有军队！”翠姐大声说。

景横波看见那漂亮的玉照龙骑正纵马驰骋，将所有四散的人赶在一起，亢龙军永烈营的人沉默着，将外围守住。景横波觉得有点不对，黑白二军是宫胤麾下的强大军队，看起来并没有兵变的模样，只要黑白二军忠于宫胤，这区区一两千六国八部护卫，又能拿宫胤怎样？那怎么会乱成这样？

又是一声惨叫，一人溅血倒地，景横波瞪大眼睛，认出砍人的是蒙虎，被砍的是前来迎接她的一个部族的护卫头领，好像是黄金族的，路上一直对她很友善，还曾给她送过药来着。这个发现让她打了个冷战——怎么回事？难道……

她又看见绯罗惊诧的脸一闪而过，襄国女相自从上次丢了丑之后一直深居简出，这还是她之后第一次看见绯罗。绯罗脸上的神情令她心中也一沉——襄国是迎接队伍中最强大的势力，如果不是绯罗主使，那就是宫胤了……

“你们干什么！”绯罗在尖叫，一把推开一个试图拉她逃走的护卫，单骑驰到混乱的人群中，张开双臂，竟然生生拦住了混乱的人群，“少安毋躁！不要被人钻了空子！都到我身后来！右国师大人！为何忽然出动龙骑和永烈营包抄护卫队，还下令斩杀我等！请给我们一个解释！”

她声音高亢，手势坚决，生生将场上的混乱压制，人群渐渐从被突然包围剿杀的惊恐中安定下来，开始有序地退到她身后，和蒙虎为首的宫胤护卫队相隔一丈对峙。

景横波也不由暗暗佩服，不管绯罗多么讨厌，她于大乱前的镇定和勇气，以及准确的判断和应对都值得她学一学。

宫胤护卫群一分，中间的宫胤白衣如雪，不染纤尘，神情依旧是冷淡的，淡淡地看远处山峦，并不回答绯罗的质问。蒙虎代他回答，沉声道：“奉右国师命，捉拿与刺客勾结之奸细！不论身份高低，出于何族，格杀勿论！”

“刺客？谁？”绯罗怔了怔，随即才想起前几天帐篷发生的事，脸色一变。

耶律祁潜入帐篷欲待行刺，事后从容遁走，据说还险些挟持了女王，这事儿明摆着六国八部护卫队有不少人和他里应外合，只是宫胤一直没有动静，众人都以为他碍于耶律祁的实力，不想把争斗摆上明面，就此算了。谁知道他不动声色，竟然暗调大军，在这一夫当关万夫莫开的紧要之地动手。连声招呼都不打，转眼就控制了六国八部的护卫队；连句解释都不听，立刻就杀了那么多人！

众人心头凛然，身上发寒，都想着右国师权倾天下，果然行事阴狠。也有些人微微疑惑，觉得宫胤此举似乎和他以往风格有所不同，以往他可没这么暴戾来着。

车内，翠姐脸色苍白，静筠恨不得把自己缩进车子里，拥雪倒渐渐放松了，忽然拍拍景横波的手，低声道："没事……"

景横波一笑，以为她是安慰，拍拍她的小手。她微微皱起眉头，也觉得奇怪。她不懂政治，却懂基本人情道理。就算这些人里应外合和耶律祁勾结要杀宫胤吧，但无论如何，耶律祁不是反贼，是朝中名义上和宫胤平起平坐的国师，是他的同僚，宫胤并没有那么充足的理由斩杀和耶律祁有来往的人。何况这些人也不是他部下，是六国八部的人，宫胤对六国八部这么不留情面，难道不怕六国八部都因此不满？行事如此决绝不留余地，这不像一个成熟的政治人物的选择吧？难道是为了立威吗？

不管怎么猜测，事实摆在面前，绯罗脸色微微缓和，有些不赞同地道："清洗奸细是应该的，只是以如此极端手段，又行事如此暴烈，右国师大人也未免太不将我们六国八部放在眼里了！"

"嗯。"宫胤居然应了一声，随即冷冷地道："不过，我只是没将你们的面子放在眼里，如果有人没将你们的性命放在眼里呢？

"什么？"绯罗一怔。

只是这么一顿，忽然一声呵斥，绯罗身后数条人影冲天而起，其中一条人影直扑绯罗身后，落在她马上，一把扼住了她的咽喉。这一下事出突然，绯罗又对身后人是完全信任保护的姿态，哪想到身后有鬼，一招也没来得及交手，就落入敌手。众人震惊，随即纷纷叱喝。"放开女相！""放肆！大胆！"

喝声里，宫胤神情冷淡，蒙虎等人无动于衷，一脸"你瞧，我们其实是保护你，是你自己不知好歹，现在倒霉了吧，活该"的神情。

"放我们走！"冲出来的人足有十几人之多，不仅挟持了绯罗，也挟持了其余部族的头领人物，厉声提出要求。

马车上景横波咦了一声，她觉得有点不对劲。数了数地上的尸体，已经有十几具，再数数这次冲出来的人，有十几人，前后加起来三四十人的奸细？就算六国八部比较乱，队伍比较杂，但是，三四十的奸细？耶律祁有这么大的本事？再说奸细内应越多不是越坏事吗？

大批量的奸细挟持着首领们向后退去，当先一人大喝："给我们准备马！准备马车！"

宫胤似乎一点也不着急，淡淡静静地挥挥手，蒙虎等人当真去准备马车了。

景横波越来越觉得诡异。宫胤的反应不对。相处这么久，她太了解他外冷内刚骨子里腹黑闷骚还霸道的本质，被如此挑衅，他又占据主场，怎么可能这么弱势？

马牵来，马车送来，宽宽敞敞的大马车，足够装得下所有被挟持的首领，像是早已准备好的。景横波眨眨眼，心中那种奇怪的感觉更浓了。眼前的一切真实发生，却似蒙了一层薄雾疑云，影影绰绰隐藏真相，她努力地将目光深入，却无法看清幕后真正翻云覆雨的手。

奸细们挟持着首领们靠近车，大喝道："不许追来！玉照、永烈两营不许动！"

宫胤当真摆了摆手，示意两军不动。

奸细们开始上车，忽然有人道："这马车会不会动过什么手脚？"

人头攒动，大家对峙着慢慢移动，这话从人群中出来，也辨不出是谁说的，但挟持首领的奸细们听了自然觉得果然有道理，目光下意识地四处睃巡。

景横波心中一跳，暗叫不好。对面宫胤衣袖微垂，冷淡从容。

果然，有人目光转了一圈，一指女王车驾，"女王车驾，一定没问题！让她让给我们！"

话声未毕，立即有人冲了过来。车夫惊得一声大叫，连滚带爬地跳下车辕逃跑。

"哎哎，你这混账！"景横波大骂一声，抬头一看，此时宫胤的人还被隔在对面，玉照、永烈两营在远远的外围，六国八部的其余人为了避祸一团一团地躲着，阻挡了宫胤护卫过来的路，女王车驾面前，竟然全是敌人！

"快弃车！往龙骑方向逃！"景横波迅速做了判断。龙骑虽然远一点，但是人家是骑兵，自己几人只要快冲几步，有可能赶在敌人面前被骑兵救下。

三个女人惊得腿软，只有翠姐勉力扶起拥雪，那孩子裙子被车前横栏扯住。景横波扑过去，一把将她推下车。推拥雪下车的时候，鬼使神差，这么紧张的时刻，她竟然还是看了对面不远处的宫胤一眼。惊鸿一瞥，是他依旧淡冷的面容。他竟然没有动，景横波心中也一冷，一股酸涩之意瞬间堵住了咽喉。她狠狠一晃头，把这多余的情绪甩掉，一手拖静筠一手拖翠姐就要跳车。

"陛下莫怕！我来救你！"忽然一声大叫，躲在一边的六国八部护卫群中，扑出一条年轻的身影。

似乎被他的勇气感召，他身后又陆续扑出两三人。

景横波仔细一看，竟然是琉璃族那个圆脸小护卫，她当作弟弟的那个。在那些来表达关切的六国八部族人中，这少年和她邂逅最多，她对他每次温暖纯真的笑意印象深刻。危急时刻，温暖重来，她心中一动，险些热泪盈眶。但是，再次鬼使神差，在这温暖又感动的时刻，她又瞟了宫胤一眼。

这回宫胤有表情了。奇异的表情。他竟然……在笑。唇角微微勾起，慢慢一扬，冷峻依旧。那般的高山冰雪冷里，依稀有几分笃定，几分释然，几分意料之中终于如此的讥诮，这个笑慢慢定格在唇角，美，却令人望而生冷。

景横波的心立刻就坠到深渊，冰到凝结。想也不想，她扑在车辕上大喊："退回去！"声音未毕，一道亮光忽然升起，弧状，雪亮，游移灵活，夭矫如龙！瞬间自圆脸少年背后升起，刚刚照亮人的瞳孔，便已经出现在圆脸少年背后，顶端微微一弹，似巨龙昂起骄傲的龙首，威严下望，下一瞬间，已经闪电般扑了下去。

嚓，圆弧在颈项一勒一转，利刺如坚冰突出，白光与血光同溅，一颗头携着丈许高的鲜血飞上半空。半空中那长形武器呼啸盘旋，众人此时才看见那是一条长形锁链一般的武器，顶端有尖锤，两侧贴伏着无数冰凌般的倒刺，通体雪白，越血雨而不染微红。寒光一闪，没入宫胤手中。

众人惊呼，没想到他竟亲自出手，不过这般夭娇武器，真真也再适合他不过。

景横波的目光，却只随着那头颅，向上，向上……那头颅两眼圆睁，脸上肌肉紧张虬结，竟然还保持着死前那一刻急切关心的神情。他的无头的身体，依照惯性，竟然还前冲两步，鲜血淋漓的双手向她张开，保持着想要救她的姿势。这个最早，也最真切地，在一路颠沛冷漠的旅途中给她温暖的少年，他所带来的熨帖和抚慰，除她无人能懂……

景横波浑身的肌肤都冷了，血却在一瞬间热了，似火，将内心深处深藏的疑惑烧着。她霍然抬头，盯住了宫胤。清除奸细，清除异己，清除所有对她友善、可能成为她的势力的人，是吧？清除掉她所有可能倚仗的力量，让她一无所有，永远爬不起身，成为他一个人的傀儡，是吧？

愤怒如山轰然砸下，崩出无数爆裂的火花，她的眼睛里只剩下了宫胤，冷峻的，从容的，无动于衷的，淡然看人间一切血腥杀戮的他。装满奸细和人质的车从她身边过了，她不知道。六国八部的护卫被驱散开了，她不知道。龙骑和永烈营赶过来了，她不知道。翠姐扑过来试图拉住她裙子，她不知道。

宫胤快马奔过来了，她看见了。她就看见那个家伙，堆雪拥玉一样过来了，见鬼地干净，见鬼地杀了她当作弟弟一样看的人居然还一滴血都不沾的暴君！她要宰了他，痛揍他，把他扔进最臭的沼泽里，用八万斤粗盐腌他！

“啊啊啊啊啊！”她号叫着跳下马车，厚重的礼服绊得她险些跌倒，她顺手抢过一个护卫手中的刀，手起刀落，白光一闪——一截深红绣金的华丽裙摆被砍落，她踩着落下的一堆裙摆向前冲。

这一刻。走路的忘记走路，骑马的忘记骑马，拉她的忘记拉，奔过来的险些落马。所有人目瞪口呆地看着景横波，裙子一撕就是一大截，连里头的裤子都撕裂了，一跑一跳之间就忽闪忽闪露出雪白的大腿，她就以这么个惊世骇俗吓掉大荒人民心脏的造型，狂奔着跑向宫胤……

宫胤停住了，神情也微微骇异，目光闪动，仔细看却能发现隐隐期待。

“啊啊啊啊——”疯狂的景横波一边跑一边双手大力挥舞。

宫胤觉得这动作隐约有几分熟悉，心中涌起不祥的感觉，忍不住脱口冷喝：“你别——”

“下来！”一声脆喝，比他更快。

砰！众人眼睁睁地看着马上端坐的宫胤忽然身子一仰，似被人狠狠拎起，砰的一下摔下马，砸进了泥土中。

砰！疯狂前奔的景横波忽然腿软，又收不住势，猛地栽在宫胤肚子上。

全场都傻了。

逃的险些忘记逃，追的早已忘记追，想护驾的不知道该护谁，想拉架的找不到被打的那个。眼前一幕冲击力太大，连百战余生的永烈营，都只能傻呆呆地站在原地，看大荒人民心目中如神如雪的高贵国师，被砸倒于尘埃，看大荒人民心目中禁欲圣洁的女王，把脸埋在他们同样禁欲圣洁的国师的小腹上……哦……太颠覆……不对，还没颠覆完。

摔人是个力气活，景横波至今只用过两次，一次耶律祁一次宫胤，每次都精疲力尽浑身发软。就算这样她也没放过机会，撞上宫胤立即往上一蹿，骑在宫胤身上，拳头挥起对着宫胤右脸就是狠狠一拳——啪！声音清脆。

不忍目睹这一幕的围观人群，听着声音不太对，才敢颤颤悠悠地睁开眼睛。

景横波的手腕被宫胤截住，正高悬在半空中，景横波挣扎两下，宫胤的手纹丝不动。

“你做什么！让开！”他怒道。也不知是怒还是羞，平日里如冰似雪的脸，竟然涌上一层淡红。红若琉璃色，衬得他清透的眸子如黑色水晶。

放在平日景横波必然要对这难得一见的美景流一流哈喇子，此刻却怒火熊熊，视而不见，挥起自由的另一只手，狠狠地又击下来。

“住手！”宫胤再次伸手去挡。

景横波手挥到一半，却忽然向后一缩，拐了个弯，一把捏住宫胤的脸。两指一夹，指缝用力，我捏，我捏，我捏捏捏！“面瘫！冰山！”她大叫，“讨厌死你这样子！为什么要杀他！给我一个解释！不然我就……不然我就……”

围观的众人已经不会呼吸了，宫胤也木住了。活到如今，身居高位，他被人害过也害过别人，风刀霜剑也没少受，但是这样“凶悍”的报复，还是生平首次。震惊太过，他连景横波的话也没听清，只看见她灼灼燃烧的眸子，胸口因愤怒而大力起伏，汹涌得似要逼到眼前。她为别人生死的愤怒……他眼神微微一冷。“不然你就怎样？”心口似有什么冰凉的东西梗着，他也忘了现在的情状，啪的一下挥开她的手，冷冷地追问。

“不然我就……”景横波觉得宰了阉了什么的，都显得虚张声势，做不到的事说了有什么好得意的？必得选个做得到的事情，刺激他才行。一眼看见他的领口，用一颗硕大的淡金色珍珠串着一根金丝束得好紧。她立刻就想起当初茎叶扣住的领口，小宇宙再次燃起熊熊怒火。装正经！禁欲狂！打击禁欲狂的最好办法，就是让他裸奔！她唰的一下熟练地抽掉金丝，拔掉珍珠，就手一抛，一把抓住他的领口，双手狠狠一分。“不然我就光天化日之下，扒了你！”

“……”

抽气声好响。大部分人似乎想向前冲，又似乎在向后退，脚下不丁不八，姿态不前不后。不晓得是该解救呢还是该回避？脸上的表情也很难规整。该笑好呢还是该表示愤怒？道理上应该是后者，可是感情上无限服从前者，唉，想整理好这一刻的表情，真难。

景横波清晰地看见宫胤的嘴角在抽。这种表情会出现在他的身上，真的很奇异。还有……她的视线忍不住往下一落……即使此刻别有心事满腔愤怒，还是不得不承认此处风光真好啊……

“放、开、我！”某人的声音充满寒气，听的人觉得眼前似乎呵起了白雾。

景横波怔了怔，大声道：“我都揍不到你，还能压着你？你自己不舍得起来关我屁事！”

“……”一瞬间国师大人的脸青了，并且有转紫的倾向。

众人终于做出了决定——为尊者讳，还是转身当没看见吧！

呼！一声响，被无情提醒的国师大人，终于将大庭广众下占够他便宜的女王陛下给弹了出去。

景横波高高飞起，却没有重重落下，落地时身子一弹，正落在自己裁下的那一堆裙摆上。一大片雪色的披风随之甩来，盖住了她的腿。

宫胤的声音听起来越发冰冷，“请陛下回马车！不得擅离一步！”

“不得擅离！哼哼，不得擅离！”景横波气哼哼地在马车里翻滚，“姐想走就走，想留便留，少和姐装！”

那三个女人都闷声不吭——对不按常理出牌的景横波，闭嘴为上。

景横波却不肯放过她们，四仰八叉地躺在车里，望着车顶，忽然幽幽地道：“你们说，他为什么要杀那个琉璃族的孩子？”刚才怒火冲头，她直觉判断宫胤是要斩除一切可能成为她助力的人，此刻稍稍冷静了些，她又开始思考有没有其他的可能性。毕竟宫胤从来不是肆意妄为的人，她并没有见过他胡乱杀人。景横波最大的好处就是不钻牛角尖，当然，这其实是因为她不爱动脑筋不爱折腾自己，不过，她自己都没发觉的是，每次遇上和宫胤有关的事，她的脑筋就会动得勤快些。

静筠脸上出现惊怖之色，摇摇头，唏嘘地道：“我不知道……那孩子……怪可怜的……”说着眼眶已经红了。

景横波心里乱糟糟的，不想和她说话，捧住头。

“管那么多干吗。”翠姐快人快语，“男人有男人的想法，大人物的想法更复杂。倒是横波，你这性子是不是收敛些，虽说我觉得你这性子挺好，但大荒毕竟不比凤来栖。”

这话景横波不爱听，翻个白眼翻个身。

“国师不是滥杀的人。”出乎意料地，不爱说话的小丫头拥雪说了话，声音细细的，“横波姐姐你问我们，还不如亲自去问问国师。”

这话似乎说到了心坎上，又似乎有那么点难以接受，景横波哼了一声，坐起身，看看外面。暮色沉降，队伍已经恢复了正常，正在寻觅合适的地方宿营，准备明天再进城，女王是不能夜半入帝歌的。黑白二军一半人在远处巡逻护卫，一半人据说已经去追那些挟持人质的奸细，余下的六国八部护卫，被聚集在一起，由宫胤的护卫看似保护实则半监视着。

一切都很正常，但景横波先前那种诡异的感觉又来了。人质去了哪里？奸细怎么逃脱大军追捕？人质被劫持离开的时候，正是她因为那琉璃部少年被杀愤怒地冲向宫胤的时候，她因为怒火上头没有注意奸细和人质的情况，宫胤那样的人，怎么会因此疏忽？

景横波爬起身，拍打着车门，“快点送饭！我饿了！要吃饭！”

晚饭很快送了来，送饭来的护卫很诧异也很不满地看了女王一眼——国师那边刚刚说晚饭不吃了，这位胃口倒好。

景横波快速地吃完饭，吃的时候弄脏了裙子，泼湿了地毯，这样翠姐、静筠、拥雪三个人都有了活干，一个去洗碗，一个拿毯子出去晒，一个去洗衣服。等三个人一走，景横波招呼一声霏霏，身子一闪，不见了。一闪之后，她出了宿营地，看看地上的足迹和马蹄印子。再一闪之后，她看见了前方龙骑雪白的马屁股。奇怪的是，这应该就是去追捕奸细夺回人质的龙骑了，担负如此重要的任务，这些人却毫无紧张急迫之色，扬鞭指风景，信步晃悠悠，一路谈笑风生，倒似去踏春。这无疑为景横波的猜测又添加了佐证。

这些骑士并没有派出斥候去四处寻找，他们似乎早有目标，顺着一条路向前直奔。景横波看着那路就一条，干脆几个闪身，直接挪到了他们队伍最前方。她到了地头，四面一望，嘿，果然前面不远处就是一个谷地，有几间破落的房子，似乎是一个被废弃的小山村，山村里人影晃动，似乎有不少人。她看了看，距离有点远，前面又是一大块无遮无掩的平地。这要瞬移不远，正好站在平地中央，村子里的人一眼就会看见，还是等天黑透吧。等天黑透了，她要摸进村子，看看宫胤到底玩的什么把戏！

身边有一棵树，树身不高，树干细细的，树下草丛柔软，她在树下草丛里躺下来，准备舒舒服服地先睡一觉。刚闭上眼睛，什么东西飘在脸上，痒痒的，她睁开眼伸手一抓，是一片绿色的宽大的叶子。她双眼无神地看了一会儿，就手一扔，闭上眼三秒，忽然一骨碌坐起来，仰头仔细看了看那树，又把掉落的树叶捡起来，仔细看了看那边缘有锯齿的叶子。

“啊，哈哈哈哈哈，找到了！”景横波忽然两眼发光，低声大笑，抱着树叶在地上翻翻滚滚，“我还以为这里的土壤没有这种树，啊哈哈哈哈，原来还是有的，哈哈哈，这下啥问题也没有了！”

霏霏蹲在一边，莫名其妙地看着这个忽然发疯的女人。景横波撒了一阵欢，将树叶小心翼翼用布包好，收进怀中，回头看看。追捕的龙骑已经找到了这里，但是一直没有接近，景横波可以看见他们雪白的马身在远处隐隐出没，看起来不像是来追捕奸细夺回人质的，倒像是来暗中保卫的。

景横波心中的怀疑越发得到了证实。宫胤演了一出戏。只是他费事演这出戏的根本目的是什么？她一时还猜不到。但是只要宫胤是演戏，就说明今天的所有事态都在他早早的计划之中。那么，那小护卫被冤杀的可能性就极小。这让她心里有点失落，也有点放松，长长嘘了口气。

闲着没事，心情又转好，她掏出指甲油开始涂指甲，怀里一排摆出七八只小瓶子，先选颜色。

霏霏看见那五颜六色闪着荧光的小瓶子，眼睛就亮了，唰地抱住一只金色瓶子就跑。

“哎哎你这个小混账，还给我！”景横波要拿回来。霏霏一个跟斗，早翻出三丈外，大尾巴摇摇不见了。

“小白痴，这又不是宝石。”景横波咕哝一声也就算了，把注意力转向选颜色这件至关重要的大事上来。

“哎，什么颜色好呢？我今天穿的杏黄色，要不要配棕色指甲油？哎呀，似乎老气了些，或者我今天特别白，配个紫色算了，撞色，鲜亮……”景横波把一堆小瓶子拢在裙子上，不断比来比去。

“我觉得配这个金红色比较好。明艳又温暖，特别适合你的气质和红唇。”一个声音忽然款款地在她耳边建议，一只修长干净的手伸过来，顺手递了一瓶金红色指甲油给她。

“你说得有道理，这颜色看起来不错……”景横波接过指甲油，满意地点点头，非常自然地递过另一瓶绿色指甲油，“不过我觉得这个也不错，黄配绿有种特别的鲜亮清新的感觉，像春天田野里的油菜花一般娇嫩。”

“油菜花是什么花？我没有见识过，想来是很美的。”那声音温文尔雅，似乎永远不会驳斥他人，只会温柔地提建议，“不过我以为，只有大荒最艳丽的金芙蓉，才可以比拟你的美丽。”

“啊，你可真会说话，当然你的每个字都是正确的。”景横波眉开眼笑，“哎，要不这个吧，白色！带点闪金的！配我的裙子，多柔和多高贵。”

“这个也不错。”对方认真地端详，平滑的额头下可以看见高挺的鼻尖，“可以想象，涂上之后一定十分圆润自然，浑然一体。”他啧啧地赞美着指甲油的漂亮色泽，又赞美地看着景横波同样漂亮的指甲，虽然兴致勃勃，但眼神却不含狎昵，只让人觉得，那是真正的欣赏。

“是啊是啊。”这种大男子主义泛滥的地方，能遇上这样很有兴趣和女子谈装扮的奇葩，景横波似乎非常开心，笑得眼睛都眯成一线，“或者还有个想法，每种颜色都涂，五颜六色像彩虹，多好看！”

“啊……”来人也眯起了眼睛，不胜赞叹景横波的奇思妙想，“姑娘真是太聪明了！这真真是个极好的主意。”

“是吧？”景横波飞了个媚眼，笑吟吟地将指甲油一把拢了收起，放在一边，很随意地起身，“哎，坐了这么久，腿都酸了……”

“那么，我来扶你吧。”那只干净的手立即体贴地伸过来，扶住了她的手臂。

景横波身子微微一僵，随即又喜笑颜开，“谢谢啊。”

“不客气。”对方温柔得似乎能滴出水来，“为小姐做力所能及的事，是在下的福分。”

“想不到大荒还有你这样的绅士啊……”景横波感叹大赞，站定了，款款地伸出雪白的双手，一直递到他面前，眨了眨眼睛，“那么，你帮我涂指甲油好吗？”

“乐意效劳。”绅士超级绅士地答。

景横波的嘴巴向地下的指甲油努了努，“可是人家腿酸了，弯不下腰怎么办……”红唇嘟起，眼波盈盈，几分挑逗几分小小的撒娇，女子的风情，摇曳得似乎要漾出，淹死面前的献殷勤者。是个男人就不能抗拒。

绅士果然微笑，“那我帮你捡起来好了。”

他弯腰，景横波抬腿就要跑！身子刚刚一晃，脚踝忽然一紧，她缓缓低头，看见弯身的男子一手抓满了小瓶的指甲油，却有一根尾指，点在了她的脚踝上。就这么温柔一点，她的瞬移，就失效了。

“我好心帮你捡，你可不要瞬移哦。”男子温温柔柔地讲。

巧笑嫣然风情万种的景横波一瞬间青面獠牙。哪里冒出来这只奇葩的？刚出现的时候她魂都吓掉一半——一秒前看了四野还无人的！好容易按下怦怦的心跳，装作若无其事和他周旋那么久，就是因为她坐着是没法瞬移的，必须站起身才行。结果找个借口站起来要跑了，他来扶，再骗他弯身捡东西要跑了，他居然点住了她。不用说，有备而来，没安好心。

“天杀的！”她柳眉倒竖，“你是谁？谁派你来的？是不是耶律祁？你想做什么？”

男子维持着半蹲的姿势，一面好脾气地给她捡滚到一边的指甲油，一边含笑地仰起脸来。景横波此时才看清楚他的脸。一张还算漂亮的脸，不同于耶律祁的魅和宫胤的冷，这张脸线条柔和，不露棱角，唇线柔软微翘，不笑也带三分温柔喜气，眼眸特别大，也是圆圆的，有点像“三次元”漫画男主角的眸子，但不是那种可以锥人的尖下巴，他下颌平滑圆润，肌肤温润里透着淡淡的红。严格来说，这人绝不如两大国师令人惊艳，只能算是普通人中比较漂亮的那种，但胜在亲切好看，令人一见就生好感。如果两大国师真的和他竞争，只怕普通女子更易投入他的怀抱，原因无他——俩国师美过头了，不接地气，一看就不好套牢。

当然，现在景横波毫无好感，脚踝还被点着呢！

“没有谁派我来。”他也眨眨眼，“我只是想提前见识一下我们未来的女王而已。”

“你现在见识过了，可以走了。”景横波才不希望冒出个阿猫阿狗节外生枝。不过看在一张脸还算养眼的分儿上，语气柔和了点。

“哦，好。”他居然真的应了，有点舍不得地拨了拨指甲油，“这东西送我一瓶好不好？”

为了送走瘟神，景横波心疼地在一堆指甲油中看来看去，才勉强地道：“那瓶草绿色的送你好了。”那瓶是她最不喜欢的，一般都称作“鸭屎绿”。

“多谢啊。”接地气的家伙不挑拣，欢天喜地把瓶子揣进怀里。

“走吧走吧。”景横波又赶他，她还要去村子里查探呢。

“我还有一个小小的要求。”那家伙笑得亲切，亲切得近乎羞涩，还竖起了一个小指头，以示要求真的很小。

“说吧，说吧。”景横波只想他快点滚蛋。

“你跟我一起走好不好？”那家伙脸上忽然飞了红，有点忸怩地道：“做我的媳妇好不好？”

“……”两秒钟后景横波的尖吼刺破人耳膜，“你又耍我！”

“没有耍你。”男子有点委屈地道，“我本来是来看看你的，看看师父说得对不对，没想到你比我想象的还好玩。我不娶你娶谁？”

景横波不咆哮了，托着下巴看这家伙——有病吧？花痴？长得不错哎，他都是到处抓人求亲吗？要不要叫他跳个艳舞看看身材？

“你看，”那家伙看她不说话了，越发殷切，“我们两个多谈得来？你在这大荒，还能找到比我更有共同语言的男人？你想想，我们成亲后，男耕女织，夫妇相合，你化妆来我画眉，你抹粉来我上油。这又是多么美妙的场景？”

“谁跟你男耕女织？姐是女王，有必要活得那么‘屌丝’？”景横波不屑，“姐一伸手，大把的人等着给姐上指甲油！”她吸了吸鼻子，忽然想宫胤在不在这大把的人里头？在吧？不在吧？在吧？不在吧……

“原来这东西叫指甲油。”那家伙欢喜地道，想了想，咬咬牙，壮士断腕一般从怀中掏出那瓶指甲油递了过来，“既然求亲就该表示诚意，那这个，算我给你的聘礼吧！”

第二十五章　痛揍小三

景横波险些被一口老血噎死。“我还以为这里的人都老实憨厚呆笨傻……”她直着眼睛喃喃自语，“却原来满地奸猾精怪无耻……”

“它和你都是我心爱的东西。”求亲的二货深情地道，“最爱的东西，当然要送给最爱的人。”景横波清晰地听见他咕哝：“这下师弟们可得输给我了，我可算娶到老婆了，师父门下就要打破光棍汉魔咒了……”

“你才是东西，哦不，你不是东西，你从头到脚都不是东西。”景横波很想脱下高跟鞋堵上他大开的脑洞。祝他和他的师弟们以及老不修的师傅一起八辈子光棍！

“你的个性，我喜欢。”求亲者似乎怎么看她怎么欢喜。

景横波吸一口气，努力调整了脸上的表情，才用自己最甜腻的语调道：“你都向我求亲了，还困住我？这好像没啥诚意吧？”

“哦，对，我忘了。”求亲的家伙急忙站起身，手指一点，不好意思地笑道：“人家不是有意的，只是对你一见倾心，不想你离开，才小小地……”他还捏起手指，比了个小小的意思，“控制你一下。”

景横波很想把这个“人家”给“小小地”拍到地里去，和爬进爬出的小强“短短地”过一生。好在“人家”态度还是很合作的，当真手指一动，她就能动了。

景横波唰的一下就不见了，连宝贝指甲油都不要了……

关押人质的地方很好找，村中唯一一间亮灯的废屋就是。景横波摸到那屋子背后，土屋，不隔音，里头的声音很清晰地传了出来。

“龙骑和永烈营怎么还没找过来。”绯罗的声音听起来有点烦躁，“我不是留下记号了吗？！”

“谁知道呢，”有人阴冷地道，“有没有找还不一定呢，宫胤巴不得我们倒霉吧。”

“这倒未必，”有人反驳，“我们可是在他面前被掳的，一旦出事他也无法向六国八部交代！”

“这些奸细用的什么手段，”绯罗似乎在摸索着想解开禁制，“我浑身一点力气都没了。”

“女相少安毋躁。”有人不阴不阳地道，“别的不说，您是一定会得救的。就算宫胤不出手，耶律大人也不会丢下您啊。”

“我不懂你的意思。曹大人。”绯罗顿了顿，再开口语气幽冷，“大敌当前，前途未卜，这不是我们揭疮疤算旧账的时候，大家应该先齐心协力，获得自由才对。”

那人哼了一声，不再说话。

景横波好奇地听着，想着耶律祁和绯罗果然有猫腻啊，难怪那天在帐篷里瞧着就觉得不对劲。那天听见她喊哥哥，但那哥哥喊得那叫一个暧昧，说是亲兄妹打死也不信，再说两人长得也不像。那这声哥哥就费人疑猜咯。

忽然远处声音鼓噪，马蹄急响，景横波回头，就看见雪白的龙骑远远地出现在地平线上。终于来了。这些人气势十足地逼近，蹄声震天响，村内几乎立刻就有了响动。那些奸细跑了出来，奔向屋子，而被关押的人质则十分兴奋，屋子里顿时欢声笑语。

景横波趴在地下，看见那些奸细“冲了上去”和龙骑“开始厮杀”。

景横波瞪大了眼睛。好一出精彩纷呈惊心动魄生死争斗的“厮杀”！一个龙骑软绵绵地过来了，慢悠悠地对着一个冲上去的奸细“砍”下一刀，奸细优雅地一个慢动作旋身躲过，温柔柔地抓住龙骑的手，把他轻飘飘地拉下了马，龙骑惨烈地大叫一声，笑嘻嘻地对奸细腰间捶了慢悠悠的一拳。一个奸细单枪匹马地冲入龙骑阵中，指东打西衣袂飘飞，七进七出片叶不沾身，如同绝世高手，纵横于敌阵之中，所有龙骑笑嘻嘻地抱臂看他表演，时不时还有人踹他屁股一脚，“卖力点！你是在绣花吗？！”

一大堆火花声势响亮地炸开，烟花蹿来蹿去在几里外都看得见，火光熊熊燃起，一簇一簇，火光里人影跑来跑去，惨叫声冲上云霄，好一个激烈的鏖战场景。就是都是超级慢动作。

景横波瞧得目瞪口呆。这样也可以？

当然可以，因为关押人质的屋子没有门窗，人质们什么都看不见，只感觉到厮杀激烈，战局胶着，一面惊讶以龙骑压倒性的优势怎么会出现这样激烈的厮杀，想着奸细们是不是得了援兵；一面担忧着事情生变，自己能不能顺利回去？

景横波却连肚子都快笑破了。

火光四射，人声鼎沸，屋子阴影里一个女子笑得满地打滚，不远处的黑暗中，有人静静地负手伫立。他面无表情，站得远远的，似有憎厌，又似不愿接近。无人知他看她，神情如此温柔。

“战斗”听起来越发激烈，喊声震天，奸细们的抵抗如此决绝悍勇，似乎始终不肯放弃，本来已经觉得得救的人质们渐渐失望，越发惊惶。在最担心和紧张的关头，忽然门被砰的一声撞开，一名奸细冲了进来，将什么东西砰地拍在桌案上，大声叫嚷：“你们得意什么？追兵来了又怎样？大不了今儿大家都活不成！”

人质们听得又惊又怒，不明白忽然又发生了什么变化，纷纷质问。绯罗大声道：“冷静些！冷静些！”

那奸细却又猛地推开门冲了出去，随即咔嚓一声上锁声，有人大声招呼道：“干柴呢！快把干柴拖出来！就架在这门下，对，就这！”

这声一出，屋子里头就炸了锅。这是奸细们见形势不利，临死反扑，要活活烧死他们？这屋子没有窗户，唯一的门户已经被锁死，土墙里揉了干草，很容易被烧着。一旦起火，谁也逃不掉！

“住手！住手！”一个老者的声音大呼，“我是黄金族上三司司主！我要求获得和我身份匹配的待遇！我愿意出巨额赎金！我愿意答应你们任何要求！”

他声音一出，其他人立即被点醒，纷纷大声呼叫。“我是商国尚书令！我国财力雄厚，定然愿意为我出赎金，或者你们有别的要求，也尽可以提！”“我是禹国左仆射！我家大王定然愿意为我付出任何代价！”“我是蒙国左将军，我理解你们的难处，我要求赎回自己，并发誓事后绝不报复！”“我是……”

似乎除了绯罗外，被挟持的六国八部的大人物都纷纷表态，对奸细的行为表示十分理解，对合作的未来进行了充满希望的展望，对善后的处理表现出极大的宽容度，只求门外奸细们撤走干柴，别再泼油，大家好好商量。

奸细们一开始充耳不闻，当赎金越许越高，附加条件也从不追究变成升官许诺甚至巨额赏金之后，有人停了手。“当真什么要求都能答应我们吗？”

“是啊是啊。”捞到一根救命稻草的人们急忙答应。

屋子后一直在偷听的景横波托着下巴，晃着脑袋，自言自语：“重头戏来了。这群假冒奸细挟持人质的家伙，真正想要的是什么呢？”

“是啊，我也很好奇。”一个声音在她耳边温柔地充满诧异地道，“到底想要什么呢？”

景横波给惊得浑身一颤，心底怒骂。啊啊，阴魂不散！指甲油君又出现了！她回头怒瞪插嘴的家伙：“你怎么又出现了！”

“看戏啊。”他无辜地努努嘴。

“看台那么大，你干吗一定要和我挤在一起？”景横波不耐烦地踢他，“去那边看。”

“哦。”那家伙真的站起身，乖乖地换了个位置。从景横波的左侧，换到了景横波的右侧。

景横波：“……”

“咱们如此有缘，一日之内竟然见了两次！”那家伙惊呼，两眼闪闪，“为了纪念我们的缘分，我们来交换名字好不好？”他手臂撑在墙上，笑眯眯地对她俯下脸，“媳妇，我叫伊柒，你叫什么名字？”

“一起？一期？仪器？一汽？哈哈哈哈世上还有这么‘逗比’的名字！”景横波捧着肚子笑得花枝乱颤，“外号吧？”

“大名。”伊柒一本正经地道，“我们师兄弟七个，都以数字为号。姓按顺序来，名也按顺序来。入门时间排姓，年纪顺序排名，正好一个从大到小，一个从小到大。我排行老大，年纪最小，所以我是‘一七’。”

景横波来了兴趣，“老二叫什么？”

“尔陆。”

“老三？”

“山午。”

“老四？”

“司思。”

“老五？”

“武杉。”

“老六？”

“陆迩。”

“老七？”

“戚逸。”

“听起来他们都比你正常。”景横波点评。心想这啥名字啊？得多“逗比”的师父和门派，才这样给师兄弟起名字啊？得多“逗比”的师父，才故意把年龄和入门顺序完全反着来啊？得多‘逗比’的一群人，才能凑齐这个数字搭配啊！

“我叫景横波。英文名詹妮弗，迷人妖艳的意思，你也可以叫我詹妮。”景横波大大方方地伸出手，抓住他的手摇了摇，“咱们通了名了，也算朋友了，你别和我捣乱好不好？”

“那当然。”伊柒好脾气地笑着，“媳妇有令，岂敢不从。”

景横波当然不当真，只觉得好玩。她看惯了宫大神的冷脸，难得有人对她亲善，还是这么一个漂亮到近乎可爱的男子，忍不住咯咯直笑，拖着他的手一起坐下看戏。

远处有白影遥遥，冷然旁观。观她笑，观她俏，观她在他人面前亲切可人，笑容在他人眼中亮丽盛开。那般艳若霓虹的笑颜，几乎可以惊动每一泊宁静的心湖，他原以为她艳丽的春光只照耀在他的湖面，不承想她走过的所有风景，所有景中的路人，都能撷取她芬芳的笑容。他忽然想将所有抚摸过她手掌、凝视过她笑容、获得过她接触的那些人，统统流放到大荒最为可怕的黑水之泽去。比如这个叫伊柒的家伙。以为自己出身不凡，就可以在宫氏的土地上，纵横驰骋吗？！

“我们现在被逼入绝路，要死大家一起死。”奸细们在和人质们做最后的谈判，“除非答应我们一个要求。”

“答应答应，我们什么都答应！”人质们纷纷以最诚恳的态度表达，生怕对方不相信自己的诚意。

“你们想必也知道，我们是耶律大人的暗桩。”奸细中一个男子道，“我们的要求，其实就是耶律大人的要求。诸位大人如果同意的话，在上面签字就行。”

一张张纸被递了进去，屋内有紧张的翻动声音。随即绯罗的声音带点愤怒带点惊讶地响起，“这协议太奇怪，我们不能签。”

“绯罗大人。”立即有人阴恻恻地道，“你视死如归，我等却是俗人。这协议虽然古怪，然则对我等无害，签又如何？”

“是啊是啊。这协议瞧着，倒真没什么妨碍的。”众人大多附和。

生死大事，最考验勇气，在男人们的怯懦面前，唯一的女子绯罗陷入沉默。

很快都签了协议，连拒绝签协议的绯罗，都被怕节外生枝的众人半威胁半请求地签了字。一沓协议书递到屋外等候的奸细们手上时，景横波清晰地看见对方脸上的喜色。

景横波心痒得和猫抓似的。协议到底写了什么？这是这场大戏的关键。

这整个所谓“耶律祁的暗桩被逼反水挟持人质事件”，都只是宫胤自导自演。耶律祁的暗桩自然有，这也是宫胤调动龙骑和永烈营的原因，所以一开始两营包围护卫群，宫胤属下忽然暴起杀人时，那些早已被查清的暗桩，就被杀了。地上最开始的十几具尸体，就是真正的奸细。后面就是演戏了，宫胤另外派了人，扮作耶律祁的内应，忽然出手，擒住了相当一部分六国八部的头面人物，然后挟持他们到了这里，关在黑屋子里，一面装作挟持他们逃亡，一面派龙骑装作前来解救追杀，自导自演，在人质面前打了个乒乒乓乓，最后“奸细”装作惨败，以同归于尽做威胁，骗这些部族首领签下了协议。当然，事情都推在了耶律祁身上，当人质们恢复自由后，自然第一个找耶律祁算账，不关宫胤的事。保不准还得谢他“积极搭救，辛苦追敌”。

当然，后来被杀的琉璃族圆脸少年那件事，其中到底有什么原因，她还没想明白。想来只有运筹帷幄算计人的宫国师知道了。或许那真是奸细，而宫胤布那个局，只是为了引出那些藏得最深的奸细。毕竟那个时刻景横波身边没有护卫，正是奸细表现的好时机。

景横波对看似高大上的宫大神阴人的本事，尤其是阴耶律祁的本事，早已五体投地，此刻想通了其间的机巧，也顾不上感叹，只猜度最重要的那个问题。协议内容到底是什么？宫胤大费周章，布这个局，为的就是挟持这些部族首领，在协议上签字，协议上的事，必然在他心中至关重要。景横波好奇病发。“喂，喂，你说协议写了什么？”她捣身边的伊柒。

“想知道，看看就是了。”伊柒答得很随意。

“你有办法？”景横波眼睛发亮，忘形地一把拉住他的手。

伊柒丝毫不肯放松机会地摩挲着她的手，深情地道：“虽然拿到协议很麻烦很艰苦，说不定还要冒生命危险，但是为了你这样的美人，为了我将来的媳妇，我愿意千辛万苦出生入死赴汤蹈火在所不辞……”

“那你去吧去吧快去赴汤蹈火在所不辞吧。”景横波还没听完就挥手赶他走。

伊柒只好揣着没说完的半腔情话悻悻地走了。他很随意地飘到一个“奸细绑匪”的后头，“千辛万苦”地一拳打昏了他，“出生入死”地搜了搜他怀中，“赴汤蹈火”地抽出一张纸，“在所不辞”地塞到自己怀里，叹口气道：“好累。”从头到尾，全部费时几个眨眼的工夫。没有一个“奸细绑匪”发现，包括已经进村的龙骑。

摸着肚子，哼着小曲，迈着轻快的步伐，他准备去向景横波表功。走了几步他停下，咕哝：“不行，太快，显不出辛苦，媳妇不会心疼。”然后他蹲到一家农户废弃的鸡窝边，搜集了几根鸡毛，去逗地上的蚂蚁。玩了一会儿觉得时辰差不多了，他站起身，走了几步，忽然又一停，“不行，不狼狈，显不出辛苦，媳妇不会心疼。”他顺手用鸡毛撩乱了头发，抓了几粒灰土撒在衣裳上，还将一片最漂亮的小鸡毛小心地别在衣服上，还左看右看，仔细调整了鸡毛的角度，力求让这片鸡毛展示出既凌乱又疏狂，既狼狈又自然的美感。

打理完毕他觉得差不多了，又走了几步。虽然他一直在村中行走，奇怪的是，来来去去的“奸细”和龙骑，根本没人发现他，他行动时身影就似一抹黑雾，无声无息地越过人的视野。

伊柒走了几步，又停了。“也不知道鸡毛效果怎么样？”他自言自语，“最好看起来又狼狈又脆弱，又挣扎又勇敢，充满了凌乱和姣美的气息，让女王陛下对我一见怜惜才好……”他一抬头，眼前一亮，对面有个水缸。

伊柒欢喜地奔过去，水缸里居然还有半缸水，他探身看自己的影子，因为鸡毛在腰间，他身子探得很深。在半个身子将要进入缸中时，他眼角忽然看见背后的天空白了。不，不是白了，是出现了一抹白色的衣角！伊柒闪电般要回身！可惜已经迟了。他脚下忽然一空，身后一股大力一托。扑通，伊柒挣扎而勇敢地栽进了水缸里……

下一瞬水缸无声无息地爆裂，水花四溅，水花里伊柒蓝色的身影冲天而起，人在半空一个转身，一道凶猛的拳风已经回扫了过去。可惜还是迟了。背后掀他进水缸的家伙，在他炸缸出拳前一霎，已经更猛更狠更决然地，一拳挥了过去！

砰！两拳交击，空气都似乎被震出波纹，已经碎裂的水缸瞬间化为粉末。水波被猛烈爆炸的拳风炸飞，哗啦啦三丈方圆都在下雨。

不远处景横波忽觉鼻尖一凉，她诧异地一抹脸，仰头看看月明星稀的天，“咦，没下雨啊？”

两拳相交，先出的拳头忽然一滑，顺着伊柒的手臂向上凶猛逆推，所经之处衣衫爆裂，破碎的衣片飞到空中忽然凝结僵硬，化为一片霜白，落地梆梆有声。

伊柒本来只是惊讶，神情也没太在意，看见这一拳的威势，忽然脸色一变，惊道：“般若雪！你怎么……”

砰，一拳凶狠地在他鼻子上爆开。两管鲜红飙飞，染红一地鸡毛。

“好狠的小子！”伊柒怪叫一声，捂住流血不止的鼻子，转身就走，“练般若雪的都是怪人，爷爷不和你玩了！”

白色身影从头到尾一声不吭，身子一闪手指前探，抓向他胸口。

“喂喂喂你又撕我衣袖又拽我胸口，你想干吗？”伊柒逃不掉，哇哇大叫，干脆转身胸口一挺，“你不就是想扒光了我摸我吗？你摸啊，摸啊，摸啊，摸啊！”

如玉修指一顿，在触及伊柒胸口的衣裳前停下。

“哈哈哈哈，就知道练般若雪的都各种洁癖……不和你玩了，我找我媳妇去。”伊柒大笑，流着鼻血一个转身，赶紧逃。

原地只留下了白衣人影和闻声赶来的龙骑。“主上……”龙骑看着那个熟悉的背影，感受那似乎散发于外的煞气，声音都低了八度。

宫胤静立原地，发间微湿，更显得眉清目深眼眸如冰。他慢慢将卷起的袖子放下，在袖子里无声无息地舒开手掌。五个指节微微发红，轻微破皮。

景横波听到了一点声音，但她没有夜视能力，看不清发生了什么，只隐约觉得伊柒在和人交战，也不想搅和进去。身边身影一闪，景横波抬头，骇然道：“真打这么激烈？你看起来像刚刚被碾压过。”

“是啊。”脸上开了酱油铺的伊柒捂着鼻子，忧伤地道：“亏了，早知道就不用装扮了……”

“啊？”景横波没听清。

“我是说，我为你千辛万苦不辞生死赴汤蹈火一场惊天动地的大战才拿来这宝贵的东西，你要不要好好想想怎么感谢我？”

景横波原以为伊柒所谓的辛苦是装，这家伙虽然不着调，但气质与众不同，应该是个高人，谁知道高人出去一趟，回来时比她想象的还狼狈，看来这协议夺得还真不容易。“是啊是啊我好感动。”她举起袖子给他擦了擦鼻子。

伊柒一把扯住她换了个方向，笑嘻嘻地道：“对这边，这边，这边看得清晰。”

“神经病。”景横波咕哝，心想不就随便给你擦擦，至于这么转来转去吗？

伊柒笑嘻嘻地看着她——至于。因为这个角度，从某个方向看过来，很像是媳妇给他投怀送抱啊！

“到底是什么东西，拿来。”景横波胡乱应付给他擦了两把，一眼看见伊柒胸口那张纸。

伊柒胸口衣裳已经敞开，那张纸露出一大半，景横波伸手一抽就抽出来了。伊柒却忽然笑起来，一边笑一边扭身子，一边扭身子一边叽叽咕咕地道：“不要嘛，不要嘛，不要这样子嘛……哎呀你好讨厌，好吧好吧你来吧……”一边嘿嘿哈哈，一边张开双臂，闭上眼睛，脸上写满“我是娇花快来蹂躏我吧”的邀请。

“神经。”景横波早已把协议拿在手里，奇怪地瞟他一眼，转身去翻了。

伊柒笑眯眯地放下手，对某个方向瞟了瞟，摸了摸鼻子。挺痛，不过想到有些人也不爽，顿觉不痛了。

景横波翻着协议，薄薄一张纸被伊柒的鼻血染红，前面有几条她看不太懂，签协议的人名字也被盖住了，大意是请这位某族首领人物，回去后促成彼此的私下联盟，约定在某年月日再秘密聚会。协议上将出协议的这一方定为甲方，该族定为乙方，一旦盟约成立，甲方将在朝中给予该族相应的援助，提拔官员，满足政治诉求，给予政治地位，扩大影响力，以及帮助乙方进行与其他国和部族的交涉。乙方因此要给予甲方限定的回报，回报针对每个封国和部族的实力和出产，各有不同。简单看来是一份政治利益交换协议，符合大多数人的利益，应该每族的人都有自己条件不同的协议。这协议最关键的是，并没有注明甲方的名字，换句话说，这个协议，落在谁手里，谁就是甲方。

景横波大致想了想，她还没正式继位，对大荒的国情还不是十分了解，但感觉这份协议肯定不是表面的利益交换这么简单，宫胤假冒耶律祁，和六国八部首领人物签订了这份协议，或者也有想钓鱼的原因？或者，还有更深的，她一时半刻想不出来的原因？想不出来就不想，景横波不和自己的脑细胞作对，和宫胤这种草根出身爬上高位、已经掌权数年、权倾天下的政治人物比心术，她吃撑了？

她忽然咦了一声，注意力落在了最后一行字。那行字较小，不显眼，放在最后，像一个不起眼的附加条件，以至于这位首领签字的时候都盖过了那行字。那行字，和她有关。“……新任女王难堪大用，无须给予尊迎。放弃迎驾大典，他日皇典之中，取消百里迎驾记录。”……什么意思？说她没用，不配尊贵的礼仪，让这些人自动放弃迎驾大典，以后记录皇家历史的皇典之中，关于百里迎她的记录，也将会一笔抹去？换句话说，她将成为千里来继位，却不得恭迎和肯定的史上最悲催女王？

虽然大荒历史上百里迎女王例子很少，看起来不迎不办大典也正常，但很多人忽略了一件事，那就是历史上的其余女王，大多出于帝歌城近郊，离帝歌城距离甚至不足百里，有的甚至出自城中贵族，比如前任女王，这样还有什么百里迎驾的必要？难道跑出门百里再迎吗？而景横波不同，她是大荒历史上第一位在他国国土上找回的女王，是真正的千里继位，百里出迎对她来说其实是基本礼节，如果属于她的历史上缺了这一节，她作为女王的一生，将永远都有些挺不直腰。

这些东西，景横波原本不知道，这是在她发誓要做好女王后，病中命人给她找来了很多的大荒书典，阅读之后才明白的。协议上这一笔漫不经心，藏在角落，可以想见安排协议的人对此如何不在意。可她在意！她的王位，她的尊严，她的未来，她的后半生，就要被这个轻蔑的协议一笔抹去了！

景横波霍然抬头，眼神里小宇宙熊熊燃烧。宫！胤！名字咀嚼在心中，一遍遍碾磨有杀气！

“怎么了这是？”伊柒笑眯眯地凑过来，将脑袋搁在她肩上，也想看协议，“怎么脸色忽然这么难看？谁惹你了？告诉我我去揍他。”

景横波手指一折，将协议折起，单手托开他的下巴，一转身盯着他的眼睛。“那行。”她道，“就是揍你的那个人。”

“呃……”伊柒的小白脸终于变了变，有点不好意思地搔搔头，“原来你已经知道了啊。”

景横波哼一声。先前她是没想到，此刻看见这协议还有什么不明白？宫胤安排人假冒耶律祁的人，将这些人掳来这里，自导自演逼人家签这个协议，这样的事，他自己怎么能不看着？原本就在奇怪，以伊柒一看就很高端的身手，怎么会被人打得这么惨，如果是宫胤亲自出手，那就一点也不奇怪了。他打伊柒干吗？因为他偷到了契书，坏了他的事？

景横波站在屋后，转头看了看屋子里，人质还在屋里，想要破坏宫胤的计划，她只要喊一嗓子。只要喊破真相，宫胤的计策就会暴露，而之后六国八部的怒火，想必就算是他也承受不起。这才是对他最有力的报复！

景横波仰起头，清清喉咙——她要喊了！她要喊了啊！“咳咳咳咳咳……”她要喊了啊！“咳咳咳！”……

半刻钟之后。

伊柒手托下巴，懒洋洋地打个哈欠，“你到底喊还是不喊？”

景横波怒瞪黑暗——宫胤你不是在附近吗？你不是擅长阴人吗？你不是一切都在掌控中吗？你不是很聪明吗？你一定能猜到我想做什么，也一定知道被喊破的后果，可姐咳了这半天，你为什么还不出来阻止？姐喉咙都快咳破了！

黑暗中高坡上，宫胤负手静静站着，凝视着景横波那个方向。

蒙虎站在他身侧，神情却没有他的安宁，有些焦躁不安。忍了又忍，他终于低声道：“主上，看样子陛下是想叫破……”

宫胤居然点点头，“嗯。”

“这……”蒙虎咳嗽一声，实在不知道该说什么好。这事儿不是小事，一旦被叫破，国师将立即陷入被动，整个六国八部都会因此对他不再信任，一直虎视眈眈的耶律祁必定趁势而上，到时候形势掉转，就有生死之危。难道国师是想赌一赌陛下会不会心软？可陛下看起来就不像个犹豫不决的人啊。把生死希望寄托在陛下的心性上，是不是太草率了点？还是国师给陛下气昏了？刚才那个小白脸和陛下亲热调笑的时候，国师虽然没有表情，可他这个伺候了他多年的人，依旧感觉到了深深的煞气……唉，陛下其实很美貌很亲切，但就是太美貌太亲切了……“主上，陛下似乎有点犹豫，您看是不是……”

宫胤转过头来，“你也觉得她是在犹豫吗？”

一瞬间蒙虎觉得自己看见他眼底的微光，熠熠似深渊中的烛火，亮到惊人。他点点头——作势半刻钟，深呼吸半刻钟，猪也看出女王在磨蹭，就是不知道她在磨蹭什么。

“所以，”宫胤衣袖在风中柔曼地卷了开去，他刚才还显得过于冷漠的声音，此刻终于透出一丝柔和，“……我想知道她选择的结果。”

嗓子都快咳破的景横波，还是没能等到某人出面阻止。她气馁地转头，就看见伊柒托着下巴，似笑非笑地看着她。景横波被这眼神看得心虚，一偏头，昂首挺胸地从他身边走过。

“你干吗去？”伊柒在她身后问。

“如果不想被人再揍一次，建议你可以走了。”景横波头也不回，踩着个高跟鞋，器宇轩昂地向黑暗深处进发。

“你干吗不喊？喊一声他就倒霉了，你是不是嗓子不太好？你喊不动或者我可以帮你？”不懂看眼色的某人依旧喋喋不休地发问。

恼羞成怒的景横波，给他的回答是踢起的一块土坷垃。

“女人就是口是心非。”伊柒拍拍衣上的灰，摇摇头。

远处黑暗里负手相望的人，眉目依旧没有波动，只是透出微微的柔和。

景横波走了两步就不走了。

不行，这事儿得和宫胤说清楚。她得和他好好谈谈，争回自己的尊严和权益。她晓得以宫胤的性子，决定了什么事不会给解释，如果她不去找他谈，那事儿就这么定了。这可不行，她还指望在大典上拉风地倾倒全大荒呢。让大荒人民错失她的风采？这是不道德的。

找宫胤很简单。不需要辨明方向，也不需要放声大喊，她站在空旷处，对黑暗勾了勾手指。“数三声，你出来。”她道，“不然我就和人私奔了。”

黑暗沉沉，没有动静，连火把都灭了，龙骑都已经远远退开。

“一，二，三。”

夜风呼啸，四面寂静，一根树枝忽然咔嚓一声断了，霏霏从枝头轻盈地跳过，眸光闪闪。

景横波转身，一把挽住了伊柒的胳膊，“走吧，我做你媳妇！”

“虽然被利用了还有被揍的危险……”被挽住的伊柒顺从地跟着她走，咕哝，“听见这一声也足够气死那小子了，值了，值了……”

砰！下一瞬他从景横波身边飞了出去，飞的路线也很直。好在这家伙早有准备，刚刚飞出，半空中一个漂亮的转折，头下脚上翻到了一棵树上，蝙蝠一样把自己挂起来了。

景横波早已奔着出手的人去了。“你还知道来啊？你总算肯驾临了啊？”她在伊柒飞出那一瞬间，唰地闪出三丈，脱下脚上高跟鞋就狠狠砸过去，“宫胤！你个混账！”

时机选得正准，宫胤刚将伊柒打飞，手还没来得及收回，砰的一声这只红色鱼嘴高跟鞋正正砸上了他的胸膛。其实他完全可以以真气将这天外飞鞋激飞到千里之外，但是看清那是什么东西时，忽然犹豫。他一出手，那鞋子估计就连灰都不剩了，好像这是她心爱的东西……就这么一犹豫，砰的又一声，景横波的第二只鞋子，也吻上了他的胸膛。

宫胤手一抄，将两只鞋提在手中，对她晃了晃。“闹够了没有？”他道。

“没有！”下一瞬景横波出现在他面前，啪的一下将一张纸拍在他胸前，“宫胤，你到底要干什么！”那张契书上面沾了伊柒的鼻血，湿答答地拍在宫胤胸前，将他的如雪衣裳染红。

宫胤一低头，顿时被恶心得脸色一白，衣袖一拂，契书连带胸口的衣裳都粉碎。就这样恶心依旧未去，他气息不定，胸口烦闷。污垢几乎是世上他最不能忍受的东西，已经超越了洁癖的范畴，尤其这样的污血，让他连气息都有些不稳。暴怒之下他一伸手，便拎住了看他脸色不对要逃的景横波。手顺势一抬，景横波就会飞回千里之外。

景横波半空扭身看他，眼神毫不示弱。

宫胤微微一怔。他看过她狗腿，看过她谄媚，看过她卖萌，看过她挑逗，这个女子，看似冲动放纵，其实很会审时度势能屈能伸，宁可事后阴人，也不以卵击石，但此刻她的怒火如此鲜明，盖过了往日的艳姿媚色。她似乎很生气……

这么一顿，他的眼光又落在手中的高跟鞋上，恍惚里又想起当初崖下河岸上，吊在自己手指中的豹纹高跟鞋。那个妖娆曼妙的后背，那一截雪白莹润的后颈，那一缕微卷的奇异长发，那甜蜜而暗香浮动的喘气和呼吸，那些网中亲密依贴的日子……他向外扔的手指改为屈抓，将快要飞出的景横波及时抓了回来。

景横波倒一点也不意外，手指顺势点在他胸口，抬头看进他眸子。“宫胤你到底什么意思？”她问，“你签这什么协议不关我事，为什么要取消迎驾大典？”

“为什么不能取消？”他反问，“你能行？”

“我不能？”她的反问更快，“你凭什么这么认为？”

“凭你的表现！”他冷然地道，“不要以为女王是儿戏，也不要以为重臣和百姓是我和耶律祁，更不要以为你的美色或者风流，就可以令所有人俯伏尘埃认你为主。王位，从来不是那么简单的事。”

景横波怒气上涌，砰砰地拍他胸口，“宫胤，你瞧不起人！”

宫胤一脸默认的表情，动也不动，反正她的殴打也就和小猫搔痒差不多。

“敢情你觉得你是为我好？敢情你顺带这一笔是为我解决麻烦，我是不是该谢谢你？”景横波撑住额头，静默三秒，霍然抬头，吸一口气道：“停，你不要装酷说这不是为我，我不要听。现在我明白了，这确实算是你的好意，但是……我不想接受，可不可以？”

“不可以。”宫胤永远深谙如何以一句话气死人。

景横波再次深呼吸。“我知道你不放心我……OK，你根本不是不放心我。你只是顺带解决这事我明白……现在我不想和你吵，我只想和你说，我能通过，我能赢，我能做好，你不要管这件事，给我一个证明自己的机会，行不行？”

“不行。”

景横波瞪着这个油盐不进的家伙，胸口起伏——是谁说她不讲理的？这世上最不讲理的家伙明明就是面前这个人！“为什么不行！给我个理由！”

“为什么你觉得你行，觉得你能令千万人心悦诚服，觉得你能做到历任女王都不能做到的事？”

“别人不行，我就必须不行？你这什么见鬼逻辑？”

“是什么让你忽然觉得你行？早在几天前你还在为此发愁。”宫胤唇角一撇，一指树上看戏的伊柒，“是因为认识了他？你算有本事，第一次见面就可以驭使七杀大兄。但我告诉你，七杀纵然纵横大荒，也镇服不了民意天心！”

“什么七杀八杀十三杀！”景横波忍无可忍，这货什么意思？暗示她以色诱人吗？“宫胤！你少给我东拉西扯的！你不答应，是不是就是怕我真的过关，顺利继位，妨碍了你的夺位大计？”她一把夺过高跟鞋，将刺一般的鞋跟塞在他手里，“要说妨碍，我确实一直都在妨碍你，你何必费这么多事？干脆现在就杀了我好了，来啊，来啊，”她偏起脖子，撩起头发，将颈动脉送到他手中的鞋跟下，“来，刺啊！只要轻轻一戳就够了！来！快来！”

宫胤一低头，正面对她脖子，雪白纤细的一条，微微透出点肌肤的血色，凸起一点光滑的精致骨节，乌亮的发从她指间泻下去，馥郁的香气氤氤氲氲升起来。他忽然想用手指细腻地一根根抚摸过那些精致的骨节，还想知道这一段肌肤向下的精致，是不是曲线玲珑，美背如玉……宫胤忽然咳嗽一声，只觉脸上发烫，身子向后微微后撤。

偏偏某个看似风流实则麻木的家伙等了半天没有动静不耐烦，又觉得气势不够，看他后退，乘胜追击向后一撞，撞入他怀中，“刺呀！刺呀！”

砰的一声她的身子贴入他怀中，震得他胸膛都似晃了晃，一瞬间似觉柔软起伏，香气逼人，他急忙一手按住她的肩，推开半尺，生生将她转了过来。

“怎么不刺？”景横波斜睨着他手上的高跟鞋，挑衅。

“脏。”宫胤在她转身过来那一霎，脸上红晕已退，顺手将她的高跟鞋一抛，又扯了她的衣袖来擦手。

景横波气不打一处来，狠狠夺回袖子，“玩阴谋诡计的才脏！”

宫胤手一顿，再抬头看她时，眼神已经恢复了静和冷。“嗯。”他道，“你冰清玉洁，心气高贵，无须玩阴谋诡计，便可安然登位，纵横天下，仪仗所经之处，令大荒百姓欢呼舞蹈，望尘礼拜。”

景横波最恨他用淡淡冷冷的语调，说浓浓讽刺的话！“你就是不信我能经过考验，你就是觉得我不适合做女王。”她一昂头，“如果我可以呢？”

“那你就做。”宫胤答得随意，“并终我一生，护你让你。”

“好！”景横波眼睛一亮，“打赌！”

宫胤却道：“若你做不到？”

“我怎么可能做不到。”景横波嘴一撇，按了按心口的某样东西。

“若你做不到？”某人总这么不依不饶。

“我如果做不到！”景横波嘴一撇，手指一点他脸颊，“我卖身给你，为奴为妾都可以，一辈子伺候你大老爷！”她把“伺候”两个字咬得很重，咬出点黏腻的后鼻音，听起来暧昧又轻狂，让人心痒。

宫胤微微顿了顿，直觉要反驳——这算什么惩罚？他玉照宫每天都有无数千金小姐求为他奴为他婢好吗？做不成女王是要被放逐的，去做他奴婢或小妾却可得他庇护，人人羡慕，她可打得一手好算盘。不行！然后他听见自己回答：“哼。”

“你答应了。”景横波眼珠子一转，“赌约要公平，那么如果我做到呢？”

“你提要求。”

“该怎样好呢？叫你在大殿裸奔？叫你在广场跳艳舞？”景横波越想越兴奋，抓耳挠腮，“哎呀裸奔虽然有看头，可是我不愿意你给别人看……艳舞也不错，可是你这么僵尸一定跳不好会丢我的人……要么你躺下来给我调戏不准反抗？皮鞭蜡烛手铐？啧啧好爽……”她越说越兴奋，似乎宫胤的输已经是板上钉钉的事，而她只愁到底用哪种惩罚才能又解气又满意。

宫胤越听脸色越青，终于忍无可忍地冷冷提醒：“前提是你能做到！”

“哦，那我就先想想，等你输了再提条件也不迟。”景横波举起手掌，“不许赖账，赌了！”

宫胤看看她雪白的掌心，顿了顿，提起手掌。

啪！大荒女王和第一国师的第一次赌约，成立。

手掌都放下后，不等景横波得意，宫胤忽然淡淡地道：“哦，忘记告诉你，女王如果不能顺利登基，很容易被处死，如果成为我的奴妾，则可以逃得一命被放逐，这已经是最好的下场。而大荒规矩，奴妾永无自由，终身为主人守贞，永远不能生儿育女，永远不能成为主人的正室，也永远要伺候主人的所有妻室。奴妾的下场，其实比放逐更惨。”

“那又怎样？”景横波挺挺胸，“我不会成为你的奴妾，我要你成为我的！”

宫胤懒得理她的豪言壮语。

景横波回头，看见伊柒正坐在树上，面色古怪地望着她。她对这个家伙印象不错，好歹人家为她出生入死抢契书一回，临走不打个招呼似乎说不过去。“哎，小柒柒。”她嫌伊柒名字拗口，干脆自作主张来个昵称，“我要走了，你要不要跟我一起进帝歌城？”

“他不要。”宫胤在她身后冷冷地代答。

“你怎么知道？”

宫胤不说话了——如果这家伙不怕死的话，尽管来试。

“不要啦。”伊柒笑眯眯地在树上挥手，“我还有事，下次再去看你啊，我会想念你的，我会好好珍藏你送我的指甲油定情信物的。”

“好啊好啊，”景横波挥手，“记得去看我啊，我的地址是……咦宫胤我的地址应该是什么？咦宫胤你的脸色怎么这么黑……咦伊柒你怎么话没说完就跑了我还没告诉你地址呢……咦宫胤你干吗要打小柒柒……咦……啊！”她眼前忽然一黑，软软地倒在了一掠而回的宫胤怀里。

“你话太多了。”追杀伊柒回来的宫胤，一手接住了她，冷冷地如是说。

等景横波又一次睡醒，车队已经进入了帝歌城。

“人质”们自然也已经由龙骑“解救”，回到了队伍中，只是每个人难免都有些精神不振，六国八部的队伍经过这一次的挫折安静了许多，连绯罗都没有再到女王车驾前来，整天待在自己的马车里。

景横波醒来后想起一件事，是关于那个琉璃部圆脸少年的死因，但她忽然不想再问了。

答案想必很残酷，她不想面对那样的残酷，一心贪恋的温暖到头来只是故意接近她的假象，她怕自己知道真相之后，会丧失对人性的信任。也不是没想过宫胤会不会杀错了人，毕竟那孩子看起来如此纯真温暖，实在不像个对她心怀不轨的奸细。可是正因为如此，她更不敢问了。如果这个猜测成真，她怕自己从此失去了对宫胤的信任，从此渐行渐远，那似乎比失去对人性的信任更可怕。

她安慰自己——从智商和经验来看，大神是不会错的。景横波叹口气，觉得自己是只自私的鸵鸟。

随即她想到那个契书，契书上让各首领放弃迎驾大典，但她拒绝了这个提议，宫胤回头要怎么和对方说，契书这一条作废？他当初可是冒充耶律祁的人，和对方签约的，难道再冒充一次？

她和蒙虎打听了一下。结果蒙虎告诉她，很简单，如果按照契书进行，宫胤会延缓女王车队的前进速度，让签约的各族首领先一步赶回帝歌，由他们自己出面或者请托大首领出面，叫停迎驾大典的举办。现在既然景横波坚持要迎驾大典，队伍只需要按原定速度前进，并以保护为名不让各族首领先回帝歌，已经在准备中的迎驾大典没有得到更改的消息，自然会照常进行。对于各族首领来说，那隐藏在契书最下面，看起来漫不经心的取消迎驾大典的条约，他们也没当回事，宫胤不许他们先回，完不成这一条契约也怪不得他们，自然没有人积极抗议。

景横波拍着脑门想了想，不得不承认宫胤的脑细胞很好用，复杂的事情到了他手里，解决得轻而易举，和这种人做敌人，一定很难过。

蒙虎看看她轻松的表情，欲言又止。他很想和景横波说，国师为了这个契书付出了多少心思冒了多少险，但却因为她一句话轻轻推翻。而推翻之后，国师又将为她承担多大的风险——女王如果没能得到承认，他这个卜出女王转世特征，又千里相迎的国师，将同样受到责难，甚至会对他的威望和地位造成难以逆转的影响。但是他不敢说。宫胤不许的事情，谁也不敢做。有时候他不明白国师怎么想的。女王本不该在计划中，按照国师的性格和以往的行事风格，她一出现就应该想办法扼杀。但是……蒙虎叹了口气，不想往下想下去，作为一个属下，只需要相信主子，跟随主子就行。只是，这以往心中从未有过的忧虑，怎么越来越浓了呢……

景横波注视蒙虎心事重重的背影，托腮想了想，又摸摸还有些疼的后脖子，也难得地幽幽叹了口气。

"亢龙军已经进入帝歌，接管城防。""斩羽部同意之后的调停协议，带领家族私军退入庄园。""龙骑入京，已经看守住了所有拥有私军的重臣府邸，不允许有任何轻举妄动。""耶律国师名下的耶律家族私军，以及燕杀军，已经撤军。"……

景横波听见一连串的汇报军情声在不断接近，就知道宫大神来了。她探出头去，果然看见宫胤匆匆往前走，身后跟着一大串幕僚军官，每个人都快步小跑紧紧跟着他，抱着一大堆文书在向他汇报。他身后还有两个侍女，抱着巨大的盒子。

宫胤步伐很快，神态却很平静，一边走一边道："亢龙军接管城防，撤去城中壁垒，注意态度，不允许出现任何冲突。但如果有任何人反抗，格杀勿论。"

"是。"

"允许斩羽部和耶律家族私军在城中停留，保卫庄园，但人数都不许超过三千人。"

"国师，斩羽和耶律家族都居住在内城，内城因为地域限制，本身亢龙护卫也就一万人建制，如今斩羽和耶律各自留三千人，就有六千，这人数太多，万一控制不住……"

"那就不许控制不住。斩羽和耶律现在精神紧绷，互相提防，强硬撤去谁的私军都会引起反弹，他们在内城闹起来，才是不可估量的损失。我们要的就是将他们牵制压制在内城，避免时间久了诸家私军牵扯在内引起混战。另外，调一队亢龙蛛网，前往内城。"

"是。"

景横波眼巴巴地望着——真是"酷炫狂霸拽"！等她做了女王，她也要后面跟着一大堆的人，她也要走很快，一边走一边决策，让别人小跑着跟，她还要宫胤跟在最前边，一边跑一边恭敬地和她说："嘿依！哟西！思密达！"

车帘一掀，出现的宫胤的脸打断了她的美梦，他正一边掀帘一边和身后人道："女王车驾午时进城，通知仪仗做好准备。"

景横波的美梦啪的一下碎了——愿望美好而遥远，最起码现在她连什么时候进城都得听他的，她最讨厌中午大太阳的时候出门了！

宫胤一抬头，就看见她的臭脸，当然，他自己脸色也好不到哪去。自从昨天他弄昏她扛回来之后，两人就见了一次面，还互相不理睬。景横波还在为那契书上的"难堪大用"生气，又气他独霸专权，从不给她话语权。至于宫胤为什么没有好脸色——只有他自己最清楚。

景横波嘴一撇，"你来干吗？"

宫胤不理她，自上了车，接过车下侍女的两个盒子，对车内翠姐、静筠、拥雪三人道："你们三个下去。"

翠姐和拥雪向来怕他，什么都没说就下了车，反正这些日子她们看得也清楚，国师和大波虽然各种吵架各种气场不对，但要说有什么危险那是绝对不会的。静筠却停了停，目光落在那盒子上，温婉地道："这似乎是女王的礼服？是马上要换上的吗？礼服烦琐，奴家可以留下帮忙吗？"

"对啊对啊。"景横波一听礼服头就晕，急忙道："女人的礼服要你来干吗？给她们帮我换啦。"

宫胤看也不看静筠一眼，只对景横波道："有些东西只能你自己穿戴，我不想重复两次。"

景横波眨眨眼，有点不懂，什么叫不想重复两次？

静筠脸上涌出一抹薄薄的红，难得却还在微笑，"是奴家僭越了。礼服贵重，是该国师亲自给陛下教授，奴家怎么配听？奴家退下了。”说完行礼如仪，款款而退，临走还体贴地关好了车门。

景横波注视她无懈可击的礼仪体态，忍不住啧啧赞叹：“静筠不愧是大户人家出来的，瞧这风度。至于你……”她斜着眼睛看着宫胤，“没人教你对女士要绅士吗？”

“她配吗？”他的回答很气人。

“给朕更衣。”她抬起下巴的姿势更气人。

宫胤的回答是将一个巨大的盒子搁在她腿上，压得景横波膝盖一沉。

“好重！”景横波立刻就被华丽丽的盒子吸引，推开盒盖，眼眸瞬间瞪大，“哇哦！”惊叹的不是礼服的华丽，在大荒这个宝石乱滚的地方，华丽已经是应有之义。惊叹的是礼服的颜色。居然不是她想象的金色红色紫色明黄之类的帝王色，而是黑色！更惊叹的是，世上还有这么纯正的黑色。如夜一般浓，如最神骏的纯种黑马，不见杂色的黑色缎子，厚重而有暗光。这套礼服一反常态地并没有配很多宝石，所有的配饰都是发出暗黑光芒的古银，色泽沉厚凝重，和这庄重华贵的黑相得益彰。古银暗处如时光镀的烟灰色，和亮处灿烂的银交织，呼应了整体的黑。腰带和领口袖口的镂空浮雕看不出是什么形状的兽，形态狰狞，背景是一片片的黑曜石，让人想起遍布大荒的沼泽。

景横波啧啧赞叹，觉得设计者很有眼光。这样剪裁高贵简单的礼服，用那些色彩绚丽的宝石是压不住的，相反会显得浮躁跳脱，所有配饰不用又会显得单调压抑，只有这同样气质高贵、承载千万年光阴之华的古银，才能提亮了那压抑的黑，低调而奢靡。她向来喜欢艳丽的颜色，黄红紫绿橙蓝，怎么鲜艳怎么来，一向不待见沉重压抑的黑，然而此时却忽然来了兴致，二话不说，拉开衣领，脱！

“你干什么？”对面宫胤想不到她说脱就脱，呆了一呆，急忙掉开视线。

“换衣裳啊。”景横波不以为然，这礼服只是外袍，换下的也只是外袍，她里头还有自己的紧身卫衣呢，能看到啥啊。

“你都这样随随便便换衣服？”宫胤偏着头，语气生硬。

景横波手一停，瞅瞅他，哟嗬，脑袋转得很坚决嘛，不看？不想看？不想看怎么耳朵又红了！“你耳朵好红哦，热吗？”她笑嘻嘻地凑过去，吹他的耳垂，“我就这么换衣服，咋了？你不喜欢？”

一只微凉的手掌覆盖在她脸上，将她的脸推了开去。“你爱怎样就怎样，我何必对你多看一眼？”他道，“穿好衣服，这礼服不是随便穿的，我有话和你说。”

“哦。”景横波挪挪身子，坐正。

……

“讲啊！”半晌之后她不耐烦地动动身子，催促，“怎么不讲啊。”

“你衣服穿好没？”他还是偏着头，不肯回头。

“当然穿好了。”

“不对，没有拉上衣服的声音！”他反驳。

“我不需要拉……等等，你怎么知道？”景横波瞪大眼睛，“你不看，你偷听！你竖着耳朵听我穿衣服的动静！你个伪君子！假正经！大色狼！偷听狂……”

“闭嘴。”宫胤回过头，忍无可忍按住了她喋喋不休的嘴。

“呜呜呜呜呜。”景横波犹自挣扎说话权，乌溜溜的眼珠在他手掌上方转动，用眼睫毛拼命刷他的手掌边缘。

掌缘忽然变得极其敏感，痒痒的感觉从掌缘一直传到手臂，过电般穿过无数筋脉血流，抵达内心。他的心似颤了颤，随即一股寒意弥漫，在五脏六腑间游走，他脸色微微一白，收回了手掌。

“人家睫毛长吧？”景横波没有注意到他脸色的变化，得意扬扬。

宫胤神色却已经恢复平静，眉宇之间更若霜冷，身子向后撤了撤，就手抖开那套袍子。“这套礼服，是大荒太祖皇帝传下来的迎驾大典专用礼服，据说这套礼服自有其神异之处，和大荒女王的正式礼服并称王朝双宝。”

景横波眨眨眼，“啥？这衣服几百年了？老太婆穿过？我不要。”

“请以后不要再提起老太婆三个字。”宫胤淡淡地道，“如果你不想被愤怒的大荒人民撕成碎片的话。”

“呵呵。”景横波说。

宫胤皱皱眉——这女人什么破性子，狡猾又桀骜，真难搞。

“礼服有暗扣，腰部暗扣甚至藏有利刃，可以防身。”宫胤和她膝盖抵膝盖，给她示范暗扣的打开关闭方法。

景横波托着腮，认真观看……睫毛好密……手指真好看……动作真灵巧……气息真好闻……

“看懂没？”他示范一遍，头也不抬问地她。

“好看……”她痴迷地说。

“什么好看？”他一抬头，看到某人色眯眯的眼光，怔了怔，眉头一挑，把衣服往她膝盖上一扔。

“自己做一遍！”

色女被雷劈醒，脸一板，接过衣裳，三下五除二啪啪啪啪，暗扣打开，再啪啪啪啪，暗扣合上，她手指一抹，一抽一带，一柄利刃悄无声息地从腰间弹出，指节弯起顶住腰带背后，手掌一靠，暗刃收起。“好了！”一套动作干净利落行云流水。

宫胤沉默，忽觉有些头痛。真要笨就好了，真要笨也就听话了，偏偏聪明！

“衣服为什么要配暗刃？”刚才只顾着偷窥的景横波，现在才想起正事。

“原本没有，是第十七任女王，在参加迎驾大典之前特意让人悄悄配上的。她并没有多此一举，就在那次大典上，有玳瑁族作乱，刺杀女王，她虽然最终被放逐，却靠这怀中暗刃救了自己一命。”

"迎驾大典也这么危机重重？"景横波倒吸一口冷气。

"迎驾大典和王位承继大典不同。迎驾意味着王位的预备，但又没有正式继位，这时候女王无权无势，又公开于大众之前，是最脆弱的时刻。如果在此之前各方关系并没有达到平衡的话，迎驾大典很可能出事。"宫胤翻了翻衣裳内里给她看，"要害处都有薄铁防护。"

"难怪这么重。"景横波忽觉这衣服似有血腥气，顿时不爱穿了。

"还有这双鞋子。"宫胤拖过另一个盒子，蹲下身拿出一双黑色短靴，式样精巧，底子很厚，黑缎挖云边，同样镶嵌古银的鞋尖。"试试。"宫胤道。

景横波想到这衣服给人穿过，还流过血，浑身就好像沾满了血液，哪里还肯穿，摇头直向后缩，"不要。"

"安全重要还是洁癖重要？"宫胤居然猜到她心思，一把握住她脚踝，不容她退缩，"试试！"

"不要！"景横波嚷，穿了高跟鞋的脚拼命后缩。

脚踝从宫胤手中一滑，水晶丝袜滑落，宫胤顿觉手指也一滑，指下肌肤软得像绸，柔得像绵，滑溜溜似一尾鱼，他一低头，就看见挣扎中景横波的玫红色高跟鞋已经掉了一半吊在脚尖，露出玲珑雪白的脚背，就在他的鼻尖下——他霍然松手，身子后倾，鞋子掉落。

景横波咯咯一笑，忽然道："我记得我想拿你胸膛擦脚趾来着……"说完脚尖向前一伸，去挑他的胸前衣襟。

宫胤眼一垂，就看见透明丝袜里肌肤雪白，脚趾晶莹粉红如散落的花瓣，一眼看去艳到惊心动魄，下意识向后仰，身后就是车壁，避无可避，看见身边的靴子，急忙抓起往她脚上一套。

景横波却在此时咯咯笑着把脚又收了回去，胡乱调戏了宫胤，万一他羞愤自杀怎么办？

她收脚在先，宫胤套鞋在后，他略略有些慌乱，力度稍重，景横波单脚又站立不稳，这么一套，身子一倾靠在车身，鞋底撞上车身，啪的一声微响，鞋侧竟然弹出一排锯齿！锯齿之侧，就是宫胤的咽喉！景横波大惊失色，尖叫"让开"不顾一切身子向前死命一压。嚓的一声微响，鞋子压上了车顶，锯齿深深陷进木头板壁！

马车内气氛和人，都忽然僵了。景横波立身一字马，左右腿拉成一线，和车壁成三十度角，压上。宫胤正好在那三十度三角的安全范围内，鼻尖紧紧贴着她的右小腿。

宫胤似乎也怔住了，微微仰头，有点很难想象人的身体可以拉伸到这样的程度，千钧一发之际一字马竟然可以劈上头顶。眼前是她绷得紧紧的身躯，因为一字马，身上穿的紧身裤往上缩，露出半截雪白莹润的小腿，而顺着优美的小腿线条，是笔直的膝盖和同样线条紧致的大腿……宫胤赶紧一步跨出了她的身体笼罩范围，背对着她，道："我没事了，你可以放下来了。"

他此刻语声柔和，眼光落在那精巧的玫红色高跟鞋上。身后没有动静。宫胤又重复了一遍。依旧安静，只是多了一种嘶嘶的声响，像是有人忍不住痛在吸气。宫胤回头一看，景大女王还在那惊世骇俗地一字马着呢。“你这样不累吗？放下……”他忽然顿住，若有所悟。

“啊啊啊啊！”景横波已经放声惨叫起来，“救命啊！快拉一下我啊，我劈太快抽筋啦！”

“……”

下一瞬宫胤啪的一下关紧了车门，阻绝了闻声赶来救援的护卫们。

“闭嘴。”他可不想她这副模样给人看见。

“快弄我下来……哎哟哎哟……”景横波哼哼唧唧。

宫胤上前要动手，忽然又愣了愣，停住脚。她这造型，怎么弄下来？没有做热身运动忽然劈成这样，后果是很容易肌肉拉伤，不能强拉硬搬，得轻轻放下来，最好一边按摩一边放，可无论怎么放，都不可避免要握着她的身体……

他在那踌躇，景横波才不管那么多，大腿内侧肌肉似在突突直跳，她的脸也在精彩抽搐，“哎哟宫胤你磨磨蹭蹭做什么，快帮姐一把，哎呀我好歹救了你的命……”

宫胤抿抿嘴——是吗？我连那一刀都躲不过去吗？不过想到刚才那一幕，他眼神微微柔和。好吧，就算是吧。看她满脸涨红，连眉毛都在颤抖，也知道她确实很痛，宫胤吸一口气上前，手指轻轻按住了她的大腿。指尖所及，柔软温热，她的体温似乎特别高些，那一股滚滚的热意自指尖传向心底，他手指一颤。一转眼看见她头微微侧着，满眼着急哀求，他急忙定定神，五指向前一滑一抬，将她的腿微微抬起，再慢慢放下。

景横波站立不定，急忙搂住他的颈项，感觉到他抄着自己的大腿缓缓下移，五指所经之处起了热力，将受损的筋脉一一修复。那位置毕竟比较敏感，当肌肉绷紧的疼痛过去之后，酥麻颤动的感觉便潮水一般卷来，她忽然红了脸，将脸埋在宫胤的肩上。鼻端满满他的气息，清雅微凉，高山雪莲，她躁动的心绪微微安定，想离开却又舍不得——难得宫胤没有推开她，不趁这机会揩油更待何时，忍不住将脸在他肩上又狠狠揉了几把。将他的气味灌满自己鼻腔之后才恍惚想起，这，似乎才是他和她的第一次亲密主动的接触呢。

宫胤知道她在揩自己的油，可是此刻无暇他顾。他怕景横波肌腱断裂，放下她大腿的同时一直在给她按摩。偏偏她总爱穿紧身裤，还是薄薄似皮质的那种，手指明明尽量按在靠近膝窝处，很自然地就往下滑往下滑……他只得一遍遍往上捋往上捋，忽然又觉得她肌肤更热，隐约听见她起了低低喘息，馥郁的香气和喷薄的热气从耳后发里幽幽散出来，他被这热度这呼吸这香气冲击得七零八落，浑身绷紧，背后微微起了汗，注意力全都紧张地放在指端，肩上某人拿脸蹂躏他的事儿，根本感觉不到。

马车平稳地行驶，车外的光穿进车内就被剪切成一片一片，桌几褥垫藏在暗影里，做沉默的华丽的背景。相拥的男女则亮在微黄的光线里，他执着她的腿弯慢慢下移的姿势，似乎在做着舞蹈曼妙的慢动作，她伏倒在他肩上的姿态却满是投入与动情，他们似一对技艺精湛的演员，用不同的表达方式来演绎心中的情绪，内里的心情精髓却殊途同归。

车厢里呼吸先急后缓又急，当腿完全放下的那一刻，两个人都震了震，景横波有点茫然地抬起头，宫胤有点嘶哑地开口：“你……”“我……”

忽然马车一震，两人本就斜斜相拥站着，又都心魂失守，顿时站立不住，砰的一下摔倒在座位上，宫胤压着景横波，景横波搂着他的背。

车外传来长声通报，“左国师耶律祁，率在京诸臣，迎女王王驾！”

宫胤听得那一声已知不好，一挺腰便要起身，景横波急忙也要起身，两人擦身一错，景横波唇瓣忽然碰到他的耳垂。凉凉的，软软的……宫胤身子一僵。景横波忽觉唇侧耳垂腾腾地热起来，她几乎可以想象，宫大神此刻的耳垂一定非常可爱，像裹了冰的红樱桃，她食欲大涨，忽然怀念他尴尬无措的模样，忍不住恶作剧地舔了舔……

恰在此时又起一阵大风，啪的一下将车帘卷开。

“哇——”控制不住的惊叹声，从四面八方传来。耶律祁，在朝三品以上众臣，六国八部首领，无数扈从护卫，一瞬间都只剩下了“目瞪口呆”四个字的表情。

车里的……在干吗？白日宣淫？这也罢了。白日宣淫，女王？这也罢了。白日宣淫，女王，国师？这也罢了。白日宣淫，女王，冷峻冰寒不近人情无上洁癖不染尘埃的右！国！师！瞎了瞎了！

不过电光石火一刹那，随即宫胤的袖子便飞卷而出，帘子落下，隔绝视线。但这已经够了。该看的，不该看的，都看见了。

耶律祁神情古怪，唇角惯常的一抹似笑非笑的笑意犹在，只是瞧来似添几分阴森。

无数人面色紧张，更多人开始立即给护卫打眼色做手势，示意迅速通报家族中人。

右国师的一举一动，向来关系大荒国运。他和大荒女王的关系，也将决定未来大荒五十年的和平。此刻看见这一幕，无数人开始疑惑、猜想、推算——国师和女王如此暧昧，是不是意味着这一任女王有可能和国师和平相处？是不是意味着国师会放弃原先的大业？又或者这本身就是一出戏，传递着某种不可告人的信息？毕竟以女王的地位和右国师的性格，做出这样的事实在不合常理啊不合常理……

在大荒，女王只能和国师有稍亲密的接触。这还得以国师的承认为前提。一旦国师不打算接受女王，女王便不可以越雷池一步。如果女王故意勾引国师，而国师对此指控女王不守戒律，女王一样触犯了律条。不过看右国师的态度，似乎并没有指控的打算……

中立者松一口气，反对者心中窃喜，宫胤同盟则开始担忧不安，考虑着某些条件和布置的调整……

帘子外暗潮汹涌，关系着国家政治变动的各种决策正在迅速成型之中，帘子内景横波毫无所觉，她哪里想得到，不过趁机占个便宜，大荒的国势，就可能被蝴蝶翅膀扇动。

她犹自舔着嘴唇笑嘻嘻地看着宫胤。哎，果然红了红了……她以前哪里能看见红耳垂的男人啊，你还没邀请，那边就狼一样扑出去了。她回味着好滋味，却不知舔唇的姿态本身也是诱惑和邀请，红唇如火，粉红的舌头轻俏地一溜，像一根温软的绳儿，将人的心神思绪甜蜜地拉扯……

宫胤几乎立刻转开了眼睛，呼吸之间已经站得笔直，说起来奇怪，他耳垂依旧微微发红，但脸色雪白，毫无血色，看起来还多了几分荏弱，再开口的时候，声音虽冷静，气息却似有几分不稳，“已经来迎了，速速将礼服穿上。”

景横波看着他迅速转身下车的背影，撇撇嘴——刚才明明心猿意马，此刻却翻脸无情，这个男人，当真难搞!

车下，蜂群一样的嗡嗡声在看见宫胤从容步出的身影后，立即停止。

几乎立刻，耶律祁微微躬身，其余人大礼参拜，“见过右国师！”

宫胤只虚虚抬手，示意起身，他立在那里，是玉山雪柱，巍巍高远，风将他的白色衣袂卷动，猎猎如白凤，尊贵凛然，跪伏最近的人也不敢触摸他的衣角。这一霎，只他立在那里，刚才那一幕的荒唐暧昧便似被深雪覆盖，所有人甚至不敢在心中回想亵渎，意识里只剩下对这个大权在握的男人的畏惧和尊崇。

景横波掀开一线车帘，清晰地看见了众人前后不一的表情变化，艳羡地咂咂嘴——这才叫真正的镇得住！什么时候她要有这样不怒而威的气势就好啦。车帘放下时，她忽然看见耶律祁的脸，这家伙正似笑非笑地瞅着她，表情很古怪。景横波给他一个中指向下的表情，就赶紧换衣服。

午时将会下车，自已经铺设好的十里红毯入城，接受百姓的欢呼（围观），然后进入帝歌舞明台广场，那里也已经备好了礼台，以彩幕围住，自己将在那里接受大荒群臣的考核，而百姓，则只能在彩幕外等待聆听结果，以示皇家的尊严。这个安排让她皱了皱眉，和理想的计划有点不符。

还有一刻钟午时。景横波心急火燎地换衣服，这礼服涉及防身机密，宫胤不许人给她帮忙，礼服又重，她刚才多少拉了筋，就显得手忙脚乱。腰部有些嫌大，她异想天开想用装暗刃的暗扣扣住，结果暗扣卡住，刀弹出来再也装不进去，她总不能腰上架一把刀出来，只好把暗刃给取了。取下暗刃的腰部更加松垮，她这才明白原来那暗刃也有腰带的作用，眼看裙摆厚重宽大，腰部却不够给力，这要自己绊住了裙子，只怕就得走光……

这么想的时候她犹豫一下，想要穿上自己已经脱下的紧身裤，刚才因为裙子太厚，她已经脱了换了丝袜。但这时敲击车门的声音响起，蒙虎的声音已经含了催促，“陛下，好了吗？”

景横波急忙答：“好了好了！”一边匆匆穿上那也带了机关的鞋子，一边道：“帮我把静筠喊上来。”

她一边穿鞋，一边开了箱子一阵乱翻，翻出一些东西，用一个准备好的布袋装好了，拿在手里四处看看，最后决定系在腰上，袍子下摆宽大，塞个小孩都看不出来。

静筠上了车，景横波正跪在皮箱上，将乱七八糟的衣物压下，将乱滚的录音笔啊小手电啊塞好，盖上箱盖，随便把箱子拉链一拉，递给她，“静筠，等会儿帮我提着。”她怕这裙子穿得草率还是出问题，箱子里有各式腰带还有一些可以紧急处理衣物问题的东西，随时带着备用。

本来事情该交给翠姐，但自上次翠姐利用她报仇的事件之后，两人之间相处总有些尴尬，景横波无奈，有时候也只能偏劳病歪歪的静筠。

静筠垂头看看箱子，提了提，弱声弱气地道：“我怕提不动……”

“那让翠姐帮你好了。”景横波心急火燎地挥挥手。

静筠将箱子提了下去交给翠姐。

车子微微倾斜，这是要迎她出来了，景横波急忙端端正正坐好。外头忽然很安静，但景横波依旧感觉到四面无数人绷紧的呼吸，将气氛压紧，拉长……可以想象，现在外面一定人山人海……

粗线条的景横波，忽然觉得紧张。不能不紧张，每个女孩都有一个公主梦。爱美爱热闹爱一切华丽东西的景横波，对这样的梦尤其感兴趣，在研究所时她幻想过嫁金龟婿，享受无数人的羡慕，她幻想过开金手指，受无数人的追捧。可是想象力追不上现实的离奇，想来想去，怎么也没想到，一落地就真做了女王。而此刻，万人空巷，群臣远迎，她是所有目光中央的荣光。此刻外头越安静，她心情越紧张，心怦怦地跳起来，激动兴奋和对未来的压抑不安交织在一起，她雪白的指尖有些发抖。

身边有厚厚的礼册，交代了她之后迎驾大典要遵守的礼节，厚达一尺的册子她根本无心学习，只知道马上，蒙虎会掀开车帘，接她下车，搀扶她步上长长的红地毯，在无数人的目光中，走出自己重要的一步……

怎么好像结婚似的……她忽然想看见宫胤。忽然无比渴望，是他，牵着她，走过这一段至关重要的路途，走上属于她的荣光一刻。随即她便叹了口气。不可能的。宫胤何许人也？大荒真正的王者，大权在握的第一人。今天并不是女王登基大典，如果他托大点，就算不来也没人敢说一个不字。而且她也打听过了，前任女王登基那天，据说他都没去。此刻她这个草包女王入城仪式，他想纡尊降贵，做这奴仆该做的事，只怕他的属下也不依。万万没有成全她这傀儡女王的面子，去委屈国师大人的道理。

帘子忽然微微一动，伸进来一只手。雪白，修长，指甲如贝，却无血色。

帘子外似乎有抽气的声音。

景横波却已经停了呼吸。她认得这只手，这不是蒙虎宽大的微微带着茧子的手！

她霍然抬头，一时愣住。可能吗……那手却似乎有些不耐烦，手背屈起，手指向下，点了点，一副“你怎么这么磨蹭还不滚出来”的姿态。

景横波咬着嘴唇笑了，眼底忽有晶光闪闪，随即她伸出手，轻轻搁在他的掌心。他的手掌似也微微一顿，随即温柔地，将她的手掌包裹在掌心。

景横波忽然不紧张了。她只觉得温暖，开心，畅快，兴奋得想要仰天大叫，唱他娘的情歌三百首！当然她不能唱，她只是眨眨眼睛，指尖在他掌心划着。他却似有些不耐了，手上微微用力，又是那么不解风情地将她拉出了好几步。

景横波也不生气，笑着微微低头，迈出马车，眼睛正对着他雪白的袍摆，真想就这么躺下去，狗腿地抱住他的大腿滚三滚。心情太好，她笑盈盈地抬起头来。

满场立刻寂静。此刻的静不再是先前的压抑的静，而是震惊的静，惊艳的静，目光和心神被撼动而导致的真空的静。

所有人都看着马车前那个女子。她一身黑衣，纯正的黑，腰部和领口袖口镶嵌镂空古银图腾，纯正的、带着时光沧桑气息的银，都是古老庄重的色彩。寻常人穿上顿时老去数年，却只将她的脸衬托得更加娇嫩，肤光胜雪，红唇桃嫣，一双眸子点抹桃红一点，也压不住那眸光潋滟，让人想起最美的春光雨丝风片，最明媚的霞彩涂抹长天。

而她的天生美妙姿态，纵然这样古板传统的黑袍也无法掩盖，宽大的袍摆蔓延往上，流线形束起细细的蛮腰，再往上却又是紧绷的喷薄的曲线，最巧手的大师烧制的线条最精美的瓷瓶儿，在她的线条面前都黯然失色。属于女性的美，在这一刻淋漓展现，以至于这一刹那的惊艳，唤醒了大荒女性尘封的身体意识，令贵妇阶层首次认识到，原来禁闭古板的装饰，也不能掩盖女子真正的美，原来除了容颜外，体形的精妙同样夺人眼目，由此掀起了一股身材打造和解放的高潮，当然，这是后话了。

她宽大的黑袍袖子规规矩矩地笼着，却在袖口边缘有一点点不那么规矩地露出鲜红的指甲，比大丽花还鲜艳光泽的色彩，在全身的黑银二色中非常跳脱，瞬间中和了过于肃穆的气息，显出些青春女子才有的烂漫和淡淡的挑逗，很多男人的目光落在那一抹鲜红上，半天挪不开眼。更多的人则盯住她的笑容，只觉得这女子无一不美，处处存在漫不经心的诱惑和小小心机的挑逗，但最美的还是这一霎她脸上的笑，自然、恣肆、明朗、发自内心、光彩照人，让人一眼看过去，不知怎的便知道她的愉悦，不知怎的便被她的愉悦感染，连心花都开了。

道路两边，挤挤挨挨都是人头，只有这一刻全无声息。

耶律祁紧紧地盯着景横波，目放异彩。

几位老者捋须叹息：老夫一生，见过五任女王，无人有此风采！新女王说起来容貌还酷肖前任女王，但风采华艳，姿容动人，前女王万万不及！

负责记录女王一言一行的皇史官奋笔疾书：“庚申年甲子日，晦，女帝入京，空城迎驾。帝出，容色妙绝，如熙光耀日，全城惊慑。”

人群中一堆人在打打闹闹。

“伊柒，这就是你媳妇儿？”

“对啊对啊，她还送了我一瓶指甲油做定情礼物呢。”

“我呸，就你这德行，能娶到这样的媳妇儿？这媳妇儿只有我配得上。”

“不对，我。”

“我。”

“明明是我。”

“胡说，只能是我。”

“不是我是谁？”

“别吵了，跟你们说，我最近夜观星象，开山走穴，星盘推演，摸骨相面，终于有了一个新发现……”

“啊啊，杉杉你发现了什么？”

“经过三天三夜的苦思推演……”

“什么什么？”

“我发现……”

“快说快说。”

“你们都是光棍命，女王是我的。”

“兄弟们，面对如此恶毒的挑衅和卑鄙的诅咒，你们打算怎么办？”

“司思，你这样不对，不就一个女人，何必这样和老三争呢，我们是友爱的师兄弟，吵架是不对的，我建议你打他。”

……

世人纷扰，不在人群最中心那两个人的眼底。景横波始终看着宫胤，笑得甜蜜蜜，心中也甜蜜蜜。

宫胤当然还是一身暗镶银线的白袍，袍子行动间流光溢彩，低调奢华。但奇异的是，他今天束紧的领口上的珍珠，竟然不是平常的淡金或者银色，而是黑珍珠。黑亮的，发出点幽绿光芒，神秘摄人的黑珍珠，在一色如雪的洁白里，美得鲜明震撼。景横波因此笑容更加甜美，扫了一眼自己的黑色长袍——这算情侣装吗？

眼角从人群扫过，再瞟向宫胤，她当然知道自己美，也毫不意外自己会让那些人震慑于自己的美，所以她更关心的是最该被震慑的那个有没有被震慑。看起来好像是没有。他居然还是站得笔直，毫无表情，连眼角都似乎没有扫过来，线条清晰的侧面唇线紧抿，永远的气度尊贵。

景横波却在窃笑。无动于衷？手心怎么忽然湿了？

眼前一道红毯，自宽阔城门一路向内，两侧三步一金甲卫士，钉子似的立得笔直，远处高台华丽，一大排彩色帷幕似鲜艳的贝壳，散落在广袤的洁白广场上，红毯两侧和帷幕尽头立着无数峨冠博带的官员和神情烂漫争相观看的百姓，黑压压如海潮无边无垠。

红色海洋尽头，是她即将要走的路。红毯如此新，如此鲜艳，似血。这个时候这个联想有些不吉，她摇摇头甩去，此刻心情如此明媚，这不是血光，是未来灿烂的霞光。

微微一顿之后，他牵了她的手，引她上地毯。

被女王容色震慑的人们，此刻终于再次注意到右国师的动作，惊叹再起。这一任女王有何特殊之处？好大的面子！左右国师先后出境千里迎接。六国八部百里相迎。入城时左国师率百官迎接。如今又有右国师执贱役，亲自迎女王上红毯！这是意味着国师对女王的承认和保护吗？

接着他们又吸了一口冷气。

耶律祁忽然上前一步，牵过了景横波的另一只手，也送她上了红毯！

围观者们的呼吸忽然都停了。两位国师同一步调，同时对女王示好。这这这，这又是什么节奏？

众所周知，为了朝局平衡，历来左右国师水火难容，基本上你承认的我就不承认，我原本承认你承认了我就不再承认，总之都是对着干。按照常情，宫胤给予公开认可的女王，从此就会受到耶律祁的刁难，而宫胤对此的反击和态度，直接关系他的能力评定和将来。

但现在的状况，大荒的群臣以及六国八部，已经搞不懂了。

群臣都在皱眉，今日这一场迎驾，其实性质特殊，表达的是整个大荒政体成员，对女王的不欢迎和不认同。这位女王陛下，应该可以评上史上悲剧第一。两位国师不说，群臣几乎没有乐意她登位的。耶律国师的人希望借打倒女王的机会打击宫国师的威望，宫国师的人则不满天降女王，希望宫国师执掌大统，两大派系在对女王的迎立问题上，首次达到了空前的统一，才有了这场分外隆重的迎驾大典。

然而此刻，两位国师的态度，如此不合常理，大家顿时眼底绕出无数线团。

景横波想不到这么深，她只觉得耶律祁这时候跑来是画蛇添足，打扰她和宫胤的秘密沟通，有些不快。但她也觉得这是耶律祁给她面子，是示好，伸手不打笑脸人，所以还是偏头勉强笑了笑。

宫胤的脸色还是没变，只是眉宇间忽然便冷漠了下来，似蒙一层薄薄的霜，景横波明显地感觉到他刚才还显得温润的掌心，忽然就冷了。

变温动物哦？冷好快。如果不是她抓得紧，她觉得他应该会想立刻甩开她。这家伙又犯什么别扭性子？是怪她没有甩开耶律祁的手吗？可是这时候甩开？她就算无所谓这女王，也得替他考虑下后果吧？景横波心情悻悻地迁怒耶律祁，借着高高衣领遮掩，怒瞪他一眼。

耶律祁却笑得越发魅意生花，悄声道：“陛下每次都这样瞧我，瞧得我怪心慌的。”声音不大，却足够宫胤听到。

景横波心中哀号一声。

此时已经到了红毯之上，宫胤很自然地放开手，伸手一引，微微撤后半步落在景横波身后。他那走位很巧妙，正好抢占了耶律祁的位置，耶律祁总不能绕过他走到另一边去，只能跟在他身后。

大型场合的走位也是一门学问，欲待跟上的众臣都停了脚步，眼光意味深长。耶律祁却只是一笑，很干脆地退开，并没有走上红毯，却笑道：“微臣在礼台恭迎王驾。”

众人嘘一口气。又平一回合，或者说，和以往一样，耶律国师巧妙避让。这样才对，这样才习惯，两个人同时迎接女王，才叫人不习惯。政治这种东西，要的就是平衡和稳定，不欢迎打破和颠覆。因为任何微小的变动，都会引起无数的连带反应和各种难以预料的后果。

景横波用眼角余光扫射宫胤，看不出他到底生气没有。此时也容不得她再分心和宫胤的心思猜猜猜了，护卫队放宽了限制，被女王惊艳的百姓欢呼着涌了上来，争相一睹新女王的风采，无数彩带鲜花被投掷到红毯上，漫天下一场五彩花雨。前世“屌丝”的景横波，啥时候享受过这样的待遇，立马来了精神，微笑，“哈罗！”

百姓们静一静，不明白这打招呼的新词儿，但大荒人民很有礼貌，随即便爆发出一阵热烈的回应，“哈罗！”

声浪震天，景横波险些打个踉跄。大荒人民好热情！赶紧挥手，声音更大，“哈罗！”

百姓嗷嗷叫着挥手，“哈罗！”

群臣面面相觑——女王入城，应面色肃穆，目不斜视，直奔礼台，这这这……觑完了赶紧看国师，国师没有表情！

宫胤毫无意外地看着某人卖萌。早知道会这样。她就是一蓬火，到哪哪燃。一抔深雪浇下去，稍不注意她也能冒出火苗来。不想管也不愿管，日后的日子会少很多自由，现在，何必约束她太过。随即他的眸子就眯了眯。

因为人来疯的景横波，被百姓热烈的气氛感染，快步走到红毯边缘，手指轻轻按在唇上。

百姓一静，目光灼灼，充满渴望。

无数花痴男双手捧心。“她在看我！她在看我！”

宫胤眼神一厉。这女人要做什么？不会又……

正想阻止，景横波手指已经销魂曼妙地弹了出去，向着人群，轻轻一点，“哈罗！我爱你们！”一个飞吻。

百官失声，被震得神魂俱灭。

百姓失声，瞪大眼睛，不可思议地看着那雪白的手指在空中流畅地掠过。

随即，轰的一声，人群沸腾了。比海潮还要凶猛的呼喊，瞬间几乎掀翻了整条大街。“哈罗，陛下！”声潮滚滚，覆盖全城。

这个时代的人终究不够开放，大多数人只喊出了陛下，但也有极少数浮花浪蕊花花公子，在人群中尖声大叫：“陛下，我们爱你！我们爱你！”

伊柒在人群中双手捧心热泪盈眶，“她在对我说，她只在对我说，她看的只是我！”他接受了这汹涌澎湃的爱，也接受了六位师兄弟汹涌澎湃的殴打。

景横波双眼晶亮，脸颊通红，心跳如擂鼓。她第一次感受到了群众崇拜的力量，如此激越振奋人心，令人似觉有光环加身。难怪那么多人想做明星。

百姓们也双眼晶亮，脸颊通红，心跳如擂鼓。对于百姓来说，相对于印象中沉闷拘谨的历任女王，这位新女王，无比新鲜新奇亲切动人。活泼如清泉，明艳似新桃，天生一道靓丽风景，刷亮了帝歌城一直稍显沉黯的天空，有她在的地方，连远处黏腻黑暗的沼泽，都似在汩汩歌唱。

宫胤双眼沉郁，面色雪白，眉宇如挂霜。刚才那什么动作？刚才那什么字眼？爱？爱？！

人来疯景横波被人潮的汹涌呼喊刺激得果然快发了疯，踮起脚尖，双手按在唇上，准备给热情的大荒人民一套连环霹雳十面八方全方位飞吻。

一只手及时地拉下了她的双手。

景横波不满地回头，嗔他：“干吗呀，这是礼节！”

宫胤眉头微微皱着，想说她，想叫她看看此刻群臣们的表情。然而目光落在她喷红的脸颊和晶亮的眸子上时，忽然心中一软。似乎从认识她开始，她戏谑不经，嬉笑自如，或闹或哭或笑或狂，他看过她诸多表情，却还真的从未见她如此欢喜兴奋。这个谜一样的特别女子，难道这一刻才是她的本我吗？他吸了口气，终究什么都没说，把她的手送回衣袖，顺手用掌心里的白绢将她的掌心擦了又擦。

“干吗呀，”景横波被擦得发痒，低低发笑，“我按在自己嘴上，你擦我手干什么？”

按自己嘴上，送天下万民！宫胤冷冷地看她一眼——笑，还好意思笑，他倒是想去擦路边所有人的脸，能吗？

看着她依旧坦然的神情，他缓缓地垂下眼，手指一动，一个圆润光滑的东西塞入了她的袖中。

“什么？”她想拿出来看。

“不许看。”他道，“你等会儿，如果真的没有了好办法，拿它出来。”

景横波顿了顿，仰脸看他，宫胤却避开了眼光，淡淡地看远处肃穆的群臣人群。

景横波手指摩挲着那东西，温暖光润，带着他的体温，这，想必是他手中极其重要的东西吧，这样随身带着，在最后这一刻，还是拿了出来给她。是给她的护身符吗？她气过他对自己的低看和不信任，无数次发誓要让他刮目相看，然而此刻心中只剩下温暖。“谢了。”她眉开眼笑，“我可以当作，这是你给我的定情信物吗？”

他根本不接话，顾左右而言他，“这东西给你是可惜了的，希望你最好别用上。”

“你的定情信物我怎么舍得用？”景横波冲他抛个媚眼儿，“相信姐，姐一定让你刮目相看！”

“走好你的路。”他扶正她的肩，指着前方，“前边。”

景横波此时才看见前边礼台上的宝座，心中一震，适才的兴奋淡去，她微微抬起了头颅。

百姓们也渐渐平静下来，转头注视着彩幕后的宝座，此时他们才想起今天迎驾大典上的重头戏，想到这一点，众人便心中一沉。谁都知道，要想在迎驾大典上展现出令所有人折服的才艺，几乎是不可能的事。百姓们有些惋惜，想到难得看见这么一位亲切可人的女王，眼看就要失去了。让这样一个美人自尽或者被放逐，多么残忍。

宫胤负手看着景横波的背影，淡淡地对蒙虎道：“准备好了没？”

“是。”蒙虎神情却有些犹疑，“您真的要……”

“让龙骑接应，亢龙断后。”宫胤好像没听见他的话，“一发现有异动，不必再请示我，立即发动。”

“是。”

“还有，”宫胤盯着那华彩丽饰的仪礼高台，缓缓地道：“高台什么时候搭建的？”

“据说是五日之前就已经准备。”

“谁主建。”

“大贤者。他清正廉洁，两边不靠，最可放心。”

“嗯。”宫胤微微沉默，眼光却没有移开，“去好好查看。”

“……是。”

黑色的裙摆在红色的地毯上缓缓移动，烈日下光影凝重。景横波艰难地走着。整整两排的礼司官员走在她的身侧，看她顶着厚重的礼服步履维艰不仅不帮，还袖着袖子，不断严厉地指正着她的行为：“陛下，腰要挺直，不能佝偻，太无王者风范！”“陛下，走路不能太快，一刻钟五十步为宜……您走太快了！站住！停一停！……现在又太慢了，您必须快点！”“行步要款款，裙角不能动！靴子不能露出裙角！”“必须走直线，您走歪了！退回去！这里是皇城中心线，您的直线行走预示我大荒风调雨顺，皇权如一。走歪有不祥之兆！退回去，必须重新走！”

景横波站定，侧头，对身边那个脸色严厉的礼司官员怒目而视。那官员毫不畏惧地迎着她的目光。礼司官员掌管朝廷及王室的所有礼仪事务，也负有监督王室礼仪的任务。他们有权对女王的任何不当行为进行纠正，女王不得有任何违背。以往那些年，不是没有女王受不了沉重繁缛的规矩，试图反抗，有些脸色比现在这个更难看，可结果如何？强大的监督机器和已经稳定的仪典威压，迟早会让这些不知天高地厚的女子屈服。这个自然也不例外。

景横波只觉得浑身的汗，已经足可洗澡。路途不短，裙子太重，一开始的兴奋劲儿没了，身上的负重就似高山般沉沉压着，每一步都是拖累，高天上的太阳火辣辣地刺下来，将豆大的汗珠一滴滴地逼出她雪白的额头。

人群中一些老人看着这一幕，已经露出悲悯的眼光，他们隐约想起当年，似乎也有一个年轻的女王承受过这样的盛典，在人群的中央兴奋得小脸发红，可惜她体质孱弱，没走到礼台之下就力尽晕倒，被救治了继续进行仪礼，但精神恹恹地怎么能做好接下来的事？果然没通过考验，随即就被放逐。当日的煊赫荣华，终成短暂一梦。没有人知道，高冠厚服，三里红毯，午时仪礼，巍巍压力，本就是对女王考验中最为阴险的一环。

景横波抹一把额头的汗，看看似乎越走越远的高台，她并没有旁观者想象的那么艰难。因为宫胤给她的那个东西，竟然一直在幽幽散发寒气，护住了她的心脉，身上虽然汗透重衣，十分难受，身体却没有丝毫中暑的迹象。只是这样汗透重衣也很狼狈。景横波知道群臣的用意，一个气喘吁吁花了妆容的女王，是很难雍容华贵地展示出让人折服的风范的。就如眼前，一个微末小官，也敢命令她退回重来。她冷哼一声，看也不看那礼司官员，忽然站定。

所有人的目光投过来。那官员脸色难看，厉声催促，“陛下，休要无礼，快点重来……”

“朕是女王，大荒之主。”景横波高声道，“为何要亲自走过这么长的一段路？抬轿来！”

“陛下！”一位高冠老者立即道，“先太祖皇帝《仪典》定下的任何规矩，都是后世百年必须遵行的圭臬。我等代代入朝为官，都曾在九鹤门下发过毒誓，誓死捍卫国朝仪典。有犯者，天惩之，雷殛之！”

景横波眨眨眼，问身边一个执戈护卫，“喂，这老头在说啥？”

“陛下，礼相的意思是，规矩里这段路必须走过，违背规矩者天打雷劈。”

“就知道吓唬人。”景横波撇一撇嘴，“不给轿我就没办法了吗？”

“朕是皇帝，天命之主！”她庄严地道，“你不给轿，我便召唤天上彩凤，驮我上台！”

哗的一声，百姓沸腾了。

“啊？”百官愕然抬头。

耶律祁忽然咳嗽。宫胤唇角露出淡淡的笑容。

“啊？”正想呵斥她的礼司官员们，原本肃穆的脸都皱成一团。随即有人开始冷笑，“陛下！大庭广众之下信口雌黄，您必须自省……”

“看！”景横波高举手臂，对天一指，“翩翩彩凤，载我上天！”

隐约嘎的一声，似乎是鸟叫，所有人齐齐抬头。天上啥都没有，鸟毛都不见一根。众人一呆——女王当众撒谎？装神弄鬼，欺骗臣民？这比通不过考验还糟！

众人失望地把眼光落下来，正准备恨恨地盯红毯上的女王一眼，忽然有人惊呼：“陛下不见了！”

随即更多的人惊叫起来。“不见了！陛下真的不见了！”“陛下真的乘彩凤上天了！”“刚才那一声，是不是就是凤凰叫？好特别！”

凤二狗子腆着肚子，嘎嘎地低笑两声，霏霏背着它，从人群腿缝里灵巧地穿过。

百官们震惊地盯着那空空的红毯，一遍遍地揉眼睛。怎么可能？众目睽睽之下，一个大活人，真的说不见就不见了？乘凤而走？荒谬！凤在哪里？可人又在哪里？

人在台上。一阵清脆的呼喊声，从遥远的高台上传来，“哎！我在这里！”

众人唰地回头，眼珠子都骨碌碌地凸了出来，再骨碌碌地滚了回去。

高台上，景横波气定神闲地站着，正款款伸出手，做出一个“放飞”的姿势，对空气中根本就不存在的某“凤凰”深情地道：“谢谢你送我这一路，回去告诉王母我一切都好。有机会经常来玩，有人欺负我了我会告诉你们的。”她手指一扬，将“凤凰”放飞。重要角色凤二狗子在高台下的角落及时发出了一声“嘎——”

众人直愣愣盯着天空——据说那里有凤凰。不过只闻其声不见其鸟。好像那声也太难听了些……盯久了，空中那一缕缕的云，看起来确实挺像凤凰啊……

“别看了。”景横波在台上悲悯地道，“尔等凡人，是看不到神鸟的。能给你们听一声它的声音，算你们的福气。”

众人凛然。一静之后，百姓又发出海啸般的欢呼声——这次的女王不同凡响！这次的女王身有神异！上天护佑！神鸟相送！天佑大荒，天降神女！众人脑补着美艳的女王陛下，冠冕辉煌，驭五彩飞凤而来，飘飘光降大荒沼泽，指尖点处，黑土翻开，嫩芽出土，开枝散叶，繁花葳蕤，大荒从此富饶千里，尽成乐土。欢呼在这样美好的脑补中越发激烈，一浪一浪似潮，将要翻了这平静的帝歌城，彩幕被声浪和手臂推挤得猎猎飘动，无数的人头在彩幕前挤来挤去，似海浪将要冲上霓虹。

相比于百姓的激动，百官和六国八部观礼的首领们显得态度慎重，礼司官员脸色难看，其余人大多数脸色肃穆。有人默默不语，在计算着那么短的时间内，使用轻功忽然出现在高台上的可能性，但计算来计算去，都是一个不可能的结果。不过一眨眼，跨越将近数十丈，忽然出现在高台上，这超越了武学的范畴。只有传说里大荒武学神异之门“天境”的缩地术有可能。但如果真的是缩地术，那也差不多可以说通神了。

无论如何不可置信，女王这一手众目睽睽毫无作假，“神异”二字板上钉钉。很多人牙疼般地吸一口气——大荒气候多变，地理形势复杂，异兽奇术数不胜数，因此，也是神话传说最流行的一个国度。百姓很乐意将一切难以解释的事情解释为神的旨意，并顶礼膜拜深信不疑。如今女王当众来了这一手，给万千百姓展示了一场想象美妙的神异，可以想见，明日之后的帝歌，对新女王的拥护，将会达到一个新的高度。

景横波打量着底下众臣的表情，只觉心情舒畅。她瞟了一眼耶律祁，这知道真相的家伙似乎没有拆穿她的意思，在一旁笑得诡秘。她也笑一笑，管他呢，她的重头戏，还没开始呢。她昂起头，一转身，在那搭着红缎锦褥、镶金嵌玉的正中座位上，坐下了。

第二十六章　女王的魅力

彩幕拉了下来，将百姓的欢呼隔绝在外，光线骤暗，台下人影幢幢，个个肃穆如石翁仲。景横波有种被关黑屋子的感觉。所谓的迎驾大典，就是在这样被四面遮挡、无数人围绕的环境下进行的吗？确实很容易给人心理压力，在这种环境下，能发挥好才艺才怪。

“大荒诸臣，见过女王转世身。”礼相一声高呼，一大排官员鱼贯上台，分成两列，对景横波躬身。

景横波托着下巴，心想为什么不叫陛下而叫女王转世身？言下之意，就是还没正式承认女王咯？再一看底下人的表情，平静庄重中，很多人流露出掩饰不住的轻蔑和随意。

高台之下另有两椅，一左一右，一黑一白。少顷，宫胤和耶律祁先后掀帘进来坐下。众人又对二人行礼，依旧是先参拜宫胤。看来大荒，竟然是以右为尊。

宫胤只摆了摆手，耶律祁笑着点点头。两人目光在空中交会，耶律祁眨了眨眼，宫胤漠然转过眼，也不避讳耶律祁的注视，转向台上的景横波。高椅上的女子看来很是从容。他唇角微微勾起——就知道她胆大包天，外表随意内心睥睨。

“陛下。”礼相按照惯例，开始了仪程。这回倒称呼了陛下，只是那语调还是有些讥诮。“天女重生，乃我大荒之幸。六国八部远迎百里，大荒臣民更设十里红毯，黄土垫道，净水泼街，三步一案，十步焚香，但求同沐王驾荣光……”

他手持笏板，文绉绉说了一大通，景横波一个字也没听懂，只觉得好累，腰上沉甸甸的，裙子似乎又要掉了。她忽然站起身。礼相住口，目瞪口呆地望着她。按照大荒规矩，在女王回应众臣之前，是不能有任何动作的。

“啊，我没事，你说你的，不妨碍。”景横波刚翘起屁股，就看见底下一堆张口结舌的表情，还以为人家想上来帮忙，赶紧摆摆手，“继续，你继续。”

“呃……”礼相已经忘了词了。

景横波低头专心搞她的，先把裙子腰部往上拎拎。所有人看着她的细腰……

再伸个懒腰。所有人看着她紧致傲人的线条……

坐下，调整了个舒服的可以长久忍耐的坐姿，叠起了二郎腿。所有人看着她交叠的腿……

叠起二郎腿之后嫌裙子太重，左抓一把，右抓一把，将裙子叠放在腿上，这样，不可避免地露出了一截小腿。所有人眼珠子乱转，忙着看雪白纤细的小腿，看完了忽觉不对，齐刷刷掉头看主管礼仪、有权随时纠正女王任何不当行为的礼相大人。

礼相已经想不起来下面该做什么了，也不知道到底该阻止女王什么了——她一下子违反了太多条规定，不当行为太多了……

“咦，你们怎么不说了？说呀。”景横波把自己捯饬舒服了，坐定，才发觉气氛不对劲，愕然抬头，眼珠子瞪得圆圆的，一脸“你们怎么这么磨蹭姑娘我都等急了”的表情。

礼相略心塞，是先矫正女王的不当行为好呢，还是继续好呢？

景横波跷着二郎腿，小腿一荡一荡地踢着自己的裙摆，笑吟吟地道，“直入主题吧，好热的。”

众人眼珠子随着那雪白的小腿直晃悠……

“咳咳。”礼相咳嗽，用眼神示意，“陛下，您这……”

“啊，这个啊？”景横波顺着他的眼神，看见了自己的裙摆，忽然眉毛一竖，怒声道：“朕的腿，你瞧什么瞧？眼神色眯眯的！老不修！”

噗的一声，年高德劭的礼相，喷出一口血……

可怜的老礼相被迅速抬了下去，其余人迅速收回眼光，看天。

“陛下！”一个年轻的礼司官员不服气，出列抗议道：“您太过分了！怎可以如此不尊重朝中重臣！是您违反仪典在先，礼相据理指出，为您矫正不当行为，堂皇光明，为何要遭此侮辱……”

这人正是先前让景横波退回重走的那个，景横波决定就拿他开刀了。“规矩只定给我一个人？”景横波柳眉倒竖，“我不可以违反规矩，你们就可以了？规矩不允许我做这个做那个，允许你们乱看女王？哪条规矩写了可以？拿出来翻给姐看！只要有，姐给你磕头赔罪！”

“我们没有乱看……”年轻官员弱弱地抗议。

景横波不说话，忽然道："好痒……"把裙子哗啦又往上一捋，直到膝盖处。

满地的眼珠子又乱滚了。

"陛下！"官员愤然，"不可随意露出肌肤！"

"我露出哪里的肌肤了？"

"腿……"官员话说到一半，惊觉上当，猛然呛住，一阵猛咳。

"啊哈，你没看！你没乱看！"景横波嘎嘎一笑，"你没看怎么知道朕露出了腿？朕露出了腿你们难道不该立即退下回避？还有脸站在这里左一眼右一眼地没完没了占便宜吃豆腐？又是哪条规矩允许你们随便吃朕的豆腐？你们身为礼司官员，应该带头坚决执行各种规矩，你们自己都不要脸乱看朕坏了规矩，有什么脸站在群臣前面要朕自省？啊呸，赶紧买块镜子照照再顺便一头撞死，一群内分泌失调的道德犯伪公知！"

"呃……"群臣一阵昏乱，怎么说着说着，就上升到轻薄陛下的重罪上去了？

礼司的人更糊涂。以前他们都是梗着脖子教训女王，让女王守规矩，这日子久了，也就忘记了自己应该遵守的规矩。他们努力地在脑中搜索仪典，想要寻出反驳女王的规条，可是到底是应该臣子先遵守规矩呢还是该让女王先遵守规矩？大荒律令有一条"臣下不允许对皇族有任何亵渎之事"，看女王肌肤当然算一条，可是如果不能看女王之类的行为，以后她要裸奔怎么办……

"你们这些道貌岸然的伪君子！"景横波继续教训，"就该学学右国师，他从来不乱看我！"他都是直接摸的，哼。

正在喝茶的宫胤险些一口岔气把茶叶吞下去……

砰！搜索枯肠始终没能找到可以反驳景横波的条例的年轻官员，被活活气晕了。

扳回一局得意扬扬的景横波把手背到背后，对宫胤摆了个胜利手势。

宫胤端坐不动，唇角掠起一抹无奈的弧度。

景横波把裙子抓抓，重新放好，昂起下巴。她就是故意的，怎样？红毯上的经历，是给她的下马威，又何尝不是她自己想要挑战的第一关？早知道大荒规矩大，女王就像死了丈夫的小寡妇，她要么不做这女王，要做，就绝不忍气吞声，被那些不讲理的重重教条给捆住。今天只是第一步而已，先解决了对仪礼要求最高的那几个，省得他们在大典上不断刁难。之后，有种翻遍典书再来，姐都接着！

高台上静了静，本来礼司官员还要宣讲一大堆大荒历史和历代英主的事迹，此刻连倒了两位，也没人有心思长篇大论了。一个脸容高古的高冠老者忽然出列，微微躬身，"陛下得上天眷命，统御万方。臣等愿求陛下展示神迹，令我大荒臣民，同浴德辉。"

众人见那老人出来，都露出崇敬之色，纷纷道："大贤者亲自出面考校，必然精彩。"

所谓贤者，是大荒的一种荣誉头衔，一般都由执掌大权多年、才华卓著、为官清廉、民间口碑极好的休致高官担任。这些人地位清贵，影响力和威望非凡，相当于现今的名誉主席之流。

景横波听着这文绉绉的一句，连蒙带猜，大概是要她展示能力，验证"是否具有做女王的德行才具”了。只是这样关在黑屋子里的考试，真的能有公平的结局吗？一群不喜欢她的人，无论她怎么做都判负分，她还有好结局吗？“既然是考试，这么遮遮掩掩干吗？”她勾了勾手指，“不怕作弊吗？”

“陛下的意思是……”大贤者常方脸一僵。

“要考，就公开考！要看，就大家一起看！”景横波忽然衣袖一挥，大声道：“开！”唰的一声响，正对着她的一道彩幕哗啦啦从架子上滑了下来，透进一缕明艳的阳光。

挤在外面、对着彩幕等待的百姓的叫喊声，几乎立刻就潮水般涌进来。

“我的子民们！”景横波伸手对底下黑压压的人群一扬，“朕不仅是王朝的女王，六国八部的女王，更是你们的女王！朕要对王朝负责，对官员负责，更要对数万万大荒百姓负责！拉下这些见鬼的幕布，朕允许你们旁观这一场考验！我配不配做女王，你们——”她一指人群，“说了算！”

百姓们轰然一声，如被雷霆击中——大荒建国数百年，民众自觉居于被统治阶层，习惯了忍受各种不平等，从未有人正视过他们，从未有人听取过他们的意见，从未有人将“民为重社稷为轻”之类的思想，灌输于他们心中。隔绝民众的不仅是一道幕布，更是数百年来不可动摇的阶层藩篱。然而，今日的新女王，一言一行充满自由光辉和人性魅力，如一道新鲜的风，忽然就卷过了大荒百姓的心头，将陈规陋俗卷去，换一场渴望自主新思潮。

“拉下它们！陛下说拉下它们！”几乎立刻，无数的百姓就跳了起来，越过拦阻的护卫，拉下了那些垂挂在高处的彩幕。

人群里伊柒一帮干得最卖力——他们在高处游走，脚尖一踢，一道丈宽的彩幕便无声滑落。

“我媳妇说要收帐子。”伊柒和拦阻的护卫认真地说。

“打雷下雨收衣服咯！”高手们欢快地喊，“谁收得快谁娶她！”

……

绕台一周的彩幕全部落下，阳光烂漫地铺洒开来，隔绝于百姓和贵族之间那一道无形的墙，首次被从容摧毁。

群臣的脸色很精彩——景横波动作太快，根本没给大家反对的时间，她露的那一手隔空下彩幕，也镇住了众人，很多人开始思考，女王会高深的武功？

景横波笑吟吟地瞧着，其实眼角一直瞄着宫胤和耶律祁。她发现宫胤并不太在意她的举动，目光反而时不时从四周卫队人群中掠过，而耶律祁一直紧盯着宫胤，对宫胤的兴趣好像比对她还大。

蒙虎无声地走到宫胤身边，宫胤眼角斜斜地飞过去，蒙虎几不可察地微微点头。一切就绪，随时应变。

耶律祁轻轻弹了弹指，他身边一个打瞌睡的护卫有意无意地凑过头去，似乎在打哈欠，却将嘴凑到了他耳边。

“大人，”护卫悄声道，“下头报上来了，宫胤确实有异动，他调动了龙骑和亢龙，蛛网谋子今天也倾巢出动。”

耶律祁眼底掠过一丝笑意，似在意料之中，又似微微惊讶。“想不到他真的……”他微喟，却忽然转了话题，“既然他想干些惊天动地的事，咱们就盯紧些，等着抓他把柄就成。”

“是。”

“还有……”耶律祁眼风在人群中掠过，那里有一道阴冷仇恨的目光一直跟随着他，那是斩羽部的首领、战绝的父亲战辛。

“老而不死是为贼也……”他咕哝道，和战辛目光相撞，在对方恨毒的眼神逼视下，展开无辜而和善的笑容。“赶紧瞪，再不瞪就没机会啦……”

懒洋洋打瞌睡的护卫脖子一缩，似乎又去睡觉了，但不过一会儿，他那不起眼趴着的身影，便从耶律祁身边消失……

台下风波暗涌，台上咄咄逼人。

景横波不容商量地撤掉彩幕，令众臣措手不及，隐隐感觉到新女王不按常理出牌的霸道。随即众臣也便觉得，这样做也有这样做的好处，人多压力大，人多情形下她的失败会更耻辱，更加不可挽回。

大贤者跪坐在景横波对面，开始了毫不客气的发问：“请问陛下有何才艺展示？”

景横波托腮：“你们觉得什么是才艺？”

贤者沉吟一下，道：“陛下可会武技？强大的武力，会让臣民觉得可以得到庇佑。”

“不会！一个女人打打杀杀很好看吗？练武会损伤我娇嫩的皮肤的！”

“陛下可会诗词？出众的才学，可以指引臣民前行方向。”

“no zuo no die。我觉得这句诗非常好，传达了人生至理，尤其是你们听了，就不会再作死了。”

“……陛下言语深奥，请明示。”

“超越时代千百年的智慧啊，你注定不得回响。”景横波感叹，“算了，说人话，不会！下一题！”

“陛下可擅策论？精通时政的君主，可以给予国家最明晰的治国方略。”

“策论是什么东西？我倒是有一篇精彩的《色论》，将天下美男分为四大类十六小类，非常详细地列数了各系美男所具有的特色，并从星座、生肖等角度进行了完美的分析……算了你这样看我干吗？不会！下一题！”

“陛下可懂兵法？强大的军事力量是一个国家的立国之本。”

“三十六计走为上计算不算？”

……

台下的官员们露出不出所料的讽刺笑意。果然是个草包。

更远处百姓们一直屏息聆听，态度虔诚。这在他们看来是首次以百姓身份参与可以决定王权的大事，自有无上的神圣感。此刻这安静的人群也微微起了骚动。一连串的不懂不会，一连串的胡言乱语，最初因为新女王特立独行产生的激动渐渐平复，百姓们开始神情严肃。毕竟，新鲜只是一时，一个才华卓著的君主才更符合百姓的期待。

百姓们的失望也被众官员看在眼底，不由笑意更盛——这才叫新女王自己作死呢！本来关在黑幕之内考核，通不通过他们还可以看看心情，反正是一个傀儡女王，她若肯做一些重大让步，也不是不能让她登基。可是她非要把事情亮在光天化日之下，没有真才实干却妄想得到百姓的支持，做梦！

也有人兴奋依旧，信心满满。“我媳妇就是特别！什么都不会！”伊柒说。

台上询问的大贤者脸色越来越黑，眉头越来越紧，语气越来越无奈失望。贤者心底无私，并不属于任何派系，倒是少数真心希望女王才能出众的官员之一。“那么陛下可会女红刺绣？这可是女子本分！”

“看我这手指，你舍得被针扎？”景横波晒出洁白十指，啧啧爱怜。

“陛下可会厨艺？可会打理家务？好歹你嫁人也能履行人妻职责。”

“女人如我一般精致，就该十指不沾阳春水！我的目标是找个会烧饭的男人。”景横波悲愤，“你们舍得用厨房的烟气熏我！”

宫胤瞟她一眼——回头一定押她进厨房，还有，会烧饭的贵族统统杀掉。

耶律祁抚了抚下巴，有点忧愁地对身边的护卫道：“我有不祥的预感。”

“啊？”

“她一定会死乞白赖地要嫁我。”

“啊？”

“因为我会烧菜啊……”耶律祁感叹，“纵观大荒朝廷上下，会烧菜的绝世男子，就我一个啊！”

人群里伊柒抓了抓头发，“老四，听说你那有本宫廷菜谱？回头借我。”

……

“陛下可会歌舞？”问完了所有能问的才艺，大贤者脸色阴沉，搜索枯肠，问出了最后一个根本不以为然的才艺，“当然，任何摆弄肢体的舞蹈都不允许女王展示，女王只能展示庄重肃穆的神赐之舞。曾经第三十八代女王擅长祭祀舞，当时的国师有幸目睹她庄重而又优美的舞姿，为此作诗以纪，算是流传百年的一段佳话。”

佳话？在臣下面前献舞，臣子还可以写意淫，怎么充满青楼段子的既视感？这是女王还是妓女？“钢管舞算不算？广场舞算不算？草裙舞算不算？……”景横波看看对方越来越黑的脸，摆摆手，“算了，不会，下一题！”

底下百姓失望之色更浓，有人开始默默地离开。

“回陛下。”大贤者脸上露出浓浓的讥诮之色，“所有女王应有的才能，以及女子应会的基本才艺，微臣都问过您了。再难的移山搬海、行云布雨、一日千里、挥手雷霆之类的神异之能，想来您也是不会的，倒也不用问了。”

“你说的后面几种好像我是会的……”景横波叹气咕哝。

没人理她。

大贤者冷哼一声，轻蔑地看了景横波一眼，恨恨地拂袖转身，先对百官摇摇头，随即对面露失望之色的百姓们道："诸位，可以散了。接下来对女王的处置，你们无权参与。"

百姓们发出嘈杂的叹息声，却依旧盘桓不肯离去。

景横波眨眨眼睛，咦，这就谈处置啦？太没耐心了吧？

"我觉得。"一位坐在台下上首右侧的老者，缓缓地站起身来道："女王无能，为众目所睹，无须再议。按例，转世女王身应继承前任女王部分才能，但新女王明显没有继承。老夫认为，此女不是女王转世身，建议放逐黑水之泽。"

台下哗然一片，大多数人神情恐惧。

景横波眯眯眼睛——那是什么地方？听起来很恐怖。她盯着那老者，总觉得他脸熟，却又想不起来在哪见过。

老者对面，一个气度雍容的中年妇人微笑着道："轩辕大人慈悲。按说此女假冒女王转世身，欺骗臣民，应当立即处死才对。"

景横波眼睛眨了眨，坏了，她是不是内存出问题了？怎么看这个女的，也觉得面熟呢？

"放逐黑水之泽，大抵也相当于处死了。不过在此之前，也请右国师大人对于此事，给诸臣一个交代。"老者矛头一转，指向宫胤。话说得客气，意思却很明显。女王无能，不被承认为转世身，那就是假冒产品，将假冒产品千里迢迢带来，还劳师动众，影响大荒全国上下远迎的右国师宫胤，自然难辞其咎。

台上下渐渐安静下来，众人脸色凝重。谁都知道，六国八部目前因为有质子在帝歌，虽然心中各有不满，对宫胤表面上都是服从的。而朝中，拥护宫胤和拥护耶律祁的臣子各成一派。少壮派、草根派多半是宫胤的忠诚下属，而老牌世家、世袭贵族，则自然选择同样出身百年世家的左国师耶律祁。

老者和妇人，一个出自家族中曾经出过七位副相的轩辕氏，老牌官宦世家代表，一个是专门的大祭司家族，历代长女都担任皇宫总祭祀，地位仅次于左右国师的桑家家主。宫胤掌权后，撤换副相，架空祭祀，两大家族现在都已经公然发话，愿意追随左国师耶律祁。女王迎驾大典上，两家当先发难。

面对发难，宫胤居然还是面无表情，从容地喝完了手中的茶，轻轻放下茶杯。他搁下茶杯时，原本闹哄哄的广场，忽然静得落针可闻。宫胤的回答，果然还是他一向的风格，简单到近乎霸道。"女王是真。"他道。

"为何才能全无？"中年美妇立即追问。

"不为竖子展示耳。"宫胤看也不看她一眼。

一群人气得面色铁青。中年美妇倒不动怒，嫣然一笑，"是，国师言之有理，国师既然觉得女王是不屑对我等小人展示她的满腹才华，那么接下来国师是不是要说，请女王回宫，等她心情好了，想展示再展示？这个心情好，也许是十年，也许是百年？"

她语气讽刺，宫胤眼都不眨。"如此甚好。"他道。

“国师是在公然偏袒咯？”对方步步紧逼。

宫胤看她一眼，“那你是在公然挑衅？”

毫无危机自觉、一边看戏的景横波险些拍案叫好！国师“酷炫狂霸拽”！

桑家家主被堵得口气一噎，想要说是，不敢，无数人阴冷的目光已经逼了过来，想要说不是，不甘，脸色一时憋得铁青。

一声咳嗽，耶律祁终于开口了。“轩辕大人，桑女司。”他道，“宫国师所言似乎也有道理。女王不能展示才能，也许是因为昨晚没睡好？”

他说到“睡”字，对景横波眨眨眼。景横波回以鄙视的目光。

众人都有些诧异，不明白耶律祁怎么就帮宫胤说话了。

“或者是慑于宫国师的威风煞气？”耶律祁笑道，“所以，本座建议，女王放逐黑水之泽的处罚，可暂缓进行。但既然女王暂时身份存疑，自然不能继位，可暂住偏宫，由桑女司和轩辕大人共同负责照管女王起居。女王未明身份之前，不得再接见臣民，如何？”他半转身，又对宫胤充满歉意地笑道：“本来应该由宫国师指派专人照顾女王的。但是因为女王身份还存疑，你毕竟是此事经手者，这个……在女王得到承认之前，似乎不太方便再由你管辖女王事务……”

轩辕镜和桑侗都笑了。不放逐，却软禁，交到他们手里，就等于控制了女王。很少有人知道，桑家擅长控人心神之术，可以很容易地让新女王承认她是假冒，承认宫胤故意作假，甚至承认宫胤与别国勾结都有可能。

这个提议，也不会得到宫胤派系群臣的反感，毕竟他们也不欢迎女王。杀了或者放逐女王，会伤了宫胤的面子，软禁听起来可以接受。宫胤如果还毫无道理地坚持护着女王，就会让人怀疑他的动机，怀疑他另有所想。毕竟，那些对宫胤效忠的人，一部分是因为被他拿住把柄，一部分是慑于他强大的武力，更多的是寄希望于他的权力和未来，他们希望能够跟随宫胤，创立伟业，成为从龙重臣，再上层楼。多少人等着宫胤给女王迎头一击，他的袒护必将令人疑惑寒心。

“移居偏宫，可。”宫胤点一点头，不等轩辕镜和桑侗露出喜色，立即道：“玉照、亢龙！”

“在！”不知何时台下已经站满身穿软甲的玉照和亢龙军，轰然相应。

“立即护送女王陛下前往云台偏宫。”宫胤语速很快，语气不容置疑。轩辕镜和桑侗还没反应过来，傻在那里。

“是！”两军士兵快步冲前。

“慢着！”耶律祁立即一拦，“请由我部护送陛下前往！”

“无须！”宫胤看也不看他。

“燕杀军！”耶律祁也是个决断性子，毫不犹豫地大呼。

紧靠高台最前面的一批“百姓”，忽然脱了外衫，将衣裳往地上一甩，也冲上台来。这些人半身皮甲，赤裸劲健双臂，多半身躯高伟，高鼻深目，不同于大荒本地人种相貌，行动间气势彪悍。

“燕杀军！”百姓们惊呼，纷纷后退，眼神中充满厌恶。

官员贵族们交换一个意味深长的眼神。

燕杀军是耶律家族名下的最强军，人数不多，却以彪悍善战闻名。燕杀军中子弟，据说都来自号称神谴之地的神秘异族，和也有异族血统的耶律家族有千丝万缕的联系。在大荒传说里，那里出来的人天生残忍嗜杀，恶魔转世，污秽不洁，所以历来受民众排斥。

这支军队有自己独有的语言文字、独特的通讯方式，只忠于耶律家族，不受任何势力影响。正因为这支军队的存在，独掌大权的宫胤才没能将耶律家族在短期内蚕食打压。

勉强维持着平衡的左右国师，却在迎驾的第一天，就各自调动最强军队，真刀明枪地干上了！

“陛下既然交由桑家照顾，请由燕杀军护送前往偏宫！”桑侗大呼。

谁都知道，谁护送之后的偏宫护卫自然由谁负责，一旦玉照、亢龙掌握了宫禁守卫，桑家想做什么几乎不可能。桑侗本来欢喜宫胤竟然一口就答应了耶律祁的请求，没想到宫胤釜底抽薪，这一手着实厉害。如果不是耶律祁反应快，玉照、亢龙一上，他们的如意算盘就白打了。

“你照顾，我护送。”宫胤冷然道，“云台重地，岂能容蛮夷亵渎！”

耶律祁脸色忽然很难看。燕杀军血统不明，一直是耶律家族不能提的忌讳。宫胤这是当面扇耳光。“玉照、亢龙他人走狗，又怎能玷污皇家玉阶！”他扬眉笑，高声招呼燕杀军，“来，让高贵的玉照军看看，他们的血是不是比蛮夷更红些！”

轰然一声，百姓后退，官员散开，六国八部在京观礼首领急急退出座位。两军竟然要在这礼台之上见红！大荒立国数百年，未有此戾气！

燕杀士兵仰天长啸，膀子一甩，干脆连半身皮甲都扔了，赤裸油亮的褐色胸膛，直直迎上玉照军手中的刀尖。

玉照算皇家军队，骨子里傲气天下第一，都觉尊严被挑衅，怒目以视，铿然拔剑！亢龙更是凶狠悍烈的实战军队，毫不退让，大刀已经抡起，日光反射下，雪亮的刀光纵横交织，罩方圆三丈一片凌厉白。

人们纷纷退避，不敢靠近丝毫，怕混战一起被乱飞的刀气所伤。

忽一声微带慵懒却又奇异干脆的女声，惊破这一刻凛然杀气。“停！”

众人一惊，抬头相望。女王！她竟然在这要命时候，跳了出来。是真的跳了出来。

景横波有点费力地扒开一个试图挡住她的护卫，从人群中挤了出来。

众人震惊地看着她，怎么也没想到这么一个弱女子敢在此刻叫停。

此时台上到处刀剑。此时气氛杀气浓烈，令人不敢靠近。此时燕杀军因为被打扰，都恶狠狠地转头看她，眼珠发红，狞恶仇视，让人觉得下一瞬他们的刀就会砍出去。

景横波却好像都没看见。“喂喂喂，让让啊，”她拍拍身边护卫的肩，歪歪扭扭地避开到处竖着的刀剑，摇摇摆摆地走出来，一边走一边笑嘻嘻地左右张望，“哇，玉照最帅了！

哇，亢龙的刀有血槽！哇，燕杀！”她用力地拍了拍一个燕杀士兵健美的胸膛，“好肌肉！好漂亮！你要去参加健美先生比赛，一定第一名！”

魔爪探索，目光灼灼，隐约似有口水滴答……

宫胤脸黑了。耶律祁脸绿了。伊柒想吐血了。

朝中官员，六国八部，给震得忘记谈规矩了。这位是真无畏，还是傻大姐？

景横波笑吟吟地一路穿过刀剑之墙，轻轻拨开一个人的剑，“帅哥，剑收好，往前乱插会伤到我哦。”

那刚才还杀气腾腾的玉照士兵，望见她明媚的眼波，忽然便红了脸，赶紧将剑收起。

景横波一个曼妙转身，雪白的手指托起亢龙士兵的刀。“啧啧，真是好刀，一看就染过血！壮士！”她双手捧心，眼光纯挚，“你一定是参加过很多战役的大英雄！有机会给我讲讲你们的战争故事好不好？”

粗豪的亢龙军汉子给她崇拜的神情看得手足无措，讷讷着收回刀，自己都不知道自己说了什么，心底却涌起秘密的欢喜。

景横波裙摆一转，手中已经多了一方雪白的手帕。她素手纤纤，将手帕轻轻按上站在最前面的燕杀士兵胸口被刀剑顶出的血痕。“战士的伤口，只应该在和敌人厮杀的战场上出现。”她面带微笑，慢慢擦拭那伤口，语气却收了刚才的随意，“不该在和平时代，由自己的战友造成，更不该因为我而出现。”

高大凶蛮的燕杀士兵，用一双发红的眼珠子，僵硬地看着她，看上去并没有像玉照和亢龙士兵一样，因她的笑语嫣然而软化。他手中拳头大的锤子毫不动摇，只要向下一落，就可以将景横波的天灵盖轰出一个洞。

台上台下气氛顿时紧张。

轩辕镜和桑侗之流，欢喜中有不安，女王死在玉照、亢龙手上最好，死在蛮不讲理的燕杀军手中，总归是个麻烦。

宫胤已经站了起来，一直淡定从容的神情终于有了微微变化，却不敢发声阻扰。燕杀军出了名的桀骜难驯，根本不会理会敌对方的呵斥，甚至可能因情绪激化而动手。他绷紧了身子，牢牢盯住台上，此刻也顾不得怨怪她的大胆，只想万一出事立刻抢她出来。

耶律祁嘶嘶地吸着气，似乎牙痛——进入战斗状态的燕杀军，连他也没有办法。“这女人……”他咕哝，“这女人！”

气氛紧绷如弦，景横波却平静如一波温柔的浪。她好像没看见那士兵的僵硬和杀气，拿开手帕，忽然低下头，靠近了对方充满血气和汗水的胸膛。

燕杀士兵浑身一颤，握锤的手攥紧。

四面有惊呼。

惊呼声里，景横波轻轻吹了吹伤口，再抬头笑容纯真如婴儿，“给你吹吹，不痛了哦？”

万众无声。

人们看着那高大却还年轻的燕杀士兵忽然一寸寸软了身躯，放开了握紧武器的手，黑红色满是细碎伤疤的脸上，出现一丝茫然的神情。

他俯下视线，和他相比显得无比娇小的女子的笑容，撞进他的眼帘。明媚，娇艳，纯澈，亲善，毫无杂质。似秋日里最清澈的碧水，最高朗的天空。美，更重要的是，在那双眸子里，没有任何他所熟悉的畏惧、厌弃、逃避和轻鄙。

他是燕杀士兵。是大荒传说之军，出自罪恶之地，为上天所弃之民，天生神力天生武勇却不为世人所容，在所有人眼里，他们是强大的武器，是悍勇的部属，是嗜杀的野兽，却不是和他们平等的人。他们所经之处，他人畏惧远避，再在墙角后探出厌恶的眸子，不屑地吐口水，待他们走后，泼水洗去他们所走过的地面。这样的畏惧和厌恶，他们已经习惯，似乎人生里，只有这两种待遇。直到今日，在一双明媚的眸子里，他第一次看见真正的平等和关怀。

胸口的伤口只是一道血痕，并不痛，此刻被她吹过的地方，却似有烈火灼灼烧起。他忽然伸出手，一把抓住了景横波的手。巨大的黑色手掌下，她雪白的手腕细弱如积雪的竹。

众人惊呼。

他将她的手，拉近自己心口，微微垂头，攥着她的拳，轻擂自己胸口三下。他身后所有燕杀士兵，爆发出一阵低沉的呼号。

宫胤欲待上冲的身影忽然顿住。

耶律祁神色震惊，竟似深受打击般一晃。“天哪……”他喃喃地道，“他们竟然……”

其余人不明所以，却被此刻士兵严肃虔诚的神情，和这动作所表现出来的仪式感所震慑。

只有景横波依旧笑吟吟，不以为意，随随便便被人抓着擂了擂人家胸口，高高兴兴地评点：“嘿！你胸肌也好壮！”

那燕杀士兵咧嘴一笑，放开她的手，退后三步，对着身后同伴一挥手，当先跳下了台。

燕杀军毫不停留地离开，竟然就这么将玉照、亢龙军留在台上。玉照、亢龙军士兵们面面相觑。

一场剑拔弩张的流血事件，转眼就闹剧般地散了，只因为几句笑语、几个动作，或者只是一个安抚的眼神。

景横波站在台上，犹自笑吟吟地挥手相送，“下次别来了啊……”

众人盯着她雪白的手指起伏，都有些茫然，就是这双一看就没练过武的手，如拨弦般轻捻慢弹，便将一场无人可阻的杀戮消弭于无形？智者若有所悟——或许，这就是所谓的柔能克刚，真正属于出众女子的性格魅力？

宫胤绷紧的身子慢慢放松，终于安然坐下，一伸手，接过了蒙虎递过来的茶。茶水澄碧，茶叶舒卷如云。

女帝本色

①女人花（下）

天下归元 著

江苏凤凰文艺出版社
JIANGSU PHOENIX LITERATURE AND ART PUBLISHING, LTD

第二十七章　惊艳大荒

宫胤坐下了，耶律祁还站着。和宫胤相反，耶律祁身子绷得紧紧的，犹自不可置信地看着燕杀军离去的方向。他知道燕杀军是怎样的一支军队。这支军队虽然目前还听从耶律家族指挥，但是随着代代繁衍，当初那点血脉维系力逐渐淡薄，现在耶律家族对这支军队的控制力，早已大不如前。因此，对于这群猛兽，他无比熟悉也格外防备，扪心自问，在刚才那样的情形下，他不会冒险走到任何一个燕杀士兵的身边。更重要的是，他知道那个动作所代表的意义……

耶律祁似第一次看清景横波一般，再次将她上上下下打量了一遍。他目中异彩闪烁，好半晌之后，终于吐出一口长气，抱臂坐了下来。

人群里，那群师兄弟难得地沉默。很久之后，伊柒才出了口长气，他的声音里满含疑惑："兄弟们，看这模样，以后不该有那事啊……老头子是不是算错了？"

两大国师忽然都归于平静，连之前的争端都似乎忘记，其余的人也无心追索了。因为景横波没有下台，她拖着巨大的裙摆，走到了台的正中。

"你们刚才的争论，在我看来，完全没有必要。"她一句话石破天惊。

"哦？"嗡嗡议论声中，耶律祁当先发问。

"处置我，软禁我，暗害我，是不是要先问问我的意见？"她指着自己的鼻子，笑得慵懒，"有没有想过我不同意？"

众人笑了起来。

"如果您能通过迎驾大典上的考验，或许您有资格说这句话，"一位官员笑道，"现在嘛……呵呵。"

众人也呵呵。

景横波嘴一撇："是，我是没通过你们的考验，但是，你们的考验就是万能的？你们的考验就真的能试验出一个女王的真正才能？"

"诗词歌舞，琴棋书画，武学兵法，经义政论。"轩辕镜道，"凡囊括天下之才学，今日都曾问过你一遍，难道你还能举出除此之外的其余才能吗？"

"有！"景横波的回答掷地有声。

"呵呵！愿闻其详！"

"我先问你们，做皇帝首先应该做好什么？"

"治理国家，稳定朝政，平衡群臣，攘外安内。"轩辕镜冷冷道，"而这些能力，需要刚才老臣列出的那些基本能力的支撑。"

“怎样治理？怎样稳定？怎样攘外或者安内？”

“老臣倒是明白，只是怕说了之后，这皇帝就该老臣做了。”

一阵哄堂大笑，不带善意。

景横波也笑：“下辈子做梦吧！”

“陛下以为这样就可以蒙混过关吗？”

“和什么人说什么话，你只配这调调儿。”景横波一步不让，“治理国家，稳定朝政，出兵对敌，安定臣民，其实说穿了就只要做到一件事——”她提高声音，“让百姓吃饱饭！”

满场大笑戛然而止，似被刀割断。

“我说错没有？”景横波咄咄追问轩辕镜，“吃饱了饭才能纳粮交税，吃饱了饭才能民心稳定，吃饱了饭就不会有内乱，吃饱了饭才有力气打别人。你敢说吃饱饭不是最重要的？”

众人无言。景横波用词平易，但道理很正。民生，从来都是最重要的。就算当场有贵族不以为然，觉得贵族的尊严最重要，朝廷的统治最重要，也万万不能在这千万百姓面前说出这种话来。

前方的百姓已经听见这一句，顿时都激动起来。“对！吃饱饭最重要！”“我们要吃饱饭！”“千能万能，能让我们吃饱饭，就是好主子！”……

“陛下是想煽动百姓情绪吗？”轩辕镜阴恻恻地道，“你怎知我朝上下为百姓吃饱饭不曾殚精竭虑？这本就是当朝第一要务。奈何大荒受先天地理条件限制，虽盛产宝石黄金，却又有千里荒泽，穷山恶水，粮食少丰饶之土，稻谷无可耕之壤。大多沼泽完全无用，平白占据土地。全国可耕种土地不过十之一二，到哪里去种粮？到哪里去吃饱？”

“如果……”景横波笑了，“如果我能让百姓吃饱呢？”

全场忽然静了静。失望散去的百姓顿时停下脚步。宫胤手中茶碗一合，霍然抬头，热茶险些溅到手上。心不在焉地一直看燕杀军的耶律祁突然回首。

更多人却立即大笑出声。

“哈哈哈哈哈……”轩辕镜大笑着环顾四周，“这话听来好耳熟！”

“是啊。”桑侗雍容微笑，“似乎每任女王继位都要发此宏愿的，但至今无人能完全做到。”

“或许咱们的新女王能做到呢？”绯罗此时才姗姗出现，一笑抿嘴：“比如，召唤虚空神鸟，降下无数粮食什么的。”

又是一阵大笑。

那一直板着脸坐在一边生气的大贤者，忽然站起身，指着景横波鼻子，厉声道：“休得拿此事开玩笑，否则老夫必不饶你！”

众人看他脸色铁青，都露出了然之色——这位老人家，当年父母兄弟都是因为一场灾荒活活饿死，少时极为凄惨，生平发下宏愿，愿此生再无一人饿死，如有人能做到，愿家族世代为其奴仆。不过说到底，宏愿也就是宏愿而已。沼泽上难种稻谷粮食，常常排不干水，占据面积又太大，过度填埋会造成洪水或者干旱，不知道是不是受沼泽太多的影响，很多普通土地也种不出多少东西，这是大荒永远也无法解决的难题。

“谁说在开玩笑！”一直好脾气的景横波忽然柳眉倒竖，虚空狠狠一扇，“拿下你的爪子，姐最讨厌被人指鼻子！”

“你再胡言乱语，就不是老夫指你鼻子，而是大家要你的命！”大贤者雪白的眉气得一颤一颤，“沼泽如何种粮？”

“不种粮就没有别的办法？脑子生锈啦？”

“数百年来大家不知想了多少办法，岂容你此刻胡乱非议！”老家伙重重一掌拍在自己椅子上，“休得在此满口胡言！老夫今日有话在此，你要能解决粮荒，老夫一生为你之奴，供你驱使，你若只是妖言惑众，老夫不管你是女王，第一个请剑斩你！”

“要你个老头子做奴仆干什么？到时候是你伺候我还是我伺候你？”景横波嗤之以鼻，“一群脑筋不开化的笨蛋！沼泽地种粮不行，为什么不能种别的？谁规定粮食才可以下肚？只要是吃的，都可以喂饱肚子，不是吗？”

一言甫出众人寂静，一句话划破浓云。思维定式是一种奇怪的东西，当没有人打破它时，所有人都按照那道轨迹轰隆隆向前直冲，一旦有人打破，众人才惊觉，啊，原来还有另一种想法，原来另一种想法如此简单，自己当初怎么就想不到？

场上忽然安静了。无论对女王观感如何，民生都是一个极其重要的问题，因为它关系着政权的稳定。有相当一部分人开始思考，有些人面露疑惑之色，有些人直接就站了出来。

宫胤神情微露赞赏，但无惊异之色。在沼泽地改种别的这一点他自然早已想到，只是大荒限于地貌地形，农业不发达，试种始终没有成功。如果有人能明确指出一条路，至少可以缩短几十年摸索，对大荒功德无量。这个人，会是她吗？

“陛下！”远远地有人喊，“您说得有道理，这话我们师父也说过，大荒很多能人都说过。我师父甚至曾在某处沼泽试种过其他物种，还曾养过鱼，但是鱼很难存活，试过了种菜，也没什么收获。您有什么可以指教的吗？”

景横波一抬头，哟，远处那小子白白的面孔，眼睛发亮，正拼命对她招手。这不是指甲油君吗？他身边还有好几个帅哥，各有特色，有的抱胸冷冷睨她，有的托着下巴对她猛瞧，有的也在跳，跳得比伊柒还高，一边跳一边把伊柒的脑袋往下拍。呵，这是那群数字颠来倒去的师兄弟？

“别的鱼难养啦。”景横波大声喊话，“要比较凶猛的鱼！最好是鲶鱼，可以吃腐烂质的，还可以改善沼泽！”

大贤者霍然抬头，脸皮一阵抽搐，也不管身边是谁，抓住人家胳膊便连声催促：“快！快拿纸笔记录！”

被抓住的人叫苦连天：“老爷子您松松劲儿，松松先！”

不待他吩咐，宫胤早已起身，亲自吩咐司农官速速上前。

“光吃鱼可不能救命。”绯罗冷笑道，“顶多能帮助一部分人添一项营生，没听说鱼可以当粮食的，再说鱼多了最后还是没用，还会破坏原有的生态平衡。”

众人点头，懂点经济的都明白这个道理，单一物种的泛滥不是福音。“只能养鱼吗？”伊柒问出了大家最关心的问题。

景横波笑得开心，她猜中了，果然大荒有能人思路开阔，知道沼泽种不好庄稼就转向其余物种的培育，但是天下物种那么多，如果不知道哪种合适哪种不合适，一种种慢慢试过去，有的东西培育周期还很长，那得花多少精力？他们，现在需要的就是点拨而已，告诉他们种哪种合适，之后自然会产生生物链。“可以种的东西很多，你们一直试图把沼泽当土地来用，思路不对，其实该当成特殊水塘。大荒境内好像水域不算多，你们对水产是不是不熟悉？”

“大荒水域不算少，但因为比较集中，而且受环境影响，多出凶恶水兽，百姓轻易不敢靠近，所以水产很少，水中出产也无人敢试。”大贤者立即回答。老家伙也忘记刚才青筋毕露的愤怒了，神情十分认真。

“所以你们一定漏掉了很多可以吃的水生植物。”景横波道，“我在进入大荒时，曾经发现水边有芦蒿，但是好像根本没有人采摘过。”她想着芦蒿炒香干的清香，险些流出口水。

“芦蒿？什么东西？”立即有人问。也有人恍然大悟道：“是不是那种嫩绿的草？也有人想试着吃吃，但是水里常有水兽，都说这些东西是水兽养出的毒草，没人敢吃。”

“和水兽什么关系都没有。”景横波道，“芦蒿只是可种的水生植物的一种，沼泽地还可以种水芹、菱角、莱藕，哦，就是那种一节一节的东西。藕是可以做藕粉的，既有营养也能饱腹。”

司农官一边唰唰地记，一边嘱咐属下：“立即准备一块沼泽地试种！”

“我还没说完。”景横波道，“沼泽有水的地方种芦蒿、莱藕、菱角、水芹，养鱼。大荒土质不好，蔬菜也少，这样餐桌上还多几盘菜。沼泽能排干水的地方栽种桑树，桑树能结出桑葚，桑葚可以吃，可以当药用，桑叶可以喂鸡鸭、可以养蚕，养出的蚕可以织布，推动织造业的发展……”

这下不仅司农官在记，更多的人开始奋笔疾书，没有笔的就自己喃喃背诵思考，越来越多的人挤到台下，士兵们也忘记了维持秩序。民以食为天，这是生存的最基本条件，除此之外，再无更大诱惑。

翠姐她们也挤到了台下，更加不可思议地望着景横波。她们和景横波相处得久，印象更深，都知道她除了拥有异能之外，不爱读书也不爱思考，吃喝玩乐倒挺在行，前头诸多考校答不出来才是正常的，只不过惋叹大波胆子太大，明知无能还要一试，此刻听她侃侃而谈，只觉得眼前好像换了一个人。翠姐满面欢喜。拥雪抱着二狗子，只和它悄悄道：“天快亮了！”静筠靠着箱子，怔怔仰头，日光照着她的脸，雪也似的白。

“……桑葚还可以酿酒，桑枝可以种蘑菇，整个沼泽可以形成一条养殖生物链，如果愿意的话，还能建成观光园，供城里那些钱多人傻的官儿们来消夏，大树下钓钓鱼，桑林里采采桑，鱼塘里拨开荷叶采采菱角啊什么的，再吃一顿水生水长、毫无添加的农家菜，可以起个名目叫绿色田园啊……”景横波滔滔不绝。

钱多人傻的官儿们露出憧憬之色，觉得这绿色田园确实令人向往。

宫胤闭目不语，在那心算，他身边一个幕僚两眼发光，在他耳边低声快速地道：“国师大喜！女王博学！这是沼泽最基本的使用方法，虽然种出的不是粮食，但只要有所产出，也能换回粮食。最起码大荒国土荒废的大半沼泽就有了用处。咱们沼泽南部多北部少，靠北部麦子主力供应，甚至需要到相邻几个小国拿宝石换粮食，时常吃亏，还导致宝石贬值。现在产出增多，可以以物相换，可以把宝石拿到兑换比率更高的大燕、东堂等国，去换取更重要的马匹、武器，这样估算下来，受益无穷啊……”

此时景横波也正侃侃而谈：“我听说你们一遇灾荒，就只能拿宝石、黄金去和相邻小国换粮食，这样容易吃亏，宝石、黄金也会贬值。以后可以拿产出换粮食，拿宝石到其余几个大国去换更值钱的东西。宝石在草原啊大燕啊很值钱的……”阳光下女子面孔明丽，眼眸也似宝石粲然有光，那是智慧的光芒，在整个大荒天际照耀。今日之后，大荒将沐浴这一刻的德辉，黑色混沌土地因一个女子的到来，焕发翠绿生机。这将是记载于大荒历史的一刻，带着独属于景横波的明艳而张扬的气息。

宫胤唇角掠开淡淡笑意：她真是不鸣则已，一鸣惊人啊……这个看似明朗，其实却揣着无数神秘和惊喜的女子，下次，又会给他什么样的新鲜感受呢？

“啊，这只是沼泽的利用办法，”景横波话锋一转，唇角翘起，“其实呢，也不算太好，最起码还是种不了粮食……”

“已经很好了！”趴在台下的大贤者老泪纵横，早已忘记先前的愤怒，“只要荒废的沼泽能用，甚至只要能用一小部分，大荒民生，必得改善！陛下你功德无量！”

“我还没说完呢……”景横波笑吟吟地扶起老家伙，“您坐好，哎，对，坐好，我怕您等下兴奋得翻下去……其实呢，听说大荒土质也有各种毛病，导致粮食产量不高。这土质呢，其实也是可以改善的，比如土壤过酸可以种植碱性作物，如毛叶苕子、油菜，土壤偏碱要多种苜蓿、草木樨、黑麦草……”

众人正听得如痴如醉，她忽然眼风一转，停下了：“哎呀，人家说累了。”

其实不是说累了，是忘了。她又不是种田出身，哪里记得这许多？当初灵光一闪，想起箱子里有一本知识大全，其中工业部分大多无法实现，但农业部分正好有针对各种土壤的改良方法，以及各种土壤上作物的种植方法。她寻到了沼泽那一章。一路上，她仔细搜寻，找到了很多可以在沼泽中养殖的物种。大荒并不贫瘠，却被太多的不利因素束缚了尝试的力量。结合现代农业无数人探索出来的经验，她做了个完美的剽窃。

这也是她在明知自己技能欠缺的前提下，还敢和宫胤打赌，还敢孤注一掷接受挑战的原因。她相信，比起什么风花雪月的诗词、毫无作用的兵法，关系无数人命的民生才是大命题，是再大的野心家、再无耻的反对者也无法抗拒的诱惑。对此无动于衷者，必将被百姓的愤怒倾覆。

“啊，女王累了！”大贤者第一个跳起来，亲自搬了自己的凳子送过去，“您坐！您坐！”

老家伙面孔通红，殷勤得像一个急需讨好老师的学生。一堆人赶紧按下他老人家，有人快步上前给女王搬座。

景横波有点抱歉地看了大贤者一眼——不好意思哈，您再殷勤，现在我也不打算说了。底牌不能一次性掀开，要留着慢慢钓鱼，如此才能保全地位，这个道理她明白得很。“太累了，想不起来了……”她在一群人无比期盼的目光中，慢慢地转身坐下，跷起了二郎腿。

没人注意到她的二郎腿，大家都盯着她鲜艳的红唇，等着下一句拨开云雾，引导出新的生活之路。

景横波打个哈欠，耷拉着脑袋不动了。

“请陛下务必好好想想，务必好好想想……”一堆人额头冒着汗，挤在台边，眼巴巴望着她。

“我说，”景横波不接话，弹着鲜艳的指甲，半晌，懒洋洋地道，“现在算通过考验了吗？”

不待别人答话，大贤者如同被针扎般跳了起来，一迭声嚷道：“当然算！这都不算还有什么能算！”

“当然算！”百姓的声音比他更高。站得远远的燕杀士兵，又脱了皮甲晒肌肉了，拎着刀杀气腾腾满场转，大有谁说不算就杀谁的味道——谁都知道他们其实出自放逐之地黑水之泽，那里穷山恶水，常年颗粒无收，饿殍遍地，都靠这些罪人之后出来当兵当强盗，挣点家用养活亲人。

百官和六国八部的首领沉默了。群情如潮，谁也不敢逆势而上。

“哦……”已经完全占据上风的景横波，忽然不急了。她舒舒服服坐着，笑吟吟地摇了摇手指。“还以为女王迎驾大典得展示多么了不得的才艺呢，没想到我的本事还没出三成，你们就倒头下拜了，唉……”她满是英雄寂寞，长声叹息。

所有人诧异地看着她，不晓得她葫芦里卖的什么药。

“先前，我说我什么才艺都不会，那是故意的！”景横波大声道，“我就想看看某些人的嘴脸，能丑恶到什么地步！”

某些人的嘴脸现在很难看。

“现在，我就让你们真正见识下，什么叫世外高人，非凡才艺！”景横波唰的一下转身，走到台边，背对众人悄悄在腰间一摸，摸出个极其精巧的卡片拍立得，握在掌心。

研究所不缺高端科技产品，而且有位狂人的研究方向就是轻薄便携科技设备，景横波逃走时带得最多的就是这些东西，因为她想着出去后凭这些卖钱。所以手中的卡片式太阳能拍立得，也是市面上看不见的精英版。

“现在，”她转过身，正色道，“先让你们见识，世间第一神眼！”

人群有些骚动，有人大声道：“神眼？陛下您在说笑吧，这世上哪有什么神眼？早年大荒历史上有位眼力非凡者，据说可以三丈外辨别蝇虫，您是要展示这等神技吗？”

“三丈外认出苍蝇算什么本事。”景横波嗤之以鼻，“我的神眼，看动态！看背后！”

众人哗然，议论纷纷。“看移动的东西也就罢了，看背后？背后长眼睛？”“怎么可能！”

“我是天授女王，神授予我对万物感知之能。”景横波故弄玄虚地一手指天，“你们可以试验，在我背后放一样东西，或者做一件事，看我知道不知道！”

群臣都将目光投向宫胤，宫胤毫不犹豫地挥了挥手。

景横波站在台前，面对众人，身后大贤者亲自捧了样东西，轻手轻脚地放在她身后的供桌上，再轻手轻脚地走了下去。众人屏住呼吸瞧着，目光灼灼。

桑侗忽然微笑走来，景横波紧紧盯着她的步态。

桑侗从景横波身边走过，递过来一面镜子，笑道：“陛下头发似乎乱了，要不要理理？”

景横波立即闭上眼睛，推开镜子，冷笑道：“桑大祭司真是好心，只是我怕我这一瞧，说出了身后东西也被说成是镜子照出来的。”

桑侗伎俩被戳破也没生气，似笑非笑看她一眼，悄声道：“陛下，见好就收，让我们难看，日后你也……”

“不让你们难看，日后你们也不会对我好。”景横波笑得比她更亲切，声音更低更恶毒，“你们这种更年期提前月经不调内分泌紊乱肾上腺激素乱飙的贱女人，活着就是为了惹是生非，看谁不顺眼就咬谁，整天到处散布狂犬病毒，影响市容污染空气，不出动打狗队怎么行？哦，对了，”她看着桑侗越来越难看的脸色，笑得越来越温柔，“你刚才有句话说对了，你们难看，对，你们真的很难看，没有人告诉你们，相由心生，满肚子阴谋诡计整天嫉妒人害人的人，会越长越像老母狗吗？”

“你……”桑侗的脸已经快变成桑叶的颜色，嘴唇翕动了半天，想骂骂不出，想吞吞不下，看起来淡定温雅的一个人，忽然就显得青面獠牙，真有了几分狰狞之色。

相比之下，景横波笑得那叫一个眉目如画，容色生花。

四人组的其他那三人要是在这里，大抵都要呸一声，来一句“活该”。和景横波吵架？找虐！这人很懒，轻易不愿起争执，但倘若惹毛了她，那后果也绝对没下限。她绝不会像太史阑自重身份不肯出脏字，不会像君珂老实，不好意思骂太狠，也不会像文臻油滑只肯披马甲损人。她会本尊上阵，上中下三路齐攻问候你全家。

桑侗憋了半晌，捏紧了镜子，一声不吭掉头离开。

景横波呵呵一笑。她已经从桑侗走路的步态，认出她是谁了，是西康城小吃街卖小吃的！那个招呼客人的中年妇人是她，佝偻着背烧菜的老人是轩辕镜！这两个大佬级人物，那个时候亲自出现在那里，扮成那样，目标不用问，自然是傀儡女王陛下她，而且肯定不怀好意。她那碗酸辣粉两次被砸落，一定是宫胤出的手，那酸辣粉有问题！换句话说，这女人不是今天才对她百般刁难，是很早就对她有了杀机，是无论自己如何做，她也不会改变想法的真正敌人。那还客气什么？

桑侗被迅速气走，景横波身边终于没有人，她负手于后，做仰天思索状。

众人都随她深沉望天——陛下是否在请神旨降临？

趁着众人都在望天，景横波握在右手掌心的卡片机对准身后，迅速按动快门。

咔！一声轻响，无人听见。景横波放下手，手指一抹将照片抹到掌心，看一眼，放下心来。照片虽然有点歪，但还是清晰地拍下了那东西，是一株半人高的红珊瑚。景横波本来还有点担心放的东西太小，背后对焦对不准东西拍不到，此时终于安心，掌心一揉将照片揉烂塞入袖中，咳嗽一声。

众人脑袋放了下来，期待地看着她。

景横波不负期待地大声道："三尺高红珊瑚一枝！"

场上一片安静，随即，欢声雷动。"陛下神妙！"伊柒几乎要跳到身边人脑袋上，被师兄弟们齐心协力按了下去，顺便脚下一顿好踩。群臣都有惊异之色，他们当然知道景横波没回头，没回头怎么知道的？东西可是大贤者随机拿的，大贤者绝不会和女王通气——对于这老家伙的人品，全朝廷都信得过。

新女王，确实有不少神异之处，近乎于妖！

宫胤慢慢饮一口茶。方才她掌心里，是什么？她到底还有多少好东西，悄悄自己藏着？

"方才大多数人都在抬头，"绯罗撇撇嘴，笑道，"或许有人迅速转身偷看了也未可知。"

"来，蒙上我的眼睛，"景横波立即道，"然后你脱光了在我身后跳个舞，我保证能说出你身上哪里有胎记哪里有妊娠纹哪里有打胎的疤。"

绯罗皱起细细的眉头："什么妊娠……"随即隐约明白，怒喝："你敢侮辱我！"

"如果你没有，我给你道歉，"女流氓景横波笑嘻嘻地看着她，"不过要当众验证哦！怎么样？"

绯罗粉脸涨红，拂袖而去——和流氓斗嘴，殊为不智也。

"不信？"景横波环顾四周，"要不来个活人试试？在我身后背对我做个动作，看我知道不知道！"

"我来。"耶律祁忽然笑吟吟地举手，"女王陛下，我想对你做一个动作很久了！"

啪的一声，端坐不动的宫胤忽然放下杯子，缓缓起身，道："我来。"

耶律祁笑笑，又坐了下来，眼神里颇有几分戏谑。

景横波对谁来都无所谓，笑吟吟地对宫胤招招手。宫胤一掀袍袂上台来，走到她身后一丈处，和她背对而立，面向彩台内侧，面前是一片红色帷幕背景。他似乎想了想，抬起了手，落在帷幕上，手指几个起伏，帷幕无声破裂。

景横波背着手，手中卡片机咔的一声，吐出照片，景横波抬起袖子，望天道："好大的太阳……"借着宽大袖子的遮掩，她看了看掌心的照片。照片上宫胤背对她，手戳在帷幕上。景横波傻了眼，她原以为宫胤会做个起剑势之类比较好辨认的动作，谁知道他现在这个，明明什么姿态都没有嘛。

她的目光忽然落在那帷幕上，等等，帷幕上似乎有裂缝？横的，弯弯曲曲，起起伏伏，一条缝。

这样的大典不会弄块破的东西来装饰，这裂缝一定是他弄上去的。景横波呵呵一笑，将照片塞回袖子，大声道："右国师在撕帐子！"

底下人还是能看清上头动作的，都欢呼道：“正是！正是！”百姓们欣喜若狂，潮水般涌了上来，拍打着高台边缘的木板，大叫：“陛下！陛下！您是我大荒天降神女，这天下没有您不会的！”

姐不会的多呢！姐只是会骗人而已！景横波腹诽一句，笑靥如花和前台观众握手：“小意思啦，小意思啦，谢谢支持，爱你们哟！”

……

“波波波波我爱你！嗨嗨哈罗我爱你！”远处伊柒和他的逗比兄弟们齐声高唱。

景横波远远地对那边挥手。已经走下台的宫胤偏头冷冷看了那方向一眼，算他们识相，没敢靠近，否则真以为帝歌不敢动七杀？

景横波听着那边乱七八糟的大唱，正忙着握手微笑接受鲜花享受明星待遇，忽然一怔。波波波波……波……刚才宫胤画的那弯曲的线……波浪？波？她忽然有点心乱，忘记自己在做什么，蹲在台边就开始发愣，被好几个登徒子偷偷摸了手都不知道。

直到耳朵忽然一痛，她醒觉，伸手一摸，地上掉了朵花蒂，再一看，大神淡淡瞧着她呢，手中毫不掩饰地拿着一朵没了花蒂的花。

景横波刚才的迷茫和绮思，唰的一下被最会煞风景的大神砸灭了。想太多！什么波不波！他在台上随意做个动作而已，怎么可能和她有关系？他脑子里除了石头就是大荒，有她景横波的地方吗？以为这是狗血言情小说吗？哼！

百姓们陷入兴奋之中，挤着压着趴在台前，将手递得长长的，指望着能碰一碰神奇的女王的指尖。不过女王很快就被两个内侍拉回去了，内侍彬彬有礼地请女王向后站站，以免百姓拼命前挤引发踩踏事故。

人命最大，景横波虽然很有些遗憾不能继续享受明星待遇，还是老老实实地退到了台中，对着大家遗憾又期待的眼神，她的人来疯又发作了，决定不妨多展示一两项“才艺”，要震就来个猛震，也好给大荒人民留下最深刻的印象，打好自己的群众基础。“先前其实忘记说了，我还会作画。”她款款微笑。

众人兴奋之情微微降低，作画，不算什么技能，对于大户人家女子这是必备的才艺，就算在路边随便拉一个普通人，也有可能会画两笔。

“我的画，”景横波嘿嘿一笑，“和你们想象的不同，我的画，叫作……”她眯起眼睛想了一下，“叫开天辟地古往今来无人能及一模一样毫无差错极速微型画！”

啥？所有人脸上露出茫然之色。

“前头不用解释啦，开天辟地古往今来无人能及嘛，后头呢，”景横波笑眯眯地解释，“一模一样你们也懂吧？就是完全一样咯。极速是说快，比你们画画快得多。微型是说小，嗯，巴掌大。”她亮了亮巴掌。

远处逗比师兄弟们立即喊：“陛下你手好白！”

景横波巧笑如花：“谢谢！”

两大国师一个斜眼看了看那边，一个手指扣住杯盖，沉吟着要不要动用军队绞杀之……

“求见陛下神画！”百姓们又鼓噪起来。群臣倒不说话了，这个新女王，抛出来的东西一波又一波，现在谁也不敢随意挑衅。

“安排一样东西让我画吧。”景横波笑对群臣。

没有人说话，现在大家已经认识到，女王既然敢说，就一定做得到，谁也不愿意去给她抬这个轿子。

宫胤瞥了她藏在袖子里的手一眼，放下杯子，沉吟了一下，却又端起了杯子。刚才他已经出面过了，现在倒不宜表现太多，毕竟众目睽睽，别有用心者也甚多。

耶律祁手指敲着桌面，目光闪动，正要开口，忽然大贤者笑道：“陛下，老臣有不情之请。”

“请讲。”景横波对有学问、有人品的人保持基本尊敬。

“老臣一直希望有一幅画像，”大贤者眯着老眼笑道，“也请过帝歌名师为老臣作画，画得虽然极好，只是名师们大抵是因为太爱重老臣，总是将老臣画得年轻不少。虽然看着是颇可心，恍惚间似也不觉年华逝去耄耋老矣，但人生世间，唯真为上，如果连真正的自己都看不见，何谈看清楚他人？所以，老臣很想看清楚自己鸡皮鹤发的模样，望陛下成全。”说完微微一躬。

景横波似懂非懂地听了，大致明白老家伙要看清楚自己的老态，心中颇有几分敬仰——想当初咱那个时代，可是拼命不肯老去，砸锅卖铁整容，别说敢于直面惨淡的人生，敢于直面惨淡的脸的，都算好汉！

没说的，支持！“您放心！”她也笑眯了眼，“一定给一个丝毫不差、完完全全的您。不过有个条件，你我密室作画，其间过程你发誓不告诉任何人。”

“自然。”

景横波瞟着老头子，心想姐一个拍立得就够玩遍大荒，不过眼下，用什么法子可以既不让老家伙看见相机，又能够清晰地拍出照片，震倒、收服这个地位崇高的老头子呢？然后再用什么法子，震慑住这一群难缠、黑心、只想着个人私欲的官儿呢？

第二十八章　坑爹的女王

在景横波的安排下，内侍在台上就地搭了一道帘子。景横波和常方进了帘子后，众人在底下等着，都知道作画最是费时，有人走开买食物，有人坐下喝水，有人开赌，赌女王多久画一幅画。

“买定离手啦，买定离手！”伊柒是其中上蹿下跳最活跃的庄家。

"我赌一个时辰！""我赌半个时辰！"……

"我赌……"伊柒正准备也押在半个时辰上，忽然转头。

吃东西的人仰起头，满嘴的渣渣忘记嚼；喝水的猛一低头，险些呛死。

上头帘子忽然掀开了，常方一个踉跄扑了出来，双手颤抖，扑出几步后仰起头来，嘴唇翕动，似乎激动得难以自抑。

众人惊得齐齐站起，不明白又出了什么幺蛾子。有人喃喃地道："画太丑，把大贤者惊着了？"

唯有伊柒眼珠一转，眼睛一亮，忽然将手一拍："我赌一瞬！现在已经画好！"

"荒唐！"众人嗤之以鼻。

快手一刻钟也有可能画完，但要说现在就画好，怎么可能？画纸还没来得及铺开呢。

轩辕镜眼底滑过一丝笑意，上前去搀扶常方："常老，为何如此？可是画得过于草率？常老高古颜容，怎可被人间俗笔胡乱涂抹，我们定要……"

他的滔滔不绝被常方一声喜极的呼声打断。"苍天有眼！"常方摊开双臂，仰天大呼，"终降神女，赐我大荒！"

轩辕镜伸出去的手在半空顿住，脸上肌肉一阵痉挛。

底下一堆人扔了食物丢了水，想躺下的人一骨碌翻身起来。

伊柒是反应最快的一个，眼珠一转已经大喜若狂地收赌注："我赢了！交钱交钱！"

"大贤者……"轩辕镜声音有点干涩。

常老头子精神好像忽然健旺了许多，轻捷地让开他，正色道："老夫可以证明，陛下已经画好，而且如她所言，极速！逼真！一丝不差！"

众人哗然，都知道常方为人板正近乎严苛，是鸡蛋里都能挑出骨头的个性，他嘴里说出这种话，其权威好比新婚之夜验落红的那张帕子。

"既如此，"有人道，"还请出示供我等瞻仰。"

"不要。"老家伙紧了紧衣襟，"此画神妙有仙迹，女王称过多人观摩会抹杀它的灵性。老夫答应过女王，不给太多人看。"

"总得给个证明吧。"轩辕镜斜睨他，"大贤者不给看，莫非另有猫腻？"

"老夫瞧你们处处和女王作对，那才叫心中有鬼！"常方一点面子都不给他，拂袖一甩，甩得轩辕镜老脸铁青。

帘子一掀，景横波笑吟吟地出来，走着风情万种的猫步，道："我这画呢，确实有神异之处，不仅人看多了会失去灵气，而且……"她笑吟吟地瞟着轩辕镜、桑侗、绯罗一干人，"心术不正者，就算画好，画也会很快模糊哟。"

"胡说什么！"轩辕镜冷哼。

"大贤者，要不给您觉得人品可靠的同僚瞧瞧？"景横波笑道。

常方如同揣着宝贝般，走到礼司那批官员身边，小心翼翼地掏出一张……照片。当然，他认为那是画。刚才在帘子里，女王让他注视远方，微微侧头，自己走到他的侧方，让他听见什么声音不要紧张，也不要分神转眼，那是神赐灵机的时刻，不可动弹打扰。他照样做了，侧身端坐，专心注视天边的一缕白云。正在担忧这把老骨头这个姿势坐久了会不会出问题，忽然听见咔嚓一声，然后女王就说，“好了。”老常方受到了惊吓。之后当他看见那“开天辟地古往今来无人能及一模一样毫无差错极速微型画”时，更惊吓了。现在他喜滋滋地把东西掏出来，准备惊吓别人。

果然，那几个正满脸愤恨地瞪着女王，心里骂她欺骗天下的礼司官员们，只勉勉强强把头一探，眼睛就瞪大了：这这这这……这是画？世上有这样的画？

画面上，常方侧身端坐，遥望天际。午后的淡黄光影打在他花白的眉上，斑驳而又深沉，眼神幽邃，诉说着无言的沧桑和岁月的积淀。更令人惊叹的是，那张脸从眉眼，到肤色，到每条皱纹，都清晰得仿佛常方站在面前，连脖子下一颗小小的痣都清晰可见。

画面完全展现了属于常方的年龄和相貌，但那完美的光影却又遮掩了那份老态，令人不觉得画中老人如何衰弱苍老，只觉得属于长者和智者的深沉睿智、淡定风华扑面而来。夕阳无限好，不惧近黄昏。

都是识货人，这画的完美用笔和光影，立时引起所有人的啧啧赞叹，唯一可惜的就是太小了些。

所有人都看得出老常方对这“画”喜欢到了骨头里，刚刚递出去不过一会儿，他就开始催：“诸位，仔细些！小心些！啊！别呵气！别惊呼！看好了吗？老夫要收起来了！”

众人忍不住唏嘘。连最挑剔的礼相，在恋恋不舍还照片的时候都忍不住叹息道：“帝歌最出色的画师也不能及此万一！果真天神之笔，非人力可行！”

不苟言笑的常方此刻眉开眼笑，生怕人家的手指弄脏了他的宝贝，赶紧接了过来，从他小心翼翼地打开三层锦缎，将这画层层包好的动作来看，这玩意儿大抵从此是常家传家宝了。

群臣啧啧赞叹地瞧着，眼神中满是羡慕，都觉得这样的画人间难求，如果自己也有一幅就好了，也好给子孙后代留个念想，这样的东西，是完全可以世代相传，永不湮灭的。人对于身后之事总有种难言的畏惧，害怕的有时候不是死，而是自己这个人的完全消失，来过的痕迹被从此完全抹杀，对每个人来说都是很难忍受的事。所以后世才有各种影像记录，慰藉人们对于身后被湮灭的恐惧心理。所以此刻这种极度清晰的画像对于众人的诱惑力，远超一般的奢侈品。

景横波盯着众人的神情，笑得开心，盘算着不久的将来，大抵要有一笔进账了。不过此刻，这个拍立得的用法还没施展完呢。她瞟了一眼绯罗，此刻绯罗正侧头和身边人说话，随即又走动了几步，侧面对着景横波。景横波抓紧时机放下袖子，一边侧身做擦汗状，一边赶紧咔嚓一张。绯罗似有所觉，忽然回头，景横波已经放下袖子，稍等了等，照片出来，她借助抬袖之机一瞧，笑了。

台下有位大臣，此时正向她询问：“不知陛下可愿为我等施展妙笔……”

“这位大人，”景横波眉一扬，笑吟吟地道，“这是小事儿，不过我倒劝你一句，当众画要慎重哦，我这可是神赐之术，不是我自己能控制的。神赐之术自带辨别人品技能，人品越高贵，越清晰。大贤者的画像清晰逼真，完全是因为他老人家品格高贵。这要是谁人品过不了关，画出来模模糊糊，到时候可不能怪我。”

那官员呃的一声，不敢再说，绯罗却冷笑一声道：“一派胡言！这画笔是握在陛下你手中，想要画清楚，就画清楚，想要画模糊，手底下故意抖上一抖便模糊了，扯什么神赐之术！我大荒女王什么时候如此装神弄鬼，试图蒙蔽众人！当真以为这朝中上下，再无明眼之人？”

有一部分大臣露出赞同之色，觉得女王这项才能可不能随便承认，不然以后她看谁不顺眼，故意把他画模糊，那人就冤枉地担上一辈子“小人”名声，那怎么可以！

“女相此言差矣。”常方立即胡子抖动，冷然道，“未试怎知荒唐？再说刚才陛下给老臣的画作确非人间手笔，你能说这不是神赐之术？”

“画得精微一些罢了。”绯罗不以为然，“再说就算她绘画有神赐之术，要说画模糊了也是神赐，我第一个不信。”

“绯罗女相抗议这么激烈做什么？”景横波忽然接口，眨眨眼，“你人品这么好，反正又画不模糊。还是你心里知道其实自己人品不好，生怕画模糊了，所以才激烈反对？”

“我人品不是你能画出来的。”绯罗冷笑，“你激将也无用。”

景横波撇嘴，笑道：“你人品确实画不出来，你画风清奇，毕竟十二岁就嫁人，嫁三任死三任、死一个爬一步，人家死丈夫越活越倒霉，你死丈夫越活越滋润的奇葩，正常人还真画不出来。”

“景横波！”绯罗霍然站起，抬手一挥，“来人——”

宫胤等人刚要起身。景横波也抬手，手举得比绯罗还高，啪的一声将一张画像甩在地上。“你想干吗？啊？你想刺驾？你想当着这上万人的面刺杀他们的女王，还是想当着这群一心希望大荒百姓安居乐业的官员的面刺杀可以为大荒带来希望的新女王？”她指着自己鼻子，“想？想就来啊，来啊！”

绯罗抬起的脚顿住，粉白的脸已经涨成了紫色，被万千人盯住的感觉不好受，她的腿顿在半空，只觉似被万钧之力压在腿面，抬起不敢不能，放下不愿不甘。

景横波却根本不打算放过她。不给她一个教训，日后就有更多的绯罗冒出来当面和她作对，她没那闲心一个个收拾！“不上来就别上来了，这地儿本来也不是你站的。”景横波脚尖一挑，把那照片踢给下头一个礼司官员，“给你面子，你非得找虐！你人品我画不出？来，大家走过路过瞧一瞧，咱们女相大人的清奇画风！”

一群礼司官员凑过头去，看到照片后脸色都变了变。

绯罗愕然瞪大眼睛，什么时候景横波给自己画像了？

“先前我给大贤者画像时，看见女相一个侧身动作颇美好，一时兴起，顺手给女相也画了一幅，谁知道画出来后十分模糊。我想为女相留几分面子，也便收起不提，不想女相却总和我过不去……”景横波忧伤地望天，“唉，我就是这么一个善良的人……”

耶律祁噗地一笑。

宫胤低头喝茶，茶水澄碧，倒映他唇角一丝淡淡笑意。如此一个狡猾的女子，借助外力不稀奇，稀奇的是，明明只是一样玩意儿，她偏就能用它装神弄鬼，搞出这许多花样。什么神眼，什么精微画像，什么画像辨人品……换个方向换个方式到她嘴里就变成一种新神异，这种天花乱坠的本事，这种灵活通透的思路，一流政客都比不上。骗人，也是需要才能的，时机、心理、诡辩，缺一不可。她对付大荒百姓、对付常方、对付百官、对付敌人的方法各不相同：对百姓的先抑后扬，对常方的步步深入，对桑侗的你阴我更阴，对绯罗的步步紧逼，然后对百官顺便拍马屁，降低众人的敌意。玲珑心、纤长指玩转万人心思，整个考校礼台，变成了她一个人的舞台……

画像在百官手中传递，人人面色古怪惊异。

绯罗看着众人神色，也渐渐由愤怒转为惊异再转为不安。她无法想象一幅画像怎么能让众人露出那种神情，就算模糊了，也可能是女王故意画模糊的啊。

“瞧瞧。”景横波咯咯一笑，“这种画，是故意画模糊能画出来的吗？”

众人默然。画像上，绯罗下半身极其清晰，衣裳裙带，身形动作，明明白白就是她，但从脖子往上，一张脸极其诡异地扫成一片，只留下了一片带着色彩的虚影，还是可以看出是她，甚至可以看出脸形轮廓，但变形得面目全非。

众人多半会作画，都知道所谓画模糊画坏了，多半有迹可循，或者用笔过轻过重，或者笔画歪斜，原先以为所谓的画模糊了就是这种，那实在经不起推敲。然而此刻一看画像，那种模糊难以形容，竟然也是圆润一片，给人的感觉，就像这个人在现实中忽然被虚化，被光所遮没，却不是人能画出的效果。

很多人想反对，但对着这样的特殊光影，真的无法说出反对的话，更因为这样的效果而出一身冷汗，生怕带头反对了，给陛下瞧上眼，也来张画风清奇的怎么办？陛下这画还不是你说不画就能逃掉的，她随手就能立即给你来一张！到时候就算自己咬定是故意画坏的，可是这么多人心里有数，以后难免多一个被批评的口实，更不要说这场上数万百姓瞧着呢！这下最反对的官员也不敢公开吭声了。

“怎么回事？”绯罗耐不住这种诡异的气氛，受不了众人一眼一眼扫在自己身上的奇怪眼神，快步过去，夺走照片一看，顿时脸色发青，二话不说嚓嚓撕掉：“这不是我！这怎么可能是我！这是故意画模糊的！故意的！”

几个爱好绘画的高手正在津津有味地研究这画像的离奇之处，抢救不及，暗呼可惜。

“既然你说不是你，干吗又要强调是故意画模糊呢？如果不是你，故意画模糊关你什么事，又何必要撕掉呢？”景横波永远懂得如何打蛇打七寸，使得底下没看到画像不明所以的百姓，齐齐意味深长地哦哟一声。

绯罗咬牙，再次拂袖而走——识时务者为俊杰，最起码在今日这迎驾大典上，谁都看得出，和女王争下去绝对讨不了好。她挟持民心，征服贤者，背靠国师，还各种神术信手拈来，谁知道下一步她又搞出什么幺蛾子？对于无从揣测的事情，谁没几分顾忌？

景横波也不穷追猛打，今天不过给绯罗小小地栽个刺，动摇不了根本，以后的日子还长着呢。

“各位，”她笑吟吟地转了话题，“这门技能呢，将来我是要收徒弟的，不过教也只会教他如何作精微小画，以画像辨人品那是神赐之能，不能随意相授。所以以后诸位如果想留下自己的精微画像，还是有机会的。”

众人立即舒一口气。很多人看中了这种画像，但又顾忌那个“画模糊了就是人品不好”的可怕技能，不敢尝试。一听画像辨人品之术不会传授后人，也就再无顾虑。一些上了年纪的高官已经在盘算，将来女王的徒弟出师卖画，得买上一幅。

景横波察言观色，唇角一勾——万众之前玩拍立得，制造最大轰动效应，钓的就是你们这群老不死。照相纸有限，照一幅少一幅，给大贤者的算是广告，给绯罗的算是警告，之后便得拿来挣钱。等姐的照相馆开张，狠狠宰你们，嗯，该定多少钱一张？一千两？一万两？她手指一转，将拍立得收起，今天这一件已经玩够了，科技产品有限，每一件都得发挥出最大效用才行，不能随便浪费。“朕的本事……”她笑吟吟地昂起下巴，“这回都看清楚了吗？”

四面静了一静，随即起了骚动，大贤者常方步态端正走上台来，众目睽睽之下对景横波一躬到底。“微臣常方，为最初对女王的不逊致歉。”他道，“微臣枉读诗书，不知自省也无识人之能，有眼无珠，轻慢陛下，请陛下重重治罪，以儆效尤。”

四面凛然，大贤者德高望重，品格清华，数十年来未曾对任何人低头，一生也从无谬误之处被人指摘，如今众人看他当众颤巍巍垂头，雪白的长发在风中颤抖，都觉心下恻然又佩服。任何时候敢于直视自身错误，不推诿不掩饰不逃避，才是真正的勇气，当得起“贤者”二字。

景横波赶紧上前相扶，笑声清脆：“哎呀，常先生，别这么正经了，是我自己没说清楚嘛。来来来，坐，以后常去宫里玩啊。”

常方抬起头，看清眼前女子毫无矫饰的笑意，灿然似将半天照亮。她雪白的手指轻轻扶住他苍老的手背，黑白分明，让人感慨时光的老去和智慧的新生。

常方没有去接她的手，他退后一步，脱开他人搀扶，双袖展开，双膝落地，咚的一声，声似响在所有人心上。那老者伏地大礼，声音雄浑，远远传开：“为我黎庶谋福者便为我常方永效之主！天佑大荒，今日喜迎我大荒天命女王！”

广场上黑压压的人群同时俯伏，似黑色浪潮一波波卷开，日光将百姓的目光点亮，自无数发梢欢快地跳跃开去。“天佑大荒，恭迎女王！”呼喊声似无数放飞的鹰，冲破天际，击开霾云，长天之下霞光攒射，似一道光辉霓虹之路，通天而接。光路之中，那高挑纤细、华服飞舞的女子，微微昂起洁白的下颔，笑出一天的烂漫云霞。

景横波只觉得快被这巨大的声浪捧起，飘摇欲醉。一路颠沛，各种憋屈，都在此刻的荣光中得到补偿，这，还是她自己争来的。虽说现代知识来自剽窃，但凭借对所有人心理的把握，她自觉是个胜者。

要想石破天惊，必得欲扬先抑。故意抛出那么多不会，将众人的心理期待降到最低，才有之后的奇兵突出，万众震惊。

她一边得意扬扬地享受这欢呼，一边慎重思考和宫胤的赌约她赢了，该想个什么惩罚法子好呢？裸奔？跳舞？唱歌？她犹豫又纠结，一边想这些事该让他在大庭广众之下做，这次她好好占一次上风，以后他就再没脸欺负她了，一边又觉得让广大色女看到宫胤裸奔、唱歌、跳舞都太便宜了她们，应该她独享才对。她百般犹豫，愁肠难解，站在台上一边斜瞄着宫胤一边浮想联翩……

台下太师椅上的宫胤早已接收到她眼光，手中茶盏动了动，淡淡挑了挑眉——不用想也知道，这家伙一定是在想赌约的事。想到赌约，就想到那日她气得通红的脸庞，涨得起伏的胸口……那般明艳的眸子直逼到眼前，亮到灼人。是他终于走眼了一次呵……愿赌服输。心情忽然不错，他抬眉，看向景横波，唇角不由自主微微一弯。

景横波的眼睛唰地直了。笑！宫大神的笑！她首次看见的宫大神对她的发自内心的笑！那！么！美！是天生清景，是琼花鲜丽，是月明照亮山南山北，是风动吹破花落花开，似玉润，似生光，似天底下一色皑皑，在他眸间唇角点亮。他笑起来，眼眸竟然微微弯起，深黑微带幽蓝的眼眸流光溢彩，素日的冷峻森凉之气，瞬间被风暖云薄的清净笑意覆盖。

景横波唰的一下抬手堵住了鼻子。不行了！千万别流鼻血……又想，还想什么惩罚啊，就要求他天天对自己笑好了，轻笑浅笑皮笑肉不笑，反正是笑都好！他平常不笑多浪费啊！

宫胤看她那色令智昏的模样，移开眼光，无奈地摇摇头，唇角笑意未散。他招手示意卫士退开，并让人前去安排下一步迎驾回宫礼仪，危机已过，得趁热打铁赶紧回宫，以免夜长梦多。

他的目光掠过耶律祁和斩羽部的首领，两人一个被安排在他对面，一个被安排得更远，就是为了避免这两家在女王迎驾典礼上再闹起来。此刻看着两边人都没有异动，他微微放心。

耶律祁眼风四处游荡，似笑非笑，他身侧一个谋士弯下腰，在他耳边低声道："主上，想不到女王竟然通过了考验，而且此刻极获百姓爱戴，您瞧，斩羽部在帝歌的人此刻都在这里观礼，如果咱们这个时候冒充斩羽部的人，对女王出手……"

耶律祁眉头微扬，看了景横波一眼。

无独有偶，在人群某个不起眼的角落，也有人在密谋。

"想不到女王竟然通过了考验，"一人沉声道，"如此，我倒有了个新计划。"

"哦？"

"耶律祁杀了我们斩羽部继承人，又大伤我们在京势力。这样的仇不能不报。本来以为宫胤回来，正好帮我们杀掉耶律祁，谁知道他不知道吃错了什么药，竟然把帝歌的稳定当作第一要务，动用军队压制我们。现在机会来了，女王此刻正得百姓热爱，身寄大贤者他们的希望，如果我们这时候冒充耶律祁的人，对女王出手……"

耶律祁的眼底发出光来，但只是稍稍一瞬，随即他目光投向台上。她此刻笑靥如花，满面生光，几乎可以说处于人生的巅峰时刻……要在此刻打落她，很容易……他摇了摇头。

谋士不解地看着他，自觉这是个恶毒且有效的好计划，不明白主子怎么就这么放弃了。

耶律祁笑而不语，双手比了个框，将景横波的脸框在框里，瞧来瞧去，悠悠叹了口气。

礼司的人挤到台前，小声呼唤景横波："陛下，陛下……"

"啊？"景横波听不清，心情又兴奋，还沉浸在宫胤的倾城一笑里，一个大步就跨了出去，"什么事……"

哧！一声微响，只有景横波听见，她身子一僵，在台上凝固住了。

台下官员百姓也似发现不对，欢呼渐止，然后他们就瞪大了眼睛。一条白色的线，缓缓从女王腰部出现，越来越宽越来越宽……哦，不对！那不是线，那好像是女王的肌肤！

景横波维持着半回身的姿势，瞪大眼看着自己腰间越来越大的裂缝，刚才她步子太大太快，踩到裙摆，裙摆下坠的时候，本就失去腰带的松垮腰部也往下拉，不知挂住了腰上哪块打磨锋利的宝石，瞬间就撕了一个巨大的口子……她反应很快，迅速一手遮住了腰间裂口，求助的眼光立即向宫胤扫去。偏偏今天正午举行仪式，天气很热，大家都薄衣外衫，没有穿披风。先前四面都是幕布，但是在景横波下了幕布之后，所有的幕布都已经移走。

宫胤反应也很快，立即起身掠上台来。此时景横波也反应过来，对翠姐大叫："我箱子里有小斗篷，给我！"箱子怕被弄脏，是放在台板上的。翠姐急忙打开箱子，一眼看见一个东西，忽然一怔，整个人呆在那里，脸色骇然。景横波催促："快点！"翠姐被提醒，却并没有找斗篷，手竟然向下一按，想要将箱子关起。还没来得及关，身后人群涌动，她脚下忽然一滑，整个人撞在箱子上，箱子滑出，放在最上面的东西顿时飞了满台都是。

众人的眼珠子下意识地随着那些花花绿绿的东西飞了个满台。高跟鞋，裙子，各种奇形怪状的短小衣服，各种奇形怪状的包袋，还有一对拥抱在一起的穿着比基尼的男女娃娃。飞出来的东西其实很多，众人还来不及看清那是什么，忽然一个女声尖叫："啊——羞死人了！"声音似乎从人群中发出，颤抖尖厉，充满惊怒和羞涩。台前众人有点茫然地看向台上，有件东西始终在骨碌碌地滚，看上去像两个娃娃，但极其逼真，那暴露的衣着，亲昵的造型，渐渐吸引了许多人的视线。

景横波也愣了。要命！这对芭比娃娃是定制版，火辣开放，姿态亲密。女娃娃是她自己的造型，金发大波浪，布料少得可怜的三点式比基尼，踮着脚尖，拥抱着只穿沙滩裤的男娃娃，那是贝克汉姆造型……这玩意儿怎么在箱子里？就算在箱子里也该在最底下，什么时候翻上来的？她拼命想，才想起来这似乎是几年前在网上认识了个损友，她过生日的时候，人家要了她照片，定制了"沙滩版大波汉姆戏水芭比"，她收到以后哈哈哈笑一阵，顺手就扔在了箱子夹层里，收拾行李的时候也没在意，因为当时那东西明明有包装袋的……这个东西在现代实在不算什么，但要命的是，这是在规矩特别森严的大荒，还是她的造型，被前头百官看见这东西，以后她要怎么活？

宫胤也愣在那里。一眼看出那女娃娃是景横波自己，他目光在那惊人的曲线上扫过，第一反应就是这娃娃做得好逼真，难道是对着她做的？第二反应：衣不蔽体！第三反应终于看见那个男娃娃，紧紧拥着衣不蔽体的"景小波"，也衣不蔽体！如此逼真，必然也是对着真人做的才对！那这个男娃娃是谁？那个什么贝？什么都敏俊？什么哇哇哇？他马上回身看景横波，眼神里充满疑惑，景横波张开的嘴似乎在告诉他一个不妙的答案。宫胤心中难得地乱糟糟的，无法相信自己眼见的一切。此时那东西正骨碌碌滚到他脚下，他低头看了一眼，生出无法掩饰的愤怒，下意识地抬脚踢开。踢开之后四面一阵"呜"的惊呼。

宫胤忽然一醒。不行，这东西不能给人看清楚！尤其那女子相貌和她一模一样。女王私藏淫秽物件，比不能通过大典更糟！有什么疑问事后再说，现在只能立即毁掉那东西！宫胤一个箭步掠了出去，开始满台追那对火辣版芭比娃娃……

那东西却已经滚向台下，无数人拥挤着想要上前看清楚。景横波此时也从震惊中醒转，双手一挥，隔空取物毁尸灭迹！

正在此刻，宫胤抢先一步抓住了那东西，正抓到男娃娃没穿衣服的上身，他顿觉恶心得要吐。下一瞬那东西忽然从他掌心消失，宫胤回身，就看见那东西正飞向景横波的掌心。要命！怎么能被她握住！被人看见这一幕会更糟糕！此时来不及追上阻止，宫胤霍然转身，单手一掣手中已经多了一柄薄刀，他双手举刀，翻身猛砍！

轰！高台坍塌！烟尘弥漫，木板纷飞，台前的人们为免被伤着，纷纷捂脸后退，隐约听见头顶似有飞掠之声，有人大叫道："女王道德败坏，我大荒怎能容如此败德丧行之女子，吃我一刀！"又有人惊叫："飞燕刀！耶律氏门下！"众人听得模糊，烟尘里又见刀影闪烁，也顾不得什么，只得纷纷后退，等退到安全地带睁开眼，只见高台塌陷，隐约有刀光闪烁，台上乱滚的东西，和女王，一起不见了。

第二十九章　男人都是祸害

景横波此时眼前一片黑暗，正灰头土脸地缩在一片残破的木板下。高台坍塌，塌的正是她脚下那块，她瞬间跌落，幸亏台下就是地面，还不至于受伤，只是好像又崴了脚。身下有个硬硬的东西，触感熟悉，她摸了摸，果然是箱子。此时她手中还抓着那对火辣版芭比娃娃，抓得她掌心涔涔地渗出汗来。怎么办？毁尸灭迹？虽然只是一对姿势亲热的娃娃，但这女娃娃原型是她自己，给人看见了引发某些不好的联想就不好了。

人影一闪，宫胤逼近眼前，景横波一惊，下意识就把手中东西当武器戳了过去……咚，男娃娃戳在宫胤胸膛上，发出一声闷响……本来神情微含担忧的宫胤，被这不重的一戳戳得脸色瞬间铁青……当然不是身体受伤，伤的简直是灵魂……

他冷哼一声，一手狠狠夺过那对娃娃，看一眼那衣不蔽体的男娃娃，眼底闪过憎恶之色。什么乱七八糟的，居然眼睛是蓝的，妖魔吗？她能有点正常的喜好吗？指间一用力，那搂着"景小波"腰的男娃娃瞬间灰飞烟灭。景横波不知是解脱还是惋惜地叹了口气。这可是现代技术的产物，是大荒这个时代独一无二的东西，就这么毁了还是有点可惜呢……她的叹气显然又将宫胤郁闷着了，居然还舍不得！"这到底是什么……"他的话还未及问出，忽然头顶光芒一闪。

“女王道德败坏……吃我一刀！”喝声刺耳，与此同时，一道猛烈的呼啸声，当头劈下！

景横波一仰头，就看见长河倒挂一般的刀光，随即她被宫胤推入了黑暗中。

“藏好！”他简短地道，眼光掠过了她的箱子，反手一刀击开了对方的攻势。

景横波噘起嘴，只好躲在黑暗中关箱子。她知道“藏好”有两层意思，一是要她自己藏好，一是要她赶紧把箱子里不该有的东西藏好。她狠狠把箱子盖往下一盖。

一只手忽然伸过来，顶住了落下的箱盖。

“谁？”景横波一惊，抬脚就踢，直袭对方腰部。

“喂，你的腰。”对方却在冷冷地提醒她的腰。

景横波也觉腰上凉快，这才想起裂缝未补，一抬腿走光更多，急忙放下腿。上头淡淡光线打下来，模模糊糊站着耶律祁，他唇角一抹玩味的笑容，正毫不客气地盯着她腰间一抹白。景横波瞪他一眼，警惕地退后一步，拖着箱子挡住自己，从箱子里抓出一件斗篷赶紧穿上。

耶律祁似乎没有动手意图，唇角噙一抹意义不明的笑，忽然道：“你今天很美。”

“那当然。”景横波下巴一抬，不放松警惕，“你过来做什么？”

耶律祁笑得云淡风轻：“三件事。”

“嗯？”

“第一，我想当面赞美你，”他赞叹地道，“你今天真的很出众。”

“神经。”景横波点评，一个字都不信。

“真的，这是最重要的事。”耶律祁看起来很认真。

“第二？”景横波不耐烦，听着上头动静，风声人声打架声，外头乱成了一锅粥，只是没听见宫胤的声音。

“刚才有人假冒我的名义刺杀你，想要激起民众和你的支持者对我的愤怒。”耶律祁懒懒地道，“所以我必须出现在你身边，保护你，证明我的清白。”

景横波嗤之以鼻：“清白？这么高贵的玩意儿你有？”

“也许马上就有。”耶律祁眼里的笑意很浓，“第三件事，也挺重要的。”

“嗯嗯？”景横波心不在焉，专心聆听外头动静，咦，怎么没有宫胤的声音呢？

耶律祁却又不说话了，手指轻扳，似乎在计算时间，他眼角忽然斜了斜台子破洞上方，随即又收了回来。

“怎么不说了？”景横波慢半拍察觉这突然的安静，催他。

“哦。”耶律祁轻轻靠近她，嘘了一声，有点腼腆地笑道，“是这样的……本来今天的迎驾大典按我的计划会在一刻钟前结束，仪式结束后女王先离开，然后所有王公贵族、六国八部首领会鱼贯从台前走过，列队离开。嗯……按照时辰计算，此时正是宫胤带着包括斩羽部等人走过台前的时候，所以我早早令人在台下埋了点炸药，命令死士不管发生什么事，都要按时点火，哦，大概就是这个时候爆炸……”

“啊？”最后几个字终于飘入了景横波耳膜，她一直望着外面的脑袋唰的一下扭转，“你开玩笑吧……”耶律祁脸上的神情令她的话咽在喉咙里，下一瞬她尖叫一声拎起箱子向外就跑。惊吓之下，她甚至忘记了自己可以瞬移。

砰的一声，她撞在一人胸膛上，气味隐约有点熟悉，她来不及辨认那是谁，把箱子往他怀里一塞，大叫："有炸药，快走！"那人却盯着她没来得及关好的箱子里掉下的东西，两眼放光，"哇！什么东西！好玩！"正准备瞬移的景横波险些一口血喷出来——指甲油君！世上居然有比她还不靠谱的男人！

景横波只好拧着他耳朵，准备一起移开。身子还没动，忽然一道白练飞来，打掉了指甲油君准备揽住她腰的手。白练缠住了她的腰，她被立即拉了出去，随即白练再次松开她飞起，反向击中指甲油君的胸膛，将指甲油君推向跟着冲出来的耶律祁。几个动作一气呵成，一霎间，景横波逃出，伊柒撞向耶律祁，耶律祁被撞得后退，逼近爆炸中心点。这忽然出现的人，时机把握精准，妙到毫巅，就好像一直在等这一刻。自然是宫胤。

伊柒砰的一声撞到耶律祁身上，赶紧爬起，忽然脸色一变，抽了抽鼻子，道："黑火药！"他转身就跑。白影一闪，宫胤手中白练击向他腰间，又想把他击回去。伊柒身子诡异地在半空中一扭，竟然脱离了宫胤的攻击，闪身逃出。宫胤也不浪费时间追击他，手中白练一甩，再次挡住了要奔出来的耶律祁。

此刻他在残破的台上，耶律祁在残破的台下，隔着朦胧的光影和一道银河般的白练，遥遥对望。

耶律祁脸色终于冷了下来，"你果然又猜到了。"宫胤如果不知道这台下有火器，怎么能这么巧地把握时机，并在此刻出现救走景横波，堵住了他？耶律祁心中微微懊恼，他发现每次都是这样，再天衣无缝的计划，在宫胤面前都无所遁形。他似有一双水晶般的眼睛，或者剔透的心肝，照得见一切暗处的谋划。这似乎并不完全因为智慧，倒像是某种奇异的能力……

宫胤依旧淡淡冷冷地看着他，唇角一抹讥诮的弧度。"我忽然也有了个发现。"他道，神情不掩憎恶。

"哦？"耶律祁微微一笑。

"你对她……也很上心。"宫胤话声冷澈，忽然一声低喝，"那就留在这里吧！"他手中白练一振，白练忽然化为了无数蒙蒙的雪，雪迅速凝结成冰晶，冰晶迅速大片凝固，白色结界一般无声蔓延。

"般若雪……"耶律祁一句话还没来得及说完，冰晶闪电般覆盖一切，已经将他冻在了冰晶中。某处火花已经嗞嗞闪起，死士按照约定，一丝不苟地执行任务。整个台洞里瞬间成了琉璃冰雪世界，耶律祁被冻住动弹不得，无法逃生！

宫胤眉宇间也似生冰雪，漠然看了与自己斗了多年的政敌一眼，白影一闪，消失不见。

砰，景横波落在地上，脚踝一痛，身子向后一歪，一屁股坐了下去。坐下去的时候她隐约听见哧哧的声音，屁股底下一阵灼痛，她啊的一声，抱着屁股蹦了起来："好痛！好痛好痛！"景横波仔细一看，她瞬移竟然移到了炸药点火处，一屁股把引线给坐灭了！这叫什么？天意吗？

负责点燃炸药的死士就在不远处，看到突然出现个女人竟然把火线坐灭了，眼睛都红了。他猛冲过去将景横波重重一搡。景横波跌出好远，哎哟一声，扭伤的脚伤又加重了，这下她连爬起来的可能都没了，更不要说阻止了。景横波挣扎着爬起来，一闪不见。罢了！人已经走得差不多了，台洞下应该已经没人了，再有死的算他运气太差！

火线被坐灭的那一刻，在台洞里闭目等死的耶律祁，掐算着时间，却并没有在那个时间等到那绝命一声。他霍然睁眼，加快运气，身周冰晶渐渐融化……

火线重新燃起。耶律祁身周凝固的坚冰出现虚空。

火线哧哧燃烧，渐渐缩短。耶律祁头顶白气越来越浓，台洞里似生了雾，冰晶不断发出碎裂的咔咔之声。已经远远离开高台并立即驱散人群的宫胤，愕然回首。

火线已经烧到尽头！嚓！一声爆响，冰块碎裂，耶律祁破冰而出，轰然巨响中再破台板，木块和冰晶同溅，他飞起的身形如一只黑色的蛟龙。几乎与此同时，宛如地龙翻身，一声更恐怖的巨响从他脚下炸开，一瞬间高台消失，旗杆折断，整个广场的建筑物都在摇摇欲坠，远处无数人惊呼着被地面的震动和冲击波震翻，滚出老远，场上静了一静，随即尖叫声上冲云霄。从地面到半空，升腾起一道黑色的烟云，滚滚如怒龙。

“哈哈哈哈哈哈！”却有人在黑云正中放声狂笑，声音里充满喜悦，“天不绝我！”他长发披散，黑衣翻飞。百姓骇然回头看去，黑云腾腾中黑影腾跃而起，如深渊深处跃出恶魔。

宫胤看着死里逃生的耶律祁，唇角轻轻扬起：“不死也好，否则我必太寂寞。”

景横波坐在广场一角，看着远处黑烟滚滚，人群呼号奔走，刚才还辉煌一片的广场现在狼藉零落，地上到处都是跑丢了的鞋子、衣服，真是一霎繁华一霎乱世，只觉得心里空落落的。今日迎驾大典，她进帝歌城的第一天，真是一波三折，丰富多彩，最后还来一出火烧高台。一把黑烟，遮没帝歌中心；一声轰响，百姓仓皇逃奔。不知道是不是在预示她以后前途无亮？

景横波叹口气，揉揉脚踝，等宫胤来接。一波波百姓潮水般从她身侧流过，她忽生乱世逃离之感，想脱掉女王冠冕，拎起箱子，汇入人群，从此做个普通人。做女王原本不是她的计划。她托腮想了会儿，觉得来异世这段日子，还是做妓女那阵子最快活。做不成女王就做妓女这种事，对于景横波来说也无所谓，两者在她看来甚至有共通之处——都可以大批量地欣赏各种男人。从自由角度来看，她觉得做风尘女子更爽点。当初她就想过，青楼这事，最好当成长期生意来开发，等她熟悉了青楼工作流程，就想办法把宝石给换成钱，开一家有格调、有品位、有与众不同的节目的高级会所。自己做老板娘，又可以赚钱生活，又可以免费看无数美男，等到会所红火了，就对天下招聘最特别的厨子，最冷酷的女保镖，最擅长发现病症的女大夫。这样，擅长厨艺的文臻，男人婆太史阑，还有小透视君珂，不就被自己轻轻松松找到了？嘎嘎嘎，真是完美。

然后她就叹了口气。有个词叫什么来着？骑虎难下？一口气争到现在，女王已经不能不做。她喜欢热情的大荒人民，她想要改变这里的规矩，她不想强权永远凌驾于生命之上。

她想了一会儿这个沉重的命题，忽然心中一动，觉得有什么事不对劲。先前台板底下，宫胤毁娃娃的时候，好像只毁掉了一个娃娃，还有一个呢……忽然一个人在她身边坐下，打断了她的思绪，竟然是指甲油君，抱着她的箱子，当宝贝一样不撒手。

“箱子还我。”她现在看见箱子就心塞，发誓以后永远锁上密码锁，绝不再交给别人。

“不要。”伊柒抗议，忽然神秘兮兮地撞了撞她肩膀，“喂，先前那东西，是什么啊？”

景横波看他那一脸猥琐神情就想崩溃。天哪，到底多少人看见了啊？“啥？啥东西？”她一脸无辜，“我箱子里都是些女人用的东西，你们男人好意思乱瞧？”

“我没有乱瞧！”伊柒指天发誓，“可是我看见它向我滚过来，一对抱在一起的春宫娃娃！而且女的长得好像你，那身形……”他咕咚一声咽了好大一口口水，眼睛上下瞄着景横波，似乎在比对。

“你说的什么我一点都听不懂。”景横波耸肩，“那明明是刺客为了吸引我的注意力抛出的暗器，和我一点关系都没有。”

伊柒在箱子里摸啊摸，一会儿抽出来一件，看一眼，大叫：“啊哈，这是什么？肚兜？”

景横波一看，bra。

一会儿伊柒又拽出个东西：“啊，这是什么？百宝箱？”

景横波一瞧，卡片式拍立得。她先前已经放了回去。

“别乱翻我的东西！”她把bra抢过来，塞进箱子里，抓过拍立得。

“不要。”伊柒不给。

吵吵闹闹中也不知道谁的手指碰着了按键，忽然一张照片吐了出来。伊柒一愣，眼疾手快一把将照片抢在手中，照片只照到对面地面，但他已经明白了。

“这就是你神画的秘密！”他大叫。

一旦被发现，景横波也不再试图掩饰，抓过拍立得：“来，笑一个。”

伊柒立即凑过来，配合地笑出七颗雪白牙齿。景横波一边叹息宫胤为什么没这么听话一边按下快门。咔一声轻响，伊柒唰地窜了出去，左看右看。景横波手指放在拍立得上方，一张照片慢慢吐了出来，在光线下迅速显影。

“神笔作画，万金一张。”景横波对他扬了扬。

伊柒拿着照片看了半天，哗然惊叹：“这是我吗？”

景横波矜持点头，等他的惊呼。

“我从不知道我竟这么美。”

景横波想一脚将他蹬出千里之外。这世上居然有人敢比她更自恋！

“话说回来，”伊柒啧啧称叹地摸着那张照片，又瞟着拍立得，“果然不是人画出来的画像！这盒子一定是个很神奇的东西！”

“嗯，它储存人的灵魂，拍一次你的影子，你就少活十年。”景横波和他胡说八道，觉得心情好了很多，看着那黑烟也不堵心了。

“你和老三一样满嘴胡话。”伊柒撇撇嘴，“它不过是一种奇特的机器罢了。”

景横波这下倒对伊柒刮目相看了，这人突然遇上拍立得这样的东西，不仅没尖叫震惊，还能说出“机器”两个字，这得多超越时代的思想啊，“你认识这东西？”

“不认识。”伊柒拿着拍立得翻来覆去地看，满眼贼光。

“那你为什么不惊讶？这么神奇的东西。”

“师父说了，你是携杀星破天而来的异人，拥有这世上所有人不能拥有的思想和神异，你拿出点奇奇怪怪的东西，才符合你身份嘛。”伊柒装作研究拍立得，手偷偷伸进箱子里乱摸，被景横波一巴掌打了下去。

“你师父？”景横波想起先前伊柒的问题，似乎也提到他师父试验田的事情。这才对了，拥有超越时代的睿智思想的，应该是胡子雪白、仙气飘飘的老头儿，不该是眼前这个满脸无赖、笑得无耻的漂亮小偷。“你师父还说过我什么？”景横波来了兴趣，高人嘛，泄露天机是他们的本分。

“他说你是天命女王，但是折腾无比。”伊柒在盘弄拍立得。

“是挺折腾的。”景横波看看混乱的四周，叹了口气，能把一个迎驾大典搞成这样，她也该是大荒史上前无古人后无来者的吧？该在史书里好好记一笔。

“他说你七杀照命，注定翻覆数百年大荒。旧例如灰，新权如锋，帝位之下，血流漂杵。”伊柒在研究拍立得。

“文绉绉的。”景横波托下巴，“这句前面对后面不对，我不喜欢杀人。”

“杀人从来由不得喜欢不喜欢。”伊柒随口一答，继续盘弄拍立得。

“还有呢？”

“他说你几起几落，自己乃至身周人，半生难安。”

“爱情呢？”景横波对这些神神怪怪兴趣缺缺，哪都有神棍，神棍蒙也能蒙上几句，只要往玄乎的方向说就好了。

“哦，”伊柒头也不抬，“其实以上都是我胡诌，只有下面一句才是他真正说的，你仔细听好：他说你看似桃花照命，红鸾纷涌，其实身边人都不是命中良人，你真正的未来夫君……”

“远在天边近在眼前是不是？”景横波啪的一下打掉他准备指住自己鼻子的手，抢回拍立得，“一句靠谱的话都没，还我。”

“别动别动。”伊柒让开，将拍立得高举，一把搂过她的脖子，捺着她靠近自己肩头，头一偏甜甜蜜蜜凑上来，“笑一个，一二三！”

刚才还想骂人的景横波，对着镜头立即条件反射笑靥如花，还比了个剪刀手：“耶！”

“耶！”伊柒有样学样。

咔嚓，拍立得振动了一下，一会儿，缓缓吐出一张照片。

景横波不可思议地看着这小子：“你会了？你真的会用了？”这拍立得还是有点麻烦的，要开镜头，调整像素，再按按钮。这家伙随手摸摸就会了？再看照片，十分清晰，背景完整，人像大小合适，角度标准，一对俊男美女头靠头笑得阳光洋溢，都露出整齐雪白的七颗牙齿，怎么看怎么般配，足够拿去做相机广告。这年头，聪明人太多，没法活了。

照片上两人姿势亲密，景横波直觉不妥，伸手去拿：“给我做个纪念。”

“我拍的当然归我。”伊柒晃了晃照片，赶紧收进怀里，趁景横波分神于照片，手迅速伸进箱子，再迅速拿出来，掌心紧紧地握住一个东西。“摧花狂魔又来了，我走了。”伊柒忽然站起身，“对了，我来是为了告诉你，有空去七峰山做客啊，上山记得找我就好了。千万别理另外七个，他们都不是好东西。”

景横波记得他们师兄弟一共七个，哪来的另外七个？数字盲。“七峰山？”

“你会去的。”伊柒笑得神秘，忽然对前方点点头，道，“冰山，你先前想害我，我就不和你计较了，反正将来有你苦头吃……”

景横波一回头，宫胤正在她身后不远处立着，背后黑烟腾腾，他偏偏看起来更加如冰似雪，眼眸里也是一片冰晶色，冷然笼罩着伊柒。

“七峰山传人什么时候也开始意图干涉人间王权了？”他声音清冷。

“我只是垂涎女王美色而已，”伊柒笑眯眯地摇手指，“蒙她厚爱，为我画像一张，你要不要瞧瞧？”他慢慢地将照片向外抽。

景横波暗叫不好，那么亲密默契的照片，给某家伙看见又有麻烦，赶紧跳起来扑向宫胤，“哎哟，我脚痛！”

宫胤似乎想先给伊柒一掌，最终却先抬手接住了景横波。

伊柒的手唰的一下缩回去，身子一闪，已经越过包围人群，远远蹿了出去。人跑掉了，畅快的大笑声还回荡在天际：“敬爱的女王，我的心肝宝贝媳妇儿，我就知道你一定会帮我的！”

景横波立即感觉到身前怀抱的僵硬，在心中默默泪奔。为什么在大荒遇上的这些蓝颜祸水，一个个都爱祸害她呢……果然，宫大神下一刻就推开了她，转身就走。

“喂喂！”景横波追上去，“你等等我呀，我脚痛！”

宫胤停下了，却不回头，也不理会她，从袖子里抽出一方雪白的手巾，慢条斯理地擦着，擦了一阵，随手一抛，手巾如白鸟翻飞不见。景横波心想洁癖真讨厌。还没想完又看见他抽出第二块手巾，没多久又抽出第三块手巾……

“喂，你干吗总在擦手？”她终于忍不住问。

“脏。”他答得清淡简单，眼风睨过来，冷冷的。

脏什么了？他的手雪白、干净、一点灰都没有，好吧？景横波又想了一会儿，才隐约领悟——和娃娃有关吧？娃娃弄脏了他的手？这是想问，又不肯开口，心里又别扭，在暗示她自己解释呢？“那个……”她想了想，觉得实在无法解释，说这东西是人家送的？说贝克汉姆她认识人家人家不认识她？说其实在她那边这个不算什么？说完了大神会不会认为她本性放荡，从此愤怒得永远关她禁闭？

某人看她支支吾吾，更加不爽。“为什么是你的样子？”他忽然问。

“啊？”满脑子在找一个宫胤能接受、自己也省事的说法的景横波，脑子一顿。

“为什么和你一模一样？”他回身，看似面无表情，语气平静，偏偏眼底冷光如针，“不看着你人，不可能做得这样逼真。”

“那个……对着画像啦。”她呵呵笑，“但是衣裳其实没穿这么少啦……”声音越说越小。其实她衣裳穿这么少的时候很多啦。景横波想着，所谓少见多怪，以后让他见见，是不是就不会这么大惊小怪了？

“给你做这个娃娃的，是那个男娃娃本人？”他又似乎漫不经心地问。

景横波又愣了愣。这是哪里和哪里？“当然不是。”她急忙申明，“两个娃娃都是对着画像做的。”

“谁做的？”

“技师啦。”

“男技师？”他声音似乎有点沉。

景横波觉得味道有点不对。“男的女的重要吗？”她眼睛慢慢眯起，“还是……宫胤你在吃醋？你在因为娃娃……吃醋？”

宫胤立即迈开一步，拉开了和她的距离。“胡言乱语！”他冷然拂袖，“我只是要问清制作这种淫秽物件的技师！怎可以此种污秽物件引诱女王并置女王于险地！这种人理应捉拿查问，以污蔑诋毁女王之罪明正典刑！还有，景横波，他不知道这东西会害死你，你自己也不知道吗？”

“是吗，污秽吗？”景横波目光闪闪，似笑非笑看着他，“这么污秽，这么淫秽，这么不可告人害人不浅，做这东西的人该抓起来杀头，对极对极，义正词严。不过大国师，我想问一下，那娃娃好像还剩一个啊，你说把它藏起来的人是不是更淫秽更不可告人呀？你知道那个把它藏起来的人在哪吗？咱们把他也一起抓出来好不好……”

一阵冷风拂过，她眼前一黑。某个恼羞成怒无话可答的霸道家伙，再次“说不过就让你睡”。景横波在倒入那个熟悉的怀抱之前，只来得及喃喃一句：“你倒是敢承认啊……”

一场迎驾大典，风波迭起，善后处理也是个麻烦事。好在现在麻烦事也不用她操心，朝政大权都在宫胤手上。当日大典上最后一幕，箱子撞散后，有那么一批在前头的人，看见了箱子里滚出来的那对私密物件，但当时杂物太多，然后就是刺杀和爆炸，大家混乱逃生。人的印象往往选择记忆最深刻的事，很多人的记忆就留在了爆炸那一刻，将之前的惊悚和疑惑忘记，还有人对自己的记忆产生了怀疑，觉得或许看花了眼也未可知。当然也有质疑的，不过这种质疑无法在朝会上提出。之后宫胤又在帝歌大发榜文追索当日大典刺客，故意在榜文中称刺客居心叵测，抛撒异物吸引他人注意，伺机刺杀女王。百姓们也不大记得清当时那些东西是怎么出来的了，看了榜文都哦了一声，心想是刺客的手段啊。就是啊，女王那般神圣，那般冰清玉洁，怎么会私藏那种东西呢？对的对的，就是这样的！

迎驾大典结束当日，她被迎入玉照宫，因为迎驾大典上的表现，她获得了比以往诸多女王都更优厚的精神待遇，那些出身贫苦的侍卫、宫人，大多对这位心怀民生、有望拯救大荒百姓的女王心存感激和崇拜，对她十分恭谨。但也有不如意处，就是她并没有如希望的那样和宫胤住隔壁。事实上，当她向侍卫询问时，侍卫给她指路就足足说了一刻钟，说明女王和国师会见的规矩又用了半刻钟，侍卫一说完她就绝望了。按照规矩，她在正式登基后，除了每日临朝之外，无事不可随意召唤国师。每年只有年节和重大事件时期，会和国师有专门会晤。她见国师要下旨，国师见她要递表，要经过礼司备案，宫司准备，见面时会有各类随从人员若干……而她住在玉照西宫，宫胤住在玉照南宫，两宫之间的距离嘛……徒步大抵要大半天，如果路途再不熟，能不能赶得及吃晚饭也是个问题。

景横波无数次抱着被子翻滚——规矩！规矩！这见鬼的规矩！宫胤已经下令司天监选一个黄道吉日，据说最近的吉日都在六个月后。在此之前，她享受女王权利不履行女王职责，对朝政无权干涉但可以自由出入玉照宫。

景横波窃认为这样的安排是最好的，既然她还没登基，当然不用理会那什么下旨上表之类的臭规矩，所以她干脆地表示要住进玉照宫最靠近宫胤办公署的一间院子，美其名曰给大神看大门。宫胤对此没有发表意见——他最近又不理景横波了。景横波晓得是什么原因，不就是对那对娃娃不满又傲娇地不肯表现出来，拐弯抹角说了几句结果给她堵得哑口无言，以他的性子，没气得把她扔出大荒就不错了。所以她一定要找个机会解释，解释她是无辜纯洁的！要解释就得先靠近是不是？住到隔壁是必须的啦。

今天，景横波难得起了个大早，带着拥雪出了门。她要先选个院子，这个院子要采光好，地势佳，格局通透，用具齐全，当然最重要的是，观察宫胤的角度最好。

她出门时，宫苑西南角两间相邻的屋子门户紧闭。景横波看了一眼，心中叹息一声。那是翠姐和静筠的屋子。迎驾大典上，翠姐弄翻了箱子，给她带来天大的麻烦，事后翠姐连连找她道歉，红头涨脸地说她也不知道怎么就没站稳，似乎背后有人撞她。当时群情激动，她背后确实有好多人，撞还是没撞，真是说不清楚。景横波问静筠当时在哪里，静筠说她那时晒了太阳身上难受，去了僻静处休息。她不在现场，和这事没有干系。

景横波又想起那日广场上，那个最先指着那啥玩意儿尖叫的女声，如果没有那一声尖叫，当时掉落了那么多东西，也许还未必有人来得及注意那玩意儿。那女声，景横波在脑海里想了很久也不能确定到底是谁的，和静筠、翠姐的不太像，也不是她的敌人绯罗和桑侗的。也许，只有等以后，这敌人再冒出头来了。

她没有怪罪翠姐，自从报仇事件之后，两人就似有了心结。景横波不怪她，却也无法回到从前。倒是翠姐，似乎对那事非常自责，把自己关在屋里，连晚饭都没吃，还是景横波打发人把晚饭送去的。静筠还是那病恹恹的样子，她也对那事颇有一番自责，说景横波原本是把箱子托付给她的，结果她力气太弱给了翠姐，如果她当时能接下，她多少心细些，也许不会有后头那事……景横波不过挥挥手，说一声“反正也没惹出什么事儿，算了”，转身就走，把静筠给晾在那儿。

对于这两个患难之交，她并没有指望得她们多少助力，大典上的事，不管是不是这两人做的，最起码证实了这两人实在也不算妥当人。好在她从来没抱期望，也没打算把自己的事情交付，倒也谈不上失望，只是心中暗暗决定，以后让她们好好在宫中养着，遇上合适的人，就赶紧给嫁出去，也算朋友一场，帮她们找一个好归宿便罢了。

没有足够智慧和心机的人，是不能在政局和宫廷中生存的，她不想害了她们，也不想因为她们害了自己。两个人都用不上，景横波只好把拥雪带着。这小姑娘，当初在青楼不肯接客被她随手救下，她被宫胤掳走时，这丫头也就默不作声地跟着，和咋呼的翠姐以及娇弱的静筠比起来，她沉默寡言，一双不大却乌黑的眸子如深潭，似一个影子始终飘在人后，以至于一起走了这么久，竟然始终没存在感。

可景横波记得她说过寥寥几句话，每句话都似梦话，每句话都有理由，每句话，都有一种预言般的敏锐。这也是个奇特的孩子呢。

一座步辇抬来，供女王陛下使用，否则她到天黑也逛不完玉照宫。

景横波看一眼那步辇就皱起了眉头。“这是轿子吗？还是棺材？”她不客气地点评，“为什么蒙着黑纱？又不是去葬礼。为什么弄这么严实的顶盖？又热又不通风。我以前看的都是没加顶的，去掉！”

“回禀陛下，”陪伴她的女官为难地道，“您是女王，不能随意让他人瞻仰御容。您所使用的御用物品的任何修改，都需要报国师同意，由礼司报批，会同六相签字同意……”

“我有没有权运动？”景横波截断她的话。

女官不明所以，眨眨眼：“当然可以……”

“我有没有权吩咐侍卫？”

“可以。”

“我是女王，当我亲自操持某事时，你们是不是有义务帮助？”

“这是必须的，陛下。”

“很好。”景横波手指一勾，指住了一个侍卫的腰刀，“你的刀很好看，借来看看。”

侍卫满脸涨红，十分荣幸地举上他的刀，并接受了他人嫉妒的目光。

景横波接过刀，笑嘻嘻地想要一个刀花，动作惊险万分，众人心惊胆战。

“陛下，慢些，慢些……”

“怎样？怎样？这边？那边？”景横波耍着耍着，嚓的一刀，砍进了步辇的一边柱子。

乱哄哄或阻拦或指导的人群一呆。

“哎呀，裂了。”景横波偏头看看，露齿一笑，“这样好难看，要是抬出去大家见我这个女王还用坏轿子我好没面子，干脆一起砍了算了。”不等众人回过神，她嚓嚓几刀，胡乱砍在几根支撑顶盖的柱子上。“身为护卫，让陛下亲自砍树，你们干什么吃的？”景横波把刀扔还，“来帮忙！”

护卫呆呆地接过刀。

“怎么？我的命令没用？”景横波笑眯眯的，“现在我下令，帮我砍掉这些树。”

“陛下，这不是树……”

“它原来是树。”

最后护卫们糊里糊涂砍掉了“树”。

景横波带着拥雪满意地爬上去，伸个懒腰，环顾，只觉四面透风十分畅快，“这才爽！”

“陛下……”女官事急从权地拿出一顶面纱，“没有了轿顶，您得戴面纱……”

景横波接过面纱，在掌心搓了搓，迎着女官期盼的目光，将面纱转手递给了拥雪。“质地不错。”她道，“拿去做个帕子。”

拥雪接过，“是。”眸底似有笑意闪动。

“陛下……”女官脸色一阵青一阵红。

“我知道，”景横波一手支着下巴，眼波流动，“女王有很多规矩。这些规矩马上就要派专门的女礼官来教我，在此之前，你是负责让我对这些规矩有个基本了解的女官。不过我想我应该通知你一声，你也好，礼司那些礼官也好，你们的规矩教条，我不会理会。我胸无大志，只想活得舒服一点，偏偏你们那些规矩，在我看来一点也不舒服。所以，要么我不舒服，要么你们和你们的规矩不舒服，总要有一个不舒服，那就你们不舒服好了。”她笑吟吟地弹弹手指，精致的宝蓝色指甲弹一声清越的昭告：“来多少规矩，我破坏多少，走着瞧。”

她笑着，妆容精致，眼波如水，瞧来没有丝毫杀伤力，女官却觉得那宝蓝色的指甲似一柄柄小匕首，从眼前直戳到心里。有种人平日戏谑随意，正经起来也不过微笑款款，可那般流光溢彩的眸子里，自有凛然不可犯之气。女官忽然想起迎驾大典的一个传说，据说女王活活气病了礼相……女官默默地退了下去。当然，今天的事情，她是要向礼司禀告的。

步辇平稳地被抬起，一路前行。

“来，咱们瞧瞧哪里的房产适合居住。”景横波指点江山。她发现从自己的寝宫一路向前走，地貌越来越疏阔，花草越来越少，房屋建筑的格局也越发通透，墙渐矮，窗渐大，再无自己寝宫那里高墙深院牢房般的感觉。

最后步辇停在一处镂空花墙前，隔着花墙，景横波看见宫胤办公署“静庭”前来来往往的人群。靠近静庭有三处建筑，分别靠近静庭花园、静庭书房和宫胤居处。依景横波的想法，自然靠近宫胤居处最好，如果和他的床只隔一道墙那更好。偏偏那座院子和宫胤的居处虽近，却是背靠背，真要想偷窥，反倒绕远。最后景横波选了靠近静庭书房的一个院子，院子和静庭书房一样，靠近外庭，都有一个门对着外头的宫道，宫道对面就是大臣们的办公署和六司议事处，一些重臣工作太晚了也可在外庭留宿，宫胤的后门开在那里，也是方便随时议事的意思。

“这里怎么样？”景横波左看右看，问拥雪。

丫头黑漆漆的眸子好像越过院子看向远方。“近水楼台。”她道。

景横波心花怒放，觉得再贴切不过，近水楼台，当然是近宫胤这池冰水嘛。“那就这里了。”她一挥手，四面围着院子转转。“哎，园子里缺凳子，拿点凳子来。”“这头的围墙为什么这么严实？换成镂空花墙！”……

护卫们给使唤得团团转，紧急栽树，拆墙重建，搬弄家具，热火朝天。

隔壁静庭书房里，正在和臣属议事的宫胤，忽然停下了话头。众人都静了静，听见隔壁叮叮当当的声音传来，面面相觑。静庭不算玉照宫里最华丽的宫室，甚至稍嫌偏僻，取的就是“安静”二字，周围的几个院子，多年来没人住，在此议事的人习惯了安静的氛围，从来说话都是小声的，此时听见外头拆墙声、搬动声、挖地声，还夹杂着慵懒动人的女子笑声，吵闹不堪，不禁都不安地望向宫胤。谁都知道国师最讨厌喧嚣了。

不过这回有点奇怪，国师大人听见吵闹，一开始也皱起了眉头，可是忽然眉端微微一松，眼睛向外一瞟，很快又若无其事地敲敲桌子："继续。"

众人心中诧异，但也不敢怠慢，赶紧跟上。

"关于左国师涉嫌在迎驾大典上刺杀女王一事，还请耶律大人对此给一个交代。"会议继续刚才的话题，现在是刑司主相在向耶律祁发难，要求他说清楚当日的"刺杀"事件。

大荒政体不同于域外他国，左右国师之下，是副相。副相之下，则是礼、刑、工、户、吏五司。论起地位尊崇，以礼司为第一，每司的主官也称相，如礼司主官便是礼相，相当于大燕等国的礼部尚书。没有兵司，军权名誉总将是女王陛下，实权总将一般由左右国师兼任，谁势大谁得。另外，六国八部都有自己的军队，但有兵员数目限制。六国八部首领在朝中多半有虚职，为议事大夫之类的文职，可象征性参与政事。此外，贤者和祭司也拥有一定的参政权。

大荒前任副相刚刚去职，现在这个职务空悬，正有无数人为这位子打破头。刑相大人为求表现，甚至积极揽下了"女王被刺案"。

耶律祁坐在左首第一位，位置稍稍比宫胤偏下，他神态从容地看了对方一眼，道："欲加之罪，何患无辞。人家说是我主使就是我主使？我马上杀了宫国师，说是令狐大人你主使的，你打算怎么解释？"

大荒多复姓，在朝常姻亲，令狐氏做官的有好几个，当下都愤然怒骂。刑相令狐覃冷笑一声，道："疑罪在身，都该接受调查，便是耶律国师你嫁祸我，我也甘心接受刑司调查，刑司秉公执法，自能还我公道。"

"我却不敢相信令狐大人你能还我公道，听说你和斩羽部即将结为亲家？"耶律祁笑得漫不经心，"再说，那几个刺客都被炸死了，连证人都没有，你凭一句未必听清的刺客言语，就敢来指控我？"

"左国师请勿东拉西扯。还有人看见你曾闪身入炸毁的礼台之下，之后又在爆炸后冲礼台而出。"令狐覃冷笑，"那时女王藏身台下，敢问您偷偷进入台下意欲何为？后来为何又满身狼狈而出？"

"我去，自然是想救女王。"耶律祁神色自若，"我听见刺客污蔑嫁祸，便知要想洗清冤枉，就得先救下女王，自然要匆匆赶去她身边。"

"那为何女王不是你救下？你又狼狈而出？"斩羽部首领战冲立即责问。

"那自然是因为女王陛下本身神威非凡，无须我保护，甚至施展神功，将我送出爆炸之地，啊，陛下恩德，微臣感激涕零。"耶律祁目光闪闪，似乎真的很感动。

"左国师真是舌灿莲花。"战冲冷笑。

"耶律国师说话有何不通之处？倒是斩羽部咄咄逼人，让人想起斩羽部和耶律大人的恩怨至今未解吧？莫不是贼喊捉贼？"大祭司桑侗忽然微笑插话。

"胡言乱语！血口喷人，你是祭司就可以随意偏袒？"

"如此心虚，还不知道谁在拉帮结派，故意偏袒！"轩辕镜又加入。

"够了。"大佬们吵得最激烈的时候，宫胤终于开口。众人凛然停息，虽然吵架的那几个犹自有不忿之色，却也没有再说话。

耶律祁还是那副笑得漫不经心的表情，眼睛对窗外瞟了又瞟。

“静庭不是夜市，你等也不是贩夫走卒。”宫胤语气决断，“令狐大人，按章办事便可。”

“是。大荒律法第三十五条七则，涉嫌攻击伤害女王陛下者，一律入诏狱。案情存疑以及当事人位列一品者，可先在昭明公署接受调查，待事实清楚后，再行定夺。”

宫胤沉吟不语，也向窗外瞟了瞟，别人没发现他有点不乐意的神情，都觉得这处置不错。无论如何国师尊贵，想要凭已经死无对证的一句话就让他送命，是不可能的。能让他被软禁接受调查，也算打击了左国师那一派的气焰，对于和耶律祁有仇的斩羽部来说，更是乐见其成，这样便有机会趁耶律祁暂时没有自由，做些手脚。耶律祁那一派的官员自然有些不乐意，但眼看耶律祁自己笑吟吟的，没有反驳的意思，想想也实在没有理由再反对，总不能连调查都不接受，只好闭嘴。

宫胤看了一眼微笑的耶律祁，眉头几不可察地微微一皱。

绯罗一直坐在靠窗的位置，对窗外接连看了几眼，忽然笑道：“我说是谁呢，原来是咱们的女王陛下。陛下可真是活泼，说不住寝宫就不住寝宫，说住到静庭隔壁就住到静庭隔壁，以往女王们若是泉下有知，不知该多羡慕呢。”

宫胤脸色微微一沉，未及说话，那位支撑病体来开会的礼相已经颤巍巍道：“啊！我还以为是静庭要扩大规模，整修隔壁院子，原来是女王陛下要住过来？不可不可！没有经过宫廷司上报、六司研究批准，陛下怎可随意移居……”

“她还没有登基。”宫胤一句话打断要起身阻止的礼相，“刚刚发生了刺杀事件，因此本座让陛下移居，也可就近保护。”

“原来如此，只是终究于礼不合……”又有官员低声道，“陛下在迎驾大典上虽惊才绝艳，惠及天下，但行事放纵，不守礼教，如此应该好好和陛下说说规矩才是。我大荒立国数百年，仪典是历代女王必须遵循的圣典，也是我大荒政体稳定如一的保证，不可轻易为他人颠覆……”

这人絮絮叨叨地说着，在座绝大多数人深以为然地点头。大荒权力格局已成，无论哪一派，都不希望忽然出现一个强力女王，搅乱现有的政治平衡。然而景横波的行为言论处处离经叛道，隐约露出挑战现有体制的味道，这如何使得？所有不安分因素，都应扼杀在萌芽期。

宫胤不置可否，起身走到窗边，原本对着窗户这一面的严实的墙，已经被挖倒一半，神速地起了一道花墙，有人嘻嘻哈哈地扶着梯子正鬼鬼祟祟爬墙，日光下明媚的眸子一闪，手中似有异光一闪。

他吸一口气，目光也一闪，随即移开视线。有种人靓丽天生，似日色在云层后乍现天光。心肺间似忽然也被利光刺住，一痛一凉，一丝真气流水般从体内逸出。他脸色一白，微微调息，转过身来，看见所有人脸上的神色，心中忽然一叹。一件原本很简单的事，因为特立独行的她的到来，似乎变得更加复杂而难控了。她的自由，注定会遭受几乎所有臣民的抵制。那千百年不变的陈规凝结成坚不可摧的高墙，横亘在所有通往自我的道路上。该让谁放弃？让谁退步？还是眼睁睁看着彼此带血地冲锋，看着她跌落于满是荆棘的道路？当冲突不可避免，他要如何告诉她，那一片绵延数百年的铁青色的天域，绝非仅靠勇气便可过？

“推广沼泽种植一事重要，还是女王学礼仪重要？”他回身，眼神冷峻地扫过众人，“诸位，此事事关我大荒百年国力，在座人人有责。女王所提出的水蔬鱼桑共育法，在座诸位可有推广妙法？该如何开始？在哪处先试种？选择何处优良种子？……”

严肃话题一抛，众人不敢怠慢，俱各正襟危坐热烈讨论，女王不守礼仪一事，也就被暂时搁下。只有靠窗的绯罗，有一眼没一眼地看看窗外，再看看神情冷峻却似乎有点走神的宫胤，和一直笑而不语的耶律祁，唇角露出一抹古怪而冰冷的笑意。

“喂，喂，往上点，往上！不对，往左，往左来点！啊啊啊啊快看到了，再往右点！好了别动！”景横波趴在扶梯上，底下一群护卫满头大汗地抱着梯子，按照她的要求到处移动。

最后景横波终于确定了一处偷窥的最佳位置，喜笑颜开地拍拍墙：“好了，就这位置，不要砌墙，留一个大大的洞！”

侍卫汗滴滴——她画出来的大大的洞的位置，足可以跨过一个人……最后侍卫们在那砌了个梅花墙，确保女王陛下可以通过梅花的每一瓣，看见国师的每一个动作，梅花的五瓣还可以形成多角度观察的效果。景横波表示很满意。

她满意地站在墙头上，一手望远镜，一手拍立得，镜头移来移去：“开会呢，啧啧，脸红脖子粗的，吵架呢？还大佬呢，没风度。”“哟哟，他起来了！呀！窗口！拍立得预备！”

咔嚓！景横波笑眯眯地看着手中的照片，啧啧，美人就是美人，随便哪个角度都美！照片上，窗前静静立着一身白衣的人影，修长笔直，乌发如流水，眼眸清若深泉，淡金色的珍珠在领口发出一团朦胧的光晕，照亮他线条柔软的红唇。黑瓦、红窗、绿枝、白衣。鲜亮色彩，如冰似玉的人。

景横波笑吟吟地欣赏了半天，指甲下意识刮了刮宫胤领口，想了想，从怀中掏出一支彩色铅笔，把那珍珠给涂了，涂完了还不罢休，歪歪扭扭又画了几笔，把束紧的高领改成低V领。

“我想看锁骨啊！”她把照片捂在胸口，对天哀呼。不过也无所谓，她相信这一天不远了——天天故意束那么紧，不就是想勾引她撕开吗！

景横波抓着拍立得，横拍竖拍，咔嚓咔嚓，也忘记照相纸的珍贵了，逮着了好多特写，站的坐的，皱眉的沉思的，冷眼看人的，发布命令的，一会儿手中好几张，她一张张打量，啧啧赞叹：“帅，帅，每个角度都帅得人神共愤，这样的好东西，千金难求啊……拥雪，你帮我收好了。”

小丫头接过，正准备找个地方好好藏起陛下的爱物，就听见陛下满怀憧憬地道：“等有空出宫，咱们摆个摊子拿去卖，大荒第一国师的高像素画像哎，那些色女一定举着银票疯抢，你说，一张一千两银子不贵吧……哎哎，拥雪，你怎么栽倒了……”

太阳快下山的时候，趴在墙头睡着的景横波，才听见静庭的门一响，大佬们鱼贯出来了。

景横波欢快地举起手想要打个招呼，结果除了大贤者常方对她远远微笑躬身外，其余的大佬都头一缩转开眼，好像没看见她一样走了。桑侗和绯罗是重臣中的两个女子，两人都对景横波不假辞色，但两人之间似乎气氛也有些古怪，互不理睬。绯罗远远看了景横波一眼，冷笑一声，走了。桑侗倒还是平平常常笑着，还遥遥对景横波点点头，姿态端庄地冉冉去了。

景横波盯着她的背影，冷笑一声。当初为了她，轩辕大人和桑大人亲自远赴西康，屈尊卖面条呢。生怕她不上当，开个小店食物比谁家都齐全，想必东西都是早就备好做好的，生怕食物花样少了她看不上，干脆什么都有。现在想起来，那天真是危机四伏，她进棚子时，那些吃完出去的人背影绷紧，哪里像刚刚吃完东西的散漫满足？怕是轩辕家和桑家带来的托儿吧。如果不是宫胤阻扰，她现在的骨头散在哪里？

景横波磨了磨牙，心想大荒百姓热情淳朴，可官儿，真是一个比一个不是东西。正想着如何报这一箭之仇，静庭门又打开了，耶律祁出来了。他笑得眉眼如春的样子，似乎得了什么大好事。他的大好事自然不是宫胤的好事，景横波来了兴趣，对他招招手。

耶律祁笑得更加开心了，快步走了过来。

窗前，正准备去视察一下隔壁新开的花墙的宫大国师，忽然停住了脚步，面无表情，眼神阴鸷。

耶律祁在花墙下站下，笑盈盈抬头："上头畅快吗？"

"还不错，"景横波四面望风，看看护卫都在身侧，放松下来道，"瞧你笑得这么开心，遇上什么好事了？"

"好事自然是有的。"耶律祁轻松地道，"比如一出门就看见秀色可餐的女王陛下在这里等我，自然要心情愉悦。"

啊呸，景横波心里撇嘴，看见她死在宝座上，他才会比较愉悦吧？

"话说回来，还没多谢陛下救命之恩呢。"耶律祁仰头一笑，声音放低。

他派去死士点火药，自然也安排人远远瞧着，火绳被景横波一屁股坐灭，事后他便知道了。

"什么？"景横波却是有听没有懂，什么时候自己救过他了？

耶律祁只笑，也不解释。

景横波眼珠一转，心想有恩总比没恩好，也毫不客气认下了，挥挥手道："小意思，你只要记得我的恩惠就好，以后别再和我作对了。对了，既然我是你恩人，你回答问题总是应该的吧，今儿遇上啥好事啦？"

耶律祁还是笑，对她绕来绕去的话题听而不闻，忽然提高声音道："……还要多谢陛下特意为我选了这里，以后就拜托你照顾了。"

"啊？什么意思？"景横波挑起眉毛，"我没有为你……"

耶律祁已经潇洒地转身，对静庭那边笑呵呵地摆摆手，掠掠袍角走了。

"莫名其妙。"景横波咕哝，探头探脑对静庭里面张望，"咦，人都走了，宫胤还不出来，在里面干吗呢？"

静庭屋内。宫胤静静看耶律祁洒然离去，一身寒气。蒙虎站在他身后，讷讷不敢发话，心中暗暗嘀咕。

“主上，您刚才说要去看看那边花墙的坚固程度……”

“我忽然想起还有折子没批。”宫胤看了那边一眼，一转身坐下了，“暗了，点灯。”

灯油满满加上了，宫胤却有点坐立不安的模样，一会儿换个姿势，一会儿换个方向。蒙虎低头不敢说话，心想以前那个一坐半天没动静的主子哪里去了？

“把帘子放下来！”调整了无数姿势仍心烦气躁的宫胤吩咐。无论坐在哪里，总似沐浴在她的目光中，总似见她一张笑脸，温柔召唤耶律祁。帘子密密地放下来，将光影遮灭，他的身影投射在墙上，长长折折，似难以言明的心情。

某人在书房心烦气躁，景横波却早已爬下墙自得其乐。她向来是疏阔的性子，不爱为难人也不为难自己，等不到就不等，绝不会如痴情女子伫立中宵凄凄惨惨戚戚最后咳血几升。以前太史阑就评价景横波是最无耻无情的一个人。看似热情奔放，也不惜帮人助人，但其实她都是随意的，并不入心入肺。美丽的人或物都喜欢，都会给予热情，甚至会去追逐，但那也是单纯追逐喜欢的东西而已。受伤了，她或者立即想办法报复，不想报复就远离，懒得去恨。喜欢了，她会下意识接近，但当别人真的被她的热情吸引后，她也许跑一边去玩小狗。有很热烈的吸引，却没有足够深的爱恨。她流光溢彩的眼睛，永被路途上的鲜亮吸引。太史阑曾说，想要景横波真正难忘一个人，想要占据景横波全部心思，最好先狠狠砍她一刀。

永远不肯难过超过三分钟的景横波，在厨房里绕着拥雪打转，不住贪馋地嗅着锅边，腾腾的热气鲜香四溢。“想不到你还有这么一手好厨艺。”景横波陶醉，“啊，这汤好香。”拥雪给她盛上一碗汤，景横波刚要喝，看见门外走过一个人。“啊，蒙虎。”她也不去研究人家怎么忽然走到了这里，热情地招呼，“来来，这里有好汤，一起喝一口。”

“陛下。”蒙虎忧伤地看看她的汤，和她那张热气里兴致勃勃的脸，想想孤灯独影批折子现在还没吃饭也没出门的宫胤，顿觉悲从中来，“多谢好意，只是国师还没吃饭，我也不该先用……”

“啊，宫胤还没吃哦，为什么不来和我一起吃？是怕我提出赌注吗？”景横波探头向外面看看，隔墙院子黑幽幽的，透着股冷清，瞧着怪可怜的。“我去给他送汤好了。”她让拥雪给她装了一瓷罐花胶参茸土鸡汤，亲自拎着准备去献爱心。如果可以揩揩油也是很好的，视宫胤态度决定对他的赌注制裁。

蒙虎似乎松了口气，绽开一丝微笑，赶紧提前一步走了，得回去暗示主子这个好消息啊。

“她要给我送鸡汤？”宫胤背对蒙虎坐着，一动不动，似乎看折子很专心。

“是。”蒙虎微笑垂手，“她亲自准备的呢。”

“又不是她亲自做，当然，她亲自做的也不能吃。”宫胤冷冷淡淡翻过一页折子，无动于衷模样。

“总是一份心意。”蒙虎忍住嘴角笑意，“陛下看我经过，特意问我您吃饭没，听见您还没吃，立即起身为您舀汤，她自己还没吃呢。”

“没吃最好，不然怕有口水。”宫胤冷冷淡淡毒舌气死人，坐姿却不动声色地调整了一下，脸微微偏向隔壁方向。黑暗里隔壁灯火通明，似乎传来鸡汤浓郁的香气。闪烁的灯火映在他脸上，眸光流溢，线条柔和。

蒙虎却有些发急了——自己不过先走一步，怎么女王到现在还没把鸡汤拎到？

景横波拎着鸡汤往隔壁走。拎鸡汤当然不能爬墙，她估量了一下院子的长度，觉得从正门出去再绕进静庭的正门再到宫胤的书房，那曲线距离实在有点远。然后她就看见后院两堵相连的墙上，有两扇紧靠着的侧门，一个对外，向着外头的宫道和办公署，一个对内，正向着宫胤书房。她自然抄近路，走向那个对着宫胤书房的门。

堪堪走到门边，还没推开向内的那道门，靠近宫道的那道门忽然打开了。一双手臂伸进来，架在了她面前。一只手轻轻巧巧、非常自然地，拎过了她的鸡汤。一个刚刚还听过的熟悉声音，可恶地笑道：“啊，这是送给我的吗？好香！”

第三十章　轰动帝歌

静庭书房里，宫胤咳嗽了一声，挪了挪身子。蒙虎不住地瞟窗外，眼神已经有点发急。

宫胤放下折子，拨了拨油灯。蒙虎看看没有动静的窗外，手心冒了汗。

宫胤将折子翻得哗啦啦响，看得很快，却都没有批示。蒙虎看着黑漆漆的夜色，再也忍不住。这鸡汤怎么送得遥遥无期？再不送来，主子就要憋死了……趁宫胤又一次挪身子，他悄悄溜了出去。

蒙虎呆若木鸡地站在小门前，看着耶律祁手撑墙壁，正笑眯眯地对女王说话。

“多谢陛下亲自送汤。”耶律祁对张大嘴的景横波笑得婉转，顺手就轻轻把瓷罐拎了过来。

已经被震昏的景横波没注意汤，只顾着问：“这么晚了你怎么在这里？你又不住宫里。”

“我现在被调查，住在昭明公署。”耶律祁笑吟吟地指了指隔一条宫道的一座铁黑色建筑，“短期之内，我和陛下是邻居了。嗯，陛下忽然要住在这里，想必也是因为我住过来了？哎呀，还特意送鸡汤安慰我……我没事的，多谢你的鸡汤，记得常来玩啊。”

“喂，我不是……”景横波伸手要抢汤。

耶律祁已经飞快缩身，砰的一声关上侧门，只余一阵笑声隔墙模糊传来。

“早知道就放毒，喝不死你！”景横波拉侧门，拉不动，只好一边嘀咕一边悻悻地滚了回去。

隔墙立着无措的蒙虎，他正愁着该怎么向主子回报。陛下说送鸡汤，却在半道上送给了耶律国师，这算什么事儿？蒙虎忧伤地转身，正在思考措辞，蓦然吓了一跳。“主上！”他声音微微颤抖不安。

宫胤静静负手立在月光下，看着那道门，眼神比月色更清凉。

“主上……”蒙虎的声音低了下去，心知主子看到那一幕了，暗自懊悔先前不该去女王陛下面前转一转。就知道她不靠谱。“我给您传膳……”他想补救。

宫胤已经无声地转身，向书房走去。“把我不在期间，所有六司代批的折子都搬过来，”他道，“我要重新复核一遍。”

“这……”蒙虎呆滞，那得有上千折子啊！今晚不要睡了？

“嗯？”

“是！”

半刻钟后，蒙虎一边捧着如山的折子气喘吁吁地往回走，一边恶狠狠吩咐宫中侍卫：“给我看好昭明公署！从现在开始，不允许再有任何人随便乱跑！”

景横波鸡汤被夺，骂了几句也就洗洗睡了。她一向君子报仇十天不晚，她的鸡汤不是那么好抢的。睡到半夜起夜，无意中抬头一看，后窗还隐约映着灯火，景横波想着自己这边早灭灯了，哪来的灯光？迷迷糊糊凑到窗边一看，似乎是隔壁反射的光。他还没睡吗？这个国师当得可真辛苦。景横波懒洋洋想着，所以女王是不是傀儡不重要啦，快活最重要，只要不弄那么多规矩压制她整她，她宁愿大权都在宫胤那里啦……啧啧，当皇帝有什么好？瞧瞧多辛苦，哎，可惜他今天鸡汤没喝上……多喝点鸡汤，以后才有精力完成赌约啊，哎，她赢了赌约，还没来得及和他要彩头呢，最近忙着入宫搬家什么的，还没想好该让他干吗。跳艳舞？裸奔？唱情歌？真心话大冒险？还是这么宝贵的机会不要被恶搞浪费，留着让他完成一个承诺？到底是恶搞好呢还是实用好呢？能不能让他两种都来一个……

她乱七八糟地想着，又从枕头下摸出一个东西，方形，四角却是圆的，质地滑润，表面乳白光泽温润，雕刻着镂空的瑞草花纹，从镂空的缝隙里，隐约透出幽绿的微光，乍一看上去像个玉做的小型肥皂盒，十分精美。握在掌心是暖的，但她记得那日在烈日下这东西却又是幽凉的。

她研究这东西有一阵子了，也没看出它有什么用，更想不明白这个似乎毫无功用的东西，怎么能一拿出来，就让她顺利通过迎驾大典了。不过她有次无意中失手，将这玩意儿掉在地上，还以为会碰碎，结果毫发无伤。有次喝汤时手滑，把这东西落在了汤里，结果捞上来的时候这东西竟然连油腻都没沾上，它似乎永无变化，但永无变化有时候也是一种神奇。景横波想，这东西一定有开启的契机，只是契机还没到而已。能让大神当宝贝贴身带，又在关键时刻给她的东西，难道仅仅是大神的肥皂盒吗？其实如果真的是肥皂盒她也不介意啦……

她想着想着，一头倒在床上又睡了过去，再醒来的时候日上三竿，早餐的浓郁香气已经飘了进来。闻见这香气她就想起昨晚的鸡汤，于是她坐在床边沉吟，思考着对付的办法。

随即她参观了一下自己的新居。昨晚太累没顾上，这一看才发觉，这屋子虽然昨天下午才开始布置，但不显仓促。除了她要求添加的换衣间外，其余布置精美华贵应有尽有，最显眼的就是墙上竟然镶了一面黄铜立身镜，打磨得光滑平整。景横波自来到异世，还从未见过这么大的镜子。她为此曾经抱怨过，没有全身镜的古代，无法给她提供最直观的换衣感受。她依稀想起昨天下午搬家时，似乎有个侍卫扛着个盒子过来，这是耶律祁送的还是宫胤送的呢？感觉像是耶律祁，那家伙风流自在，像是个能想到女人心思的。宫胤冰山一块，能想到这个？她嘿嘿笑了笑，满意地拍了拍镜子，做了套瑜伽，又寻女官来打听女王登基前的自由度。

女官赶到，就看见陛下盘腿坐在床上，穿一身古怪的桃红色紧身衣服，香汗淋漓，气息起伏，毫不遮拦傲人曲线，令保守惯了的她面红耳赤，不自然地转开眼光，低声道："陛下，登基之前，你应该学习礼仪规矩。宫监司已经给您派来了礼仪姑姑，她马上就要来参见您了，这衣服您还是……"她表情严肃，语气板正，一丝笑容也无。昨天景横波砍轿子的行为，着实震撼了她。事后这位女官翻来覆去想了一夜，想着自己作为礼司选拔出来特派到陛下身边的礼仪女官，要在陛下身边长期伺候，是肩负着教导陛下、管束陛下重任的第一女官，绝不能辜负礼司和宫监司的信任。昨天被女王砍轿子行为震住，没有履行好自己的职责，今天一定要把持住自己，万万不能由女王再随着性子来了，否则到最后，大家都要倒霉。

不过不管什么样的脸色，似乎对景横波都没用。"这衣服怎么了？"景横波笑吟吟地站起身，短短的上衣立即提起，露一截雪白的腰。

女官瞠目结舌，急忙道："陛下，您的任何衣服，都不能露出除手之外的任何躯体……"

景横波好像没听见她说话，自顾自在柜子里翻翻找找，忽然一转身，手中抓着一条大红的裙子，"哎，你看这条裙子怎样？"她抖开裙子，左顾右盼。纯正的大红色，微微有些褶皱的布料，镶着明明暗暗的金线，贴身裹臀，一线天的领口。可以想见这样的裙子穿在身上，必然曲线玲珑，风流跌宕。

"啊，不行！"女官张口就否决，一眼看过女王隐藏在裙子后的脸，雪白肌肤，高挺鼻梁，比裙子的红还要艳的唇……她干咽了一下，想着其实这样火一般的艳丽裙子，穿在气质热情美艳的女王身上，一定很美的……

景横波哦了一声，随手将裙子搁一边，又抽出条金色的蓬蓬裙："哎，这条好不好看？我今天就穿这件怎样？"

女官盯着那条金色短裙，收腰大摆，短到膝盖上方，领口低到锁骨下方。她可以想象到，身材惹火的女王穿着这条裙子，掐腰细细，露雪白的修长的大腿……"不行！"女官话冲出口，急忙又收敛语气低下头，"衣不蔽体，不合您尊贵的形象……"

"这件呢？"景横波不气馁，又抽出一条电光绸的花色长裙，烂漫鲜艳的花色，搭配得协调又显眼。

看见裙摆女官心中一定，往上一扫却皱了眉，"这件衣服怎么没有上半截？还有，肩部怎么只有一条细细的带子，那整个肩……"

“吊带长裙嘛，波西米亚风格，最浪漫最活泼的式样哦，露出雪白香肩，披下乌黑长发，配花色飘带帽，风情万种嘎嘎嘎。”

“不行不行。”女官拼命摇头。

景横波耸耸肩，漫不经心地将裙子扔在一边。

女官偷偷看了那条漂亮鲜艳的裙子一眼。

“这件？古风，够保守！”这回是一件黑色织锦缎长旗袍，高领无袖，下半截镶嵌彩色花纹缎，微微往裙摆之上挑起，色彩纯正高贵，对比鲜明。

旗袍天生的身材感，让女官眼前一亮，可是当她伸手一抓，发现那高到大腿之上的开衩时，不由连连摆手。景横波也不嫌烦，再次放下。

女官忍不住羡慕地看了那些裙子一眼，想着女王哪来的这么些漂亮裙子？每一件传到市面上都会令女人疯狂吧？虽然不能穿不敢穿，但收藏起来，看着这么美的东西也是享受，如果有人心灵手巧，说不定还能据这些新鲜的风格，加以改良，设计出适合帝歌女性穿着的衣裳来，到时候只怕又能带动帝歌贵族阶层的装扮风潮……

“这件呢？”景横波变戏法般又抓出一件。

“这件好！”女官由衷大赞。雪白的裙子，梦幻一般的丝质，镶一点恰到好处的闪闪珠片，有摆有领，胸口层层叠叠的花式褶皱，精美华贵，虽然没有袖子，不过可以披件小披风，飘逸又精致，极具女性之美。她眼中发了光，女人对于美的东西，天生无抵抗力，任何朝代都不例外。

景横波笑眯眯地把裙子一转。

“啊！”女官一声惊呼，“怎么后面没有！”

“露背嘛。”景横波撩起衣裳给女官看她光滑晶莹的背，“这么美的背，不露不可惜吗？”

女官红透了脸，赶紧闭上眼，拼命摇头：“啊不不不能，这样的衣服绝对不能……”

“你真是不懂作为女人的幸福。”景横波叹了口气，抓出一件，“好了，这件该行了吧？”

女官胆战心惊地睁开眼，眼睛一亮。“真美……”她发出梦幻般的叹息声。眼前是一条紫色长裙，上身是蕾丝质地，庄重的宫廷式样，掐出花蕾一般的泡泡袖，收腰，束一条银色的皮纹腰带，下面是欧根纱的蓬蓬长裙，衬一层同色的紫色薄纱，零星缀着细细的水钻。

景横波拎着裙子笑得古怪，就知道这种欧洲宫廷风这些女人抵挡不住。

“这个……后面……”女官心有余悸。

景横波给她看后面，严严实实。

女官放下心来，真正定心开始欣赏衣裳，越看越喜欢，“哎，这件华贵精致又不失庄重，有种特别的宫廷韵致，很适合宫中女子穿着的……”

“那就这件吧。”景横波笑眯眯地把衣裳往她手中一塞，又把她往换衣间里一推，“去换吧。”她床后的马桶间早已改成换衣间，她宁可出门上厕所，也不能屋内没地方换衣。

“啊？”女官抓着裙子，傻傻地伸着头，“陛下，这裙子不是您自己要穿的吗？”这么美的裙子，给她穿？女官手都要抖了。

景横波看看她的神情，转转眼珠笑道："你先试试，给我看看效果啊。"

"哦。"女官放了心，小心翼翼又不掩欢喜地将衣服捧了进去，这样的衣服，能试试也觉得很满足了。

景横波嘿嘿一笑，顺手从旁边抓起那条花色波西米亚长裙穿上，又翻出一个束彩带的波西米亚风格沙滩大檐帽。她的箱子，是最大尺寸将近大半人高一个人搬不动的那种，当初她为了将自己的爱物都塞进去，搜索了许多收拾衣物的办法，以求尽量放下自己的宝贝，所以她的箱子里，大概装下了太史阑、君珂、文臻三人行李的总和，不过大部分都被衣服占领了，好在她选的大多是薄裙子，不占太多地方，反正就算是冬天，她也只穿裙子，外头裹个大衣就行——挨不住冻的美人不是真正的美人！

帘子一掀，女官怯怯地出来，低头按着裙摆。景横波一抬头，哗然喝彩："好看！"声音惊动了翠姐三人，她们也赶了过来，聚在门口羡慕地瞧着。景横波转头道："看，美不美？"三人由衷点头，连沉默的拥雪眼底都涌出羡慕的光。

女官羞得不敢抬头，手一会儿抚抚裙摆，一会儿捻捻袖口，不知该往哪里放。景横波拽她到黄铜立身大镜前："别低头，抬头，挺胸，女人的身体不是见不得人的东西，是神最美的赐予。你应该为此骄傲！来！看清楚，看清楚你有多美！"她声音慵懒沙哑里满含坚定，有种奇特的魅惑，女官不由自主抬头挺胸，看清自己的一霎，脸颊一瞬间通红如火。她简直不敢相信，镜中亭亭玉立、风姿楚楚的人是自己。

门口的翠姐三人发出羡慕的嘘气声。真像变戏法一样，眼看着刚才还古板严肃、死气沉沉的老女人，忽然就精致美丽，青春洋溢，此时众人才发现，她也不过二十岁年纪。

"最好的年华啊！最好的年华！"景横波惋惜地拎起她换下来的灰色女官服，"就埋没在这样的寡妇服里了！瞧瞧！这该是给二十岁少女穿的衣裳吗！"

"陛下，二十岁很老了……"女官自卑地垂头。

"胡说！二十岁是女子最好的年华，在我们那儿，二十岁的女子是所有男子倾慕的对象！"

"陛下的家乡是哪个部，真令人神往……"女官神情向往，也没注意到景横波的吊带长裙。

"哪个部也比不上，可惜我也没好好领略过。"景横波难得地叹口气，随即振作起精神，"所以我要好好改造大荒，最起码，要自由！"一转头看见四个人傻傻的表情，她呵呵笑了笑。路还远着呢，慢慢来。比如说，先搞定这个女官。与其费尽心思强硬赶走一个再来一个，不如干脆拉人自己阵营对不对？现在，小姑娘已经上套了……

霏霏和二狗子不知什么时候溜了进来。霏霏幽紫色的大眼睛眨啊眨，盯住人家紫色的裙摆。二狗子偏着头，老气横秋地赞美："空山新雨后，天气晚来秋，一个小处女，陪我上青楼。"

"你看看，这式样，这颜色，多适合你。"景横波抚着女官的肩，亲亲密密地道，"不过你这老气横秋的发型不行，不配，得给你换个发型。"

她把女官按到梳妆镜前坐下，女官恍恍惚惚的，屁股刚沾到椅子，急忙触电般跳起来："啊，不不，这怎么是微臣坐的地方？微臣怎么可以这么放肆……"一边赶紧要脱裙子。

"别动。"景横波按住她的肩，微笑蛊惑，"你这么紧张干吗？又没外人。朕是想看看一套裙子的效果，拿你做个模特儿而已。你有配合我、听从我的义务，对不对？”

女官只好点头，听起来是这么回事，女王的正当命令不可违背。

“该配个什么发型好呢？”景横波想了想，一拍脑袋，“有了。”她找来自己的纸笔，画了一个脑后双股编再盘发的发型，示意给静筠：“会不会？”翠姐、静筠、拥雪三个人当中，也就静筠最注意外表，这方面手艺不错。

景横波原本以为性子骄娇的静筠会有些不乐意，谁知道她笑吟吟地上前，对着那图样给女官盘发。果然手巧，盘得一丝不差，比景横波画的一坨屎状好看许多。景横波随手在自己的百宝箱里翻翻，找出一个韩版紫色百合宽叶水晶水钻发饰给她戴上，顿时彩光流溢，水钻生辉。静筠羡慕不已，轻轻推女官侧身看她的后脑。女官猛地张大眸子，不可置信地伸手，轻轻碰了碰那看起来比黄金宝石还美丽的发饰，“真美……这一定非常非常昂贵。”

景横波想，嗯，你手指上那一颗红宝石大概可以买一万个。不过物以稀为贵，这可是现代工艺，具有时代价值，放到大荒来自然要比他们的红宝石珍贵多了。“起来看看整体效果。”

女官做梦似的站起来，镜子里的美人云鬓花颜，丰胸细腰，淡紫的蕾丝精致柔美，紧束的腰带银光闪烁，蓬蓬的长裙梦一般铺洒开来，耀亮所有人的眼睛。女官快被自己美得不能呼吸了，舍不得移开眼光。

景横波托着下巴，看了又看，摇头，咕哝：“不行不行，妆太死板。”

女官：“……”

很快她又被景横波推坐下来，这回景横波搬出了一个黑色的大盒子，打开来，首先看见里面一片闪亮的白，女官一低头，赫然看见自己鼻子上一块淡褐色的斑点，惊得向后一退——这是镜子吗？怎么可能这么清晰！

“看看你这粉，一点也不细腻！还有，你怎么没上点胭脂？你的口红颜色太老气了！眉毛也没画好，这么横平竖直的，描红写意吗？快去洗掉！”

翠姐已经眼疾手快地端来一盆水，很有兴趣地守在一边。女汉子也不能抵抗女性出于本能的对美的追求，乖乖洗了脸，太多惊喜让她如在梦中，早已忘记规矩和反抗，只一心想看在神奇的女王改变下，自己到底能有多美。

黑色的大盒子里，分着大大小小的格子，里面小盒子、大盒子、笔啊、刷子啊看得人眼花缭乱。景横波等女官洗完脸，亲自坐到了她面前：“你将会知道，这世上有种神奇的技术，在这样的技术面前，大荒，将再无丑女——闭上眼睛。”

女官闭上了眼睛。她感觉到女王的手指在自己脸上轻柔地移动，似乎在涂抹什么，描画什么，有时会有断续的命令：“向上看，对，不要眨眼睛。”“向下看……”“嘴唇抿一抿。”……

翠姐她们早已看呆了。一开始她们看见一张被粉打白的脸，石膏似的有点可怕，但随着打底遮瑕定妆修容上腮红，眼看着一张原本勉强还算清秀的团团脸，忽然更白，更亮，轮廓更鲜明，甚至连下巴都尖了，都惊得目瞪口呆，不明白那些笔啊刷啊膏啊粉啊，怎么就有这么神奇的效果。

静筠一眨不眨地看着景横波的操作，努力想要记住她每次用了什么东西，可是那些笔看起来都一样，那些颜色如此复杂，一个小小的巴掌大的盒子里，竟然能分出几十个小格，每个格子里都有一种她从没见过的脂粉颜色，闪着暗暗的银光，分外魅惑。她有点领悟地看了景横波一眼，很多时候觉得她眼睛特别深邃，眼角闪烁着魅惑诱人的光彩，她的唇看起来也特别鲜艳饱满、轮廓分明，是和这些神奇的小盒子有关系吗？脂粉竟然可以有这么多颜色，很多颜色竟然可以这样用，今日真是大开眼界。对比起来，她忽然觉得以前那种扑粉上胭脂涂口脂的妆，生硬死板，简直就像不会动的画。

景横波其实只是给女官化了个淡妆，美瞳双眼皮贴假睫毛等等都没用上。化妆技术也是她仅有的几项技能之一，她并不想一次性全部拿出来。一个淡妆，以她对化妆的天分，已经足够修补女官脸上的缺陷，掩饰了她略矮的鼻梁，修出了清晰的轮廓。“好了。”

女官睁开眼，然后这个因特别谨言慎行庄重自持而被选拔出的女官，发出了一声无法控制的兴奋尖叫：“这，这是我吗?”

景横波翻翻白眼:每次都这个狗血台词。“淡妆而已，不过你的气质也适合淡妆。这回就是真正的整体效果了，起来走几步。”景横波取过一双银色高跟鞋，放在女官脚下。她特意选了双只有八公分跟的。

不过女官还是被这鞋子吓了一跳：“这鞋……”

“美不？”景横波爱她的每双鞋，鞋子占地方，她总共也只有两三双。“借你穿一穿，唉，我好心疼。”

鞋子高得令人望而生畏，也美得令人无法抗拒，女官终于兴奋不安地穿上了鞋，一穿好就向一边歪，早有准备的景横波赶紧一扶。

“走几步就习惯啦。”她道，“你们女官夏天的高底鞋子不也差不多？”

当长长的紫色裙裾在屋中逶迤，当雪白的手指轻轻拈住两边的阔大裙摆，当紫色的水钻花朵在丰厚的发髻上闪耀，当女官不由自主昂起雪白脖颈挺起胸，这屋里好像又多了一个女王。脱胎换骨，莫过如是。

其余三人忽觉渺小，恨不得立即缩进尘埃。二狗子扑扇翅膀飞过去，想要偷走那个水晶百合发夹戴在自己头上。霏霏扑上人家裙摆，把脑袋埋住，看那幽幽的眼神，似乎在考虑把人迷晕了拖回洞的可能性。

景横波对这效果很满意，拍了拍手：“好了，那么咱们逛街去吧。”

一霎的寂静。随即女官霍然转头：“什么？”惊得连声音都变了调。

“逛街。”景横波一脸何必大惊小怪的神情，“忙了这么久，难道你打算让朕白干？漂亮到这程度，难道你就打算关屋子里看几眼就算？有个成语叫什么来着？打扮漂亮不上街给人看，好比锦衣夜行。好了，别抗旨，朕不是要破坏规矩，朕只是有了一个全新的计划，想要帮助全大荒女性开发美丽意识，提升生活质量。将来朕希望据此形成连锁的美容院或者服装店，给大荒女性创造就业机会，解决大荒女性地位低下的问题。这是朕身为女王，为大荒女性所谋的福利，也是利国利民的神圣举措……”

女官昏头昏脑地听着，不明白事情是怎么开始的又是怎么发展的，怎么代试了一件裙子，忽然就上升到利国利民的国家大事上去了?明明是干溜出门逛街的大逆不道的事情，怎么忽然就变成了“为女王服务，替她进行实地造型展示和市场反应调查”了……

反正当景女王真正开始口若悬河地忽悠的时候，大荒淳朴的人民是无法辨识并抵抗的，反正半个时辰后，景横波已经如愿拐带着女官和几个女人在街上逛了。有女官带路，出宫其实很简单，景横波是坐马车出去的，在女官的再三恳求之下，她勉勉强强带了件白色的小披肩。

今天的帝歌最热闹的九宫大街上，起了一阵小旋风。旋风从九宫大街靠近皇城广场的西头开始，慢慢地向前卷，越卷越大，越卷越快，越卷越轰动。如果从上面看下去，会看到黑色的人潮旋涡，包围着彩色的几个小点，小点移动，人潮也在慢慢跟随，不断有窃窃私语声传出来。“看，看，那是什么裙子！”“真美！从没看过这么美的衣裳！”“我喜欢那件紫色的，高贵！精致！穿上像女王！”“我喜欢那件彩色的裙子，太美了！”“哪家的店有卖？我一定要买一件！”“啊，看她的鞋子，银色的，好高，好精巧！鞋子居然还可以做成这个形状？”“看她的帽子，彩带在飞！”“啊啊啊，那个紫色百合的簪子是什么做的？我最美的首饰也不及这簪子一半！”“你们就看裙子鞋子了，我却觉得她们的妆容好精致，那唇色怎么能那么鲜艳？还闪着光！”“我想知道所有东西的来处！”“快快，想办法跟上去，问问她们在哪买的！”……

整个帝歌所有的成衣店、首饰店、宝石加工店、鞋店、脂粉店、绣娘、货郎……几乎所有和女人之物有关系的店铺和工作人员，都被惊动了。整个帝歌城几乎所有的大家闺秀、适龄少女，都被惊动了。帝歌城几乎所有的贵族子弟、世家公子，各种浮花浪蕊也被惊动了，逐香而来，不见人群中心的美人，也可以看见无数仕女，平时见不着那么多女子云集，更见不着她们满面红晕的激动模样。

两抹衣袂，两道香风，瞬间席卷帝歌。

景横波不急不忙走在人群中，唇角笑意微微，她早习惯了被人看，本来就是出来准备给人看，效果越轰动越好。这一次，她不想惊世骇俗，长裙算是保守，白色的小披肩遮住了裸露的肌肤，彩色大檐帽遮住了一半脸，只露出雪白肌肤上如火红唇，唇形饱满，唇线勾勒得鲜明，在帽檐的阴影下熠熠生光。雪纺质地的长裙飘飘，彩色裙子汇集了最美的颜色，如秋日烂漫，如海洋生波，如春花开放，裙子下露出系带高跟鞋尖尖的鞋头，镶了水钻，一闪一闪。

身边的年轻女官，叫夏紫蕊，难怪她喜欢紫色。她发髻上戴了镶小黑珠的黑色丝网，挡住她一半的脸，露出的半张脸白是白红是红，鼻头微微翘着，有种明媚的稚气。二十岁女孩子的天真纯稚，仿佛此时才被挖掘而出。她远没有景横波从容，从走下马车跨上长街的第一刻就开始后悔。如果不是景横波生拖硬拽，想必她一定会掉头奔回。当人越来越多，围观越来越轰动，她也越来越紧张，手不断揪着裙摆，高跟鞋也无法驾驭地摇摇摆摆，全靠静筠扶着。

“别怕，咱们转一圈就回去。”景横波安抚她，对静筠三人歉意地笑笑，“今天时间来不及，只能给紫蕊一个人打扮，下次把你们都打扮得漂漂亮亮，一起出来风骚。”

“算了吧。”翠姐摇头，“穿成这样，我路都不会走。这鞋子是人穿的吗？”

拥雪细声细气地道：“看看就很好了，有些衣服，也要福气撑。”

景横波还没来得及赞赏她的话，静筠已经笑道：“陛下是不是想把这样的衣服装扮推广出去，让帝歌女人们都学一学，趁机也赚些银子？”

“你聪明！”景横波眼睛一亮，“你知道不，女人的钱最好赚。大荒不穷，却因为和他国交流太少，女人们穿得太老土落伍啦。老天送我来这里，就是让我来赚她们多余零花钱的！”何况还有她这个女王和宫廷女官亲自做模特展示！综观现代那些君主立宪制国家，王妃皇后公主们的衣裳首饰，向来引领潮流。人人都有一个王妃梦，做不成王妃只能穿件和王妃同款的衣服稍作弥补。迎驾大典时，因为情况不清，她选择老老实实穿准备好的礼服，之后等她站稳脚跟，她要让全帝歌、全大荒看见属于她的独特现代风采。她这个女王，实权比英国女王还不如，她昨日询问了紫蕊，她的供给也是需要宫监司和礼司批准的，有定数，美其名曰避免女王养成奢侈浪费之风。女人没钱人生危险，她不想自己下半生想买件衣服还得再三打报告，那将来她想全世界寻找三个损友怎么办？

景横波看着静筠光芒内蕴的眼睛，刚想把自己的计划和她谈谈，或者干脆交给她主持——毕竟她需要一个在外界的联络人——忽然心中一动，到口的话停住了。有些人和事，还是稳妥些打算吧。

前面骚动更剧，一大群老板不顾男女之防，拼命挤开女子人群，想要冲进来询问她们。又有一群鲜衣怒马的少年，命护卫喝开人群，老远就大笑询问着景横波她们的价钱，语气轻佻。

景横波听见被挤开的人群中有人咕哝：“一群在帝歌混日子的人质，不知道什么时候脑袋落地，也敢这么嚣张！”景横波明白了，这大概就是传说中被宫胤用计逼送来的六国八部的首领之子了。这些人作为质子，生存在帝歌，一般也作为六国八部在帝歌的家族首领人物，负责相关的联络事务，掌握家族在帝歌的所有力量，有时也参与国事的表决。上次在进入帝歌之前，那些被掳走的六国八部首领，多半是质子们手下的谋臣或者武装势力的头领。因为质子的存在，六国八部不得不派一部分臣下以及护卫待在帝歌，但真正的王都待在自己领地，非大典召见不得踏出领土。作为质子，时刻有生死之忧，日子想必不好过，醉生梦死、风流好色什么的，似乎也是必然的保护色。

景横波知道这些人来历后就不想多接触，正想转身，忽然感觉身后不对，有如芒在背之感，她霍然转身，看见一双鹰隼般的眼睛。逆光，天色将暗，身后人群熙熙攘攘，几乎什么都看不清，但不知为何她一眼就看见那双眼睛，那眸光冷厉而深沉，针一般刺着她的方向，却在接触她目光那一霎，杀气流星般一闪而逝，转为暗淡平和。随即那人转身，消失在人群中。景横波只来得及看见那人背影高大，头发乌黑，应该比较年轻，看他的装束，似乎也是质子群中的一位。景横波暗暗将这个背影记在心里。

九宫大街很长，她们引来的人群太多，走到一半就无法再向前移动，不怀好意者逐渐接近，有的人已经伸手试图扯景横波的裙子。紫蕊早已无限后悔出门，咬着嘴唇险些哭出来：“陛下……我们不该来的……人太多了出不去，会出事的……”

“嗯，是差不多了，该留个惊艳的最后一眼了。”景横波点点头，看见前方路边一眼小井，上前，转身。一阵风过，正好掀起了她的帽子，彩带飘飞间长发飞起，她一笑回眸。瑰姿艳逸，占尽风流。

一霎间所有人只觉眼前一亮，像晨间行船于海上忽见日色生霞光出，忽然眼底就满满的色彩与鲜艳，明媚与烂漫，美丽到了极致反而说不出哪里美，只觉得黛眉玉颜，笔笔如画，只觉得从眼到心，从心到灵魂，一瞬间都是震撼的，忘却一切，只记得这一刻横亘于虹膜上的亮和光艳。众人发出不明意义的惊呼，都有些怔怔的。

好一会儿，才有人反应过来："咦！人呢！"剩余人大惊，眼看前方不远处那两个美人，忽然不见。明明刚还被围在人群正中，插翅难飞。众人纷纷在身周找寻，哪里寻得见？那两个衣着奇异美妙的女子，似狐精鬼怪故事中的花妖精魅，乘风而降，再一笑而去，消失于众人惋惜留恋的目光间。

半刻钟后，景横波拉着傻傻分不清楚的夏紫蕊，已经回到了停在皇城广场一个角落的马车上。又等了一会儿，翠姐三人也回来了。景横波最多只能带一人瞬移，好在翠姐她们事先得了她招呼，穿着也平常，在景横波拉着夏紫蕊瞬移的刹那，她们转身钻入人群中，自己回来。在景横波两人的光辉照耀下，她们就是路人甲，长什么样子根本没人注意。

马车很顺利地进了宫，看守宫门的护卫和紫蕊很熟，只看了紫蕊递出的腰牌，根本不查马车。能在大荒宫廷任职女官的，都经过宫监司再三的审查和考验，自己乃至全家族的性命荣辱都捏在宫监司的手上，根本没有可能背叛。

回到自己的院子，景横波诧异地发现院子又扩大了些，添了很多东西，蒙虎守在门口，一脸焦灼地走来走去，看见她急忙到隔壁院子去了。景横波这才想起，虽然紫蕊有腰牌方便出入，不过自己这次出宫还是太容易了，宫胤那个控制狂，就没有安排人跟着吗？

宫胤听了蒙虎的回报，放下手中的书卷，眼光投向面前站着的另一个人。那是个胖子，也是跟随前往大燕的随从之一，名叫禹春。"回主上。"禹春道，"陛下随紫蕊女官出宫，也没做什么，九宫大街走了三十丈就回来了，前后不超过一刻钟。不过……"他抹抹汗，想起自己刚才差点挤脱了一层皮，苦笑道，"不过整个帝歌，现在应该都被惊动了……"

"哦？"宫胤终于转过脸来，黄昏日光下脸容清晰，一点金光闪耀在长而浓黑的睫毛上。

"这个……"禹春直觉不能在国师面前描述自己那一刻的惊艳感受，只好含糊笑道，"您去瞧瞧，便知道了……"

第三十一章　夜探寝殿

回到宫内的景横波刚想卸妆，忽然想起今早拟订的一个计划，匆匆拉着拥雪到小厨房去了。

紫蕊犹如做梦一般坐在屋内，想着今日的一切，痴痴托着腮傻笑。屋内没人，静筠和翠姐都累了，回房休息了。紫蕊梦游般在妆台前坐下来，浑身无力地趴在妆台上，捧住了自己红得发烫的脸。自十六岁入宫，至今四年，习惯谨严宫规，日日背诵教条，一言一行如被尺子量过，时时刻刻被教诲着女德女训，以期将来做个最合格的女官。她从未有过今日的放纵，从未享受过如此热烈的目光，从未想过，女人可以这样美丽地活！心绪波动太大，她不由自主学着景横波，懒懒地托住了下巴，双手优雅交扣，摆出一个很女人的姿势。

宫胤进门时，看见一个紫色裙裳的背影。衣裳一看就是景横波的，非常别致美丽的长裙，蓬蓬的裙摆飘洒一地，下面露出尖尖的精致的鞋跟，上面则露出雪白的纤细的颈项。她还是老姿势，懒洋洋趴着，托着下巴，脑后的紫色水钻百合花簪典雅又魅惑，如她本人。她的发髻微微有些乱了，被夕阳的光影镀得金黄蓬松，几缕发丝随气息悠悠起伏。

宫胤忽然也觉气息微乱。他被这样一个娇俏又尊贵的背影击中。恍惚里宫阙深深，裙裾层层，谁在记忆的光影中回首，一抹红唇如血……他陷入一种不知真幻的茫然之中，心中似悲似喜。“你今天……”他有些恍惚，脱口而出，“真美……”那背影似乎一僵。他也一震，似没想到这样的话是自己说出来的，然而说出来之后，似乎也不觉得有什么不妥。心里隐隐觉得，对的，就是这样，别再闷着，和她说，和她说这些隐秘的心情，尘封的旧事，拐角的记忆，和此刻忽然浮现的，汹涌喜悦和微微彷徨。他半生挣扎强大，在她面前也不肯放下，可是如此执拗又能换来什么？他忽然想试试放下。不该再让他的回避，落空她期待的眼眸，他想看看当自己倾吐心曲，是否能真正点亮她的笑颜。心腑间有微微的痛，然而此刻他不想理会。

他轻轻走上前去，手微微抬起，在半空一停。有些壁垒的跨过，需要勇气和力量，好在他从来不缺这些，决定了就去做。手轻轻落下，落在了她的肩上，他久已期待的位置，“横波……”

紫蕊浑身已经僵硬了。宫胤出现在门口时，她便已经在镜子中看见了他，第一反应是下拜，忽然醒觉自己现在的装扮和行为，都大逆不道。她怎么能穿着女王的衣服，坐在女王的梳妆台前，还懒洋洋趴着？这是死罪！一丝不苟的右国师一定不会饶恕她！没等她想好该怎么办，国师进来了，开口的第一句话，就劈飞了她的神智。那努力稳定却微微颤抖的声音，真的是国师的声音？她再懵懂无知，也能明白那声音里，泄露了多少不能言明的情意。

那句话一出口，整个房间里顿时满满暧昧旖旎气氛，身后国师气息微微起伏，她越发绷紧了身子，心跳得似要蹦出咽喉。运气太糟糕了……国师和女王……大人物的心意，岂是她这样的人能听？紫蕊发了疯般祈祷国师能就这样回去，然而她失望了。他站下了，他在沉默，他似乎在思索……决定……他走过来了！紫蕊快发疯了，巨大的心理压力，让她有立即转身跪下哭求的心理冲动，可是偏偏她一动也不能动。国师走到了她身后。紧张和畏惧让她赶紧向下趴了趴，镜子再照不见她的脸，却能看见国师举起的手。天哪，不要……那手还是落了下来，随后国师的语声缓缓响起……他在说……他在说！

紫蕊脑子里一片空白，只有他说的那些话生硬地灌入脑海，她一时竟不知道他在说什么，全身无比僵硬，脑海中却翻来覆去地疯狂叫嚣：天哪，不要告诉我这些，不要告诉我这些！天哪，我死定了，我死定了……肩上的手竟然也在微微颤抖，国师似乎也心绪不宁，所以敏锐的他，竟然没发现？苍天哪，让时光倒流回半天前吧，我愿意从未穿上这件衣裳！

“你们在干什么？”一个声音忽然打破了此刻的僵硬。景横波呆呆站在门槛上，有点反应不过来地看着眼前的造型。她甚至向后退了一步，抬头看了看天，咦，没有雷劈下来啊。

与此同时宫胤霍然收手，垂头一瞧脸色大变，暴喝：“你是谁？”

扑通一声，紫蕊翻身扑倒在地，膝盖撞在地面发出重重一声，她却似毫无痛觉，脑袋梆梆地磕在地面上：“国师饶命！国师饶命！”

宫胤脸上难得地有了惊怒的神情，他转头盯住景横波，她立在门槛上，神情惊愕，波西米亚风格的长裙狂野又飘逸，红唇和眼角星光微闪，弧度艳魅，魅到令他心中一绞。随即他转头盯住紫蕊，立即明白发生了什么，雪白的脸上蓦然闪过一丝青气。

景横波心中一跳，失声喊道：“别！”

宫胤的命令已经传遍宫阙：“拖出去，赐死！”

“陛下救我！”紫蕊发出一声绝望的哭号。

蒙虎和禹春不知道从哪儿飞一般地冒出来，伸手一夹便将紫蕊夹拖了出来。

“住手！”景横波奔过来，拦在无动于衷的二人身前，“我说住手！”

“停。”她身后的宫胤冷冷道。

景横波心中生出希望，转身看他，“别杀她好不好？是我……”

“别弄脏了衣服。”宫胤对蒙虎道。

蒙虎会意，将紫蕊扔在地下：“脱下身上的衣服！你不配穿着去死！”

紫蕊瑟瑟颤抖着，顾不得羞也顾不得求救，麻木地伸手解腰带，手抖得太厉害，解了两次都解不开。

“不许脱！”景横波上前挡住她，对宫胤怒目而视，“凭什么要杀她还要侮辱她？这不是她的错！是我让她穿上的！”

“陛下……”弱弱地在她身后牵她裙子的，竟然是紫蕊，“别……别……是奴婢不对，是奴婢僭越了……奴婢甘愿受死，您别说了，别说了！”瘦弱的女子泪流满面，心知今日必定无幸——置她于死地的不是穿了不该穿的衣服，做了不该做的事，而是听了不该听的话。右国师出口的每一句话，都令她如中霹雳。不仅有国师也许永远不愿对外人相传的情意心思，还有也许是他首次倾心吐露的皇朝的秘密，宫廷的隐私，那些隐藏在历史和旧事深处的最不可触摸的真相，带着王朝深埋的血腥气息，甚至不能诉诸纸端，只能由王朝最高贵的人，一对一口口相传。听了几句她便已经绝望——别说是她，就是副相听见这样的话，也只能去死。是她自己做错了，如果她一开始就不顾忌，不那么害怕，在国师出现的时候就立刻跪下请罪，避免国师认错了人，也许，也许她还有生机。现在……都完了……

“别轻易丧失希望。”景横波推开蒙虎、禹春，扶她起来，“我就没听说过穿件衣服也是死罪！何况这衣服是我逼你穿上的！”

紫蕊有苦难言，默默垂泪。

“陛下。”宫胤的声音很冷，“这里没你的事，请你暂避。”

“这里是我的寝宫。”景横波转身，想不到宫胤这么跋扈不讲理，心中也起了怒火，指着自己鼻子，“宫胤，我还是不是女王？”

宫胤转过脸，鼻尖在夕阳微光中如玉冰冷，线条明晰如雪雕。“是。”声音也毫无情绪。

“我是不是国家最高统治者？”

“名义上，是。”

“我有没有权力赦免他人？”

“只要对方罪不至死。”

“穿件衣服是不是死罪？”

“穿女王礼服，是篡权罪。”

“那不是我的礼服，是我日常的普通裙子。”

“等同。”

“我不追究！”

“你不追究，自有他人遵行法度来追究。”

蒙虎和禹春拖着紫蕊，绕开景横波，向前行去。那女子一声不吭，长长的发垂下来，丧失了求生之念，也并不指望获救。

宫胤避开景横波的逼视，转身。

景横波的声音清晰地从他身后传来：“难道我这个女王，想保护一个无辜的人，都做不到吗？”声音竟似惨切。

宫胤心中一动。她受伤了。这个开朗自在、内心强大光润、似乎永远不会被劣境所困的女子，终于还是受伤了。

景横波站在原地，攥紧拳头，微微颤抖。她就知道是这样。看似拥有一切，实则一无所有。他是要用这样惨烈的后果，来警告她，她的纵情也许自身无伤，却会令身边人惨遭噩运？他是要告诉她，别以为迎驾大典上的突出表现，会让她成为真正女王，在久已掌握的强权面前，她永远是傀儡！是一个连无辜的身边人都不能保护的傀儡！

紫蕊被无声地拖了出去，只穿了一身白色的衬裙，紫色的长裙零落尘埃，黯然失色。

宫胤轻轻地跨出门。无人知他袖中手掌成拳，手背攥出青筋。正如无人懂他那一刻失望惊痛，心情如堕深渊。胸口似被梗阻，又或有火热灼烧，那是鲜血。以莫大勇气冲破藩篱倾吐的心事，却抛掷给了陌生的人听，这比王朝秘密被窥知还要令人难以接受。于情于理于现实，这个女官都绝不能留。

“宫胤！”这一刻她的声音已经不复刚才的尖厉愤怒，竟是少见的冷静，两个字吐得坚决清晰。

他从未听过她这样喊他，似乎喊出这两个字的下一刻，便永不打算再喊的决绝。慵懒狡猾的景横波，从不决绝。他竟心中一震，原本打定主意不再理她，此刻却不由自主停了脚步。停步，却没有回头，他的背影笔直，不可摇撼。

她的声音传来，清晰，冷静，竟似带三分杀气："你今天杀了她，等于宣告我永远无法保护我想保护的人。那我做这女王有什么用？我又凭什么献力给你的大荒？我不是圣母，不会委屈自己。你若伤我想保护的人，我便离开这里，沼泽种植、改良土壤、物种试验，以及所有我知道的，能够对大荒经济有帮助的一切，我都不会再给予大荒一分一毫！"景横波脸色铁青，紧紧盯着他岿然似不可违拗的背影。也许，只有加上国家利益、百姓民生，他才愿意认真考虑吧。她有点悲凉地想，如果仅仅自己威胁要走，想必一点作用都没有的。

背对着她的宫胤还是没有动静，蒙虎和禹春第一次遇上两人正式吵架，都紧绷着肩，停留在门前，低头不敢动弹。

紫蕊惊惶地转过泪痕斑斑的脸，不敢相信女王会为她作此威胁，这是女王赖以在大荒坐稳王位的唯一法宝啊！她更不敢相信，向来说一不二、决不妥协的国师，竟然真的因此沉默，似在抉择。右国师宫胤，以性格刚执闻名。就位国师之初，曾遇黄金部叛乱，当即不顾大位未稳，亲自率亢龙出兵斩杀，三日夜血战荒龙野，鲜血染红积雪，叛军仓皇反攻，为绝地求生挟持无辜百姓闯城，其中更有宫胤家乡父老，宫胤城前不为所动，一着天火燎原，三丈城门前尸横遍野。据说从此之后，宫胤再也没有回过家乡。这样一个人，要杀她这样一个人，普天之下无人可救，何况她确实有取死之道。

沉默。宫室内的空气似乎被压成了薄薄的一块，刀片般锋利，堵塞在每个人的咽喉前，下一瞬就要刺个皮破血出。

紫蕊浑身颤抖，伏地不敢抬头，已经没有勇气面对自己的命运。

景横波张大的眸子，在不断持续的沉默前，渐渐暗淡，似黄昏后夕阳收了彩霞的艳光。随即她默不作声，转身就走，从试衣间里，吃力地去拖自己的箱子。翠姐等三人已经闻声赶来，却不敢进屋也不敢劝解，踮脚站在窗前，满怀忧心地望着。巨大箱子的拖轮，在青云石地上辘辘响着，似要碾在人心上。

"让她发死誓。"宫胤忽然响起的声音，几乎被箱子拖动的声音给淹没，然而所有人都立即听见了。

紫蕊霍然抬头，绝望眼神里爆发出巨大惊喜。

景横波一个踉跄，被巨大的箱子带倒。

蒙虎、禹春绷紧的肩一松，不敢嘘出长气，只偷偷对视一眼。

宫胤始终没回头，雪白衣袖下的手背也无血色。

"死誓是什么意思……"景横波带一丝希望询问。

"以生命作保的誓言，发誓者要服下宫廷秘药，一旦泄露分毫，必遭万毒噬尸，死状极惨，是誓言中最重的一种……"蒙虎悄悄又加了一句，"好歹保住性命……主上这次很仁慈了。"

景横波赞同地点点头，不是赞同某人的仁慈，而是觉得保住性命就行，保密本就是应尽的义务……等等，保密？保什么密？不就是穿了她的衣服坐了她的位置，这个需要用死誓来保密？景横波忽然觉得不对劲儿，难道，宫胤刚才和紫蕊说了些什么要紧的，所以才会这么勃然大怒？所以紫蕊才不望求生？她忽然心痒痒的，可是看看紫蕊，再看看宫胤一看就很冷的背影，就知道这事儿八成自己一辈子都不能晓得了。

“罪女夏紫蕊，以贱命起誓：终我一生谨守秘密，不传外耳，直至死亡。有违者，受万毒噬心之苦，世代沉沦黑水之泽，永不解脱！”紫蕊早已迫不及待地发了誓言，一仰头毫不犹豫吞下了蒙虎递过来的一枚腥臭丹药。完事之后她如受大刑，瘫软在地，背后衣衫湿透。

宫胤始终没回身，此刻终于跨过门槛。“景横波。”走出宫门前他最后道，“以后，永远不要再拿国家利益威胁我！”

景横波脑子里乱糟糟的，想也不想地回嘴：“不拿这个拿什么？难道拿感情？你有吗？”

宫胤背影一僵，随即抬腿就走，速度极快。

蒙虎、禹春脸色惨变。姑奶奶，你这句比刚才那威胁杀伤力还大好不好？你以为，主上真的完全是因为你拿国家利益威胁，才违背原则让步的吗？

奈何有话说不得，蒙虎指指宫胤背影，又指指景横波，比了好一阵手语。景横波看得莫名其妙，呸了一声，声音响亮。蒙虎以手扶额……哦，主上，其实你遇见景横波才是悲剧……

“还不走！”已经走出老远的宫胤一声断喝，蒙虎、禹春只好快快跟上去。

景横波站在门前，看着宫胤穿过宫门回隔壁了，书房门砰的一声重重关上，再不似昨日那样，一直半开着给她偷窥。“矫情！”景横波骂一声，自己坐回床边，生闷气。

“陛下……陛下……”紫蕊抽泣着爬过来，一把抱住了她的腿，“对不起……对不起……”

“是我对不起你啦。”景横波拉她起来，顺手拿过一方汗巾，给她擦脸，“我不该任性，结果反而害了你……”她苦笑一声，“起来吧，起来吧，没事儿了，别拿这么苦兮兮的脸看着我，会让我错觉你欠我八百万的……啧啧，瞧瞧你脸上的妆，都哭成鬼了，难看死了……”

紫蕊在她不着调却分外温暖的叨叨细语中，渐渐平静下来。

“那个……你刚才发誓的保密……”景横波犹豫着想打听。

“奴婢发了毒誓，这事儿您要想知道，只能等奴婢死了。”紫蕊抬头，神情认真。

“行，行，我不问，遵守诺言是好事。”景横波悻悻地，想着到底怎么回事呢。

“奴婢只想说，”紫蕊轻轻道，“您万不可误会国师，今日之事真的是奴婢的错，他处置奴婢在情在理，他……他真的是个很好的人，对您也……也很好。”

“好？”景横波一股怒气上涌，冷笑一声，咬牙切齿又道，“好？是好！”

紫蕊看她神情，也知暂时无法再劝，只得轻轻叹息，道：“陛下，紫蕊这条命是您拼命救下来的，从今以后，您要打要杀，要紫蕊风里火里，紫蕊都心甘情愿。这命，从此是您的。”

“何必呢。”景横波随意地笑笑，拍拍她的肩，眼神不自主地飘向隔壁。她终究不是这里的人，要谁的命，要谁的效忠，对她来说没有吸引力。她真正想要的东西，却又不知他人能不能给。

景横波在厨房里挥汗如雨。

倒不是她大脑出问题，自己下厨了，她是钻在拥雪煲汤的热气里，正兴奋地抖着手中的小纸包。“我让紫蕊给我找来的哦。”景横波得意扬扬，“宫中秘药，专门对付那些性子倔傲的宫女，吃了以后瘫软跑肚，浑身似被抽了筋一样任人欺负。三日之后症状自消，甚至记不太清楚三日内发生的事……多好！简直就是为耶律祁量身打造！”

“党参黄芪炖老鸭。”拥雪道，“汤清味浓能盖住药味。”拥雪父亲曾做过厨子，后来病死，母亲为了抚养弟弟，将她卖入青楼。她自小和父亲学厨艺，六岁就开始烧饭照顾母亲和弟弟，家务杂事一把好手。景横波发现，比起女汉子翠姐和病美人静筠，不起眼的小丫头才是个宝。

拥雪把加了料的汤放在托盘上，景横波正要端走，拥雪忽然问：“要不要再备一份？”

景横波看她眼神就知道，是问要不要给宫胤留着好汤，昨天送去人家没喝到。“哼，热脸不碰冷屁股！”景横波一昂头，端着汤走了。

拥雪奇怪地看着她的背影——咦，你不是一直拿热脸碰冷屁股，还碰得挺欢快吗？

宫胤又把自己埋在了折子堆里，这回书房连灯都没点。蒙虎和禹春也只有站在黑暗里，大气也不敢出，蒙虎更不敢像昨日那样，去景横波那里暗示晚饭的事儿。却有连绵的香气幽幽传来，两人心中紧张，都知道在正常情况下，隔壁厨房离得远，香气传不过来，除非女王又端着汤招摇过市了。

蒙虎暗暗祈祷女王陛下良心发现送汤给国师，这样屋内的低气压就可以解决了。不过从香气的连绵程度和靠近速度来看，似乎很有点问题。蒙虎偷偷瞟一眼宫胤。他专心看折子，微微侧着脸，清俊的脸上毫无变化，似乎什么都没嗅见。蒙虎微微侧了侧身，瞟了外头一眼，正看见尊贵的女王陛下，端着个汤在门边晃呢。

景横波已经在侧门边走了三个来回了。她心中暗暗奇怪，明明门没锁，宫道很近，香气很有穿透力，时辰也差不多，耶律祁昨天能把汤抢去，今天怎么就不来了呢？他不来，她这碗党参黄芪老鸭天丝散炖汤送不出去，岂不是媚眼做给瞎子看？她还想看看软体动物耶律祁是个什么模样呢。再不来怎么办？要不要干脆开了门去那边？……

蒙虎暗暗叫苦。女王陛下太会刺激人了，居然继续送汤，还盘桓不休，当然她不知道，昨晚昭明公署那边，已经被护卫严加看守，耶律国师想出来，不是那么容易了。这香气如此具有杀伤力，这样没完没了地在主子鼻子底下招摇，这是嫌日子太平静了还是怎的？

国师一动不动，如沉没于光影的雕像，越看越让人心惊。蒙虎正要想个办法偷溜出去，把女王劝走，忽然宫胤把折子往桌上一搁，折子落在黄梨桌面上咯噔一声，惊得两人都一颤。随即宫胤忽然起身，毫不犹豫开门出去了。方向，侧门。

景横波在第三个来回站住脚步，终究不舍得放弃计划，端着汤一脚踢开了侧门。忽然一只手从她身后伸过来，端走了那罐子。这动作和昨日一模一样，景横波一喜，还以为耶律祁又突然袭击，忽然想起，好像方向不对？她有点呆滞地转身，就看见昏暗光线下，青竹远山一般的宫胤。

宫胤端着那碗汤，挑着眉，看着她，眉宇间似有霜雪。“想送过去？”他问她。

景横波想想，是这样，点头。

“想给他喝？”他面色似乎沉郁了些，不过语气还平静。

景横波又点点头。

“你觉得我是个怎样的人？”他忽然换了话题。

如此跳跃的话题，景横波居然跟上了，因为一股澎湃的怒气忽然涌上，她忍不住要发泄：“啊啊啊，你是个总和我作对的面瘫！冰山！高冷帝……”

“你说对了。”他举起汤，敬酒般对她照了照，“我总是和你作对。”他端起碗，喝了两口，随手一抛，瓷碗撞在地上粉碎，汤汁溅了一地。然后他一言不发，潇洒转身离去。

留下被这突然动作震得目瞪口呆的景横波。直到宫胤的背影消失在隔壁书房内，醒过来的景横波才发出一声抓狂的尖叫：“啊啊啊，你喝错啦！”

这天晚上景横波睡不着了，她翻来覆去脑子里都是宫胤敬酒般喝汤的那一幕。那一幕太突然太震撼，颠覆了她对宫胤的认知，以至于当时她完全没反应过来。事后再想起，有气，想笑，又觉得心中不安。宫胤好端端的干吗跑来抢汤？难道是不服气耶律祁昨天的行为，自己也学一学？不对，他才不屑学任何人。单纯要和她作对？她送给谁，他就不给谁喝到？有这么幼稚吗？他智商倒退了？不过回头想想，宫大神智商超标直拔云端之上，但情商可不见得多高超吧？这明明属于情商范畴。哎！管他智商情商，现在最重要的问题是，那加料的汤他喝了！现在……是个什么状况？软体动物耶律祁很值得期待，软体动物宫胤……感觉哪里怪怪的。再说宫胤那性子，真着了道，也不会告诉别人，万一瘫在床上……大荒会不会造反啊？

景横波觉得自己一点也不担心大荒造反，但是她莫名其妙就爬起来了。睡衣外面披了件披风，穿上软底拖鞋，她轻手轻脚向外走。她宫室里没有睡人，外头守夜的宫女在打瞌睡。景横波很自由地走到和静庭连接的侧门处。一路无人惊扰，她心中欢快。当然她不知道，就在她跨出寝殿的那一刻，自己宫苑以及隔壁宫苑，无数人打出了无数询问的手势。

“女王出殿。”

“注意观察。”

“向静庭而来。”

“撤销观察。”

……

宫胤的寝殿就在静庭的西南角，连接着书房，穿过一条回廊就是。整个静庭都很静，毫无灯火，只在回廊的拐角处镶嵌明珠照明，光线冷白，如宫胤一般不沾烟火气，既低调又奢靡。

景横波对于一路上一个护卫都没遇见当然不是毫无察觉，不过她向来懒得思考，没人拦更好。她来之前就打听好了宫胤寝居的位置，也听说了宫胤和她一样，晚上不要人在房间内外守夜。不过当她站在回廊尽头的时候，还是傻了眼。门在哪里？面前是一堵墙，白色石壁，质地似玉非玉，石壁上不知是天然生成还是后天雕刻，有一幅用笔朗阔峻拔的山水图，石缝褶皱，自成山河大川，十分别致震撼。这应该就是门了，看样子还有机关。或许这就是宫胤不需要护卫的原因了，这门一看就和他一样难搞。

景横波当然可以毫无问题地过去，不过她向来好奇心重，忍不住还是托着下巴研究了一下。然后她发现门扉上有字，那些字似乎是镂空的，她伸手摸了摸，发现不是镂空，是活动的，每个字都可以移动。

日好纵长深横水景乘还媚啭莺更乡阔浪风初波。

乱七八糟一行字，不晓得什么意思。景横波看了半天，数数字数，觉得应该是打乱的诗词，估计得按照韵脚格律什么的排一排，排好了门就开了。当然这活计她是绝对搞不定的，不过这排字总让她有种奇怪的感觉，好像看见了什么很熟悉的东西。她想了想，摇摇头，不打算在这里浪费时间，身子一闪，已经打进了内部。

第一眼，好大。宫胤的寝室一眼竟然看不到头，空旷如大殿，纵横足有数丈。

第二眼，好白。寝殿整体都是白色，白墙白石地面，连床榻桌椅都是白色，清素得像个雪洞。

第三眼，好冷。和静庭普通的书房完全不一样，宫胤寝室很冷，比外头温度最起码低十度。好在并不觉得幽深阴凉，只是一种高山冰雪般的寒气。

景横波四处打量了一下，才发现大殿尽头是一整块白石，形状不规则，微微闪着细碎的白光，隐约升腾起淡白的气息，整个寝殿的寒气就是从那里散发出来的。而宫胤的床榻，就在白石的下方，垂着雪白的帐幔，绰约如仙人宝榻。

景横波撇撇嘴，对某人无时无刻不在装高大上表示不屑。她东张西望了好一会儿，坦然等着宫胤喝问——正常情况下，她靠近寝殿他就该知道了。没有声音，殿内甚至感觉不到人的气息，这里仿佛是一个空殿。景横波忽然有点惊悚，抚了抚胳膊上竖起的汗毛，难道宫胤不睡在这里？难道这里是个空殿？难道马上就会像盗墓小说说的那样，帐子后坐起来一个白毛僵尸……

被自己联想吓到的景横波，只好自己发声：“喂，宫胤，姐来视察你了，快来迎接！”

声音撞击在空荡的大殿内，回响嗡嗡不绝：“快来迎接快来迎接快来迎接……”还是没有人应答。

“不会被天丝散给整昏了吧？”景横波觉得不对劲，想走，又不放心。虽然宫胤也没少欺负她，他自作自受抢喝了加料汤她也乐见其成，可如果宫胤真给那加料鸭汤整出问题，她的麻烦就大了。

“哟哟哟，害羞呢……”她换个表情，搓搓双手，一脸淫笑逼了上去，“宫宝宝，宫乖乖，宫小白，宫胤胤，小胤胤，小乖乖……你说话呀，姐来看你啦……再不说姐爬你床啦……”一边满嘴胡言乱语，一边悄悄逼近。她就不信了，宫胤就算有什么阴谋诡计，听见这话还能受得了？就他那德行，一定要高冷傲娇地推一推她的。

果然有动静了。不远处层层叠叠的丝帘忽然激飞而起，一样白色的东西呼啸着旋转而出，直奔景横波面门，景横波唰地往地下一趴，那东西擦她头发而过，啪的一声击在地面上，摔得粉碎。

景横波回头一看，砸碎的是个瓷枕。这是让她不要接近的意思了？景横波转身就走。怕你有事才来看看，既然你有力气砸枕头，想必好得很，姐还留着干什么？和你大眼瞪小眼吵架吗？白天的气还没消呢！

她一转身，步子过快，忽然踩到脚下瓷片，瓷片表面圆润，底下白石也非常光滑，这一踩，景横波身子向后一仰，竟然倒滑了出去！砰的一声，她倒仰翻在宫胤的床榻上，后腰硌得生疼，层层叠叠白纱落下来，覆住了她的脸。

"呸呸呸。"景横波抓开落到嘴里的白纱，挥开眼前的障碍物，哎哟哎哟想要起身，腰却实在痛得厉害，只好维持原状，倒仰着转了转脖子。然后她觉得脖子底下触感有异。然后她瞪大了眼睛。然后她定住了。然后……整个寝殿都似在瞬间，凝固。

大眼对上了大眼。景横波呆滞的目光，撞进了宫胤深黑的眸子，他正定定地低头向下看，脸上的表情……景横波不忍描述。景横波想自己现在的表情，想必也令人不忍描述。因为这位置……她仰躺，宫胤俯看，两人这对视之姿，注定了宫胤此刻不是躺在床上的。他盘坐着，而她，一个倒仰，现在正栽进了他……两腿之上……脖子下奇特的触感，是因为她枕着他的腿……更要命的是，宫胤的穿着打扮，一点也不像他白天一样严谨保守！他竟然散着长发，他竟然闷骚地在自己宫里穿一件连身的丝质的近乎透明的长衣！低领！不束腰！散袖口！透明！

她能看见他薄薄丝衣下玉色的肌肤好吗？她甚至能看见他劲瘦精窄的腰……哦，她绝不会告诉所有人，她只要稍稍向上一挪，还能实现最火爆、最引人喷鼻血的无上接触！她落下的位置太精妙！简直就是珍贵的黄金分割点！

景横波连鼻子都不敢呼吸了，生怕气息大了，吹着了什么吹起了什么或者闻着了什么……她赶紧起身，可惜腰硌得痛，一时挺不起，只得慢慢蹭着向下退，似一只摇曳磨蹭蜕皮的蝉。软缎般的长头发散了开来，柔软地一路蹭着扫过去……

景横波听见一声抽气，感觉到脖子下的身体忽然绷得好紧，她抬起头，白蒙蒙的流动的烟气里，宫胤肌肤上忽然起了一层薄汗，他微微昂起的下巴，绷紧的脖颈，和因此更加清晰如线的锁骨，这一刻都同他的眸子一般幽幽闪光，在缥缈的白色雾气里，钻石般亮着。

那些细密凝结的闪耀着的汗水，和汗水之下同样晶莹如钻的肌肤，看呆了景横波。她从未想到，平日里领口紧束的宫胤，这般乌发和领口散乱的风情，竟然足可称得上……性感。她不由自主地咽了口唾沫，咕咚好大一声。下定决心赶紧要走，不然她怕会犯错误。

一动，一蹭，一吸气。一只手伸过来，捺住了她的肩膀，景横波僵住不动，那手却远不如平时有劲道，软软地搭着，随即宫胤的声音微带沙哑地终于响起："你够了没……"

别说得好像姐是夜入良家妇男深闺采花的女大盗！不过……看起来真的挺像啊……景横波手伸到腰部，慢慢地揉，若无其事地道："呵呵，没够。"

宫胤不说话，似乎在调匀气息，半晌道："出去。"

"你以为我想待在这里？"景横波反唇相讥，"你以为我喜欢看你散着个头发穿透明低领睡衣的样子？你是不是一个人关在寝殿还会骑着扫帚唱《小苹果》？"

宫胤又好一阵没声音，景横波想是不是气晕了，却听他忽然道：“你不喜欢？不喜欢你为什么一直往我领口里面看？”

景横波：“……”脸上的色彩红白调匀了之后，她终于揉着老腰坐起来，起身的那一刻她听见宫胤不知是痛苦还是解脱的一声长长的吸气。

她不敢回头，又等了一会儿，脸上的红白之色再次调匀之后，才翻身跪坐在他床上，凑近那张脸，和他大眼瞪大眼，怒道：“我千辛万苦来这一遭，当然不能白来，就算不好看也应该多看几眼才够本！”一把揪住他衣襟，狞笑道：“看完了卖到小倌馆，叫你总对我耀武扬威……”她轻飘飘一搡，看似推他，其实只是防备这腹黑货动手，她做好随时瞬移的准备，腿已经向后撤。

砰的一声轻响，宫胤竟然就这么软绵绵倒了下去。

景横波惊吓地瞪大双眼，跪坐着看着自己双手——刚才奥特曼附身了吗？宫胤怎么可能这么容易被推倒？再低头一看宫胤，好家伙！那软绵绵倒在榻上，衣衫凌乱、长发散披、脸色发白、姿态楚楚的美人真的是宫胤吗？不是静筠乔装改扮的吧？这个造型的宫胤，真的充满……违和感啊……不会有什么阴谋吧？

景横波警惕地看一眼大殿，大殿太空旷太干净了，她确定除了自己和宫胤外，连只蟑螂都不会有。再看看榻上身娇体软易推倒的宫大神，她终于醒悟过来一个震撼的事实：天丝散竟然真的起效了！哟嗬，女王翻身做主人的时刻到了。

景横波怒从心底起，恶向胆边生！她恶狠狠地……一个侧身倒下，在宫胤身边睡了。

宫胤没动静。

景横波手脚划拉划拉，把脚头的被子和宫胤的外袍都划拉过来抱住，一双眼睛从被子的上方警惕地瞧着宫胤，如果他暴起动手，她就抱着他的袍子闪，他穿成这样，总不能追出来吧？

宫胤没动静。

景横波稍稍放了心，以她对宫胤的了解，大神不屑于做陷阱害人，他直接凶猛，出手必杀。她把被子扔开，把宫胤的袍子扔在地下，侧卧着单手撑颊，看着宫胤，看一眼冷笑一声，看一眼冷笑一声。真是三十年风水轮流转啊！白天刚刚吵一场，晚上就给了她报复的机会。高高在上的大国师，谋权篡位的大奸臣，架空君主的独裁者，你也有今天！她躺在人家床上，抱着人家被子，自顾自冷笑半天。

宫胤始终闭着眼睛，嘴唇紧抿，可以解读成高贵不可侵犯，也可以解读为任君采撷，还可以解读为任卿凌虐。

景横波当然倾向于最后一种。“呵呵呵！”景横波冷笑完了，伸出手，将对面的男人一搡：“宫胤，快给我道歉！”

宫胤果然被她推得往床里滚了滚，脸侧过去，长发柔顺地散开来，散落在玉色的脖颈上。

景横波眼睛大亮——可以随意搓圆捏扁的宫大神！时机不可错过！

她爬过去，捏住宫胤的下巴：“道歉！”

揉乱宫胤的头发：“道歉！”

双手搓宫胤的脸："道歉。"

勒住宫胤的脖子："道歉。"

宫胤睁开眼睛，看了看她，又无动于衷地闭上，看上去要睡觉了。

景横波好像拳头打在棉花上，对这样软绵绵又万事不管的宫胤忽然也没了招。蹂躏了半天后，她玩心忽起，把宫胤放倒，侧身对她，也摆了个单肘支颊的姿势，把他的长发兜起，又把领口往下拉拉。指间发丝顺滑如缎，她恨恨地揉了揉。淡白朦胧光线里，明明是个海棠春睡的娇弱美人。

景横波诗兴大发，一边高吟"名花倾国两相欢，不破楼兰誓不还"，一边从腰上袋子里摸出拍立得。夜闯宫胤寝宫，她本就有种猎奇心思，想要多了解他的居处结构，所以带了这玩意儿。调焦对角度，咔嚓。按快门的那一霎，一直安静无力的宫胤忽然头微微向下一垂，长发倾泻下来，遮住了脸。

光线不好，景横波也没看照片，扬着照片得意扬扬嘎嘎笑："宫胤，从今儿起，你可是有把柄在我这儿了。大荒版艳照门！哈哈哈哈！以后听话！乖乖的！"

"玩够了没？"宫胤终于说话，"玩够了出去，十二个时辰之内，命人给我守好门，就说我在闭关，诸般事务暂停处理。"

"你该说，尊敬的女王，请你帮我通知蒙虎，一天之内我不能办公，等我好了会加班的，么么哒。"景横波心情很好地将照片收起。"哎，我忽然觉得刚才那张还不够劲爆哎。"

宫胤又不说话了，乌黑的发凌乱地覆在额上，是平日没有的懒散风情。

景横波爬下床，翻了一圈，失望地回来，摇摇头咕哝："果然没蜡烛皮鞭，没法摆拍，就知道你不会有这么有趣的东西的……"她一边咕哝一边抽出丝质的床单，胡乱撕成几大条，掂着带子，思考着捆绑的方式。中式？欧式？日式？哪一式都不会。随便来个造型呗，反正只想拍照留证，吵架的时候抛出来杀一杀他威风也好啊，就不信他看了自己这样的照片还能摆高大上德行。说不定从此西风就压倒东风了呢。还是随便绑一绑好啦。景横波忙忙碌碌，把宫胤摆了个"大"字形，手脚拉开，简单束缚在四边床柱上。

宫胤并不挣扎，事实上他也挣扎不了，景横波搬弄他身体时就发觉了，他今晚身体特别软，没有一丝力气，只能做些最简单的动作，肌肤上还不时渗出汗水，似乎一直在运功逼毒，没有精力管她的为所欲为。

景横波眯着眼，兴奋得手都在抖——身娇体软散发横陈任人摆布的大神，好诱惑啊，好诱惑！最美型漫画，也画不出那旖旎情态。平日里禁欲冰山一般的人，卸下冰雪武装之后，忽然就颠覆如春水，落差大到令她喷鼻血！

景横波大饱眼福，什么愤怒也没了，咯咯笑着跪在床上，左拍右拍，玩得不亦乐乎，忽然觉得照片里只有宫胤不那么有冲击力，最好加上横刀立马的自己才好。怎样才能两人同时入镜头呢？她想了想，坐到宫胤身边，一手摆个手刀姿势劈在他脖子上，一手举起拍立得，咔嚓一张。

翻身半跪，虚虚勒住他咽喉，咔嚓一张。

躺到他臂弯，手肘架在他脖子上，咔嚓又一张。

“瞧瞧，瞧瞧，”她一边拍一边嘚瑟地道，“让你以后再装！让你以后再高冷！回头照片一亮，你这辈子就钻泥地里别抬头了哈。”

宫胤忽然睁开眼睛，双手一挣，似挣扎欲起。

景横波惊得手一颤，拍立得掉落，落向宫胤胸膛，她急忙翻身去捡，砰的一声撞在宫胤身上，脸部顺势向下一埋，埋在了一处柔软清凉处。景横波身子一僵，熟悉的高山雪莲气息，熟悉的光滑如玉的肌肤，熟悉的，微软微润的……唇。她几乎可以想象到属于他的特别柔软微红的唇，被她紧紧压成了一线……三流总裁文的情节瞬间掠过脑海，似乎下一个动作该是“撬开齿关，舌尖畅游”？

还没等她想好要不要忠诚地按照剧本来演，忽然身边一只手抬起，从床边拿起滚落的拍立得，斜斜对着自己，按动了快门，咔嚓。

景横波目瞪口呆地看着宫胤的右手不知何时脱离了束缚，正轻轻松松拿着拍立得对自己拍照。他怎么会用的？这些男人的脑子都是战斗机吗？

哧！一声轻响，照片缓缓吐出，景横波心知这照片角度定然有问题，伸手就抢，宫胤动作永远比她快，手指一弹，照片飞出，穿过帐幕，咻的一声消失在大殿深处。

景横波眼睁睁看着照片消失，知道这辈子想要找到这张照片都不可能了。宫胤这个大腹黑，怪不得前头一点都无所谓！一个假动作，就骗得她自动献吻，还被拍献吻照。想占的便宜没占着，反倒被他给占了。“喂，”她不死心，掐着他脖子问，“刚才你照了什么？你得意什么？你被我压在身下被我蹂躏，照出来很有面子吗？”

“照了你噘着嘴献吻的脸，”宫胤淡定地道，“当然，没有我的脸。”

景横波大恨，手指狠狠压在他唇上，发狠道：“我要闷死你——”

宫胤不说话，乌黑的眼睛盯着她，眸光沉凝如渊。她在那样沉静的眸子里看见自己的倒影，心中忽然一动又一跳，忽然就觉得手指很热，又忽然觉得他的唇如此软，和他冰雪般的气质矛盾又协调，再忽然就想起刚才那一压，他淡淡的香气迫人而来，静而深远……她收回手指，转过头，跪坐在床上，将一叠照片扑克牌一般在手上收拢又打开，打开又收拢。

宫胤也不理她，闭目养神，忽然道：“汤里有天丝散？”

景横波嘿嘿一声，道：“本来打算整耶律祁的，你非要抢了去，活该。”

宫胤居然没有生气，脸上慢慢逸出一丝微红，神情颇满意的样子。

景横波一看就知道某人闷骚病发作，不就是因为确认她想整的是耶律祁吗！“我就是来看看你死了没，死了找人给你收尸。”她板着脸往床下爬，“不过现在看来不用了。”

“一天。”宫胤道。

“嗯？”

“天丝散效力三天，不过我只需要一天。本来三个时辰就可以了，不过我运功的时候忽然被人打断，岔了气，所以时辰延长了。”

景横波哼了一声：“那你就睡一天呗。”她继续要走。

“这一天里，”宫胤自顾自道，“会有上百朝臣前来求见请示事务，会有数百折子等待批复，因为我没有事先进行安排，甚至可能会有敌对人士前来窥探，寻找对我下手的机会。”

这是在勾起她的愧疚感吗？可惜她没有。“那是你的事，谁叫你自己抢喝了汤。”

“不得我允许，任何人不能进入我寝宫，短期之内这里没有消息传出。而如果我没有任何原因，超过朝务会议一个时辰不出现，玉照宫会进入一级戒备；两个时辰不出现，龙骑会进入皇城；四个时辰不出现，亢龙会开拔宫城；六个时辰不出现……”他顿了顿，“也许帝歌就要开战了。”

景横波眨巴眨巴眼睛：“那我可以趁机篡位吗？”

“你已经是陛下。”

“你提醒了我一件事。”景横波一拍手，“现在没有人知道你的情况，如果我杀了你，我不就解决了你这个篡夺王权的大奸臣，从此权在我手，成为真正的女王？”

“你可以试试。”宫胤目光清净，乌黑的眸子看不出情绪。

“然后等着我的是什么？”景横波床上床下一阵乱翻，“机关？毒气？还是你衣领上千变万化的珍珠？”

宫胤唇角一抹淡淡笑意。

“好吧，放过你一次。”景横波拍拍手，“我去帮你通知蒙虎，告诉他你生了病需要休养一天。”

“不能。”

“为什么？”

“这等于告诉耶律祁他们我出了状况。一旦耶律祁他们出手，蒙虎无权调动玉照龙骑和亢龙军，很可能会引发混乱。”

“宫胤。”

“嗯。”

“你觉不觉得一个人把大权全部抓在自己手中，并不是聪明的表现？一旦自身出了问题，你连个可以接替你出手的人都没有，更不要提你自己会活活累死。”

“嗯，”宫胤难得对她的意见表现了赞同，缓缓道，“所以我在想，是不是该培养一个人接替了。”

“谁？蒙虎吗？他是你的贴身护卫长，忠心够了，可我觉得他并不具备政治敏锐性，不是能独当一面的人物。禹春也不行，他性情有隐藏的暴虐，关键时刻未必能控制好自己。阿善有一双巧手，可是太过孤僻，你应该从年轻新进的朝臣中选，恩威并施地亲自培养……”景横波弹着指甲，说得漫不经心却又十分流畅，似乎不需要思考。

宫胤带着笑意看了景横波一眼。“你害了我，你要对我负责。”他忽然道。

景横波眸子都惊大了一圈，啥？负责？这么雷人的话，不该是狗血言情电视剧里那些编剧为了搞笑让娘炮对女霸王说的吗？什么时候高冷帝也抢来用了？这合适吗？她发现宫胤有时候说话各种奇峰突出横空出世，他到底哪个星座？

宫胤似乎一点都不觉得这话有什么不对，手一动已经摆脱了那宽宽松松的布绳子，拍拍床边道：“坐下。”

“我干吗要坐？”景横波立即躺下了。

宫胤唇角一弯。嗯，对，就是这样。

两人平平躺着，各自仰头看殿顶，忽然都觉得，自从认识以来，两人各种纷争，似敌非敌，似友非友，闹个不休，但这般安安静静躺在一起的时候，似乎真的是第一次。

“离天亮还有一些时辰，正好有些事交代你。”

“哦。”她随口答，没去想干吗自己要接受交代。

“先问你一个问题。昨日静庭议事，你隔墙偷窥，出来的时候，你几乎见到了所有的当朝重臣和权势人物，你认为这些人对你观感怎样？哪些人你可以接近，哪些人可以用，哪些人注定是敌人？别拿迎驾大典那天众人的表现做判断，我只要你依据那天静庭一面得出的结论。”

问题有点苛刻，当时她在墙头，重臣们在院子里，只远远一眼，连招呼都没有打，就要结论，听起来颇荒唐的题目。她却想都没想：“可以信任大贤者常方，必要时可以找他帮忙。其余我连名字都叫不出来的大臣，他们是中立派，我现在对于他们，是可有可无的女王，想要获得他们的支持，我得拿出更多的本事。正常情况下，他们不会主动对我不利。绯罗只能算半个敌人，她更注重个人和襄国的利益。真正的敌人是桑侗。”

“我记得那天常方对你行礼，重臣们装作没看见你，绯罗瞪了你一眼，桑侗却对你微笑。你这推论似乎有点奇怪。”

景横波奇怪的是这家伙当时不是在书房吗，怎么连大佬们出门对她的态度都一一看在眼里？“常方对我感激，曾立誓为我奴仆，任何时候他都对我尊崇，不会因为他人态度改变而改变，他可靠。其余大佬不赞同我的行为，但又不想现在就管，所以装看不见。这多少也算是对我这个女王的尊重和顾忌。所以他们不会帮忙，但可以争取，只看我能不能增加自己的分量。绯罗敌意明显，反而相对态度清晰。一个把敌意摆在脸上的人，一般不会下阴手。咬人的狗不叫，真正最蔑视我的是桑侗，对我这个女王，不回避，不退让，看见了也不过点点头，根本没把我当作万人之上的女王，甚至微带居高临下心态。她的微笑，其实是一种轻藐的态度。”

啪啪啪，宫胤居然在轻轻鼓掌，“或许该让他们听听你这段话。”

“你肯吗？”她偏头一笑，微带嘲讽。便在此平和时刻，她也并不敢忘两人在某种程度上的权力冲突。吃了那么多亏，从迈进玉照宫那一刻起，她已经开始学着警惕。

宫胤不接话，转了话题：“你想不想知道宫中侍卫的布防？”

“啊？”她没想到他忽然说到这个。

“分为内布防和外布防，以及玉照迷宫……”他从床下抽出一个翻板，取出一个卷轴。

她好奇地凑过去。

“玉照和亢龙各自有一部分秘密的设置……”

“朝中重臣多住在善德坊，从宫中一条隐秘夹道可以快速进入……”

“善德坊下有一些布置……”

“朝臣各司的详细设置……”

“宫城七大关和玉塔的所在……”

“大荒重重包围式的格局分布，有弊也有利，先太祖皇帝曾经留下皇图绢书，就看你能不能找到了……”

大殿里的寒气渐渐散了，天光一寸寸分明，景横波一夜没睡毫无困意，趴在床上对着一大堆图纸两眼发光。

“半刻钟后，重臣们会前来静庭议事。”宫胤忽然静了静，道，“你去吧。”

景横波回头看他：“为什么告诉我这些？”这一夜相谈，她越听越心惊，宫胤句句所涉，都是这个宫廷，乃至这个王朝，最要紧的秘密。她有些疑惑，不知这是历任女王应该知道的东西，还是仅仅对自己是个例外。传说里女王只享尊贵地位而无实权，按说，是用不着知道这些关系军事国防、关系政治大局的秘密的。

“你脑子里太多乱七八糟，或许该添些有用的。”宫胤说话永远那么气死人。

“我出去该怎么处理？”

“想怎么处理就怎么处理。”

景横波笑起来，眼眸眯起，一波波水光荡漾。“最后一个问题，”她在跨出门前，忽然回头，“你白天那么禁欲闷骚，晚上睡觉为什么穿得这么暧昧诱惑？难道你是一个外表高冷禁欲实则风骚放荡的腹黑鬼畜美型……哎哟！”

宫胤不过手指弹弹，地上便忽然多了一道门槛，景横波在被绊跌个狗吃屎之前，及时地把自己瞬移了出去。砰的一声，她趴在了寝宫外的院子里，面前一大堆靴子被惊得跳开。看靴子式样就知道是静庭这边的护卫。

景横波嘿嘿笑一声，趴地上托个下巴正想如何解释自己忽然出现在宫胤寝室门外，那一堆靴子忽然走了开去。

“今天天气不错啊，呵呵。”“是啊，呵呵。”“张兄弟你气色也不错啊，呵呵。”“王兄弟你气色也不错，呵呵。”“侧门开着，咱们要不要去安排防卫啊？”“还早呢，先开着吧。”一群人东张西望，仿似什么都没看见般走了。

景横波爬起来，掸掸膝盖上的灰。“哪天宫胤给人睡了都不知道！”咕哝一声，她通过无人把守的侧门，回了自己宫苑。一进门就看见紫蕊，她来得比平常更早，还正正堵在侧门处，景横波咕哝一声：“糟了。”

果然，紫蕊看见她就快步走了过来，她经过一夜，情绪平静了许多，又恢复了之前的端庄严谨，衣服显得比平时更整齐朴素，不知怎的，景横波看见这样的她，反倒多了一份尊敬之心。这个女子，大难之时没有过多失态，大难之后能迅速恢复，果然不愧是在宫廷浮沉多年，被层层选拔出来的优秀人才。

景横波不认为这样的人才会因为昨日的救命之恩，就完全放弃她个人的职责和原则。

果然，紫蕊对她行了礼，正色道：“不知陛下昨夜去往何处？”

“和国师大人谈人生谈理想谈道德伦理对人内心的冲击。”景横波掠了掠鬓发，毫无愧色。

“哦。”紫蕊竟然脸皮八风不动，从容道，“虽说女王陛下和国师可以多亲近，商讨国事，但似乎更应该是女王陛下召见国师，而不是亲自前去。如果被人发现，只怕难免会有麻烦。”

她虽然在提点规矩，但竟一句不提景横波半夜闯人寝宫的事，还有那句“发现”，景横波听着觉得用词颇妙，笑眯眯道：“国师太忙了，朕体谅他才亲自前去，如紫蕊你看，怎么做才又合规矩又能达到我和国师经常一起谈人生谈理想谈道德伦理对人内心冲击的目的呢？”

“哦。”端庄严谨的女官道，“微臣的职责便是为女王提点规矩及排忧解难。陛下如果日后还想和国师谈人生理想，请告知微臣并让微臣在您附近守候便可。有微臣在，就算礼相大人也无法指责您。因为论起宫规的教导和约束，只有微臣才是第一责任人。”

这是自告奋勇要给她望风的意思吗？难得还说得义正词严，满嘴宫规，奇才啊奇才。

“这样最好不过了！”景横波一拍手，“不过，让你一站一夜有点不好意思呢。”

“陛下体谅。”紫蕊道，“如您赐臣休息，臣自然会休息的。”

“如果我让你在隔壁院子最外面那间休息呢？”

“自然遵旨，微臣的心在陛下身上，纵然离陛下有点远，也不会影响微臣耳聪目明地履行职责。”

是有点远，整整相距两个院子，景横波相信就算她把宫胤强上了，他挣扎呼救，紫蕊也不会听见的，她笑得更加开心了。“如此，日后希望你好好提点我宫规，帮助我更好地在宫中生存。”

“微臣谨领女王旨意。”紫蕊恭谨地低头。

景横波笑吟吟地四处张望，“哎，听说今天要来教引嬷嬷，要具体地教我在宫中宫外和各种仪式上的言行举止，可我今天还有更重要的事儿，紫蕊女官，你看有什么办法，又合规矩，又能免除教学呢？”

“回陛下，教引嬷嬷的到来，非微臣可以阻止，不过微臣身为陛下身边承旨女官，有挑选及考察教引嬷嬷合不合格的资格。微臣请求陛下，允许微臣先为陛下考察一下这些嬷嬷，以免她们本身规矩学得不够精到，不能教好陛下，影响陛下威严。”

“是极，是极。”景横波心中大乐，连连点头，“务必好好考察，最好考察很久才好。”

“大荒仪典十部，宫规一千零八条，各式规条分则三十卷。”紫蕊平静地道，“想必不是一日可以考察完，微臣斗胆，恳请陛下多等待几日，或许还可能更久。”

“我心里很急啊，”景横波眉飞色舞地忧愁，“这么久！”

“难为陛下等待了。”紫蕊一脸惶恐低头。

景横波噗地一笑，拍拍紫蕊的肩，真是个妙人，不枉昨日和宫胤吵架，救她一回。“我等会儿要去见重臣，参与议事。”她回房去换衣服，咨询紫蕊，“你有什么好建议提供给我吗？”

“按照规矩，您现在是不可以直接和大臣们议事的，是国师授权给您的吗？”

“是的。”

“微臣几乎可以预见到前半个时辰他们必然在讨论您此举不合规矩，甚至有可能直接驱逐您。”

"我想让他们闭嘴。"

"仅仅闭嘴吗？"

"不。"景横波回头，盯住了紫蕊，"我还想做好这个女王，我不想再做傀儡，我想改变大荒对女王的苛刻待遇，我想从我之后，再无转世女王，我想，"她顿了顿，"不辜负一个人给我的机会。"

宫胤未必需要她出面代为管事，他在给她机会。当然，这也是考验。她隐约能猜到宫胤现在的矛盾和犹豫。他的从属希望他架空女王甚至放逐女王，成为男帝，而他，因为她的出现，当初的想法有了改变，但改变意味着对所有从属的背叛，这个责任连他都承担不起。所以他要考验她的能力心性，如果她足够驾驭得住，他会给她机会，如果不行，就算让她做这个女王，她也迟早被虎视眈眈的各方势力吞噬，反而害了她，还不如在他羽翼之下做个傀儡，或者做个普通女人。

景横波原以为宫胤想都不想就会选第二种——他容她活命就算量大了，没想到他竟然愿意冒险给她一个机会。她自然不会试都不试就放弃。研究所四人组，能熬得下漫长的拘禁和试验岁月，始终不放弃寻找出走的机会，就没有真正的孬种。

这话对紫蕊坦诚，她也想看看这女子的态度，如果不够明朗，那么从此她不会信任她。

紫蕊连眼睛都没眨。"仪典里其实有一条被很多人忘记的规矩。"她慢慢道。

"什么？"景横波眼睛一亮。

"女王有临急议事之权。"

景横波摇摇头。宫胤出问题，算得上临急，但这是不能说的。"临急……临急……"景横波搓着手，在殿内四处转，想着什么东西可以急那么一把。她可不想委委屈屈参与议事，得别人同意坐在一边做人肉布景。这是她第一次试探地将脚踏入国家权力中枢，一定要自己掌握主动权。这个临急，还得是临大急，足够震撼，足够要紧，足够让人慌乱得失去方寸，她才有机会一只脚踏进大荒政坛中心！怎样制造这样的效果？炸了玉照？烧了静庭？嗯，宫胤会掐死她的。她抬头，目光触及某处，眼神忽然一亮。

第三十二章　玩转人心

景横波走了几步，转到庭前。紫蕊跟上来，给她披上披风，道："最近天气不好，这个时节多雷暴天气，随时可能下雨，您得注意着。"

景横波心中一动，抬头看看天色，天阴沉沉的，最近似乎都是这天气。估计近期是该有雷暴雨。她抬起头，盯着远处一座建筑，那建筑式样颇有些古怪，有着高高的尖顶，塔楼模样，她随口问：“那是什么地方？”

“是大祭司的观星署。”

“桑侗的办公地点？”景横波皱起眉。桑侗和轩辕镜，是目前朝臣中对她最不怀好意的两人。从最初西康设陷阱，到迎驾大典上的步步刁难，可以想象到，他们会是自己前进道路上的最大绊脚石。

“是的。桑家世代相传大祭司的职位，据说有一手极其出众的占卜之术，地位很崇高。”

“我怎么感觉桑家既不支持女王，也不支持宫胤，甚至对耶律祁也不是那么信服，他们的打算是什么？”

“微臣不懂政事，也无权加以议论。只知道桑家地位超然，本身和黄金部关系亲密，又是帝歌古老门阀贵族，早先和耶律家曾因为争权有过龃龉，身为老牌贵族又不容易看得上右国师的普通出身，而他们是祭司，世代对女王的承继有发言权，自然也不可能把女王当回事。他们或者另有打算也未可知。”

“哦，第三方势力团体。”景横波点点头。大荒的局势，不是简单的左右国师争权可以描述的，王朝六国八部的独特设置，注定了这是一块势力纠缠、纷扰不休的土地。任何人走进这一张纵横经纬的复杂大网，都得小心自己能不能安然走出。

她看着那特别高尖的塔顶，不禁诧异：“听说大荒夏末多雷暴天气，这么高的柱式尖顶，难道没有被雷劈过？”高处柱状建筑容易被雷劈，这是常识。古代又没有避雷针。

“这正是桑家神异，并被世代供为大祭司的重要原因之一，传说他们家是神赐之族，是雷神在人间的后代。”紫蕊道，“据说第一代桑家家主，曾毛遂自荐和太祖皇帝求为大祭司。太祖皇帝当时正为宫中建筑多为雷劈而烦恼，随口道，‘若你能令雷不劈你，朕就信你神赐之能，以后你桑家世世代代，都为大荒祭司。’并且为桑家先祖造了一幢特别高尖的楼，就是现在这栋。”紫蕊指了指那高楼，“说起来奇怪的是，从此以后，无论雷暴多厉害，劈坏了宫中多少屋子，唯独那高楼，从来无损，雷暴最近的一次，劈在楼前地面，将地面裂出几道鸿沟，高塔也完好无损。从此，桑家神异之名流传，才成就了祭司世家，百年名门。”

景横波托着下巴，望着那高塔，笑了。要搞，就搞个大的吧。

“神赐？这要算神赐，我简直可以冒充王母娘娘了。”她喃喃道，“不过这是巧合？还是几百年前也有过一位穿越者？不管怎样，桑家的神异，也该结束了……”她转身走回屋内，拖出自己的大箱子，翻出一个东西，抓在手里掂了掂，抬头，朝天一笑。

大荒在女王没有正式登基之前，没有早朝，早晨卯时左右重臣们会在静庭集合，就国事进行商量。一大早，静庭的宫门就开启了，虽然宫胤没有露面，但静庭的运转不会受任何影响。所有人也都知道，静庭外松内紧，想要在里面搞什么幺蛾子，往往竖着进去横着出来。

蒙虎已经接到了宫胤的指示：“闭关休整，女王代领事务，见机配合。”虽然奇怪这条指令，但蒙虎还是做了一些准备，加强了静庭书房的防护——谁也不能预料这个举动会带来什么反应，引起激烈反弹都是有可能的。蒙虎也有点奇怪，主上持重沉稳，如今自己不出面，让初来乍到还没被接受的女王一个人面对群臣，真的好吗？有必要吗？

卯时还差半刻，一大群人拖拖拉拉地走来，和往常精神利落的风范大相径庭，还伴随着不断的哈欠声。

“轩辕大人今日怎么眼下黑肿，可是身体欠佳？”

“呵……昨晚没睡好，被我家婆娘缠了半夜……”

“哈哈，想不到轩辕夫人徐娘半老，犹自风华如初，真真羡慕轩辕大人的艳福。”

“胡说什么，老夫是被那婆娘缠着要什么裙子，裙子哪里没有，非要老夫去找！”

“啊，你们说裙子？是不是昨天出现在九宫大街的裙子？我昨晚也被我家两个女儿给缠着，非说在九宫大街看见两个女子，穿着大荒没有的非常奇特美丽的裙子，要我一定给她们找到那裙子，这，这到哪里去找啊？”

“你们在说裙子？我家里也是，快被姑姑姐姐妹妹女儿们闹疯了，到处命人打听那什么裙子什么首饰什么鞋子，满帝歌找，找不到就茶不思饭不想，老夫就是一天不在家，家里就乱了套……”

“什么裙子惹得这么多人神魂颠倒？仙裙？”

“不是仙裙也差不多了。据说现在整个帝歌的女人都在讨论那裙子，讨论那两个女人，说什么妆容如何精致，衣裳如何特别，首饰、鞋子无一不是人间奇物。无数女人为之疯狂，整个帝歌被翻了个底儿掉，大群大群的女人扑入首饰店、成衣店再失望而出，弄得那些老板捶胸顿足。那些爱美如命的女人，简直都快疯了。”

“是啊是啊，我家的那位四更把我推醒，絮絮叨叨说裙子，天哪，我三更才睡！”

“你还睡到几个时辰，我整整听了一夜！呵……国师今天如果没事，得早些结束才好……”

“也不知道那两个女子是谁，据说就是惊鸿一瞥匆匆一面，无人看清脸，也无人知道来历，居然就轰动帝歌，令所有看见的人念念不忘。我家那个不争气的犬子，据说昨晚派人打听了一夜……我要知道那两个美色惑众的女人是谁，必得把她们驱逐出帝歌！”

“秋大人可真不怜香惜玉。要我说，这多半是哪家青楼招徕客人的伎俩，选两个女子，故意神神秘秘弄这一出，引人追寻，在引起所有人注意后，再抛出身份，一举成名。嗯，我现在就等谁家青楼揭秘了，人找到了纳为小妾也不错啊，听说是绝世尤物，也不知道是彩袖楼的呢，还是玉春堂的……”

一群人发出赞同的嘿嘿笑声，另一群人则忙着眼泪横流打哈欠。

在门口迎接的蒙虎，听着他们的抱怨和讨论，脸色古怪。

重臣们鱼贯进了宫胤宽敞的书房，都有抑制不住的疲惫，昏昏欲睡。轩辕镜揉了揉眼睛，对蒙虎道：“往日国师都是准时出来，今日怎么迟迟不见？如果国师有事，不妨说一声，反正今日也没什么要紧事儿，不如就散了……”

他话音未落，门吱呀一声又开了，一个声音慵懒而沙哑地笑道：“国师另有要事要办，而朕今日也有紧急事务要和诸位爱卿商量，今儿的会议，就由朕来主持吧。”

众人大惊回头，就看见门口，景横波笑吟吟、俏生生地立着。她穿着一身中规中矩的明黄色绣彩凤袍子，华贵耀眼，这是女王的常服，众人都看惯的，然而此时她穿着，众人却都觉得合身异常，曲线流畅，目光忍不住在她不盈一握的腰肢上落了落，这才发觉，不知何时，这原本是直筒式的王袍，给新女王加上了一条棕色绸缎腰带，只是小小的改动，顿时便束出了曲线的喷薄和玲珑，比以往所有穿过这种王袍的女王都出众。她有种奇特的魅力，每次出场，都有小小的新鲜令人眼前一亮。

景横波坦然享受众人目光，含笑掠了掠鬓发，给大家抛了个又庄重又勾魂的眼风。

一半人还沉溺在她的美丽中发呆，一半人反应过来，已经大惊站起。

“参见陛下。陛下万安。”这是善意的。

“陛下！此处正在商议国事，您且暂时回避如何？”这是有所拒绝又留点面子的。

“陛下！你僭越了！大荒国事，不容您置喙！”这是毫不客气让她滚蛋的。

后两者足足占了四分之三以上。桑侗已经在微笑着对蒙虎道：“护卫长失职了，这样的场合，怎么能让陛下进来呢？别说她还没登基，就算登基了，此举也可算是挑战国师权威了。”

“回禀大祭司，”蒙虎面不改色，“蒙虎只是听令行事。”

这句话好些人听见，顿时脸上变色，一时惊愕不定地看过来。众人不明白宫胤的意思，这是想敲打敲打女王，让她以后安分吗？毕竟当初前女王也曾露出一点不安分的意图，后来就引发了玉照事变，如今宫胤怎么可能允许灾祸重来？

偏偏蒙虎话语也含糊，根本没透露出宫胤的真正意思。

众人愣了一刻之后，终究还是根深蒂固的制度观念占上风，一位老者上前一步，挡住了景横波的道路。“陛下。”他疾言厉色，“国师允许您在议事时踏入静庭，是国师的乱命，事后我等自然会向国师提出抗议。但您作为大荒名誉君主，应以捍卫大荒现有规则为己任，怎可擅自破坏规矩，妄议朝政！请您速速退出，否则老臣会会同六司，对您继位的资格重新论定！请陛下立即回宫！”

他身后，一大群人纷纷站了出来。“请陛下立即回宫！”“请陛下立即回宫！”声浪如潮，人墙似铁，等在外面的宫女面色发白。

常方赶上前，轻轻劝景横波：“陛下，不要随意挑战规则。静庭您想来，也不能这么直接进入，还是先回去吧……”

轩辕镜等人则在冷声吩咐：“把侧门赶紧给封了！明日请陛下搬出隔壁，回到自己寝宫去！”

“哦，不给我进啊？”景横波眨眨眼，“不给我进就不给我进了，发这么大脾气干吗？我好怕怕哦。”她一边拍着胸口，一边笑眯眯地转身，一些臣子原以为她要抗争，不想她如此稀松，都露出诧异又鄙薄的神情。

“自取其辱！”一直冷眼旁观的绯罗冷笑一声。

景横波好像没听见，笑嘻嘻转身，一边走一边道：“是你们自己赶我走的哦，那么，祭司高塔即将被雷劈倒的神示，我如果没传达到，也不怪我哦……”

此时人声纷扰，她的声音不算太清晰，但还是被一部分站在前面的反对得最激烈的人听见了。

“站住！”桑侗的声音响起，微失从容。

景横波就好像没听见，一边向外走一边哈哈笑。“什么天赐神异！什么神灵代言！什么天雷不犯！什么祥瑞御免！”她张开双臂，嘿嘿笑着面对外面的阴沉天空，“神怎么可能一直垂爱一个家族？你们何德何能能把持祭司之位百年？皇帝都代代要死呢，一个祭司凭什么代代都该是你家做？”

“站住！”

景横波转过身，偏头笑吟吟地看着桑侗，指指自己：“太不礼貌了，大祭司，你应该说，陛下请留步。”

“对于一个不守规矩，还没登基就敢乱闯静庭，胡言乱语侮辱祭司家族的人，我没有尊敬的必要。”桑侗保养良好的脸上，眉梢微微扬起，忽见凌厉。

“也行吧，”景横波随意点点头，“很快你就做不成祭司了，倒霉之前都是要作死的，容你作一作。”

“陛下是来逞口舌之利的吗？”轩辕镜阴冷地道，“烦请陛下说清楚，什么叫祭司家族将被抛弃？如果陛下说不出个章程，只怕我等不仅要追究陛下擅闯静庭的错误，还要追究陛下妄言污蔑重臣之罪。”

“祭司家族的荣耀，不容人随意抹杀！”桑侗冷冷接上。

“是呀，所以神来抹杀了。”景横波自如地甩甩长发。

“什么神来抹杀？大荒所供奉的天神，只有祭司桑家能够自卜卦中得到神谕！”

“长江后浪推前浪，一代新人换旧人。”景横波自如地向前走，自如地在屋子中间宫胤的位子坐下，跷起脚，敲敲椅子扶手，“神在人间的启示者，换人啦！”

“谁？”关心这个问题的人太多，以至于无人注意她已经从容坐下。

“当然是区区在下不才本人朕。”景横波一笑，指着自己鼻子，“迎驾大典召唤彩凤上礼台的事，你们都忘了吗？”

众人都一怔。当初景横波忽然出现在礼台之上，自称有彩凤相送的事，大家也曾疑惑探讨过，不过没有结果，过了几天也就忘了。

“你那不过是轻功纵移之术！”桑侗反驳。

“哦？有这么牛的轻功？”景横波顺手一指外头的护卫，“你们带护卫进宫的，随便叫个高手来，谁能在一眨眼的工夫从静庭这里飞到我院子厨房，我立刻就走，还给你桑侗道歉磕头！”

众人都默了默。桑侗噎了一下，脸色涨红。这样的轻功，别说大荒没有，放眼各国也找不到吧？

“来来来，”景横波敲桌子，“把今天要议的事拿出来吧，我答应帮右国师代为处理今天事务的。”

“刚才的话还没有解释，现在陛下何必提这个？”轩辕镜皱眉。

“不不，不是解释，”景横波摇手指，“是传达。”

“传达什么？”

“女王有临急议事之权，因为我接到了神的两个预示，这算急事，所以我来召集你们传达议事。”景横波跷起二郎腿，长指随意地敲着下巴，对几个老臣的皱眉视而不见。

“请陛下一次性说完，装神弄鬼毫无意义！”桑侗终于失去了耐性。

“桑祭司的神，据说当年护住了祭司高塔不为天雷惩罚，成就了祭司家族的地位。”景横波站起身，“而我接到的神示说，桑家不守律条，违反祭司家族不得参政规矩，多年来插手大荒国政，野心勃勃行为不端，已经玷污了家族的神性，所以已经剥夺了桑家的神赐之权，”她一指祭司高塔，“三日之内，祭司高塔必遭雷劈！”

众人震动。桑侗尖声道：“胡说！都是胡说！”

“胡说还是神谕，最多三天便知道了，不是吗？”

众人抬头看天空，阴沉欲雨，大片铁灰色的霾云布满天际，只怕当夜便有雷暴。

“胡言乱语！恶毒污蔑！”桑侗快速奔向景横波，“我桑家的尊严不容你……”

蒙虎一侧身，带着一批护卫不动声色地挡在了她面前。“静庭重地，”蒙虎垂着眼皮，刀半出鞘，“不得动武。”

大贤者常方也奔了过来，挡在景横波面前，瞪着桑侗：“桑大祭司何必如此暴躁？陛下身负大荒国运和百姓民生，你敢动粗？”

“辱我祭司家族百年清誉者，永为我桑家之敌！”桑侗也失了往日优雅气度，声音尖厉。

景横波斜斜地靠在椅子上，剔着指甲，时不时抬起手吹吹，看都没看桑侗一眼。说这么苦大仇深干什么？难道之前你把我当朋友待了？景横波想起太史阑一句话：人不害我我不害人，人若害我我必加倍害人。这是她唯一赞同太史阑的一句。

“辱不辱你，三日之后就知道了！”常方毫不相让。

“是极。”一直冷眼旁观的绯罗忽然站起身，笑道，“大祭司也不必愤怒，说到底，话不能乱说，说出口就得负责。陛下既然说三日之内祭司高塔必遭雷劈，我等就看着便是。不过我倒有句话要问陛下，如果三日内，祭司高塔安然无恙，你怎么说？”

景横波斜斜瞟了她一眼。玩政治的女人就是不好看，瞧那满脸的诡谲光彩，好端端一个美女，看起来脸歪嘴斜的。景横波想，自己一定要做个美貌又充满正能量的新款政治女强人。“还能怎么说？你们想怎么做就怎么做。”她笑眯眯地托着下巴，“不给登基啊，流放啊，你们不是一直在想吗？”

绯罗没有笑意地笑了笑。

“不过话又说回来，如果我说对了，你们怎么说？”

“您是女王，您本来就该是对的。”绯罗的回答很狡猾。

“我是对的？”景横波斜着眼睛看她，“我还认为你是个祸国殃民的贱人呢，你说对不对？”

绯罗粉红的脸瞬间涨成了铁青色。

“呵呵呵，举个例子嘛，别生气，你怎么会是贱人呢？你明明是个阴人。还有祸国殃民，这是绝世美女级别才能拥有的技能，你虽然也算中等姿容，但还差得远呢。”景横波笑靥如花。

绯罗铁青的脸色又变成霜一样的冷白，上得了战场谈得了国事设得了计谋玩得转政事的襄国女相，对这样恶毒又无耻的当面骂街，一时真有些适应不来。轩辕镜脸色也不好看，他发现新女王看似懒懒散散没脾气，斗起嘴来却绝对是一把好手。关键她什么话都说得出来，“自重身份”这个词在她面前不存在。

“陛下何必绕来绕去，不妨直言。”

“和正人君子朕从不绕来绕去，这不是没办法嘛。”景横波直起身，一脸无辜地道，“这要说到第二个神示了。神说，我是天命女王，神选择我降临大荒，自有拯救百姓、振兴大荒之责。但现今女王不可问政制度，不符合神的谕示。一个对国事茫然无知的女王，如何发挥神给予的力量？”

“是极！”常方立即连连点头，“陛下天资聪慧，学识渊博，胸怀锦绣，才智超绝。如此才能，如果弃置一旁，是我大荒的损失，百姓的损失。老臣以为，应该修改律法，允许陛下听政，或者适当就国事提出合理建议才是。”

景横波搔搔下巴——这老头说的人是她吗？她明明记得文臻对她的评价是：胸怀巨乳，一肚草包，满脸吃相，一生花痴。就这，还是三人中给她的最高评价了。

“女王是国家的名誉统治者，是大荒百姓的精神君主，在位期间不允许参政。这是大荒数百年来的铁律，是先太祖皇帝记载入《皇典》的首要准则！”轩辕镜声音决绝，“大贤者还记不记得其后一条附注？”他阴沉着脸，眼底闪烁着阴森火花，一字字道，“但凡有妄图侵犯此律条，觊觎大荒国政之主，可共灭之！”

常方脸色一变，紧紧抿了抿唇。

景横波皱了皱眉，有点想不通这大荒开国皇帝是怎么了，建立的江山不让子孙世代承继，却搞什么转世制，转世女王做个傀儡，实权往往旁落于左右国师，这王不王臣不臣的，到底是个什么意思？看此刻众人神情，明显都赞同轩辕镜。景横波虽然不爱看书，可是却不知看了多少古今中外肥皂剧，强大的编剧们用更强大的脑洞告诉她，任何既得利益团体，都不允许外来势力随意窥测他们的权力。任何对长久存在的制度和政体进行的改革，如果太激进强硬，往往都以失败告终。这点连皇帝都不例外，何况她一个毫无实权的女王？不急，慢慢来。软刀子割肉最痛了。“谁要参政了？谁要夺权了？”她敲敲桌子，吸引众人目光投来，才道：“朕发挥神赐予的力量，给百姓做点事也不行？桑家得到神的垂青，占据大祭司位置数百年之久，进入国家权力中心也有很多年，桑家可以，我一个女王都不可以？”

“正因为你是女王，所以不可以！”

“不参政，不议政，只是听政，并在自己能出力的时候出力，这都不可以？”景横波霍然站起，一脚踢翻了身下的凳子。

砰的一声大响，凳子翻在众人脚下，震得众人都抬起头，目瞪口呆地看着她。景横波脸上笑容全无，满脸森森煞气，眼睛半开半合，披散的长发忽然无声飞动。

众人愕然看她，只觉她忽然似换了一个人，有人想起她满口的神示，不禁心中一紧，难道，神降了？神怒了？

景横波直直盯着前方，忽然开口：“不参政，不议政，只是听政，并在自己能出力的时候出力，这都不可以？”

一模一样一句话，却令众人大惊失色。因为，声音忽然变了，由微微慵懒沙哑的女子嗓音，变成了不男不女、粗嘎难听的怪声！更重要的是，景横波说这句话的时候，只是张开口，并没有动嘴！

众人睁大眼，吃惊地看见景横波目光发直，她身后的长发忽然都幽幽浮起，飞在身后。僵立的美人，呆滞的目光，忽发的怪声，飞散的发，望之如传说中神仙附体。

一时满室惊窒，都看着上方桌案旁的景横波。景横波却久久没动静，额上微微渗出汗来。

众人想催促，又被神秘气氛感染，一时有些凛然。

绯罗忽然起身，快步上前，一把掀开了景横波身边桌案上垂着的桌罩。那里空荡荡的无人。原本怀疑桌案下有人给景横波做双簧的绯罗，失望地放下手，又看看景横波身后。她身后就是墙，无论如何藏不下一个人。绯罗只好更失望地坐了回去。

桌案下，二狗子倒吊在桌案背面，紧紧抓着木板的缝隙。霏霏藏在桌子边，扒着桌子的边缘，雪白的大尾巴晃动，拂起一阵阵的风，扇着景横波的长发。

“天神附体”的景横波，忽然一抬手。二狗子发出一声怪腔怪调的暴喝：“呀！”轰然一声巨响，响在院子中，仿佛真似一个雷劈了下来，随即哗啦啦一阵砖瓦碎裂之声。

蒙虎脸色大变，喝道：“不好！”快步抢出。众人慌忙跟随，然后立在院子中，面面相觑。院子里烟尘滚滚，地下落了一堆破碎的琉璃瓦。

有个一直守在外头的护卫，惊骇地指着屋顶，大声道：“有石头从天降下来了！砸在了屋顶边缘！我们没看见任何人出没！”

众人倒吸一口气，面面相觑。常方怔了半晌，一步抢回屋内。

景横波已经恢复正常，坐了下来，长发泻在背上，疲倦地支着头，幽幽地道：“刚才怎么了？你们怎么都出去了？”

后进来的轩辕镜等人狐疑地打量着她。此刻景横波看起来神态衰弱，表情迷离，和传说中被神灵附体的状况一模一样。只有桑侗暗暗咬牙——这种表情和状态，可是她们桑家的专利，什么时候被这女人学去了？

景横波现在确实很累。让霏霏早已在靠近屋顶的一棵树上放好了石头，刚才以意念操控，霏霏那个不靠谱的，选的石头太重，她刚才目光呆滞，僵立不动，其实就是憋足力气搬石头来着。她手指一动，将袖底的录音笔收起。二狗子提前录的那句话，效果不错。

“陛下……”常方小心翼翼地道，“你刚才……”

“我刚才睡着了？”景横波装模作样揉揉眼睛，“哎，昨晚好像没睡好……”

“那个……”常方是饱学大儒，并不怎么相信怪力乱神之事，但亲眼所见，一时也不知怎么描述。

蒙虎很及时地接了过来，道：“陛下，刚才似乎您曾被神灵附体。”

“啊，是了，”景横波暗暗感激，立即做恍然大悟状，“以前天神指示我的时候，都是这种感觉，今天觉得特别疲倦……是不是天神发怒了？”

众人都默然。蒙虎指了指被砸坏的屋顶。

景横波探头瞧瞧，冷笑一声：“我说了，我代表的是神灵的旨意。神灵不过一个小小的要求，需要我在凡间为他代言，为百姓做点好事，你们这些凡人，竟然敢推三阻四，蔑视神旨！”

一部分人神情凛然，轩辕镜等人不满地恼怒，一时却找不到话来驳斥。

“我也不和你们辩驳。”景横波站起身，“你们看见了神示，听见了神的意旨，如果一意孤行地拒绝，下一步就是对你们的惩罚，比如桑家——”她忽然转向桑侗，“所以神要收回对你们家族的恩赐了。”

“你说收回就收回吗？”桑侗冷笑，“你说神重新选择你就是你吗？你把这立于朝廷的泱泱重臣，都当小孩子欺骗吗？”

“谁欺骗世人多年自己知道。”景横波笑嘻嘻地一点她下巴，“我当然有东西证明。”她转向群臣，“如果三日内雷劈祭司高塔，是不是就能证明神已经收回了对桑家的恩赐？”

众人默然，想反驳找不到理由，桑家以雷过不劈为恩赐，雷劈了，恩赐自然就没了。

常方道：“自然是。”

桑侗狠狠看了他一眼，老头子面不改色。

“如果我能将劈高塔的雷电收集，是不是能证明，这回得到恩赐的是我？”

满座皆惊。收集雷电，什么意思？轩辕镜等人原本想着，景横波下一句话如果说高塔被劈就证明她是被重新选择的神赐人，他们必然要一二三四五地反驳，然而听见这一句，也不由呆了。无论如何，收集雷电是不可思议的行为，想要否认这是神迹都不行。只是……

桑侗还想反驳，轩辕镜止住了她，冷笑着看向景横波：“陛下吹得好大口气。”

“口气不大怎么能算得上神迹？”景横波笑微微。

“如果你做不到？”

“你觉得呢？”

“那请陛下还是去黑水之泽颐养天年吧。”

“这个……”前面几句话简单干脆，说到黑水之泽的时候，景横波却犹豫了一下，露出点不确定的神情，似乎没想到惩罚如此狠毒，有点打退堂鼓的意思。

桑侗原本看她胸有成竹的模样，心中不安，此刻见她犹豫，便知她也内心虚弱，并无十分把握，顿时精神一振，冷笑道：“我桑家敢应此赌约，如果雷劈祭司高塔，必定交出祭司位置，为何陛下言之凿凿，此刻却不敢应了？”

“应就应，谁怕谁？”景横波果然受激不过，张口应了，却有些不安地瞧了远处高塔一眼。

桑侗微微放下心来，她不相信所谓收集雷电之说。至于雷劈之事，她当然知道自家高塔不被雷劈的原因，早已决定三天内增加守卫力量，高手尽出，定要一只蚂蚁都无法靠近高塔。如果景横波真的想去高塔使坏或者收集雷电，定要她去得回不得！

“如果我能做到，那我先前听政的要求，你们再没理由反对了吧？”景横波敲敲桌子。

众人对望一眼，觉得女王不可能成功，就算成功，也不过就是听政，并不是参政议政乃至定夺国事，似乎也没什么要紧的。何况女王看似颇有些不凡，若真能为大荒国务民生提出些合理建议，似乎也不是坏事。只有轩辕镜和绯罗几人眉头皱紧，他们并不会想得如此简单。千里之堤毁于蚁穴，任何对权力的蚕食都从不起眼的小事开始，先是听政，后面就有可能问政，乃至参政议政，开了一个头，就可能煞不住尾。

然而群体性意见中，个人意见总是稍显薄弱。何况轩辕镜虽然家族势力雄厚，却只是个谏议大夫，绯罗是襄国女相，对王朝国事有听政权无决定权，真正的权力，从来都把持在宫胤及他的支持者手上。而宫胤的从属们，却因为今天宫胤不在，没有主心骨，又觉得这一场赌约，保不准是国师有心诱女王入局，到时候一次性解决女王呢？

众人都默认，又是常方气壮山河地道：“自然不会再有任何异议！”

众人都觉得老头子甚讨厌。景横波笑眯了眼，觉得老头子忒可爱了：“那么，今日的本子，先拿上来吧。”景横波摊出雪白的掌心，“我替国师先收了。”

众人觉得古怪，有心不交，又觉得似乎这时候再抗议也无意义，反正三日之内有定夺，到时候女王要么付出代价滚蛋，要么坐稳这里的座位，如今便让她接触一下，也决定不了大局。

蒙虎退下，微微惊异。他没有想到，在这样处于绝对劣势毫无帮助的情况下，陛下真的能最后坐稳了这里的位置，让众臣围绕她进行议事。这是前女王一直努力想做却没有做到的事，也是大荒建国数百年来，不下十任女王，在不甘心的心态下想尽各种办法要做，都没有做到的事。在接到国师密令时，他十分惊讶，觉得这是完全不可能的事，甚至布置了护卫，准备在群臣愤激动手的情况下，抢出景横波。结果此刻他看着坐在宫胤位子上，微笑款款地和众臣说话的景横波，如在梦中。不可思议，他忽然微微有些感叹：事实证明，还是国师永远眼力超凡。

静庭朝会散场时，景横波坐在椅子上，笑眯眯地摆手相送。“诸位下次记得准时来啊！”她不忘嘱咐。

等最后一个人走出门，景横波抬头看看天空。一道若明若暗的闪电，正割裂灰色的云层，似一条蛇，倏忽没入天际不见。“你说我什么时候成为天下第一？”她转头问跳上桌的二狗子。

“就在今天！就在今天！”

第三十三章　并肩作战

耶律祁站在窗前，举起手指，对着天际乌云比画了一个方框，看上去像在计算乌云抵达窗口的距离一样。头顶忽然传来一声鸟叫，他抬头，横梁上落下簌簌的灰，灰粒却显得有些大。耶律祁摊开手，接了一粒“灰尘”在掌心，“灰尘”碎裂，露出小小的纸条。“宫胤未至，女王代理。”纸条通报了今天在静庭发生的事。

耶律祁眉头微微挑出三分惊异。随即他闭上眼睛，想了想，忽然睁开眼，看向静庭宫胤寝宫方向。他向那方向走了几步，似乎在盘算，随即手指敲击门板，一长两短。

不多时，门后鬼魅般出现一个人影，看打扮是昭明公署的官员，但弯腰弓背，不见面目。他双手递上一柄极细的小刀。耶律祁接过，笑容里有几分歉意，轻声道：“忍着点。”

那人似被感动，点头转身，默然撩起衣襟，露出后腰。

耶律祁笑容里透着心疼，下手却毫不犹豫，小刀落在肌肤上，刻出血字。

昭明公署人员在有官员被调查期间，一律不得外出，如有人有急事外出，则需要进行搜身。宫胤的规矩向来严苛，哪怕是公署总长，这时候出去也要搜，而且必须脱光。只是时间久了，大家都是熟人，有些条令执行得自然不会太彻底，虽然不敢违背，但一般多少都会给同事留点面子，比如，留条犊鼻裤什么的。

后腰字迹渐渐显现：“宫胤可能有变，今夜可前往试探。”还有一个小小记号。

刻完后擦去鲜血，那男子自己取出药末一撒，血迹淡去，连刻痕都不太清晰了，这样保证不会有血迹洇染，被人发现。

“务必传达，抓紧时辰，发现有异，下手果断。”耶律祁道。

属于耶律祁的秘密力量，都是单线联系。一个昭明公署的内应口述，并不能获得信任，皮肤上刻字并留下耶律祁的标志，才能调动属于他的精锐力量。

送走那内应，耶律祁抬头看乌云，灰色的微光已经蔓延了大半个天际。“就在今晚。”他道。

景横波快步回了自己的寝宫，将门一关，不许任何人进入。她坐在床上，霏霏跳上她膝头。

“霏霏。”景横波抱着它，指了指远处高塔，“今晚去那里，给姐毁掉一样东西。”她做了个毁坏的手势，拿起笔，在纸上画了一个长长的圆柱形的东西。

“差不多就是这样子，长短难说，但应该不短。金属制作，或者可能会是别的造型，总之必须是金属制作，你只要看见铁丝钢线，就差不多是了。这东西应该放在高塔的顶尖，就是传说中日夜护卫不绝的地方。”

“这是一个避雷针，是保证祭司高塔不被雷劈的重要道具。我不知道她家是得了什么秘法，还是祖辈有过一个高人，反正十有八九所谓神迹就是这个。”景横波在霏霏耳边絮叨，“她今晚一定派了很多人守卫，不能派任何人去送死，只能你去，需要我派二狗子给你帮忙吗？”

霏霏拼命摇头——算了吧，人间有二狗，倒霉必须有。

“那么，我家阴险狡猾装萌卖傻的小怪兽！”景横波一拍它大脑袋，“雷暴雨下来之后，就去吧！去把那一柱擎天的玩意儿，拔下来吧！”

霏霏摇晃着大尾巴轻巧地跃了出去。

然后景横波就上床准备睡觉了。桑侗想要安排多少人对付她，都是白费心机，她是女王，有见过女王亲自上阵的吗？她舒舒服服躺着，想着静筠来说，教引嬷嬷来了后，被紫蕊问得满头大汗，都赶紧回去翻《宫典》《仪典》了，顿时笑得更加愉快。

又等了一会儿，确定不会再有什么人去静庭请见，她想去看看宫胤怎样了。经过侧门时，她看见那个通往宫道和昭明公署的门虚掩着，心中一动，忍不住推开了一点。门开一线，正看见昭明公署大门打开，出来一个人，她还以为是耶律祁，仔细一看不过是个官员。那人出来后，看宫道无人，转身关门，关上门后双手下意识往后腰一捂，脸上有微微痛苦之色。

景横波觉得这动作奇怪，随即想也许是腰痛？既然不是耶律祁，她也就放心了，将门关上，从另一道侧门去了静庭。这回熟门熟路，直奔宫胤卧室。一眼看见大殿如常，宫胤似乎连躺着的姿势都没变过，不禁无趣地撇了撇嘴。走近一看才发现宫胤并不是在睡觉，他微微闭着眼，面色平静，眉宇正中却隐隐露出一抹冰晶雪色，升腾起一抹淡淡的白气，同样，在他锁骨交会的凹陷处，胸膛之上，也有白气升腾，白气中隐有淡淡青色，似有若无，三股气悠悠缓缓上升，最终都飘入天花顶那块巨型无规则的白石之内。白石里似乎又有气流降下，这回是纯正的白色气息，逸入宫胤眉心、咽喉、胸口。上下交流，连绵不休。

景横波瞧着觉得有趣，宫胤似乎是在驱毒，或者说毒不确切，天丝散不是毒，没有解药，宫胤或者是在驱除体内所有不利于身体的杂质，而那白石的作用相当于交换器，把脏东西吸进去，涤荡净化之后，化为干净有益的真气，由宫胤吸回体内。

景横波目光又落在他薄得近乎透明的丝袍上，终于明白为什么这个禁欲的家伙，竟然会在自己寝宫里穿得这么风骚诱惑，原来他这种真气修炼方法，需要身体和白石气息的直接交换，衣服穿厚了气体怎么能全部逸出？按说是一丝不挂才效果最好，大概他不愿意，才套了这么一件有等于无的。

景横波暗叫可惜，哎，裸睡就裸睡啦，给人看看又不少块肉，矫情！不过大神修炼武功的方法好奇特，景横波对“般若雪”三个字总有一种奇怪的感觉，觉得一种武功如果名字特别，想必也有不同寻常的地方，就是不知道这武功的禁忌在何处。

她正盯着人家胸口浮想联翩，宫胤缓缓睁开了眼睛，墨玉似的眼眸似深渊静水，幽潭无波，看得景横波心中一震。随即她就得意起来，款款坐到他身边，道：“我今天……”

“恭喜。”他道。

景横波一怔，原来他已经知道了，他是不是一直在密切关注着静庭书房的动静？

“有没有什么异样的感觉？”她盯着他的眼睛，“不怕我野心暴涨，最后夺你权位吗？”

“你若有这本事，尽管来夺。”

“小心自负太过，阴沟翻船。”景横波下巴一昂。

宫胤盘膝坐起，手指一招，旁边架子上一件雪白披风悠悠落下，他闭目调息。

景横波有点遗憾地看着那厚实的披风，随即欢喜起来：“你好啦？还没到十二个时辰呢。”

“只能简单动作，要想完全恢复，怕要到午夜。”

“我明明记得昨天傍晚你就喝了汤。”景横波算着时辰不对。

“出了点岔子，耽误了时辰。”他瞟了景横波一眼。

景横波毫无愧色地想大概是昨晚她闯进来折腾了那一把。

“桑侗这几晚必定对高塔严加看守，桑家隐士名动帝歌，战力不可小觑。”宫胤忽然道。

“你是在提醒我吗？这么好心？”景横波似笑非笑地斜睨他。

“不过我觉得你根本不会亲自去。”宫胤不接她的话题。

景横波对宫大神的智商一向没什么话说，嘿嘿一笑，懒洋洋在他枕边躺了，“杀鸡怎么能用我这把美丽的刀呢？霏霏就够了。考考你，”她伸手扯宫胤披风，“你猜我会怎么做？你猜桑家高塔为什么能躲过雷劈？”

宫胤先伸手从她手里拽回自己的衣角——再不理会就要走光了，一边随意地道：“高塔顶端应该埋有可以防雷的东西。”

“赞！”景横波鼓掌，“你果然知道。”

“我在大燕时，曾经经过一处行宫，看见屋檐两侧有仰起的龙头，龙口有铜舌伸出，弯曲伸向天空，我猜这大概就是接引闪电的东西，在龙嘴舌根之下，必定也有铜丝或者铁丝穿入地下，将雷电引走。”

“大赞！”景横波又拍手，不得不承认宫胤的智商就是过硬。她可从来没注意到，大燕已经早早使用了避雷针的雏形。

“其实曾有巫师向太祖皇帝建议过，将鱼尾铜瓦放在宫殿之巅，可以防雷电所致的天火。可惜那位巫师在放置铜瓦的时候不巧被雷劈死，他的建议就成了不祥的诅咒，再也没有人敢那样试，反倒后来成全了桑家。”

“也该结束了。”景横波媚笑。

“桑家身为祭司家族，有权在高塔危急时刻，调动超过三百人的卫队进行保护，所以这三日之内，桑家在宫中有不少人，如果高塔真的被劈了，”宫胤看她一眼，“小心桑侗狗急跳墙。”

“你是在关心我？”景横波曲起一腿，手肘撑在膝盖上，脸上不见焦灼之色，笑吟吟看他。

易动情者最冷情，似冷情者怕动情。

忽然想起初见，如果那时待她和善，如今，又该是个什么模样呢？他心中微微一痛，噬心，然而面上依旧淡然，道：“桑侗狗急跳墙，在宫中大肆出手的话，也会给我带来麻烦。”

“我想知道你为什么会允许这么一个敌对的人在宫中，掌握一块连你都不能干涉的自由，这不像你的风格哟。”

宫胤不语。会让步，是因为有过默契。当初一场宫变，关键时刻，是桑侗和他达成了协议，才有了前女王的暴毙，和他的上位。

弄权者必被权势所控，当桑家权势膨胀，接连操控了几代王权更替，自然不会甘于他人之下，想要有所代替。何况桑家自认为对他有恩，施恩者总会更加放肆些。桑家是在他离开大燕之后蠢蠢欲动，想必，也有耶律祁的手笔，然而耶律祁又不能完全驾驭桑家，桑家另寻轩辕家结盟，要的，只怕是左右国师之位。至于针对女王，则是因为女王虽然权力有限，却能够撤换祭司。所以对于一切不是由桑家扶持的女王，桑家都希望她不要存在。不过，桑家的猖狂，也该收敛了。她们如果动手，就越过了他容忍的底线。当然这些不能对她解释，他转开话题，道：“耶律祁可安分？”

“没什么动静。”景横波正想和宫胤说说在昭明公署门口看见的奇怪官员，忽然听见一阵细细的铃声从床后传来。

宫胤手一伸，从床后牵出一根金线，线上系着铃铛，他手执铃铛，仔细聆听线和铃铛的颤动——这想必是独属于他和属下的联系方式——过了一会儿他道：“禹春求见，说有要务。”

景横波道：“你是不是不能动吗？我去听听什么事。”

宫胤微微犹豫，点了点头，又道：“不要离开大殿太远。”

“舍不得我吗，小胤胤？”景横波咯咯一笑，起身走开。

她跑得太快，没看见身后宫胤抿了抿唇，垂下眼睫。

大殿内有开门机关，之前宫胤就已经告诉了景横波，景横波开门出去，正看见胖子禹春站在廊下。景横波背靠着那山水石头门户，道：“宫胤让我来听听怎么回事。”

禹春露出为难之色，低声道：“需得面禀国师……”

景横波并不生气，“那你就自己再去和他说吧。”

“哎！回禀陛下。”禹春立即道，“是这样的。桑大祭司派驻了三百护卫进宫，说要加强对祭司高塔的守卫。御林护卫瞧着，那些人神完气足，不像普通的护卫，担心对宫中防卫造成影响，特来请示。另外，桑大祭司说近期有人潜入高塔，担心有小贼潜伏在宫内，危及国师和女王的安全，特地将护卫布防圈扩大，已经扩大到了静庭附近。这是不允许的，我们的人正在和祭司交涉，祭司坚持要守卫静庭，不肯离开，我们需要国师的命令，驱逐祭司。”

景横波一听就知道是针对她的，也许等到晚上雷暴之夜，天黑风高看不清，就有“小贼”出没于静庭附近，然后祭司护卫一路追杀，在艰苦卓绝的战斗中，陛下不幸被“小贼”暗杀身亡，而英勇的祭司护卫，在浴血苦战之后，也击毙了“小贼”，为陛下报了仇，从此歌舞升平，皆大欢喜，各安其位，高塔无恙。“这事儿要什么请示？不知道闯门的狗都应该立即打出吗？”景横波挥挥手，“去告诉他们，朕和国师的安全，自有御林护卫和亢龙护卫操心，不需要外人多事。祭司高塔的人，护卫好祭司高塔就行。让他们记住，朕这里出了事，不需要他们负责，祭司高塔出了事，他们才会掉脑袋，先搞清楚轻重。”

“这个……如果他们坚持……”禹春一边暗赞看似懒散的女王其实有国师的强硬之风，

一边又有些犹豫。

景横波真心觉得宫胤规矩太大，不肯放权，导致这些护卫头领束手束脚，什么都不敢去做，一点霸气都没有。“去，”她随手一指远处一个给廊柱上漆的工匠，“把他的漆桶拎出去，绕着静庭和我的寝宫画一道线，在线内架弓箭弩机，其余人等不允许踏进线内一步。听说宫中又不安分，这是我们静庭在加强防卫，马上要下雨了，雷暴天气视线不清，如果有谁闯进来，被我们当贼杀了，可别怪我们事先没打招呼。”

“是！”禹春神情兴奋，搓搓手跑过去，拎起漆桶就跑。

景横波耳听得外头喧嚣越发激烈，隐约有惊怒之声，满意地笑笑——已经明言了不需要人帮忙守卫，生死自负，又画线为界，桑侗敢让人闯进来，有一个杀一个，有一双杀一双！她就不信人不惜命！景横波有把握，桑侗不敢硬闯，毕竟高塔还没塌，她还没必要撕破脸，不过是来看宫胤在不在，又觉得女王软弱，来捏软柿子罢了。

这个念头刚刚闪过，忽听前头一阵大响，随即砰的一声宫门大响，一个人撞进门来。他速度奇快，后头跟着一大串人。景横波听见禹春大喊：“拦住他！”又听见禹春大骂：“混账！大祭司疯了？你们疯了？已经画线，当真敢硬闯？来人，对他们一起射箭！”

随即有人大声号叫：“不是！不是！千万别误会！这人我们不认识！这不是我们祭司家族的人！我们不知道他哪里来的！”

宫院里的护卫已经急急迎了过去，刀剑出鞘，一片呛啷之声，但不远处的争执辩白还是听得清晰，乱糟糟一锅粥似的。

景横波皱起细细的眉，怎么回事？听祭司那边对峙的护卫的焦急意外口气，似乎闯进来的真的不是桑侗的人？那什么人突然混了进来？目的是什么？她下意识地上前两步，想要看清楚对方。那人闪电般越过几个拦截的护卫，忽然抬头看来。景横波如被闪电击中。那目光如此明亮，如此锐利，似藏了两把刀子，又似埋了两只穿透力极强的探照灯，景横波一瞬间有种错觉，他的眼睛是X光，正穿透她，看向某处！某处在哪里？景横波一回头，就看见了身后的山水石壁，也就是进入宫胤寝宫的最严密关口，无人知道密码的那道门。她看见对方眼光正直勾勾盯在门上，直觉不安，退后两步，挡住了石壁。那人看了她一眼，景横波又觉得仿佛被探照灯扫过。这家伙的眼睛，一定很特别。不过看护卫层层叠叠涌进来，她很放心，这样的铜墙铁壁，他冲不进来的。

那人却并没有硬冲，看她一眼后就开始后退。景横波耳听得他一声长啸，已经撞开身后追击的人，一路血雨地退了回去。这一着让所有人愕然，不明白这家伙好不容易拼死冲进内院，为什么又突然退回。景横波更觉得奇怪，难道这家伙只为了看一眼石壁？光看不推也不成啊。

混进来的刺客，洒着血退了出去，禹春等人紧追不舍，眼看那家伙竟然不往宫外逃，似乎慌不择路般，越过宫道，竟然奔向昭明公署。

赶来的蒙虎一看不对，厉喝：“放箭！”

嗡的一声，青色的箭矢遮没天空，扯碎了低低的云层，扑向那人背后。那人竟然不躲不避，只拼命前扑，越过了昭明公署的院墙。一大片箭矢从昭明公署内飞起，那人腹背中箭，刺猬般洒着血向前一扑，扑进了院子里。

院内，窗前，一直站立等候的耶律祁推开了窗。死士就趴在他窗前不远处，满身箭矢，挣扎着抬起头。耶律祁目光毫无波动地从他惨不忍睹的身上掠过，做了个手势。死士似乎放了心，抬起头，快速地吐出一串话。耶律祁微微思索，忽然道："女王嵌名诗！"他并没有发出声音，只是唇语。

那汉子读了，忽然仰起头，大吼一声，"诗嵌女名王！"随即他垂头，气绝。

耶律祁随意地看了尸体一眼，手指一拂，窗户吱呀一声关了，将浓重的血腥气和欲雨的天空关在窗外。随即他转身，坐在一室的黑暗中，良久，唇边绽开淡淡的笑意，如午夜烈火沼泽幽然开放的黑色莲花，淡而了然的语声，在室内轻轻萦绕："原来你早已如此情根深种……"

外头的人各种莫名其妙：不明白此人怎么混进了祭司护卫队伍，又为什么拼死闯进静庭，再拼死退出，再拼死闯入昭明公署，最后还喊了那么一句莫名其妙的话。似乎他做了这么多匪夷所思的动作，去赴一场没有生机的死亡，只为了一句无人听懂的话。

既然人已经死了，禹春、蒙虎也就放了心，命人将尸首拖出。祭司那边的护卫经过这一出，也不敢再闹，都纷纷退到禹春画出的漆线之后。

只是在一个收拾一个退让的时候，人群难免有些纷乱。一条黑色人影，从祭司护卫队伍中无声无息滑出，再无声无息一个贴靠，便到了禹春身后一个御林护卫的身后。他身形细长，行动诡秘无声，在阴暗明灭的天色下，有种天生的淡化感，四面的人忙碌着，没人注意到这人的存在和变化。

不一会儿，该撤走的撤走，一切打理完毕，禹春留下一部分人守卫那道线，带领其余护卫回到静庭，那人静静跟在最后一个护卫身后，亦步亦趋，直到进入院子。这人进入院子后，满院的护卫竟然也始终没人发现他。如果此时有人盯住他，就会发现他其实一直在细微地移动，不停变换身体角度，每次移动，都针对他人视线扫过来的角度进行调整，进入他人的视线死角，使人们明明目光扫过他所在区域，却看不见他。这种能力说起来玄乎，其实也就是一种对光线折射的研究，在大荒，属于一种传说中的隐秘功夫。

景横波眼看众人各归其位，内外都恢复安静，也放下心来，退入宫胤宫室中。没有急着进入大殿，她背靠石壁，对着宫胤疑问的目光，笑道："人赶走了，刺客也死了，只是觉得有点奇怪。"

她把心中疑惑讲给宫胤听，宫胤眉头一皱："昭明公署？"

"是呀。"景横波守在寝宫门口，并没有跟到宫道那边的昭明公署，也不知道刺客闯入公署最后叫出的那句话，只是直觉奇怪，道："我看见他往那个方向去了。对了，昭明公署离静庭这么近，现在还关着个耶律祁，可靠吗？"

"昭明公署的防卫不下于静庭，而且调查任何官员期间，昭明公署内的人都不许出入。按说应该没问题。"

“不对啊。”正准备向前走的景横波停住脚步，“我明明看见有官员出入。”

“什么？”宫胤眼眸一眯。

“那人好奇怪呢，”景横波笑道，“走路双手还扶着后腰，好像刚刚挨过板子似的……”

宫胤眉毛忽然一耸：“确定是昭明公署官员？”

“嗯，从公署出来的，穿公署官服。”

“这时候出来？”

“嗯。”

“有伤？”

“嗯。”

宫胤脸色慢慢变了：“刚才刺客往昭明公署去了？”

“应该是。”

“横波！”宫胤忽然一声大喝，惊得景横波一跳——她从没听过宫胤发出这么大声音，也从没听他叫过她名字。“快让开！”又一声大喝抵达她的耳膜，景横波想也不想，立即往地下一扑。扑的时候她在祈祷，地下千万别有什么碎石子，好大力……念头还没闪过，身子刚刚触地，嚓的一声微响，起于身后，似毒蛇吐芯，似闪电过隙，细长如丝的光芒微微一闪，穿透了门后这一方空间。

景横波听见这一声，感觉到身后凉风，浑身汗毛都竖了起来。门开了！有人在开门一瞬间，一剑闪刺！她刚才就背靠着门，如果没有扑倒，那一剑正刺入她背心！

来人根本不能确定门后有没有人，却在开门那一霎立即出剑，说明心狠手辣又谨慎，绝对一流刺客高手！

景横波一抬头看见雪白的大殿地面，映出烟一样浮游的影子，一抹寒光一闪一闪，那是对方的武器。天光一亮又暗，门关上了，将听见动静赶来的护卫关在门外。景横波心中大惊——门一关无人能开，大殿就剩下她和不能大动的宫胤应付这凶狠毒辣的刺客！这人怎么知道密码的？

头顶有风声！刺客一剑不中，又看见地下有人，立即狠狠向下一扎！景横波在看见剑光时，早已一个翻滚，滚了出去。嚓的一声，她一截衣角被剑光截断，无声粉碎。她一个翻滚，嚓的又一声，一道剑光狠狠劈在她身侧，离她鼻尖不过一寸距离。景横波惊出一身冷汗，骨碌碌又滚了出去，刚想挣扎起身，头顶唰唰剑光如雨，她只得翻来滚去，在剑雨中狼狈挣扎。

她一边满地乱滚一边暗骂，这见鬼的刺客不冲着目标宫胤去，尽盯着她干吗？这么想着滚着，忽然觉得不对劲——头顶密集的风声怎么没了？抬头一看，满头剑光倏忽散去。刚才的剑光根本不是实影，只是幻象！再一抬头，刺客已经逼近宫胤榻前！

景横波霍然跃起，还没来得及动作，就见刺客人在半空，手中一道黑线电闪穿向宫胤胸膛，快到无法捕捉。景横波想尖叫，想骂人，想闭上眼睛，不敢看下一刻鲜血飞溅的惨状，手却不由自主地动了。“去！”当啷一声，黄铜烛台坠落，正撞在剑身。剑身一歪，与此同时宫胤一仰头，平移半尺，剑光掠喉而过，撞上床后层层帐幔。

烟雾般的刺客咦了一声，手一招，黑色细丝一样的怪剑蛇一般退回来，沾着些帐幔上细白的丝絮。只在半空轻轻一抖，忽然又横切向宫胤的脖子。这一手轻巧得不带任何烟火气，竟然是绝顶的凌空御剑！

可这时景横波的后手也到了，她来不及起身，趴在地上双手连挥，闷不吭声，砸砸砸砸砸砸砸！一阵乒乒乓乓之声，四壁的烛台纷纷掉落，胡乱地砸在刺客周围，虽然未必都砸中了刺客以及他的剑，却多少对他造成了干扰。一盏灯台在地上滚了几滚，火花未灭，溅在刺客的衣角上，顿时一条火线闪亮延伸。

以气御剑的刺客衣袖向下一压，罡风扑过，火星全灭，剑行轨迹顿时也一歪，宫胤稍稍一抬袖，剑尖只差毫巅地从他胸膛掠过，穿入两侧帐幔，再次带起一缕细白的丝絮。刺客衣袖一挥，剑身曼妙又诡异地一转，劈破帐幔，自宫胤头顶鬼魅般出现，闪电般向下一插。景横波趴在那里，单手狠命一挥，一个被刺客踢开的烛台半空倒退，撞上剑柄，剑尖擦着宫胤头发掠过，半空中散了黑发几丝，又有几缕细白的丝絮，悠悠挂上了剑身。

一切不过电光石火，瞬息之间连出三剑功败垂成，刺客怒极反笑，身子一晃，竟如轻烟般掠起，绕过了所有烛台落地的轨迹，一闪再一闪，亲身逼近了宫胤。

与此同时，宫胤急声道：“横波你出去！”

景横波此时刚刚爬起，背靠着门喘气，心中暗骂宫胤寝宫装饰太简单，什么东西都没有，烛台砸完就没了。听见宫胤这一句，她笑笑，道：“好呀。”立即转身开门。下一瞬她出现在刺客背后，一刀子扎向他背心：“去死！”

刺客却正在此时身子一晃，化为一股似实质非实质的黑烟，扑向宫胤。景横波眼看着自己的刀穿到了空处，她反应也快，手一撒刀一扔，张开双臂猛地往床上一扑，正正抱住了宫胤的腰。这一霎她感觉到似闯入了一片乌云，头顶有种沉重腥臭的气息，湿冷阴森，似野兽即将探下冰凉的鼻尖，下一瞬送她入死亡的利齿。景横波什么也来不及想，全力将宫胤一拖，随即一个转身，“走！”身子一震，脚落实地，鼻尖又碰到冰凉的东西，她一睁眼，眼前白花花一片，气息清凉。景横波有一瞬间的茫然——这回瞬移到了哪里？外面不是应该天黑了吗？随即她似乎听见宫胤若有若无地笑了一下。

景横波一低头，就看见熟悉的白石地面闪着荧荧的光，在视线的边缘，还有一双黑色的靴子。她脑中轰然一响，竟然只移动到了门口！被刺客在这里守株待兔！带个人瞬移果然不行，在这个有点诡异的大殿里尤其不行，比上次带翠姐瞬移的距离还短，门都没能出去。

景横波揪着宫胤又想跑，大不了就在这大殿内转圈子算了！反正宫胤应该已经通知了手下。黑色的如细丝一样的剑，冷冷地逼近了她的鼻尖。景横波仰望着那柄剑，不懂武功也能看得出，那剑太近，只要她一动，足够将她连同宫胤捅个透明洞。

烛台已经全灭了，殿中只剩白石自然的微光，她隐约觉得那剑似乎有点不对，却又看不出来。她还是维持着紧紧抱着宫胤腰的姿势，紧张之下也忘记松开，当然，被抱住的那个人也没提醒她松开，甚至一只手有意无意地覆盖在她的手背上。

景横波心中只在计算时辰，宫胤说午夜时分他可以恢复正常，但现在距离午夜最起码还有一个多时辰，她能和这个特别鬼魅强大的刺客周旋一个时辰吗？她有些焦躁地看看外面，怎么蒙虎等人还不想办法进来？

“他们进不来的。”刺客忽然开口，他周身散发着黑色的淡烟，语声也如烟缥缈，“我已经斩断了你们的信号金线。”他似乎有点讥诮地笑了下，“当然，这也得感谢右国师大人特别谨慎，门可以从内打开，却不可以从外部暴力进入，所以，别指望护卫援救了。”

景横波眼神闪动，心中大骂大神谨慎太过害自己，忽然觉得手心发痒，仔细一感觉……宫胤好像在写字？哎哟，妈呀，写字。字这玩意儿，她都认得，但是用电脑用久了，只习惯电脑字，真要自己写会提笔忘字，更别提揣摩别人写在手心里的字了。她只觉得好痒，想笑，这混账写的什么字？给姐这么个神童掌心写字暗示？这么高大上，真的合适吗？哎哟，妈呀，到底啥字？

第三十四章　动情

景横波鼓着腮帮，咬着牙，强忍手心的痒感。刺客正要一剑刺出，一眼看见她便秘般的表情，不由一怔。景横波一抬头，换了如花笑颜，道：“大侠且慢，我们可否做个交易？”

“拖延时间是没有用的，”刺客漠然道，“没有人能来救你们。”

“你不想知道宫胤的武功秘诀吗？”景横波对他飞个眼风，“像你这样的高手，难道不想知道般若雪的神秘之处吗？”

几乎立刻，那神秘鬼魅，似乎没有人类情感的刺客，眼底光芒爆射。景横波毫不意外地一撇嘴——但凡不太正常武功又高的人，一定对他人的神秘武功非常感兴趣，这是千百本武侠小说告诉她的不灭真理。宫胤眼底闪过一丝赞赏——这对话说起来简单，但是一句话就能准确切中一个人内心深处的欲望，这几乎是一种天赐的能力。

刺客的剑停了停。景横波的脑筋却在飞快运转，一半心神应付刺客，一半心神揣摩掌心的字。剑……用剑……移动……什么鬼意思！她脑筋转得飞快，一眼看见刺客狐疑神色，连忙道：“你要不要杀宫胤我不管，我只要你给我一条生路，宫胤可以交给你，连带他练武的秘诀也可以交给你。”

“你怎么会知道？”黑衣人冷笑道，“我可以自己逼问他。”

“你觉得你能逼问得出吗？”景横波一笑，“至于我怎么能知道，我能出现在这大殿内，我就有理由知道。”

刺客默然，眼光闪动，似乎也觉得她说得有道理。他知道护卫不可能进入大殿，此刻这两人一个没恢复一个没武功，尽在他掌握之中，所以他也无焦急心态，当真认认真真打量了一下景横波，道：“你刚才拼命救他，现在卖他，你以为我会信你？”

“我这不是以为他能救我吗？”景横波拍拍宫胤的脸，“可是现在自身难保，谁的命也没自己小命重要对不对？”

刺客一抬手，剑尖逼向她咽喉：“那你说，他般若雪的秘诀在哪里？你若胡言乱语，我动动手指就能刺死你，宫胤也救不了你。”

景横波神色自若：“当然在大殿里。”

“胡说，这么重要的秘诀，怎么会放在这里？”

“不放在这里放在哪里？还有哪里比这里更安全？”景横波立即反驳，“如果不是你们牺牲死士，看到了门上的密码并猜了出来，你能进这里吗？”

刺客沉默，心知确实是这样。宫胤门上的密码是不定期常换的，光这一条就阻住了无数刺客的脚步。“拿来！”刺客摊开细长无血色的手掌。

“拿不出来。”景横波神秘地摇摇头，“秘诀就在大殿中，无处不在，你到现在还没发现吗？”她满嘴胡言乱语，却没注意到，一直闭目养神的宫胤忽然睁开眼，惊异地看了她一眼。

刺客的脸隐藏在一片忽浓忽淡的烟气里，看不清脸上神情，语气却听得出有些动摇：“殿内？”这大殿看起来确实与众不同，颇有神秘之处。

景横波忽然感觉到宫胤在她掌心写：“让……用剑。”中间一个字没感觉出来，大抵是个“他”字。“看那殿顶，还有那背后照壁。”她立即道，“你不觉得那一大块白石很有点奇怪吗？”

宫胤又有点惊异地看了她一眼。

刺客的目光转过去，似乎很以为然，嗯了一声。

“我敢保证宫胤练功的关键就在那两处。”景横波道，“不信你用你的剑试试，看有什么反应。”

刺客冷笑一声，当然没有采纳她的建议——他把剑射出去了，怎么挟持眼前这两个？他只是手一抬，景横波腰后的匕首便飞了出去，直击殿顶白石。匕首还是宫胤送给景横波的，景横波为防身时常带着。十分锋利的匕首，叮的一声击上白石，石头连火花都没迸射，却突然逸出一缕冷白的烟气。空气似乎忽然清冽了几分。

“就是那个！”景横波大叫，“就是那个，是宫胤练功的关键！是属于般若雪的洗涤过的真气精华。喂！去吸啊，走过路过不要错过啊！”

“有毒怎么办？”刺客语气又激动又担忧。

“你傻了啊，你没注意到这殿内都是这烟气吗？和平常的烟不同，特别干净特别亮的感觉，这样的怎么会是毒烟？真要是毒烟咱们三个早一起死了好不好！”

刺客还在犹豫，景横波眼看那烟气变淡，大呼小叫地可惜，宫胤终于忍无可忍，怒道：

"你闭嘴。"

景横波哧的一笑，道："大国师，被说中了？急了？"转头对刺客道："别以为这东西应有尽有，我看是有时间限制的，我先前就进来了，也只看见出现过三缕这样的烟气。"

刺客目光闪烁，颇有心动之意，随即他眼中杀机一闪。

景横波立即道："你想过河拆桥杀掉我再去吸真气？我劝你最好遵守诺言，这大殿秘密可不止这一项。"

刺客微微犹豫，剑指宫胤。

"你杀他我倒没意见。"景横波笑道，"只是我还是有点担心，怕这殿内还有后招，留着他，必要的时候或许可以救命是不是？"

刺客默了一默，伸手从怀中拿出一段绳索，将两人捆起。

"国师见多识广，应该认识这是烈火沼泽中火蛇的皮制成。"他道，"火蛇功效有二，其中一种，就是受到内力反击会灼灼生热，如火鞭抽身，疼痛剧烈，伤筋动骨。如果国师不想被火鞭灼伤内腑，还是别轻举妄动的好。"

"哦哦，"景横波抗议道，"你不要这样把我和他面对面捆着，我会觉得在被他占便宜。"

刺客淫邪地笑了笑，道："你二人也算金童玉女，我便成全你们一段风月之缘，算是要你们命的补偿如何？"干脆把景横波又向上捆了捆，捆成景横波坐在宫胤怀里。这个姿势着实销魂，某人身材又太傲人，以至于宫胤连鼻尖都被紧紧顶住，动弹不得。

景横波再大胆，这时候也不免消受不住，面上飞起一抹红霞，低声道："松开，松开些……"宫胤更是连动都不敢动了，不敢动也受不住，呼吸都满满是她的柔软和气息，他干脆闭上眼，耳侧却渐渐红了。

刺客哈哈一笑，语气颇有些嫉妒和兴奋，道："听闻国师如冰似雪，从不动情。这可不好，堂堂大荒第一人，难道打算一生不近女色吗？宫胤，今日我成全你，让你尝尝痛并销魂的滋味，你下了阴曹地府，可要记得感谢我。"

景横波红着脸拼命吸气，想要让开些，模模糊糊听见这话，又觉得不对劲，什么叫不能动情？还有这家伙说得这么暧昧干吗？不就是捆在一起吗？等下解开了还能有什么事……

捆好了他们，刺客似终于放了心，嘿嘿一笑后，纵身往殿顶扑去。

"喂，下一步怎么办？"景横波悄声问宫胤。她现在背对刺客，看不到他动静。无论如何，必须要把刺客整死在去殿顶的路上，否则他真的吸到真气回来，第一件事就是杀死他们。

宫胤不作声，身子微微挪动，看样子似乎打算把她挪到面对刺客的方向去。问题是两人绑得太紧，刺客怕景横波双手自由，会以真气御使物体来砸他，将景横波绑得手指都动不了，现在就靠宫胤双腿之力，一动悠悠颤颤各种摩擦，宫胤几次鼻子被堵住，紧张刺激得几乎要窒息。景横波努力缩着身体，脸撇向一边不敢看，第一次对自己的尺寸产生了怨念，又悄悄想从此后他该知道她的cup了吧……好不容易挪正，宫胤竟然出了一脸的汗，景横波出了一身的汗……

这回她看到刺客了，正趴在殿顶捣鼓，但是烟气这回却不出来了。

景横波大声笑道：“舍不得孩子套不着狼，你难道想不到，必须用武器敲击才可能导致白石应激出现烟气吗？你就不能拿你的宝贝剑，射上那么一射吗？”

宫胤唇角微微一弯。景横波的聪明，真的只有在绝境才能闪现，平时她太懒了。也正因为如此，她绝境里的嬉笑自如，诡计多端，才分外令人惊艳。

刺客犹豫了一下，想着先前匕首的作用，不得不承认景横波的话有道理，只好飘身下殿顶，先看了一眼被捆得动弹不得的两人，确定无事后，一剑对殿顶射出。叮的一声脆响，剑击白石。

景横波眯紧了眼睛，下面就看宫大神的算计了，她也不知道会发生什么，但是宫胤既然让她这么做，她信他一定能成。

黑色细剑击上白石，脆响声中，白石似乎一震，随即一股玉色烟气缓缓溢出。

“成了。”景横波欢呼得比刺客还兴奋。

刺客也被她的情绪感染，眼底光芒闪动，飞身掠起，扑向那股一闻就令人感觉特别舒服的烟气。他终于成功，心情激动，也就没注意到，黑剑击上白石后，并没有立即落下。朦胧光线里，剑上先前追刺宫胤时沾染上的细白丝絮，遇上那股溢出的烟气，忽然飞速膨胀，将剑紧紧捆住，悬在空中，甚至似有一双手在施力一般，缠住剑柄，霍然向内一收！此时刺客已到，被烟气影响视线，一边贪婪吸取白石逸散的真气，一边顺手去拔剑。烟气被吸，微微晃动，黑剑上白色丝絮忽然一颤，向外大力一弹！剑光电射刺客胸膛！

刺客大惊，半空一个鹞子翻身，剑尖擦着他鼻尖掠过，带起一抹血珠。剑上沾连的细白丝絮，在白石烟气的影响下，竟然如一张可控的弹性网络，能够控制剑势！刺客震惊，脚尖在殿顶一点，纵身翻起，欲待夺回黑剑的控制权，那丝絮如有意识一般，霍然缩回，下一瞬间，闪电般从上到下直劈！竟然重复了刚才刺客刺杀宫胤的动作！刺客骇得魂飞魄散，半空中想要倒退，但烟气忽然一沉，四面气场凝滞，他直觉身形不畅，为了避开这一剑，只得全力下沉。他坠落下来——只是刹那之间。

宫胤大喝：“匕首！”

景横波几乎同时反应过来，双眼光芒一亮。先前被刺客射出去的试探白石之后落地的她的匕首，向刺客坠落下方飞快横空掠来！

砰，刺客胸膛着地。

噗，他的胸膛，送上了景横波等在那里的阴险的匕首。

啊！一声惨叫，鲜血洇出，刺客挣扎欲起。

叮！黑剑追下，刺入他背脊，将他钉在地上，黑剑和先前插入刺客胸膛的匕首，刃尖相撞，将他贯穿。

“你……你们……太……”

太狡猾？太坏？还是在说自己太后悔？刺客终究没能说完，喉间发出咯咯的声音，眼珠慢慢凸了出来，手慢慢移向背后，似乎至死不能明白，自己明明完全掌握优势，怎么忽然就落入了死局。沾血的手未及挪到背部，便颓然垂落。

殿内一霎寂静，景横波和宫胤同时长长吐了一口气。今日本是绝境，无比安全的大殿成了阻碍救援的绝地，宫胤动弹不得，景横波没有战力，对方又是真正的高手，怎么看都是死局。所幸他们还有智慧。两个智慧的人联手，宫胤以自身相诱，使刺客的武器沾上他床边的秘密天丝，景横波把握高手对武道的追求之心，讨价还价，扰乱刺客杀心，骗得他窥测殿顶白石，再骗得他射出自己的匕首，作为下一步的武器。当刺客扑向殿顶，其实就已经在走向死亡。天丝遇上白石里蕴藏的般若雪真气，就会拥有伸缩之力，将刺客逼下殿顶，迎上景横波在那一霎以意念迅速调动的匕首。

环环相扣的局，诱惑与危机共存的不动声色的机关，没有经过研究的计划，身在其中也无法看破。靠的不仅是两人的智慧，还有彼此的默契，不需解释的信任，无须过多言语便天衣无缝的精妙配合。

两人都松了一口气，忽然又都茫然若失。似乎就在这合力御敌之后，有些气氛已经改变，有些心情已经不同。大殿一时显得特别安静，各自的呼吸都有些心不在焉，当外在的危机解除，身体的危机便烈火一般爆发，两人都感觉到了对方身体的灼热，气息的急促，和彼此清郁的呼吸。这样毫无距离的接触，似乎都将对方的体肤揉进了自己的怀中，以至于触觉无比敏感，似一根丝弦颤颤绷紧，稍一撩拨，便要断了。

景横波脸红若火，试探着挣扎了一下，立即便觉得那火红的绳索勒入肌肤，似带着倒刺的火鞭，细密尖锐的疼痛烧心，她啊呀一声险些惨叫出声。

“别动！”与此同时宫胤喝止。

喊迟了一步，景横波已经被勒得剧痛，而且她明显地感觉到，挣动之后，绳子似乎又紧了一些，她嘶嘶地吸着气，道：“这什么见鬼的绳子怎么这么痛，这样怎么解绑？”忽然想起那刺客临死前说的话，心中咯噔一声，道：“宫胤，咱们不会解不开这绳子吧？那家伙的口气，好像是要我们被勒死呢。”

宫胤默不作声，将手掌移了移，挡在了她被勒紧的臂膀上。景横波清晰地看见三道绳索立即若有生命般缠紧了他的手背，在手背上留下三道宛如被火灼伤的伤痕。她一怔，心中一热，想要感谢，却又不知怎么开口。他却已经转过眼去，神色不动，似乎不觉得疼痛，也不觉得这样做有什么不同。她忍不住想笑，闷骚的人，自有闷骚的可爱。

宫胤在慢慢移动，将手臂探进绳中，尽量避免她被绳索碰到，这样就等于他张开双臂抱住了她，她不得不将脸贴在他胸膛上，听见他的稳定心跳声。景横波有点怨念：这个时候他居然心跳如常？太伤她自尊了。不过马上她就发觉不对劲了，不是心跳如常，是心跳太慢，她细细数了数，一分钟六十次都不到。这叫什么？难道他的激动紧张，和常人反应不一样？听他的心跳声，特别沉稳厚实的感觉，似山在远处巍巍，永远为自己遮蔽风雨，景横波此刻心情安宁，如果不是背上被那绳子勒得越来越紧越来越疼，她甚至不介意这样捆上个一天一夜。只是想着也想笑，她和宫胤与绳子有仇吗？上次是网这次是什么火蛇绳，总这么紧紧捆在一起真的好吗？

随即她知道真的不好了。火热的感觉越来越明显，疼痛也越来越尖锐，她都这样难以忍受，何况抵挡了大部分绳索的宫胤？景横波运起意念，将那插在刺客背上的黑剑摄来，试着割绳子，结果差点把宫胤肌肤割破，也没能割开绳子。她没办法了，只能指望宫胤，朦胧光线里宫胤脸色微红，神情却似有些犹豫。景横波不相信他没有办法，可是此刻他似乎还在斟酌，到底是什么让他为难？

还没问，宫胤已经开口道："你想办法弄来一个烛台。"

景横波操控来一只离自己最近的青铜烛台。

宫胤微微转头，对黑剑呼出一口气。气是白气，浓厚若实质，撞在黑剑上竟然咚的一声，黑剑应声飞起，擦着烛台飞过，带起一溜火花，钉入前方墙壁。"快！"

景横波唰的一下摄来烛台，灯芯凑上那溜火星，嚓的一声火光亮起。景横波才来得及赞一声："帅！"朦胧烟气中，他以气击剑陡然生星火的一幕，漂亮得如同仙术。

宫胤伸出一指，拖住了烛台，烛台微微倾斜。

"原来可以烧断？"景横波眼睛一亮，"那快烧啊。"

宫胤却似乎在犹豫，到底是烧景横波那边的绳子，还是烧自己这边的绳子，似乎这是一个很严重的命题，以至于杀伐决断如他，手在半空顿了好一会儿。

景横波看得莫名其妙，这么纠结干吗？是怕烧痛自己吗？这绳子其实很细，稍稍一接触可能就烧断了，肌肤被灼伤的可能性很小。"你要怕痛，就烧我这边啊。"她催促。

宫胤淡淡看她一眼，他清澈的黑眼珠子活水黑石一般，流动着幽蓝如深雪的光，"我怕你控制不住。"

"至于吗……"景横波咕哝，不就是短短烧一下吗，他那么严重的语气神情干吗？

宫胤不答她，烛台缓缓倾倒下来，他神色很凝重，手指控制力度很轻巧。景横波被他的严肃神情所慑，也不由自主屏住了呼吸。火光凑上绳子，嗞的一声微响，几乎立刻，绳子就燃着了，下一瞬间，嘭的一声轻微的炸响，景横波瞪大双眼，骇然看见细细的绳子在接触火的一霎，忽然膨胀蔓延，恍惚间化为一条巨大的红色火蛇，罩向宫胤和她！景横波惊讶的"啊"字还没出口，宫胤迅速衣袖一振，火蛇断裂飞起，在半空中化为一片红色的烟雾，盘旋回绕，无数细碎的火星溅射，在朦胧烟气里纷落如血色星雨。宫胤衣袖一卷，将火星挡开，景横波忽然被一星碎火灼着，忍不住啊了一声，宫胤分神回头对她一看，一蓬已经散开的红色星火忽然又逼近，落向宫胤后背。景横波直觉不妥，正要提醒，宫胤忽然将她扑倒，揽着她顺地一滑数尺，离开了红色星火肆虐的范围。景横波眼看那灿烂一蓬在淡白烟气中盘旋如蛇，几番飞舞，才化为星屑，渐渐淡去，颇觉神奇。

大殿内终于安静下来，她舒了一口气，忽然觉得四面气息似乎有点不对，微腥，却又不算难闻，吸入之后，有种特别膨胀激越的感受。这感觉有点熟悉……"快午夜了吧，得看看雷暴天气来了没……"她惦记着外头的事，推了推宫胤要起身，手一触上他的身体，忽觉烫手。宫胤的身体忽然火热如炭，景横波一低头就看见他刚才被火蛇碎屑覆盖的手背，正有一线深红，逼近臂上。

"你怎么……"她刚想问怎么回事，忽然宫胤向前一扑，将她扑倒，冰凉而柔软的唇，紧紧地覆上来。

天又崩了。地又裂了。景横波又傻了。过往十九年岁月，都是她各种调戏挑逗虚晃一招，何曾真正这么实地开战？他灼热的气息逼近，吞吐之间也如一条火蛇，燎在她肌肤上，似要将她烈烈卷了去。她恍惚里想起那火蛇被燃着一刻的异象，终于明白了刺客要说的是什么，也终于明白了宫胤先前的慎重，这火蛇还有第二层功效，就是传说中最狗血穿越必备桥段的功效！这个时刻她依然在走神，想着他如此灼热，为何唇还是如此温凉柔软，依稀记忆中的好滋味，清如流泉，携着高山雪水的清冽和雪莲花一般的淡香……

她抿了抿唇，这个时刻反倒不敢再试图挑逗他，而他虽然灼热，却也有些僵硬，似乎一直在努力控制自己，又似乎根本不知道下一步该做什么，他只是热烈着，苦恼着。他将她更深抱紧，有些慌乱不安地寻找着属于她的清凉，却又在下一个瞬间退缩，然后因为灼体的热而微微呻吟。她未曾见过他如此失控模样，忍不住微笑触了触他的唇，换得他更深埋入，将彼此的香气交换邀请。

蓦然她身体一僵，慌乱地向后退，大声道："不！不是时候！"

他抬起头，乌黑的眸子掠过一丝迷乱和茫然。忽然外面一声巨响，整个大殿一震，殿顶一缕玉质般的烟气飘下，所经之处，原本被火蛇碎屑染成淡红的空气顿时被涤荡，化为一片透明，那清冷的透明色迅速蔓延，直入他的眼眸。几乎瞬间，他抬起头，眼眸已经微微清明，低头一看不由变色。

景横波慌乱地抓着衣裳，左抓一把右抓一把试图为他也为自己遮掩，一边语无伦次地道："其实也没有什么……其实我是理解你的……其实都是那个见鬼的火蛇绳子作怪……那个……这个……"

宫胤定定地看她半晌，景横波骇然看见他眼底红丝又一点点蔓延开来，难道那烟气并没有完全驱除火蛇的火性？不过这回宫胤没有再被火蛇所控，他手一招，那柄黑色细剑呼啸而来，景横波一看剑来方向，疾呼："别！"然而剑比她的呼声快，嚓的一声掠过他肩头，带起一溜红得发紫的血液，在半空中溅射。

一滴鲜血喷上景横波眉心，艳若桃花，她怔怔抚摸那滚热的血，喃喃道："至于吗……"宫胤却在自刺出毒血之后，飘身而起，正在此时又一声巨响，景横波听见咔嚓一声。她怔了怔，跳起来，大呼："雷电！"是雷电，还是特别凶猛的雷电，否则不能传入这封闭的大殿。

白影一闪，宫胤已经掠了出去，景横波看他奔雷般的速度，惊觉已经到午夜，他的禁制已解。她茫然若失，不知道是该怨他解得太不及时，还是遗憾解得太及时。殿门已开，她来不及多想，牵挂着自己的预言，跟着奔了出去。第一眼看见外头电闪雷鸣，大雨如瀑。第二眼看见如瀑大雨里奔走的人群，到处摇晃的宫灯。第三眼看见宫胤已经到了高处，笔直立在大雨中，毫无遮挡，似乎想用这样的暴雨好好清洗掉一些不该有的欲望，蒙虎匆匆赶去为他撑伞，被他拂袖击下围墙。第四眼，看见祭司高塔。本来夜色漆黑，此刻正好豁喇一声响，天边一道闪电劈下，将半边天空刷白，那白色的天空下，是黑色的，正缓缓崩塌的高塔。成功了！

远处呼啸惊叫，静庭四周却静寂如死，无数人站在雨地里，呆呆仰头，看着那数百年雷电避让，传说里永远矗立，代表着祭司家族神赐荣光和无上权威的神圣高塔，一寸寸自天幕之下，萎缩。似看着一段传奇结束，一个时代终结，一个家族倾毁如废墟，一段新鲜的历程将从废墟中崛起。

于景横波，则似看一出惊心动魄的末世默片。未看他起高楼，却见他楼塌了。仿若素手轻轻一推，毁的是这长矗高塔，也是这强权长围，不变帝歌。而在这个雨如瀑的黑夜，帝歌城中，又不知有多少人，默默走出家门，立于高处，以复杂震惊的眼神和心情，看祭司家族的倾毁终结。

雨如天瓢倾倒，整个宫廷乃至整个帝歌，都在大雨中震撼无声，远处高塔倾塌的方向，却蓦然传来一声长嚎，尖锐、凄厉、不可置信，也似一抹冷电，刺着众人的胸臆。是桑侗的声音。

听见这声音，一直静静立在雨地里的宫胤忽然动了，他拂袖下了墙头，对脸色苍白迎上来的蒙虎道："调动亢龙，全力戒备。"

祭司高塔前，桑侗跪坐在地，大雨激烈地打在她深黑的袍子上，将黑袍的边缘不断拽入泥水中，她浑似毫无所觉，只仰着头，死死盯着慢慢倾毁的高塔，雪白的脖子上，夹杂着泥沙的黄色雨水滚滚流下来。高塔上不断有断裂的木料石头滚落，落在她四周，溅开浑浊的泥水。

"大人！此处危险！"一个女祭司扑了过来，拽住她的胳膊，"快让开！"

女祭司急着把桑侗向安全处拖，桑侗却纹丝不动，霍然转头一把抓住女祭司的胳膊，嘶哑地道："桑俏，祭司高塔完了，桑家完了！"

"不！姐姐！"桑家最小的妹妹在雨中大声哭号，"只要你还在，桑家就不会完！这只是巧合！起来，你起来啊！"

桑侗昂起头，看着失去尖顶的高塔，不用去查看，她也知道，祖辈秘密埋藏在那里的接雷剑，已经不见了。她甚至不知道是怎么不见的。动用了数百护卫，密密包围了塔内外，将所有机关调到最危险程度，就是飞进去一只苍蝇，也会被所有眼睛发现，被机关击杀得粉身碎骨。有了这样的防护，她相信就算宫胤亲自来了，也不能毫无声息地破开。她早就打定了主意，不管来的是谁，都要他来得去不得，如果来的是景横波那再好不过，祭祀高塔葬过无数女王，很乐意再多葬她一个。但是，没有。没有人，绝对没有人。守卫高塔之巅的都是她绝对忠诚的亲信，所有人赌咒发誓说绝对没人。她的护卫，也没一个人受伤。

桑侗在哗啦啦的大雨中艰难地撑着身子，站起来。她身后，所有护卫也在雨中伫立，一张张苍白茫然的脸。忍着欲裂的心痛，桑侗站直了身体，妹妹说得对，她不能倒下，她倒下，桑家就真的完了。祭司高塔毁了，可以重建。神今日不助她，可桑家这么多代在朝内外和帝歌城营建的势力，神也夺不去！雨声猛烈如战歌，或许，倾毁只是一个开始，有些事不破不立，从废墟上重新站起，开端也高于他人。

她环顾身周，忽暴烈一喝："祭司护卫何在！"

回声如雷，"皆在！"

"报上数来！"

"四百有一。一总领，十铜领，四十铁领，五十三星护卫，三百二星护卫，另铁马俱全！"

"天杀之器何在！"

"在！"

雨地里她缓缓扯开笑容，冷如落雪棠棣花。手一抬，不知何时掌中已经多了一把匕首，雪亮，雨水在匕面停留不住，流得飞快。手起刀落，一朵血花在胸前爆开，染红一片雨幕如血幕。

"大人！"

桑侗一摆手，苍白的脸已经恢复从容笑意。"祭司高塔为人偷袭毁坏，祭司被刺。"她缓缓道，"按照国律第七十二条，这是足可列为一类国家事件的突发事务。当此危急时刻，祭司护卫当何为？"

"护主！追敌！保卫祭司高塔！"应声轰然。

"那么，去吧！"

铁甲在雨中反射靛青色的冷光，镶了甲刺的长靴下黄褐色泥水四溅，一道道身影携剑的冷光，扑出祭司高塔。

桑侗半身血染，笑意冷凝在唇边。"无论你获得怎样的胜利，死了……"她轻轻弹出肩头一片染血的木屑，"都不再有用处。"

第三十五章　艳光

大雨在每双眸子中闪耀着青光。

景横波立在廊下，看护卫在急速调动，看蒙虎在雨中奔走，看见对外的一道侧墙上，忽然砖块挪移，开了无数小洞，一架架弩箭飞速推出，一队箭手立于其后，冷静调弦。她目光也在发亮，灼灼似燃了火。全身的血，都似在这冷雨黎明中备战一刻，被激燃。生死搏杀在即！

"桑侗狗急跳墙，必然不顾一切。"宫胤淡淡静静地道，"她桑家能屹立于帝歌数百年，自然不会仅仅靠一个不被雷劈的高塔。"

"还有什么？总不会是AK47。"景横波撇嘴。

宫胤难得神色凝重，没有答她的话，也懒得问她AK47是什么玩意儿，反正她嘴里总是各种古怪。

蒙虎走过来，解释道：“陛下不可太过大意，桑家有祖辈传下来的秘密武器，十分凶悍也十分宝贵。据说只动用过两次，一次是开国初年浮水部作乱于帝歌，最近时曾经逼入宫廷，桑家祖辈在高塔之上动用天杀之器，三十丈外击毙浮水大王，一举定帝歌。一次是前五代的时候，桑家遇上竞争祭司的强大对手，对方势力雄厚，有一身异术，很受当时独揽大权的国师器重，竟然说动国师修改相关律条，欲剥夺桑家对祭司之位的世代继承权。在法令通过的前夜，桑家当时的家主手持天杀之器，一举闯入对方家中。一声巨响之后，那号称刀枪不入水火不伤的神人，横死当场。”

景横波越听表情越古怪。这描述，怎么听起来那么熟悉啊，不会真的是……吧？桑家先祖会用避雷针骗人，难保不会有那东西啊。但是如果真的有那东西，那说明在她之前，大荒就有了穿越人士，可穿越人士传说中不是拥有金手指吗？怎么没有使大荒的政体、国体和生产力发生任何改变？等等，桑家先祖也曾和大荒开国女皇并肩作战，并在开国之初就为桑家打下了后世几百年基业，怎么能说毫无建树？

“桑家先祖似乎是个牛人，”她问，“他还做了什么丰功伟绩？”

“桑家先祖死得早，据说是被姐姐毒杀。”蒙虎道，“大家族争权夺利，这事儿也没什么稀罕的。”

原来是个打酱油的倒霉蛋。不过如果真是那东西，还是有点麻烦的。超出当世生产力的东西，往往震慑力超越杀伤力。一旦桑家被逼急了，再次展示某种“神器”的神威，只怕祭司高塔倒塌带来的威望缺失，能再次被桑家弥补。更何况……景横波瞧瞧前方，已经有护卫不断来向宫胤禀报，重臣们趁夜前来，纷纷要求入宫。

宫胤神色冷漠：“一律挡驾，告诉他们，宫中无事，不可夜扰，请回。”

景横波侧望宫胤如冰雕般的侧面，他乌黑眉宇平静，却锁一段凛然杀气。看样子，今夜的杀戮，必将在宫中解决。如同桑侗下了决心一般，宫胤也下了决心。

景横波知道宫胤作为大荒真正的掌权者，在任何时候都以大荒稳定为重，桑家的势力这么盘根错节，是足可动摇帝歌稳定的大家族，他并不愿意以最激烈的方式解决。今日杀戮或许容易，来日桑家及其同党的反扑，必将扰乱朝政。而在桑家和轩辕家之侧，还有个势力更为雄厚、一直虎视眈眈的耶律祁。他困在昭明公署都能发现宫胤状况有异，一出手就险些置他于死地、一旦朝政混乱，他岂能不浑水摸鱼？宫胤不会想不到这些，他这么做，是因为……她吗？景横波眼波流转，唇角微微弯起。

宫胤一回头，就看见水汽如烟光，她在烟气中微笑，不同于平日艳丽张扬的大笑，多三分含蓄静美，是一朵水晶兰花，在清晨雾气朦胧中开放。可远观而不忍破坏的美。他竟一时失神，忘记要说什么，只看见她唇一张一合，似在说话，愣了一愣才道：“什么？”

景横波诧异地看他一眼，不明白这家伙怎么会突然出现心不在焉的状态，她还以为他永远是天上龙鹰，目光灼灼。“我说，让他们进来。”

宫胤蓦然回头看她：“你知道你在说什么？”

“我知道桑家今晚一定会动用那所谓的神器。”景横波笑得无所谓，“正好，让大荒大佬们，见证她桑家最后一件可倚仗的所谓神器也毁灭吧。”

宫胤深深看她，想要从她永远谑笑的眸子里看出这话的荒诞来。

景横波并没有端正脸色，媚笑看他，扬起的眉挑出几分隐藏的张狂弧度。

宫胤转过头：“请众位大人入宫。”

“请众位大人入宫——”内侍尖锐的声音，穿破雨幕，穿透重重宫阙。

景横波眉开眼笑，她以为要费一番口舌，毕竟让大臣们进宫，事态就可能出现变数。以宫胤的稳重，她以为他不会同意的。“小胤胤真好，”她扑上去，抱着他手臂摇晃，“人家最喜欢信任人家的人啦。”

宫胤晃了晃身子，伸手按住她不安分的狼爪，想要把她从手臂上撕下去。一低头正看见她含笑的唇，微微翘起的弧度，艳若惊鸿。从他的角度，还可以看见很多，比如脖颈线条流畅，一线锁骨精致，半点肌肤雪白……而覆盖着她手背的掌心，如此鲜明地让他感受到肌肤的温和润……他心中一颤，随即便是微微刺痛，若冰针密密将肺腑刺过，他立即转开了眼，坚决却又轻轻地拉开了她的手：“想好怎么做了吗？”

“想好了。”

“嗯？”

“神挡杀神，魔挡杀魔。”她飞个媚眼儿，“神器？凡人哪能持神器？这么多年，该报废了。”

他勾唇一笑，为她隐藏在骨中的傲气和杀气。她在成长，如此飞速，如果不出意外，未来大荒神坛之上，必有她红衣拂袖卷掠风云的身影。回眸一看雨幕中急急赶来的重臣们，看着那一张张心思深潜意味不明的脸，他笑意微敛，心微微一沉。

而在另一个方向，有急速马蹄声响起，惊破这沉寂宫道。马蹄声沉重，敲击着雨水飞溅的地面，整个宫廷地面都似在微微震动。宫胤脸色也冷而重，这平静宫道，无特许不可跑马，如今桑侗当真是疯了，竟然驱策属下这些护卫群马齐奔。蹄声急促，只是刹那之间，护卫队便进入众人视线。

赶来的重臣们目瞪口呆地看着一大队穿着红色祭司护卫服的护卫，骑重甲铁马，溅无数水坑，如一片火云从宫道卷过。

蒙虎、禹春脸色愤怒：“主上！他们竟敢在宫中跑马！请容我等以劲弩射杀！”

宫胤一挥手。

另一边景横波抓住紫蕊，急急道：“给我找件护心甲来……”一转头正看见蒙虎飞身而起，人在半空，正欲对墙下箭手发布命令，她惊声大叫：“不要飞起来……”

可是已经迟了。

砰，一声巨响，极具穿透力，几乎响彻宫阙，大片大片的雨水被音浪震开，扑啦啦洒在赶来的重臣们脸上，奔在最前面的被那声如在耳边的炸响惊着，一个趔趄，软倒在雨地里。巨响只是一声，却仿佛是很多声，连绵不绝，宫殿在声浪中战栗，半空中蒙虎的身子也在战栗，几乎瞬间，众人都看见半空中爆开的血花，染红雨幕，再猛烈降下。

众人心跳如鼓，骇然抬头，就见最前面骑士不知何时已经立在马上，双手抓着一件披了黑布的东西，手势微微抬起，那东西正微微冒着青烟，烟光大雨中，那人的眼睛如鹰般冷酷。

“神器出动——”一些老臣发出不可控制的长声呼喊，有些人已经在倾盆大雨中拜下。

白影一闪，宫胤已到半空中，一手接住了蒙虎，他似终于动了真怒，一个旋身衣袖银光一闪，空气中尖锐之声不绝，雨势被瞬间截断，出现一道透明的真空，银光顺真空之道一闪，直扑那开枪骑士。骑士下意识抬枪，但是已经慢了一步，下一瞬他翻倒马下，胸口血洞比蒙虎肩头那个还大。那蒙着黑布的“神器”也随他坠向马下，一双素手一抄，将东西抓住，手的主人桑俏一个翻身，已经接替刚才骑士，立在马上，手中“神器”微微一抬，对准了宫胤。

大雨哗哗。雨幕中所有人都影影绰绰。雨势倾盆，连绵不绝，气氛却紧得似乎一扯就断。此时宫胤接住蒙虎，正低头看他伤势。桑俏手指扣着扳机，却出现一丝犹豫。她没想到宫胤竟然放重臣入宫，此刻大臣们都在，要在这么多双眼睛下，枪杀大荒第一人，一旦出枪，就是惊动天下的大事，这桑家女子也不禁微微紧张。

蓦然人影一闪，景横波已经出现在墙上。她第一件事就是撞向正落向墙头的宫胤，将他撞下墙头！“别飞高，我有办法！”女子微微沙哑的声音回荡在墙头，衣袂在大雨暴风之中飞卷，天幕下电光一闪而过，将她凌空的身影照得明灭。

桑俏猛然抬头。就是她！新女王！传说里离经叛道，胆大包天，在迎驾典礼上摆了所有人一道，更悍然闯静庭重地，逼姐姐和她打赌，将桑家送入万劫不复境地的女王！还没登基就搞出这许多幺蛾子，如何能容她成长？手指一震，黑布落地，枪口一抬，比刚才更坚定地对准了景横波。

“以神赐之名，以百年祭司家族之神力，今日，”桑俏的声音比雨声还冷，“我桑氏将以天赐神器，灭杀借助魔鬼之力毁我神圣高塔的女王景横波，违抗者、阻拦者、求情者，天惩之，雷殛之！”轰隆一声，仿佛为她的话做注脚，一道惊雷当空劈下，苍白闪电将天空割裂。桑俏立在马上如在平地，岿然不动，手中枪口稳定，森然如黑色巨眼。

相比之下，在墙上站立不稳，被大雨大风打得摇摇晃晃的景横波，看起来狼狈而滑稽。看她双手乱晃的模样，似瞬间要被雨打风吹去。

雨势狂暴，气氛僵窒如死。所有人的心都被拎到了喉咙口，等待一次足可影响整个大荒国势的刺杀。虽只一霎，仿似一生。却忽有两声，惊破此刻的杀气。

“下来！”白影一闪，冲天而上，挡向景横波面前。

“慢！”昭明公署里一条黑影如鹞鹰，横穿三丈而来。

同一刻，桑俏手指微微一紧，景横波忽然向下一仰。

啪，这一声的响依旧令人毫无准备，比先前更猛烈爆裂，充满了摧毁和杀戮的狂猛，漫天的大雨都似瞬间一停。

“啊！”惨叫声比雷声还震撼人的耳膜，让人担心这一刻那发出叫声的咽喉是否已经破裂。一团黑烟裹着血花滚滚而起，夹杂着炸飞的弹簧护圈扳机，和碎裂的肌骨血肉，在大雨中又下了一场血肉狂雨。

半空中两条人影一顿，各自骇然不可思议地抬头。大雨中跪地伏拜的臣子们，抬起雨水横流的脸，张大了嘴，吞进一口口带血的风雨。各自蓄势冲出的亢龙护卫以及祭司护卫，抬起的腿定在半空，剑出半鞘，雪亮的剑身沾满被雨水溅飞的血肉——属于桑俏的血肉。

一片窒息的安静之中，只有桑俏的惨叫连绵不绝。她举起只剩半截手肘的手，怆然向后倒去。宛如一个慢动作，她落叶般飘下，黑色衣袍和黑色长发，染血零落泥泞雨地。

与此同时，消失在墙下的景横波，再次出现在墙头。大雨里她衣衫尽湿，曲线惊人，一缕长发沾在额角，遮住光芒熠熠的眼睛。她带点遗憾地看了看那满地的碎片零件，黑色的钢铁闪耀乌青的光，那是不属于这个时代的最伟大武器，在这一霎永远消失。或许，不该属于这个时代的东西，终究留不长久。

桑俏不该为了挽回家族荣誉，在开枪之前说了那么一大段话。那段时间，足够景横波舞动手臂，隔空操纵一颗小石子，堵住了枪膛。

景横波对着地下的枪支残骸，理理鬓发，鼓起腮，轻轻砰了一声。“炸膛啦。”她道。

这一刻凶猛的雨势似乎不再存在，所有人都忘记了雨水冲击的疼痛和冰冷，怔怔地看着大雨将桑俏断臂的血肉和那破碎的神器慢慢冲刷而去，像看见庞然大物之上再添一道深伤，几近致死的伤口。最后的挣扎，归于更深的毁灭，几乎每个人心底都涌起难以控制的惊悸，和兔死狐悲的凄凉。

连最镇定的宫胤，都失神了一刻。他落于雨中，回身仰望景横波，墙头女子玲珑如玉瓶，对他也如玉珠一般一笑。女子的艳光，将这一刻的鲜血和肃杀冲淡，却更令人心荡神摇，开在战地里艳丽如常的花，美到凛然。

耶律祁落在了另一侧的墙头，慢慢偏过头，似不可置信般盯住了景横波。刺杀失败了，他知道。原本以为是宫胤手笔，倒也没什么稀奇，可是此刻他却开始怀疑。这看似随意庸常的女王，到底还要给人多少惊讶？

众臣的眼神还处于茫然中，大多没能理解这一幕代表的意义，他们还在思考，那传说中无与伦比的大杀器，桑家赖以震慑天下的百年不出的神器，为什么就突然炸了。就在女王出现后，炸了。很多人心中掠过一个念头：得位不正，反噬其主；天命所归，百毒不侵。

耶律祁衣袖一拂，远远望了宫胤一眼，施施然回他的昭明公署了。

宫胤面无表情，眼神比这雨还冷。他挥挥手，墙后弓弩上弦，吱嘎响声一片，听来瘆人。

祭司护卫们露出惊慌之色。

“射。”

几乎刹那，箭矢便替代了暴雨，在人们头顶上呼啸卷过！

众臣惶然仰起头，睁大的眸子里，倒映青黑色的横飞的箭雨！再下一瞬，视野里便是大片血色的幕墙！连绵的血花不断自人体爆开，一朵比一朵绽开更快，再被半空雨势卷开，绵延成一道滚滚的血色波涛。

景横波险些再次从墙上跌下去，这血色江山，无尽谋算，到底要用多少鲜血来填埋？

"桑大祭司已经出宫。"派出去追捕桑侗的护卫回报。众人凛然。桑侗够当机立断，知道这边没得手立即离开，只是也太心狠了些，她妹妹桑俏，还在宫中生死不知呢。

宫胤只点了点头，半晌道："不必再称大祭司。"

这句一出，几乎所有人都立即低头。一句话，一个家族的权势终结。

玉照宫的护卫们在收拾战场，景横波此时才感觉到寒冷，抱着双臂转身要回去换衣服。身后忽然有人道："陛下请留步。"景横波回头，看见是轩辕镜，和其他人此刻有点畏惧警惕的目光不同，轩辕镜的眼神里充满愤怒。也难怪，强有力的盟友被一朝打倒，等于斩去一臂，他当然不爽。

"有事快说，我很冷。"别人没好脸色，景横波当然更没有。

"陛下的誓言才完成一半，"轩辕镜道，"您预言雷劈祭司高塔，也说了会将雷电收于您囊中，以证明天神转择了你。现在，雷电呢？"他讥诮地道："不会藏在您袖中吧？"

"你说对了。"景横波懒懒一笑，一眼掠过众人震惊的神情，又是戏谑一笑："不过不是现在。"

"陛下！"被涮了一把的轩辕镜恼羞成怒。

景横波已经挥挥手，转身就走，"我要洗澡换衣服，还要补觉，否则长出皱纹什么的你们谁赔得起？等我睡饱了，我会把我捕获的电给你们看。你们如果实在想看，就等吧！"

轩辕镜不能追上去，脸色铁青。

那边宫胤伸手一招，示意禹春将受伤的蒙虎送进殿内。众人这才注意到蒙虎半身染血，前肩只是一个绽裂的创口，后肩几乎就是一个血洞，这是"神器"造成的创伤，如此可怕，众人白着脸看看那地上零散的一摊，越发想不通女王是怎么隔空毁掉这名副其实的杀器的。难道真有所谓神力？

"未得批准超编护卫人员，持武器擅闯宫禁，当着群臣的面欲图刺杀女王，重伤御林护卫首领蒙虎。"宫胤淡淡道，"以上每条，几乎都是足可株连九族的大罪，桑家罪不容恕！"说完他拂袖而去。

轩辕镜失一臂助，老脸又青又白，胸口起伏。

忽然有人缓步轻移，在他耳侧低笑道："桑家虽亡，却未尝不是你我的机会啊。"

轩辕镜转头，就看见绯罗噙着微笑的唇角，眉头微微一皱，他对这位襄国女相并没有太好的印象。六国八部的实权人物，说到底和朝中大臣并不是完全一派。他们会每年轮番应诏去帝歌述职，趁这段时间和朝中重臣搞好关系，并对朝政做一定程度的参与建议，但说到底，他们大部分时间还是在本属国和本部发展势力，这些人都有勃勃野心，目光所及，同样是大荒真正的最高之位。说明白了，大家是竞争者，很难给予互相信任。何况他最近听说了，襄国内部权争也很激烈，这位之前一直掌握重权的女相在这个时候来帝歌述职，保不准在国内地位已经十分危险，这是打算在帝歌浑水摸鱼，重整旗鼓，好由外及内，再战襄国？

她打得好算盘，可他轩辕镜现在可没心思给他人做嫁衣！“桑家已败，何来机会？”他因此也没什么好脸色，重重地道：“再说就算有好机会，和女相也没什么关系吧？”

绯罗似乎根本不在意他恶劣的态度，依旧笑得婉转从容。“镜老此言差矣。”她笑道，“桑家数百年豪族，经营数十代，怎么会一朝便亡？百足之虫死而不僵，就算今日宫内精英尽丧，但散布于大荒的桑家分支子弟何止数千？分支中的护卫子弟算起来又何止上万？这股力量最后将落于谁手？所谓锦上添花不如雪中送炭，如今桑侗正处于内外交困之时，如若镜老在此时伸出援手，将来获得的何止一个桑家？”

轩辕镜眉毛一动，绯罗的话也算击中他心中一部分算盘，只是他还有些犹豫不决。他的目光越过静庭，看向对面的女王内苑，翠姐、拥雪和静筠都起床了，正在外面忙碌。他的目光往那个方向落了落，又转了回来。

“当然，现今桑家受到重创，下一步宫胤必然不会放过斩草除根的机会，这个时候对桑家的支持，只怕轩辕家一家还未必能撑得下。”绯罗眼波流动，“小女子对老牌世家倾慕已久，惜乎一直没有机会和诸位同行，小女子也算薄有能力，未必对两位没有任何帮助。镜老，岂不闻多一个朋友，总胜于多一个敌人？又或还有一说，敌人的敌人，便是朋友？”

轩辕镜默然，看着雨势渐渐收去，天边一抹模糊白虹，未见华彩。大荒的朝局和将来也如这虹一般，因这新女王的出现，显出几分妖异。“你看这天边虹。”他忽然道，“史书有云，‘白虹贯日，血漫玉阶’。如今可不应了？”

“是啊，”绯罗和他并肩而立，抬头看那虹默然伸展于天际，“可得看清楚了呢？否则下一次贯日，血漫过你我府中阶梯，可不是什么好事。”

“老夫府中揽碧亭，居高处，倚华阑，是帝歌最高建筑之一，是个看景的好地方。”轩辕镜似在谈天。

“闻名已久，恨未见识。”绯罗满脸倾慕。

“这是老夫失礼，有机会还请女相赏光。”轩辕镜笑意诚恳，“或者，揽碧亭上看白虹，另有一番风景。”

“正中所愿，不胜向往。”

景横波从榻上醒来的时候，看着外面黑沉沉的天色，表情充满茫然，一时想不起自己身在何处，也想不起这是哪天晚上还是凌晨。回来后洗个澡换个衣服，她毫无心思地一场好睡，连梦也没做。

发了一阵呆，她听见门外有细细碎碎的声音，似乎是有人在来回走路，步伐急促，时不时走到她殿前廊下，很近的地方。景横波等着敲门声起，却始终没动静。她若有所悟，起身换衣，拉动了召唤铃。几乎立刻门就开了，露出门口护卫微带焦急的脸，景横波认出这是宫胤的一个贴身护卫，叫三从。

“陛下，”三从道，“大臣们一直在等您。”

景横波探探头，哟，静庭书房灯火通明，隐约还有嘈杂之声传来。难为他们一直等着，是等着看她洋相吧？“催你了？”她问。

三从露出一脸苦笑：“催我十八次了。一直在书房吵架，如果不是我们拦着，或者就冲过来敲您的门了。”

“国师怎么说？”

“国师说，补觉重要，三餐别少。”

“国师在做什么？”

“补觉。”

景横波呵呵一笑，心情大好。“说得对，补觉重要，三餐别少。”景横波神清气爽地伸了个懒腰，“睡了一天了，我饿了，开饭！”

“呃……”三从小心翼翼地提醒她，“大臣们还在等着……”倒不是他不想让女王吃饭，只是那些大臣不敢催宫胤，都逼着他呢。

“皇帝还不差饿兵呢，谁有资格差饿皇帝？”景横波若无其事地在饭桌边坐下，“都等了一天了，也不在乎多等一顿饭，开饭！”

三从苦笑着退到一边去了，大臣们也都一天没吃饭了……

景横波吃得很香、很认真，每道菜都尝过评价过，直到肚子溜圆。静庭书房越发喧闹了，这边的饭香已经传了过去，大臣们饥肠辘辘，如果不是两边护卫拦着，只怕有人就要冲过来质问了。其实宫胤也不是不提供三餐，只是很少有人能在宫大国师面前吃下饭——上头一尊面无表情的冰雪大神，吃起饭来静默无声，实在刺激不了食欲。而且宫胤的饭食和别人不同，一般很少热菜，多为寒凉之物，这些脑满肠肥、身体虚弱的大臣，消受不得。所以久而久之，宫胤很少赐食，大臣们也不指望吃玉照宫的饭。此刻饿了一天的人，闻着那边杀伤力强大的香味，其刺激不下于太监进青楼。

那边越吵，景横波吃得越慢，从容吃完，把筷子一搁，推开要上来敦请的宫女，道：“换衣服。”她自去了换衣间，出来时，满殿的人都啊的一声。她换掉了身上的女王常服，换上了自己的裙子。大红紧身深V裹裙，简单却最性感的剪裁，将她天生的好身材勾勒得不能增减一分。众人目光发眩，眼神四处飘，不知道该看还是不该看，不知道该看哪里才能止住那一声冲到咽喉的惊叹，随即发觉看到哪里都注定忍不住那一声惊叹——有种曲线，似上天所赐，令最麻木的人都不禁膜拜，不含淫邪，只为那般少见的美。最后，所有人的目光都落在景横波腿上，鱼尾状裹裙下延伸出洁白纤细的小腿和精美的脚踝，脚蹬着一双同色鱼嘴露趾高跟鞋。

这样的装扮，前所未见，众人看直了眼，连劝谏都忘记。紫蕊比较有心理准备，也忍不住倒吸一口冷气，想要说什么，然而看见景横波的神情，忽然低下了头。女王眼底，并不是平日戏谑散漫的神情，她眸光坚定而从容，似乎对这一切早有准备。所有人隐约觉得，自从昨夜暴雨之中，女王迎着神器飞身而起，一挥手令神器自爆开始，这位神秘而神奇的女王，似乎有什么已经改变。

景横波胳膊上挽了个黑色小包，望着静庭，笑得胸有成竹：“走吧，去闪瞎他们的眼。”

大臣们已经等了一天。烦躁疲惫饥饿，似绳索缠住了人的心绪，越捆越紧，直至忍受不住爆发。

“女王到底干什么去了？”

“她在吃饭！”

“先是睡觉！然后是吃饭！下面她要做什么？是不是夜了，再睡一觉？她到底把我们这些朝廷重臣当作什么？”

“她还没登基就敢如此戏耍轻慢群臣，这要正式登基，岂不是将我等视为猪狗？”

“我看她是在逃避吧？她根本无法取用雷电，现在只是拖延之计，好让我等等不得，自己放弃。”

“说得很是。昨夜她根本没有去祭司高塔，也没有任何作法，如何取来雷电？再说雷电乃上苍运行之物，如何能被凡人所控？真是满口胡言！”

“是啊，我等应该……咦，灯火怎么忽然都灭了？”

“护卫！护卫！灯怎么都灭了？快去找火烛！”

“想必风大吹灭了灯烛，速速点灯……诸位同僚……老夫觉得……我等更应该等下去，她总不能一直缩着不出头！只要她一出现，无法印证她的胡言乱语，老夫就……”

“就该死！”伴随带笑慵懒声音的，是一道雪亮的光柱！一片黑暗中，一道雪色光柱，似从黑天之上来，穿透万里层云，如一道惊电，忽然就劈到了那正愤愤大骂的臣子脸上！

“哎哟！”黑暗中一点光都分外明亮，何况这灿然如日的一束。突如其来的雪亮光柱，几乎令所有人瞬间失去了视力，众人眼前都白茫茫一片，急忙举袖掩面。那被光柱直射脸部的臣子，尖叫一声，噔噔噔连退三步，伸手在黑暗中乱抓，嚷叫声已经带了哭音：“我看不见了！我看不见了！”

众人一听更加惊慌，纷乱逃窜试图躲向黑暗之处，一时屁股乱撅、袍子乱踩，拥挤吵嚷声不绝，大乱中又隐约听见远处隐隐震响，似乎是雷声。众人惊惶回头，发现刚才那雪亮光束已经不见，眼前依旧一片黑暗，只是眼睛受到光斑刺激，此时看什么都是一片白一片黑的模糊。正稍稍放心，想问个究竟，忽听闷雷声止，头顶屋瓦哗啦一响，似被什么重物劈中，碎瓦坠地之声不绝。众人一惊一乍，想要去看又不敢，忽然又听见啪的一声，亮光乍现，笔直一条，从黑漆漆的门口直射人群中心，照亮好几个乱撅乱钻的屁股，隐约还响起绯罗气急败坏的叫声：“谁扯我裙子！让开！”

“啊！”一声大叫，一个靠光柱最近的臣子，一头扑到地上，“好亮！好亮！别劈我！别劈我！”

众人一呆，脑中也似忽然被雷电劈过——闷雷、无法形容的任何灯都不能比拟的雪亮光芒、被劈碎的屋瓦、刚才出言不逊被亮光击中然后看不见的臣子……这不就是女王收集的雷电？她真的收集了雷电，拿来惩罚敢于质疑她的人！被她说“该死”的那个，现在正捂着眼睛满地乱滚，凄惨号叫说看不见了，可不是被借来的闪电劈瞎了？天上闪电，何等威势，劈瞎一个普通人，再容易不过。

众人躲在桌子下、凳子后，惶惶捂着眼睛，从指缝里向外看，眼睛因为应激反应，还在闪着黑白光斑，他们看着前方漆黑，想着那光柱，深信这世上没有任何灯火可以有这般亮度，因此更加胆战心惊，憋紧呼吸，生怕一出声就被那闪电劈在了眼睛里。一时原本乱糟糟的屋内静寂如死，越发衬得头顶屋瓦掉落的簌簌之声惊魂。

死一般的静寂和黑暗里，忽然响起了脚步声。脚步声从容、缓慢、清脆，一步步自门口踏来，落足很有力度，但是从声响来推断，应该属于纤细女子，那鞋子似乎也不同寻常，敲击地面声音特别响亮，让人想起瓷一般的光滑，玉一般的琳琅。不知怎的，众人都想到了女王。

躲在黑暗里，屏住呼吸，听着那清脆异常的脚步声一声声逼近，一声声敲击在心上，众人的心也似被重重踩住，一步，一跳。啪，又是那熟悉的可怕的声音，所有人都禁不住发出哀号，抱头往地下一钻。

头顶很安静，飘荡一声轻笑，几分得意几分不屑。众人不敢动，只有绯罗觉得不对，咬咬牙霍然抬头，随即变色。没有闪电，没有雷，门口斜斜靠着景横波，手中一只烛台，烛光幽幽地亮着，在她明净艳丽的容颜周边染出淡黄的光晕。

景横波目光一垂，正遇上绯罗的眼光。她挑了挑眉，没想到众臣之中，竟然还是绯罗最先抬起头来，看来一个女子能爬到高位，果然自有其胜人之处。

绯罗却羞愤欲死。低头看看自己，挤在一群老男人中，蹲在桌子后，裙子不知何时已经被扯破了一点，印满了泥泞的大脚印……而对面那女子，齐整华贵，滟滟似有光。对于女人来说，这一刻天壤之别的狼狈，就足够她记恨一辈子。

此时众臣也发觉不对，都慢慢抬起头来，正看见景横波身后，护卫们鱼贯而入，将烛台点亮。光明总是能给人带来胆气，众人顿觉心安，都纷纷站起，自说自话地拍拍袍子，很从容地解开尴尬。“成大人小心些。”“王大人注意脚下。“李大人咱们还是坐这里。”……

景横波瞧着他们转瞬恢复正常，老脸居然红都不红，也深感佩服。一转眼看见宫胤不知何时已经出现，正深深凝视她。她弯弯唇角，对他比了个胜利的手势。

宫胤目光微微柔和，随意坐了下来。就知道不必为她担心，她虽飞扬散漫，可从不会真正乱来。

景横波笑眯眯地拍了拍自己的小黑包。里头是她的“闪电”法宝——一只强光微型手电。研究所出来的手电，比市面上的强光电筒还亮上数倍，在寻常人眼里，形容为惊电也不为过，景横波又让禹春他们帮忙打灭了灯火，一片黑暗里打开这手电的效果，和劈一道闪电也差不多。因此她也注意别让这手电伤人，光柱只照了那位大臣的脸的下半部分，并没有射到眼睛里，那家伙哭闹看不见，多半都是因为被吓得不轻。

“陛下，”果然，立即有人对她发难，是绯罗。她脸色铁青地道，“这是你以神鬼手段借来的电吗？依微臣看，这未必是天上雷电，只怕是阴间鬼火！如此诡异突如其来，哪有天上气象！”

“襄国女相此言差矣。”轩辕镜冷冷道，“先不论雷电到底来自何处，仅陛下这心性手段，便让人心寒。屠大人不过无知冒犯，陛下便以电光照眼，令他失明。如此暴虐，岂是人君所为？”

众人听着都点头，轩辕家和襄国女相不对盘，这话似乎也不对盘，也没人觉得异常。宫胤忽然抬头看了绯罗和轩辕镜一眼。

景横波托着下巴，笑吟吟看向轩辕镜和绯罗，她没想太多，却觉得这时候两人这么一前一后说话，颇有些怪异。似乎这原本该是桑侗的活，一转眼绯罗就接上了？她笑了笑，没理两人，迈着猫步，从容走进，路过那还在打滚哭号说看不见的家伙，抬脚踢了踢。

“我看不见了，我看不见了……”那家伙还在号啕。

“喂，我鞋子好不好看？”景横波一脚踢在他脸上，顶住他下巴。

“呃……”那家伙抬起泪水淋漓的脸，抽抽噎噎地道：“这什么鞋子……真奇怪……啊，我看不见了……”

“去死。”景横波一脚踢翻他，一转身，坐到了上位。

众臣想笑又笑不出来，讪讪坐回原位。轩辕镜僵立原地，脸色阵青阵白。绯罗倒还比他圆润些，冷笑一声，就当刚才的话没说过一般，从容地也坐了，只是坐下来之后，腰板霍然一直，身子前倾，瞪大了眼睛。

此时众人也都发现了，纷纷发出抽气声。上头那位……穿的是什么衣裳？这么紧身？怎么可以这么曲线毕露！这么短！竟然露出了小腿！还有这鞋子……众人目光发直地看着景横波的脚，她正高踞座上，脚尖一踢一踢，百无聊赖地踢着前头一盆文竹。红色鞋子非常怪异，底下有个可以踩死人的尖尖的东西，弧度非常漂亮，没有鞋尖，露出两只雪白的脚趾，趾甲上还涂着鲜红的蔻丹，鲜艳光滑，被翠绿的文竹映衬得妖艳，似草原上盈盈落了几朵凤仙花。违规太多，冲击太大，众人眼花缭乱，一时根本不知道该说什么。

景横波要的就是这个效果，趁众人心神失守这一刻，让他们见识一下自己的奇装异服，算是景女王争取各种自由的出手第一招。

“陛下，这……”男人们欣赏够了，终于想起了规矩，有人便想开口。

景横波站起，抬手指了指天，那人猛然住口，脸色苍白。

“大荒雷暴天气多呢，朕刚才借来的电还没用完。”景横波笑眯眯一句话，让所有人白着脸闭嘴。

“祭司高塔已被雷劈，天上雷电我也借来。”景横波手指轻轻敲击着椅子把手，“我说出的话，已经全部应验。神重新选择了我，现在，你们可以选择是否遵守你们的诺言。”

沉默，轩辕镜四面望望，想要开口，却被绯罗悄悄拉了拉衣袖，她用眼色示意轩辕镜注意听，老头子这才听见，室内有啪嗒啪嗒之声，听起来很像那闪电出现的声音。

众人对这声音已经形成条件反射，恐惧之下，无人再起反对之思。

景横波手在背后，有一下没一下地按着强光手电的按钮。手电刚才已经取下了电池，光不会透出来。

啪、啪、啪，有节奏有规律的声响，听得众人心惊肉跳，似听闻魔鬼脚步逼近。有人腿开始发抖，忍不住四处张望，又想找个地方躲起来。

“刚才的闪电，我只指挥射中了屠大人的下巴哦……”景横波似乎无意地喃喃。

“微臣愿意遵从陛下要求！”一个团团脸的官员忽然上前一步，伏拜于地。

有人开了头，众人立即纷纷跟随。

“此乃天命，违命不祥！既然上苍择我女王为主，是我大荒臣民的福泽，怎可违背上苍意旨！”

“是极是极！上苍雷惩祭司高塔，赐我女王掌握雷电之力，已经足以说明我女王天命所归。不过区区听政，众臣理当遵守诺言，修改国律中相关律条才是。”

景横波瞧着那些连声赞同、义正词严的嘴脸，想着前两天他们反对自己时，也是这么连声反对、义正词严来着。官场果然是个好地方，一张面具可以翻出多种花样。

倒是大贤者常方那个倔老头子，在一边喃喃自语：“老臣觉得听政很好，女王可为百姓出力。至于再多的可不行，可不能坏了太多规矩，还有这衣服……”

景横波听着虽觉不顺耳，倒觉得老头子算这群官场老油条中难得的正直人，转头对他一笑。一笑险些炫花了老头的眼，他赶紧转过头，也忘记说衣服的事儿了。

“好啦，那就这样啦，小事一桩，对不对？”景横波笑吟吟地一踢一踢，鲜红的趾甲似旋飞的花瓣，炫得众人老眼昏花。

霹雳与美色同临，众人的小心肝被揉搓得七上八下，迷迷糊糊中也不知道自己说了什么，迷迷糊糊就被静庭的护卫送了出来，直到站在湿漉漉的宫殿院中，看着远处已经被叮叮当当拆卸的祭司高塔，才恍悟到底发生了什么，禁不住笼起袖子，立在秋雨冷风之中，叹一声：“这天，说变就变了啊……”

大消息总是传得很快。

不过一日，整个帝歌都知道矗立了数百年的几乎已经代表大荒神权的祭司高塔被劈，和女王施展神力收集雷电一事。这样惊天的消息，几乎将帝歌翻了个底儿掉，哪怕后几日是连绵不绝的雷暴雨天气，依旧阻挡不住人们八卦的热情。茶馆里，酒肆里，甚至青楼里，都有无数人挤在一起，滔滔不绝地八卦着那夜女王“惊雷下高塔，闪电惩群臣”的神奇事迹，以至于景横波这个还没正式登基的女王，在帝歌人气爆棚，如果要整理近期名字普及率排名，她是当之无愧的第一。

茶馆的板凳上，一大群人正口沫横飞。

“……女王立在高处，抬手一挥，天上顿时乌云聚集，电闪雷鸣。女王抬起权杖，指着前方，娇声喝道：‘着！’只见一道闪电，斜斜接引上权杖顶端，光芒闪耀如火球。女王权杖一指，再喝一声：‘去！’那团火球仿佛有生命一般，向高塔狂扑而去，刹那之间，高塔轰然去掉了半边……”

“哇……”惊叹声一片。

角落里有一桌几人，都穿着普通黑袍，戴着面纱，一直在一边听着。众人也没在意，大荒中等人家的女子一般都这个装扮。

其中一个黑袍人，靠着桌子，托着腮，交叠的双手羊脂美玉般白。她身边一只鹦鹉在啄炒米，还有一只毛色发紫的狸猫在啃羊腿骨，发出一阵令人牙酸的咯吱咯吱之声，奇怪的是始终看不见有骨头从那只狸猫嘴里吐出来。“权杖？”女子悄悄问身边人，“听起来好高大上，喂，以后我有吗？”

“没有。”回答很让人泄气。

女子却不泄气，目光灼灼：“没有关系，可以无中生有，我打造一个好啦。”顺手一拍欲待偷喝她茶水的鹦鹉，“着！”抓过想要靠住她胸的狸猫，“去！”

“桑家一看高塔被劈，赶紧跪伏在女王膝下求饶。女王抬手又一挥，桑家的神器忽然就在祭台上被炸了……”

“啊，被炸了啊？”

“不对啊，桑家神器不是应该供奉在桑家庄园内吗？女王隔那么远也能令神器被炸啊？”

“你知道什么，女王神力无边！”

“刚才那段艺术加工得很好，这段却不怎么精彩。”黑袍女子伸出雪白的手指，评点道，“当时明明生死一线，人家悍不畏死，冒雨冲上，抬手之间，令那神器爆炸……喂喂，你们说我要不要写本书，把这件事好好讲讲？保不准还是畅销书呢。”

“陛下惩治完桑家，走入宫殿，对着等待在那里的群臣，抬手一放。哎呀，大片大片的雪白的闪电，纵横交织于大殿之内，陛下衣带飘飘，光芒闪耀，像仙女似的。大臣们倒头下拜，口呼万岁……”

“画面感不错……哎，真要这样就好了，那群磨人的老妖精，总是各种不合作，真讨厌……”黑袍女子晶亮的指甲弹啊弹，似乎想把那些“磨人的老妖精”统统弹到外太空去。

“我说啊，这可是真正的神迹！祭司高塔只不过数百年不被劈，就占据了大荒这些年的高位，一度把持政权。这女王抬手就毁了桑家的两大支柱，可是数百年来大荒未有！我这心里，听着这些事，觉得又兴奋又不安，总觉得要发生什么事似的……”

众人连连点头，都表示有同样感觉。大荒不算太平，但百姓习惯了那些不太平是由国师或者六国八部的首脑造成。女王在大荒浓墨重彩的风云史上，向来是可有可无的淡淡一笔，忽然间这样一个已经被习惯了无存在感的角色，极其凶猛地搅动了风云，明眼人都知道，这必将引起政局和国势的变动，大荒的未来，将因此变得无法预测……

忽然茶馆里所有的人都凛然望向外面。一队队青甲黑衣的士兵正快步从街道上列队跑过，雨幕中一张张年轻而森冷的脸，青色铁甲上凝结着滚动的水珠，反射出一片青光。啪、啪、啪，军靴齐齐跑过的沉重声音，似击打在众人心上。“城西……那是往桑家方向……”有人喃喃说了这么一句，立即闭嘴。整个茶馆压抑着陷入沉默，有些事人人心知肚明，因明白而心生寒意。又一家豪门倒台，意味着又一轮清洗开始，又一波势力分配开端。

角落的桌子上，景横波的手指轻轻敲在桌面上。出动这么多亢龙军，是因为，桑家还在顽抗吧？

忽然一声巨响，震得满堂桌椅颤动，震得无数人坐立不住跳起，震翻了二狗子的炒米，震掉了霏霏嘴里的羊肉。店堂，乃至整个街道，都陷入了一霎的寂静。

景横波目光发直，僵硬地坐在那里，她的耳朵一直在嗡嗡响——这个雷太响了！好像就在耳边。这么近的雷，多半就在附近，多半会劈到东西……

正想着的时候，蓦然街上一声大喊："起火啦！"轰的一声，整个茶馆的人都跑出去了。

景横波自然不甘人后，一手抓一只宠，挤在人群中卷了出去，翠姐、紫蕊她们想保护都来不及。街上的人跑来跑去，都在惊惶地呼喊，却看不到什么东西被劈。景横波却毫不犹豫，看向皇宫的方向，她只挂念那里。这一眼不禁一呆，竟然真的是皇宫失火！"回去！立刻回去！"景横波二话不说就奔向停在街边的马车。今天她和紫蕊、翠姐她们混出宫，是为了看看前几天时装展示的效果，顺便想在九宫大街上找个好铺面，打算开办她的第一家女性连锁商场，现在自然没了那个心思。

但是马车很快走不了了。亢龙军迅速开始戒严，景横波的马车堵在离皇城两条街道的地方。她当然可以瞬移走掉，只是不放心将翠姐、紫蕊几个留在这纷乱的街道上，只好爬出车厢，仔细看看冒出浓烟的方向，似乎就在静庭附近，不由心焦如焚。

忽然有一队士兵快步从皇城出，一路清道前进，景横波远远地看见他们似乎拥卫着一辆马车离去，心中一动，急忙身子一闪追了上去，跟在队伍后头，听见他们道："昭明公署被击毁……"

景横波舒出一口长气，立即站定不动，少顷，负着手慢悠悠地走了回去。昭明公署被劈了就劈了呗，反正耶律祁那种祸害劈死几个最好。走了几步，她忽然站定。不对，哪有这么巧的事，这雷刚劈了祭司高塔，又劈了昭明公署？虽然因为祭司高塔被劈在前，昭明公署的被劈显得不那么显眼，似乎也顺理成章，可她还是觉得不对劲。她浑身汗毛忽然一奓——这昭明公署被劈，不会是耶律祁自导自演吧？她这边刚刚偷走了引雷剑，他那边就引来了雷？不会是她给了他灵感吧？耶律祁的脑容量，景横波见识过，她觉得很有这种可能。一场雷劈在祭祀高塔上对别人不过一个事件或者一个八卦，对他却可能是灵机的开启，脱困的良机。

"喂，你偷来祭司高塔的避雷针之后，放哪去了？"她终于想起来问霏霏。霏霏从尾巴里掏出不知道从哪弄来的肉包子，捧着慢慢啃，大眼睛缓慢地眨着，似乎在回想，回想到景横波都等得不耐烦了，终于慢吞吞地……摇头。景横波很想把它那满脸无辜的大脑袋给按进包子里去。管偷不管埋，她的宠物们怎么没一个靠谱的。

不过既然不是静庭有事，她也就不打算立即回宫了，反正耶律祁要搞什么幺蛾子，自有宫胤接着。在她看来，两大神的斗法深着呢，她就不信宫胤没办法杀了耶律祁，也不信耶律祁不能鱼死网破，只是这两人的斗，似乎很有默契地始终维持在一个限度之内。也许，上位者之争，需要考虑更多，平衡更重吧。景横波认为自己宝贵的脑细胞不适合思考这些无聊的事，她决定还是好好考察一下店铺。

“那家店面不错。”静筠忽然指了一处铺面道。

景横波瞧着那店面，来来往往人很多，不过有点乱，似乎在搬家。店面位置倒确实很好，正居九宫大街四个方向中心处，四通八达，周围人烟稠密，是个做生意的好地方。

“这么好的铺子，看起来却像要关张？”紫蕊却诧异地喃喃一声。

“去看看。”景横波来了兴趣。

到了门口，果然里头的伙计都在向外倒腾东西，满地器具箱笼，还有些混混打扮的人，趁人多混乱时不时混进去浑水摸鱼，东西摸了就走也没人管。

“做不下去走人了？”景横波十分诧异，“这么好的黄金地段，闭着眼睛也能赚钱啊。”她忍不住在门口张望，盘算着既然这家做不下去了，是不是可以趁机拿下来。“你们掌柜在哪儿？”她问身边一个忙着收拾东西的伙计。

那家伙头也不抬，瓮声瓮气地道：“走了！”

景横波还要问，忽然身后传来推搡呼喝之声。“让开让开！”“滚！谁准你们抢的？”“桑家的铺子，你们也敢抢？”

景横波本来要避让，听见这一句，脚步一顿。她回头，就看见一队黑衣大汉，铁青着脸色冲来，将店内浑水摸鱼的人一阵驱赶后，匆匆进入店堂深处，过不多时，簇拥着一位老者，拎着几个巨大的包袱闪出门来。景横波看着那几个包袱，眼睛都在发绿——这里面都是钱啊！是桑家一个赚钱铺子里最值钱的家当啊！普天之下莫非王土，这些钱都是她的啊！怎么能被桑家这样卷走呢？这一个铺子就卷走了这么多，桑家那么多产业得卷走多少？卷走了钱准备招兵买马前来报复她吗？

景横波不想承认其实她就是缺钱。做女王，看似尊荣富贵，但是一个没有财权和人事权的女王，对金钱的掌握和使用权力自然也有限，她没有什么要用钱的地方，一切配备都是宫监司负责，所以她没有月例之类的钱。每笔能动用的钱币不过区区千两，还得经过宫监司上报国师审批。她想开女性连锁商场，千两自然不够用，多次划拨的话，必然会惊动朝廷，这是她不愿意看到的。原先以为她从大荒护卫手中抢来的宝石值钱，结果被告知除了比较稀少的祖母绿值点钱外，其余宝石因为大荒产出过多，在本地贬值，白瞎了她一路辛辛苦苦背来！

景横波在人家铺子门口咬牙瞪眼攥拳头，决定要将这些银子都收归“国有”。要动手就赶快，宫胤动作也很快的，他安排查封桑家家产的士兵也在争分夺秒，这一处被发现，就没她的份儿了。“快看，那边有鬼！”景横波指着侧方忽然一声喊。

众人下意识向那边看，景横波身子一闪。一无所获的众人再回头：“咦，人呢？”

紫蕊等人纷纷四处寻找，一无所获。

远处围观的人群中挤出胖胖的禹春，他皱着眉头看看那几个张皇的女子，叹了口气。唉，这个女王陛下，怎么从来就不肯消停呢？他从怀中取出一颗珠子，珠子中心显现一线血丝，在珠子中缓慢游弋。“她还在这附近……咦，不对！”禹春瞪大了眼睛，发现珠子里的血丝游动开始变快变淡，越来越快。“糟了，走了！”禹春拿着珠子追了几步，左右四顾看着血丝的变化，血丝显现出人就在附近，然后距离很快地在拉远，女王陛下应该在疾速移动中。但是！禹春一遍遍在人群中搜索过后，额头慢慢渗出了冷汗。人到底在哪里？

桑家的马车里，两个老者正紧张地收拾包袱，将值钱器物规整，分类打包。“咱们马上去哪里？枫凌渡吗？船准备好了没？有没有人接应？”一人神色慎重地开口。

“不……枫凌渡只是迷惑宫胤的计策，咱们不用去那里，咱们马上和家主……”说话的人低着头，忽然看见一角红衣，还以为是哪个散落的包袱皮，伸手准备拽了过来包裹东西，一拽没拽动，随即听见哧的一笑。

他猛一抬头，瞳孔忽然放大，发出一声短促的“啊”。不知何时面前多了一个人，红裙泻地，巧笑如花。

景横波笑吟吟地蹲在他面前，手背在身后，打招呼：“嗨，下午好啊。”

两人慌忙跳起，正要呼叫，砰砰两声，两块早已准备好的板砖，一左一右狠狠拍在两个脑门上。两个桑家下属，连吭都没吭一声，就软软倒地。

景横波嘿嘿一笑，扔掉板砖，拍拍手，拎起那两个沉重的包袱，吃力地扛在肩上，刚想瞬移，忽然皱了皱眉。马车太矮了，她直不起腰，无法移动出去。景横波倒也不太担心，等马车停下，她冲出去，立即瞬移，想来也没有问题。

马车速度忽然加快，景横波偷偷掀开车帘向外看，发现似乎马车并没有往城外去，反而驶向了城北的贫民区。景横波心中颇有些奇怪，按说现在桑家是丧家之犬，宫胤正在对其抄家大索，桑家聪明一点的话早该逃出城外，据说桑家在某部也颇有势力，只要能逃出去，不愁东山再起。现在往城里去是要闹哪样？难道这两个桑家下属是叛徒，不打算跟随逃走，捞走财物准备自己潜逃？这样更好。

景横波舒舒服服坐下来，准备清点一下财物，忽然嗅了嗅鼻子，低低道：“这马车气味好像有点奇怪。”马车有种说不出的怪味，有点熏有点臭，她原先以为是两个老者身上散发的，后来发觉好像这味道无处不在，似乎是马车本身散发的气味。细观察这马车，似乎也太陈旧了些，车身上隐约有些细小的裂缝，看得见里面是一层黑色的物质，不像木头。那股味道在那些缝隙里特别浓烈。景横波心中有些诧异，以桑家的财力，就算是普通管事，似乎也不该用这么粗劣的马车吧。

忽然马车一震，停下了。咦，怎么这么快？景横波扛好包袱，等在马车边，准备马车一打开她就冲出去。马车却迟迟无人开门，四面脚步杂沓，似乎有很多人，有人在低低说话，回声嗡嗡，光线也暗了下来，马车似乎驶入了一座巨大的空旷的屋子。景横波随即又听见车轮辘辘之声，似乎又有马车驶入，随即有人下车，乱糟糟一片请安之声。她听着，心中忽然有些不好的预感。

后来的马车上下来的人，似乎十分矜持，一开始一言不发，走了两步才道：“人都到齐了？”

景横波险些惊呼。

第三十六章　拯救帝歌

桑侗！想不到她竟然还没走，想不到她在这里！景横波的心怦怦乱跳起来，万万没想到这马车是驶来和桑侗会合的，从人群数目来看，桑家还在城中的下属可能都聚集在这里，更要命的是，桑侗既然在这里，警卫就一定特别严格，而且这些人就聚集在马车周围，她担心自己一旦冲下车，来不及瞬移就可能被困住。不用猜，桑侗看见她，如果不想把她活活扒皮，她跟桑侗姓！想要冲出去是不能了，看样子桑侗是要在这里聚集手下议事并冲出去，只能等桑侗再次出门或者上车，所有人各归其位，马车重新移动的时候再走。好在因为人多，某一辆马车上人没下来也没人在意。人人心事重重，面色肃穆。

景横波将匕首握在掌心，等待着。

桑侗却似乎根本不着急，在这生死攸关、急若星火的时刻，她竟然还在慢慢踱步，似乎在思考，正好绕着景横波这辆马车。有好几次她都靠近了车门甚至撞到了车门，搞得景横波小心肝一蹦一蹦。

似乎依稀又驶进几辆马车，终于人齐了，随即轰然一声，似乎什么大门被关上了。景横波心一跳。马车微微一动，似乎桑侗靠在了车上，正靠着车窗，景横波极小心地掀开一点车帘，思考着插根针到她头顶的可能性。想想角度不便，太过冒险，还是算了。

马车外桑侗怀有心事，身边全是下属，自然想不到只隔一道板壁就有人对她动了无数次杀机。“人都到齐了？”她缓缓开口。

立时有各种声音上前报名。“天组桑伊率子弟见过家主。”“地组王净率子弟见过家主。”“玄组欧阳无非率子弟见过家主。”“黄组单一龙率子弟见过家主。”……

桑家从属一个个报名，景横波暗暗数，人不少嘛，光是这些小组，就分天地玄黄风云雷雨洪荒厚土等等十六组，还有组中子弟呢！这还只是桑家在帝歌的势力，全国呢？只是奇怪的是，所有这些报名的人，声音都偏老，明显年纪大了。

“很好，劳烦大家了，”桑侗听完，叹息一声，道：“现在，我身边只有你们了。”

“家主，”一个男子道，“您为何还要留在这里？为何要在这城深处聚集？您应该现在就出城，咱们护着你，还来得及！”

桑侗一笑，声音轻而邈远：“我不出城。”

有人震惊，有人了然，有人叹息。

“桑伊，大少爷出城没有？”桑侗问。

一个老者答道：“已经在城门附近，但是盘查特别严格，虽然有轩辕老他们相助，依旧没能出城，大家正在想办法。”

“不用想了，”桑侗道，“我会把他送出城的。”

众人默然，都觉得这话荒诞。轩辕家和桑家真正的精英，此刻都在城门附近，想把大少爷送出去都难，家主还在城北贫民区，鞭长莫及，怎么送？

“您是要和大少爷会合吗？”有人试探地问。

“不……”桑侗长声叹息，声音无限萧索，“我不会再见到他了。”

众人默然垂头。

“桑家已经毁了。我桑侗也已经毁了。没有能庇护祭司高塔，令百年豪门在我手中衰败，是我万死难辞的罪过。我就算回到部族之中，长老们也不会放过我，那我为什么还要千辛万苦逃回去，然后被耻辱地处死，或者被关在地底幽牢挨那苦楚一生呢？”

“家主！”有人激昂地反驳，“您不能先认输！部族长老势力虽大，可您有我们，有帝歌的子弟们，我们誓死护送您回去，会保护您不受长老们审判的！”

桑侗轻轻一笑：“等到逃过宫胤追杀，千里奔回部族的时候，你们说，我身边还能剩下几人？你们还能活下几个？”

一片死寂的沉默。

“我不能回去，该回去的是桑天洗。”桑侗此刻终于恢复了大祭司的尊贵与淡定，从容地道，“天洗，历苍天之洗，伐筋易髓成我桑家百年来不世出之奇才，是我桑家绝境里的希望，未来百年复起的唯一依靠。他很少出现在世人面前，没有涉入到帝歌的是非圈，对祭司高塔的倾毁也没有责任。而他是唯一承我桑家先祖之血的嫡系传人，他回去，长老动不了他，桑家，就还是我们这一支的。”

“可是……”有人还在试图劝说。

“没有什么可是，我已经是无用之身，既然无用，就要做好牺牲的准备，与其牺牲在暗无天日的地牢里，不如堂堂正正、痛痛快快，最后牺牲在这帝歌城！”

说最后一句时桑侗的语气忽转激烈，景横波顿觉不好——这女人满怀悲愤，语气决绝，她想干吗？她不想活了？景横波一向认为不想活的人最强大，死都不怕了，这世上还有什么不敢做、不能做的？

“家主！”桑家属下们也听出了桑侗的意思，呼声哀切。

“家主！如果您真的不走，我们也不走！”

“是的，我们陪您一起！”

“我们都老了，逃亡路上也未必能活下来几个，还不如陪家主，痛痛快快将帝歌搅个天翻地覆！”

景横波在车内冷笑。一群头脑简单，动不动就被煽动的傻瓜。留下来的为什么都是老弱病残？摆明了桑侗想好了要拿他们做弃子，哪里需要他们表忠诚？愿不愿意，都得死。不过……她托着下巴，心想属于上位者的煽动力也是一种技能，得学学。

桑侗似乎被属下的义勇感动，挥手示意大家安静，再开口时眼含泪光，声音哽咽：“多谢各位老兄弟……”她抬袖拭拭泪水，“桑家能有你们，是桑家的福气。当年老兄弟们胼手胝足陪我攒下我桑家基业，没想到到头来，桑家被卑鄙的女王所害。我护不了老兄弟，没能给你们尊荣安逸的晚年，还要你们陪我去死……放心，今日你我纵然身死，定会被天洗永远铭记。将来终有一日，他会为我们报仇，令桑家复兴，你们的妻儿老小，会得到最好的照拂，你们的牌位，必将供在我桑家英灵堂，伴我桑家世代祖先，永享桑家后代血食供奉！”

一群桑家老人热泪纵横，声音沉肃：“愿为桑家死！愿为家主死！”肃杀气氛里，有人失声恸哭。

景横波靠着车壁，陷入沉思。她并没有被这一场决然赴死的主从情义所感动，很多事一旦看穿实质，也只剩凉薄的内里。她只是忽然想到了自己的未来，想到了自己想要改变现状，就得先夺权，在夺权过程中和夺权之后，这种收买人心、言语煽动、利益蛊惑、道德捆绑的事儿，怕也不能少做吧？将来她也要虚假为表、阴谋为里吗？还有宫胤，他已经在这样的情境里多年，这些复杂阴沉的事儿，他应该也很熟悉吧？之前她只熟悉他的无上高冷萌，如今想着上位者自有上位者的考量，或许有很多事，也身不由己，也得忍着恶心去做吧？想到这里，她微微有些烦躁，大荒局势如此复杂，所有人甚至连敌友都不明，这样的日子还真不是她心头好，只恨不得快刀斩乱麻，将这些搞鬼的家伙统统扔到垃圾堆去才快活。

外头呼叫声压抑而悲壮，气氛已经调动至顶点，桑侗似乎也终于燃起热血，咬牙厉声道：“现在，大少爷被困在城门出不去，硬闯是不行的。要想帮助大少爷快速逃出帝歌，我们就必须给帝歌城造一场动乱，让宫胤无暇为难大少爷，大少爷才有机会！”

“家主下令吧！我们跟着您就是！”“一刀捅破天，帝歌为我丧歌唱，哈哈哈，痛快！”

景横波倒吸一口气。果然最毒女人心！

“我已经准备好了。”桑侗阴恻恻地道，“你们也知道，黑火器和火弹子是帝歌违禁品，宫胤严禁除玉照宫以外的任何私人持有，但是他管不到马车。我们这里所有的马车，夹层里都塞满了天火沼泽提炼出的天火油珠，表面以天火泥涂抹三次，遇一星明火立燃。这还是当初天洗的建议，在必要的时候才使用。如今可派上了用场。现在，我们就驱赶着这些马车，分兵三路，在人群最集中的琉璃坊开始点火！最后在玉照宫门前，撞它个玉石俱焚！”

“玉石俱焚！”呼应如潮。

景横波手心渗出了汗——真是狠毒的计划。如果不是她贪财上了马车，今日帝歌必然遭劫。可是她现在一个人，要想挽救这场劫难依旧有难度。狂奔的马车，一路燃火爆炸，所经之地都是帝歌最繁华、人流量最大的地方，怎么阻止？

“事不宜迟，”桑侗冷幽幽地道，“咱们现在就走吧。”

“是。”带着死气的回应声坚决。

“在走之前，先送给帝歌一个礼物。”桑侗嘴角一抹森然的笑，“帝歌最近向西陇国购买的粮食刚刚到了，正好，就在此处的粮仓之中……”

景横波这才明白这里竟然是粮仓，难怪感觉高阔，桑侗竟然想到将人和车在空着的粮仓中聚集，实在是个妙法。随即她听见哧哧的声音，感觉不妙，悄悄一看，地上不知何时已经多了一条引线，引线被点燃，沿着墙下挖好的一道沟，正闪着火花向隔壁进发。不用问，隔壁定然就是装满粮食的粮仓。桑侗行事狠毒阴绝，马上帝歌要大乱，会有无数人伤亡，正在此时粮仓也被烧，所谓祸不单行，先不说帝歌立即将陷入巨大恐慌，很可能引发事变或者政治局势的变动，就说百姓受伤后再缺粮，马上就会死很多人！

“好了。”桑侗拍拍手，“各自上车吧。”

众人纷纷应是，各自登上自己的车。很多人上车之前寻到老友，无言地拍拍肩，做最后的告别。没人说话，也再没人哭。当死亡变成了集体行动，死亡本身的恐惧和压力就归于寂静，剩下的只有那条路，一闭眼，走到底，再睁开眼，或许就是另一生。

“我的车好像太新了，”桑侗似乎还在选车，“我希望能够抵达玉照宫，在宫胤和那贱人肚子上撞出一个洞，所以车还是不要太显眼的好。”

景横波心又一跳，糟糕！

果然，下一瞬间，桑侗自然而然地转身，看向了身后这辆破旧不显眼的马车：“就这辆好了。”

景横波到此时反而不紧张了，咬牙抓稳了匕首。此时众人都已经登上马车，按照事先定好的路线分头去蹈死。既然是准备去死，也谈不上什么护卫不护卫。桑侗的护卫有的钻上了别的马车，有的坐在了这辆马车的车辕上。众人都将身上的明火集中保管，小心翼翼拴在靠手的车辕边。景横波心急如焚，她没想到这些人走得这么快这么干脆，她就一个人，如何阻止这好几路的死亡马车？一想到这些马车驶入人群，一路炸开，血肉横飞，火海漫天，惨叫声上冲云霄……她就忍不住要发抖——帝歌大劫，这将是她造下的孽！

帘子一掀，桑侗上车来。景横波一刀就捅了出去！啊的一声惨叫，桑侗声音里充满绝望和震惊，怎么也想不到会在此刻挨上当胸一刀！还没等她看清凶手是谁，景横波已经踩着她的脸跳了出去。她人刚出车，反手就是一刀，将系在车辕上的装满火石的袋子割裂，袋子落地。她向前一冲，身后有人厉喝：“站住！”随即砰一声，一道沉重的拳风落在她背上。

景横波只觉背上如被巨石砸中，五脏六腑都似瞬间移位，张嘴啊的一声咳出一口瘀血，身子却毫不停留，一把抄住快要落地的火石袋子，一闪出现在三丈外。人还没站稳，手一挥，地上一个破盆飞起，狠狠砸在那已经快要燃到隔壁的引线上，火花闪了几闪，并没有立即灭——引线较粗。景横波看也不看，双手飞快地连挥，盆子砰砰砰接连不断砸在引线上，火花连爆之下，终于灭了。

身后传来凄厉仇恨的嘶叫：“女王！是女王！杀了她！杀了她！”轰隆隆声音急响，势如排山倒海，马车从她背后撞来。景横波一回头，就看见趴在车辕上胸口洒血的桑侗，正死死盯住自己，伸出的双手染满鲜血，狰狞如从地狱中窜出的女魔。

景横波这时候还能嘿嘿一笑。“老太婆，你现在的样子真丑。”马车将要撞上她的一瞬，她身形一闪，消失不见，只留一句尾音，消散在空气里，“想到你带着这张丑脸下地狱，我真开心，哈哈哈。”

桑侗睁大眼，望着瞬间空荡荡的眼前，无力地倒在车辕上。护卫们瞪大眼，喃喃道：“妖怪……妖怪……”

"别管粮仓了……走……走……"桑侗勉力支起身子，手掌扒着车辕，留一个淋漓的血掌印，"我要去玉照宫，去立即烧了他们！我要她知道，这是她的孽……她的孽！"

这里是位于城北的官粮仓，有足足三条岔路可以通向城中心，景横波身子一闪出现在土道上时，同时看见了三条道上奔腾而去的马车，每条道上都有三辆马车。"糟了。"景横波险些拽断了宝贝长发，"这么多路，怎么追？"路上倒是有人，小贩、行人，各自做自己的事，无人对狂奔而去的马车多看一眼。附近有粮仓，哪天路上不走几个车队？景横波想了想，扯喉咙喊："有人抢劫粮仓啦！"没人理。景横波纳闷，抢粮仓都没人管？不是说粮食是百姓的命根吗？

一个老头摇摇摆摆走过，怜悯地看了灰头土脸的她一眼，摇摇头叹息："长得倒美，可惜脑袋不好使。"

"喂，老家伙你说清楚，"景横波扯住他，"为什么说抢粮仓就是有病？真的有人抢粮仓！"

"看清楚，这边三座都是空粮仓，真正满粮的粮仓在那边。"老头一指前方，那里高大的木栏围着连绵的建筑，隐约可以看见高耸的粮库，"真要有人抢粮仓，也不是在这里喊，再说那边有重兵把守，早该闹出来了，还能这么风平浪静？"老头瞪她一眼，扯开袖子走了。

景横波看了下那位置，敢情桑侗聚集手下的粮仓是废弃粮仓，和新粮仓有段距离，但仔细看，有一部分靠得相当近，所以桑侗令人在旧粮仓下挖暗沟，埋入易燃物，再以引线穿过暗沟，去烧那边的粮仓。这么做得有个前提，就是那边的新粮仓里有内应！

但此时景横波也来不及查那粮仓的猫腻了，马车已经驶出视线，大抵驱车一刻多钟就可以到帝歌中心，那时候就是血肉横飞的惨剧。她没有时间了。景横波想了想，抬头看了看，这里离北野门不远，北野门靠近北野山，很多王孙公子、富家子弟从这门出去打猎，现在应该正是回来的时候，这些人有点武功，有代步工具，是挽回这场浩劫的最佳人选。多亏了宫胤的教导，让她这个很少有机会出门的女王，对帝歌的地形风物了如指掌。

她抹了一把脸，抬手的时候牵动胸口，心口一痛喉咙一甜，她默默咽下某种液体，咕哝一声"亏大了"，摇摇曳曳走到路边，摆了个招摇美艳的S形姿。如此美艳容貌，如此诱惑体态，应该可以让那些好色公子哥停步吧？

暮色初降，归鸦唱晚。北野门附近人流渐多，打猎的人归来了。一队车马出现在地平线上，狂奔而来。景横波大喜，款款举手，"嗨——"一大片尘土迎面扑来，将她那个风情款款的姿势和那个娇媚勾魂的"嗨"喷回，那些高头大马风一般地从她身边经过，骑士一路目光直视，根本就没看她一眼。

"长没长眼睛！"景横波恨恨地呸掉嘴里土，再次摆足姿态，等待下一波的求救。

又一大群车马过来了。

又一大群车马过去了。

"啊啊啊啊，他们为什么不停？"景横波抓狂。

"听说走失了大人物，今晚提前宵禁，得赶紧回去，不然遇上盘查又是麻烦……"远处有人声飘来。

“啊？什么见鬼的大人物走失了，用得着全城提前宵禁？”景横波烦躁地大骂，“祝他天天来大姨妈！”骂完之后，才觉得似乎有什么不对？连过三拨都不停，景横波看看天色，准备使撒手锏。又一队人马过来了，前头骑士冲得很快。“媚笑不收，就收石头吧！”景横波手一挥，一枚石头离地而起，砸向最前头骑士的马腿。

“阿弥陀佛，女施主，这样是不对的。”忽然一个声音突兀地在她耳边响起，温和沉静而又絮絮叨叨地道：“你是要拿石头砸马腿吗？你现在这个角度，正对上去可砸上马腿，偏离三分会砸上第二条腿，再偏三分会砸上第三条腿，换句话说，你无论怎么砸，这匹马的腿都会被你砸断，你不觉得太残忍吗……”

“再啰嗦姐砸断你的第三条腿！”景横波看也不看，一巴掌推开那张絮絮叨叨的嘴，手一挥，石头飞了出去，眼看将要砸上马腿。

身边的家伙忽然叹了口气，手一招。景横波眼睁睁地看着石头在离马腿还有零点零一公分的时候忽然转了个九十度的弯，飞到了路边的草丛边。她转过脸来，盯着身边那家伙。以为是个和尚，原来不是和尚。面前是一个清清秀秀、干干净净的少年，憨厚神态，无辜笑容。乍一看感觉有点像伊柒，再一看没伊柒漂亮，却比伊柒顺眼，尤其双目澄澈，脸上有澹澹之光，看上去平和而圣洁。不是和尚干吗满嘴阿弥陀佛？景横波很想拎着他透明的耳朵吼上一吼。

然而她的目光随即落在了那块凶器石头上。石头还在悬浮着，伪和尚招招手指，像牵着爱人的手一样，把石头小心翼翼地放在了地上，直到放得四平八稳，才转头亲切地问景横波：“阿弥陀佛，请问什么叫我的第三条腿，我明明没有……”

“大师！”景横波一把抓住他的手，“你心怀天下对不对？你普度众生对不对？你会在危难之前积极地做一切能做的事对不对？”

伪和尚似乎被她吓住，呆呆地点点头，又垂下眼，羞涩地道：“女施主你碰到老衲的肌肤了……”

景横波觉得这话似乎略有违和。伪和尚的用词挺销魂的，但此刻也顾不了那么多，一把拉住了他的手往自己怀里凑，“是你碰到我肌肤！你还要摸我的胸！你这个花和尚！你要不按我说的做，我就去告官，让你身败名裂，死无葬身之地！”

伪和尚似乎吓了一跳，更加羞涩地低下头，讷讷道：“女施主你不要这样，老衲不敢轻薄你，有什么尽管吩咐吧……”他纯洁地羞涩着，却始终不抽回手，手指头还悄悄试探着动了动。

“那好，”景横波立即把他的手向外一推，“你顺着中间这条道，去追三辆马车，都是旧马车，灰黑色，有古怪气味。追到之后，先把车辕上袋子里的火石全部毁了，记住全部毁了，然后最好把马车也毁了，还有马车上的人，能活捉就活捉，不能活捉就算了。记住别在一辆马车上浪费太多时间，务必要把三辆马车都拦下来！千万别忘了！这关系整个帝歌百姓的生命！”

“哦哦。”伪和尚连连点头，眼神颇留恋地看着自己被推开的手。

“拜托了！”景横波对这看似很靠谱但感觉不着调的家伙很有点不放心，只得再加猛料，“你办好这件事，我答应你一个要求！”

“好！”伪和尚眼睛一亮，这回答应得爽快。他转身就走，大袖飘飘，转眼掠出数丈。

景横波稍微放了心，吐出一口长气，这家伙看起来不着调，但是功夫可是实打实的，要追上那三辆马车，有希望！

伪和尚飘出几丈，抓了抓头，回头看看景横波的方向，眯起眼睛，捻了捻手指。哎，好滑，好润，好饱满……“大师兄说她好玩，我看明明是好大，啊，真的好大……”这一刻，伪和尚圣洁的脸上露出了猥琐的笑容……

“不是和尚装什么清心寡欲，啊呸！”景横波看和尚走开，才呸了一声，眼见又有马队狂奔而来，手一挥，刚才那石头再次浮起，“去！”石头呼啸，砸向最前面骑士的马身。

嘘！一声长嘶，骏马人立而起，半空中扬起碗口大的蹄子，马上黄色劲装的骑士一个漂亮的飘身，凌空翻下，手一抄抄住那块石头，一边拍抚安慰爱马，一边转头怒喝：“什么人胡乱袭击！”

“我！”景横波比他更理直气壮。

那人落地，身姿飘逸，一站定脊背笔直，那般男子昂扬姿态，景横波看着都心里禁不住一声喝彩。

他转头时满面怒容，再仔细一看景横波的脸，不禁一怔。景横波还在思索怎么个说法能让这家伙二话不说地帮忙，不想那人先开了口：“姑娘，原来是你！”

“咦，你认识我？”景横波倒奇怪了。

男子一笑：“前几日姑娘是不是穿着一袭奇特的彩裙，出现在九宫大街？”

景横波这下真诧异了：“这你也能认得出来？”他说的是她穿波西米亚长裙在九宫大街走秀那次吧？可是那次她还戴着宽檐帽，这人怎么认出来的？

“那日姑娘衣饰超绝，风姿美妙，令人神往，一见难忘。”男子笑容诚恳。“今日一见，便认了出来，还望姑娘恕在下唐突之罪。”

景横波对这人印象很好。她素来美，习惯了他人的惊艳目光。以往那些目光，惊叹里往往带几分淫邪意味，最起码也充满着占有欲，躲躲藏藏，敢瞧不敢认。而面前这人，直视着她，坦诚地赞美，毫无遮掩他的欣赏，眼神坦荡而干净。配上他虽不算极美但气宇轩昂、极有男人味道的相貌，也很容易令人心生好感。“谢谢。”她嫣然一笑，“那么你可不可以帮我一个忙？”

“请讲。”

“替我去追几辆马车。”景横波指了右边一条道，将对伪和尚的要求对他说了一遍，末了加重语气嘱咐一句，“这是生死大事，现在我没空解释，总之，拜托！”

“好。”男子极其干脆地点头，问也不问一句，立即翻身上马。

“对了！”景横波本来还犹豫要不要请他帮忙报信，见他如此爽快，干脆又加上一句，“还请你派个下属，前往玉照宫求见右国师，就说大波去救火了，小心九宫、琉璃坊、仓井三条路的黑马车！”

“好。”男子还是没有多问，一挥手招过一个属下，扔给他一块牌子，道：“你去办！”随即对景横波拱拱手，招呼一声，“走！”带着从属们怒马如龙离去。

景横波看出他胯下是好马，舒一口气。运气好的话，应该来得及。她摸了摸脸，忽然想起了一件事，去玉照宫求见宫胤，可不是寻常人能做到的，宫胤也不可能谁都见，这人为什么丝毫疑难之色都没有，就答应下来了？看他衣着朴素内敛，还真看不出是什么身份的王孙公子。

现在只剩一路了，她转头对城门方向看了看，暮色四合，城门应该已经关了，路上行人在减少，不会有人再过来了。看样子，只能自己上阵了。景横波此时才觉得胸口闷痛，捂着胸咳嗽两声，喃喃道：“我这个女王当得也太辛苦了，该发劳动勋章……”她的身影唰的消失。

黑色马车行驶在渐渐昏黄的夜色中。马车上的老者们双目肃杀，面容如铁。马车散发着古怪的气味，但因为行驶快速，经过的人还没闻到就已经散了。马车看起来虽然破旧，其实却特别结实稳定，行驶速度也比一般马车要快，方向操纵也很灵便。不过，桑家的人都知道，这只是惊才绝艳的大少爷桑天洗的游戏之作。桑天洗只需要随随便便对什么东西动动手，那东西以后就一定与众不同，这是所有桑家人都知道的事。桑家人对他们的大少爷也特别有信心，觉得虽然他是男子，不能继承桑家的祭司大位，但是他完全可以在别的路上，闪耀出他人难及的光辉。就是不明白为什么家主桑侗，这么多年来一直将大少爷藏在内院，令他深居简出，不对外人宣示，以至于很多帝歌人知道桑家有这一子，却不知道桑家这一子到底是谁，才能怎样。桑家人都觉得大少爷被埋没了，他本该是天上凤，却不得不默默蛰伏角落。如果不是家主将大少爷藏这么紧，也许，桑家今天的祸事也不会到来吧。

几个老仆紧了紧身上衣服，扬起头，前方，仓井夜市不远了，心怦怦乱跳起来，不知是紧张还是酸楚。

咚，头顶忽然轻轻一声。几个老者警觉地抬头，就看见一角青色的布衣飘在车顶上。“谁？”

头顶上探下一张脸，笑容憨厚。“阿弥陀佛，老衲化缘。”

“滚开！”几个快要死的人，对一个年纪轻轻、明明俗家打扮却偏偏要自称老衲的家伙，没什么好脸色。也有人比较警惕，一人伸手就去拿装火石的袋子。

袋子忽然飞起来，众人眼睁睁地看着那袋子飞到了伪和尚的手中。“阿弥陀佛，这里是银子吗？老衲要化缘。”伪和尚自说自话地解开袋子，看看里头的火石，瞟一眼马车的表面，嗅了嗅气味，忽然露出一抹神秘的笑意。“原来……”他道，“想不到这丫头还这么……”随即他憨憨厚厚地一笑，在几个老者惊愕的目光中，手指一弹，轻轻飘飘地将袋子给弹了出去。

“你这疯和尚！”一个老者又惊又怒，停下车，起身去捡火石，另两个已经扑上去拉伪和尚的脚，“下来！”

啪啪两声，两只臭草鞋砸了下来，一边一个，准准地落在两个老者头上。明明是轻飘飘的草鞋，两个老者却如被巨锤砸中，两眼一翻白，不动了。

伪和尚飘下马车，十分悲悯地双手合十："阿弥陀佛，怎么晕了？"

扑下路边找火石袋子的人寻着了袋子，一回头看见同伴已经倒地，脸色大变，一咬牙，干脆擦燃了火石，一抬手对着马车扔来。

伪和尚叹息："人类，你们都是愚蠢的。"然后他轻轻推了推马车。轰然一声，沉重的马车倒地，点燃的火头擦着马车飞过，一线明黄深红火迹消失在远处，一闪便灭了。

扔火的人目瞪口呆。没见过这么温文尔雅又暴力凶悍的伪和尚。明明可以用手去接火头，他非要推倒马车，动作轻得像在摸猫，然而千斤马车也像猫一样身娇体软一推就倒。那人呆了一阵，忽然一声大喊，转身就逃。人赴死的勇气往往只是一霎，过了那股热血的劲头，剩下的就是对死的畏惧和对生的留恋。

伪和尚也不追，转身把马车推到路边，回头穿上鞋，蹲下身，把两个被草鞋砸昏的人身上的银钱都掏出来，塞进自己褡裢里，然后捏住了两个家伙的鼻子。

呼吸被窒住，两人悠悠转醒。

"两位施主醒了？"伪和尚对着两个两眼发直的倒霉蛋，憨厚地道："老衲刚刚和你们化了缘，特地叫醒你们告诉一声，多谢厚赐，施主行善积德，必能早登极乐，阿弥陀佛。"说完顺手一拍，又把人给拍昏了，扔到了路边阴沟里。

他扛着褡裢，身形飘飞，迅速又追上了第二辆车，如法炮制，温柔而善良地"化缘"成功。在靠近琉璃井中心地带，他追上了第三辆车，却忽然一皱眉。

黄衣骑士带领属下一路前奔，追没多久就看见前面首尾相接一排马车。黄衣骑士并没有立即出手，而是取下肩头弓箭，拉弓，擘箭，弓成满月，箭尖稳定地直指前方马车，虽胯下骏马奔驰激烈，而他肩平腰直，身姿如铁。属下都露出由衷佩服的神情——弯弓射箭人人能，但在疾驰中还能稳定如斯，这样的臂力，足可笑傲群雄。

追过一截，前方一个大拐弯，马车很自然地出现倾斜，第三辆马车斜往道边，第二辆马车暴露在视野。咻！重箭出如重拳捣空，刹那间黑光如暴雷扑上，一声裂响，第二辆马车背后赫然出现一个洞，随即惊叫声响起，箭矢去势不绝，穿越马车，掠过车辕，将装火石的袋子射断，犹自不停，箭尾一扬，狠狠插入驾车的马的屁股，马一声长嘶，向前一冲，整个车子轰然倒下。第二辆车刚刚倒下，第三辆马车就到了，弯道之上勒马不及，直直撞上第二辆马车，轰然一声，第三辆马车也翻倒在地，车内人滚成一堆。

追车、出箭、去火石，连毁两车，不过一箭，刹那之间！王霸之箭！时机把握更是无可挑剔。

黄衣骑士飞身而起，落在第三辆马车上，正要对第一辆马车射箭，忽然前头一道火星掷来，他神情一紧，急忙伸手一抄，将要命的火把抄在手中。只是这么一停，第一辆马车已经狂奔而去。车上人决心强烈，竟然不曾回头查看后两辆车的情况，直接奔向死亡之途。

"公子……"他的随从纷纷赶上，见状微微犹豫。

黄衣男子立在车顶上，微微低头看车身，那些发黑的沼泽泥在暗处光泽幽幽，他的眸子一霎光芒深邃。随即他抬起头，神情平静。“追不上了。”他道，微微眯起眼睛，这一刻他英气轩昂的脸，忽然有了奇怪的变化，却又难以言明那种感觉，从人们都恭谨地低下头去。“天意。”他道。

“陛下失踪？”玉照宫内，宫胤放下手中的文书。

禹春满脸羞愧地低头：“是，当时陛下就在附近，但是无法找到，而且很快消失踪迹，现在儿郎们还在附近寻找，属下则来向主子请罪……”

“她是在哪失踪的？”宫胤打断他的话。

“九宫大街西歌坊。”

宫胤低头想了想，问：“当时那街上有什么特别的事发生？”

“似乎没什么……”禹春想了会儿，不确定地道：“有个铺子在关张，不过似乎陛下并没有接近那铺子……”

宫胤转过身，看着身后地图，图上有各大世家豪门在帝歌的店铺庄园分布图，西歌坊更是密集，不过，并没有桑家的标记。“她去抢钱了。”很快，宫胤道。

禹春不知道主子是怎么推断到，但坚决相信主子的推断。一看就像是女王会做出的事。

“她当时应该在移动的物体上……马……不……马车。”

宫胤看着那条路线，神情慢慢凝重。“传令，戒严全城，封锁九门，许进不许出。盘查所有经过及从九宫大街离开的马车。”

“是。”

禹春接令转身，宫胤忽然又道：“等等，我和你一起去。”

“国师。”禹春大惊——国师就这样轻率地去九宫大街那种地方？玉照宫主人出巡，除了迎接女王之外，其余时候要有专门的关防，尤其是去九宫大街那种人流密集混杂之处，最起码要提前半天通知驻军。宫胤向来也自重，千金之子坐不垂堂。当年前女王有次疑似失踪，他愣是在书房看了一下午书，也没走出静庭一步寻找。禹春看着主子已经飘出门外的身影，微微摇了摇头：不同了……不同了啊……

宫胤和禹春率领龙骑护卫离开不久，一骑黑马直奔玉照宫门。骑士高举一块令牌，老远喝道：“沉铁部世子求见右国师！有紧急事务上报！”

“来者止步！”城上护卫大喝，“国师不在玉照宫中，请改日求见！”

骑士有点失望地抬起脸，默默拨转马头。

一行车马，辘辘将要驶进西歌坊深处左国师府，车内忽然传来懒洋洋的声音：“停。”车夫停住，马车旁的护卫附到窗帘边。帘子一掀，现出耶律祁笑意微微的脸，他指尖轻抚帘穗，若有所思地道：“先前似乎看见女王陛下在西歌坊？嗯，好久没有逛夜市了，咱们也去瞧瞧。”

第三十七章　女王凶猛

从琉璃坊到玉照宫，是帝歌最远的一条路，因为琉璃坊位于城中心，道路四通八达，前往城中心的很多车马都有可能在那里汇聚。现在，一排三辆马车，正疾驰在道路上。车辕上坐着几名老者，都面色沉肃，神情紧张。按照桑侗的要求，这些车不会过早点燃火焰打草惊蛇，必须要在进入城中心之后才爆发，琉璃坊有著名夜市，只有到达那里，这一行动才特别有杀伤力。这是第三路，会经过琉璃坊直逼玉照宫。

咚！第三辆马车的车顶上忽然传来重重一响，车内人把头伸出车窗上望，没有看到什么，一回头，却骇然发现，车辕上不知何时坐了一个人！妖娆美貌的女子，转过脸，笑吟吟对他打招呼："嗨！"原先的车夫早已不见，再一找，呵，路边草丛里待着呢，脸上一个尖尖的脚印子。

车内人还没反应过来，景横波手指一挑，系着火石的袋子远远飞了出去。车内人怒喝一声便扑了过来，几人含怒出手，要将这忽然出现的鬼魅一般的女子推下车。眼前似乎光影一闪，车辕上的女子忽然又鬼魅般不见了！几人收势不住，乒乒乓乓跌落车下。运气好的来得及滚到路边，运气不好的直接被沉重的车轮轧过，发出凄厉的惨呼。

那无人驾驶的马车一个斜冲，倾覆入路边沟，轰隆巨响，趴在地上的人一抬头，赫然看见刚才那鬼魅女子已经在第二辆车的车顶上！第二辆马车的人已经听见后头的动静，一惊之下车夫勒马，几条人影闪出，四下警惕张望。

路边草丛忽然啪嗒一声响，听来像是有人惊动草叶的声音，几个人汗毛直竖，连同车夫都跳下了车，往草丛那个方向扑了过去。路边草丛茂密，几个人找了一圈都没找到人，但却不断听见前方有啪嗒之声，似乎是有人在草丛里不断行走，他们只得顺着声音不断向内寻找，渐渐离马车越来越远。

然后他们忽然听见骏马长嘶之声，一惊回头，就看见马车不知何时已经启动，正辘辘顺着道路远去！几个人站在草丛里面面相觑，目瞪口呆——车上明明已经没人，这条道刚才前后左右都没人，这车怎么走起来的？

疾驰的马车上，忽然探出一个美人头。"嗨！"她笑吟吟地对路边那几个大喊："我不想活了，借你们的车去死一死，拜拜！"马车飞快，将深一脚浅一脚狂追而来的几个人远远甩下……

景横波收回手，脸上再没了刚才的轻松之色，她抚着胸口，咳嗽几声，手指按了按唇角，撇撇嘴。先前在空粮库里受了伤，之后没有办法，不得不接连动用异能。刚才又在路边草丛遥控砸石头不断发出动静，引得那批人深入草丛来不及回头追，现在精神耗尽，几乎已经是强弩之末了。抬头看看前方，人烟渐渐稠密，已经从城郊进入城中！最前面第一辆车只剩下一小点，几乎要被前方人流淹没，必须立即赶过去阻止！

景横波想离开，离开之前先让这马车停下，然而她马上就发现，她不会赶车！她不知道如何驾驭马匹，马只是按照先前的指令向前奔，速度越来越快！马上就是人流来往的街道，马车会撞死人的！“啊啊啊，救命啊！啊啊啊，闪开！”

泗水街的百姓们因为今晚戒严，正三三两两准备回家，忽然就看见一辆马车狂奔而过，带起一阵腥味的风。有人被风卷个踉跄，低低骂一句：“找死啊！”还没站稳，又一辆车疾驰而来，车上有人尖叫，声音比马车摇晃声更响：“闪开！快闪开！啊啊啊，谁来帮个忙！快帮我把车停下来！”

众人瞧着那马车速度，都骇然赶紧闪开，前方却忽有马车迎面而来！那马车速度竟然也极快，眼看须臾之间，两车就要撞上。景横波瞪圆了眼睛。对面车帘忽然一掀，伸出一只雪白修长的手，似乎打算做一个动作，可惜景横波已经顾不得去看对面马车主人的动作了，她必须立即把自己的马车停下！拔刀，斩！唰的一声缰绳断，马脱缰而去。失去马的马车自然立即失去平衡，撞向路边一座宅院的外墙。

景横波一边暗骂现世报来得快，刚才才用这样的方法整了人家马车，现在就轮到自己，一边眼睛一闭，身子一闪。唰的一声，啪啪两响，半空里落下两只高跟鞋，还有一声惨叫：“我的鞋！”

景横波砰的一声穿入某处。并没有如想象中一般瞬移到大街上，却似撞在一个似硬实软的物体上，将那物体撞得哎哟一声，向后一仰，两人砰一声倒地。

“好多星星亮晶晶……”景横波摸着脑袋，摇摇晃晃爬起来，先顾不上底下被压的那个，赶紧探头找自己的鞋子。一眼看见那双华丽丽的高跟鞋正被一个少年茫然地拎着，她大喜，大声道：“给我收好啊，回头我来拿啊……”一边头也不回地道：“朋友你好朋友再见不好意思撞了你有机会再报答么么哒。”

她胡言乱语说完，就准备努力追上最后一辆车，忽然身后一个熟悉的声音笑道：“你就打算这样光脚下车？”

景横波蓦然回首：“耶律祁！你为什么会在这里？”

“该我问你才对，”耶律祁似笑非笑地瞧着她，目光在她脸色上掠过，忽然眉头一皱：“我的府邸就在巷子里面，我刚出来，就遇上你一头撞了进来，被你撞得心口发疼，你得帮我揉揉……”

“好。”景横波伸手，一把揪住了他胸前衣襟，“是你就好办了。快，叫你车夫迅速追上前面那辆黑马车！”她恶狠狠地盯着耶律祁，媚眼如刀，“别问我为什么！别啰唆！这是天大的事！你敢再出幺蛾子，我……”

“我只想问一句，”耶律祁的注意力却好像不在她的话上，“你受伤了？”

景横波怔了怔。这一刻她才看清，对面耶律祁毫无平时谑笑之态，眼光竟然是温柔关切的。他是真的关心自己……迷迷糊糊的想法掠过，她有片刻的不可思议——耶律祁也重生了？他存在的意义不就是不停地与宫胤和她作对，宛如一只打不死的小强般不断恶心她吗？他为什么要用这种恶心兮兮的眼光看着她？他受啥刺激了？昨晚觉没睡好？被女人甩了？被男人甩了？

虽然她一个字都没说，但丰富的脸部表情已经足以令耶律祁读懂其间含义。他忽然微微叹息，放开了她的手，探头对外吩咐："转向，全力追前面灰黑色马车，车身宽三尺，有斑驳印痕，车夫大抵五十岁年纪，穿一身灰锦长袍。"啪的一声鞭响，马车立即转向。

景横波不可思议地问："我明明没有告诉你是哪辆车！"

"刚才我和那车曾擦身而过。"耶律祁随意地道，"感觉那车散发的味道有些奇怪，多看了一眼。"

多看了一眼！就一眼就记住，就看出了这么多！景横波忽然非常嫉恨这些大神的智商，很想劈开他脑子抢一半来装自己脑袋里。

被耶律祁抓住的手腕忽然一热，随即一股热流自腕脉汩汩而入顺延而下，她胸中的烦恶翻腾感觉顿时减弱许多。体内舒服了一点，先前被压制的虚弱感便袭来，她也顾不得和耶律祁斗嘴或打架，挪了挪屁股躺在座位另一边，道："快点……"

"到底什么事？"耶律祁问。

景横波瞟他一眼，没有答话。说实话，她真的不太信任耶律祁。说到底这是政敌，不能因为一时援手就全盘托之以信任，谁知道耶律祁和桑侗之间有没有私下勾结？虽然她相信这是桑侗临死疯狂反扑，以耶律祁的地位和为人，不至于希望帝歌动乱百姓遭殃，但还是小心一点好。"你负责把车赶快一点，咱们要在到达琉璃坊之前赶上并阻止他们就好了。"她有气无力地答。

耶律祁看看她脸色，掏出一颗丸药，在手中抛来抛去，笑问她："怎么样？敢不敢吃？"

景横波抬手就从他掌心抓了去，想也不想就吞进口中，闭着眼睛懒洋洋地道："谢了。"

耶律祁有一瞬发怔。没想到她竟然真的毫不犹豫地信任。他看看掌心，刚才一瞬的触感还在，滑润轻巧的手指，一抓便似挠在了他心上。

不过景横波下一刻就打消了他的感动。"你现在要害我很容易，何必费心思搞个毒药骗我。"她得意扬扬地道，"再说宫胤和我说过，虽说好的丹药有时候气味颜色也不咋地，但毒药一定气味有问题。你这颗丹药香而光润，正宗紫金色，不正是你耶律世家传说中的家传宝丹'天香紫'吗？这点眼力我还是有的。"

"你连天香紫都知道，"耶律祁脸色有点不好看，悻悻地道，"那你知不知道天香紫在耶律家也有区别，分为三六九等？你知不知道我给你的是哪一等？"

"宫胤告诉过我，天香紫是你耶律家不传之秘的名药，何止三六九等，复杂得很。不过用脚趾猜也知道，你给我的肯定是最普通的啦，"景横波手指随意地在空中晃晃，"不过你也不必担心我因此就不承你的情了。安啦，我知道天香紫最末一等在外头都是有价无市的，这次情我记下啦。"她很认真地在半空虚画，好像面前当真有一本账本，还认认真真地打了个钩，道："哪，当初喂鸟屎那件旧仇就此一笔勾销，你还欠我……"她眯起眼睛，当真似的对虚空数了数，“一二三四……嗯，五次恩怨，五次。记得慢慢还，天香紫一级二级什么的拿来兑换也可以，谢谢。”她自说自话挥挥手，似乎就这么安排完了，脸上浅浅绽放出一层晶莹之意。

耶律祁定定地望着她，似乎想笑，又似乎想叹息。不知怎的，他忽然发现自己特别喜欢看她说话，看她薄薄嘴唇上下翻动，吧啦吧啦吐出一大串让人似懂非懂的言语，有时候根本没听懂她在说什么，但就那么鲜明地感受到她的自由、奔放、精彩和鲜活。以至于她一旦住了嘴，他立即便能感受到空气中的疏冷。她开口，仿佛全天下都花繁叶茂，她沉默，天地瞬间失色苍白。当然，如果不是每段话里都必有宫胤，那就更完美了。

半躺着的景横波脸色渐渐好转，他看见一抹晶莹之色从她眉宇之间显现，含一抹淡淡紫气。最低一等的天香紫？呵呵。他笑了笑，并没有想清楚自己今日举动的含义，却也不愿多想，这么久和她为敌，大大小小也害过她不少次。害她的时候没有犹豫，帮她的时候也出自本心，没什么好想的。

景横波休息了一下，觉得好多了，决定一鼓作气，把第三辆车也解决了。她掀开车帘，寻找那车的位置，一眼之下脸色一变，道：“这么快！到琉璃坊了！啊！那辆车呢？”

“我们抄了近路，”耶律祁道，“既然确定对方要来这里，不如在前头等。”

景横波觉得这样也好，嘘一口气，眼看夜市人群熙熙攘攘，心口不由发紧。希望那两路已经被拦住，不然……“你去通知百姓，今晚这里管制，让他们立即散开吧。”

“帝歌戒严令只有宫胤才有资格发布，需要军队执行。”耶律祁道，“我身边没有带过多护卫，也没带印信，去驱散百姓也没有效果。”耶律祁看她脸色正经，倒也不再随意，解释道：“今晚本来已经戒严宵禁，只是玉照龙骑和亢龙军都去查抄桑家隐藏在帝歌的大小势力了，御林卫出来得较慢，估计过不了一会儿，百姓们就散场回家了。”

“太慢了，太慢了，不是早托人去通知了吗？宫胤和御林卫干什么吃的……”景横波正咕哝，忽然听见前方一阵嘈杂声。探头一看，是一队车马突然冲入前方夜市，那群人中护卫衣衫鲜亮，横眉竖目，不断拿鞭子抽打那些四处行走的百姓。

“闪开！闪开！都督公子驾临，立刻回避！”

鞭子霍霍有声，百姓抱头躲闪，孩子的哭泣声和女子的尖叫声乱成一团。前方正是琉璃坊中心地带，有一条玉带河，河边红灯倒影，河上拱桥如月，向来是琉璃坊风景一绝，也是人流最集中的地方，来琉璃坊夜市的人，多半都喜欢到这里逛一逛。此刻桥下人群被驱散，不住有人被撞惊喊，夜市上顿时乱成一锅粥。

“什么都督公子？”景横波柳眉倒竖，“这里能驱马吗？扰民！”

“哎，你可别急着骂，说起来这该算你亲信呢。”耶律祁忽然笑盈盈开口。

“啥？我亲信？”景横波不可置信地回头。

“大都督，是亢龙军大都督，掌管亢龙军在帝歌一切事务，是宫胤的嫡系，你现在和宫胤交情这么铁，他连听政都默许你去争取了，这亢龙军的都督，岂不就可以算你亲信？”耶律祁似笑非笑，话里也不知是揶揄还是感叹。

景横波依稀想起这位大都督，很沉默，一张黑脸极方正，如果用纸剪个月牙蒙脸上晒半个月，大抵可以冒充包拯，这样的人物一看就很正统，不正统也不可能得宫胤信任，怎么教出这么一个儿子？“宫胤也是，怎么不让手下好好管教管教儿子？瞧这跋扈样子，好像这附近百姓都习惯了，一看他来就躲避，明摆着扰民不是一次。”

耶律祁挑眉，笑而不语。成大都督宠溺娇儿自然有他的原因，不是谁都可以干涉的，帝歌谁不知道，得罪成大都督也许没事，得罪成大都督的儿子一定有事。当然，他才不会帮宫胤解释呢。不过随即他便听见景大女王自说自话：“不过也怪不得他啦，管得到大都督，还管得到人家家里事？慈母多败儿，这个一定是独子。惯坏啦！”

耶律祁转个身，懒得和她再讲——好像女王陛下，把右国师大人也惯坏了！他刚刚转个身，就听见身后景横波忽然啊的一声。等他一转头，也不禁啊的一声：景横波又不见了！

景横波惊叫，是因为看见那辆自己一直在追的马车到了！灰黑色的马车，宛如鬼魅般，从三岔街口的那头出现，直奔这桥下最热闹的地方而来。景横波来不及多想，身子一闪已经出了马车，再一闪，已经到了冲来的那辆灰黑色马车上。马车上的车夫正全神贯注奔往目标，准备在人流最密集的玉带桥下点火，忽然觉得身边不对劲，一转头，就看见了景横波。

景横波心中忽然一跳。她竟然没在对方眸子里看见惊讶！不好，对方有了防备！这个念头还没转完，身后忽然呼的一声响，是人打出的拳风，劲风猛烈！景横波唰的一下不见了。下一瞬她在车下气急败坏地看着马车擦身而过，车上帘子一掀，一双冷漠的眼睛警告地盯着她。

景横波怔怔地看着那人的眼睛，不明白为什么这些人能下这么大决心去死，桑家当真有这么大魔力？还是这些死士其实另有苦衷？

车子轰隆隆向前驶去，一往无前。她只怔了一瞬，随即一跺脚，身子又一闪。下一刻她出现在桥下，人群之前。马车上的人已经有防备，她很难阻止，那么只有赶紧通知百姓。“让开！让开！”她迎着人群，大声呼喊：“马车上有危险，让开让开！”

她的喊声被淹没在纷扰的叫喊声里，百姓正被桥下那群公子恶客驱逐，四散纷走，哪里有人注意她的叫喊。景横波倒稍稍放了心，因为她发现，百姓被驱赶下桥的时候，很多人是顺着桥两侧直接分流，而桥两侧旁边有隔离便道，马车是无法驶上去的。这样一旦马车自燃，杀伤力就不如预期大。

不过桥下那块区域被那都督公子占据，万一马车冲来，倒霉的也是这些人，虽然这些人都算人渣，但好歹是人命，她决定还是勉为其难救上一救。“你们也快让开！”她对人潮那头那位都督公子挥手，“马上就有……”

耶律祁在另一边下了车，想要过来，却被四散的百姓阻挡住。

“哟，那里有个小娘儿们！”那位都督公子倒是看见景横波了，毕竟在向外流散的人群中，一个逆流而行的人总会特别显眼。“哟，那小娘儿们在向我招手呢！”那少年隐约看清了景横波的容貌，却没有听清她的话，只见她着急招手，顿时心花怒放，鞭子一指，道：“给我抢过来！”

一群护卫立即如狼似虎地推开人群扑过去：“小娘子，站住！我们公子要找你看玉带河景！”

人声纷扰，景横波也听不清那些家伙的话，只看那神情便知道不是好事，此刻她也无心理会，一回头，看见马车已经冲来，迎向一批被驱赶得走错方向的百姓。车辕上的人正在冷笑，举起了手中乌黑的火石，火光一闪，映亮他惨青的眉眼……“耶律祁！”她什么都顾不上了，用尽力气大叫，“拦住他！”

耶律祁本来冲她而去，但习武人的警觉让他眼观八方，隐约中也觉得那辆马车不对劲，听见景横波呼叫，立即停步，反身腾空而起。马车终于抵达人群中心，马车上死士嘴角噙一丝冷笑，将手中火光掷下！只需一丝火光，马车便会立即燃着，然后内部枢纽自动操纵，会成为横冲直撞的杀人凶器！

忽然一条人影如炮弹般撞了过来，砰的一声将点火的死士撞倒，脚一钩钩住了车辕，呼的一声风车般一转，手一抄，将快要落到车身上的点燃的小火折子抄住。呼的一下那人从车下翻了上来，面色铁青，正是耶律祁，他还没站定就猛地一挥袖，将窜出来的两个死士啪啪两声又拍了回去。他已经嗅见那油泥的特殊气味，顿时明白会发生什么事，眼色比寒冰还冷，这两掌含怒出手，打得那两人口鼻出血，爬也爬不起来。人影一闪，耶律祁窜进车厢，将那两人拎起，其中一人颤巍巍地手伸到背后，耶律祁眼神一冷，手掌一拗，咔嚓一声，那人大声惨叫，眼看着手腕便诡异地垂下，一根私藏的火折子无声掉落。耶律祁脚尖一抬，将火折子兜在脚背上，顺脚一弹远远弹飞，回身又是毫不客气的两掌，拍得两人吭也不吭昏了过去。

耶律祁又将车内搜索了一遍，确定没有任何引燃物，也没有人可以再捣鬼之后，才拎起几个俘虏下车。他还没站定，就听见尖叫之声，随即他抬头，眼神一冷。

景横波看见耶律祁及时出手，挡住了那火，顿时松一口气，只觉得浑身都松懈下来。没事了，没事了。这是第三辆车，前面两路到现在还没来，想必也被顺利拦下，帝歌百姓的浩劫，终于被挽回了。松懈之余又有些遗憾——哎，姐这回可是做了一回无名英雄，为帝歌百姓出生入死，到头来都无人知晓。不过也就是想想而已，真要拿帝歌百姓的命来证实她的丰功伟绩，她才不乐意。看着此刻渐渐恢复平静的人流，她觉得挺有满足感——瞧，这份安宁，姐挣来的！

一松懈下来，她就觉得浑身无处不痛，这半天太紧张了。她揉揉胳膊，刚想走开，忽然肩头一紧，被铁钳般的手指狠狠抓住，猛然扳过身去。对方用力太狠，她觉得肩骨都似要碎了，哎哟一声一抬头，看见几张凶神恶煞又饱含淫邪之气的脸。

“小娘子，”当先一人将满口浊气喷在她脸上，“我家公子瞧上你了，乖乖跟我们去，陪我家公子赏赏花看看月，有你的好处。”

景横波一偏头让过他的口气，嫌恶地道：“哪来的阿猫阿狗？让开！”

“我说姑娘，”一个金冠少年拨开人群，不热的天气款款挥着折扇，自认为颇风流倜傥地踱过来，“何必这么矫情呢？本公子素来怜香惜玉，不会舍得对你用强，咱们一起评点这玉带河风月，观琉璃坊星火灿烂，岂不妙哉？”

景横波懒懒斜他一眼：“哉什么哉！我看你长得像盆栽，表情很衰，苍蝇看了就倒头栽。”

她天生上扬眼角，翻眼白也像媚眼，那都督公子给她挑得心痒痒，也没在意她说什么，嘻嘻笑着用折扇去挑她下巴："姑娘，我说你矫情就是矫情，你若不是想引起本公子注意，何必刚才在那边又跳又叫又招手呢？"

"我那是救你们小命！看那黑马车，真要撞上你们一起完蛋！"景横波感慨自恋的人哪都有啊哪都有，怎么都不学学她呢？多谦虚一人啊。

一群虎背熊腰的大汉怔了怔，都大声狂笑："救我们？哈哈，救我们？"

"那马车能怎样？"有人斜眼看着停下的马车，"我一脚就能踢翻个个儿！"

"哎，别笑话美人嘛，她说得也对，陪了我，也是救我一条小命呀，"都督公子明显当她调笑，因酒色过度而显得苍白的脸浮现一抹暧昧的笑，压低身子，"救了我的相思病呀……"他的折扇缓缓顺着景横波下巴下滑，邪笑着去挑景横波的领口。

一股浓重的酒气扑面而来，景横波忽然仰头道："哗！好美！"

"什么？"那都督公子一怔，下意识抬头。

啪，一颗石头狠狠砸在他脑门上，瞬间鼓起一个青紫尖圆的包。"啊！"都督公子一声惨叫，捂着脑门踉跄跌倒，人还没倒地，已经放声嘶吼："敢打我！杀了她！杀了她！"

景横波一怔——至于吗？太跋扈了吧？

身后一直抓着她肩的大汉将她重重向前一搡，随即霍然抽刀，高举向下狠狠一劈！雪亮的刀光在月光下银河倒挂，惊起四面躲得远远的百姓大声尖叫。银黑色人影一闪，一双手好似半空中忽然出现，架住了将要劈下的刀，与此同时大汉惨呼一声——一块石头忽然狠狠砸在他脚背上！大汉被赶来相救的耶律祁一脚踢倒，景横波毫不客气地狂奔而过——踩着大汉的脸。

景横波心中含怒，冲得很快，身子冲出好几步，正对着四通八达的琉璃坊街口，一抬头，忽然一辆灰黑色马车撞入眼帘。她心中巨震。桑家马车！怎么还有一辆？伪和尚和黄衣骑士，有一路没有拦住？那还剩几辆？会不会还有？百姓的危机还没解除？景横波脑子里嗡嗡作响，刚刚放下的心顿时又拎到了喉咙口，事态忽然变得更糟！

她想也没想便冲了过去，身子一闪已经迎向那马车，这时候驱散百姓已经来不及，只有想办法拿下那马车！但是这回，再没有如意算盘好打！这回的马车来势极快，在景横波发现的那一刻，车上人手中已经掠过一抹火星，落在了车身上！

啪的一声，马车瞬间爆燃！一霎之间，马车就成了一个浑身裹满鲜红火焰的巨大物体，直冲向人群之中。如一尊死亡棺材，携风带火，奔死亡而去！

几乎立刻，尖叫声就灌满了整个夜市！纷乱、嘈杂、尖叫、哭喊、拥挤的人群，踩掉的鞋袜，着火的横冲直撞的马车，人仰马翻的摊贩，无数在地上跌爬哭喊的孩子和老人……熊熊烈焰将夜色染亮，映射惊惶纷乱的人群，刹那间繁华夜市成人间鬼狱，惨叫声上冲云霄。琉璃坊的混乱立即造成了交通堵塞，远处已经开来准备宵禁和维持治安的御林卫和亢龙军，顿时被堵住。

"耶律祁！"景横波在混乱中大叫，"疏散人群！疏散人群！"隔着滚滚人头，她看见耶律祁并没有疏散百姓，而是腾空而起，直向她扑来。

“别逞能，退开！”

马车一路前冲一路爆炸，发出噼啪巨响，不断有燃烧的人体从马车上如一段朽木坠落。更加引起人们恐慌，马车车身经过了精密的设计，不仅无人驾驭时还可以继续前冲十丈左右，而且里头的油泥是分层灌装，每移动一段距离，油泥下沉，引起新一轮爆炸和燃烧，马车还没完全冲入人群，四射的星火已经造成很多人灼伤。有人被挤入水中，惊呼惨叫，也有人因此得到提醒，慌不择路跳水逃生，扑通扑通落水声不绝。

马车冲撞到原先那辆被逼停的马车附近，顿时轰然一声，引起那辆马车的大火，火势铺天盖地，几乎刹那间便将那辆马车依靠的房屋墙壁烧毁。幸亏那辆马车已停，受伤的人不多，坍塌声中有人尖叫，有人大喊：“这里还有一辆！”更多人开始往水里跳，下饺子一般拥挤在河面上，有人忘记自己不会游泳，一下水就开始抽筋惨叫，冒了冒头就不见了，而四面人人慌乱，一个生命的死亡根本无人顾及。河面上飘着惨叫哭喊，和一具具的尸体。

看着这人间惨状，景横波几乎崩溃——她花了那么大力气，受了伤，用了那么多心思，到头来还是不能挽回！这一瞬间她无比憎恨这马车的设计者——是天才！却是最恶毒的天才！这种人让他带着仇恨活下来，大荒永无宁日！但现在顾不上清算始作俑者，她回头看看人群，不行，人群已经乱了，疏散绝不可能，更糟糕的是好像军队也正在赶来，正好堵死了各处出口，现在整个琉璃坊到处都是人，马车只要往前冲，无论撞在哪里都必定死伤惨重。

现在只剩一个办法：让马车撞人最少的地方！当伤害不可避免，只能选择将伤害降到最低。人少的地方……只有先前已经驱散过百姓的桥下人最少！

景横波回头，就看见那此刻更加孤零零的桥下，公子哥和他的仗势欺人的护卫们都已经吓傻呆在那里连逃跑都忘记了。再回头看马车，车上还剩一个车夫，因为坐在车辕上，而燃烧是从车后开始，居然还没死，身躯僵木地还在赶车，熊熊烈火里这人像失去了一切感觉，满身熏得乌黑，僵尸一般可怖。

景横波咬咬牙，身子一闪。刚冲到她身侧的耶律祁只抓到了她一片衣角，下一瞬，很多人在惊惶中，忽然看见燃烧的马车前方拉车的马上，出现一个女子。女子以极其难看的姿态，面朝马屁股趴在马上，身子被颠得似乎马上就要掉下来。人们张大嘴，不明白这一幕怎么发生的，几乎都忘记逃跑。景横波心里却在大骂，怎么移了这个方向！胸闷心跳，头昏眼花，她知道自己已经是强弩之末，却只得咽下一口带血的唾沫，身子再一闪，落在了车辕上。追到马背上的耶律祁再次和她的衣角错过。

“哎哟，妈呀，好烫！”随即她的尖叫声响起，在车辕上拼命跳脚，“好烫好烫，要死了要死了！”一边惨叫着一边抢过那车夫的马鞭，鞭子入手又是一声惨叫：“见鬼，怎么这么烫！”嘴上在叫手上却一点不慢，一脚将半死的家伙蹬下马车，嘶嘶哈哈地猛然扬鞭一甩，啪的一声狠狠甩在左边马屁股上。

“向那边！”夜空下她声音干脆决断，盖过了他人的惨呼，也盖过了身后巷口赶来的亢龙军的脚步声。系马缰绳是特制的，还没有烧断，马一声长嘶，蹄子扬起，换了个方向，直冲景横波所指的方向而去。

桥下，都督公子，走狗护卫，寥寥一小圈。都督公子躲在桥下，原以为不在车马前进方向，必能逃过一劫，然而此刻一抬头，就看见狂奔的燃烧的马车，和马车上长发飞扬、眼眸凛冽的女子。这个刚才还被他挑着下巴要抢要杀的女子，此刻一脸煞气，手中的死亡马鞭，正准准指着他！他脑中一片空白，好一会儿才发出一声凄厉的惨叫："不要！救命，爹——"

轰！那团不断溅射星火的火焰马车，瞬间推山倒海般撞来，淹没了那群大难临头动弹不得的公子、恶奴，砰的一声炸开漫天的星火。轰隆巨声里马车歪倒，撞破桥栏，拉车的马凄厉长嘶，挣断缰绳满身燃火狂奔而去，蹄下踢踏，隐约有焦黑血肉。

"我儿——"又一声凄厉长嘶，响在不远处的巷口。一条人影蹈空而来，踩无数人头而过，半空里双手连分，将挡路的人如抛皮球般纷纷抛开，不顾桥下那一段火势猛烈，踏着满地燃着的碎片就冲了进去。

"大都督！"街口刚刚赶来的亢龙军官兵纷纷狂叫，脸上有骇然之色。

"耀祖！"亢龙军大都督成孤漠几乎要疯了，他的儿啊！他四代单传，求遍名医，死了三任老婆，用尽家财，才在四十岁得的这唯一一子啊！就在他眼前，眼睁睁地，一眨眼被冲撞的火马车撞没了！他到达琉璃街口时，离儿子不过数丈！"耀祖！"大都督疯了，顶着一头火撞进马车，不住狂叫着抛出燃烧的断裂的木板，在一团一团的火焰里徒劳地寻找儿子："你出来，你出来！耀祖！"

琉璃街口，高坐马上的宫胤脸色铁青。

第三十八章　他的捍卫

景横波脸色也铁青。她龇牙咧嘴抬了抬腿，发觉腿上刚才一霎的麻木已经消失了。"见鬼！"她恶狠狠地骂了一句。刚才驱使马车撞向桥下人少的地方时，她其实还是做好了救人的准备的，她算过了，马车撞过去那一霎，应该可以来得及闪过去将成耀祖揪出来，至于那些护卫，死就死吧。但人算不如天算，她在马车顶移动那一霎，忽然觉得腿弯一麻，顿时便动不了。虽然很快便恢复，但时间已经来不及，马车狂奔，火焰已经扑到眼前，她要么拼着毁容身死闪进去救成耀祖，要么自己立即撤回安全地带。她不会为救成耀祖这种人死。

手指在腿弯一摸，什么都没摸到，根本没有暗器，也不知道是有人暗算，还是自己忽然抽了筋。景横波狠狠咽下一口涌到咽喉的带血腥味的闷气，转头看火焰熊熊的马车燃烧地，再看看隔着烟火显得身影朦胧的宫胤，心中无奈又歉意。麻烦来了。

宫胤也在看着她。玉照宫到这里不近，路上被流散的百姓堵住了路，想不到一到这里就看见了这一幕。他一眼看见浑身狼狈、连头发都被烧掉一截的景横波，她正靠在半截桥栏边微微咳嗽。宫胤微微放下心，随即脸色又一冷，刚才那一幕他也看得清楚，是景横波指使着火马车撞向成耀祖……麻烦来了。“亢龙军！”他立即冷声道，“把大都督拖出来！”

一大群亢龙士兵冲了过去，连拖带拽，将快要被火烧焦的成孤漠硬拖了出来。大都督身上到处冒着火星，脸上灰黑斑驳，士兵们手忙脚乱地替他拍打火星，成孤漠好像什么感觉都没有，一动不动仰头望天，半晌，有两行清亮泪水无声缓缓流下，将脸上的灰屑冲出两道沟渠。

士兵们震撼地停下手，面面相觑。这是成孤漠啊，执掌亢龙多年的都督，身经百战，出名的流血不流泪，身中数十箭都不曾呻吟的大荒硬汉。父死母丧，全家被仇人屠戮都不曾流一滴泪的汉子，当年从最惨的近乎绝户的境地里挣扎出来，一生所有的努力，就是为了延续成家的香火和辉煌。然而今日，亲眼看着千辛万苦得来的唯一娇儿惨死，终换来热泪两行。泪尽，是血。

所有人默然巨震，只觉被那巨大伤恸压迫，近乎窒息。成孤漠泪两行也不过一霎，随即他霍然转头，盯住了景横波。景横波一直在咳嗽，气喘，只觉得力气用尽，现在一步都不想动。她感觉到成孤漠狠毒恨极的目光，心中有歉意有无奈，却没有惧怕。她用尽全力，最后一刻依旧想救成耀祖，最终不得已，这当父亲的有理由找她报仇，但也要看报不报得了。宫胤已经来了，会由得他杀自己吗？

宫胤果然掠了过来。与此同时成孤漠眼神里闪过一丝狠戾之气，他悄声对身边亲信护卫说了几句后，转身就回了队伍。看他返回队伍，宫胤微有诧异，但也稍稍心安，看了景横波一眼，决定不立即过去找她，先把危险状态的成孤漠安抚控制了再说。此时耶律祁也已经回了马车开始慢慢后撤，四面都是宫胤的军队，他出来的时候没有带多少护卫，这种情况下他一般都会先避开。

“大都督。”宫胤迎着成孤漠，盯着他眼睛道，“节哀。大都督保重身体，切勿伤心过度。回头本座为你想办法商请七峰山紫微上人，你还会有机会。”他不善安慰人，说这话也语气淡淡，但四面都有惊动之色。七峰山紫微上人，大荒传说里有通天彻地之能的百岁神老，隐居世外多年不问世事的大荒第一奇人，很多人都以为他一定成仙了。他在尘世的七个弟子，是他的代言人，现在都地位崇高，常人难见，更不要说紫微上人。国师从来不妄言，他既然说了这话，那就有了把握。如果真能请到紫微上人，传说里成家不利子嗣的病，或许真的能治好，那么死一个儿子也不算什么了。不过，紫微上人何等难请，请他要付出何等代价？国师毫不犹豫就说了这话，可见对此事、对大都督的看重。

成孤漠脸上并没有太多表情，成耀祖一死，他的精气神似乎也没了，但还是礼数周全地抱一抱拳，低声道：“谢国师爱重。”

宫胤眼神越过他头顶，看了景横波一眼，道：“大都督想必累了，还是下去疗伤休养吧，善后之事，自有本座替你操持。来人，送大都督去休息。”

禹春和蒙虎都赶了上来，成孤漠嘴角一撇，似一抹冷笑，又似没有，他好像没看见宫胤的护卫似的，转头对宫胤恳切地道：“国师，我心中有疑问难解，借一步说话。”

宫胤盯着他眼睛，微微点头，伸手亲自一引。两人走到路边，四面护卫密密围了起来，一半亢龙军，一半御林护卫。

“国师。”成孤漠开门见山，“刚才一幕您看到没有？”

宫胤答得平静：“有。”

“您怎么想？”

“此事另有蹊跷，须得查问清楚。”

“你我都亲眼所见。”

“刚才本座询问百姓，都说女王之前曾阻止一模一样的一辆马车，车还在侧方停着，还说女王曾向令公子示警。”

“可我看见的是女王指令马车冲向耀祖。”

“本座说了，此事另有蹊跷，不可过于急躁。”

“国师。”

“嗯？”

“这么多年，我跟随您，您觉得我做得怎样？”

“忠心耿耿，无可替代。”

“那么，您觉得这件事，我该怎么做？”

“静待，等我询问女王，给你一个交代。”

成孤漠沉默了一阵，昏黄夕阳里脸色晦暗，交替闪过晚归野鸟翅膀的阴影。宫胤静静站着，如雪山巍然不可撼动。

半晌，成孤漠疲倦地道：“好。既然当初发誓忠诚于您，总不能晚节不保。我便听您的……”

宫胤神色微微和缓，竟抬手去拍成孤漠的肩，道：“如此我心甚慰……”

成孤漠肩膀一颤，下意识一让。宫胤手在半空停住，脸色一变。他在心虚！与此同时，成孤漠背在身后的双指一弹，一线深红烟火直射天空！“动手！”他大吼。留在原地还在救火并寻找尸骸的亢龙军中，忽然射出几条人影，半空中刀剑一亮，直奔景横波！

“成孤漠！”宫胤难得有这么高的声音，他怒极拂袖，一掌挥开成孤漠直奔景横波，“你疯了！”

他没能走得动。一低头，跌倒在地的成孤漠，抱住了他的腿。

“国师！”成孤漠声音悲愤，“你要去救谁？”

“让开！谁准许你动女王？”

“她杀了我儿子！”成孤漠声音似带血，“你心甚慰，谁来慰我？我的儿，我的千辛万苦留下的儿子！”

“我答应会给你交代！”

“亲眼所见都想蒙混过关，你如此袒护她，还能给我什么交代？”成孤漠用尽全身力气，锁住宫胤双腿，“国师！我不会叛你，我只求你让我报仇！之后我会以死谢罪！我跟随你这么多年，亢龙军对你忠心耿耿，你当真要在亢龙军面前，先不顾我儿子被杀之苦，再一脚踢死我吗？”

宫胤浑身一震。再抬头，身周亢龙军，虽然沉默如故，但眼神里的悲愤和同情，已经熊熊燃起！此刻如再对成孤漠无情，换来的必然是难以挽回的后果！禹春和蒙虎已经下意识警惕，带领御林护卫缓缓向这边靠近，却被有意无意移动脚步的亢龙军挡住。兵变在即！

景横波靠着桥栏喘息，但并没有放下警惕。都督公子的死亡，大都督的惨号，她听在耳里，也不能无动于衷。她无法漠视生命。虽然她认为成耀祖和那群恶奴，就今日草菅人命的作风来看，平日里欺男霸女的恶事想必没少做，也算死有余辜，但成孤漠平时官声不坏，更兼对宫胤忠心耿耿，令他惨伤如此，成家绝后，她心中也很有歉意。

成孤漠被宫胤叫走了，可他的士兵还在，景横波感觉到那些敌意的目光，一遍遍在自己身上扫射。四周还有不少百姓，有的在发抖，有的在呻吟，有的湿淋淋从河中爬起，有的茫然不知所措，但都有意无意地，聚集在她的身边。

“动手！”

成孤漠声音传来时，景横波身子也一闪。但是她并没有立即瞬移出去。胸口忽然一痛，她脸色一白，那一步便没能闪出去，一抬头，就看见半空中鹰隼般飞跃的黑影，雪亮的刀光泼水似的盖下来。她只来得及勉力向后一闪，也不知道闪出了多少，有没有闪出刀光范围，她能感觉到凛冽的劲风直逼鼻尖，每个毛孔都能感觉到锐器森然的寒意。

不远处耶律祁扑出马车。另一个方向宫胤腿上一震，震开成孤漠，成孤漠嘴角流血跌倒在地，宫胤闪身扑出。

当的一声金铁交击的脆响。一口大锅忽然从景横波身后飞了出来，撞上了劈下的刀，锅里残存的油泼了那几个出手的士兵一身。景横波耳朵里嗡嗡一片，扶住身后桥栏，瞪大眼睛，看见一口大锅在地上滴溜溜打滚，刚才已经熄掉的几个火头又燃了起来，几个出手的士兵一身油腻在地上打滑，想要冲向前却狼狈地向后滑退。

她一回头，身后不知何时已经站满了人！

一个小贩双手沾满了油，手上还有破裂的口子，正维持着端锅砸人的姿态，对她心有余悸地微笑。景横波依稀记得他是桥边卖油炸果子的，后来被成耀祖的护卫赶到一边。

那小贩对她咧嘴一笑，道：“姑娘，咱们刚才都看见了，那车有问题。头一辆车是你弄停的，第二辆车是你换了方向，不是你咱们都死了。”

“对，不是你咱们都跑不掉。”他身后一大群人都涌了过来，越过她，将她护在身后，对那些试图再持刀过来的士兵怒目而视。

“别过来，不然咱们不客气！”“是她拦下了会起火的马车，你们凭什么要杀她！”“成耀祖是帝歌恶霸，活该被撞死，是他自己占了桥下位置自己找死，你们想要公报私仇，先问问咱们同不同意！”“对，先问过咱们！”

汹汹群情，阻人如城，几个士兵没想到会遇到这样的抗争，神情有点不安，不敢再上前，只得对峙着怒目而视，互不相让。

景横波一瞬间热泪盈眶。千辛万苦，一路追踪阻拦，她所有的付出没有淹没于尘埃，今日天知道，地知道，这琉璃坊夜市上所有的百姓都知道！而且他们立即给了她最丰厚的回报——以命相护，悍然对抗国家武器。心潮激荡，她忍不住含泪，去扒前面不知哪位百姓的肩膀：“那个……我没事，别和士兵呛声哈……”

“陛下！”远远地，不知道谁喊了一嗓子，“你让老衲追逐阻止另一路三辆内藏火泥的马车，老衲已经帮你办成。三辆马车都已经截停，不会再生事端，你放心！”一声出如巨石入浪，掀起无数惊呼的潮。

“陛下？这是女王陛下？”这是惊讶身份的。

“还有火马车！还有三辆！天哪，这得死多少人！”这是对灾难余悸犹存的。

“被截停了！被陛下派人分兵拦阻截停了！天哪，想不到陛下除了这边两辆马车，还拦住了另外三辆！这是活人无数的大恩德！”这是终于反应过来那句话的信息含量的。

掠过来的宫胤和耶律祁也怔住了。他们也没想到，马车竟然不止一路。虽然看马车来势，这里出现的是两路马车，但是想不到还有一路。再往深里一想，既然另一路被截停的是三辆，那么另外两路马车应该也不少于三辆才对。但这里出现的两路马车，都只有一辆。换句话说，实际上在路上，应该有足足七辆这样的马车被截停！七辆！一想到还可能有七辆这样的恐怖马车，在琉璃坊这样的人流聚集地横冲直撞，碾压不休，带着火焰和无数人命一路深入帝歌腹地，两人头皮都开始发奓。这得牺牲多少人命，造成多大动乱？给多少人造成阴影，引起多少动荡？这会影响整个帝歌，甚至影响整个帝国！大荒的历史都有可能因此改写！一时间两人浑身发冷，心却灼灼热起。这真的是虽聪明却懒散，看似热心骨子里却自有漠然处的景横波的举动？她能力挽狂澜，其间又是怎样的艰苦付出？

两人都不禁把目光投向景横波。她一身狼狈，无平时风情妖艳，甚至在微微发抖，然而此刻看来，却婉转美好至极。

景横波没有注意到众人的目光，正忙着踮脚对声音来源处张望，这声音是伪和尚的，看来他那一路是真完成了。难得他还赶来喊了一嗓子，她本来还愁怎么不着痕迹地暴露身份，做好事不留名那不是如锦衣夜行？她这个无根无基的女王，不趁这机会打好群众基础趁什么时候？想不到这个家伙帮她解决了难题，景横波很想揪出他来，在他那伪和尚脑袋上吧唧一口。

“女王陛下！”更多的百姓拥了上来，惊喜、兴奋与感激的神情交织，很多人激动地哆嗦着手，想摸摸她的衣角，却又不敢亵渎，束手恭敬地站成一排又一排。当日迎驾大典对女王的惊艳印象犹在，但那也不过是聪慧美貌和神奇而已，于百姓生存并无切身相关，过了几日也便淡去。然而此刻闹市惊魂，劫后余生，再看一人救万民的女王陛下，顿觉亲切又圣洁。

不过，不同立场的人的情绪往往相反。于成孤漠，于亢龙军，却只觉得愤怒，觉得女王挟持民意用以对抗军队权威的愤怒。

“谁允许你们闹市集结？亢龙军，武力驱散！”成孤漠从地上爬起，愤怒的声音响起。

宫胤的声音接得很快：“站住！亢龙军没我命令，不许妄动！”

成孤漠抹一把唇角的血，愤怒地回头盯住宫胤，眼神如伤狼。

宫胤眼底永远是皑皑的雪，不为所动，漠然道：“成孤漠违抗命令，擅动军队，围攻女王，有犯上之罪。暂停大都督之职，待勘！”

亢龙军哗然。成孤漠神情震惊，霍然转头，厉声道：“国师！当真狡兔死走狗烹吗？”

“上有国法，下有朝规。”宫胤毫不退让，“无论哪条，都不允许你当街围杀女王，勒令军队攻击无辜百姓！”

“又是哪条允许国师，擅停当朝大将军职？”成孤漠悲愤大叫，“亢龙子弟！告诉我！这些年，我带着你们打了多少仗！”

“天始元年至明城五年，大小战役四十一！”回应声雄壮如雷鸣。

“打赢了多少场！”

“大小战役四十一！”声震云霄。

“有多少场是为帝歌战斗！”

“大小战役四十一！”吼声滚滚。

“哪次战役有伤亡？”

“大小战役四十一！”声音越发愤怒。

“哪次战役伤亡最重！”

“明城五年帝歌事变，为护卫国师，亢龙伤三千，死一千，大都督身中十七箭，左手手筋截断，至今使用不力！”

玉带河，琉璃坊，十里红灯，三千灯火，都在亢龙的怒吼声中颤抖。人人失色，百姓们畏缩颤抖成一团，心知也许下一瞬，就要再次面对一场灾难——大荒历史上，第一次发生在闹市的兵变！

唯有处于风暴最中心的宫胤低眉垂目，神情不变。“亢龙是功勋军队，都督为国家功臣。功勋阁上，青史之中，永不能抹杀。”等亢龙声音平息，他才缓缓开口，声音冷静清晰，“然而，军队为保卫国家人民而设，这是军人的职责和荣耀。今日琉璃闹市，万众之前，军队为个人私仇，挺刀对国君，持剑向百姓，理由何在？道理何在？你等身为军人的职责荣光何在？”

亢龙军凛然之气微微一顿，很多人想起从军当日的誓言和至今的荣耀，脸色微微一变。

“剑斩敌颅，刀溅仇血，护国为民，军人如铁。”宫胤声音也冷硬如铁，“难道你们不知道，无辜者在你们刀下流出的每一滴血，都会抹杀掉你们之前浴血奋战博来的军功战绩？众目睽睽之下，保卫者变成背叛者，英雄变为叛徒，他人敬仰变为人人唾弃，这样的路，你们真打算走？”

死一般的沉默。

“都督之子之死，只是个人恩怨，是非曲直，尚未辨得明白。军队无权因此报复他人，更无权以刀剑面对手无寸铁的百姓！”宫胤声音越来越厉，“以武器对无辜百姓胸膛，是我大荒军人之耻！”

“但女王杀人，如何就不能承担罪责！国师你一力袒护，就不怕失了军心？”有人厉声大呼。

宫胤并没有说话，他的眼神掠过黑压压越聚越多的百姓人群。

几乎立刻，百姓的呼声便响起。“是女王救了我们！”“是女王救了帝歌！”“真要算功德罪恶，她救下的人可算千万，死一个人渣算什么！”“独恶之死，成全千百无辜性命，无错！”“成耀祖驱逐百姓，占据桥下，因此被马车撞死，咎由自取！”百姓的怒吼，比刚才亢龙的声音还响，天际霾云都似被震裂，裂出月色清冷的辉光。

“听见没？”宫胤等百姓呼声停歇，冷冷看向亢龙军，“我怕失去军心，但我更怕失去民心！怕失去这人间公理、正义、是非、道德，和一切真正评判是非的准则！”

成孤漠双手握拳，眼眸充血，腮帮鼓紧，牙齿摩擦出咯咯声响，听来瘆人。

“当然，我亦爱护亢龙，对亢龙曾为我浴血奋战永怀感激。”宫胤忽然放缓了语气，轻轻道：“只是，爱重爱重，因爱才重。我倚重亢龙，便更不愿意看见亢龙一步走错，万劫不复。而亢龙，你们跟了我和大都督这么多年，你们不该是我或者大都督手中的武器，而应是整个大荒手持的利刃。现在，是人情重，还是公义重，我把评判的权利交给你们。——禹春、蒙虎！”

“在！”

“带领护卫和御林卫退下！”

“主上！”蒙虎、禹春大惊失色——他们一直隔在亢龙军之前保卫宫胤，此刻宫胤让他们撤开，亢龙军一个冲锋，国师就会遭殃！个人战力从来无法抵御万军之力，便纵是武功盖世，军队之前也必受伤损！

“我不持武器，不设护卫，面对你们。”宫胤不理会禹春、蒙虎，也不看成孤漠，只看着亢龙士兵们，“想清楚，要不要冲过来！记住，为踏出的每一步负责！”

亢龙军士兵们抬起头，充血的眼睛里有不解，有茫然，有愤怒，有不安。

禹春、蒙虎不敢抗拒宫胤的命令，咬牙无奈带人撤下。现在宫胤孤零零一个人站在街口，侧面是大群的百姓，背面是一条巷道的入口，空荡荡无人，面前琉璃坊宽阔的广场上，是黑压压数千士兵。孤身一人对千军，他神色如常，甚至轻轻负手。雪白的衣袂被风卷起，人如修竹衣如旗。

“别被国师三言两语蛊惑！”成孤漠冲入亢龙军中大喊，“兔死狗烹，鸟尽弓藏！我们曾为大荒、为国师奋战多年。我们获得了什么？今日我独子为人所害死于闹市，所有人亲眼所见，他都不愿给我一个公道。我都这般下场，你们以为，今日之后，你们会有什么好下场？”他神情激愤，声音嘶哑，用尽全身力气——知道今日如不能在闹市趁乱斩杀女王，事过之后便难有报仇之机。今日如果不能抗下宫胤指令，日后大都督位置难保，他一手组建成长的亢龙军，便真有可能改姓他人！

亢龙军士兵们握紧武器，眼神变换，犹豫不决：一边是恩重如父的大都督，一边是积威深重长久仰慕如在云端的国师，既为大都督丧子心痛，又为国师威严所慑，想帮忙报仇又记起军人荣誉，想冲杀前行又不敢亵渎王权，更怕前进一步，便践踏身为军人的功勋和荣耀，然而听大都督泣血呼喊，又想起他解衣推食爱兵如子的恩德，一时人人五内如焚，露出苦痛之色。

场上气氛如绷紧的弦。禹春、蒙虎等人身形绷紧，捏紧手心，掌心里的汗一层层浸润出来。今日之事关系的不仅是女王安危，更多牵扯深入到军权的真正归属。若能渡过此关，从此亢龙背叛危险便会大大降低。这个瘤，拔得重、硬、凶狠，是国师一贯风格，但是，太危险！成败系于一举！

人群外，耶律祁眯着眼，注视着对峙的双方，眼底有种奇怪的神情。以前他一直不明白，宫胤一个毫无根基的小子，是怎样获得前国师信任，成就后来伟业的，现在他知道了。因为他一直有一往无前的勇气，将己身生死置之度外的气魄，和敢于以一身对千万人的杀气。身居高位者，牵绊日多，胆气日弱，愤青时代的拍案策马去、单骑闯敌营的豪情，渐渐会被奢靡的生活所侵蚀。人有了更多，就害怕失去更多。

唯有宫胤不变。高山雪岩，永不风化。

而这种品质，出身豪门的人很难有——他们从小就形成了一个固定概念，就是自己的命无比珍贵，而别人的都是贱命。拿贵命换贱命，聪明人不为。

耶律祁笑了笑，聪明人吗……他眼神在亢龙军将士群中扫过，专注地观察他们的神情，忽然眼睛一亮。一个大约是副将的将领，神情特别激动，几次想要张口几次犹豫，他的膝盖也一直在微微地抖，这是想要扑出去的标志。耶律祁微微笑起来，胆子还不够嘛。那就帮他一把好了。

"国师！大都督有功于国，更有大功于你！无论如何，在这种情形下你不能停大都督职务！"那犹豫的副将忽然愤声开口。他只想抗议国师对大都督的不公处置，并没想冲出来，忽然啪的一声轻响，他膝盖一抖，整个人身子前倾，唰地就冲了出去！

万众震惊。只要有人第一个扑出试探的脚步，就有可能引起大潮的奔涌！而此时，却一直坚持站在宫胤身边、神经绷得十分紧张的禹春，一看真有人扑了出来，想也不想便拔刀。唰的一声刀光如泼雪，当头对那副将罩下！

"住手！"宫胤怒喝。

成孤漠眼神狂喜。亢龙军大惊。百姓哗然。

宫胤伸手就去抓禹春的刀，斜刺里忽然一物飞射而来，正冲着禹春的太阳穴，宫胤只得一挥袖，先截飞了那致命的暗器。这么一来就慢了一慢。刀斩下！一旦伤及亢龙军副将，事态便将急转直下，再无可逆！

人影忽然一闪。当的一声巨响，金属交击的声音破锣般刺耳，伴随着女子哎哟一声大叫，"好重！"

禹春双手握刀，呆呆地看着面前的女子——闭眼，弓身，撤步，双手高举过头一口大锅，挡在了那副将面前，顶住了他劈下的刀。不用看顶大锅的人是谁，单这份神出鬼没和思维跳跃，以及这永远张扬的语气，便知道，关键时刻，女王陛下闪来了。禹春热泪盈眶，从未如此刻般爱女王，恨不得扔下刀抱住女王狠狠亲一口——她解救了他，使他不必成为罪人！当然，为了小命，还是算了。

身后宫胤轻轻吐出一口长气。这个慵慵懒懒的女人，关键时刻总是神神奇奇。

景横波眼泪汪汪——禹春的刀太沉重，把她虎口都险些震裂了。她一把抛下大锅，大锅还是先前小贩帮她挡刀的道具，现在再一次被她拿来挡刀。锅边两个大大的豁口，小贩接过时一脸心疼，景横波若无其事地拍拍他的肩：“没事，你以后还用这锅，摊子上写个经过说明：这锅挡过砍向女王的刀，也被女王高举着替别人挡过刀，女王御赐‘天下第一锅’。相信我，这只锅，还有你的油炸果，一定会红的。”

小贩顿悟，欢天喜地接破锅而去，远远地就冲一个打铁匠喊了一嗓子：“老王，回头给我刻个‘女王御赐天下无双第一锅’！”

宫胤：“……”

耶律祁：“……”

亢龙军：“……”

那个劫后余生的副将抬起头来，望着景横波，一脸复杂。他冲出来是为了惩戒女王，到头来竟然是女王出手救他。他垂着头，讷讷不能言，虽然还没完全解开心结，但刚才抗争的锐气和立场顿时没有了。

景横波擦擦手上的油，站到宫胤前面，弹了个响指。“今天呢，我也站在这里，”她面对千军，从容地道：“亢龙军真正要对付的人是我，不该是你们的国师。作为属下，背叛主人是可耻的。作为军人，刀枪对着百姓是卑鄙的。所以，今天如果谁认为我有罪，也尽可挥舞着你们的武器，冲上前来，对着我。”她挥挥手，晶莹的指甲一闪一闪。

士兵们看着她纤长的手指，雪白洁净，不染纤尘，都觉得在这样一双手面前举起武器甚为可耻，遂默默站立不动。耶律祁微微一震，偏头看看她挡在宫胤之前的身影，抿了抿嘴。宫胤默然不动，眼光垂落在她背后长发，隐在袖下的手指有一霎动了动，似乎想抬起抚一抚她的发，又似乎抑不住心中激动。

百姓的不忿倒被这句话再次激起。大批大批的百姓涌上前来，挡在景横波面前。“陛下有什么罪？救了这么多人反倒有罪？”“谁有资格审判陛下？”“要从陛下身前过，先从我们尸体上过！”

“浑小子！”一个老头忽然从人群中颤颤巍巍走出来，气喘吁吁地走到军阵之前，一伸手拧住了一个士兵的耳朵，“你这浑小子，气死我了，给我跪下！”

景横波看得目瞪口呆——至于这么彪悍吗？“喂喂，老爷子，别犯浑……”

她还没来得及阻止，扑通一声，那士兵跪下了，恭恭敬敬喊一声：“爷爷！”

景横波：“……”

“你还有脸喊我爷爷？你差点就没了爷爷！”老头子用拐杖狠狠打孙子膝头，噼噼啪啪作响，“今晚夜市，咱们一大家子八口都在，不是女王陛下，现在死了四双！浑小子！你糊涂成什么样了？咱们家送你去当兵，是让你保家卫国，让你护卫帝歌，也护卫和咱家一样的百姓，谁准你当那些当官的打手、老爷的手中刀？谁教过你把刀对着百姓和女人，干这种是非不分的糊涂颠倒事？你再这么不懂事，不如趁早扒了军衣，老头子我现在就带你回家种田！”

“爷爷！”那士兵一脸窘迫，拼命躲闪他家老而弥辣的老爷子的乱拐。

老头子气咻咻地大声道：“别喊我！蠢货！一群蠢货！你们这些兵，忘了帝歌也有你们的亲人朋友了吗？如果不是陛下，你们知道你们也会失去很多亲友吗？这是恩人！恩人！你们当兵这么多年，就学会了恩将仇报吗？”

士兵们面红耳赤，齐齐垂头，无法辩驳。一开始被成孤漠挑起的热血和怒火，此刻都被百姓的怒骂浇灭，很多人垂头丧气，开始觉得这一场争执师出无名且莫名其妙。百姓们却动了真怒，越来越多的人涌了上来，景横波瞄瞄开始退后的士兵，看看群情激愤的百姓，长长地舒了一口气——这场危机已经过去了。

“父老乡亲们，谢谢，谢谢啊。”景横波笑吟吟地连连挥手，“快回家洗脸换衣服吧，有人还受了伤，国师，请安排医堂的人义诊啊。”

“陛下，看着您，咱们身上就不痛啦。”人群里不知谁高声答了一句，百姓们轰的一声笑了。

景横波也笑，她明白这话不是调戏，是另一种亲近和温暖，也许从今天开始，帝歌的百姓从接纳她这个女王，变成了接纳她这个人。她含笑瞟一眼宫胤，原以为他听见这种话会沉脸，不想竟看见他眼角微微一弯，弧度柔和，似乎也颇为愉悦。这令她心中更加欢喜妥帖，一时有点忘形，上前一步搀住了那个打孙子骂大军平息事态的老头，笑道：“别打啦，也怪不得您孙儿，想清楚了不就好了？来，您歇歇。”

老头子呵呵笑着，无声拍了拍她的手背，苍老的青筋虬结的手，和雪白柔嫩的年轻的手，轻轻交盖在一起。四面忽然无声，人们自动让开，千百双目光凝注在这双手上，多少人心有触动，虽未想明白这代表什么，却心生温暖和欢喜。和煦的氛围形成暖洋洋的气场，宫胤神态柔和放松了，远处耶律祁也站定了，没有再搞鬼，笼起袖子，目光复杂地看着景横波。

咻！却有一道风声，穿越人群，忽然射向景横波！

宫胤霍然抬头，看见失去最后凭借，失望愤怒之下发狂出手的成孤漠。目光抬起那一霎，他同时看见神情震惊为难的景横波。暗器射向她，她可以瞬移闪走，但是她一走，暗器就会射向老人！宫胤立即出手，银白亮光一闪，景横波和老人已经被卷了出去，远远送出人群。景横波在半空中下意识将老人往下一送，啪的一下老人稳稳落地，她自己因为半空使力，又多飞出去一点，落向了街口。

巷道深处，正有一辆马车飞驰而来，但此刻无人注意。

景横波砰的一声落在地上，还好，宫胤用力有度，摔得不算重。只是她一时头晕眼花，趴在地上喘了几口气。她也不急着起来，再跑到前面去让成孤漠看着惹气吗？还不如马上偷偷走好了，反正马车都解决了。这么想的时候，她忽然觉得有什么不对劲。马车……马车真的都解决了吗？先出去的三路马车，每路三辆，假和尚全部截停了其中一路，自己在抵达琉璃坊后终于将另一路三辆都截停，然后黄衣骑士截停漏了一辆，导致了琉璃坊受灾。嗯，三路，齐了。可是为什么还是觉得不对劲？远处隐约听见宫胤的声音，夹杂在一片辘辘车声里。“拿下！”应该是处理成孤漠了，这是最好的时机，宫胤自然不会放过。等等，辘辘车声？

景横波蓦然回首，然后就看见一辆灰黑色马车，正从巷道深处奔来！速度快得惊人，只是一回头，骏马的前蹄已经掠过了她身边！一瞬间如电光劈过！她明白了问题出在哪里——桑侗那辆！

她赶紧爬，不起身无法瞬移，然而已经迟了，马车正和她擦身而过，车辕上伸下一双手，一掐就掐住了她肩井，砰的一声，将她拖入了马车！景横波天昏地暗地滚进马车，一双细瘦如鸟爪的手，立即扼上了她的咽喉。桑侗的笑声再无昔日优雅，桀桀如夜枭，充满道路偶逢和大仇得报的快意："啊哈哈哈，想不到居然遇见了陛下，如此，请随我们一起，奔赴死亡之路吧！"

人群中，宫胤正令人将成孤漠押下。景横波被送出危险地域，当务之急是将成孤漠这个危险人物解决，她才无后顾之忧。亢龙军这回很平稳地接受了对成孤漠的处理。宫胤也不愿让亢龙太过寒心，只宣布让成孤漠停职待勘，另选副将代领大都督之职。选人的时候他眼神从一排将领脸上掠过，忽然发现自己的一个疏失——这里的所有将领，是他的亲信，也是成孤漠的，他在此刻竟然找不出一个成孤漠的对头来暂代他的职务。这固然是因为成都督在军中日久，地位威望根深蒂固，也因为以往他相信成孤漠的忠诚，也为了军队稳定，没有对他进行防备，没有特意安排势力博弈，有心打造铁板一块无比团结的亢龙军。两人没有任何龃龉的时候，这样的抉择很正确，但如今，信任出现危机，这种安排的弊端便显现出来。

宫胤一边安排士兵疏散人群，将受伤的人送医救治，一边陷入思考，想着怎么解决亢龙军的隐患，忽然觉得有点不对：景横波怎么还没过来？他霍然转头。

与此同时，本已经进入车中准备离开的耶律祁，转身望向街口。

前方一排黑压压的屋檐上，忽然掠过大鸟般的身影，一个家伙大叫道："喂喂！见鬼！怎么还有一辆？停下！给老衲停下！"

喝声里辘辘声响，一辆马车疾驶而来。

正三三两两散开的百姓，此刻听见这种马车行驶的声音，都条件反射地一个激灵，骇然回望：和先前火焰棺材一样的灰黑色马车！又出现了一辆！更要命的是，这回的马车大开四敞，隐约能看见里头似乎有一个人，被四仰八叉地按在车壁上，喉间一抹闪亮。

这是大多数百姓匆忙之间能看见的。而宫胤、耶律祁，眼眸厉光突闪，他们已经看清了车内的人，是景横波！挟持住她的竟然是桑侗！她咯咯笑着，一柄利刃抵在景横波喉间。

"拦下那辆车！"宫胤厉喝，拔身而起。

"站住！"桑侗的声音尖厉地传来，"谁动一动，我刀子立刻按下去！"

满大街的人定住，已经飞起的宫胤、耶律祁身子一顿落地，正飞着追马车的假和尚栽倒。

"停住！"宫胤立即下令。

所有人僵硬在原地，注目那辆马车飘风般地从道口驶过，向城南方向去了。百姓们刚刚舒了一口气——这死亡马车竟然没有选择在琉璃坊自爆！

然而下一瞬他们的心便被拎起。他们听见了马车里传来的癫狂的大笑和尖锐的警告。"宫胤，下面我们要去玉照宫，你来不来？""我们的马车，将在玉照宫前撞毁，能让女王陪着一起撞，真是三生有幸。”“宫胤，如果你提前赶回去，在玉照宫前自刎，我们看见你的尸体，有可能把女王先扔出来哟。不过，也只是可能，信不信，随便你呢。”“玉照宫前如果看见的不是你的尸体，是军队，那扔出来的只会是女王尸体。”“一路上如有人敢袭击阻拦，扔出来的也只会是女王尸体。”“你们，看着办吧！哈哈哈。”……

琉璃坊一片死寂。变生肘腋，始料不及。谁也没想到一波一波的事端平息之后，最后居然还有这么一辆死亡马车！

所有人看向宫胤。白衣如雪的人影，似乎没有任何惊讶，也没有任何犹豫，身子一掠，已经轻飘飘地飞了出去，跟随着马车的方向。众人怔怔看着他消失的背影，随即如梦醒般猛然炸开。

“怎么回事！”“女王被挟持了！”“这马车和刚才的一样，一定是幕后主使出现了，恨女王破坏了他的计划，趁我们都不注意掳了女王。”“天哪，刚才那条件……不是怎么都要死？”“咱们当时怎么就没回头看看！”“别说这么多了，女王是因为咱们被掳的，不能不理，乡亲们，跟上去！”“追上去！咱们人多，也许那些人瞧着怕了，会放了女王。”“走！”

说走就走，刚刚还散开准备回家休整的百姓，捋起袖子，迈开大步，汇入人流，老人拄着拐杖，妇女丢下篮子，小贩们扔掉了家伙什，正在包扎伤口的轻伤员，推开医官就跟了上去。

“哎哎，你的伤还没包扎好……”

“人命关天！”伤员扔下一句话，匆匆跑入人群。

追赶的人越聚越多，无数被惊动的人从家里跑出来，惊慌地询问：“怎么回事？怎么回事？”在听说过刚才的事件之后，义愤填膺：“太恶毒了！我也和你们去！”人流不断加入，队伍越来越长，最前面的已经到了仓井，后头在琉璃坊的还没出发。

临道的各级官府都被惊动，连同跟随的亢龙士兵一起开始维持秩序。百姓却大多是安静的，只是默默地悲愤着，快步向前，直奔玉照宫。

在经过东晴坊时，人群中忽然有人大叫：“这里是桑家的府邸！我想起来了，先前那些马车我曾在桑家看过！我家有段日子专门给她家送柴米，看见这些车很小心地藏在后院，这车是桑家的！”

一句话如火星迸射，点燃了百姓的怒火。“他娘的，桑家！丧心病狂！”“自己家败了，就要整个帝歌陪葬吗？”“这种家族怎么能容它在帝歌留着？再造几十辆这样的马车烧了帝歌？”“拆了它！”“对！拆了它！”一声出而万人应，大批大批人流涌向已经空荡荡的桑家，仅有的几个看门人闻风远避，连原本得到宫胤命令查封桑家的部分亢龙军都故意消失，将一座占了半个巷子的堂皇府邸扔给了愤怒的百姓。人群如潮水般涌入那狻猊铜环的紫红大门，如暴风一般卷过桑家的轩屋瓦榭曲廊回桥，再暴风一般卷出来的时候，整个桑家就像被风卷过、被雷劈过、被一万个巨人蹂躏过，劈碎的家具物什满地乱滚，雕花隔扇和窗户放射出无数可怜兮兮的破洞，昔日闻名帝歌的景色优美的荷塘上漂满衣物，乍一看像无数零落的尸首。铁门槛的百年大户，终将覆没于万众怒火之下。

拆毁了桑家的百姓，再次跟上了大队伍。一条人潮的黑龙，从琉璃坊的城中心，沿着城池的主要道路不断前进，直插这座皇城的最紧要之地：玉照宫。

马车内景横波也听见了后头的喧嚣声。桑侗刀搁在她咽喉上，这是个比较轻松的姿势，也方便她居高临下地打量这个她最恨的仇人。

景横波此刻心中颇有些后悔瞬移的时候没将霏霏和二狗子带着，如果这两只宠物在，保不准还有些好办法。对面桑侗衣衫染血，伤得不轻，但似乎服了什么药，精神不仅不错，还似乎有点癫狂。景横波怀疑也许她服了一种激发体力的药物。她真遗憾自己先前那一刀太急，没看准地方，当初一刀捅死就没这么多事了。听见喧嚣声她半转头向后看，从大开的车窗里看见无数人潮跟在后面紧紧追逐。

百姓们虽然追不上这辆飞快的马车，但宫胤指令士兵一路传信，马车所经之地的百姓们很快知道发生了什么，很多人打开家门追出。景横波听见乱七八糟的人声里有人大喊："陛下别怕！你会得救的！""桑家不得好死，会遭天谴！"景横波笑一笑，觉得虽然做好事做得把自己栽进去有点亏，但看见这些，听见这些，觉得似乎也不那么亏了。又听见有人喊，"陛下，快驾你的神鸟飞走啊！""陛下，快用你的神眼看死那女人啊！"景横波噗的一声笑出来。神鸟？二狗子吗？神眼？拍立得拍遗像吗？想到这里她心中微微一动。

"笑吧，"桑侗在她身边冷冷地道，"再不多笑笑，你这辈子就再没机会笑了。"

"谁说的。"景横波懒洋洋地道，"我会笑到最后，笑到老，笑到牙都没了，还是最美的老太太。"

"或许这可以做你下辈子的梦想。"桑侗道，"可惜这辈子，我活不到成为老太太的那一天，你就更没资格活到。"

"咦，"景横波奇怪地道，"你不已经是老太太了吗？"

桑侗狠狠地盯着她，像一条垂死的蛇在盯着猎物。

景横波就好像完全无感，犹自十分羡慕地道："说起来你确实比我划算，反正你都这么老了，也长残了，活着也没多大意思了，还能轰轰烈烈死一回，值了。倒是我，青春年少，貌美如花，这样陪着你死，你不觉得残忍吗？"

"你不觉得你自己才残忍？行事、言语，永远如此刻毒。"桑侗冷冷道，"整个桑家都毁在你手里，桑家上下数百人，被逼着满门赴死，这都是你的罪孽，你还有脸在这和我耍嘴皮子？"

景横波笑眯眯地道："杀坏人一家，就是救百姓万户。你桑家死了数百人，可是这马车后面追着的有上万人。什么叫人心？这就是人心。"

"愚民何其易骗也，愚民何其易变也！他们这些人，一样曾在我桑家车马前下跪遥拜，感恩戴德！你且瞧着，等你失势时，这些追随你的脚步还在不在。"

"怕你是瞧不到了。"景横波笑。

"你也等不到了，"桑侗用刀背慢慢磨她的脖子，"是啊，很感动，是吧？今天看来，你确实借我桑家之事得了民心。历代女王，似乎都没你这样的际遇和好声名呢……”她讥诮地笑了起来，“可惜来得太迟，你且好好领略一刻，再过一刻钟，你便等下辈子再重新收买人心吧！”

“别磨出我皱纹。”景横波只嘱咐了这一句，便闭上眼不理她。她得想想怎么办。桑侗的条件太阴毒，绝对不能让她成功，再说她也绝不相信宫胤在玉照宫前自杀了，桑侗会抛出活的景横波。桑侗杀她的心绝对超过杀宫胤。希望宫胤不要那么蠢，他也不应该那么蠢。当然最好的办法，是在这一切发生之前就能脱逃……

耳边听见有人走动的声音，是另外两个死士，桑侗似乎很焦躁，呵斥：“安静些。”

景横波被捆住，压在身下的手指不住弹动，希望能找到可以摄取的物件，割开绳索。马车里却没有任何锋利物体，对面桑侗的精神似乎已经陷入癫狂，她不住把玩着手中的火折子，景横波心惊胆战地瞧着，生怕她一个失手落下，那就玩完了。摸索的手指忽然触及一个硬硬的东西，她一停，最初希望是瑞士军刀，随即想起应该是支录音笔。出宫她总会带点箱子里的宝贝，以备装神弄鬼宰人之用，有时候也未必想清楚到底要拿来做什么，备用而已。不是军刀让她有点失望，这支录音笔，能做什么呢？

桑侗的焦躁如此明显，她玩火折子，手指发抖，勒在她脖子上的刀一会儿紧一会儿撤下，眼光时不时落向城外。“大少爷该出去了吧。”她忽然道。

另外两人不敢接话，半晌讷讷道：“……应该可以了。”

桑侗失望地叹口气，用刀背猛一拍景横波的脸：“都是这贱人，坏了我的事！”

景横波的脸立即微微肿起，雪白的肌肤上渗出微微的红血丝，看起来颇显眼。

桑侗的眼光落在那些红血丝上，眼神慢慢转向邪气阴毒。

景横波心中暗叫不好——这老妖婆不会邪性大发，和那些狗血电视剧里的反角一样，想划花她的脸出气吧？女人最爱跟自己不够美丽的脸和别人太过美丽的脸过不去了。“想打我？”她斜挑起眼角，眼神比桑侗更邪，“打呀，赶紧再打呀！”她脸上露出小小的、掩饰不住的兴奋神情，瞧上去，竟然是渴望的。

桑侗一怔，神情转为犹豫。

“是不是还想划花我的脸？”景横波紧追不舍，“那划啊，快拿你的刀啊，指甲啊，一切可以划花脸的利器来划啊！”

桑侗不可思议地瞪着她，不明白她葫芦里卖的什么药。马车幽暗的光线里，景横波鲜妍的脸色衬上似笑非笑的红唇，颇有几分诡异感。

旁边一个桑家死士忍不住悄悄提醒桑侗：“家主，这女王听说颇有神异，您莫离她太近，小心上了她的当。”

桑侗默了默，身子向后退退，冷笑道：“能玩什么花招，玩多少花招也逃不了等会儿化灰！”话虽说得硬，搁在景横波脖子上的刀却稳了下来，不再把那寒光闪闪的刀锋往她脸上递了。

景横波心中松一口气，一抬眼看见，那两个死士听见桑侗那句“化灰”脸上颇有黯然之色。她心中一动。之前她就有过疑惑，桑家这些死士，为什么后来能驾驭着马车毫不犹豫赴死，遭遇阻拦都不改其志？人去赴死往往都是一时勇气，一旦被拦阻很可能就此罢手，何况这又不是桑家人，不过是家奴而已，她并不信以桑侗的为人，能让人这样死心塌地不求生路地去死。她也没想通桑侗为什么就能放心地让这些人去执行必死任务。那么，如果那几批单独行动的人，是受了桑家控制，不得不去死，面前这两个呢？看表情，他们其实是不愿意死的。他们能跟随桑侗一起登车，想必是亲信中的亲信，那么有没有可能，就像武侠小说里一样，外围手下都中了毒，最信任最亲密的手下，才给解药？换句话说，这两个和那些死士不同，是有机会活的？

她想验证一下。“咦，”她盯住其中一人，道：“先前我看那些驾车的桑家人脸上都有淡淡黑气，你怎么没有？你别是冒充的吧？”

“胡说。”那人立即道，“那是因为他们吃了红丸，而我们没有……”他似乎警觉自己说了不该说的话，立刻住嘴，不安地看了一眼桑侗，桑侗却心不在焉地对城门外猛看，根本没注意。

景横波笑笑，果然如此。

车子后追随的人越来越多，军队骑兵纵横来去，远远驱散人群，但果然都不敢出手，看上去像在保护这辆马车一样。桑侗似乎很享受这样的感觉，嘴角边噙一抹冷笑。

“看，万军护送，车撞玉照宫，多威风，桑家很久没这么威风过了，不过可惜，天洗你看不到了。”

景横波觉得这女人幽幽咽咽的声音听着好晦气，想必她肚子里现在装满不甘。天洗？哦，桑天洗，她的宝贝大少爷。从语气中可以听出来，极其看重宠爱的大少爷。景横波忽然微微一笑。“是啊，”她耸耸肩，很遗憾地接口，“何止看不到了，也听不到了。”

“你闭嘴！”桑侗烦躁地喝骂一声。

景横波乖乖闭嘴。

过了一会儿桑侗又转头骂她：“什么听到听不到？他已经出城了！我桑家全死了都没关系，只要他活着，你，宫胤，这帝歌所有和我桑家作对的人，迟早都会死！”她的手指激越地似要点到景横波脸上，“对了，你不必等了，你会立即先死，哈哈哈。”

景横波清晰地看见那两个桑家属下听见那句“全死了都没关系”时，脸上微微不忿的表情。“我是说，”她慢慢道，“你们桑家出事太快，倒台太快，宫胤没有给你们多少反应时间，你和你家大少爷，一定有很多要紧话没来得及说吧。”

桑侗浑身一震。她被触到痛处，恨恨地盯着景横波，怒声道：“你还有脸说！不是你们，我何至于连……”她说到一半停住，脸上露出无比憾恨的神情。

桑侗素日里沉稳优雅，然而接连遭逢大变，生死面前心态失常，景横波可以清晰地读出她所有的心思。她在心底哈哈一笑。好，这就开始了。“如果，”她迎着桑侗恨恶的目光，并不退让，咬字清晰，“我能让你留下你想说的话，嘱托给你家的大少爷呢？”

桑侗又是一震，随即怒道：“你想的是让他们两个传信？胡说八道，他们两个能出城一步吗？”

脸上刚刚燃起希望的两人，神情又黯淡下去。

“当然不是让他们传话，有些话你根本不能让他们传，对不对？”景横波懒懒地道，“我能把你这段话留在一个盒子里，你只需要留下这个盒子。你和你儿子自然有默契的地方，将来他会知道到哪找那个盒子对不对？”

“你什么意思？”桑侗不可思议地问，“你是说……留住声音的盒子？”

“可以这么说。”景横波眯着眼睛，“我很有些神异，你知道的。”她循循善诱地道：“再说，留住你声音的盒子，也是给你儿子留一个永远的念想，这和让人传信是不一样的！”

桑侗脸上神情如水波一般动了动，似乎一瞬间终于心动，景横波暗暗感慨——再穷凶极恶的人，依旧有爱子之心，她脸上刹那间的母性光辉，和天下所有母亲一般，温柔如水。

但桑侗半晌还是哼了一声，摇摇头，道：“不，这也太神奇了，我不相信，你少玩花招，滚远点！”

“还记得迎驾大典上我出示的画吗？其实那也是我的盒子绝艺，那是一个留住图像的盒子，人在那盒子面前过，可以留下与自己一模一样的影像。你也看见那图了，是不是根本不像画的？那就是盒子的功用。来自大洋彼岸，最神奇的，被天神赋予神力的盒子。”

“耳听为虚，眼见为实，”桑侗似有几分信了，冷笑伸手，“盒子拿来。”

“你都要杀我了，我为什么要给你？”景横波摇头。

“我搜你身！”

“你搜出来也不知道怎么用，反而失去最后一次给儿子留下话的机会。”

桑侗微微犹豫，终于冷冷道：“说吧，你要什么？留你一条命？不可能。你和我桑家仇深似海，我死了全家也要拉你垫背，不会因为想给儿子留段话，就放了你，你死了这心。”

“我知道我知道……”景横波不耐烦地打断她，“我就一个要求，你撞就撞吧，拉我死就拉我死吧，别逼宫胤自尽好吗？”

“瞧不出你还对国师情深意重，”桑侗冷笑，“你就不想争一线生机？说不定宫胤自杀，我真的放你出马车呢？”

“你不会的，何必再拖一个人死。”

“宫胤不死，我儿终究难出城门。”

“你儿那么聪明，出个城门算什么事儿？”景横波望望车外，“喂，快点决定，迟了来不及了。”

“你先示范留住声音给我看。”

景横波手在背后打开录音笔，开始唱《忐忑》：“啊哦，啊哦诶，啊嘶嘚啊嘶嘚，啊嘶嘚咯嘚咯嘚，啊嘶嘚啊嘶嘚咯吆，啊哦，啊哦诶！”

车内三人露出不忍听的表情。

唱完，她闭上嘴，打开录音笔：“啊哦，啊哦诶，啊嘶嘚啊嘶嘚，啊嘶嘚咯嘚咯嘚，啊嘶嘚啊嘶嘚咯吆，啊哦，啊哦诶！”

三人瞪着她紧抿的唇，神情震惊。一听就知道是她那难听的调子，甚至连音调起伏转折都一样。

“腹语？”桑侗喃喃道。心里也知道不可能是腹语，腹语的声音多半很怪。而且每个人哪怕重复同一句话，音调都不会完全一模一样。这个神奇的女王，手中果然有神奇的东西。“拿来！”桑侗眼睛都红了，“我要给天洗留话！”

“这个只能我来操作，你说就好，不放心的话，可以堵住我的耳朵。”景横波不让步。

桑侗看看前方，身边大军聚集，前方皇城广场在望，竟然快要到了。“放慢速度。”她指示两个属下。

百姓和大军诧异地看着一直如鬼魅般迅速狂奔的马车忽然慢了下来，人们满怀期待地盯着马车，指望着马车停下，然后款款走下女王。然而马车虽然慢，却一直没有停。

宫城之上，宫胤雪衣长立，遥遥望着前方。他已经提前一步赶回了玉照宫，立即下令撤走玉照宫广场侍卫，加固玉照宫门，本来还要做些安排，奈何时间太紧。立在宫城之巅，看那马车狂奔而来，他双眸宁静如一泊雪湖。

蒙虎立在他身侧，一脸不安，桑侗的话似魔咒响在耳侧，他不知道这个死结该如何去解，难道真的要……看着宫胤丝毫不显露情绪的侧脸，即使跟随宫胤已有多年，他也无法在这样的时刻揣测出主子的心绪。主子向来越逢大事越有决断，越有决断越显静气，但此刻的决断，怎么想都似乎带着不祥的意味……

宫胤忽然双目一凝。前方马车速度开始减缓！

蒙虎眼底露出喜色——马车一慢，有些事就来得及做准备，比如需要一定启动过程的巨型城弩，比如已经调动，但仓促之间还没来得及赶来的亢龙蜂刺。“蛛网”和“蜂刺”是亢龙军内两大秘密建制，名义上属于亢龙军，但又在亢龙军管辖之外，前者专司情报信息，后者擅长暗杀潜行，是由宫胤亲自在亢龙军中选拔的精英组成。有一小部分人知道这两个组织的存在，但从来没有人亲眼见过。

“全力加速启动城弩，不必再遮掩，蜂刺到达之后，让他们想办法潜行至广场。”

“是。”

白影一闪，宫胤掠下宫城之巅。

第三十九章　倾情

“我堵住你的耳朵，你怎么开启盒子？”桑侗问景横波。

“没事。”景横波道，“你堵住我耳朵，做个手势表示你要开讲，我自然会为你开启盒子。”

桑侗用两个布团将景横波耳朵堵住，做了个手势。景横波按下录音笔的按钮，调整了角度。桑侗话说得很快，也很长，神情颇有些激动，后来却又慢慢平静，想必开始交代一些重要的事情。

马车慢慢行驶，两个属下望着外头黑压压的人群，神情颇有压力。

过了一会儿桑侗做个手势，景横波按了按键。桑侗扯开她耳朵里的布团。她此刻心事已了，倒比先前平静了些，问：“盒子呢？”

景横波叹口气，手指一松，录音笔落下，道：“按那个银色按键，就有声音出来。”

桑侗依样施为，果然有声音传出，她似被自己的声音吓了一跳，仔细听了几句，露出满意神情，随即赶紧将录音笔关了。

“我说，”景横波观察着她的神色，道：“这东西，你总得留一个人送给你家大少爷吧。”

这话一出，两个桑家属下都眉心一跳，对视一眼，赶紧又各自让开。

“这倒是。”桑侗沉吟着，回转身，似乎想在两人中挑一个，传递这消息给桑天洗。

两个属下立即紧张起来。很明显，谁被派去将这盒子送给大少爷，谁就有可能活。两人本已抱必死之念，但终究心有不甘，如今有了希望，谁肯放过？但这事顶多只需要一人，谁活？谁死？

景横波似乎漫不经心地提议：“要我说，两个都留下算了，现在这情形，一个人也未必能逃脱，有我陪你死，还不够？”

两个桑家属下第一次无比感激地看了景横波一眼。

“不行。”桑侗决然道，“最多只能走一个！我们桑家是百年门阀，是贵族，我是第二十四代家主，贵族家主不管如何死亡，身边不能没有陪伺的死士，哪怕只有一个也要有！否则我便玷污了桑家高贵的门第，我会在祠堂里连个牌位都没有！”

景横波摇摇头，歉意地看两个属下一眼，咕哝道：“我永远不明白贵族的死要面子德行……抱歉，看样子你们两个得互相让让了。”

那两人脸上变色，又互看一眼，眼底似有火花四溅。

桑侗忽然回头，狠狠看了两人一眼，道：“怎么？你们两个是打算争上一争吗？”声音尖厉，充满讽刺。

两个属下急忙躬身，讷讷说不敢。

“有我在，就不允许你们自相残杀！无论如何，得留一个陪我一起！”她冷酷地道，“我知道，蝼蚁尚且贪生。我也不想指名谁留下谁不留，免得你们到了阴曹地府都恨我。你们抓阄吧！”她衣袖一拂，伸出两个拳头，淡淡道：“一只手里红色宝石，一只手里绿色宝石。你们猜，猜中的那个人，拿着记载我遗言的盒子离开。放心，我既然让你负责传递我的遗言，就有办法让你安全离开，你们只管猜好了。”

马车行得越来越慢，但也越来越接近皇城广场。现在那黑压压的百姓大潮已经被隔绝在广场之外，亢龙军和玉照军都已经出动，拉开一条长长的警戒线，百姓一改群体聚集时的喧闹吵嚷，人人屏住呼吸，目光专注地凝视着那辆马车——马车里那个女子的生死安危，牵动着所有人的心。这也是大荒历史上，女王凭借个人能力和魅力，最受百姓关注的一次。

广场对面气氛压抑紧张，人头攒动，宫城前却一个兵都没有，所有守军都干脆地撤下，一色白石明净如水的广场上，除了永久矗立在广场正中的开国女皇巨大雕像外，只静静立着一色白衣同样明净如水的宫胤。

桑侗探头出去看了看，毫不设防的广场，让她很满意。她微有遗憾之色，本来她想要的，是一辆带风带火的马车，如一尊死亡棺材，忽然出现在皇城广场，闯过一切阻截，用最快的速度，最凶猛的力量，轰然一声撞破玉照宫门，让这帝歌所有人，都为这突如其来响彻寰宇的一声而震破胸膛。以这样的方式轰动大荒，玉石俱焚，她觉得才能一泄胸中恶气。不过，能留遗言给天洗，也算意外所得，想到儿子以后能时时听见自己的声音，算作苦寂人生里一项慰藉，她神色柔和，渐感安慰。

景横波盯着她的神色，她觉得，广场看起来毫不设防，但上头一定有布置，桑侗作为多年国家重臣，也一定比她更清楚，但桑侗还是一副胸有成竹的模样，想来对这马车极其有信心，认为这马车能逃过一切阻截，达到她想要的目的。就不知道拖延的时间，能不能让布置更完美，拦住她。

景横波一眼也不敢看窗外，她怕看见持剑准备自杀的宫胤，更怕看见没有持剑不准备自杀的宫胤，她还怕自己胡乱探头会乱了宫胤心思，又怕自己探了头其实没看见谁而乱了自己的心思……唉，其实她也不知道自己怕什么……

“猜吧。”桑侗收回目光，冷冷道。

两个属下不似两个女人心思复杂，都紧紧盯着那拳头，呼吸急促，脸色涨红，却谁也不敢先开口——生死之事总难决。

桑侗却没有那么好的耐心，冷冷道：“不猜就一起死。”

“左手红色！”一个年轻些的桑家属下终于耐不住，嚷了一声。说出口后，他闭上眼，长长嘘一口气，甚至不敢看结果。

另一人怒目瞪他一眼，觉得他抢了自己生存的机会。

让他猜的时候不敢猜，别人一旦抢先猜了，又觉得被剥夺了选择权。人性如此。

桑侗毫无表情地松开手掌。左手掌心，红色宝石熠熠闪光。

那猜中的少年如蒙大赦般长长吐出一口气。另一人却脸色大变，恶毒地盯了这少年一眼。

“沈金，你带盒子离开吧，我有东西给你……”桑侗摊开另一只手掌，掌心绿色宝石闪亮，她正要将宝石丢下，忽然脸色一变。

那两人也脸色一变。

红绿宝石忽然自己动了！就在三双眼睛之下，闪电般一个交换，左手的红宝石移动到右手，右手的绿宝石移动到左手！

“啊！”桑侗不可置信地惊呼。这是怎么回事？

另两人直接呆了，眼睁睁看着这判人命的宝石，忽然将命运重判了一遍。刚刚欣喜若狂的呆若木鸡，刚刚脸色死灰的欣喜若狂。

“天意！天意！”那猜错了的中年护卫大喜，颤抖地捧住桑侗的手，“该我活！该我活！家主，多谢你！多谢你！我一定会给您立长生牌位，世世代代供奉您！”他感激涕零，恨不得跪下来吻桑侗的手——宝石明明已经定论，忽然换了个儿，自然是家主换的，想必是看在他在桑家多年，存心要给他活命机会。

桑侗目瞪口呆地看着他，再看看自己手心，喃喃道：“这……”

景横波悄悄撇了撇嘴。

“家主！”那从欢喜天堂掉入绝望地狱的少年，此时终于醒过来，一声大吼，“不，不能这样！家主，你当面徇私！不能！”

“我……”桑侗还没明白过来，只傻傻看着手中宝石。

“这是家主的意志，你敢违抗？”那中年属下怒吼少年属下。

“明明是我先猜中，家主帮你作弊！”少年毫不示弱回吼。

“家主意志神圣不可违，违者死！”中年属下霍然拔刀。

“说好的谁猜中谁活，家主也不能改！”少年立即拔剑。

“够了！”桑侗大怒，尖声道：“我还没死，你们就想当着我的面自相残杀！重来，再猜一次！”她俯下身，袖子挡住宝石，片刻即起，握紧两个拳头：“猜！”

“右手红色！”这回中年属下急急抢先。

桑侗摊开手掌，右手绿色宝石幽深如一只阴森的眼睛盯住了所有人。

中年属下面色死灰。

“哈哈哈哈，这次我没抢你的，你还是错了，就该你死！”少年仰头大笑。

桑侗慢慢摊开手掌，叹一口气：“老王，认了吧……”

“不——”中年属下一声怒吼，手中刀猛然掷向正仰天大笑的少年，“不该重来的！去死！去死！”

少年的笑声戛然而止。他慢慢低头，看着自己腰间的伤口，大片大片的血潮水一般涌出来，冒着血泡，似翻滚的岩浆。

“啊！”桑侗一声尖叫。

两个茫然的人都下意识地转头看她，却见她并没有盯着这忽然杀人的一幕，反而低头看着自己的手。掌心里，右手红宝石，左手绿宝石。宝石忽然又换了！

中年属下茫然地看着那宝石，似乎再也反应不过来。

少年却笑了，一边笑一边咳嗽，咳出淋漓的鲜血：“娘的，玩谁呢……”随即他腰间一震，一道黑光飙射如电，嚓的一声轻响，没入了对面在发呆的中年属下心口。

那中年人浑身一震，捂住胸口踉跄后退，看看少年，再看看桑侗，脸上的表情变得十分怪异，似乎怎么也想不通这是怎么回事，怎么也辨不明白眼前人的嘴脸。

桑侗手指一软，两颗宝石滚落角落，她张着嘴，似乎已经呆了。

那两个满身鲜血的人，茫然对视半晌，似乎终于明白发生了什么，蓦然齐齐一声狂吼：

“娘的，你玩谁呢！”吼声里，两人齐齐转身，手中刀剑，狠狠捅入了桑侗的身体。

“啊！”桑侗一声惨呼，勉力后退。

那两个将死之人，却也无力再追击，各自惨笑一声，摇晃两下，砰然倒下。两人在彼此交融的血泊里仰面朝天，都死不瞑目，一双眼睛大而无神地注视着马车顶，或者，是在注视询问着老天——为什么要这样耍他们？为什么要安排这样的结局？

景横波扭转头，不去看脚下的尸体。这两个人等于是她杀的，她恶心，生理抗拒，却没什么歉意。都是找死的人，去地狱研究那变来变去的红绿宝石吧！只剩一个桑侗了，还是重伤的桑侗，虽然那两人临死出手，看样子并没有戳中心口要害，但桑侗低着头，似乎已经昏迷。景横波微微松一口气，心想，这下基本安全了吧？该想个什么法子通知外面且脱身呢？这时她看见桑侗慢慢抬起了脸。景横波一口气屏在了咽喉。

昏暗的马车，横陈的尸体，鲜血淋漓的地面，死不瞑目的男人，血泊里软软的女子，抬起满头乱发的头颅，一张苍白的脸，凸着仇恨的眼睛，满脸纵横的溅射的鲜血……恐怖片必备元素，齐活了。景横波小心脏怦怦乱跳，直觉不好。

果然，桑侗喘息几声，竟然诡异地冲她笑了笑。“刚才……”她嘶哑吃力地道，“……是你吧？”

问得没头没脑，景横波当然懂，呵呵一笑：“好玩吗？”

桑侗凝视着她，点点头：“……看似无用，却有层出不穷的花招和计策，最后大家都被你阴了……我们就错在，太小看了你……”

“继续小看，继续小看。”景横波挥挥手，“你累了吧？要不要睡上一觉？我给你放《忐忑》好不好？很催眠的。”说完捡起滚到手边的录音笔就要放。听吧，听得烦得一头撞死最好。

“呵呵……”桑侗笑了笑，苍白的脸上掠过一抹讥诮，“……我有更重要的事要做呢……”

景横波心中一跳，想要扑起来阻止，桑侗脚下忽然一挑，当的一声一柄刀横飞过来，咔嚓一声插入她和两边车壁之间。景横波不敢动了，桑侗坐在车角，一柄刀刀锋向内，正架住了她的脖子，稍微一动就有割喉之危。瞧不出这女人都这样了还有这一手。

随即，桑侗割下一截衣襟，塞进了景横波嘴里。浓郁的血腥气堵到嗓子眼里，景横波一阵阵地想呕吐。

桑侗冷笑着挑起她下巴，笑道：“下面……一起看好戏吧。”

景横波直觉不好，奈何发不出声音，“呜呜呜呜”一阵乱嚷。直恨马车里没有任何可以用来砸人的东西，不然直接给这快妖魔化的老太婆来一下狠的，世界就太平了。

桑侗转身，擦干净脸，也不知道拍了哪里，明明没人驾驭，马车忽然又飞快前行。

这一动顿时惊动了所有等待的人，无数人踮脚张望，亢龙军严阵以待，宫城上城弩吱吱扳起，宫城前宫胤抬起头来。洁白的广场上，深红宫门紧闭，宫门前他一人独立，手持自己的古银雪链，遥遥面对狂冲而来的马车。所有人都看见车窗里桑侗的脸探了出来。

“宫胤！”她道，“我们来了！离宫门三十丈！你的剑再不搁上脖子，我可就来不及把女王扔出来了！”

景横波：“呜呜呜呜呜！”无数恶骂如一万头草泥马从心头踏过——这千年王八的老太婆果然反悔了！还是要逼宫胤自杀！不，是骗！她现在这个造型，桑侗现在这个体力，根本不可能把她扔出马车，她是陪桑侗死定了！

马车向前狂冲，重叠着黑色的光影，散发着腥郁的死亡气息，桑侗在尖声狂笑，众人惊愕地看见，她散在风中的黑色长发，一点点地，变白了。似雪缓慢覆盖原野，永无春回那一日。

远处，可以俯瞰皇城广场的一处矮山上，有人静静伫立，看着洁白的广场上的黑马车，看着黑发的女子一霎白头。风将他衣袂卷起，一抹白色的纸钱兜兜转转越过衣襟，随风去了。

马车在狂奔。景横波一动也不能动，稍微震动也许面前架着的刀就能割破她的咽喉。从窗户可以看见对面的开国女皇巨大雕像，那是皇城广场的标志性建筑，女皇雍容的脸微垂，似悲悯地看遍皇城风云。

咻，宫城上方城弩终于开射，刹那间撕裂空气。黑光连闪，四架城弩，从四个角度包抄闪射，直逼马车而来！桑侗的脸上只有冷笑。车身猛震，四支弩箭咚咚咚咚都射中了车身，但让人震惊的是，那些箭在射上车身的刹那，忽然便滑了过去，擦着车身斜斜飞出，钉在地下。铁箭箭尖和车身擦撞激起一溜火花，如果不是飞得太快，也许马车就要燃起。

众人瞪大眼睛，看着齐齐射歪的箭，不明白为什么明明射上了又擦车而过。

“这马车改造过！精妙！整个车身是一条弧线，箭过即滑，高手！高手！”人群里有人大声惊叹。

然后他被六个巴掌拍进了地里：“毛病！这什么时候了，还在研究马车构造，救人懂不懂？救人！”

“哈哈哈哈哈。”桑侗的大笑听来特别刺耳，“宫胤，告诉过你别白费心思，什么陷阱什么飞箭什么围攻我这马车统统挡得下。你再出一次手，我这马车可就要点燃了！你还不死！”

“可以！”宫胤终于回答，声音远远传开，骚动的人群忽然为之一静。

赶来的耶律祁抬起头。

人群里伊柒兴奋地跳起：“听见没？听见没？他要自杀了！我要上位了！人生三大乐事——升官，发财，死情敌！我要死情敌了，快祝贺我！”

回答他的是六双用力祝贺，足可将人打死的巴掌。

“……但我要亲眼见女王安好！”宫胤的下一句斩钉截铁，“否则，你便点火吧！你能撞散玉照宫墙，难道还能撞毁我宫胤十万亢龙？”

桑侗微一犹豫，转头看景横波，景横波正咝咝地吸着气，刚才飞箭撞到车身，横在面前的刀锋颤动，稍稍割破了她脖子上的一点油皮。

桑侗冷笑一声，先给景横波又加了一层锁，才取了那刀，拖着她到窗口，一手点燃了火折子，一手将景横波半个身子推出窗外挡在她面前，大叫道：“看见没！你可以死了！”

广场后面的箭手纷纷瞄准，可惜桑侗身后马车窗边忽然啪的一声弹出一截钢板，将她身子遮住，正构成一个谁也射不到的死角，而桑侗拿火折子的手向着车里，同样谁也射不到。

景横波的嘴被堵着，风扑面而来，窒息得说不出话，风里奇怪的硝烟气息刺激得她泪眼模糊，她生怕这样的表情过于楚楚可怜，真刺激得宫胤干傻事，拼命眨眼睛想眨掉泪水，又想示意他不要犯傻，偏偏这么一眨，眼泪哗啦啦都眨了下来，看起来越发楚楚可怜了。景横波真想哭了——这不是哭的时候啊啊啊啊……不过这么倒霉还是哭一哭吧啊啊啊……

宫胤一眼就看见了景横波。刹那间目光流转，第一眼落在她一线殷红血迹的脖子上，第二眼落在她哗啦啦掉眼泪的眼睛上。相识至今，他从未见过她落泪，这女子张扬放纵，自如舒展，看似娇嫩，实则内心强大，他几乎没想过会看见她的眼泪，也没想象过她流泪是什么模样。然而此刻，风中飞奔的死亡马车里，她红肿着眼迎风流泪，似一朵带雨的玫瑰，本该在黄金宝座之上艳光四射的玫瑰……肺腑深处似有冷痛卷起，似一柄在雪中埋了一生的刀，猛一下刺入心肺，他脸色白了白，几乎瞬间听见从血脉深处结冰的声音。时候到了，他转开眼，一眼即过，冷白的脸色似乎毫无波动。随即他坐下。

万众无声，所有眼睛都紧紧盯着这个广场上唯一的男人，这个一手掌控大荒权倾天下的男人，看他当真为女子抛却江山生命，还是漠然捍卫属于他的玉照辉光。大多数人都觉得，应该是后者吧，国师没有道理为一个还不是自己妻子，甚至有可能和自己争权的女王，放弃这大好生命。

被勒令留在城上的蒙虎却忽然发出一声大呼："主上！"不顾一切地狂奔。

众人凛然，不敢相信自己的眼睛。广场尽头，盘坐的宫胤，忽然开始结冰！极快的速度，几乎刹那之间，一层厚厚的冰便在他身周凝结，寒气弥漫过快，以至于他身周冷热空气交激，弥散开一片淡淡的雾气。不过一眨眼的工夫，他忽然就成了一座晶莹透彻的冰人。

随即他说话了，冰里面的声音听起来有点怪异，不过还是他的声音："般若雪之剑不自斩，来人，助我兵解！"

一个大汉从城门上系索跃下，手执长剑。

桑侗目不转睛地看着，鼻翼翕动，眼眸瞪大，明显的精神极度紧张兴奋。

景横波也极度紧张，她要疯了——宫胤真的要自杀吗？要当她面自杀吗？好吧，她也觉得她要死了，正祈祷死了最好穿回去，如果她死后他陪死她也不介意，可是这样当着她面先自杀真的好吗？她会受不了刺激的！她宁可先死啊啊啊！

可惜宫胤这个人，做起决定来比谁都绝，连自杀都这么痛快——那大汉一跃而下，人在半空，霍然扬剑而起，炫出一道雪亮的弧——所有人都被这道弧吸引目光，抬起头，瞳仁放大，反射一溜惊艳的白虹。下一瞬白虹毫不犹豫地卷过那冰妆雪裹的人的颈项！

嚓，碎裂声响，冰雪与鲜血同溅，一颗裹着冰的头颅，飞上半空！血也似虹，遮天蔽日。

"啊！"万众发出一声压抑颤抖的惊呼。

"主上！"蒙虎疯一样地跑下来，险些跌下城墙。

景横波没有发出声音，她眼珠子瞪得圆圆的，闪着极度惊恐的光，光芒里不断旋转着那颗头颅，那颗头那颗头那颗宫胤的头……她身体绷紧，肩膀发硬，眼底的光芒渐渐淡了——

无声无息地晕过去了。

桑侗眼睛瞪得也很大，却是兴奋过度几乎不能置信的瞪大，盯着那白白红红的一片，蓦然身子一仰，一声尖呼大笑："哈哈哈哈哈，我怎么会放她？哈哈哈哈，你上当啦！哈哈哈哈，你就等着死不瞑目吧……"笑声里她自己身子后仰，几乎探出了钢板外，顺手将景横波往车里一推，右手一直擎着的火折子，落下！

嚓！一道弯弧，瞅准这一刻桑侗探出钢板的身子，如一轮最冷的月光，忽然而至。一声笑的尾音还在口中，下一瞬桑侗的半边头颅连同露在钢板外的半个肩膀，忽然都不见了。广场如镜，啪的一声溅上淋漓的污血。出手的耶律祁，如电光飞射而来。

但没人看他，也没人关注桑侗的下场——火折子就要掉下！

此时，七条人影，忽然鬼魅般出现在马车四侧！一人在车顶，嘿的一声，搬起车顶！一人闪电般倒挂，嘿的一声抱起了跌落的景横波。四个人围在马车四周，嘿嘿嘿嘿四声，双手发力，啪啪啪啪四响，马车四壁忽然就到了他们手中。

火折子此刻只差毫厘便到马车底部，只要触及，一样会燃烧爆炸，在场八人，一样难以幸免。那拆马车的六个就好像不知道严重性，哈哈哈哈一阵大笑，乱七八糟地嚷："老七，该你了！"

最后一人没有拆车板。他猛然横踢一脚："我来也！"

轰的一声，只剩车底和车轮的马车立即燃着，携烟带火，滚滚向前，用比原先更快的速度，在上万人瞠目结舌的注视中，一往无前地，轰然撞上了玉照宫墙！

烟尘，烈火，变成板车的火马车，坍塌一截的宫墙，四处散落的砖头，还在燃烧的墙头……傻得鸦雀无声的观众，和惊得连忙跑下城墙一窝蚂蚁般四处呼叫救援的守卫。

还有在广场中央，完全不认为自己干了坑爹事，又笑又跳地庆功的师兄弟们。

景横波完全是被逗比们的大笑吵醒的，醒来耳朵犹自嗡嗡作响，天空在眼前飞啊飞，还有好多的黑色烟，还有一张白白的、颠来倒去的脸。她喃喃道："阴曹地府的空气太差了……"

"媳妇你醒啦？"白白的脸凑过来，指甲油君的弯弯眼睛笑得快眯没了。

景横波立马被这声"媳妇"给喊清醒了。天还是那个天，冒着烟，地还是那个地，白得晃眼，人……人……人不对了……啊……宫胤……宫胤！晕倒前那一霎场景带着冰晶血色唰的一下闪过她脑海。冰封的宫胤……落下的甲卫……扬起的长剑……飞起的头颅……"宫胤！"景横波突然发出的凄厉惨叫，惊得伊柒这么一个大高手手一颤，险些将她扔落下地。

"喂喂，媳妇！媳妇你怎么了？"伊柒惊慌地拍她的脸。

景横波一巴掌就把他的手拍了开去，再一挣扎已经落了地。脚刚接触地面，她身子一闪，已经奔到宫门前。

帝歌的将士和百姓再次瞠目结舌地看着女王陛下鬼一样地赤着脚在广场一边狂奔一边大叫："宫胤！宫胤你这个白痴！弱智！低能儿！你发了什么疯要理桑老太！谁允许你随便去死，你这是逼我死啊啊啊，你逼我死啊啊啊……"

百姓们听着，一开始发呆，对女王中气十足的骂人功力由衷佩服；然后想笑，觉得谁这么被骂也挺悲剧；笑还没展开忽然就有酸楚涌上心头——她骂得其实并不中气十足，声音沙哑惨厉，到得后来都是哭腔，绝望的哭腔。她赤着脚，奔了没几步就被地上的木屑碎石硌破了脚底，她却似毫无所觉，白石广场浮光如雪，印上两排刺眼的血色印痕。浮云涌动，暮色四合，暗沉的天野下，只响着她狂奔的脚步，只奔着她凄惶的背影，只扬起她在风中散开的带血的长发。脚步咚咚，似沉重的鼓，敲在每个人的心上。

耶律祁怔在了广场边缘。

七杀大兄不笑了，呆呆地看着她。

景横波却忽然停住了脚步。她看见宫城前无头的冰雕还在静静矗立，甚至不曾融化。天色渐渐暗了，冰雕暗光流转，地上一大片碎裂的冰雪，夹杂着星星点点的血迹。

那持剑负责兵解的甲卫似乎呆了，扛着犹自滴血的剑傻傻地看着她。

景横波忽然扑了过去，一头撞上了那高大甲卫的胸膛。她没骂人，二话不说，逮着人家一顿痛揍，虽然是花拳绣腿，但是牙口并下，拳脚齐飞，气势十足，人家不敢还手，给搡得连连后退，脸苦成了瘪三。

一广场的人又目瞪口呆地看女王闷不吭声揍人。

狂风骤雨一顿揍之后，景横波忽地一个转身，扑到了那无头的冰雕上。哗啦一声响，冰雕晃了晃。正将脸贴在冰雕上的景横波愣了愣，忽觉有点不对劲，怎么这么轻？怎么没有血腥气？等等，这个破口……她霍然抬头，看着面前那个冰雕的“颈腔”。刚才不敢看，怕看见血肉模糊的断口，此刻头一抬，才发觉别说断口，那里似乎就是个洞，空荡荡的什么都没有。景横波傻了一秒，随即她一个箭步跳起，探手对着洞口就掏。

广场上军民发出抽气的声音。

景横波掏了两把掏在空处，眼睛有点发直，抬起颤抖的手看了看，似乎极度惊喜，又似乎惊喜到不敢接受，想了想，干脆整个身子都探了进去。

广场上上万军民都看见了，他们的女王，忽然钻进了宫胤冰雕的那个断口，似乎在掏什么，头整个埋了进去，屁股撅在外面朝天……

“哦哦……”百姓们发出惊叹的声音。

“唉……”远远的耶律祁忽然一声失望的长叹。

“呀呀，”伊柒挠着脑袋，“我媳妇怎么了？疯了吗？”

“恭喜你。”六位逗比好兄弟沉痛地拍他的肩，“你的死情敌好事儿希望破灭了。”

景横波现在的造型已经两脚朝天了。然后她猛地一下起身，大叫一声，抓起脚边一块碎石，砰砰砰一阵乱砸。

冰块飞溅，碎屑满地，冰雕很快被砸碎，众人直着眼睛，目光如探照灯般扫了一遍又一遍。冰块，满地冰块，里面根本没有人。众人表情也不比景横波好到哪去——人呢？哪去了？明明亲眼看见国师覆雪凝冰，立即就有甲士下来斩头，几乎没有作假时间。也正是因为动作这么干脆利落，时间很短，才让桑侗相信的。可是现在，难道这么短的时间内，真的能偷梁换柱？障眼法？

“遁地了呗。”伊柒盯着地面撇嘴。

景横波目光落在冰下的地面上，明显一块石板翘起，她将石板掀开，底下一个很粗糙的，一看就是匆忙挖就的地道。

有些真相一旦揭示也就这么简单。唯一能让人惊叹的就是时间把握。从桑侗说出要撞宫门，宫胤立即赶回，之后桑侗马车飞快赶到，其间的时间，原本绝对不够挖一个最简单的地道，但有了景横波“录音遗言”“二桃杀三士”的计策拖延，马车速度放缓，宫胤终于有了准备时间。

景横波看见那地道便什么都明白了，青面獠牙地扑过去，对着底下大吼：“宫胤！给我出来！我保证不打死你！”底下当然没动静，景横波也不跳下去，想了想，转身就直奔宫门，走两步，咝的一声抬起脚。看着脚底血迹斑斑，顿时脸成了苦瓜。“咝哈咝哈，好痛好痛。”她跳脚，这时候终于知道痛了。

“穿我的穿我的！”伊柒立即殷勤地脱鞋。

“别穿他的，他脚臭，你穿了之后明天准见不到第二天太阳。”逗比师兄弟们立即把他推到人群后，坚决用宽厚的身板密密地挡住他，纷纷开始脱自己的鞋子。“穿我的！”“别穿他的。”“他有脚癣。”“他烂脚丫。”“他不穿袜子。”“他这鞋三年没换了。”……

景横波退开三步，扶额。一个逗比已经天雷滚滚，一群逗比简直令人痛不欲生。

她宁可赤脚走大荒，也不要和这群英俊高大、燕瘦环肥、各有特色，偏偏逗比得也各有特色的七杀高手们打交道。

伊柒已经踹倒坑爹的师兄弟们，将鞋子送了过来，一边亲切地蹲下身，要给景横波穿鞋：“我来给你……”

忽然身后宫门开了一线，一条白色丝带霍霍飞出，缠住了景横波的脚踝，一抖，一起。呼的一声，伊柒眼睁睁地看着到手的景横波飞起，消失在宫门之后，随即砰一声，宫门毫不客气地关起。

身后宫门关闭的声音沉闷，景横波还没站稳拳头就擂了出去：“快滚出来，我保证不打死你……”她的拳头被人用力抓住，猛地一带，砰的一声狠狠撞上一个温暖的胸膛。

第四十章　表白

熟悉的清凉气息涌入鼻端，鼻子似乎被刺激得很酸，她的眼泪哗一下便涌了出来，生怕被谁看见，干脆狠狠把脸埋进去揉来揉去，呜呜噜噜地抽噎：“我反悔了……必须打死你……必须……打死你……”

头顶上那人不说话，似乎有点犹豫，却最终叹息一声，将她抱紧，下巴轻轻搁在她发上。

明明一言不发，但她瞬间就安心了，只想抱紧眼前这个怀抱，好好享受他的存在和气息。失去才知存在重要，她永远记得看见他头颅落地那一霎，她以为自己堕入深渊永不得出。那一刻她绝望得恨不得在昏迷中永不醒来，不用面对清醒之后永夜的痛苦。当空着的冰洞展现在眼前，她在愤怒里听见自己心花开放的声音，天地忽然就有了光，有了声音，有了颜色，有了存在的意义。呵，真好。

“呜呜呜呜，你给我个交代……”她揪他的衣裳，抓出无数乱七八糟的皱痕，换以前他必定一掌拍飞她，此刻却一动不动，双臂似僵硬，实温柔。

听着她断断续续的抽噎，他似有震动——这么久，这么久，这个嬉闹而又强悍的女子，他未见过她真正脆弱，他未想过她有一日这般脆弱，他未想过有一日她这般脆弱是……因为他。心似动，又似痛。冷意逼来，积雪的山坡上有繁花开。他终于抬起手，掌心轻轻落在她发上，真正的轻轻，似春日的风，怕惊了落于花心的蝶，悠悠缓缓，几分珍重，几分小心。随即他又将她向上抱抱，让她落足于他的靴上，以免脚再被割伤，血迹斑斑的脚底立即将他雪白的靴子染得一片斑驳。“没事了……”他低低道，不知道是在安慰她还是在安慰自己。

景横波听着他终于开了金口，觉得这三个字比这世上所有动听的字眼都来得让人安心。她埋在他的胸膛，擦了他一身淋漓的泪水。眼泪止住很快，她从来不是沉溺惆怅的人，是欢喜的事，就应该笑，已确定的心情，就应该表白。“宫胤……”她忽然顿了顿，想抬起头来。

他的肩膀却一紧，呼吸似乎有些不稳，又似乎猜到她要做什么，双臂更紧地搂住了她，似不想让她做什么。

她却不管，踮起脚，搂紧了他的肩，送上了她的唇。

那一霎他似乎想微微后让，却又停住，任她决然而又甜蜜地抢先攻城略地。

一霎重叠，是闪电刹那交错，弧光激荡，天地一片五色霓虹。又或雷霆风卷，将心炸成千片，每一片都在云端，每一片都化为灵鸟歌唱。

他气息微微急促，却在急促中稳定着自己，忽然猛地抱紧她，埋下头来。

她被他这么突然凶猛的一勒，勒得险些闭气，下意识张开口要喘气，他立即化被动为主动，寻找着她的芳泽。吻若春风，在唇边停顿，却又不敢深入，他低低喘息，忽然让开，唇瓣掠过洁白的额，粉嫩的颊，缓缓下移。

她早已心痒难耐，一声轻笑，再次抢先，引导这既敏锐又迟钝的人，开辟属于他的醇美源泉。

躯体相贴，各自听彼此心跳，是一片静默里的大雅之音，奏人间心意相通时刻的美妙心曲，你曲调热烈，我节奏沉稳，隐约便有了共鸣，是世间最和谐的咏叹调。

她的体温如此火热，是此生不改的炽艳张扬，不允许逃避，不接受退让，你若不知我便让你知，你若不愿知我依旧因你而知。他却起了微微颤抖，在温柔辗转中不可控制地战栗，战栗于命运的强大、心事的激荡、血脉中深藏的呼号和秘密。

景横波睫毛微颤，全心投入于他的气息和体温，却忽然觉得他的身体在这样的情境之下不热反冷，而口齿间的甜蜜，忽然多了一丝淡淡的腥气。她心中一跳，睁开眼睛，宫胤抱住她的身体也忽然一僵，蓦然向后一仰。景横波大惊，急忙反抱住他，好在只是立刻，他便站直，刚才好像只是一个踉跄。他低下眼，脸色微白却平静，犹自对她一笑。

这一笑诚然难得地温暖与美，她却心中巨震。以她对宫胤的了解，这一刻，他一定不会笑，他也许会装酷，也许会装怒，也许直接跑走，也许故作无事，但，绝不会笑！这一笑，摆明是想安慰或麻痹她。发生什么事了吗？这一刻她不想说话，只搂紧他的腰，用眼神询问。

他当然读得懂，却转开眼光，轻轻拉开了她的手，道："城上随时有人下来，你还要不要面子了？"

毒舌又回来了，似乎这才是正常的他，可她心中的疑惑更重了。不安似淡淡霾云，无声无息地飘在头顶的天空。她隐约觉得自己似乎有些变了，在今日之前，她会疑惑他的举动和细微变化，却不会因此真的阴霾了心情。于她心中，他是强大的，无懈可击的，永不需要为他操心。然而今日，她忽然惊觉，原来心事早已深种，繁花早已开遍原野，正待自己珍重呵护。她也忽然发觉，他终究不是神人之身，面对风刀霜剑暗流潜涌，操心这大荒国政还要操心这人心多变，还要操心不知该是敌是友的她。"宫胤……"她抱着他，轻轻吹他的耳侧，"我想明白了，我也懂得了，有些事，我想陪着你一起。宫胤，宫胤，我们一起改造新大荒好不好？我们一起打造一个新天地好不好？我们做一对大荒历史上最幸福的女王和国师好不好？我相信你能的，我也能的，而我只想和你一起做这些事，我们一起好不好？"

头顶上的人，久久沉默。

她沉浸在满腔幸福和对美好未来的满满期待中，并没有觉得这沉默过久，他的怀抱如此令人贪恋，她想永远待下去。感觉到他的眼光似乎投向远处，她有点不满地踮踮脚，顶了顶他的下巴，催问："嗯？"

他在她头扬起的那一刻，覆下手掌，阻止了她的动作，将目光从远处亢龙军队列中收回，一瞬间掩了眼底的忧色，轻轻道："好。"

宫门关上了，百姓们却还没散，总觉得应该还有事儿，又担心女王的安危，都翘首等着下一步消息。可惜有些人忙着干些见不得人的事儿，不晓得还有无数人关心她这回事。直到宫城上方有人接到宫胤指令，打出旗号示意亢龙军驱散百姓速速回家，众人才悻悻然发觉，这一天的大戏，真的落幕了。一些军士涌上广场，开始收拾善后。

"哟……"百姓发出一声意义不明的叹息，有的人伸长了脖子，还想看后续，有的人心满意足地伸个懒腰，开始往回走——今天可算看了一场大戏，情绪从紧张到激烈到悲伤到起伏，跟着女王陛下一日之间阅遍生死，到得此刻，尘埃落定，隐隐激动里，是无限的安慰和满足。就今日一日见闻，已经够这一辈子慢慢咀嚼吹嘘喽。

六个逗比师弟架着号啕大哭的伊柒走了，他们不喜欢皇宫。伊柒哭得很伤心，他们笑得很开心。

耶律祁在场边久久伫立，看夜色凉如水，只觉得一日似也过了一生。一生里看遍她笑颜勇毅，人间智慧，然后在最后一霎醒觉她的美不属于自己。他反反复复想着出手杀桑侗那一刻，他首次忘记后果和立场，一只眼盯住桑侗，另一只眼在关注她。火折子落下时他也曾胸口紧窒如将炸，满满塞了这红尘纷乱的烟尘。他慢慢抬起手，靠近胸口，手指蜷起，似乎想要拂去心上烟尘，又似乎想要将某种心情，珍重卷起。

不远处的矮山上，那静静伫立的人，面对着皇城广场的方向，看着场上的士兵忙忙碌碌打扫善后，修补宫墙，收拾碎片，将桑桐的尸体装入布袋收殓。他身后立着高高矮矮的人，人人静默，压抑着呼吸，气氛因此显得凝重肃杀。夜弥漫过来，携了湿润的露珠，将他的袍角打湿，一小片，似噩梦的阴影。他隐在袍袖下的手指一动，一杯酒，缓缓倾倒在苍白的山石上。酹一杯，且为永久别离的人送行。往后的路还长。

酒尽。他并没有扔杯，只蹲下身，将杯子轻轻埋在那山石下。埋的是杯子，也是誓言。来年，当该死的人死去，这杯子会重新起出，盛仇人血，将阴魂祭。会有那一日。

他起身，不再看广场，决然地转身："下山。"

"桑侗已死，我等救援不及。"

"她那是自寻死路！好好的城外不去，竟然用火马车冲撞帝歌！她所经之路，就有老夫的府邸！"

"她那也是被宫胤逼急了，不把宫胤的注意力吸引过去，她儿子就出不了帝歌，桑家就真的一点希望都没有了。"

"现在桑家就有希望吗？是啊，逃了一个桑天洗，又怎样？"

"大人不要小看桑天洗，桑侗这么多年以儿子为骄傲，却又死死保护着他，一定有原因。我听说桑天洗聪明绝顶，是天下奇才，这种人不鸣则已，一鸣惊人，将来桑家靠他东山再起也未可知。"

"桑家是女性祭司世家，一个男人有什么用？哼。"

"大人，锦上添花总不如雪中送炭，照我说，桑天洗现在正处境困难，咱们不如顺手帮一把。这次事件咱们没能帮到桑家，难保桑天洗不记恨在心，如此既可化解他的怨恨，也可掌握他的动态，将来他若成功，也是一道挟制他的把柄。于你我不过举手之劳，何乐不为？"

"你说得也是。"

"不过说起来也很有意思，桑天洗果然不是常人，他竟然没有……"

"哦？真的没有……？"

"是啊，由此我才觉得，这是个人物，值得帮一把呢。"

"呵呵，老夫也有了些兴趣。只是想起近期大荒局势，又觉不能乐观视之。总觉得宫胤态度暧昧，耶律祁也似有不对。瞧宫胤那架势，老夫真担心他脑子一发昏，修改律法，将那女王当真捧上实权王位。那女子阴险狡猾，如今又得民心，如果真的掌握实权，你我焉有宁日？"

"大人您是想多了，宫胤怎么可能将江山拱手相让？便是他想让，他麾下那群人肯吗？要我说，此次事件，看上去女王得民心无数，实则对女王是祸非福呢。"

"你是说……军队？"

"然也。得一二民心算什么？百姓有刀吗？能打仗吗？可以保护她吗？但是得罪亢龙军又是怎样的下场？大荒真正拱卫王城的强军，镇守在大荒和六国八部之间的钢铁屏障，掌握最强武力的亢龙军，一旦对女王种下敌意，她想顺利登上王位，能成吗？"

"成孤漠不是已经被停职了吗？下一步宫胤应该就会换将。"

"能换谁？亢龙认成孤漠为主可比宫胤早！换来换去都是成孤漠的亲信！成孤漠在整个宫胤派系里都极有威望。他是最早拥戴宫胤接国师位的大将，是当年帝歌事变中为他拿命来拼的最忠心的走狗，是曾经于危险境地救过宫胤命的恩人。这事件里他无论如何是被害者，若再受处置，宫胤那些属下怎能不寒心愤怒？宫胤动他，动的就是自己的根基，动的就是所有追随者的忠心！"

"哈哈，好极，如今宫胤可算在火上烤了。"

"那要看他到底对女王动了几分真心，愿意让步到几分。照我看，男儿志在天下，女子只如衣履。何苦为女子罔顾大业？宫胤掌握大权多年，麾下追随者无数，对最高位志在必得也不能不得，按说不至于这么傻才对，这世上哪有爱美人不爱江山的男子……呵呵，您可别黑脸，这天下女子庸庸碌碌，当然不包括您。"

"呵呵，我等从政女子，倒也不把自己当女子看了。依我心思，宁可宫胤傻到底罢。"

"或者可以让他更傻些罢……不是说桑天洗知道一些关于宫胤的秘密吗？"

"哦？愿闻其详。"

景横波最近小日子过得不错，两个字形容，叫甜蜜，三个字形容，叫太甜蜜！每天早上在愉悦的心情中醒来，一睁眼就可以看见喜欢的人……的屋檐。在愉悦的心情中刷牙洗脸，吃早饭的时候有喜欢的人……的护卫陪伴。在愉悦的心情中吃完了早饭，就可以去静庭和喜欢的人一起……开会。好吧，听起来不那么有意思，她一开始也有点怨言，但听了几天政之后，也便满足了，自己又飞扬起来。因为她刚刚发觉，原来管一个国家，好烦，好累，好多事！

她到现在才知道，宫胤每天只睡两个时辰，如果再扣去他练功的时辰，只怕睡得更少，而且自从桑侗事件之后，他似乎比以前更忙碌，时不时出宫巡视亢龙军大营，接见各位将领。景横波知道他最近压力不小，眉心隐约都有了川字纹，这浅浅纹路虽然让他看起来更加威重，但也总让她心疼，有时候忍不住想伸手抹平，却总是被他各种让开，或者干脆冷冷睨视，当然，睨了也无所谓，厚脸皮景横波下次继续，最后投降的多半是他，要么引她到隐蔽的角落给她摸一把，要么干脆自己抹一抹，绝了她的念想。时日久了，他一皱眉，她就看他眉心，他就习惯性摸摸眉心，将眉头松开。景横波看着心花怒放——哈，大神有点小动作可不容易，这可是她培养出来的！

甜蜜心情里，一点点对方的小变化，似乎都是这世上最大的成就和幸福，她沉浸在这样细微美好的发现里，乐此不疲。也因此，她现在对宫胤的压力感知更加清晰，这点从每次的朝务会议上也可以看出来。景横波目前为自己争取到的权力是听政，她也很聪明地真的就只是听政，一言不发，举止得体。大臣们一开始不自在，说话多有顾忌，渐渐便习惯了她的存在，不再觉得有什么不妥，说话也自在起来。景横波由此听到了许多，也学到了许多，对于大荒朝局派系、政体制度、官员体系、运作模式、内外通商、国家外交等都有了更清晰的了解。可以说，现在如果让她上手接管朝务，虽不敢说处理得事事周全，但也绝不会两眼瞎。

因为景横波在桑侗事件中力挽狂澜，现在朝中有一部分官员也渐渐对她态度改观。一方面，这些相对正直的官员知道女王现在在民间呼声很高，而且确实在桑侗事件中居功甚伟，如果不是她，城西的粮仓很可能被烧，会损失惨重，遗祸深远，更不要说一共十辆火马车如果真的完整闯入最热闹的琉璃坊夜市，所带来的灾难几乎是毁灭性的，绝非现在死伤几条人命可以收场，所以不可不敬；另一方面，有些官员的亲友当日也在夜市之中，多多少少也算承了景横波的救命之恩，心中自有一份感激在。在宫中遇见时，这些人的礼节也比以前尊敬得多，以大贤者常方为首的一批清贵老臣，还为此要给女王请尊号，当然，被一批反对派以女王尚未正式登基、不可随意请尊号为由给搁置了。

当然也有不讲理的，比如轩辕镜等人，居然说桑侗事件是景横波擅自挑衅引起，理应追究女王擅自针对当朝要人，引发事变之责。女王后来虽然做出了一些挽救，但事情的起因是她，没有她根本没有那场灾祸，所以后来那夜市被烧死的两条人命和烧伤的七个人，都应该算到她头上。当然，这种极度偏颇的控诉同样遭到了以常方为首的正直官员的怒喷口水，双方经过三轮骂战和升级版肉搏战后，以平局告终。

对于景横波自己，赏或者罚对她无意义，在她看来，这是她的国家，这是她的子民，行使自己的女王权力和保护子民同样重要，让一群臣子来评判她的是非对错实在很可笑。她相信，这样可笑的日子不会太久了。

不过在朝务会议上，有些事情还是有意无意地隔开了她。比如关于她正式登基时间的问题，居然吵了七八次都议决不下。司天监说近两年天星犯日，国家有变主之危，不宜行登基之礼。有相当一部分大臣支持，而且这相当一部分大臣，既包括耶律祁派系，也包括宫胤派系，还包括轩辕镜等老牌贵族，还包括六国八部的势力头领，让景横波无奈地认识到，大荒朝廷对于她果然从来都是不欢迎的，无论她在民间多么光芒闪闪，这些只关心个人利益的大臣，想的永远是自己的荣华富贵、家族百年。在这件事上，宫胤的态度有点含糊，他并不同意两年不能正式登基的说法，但也不要求立即登基，他似乎还在等待着什么。坚决反对的只有一些什么派系都不靠的出身平凡的臣子，以及以大贤者常方为首的一批已经不占据实权地位的老臣。因为女王登基时日是大事，关系着国运，只要有人反对都难以议定，所以此事便暂时搁置了下来。

另外一件景横波难以接触到的事情，就是军务，尤其是涉及亢龙军的军务。亢龙军在成孤漠事件后据说有些不安分，时不时有将领来找宫胤请愿，要求取消对成孤漠的处罚。成孤漠这些日子在自己府邸闭门思过，当真闭门谁也不见，并不交联请托，也不向宫胤求饶，也不提儿子仇恨，也不再说一句怨言，在自己府邸喝酒读书。有些属下偷偷去瞧，都说成都督几乎一夜白头，府邸里愁云惨雾，夜夜哭声，下人走路都像幽灵，看着着实凄惨。

这个人此刻如此弱者姿态，反而更加博人同情。人总是倾向于弱者的，大荒朝野上下，舆论风向渐转，一些原本知道一些真相，且对成孤漠当日行为不太苟同的清正官员，此刻也觉得成孤漠无辜，觉得宫胤无情，呼吁为他官复原职。这些人都如此，更不要说宫胤派系里原本以成孤漠为首的那些少壮将领，甚至有不少人提出审判女王，追究女王杀害成耀祖的罪名。这样的折子每天都有一两封，但都被宫胤压住不理。

耶律祁也已经从昭明公署出来，昭明公署在祭司高塔坍塌后，莫名其妙也被雷电劈中倒塌，不得不提前让耶律祁离开。桑侗事件后，耶律祁派系的官员纷纷弹劾负责看管城西粮仓的守军失责，以及负责城中心防务的亢龙三大营失责，并提出了当日迎驾大典女王被刺案件的幕后是战家的新证据。在这种情形下，宫胤选择了默许耶律祁回府，半个月后复职，但也正因为如此，他看出了负责办理女王刺杀案的刑司副相暗中属于耶律祁系，没过多久，便以刺杀案办案不力为名，将暗投耶律祁阵营的刑司副相揪出，降职远调，又斩左国师派系一得力臂助。

而对于耶律祁来说，抛出刑司副相，目的就是摘清自己，用一个培养多年的刑司内应高官，换回了自己左国师地位稳固。于此，宫胤也是心照不宣。这是两大国师又一次在台面之下，不动声色的博弈和最终默契选择的平衡。

这些事朝务会议上不提，宫胤也绝不会告诉景横波。不过景横波能从紫蕊的只言片语中听出个大概——政治，从来就是这么复杂的东西。她对此难免忧心，却也不露声色——不是依赖大神去解决，而是她觉得，对大神来说，她每天上蹿下跳，开开心心调戏他才是最好的状态。她只要开心给他看就可以了。压力这种东西，从来都是政客一日三餐的调味料，作为一个合格的女朋友，该如何帮男友纾解压力？简单地说——如果他爱你，你笑给他看就够了！让他觉得他的努力已经庇护了你，你是他最大的成就。景横波愿意做个没心没肺的傻女人，精明在背后就可以了。

所以在朝务会议上她一言不发，私底下却另有些准备，她和常方有过一次私下谈话，主要内容就是要老头子先放弃对提前登基的争取。老头子当时傻愣愣地看她半天，一脸失望地道：“女王不想提前登基？那些人所谓两年天星犯日，明显就是拖延的借口，须知夜长梦多。”

景横波一看老家伙表情就知道他八成在腹诽自己志向浅薄、心思只在男人身上，忍不住哈哈一笑，道：“所以说是暂时的啊。”

“敢问陛下何意？”老头子眨巴着眼，不明所以。

“退一步才可以进一步。”景横波笑眯眯地凑到他耳边，“您的反对，想必也让那些家伙很头疼吧？那么您一旦放松紧逼，对方是不是会松口气呢？你露出一点可以商量的意思，对方是不是会因此赶紧配合您呢？您呀，就先装模作样让让，给我争取一点自由吧！”

次日，常方一反常态，没有再咄咄逼人地要求立即确立女王登基日期，反对派由此大喜，也因此答应了常方关于女王的一个要求——常方认为，陛下既然暂缓登基，那么对她的要求就不该以大荒在任女王的标准论定，应该允许女王有一定的出宫自由和财政自由，便于她体察民生，了解国情，对女王的种种限定规矩、标准统统减半，并允许女王有处置所在宫禁事务之权。历来政治就充满妥协，你妥协了这样，我就该相应妥协那样。对于反对派来说，不让女王登基是大事，其余什么自由权啊，出宫亲民啊，给点钱啊，自己宫里的处置权啊，都是小事。

景横波得知这消息，嘿嘿一笑，回头关照老常方："您老记得一两个月后再继续提女王提前登基的事儿啊！"

老常方一个踉跄险些栽倒，爬起来瞪了半天眼睛，摇摇晃晃走了，走出宫门前回头看看，却忍不住眯着眼睛笑了笑。"有勇有谋，能进能退，不失虎之勇烈，亦不失狐之狡黠。得女王如此，大荒有幸矣！"他满意地点点头，"就算老夫因此背上出尔反尔之污名又如何？值得！"

景横波一点都不因为自己的黑心主意已经让一个高洁的圣人即将蒙尘而愧疚——何必那么不接地气呢，好人偶尔干干坏事，才有杀伤力嘛。至于几个月后时机成熟，老常方再杀出来嚷着要女王登基，那群反对派会不会气歪了嘴，她可管不着。

小小解决了一件事，她心情不错，决定近期除了攻占帝歌市场之外，剩下的最重要事务就是——培养男友！培养男友，先从习惯开始。

一大早，鸟儿叫，风儿吹，被窝高，睡好觉。

门被匆匆打开，女官紫蕊快步进来。"陛下，陛下，"她直奔窗前，对着那堆高高的被窝躬身，"您该起了！"

没动静。

"陛下，"紫蕊看看时辰，确实早，但问题是，这是女王陛下昨晚再三关照，要她这个点来叫醒她的。

"陛下……"

被窝卷翻了个个儿，从床东翻到床西，状若龟壳。

"陛下，时辰到了。"

"嗯……"一只雪白的手臂猛地从被窝里探出来，重重地打在床面上，传出来的声音充满迷离的鼻音，"别吵我嘛……别吵我……"

"陛下！"紫蕊鼓足力气，大声发出最有杀伤力的一句话，"您说要早起陪国师刷牙洗脸吃早饭的，说了两天都没做到，这是第三次了！再不起微臣再也不喊您了！"

被窝卷儿唰的一下蹦起来，蓬头垢面的女王坐在床上，眼神直勾勾的，头发飞散，两腮满满压着的枕头印子。"失败两次了，今天必须要去。"某人喃喃地道。

紫蕊唇角微微弯起，失败两次其实不是女王太懒，纯粹是国师不愿女王早起，安排蒙虎过来干脆点了女王睡穴。是她不忍看每天女王醒来的失望表情，干脆今天提前来喊。

"起床！"景横波一旦下决定也是个行动派，睡眼惺忪地对天打了一拳，蹦下床穿衣服。

紫蕊神情愉悦，觉得看见这样的女王真好。

女王并不掩饰对右国师的与众不同，她本就是个最明朗自由的人，宫内渐渐也便有些话出来，说女王和国师大抵好事将近了。在大荒，女王和国师本就是官配，没人觉得奇怪，更多的是祝福。这位新女王虽然有点奇怪，说话各种不懂，但是美丽亲切，没有架子，待人和气，很得宫人们的喜欢。

景横波匆匆穿好衣服，一边匆匆扒拉着箱子里的东西，她记得箱子里有套旅行装洗漱用品来着。翻箱子的时候她忽然发现，在自己的小隔间的架子上多了一样东西，是个小盒子，她取下打开一看，里头几根短短的红色纸筒，她认出这是传讯的烟花，大荒这边叫信炮。盒子里有张纸条，歪歪扭扭写着："媳妇，想我的时候，点一支。我会立刻乘着祥云来到你身边的，如果我很忙，会派那几个乘着拖车来到你身边。你尽管热情地疼爱我或者狠狠地蹂躏他们。想你。伊柒。"下面还有一个鸭屎绿的痕迹，景横波拿起对着日光看了看，才发现那是一个涂了草绿色指甲油的……唇印。涂指甲油的唇印……她想起伊柒的唇上涂着鸭屎绿的指甲油，在纸上狠狠印了一个吻，顿觉浑身发麻，四面弥漫开指甲油冲鼻的味儿……逗比是怎样练成的？逗比是天生的！

她哈哈哈笑了一阵，还是将东西收起，找到自己要找的东西之后，她站在院子中，做了几个吐纳动作。不是她忽然想练武功，而是最近每天早上起床后，都会觉得胸间似有气息涌动，不吐出来不痛快，她下意识地顺着气息滚动的感觉，以瑜伽的腹式呼吸法做了引导，发觉体内十分畅快，之后整个一天都会精神健旺，气息舒畅。气息导引几个来回之后，她睁开双眼，眉宇间紫气一闪而过。

吐纳完毕之后又钻进厨房，小厨房里热气腾腾，翠姐从灶后探出头来，道："熬粥用的碧粳米准备好了，你说要留给你亲自洗的，我就没有动。"

景横波看见她，停了脚步，想着自从来到大荒之后对她的冷落，心中忽觉有歉意："这些事有宫女做，你没必要起这么早。"

"反正睡不着。"翠姐答得简单。

景横波看着她，忽觉雾气里她瞧来似有消瘦，性子也不再如当初在凤来栖般大大咧咧，沉默了很多。大荒毕竟是陌生的地方，她托庇于自己，却又不得自己关照，也许内心凄惶，便显现在了神情中。景横波顿时心软，想着从凤来栖到大荒，千里路途相伴而行，一共就这么三个人，静筠是个药罐子，整天在屋里不出来，拥雪年纪小，最近把她送去宫中女官司——没打算非要她将来当女官，但好歹跟着学几个字。剩下翠姐一个人，确实也太孤单了些。

"那我来洗米。"她对翠姐展开笑颜，从她身边端过米盆向外走。

翠姐似被她的笑容惊住，一时发呆，景横波已经越过她。翠姐犹豫一下，忽然道："大波……"

景横波回头："嗯？"晨光朦胧如雾，她笑容却如此鲜亮明媚，谁都看得出来，她如此幸福快乐，连眉都似比当初飞扬。

翠姐盯着她的笑意，有点艰难地道："对不住，大波，当初那箱子……"

景横波飞快地扬扬手："啊，箱子的事啊，你不用放在心上，我知道你不是故意的。"

翠姐的后半句话被堵住，她张张嘴，想说什么却终究没有说出来，半晌转了话题："你知道我为什么每天早起烧饭吗？"

"睡不着？"景横波笑，"睡不着就数绵羊咯，我教过你的。"

"因为静筠一直想为你操持饮食，"翠姐慢慢地道，"她身子不好，我想，还是我来吧。"

"是吗？其实我觉得你们两个都没有必要这么做。你们是我的朋友，姐妹，不是下人。"景横波放下米盆，拍了拍她的手，"以后都不要做了。"

"那我能做什么？我能做你的女官吗？"

景横波怔了怔，侧头看她："翠姐，你今天很奇怪。"

翠姐笑了笑，低头去揉面："是吗？也许人换了环境，遇上不同的人，就会慢慢变奇怪吧。"

"你说得很有道理，真看不出来你居然这么懂道理。"景横波笑嘻嘻地打趣她一句，才正了脸色，道："翠姐，女官这事，还是算了吧。不管是你，或者静筠，我都不希望你们搅和到大荒的内政中去。这不是你们该操心的事情，你们只要做好我的闺蜜就好了，等到将来，我给你们丰厚陪嫁，给你们找如意郎君，把你们都风风光光嫁出去，就完美了！"她慢慢地笑了笑，少有的正经脸色，有点怅惘地道："我以前也有三个好友，一起长大的闺蜜。后来我们失散了，我总在想着，我是女王了，争取混得好些，将来和她们再遇见，就可以罩着她们了。嗯，想到将来她们看到我就倒头下拜大喊女王陛下我就很爽啊，哈哈哈哈，尤其太史阑那个男人婆如果这么喊我一声，我到死也要笑咧嘴啊，哈哈哈哈……"她抽风般笑一阵，抹掉笑出的泪水，转头凝视翠姐："不知道怎么的，看到你们三个，我就想起她们三个。都是三个人，你有点太史阑的女汉子性格，拥雪有点像君珂那个老实孩子，静筠谁都不像，文臻可比她健康多了……你看，我总爱这么把你们和她们凑在一起，所以心心念念都想着三个人，好像看见你们就看见她们三个一样，这或者就是那什么移情作用？"她哈哈哈又笑一阵，握住翠姐的手臂，低头凝视着她的眼睛："我是女王，我做了决定就会做好我该做的事。至于你们，好好的，一个都不少，就行了！"

翠姐仰头，怔怔地瞧着景横波，她见惯了景横波的跳脱和不按常理出牌，但像这样一次说这么多话，还真的是第一次。不，不仅是第一次说这么多，而是这些看似依旧抽风的话里隐藏的情感，那些嘻嘻哈哈人生里，从不对人言的怀念、思念和纪念。她到此刻才明白这看似可有可无的三人组对于景横波的意义，是她的寄托，是她的想念，是她在孤身流落大荒后，心中的稳定所在。有了她们就似姐妹在身边，所以她愿意全心全意去相信她们，其实她是如此害怕寂寞。

翠姐眼眶忽然湿了，有种心情模模糊糊，不是很懂，却能够明白。在这一刻，她亦生出决然的心，纠结犹豫凝化为坚实的心情，似屏障缓缓舒展。"你放心。"她回拍了拍景横波的手，"都会好好的。"

景横波早已收回手，又是一脸的万事随意，瞄了一眼天色，一惊一乍地嚷："哎呀，不好，快要来不及了，速度速度。"一边匆匆搬了盆到井边，紫蕊给打了水，她胡乱用手搅和几下表示亲自洗过了，便将米盆扔给紫蕊，匆匆奔到隔壁。

今天，她要去献爱心！

原以为已经迟了，蒙虎会拦住她，护卫们会渐渐出现打扰二人世界，宫胤可能已经用过早膳，谁知道等她匆匆越过侧门，就见静庭静悄悄的，宫胤一身轻便，正立在院子里硕大的八角铜鱼缸前看鱼。

她步子啪嗒啪嗒，他好像不知道，身边的桌台上却放着温热的参茶。她奔到他身后，踮起脚，正要伸出双手，他忽然往旁边站了站，道："你手都没擦干净，想做什么？"

景横波大翻白眼——永远这么煞风景！干脆把双手都在他背上正正反反擦了擦。宫胤反手握住她的手，顺手取过一边的布巾，给她仔仔细细擦了，道："天气已经冷了，下冷水做什么？你什么时候能消停点？"一边批评一边指尖在她掌心弹了弹，看似动作毫不客气，景横波冰凉的手却立即暖了。

"你这动作不对。"景横波才不客气，一把抓住他手掌，覆在自己手掌上，另一只手将他手掌蜷握成一团，包裹住自己的手，"你应该这样，包住我的手给我搓，多温暖多动人多贴心……"她仰头看看他个子，比了比自己个子，有点遗憾最萌身高差标准不够，都怪自己个子太高。

宫胤扯回手，瞥她一眼："瞎扯。"顺手端起桌上参茶，指尖在碗边一试温度正好，才递给她，道："喝了。"

景横波正说得口干，顺手喝了，笑嘻嘻地道："我也有准备爱心给你哟。"她无意中一仰头，正看见宫胤俯下的脸，他乌黑的眸子专注而平静，盯着她的碗，看她喝汤的神情认认真真。那是另一种无言的温柔，在每分每秒细致的关注中。她心中欢喜，放下碗，钩住他脖子，在他耳边悄悄地道："参汤好香，你也尝尝好不好？"

宫胤盯着她微微湿润的红唇，轻轻嘟起的姿态似无声邀请，唇齿间散发淡淡参香，还有一缕奇异却魅惑的香气扑来，四面微风都似因此染上春的气息，柔软而低回。他顿了顿，转开眼，语气还是淡淡的，声音却似乎有点哑："你还没洗漱吧？"一边身子移了移，避到一蓬花丛后。

景横波眨眨眼。啊喂，你一边毒舌嫌弃我一边往树丛里移动暗示我到底是要闹哪样？承认你也想会死吗？口不应心的傲娇帝！姐本来只想调戏你，现在却不打算放过你啦！她踮起脚，一把抓住又想推开她又舍不得推又顾忌大白天又试图往树丛遮掩的大神，唇瓣如花嘟起，飞快一啄。

"没刷牙没洗脸你闻闻什么味道，要是觉得不好闻你可以亲回我，反正你也没刷牙没洗脸，我不介意你啦。"她笑吟吟地飞快一口气说完，眨眨眼睛看着他。

宫胤在……看浮云。眼光高高地越过她头顶，盯着远处一抹浮云，耳后和两颊那抹淡红似乎更明显了。

"还不去洗漱？等会误了朝务会议，你就别想再参加了。"

景横波撇撇嘴——大神每次羞涩之后的必备伎俩——说公事，装正经。"今天休沐日，大臣们不上班啊，你忘了？”她嘿嘿一笑，果然如愿看见大神的脸又尴尬地红了。可是她觉得这样很可爱啊！红耳朵很可爱，红脸颊很可爱，一改常态左顾右盼的眼神很可爱，身子向后仰脚却向前倾的姿态更可爱。不知道床上可爱不可爱……景横波怨念地揪了揪头发……大神改大门密码了，甚至在殿内设置了一道奇怪的屏障，她那无处不可至的瞬移，竟然被挡住，几次偷偷摸摸进去，都遭遇奇事：有时候是一团漆黑的黑暗，弄得她心生畏惧赶紧闪；有时候是一片蒙蒙的白，什么都看不见，她也不敢胡乱踏前；有时候干脆就像一泊海水，她望而生畏，哪里还敢踏进去。她心里知道这大概属于对意识进行控制的幻象类机关，但因为太过逼真，潜意识里就不愿冒险，以至于瞬移也发挥不出来，只好悻悻地放弃将这家伙扑倒的愿望。真是的。她抽抽鼻子，觉得大神太矫情了，女王可以嫁国师，姐也愿意嫁给你，看你那德行虽然不说但一定也愿意娶姐，怎么就不愿意给姐试试婚呢？难道是怕试了以后不行姐会抛弃你？景横波惊恐地瞪大眼睛——啊，不会吧？！

宫胤一转头，就看见某人脸上又暧昧又香艳又猥琐又惊恐又担忧的翻来覆去的精彩表情，那表情发展到最后，变成低下眼，不断对他某处来回扫射，他忽然有种赶紧操起盾牌护住腰部以下的冲动……

景横波忧愁半天，觉得有些事还是很有必要的，下回再试试吧……嗯，在此之前，不要操之过急，不要吓坏了他躲起来……想定了主意，她脸色一正。“刷牙刷牙，我今天给你带了好东西哟。”她献宝似的从背后拿出一个透明袋子，对他晃了晃：“你一定会喜欢的！”

宫胤的目光落在那袋子上，和她拥有的各种奇奇怪怪的东西一样，这袋子也很奇特，完全透明，光滑又柔软，似皮非皮，看不出什么材质。可以看到里面有几样东西：一管柔软的管状物，一柄淡蓝色的一头有毛的刷子，一个白色的材质特殊的梳子，一个圆圆的硬硬的彩色小盒，还有两个小小的白色的扁圆瓶子。

景横波捧着自己唯一的一套洗漱套装，像捧着宝贝。心疼倒没有，拿出来给大神用，她还是舍得的。当初从研究所逃亡，四个人收拾行李各有风格。景横波记得君珂是衣物最多，她对于外物不怎么放在心上，却担心出去后没钱穿衣服，所有小牛仔包里大多是衣物；太史阑性子刚硬，厌恶研究所的一切，坚决认为自己出去后就能凭双手挣来一切，所以小小箱子里完全是胡乱塞了几样东西，最后还塞不满；文臻她不记得了，但隐约看见她有塞平底锅进她那个大包袋……至于她自己，箱子最大东西最多，什么玩意儿都有，恨不得把研究所家当都搬走，但也是衣服占了大半，有些衣服实在塞不下，还扔到太史阑和君珂那里一些。她大概是四个人中唯一带着洗漱套装的，因为她认为第一晚可能找不到宾馆——四个人没有身份证。如今这洗漱套装，就成了异世唯一一套宝贝，她觉得有必要拿出来给他分享。

“这是什么？”宫胤拿起那管状物，捏了捏，觉得里面似乎有膏状物。看看表面，对“高露洁”三个简体字有点疑惑，脸色似乎有点郁闷，大概是想不通这世上还有自己不认识的字？

“哎哎，别捏，挤出来就浪费了。”景横波刚想取笑他，看见他用力捏，连忙拿起牙刷去接。

宫胤已经用手指接住，嗅了嗅，清香微甜，很引人食欲。

景横波不接了，笑眯眯地看着，看样子大神很可能会认为这是吃的东西。吃下去啊，吃下去她就可以笑他一辈子了，哈哈哈，她受够了被他的智商碾压了，哈哈哈。

她脸上的神情太兴奋，宫胤的眼睛一瞟，手一顿。这女人，又没安好心了吧？也不想想，他何等身份，真的会有将奇怪东西随便入口的坏习惯吗？“吃的？”他问，将牙膏靠近唇边，眼睛瞟到她目光灼灼。

“你试试看啊。”她狡黠地答。

他点头，手指放下，她刚想大笑，他忽然飞快地伸指，牙膏涂到了她的脸上！

笑声戛然而止：“呃……”

这还不罢休，他手指连涂几下，在她脸上画了好几道印子。

“我觉得不是吃的，或许是你的珍珠膏。”他涂完，一脸正经地和她讲，“雪白莹润，微带香气，想来不错。感觉怎么样？”

心塞！景横波来不及骂他，哭兮兮地赶紧去洗，对着水盆一看，好创意！他居然写了字！左脸“二”，右脸“货”。你才二货！你每根手指都二货！景横波在脸上抹出了许多泡沫，用三盆水洗了脸，悔不当初地嘟囔：“早知道就不该给你用，现在不给你用也来得及，你永远都不知道这是怎么用的，哼……咦？咦咦？你怎么用了？你怎么知道的？啊啊啊，你怎么可以这样！”

一边，宫胤端起自己的青瓷漱口杯，淡定地拿起那个淡蓝色的牙刷，不急不忙地把牙膏挤到牙刷上，慢慢放到嘴里。

景横波湿淋淋一张脸，目瞪口呆地看着，差点把手上脸盆扔了：“你怎么知道的……”

宫胤看了她一眼，试探性地刷了刷，看她脸上神情越发震惊，越发确定自己做的是对的，便慢条斯理地刷起来。怎么知道的？这笨女人，不知道有种人脸上就写着答案吗？都说过刷牙了。不是珍珠膏，不可以吃，当然是用来擦牙的，用那古怪刷子来接，自然用刷子蘸着刷，和柳条蘸青盐擦牙有什么区别？不过用具特别一些罢了。至于动作，看她神情就知道对不对了。嗯，不过，这气味和感觉，真的比青盐好多了……

景横波瞠目结舌地看着大神拿着牙刷的悠然自得劲儿——哎呀呀，她还没来得及好好炫耀拿捏一下呢，还打算着他不懂一样样慢慢教占点口头便宜呢，哎呀呀，智商什么的真是太讨厌了！

看她一脸悻悻表情，他不过淡淡弯起唇角，伸手拿过她的白瓷漱口杯，取了她仿制牙刷制作的小刷子，也挤上点牙膏，往她面前推了推。

景横波向来好哄，果然立即因为他这体贴的动作笑弯了眼睛，一边道：“这牙膏只有一管，以后你自己用啊。”一边欢欢喜喜地刷牙。

宫胤低头看了看自己手中的牙刷，淡蓝色的柄，质地似玉，白色的剪裁整齐的波浪形的刷头，很奇妙的一个小东西。这整个袋子里的东西都很奇妙，而且只有一份。不用说，又是大荒绝无仅有的东西，她留在身边这么久都没舍得用，想必用完便没有了。饶是如此，她依旧选择将这唯一的东西留给自己。牙刷柄在掌心握热，心也似热的，灼热翻涌着堵在心口，他感觉到喉间的腥甜气息。他默默咽了，招招手，示意远远避到一边的侍卫送上锦缎，将牙膏牙刷一层层裹好，放回袋子里。

景横波刷完牙，噗噗地对着天喷水，一回头看见他动作，讶异道："收起来干吗？不打算用啊？这东西很好的，是不是特别舒服？"她笑眯眯地凑过来，撞了撞他的肩，细声细气地道："这是接吻之前专用的，清新口气的哦……来，咱们要不要近距离闻闻，香不香？"说完又去扒他脖子，要"闻闻香不香"。

宫胤手掌一抬，隔住她的如花红唇，颇有些头痛的模样——女色狼如此热情外放，一旦确定了心意，不分白天黑夜嚷嚷着亲啊扑啊睡啊……虽然这样很好，可是，不是应该等晚上吗……

景横波笑嘻嘻地蹭了蹭他掌心，老老实实缩了回去，她才不是白日宣淫的女流氓呢，只是喜欢调戏他而已，喜欢看他那努力自持又勉强控制的模样，还有那一次次微红的耳垂，真的好有食欲……

"这两个是什么？"为免女色狼继续占便宜，从来不爱多管闲事的宫胤急急抄起另两个蓝白色的小瓶子。

景横波瞟了一眼，那是小样装的洗发水和沐浴露。

"洗头洗澡的啦……"景横波懒洋洋地比画了一个擦肥皂的动作。

宫胤的眼神很自然地顺着她的身体曲线走上一遭，看着她的肘尖柔软地擦过曼妙的身体……他忽然转开眼。

"……比现在那些胰子澡豆好用多啦，哎呀，好久没用这些，我连头皮都在怀念……"景横波一转眼，看见某人神情，一呆，"咦，你脸怎么红了？好端端的你红什么脸？"

宫胤的眼神赶紧飞快地闪开去，胡乱拿起一瓶，道："试试。"

景横波眨巴眨巴眼睛看他——大神你知道你现在在说什么吗？

大神真的不太知道，刚才注意力都在不该在的地方逗留了……越尴尬便越想摆脱尴尬，他干脆认真地拿起那瓶子，道："怎么不能试？"

"能啊。"景横波有点跟不上趟，呆呆地答。

"这是洗头的还是洗澡的？"

"洗头的。"

"你头痒不痒？"

"痒。"景横波只觉得给他看得浑身都痒了。好奇怪好奇怪。

宫胤立即站起，招来侍卫吩咐几句，便有人架起简易棚子，又有人端来热水，还有人拖来躺椅。"来洗头。"他白衣如雪，卓然立在热气腾腾的盆架前，像一个剃头大师父般招呼她，神情从容自然。

"哦。"景横波答应完了才想起来抗议，"不要，我喜欢洗澡的时候洗头，这样洗会弄得我一脖子水。"

“你在轻视我的动手能力吗？”大神说。

嗄？什么意思？景横波还没反应过来，已经被他拉了过来，按在了躺椅上：“躺下。”

“哦。”景横波躺下，看着他赶走护卫，亲自动手，将热水盆架挪到躺椅之后，慢慢瞪大了眼睛。

“宫胤……”她小声地，不敢置信地道，“你……你是要帮我洗头吗？”

“有人很蠢，洗头都会弄一脖子水。”他伸手调试水温，看也不看她，“我想看看，有人帮着她是不是还是那么蠢。”

景横波不说话，笑眯眯地侧卧着，看宫胤试水。这是第一次她遇上宫胤毒舌不回嘴，宫胤难得地也没有乘胜追击，低头专心试水温，白色的热气袅袅升上来，遮没他的眼神，只看见长长的垂下的睫毛，凝着细钻一般的水蒸气。

热气温暖而柔和，热气里景横波的眼波也盈盈如水。她微微弯起唇角，心中的欢喜如花一般开放，却不愿在此刻出声惊扰，她怕一出声，一表达，那个骨子里其实闷骚羞涩的家伙就会扔下手巾跑掉。失去大神亲自给洗头的机会，她会活活怄死的。要淡定，淡定。她在躺椅上翻个身，不去看他以免他难堪，笑吟吟地道：“帮我解开头发，好痒好痒。”

他似乎停了停，随即，一双手伸了过来，轻轻解开她束发的发带。

她不喜欢盘髻，参加朝务会议时会梳一个简单的髻，平常没有其他人的时候多半披着，需要行动的时候便如此刻一般束起。

天生的好发质，手指轻轻一捋，那深红锦缎发带便悠悠一滑而下。一蓬微微卷曲的长发，云一般在他掌心散开。长发并不是纯黑色，景横波曾染过金发，是自己动手染的，效果并不如意，后来有用脱色剂洗掉，现在发色在慢慢恢复，因此呈现出的发色很是特别，有点像栗色，好在天生底子好，光泽不减，每一根都在日色下闪着微光。

宫胤的手指忍不住轻轻一蜷，只觉得握住的是一团云，或者一个梦。云是在天野上游离的云，放纵浪漫而自由；梦是在心头熨帖着的梦，温暖隐秘而贴近。淡淡香气也似一蓬忽然开放的花儿，不请自来扑入鼻端，和她的体香又有区别，清淡些，带着自然的花香味儿，被这样的香气拂过，会令人觉得自己的心也一瞬间如掌间的发一般柔软。

他久久没有动作，她却觉得头发微颤真的有些痒了，忍不住笑着催他：“喂，水凉啦。”

不知怎的，这声音里就带了鼻音，辗转的，回旋的，尾音转出七八个弯来，销魂。她的声线是天生慵懒、微带沙哑，不旖旎也风情的那种，却天生内心骄傲，从来不屑矫揉造作的语气，然而到此刻她才明白，有爱的心情自然荡漾，不需矫饰也缠绵悠长。

听着她这样的语气，他又有些微微发怔，低低嗯了一声，颇有点小心地捧住她的发，浸入热水之中。景横波舒服地嗯了一声，放松身体，热水漫过头皮的那一刻，心似乎都热了。他在轻轻动作，布巾捂住她发顶，再慢慢顺下，一缕一缕地抖开她的发，浸入热水中，眼看入水的发黑亮如云，轻轻逶迤。她闭着眼睛，嘴角噙着笑，不想告诉他洗发水怎么用，只想这一刻能拖得久些，更久些。他也不问，两人都不想说话，不愿让语声惊扰这一刻的宁静心情。他很聪明地自己开了洗发水瓶盖，先是倒，没倒出来，想了想，挤一挤，果然挤出一大坨，他盯着那一坨，不确定多还是少，想了想，又挤了一坨。瓶子瞬间空了一半，他晃晃瓶子，摇摇头，觉得这东西虽然芳香方便，但实在不经用。

景横波感觉到冰凉的液体自他掌心覆盖上她的发顶，她很喜欢这种被包裹住头顶的感觉，有种被保护的美好，忍不住脑袋向上凑一凑，在他掌心蹭蹭。他停了手，低头看她，她眯着眼，一脸满足，日光被花影隔断，覆在她颊上浓浓淡淡，将线条融合得更加柔美，似一只无忧的小猫。心口一动，随即微微生痛，他唇间却微微勾起一抹弧度，温柔。微凉的液体覆上，他无师自通地轻轻帮她揉搓，发在指间缠绕，生出无数粉白的泡沫，像此刻蒸腾而又温软的心情。他指尖在她头皮上轻轻刮搔而过，力度合适，她舒服得如猫一般哼哼，浑身起了一阵隐秘的战栗，忍不住在阳光下摊开身体。

日光渐明，穿透一蓬茂密的翠叶，照亮树下躺着的女子和坐着的男子，她的手搁在心口，唇角满满隐秘的欢喜，一头黑发在铜盆里摆荡。他坐在她头侧，就着铜盆轻轻搓洗她的长发，日光将他侧脸照亮，一抹眼神专注而清亮。光影如纱，披人一身淡金红的朝霞，水声微微，笑意浅浅，花开淡淡，风过轻轻，指尖不经意弹起的水珠，晶莹如梦。

树下，时有低低呢喃声，也如梦境回旋婉转。

“宫胤……”

“嗯。”

“宫胤……”

“嗯。”

“宫胤。”

“嗯。”

“宫胤。”

“你到底要说什么？”

“……没有什么，只是想叫叫你的名字，宫胤……宫胤……你的名字真好听……”

“傻……”声音冷，手指动作却更轻，哗啦啦换了一盆水，满盆里还是白色的泡沫，没有关系，他有耐心继续，洗不干净慢慢洗，今天是休沐日，今天她在这里，今天大臣统统不接见，他在洗头。

她也无所谓，一时洗不干净？正好，慢慢洗。今天是休沐日，今天她要和他在一起，今天谁来煞风景她宰谁，今天她要洗头。“宫胤，洗头很舒服的。”

“嗯。”

“下次我帮你洗。”

“不要。”

“真的，好舒湖……”她口齿都不清了，“我要给你洗头，我要给你洗衣服，我要给你盖被子，我要给你生蛾子……”

“嗯？”他霍然停手，偏头，“什么？”

她没有回答，鼻息沉沉，竟然已经睡着了，日光下温软地偏了头，嘴角一朵笑意犹自不为风吹破。

他用力盯了她半晌，似乎想把她盯醒，好好回答刚才最后那句要命的话。奈何那个早上起太早的家伙就是不配合，顺势还翻个身，抱住了他的一边手臂，嘟囔着把脸贴在他臂上。他的盯视快要变成瞪视，一边手臂也已经抬起，很想拍醒她的模样，然而沾着水的手指还没碰到她的脸，便收了回去，顺手还把指尖的水弹掉，以免落在她脸上惊扰她的睡眠。

生蛾子……他叹口气，觉得和这女人在一起，心脏得更强大一些才行。

盆里还是有很多泡沫，他又叹口气，心想这东西到底是什么？一点点东西，怎么这么多泡沫？好像还越洗越多了，看来她的东西也未必就是好东西，这个洗头发的什么液，真要这么洗，不把人给累死？本来她提议将来帮他洗，还有些心动来着，现在看来，拒绝得很正确。

半个时辰后他第十二次弹指："换水。"

……

大半个时辰后景横波咕哝一声醒来，茫然了好半天，看见地上多了一只巨大的桶，桶里全是热水，远处护卫们歪歪扭扭地站着，满地都泼了水。她愣了好久，才啊的一声道："宫胤，怎么还没洗完？我骨头都睡酸了，还有，我怎么觉得头皮好痛……"

大神举起自己已经被水烫红的双手，看看盆里依旧存在的白色泡沫，沉默良久，转头道："换水。"

……

一个头洗了半个上午。

等景横波终于能从躺椅上起身，她觉得骨头都要酸了，头皮都火辣辣了。她嘶嘶地吸着气，想着祈祷这头洗得长一些再长一些，果然老天这回听见了，长得够上一年洗头时间叠加了。想笑又忍住，不行，这一笑出来，以后就别再想大神伺候她了，瞧他那小脸青的。

翠姐端着托盘，犹犹豫豫不进来，现在这时辰，早饭还有送的必要吗？

景横波肚子早已饿了，看见急忙欢呼："送来送来。"又对宫胤炫耀，"你一定要尝尝，今天的粥是我熬的哦，小菜也是我给你准备的哦。"

翠姐翻翻白眼——手在淘米盆里翻搅两下就算熬粥了，倒是第一次听说。

宫胤的脸色这才好看了些，由景横波牵着在一边花架下的石几上坐了，挥手令所有上来伺候的人退下去，也不待景横波帮他动手，便顺手拿过一边的碗，替她盛了一碗粥。

"哎，我还想亲手替你装呢。"景横波为失去一个献爱心的机会而惋惜。

"我怕由你盛的话，我便吃不上一口热粥。"大神还是口舌毒辣而动作温柔，动作很快地又给她夹了一碟点心。

景横波则笑吟吟地替他掀开一个白瓷盘的银盖子："当当当当，举世无双第一爽口开胃居家旅行必备小菜出场！"

白色细瓷碟精致玲珑，透出点玉青的底色，一小撮淡黄色的细长茎状小菜点缀着点点鲜红辣椒，色泽清艳，引人食欲。没错，小菜中最常见、最普遍、南北皆爱、陪伴无数人度过食堂岁月的经典——榨菜是也。景横波当初在箱子内层夹缝里掏出这一包榨菜时简直热泪盈眶——久违的味道了啊！榨菜君，近来好吗？你的官方CP方便面和火腿肠很想念你！这么唯一一包宝贝，无数次她胃口不振时想要撕开干掉，又无数次犹豫不舍，现代的很多东西，到了古代便显得分外珍贵。大荒的小菜不知道是不是因为土质的原因，大多咸涩，远远无法和现代工艺制作的哪怕最简单的榨菜相比。不过拿出来和他分享，她觉得物尽其用。

宫胤夹了一块，慢慢咀嚼，景横波目光灼灼地偏头盯着他，迫不及待地追问："好吃吗？好吃吗？"

宫胤侧首，看她眼底满是期待，黑玉一般的眸子明光耀眼。这是她很稀罕的东西吧？也许只有一份，这个贪馋懒的家伙，想要她拿出珍藏来分享，非得在她心中很重要才行吧？他弯了弯唇角，嗅着她发间散发的清爽馥郁香气，只觉心情宁静而愉悦，夹了一筷给她，道："不错。不过我怕咸，你多吃些。"

"哦。"景横波略有些遗憾，大神竟然不晓得欣赏榨菜，不过各人口味不同也没有办法啦。

"咱们出去逛逛好不好？"她扶住他手臂提要求，眼底闪着渴盼的光，"难得休沐日呢。"

宫胤筷子一停，第一反应是拒绝，然而抬头看见她眼光，心中立时一软，正要点头，忽然手一顿。

恋爱中的女人比平常敏感，景横波立即探过头来："怎么啦？"

宫胤端起粥碗，很快地一口气将碗中粥喝下，放下筷子，道："我还有事，你自己去吧。不许再偷跑，让禹春跟着。"

"哦。"景横波顾不得失望，目瞪口呆地看着他喝粥的姿态。大神吃饭一向斯文优雅，小口慢嚼，什么时候这么狼吞虎咽过？"什么事这么急？"她有点心疼，伸手拍他背心："慢慢来，别呛着了啊。"

宫胤一侧身，让过了她的拍抚，伸手摸了摸她的头，将她的脑袋压了下去："有点急事，你出宫就出宫，不许再多事，死多少人都和你无关。再出什么事，你永远也别想出宫。"

"哼。"景横波照例对这种霸道语气嗤之以鼻，却不反驳，唇角笑意暖洋洋的。

宫胤也早知道她口不应心的德行，手从她发上有些留恋地滑下，站起身，将自己的碗拿起，交给宫人去洗。

景横波还在对付自己的粥，笑道："干吗这么急，等我的一起洗啦……"

宫胤停了停，没说话，目光落在自己的碗里。粥已喝尽，只留一点碗底，隐约透出淡淡的粉红色。也不知道是不是，头顶一株玉兰花的照影。

第四十一章 被掳

景横波吃完饭就出了宫，照例带着紫蕊和拥雪——她用人一般凭直觉，直觉这两人妥帖。至于静筠，她觉得病美人心思太重，翠姐以前是个女汉子，现在心思也慢慢变重，既然如此，就让她们自己好好想想。景横波有点忧愁，她觉得自己人手不够。好在现在也没打算搞什么商业帝国，只想多赚一点，多创业，以便自己将来有个依靠。毕竟，有钱有人才活路多，做什么事没钱都不行的。

出门第一件事，就是直奔前几天紫蕊给她看好的铺子，她要开个画像馆。这个画像馆和平常铺子要求不同，并不打算开在人烟密织的闹市，相反，她的要求是清净，深幽，有格调，最好临近朝中重臣居住的深宅大院区域，比如聚居大臣的功德坊、西歌坊等地。照相纸不可再生，每张都很珍贵，所以这画像馆走的完全是上层路线，相当于古董行之流，轻易不开张，开张吃三年，不需要对百姓开放。开在闹市，贩夫走卒都可以跑来看个新鲜，那些自恃身份的老爷夫人会觉得自降身份，哪里还肯来？所以买的屋子也不是小小一间，紫蕊看中了西歌坊以前一位大夫的三进宅院，那位大夫贬官出京，院子被邻近的大臣买了下来，一直搁着没用。院中修竹千竿，郁郁森森，青石板路，流水曲觞，符合景横波关于“意境、风情、天生好光影”的要求，就是价格不菲，景横波掏出了所有辛苦从大燕背回来的祖母绿，却还差一点，今天过去是打算讨价还价的。景横波在车上叹气，帝歌居，大不易啊。大荒宝石太多，连祖母绿也远不如大燕值钱，更不要说和现代相比，当初以为自己背无数别墅走天下，其实那价值换算到现代大概也就相当于魔都一间厕所。

上了车，她正扳着个手指青面獠牙想着如何杀价，就见紫蕊笑盈盈地爬上来，手里扬着一个信封，道：“陛下，今儿您的好口才看来无用武之地了。”

“哦？”她接过来，打开信封，抽出一叠庄票。来了一阵子，也认识这东西，只是这上面的数字让她有点不敢认识，瞪着看了许久，用手指点着一个个地数：“一二三四五……哇，最大面额，哇，好多张，哇！哪来的？你自己印的？犯法吗？和真的一样！”

“本来就是真的。微臣可没这么大本事。”紫蕊抿嘴笑，“刚才上车前，禹春给我的。说国师说了，按照大荒律例，举告谋逆属实者有大功于国，按例得谋逆者五分之一家产。这里就是桑家五分之一的被变卖的家产，属于您了。”

“啊哈哈哈，还有这一条！”景横波喜出望外，一把抓住银票哗啦啦地数，真是瞌睡逢上了枕头，没钱花天上就掉金条！还客气什么，收起收起。“大荒律令一堆狗屎，就这条最好。”枕着银票躺下的景横波大声夸赞。

“是这样的，陛下，”禹春的胖脑袋忽然探了进来，一点也不愚蠢地道，“这条律令刚刚提出，还没正式通过。不过国师说了，不通过也得通过，就这样。”

功德坊前谏议大夫的院子，今早也有人在打扫，预备着买主前来看房，一个三十余岁、面白无须的男子立在门槛前，听着此处管家的汇报。

“有人想买这进院子？”他点点头，打量四周，“能卖就卖了吧，地方有点隐僻，做不了生意。又不大，铺排不开官员们的排场。光线又森凉，不合老爷们的胃口，都空这里几年了。早点卖了，夫人账上也多添一笔。”想了想又道：“话虽这么说，价格倒不必太便宜，少了，有失我们吏相府的身份。还有，仔细考察对方的家底，来路不明、气质低俗的，也不能卖，我们吏相府，不能和这种下等人做邻居。”

“煌大爷多虑了，买主一看就不是平常人，”那管家笑道，“是个气质端庄、十分貌美的姑娘呢。”

那人即将离开的脚步一停：“姑娘？”

“是。”

“一个人？”

“只带了几个从人，这年头需要抛头露面的女子，多半都是家里无人的。”

“貌美？”

“着实端庄，尤其气质出众，教养极好，真真少见。”

男子站住不动了。“我留下瞧瞧，看看怎样。”他道。

管家知趣地退下。都知道吏相府最近在找良家女子呢。管家悄悄地摇摇头，撇了撇嘴——吏相府！好大一摊家业，好一座高官府邸，不是其中的人谁知道高贵外衣底下的烂污？老爷是个不问事却好色的，夫人是个小气得要命的，底下几房是各自捞钱的，还有一个少爷，病歪歪的，整天寻人“冲喜”。每年丫头们被夫人虐待死，或者被少爷“冲喜”死的就有好几个。名声太坏，以至于夫人想给老爷找一门良家妾，拢回老爷渐渐飞到外头女人身上的心，都没有人家肯应。看样子，这位投奔而来的夫人的远房侄儿，新任大院三等管家，急于在夫人面前立功，这是要给夫人解决这个问题了？

看守这座院子的管家想想那日看见夏紫蕊前来谈生意时的排场做派，再想想自己当年被欺辱而死的外甥女，冷笑着摇摇头，决定这事儿不提醒煌大爷了。谁想作孽，自己承担！

马车在院子前停下，夏紫蕊当先下车，去和对方迎上来的人交涉。景横波下车看了看四周，见道路平整，高墙连绵，轩屋飞檐一眼望不到边，正是贵族府邸清净气象，满意地点点头。她今天准备以朴实的生意人装扮来开始自己的大荒创业，没穿自己的裙子也没穿宫装，普通大荒女子打扮。戴了一顶帷帽，垂着面纱，最近几次抛头露面都在大庭广众之下，她怕万一给人认出来，抬价啊什么的就不好了。

卖方看起来礼数也合适，不愧是大户人家出来的教养，只是有一个站在一边一直没说话的长衫男子看紫蕊的眼神直勾勾的，让人有点不舒服。不过景横波也表示理解，大荒皇宫能承担教引女官职位的，都是才貌俱全的女子。紫蕊这种接受高贵礼仪熏陶多年的女官，足可为女子典范，一般大家闺秀都绝对比不上，引得人家多看几眼也是正常的。

有了紫蕊在前面，拥雪年纪小容貌不出色，景横波戴了面纱，其余人也就不再在意这两人。禹春等人按照惯例并不近前，远远在附近等候。不过是谈房子的事，这家的底细也清楚，实在不会有什么危险。

入内坐定，上茶叙话，之前已经谈过价格，不过是带景横波来看看之后确认。景横波一路过来，对院子的大小和景致都十分满意，心中早就在勾勒未来装潢过的画像馆的蓝图。夏紫蕊看她神情也知道过关了，当下含笑和管家道："既然地保也在，不如就此签订约书吧。"

管家正要答应，那长衫白面男子忽然道："且慢。这位姑娘，我家主人对此处赁卖，还有些要求。"

夏紫蕊诧异地看向他，管家刚要介绍，那男人却止住了，只含笑和夏紫蕊道："姑娘借一步说话。"

管家缩缩脖子，不说话了。

夏紫蕊毕竟是宫中出来的人，对世事涉入不深，闻言也没有多想，对景横波道："我去去就来。"跟着对方出去了。

拥雪神情有些不安，眨巴着眼睛看了看紫蕊的背影，犹豫一会儿没说话。景横波虽觉得有些奇怪，但也许对方有什么难言之隐，不愿意当众提起也有可能。她托着下巴想了一会儿房屋装潢的事儿，顺手拿起桌上茶喝了一口。又想了一会儿，忽然觉得，怎么眼前的景物有双影？怎么脑袋和眼皮子越来越重？还有，紫蕊怎么还没回来？她勉力睁开眼睛，看见拥雪惊惶的脸，对面的景色似乎在水影中晃荡，管家带着下人远远地退了开去。"蒙汗药传说中不是酸的吗……"她咕哝一句，一头栽倒。

哗啦一声，一盆水从头顶浇下，顿时晶晶亮，透心凉……

景横波迷迷茫茫睁开眼睛，就看见面前几个妇人小厮，拿着空盆，对她横眉竖目地道："醒了？醒了就快点滚出去！慢了一点，仔细挨板子！"说完又一盆水，泼醒了她身边的拥雪。浑身湿淋淋的景横波爬了起来，发现还好，没被捆住，只是身上湿透了，面纱湿了沾在脸上十分不舒服，她干脆一把扯下，抹抹脸上的水。

四面静了静，妇人小厮们似乎被她的容色所惊，面面相觑，有人道："嘿！想不到这里还有个好的！"

景横波四处张望，发现这里似乎是柴房之类的地方，从外面的景色看，还是刚才那院子。"怎么回事？紫蕊呢？"她皱起眉头。

"你那个小姐？"一个妇人冷笑道，"她擅自闯入我们府中，惊扰了我家公子，引得我家公子痛心病发，险些一命呜呼，现在她自愿留下伺候我家公子以赎罪，我府中也就不再追究你等的罪责，赶紧收拾收拾滚回去吧！"

"你府？哪座府？"

"说出来怕吓死你！"妇人不耐烦，"叫你滚赶紧滚。你家小姐能被我家公子看中是她的福气，再不走，连你一起留下来你乐意？”

景横波想笑，大荒怎么了，到哪儿都遇见纨绔？本来她想惩罚一下这些下人，此刻听这妇人语气虽然不好，用意却是不坏，大抵是因为对方势大，不希望她强力抵抗连自己都栽进去。

“你运气好。”她点点头，“做人存几分良善之心，还有一分活路。”

不待那莫名其妙的妇人开骂，她走到屋外，放了一枚小烟花。几乎立刻，人影一闪，禹春带着手下赶到，一眼看见她浑身水湿，不由大惊：“陛……”

“别说了，把这些人都给我捆了。”景横波一指那些傻眼的下人，“紫蕊被掳了，问出她的下落。”

片刻那些仆妇就被捆了一地，不等她们哭号就被分开审问，禹春亲自拎了一个妇人去一边审问，过了一会儿回来，一脸为难。

“怎么了？”景横波隐隐觉得不妙，这世上还有宫胤属下不敢解决的事？

禹春道：“这些人并不是谁家的仆人，是这附近菜市的普通卖菜妇人。都说刚才被人拦住，给了一点银子，让到这里来，教说了这么一番话。至于给银子的人是谁，那公子是谁，那户人家是谁，她们并不知道。”

“不难。”景横波冷笑，“反正就那个长衫老白脸干的事儿，和这家院子的主人也脱不了关系，以为在街上找几个人就能撇清啦？找到这家卖房子的人就知道是谁了。”

“不用找也能猜得到，对方话里有漏洞，什么公子有病，附近官宦人家，家里有著名的病秧子，动不动就打听人家女子的就一家。”禹春脸色不太好看，“吏相赵大人家嘛。”

“那就去要人啊。”景横波想也不想，“我都不自己打上门去，找你们解决了，你们磨磨蹭蹭干吗？”

“我的女王陛下，”禹春愁眉苦脸地道，“您知道吏相大人是咱们国师手下的元老吗？”

“啊？”景横波眼睛一直。怎么总撞上他的属下？不过换句话说，现在朝野上下，大多是宫胤的人，随便转转就碰到一个的比例太高了。

“赵大人是三朝元老，是前国师的亲信。您之前没有见过他，是因为他近期一直告病在家，告病也不是真病，不过是和国师软对抗罢了。”禹春道，“如果说成孤漠代表的是支持国师的军方势力，那么赵大人代表的就是支持国师的文官集团。只是赵大人和成孤漠又不同，赵大人资格老，地位高，当年前国师在时，就很有些倚老卖老，国师接位时，他其实是暗中的反对者，国师站稳脚跟后，将他原本的副相职位撤下，改任吏相，他也很有些耿耿于怀。但他是三朝元老，担任国学大监多年，朝中半数官员出自他门下，对外又一贯做两袖清风、品格高洁状，很得士林和文官们的人望，所以哪怕明知他心思不纯、人品不佳，在没有抓到大把柄的情形下，国师也不方便动他，所以……”禹春咂咂嘴，有句话没说出来。文武体系是国师的支柱，要是以往，赵士值敢动女王的女官，整了也就整了，正好惩治一下这阴晴难测心思不定的老家伙。但现在军方成孤漠已经得罪，亢龙军不稳，再得罪文官派系，国师地位只怕要受影响。作为宫胤亲信，禹春不愿国师在这多事之秋再树敌，好歹要等亢龙军稳定了再说。

景横波一听这个说法，立刻觉得，不该让禹春等人介入这事，以免宫胤难做。不过禹春应该也不会让她一个人去救人。

果然，她立刻听见禹春道："请容我先禀告国师……"

"好啊好啊。"景横波左顾右盼，随手一指一处飞檐斗拱的院子，"吏相家是不是在这个院子啊？"

"那是……"禹春正在思考这事儿是先潜行救人还是先禀告国师，随口答了一句，随即醒觉，道："那是和左国师府相连的后墙……啊，人呢?"他瞪着面前空荡荡的墙，沮丧地发现女王陛下又跑了。

"一队人立即回宫禀告主上，"禹春大声道，"一队人随我，拜访吏相府！"

景横波身子一闪，已经闪进了目标府邸。她才不会等禹春慢慢决定，回宫禀告，再等宫胤决定和老赵要人。虽然宫胤一定会出面，但那么多折腾下来，黄花菜都凉了。这种府邸进去了，一分钟都是危险，紫蕊的清白可耗不起。吏相既然身份敏感，不能公开得罪，她就去偷偷把人偷出来好了。

身形一闪，她已经立在一座深宅大院里，眼前草木葱郁，亭台楼阁，曲廊流水，红亭碧波，和所有大户人家造型一样。景横波进了院子才想起古代宅院的深邃与复杂，在这种院子里要找一个人谈何容易？自己身处的位置似乎是后院，不远处有阵阵香气传来，似乎附近就有厨房，景横波躲在一棵树后，看眼前不时走过三三两两的丫鬟。这府里的丫鬟似乎特别多，她在这站了半刻钟，走过去的就有十七八个，而且燕瘦环肥，个个姿容不俗。景横波暗骂这吏相老色狼，有这么多漂亮丫鬟，居然还想抢紫蕊。

几个丫鬟从她面前走过，笑声若银铃。

"主子今天竟然想亲自下厨，这是怎么了？难得一个休沐日，不好好歇着，还想操持这女子之事。"

"是啊，他都多少年没亲自下厨过了？也不知道怎么忽然想起来，说要练练厨艺。"

"也不知道谁有福气今天吃他的试验品？"

"姐妹们，咱们不妨赌一赌。"

"呵呵，算了吧，姑娘们，别在这自说自话了，主子是什么样的人你们不知道？你们以为真的有谁能吃到他亲手做的东西？奉劝你们一句，少做梦。他就算把盘子递到你嘴边，你也不一定真能吃得到，信不信？"

这话一出，众人都默了默，随即有人悻悻哼了一声，之后再无人有兴致说话，匆匆而过。

景横波从树后闪出来，若有所思。对，吃饭。吃饭是个重要的事儿，紫蕊也要吃饭的，如果人家想用强，说不定还得下药什么的，狗血言情小说里都这么写的。今天这家的主人亲自下厨，是不是也是要讨好或者对紫蕊下手？不管怎样，厨房是个好地方，锅碗瓢盆多，随便操起一个就可以砸人。放倒了这家主人，再叫他把紫蕊交出来不就行了？

景横波辨认清楚那香气的方向来源，身子一闪，不见了。一霎后她站在三间青瓦大屋前，这便是这家府邸的厨房了。院子里不少人洗菜择菜打水，隐约可以看见屋里也不少人。厨房里热气腾腾，几乎看不见人，景横波干脆又一闪，进了厨房。弥漫的雾气里每个人都在低头做自己的事，无人发现已经有人进来。里间似乎有人在切菜，听起来刀工娴熟。

景横波走过去，就见里间厨房只有一个人，正背对着她在切葱，穿一身轻便长袍，高大挺秀，宽肩细腰，卷着袖子，露出一双线条明晰的手臂，腕骨精美手指修洁，手中刀影连绵出一片白色的闪光，力度均匀，动作优美有力。景横波忍不住靠在门边多看了两眼。这男人身材真好。想不到男人在厨房切菜的姿势也这么漂亮且……性感。她有点走神，想着宫胤如果在厨房忙碌，该是什么样子？会比他还性感漂亮吗？还是神仙忽然从天上摔下来，脸着地的模样？嗯，应该是后一种。

看着这人健美的背影，背后流水般乌亮的长发，她忽然觉得，用一盆满是肉泥的铜盆砸在他头上的原计划，似乎有那么一点残忍。要不旁边那一盆热水？似乎也有那么一点残忍。要不那边那把刀……算了吧。要不再那边那个鼎罐……会不会太响？天生不忍破坏美丽事物的景横波，下手踌躇。又想这家主人皮相不错嘛，如果真的喜欢紫蕊，回头道个歉，说和说和，或许能成就一段良缘也未可知。

正想着，那男子忽然低声道："差不多了。"又咕哝一句："烧了她也吃不到……"

景横波正想这声音怎么有点熟悉，男子已经掀开锅盖，一股浓郁香气扑鼻而来。早上吃得不多的景横波，顿时听见自己肚子发出响亮的咕噜一声，糟了！男子身形一顿，立即回头。景横波再不犹豫，意念抄起离自己最近的一盆热水，倒！盆倒下的一瞬间，她看见那男子还没完全回头，手臂就已经向后一挥，一股劲风扑来。更糟！哗啦！一盆热水当头倒在了她身上。

景横波欲哭无泪，呆若木鸡。那货反应太快了，人还没转身掌风就推了过来，把盆推到了她头上！此时她万分庆幸这水没想象中那么烫！一脸一身的水，她一边退一边赶紧抹一边抓起身边什么玩意儿自卫，也没来得及看清对方是谁。

却听见一个声音，也有点发怔地道："哎，你还真赶来吃了啊？"顿了顿，看了看她造型，似乎明白了什么，声音里多了戏谑："我知道你很感动我为你亲自下厨，但似乎也用不着沐浴焚香吧？"

景横波一听这声音，手中菜刀险些落到脚上。天杀的！竟然是耶律祁。怎么会跑到他这里来了？景横波这才想起耶律祁的府邸似乎也在西歌坊，只是她从没来过，想必耶律的府邸和那吏相府靠着。

"呵呵，不好意思，走错门了，你好，你早，对不起，再见。"她抹一把脸上的水，转身就走。

衣领不出意外地被他揪住。

景横波心中叹口气，回身，手一摊："好吧，自投罗网落在你手里，要打要杀要剐请便。"

"真的？"耶律祁似乎心情极好，声音笑意满满，"我这里还差一味美人蒸，把你蒸吃了好不好？"

"肌肤细嫩，香气扑鼻，应该味道不错。"景横波建议，"加点耶律沙茶酱就更完美了。"

“何谓耶律沙茶酱？”

“三斤耶律祁腱子肉剁碎拌豆酱三蒸三晒而成。”景横波嘴上从来不肯吃亏。

身后耶律祁在笑，声音低沉若有共鸣，似一把音色完美的小提琴奏回旋之音。他似乎贴得很近，她能感觉到他宽厚的胸膛近乎贴着她的后背，微微颤动，肌肤温热。景横波吸吸鼻子——哦，能不能不要这样笑，她是声音控！

“想不到你这么恨我，恨不得食其肉寝其皮？”他声音带笑，“那就坐下来吃吧。”耶律祁绕到她面前，将一罐子炖菜端到她面前，香得她要发晕。

“鸡汤骨汤打底，放入适量的翠叶名酒，再放入鸡鸭羊肉猪肚鸽蛋，以及海外名产海产品十余种，小火从昨夜就煲起，直到现在方成。”耶律祁笑容也似这一坛好菜般令人发晕，“我很多年没有做过了，如今试做，还不错，宝刀未老。”他取过筷笼，示意景横波挑一双，自己又随手选了一双，先在坛子里挑了一块海参吃了，以示无毒的意思，随即又风度翩翩对景横波一让。

景横波长期减肥吃得少，其实对美食抗拒力很低，看上去很兴致盎然地选了一双筷子。

耶律祁眼神在景横波身上飘过，笑容更深更玩味——一盆热水浇头，将女子的衣裳紧紧裹贴在身上，所谓曲线之美，就在此刻。偏偏这马虎女人还浑然不觉，随意地抖着衣裳，一抖便是一道诱惑的波纹，着实赏心悦目。就冲这一幕，今儿这心血来潮的厨房之行，就没白来。

景横波真的觉得很饿了，对耶律祁的顾忌也无法抵挡这坛菜的诱惑，想不到这家伙出身豪门，居然还是个厨艺高手。会做饭的男人有魅力啊。可惜她还要去救人。

“好的，谢谢，留着我回来吃，再见，么么哒。”她抬腿要闪。

一根手指轻轻地点在她的肩头，她又跑不掉了。景横波叹口气，懒得瞄那人讨厌的笑容，干脆操起筷子夹了一块猪肚入口，陶醉地眯起眼睛：“嗯……真不错！想不想来应聘御厨？”

“我只想做你一个人的厨子。”耶律祁笑得深情款款。

景横波一边嗯嗯点头一边下筷如飞，反正一时跑不掉，吃饱也好，吃饱有力气救人。

“吃饱点。”耶律祁双手托着下巴，眼神专注，一副贤惠体贴模样，“吃饱点才有力气救人啊。”

景横波筷子一停：“你知道我要做什么？”

“今天你和夏紫蕊出来买房子，结果房子没买，却跑到我这里来了。”耶律祁懒洋洋地道，“你绝不会自己主动来我这里，肯定是跑错了，和我邻墙的有吏相府和沉铁质子府，质子为人谨慎，和你也无交集，你不会和他有什么矛盾。吏相那府里却是一团糟，老子好色儿多病，夫人小气小姨子风骚，动不动整出一摊事来，而你要买的那套房子，似乎正是吏相夫人私下拥有的个人产业。所以我猜，你们在谈生意的时候出了岔子，你身边有人被掳进了吏相府，你去救人跑错了地方，是不是？”

景横波眨眨眼睛，用筷子虚点了点他额头：“有时候真不知道你们这些人脑袋怎么长的。”

“既然知道我脑子好用，还担心什么？”他亲昵地一点她额头，“快吃，吃完我带你去救人。”

景横波翻翻白眼——说这么亲热干吗？她和他有交情吗？她不客气地拨开他的手指：“别乱动手脚，姐现在是有男盆牛的人。”

“男盆……牛？”耶律祁想了想，似乎有点猜着，轻轻一笑，“男人？宫胤？”他笑容微邪，有几分讽刺。

“怎么？”景横波眼睛比他还邪，“不行？行不行关你什么事？”

“行，怎么不行。”耶律祁忽然笑开，满面春风地凑到她耳边道：“不过，这行不行啊，还真的不关我的事，但绝对关你的事啊。你这么说，我还真的担忧呢。”

“耶律祁！”景横波筷子一拍，柳眉倒竖，“你有点出息好不好？看人家不顺眼就攻击人家下三路最下三烂了！”

“好，好，我下三烂。”耶律祁还是好脾气地在笑，笑意却微微生了冷，“你们女人啊，不撞南墙心不死，我何必枉做恶人？终有一日你会知道，到时候可别来找我哭。”

“姐就是被人甩了在九宫大街要饭，也绝不在你面前掉一滴泪。”景横波恶狠狠撕咬一块猪肚，想象这是耶律祁的要害部位。

“我很期待那一天的到来，正如我期待所有即将被现实印证的真相。”耶律祁笑得也充满恶意，“恭喜你，找了一个全天下最光芒万丈的夫君。”

“你是指他不适合做夫君吧？”景横波倒不生气了，慢条斯理在坛子里找自己喜欢吃的，“他不适合，你适合？耶律祁，你想想你自己，你一辈子说过几句真话？有过几次真笑？对几人有过真心？也许你看宫胤各种不配为人夫君。可是我告诉你，”她筷子指着耶律祁，像执了一把刀，“他要么对我不说话，要么说得不好听，可说出来的到目前为止都是真的；他很少笑，大部分时候对我冷着脸很讨厌，可他第一次对我笑的时候是真心的，是因为我通过了迎驾大典笑的；他不喜欢的人有很多，可以说全天下都是敌人，甚至我现在也不确定他到底喜欢我多少，可是我觉得，哪怕只是一点点，那也是真的。”

耶律祁盯着她，不笑了，眼里光芒似一簇游移不定的火，幽幽亮着。

“好比这菜，有点像我们那的佛跳墙。”景横波举起一块海参，“你知道你这一锅菜为什么这么香？因为都是虽然不起眼，但其实非常真材实料的原料。比如这海参，上好刺参吧？所以才有这效果。换黄玉参，看起来差不多，甚至还要溜光水滑一些，但滋味就会差很多。这里面每一样原料，都是真的，高级的，不含水分杂质精工细选过的，所以才有了这一锅汤菜的好滋味。”她又挖出一块蹄筋吃了，含着筷子对他笑：“情感，也是这样。”

耶律祁筷子尖上一块鲍鱼始终没有下肚，他眼睛盯着鲍鱼，目光却像透过鲍鱼看到了将来：“你其实一直都很聪明，对人间事物感知灵敏，只是不轻易展露罢了。今天听你这么一席话，倒也算我的运气。只是人是在变化的，感情也是在变化的。我知道以我的立场，说什么都是相反的结果。也罢，就祝你这一锅菜，永远滋味香浓，百吃不厌吧。”他一笑，鲍鱼滑入唇中，滋味该是鲜美的，不知怎的，却似嚼蜡。难得听这嬉笑怒骂的女子说这么多话，说心里话，听见这些，是有福，还是受罪？真？何为真？何为假？心境如风过幡动，谁知道前一刻的起伏不是真？计较不得也计较不来，一笑而已。

景横波也不看他，搁下筷子，正色道：“既然难得我们这么平平静静在厨房吃东西，那么你也平平静静让我走吧，我确实有要事，也不指望你帮忙，别添乱就可以了。”

耶律祁不答话，将坛子收拾起，牵了她的手道：“跟我来。”

景横波无奈，只得跟他过了几道曲桥几条回廊，一直到一座小楼前。

远远的，有几条人影忽然射过天空，身影很轻，似一团乌云在快速移动，无人发现。人影并没有靠近左国师府，而是在吏相府的一处隐蔽墙头停下，遥遥看着左国师府那边。人影一开始老老实实坐在墙头，渐渐便歪的歪倒的倒，抠鼻孔的抠鼻孔，抠脚丫的抠脚丫，打哈欠的打哈欠，只除了一个家伙，目光灼灼地趴在墙头，盯着左国师府不放松。

懒洋洋的话声传来。

“我说小七七，你干吗整天跟着女王啊，还拖我们跟着，难道我们就没有事吗？”

“你们有屁的事儿，谁要你们跟着了？都边儿去，挡着我视线了知不知道？还有，叫大师兄！”

“大西轰，”一个家伙口齿不清地啃着蹄髈，“你打算偷窥到几时？”

“我这不叫偷窥，叫就近随身保护我的媳妇。”伊柒换了个方向盯视，“哎，我媳妇儿遇上事怎么就不召唤我，偏要去找那只黑蝎子呢？被他拐走了怎么办？还有，两个人孤男寡女的在一起干吗？啊，她还对他笑，为什么她要对他笑？为什么！”

“因为他比你好看。”

“作为八人组里最漂亮的那个，我觉得这句话完全是在否定你们自己。”

“希望师父没有听见你这句话，否则你今年就得和后山那只黑瞎子睡一冬天了。”

“哦呵呵呵呵，师父听不听见他都会去睡狗熊啦，谁叫他在师父镜子上画痘痘让师父以为长痘痘的？哦呵呵呵，师父哭了三个时辰呢，不让他和熊瞎子面壁三年我就不姓司……哦呵呵呵，以为混在帝歌不回家就可以逃掉了吗……”

“哦呵呵呵，我逃出来了，你们六个干吗也跟着啊？啊？画痘痘的是我一个吗？把师父头发故意染白骗他说他老了的是我吗？弄了个改变脸形的镜子让他照的人是我吗？在他饭里下生花散想让他生皮疹的人是我吗……”

“喂，你们说，他现在会在洞里哭吗？”

“哭个屁，顶多觉得有点寂寞，唉，后山那些狗熊虎豹又得倒霉了，又要听老自恋叨叨他的美了……”

“唉，好失望……”

失望的七个人，快乐地翻着肚皮晒太阳。

景横波一路上不断遇上美婢，人人见她都露出奇异之色，但无人敢问也无人敢靠近，都远远让到一边施礼。景横波走过的时候想听听她们会不会窃窃私语，也没有声音。她瞟了耶律祁一眼，心想这家伙一脸风流相，家里管得倒严，这一堆一堆的美婢，恐怕也就是看着让人误会罢了。

小楼前有一泊湖水，不小，草木山石似乎没有经过特意修整，有种自然的野趣。小楼名字也简单，就叫“登高”。

耶律祁也就带着她登高，道：“带你先看看帝歌全景，认识认识大臣们的屋子，以后就不会走错路了。当然，”他一笑，“今天走错得极好。”

“我觉得不好，”她瞪他，“你磨磨蹭蹭，耽误我的事！”

“莫急，”他薄唇一撇，“马上我就带你去吏相府。”

“那你爬楼干吗？难道从楼上跳到吏相府去吗？”她怒视这不靠谱的家伙，原以为一番话可以打击或者说服他放开自己，没想到这家伙有时候比宫胤还难缠。

两人已到楼高处，正面对着底下的西歌坊，景横波这才发现，耶律祁说得不错，这座楼视野绝佳，足可俯瞰大半个帝歌，可以很清晰地看见附近鳞次栉比屋舍连绵，飞檐上的蹲兽古老苍青，朱红琉璃瓦耀开大片大片的日光，似一片赤红色的湖水。更重要的是，她发现这一面的位置，紧靠着的湖水很窄，有大半的湖面竟然在隔壁。因为是湖，没法以围墙相隔，却有一大排的水生杉树密密长着，船和人都过不去。也就是说，这里原本是一个湖，但不知道为什么，被吏相府和左国师府各占了一半。大荒这样的好水不多，两家都舍不得放弃，都选择依水而建，将水域包含在自家府邸里，最后种一排水杉隔着。金黄色的水杉倒映水中，湖影因此丰富而有层次，一层金一层碧，点缀点点金色的树叶，美得绚烂。连景横波都被吸引，理解两家为什么共用一湖。

“你刚才说对了，”耶律祁的声音忽然响在她耳边，很近，气息轻轻吹着她耳郭，很痒，“我就是打算跳下去……你记得去底下找我啊，我的小妾……”

“啊？”景横波还没反应过来。

唰的一下，耶律祁一个跃身，身姿在空中划过一道流畅的弧度。景横波目瞪口呆地顺着那道弧度，眼看他越过了那一道窄窄的湖面，越过那排高耸的水杉，砰的一声落入了对面吏相家的湖水中！

几乎立刻，底下对面的声响便炸了开来。“左国师大人练功又不小心跳过来啦！”听起来似是个女声，听起来很兴奋，听起来，好像耶律祁这么跳水误过界已经不是第一次。

景横波呆呆地抹一把脸：“这样也可以？”

静室内，白衣人影静静打坐，整座大殿内淡白气息缭绕，却不如平时舒缓有序，显得浮沉不定，微带焦躁。一片寂静中，白衣人身形猛然向前一倾，噗的一声轻响，白石地面溅开点点猩红，凄艳如残梅。他微微俯着身子，似乎在看自己喷出的血，似乎在想心事，又似乎被某些事实给惊住。半晌，他发出一声低低的喟叹：“到底还是……压不住啊……”手指支着榻沿，他慢慢坐直，手背连同指甲都雪白无血色，只在指甲底，忽然出现几点淡淡的红斑。大殿上方雾气缭绕更急。他微微垂头，神态难得地虚弱。

忽然身边金丝微振，他抬手一按，前方大殿门户缓缓现出一道口子，露出来报者的脸。这是上次出事后进行的改良，以便掌控外头事态。

“国师，礼仪女官夏紫蕊被掳于吏相府。”

他微微皱眉，疲倦地挥手：“拿我的帖子去要人。”

“是。”

他挥在半空的手忽然顿住：“夏女官和女王在一起？”

“是。”

他霍然起身：“备车轿，去吏相府！”

景横波在楼上发了一阵呆，一转身就发现身后有静室，室内有各式衣服，大部分是耶律祁的，还有一些女装，很多很新。

不知何时一个有年纪的妇人已经站在她身后，用审视的目光打量着她，道：“姑娘，国师吩咐奴婢来伺候姑娘，等会儿姑娘请随奴婢去吏相府，说什么做什么，还请姑娘配合。”

景横波点点头，对于耶律祁不知道什么时候安排了这么一个人帮自己，一点也不意外，这种身份的政客，如果没有几个神秘万事通的属下，简直对不住他们的身家。

“请姑娘换衣服。”

景横波在捧上来的新衣服里随便选了一套换了，妇人很灵巧地给她绾了个妇人发型，景横波后知后觉地发现——啊？姐真的扮演耶律祁的小妾去隔壁接人？虽然有点不愿，想了想还是觉得这是个好办法，可以堂堂正正进吏相府后院接人，不动声色找到紫蕊把人带走，避免和吏相的冲突。她不怕和吏相冲突，却不愿在这时候和宫胤手下骨干再起冲突，给他雪上加霜。

衣服有点短，胸部也有点紧，她比量着这身材，忽然想，这不会是照着绯罗的身材做的吧？啧啧，这么小胸。她恶意且满足地笑了笑。

妇人取过一叠耶律祁的衣物，用托盘托了，递给她。

景横波不接：“为什么要我捧？”

“您的身份是国师新纳的小妾，这种时候正是您献殷勤的时候，您亲自捧着才更符合您的心态和身份。”

“我觉得小妾过于低贱。”景女王对身份斤斤计较。

“国师未娶，全帝歌皆知，当然您愿意公开宣称是国师的正妻也可以，奴婢想国师一定很乐意，想来奴婢接下来就要为国师准备三书六礼了。”

景横波只好乖乖接过托盘，暗恨耶律祁的属下果然也都不是好东西。她故意走慢一步，翻了翻耶律祁的衣裳，在路过某道墙时擦了一手灰，用他柔软的亵衣擦手，又把犊鼻裤翻到最上面，亮堂堂地放着。

中年妇人看见了也不管，反正只要她好意思，主子就无所谓。在楼边又有两个丫鬟跟了上来，和那些燕瘦环肥的美婢不同，这两个丫鬟面容平常，十分沉默，想必是暗卫之流。

远处围墙上几个人影坐起身来：“到隔壁去玩咯！”

第四十二章　勇闯盘丝洞，暴打蜘蛛精

妇人叩响了两府之间隔墙的一座小门，片刻后那边有开锁的声音，隐约听见湖水边似乎站了不少人，欢呼娇笑，声音娇揉。

中年妇人说明了来意，对方开门的婆子一听就笑了：“我家小姐们都说天气冷了，怎么国师还在练水功，正打发人去寻老爷的衣服给他换上，谁知道如夫人就送来了。”说着眼睛骨碌碌地打量“如夫人”。

“如夫人”丝毫没有做小妾谨言慎行的自觉，正踮脚对湖那边张望呢，耶律祁好艳福，一二三四五六七，这湖边整整站了七个女人！

七个女人主子打扮，再加上她们的丫鬟婆子，整个湖边莺莺燕燕，红衫翠袖，齐刷刷围着湖。湖里那个送上门的男人还没上岸，在一众女人如狼似虎的目光里，正矫健地游来游去。

小姐们叽叽咯咯笑着，站在岸边，有的娇笑：“耶律国师好体力！”有的大叫：“国师大人好水性！”有的不说话，眼睛斜啊斜，在耶律祁露出水面的湿透的身体上不住打转。

景横波肚皮险些都快笑破了——这画面太美她不敢看。她真感动啊。怎么也没想到，耶律祁牺牲这么大啊。这哪里是吏相府，这分明是盘丝洞啊。耶律唐僧自投罗网，湿身诱惑，相比之下，她景横波扮个小妾，实在不算亏。

中年妇人在她耳边，不带任何感情地低声道：“这几位是吏相夫人的妹妹。吏相夫人虽然在帝歌风评不佳，但对几位妹妹算得上尽心竭力，她父母早亡，这几位妹妹几乎都是从小带到府里养大的，也算这府里的小姐。”

“怎么都没嫁？”景横波看那群女子做派，这德行在现代不算什么，在大荒，嫁得出去？

“有嫁过，被退婚了，还有死了丈夫的。”妇人回答。

景横波啧啧一声，越发觉得耶律祁艳福不浅，和这群蜘蛛精做邻居，难怪跳水经常跳错。

看她过来，女子把眼光转了过来，神情微带敌意，高声问：“国师大人，没听说您纳妾啊，怎么忽然就多了位妹妹呢？”

景横波眼睛斜斜地翻过去——耶律祁的小妾算你什么妹妹？还是你也想做耶律祁的妾？这吏相府的家教，真是家风清奇。

“一个小妾，也值得通报天下吗？”耶律祁朗声笑，看也不看景横波一眼，挥挥手道：“去屋里等着伺候我更衣。”又对那说话的红衣女子道：“三小姐，可有合用的空房间，借着换件衣服。”

“有有有。”那三小姐巴不得景横波赶紧离了湖边，随意一指道：“那边是客房梨华院，离这里也近，就那边吧。”

景横波应一声，自有婆子上来带路，耶律祁哗啦一下从水中冒出来，瞧着她的背影。景横波忽然回身，唇角弯起一抹笑意，手指向下点了点，一转身袅袅婷婷去了。耶律祁苦笑一声，知道这是这女人要他继续游泳出卖色相拖延时间，只得再游一圈。

湖边聚集的人越来越多，那群风流女子的笑声远远地在湖边荡漾。“国师快点呀……”“国师您冷不冷？”……

“国师快点呀。国师您冷不冷？”景横波怪声怪气学着，快步进了梨华院。她进了门就想把引路的婆子打发走，谁知道刚刚转身，身后香风摇曳，笑语连绵，透过窗缝一瞧，哟，蜘蛛精们竟然有好几个跟过来了。奇怪，不在河边看美男湿身，跑来盯着她干吗？

“这位妹妹，咱们刚才在河边，没能见礼，想着实在失礼，这不，过来瞧瞧妹妹，有什么需要，尽管吩咐。”开口的还是那红衣女子，别人喊三小姐的那个。

景横波看一眼这女子，颇有几分姿色，妆却显太浓，好好的千金小姐，硬要往风尘站街女那型靠拢：“不用了，”她也假笑，“三小姐太热情了，我这边给大人整理了衣服，就得伺候他回去了。”

她是想逐客，那几个女人却不走，那三小姐袅袅婷婷过来，眼角一瞟那盘衣服，目光在最上面的亵裤上定了定，斜了景横波一眼，颇有不满。

景横波笑靥如花——你瞪什么瞪？你一个古代未出嫁小姐，看男人内衣左一眼右一眼，很光彩？

那三小姐靠着桌子，下意识伸手似乎想整理耶律祁的衣服，手伸到一半，遇上景横波似笑非笑的眼光，赶紧缩了回去。

“以前好像没见过妹妹，妹妹是刚刚嫁入耶律府的吗？”

景横波笑一笑，嗯，套话开始了？“是呀。”她眼波流转，“刚嫁来没多久。”

“妹妹真是好福气，”另一个黄衣女子接话，“听说耶律国师原本早就该娶妻，却为了家族，发誓家族不振不成家。他在家族最衰落时期成功上任左国师，维护了耶律家族百年家业，真真是个奇男子。没想到，奇男子如今也有了家室之思，如今他身边有如夫人相伴，红袖添香，丝竹相和，说起来也是一段佳话呢。”

“是啊，既然耶律大人身边有了如夫人，想必不多久，也该正式娶妻了，不知道如夫人可曾听大人透露此意？”

景横波双手撑着下巴，笑吟吟地道：“自然是有。”

“哦？”几个女子都目光一亮，下意识俯下身靠近：“不知道耶律大人看中了谁家的小姐？”

“那倒没明说，”景横波摇头，看几个女人失望的眼光，忽然一笑，“他说他喜欢温柔贤淑、宜家宜室的女子，还曾说邻家赵府的女子——”

她声音吊得长长，几个女人一起探身：“说什么？”目光和声音急切。

“说……”景横波一笑，弹指，“说赵家的小姐们，很符合他的要求啦。”

“真的？”那三小姐喜动颜色。其余几位脸上也爆发出光彩，目光灼灼。

“我也很希望大人早日娶妻啦。”景横波神秘兮兮地放低声音，“说实在的，我嫁过来半个月了，到现在和大人还没……还没……”低下头羞涩不胜状，“还没圆房……”

“哦？怎么会？”几个女子脸上闪着八卦的光彩。

“不知道。”景横波耸耸肩，“也许是要等夫人进门才……也许他有问题……啊……”她惊慌地捂住嘴。

几个女子脸色一变。

“不过也不会啦，”景横波转眼又笑眯眯了，“我觉得吧，我家大人就是希望把第一次献给未来夫人吧。其实呢，他这人迟迟未娶，倒不是对女子没兴趣。他和我说过，帝歌的小姐们太无趣啦，那些想嫁给他的大家闺秀，一个个中规中矩，谨言慎行，瞧着木头一样没意思。他就喜欢我这样的……”她笑吟吟站起身，挺了挺胸，给几个眼睛直直的小姐一个勾魂的回眸，轻轻吐几个字：“热情如火，风情万种。”

几个女子盯着她玲珑又喷火的身线，盯着她回眸时一瞥间流动的眸光，盯着她天生的款款摇曳好姿态，都齐齐吸一口气，眉宇间绽放了悟的光辉。

“哎，我要找个机会好好侍奉大人，不然等到新夫人进门就没戏啦……”景横波托腮自言自语。说完再一抬头，哟嗬，面前没人了。走得真快。景横波站起来，伸个懒腰。呵呵，耶律祁，就等着几个“热情如火，风情万种”的小姐们好好伺候你吧！姐救人去也。

走到门外，将她带进门的婆子正站在廊下，景横波忽然咦了一声，道：“我怎么听见隐隐约约的哭声？”

“哪有？”婆子脸色变了变，下意识向某个方向看了一眼，“夫人您一定是听错了。”

“哦，也许是。”景横波三言两语把她打发走，对几个耶律祁的属下道：“守好这里，别给人进来。”她走回室内，身形一闪不见。

“啊！”一间雅室里，苍白病弱、眉宇发青的少年向枕上一倒，仰头向天，急促喘息，“吓……吓……吓死我了！”

“少爷！少爷！”一大群丫鬟仆妇拥上去，倒水的倒水，揉胸口的揉胸口，拍背的拍背，“没事了！没事了！您缓缓！您缓缓！”

砰，一个婆子抬脚将榻前冷笑的紫衣女子踢倒在地，“贱蹄子！竟然敢故意惊吓少爷！”

一群丫鬟都有愤怒之色——刚才夫人命人送来这个女子，让少爷瞧瞧中意不中意，喜欢的话就留下。因为这女人并不像以前找来的那些人哭哭啼啼，清醒后一言不发十分听话，众人都以为这女子畏于吏相府威势，又被府中富贵所动，甘心认命，也就没有太多警惕，任她走到少爷榻前。谁知道这女子原先的平和羞涩，在看见少爷的那一瞬间忽然不见，站定之后，竟然对着少爷，忽然咬舌喷血！舌尖鲜血溅射如乱梅，洒了病弱的吏相公子一脸，腥气血气糊住双眼，那养尊处优有心疾的公子哥儿发出一声骇然惨叫，眼睛一翻，活生生吓晕过去了。

夏紫蕊倒在地下，并无畏惧之色，不断冷笑。她纵然愤怒狼狈之中，依旧腰背挺直，双腿并拢，多年宫廷教养，在沦落时依旧不改姿态。以各种方式守贞，也是宫廷女官的必学课，所以那舌尖喷血看起来可怖，舌上伤口倒不算太重，只是说话暂时不太方便，她便冷笑，势不让女王女官的气势从自己这里堕了。

她这般少见的尊贵姿态，倒让那些还想上来踢打的婆子丫鬟们心生畏怯，大户人家的仆佣自有几分眼力，大多觉得这女子不像平常人家出身，也便不想做出头鸟，有人便恨恨道：“此事须得回报夫人，好好整治这小蹄子！”

当下便有人急急赶去回报，后院赵夫人一听，啪的一声便摔了手中的绣花绷子。“好大胆子！不愿就不愿，如何敢吓我儿！”脸容瘦削、隐约几分尖酸相的吏相夫人眉心高竖，凛冽似有杀气，“这种贱女人，也不配做我吏相府的姨娘！拖出去，送到老爷房里，就说买了个丫鬟不听话，劳烦老爷给教导教导，回头再发卖出去！”

“是！”

景横波身子一闪，又入一座庭院中。这座庭院比较僻静，附近无人，想必是做坏事专用场所。她一站定就暗叫不好，没控制好分寸，一闪就进了庭院，偏巧此刻，这庭院里正走出人。景横波立即一个侧身，在靠近门后的地方面墙而立，低下头。

说话的人怒气冲冲，也没注意到前面路上多了一个人，一边走一边吩咐：“那贱女人敢吓我儿，胆子就不小，送给老爷也得防着，给捆严实点！”

“夫人放心，必叫她一根手指也动不得。”一个老妇低头跟着，神情谄媚。

两人旁若无人地前行，将要出门，那夫人忽然停步，皱眉转头看着背对她立着笼着袖子的景横波：“你是哪个院子的丫头？见了我竟然敢背对？转身！抬起头来！”

景横波抬起头来，转过身，看了看吏相夫人，眨了眨眼睛。

“放肆！见了我还敢不行礼！”吏相夫人勃然大怒。

“哦。”景横波连忙作势弯腰，吏相夫人昂起头。

砰，一只装满土的花盆忽然凌空飞出，宛如有人抡着一般横空一甩，狠狠砸在吏相夫人肚子上！

“啊……”吏相夫人痛得连叫都叫不出声，捂住肚子，整个人弓腰如虾米。

“嗯，这个躬鞠得够到位。”景横波点点头，一转头，“别跑！”那反应挺快的婆子已经跑出三步，扯起脖子正要求救。

砰，砸中吏相夫人的花盆倒飞而起，闪电般砸中那婆子的脑袋。花盆和脑袋相撞，发出的低低咔嚓声听来瘆人，那婆子还没来得及发出惨叫，就已经轰然倒地。

“你……你是谁……”吏相夫人疼过了一波，勉强想直起身来。

景横波一脚就踹在她肚子上。是刚才花盆砸中的同一个部位，踹得吏相夫人瘦弱的身子打了一个滚，砰然撞在身后的墙上。景横波顺手把门给闩上，转身，捋袖子，打人！“你个作死的！随便什么女人都送给老爷！不知道三小姐喜欢老爷吗！你这个妒妇，不说成全，还总搞破坏，我今儿就替我家三小姐，踢死你出气！”景横波一脚脚踹她，脚脚都只对着那花盆砸中的部位。

“你……你是月言的……”吏相夫人睁不开眼睛，捂着肚子满地乱滚，不可思议地喃喃低语。

“三小姐爱着老爷啊，你不知道吗？你还是知道装不知道？你不就因为三小姐是你妹妹，不肯成全她吗？可怜三小姐天天在屋里哭，转头还要对你强颜欢笑，还要看你一次次帮老爷找女人！你找了那么多女人，为什么就不能成全三小姐？姐妹共侍一夫有什么不好？啊？有什么不好？今儿我拼了这条命，也要叫你弄清楚，三小姐不是这么好欺负的！收起你假惺惺的姐妹嘴脸！”景横波现编着“妹妹爱姐夫恨姐姐不成全”的狗血段子，脚底下狂风骤雨，将吏相夫人从墙这头追踢到墙那头，气壮山河地吼，“我今儿拼了这条命，也要替三小姐一出心头之气，还有那个女人！那个女人胆敢勾引老爷！明明老爷说，要马上娶三小姐做妾的！哪里轮得上这些乱七八糟的女人去伺候老爷！说！她在哪里？”

“后……后……后面……”吏相夫人只求她罢手，赶紧指路，缩在墙角一边发抖一边威吓，“你……你敢打我……我家老爷马上就来了……”

“来了好，一起见见世面。”景横波笑得狰狞。她今儿动了真怒，这一家烂污，居然送了儿子再送老子！

吏相夫人翻翻白眼晕过去了，景横波把两个人随便拖进旁边厢房，奔进正屋。

墙头上一堆泥塑木雕。半晌，“伊柒，快掐我一把，告诉我我还活着……哎哟，你掐这么大力干吗？”

“你活得很不错，血色鲜艳，皮薄肉嫩，一掐就出血，放心，会比师父老不死活得还长。”

“可是我觉得跟着女王陛下越久，我越活不长……刚才那个是女王陛下吗？是迎驾大典上那个女王陛下吗？”

“是啊，我媳妇好威风！好潇洒！好会骗！好会打人！”

景横波一眼看见被“大”字形绑在床上，嘴里塞了布团的紫蕊，她正努力挪动身体向床下挣扎，当然不是想挣扎逃生，布条捆得很紧，她拼命拉扯，绑在床沿上的布条越拉越紧，已经将她脖子勒出一条紫痕。景横波一眼之下惊得魂飞魄散——紫蕊这是在试图自杀！

她一个箭步冲过去，先托住紫蕊身体向床上一送，转身找把剪刀唰唰把布条剪开，看见紫蕊脖子上印痕青紫，又是心疼又是愤怒。这得下多大的决心才能选择这样的死法？

紫蕊到此刻终于有了眼泪，却倔强地不肯落泪，眼底水光盈盈地看着她。景横波将她塞口的布团拿下，她啊的一声急忙捂住嘴，景横波这才看见布团上的斑斑血迹，和紫蕊唇边的血。景横波这回不是心疼了，是暴怒。这拿人当人看吗？原本不想惹事，不愿惊动人给宫胤带来麻烦，可这种人不惩戒，她怎么有脸做这个女王？她很想，很想，很想现在就给这一家子来个重的。不过深呼吸三次之后，她还是决定先把紫蕊送回去，如果为了出气留在这里，万一再把紫蕊陷进去，那就太傻了。

拽了紫蕊的手正要走，门外忽然砰的一响，有人擂门。八成是那个老色狼来了。景横波犹豫了一下，她以前在现代那世，不怎么能带人瞬移，来到大荒之后异能有所变化，可以带人瞬移了，但移动多半不远，这要移出去正好撞上老色狼就麻烦了，听那擂门的声音，外头的人还不少。

“你去厢房藏好。”景横波一指关押了吏相夫人主仆的厢房。

“陛下……”紫蕊口音含糊不清地拉住她的手，神情不安。

“没说我会为你舍生忘死。”景横波道，“那里有两个人质，你去想办法，保护你自己也好，以此来保护我也好，看你怎么做。咱女人体能上不如男人，就只能在诡计上下功夫啦，明白？”

紫蕊似乎从没听过这种论调，想了想，松开她去厢房了。景横波拍拍手，这样才对，哭哭啼啼你推我让拼命表示自己愿为对方牺牲，那得推到什么时候啊？以为是狗血三流言情剧啊？都在危险中，都有自己的责任，谁也不该成为别人的负担，谁也别想偷懒。

屋顶上横七竖八趴着几个人。

一个捣捣另一个：“喂，怎么不下去帮忙？”

“不用啦，我想看看我媳妇的英姿。”

“我觉得下一步她要色诱赵士值啊，你可不要赔了媳妇又折兵。”

“不会的啦，我媳妇一定会完美无缺地嫁给我的。”

“女王陛下肯定完美无缺地嫁人，但前提是对方得是人。”

紫蕊藏好之后，景横波整理了一下屋子，掠了掠鬓发，走到门边，开门。

门扉一开，站在门口的吏相赵士值，猛地眯了下眼睛。被艳光所惊，他一双眼睛霍然大亮，怎么也没想到，今日夫人送给他尝鲜的女子，竟然如此貌美风情。他盯着她红唇一抹，只觉灼灼如火似要刺伤眼睛，转过眼看原本墙头艳丽无双的深红午时花，顿觉灰扑扑的黯然。

景横波也在打量对面男子，想不到这个烂污的家主，本人竟然算得上一表人才。身材高颀，眉目清俊，两鬓微霜反更添几分岁月积淀，颇有几分名臣大儒儒雅之态，难怪能成为文官集团的核心，这副皮相很有诱惑性。只是注意看便能发现，这人眼眸微微浑浊，看人时眼神闪烁，尤其看女人，眼神儿像一团轻飘的羽毛，飘来挠去，没个定处。

此刻赵士值有惊喜有疑惑，试探地问：“姑娘瞧着面生……”

“老爷，”景横波靠在门边，对他抛了个媚眼儿，“夫人让我来伺候您……”她说不惯奴家妾身，好在赵士值此时也色授魂与，目光尽在她山峦起伏的美妙曲线上上下驰骋，哪里注意到其他，她就是自称老爷，他也听不见。

“好好好……”赵士值微笑，伸手递给她似要她搀扶，景横波却在此时身子一扭，款款当先前行。赵士值眉头一皱，刚想说几句，目光忽然落在她款款扭摆的腰上，顺着那腰线自动滑了几滑，顿时就将不满忘了。“好好好，跟你去。”他呵呵笑着跨进门来，身后几个护卫随着涌入。

景横波忽然回身，手指点了点那几个护卫，娇笑道：“老爷，这大好时光，这大好景致，您真要这几个蠢货留这里听房吗？”

“呃……”赵士值没有想到景横波这么口无遮拦，愣了愣，忽然又觉得新鲜有趣，挥了挥手道：“你们留在院外，随时听候。”护卫们退了出去，赵士值亲自关上门，一转身快步追了上去：“美人儿你说话好痛快干脆，老爷我最喜欢你这样的了……”

景横波笑眯眯转身，招了招手：“来呀——”

屋顶上伊柒捧心闭眼：“哦……我骨头都酥了……”

“哦……大西轰……”六个师弟嗲声嗲气，“来呀……人家好想你……”

门关上，屋子一暗。

景横波坐在床上，姿态曼妙：“老爷……”

赵士值欢天喜地地扑上来。下一瞬，他瞪大眼睛，看见床上的瓷枕忽然飞起，向他面门冲来。砰，金星大片大片灿烂地溅开，满世界都是一片黑黑白白。赵士值踉跄一步，退到门边，抓住门框，抬头骇然盯着景横波。

景横波没想到这一下没把他砸晕，猛地跳起，左顾右盼寻找称手的东西准备再来一下，忽然瞥到赵士值手似乎往上够什么东西，心中一惊正要阻止，赵士值已经猛然将门边一个暗藏的拉绳一拉。

当当当当当当，几乎立刻，院子里便响起一阵急铃。随即门外也响起，再远一点树上也响起，连带前头庭院也响起，铃声一迭声地传出去，片刻之间传遍全府。

景横波没料到这家伙还有这一手，急奔向赵士值，此时砰然一声巨响，护卫已经破门而入，远处步声杂沓，似有无数人疾奔而来，有人远远大呼：“房顶上有人！射他们下来！”随即又有急速操弦之声。

赵士值也是个狠的，被砸成那样居然没晕，反应极快，咬牙转身急奔，一边大叫：“投火把！不必抓活的！直接烧死！”

景横波追出门外，手一挥，轰然一声巨响，院子里一个木架子倒下，正倒在赵士值面前，烟尘弥漫，木屑纷飞，赵士值嗷的一声大叫，抱着脚跳起来——砸到他脚趾了。这用来晾衣服的木架子一倒，也将奔入院中接应赵士值的护卫挡了一挡。景横波一声厉叱：“过来！”单手一抓！众人啊的惊呼，眼睁睁看见倒地的赵士值竟然隔空被景横波一手抓了过去！这是什么功夫？

景横波心中狂喜，没想到自己一抓竟然能有这样的效果，以前可没这么给力来着。忽然前头飞来一道横练，唰的一声系住了赵士值的腰，景横波立即感到一股巨大的拉力袭来，她的凌空飞抓本就是超常发挥，哪里经得住这样大力回拉，气息一窒，手一松，赵士值身形飞起，顿时被对方拉了回去。

此时烟尘未散，景横波也没看清拉回赵士值的人是谁，她立即大呼：“紫蕊！”

啪的一声，厢房窗户推开，护卫们一转头，又惊呼：“夫人！”

窗口前，一左一右，绑着赵夫人和她的婆子。两人被绑在凳子上坐在窗前，脖子间抵着一根两头尖的棍子，棍子正对着两人的颈动脉，紫蕊站在她们中间，抓着那棍子，冷冷道："你们两个谁先动，棍子就戳谁脖子里，外头这些人谁乱动，棍子就先戳夫人！"

景横波大声道："很好，点赞！"

她自己一人瞬移早可以跑掉，但带着紫蕊就跑不远，没有把握，还不如先挟持人质闯出去。

赵士值在门外落地，先对出手救他的人匆匆一礼，道："多谢铁世子。"

那人笑了笑，道："你我邻居，你既有难，我自当帮忙。"

赵士值冷声道："不知道何方刺客，竟然敢闯入我府中作乱，定要她来得去不得！"

他一站稳，就转身，对护卫们厉声道："射火箭！逼出她们！"

"大人！"护卫们大惊，"夫人还在里面！"

"顾不得这么多！"赵士值顿足，眼泪说来就来，"你们把火箭尽量向两边投射，她们要想活命，必须先顶着夫人出来，夫人不会有事的！"

众人斜眼瞟了一眼赵士值，老家伙一副大义灭亲模样，可谁不知道他想着夫人手里紧紧攥着的嫁妆私产？这要不小心射死了，正好升官死老婆，发财娶新妻。

那铁世子早已远远退了开去，负手看风景，根本不打算介入人家家事模样。

景横波刚和紫蕊会合，忽然听见咻的一声，一抬头就看见一道火箭如红龙飞射，竟然直奔她面前赵夫人。

"这是你家女主子啊！"景横波瞠目结舌，大骂一声，手一挥，火箭斜斜飞到一边，正落在一丛干草之上，顿时火起。

一大蓬火箭飞过景横波头顶，似一群火鸦扑向屋顶，景横波一抬头，好家伙，屋顶上手舞足蹈七个逗比呢！"哎哟，好玩！"逗比们有的在拿大顶，一个跟头叼一支火箭；有的在跳舞，袖子一挥卷一堆；有的在练弹指神功，弹一根断一根；还有个跟着火箭窜来窜去，专门将自己脑袋往火苗上凑，每次哧啦一声燎掉一缕头发，每次都不伤头皮，一边满场乱窜着燎头毛，在脑袋上燎出一排排的沟渠，一边欢快地道："看我的新发式！美不美？美不美？"

景横波捂住脑袋，哦，逗比们你们能好好干活吗？可惜七杀从来都是将玩乐当作生命最高精神的，火箭玩着玩着，不知道谁喊了一声："比一比谁打落的箭多啊！输了的脱裤子放屁啊！"顿时六条人影抱着一大摞箭一闪不见，大概去比箭了，只有一个伊柒，忠心耿耿地趴在屋瓦上对下面喊话："媳妇，上来凉快——"景横波没好气地翻白眼。

那边赵府护卫看屋顶的人武功太高，再度把目标对准景横波，火箭接连射入，院子很快燃起。伊柒见景横波不上去，只好跳下来，也不知道从哪寻了一把扇子，对着景横波连连扇动，帮她把烟气挡开，一边笑眯眯地道："媳妇，媳妇，我好不好？你劫持来我打扇，你杀人来我放风，咱们是不是天生一对？"

景横波连连咳嗽："二货！你能认准方向，不把烟都扇我这边吗？"

火焰腾起，赵夫人惊声尖叫，景横波嘿嘿笑，大声道："别叫了，你老公要烧死你呢！想活命？快交出你的私房！"

她声音极有穿透力，院子外的人都已经听见。赵士值心思被直接戳穿，老脸一红，本来只想趁机吓吓老婆，吓吓美貌的女刺客，逼她们出来，此刻倒真动了几分杀机。

"喂，"景横波凑近赵夫人，笑眯眯地道，"你老公好像不怎么心疼你呢，你说我要是推着你出去，他会不会干脆一箭先射死你再射死我啊？可我好像并不想杀你，我只想借你挡挡风，你要不要劝劝你老公，不要这么决绝好吧？"

一把火浇在了滚滚的油上，赵夫人本就被烟火熏得连连咳嗽，听着这撩拨语气，隔着烟火看见夫君冷漠模样，心中大怒，尖声道："赵士值！你这忘恩负义的老王八！当初你潦倒街头我怎么对你的？我陪你吃了多少年苦你算没算过？现在你发达了，糟糠之妻就该下堂了是吧？你这是要换谁填房呢？西市头的小寡妇，还是我那迟迟不嫁的三妹妹？"

一声尖叫，那红衣的三小姐正远远奔来，听见这一句，跺了跺脚大叫一声，跑开了。

赵士值脸涨得通红，难堪地看看四周，怒声道："夫人，你疯了！还不快住嘴！"

"你都不顾我死活了，我干吗要顾你面子？赵士值，你今天要不顾全我，我就把你这老王八的底都掀开，你和那个……"

咻！一声低响。响声淹没在火焰燃烧声里，除了景横波没人听见。赵夫人身子一震。景横波也一震，她正竖起耳朵，准备专心听赵吏相的八卦，忽然便感觉到手中赵夫人的身体软了。她一惊，一低头，便看见赵夫人软软倒下去，胸前微微闪光，仔细一看，是一根两头尖的三棱刺。景横波愕然抬头，可面前浓烟滚滚，人影绰绰，谁知道这暗器是谁发的？

"伊柒！"她低叫。

伊柒已经丢掉扇子掠了过来，难得皱着眉头，看赵夫人胸前伤口，他出手如风，连点赵夫人大穴试图止血，然而迟了，赵夫人胸口流出的血已经变成黑紫色，不过流了几滴，便凝固了。两人眼看着那一线黑紫，蛇一般地自颈项向上，瞬间黑紫密布赵夫人眉心，赵夫人一阵抽搐，脖子一软。她死了。

景横波一个踉跄，顿觉死人好重扶不住，伊柒伸手扶住她，将赵夫人的尸首接了过去。

景横波抬起头，只觉心乱如麻。这是第一次有人死在她怀里，而且是个罪不至死的人——我不杀伯仁，伯仁因我而死。淡淡的腥臭气息传来，她有些想吐，伊柒忽然伸出手，拍了拍她的背，手势竟然是温柔的。

景横波很感激他这时候不逗比，低声问："你……看见没有？"

"没有。"伊柒神色颇有些悻悻，对于自己这样的大高手竟然让人在眼前暗算杀人都不知道，表示很没面子。

景横波点点头表示理解，伊柒看不见是正常的，他刚才离她还有点距离，一边打扇一边帮她掠阵，而院子里浓烟滚滚，从角度上，他也不容易看见凶手。

"很糟糕。"伊柒道，"两头尖的暗器，穿透前后心。换句话说，可以说是前头袭来的，也可以说是后心插入的。"

景横波苦笑。她忽然有种奇异的感觉，觉得今天所有的事，似乎都不是偶然，似乎都在等着这一刻。是谁步步算计，将所有人的反应都算在头里？早知道刚才伊柒一下来就先把紫蕊托付他，自己瞬移离开。都是自己想着尽量不落痕迹地善后，又担心伊柒不靠谱，结果事情反而更糟。

“人死了，谈判也无用，直接出去吧。”伊柒一手扶起她，一手拉过夏紫蕊。

此时烟雾散开了些，院子门口的人终于看清了里头的情况。

“盛言！”赵士值一眼看见倒地的赵夫人，大惊失色，“你怎么了？盛言！”

景横波看着他惊恐意外的脸就觉得恶心——难道不是他自己趁烟气浓，让人暗杀了老婆，好夺取老婆的私产换新人吗？

“你杀了盛言！”赵士值抬起头来，脸上杀气一闪而过，“我若放过你，如何在这大荒立足！”

“我还需要她帮我离开，我为什么要杀她？”景横波冷笑。

“你走不掉！”赵士值拂袖，“调动全府护卫，另外拿我的名帖去帝歌署，就说夫人被刺，求调动署丁剿杀刺客！再去寻亢龙京卫指挥使，求调动在京亢龙封锁我府及周围要道！”

护卫接令，匆匆而去。

景横波耸耸肩：“玩大了。”

伊柒托着下巴，眼珠子骨碌碌地转，似乎觉得很好玩。

“走吧。”景横波叹口气。本来她想扮演刺客和赵士值周旋一下，将火头引到别人那里，以免留下后患，毕竟她如果当着赵士值的面瞬移，赵士值稍微一打听，很可能就想到女王头上。女王闯入吏相府邸，杀了吏相夫人？这消息一出来，帝歌就要开锅了。可惜此刻也顾全不得了。

“杀了她！”赵士值凌空一指，护卫们狂奔而上。

景横波正要瞬移，忽然人影一闪，立在护卫之前：“且慢！”

第四十三章　他的出手

耶律祁终于到了。

景横波心中暗骂一声，一抬头看见这家伙头发和身上都湿淋淋，衣裳还没穿好，袒露出半个胸口，隐约脸上还有斑驳的口红印子，顿时肚子里骂声更烈——精虫上脑的臭男人！

耶律祁看她神情也知道自己大概正在挨骂，不由苦笑一声——为了给她争取时间，他在冰冷湖水里泡了半天，她老人家招呼不打就跑！好不容易摆脱那群女人莫名其妙的纠缠赶来，还要看她的大白眼。耶律祁想到自己甩脱那些女人赶来时，隐约听见谁在那骂：“难怪他小妾说他不行，原来是个废物！”景横波这女混混又说他什么了？耶律祁顿觉自己真苦命……

“左国师大人？”赵士值不知道耶律祁跳水跳过界一事，神情中掠过一抹诧异，随即便微微躬身施礼，语气淡淡地道：“大人来得正好，下官妻子被刺客所杀，正在围剿，还请左国师大人主持公道，助下官拿下刺客！”

耶律祁挑挑眉，赵士值是属于宫胤派系的官员，对他自然不会假以辞色。他倒也不生气，微笑道：“赵大人弄错了吧？里面那位，明明是本座的小妾和她的侍婢，怎么忽然就成了刺客呢？”

“您的小妾？”赵士值脸色一变，盯住了耶律祁，“那下官就要问问左国师了，您的小妾怎么会忽然跑这里来？又怎么会对无冤无仇的我夫人下手？还是说……”他唇角勾起一抹冷笑，“您的小妾，真的要下手的本就是我，而不是我无辜的夫人？”

景横波一听，坏了，上升到朝争阶层了，现在她是被耶律祁指使的女刺客，来刺杀当朝大臣政敌了。

“本座今日练功，无意中又跳入贵府水域。”耶律祁笑得毫无火气，“我的身边人，自然得过来送衣接应，不过之后的事情，本座也不清楚了。比如本座如夫人身边的侍婢，如何到了这内院，又如何嘴边、身上有伤，不知道赵大人可否先给本座一个解释？”

赵士值窒了窒，冷声道：“下官不知道！或许她乱跑乱撞自己伤着也未可知！”

景横波大声道：“你个老色狼，抢了我丫鬟，先要给你儿子冲喜，她抵死不从，又被拖来给你玩弄。我丫鬟性子刚烈，拼死抵抗惹了一身伤，我及时赶来相救，你还想占我便宜，幸亏我身上有奇药，刚才放了点瘙痒散，你半日之后，某个要紧部位就会溃烂流脓……你不信现在摸摸，是不是有点痛？”

“胡言乱语！”赵士值呵斥，脸色却一变，手指下意识向下摸去……

伊柒忽然一弹指，赵士值的手准准地定在了裤裆部位……

“哈哈哈哈哈。”景横波大笑——就知道赵士值这种老色狼，坏事做多了一定有问题！

步声杂沓，一大群人赶来，正是帝歌署的署丁和亢龙在京守卫的士兵。按照惯例，西歌坊这样的重臣聚居重地，长期有一营兵丁驻扎在附近保护，所以来得很快。这些人一来就看见这一幕，顿时脸色古怪。

“谁暗害我？”赵士值的手在众目睽睽之下被定在那尴尬部位，脸皮涨得紫红，“快帮我解穴！还有，拿下这个刺客，拿下她！”

耶律祁冷笑一声，抬手一挥，一大群黑衣人影忽然扑来，拦在院子门前。“我的人你也敢动？”耶律祁拂袖转身，跨入院中，一抬手不动声色隔开伊柒，伸手扶住景横波的肩，温情款款地注视她眼睛：“小波儿，今天让你受惊了，来，和夫君我回去。”

景横波抖了抖。小波儿……这什么见鬼称呼？还有那啥“夫君”，听着怎么这么充满违和感啊？她转转眼珠，想想，算了，事急从权，不就嘴上占点便宜嘛！耶律祁难得这么好心，都愿意为她把麻烦揽下来了，她给他口头占点便宜，也算报答了好了。对于让耶律祁惹麻烦在身这事，她可一点歉意都没有，在她看来，耶律祁有麻烦就等于宫胤少麻烦，好得很。

“喂喂。”有人不乐意了，伊柒的爪子伸了过来，不客气地拨开耶律祁的手，揽住了景横波另一边肩膀，“她明明是我媳妇，你跑来抢什么抢？”

“七杀大兄。”耶律祁似笑非笑，“这人间之事，不是你们神棍掺和得了的，不如聪明些，该收手就收手，如何？”

“媳妇。”伊柒不理他，拖着景横波，“咱们走，别和蝎子多说话，有毒。”

“这什么时候你捣什么乱！”耶律祁脸色一冷。

那边赵士值大声呼喝赶来的亢龙分卫指挥使：“姚指挥，就是这女人冒充国师小妾，杀了我夫人，快快将她拿下！”

再那边六个逗比回来了，看见居然有人敢和他们大师兄对峙，顿时一拥而上：“谁敢和我们抢人！”

再那边帝歌署的治安官高声招呼：“左国师大人请你解释——”

再那边闻讯赶来的赵家姐妹们开始号啕痛哭：“姐姐死了！抓凶手啊！”

乱糟糟一锅粥，都挤到了景横波的脑子里，左右还有人拉住她不放。

伊柒拖住她手臂：“咱们走，你可不能承认是他小妾。”

右边耶律祁按住她肩膀：“七杀用意不明，你少和他们接近，和我走！”

那边赵士值大喝：“今天不给我一个交代，一个都走不了！我一定要把这个贱人碎尸万段——”

那边景横波大喊：“放开我让我走——小心！”

她头一抬，骇然看见对面人群忽然射出一抹冷电！

逗比们精神振奋，立即闪身护到她面前结成人墙，其中一个家伙兴奋过度，大喊：“护驾！护驾！”

景横波脑中嗡的一声。四面忽然便静了。那大喊的家伙嗓门特大，口齿清晰，所有人听得清清楚楚。护卫们目瞪口呆。帝歌署官员瞪大眼睛。亢龙分卫指挥脸色一变。哭喊的小姨子们一傻。听闻母亲死讯由人颤巍巍搀扶来的少爷，眼睛一翻，又晕了。

所有人呆了一瞬，齐齐转头看赵士值。赵士值脸色难以形容，由白到青，由青到红，最后变成猪肝紫，勃然的怒气从他眉宇间弥散，连眼角都在微微抽动。

他转头，看了看亢龙那位指挥使，在场众人中，他是最可能认识女王的。那指挥使只分管西歌坊这一处的治安，没有参加过百里迎王驾，也没有参与过上次琉璃坊的事件，但当日迎驾大典，他曾远远值守，对景横波有印象，先前隔着院子和烟火没看清人，再说也没可能往女王身上想，此刻仔细一看，脸色十分难看地点了点头。

景横波叹口气。真是成也逗比，败也逗比。现在怎么办？一旦自己身份暴露，眼前纠纷是暂时解决了，但后续影响比眼前纠纷糟糕多了。

“原来是女王陛下。”一片寂静中，赵士值终于开了口，躬了躬身，声音古怪，“久闻陛下之名，今日终于得见天颜，真是微臣之幸。传闻里陛下刚烈勇毅，行事决绝，如今看来果然不虚。闹市先杀亢龙都督之子，如今入府再杀微臣之妻，当真好心性，好杀气！就是不知微臣之妻，不过是深闺妇人，不曾见过陛下也不曾得罪陛下，如何就惹陛下不快，引来杀身之祸？”

景横波看见对面亢龙军的指挥使眼底隐隐敌意闪现，暗骂赵士值果然老狐狸，一句话就把亢龙军拉入阵营，挑起了旧恨。“你夫人不是朕杀的。”她坦然道，“虽然她强抢女官，意图侮辱，论罪也不轻，但要杀也是刑司来杀，不值得朕脏自己的手。”

“呵呵。”赵士值冷笑，“杀了人，还要栽上罪名。贱内何辜，身后还要遭此对待！”

他声音悲愤，四周人都有同情之色，那一堆蜘蛛精小姨子乱七八糟哭喊起来。

景横波操起袖子，看向人群，道：“真凶一定还在，让朕给你们找出来。”

“真凶就是陛下吧，何须费心再找？您身边想必也有愿意为您而死的死士，您随便一指，自然有人替您认下。微臣虽然愚钝，这层道理还是想得通的。”赵士值唇角一抹讥讽的笑，忽然一侧身，让开道路，道：“无论如何您是即将继位的女王，微臣算是您的臣子，微臣不能在这众目睽睽之下拦驾，您请。”

耶律祁脸色一变。景横波眯起眼睛。逗比们得意扬扬地欢呼：“就知道你小子怕了吧。”

“但是！”赵士值好像没听见七杀师兄弟们的欢呼，厉声接道：“就算陛下为我大荒之主，也不能滥杀无辜！微臣老妻虽是一条贱命，也不能就此枉死家中！微臣便是拼了老命，也要替老妻寻个公道！陛下，你且等着我大荒文官集体弹劾吧！”拂袖，转身，昂头，老泪纵横。

纵欲过度的中年男人，此刻昂然而立，凛然正气，无限光辉。众人唏嘘感叹，同情敬仰，看景横波的眼神越发古怪。蜘蛛精们扑上去抱住他袍角，感动大哭：“姐夫！多谢您不畏强权，替姐姐申冤！”

伊柒：“恶心！”

七杀师兄弟：“好演技！”

耶律祁：“你们闭嘴！”

景横波：“你们都闭嘴！”

景横波此刻也觉得恶心，好比吃了一斤虫。这赵士值当真是个政客，油滑敏捷，这是明摆着要拿夫人之死大做文章，好得到他人同情敬仰了。今天他看似放过自己，其实马上就是更狠的一击，传出去就是“女王闯入臣下府中，因为口角擅杀二品诰命，赵大人恪守臣下本分，先让女王出府，再一身正气，上书诤谏，力抗强权，风骨凛然……”

可得他人尊敬，可获得文官一心，可博得政治光彩，可趁机发难于国师，进可攻退可守，然后光鲜回家，接收夫人私产，再娶年轻美妻，好算盘。所以他不会允许她找真凶，一口咬死她就是凶手。今日出这门容易，后续必起波澜。她不能走，必须找出凶手，但主人家不配合，怎么找？

“陛下，请吧！”赵士值腰背笔直请她走，一转身凝注夫人尸体，眼眶里泪水滚动，博得人满心唏嘘。好政客向来好演技。

耶律祁此刻不说话。他当然看得出这种处理方式的结局是什么，但是，不是挺好吗？宫胤会为此焦头烂额，他麾下文官派系会出现分裂。至于女王……也许当不成女王了，那也挺好呀，左国师府养得起。耶律祁笑眯眯双手抱胸，站一边风凉了。他也是政客，政客永远以大局为重，永远以己方利益为重。只要景横波性命无虞，他乐见此刻僵局。

七杀师兄弟有限的脑容量想不到这其中的利害，哟嗬哟嗬一阵欢呼，“走咯走咯。”

倒是伊柒，挨个猛拍过去：“一群蠢货！”

“你让朕走朕就走？”景横波呵呵一笑，“朕不走，朕要在这里做客。既然你口口声声要遵循臣下之礼，先不谈恩怨不留难朕，那么就准备接驾吧！”

“陛下！”赵士值没想到在这样的压力下她居然不肯走，震惊之下勃然大怒，“您这是欺辱微臣！”

景横波不理他——反正你都要拼死和姐铆上了，姐提前欺辱你有什么不对？

“七杀大帅哥们！”她喝一声，“凶手就在对面人群里，你们能不能围住？”

“小事一桩！”“立刻马上！”“这么简单的事，老三一个人去做好了，尊贵如我，可以掠阵。”“我建议开赌，一人管一个方向，谁放跑一个，就脱裤子绕帝歌跑一圈！”……

“在我府里围我的人？真当你这女王是开国女王？”赵士值气极反笑，“你跋扈无道，我便无须尊你敬你！来人——”

“国师驾到——”一声传令清晰悠长，再次震得所有人都失声。在大荒，耶律祁驾到时称左国师驾到，但宫胤到来时只称国师驾到，以表示他的第一国师的尊崇地位。

他在这时候到了，众人脸上的神情顿时微妙。人群分开，一乘明紫软轿款款而来，看似不快，却转眼到了近前。所有人两排站开，躬身行礼。

景横波看着那密密掩帘的轿子，心想这家伙越来越架子大了，都进人家府里了，还坐轿子，还帘子深垂，当自己黄花闺女呀？

那群哭着姐姐的蜘蛛精一边见礼，一边紧张兴奋地偷偷瞟去。和潇洒风流爱到处跑的左国师耶律祁不同，右国师宫胤在大荒深居简出，威仪深重，从不去大臣府上，帝歌闺秀多半只闻其名未见其人。

轿子停下，蒙虎上前掀开帘子，软轿里雪衣人巍巍如山岳，众人只看见搁在膝头的手指根根如玉，束紧领口的珍珠光泽朦胧，微晕的金光映一抹柔软的唇线。

蜘蛛精们瞪掉了眼珠，也看不清他的脸，只能对着那尊贵风华流流口水。

宫胤并没有出轿。

景横波却能感觉到他的目光很有力度地从自己身上扫过，因为太有力度了，所以她才发现直到此刻，自己还一左一右被耶律祁和伊柒拉着膀子按着肩。看着，实在有点……暧昧。那目光如此冷，连景横波这种大条神经，都觉得空气似有紧绷——有杀气！

宫胤目光冷冷地自那两人按住景横波的手上掠过。耶律祁笑容不改，伊柒毫无所觉，景横波高跟鞋一人赏一鞋跟，嗷呜两声，解决一对。

她活动活动肩膀，对轿子里宫胤歉然一笑，歉的不是和耶律祁、伊柒混在一起，而是她努力想不给他带来麻烦，但似乎还是出了问题。

宫胤却对她高跟鞋伺候那两个表示满意，神色微微一缓，唇角弧度柔和一些，看了她一眼，对赵士值道：“赵老最近告病在府，久未得见，今日瞧来气色不错。”

赵士值一怔，所有人都一怔。谁也没想到，宫胤在这时候来，开场白竟然是这么一句话。赵士值一怔之后就是一喜。他听懂了宫胤的潜台词。原本就没病，是因为副相职位未得，赌气告病在家，是和宫胤的软对抗。但心里也明白，宫胤作风强硬，不会因为他的装病就让步，在家待久了，保不准连吏相都保不住，正准备过两天就销假办公来着。

此刻听这话，宫胤隐然有邀请他回朝的意思。一般两人角力，谁先开口谁就是示弱让步，一旦宫胤先开口邀请他回朝，就代表态度松动，他就可以要求副相位置。赵士值一时狂喜，连夫人的死都快忘了。“多谢国师关怀，”他赶紧躬身，“老臣休养数日，精神已复，正打算回朝销假，更进一步为朝廷效力。”“更进一步”是一句试探，他斜着眼睛瞟宫胤。

宫胤神色不变，点点头，道：“甚好。赵大人正当壮年，才识超卓，怎可长期闲散于野？当为国为民，多承重任才对。”

赵士值得了暗示，喜得连声音都发颤了：“多谢国师爱重！老臣定当尽心竭力，报效于国！”

两人对话简单几句，大多数人一头雾水。

耶律祁唇角一抹浅笑——够决断，够血本！宫胤为了她，可真是……

景横波眨眨眼，想着他们是在寒暄吗？但为什么她的直觉告诉她，这两人在短短几句话间，完成了一个重大的交易？

宫胤向来不废话，摆摆手止住了赵士值不断的殷勤奉承，道：“本座来接女王回宫。”

赵士值脸色一变，直起腰，看了景横波一眼，又看了老婆尸体一眼。只是一眼，就做了决断。他借此事大闹，也不过为了博得士林和文官派系的尊敬同情，为自己的政治目标再加一层砝码，如今目标达成，再闹何为？惹怒了宫胤，到手的副相又得飞。“是。”他立即低头退开一步，“老臣恭送陛下及国师回宫。”

四面众人都一怔，原以为总要有几句舍不得或者抗争，没想到答应得如此顺溜。

景横波嘴角又是一撇——文人的骨头当真硬？软起来比谁都软。

景横波对这男人掌控局势的气场，悻悻地表示佩服。事情这样解决了，她有些不甘，凶手明明不是她，此刻放过，以后再惹出事怎么办？宫胤怎么就想不到这点？她皱皱眉，想了想，决定还是先尊重宫胤的意见，不要再节外生枝。

她搀起夏紫蕊，一低头看见她唇角伤痕时，忽然心中怒火又起。凭什么？她好端端出门买房子，没招谁没惹谁，结果身边女官被掳，被侮辱，被送了儿子送老子，被围攻，被栽赃，最后还要宫胤出面妥协，便宜那个老色狼？这算什么道理？她站定脚步，咬牙。

“陛下。”宫胤淡淡冷冷的声音传来，不带感情，却可以听出催促之意。

景横波冲头的怒火被这清冷的声音顿时又浇灭一半。剩下的一半是为难。她不想受冤屈，但也不想令宫胤为难。她知道，他苦心维持不惜让步，为的是朝政稳定，为的是她这个女王能安生过活。政治，从来都不是一拳击出鲜血四溅的活计，是进逼和试探，是妥协和威胁，是让步和谋算，不以对错论断，不以表面得失计算。有些事，你明明知道不是那么回事，可你也只能认了那么回事。打掉的牙齿先和血吞了，有机会再把人家打回来。这是宫胤教过她的道理，听的时候不过呵呵一笑，真正逼到面前，才发现，如此难，如此难。

她浑身微微颤抖，一转头看到了宫胤的轿子，他依旧没有出轿，帘子深垂，搁在膝上的手指无血色。她心中一颤，想起他帮自己洗头时，温柔轻巧的手势。他亦曾为自己有所改变，她又为什么不该为了他而让步？算了……她吸一口气，转开眼，用力搀起夏紫蕊，伊柒要来扶，被她烦躁地推开。

人群自动让开一条道，微微躬身，景横波走在这样的人群中，却觉得愤怒而屈辱。她感觉到众人含义不明的眼光，眼神里似乎字字句句写着"凶手"！

赵士值让在道侧，似乎也觉得心有不甘，不高不低的声音，带笑传入所有人耳侧："说起来陛下可真爱开玩笑，一会儿说是耶律国师的小妾，一会儿说是别人的媳妇，到头来可吓坏了我们。想不到我大荒堂堂女王，竟肯如此纡尊降贵啊，哈哈。"

轿子里宫胤手指一跳。

景横波霍然转身。

"陛下！"宫胤清冷坚定的呼唤似响在耳侧，与此同时景横波身子不由自主向前一冲，冲入了已经掀开轿帘的轿子。砰的一声她坐倒在座位上，一个滚儿翻起来，恶狠狠瞪着前方宫胤的轿子。她现在想先揍赵士值一顿，再揍他一顿！

"陛下起驾！"内侍声音迅速而尖厉，似要穿透人的耳膜，帘子落下，隔绝了外头探索的目光和她愤怒的目光。

景横波胸口气息起伏，重锦丝帘被她的手指揉搓出一片纵横褶皱。不行！这样走了必定还有后患！宫胤不知道还有个隐藏的敌人！不行，她要——

唰，她身子刚刚一动，身后忽然弹出两截钢条，闪电般将她将要跃起的身形两边包抄，啪的一声在她腰间合扣，勒住她肚子向后一拖。砰的一声，她被那两截钢条拖回在座位上，钢条一收回就卡死，她丝毫动弹不得。景横波大惊——轿子里有机关！她刚想大叫提醒宫胤，轿顶啪嗒一声，落下一块湿润的布巾，不偏不倚，盖住了她的嘴。布巾很沉，她吐也吐不掉，这下既动不了也叫不了。景横波心中大急，生怕这布巾上的液体是毒物，努力呸了几口发现毫无动静，倒也没什么不好感受，布巾上的液体甚至是清凉微香的，有点像宫胤常用的味道。这感觉立即让她安定下来，她转了转眼珠，心中疑惑——难道真的是宫胤？他要干吗？

"起轿。"宫胤似乎根本不知道景横波轿子里的动静，也似乎根本不打算停留，淡淡吩咐一声，轿子便要抬起。

赵士值急忙上前相送，他对宫胤的许诺又激动又不安，有心希望宫胤多留一会儿多说几句，给他一点定心丸，当下凑在宫胤轿帘边，笑道："老臣想明日便去销假办公，不知国师觉得可合适？"

宫胤抬了抬手，轿子停下，他和赵士值攀谈，蒙虎和禹春按照惯例安排亢龙卫兵和帝歌署的士兵先撤出府外，在一路上布防。这些士兵和护卫撤出时，必须要经过宫胤的车轿。

亢龙士兵队伍整肃，流水般过了。宫胤和赵士值隔着轿帘在攀谈。

帝歌署的士兵在署官的带领下，从轿侧过了。宫胤的轿子没动，在和赵士值攀谈。

接下来是赵府的护卫，另外还有一批人，跟在最后的，是隔壁沉铁世子及其护卫。两家是近邻，守望相助正常，此刻出现在这里，蒙虎等人也不奇怪，照样请他们先行撤出，避开陛下和国师的道。

人潮一拨拨地过。

耶律祁含笑过了，蒙虎等人有意无意挡在景横波轿子前，耶律祁倒也没接近，笑了笑，笑容颇有几分古怪。宫胤和赵士值在攀谈。

伊柒等七人打打闹闹过来，闹着要坐一坐景横波的轿子。七人为了争谁先坐打了起来，打着打着打出府去了。宫胤一直在和赵士值说话，赵士值笑容越来越盛，腰越来越弯，人凑得越来越近。

所有人都走过了宫胤轿边。宫胤和赵士值也渐渐无话可谈，轿帘已经快要放下来。

宫胤忽然道："赵大人，尊夫人死于非命，此事颇有蹊跷，可否让本座看看伤口？"

赵士值此刻什么都好说话，忙道："是，就怕污了国师之眼。"命人将夫人尸首抬上来。

蒙虎以金钩钩起轿帘，宫胤看一眼地下的尸首，那枚两头尖的三棱刺穿透赵夫人胸口，闪着紫青色的光。

宫胤一眼掠过，忽然低喝："起！"嚓的一声，那枚紫青色尖刺，忽然自赵夫人身体上抽出，咻一声射上半空。

"破！"宫胤唇间冷冷一声，也如银瓶乍破！啪的一声，悬浮当空的三棱刺爆碎，形成一大片紫青色碎屑，如天空忽生紫青色细雨。

"去！"第三声出，狂风忽起，那被震碎的一大片紫青色碎屑，忽然四面弹射！

那片紫青色天域，笼罩着耶律祁、赵府护卫、帝歌署士兵、沉铁世子及其护卫！三棱刺见血封喉，被震成粉末后杀伤范围增大，可以想象只要沾上一点，不死即伤！

狂风卷飞景横波的轿子帘幕，被卡在座位上的她骇然看见前方紫青色细雨呼啸向那片人群罩下，看见蒙虎等人目光灼灼紧盯人群，看见大多数人还怔在那里没反应过来，看见人群中有人伸手入怀——

"来！"一声低喝，白影一闪，宫胤终于出轿！他人刚掠出，便一脚踢倒了还在他轿前发呆的赵士值！赵士值刚砰然倒下，咻的一声一道白光忽然从宫胤轿栏横杠下闪出，擦赵士值胸膛呼啸而过。蒙虎立即追白光而去。而宫胤已经掠到人群正中，一伸手将一人抓出，一手闪电般闭住那人穴道，另一手衣袖一拂，那片紫青色的细雨忽然化为一束，横飞三丈，没入不远处草丛，刹那间碧草枯黄。随即他倒飞而起，再次没入轿中，砰的一声，将那人抛于轿前。与此同时，蒙虎闪身而回，手中抓住了一样东西。几个动作兔起鹘落，不过刹那间，宫胤起三棱刺，碎三棱刺，以毒雾威胁所有人性命，再在人群中忽然抓出了一个人。别人不过眨几下眼，他的事情已经办完了。

景横波瞪大眼，目光呆滞，宫胤出手太快太狠，人脑的思维速度根本跟不上。啪嗒一声，宫胤回轿，狂风停歇，帘子重新落回，遮住了她的视线。景横波急得几乎大叫。刚才那一霎，别人还在花眼，她莫名便看见了宫胤的脸，好像有点苍白。到底怎么回事？还让不让她看清楚了？

满场寂静。所有人震撼地看着宫胤的轿子——平静如初，连先前挽起的金钩都放下了。

轿子里没有声息，蒙虎有些担忧地看着轿帘，却没有试图掀开。

这令人窒息的死寂持续了一会儿，众人才又听见宫胤的声音。平静，清冷，一切如常。“凶手已抓获，”他道，“和女王无关。”

所有人又张大了嘴巴——有种人的行事和反应，总让你觉得自己智商不够。

宫胤已经不说话了。蒙虎拎起地上那个人，那是个帝歌署士兵打扮的人，神情惊骇之色还未去。

赵士值捂着后脑，从地上晕头晕脑爬起来，直勾勾盯着那个士兵。

“这就是凶手。”蒙虎道，“刚才国师打碎凶器，制造毒雨罩向所有可疑人士，所有人都在惊讶，反应快的顶多想逃，唯有这个人，他伸手入怀，是想取解药。因为他知道他当时处在人群中心，根本来不及逃开，他也知道这毒非常厉害，碰着一点就是死，所以生死关头，他会很自然地想保护自己，去取解药。”他伸手在那人怀里搜索一下，找到一个紫色小瓶，倒了一点里面的液体在赵夫人伤口上，眼看着那犹自在流的黑色毒血渐渐变红。是解药。

赵士值哑口无言。只有凶手身上才会有解药。

“这个人，虽然我们不知道他是谁，但是很明显，他一直不在院子里，站在女王对面，置赵夫人于死地的暗器，是从对面射过来的。”

赵士值脸色铁青。

“还有这个，”蒙虎拍了拍宫胤轿子的轿杠，从杠下摸出一个小小的机簧，又摇了摇手中的东西。他手中，赫然也是个三棱刺，握在掌心，看起来和杀死赵夫人的那个一模一样。“这是刚才从国师轿杠下射出的暗器，目的是把赵大人你也杀了。”蒙虎对赵士值冷笑一声，“国师故意在轿里和你攀谈，又安排所有人走过他轿前，目的就是给凶手一个机会下手。凶手也没舍得放弃这个机会，他趁人多从轿前过的时候，悄悄把这个机关插在轿杠下。等国师放下轿帘起轿，这机关就会被带动，射入赵大人你的胸膛。那么，事情就大了，就变成女王杀了赵大人的夫人，而国师为了帮她遮掩，又杀了赵大人。到时候朝野愤怒，群臣寒心，国师和女王想必不大好过。所以国师一出轿，首先推开了赵大人你，赵大人，你该好好谢谢国师才对。”

“这个……”赵士值捂着脑袋，眼睛里晕出圈圈，他似乎跌得不轻，思路完全跟不上，但也迷迷糊糊地只好先道谢，“多谢国师救命之恩……”

“国师！”却有人忍不住了，“我们帝歌署的人是在赵夫人被杀后才赶来的！我们的人，不可能杀赵夫人！”

蒙虎回头看了看轿帘。

宫胤的声音从轿中传来：“眼力不济，何以查人？看清楚那是不是你们的人！”

帝歌署的署员上前仔细一看，骇然道：“他不是我们的人！他只是穿了我们的衣服！”

“带回去仔细查问。”宫胤吩咐。

蒙虎等人领命，正要拎起那凶手再度捆绑，忽然一人喝道："小心他的动作！"蒙虎一惊，低头一看，那凶手正借被拎起，头部靠向肩膀之机，试图去舔肩侧甲衣的一个兽状突起。蒙虎急忙将他脑袋拍开，撕下他那块肩甲，果然在其中寻到了一颗小小药丸。"多谢沉铁世子。"蒙虎感激地向那人道谢，"不是你提醒，凶手就要服毒自尽了。"

"蒙统领客气了，这是我分内应为。我瞧着此人凶残，眼神不定，似有自绝之意，所以一直盯着。若给他自尽了死无对证，今日大家就白忙一场了。"那人朗声回答，声音清晰，态度不卑不亢，语气不急不缓，让人听来就觉得妥当而可靠。

景横波觉得这声音熟悉，这人应该是那个沉铁世子，先前出手把赵士值拉回去的那个。她倒不怪他出手，毕竟如果真的挟持了赵士值，再被抖搂出身份，她这个女王更难下台。这是谁呢？

宫胤对这世子的态度似乎也不错，居然道："世子有些日子没去宫里了，有空不妨多走走。"

虽语气淡淡，好歹是主动邀请，景横波啧啧称奇。

"承蒙国师厚爱，在下敢不应召？"那人道谢，亲近而有分寸。

宫胤不再说什么，蒙虎一声起轿，这回轿子终于离开原地。没人说话，凶手既然不是女王，之前的一切冲突自然消弭。

耶律祁一直没说话，也没再上前，唇边一抹笑意越发神秘，似乎并不为刚才自己也被怀疑生气，似乎在看好戏。看两人车轿离开，他立刻匆匆告辞，走得很快，好像后面有鬼追一般。

他前脚刚刚回到自己府里，一直迷迷糊糊捂着后脑，却又按捺不住兴奋的满面红光的赵士值忽然喃喃一声："头好痛……"咕咚一声，仰天栽倒。

赵府里静了一静，随即炸开人们的惊呼："老爷晕倒啦！"

已经关上相邻侧门的耶律祁停了脚步，偏偏头，嘴角那抹笑意更浓了。

·

轿子一出赵府，亢龙军和帝歌署的官兵各归原位，束在景横波肚子上的钢条啪啪两声便收了回去。景横波扔掉堵嘴布，坐起身，忽然跺了跺轿底。轿子停下，景横波迫不及待地从轿子里钻出来，不等内侍前来问安，唰地一闪就不见了。

随即宫胤的轿夫肩头沉了沉。轿内宫胤声音传来，似乎有那么点不清晰："继续前行。"

第四十四章　献吻

景横波趴在宫胤胸膛上。轿子窄小，她撞进来的时候宫胤无处可躲，只得用胸膛承接了她热情的力度。不过他及时地将手臂横在了腹前，避免了某些过于尴尬的接触。

景横波倒不是来揩油的，她扒着宫胤的脸左看右看，奇道："咦，你的脸色挺正常嘛，还有一点红晕呢。"

"坐好。"他道。

景横波坐好——坐在他膝盖上。"多谢你来解围，"她笑嘻嘻地道，"你今天真是帅呆了。"

"不如女王陛下英姿飒爽，"他眼皮都不掀，顺手取过一本书来看，"一人千面，角色多变，从小妾到侠女到女王，都游刃有余，姿态完美。"

景横波眨眨眼，四面嗅嗅："咦，好酸，好酸。"

一只手伸过来，轻轻一挥，将她的发髻打散。"知不知道这样很难看？"他道。

景横波这才想起自己头上还是妇人发髻，是为了装成耶律祁的小妾随便绾的。这个眼界比天高、醋量比海宽的家伙，估计一照面就想做这个动作，忍到现在算是奇迹。"不好看吗？"她腻在他腿上，抱住他脖子，"真的不好看吗？那以后我就永远不梳这样的发髻了，嗯？"

"当然……"他随口答，忽然一顿。

景横波狡黠地笑起来："真的永远不梳了？谁来也不梳？你说的哦。"她点他鼻子。

宫胤抓住她的手，定定看了她半晌，昏暗的光线里，她泻落的长发与猫一般的眸子都在熠熠发光，不同于平时的艳丽风流，此刻眼前是个有灵气又无法掌控的小女子。心和喉间都似在发甜，甜到尽处是难以自控的心情。"倭堕低梳髻，连娟细扫眉。"她可有一日，会绾长发，梳堕髻，扫娥眉，贴花钿，彩裳漫玉阶，十里嫁红妆？而那一头袖执彩缎、含笑成礼的人，可会是……他？似有浪潮汹涌而起，冲撞冰雪堤岸，他似听见霜雪碎裂之声，放射状零落如裂甲。他的手一颤。

"你的手忽然热了哎。"她将脸颊贴在他手上，感受奇异的热度。他一直是微冷的，清凉如初雪，有这样的热度真让人诧异。她怕他发烧，用手背试试，额上却温度如常。她放下心，展眉一笑："原来你也能热起来，太好了，当初你忽然结冰，可把我给吓死了。"当日天南王宫里，那一场寻不着地方的吻导致他浑身结冰的事儿，令她印象深刻，心里总在猜疑，他的般若雪是不是如武侠小说说的那种不能亲近女色，否则怎么一动情就结冰了？为此，偶有接近总在仔细观察，倒也没再次发现这种结冰现象，如今居然热起来了。这是不是说明其实他没什么，什么妨碍都没有？

她的长发落下来，一缕缕垂在他手背，遮住了他指甲上忽然泛出的红色斑点。

他指尖缠绕着她的发，似缠绕此刻难言心情，忽然问她："你喜欢我热一点？"

"哪种都喜欢，"她抱住他的腰，"只要是你就好。"

他嗯了一声，道："确实，你喜欢的挺多。"

她咯的一声笑起来，觉得这醋挺甜。

两人都不说话，轿子微微摇晃着，肌体便时不时轻微碰触，隔着衣物，一次次一点点体验彼此的温软和柔韧，一次次一点点，掠动一份甜蜜又酸涩的心情。她把脸埋在他胸前听心跳，他则在细细嗅她发上的清香，她觉得他的心跳世上最沉稳最好，他觉得他亲手洗出来的发最柔软最香气逼人。

景横波觉得温暖而闲适，先前的愤怒纠结紧张不满，在这个男人的怀抱里自然冰消雪融，他不安慰，不讨好，不亲近，甚至依旧毒舌，可是她听见那声“国师驾到”就紧张喜悦，看见他轿中人影便气息平稳，听到他声音便彻底放松，天地明亮，万物都有光。

有种人，让你觉得可以将全部托付。天地山川，连同自己，都在他怀抱。这是爱，还是缺乏安全感之下的依赖感，她还不知道，可是她知道自己想这样的一刻，多些，更多些，想这样的时间，久些，更久些。

朦朦胧胧里，她感觉到他微微急促的呼吸，忍不住笑一笑——女人在怀，这初哥又紧张了。习惯了就好啦。怕他尴尬推开她，她把玩着他的珍珠，轻声道：“今天谢谢你……我不想给你惹麻烦的。”

他静了静，答：“以后少和不相干的人在一起。”

景横波咕咕一笑：“谁呀？”

“你自己知道。”

“我不知道。”景横波眨眨眼，“我只知道我抛个飞吻你都擦我手，不相干的人可能包括全帝歌人民，你确定要开个长长的名单给我吗？我担心会有床那么高……”

她喋喋不休的话被他的手指堵住，景横波万分遗憾为什么不是唇，小说里这个时候恼羞成怒的男主似乎都应该用唇来堵住他们的小妖精……她叹口气，握紧了他的手指，他似乎又不自在了，试图往回抽，她当然不放，威胁他：“你再乱动我扑上来了！”

他果然不动，手指在她掌握里略有些僵硬地竖着。景横波想狂笑——角色错置啊！景总裁笑眯眯地注视她的别扭冰妖精，想着先前见过他出轿一招擒凶手的英姿的人们，如果能看见此刻，该有多颠覆啊……

“堵话，用的不该是手指，多煞风景……”她笑眯眯仰起身。

“用什么……”他似有些心不在焉。

“用……”她忽然身子向前一送，唇贴在了他唇上，“唇……”

他身形一僵。软玉温香那般突然，由她送上。明明只是温热柔软，明明逼人的只是她的甜美香气，唇上心上却似被利刃逼着，一线火热自咽喉奔腾而下，似一粒火种抛入本就沸腾不休的油锅，几乎立刻，轰然燃着。更猛更烈的焚心之火，刹那狂飙，破十二明堂，直上重楼！一色猩红，刹那将出！他双臂一颤，猛然抓住她肩膀，身子一翻，已将她压在身下！

景横波不防一个玩笑的献吻，竟然引发这冰山如此剧烈的反应，她惊惶地瞪大了眼睛——不行！这事她还没准备好！几乎想也不想，她立即抬臂，用力将他推到一边。因为知道他的强大，慌急之下用尽力气，谁知道一手推出，竟然没有遇见任何抵抗，他的身子被推得一偏，撞在轿壁上，整个轿子都猛然一晃。他撞上去的时候侧过脸，脸撞在了身后靠背的深紫锦垫上，稍稍一停。

轿子也停了下来，蒙虎微带担忧的声音响起：“主上……”

“没事。”脸上腾腾发烧的景横波，立即慌乱地抢先回答，又低声问宫胤：“没事？”

宫胤对她浅淡地弯弯唇角。

蒙虎却似乎没有离开，日光将他微微躬身的影子映在帘上，几分不安和关切。

宫胤扶着轿壁，慢慢坐正，靠住靠背，道："无妨，继续。"

听见他声音平静，蒙虎才退了下去。

景横波嘘一口气，微微尴尬，自说自话地道："他也太小心了。"

宫胤不说话，慢慢整理袖子，景横波脸上发烧，左顾右盼不知道该说什么。两人都不说话，便显得气氛古怪，越古怪景横波越不自在，越不自在越怨念——明明是他干坏事，怎么倒显得自己心虚对不起人？这算什么事儿？难道真的是气场越强越占理？

好在半晌之后，宫胤终于轻轻开口："方才的事……我孟浪了。"

景横波暗叫一声糟糕，不说尴尬，说了更尴尬，怎么回答？没关系，是我先孟浪？哦no。没关系，你孟浪其实没错，就是浪的时间地点不对？哦no……

"咳咳。"眼珠子东南西北溜一圈之后，她终于找到了最合适的话题。谈公事！"对了，我有一个疑问。"

"嗯？"他似乎有点懒懒的，说话微微带了点鼻音，在这幽暗空间却显得低沉绵邈，声声回旋，听得她心上痒痒，似被早发的春苗撩上心尖，忍不住就想起刚才他劲健的双臂，沉重的躯体，和无限逼近的清郁而又魅惑的男子气息……景横波抬手，捂住忽然发红的脸——打住打住！再这么想下去，她又得孟浪了！

"那个……这个……"她忽然把想好的话题忘了。

宫胤也不催她，他特别清透的眼眸里似有笑意淡淡，在幽光中如琉璃流转，看得她各种发痴，如果不是眼角瞄到轿帘，她差点又忘了。

"对了，先前你说凶手在经过你轿子时，在轿杠下放了暗器机关。"景横波终于把盘桓在心底的疑问问了出来，"可是我觉得不大可能。"

"哦？"他并无意外之色，相反，神情鼓励。

她得了鼓励，立即道："因为你后来揪出凶手时，他在帝歌署官兵的人群中，从位置看，就算他从你轿前经过，也无法靠近你的轿子，而且官兵列队通过，前后都有人，真要放个机关谁看不见？就算他靠近了，手也快到没人看见，但蒙虎、禹春离你轿子也不远，能疏忽成这样？就算他们都疏忽了，一个能发射那种暗器的机关哪里是那么容易就能装上的？角度呢？安装呢？调试呢？那么巧一装就装上，一射就射中？凶手如果有这个本事，也不用躲在人群里趁浓烟射暗器栽赃了！"

"很好。"他淡淡赞扬，"你跟我久了，终于聪明了一点。"

"您能不这么自恋吗？"她呸他。

"这是和你学的，多谢。"他答得很快。

景横波懒得和他斗嘴，真要斗起来她也多半是输。"怎样怎样？"她抱住他手臂，"我猜得对不对？这所谓的凶手设机关是不是你安排的？"

"是。"

“啊哈，但你什么时候安排的？怎么来得及？”

“我在来的路上已经先遣人过来查探消息，得知情况之后做了安排。”

“揪出凶手不就行了，为什么还要来这么一招？”这是她最想不通的问题。

“你想想。”他却不直接回答，把问题抛给她。

她想了一刻，不确定地道：“赵士值？”

他点点头，轻轻巧巧地道：“因为我想让他跌一跤。”

景横波：“……”这算什么理由？

正想嘲笑他的幼稚，便听外头蒙虎敲响轿板，轿子停下，蒙虎在外头低声道：“回禀主上，赵士值中风病倒，家人递折子替他告病。”

景横波霍然回头盯住宫胤，宫胤唇角慢慢一勾。

“想必被刺客那一刺惊吓所致，着医官前往全力救治。”宫胤顿了顿，平淡的语气多了一丝嘲讽，“让他好好养身体，副相的位子，还等他痊愈接任呢。”

“是。”蒙虎声音里似有笑意，随即退下。

景横波也想笑。赵士值这一辈子想必都难以痊愈了，副相也好，和宫胤软抵抗也好，用自己在文坛的影响力召集士林和文官集团抗议也好，想必这辈子他都做不到了。宫胤的出手，永远如此缜密而森然，是洪荒巨兽隐藏的雪白獠牙，一闪间吞噬所有希望。

她抬起头，注视对面的男子，他却无意邀功也无意卖好，随意拿起一本书翻阅，垂下的睫毛浓密，静谧如雕塑。似感觉到她的注视，他并不抬头，只道：“很多事情的解决，不必针锋相对武力相拼。将自己置于险地，智者不为。”她并没有回答，他愕然抬头，正想教训这花野猫好好听课，她忽然欢笑着扑过来，抱住他脖子，飞快地在他颊上一吻。他心中未及巨震，她已经更快地闪开，笑吟吟地注视着他。

“谢谢你，”她将脸贴在他肩上，轻轻道，“不是谢你帮了我，而是谢你用了心。我现在一点也不愤怒委屈了，很开心，很温暖，很欢喜。”

他身子笔直，却没有立即拉开她，想了想，轻轻抬起手，抚过她流水般的顺滑长发。

她想抬头看他，被他用下颔顶在头顶止住。彼此气息交融，怀抱温暖。

半晌，她听见他轻轻道：“我只愿你欢喜永久，懂得更多。”

车子在宫门前停下，宫胤神态已经恢复如常，让景横波先下车，叫过负责宫廷守卫的玉照士兵，嘱咐几句。

景横波眼看广场上的士兵又多了起来，心知宫胤可能又加强宫廷守卫了。她无意中一转身，忽然看见宫胤背后似乎有一道红色痕迹。他衣衫如雪，从来纤尘不染，这一道痕迹便特别显眼。“咦，你背上沾了什么？红颜料？车内靠背不干净吗？”她立即好奇地凑过去看。

宫胤霍然转身。景横波险些被他肩膀撞着，愕然抬头，宫胤已经抬手唤过禹春，道：“我忽然想起还有事，你先护送女王回宫。蒙虎，你陪我走一趟。”

禹春过来，挡在了景横波面前。蒙虎手肘上搁着一件黑色披风，给宫胤披上，黑色丝质披风沉沉落下，景横波从禹春背后探出头来，忽然觉得披了黑衣的他，此刻看出了几分清瘦来。她看着宫胤的背影匆匆消失于软轿内，抬头望望渐趋昏暗的天色，天边正有层云涌动，滚滚而来。

买房子事件之后，景横波有一阵子没有出宫。朝野上下最近不太安分，赵士值中风了，所谓的副相自然没戏，所谓的联合士子和文官集团声讨女王自然也无法实现。只是当日的事还是传了出来，渐渐便有一些不太好的流言，什么女王擅闯大臣府邸啦，什么女王挟持赵夫人导致赵夫人被杀啦，什么赵大人为救夫人跌跤中风啦，都是些对景横波不利的流言。更有将那日赵士值慷慨激昂演讲搬出来的，暗指女王跋扈无行，据说这些流言最早从帝歌署流传出来，却在亢龙军那里得到证实。

所谓物伤其类，文官们对于中风的赵士值的遭遇，自然也是同情的，赵士值善于做表面文章，和同僚关系不错，他中风后不少人前去探望，亲眼见赵府愁云惨雾，丧妻又重病的赵士值一夜老了十岁，五个小姨子整天哭哭啼啼，偌大一个清贵府第，短短几日便现出衰败景象，令人心惊。很多人从赵士值的现景看到了自己的未来，都觉得似乎到目前为止，和女王陛下沾上边的事情和人，都没有一个好收场。短短数月，桑侗败在她手下，成孤漠死了独子，赵士值死了老婆连自己都没保住。尤其桑家，根基深厚的百年豪门，败得莫名其妙。朝中已经有女王"煞星照命"的闲话出来，继亢龙军之后，大荒的文官派系，也对女王陛下的存在出现了抵触情绪，更不要说那些捍卫旧传统的老臣，除了大贤者常方等几人坚持捍卫女王，认为大荒不可缺女王之外，其余人大多觉得女王离经叛道，气质迥异于历代女王，观其言行，放纵恣肆，必定不会是个安分人物，且手段繁杂，行事诡异，只恐心怀叵测，对大荒王权有翻覆之祸。

和朝廷几乎形成同盟的反感不安相对应的，是民间现今对景横波的无上拥戴和好评，大人物的生死和百姓无关，百姓只喜欢那些将他们的死活放在心上的人，赵士值和他夫人的遭遇，也让百姓拍手称快——赵府盘剥百姓，抢占民居，以各种手段欺骗强索贫家女子，早已民怨沸腾。

当然，民间反映越好，大臣们越不乐意，某种程度上，封建士大夫阶层和普通百姓阶层，其利益从来都是根本对立的。冲突和矛盾那般鲜明地摆在面前：士大夫阶层和百姓的矛盾、不甘于做傀儡的女王和希望女王继续循规蹈矩的群臣们的矛盾、军方高层和女王的矛盾、文官派系和女王的矛盾……都渐渐汇聚成一片尖锐的压力，插入帝歌城的最中心。

景横波并没有直面这样的压力，很多事情被宫胤压下，但景横波能感觉到听政时众人越来越不怀好意的目光，能看到宫胤案头堆得越来越高的折子，这些以火漆密封的折子，宫胤从来不让她看，但她能猜得到内容。

事情在往难以控制的方向发展，上次赵府抓到的那个刺客，在审问中突然死亡，蒙虎将人交过去的时候，已经再三关照小心，但还是出了岔子。接着又有流言出来，说刺客其实还是女王派去的，这是在杀人灭口。

景横波能很清晰地感受到宫胤的压力，虽然他一言不发，但是睡得更迟，出去得更多，召见群臣也更多，有时候静庭灯火一夜不熄，有时候半夜还能听见官员愤怒的声音，每次这样的愤怒争执声过后，第二天朝会就会少一两个官员，而当日的朝会气氛，就会更加凝重肃杀。

还有宫卫的调整，亢龙军被调出宫廷守卫，由玉照军全权接手。随即不多久，亢龙军相当一批中层将领被查出克扣军饷，发配边疆沼泽，宫胤新提拔了一批普通出身子弟，并在帝歌百姓中开始招新兵。

动亢龙，无疑宫胤在自断臂膀，但重组军方将领，带来的又是另一轮的紧张气氛。没有人能猜得到宫胤打算做什么，为什么平白无故忽然要动亢龙军，导致帝歌的局势紧绷，因为在所有人看来，女王不合格换了就是，根本不值得大动刀兵。对于宫胤这个永远稳坐最高莲台的国师来说，他只要高踞上座，轻轻点头就可以了。高踞莲台的神，现在却似乎慢慢举起了刀，下一步刀会落在谁的头上？

大荒朝野无声角力，在力量逐鹿的交汇地，却有一片宁静的真空。那片真空，覆在景横波的头上。她被保护得更好，守卫更严密，连相邻的昭明公署，被雷劈后都不再重建，以防再次发生耶律祁偷袭事件。

景横波不想给宫胤再添麻烦，也就老实度日。画像馆还是买了下来，安排了翠姐带人去装修，赵府现在自顾不暇，也无人再来找麻烦。

这一日翠姐回来，说画像馆快竣工，接下来就该开业了。她有点发愁的是，画像馆位置太偏，紧邻着的赵府现在又出了事引人忌讳，怕是没有生意。

景横波想了想，一拍手，跑进了换衣间，过了一会儿拿了一叠照片出来在手中选。“哪张好呢？这张！哎，不行，太清晰！这张！哎，不行，他在笑！哎，他的笑怎么可以给别人看见？这张！哎，能看出静庭的背匾，不行不行……哎，对了，这张！”她抽出一张照片，递到翠姐面前，“天生的偶像派代言人啊，这是！”照片略呈俯拍效果，近处花影扶疏，亭台楼阁，一蓬绿荫深处是黑瓦白墙紫红色的轩窗，窗前静静立着白衣的人影，看不清脸容，却可以看出人若玉树，发若乌檀，领口珍珠淡金光芒微晕，映一抹柔软红唇。色彩鲜明和谐，人物如霜似雪。明明只是一个远远的轮廓，所有人却都忍不住盯着那人影遐思遥想，这般风姿气度，可为神仙中人？

“这张真的将国师的丰神气质拟出了七八分。”连翠姐都忍不住赞叹。

景横波连连点头，她也觉得，宫胤的风采非语言画笔可直现，就算这来自现代超越大荒千年的最高端照相技术，也不过勉强体现几分罢了。“就这张了。”景横波拍板，“根本看不出他的脸，但味道十足，最好的广告效果。”

“可是就一张这么小，贴在哪里合适？不走近都看不见……”

“去找帝歌最好的画师。”景横波将照片小心翼翼放进盒子里，嘱咐翠姐：“让他们对着这张照片，画一批图像出来，一点点按层次画。第一张只有花影扶疏，第二张开始出现亭台楼阁，第三张花影里面露出静庭的小轩窗，第四张小轩窗里出现一个人影，每张都必须好好画，尽量还原图中景象，每张下面都在显眼处写上‘风华长留，刹那倾城’。”

“风华长留，刹那倾城……”翠姐想了想，笑道，“真看不出来，你还能想出这样的句子。”

“抄袭的啦，”景横波挥挥手，“小蛋糕爱写诗，经常风花雪月叽叽歪歪，写满一个小本子还要锁起来不给我们看。呵呵，姐是什么人，早看过了，酸，酸得很，不过这个句子可以勉强拿来一用……对了，我的画像馆，就叫‘刹那’吧。”

“刹那？”翠姐皱皱眉，直觉这名字实在算不上吉利。

“对啊。刹那，留像于刹那间，记忆却永远。”景横波忽然有些怔怔地，“人活在世上，哪有什么永恒，有时候有那么一刹那的美，就很好了啊。”她手指轻轻抚摸着照片，眼神有点空。刹那，这个对她来说过于文绉绉的词，也是刹那之间涌入了她的脑海，忽然她便觉得，此时此刻，这个词再合适不过了。穿越是一刹那，离别是一刹那，所有的失去和获得，都是一刹那……就像此时心底忽然莫名其妙地一抽痛，也是刹那……会好的，什么都是一刹那……

“大波……”翠姐看她忽然出神，了悟地拍拍她肩膀，“别想太多，朝廷里的事儿，咱们不必太操心，国师会把一切安排好的。”

“就是，”景横波立即回神，满不在乎地挥挥手，“要不然要男盆牛干什么？男盆牛不就是为姐冲锋陷阵挡枪子的吗？”

“这些画像画好后怎么弄？”翠姐拉回话题。

“拿着画像往前走，在通往咱们那个画像馆的每个路口贴一张，再做个箭头指示。”景横波道，“每幅画都有留白，会让人一直好奇跟下去，最后，一直走到我们门口，而这张宝贝照片，你就用一个水晶框镶嵌在我们大门上。”

“真亏你想得出来。”翠姐接过照片。

景横波连连嘱咐：“别用手摸！小心些！做完几天广告记得给我还回来！”

“只是请最好的画师，画那么多张画，要花很多银子呢。”翠姐有点心疼银子。

“花什么钱！你去告诉他们，你手上有上次迎驾大典上传说的举世无双的精微高清晰仿真小画，可以给他们欣赏学习临摹，前提是给我们免费画一个月的广告画！”景横波拍翠姐肩膀，“相信我，他们会跑得比兔子还快。”

翠姐一边摇头一边走了，她觉得景横波不该做女王，该去做奸商。

她走出好远，景横波还追出去扒着门框喊：“记住啊，不要给钱！不给食宿！不提供画笔颜料和纸！咱们穷，如果可以，让他们交地盘费和观摩费！”

远远地，翠姐打了个踉跄……

景横波拎着一罐补汤，去给男盆牛送爱心，却在静庭门口被侍卫拦了下来。

“回禀陛下，”侍卫礼貌却坚决地将她拦在侧门之外，“国师正要接待重要客人，不方便，请您先回去休息，他说有空会去看你。”

“这话我听了无数次了。”景横波皱起细细的眉，“我不会打扰他，也不指望他忙得要命还得抽空来看我，我就坐在一边，不说话，不打扰，不行吗？”

"陛下，请不要为难我等。"侍卫不动，来来回回就这么一句。

景横波踮起脚，越过侍卫肩头看静庭书房，隐约人头晃动，他确实还在忙。近期她很少有机会见到他，有时候并不是他不愿意，而是很多场合都有亢龙军将领和他麾下群臣在，自从有次一个亢龙军将领控制不住情绪，试图挑衅她之后，宫胤就极力避免她再次和那些人撞在一起。

景横波叹了口气，快快地拎着罐子往回走。

侍卫默默地关上了侧门，回头看了看前方书房廊下，蒙虎正从屋内走出，向这边望过来。侍卫点点头，蒙虎微微颔首，回身进了书房。书房里有几个来回走动的侍卫，看他进来无声退了下去，屋内顿时无人。

蒙虎走到宫胤常坐的书案后，伸手在案底轻轻摩挲，随即，他身后的墙无声翻倒。墙翻下那一刻，一股逼人的寒气飙射而出，蒙虎打个寒噤，关上所有门窗，回头，内室一片冰晶世界，满地碎琼乱玉，似乎只跨越一道墙，便从秋到了冬。碎冰之上，宫胤趺坐，雪色衣袍和细碎的冰晶混杂，脸色也皑皑如雪。

蒙虎关上暗门，蹲下身，手心按在地面冰晶上，激灵灵打了个寒战。再抬头时，他眼底有深浓忧色。

宫胤缓缓睁开眼睛，一瞬间蒙虎隐约看见他眼底有红影，但一刹就不见，恍如错觉。

"她走了？"

"是。"

宫胤缓缓闭上眼，手腕垂在膝头，中指指尖隐约一丝细细血线，蔓延直上腕脉。

蒙虎一眼看见，心头大震，慌乱之下破口而出："主上，难道那……"

宫胤手一抬，止住了他的话头。"没事。别那么紧张。"他起身，雪白袍袂在细碎冰晶上拂过，发出细微的碎裂声响，"这冰室的冰，是荒龙野上的千年玄冰，可以助般若雪真元稳固，你守好了。"

"属下死也不会让人踏入一步。"

"无妨。"宫胤居然轻轻笑了一下，"再过段日子，也许这玄冰也没有用了……"

蒙虎仰头看他，内室暗淡光线里，他遥遥而立，恍惚还是当年独自从雪山上走下的少年，一剑斩恩仇，从此以冰雪困守。

"亢龙如何？"宫胤问。

"似有异动，几位新提拔的参将很受排挤。"

宫胤垂下密密眼睫，似在沉思，半晌轻轻道："天意……"

蒙虎抿抿唇，神情苦涩。有些突发的意外，将主子原先的打算彻底打灭，让人惊觉天意面前，再缜密的计划，再周全的思虑，都无从抵抗，苍白无力。

宫胤抬起头来，似乎已经有了决断，道："从明日开始，重整亢龙蛛网，将当初那批最秘密的蛛网探子，都送出帝歌。"

"是。"

“玉照龙骑大统领英白，是不是最近又开始流连赌场酒肆了？”

“主上您也知道，”蒙虎唇角一抹无奈的笑，“他这是老毛病，可以没有爹妈、女人，不能没有酒和赌，但这么多年，他可从没坏过您的事儿，您不也是早就默认了吗？”

“此一时彼一时，”宫胤淡淡道，“现在，我不打算默许了。”

蒙虎瞪大眼睛。

“命令蛛网探子，搜集英白违法乱纪证据。”

“主上！”蒙虎一震，扑跪向前，抬起头时神态焦急，“成都督已经离心，英统领现在是您身边军方唯一贴心人！您不能……”

“什么时候你管起军方的事来了？”

宫胤声音淡若烟气不带寒意，蒙虎却打了个颤，垂下头去。

“退下吧。”宫胤盘坐，闭目调息，“我再调息一会儿，铁星泽来了就传他进来。”

蒙虎无声退下，走到门边，犹豫回首。

宫胤面无表情，冰晶淡淡寒气里眉宇宁静。

“主上……”蒙虎终于忍不住，低低道：“是何时情根深种，换此后地覆天翻？”

寒气烟光里，那雪山一般的男子岿然不动，不言不语。

蒙虎长叹推门离去。门扉缓缓合起，将光影渐渐弥合。

宫胤睁开眼，眼底红影一闪而过。他低下头，慢慢摊开掌心，一线隐约红丝，穿过掌心，直入腕部，其余部分掩在袖中，不知其深处。那一线便如一条新添掌纹，诡异地昭示人间命运。

他静默，乌发垂落如流水。是何时情根深种，换此后地覆天翻？谁知？或许是大燕县城青楼之内那一舔。或许是一路前行见那般笑颜明亮永不改。或许是山林行走那一段朝夕相处。或许是天南王宫那一舞。或许是王宫内河船上她全力一扑。或许是百里迎王驾帐篷里耶律祁刺杀时她舍身相护。或许是小河边她狡猾拒绝耶律祁引诱。或许是迎驾大典她光彩照亮大荒。或许是寝殿遇刺客她倾尽全力的扑杀。或许是玉照宫前她扑向“冰晶无头尸”时的哀恸决绝……

情不知其所起，无须知其所起，不知何时他已经走那般远，一回头来路繁花遮没人眼。每片花叶，都是她笑颜。这一番心情如乱弦，拨心湖涟漪千端，待何时整理分明，静听。

景横波拎着罐子，也不想回自己寝殿了，漫无目的地走，不知不觉便出了自己宫室。走到一处人工湖边，脚下忽然一歪，低头一看，高跟鞋的鞋跟又卡在石缝里了。她拔了两拔，没拔出来，又怕损坏鞋跟，赌气将鞋一扔，干脆赤脚坐在了一边的假山石上，顺手将罐子拎过来，打开罐子，开吃！他不吃，她才不要怏怏回去倒掉或者对着罐子迎风流泪，她要吃得更多，把他那份吃回来！

天光熙熙，微风习习，山石上赤脚坐着女王陛下，对着远远的静庭，大口喝汤。

侍卫们远远站着，想笑，又觉得其实女王也怪寂寞的。

景横波三两口喝完汤，摸摸肚子将碗一搁，正准备跳着过去将鞋子穿上，忽然看见一方淡黄袍角。那袍角停在她鞋子面前，她抬头，看见一个黄衣男子，正低头看着她的鞋。“喂，你……”

那人弯下腰，捡她的鞋，景横波刚想提醒他鞋子卡住，注意不要硬拔，男子已经发现，一笑，将手掌按在石板上，景横波瞪大眼，看见石板慢慢塌陷，鞋子无声松落。

男子捡起鞋，对她扬了扬，笑了笑：“陛下，穿鞋？”男子身形高颀，锦袍玉带，黄玉束发冠，眉目英秀，不算绝美，但看来有昂然之气，是极有男子魅力的类型。他笑起来眉宇疏阔，令人觉天光云影飞动，漫天的日光忽然泻落。

第四十五章　让我温暖你

景横波托着下巴看他，道：“这么好的武功拿来捡鞋子真是可惜了……咦，我觉得你脸熟。”

男子笑笑，过来蹲在她面前，将鞋子端端正正放在她脚下。景横波很随意地穿上鞋，他便很自然地半跪着帮她扶住鞋帮，还不忘赞一声：“陛下这鞋子真美。”语气坦荡。这人每个动作神情，都令人感觉分外坦率自如，不含狎昵，明朗得也似这湛清的天光。

这种特质，让景横波想起了他是谁。“你是那个帮过我忙的黄衣骑士！”她恍然大悟，“帮我拦马车的！”

“对不住陛下，”提起这个他却露出愧色，“我办事不力，只来得及拦下两辆，让第三辆逃脱了，因此害了琉璃坊不少百姓，如今想起来真是愧疚。”

景横波见他还是坦荡地主动承认，忍不住一笑道：“你已经尽力了。”

“当日我也曾派人去玉照宫通知国师，”他更加惭愧地道，“但是当时国师已经离开玉照宫，信使没能通报上。”

“是啊，就怪宫胤乱跑。”她道。

“其实微臣还见过陛下一次。”他笑，眼睛弯弯。

“嗯？”景横波也有这感觉，似乎还在哪见过。

“赵士值府。”他歉然道，“我将赵大人拉了回来，没让女王劫持成。”

“啊，原来是你。”景横波哈哈大笑，“当时人多，烟浓，没看见你，喂，你可坏了我的事哦。”

“我坏了陛下的事。”他笑，“罚我给陛下拎汤罐赔罪。”他很自然地拎起汤罐，顺手递给景横波洁白的帕子抹嘴，站起身时还将景横波啃得散落在地下的骨头捡起，用纸包好，扔在一边的杂物篓里。

景横波很有兴趣地瞧着他，觉得这又是一种出众的人物，亲切细致，耐心有礼，对女性少见的呵护，却又不缺潇洒任侠男儿气度。和他相处，很舒服，很自然，很容易就忘记陌生，熟悉如多年老友。“你是谁？叫什么名字？”

“沉铁部质子铁星泽，见过女王陛下。”他从容施礼。

景横波顿时对他好感大增，以往在宫中，陆陆续续也见过六国八部的质子，但那些人要么傲岸，要么畏缩，要么避嫌不和她交接，而且有个共同点，都很忌讳自己的质子身份，以此为辱，不愿多提。以至于很多人她在见过之后很久才知道原来是质子。这么坦荡说出质子身份的就他一个，景横波看他眼神，清澈明朗，似秋夜特别高朗的天空。“你进宫来做什么？”她问。

“蒙国师召见。”

“哦？”景横波来了兴趣，宫胤很少召见外臣，尤其是身份敏感的质子。

“当然不是谈国事，”铁星泽笑起来眸子星光飞扬，“我前不久回家乡一阵子，给他带来了一些家乡的食物。如果不是他太忙，早就该送来了。”

景横波一愣站定，蓦然回首抓住了他的手臂：“你是宫胤老乡？你和他从小认识？喂喂，赶紧和我说说他小时候的糗事，还有他小时候住哪里，爱吃什么，谈过几次恋爱，有没有结过婚……”

铁星泽失笑，轻轻拨开她的手：“陛下，您问这么多问题，让微臣回答哪一个？”

“先回答最后一个！”

铁星泽笑得爽朗：“自然没有。”

“谈过几次恋爱？”

“小时候被邻村阿花、阿丽追逐算不算？”他一摊手。

“那得看进行到什么程度，亲过吗？压过吗？”

“被阿许压倒在地算不算？”

“啊？怎么压？嘴对上了吗？”

“阿许是男的。”

“……啊呸，你玩我。”

“被阿牛抓住了算不算？”

“这个一定是男的！”

“是啊，是个大汉。”铁星泽的语气忽然萧索，“被阿胜拖到水里算不算？”

“哪那么多人爱和他玩……”景横波笑起来，忽然笑声一顿，慢慢转头，盯住了铁星泽的眼睛。

铁星泽没有回避她的目光，清澈的眼眸里隐约光芒闪烁。

“你好像是在告诉我，他小时候，总在被人欺负。”她慢慢道。

“没关系，”他回答得也很慢，“阿胜、阿牛他们，后来都死了。”

景横波浑身汗毛一凛，猛然抬头盯住铁星泽。

铁星泽并没有退缩。“我在和你说幼时好友的事。时日太久，也许他已经忘记，可我还记得。”铁星泽轻轻道，“他比我小三岁，他来的时候，我已经隐约记事了。那时我父王在他所在的村子附近有一所行宫，我小时候被养在那里，很熟悉那个村子的人。听村中老人说，他在一个雷雨夜，砸穿屋顶，从天而降于一对贫苦年轻夫妻家中，他降落时气息将无，浑身冰冷。因为太过惊吓，当晚那家中怀孕的妻子流产，失去了自己的儿子。幸亏那对夫妻善良，还是将他收留，但村中人对他敌意很重，认为他是雷霆灾星，多年来总有人有意无意想将他弄死。他摔下过山，断过腿，落过水，遇上过火灾，至于迷路，更是不知道遇到多少次。而且他的养母，在他到来那天受惊受打击太过，后来就半疯了，清醒的时候把他当自己儿子，疯狂的时候就认为他是来夺她儿子的魔鬼，经常半夜偷偷去掐他，有次他险些被掐死，据说他从此没在家中床上睡过。”

景横波怔怔看着他，手无意识抬起，按住胸口，那里忽然有点痛。她几乎不敢相信这样惨烈的经历，是属于雪般高洁、玉般无瑕的宫胤的。要她怎么相信，那不染纤尘、权倾天下的男子，在幼时被抛弃，被欺凌，被侮辱，身陷无限敌意和苦痛之中，十多年不曾相遇温暖？是否幼时于泥途之中记忆太过伤痛、深刻，所以多年后他只愿自己不染烟尘，不触这红尘万千喧嚣？“那么多年……那么多年……”她不可置信地道，“……相处了那么久，他又没犯什么错，为什么村人不原谅他，为什么一直和他作对？”

“因为，和他作对的人，过段时间，都莫名其妙暴毙了。”他答。

景横波只觉得浑身发冷。在那种情形下，让和他作对的人死去，是护他，还是害他？

“所以，在他离开家乡的最后几年，已经没什么人敢对他不利。他确实受的伤害少了。”铁星泽顿了顿，“但是……”

他没有说下去，景横波却已经明白了。但是，已经没有人愿意接近他，他是怪物，是凶煞，是不祥之人。冷暴力，她脑中忽然掠过这个词。或许，和幼时的磨折比起来，这最后几年的顾忌、排斥、畏惧和远离，才是形成他后来性格的真正原因吧。

“这些话原不当由微臣对您说，”铁星泽温和地道，“但微臣觉得，他或许是一辈子都不愿意和您提这些，不是不信您，而是不愿您难受。微臣却有小小私心，总希望这世上有个人真正懂他、明白他，明白他真的很不容易，真的很好。”

景横波忽然放开了他的手臂。“对不住，”她急急地，有点语无伦次地道，“我不能陪你一起过去了，我那个，要先走一步，你慢慢来……”话音未落，她已经撒开腿就跑——难得穿高跟鞋也跑那么快。

铁星泽立在原地，望着她的背影，欣慰地笑了笑。

内室门缓缓开启，宫胤从门中走出，将一身寒气遗留在门内。

“铁星泽到了没……”他话音未落，忽然听到一声，“宫胤！”声音高而微尖，满满急迫。宫胤愕然抬头，他听出这是景横波的声音，可印象中她的声音慵懒缓慢，还真很少听见这样的语调，似有无数情绪正在澎湃，似要刹那汹涌而出。这是怎么了……一个念头还没转完，一道红影已经火一般穿过静庭院子，扑过门槛。

火红的影子，猛地撞入他怀中。他有一霎惊震，下意识抬手，指尖冰晶出现那一霎立即消失，再落下时，已经轻轻落在了她发上。动作温柔，语气却淡漠似不耐烦："又怎么了？"

景横波紧紧地搂住他的腰，一泊汹涌情绪如浪，冲刷得她一时哽咽难言，听着他似乎不耐的语气，想笑，嘴角翘起，却忽然有泪珠滴溜溜滚下来。

他明明应该看不见，却忽然似有所觉，身子一僵，伸手就摸她的脸："你怎么了？"

景横波低下头，将脸更深地埋在他胸膛，像只小兽在他怀里拱来拱去，寻找着最合适的位置，最后选择了他心口，将脸紧紧地贴上，长长嘘一口气。

宫胤有些愕然，怕这女人又发了什么神经，伸手来扳她的脸："你到底怎么了……"

景横波死死抱着他，把脸躲来躲去，哑着嗓子道："别闹。"

宫胤停住手，颇有些好气又好笑，这话应该他说才对吧。

"宫胤……"他听见她呜呜噜噜地道，"……现在，暖和吗？"

他微微一怔。她如此贴紧，情态却不似往日调戏狎昵，像是想将自身温暖传递，她知道什么了？宫胤立即将严厉的眼神投向院外远远站着的蒙虎，蒙虎慌不迭地摇头。

景横波能感觉到他的疑惑，扯起唇角笑了笑，一个笑容还没展开，立即被席卷而来的心酸淹没。她闭上眼，只能将自己贴紧更贴紧，温暖更温暖。心中似有潮水汹涌，不知热不知冷，只知道回旋往复，酸酸涩涩，满脑子都是很多很多年前，雷雨夜的小村，掉落的将死的婴孩，水深火热里挣扎的幼童，孤身一人离开家乡的少年。有些人完美如雪玉琢成，无人知内里千疮百孔。泥泞里辗转无声的幼童，和此时眼前冰雪人儿交替在眼前闪现，似黑夜和白天不断轮转，她微微有些晕眩，忽然想将那两个影子都打碎糅合，换一个不够完美却真实自如的他。她知他过往必如碎裂的窗棂，穿过一股股极地吹来的冷风。以往她或有逃避，然而从今日开始，她想要勇敢地迎上弥补。

"宫胤……"她一声声地唤他。他轻轻嗯一声，要推开她，铁星泽快到了。她却忽然低头，唇落在他胸上。隔着衣衫他也如此敏感，浑身一震，骇然低头。只看见她乌黑的发顶，看见她将唇紧紧贴在他心口。那心上的一吻，只想补你昔日的痛，而纵横于其上的裂痕，我想以一生里最强的意念和最诚挚的祝愿，抹去。胸臆间似有冰冷裂痛，却又似有火焰燃起，他只觉肉体似裂而精神却如被投入温水，在苦痛中体验天堂般的温煦。

她的唇慢慢上移，落在他颈侧，连接着心脏的动脉。温软而微润的唇，香气似可沁入五脏六腑，他的心忽然猛烈跳起，一声声，都在呼应她的温柔。她亦于唇下感觉到那般忽然激烈的跃动，心间的汹涌几乎和她同步，一声声，都是他的回应。想笑，却又眼眶微湿，其实他从来都是一个细腻敏感的人啊。因为他曾一无所有，所以每予他一分，他都患得患失，徘徊关注，下意识紧紧攥住，却又畏惧再次失去的冷痛，而不敢表现丝毫。他是山巅的雪，只敢晒高空的月，在一地清辉中徘徊，怕一涉红尘烟火，便化水无迹。

她的唇缓缓移动，越过他脖颈，下颌，将到唇边。他一僵。她却忽然停住，狡猾一笑，踮起脚，闪电般咬了他耳垂一口。像被火烤一般，那近乎透明的耳垂果然立即红了。她满意地眯眼笑，她喜欢看见他冰雪之色的肌肤之下，每一缕因她而生的淡红。耳垂上一个浅浅的齿印，那是她的印记，她发誓，要在他身上乃至心上，留下独属于她的更多印记。

到此刻，她也许还不能确定这份心属于爱，但二十年岁月，第一次心动，第一次心痛，第一次心疼，真真实实都只给了他。这难道还不值得她，用力去追逐吗？

他身子忽然微微一僵，她似有所觉，回身看见远远一抹影子跨进了院中。她一笑，撒开手，计算了一下铁星泽过来应该花的时间，唇角微微一翘。知道她要表诉情绪，故意走得很慢——是个妙人呢。她心中微暖，不为铁星泽的体贴，而为宫胤如雪寒凉的人生中，终究还有这样一位真心待他的好友，也算一份难得的幸运。难怪上次在赵士值府上，宫胤会对铁星泽说一句话，虽然还是语气淡漠，但对于从来不和臣下多说一句的宫胤来说，这确实算难得的恩遇了。

“沉铁使铁星泽，见过女王陛下、国师大人。”铁星泽中规中矩在廊下报名。按照惯例，质子们都自动算某国某部的使节，不提质子身份，这也是给他们留颜面的意思。

景横波回身，笑眯眯招手：“快进来，多谢你慢慢走啊。”

宫胤侧头看她一眼——这女人，已经和铁星泽见过面了？瞧这自来熟的语气。

景横波斜瞄他一眼，原以为会看见国师大人的青脸或者黑脸，谁知道他神态平和地坐下了，对铁星泽招招手。

景横波这下更加确认铁星泽对于宫胤，果然是不同的。她还想试一试，托着下巴笑吟吟地对宫胤咬耳朵：“喂，这位沉铁世子很帅啊，多大啦？成亲没？有看上的姑娘没？”

“你可以自己问他，”宫胤平静地道，“看他愿不愿意和自己留在家乡等他回去成亲的未婚妻商量，休了她，娶了你。”他端起茶，杯盖慢悠悠在茶盏上合过，“只是他对未婚妻情根深种，这么多年在帝歌洁身自好，如果他不愿休妻再娶，建议你做好准备做妾。”

景横波哈的一声笑——这是吃醋了吗？他这次终于找对吃醋的方式了，她喜欢！

进门的铁星泽听见他们的对话，苦笑一声：“国师，一不小心就被您卖了。”

“自然是因为有人卖我在先。”宫胤摆摆手，示意他坐下。

景横波和铁星泽对视一眼，各自一笑。宫胤果然是水晶玲珑心肝，仅仅从景横波刚才的情绪波动，就猜出她已经见过铁星泽，而且已经知道了一些他的旧事。

景横波原本有些担心他会生气，迁怒铁星泽，不过看他神情，似乎并没有不快，也就放下心来。

宫胤瞟她一眼，她脸上神情在他面前永远这么直白，喜怒担忧清清楚楚。她真以为他不介意童年旧事为人所知吗？只不过因为倾听的对象是她而已。

铁星泽双手奉上一个提篮，笑道：“落霞山的赤橘和风干肉，陶村的火炉饼，以及我娘亲手做的蜜刀。请国师笑纳。”

宫胤眉宇微微柔和，道：“难为你能凑齐，回头代我多谢夫人。”

景横波托着下巴，想着静庭这里每日里天下珍奇宝物流水般送进来，也没能看见宫胤这样眉目舒畅过。她又瞟瞟铁星泽，在她想来，当初铁星泽和宫胤相遇时，铁星泽是高高在上的沉铁部世子，宫胤是乡村里一个人人践踏的穷小子，多年后境遇翻覆，穷小子成为大荒实际上的最高统治者，世子却沦落成被他手下管束的质子，这般颠倒遭遇，真的没有在这对童年好友之间造成任何阴影吗？从铁星泽神情看来，是没有的。一个内心被阴影占据的人，不可能有那般坦荡明朗的神情。

她赖着不走，宫胤倒也没赶她，和铁星泽随意谈了谈沉铁部的情形。景横波这才知道，铁星泽前阵子破例回到封地，是宫胤的授意，具体做什么，两人却都很含糊。隐约听出，两人似乎在讨论一条道路。也许是涉及军事的要道吧。

"国师似乎气色不佳。"铁星泽忽然眯眼看了看宫胤，道。

景横波一怔，也看看宫胤。每天在一起的人，往往会忽略对方的变化，不如有阵子不见的人，更容易感应对方的细微改变。此时瞧宫胤，也觉得他虽然没瘦，但脸色似乎更加晶莹雪白。有时候看他在暗处光影里坐着，似乎这个人下一瞬就会真如冰雕一般，化了。

"你看错了。"宫胤只是淡淡答。

景横波起身，走到院外，拉住蒙虎，问："宫胤最近有没有好好吃饭？"

蒙虎吭吭哧哧地道："自然是……有的。"

景横波搡开他，转身回到屋内，那两人看她气势汹汹进来，都抬眼看她。

景横波不理宫胤，自顾自走过去，将那个礼盒拆开，一样样拿出来看。

当面拆礼物十分不礼貌，铁星泽眼睛微微睁大，宫胤咳嗽一声，有点不好意思地对他道："……陛下是好奇。"

铁星泽随即恢复如常，笑道："陛下直爽明朗，正是性情中人。"他眨眨眼，忽然悄声笑道："……所以您不必急着替她解释了……不然我总错觉她是你妻……"

宫胤手中茶盏叮的一声落下，盖住了这句话，景横波没听清楚，回头睁大眼："你们两个鬼鬼祟祟说我什么？"

两个男子一起转头，特坦然地齐声道："什么都没有！"

景横波也不放在心上，夸张地打开礼盒，掂起赤橘嗅了嗅，大声道："好香好香！"

铁星泽微笑。宫胤不语，唇角神情无奈。赤橘色泽如火，本身是没有香味的。

景横波抓出纸包封的火炉饼，嗅一嗅："好香好香！"

铁星泽唇角翘起。宫胤只能低头喝茶。火炉饼香在内馅，外壳多层，是闻不到香气的。

景横波又翻出一大块用油纸包着的长条物体，还没闻就闭着眼睛摇头赞美："好香好香！我闻着就觉得饿了！"

铁星泽再也忍不住，噗的一声笑出来，茶水喷了满衣襟。

宫胤放下茶盏，招招手示意蒙虎进来，道："看看厨房有什么点心，加紧做了送上来。"

"干吗干吗，我不要吃点心……"景横波拆开包装纸，为表陶醉，鼻子凑近夸张一嗅，"好香……哇……"她险些吐出来——一股奇异的油腻荤味冲入鼻端，一瞬间牵动胃肠直欲翻江倒海。

一杯茶递了过来，递茶的是铁星泽。一只手轻轻拍在她背心，一拍便压住了她肠胃的翻腾，自然是宫胤。

铁星泽似乎在忍笑，一边忍一边又似为自己的忍不住笑不好意思，歉然道："陛下，风干肉经过特殊处理，没有蒸熟前是很难闻的……"

景横波眼泪汪汪，用眼神大骂他——怎么不早说！

宫胤接过茶，喂她喝了一口，扶她坐下，道："想吃回头送给你吃，至于这么急？"

结果她不坐下，哭丧着脸扒着桌子，道："其实还是挺香的，我不喜欢一个人吃，我在你这里吃……"

宫胤心中一动，背影一僵。这才是她厚脸皮拆礼盒，睁眼说瞎话说肉香的真正原因吧？她想和他一起吃饭。他直觉要拒绝。近期他的饮食已经改变，实在有不能和她一起吃饭的理由。然而他回身，便见她一双眸子因为刚才的作呕依旧泪光盈盈，不同于平日的张扬恣肆，这样的楚楚之态，令人心底忽然便漫过一波柔软的潮，淹没坚固的岸。然后他听见自己说："通知厨下，今晚陛下赐宴沉铁世子，国师作陪。"

铁星泽立即微笑躬身："微臣不胜荣幸。"

景横波悄悄打个响指——就知道这招有用！这家伙已经很久不和她一起吃饭了，每次都有各种理由推托，今儿她一定看清楚他的喜好和胃口，这什么饼啊肉啊，他如真喜欢，她去学。女人是水嘛，除了水，还有什么能淹没钢铁堡垒？

似乎是为了中和静庭过于清素的气质，静庭四侧种了很多红枫，因为玉照宫地气温暖，虽然现在已经是初冬，红枫依旧艳丽，一色深红如火，点燃了静庭的雪石地面，而更远一点是花园的叶翠菊黄，在一片烂漫的红中，鲜亮地晕染着。

这场非正式的赐宴，按铁星泽的提议，就安排在了红枫树下。内侍们排开一块巨大的锦织地毯，每个人盘坐其上。头顶上红枫簌簌，透过斑驳的红叶，可以看见碧蓝的天空，高而远，时而飞快迤逦过一抹衣带般的云。

食物当然并不止那几样很普通的特产，景横波早已吩咐拥雪赶紧大展身手，在她寝宫的厨房里煲汤炒菜，务必将最能引人食欲的菜色源源不断送上来。

不过宫胤依旧不怎么吃。他拿了一只赤红如火的橘子，在指间慢慢地剥，将橘瓣上白色的筋络细心地一丝丝地撕。景横波夹着一块菜，左一眼右一眼地偷瞄，只觉得那橘红的果肉在他雪白的指掌间翻转，说不出的好看。那双雪白的手却忽然伸到她面前，掌心里果肉玲珑。景横波怔怔低头，橘子的甜香沁人心脾——大神忙了这半天，给她剥的？宫胤却似已经不耐烦了，手又往前递了递。

内侍都站得远远的，铁星泽好像忽然对面前的锦缠鸭有了感情，低头专心注视。

景横波忽然扬眉笑了。她将橘子一分两半，另一半飞快地塞进他唇中。咬着半个橘子，瞪着她的大神看起来很违和，她笑得越发开心。宫胤注视着她明艳飞扬的笑容，眼底光芒微闪，慢慢将橘子含入口中，微凉而甜的滋味盈满口腔，入喉是甜美一线，逼入肺腑却生出凛冽的痛来。他脸色微微一白，却立即对期待看着他的景横波唇角一勾，随即转头，拿了一个橘子递给铁星泽。铁星泽抬头看了他一眼，眉头微微一皱，看了景横波一眼，她正得了鼓舞，欢天喜地拿起一个橘子亲自剥，看样子是打算投桃报李。

“这样闷声不吭吃饭似乎欠了几分趣味。”铁星泽忽然笑道，“行个酒令吧。”

宫胤目光一闪，当先道：“好。”

景横波大喜，她好酒，酒量了得，穿越后一直没有什么机会喝酒，听见这提议眼睛都亮了。

“蒙虎，拿……龙山冰酿来。”宫胤吩咐。

蒙虎远远走过来，看了宫胤一眼，随即躬身下去准备。

铁星泽大笑：“今日托陛下福，好口福！”

景横波很兴奋，宫胤拿出的酒，看铁星泽又是这个反应，还能差了？

蒙虎亲自送酒，一色三个玉壶，光泽温润透明的壶内酒色淡碧，远远望去似一块水头上好的翠玉。

景横波注意到宫胤的酒壶和他们两个的有些不同，壶身外微微凝着水汽，似乎冰镇过，不过宫胤的武功本身就走冰雪路线，她也没在意。她拿起酒壶，对尺寸很不满：“就这点？一人几壶？”

“陛下好大口气。”铁星泽眯着眼睛，似乎未饮已醉，“微臣还担心这酒微臣喝不完呢。这是大荒最著名的烈酒，在大荒唯一的酒泽酿造，再在冰泽窖藏，分十年酿，二十年酿，三十年酿，百年酿。这三瓶……”他陶醉地一嗅，“只怕便是那号称‘一滴千金醉酒仙，万古星辰乱长夜’的‘百年龙山’了。”

“一滴千金醉酒仙，万古星辰乱长夜？啥意思？”

“一滴千金是指价值，醉酒仙不用说也能明白。至于万古星辰乱长夜……”铁星泽笑，“您喝完就知道了。”

“卖关子。”景横波咕哝，不过兴趣也更大了，拔开酒壶塞子，深深嗅一口。并无太浓烈的酒气，只觉得一股清气似蒸腾而出，化为凛冽一线，逼入鼻端，再下一瞬，她瞪大眼睛，忽然觉得鼻子周围的肌肤都一麻，过电一般。眼前刹那闪过无数星华，纷乱地映照在天幕上。好一个“万古星辰乱长夜”！这是什么样的酒？怎么感觉这么奇特？

“这酒还号称‘叠浪乱三’。”宫胤道。

“这又是什么意思？”

“是指这酒的后劲，足可以让人昏乱三次，而且它的酒劲不是持续的，是如浪潮一般，一层叠一层的。一层过去，可能会清醒一段，再一波后劲上来，会比上一次更猛。如此反复，最起码三次。”铁星泽解释，“不过这酒虽然烈，本身却是极难得的补酒，是真正有固本培元、延年益寿之效的酒中之圣，尤其百年酿……我几乎没听说过真的存在百年酿。”

“刚满百年。”宫胤道。

铁星泽看了景横波一眼，若有所悟，笑道：“如此，我可算托了陛下的福了。”

景横波彻底被这酒吸引，忍不住翻来覆去端详。

那边宫胤看她一眼，自己倒了半杯酒。“行个酒令吧。”他道。

“正该如此。”铁星泽自然赞同。

景横波对宫胤难得的兴致也十分捧场：“好呀好呀，不过不要来太文绉绉的东西，我怕我才学太非凡，会吓死你们。”

难得宫胤没有拆她台，只道：“每人说出一物，之后再接两句，要求两句音同而意义相反。”

铁星泽连连点头：“这是一物说双令，既浅显又考敏捷，甚好。”

景横波大约听懂，想了想问：“怎么定谁来说？”

铁星泽看看席中，取了个瓷勺置于盘中，手指拨转，道：“瓷勺停下后，勺柄指向谁，就谁喝。”

“好啊好啊，公平。只是你们两个武功好，可不许作弊。”景横波笑眯眯地看着宫胤，用口形悄声道：“你如果不怕我酒后乱性，尽管作弊让我喝。”

宫胤侧侧身子，离这女流氓远一点。

勺子转了起来，景横波目光灼灼，大呼小叫：“指宫胤！指宫胤！”她改变主意了，灌醉宫胤最好，她是多么怀念当初中了天丝散，身娇体软易推倒的大神啊。

勺子转停，勺柄指向铁星泽。铁星泽对景横波歉意一笑，一口一杯：“僭越了。风中蜡烛，流半边，留半边。”

景横波鼓掌：“哈哈哈，妙啊。我要不要陪一杯？”

“不用！”两个男人异口同声。

第二次勺柄指向宫胤，他淡淡抿一口，随意地道：“梦里寻花，拾一朵，失一朵。”

“国师此句意境风雅！”铁星泽赞扬。

景横波却摇摇头，笑道：“怎么会失？拾一朵，那一朵自然在你手中，只要你珍重便好。”

宫胤看她一眼，道：“所以说是梦里。”

“不通不通。”景横波大摇其头。

勺柄再次转起，这回还是宫胤，他喝了剩下的半杯，道：“雄关夺城，上一人，丧一人。”

“国师此句有杀伐之气，说的可是当年黄金部叛乱之战？”铁星泽眯起眼睛，似有神往之色。

“当年黄金部以死士赤身夺城，顶着亢龙箭雨攀爬城墙，每上一人，便死一人。每上一寸城墙，便丧一寸本族志气。”宫胤语气清淡，一旁护卫们却自觉有霸烈之气扑面而来，不禁想起当年金戈铁马岁月，人人捏紧武器，手背绽起青筋。

只有景大女王对打打杀杀反应迟钝，忙着大吃大喝。

勺柄再次转起，景横波目光灼灼，结果勺子停下，居然还是令她失望地落在了铁星泽那里。

“什么意思什么意思！你们包圆了？作弊作弊！”她愤愤。

铁星泽歉意地对她一笑，赶紧喝了自己那杯。“无缘男女，撮一对，错一对。”说完面色微微一暗，勉强笑道：“对不住，无有他意，实在是忽然想起自身一些琐事，还请陛下和国师不要介意。”

宫胤了然地看他一眼："当初那个旧婚约，还没解决？"

铁星泽苦笑着摇摇头："那岂是一时半刻能解决的？我身在帝歌走不开，这事儿也只能搁着了。"

"或许，将来，"宫胤端着杯，似在出神又似漫不经心地道，"你会有机会好好解决这事。"

铁星泽悚然一惊，抬头看他，宫胤已经转开眼。

景横波听得一头雾水，很八卦地凑过来："喂喂，你不是有未婚妻了吗？怎么还有个旧婚约？这婚约很麻烦？告诉我我帮你解决啊，本姑娘别的本事没有，骂那些厚脸皮女人最有经验啦……"

铁星泽哈哈一笑，当真郑重其事向她抱拳："那就有赖陛下了。将来陛下如有机会驾临沉铁部，可要记得今日承诺。"

"那是自然啦，咱们谁跟谁？你是宫胤的好朋友，就是我的好朋友啦。"景横波眉开眼笑，大包大揽。

把玩杯子的宫胤，听到前半句手指微微一顿，听到后半句眉头微微一扬。连站得远远的蒙虎，都感觉到刚才一霎气氛冰火两重。

勺子又转了起来。

景横波这回再不甘心落空，砰砰砰地拍桌子："停下！停下！"

勺子慢慢停下，在她和铁星泽之间来回转悠，铁星泽微笑着，按在桌上的手微微一沉，那勺子一颤，在景横波面前彻底停下。

景横波怒赞："识相！"迫不及待地一口喝掉早已倒好的酒。一口下去，只觉得酒液极有质感，似一块玉滑入咽喉，落于血液肠胃琳琅有声，随即，轰然一声，在体内烈烈燃起，又似起大风掠动周身细胞血液，整个人腾腾热起，一线灼热，直上脸颊。"好厉害！"她蓦然一声，竟似微晕，撑住下颌。

两个男人目光都忽然一凝。一杯下肚，景横波原本如白玉一般的肌肤，忽然便染一抹酡红，那般的红非任何胭脂可以比拟，自乌黑的鬓边悄然浸染，似霞彩自黎明白色天幕尽处悄然而生，刹那惊艳人们视野。而她的眸子，忽然便盈了一层水光，清润粼粼，顾盼间魅色亦俏生，一眼瞧去令人心中一晕，似被那般潋滟秋波淹没。

宫胤一眼之下，眉头一皱，眼光下意识地向铁星泽一飘。

铁星泽一眼失态，立即醒觉，微笑转头起身，将壶递给蒙虎，道："这酒太烈，劳烦大统领，给兑点普通酒罢。"

蒙虎微笑接过，丝毫不介意铁星泽拿他使唤——他现在只有感激，还是铁世子知情识趣，晓得什么是禁忌，只要他肯不看女王，便是要他跑十趟腿都乐意。

宫胤收回目光，轻轻按住景横波的手："不能喝就不要喝。"

景横波只是不适应那酒的烈，短暂一晕，随即恢复正常，此刻脸上光彩熠熠，一把反握住他的手，笑道："不！好爽！还要！"

宫胤垂下眼，看看自己的手，再看看她宝光流动的兴奋的眼神，想着她到底知不知道最后两个字很惹人误会。

“酒令，对了，还有酒令我还没说。”景横波掠鬓一笑，背负双手踱几步，清清嗓子，“听好了啊，绝对牛——宫胤抢汤，盛半碗，剩半碗。”

噗，铁星泽半口酒喷出。

“咳咳……”宫胤一口酒呛了。

景横波得意扬扬：“怎么样？妙不妙？”

“妙极。”铁星泽鼓掌大笑。

宫胤那脸色，似乎依稀又是那日侧门抢汤模样。景横波很担心他会不会一气把面前一壶酒一口给干了。

远处蒙虎忍不住微笑，目光不忍移开。红枫翠叶，白毯如雪，一色烂漫秋叶之下，是人间最为美丽和聪慧的年轻男女，他们心若琉璃，颜若春花，胸有璇玑，言藏锦绣。更有彼此之间相通的心意和温暖，眼眸中倒映彼此笑颜，斟酒的衣袖款款拂过这一年最温柔的金色秋风。时光在此刻如此美好，恨不能一霎停留成永恒。

景横波发现这个游戏如果玩下去，她必定要失败，眼珠一转，提议道：“这个不好玩，我们来玩真心话大冒险！”

“什么是真心话大冒险？”铁星泽似乎也有了几分醉意，散开了衣带，执杯的手懒懒搁在膝头，端凝庄重气质里便多几分疏狂风流，却又不显无礼。

“勺子指到谁，谁就喝一杯，自己选择真心话还是大冒险。如果是真心话，那么必须回答别人的问题，还必须答真话。如果选大冒险，那就要做到对方要求的一件事。”

“听起来很有意思。”铁星泽端杯笑。

宫胤抬起脸，乌黑的眼珠子清凌凌如水底黑石，简短地道：“好。”

勺子这回指向了铁星泽。

铁星泽笑得爽朗：“真心话好了，事无不可对人言。”

景横波瞅着他，想问问他未婚妻是谁，旧婚约又是怎么回事，忽然想起这么问大神只怕又要不爽，以后偷偷问好了。她的兴趣在宫胤，不在铁星泽，随便问问好了。“一生中最难忘的事是什么？”她撑着下巴，笑吟吟问他。

铁星泽转着酒杯的手一顿，这一刻只有酒液记取了他的神情，随即他抬起头来，笑道：“有一年在皇城看烟火，灿烂壮观永不忘。”

“一场烟火，至于吗？”景横波撇撇嘴，“最想做的事是什么？”

“让我娘过上她想要的生活。”铁星泽答得慎重。

景横波想他娘不是沉铁部的王妃？最差也是个夫人，怎么说得好像境遇不佳一样。

倒是宫胤点点头，沉默地和他碰了一杯，似乎知道些什么。

景横波最讨厌男人们心有灵犀而她一无所知的状况了！“最恨的人是谁？”她立即紧追一个问题。

“远在天边，近在眼前。”铁星泽转着酒杯，悠悠道。

景横波一怔。

铁星泽抬头看着宫胤微笑："四岁遇见他，倒霉至今。第一次见面就害我落水，第二次见面我陪他掉崖，之后小伤小难不计其数，好容易摆脱他回了王城，没几年又因为他，应召以质子身份羁留帝歌。我遇上他啊，"他笑笑，举杯一饮而尽，"倒了大霉咯。"

宫胤抬眼看他，难得语气饱含歉意："其实你可以不作为质子来帝歌的，按说不该是你。"

"总得有人来。"铁星泽随意一笑。

"如果不是你第一个主动应召，我的质子计划没那么容易完成。"宫胤给他斟一杯酒，对他一照，"谢了！"

"这杯酒我喝得！"铁星泽并不谦虚，两人酒杯一碰，各自一饮而尽。

景横波羡慕又嫉妒地咂咂嘴——男人之间历经考验的友情哦，有时候真让人心怀激荡。"还有问题……"她强势插入。

"真心话是这么没完没了问下去？"宫胤忽然道，"为什么我感觉，应该只有一个问题？否则选真心话的岂不吃亏？"

景横波呃的一声，真心话确实只有一个问题，只是她吃定古人不懂规则罢了，谁知道宫胤这家伙太厉害，连这也能猜到。她只好遗憾地放过了铁星泽。

勺子转起，景横波对铁星泽眨眨眼。

铁星泽果然是个知情识趣的妙人，立即充分领会了女王陛下的指示精神，手指在桌上轻轻一按。勺柄眼看着转向宫胤的方向。景横波摩拳擦掌，兴奋等待。宫胤瞟她一眼，手轻轻落在壶身上。已经慢慢停下的勺柄忽然又飞快转动起来。

景横波傻眼，扯住他手臂大叫："不行，作弊！你作弊！"

"以彼之道还施彼身。"宫胤不为所动。

"你就不让着我！你就不让着我！"景横波看着那居然越转越快，疯狂乱指的勺柄，抓狂地撼他。

宫胤唇角微微一勾，上身笔直，纹丝不动。铁星泽不说话，笑吟吟地看着。

勺子疯狂猛转一阵，在景横波几乎以为必然指向铁星泽或者她之后，忽然猛地一顿，毫无预兆地停下，正正指着宫胤。正在乱嚷的景横波猛一停，瞪大了眼睛。男人们都露出淡淡笑意。所谓宠溺，如是也。

"啊，你耍我。"景横波懊恼地咕哝一声，捏了他肘弯一把，"我一定要问你个狠的。"

宫胤端起杯，道："你怎么知道我会选真心话？"

景横波笑得狡黠："选大冒险？好啊，那你就选吧！"

宫胤抬眼看了看她，决定还是不要选大冒险好了。如果她提出要他在这林子里跳舞怎么办？"真心话。"他道，"只许一个问题。"

景横波撇撇嘴："难搞的人就是不好玩，好吧……告诉我，你会怎样爱一个女子？"

宫胤手一顿。

正含笑偏头看风景的铁星泽转头。

不远处蒙虎忽然绷紧了肩膀，呼吸放轻。

只有景横波，依旧笑吟吟地，轻松地等着答案。听不到内敛的家伙大胆表白，换个方式也行啊。枫叶在斑驳日光里瑟瑟，在人的脸颊上投射淡红的枫影，景横波眼眸里却有比红枫更火热的东西，灼灼闪亮，似要在下一瞬间燃着。

宫胤却垂下眼，似乎对着酒液出神。

景横波此时倒有耐心，并不催，但下意识就端起酒杯，左一杯右一杯地喝。

良久，终于听见宫胤说话，很慢，很轻，却令人觉得一字字在心间淬炼过，有力而慎重："我若爱一个人，并不以她的爱恨为唯一依归。"

景横波愕然抬头。

"我若爱她，也并不求一生一世一双人。"

景横波瞪大眼睛。

"我只愿她在这世道安好，平静或者轰轰烈烈生存。如果这世上只剩下一条路可以供她一人行走，我会选择送她走上。如果那条路需要以所有人尸首来垫，可以从我开始。"

"说爱情，为什么说得这么血淋淋、杀气腾腾……"景横波打个冷战，有点失望地道："如果对方根本不需要走那样的路呢？"

宫胤淡淡道："只要我认为需要，那就需要。"

景横波抱住了肩膀。这个答案，也不能说失望，仔细咀嚼，自有一份震撼狠绝在，字里行间的坚执和凛然，让人只觉得坚定，令人无所逃避。可是她害怕这样的决绝。她懒散，向往简单和闲适，便纵偶有雄心，也只期待和喜欢的人并肩去摘天上星月。若不能一生一世一双人，独坐王位又有何乐趣？玉照宫黄金琉璃座扶手左右不靠，往哪个方向靠都触不到温暖的臂弯。"高冷帝就是这样啊……"她喃喃，"什么事到你这里，就特别认真严肃，你就不能放松一些吗？说我会陪她吃饭陪她玩和她一起组建家庭，一生忠于她，生三四个宝宝，白头偕老，这样不是很好吗？"

宫胤看她一眼："倒退十年，或许我可以说这么傻的话。"

景横波叹了口气，想了想，似乎自己想通了，点点头，又摇摇头。"我明白你的意思，不过我觉得呢，"她笑笑，偏头看他，"别那样。她未必就是你以为的弱者，女人能顶半边天哟，有时候你放手，她或许比你想象的更坚强有力。所以千万别轻易说拿尸首来垫，或许她自己就能开辟一条路，或许她只愿和相爱的人平淡过一生，或许在她看来，失去你才是最不想看见的。为所爱的人珍惜自己，才是每个相爱的人应该做的。"

宫胤注视着她，目光柔和，浓艳秋景在他熠熠眉宇间似要淡去。"是的。"他道。

风卷了零落的红叶，从乌发间飞去，韶华艳极，酒浓花香，却不抵这一刻相视的目光情意深深。

铁星泽向后靠了靠，喃喃道："觉得自己甚多余……"

景横波扑哧一声笑出来，忽觉心境奇异，似有无限情绪将要喷薄而出，想要大喝大唱。她伸手转盘子："继续继续！"

两个男人似乎都在出神，这回没作弊，勺柄停在了景横波面前。

“哈哈哈哈。”她迫不及待地喝完杯中酒，目光发亮，高声宣布，“大冒险！”

宫胤立即阻止：“真心话！”

“大冒险！”

“真心话！”

“大冒险！”景横波犟起来就是一头赶着不走打着倒退的驴，“你再和我捣乱，我就跳草裙舞！”

宫胤想象了一下草裙舞，看了看铁星泽，闭嘴低头喝酒。

景横波满意了，笑哈哈地看两个男人：“大冒险，你们可以要求我做一件事。可以选难度高的，我做到了之后，就可以要求你们中的一个做一件事。”

她擅自改了规则，反正两个古人又不知道。

铁星泽笑着摊摊手：“微臣可没资格要求女王做什么，还是偏劳国师吧。”

宫胤酒杯一停，看了景横波一眼，似在斟酌。

景横波笑吟吟地对他嘟嘴，指着自己翘起的红唇。你可以要求当众献吻哦，姐会遵守规则哦，过了这村就没这店哦。

宫胤颊上掠过一抹薄红，转开眼光。“缝一件可以穿的衣裳。”他道。

“啊？”景横波一傻。好狠！她已经做好准备跳舞啊、唱歌啊什么的，反正大神绝对不会出什么让她随便找个男人搭讪献吻之类的事，或者她猜大神会要她当面表白，对此她也举双手双脚赞同，她连表白的地点都选好了，就在前面盛华池莲塘上的月沟桥最上面，对着整个玉照宫大喊！结果他老人家来句这个！“这个这个……”她眼睛发直，“一时半刻做不好怎么办？”

“那就先欠着。”宫胤唇角有淡淡笑意，似乎很愉悦，“你只需告诉我你能不能做到便成。”

“能！”景横波发狠——戳漏了手指也要做到！哎，可惜穿越时箱子里没能塞下缝纫机，或者没能把小蛋糕带来，小蛋糕好像会打手套……

她答得爽快，宫胤神情也颇满意——嗯，终于可以让她收收心学学女红了，嗯，她做的第一件袍子想必很难看，不过还是要穿的，就晚上穿穿好了……

两人各自算盘打好，脸色一整。

“这个先欠着，再来再来。”景横波积极地转着盘子。

两个男人都瞪着她，龙山冰酿极烈，一般人半壶顶天，此时两人都已经微醺，怎么这个女人还精神奕奕，除了脸稍稍红了点，没什么变化？真正千杯不醉的海量？宫胤开始有点后悔提议喝酒了……

“不对，”景横波忽然一拍脑袋，恍然道，“我差点忘了，刚才我说，只要我过了大冒险，就可以要求你们各自做一件事。”

不等两人同意，她气壮山河地一指铁星泽：“我要求你，立即回避！”

铁星泽哈哈一笑，赶紧端起酒壶一口喝尽，顺手又将旁边一壶备用的抄进怀中，才站起身，道：“微臣遵旨！”转身就走，极为潇洒干脆。

宫胤半仰着头，看看铁星泽再看看景横波，眼神颇复杂，不知道是期待还是紧张。

一边的护卫们也齐齐绷着肩膀，期待又紧张地瞟着这边——谁知道不按常理出牌的女王下一步会做什么？更不知道好像已经有了酒意的女王会干到什么程度，不会当众白日……那个……吧？

“星泽，”宫胤忽然道，“那件事，拜托了。”

铁星泽转身，一笑躬身：“不敢有负国师所托。”

宫胤凝视着他，慢慢道：“你在帝歌多年，熟悉帝歌道路建筑，女王闲居宫中，有时候也想出去转转，你知道我忙，你若有闲，多陪着陛下吧。”

景横波霍然抬头——啥？她耳朵出问题了吧？

铁星泽似乎也怔了怔，没想到宫胤居然有这句，但也没有什么兴奋之色，反而皱起眉头：“陛下出行，安危何等重要……”

“所以，”宫胤截断了他的话，“她若出宫，她的安危，便拜托你了！”

铁星泽苦笑一声，摸摸鼻子，只得再次躬身：“是。”

宫胤又看他一眼，道：“你有醉意了。这酒后劲极大，你今晚还是留在我这里。”

铁星泽也不推辞，晃晃酒壶，道：“也好，我真觉得走不动了……”

景横波看他背影离去，眼睛发直，喃喃道：“醋坛子今天变味了？”

身后当的一声，酒杯搁下的声音，宫胤的声音听不出喜怒：“陛下喝尽兴了？那恕臣还有要事，不陪了。”

“啊，别！你还欠我一个大冒险！”景横波一回头看见他真的起身要走，赶紧蹿过去，扑在他背上，“我要你背我，顺静庭走一圈！”

宫胤浑身一僵。那么突如其来地，她扑上来。几乎瞬间，他便感觉到背上的温暖和柔软，感觉到她躯体的轻灵和喷薄，感觉到她的呼吸，微带清甜的酒气和女子天生的魅香从脖颈之后拂过，越过耳边鬓发，忽然就乱了这天地人间。他身子微微前倾，竟然就不敢动了。

整个静庭的侍卫，在景横波扑过去那一瞬间，都下意识去握武器，然而下一刻赶紧缩手，想转身不敢转身，想动不敢动，看见国师那古怪姿态，想笑，更加不敢。

景横波才不管有多少人看见，眯着双眼，双手环抱住他的脖子，用鼻音嗯嗯说话：“快点……快点……再不走，我就要求你背我绕玉照宫走一圈……或者背我绕帝歌走一圈……累死你……”

宫胤僵了一会儿，慢慢站直身体，双手向后，慢慢托住她腿弯。景横波立即舒服地将脸靠在他背上。

他对上蒙虎微带担忧的目光，轻轻摇头，蒙虎打了个手势，静庭的侍卫立即散开。

宫胤从容地背着景横波，顺着鹅卵石的小道一路走。景横波在他背上咯咯笑：“嘎嘎嘎，当初在林子里你逼着我背你，现在风水轮流转，这仇我可报回来了！”宫胤偏头看她一眼，唇角微微一弯——所谓心有灵犀是否如此？此刻他想的也是当初密林她背他那一路。虽然当时被背得并不轻松，还要以真气支持她，不过到如今，也该还了。

头一转，一擦，她正好俯下脸来想说话，刹那间两唇闪电般一触而过。他被那沁凉的柔软惊得一颤，脚步一停。她却丝毫未觉，不住咯咯低笑，呼吸间淡淡酒气和魅惑芳香交织，化为另一种奇异的气息，神秘而低回，似要唤醒人内心深处潜藏的渴望。他这才恍然，原来她还是微醉了，先前偷喝的时候太快的缘故。

“嗯嗯，宫胤……你身上好香……”她低低道，唇无意间不断擦过他的颈项，“但是也好冷……”

他停了停，微微偏头让开她的唇，不是不贪恋她的香气，而是怕自己经不住这样的撩拨。有意勾引尚可抵御，无意撩拨最是销魂。他停下来的时候，身周起了淡淡雾气，一丝丝寒气自动散去，体温自动回升。这让他脸色稍稍一白。

她似乎感官并没退化，很快感受到了他的温暖，一边舒服地蹭了蹭，一边喃喃道：“你是不是运功了？不用啦……习惯就好了，我说过我要焐热你的……让我焐热你就好了……”

他唇角微微一勾。谁说她放纵风流，游戏人间？他从来只看见她的细腻和敏锐，似一面光可鉴人的镜，映射万象，照亮每寸阴影遮没的空间。

步子悠悠缓缓，顺着静庭的鹅卵石小路。过揽胜阁、飞阑亭、萃华楼……静庭此刻无声，只将他的足迹留住。景横波趴在他肩上，觉得从他肩后看出去的静庭此刻最美，她诧异以往为何没有发现静庭竟然这般美：翠树红叶，碧湖白桥，白墙靛瓦，红曲扶栏，所有的烂漫色彩，在湛蓝的高天背景下凝化，化成一幅盛世宫廷行图。

“那边那边！”她忽然兴奋起来，在他背上踢腾。前方是冶春湖，湖上有九孔长桥，一色弯弧凌空过，倒影相连如九轮月。宫胤既然背了她，自然不愿违拗她的意思，缓步上桥，景横波眼看步步升高，似要走进前方那一片蓝天中去，胸中忽有豪情升起。她想要的大冒险还没有完成！宫胤那个死闷骚一辈子都不敢要她大冒险！可这样的机会能有几回，她想做就要做，想说，就勇敢说！

宫胤忽然停住，此刻，在桥的最高处。风在此处激越，将两人长发拂乱，纠缠一起。

景横波挥开宫胤被风吹起扑满她脸的长发，张开双臂。“小心！”宫胤靠着桥边，没想到她忽然张开手，急忙要去扶。

“宫胤！我喜欢你！”景横波一声大喊，刹那传遍整个静庭。

一瞬间静庭彻底无声。风也似停，水也似静，人在原地伫立，抬头愕然相望。

宫胤抬起的手，停在半空，脸色忽然一白，越发显得眸子乌黑如深渊。那般深渊底，却似有星芒爆闪，刹那直冲云霄，射裂长天！他蓦然回首。

景横波咯咯大笑，又一声大喊似要震破宫胤耳膜：“宫胤！我早就喜欢你了！很喜欢很喜欢！我想和你在一起！我想让全世界知道我想和你在一起，我想让全世界知道我喜欢你！”她笑着一指居高临下的长桥，“在这桥上，我看得见整个玉照宫，整个帝歌！你们看见我没有？看见我说喜欢他没有？人会老会死，时间会过去，可是土地不腐、流水不腐、桥石不腐、树木不腐！今天我说的话，山川河流，土地树木，天地日月，皇天后土，你们作证！”

风忽然烈了，哗啦一声卷走她的束发带，她干脆扬起头，让自己的长发似旗帜一般在桥顶飞扬。

桥下远远，蒙虎等人昂头遥望，眼神震撼而复杂。

隔邻的翠姐停下正在洗衣的手，扬头向这边看来。

拥雪从厨房探出头来，注视这方向的眼瞳乌黑。

静筠慢慢从屋内走出，扶着门框遥望，许是闷在屋里久了，脸色越发苍白如雪。

护卫中年轻的女子们，眼底泛起细碎的泪光，不知是欣喜还是惆怅，是佩服还是羡慕。

宫胤半转着头，一直紧紧盯着她的脸，她脸色微微涨红，眼眸闪亮，虽奔放，无轻狂。最起码此刻，他知她每个字都出于肺腑，感情真挚。胸中有浪潮拍岸，漫过心上九孔长桥。虽听见肺腑深处冰雪蔓延再咯吱碎裂之声，然而他终觉聆听此刻纵死而无悔。这一刻不知是欢喜还是痛苦，是碎裂还是完整，浪潮如火，越过冰雪高墙，冲刷着经脉血液，他的掌心现出淡淡血点，身子微微一晃。

正在这时，景横波以一个大力的挥手动作，作为她今天向青天白日昭告心情的结束："宫胤我中意你，我要和你在一起，我还要——啊呀！"

动作过大，她身子忽然一歪，向桥下栽去。宫胤急忙伸手，一瞬间指尖忽覆一层冰晶，转眼又碎。他动作一僵，和景横波的手臂交错而过。景横波已经坠落下桥，惊呼声里，宫胤向前一扑。扑通！两人相拥着坠入桥下水中。

静庭今儿被震得静了又静，连蒙虎都被这突然一幕惊得眼珠子都大了一圈——用手指想也想不到，女王掉桥了，更想不到的是，国师居然没能救住她，一起掉了。愣了足足有一瞬，蒙虎才反应过来，急忙奔过去："快打捞！"

哗啦一声，河水水面冒出景横波的脑袋来，犹自咯咯在笑："凉快！爽！"又用手拨弄水面，诧然道："咦，怎么忽然出现好多碎冰？"她拨拨头发，在河面上左顾右盼一会儿，忽然觉得哪里不对劲。酒劲上头，她迟钝地想了想，猛然睁大眼睛。宫胤！宫胤人呢？

景横波慌乱地四面一望，不宽的湖面上毫无人影，只有一些碎冰上下浮沉。还在湖底？景横波哗啦一声又扎了下去，动作太快太激烈，以至于刚赶到湖边的蒙虎很担忧她一下子把脑袋扎破了。

片刻，又是哗啦一响，这回出来的是宫胤，脸色如霜似雪，手里托着脸色发白的景横波。他起身掠上岸来，人还没出水，已经一连声道："备衣裳、火炉，姜汤、热茶！"

"主上，陛下要不要紧……"蒙虎迎上，给浑身湿淋淋的宫胤披上大氅。宫胤顺手取下，包裹在景横波身上。

"她下水救人太急，抽筋了！"

半刻钟后，整个静庭的人，包括隔壁女王宫室的人，都团团乱转起来。女王醉了。按说醉了被水一泡应该清醒些，偏偏女王什么都和正常人反着来，她一抽筋，把自己给抽醉了。

一刻钟后，静庭的人都被打了。

侍女给她换衣服，被打了。“要宫胤来！”她说。

侍女给她喝姜汤，她噗地喷了人家一脸。“难喝！叫宫胤喂我！”

侍女端盆来给她洗澡，她抱住个澡盆大喊：“宫胤你个棺材脸死面瘫高冷帝万年冰山！你怎么总这么硬邦邦的呀，你就不能软和一些吗？哎，你腰真粗，姐不能一手掌握呀，怎么办哪！”她仰天长号：“怎么这么硬啊！”她扑通一声自己跳入澡桶中，哗啦啦拍打得屋子里到处都是水花，一边拍一边嚷：“热起来！热起来！我要你热起来！”过一会儿她一头扎入水底，好一会儿不冒头，侍女和翠姐她们生怕她在澡桶里淹死，都赶紧去拽她，结果她哗啦一声又蹿出来，指着虚空激越地大吼：“你们都欺负他！都欺负他！可不要撞在老娘手上！不然叫你们下辈子都别想做男人！”

翠姐、拥雪目瞪口呆地看着发酒疯的景横波，呆呆地抹一把满脸被溅的水。

宫胤就站在她寝宫的门外，没换衣服，披了件披风，湿淋淋的乌发贴在脸上，听她又跳又叫又吐槽。一开始他皱眉，再然后他无奈，对某人满口满声的“宫胤来伺候”，当作没听见。这青天白日众目睽睽，他实在不方便就这么进去。听到最后一句他却微微一颤，嘴唇轻轻一抿。

他脚步刚刚下意识地一动，忽然听见身后女子声音，怯怯地道：“国师，您没换衣裳，又站在风地里，小心着凉……”

他微微偏头，就看见一朵小白花般的静筠，素衣乌髻，清水脸蛋，姿态楚楚地捧着一碗姜汤，站在他侧后方。她如此娇弱，站立姿态都在轻轻摇摆，比醉酒的景横波还令人发晕。

迎着宫胤目光，她将姜汤递上。

喝醉酒的人就是神奇。屋子里跳大神的景横波，不知怎的忽然耳聪目明，神秘兮兮地道：“外头有女人声音！”话音未落，已经从澡桶里爬出来，湿淋淋奔到窗边。

“哎哎，你小心受凉……”翠姐、拥雪和紫蕊哭笑不得地追着。

姜汤递到面前，还是滚热的。静筠的目光，也隐藏着微微的灼热和关切。

宫胤的目光，却从姜汤上飘了过去，飘过她的脸庞，落于虚无的一点。“本座以为，”再开口时他声音若有寒气，“作为陛下的侍从，你的姜汤，应该首先端给她。”

血色瞬间从静筠本就发白的脸上褪去。

宫胤已经转过头，另接了蒙虎恰在此时送上来的姜汤。

静筠捧着姜汤的手在微微发抖，那一碗姜汤此刻在手中便如千钧，捧不得摔不得，压着她似要陷进地里去。

宫胤也不理她，喝了几口姜汤，半转身：“嗯？”

他斜飞的眼角眸子深黑，光芒凛冽，她禁不住打个寒战，急忙低头。

“是奴婢失礼……”她将声音咬在齿缝里，坚持着一字字吐准，“奴婢这就将姜汤送给陛下。”她快步走开，步子却有些踉跄，头晕目眩里辨识方向不清，竟然走到了窗前。

景横波一直扒着窗缝瞧热闹，忽然便叫住了她："静筠。"

静筠一颤，抬起头来，这才发现景横波就在窗边，她脸色更白，勉强笑着将那一碗烫手的姜汤举起："大波，我给你送姜汤……"

景横波头抵着窗棂，将窗子顶开，摇摇头道："静筠呀……你是不是喜欢宫胤？"

第四十六章　求婚

一句话石破天惊，所有人都一呆。

静筠完全没想到她如此直白，惊得手一哆嗦，险些洒了姜汤。

一旁翠姐等人已经退开，翠姐长长吐一口气，拥雪面无表情，紫蕊皱着眉，似在思索。

宫胤本来要过来，此刻倒停了脚步。他若有若无地笑了一下。景横波当真是个奇葩，酒后尤其奇葩，既混乱又清醒，既简单又复杂。或者她本来就是清醒的，只是酒推动点燃了她的情绪，让她更加放纵自我，想要说出自己所有想说的话。不过现在，应该是她酒劲之后的清醒期。酒后要他背，是第一层酒劲；落水是第二层酒劲。就是不知道她的第三层酒劲，会搞出什么幺蛾子。

"我……我没有……"静筠在最初的慌乱过后，很快收拾了情绪，一边飞快摇头，一边低声道："你这边已经有姜汤了，我看国师一直没喝，才送了碗给他。我是想着，如果他因为你而着了风寒，那群大臣或许又要为难你……"

"静筠啊……"景横波就好像没听见她的话，依旧额头抵着窗棂，笑眯眯地道，"送姜汤呢，没有什么。喜欢一个人呢，也没有什么。他宫胤又不是我的所有物，他那么好，那么帅，那么高冷得让人心痒，连我都忍不住上了他的套，你看中了，我也能理解呀……"

蒙虎担心地看着主子，果然，主子的脸色又开始随着女王的奇谈怪论做各种非常性变化——第一句是不满的，第二句是喜欢的，第三句是恼怒的，第四句是想揍人的……

静筠勉强维持的镇定，也差点儿被景横波这些话击溃，她有点慌乱地抬起头，张张嘴，不知道该怎么回答，眼底似闪过几分希冀，又有几分疑惑，半晌她低低道："你真是这么想的吗……"

"呃……我说呀……"景横波醉酒状态却完全是自我思维，根本不存在沟通这回事，打个呃继续道："但是呢，虽然我挡不住人家喜欢他，但我却可以挡住人家抢他。这个人家，可以是你，可以是她，可以是蒙虎他妈，可以是隔壁小花……"

静筠眼中希冀的光淡去，脸色又覆了一层惨白的霜色。

蒙虎和宫胤齐齐脸色铁青。

蒙虎：我妈五十岁了！

宫胤：他妈五十岁了！

“……他是我喜欢的人。你是我的好朋友，是我的闺蜜。”景横波隔着窗棂抓住静筠的手，正色道，“朋友妻不可戏，朋友夫不可夺。静筠，我不管你怎么想的，也许我看错了，也许我喝醉了，你就当我是醉话，反正我告诉你，这个男人呢，我喜欢了，就绝不会允许他身边出现任何可疑目标。凡是试图接近他的雌性生物，统统都是我的敌人，凡是他试图勾搭雌性生物，那他就是我的敌人……呃……不过我不想和身边的人做敌人……”

宫胤面沉如水，斜睨着景横波，看模样如果不是碍着不方便进去，大有想把她拎出来教训一通的意思。

平淡却直白的话有时候比辱骂更戳心，静筠再抬起头来时，苍白的脸色竟然已经涨红。“我……我……”她哭出声来，“你何必这样说我，我不就送了一碗姜汤，也和你说了理由了，难道不是为你好吗……”

景横波笑了笑，语气忽然有点唏嘘：“……我是女人啊，我是恋爱中的女人啊，我看得懂眼神啊……”

静筠如遭雷击，退后一步。

“我们做好朋友，一辈子，好不好？”景横波拉住她的手，“你在宫中好好养着，我负责将来给你找一门最好的夫婿，给你最好的陪嫁，让你风风光光出嫁，过一辈子幸福生活好不好？我们把事情变得简单点好不好？有时候也就是一时迷恋，为了我，为了我们的友谊，为了我们这一路走来的不易……珍惜它们，好不好？”

姜汤碗终于落地，呛啷一声砸得粉碎，静筠努力要扳开景横波的手，景横波却变得极有力气，抓住她不放。她盯着静筠的眼睛，一字字道：“对不住，我知道我太霸道。但是，”她松开手，“捍卫我喜欢的人，我永不退缩。”

“啊……”静筠终于发出一声压抑的哭喊，转身就跑，心绪波动太大太激烈，她跑不了两步便跌倒在地。院子里的女护卫都没动，屋里的几个人都没动，蒙虎脚步微微一抬，又停住。静筠趴在地下，抬起满是泪痕的脸，左右缓缓看了一圈那些没有挪动丝毫的脚。沉默有时候也是一种无言的压力，岿然而森冷。静筠低头，用手肘支着地面，艰难地爬起身，踉踉跄跄回到自己的屋子，砰的一声关上门，随即屋内便传来一阵猛然爆发的压抑的哭声。

庭院里静得可怕。

景横波靠着窗棂，抵着额头，只觉得说了一番话，脑子里更加乱糟糟了，心里也乱糟糟的，只想一个人静一静，她挥挥手，道：“你们都出去吧……”

翠姐和拥雪都有些不放心，紫蕊拉了拉她们的衣襟，三人快步退了出去。

人走了，景横波打个寒战，觉得还是想洗澡，蹒跚地爬向澡桶。

砰，紫蕊等人刚刚出门，就听见里屋一声巨响。她们正要冲进去，蓦然身边白影一闪，寒气一重，隐约门帘掀起又落下。翠姐还要往里跑，紫蕊一把拉住了她，将她向外拖。“大波……”翠姐发急。紫蕊嘴一努，示意她看院子里。翠姐这才发现，院子里国师不见了，护卫们正在悄然向外撤。三人立时放轻了脚步，打个手势，示意所有的侍女都退出来。

宫胤冲进屋内那一刻，就知道又犯了错误。他想退出去，但一回头，院子里已经没人了。宫胤在屋中傻傻站了一会儿，才无奈地认识到，好像自己的手下们，对于拉皮条都很积极……随即他也忘了这事儿，因为他发现澡桶翻倒，热水流满一地，景横波在地上四肢乱动挣扎，如一只搁浅于浅水的蛤蟆。

他只好上前，亲自收拾。衣袖一抄，抄住了她的腰，将她从地上拉起，另一只手一招，里间软榻上备好的毯子已经飞起，要包住景横波。在宫胤的计划里，这几个动作一气呵成，必定衔接得天衣无缝，不会有任何意外。

可惜人算从来不如天算。景横波被他抄起，只觉得精神困乏，身子忽然软绵绵往他身上一倒。他下意识抱住，手一按，也不知道按在哪里，软绵绵的触感惊得他手一弹，她便哧溜溜向地下滑。他只好弯身将她抱住，一手接住了飞来的毯子，准备把她拉起来再包裹住，免得毯子落在地上弄湿。她却干脆一反身，抱住了他的腿。宫胤定住，维持着半躬身，一手拉着她、一手拿着毯子的滑稽姿势。

他不敢乱动。她抱得如此紧，湿透的玲珑曲线，都靠在他腿面上，明明柔软滑腻，他却觉得两条腿忽然麻了，连路都不会走了。她却好像还没玩够，咯咯笑着，一路顺着他的腿攀爬而上，她天生柔韧练舞好身段，下意识便用了钢管舞一般的姿态，将他当根钢柱柔软攀附，游动曼妙如一条美女蛇。

他却不是钢柱，是正当风华的男子，面对的是多看一眼也会心神激荡的女子。她的游动或许是这世上最美妙的诱惑和邀请，于他却如酷刑。胸臆常年盘旋带雪的风，是一色皑皑雪原，忽有一线火蛇逶迤，所经之处冰消雪融，在血液经脉之中犁出一道艳红深沟，裸露的焦痕土壤里绽开挣扎和欲望的种子，渴望天雨，渴望一场甘露的相逢……

当她游动将及腰部……他忽然身子向后一倾。砰的一声两人一起跌入满地的水中。湿淋淋的躯体交缠，她的灼热和喘息似惊雷响在耳侧。下一瞬满地犹自散发热气的水忽然冰冷，几乎刹那之间，一层薄薄的冰迅速凝结。

她身子一僵。哗啦一声，他已经揽住她破冰而起。砰的一声，两人一起栽在里间的软榻上。景横波压在宫胤身上，这回不笑了，打着哆嗦：“好冷……”宫胤抬手一扯，满床被褥卷过来裹住了景横波，然而景横波身上衣裳都是湿的，这样反而更容易寒凉入体。

他微微犹豫，抬头对窗外看一眼，无奈地发现果然是没有人的。他只好把手从被子下伸进去，刚刚伸入，就触及凉滑柔软一片，赶紧闪电般又把手撤出。

景横波给这一进一出痒得哧哧一笑，在床上翻身偏头看他，长发散乱，脸颊桃红，眼眸斜斜地飞过来，漾着水光，真真称得上媚眼如丝。

宫胤深吸一口气，衣服不脱不行，伸进去脱也不行，只好跪上床，手搁在毯子上，暗运内力。一阵哧哧低响，隐约有纽扣崩裂之声，宫胤转开眼，衣袖一卷将景横波连人带毯卷起，另一只手一拂，把景横波被内力崩裂的湿衣碎片拂到床下，这才将她放回床上，揉在毯子里滚了几滚，估计身上的水也给毯子擦干了，才又扯过一床被子，盖在毯子上，再从被子下伸手进去，将毯子扯了扔在床下。整个过程动作轻巧又迅速，从头到尾某人都没走光，但宫胤做完之后，长长嘘一口气，只觉得背心又出一层冷汗，衣衫本就是湿的，这下简直能滴下水来。搞定她，简直比连续打败七杀大兄还累。

蓦然景横波眼睁一线，迷迷蒙蒙地看着他，呢喃道：“你也换……你也换……”

宫胤低头看自己湿透的衣衫，也准备先回静庭换了衣服再来，还没站起身，景横波忽然爬起身，抓着被子就扑了过来。宫胤下意识转头，忽然醒觉她此刻状态，赶紧硬生生将脖子一转，动作太用力，以至于险些扭着。他不敢回头，感觉到景横波已经连人带被趴在他背上，她竟然学着他刚才的动作，用被子裹住他，在他身上胡乱揉搓，想擦干他。

她酒后手臂无力，被子又重，与其说是抓着被子给他擦干水，还不如说自己抱着被子在他背上蹭。一团软云浮来荡去，馥郁的香气不断拂在他颈后。宫胤身子微微颤抖起来。体内的震颤和性灵的震颤交织，晕出无数环环相套的涟漪，惊涛拍岸。有那么一瞬间，他想转身，想投入，想不顾一切，忘却那些朝堂纷扰、如山压力、动荡四海、暗藏兵锋，做一回自己，放纵一回，不去管人间是非，先紧攫眼前获得。然而一抬眼，看见静庭素净的黑瓦白墙，看见宫阙之巅琉璃瓦在日光照射下连绵如剑的金光，看见更远处平静蛰伏的大荒，那一股澎湃和激越，忽然就遇上了现实的霜雪，刹那之间凝结。人世间步步艰危，刹那放纵，换来的或许就是最后的崩毁。他尝过那样的滋味，不愿重来。

他没有回头，肩头一震，震开了景横波。

景横波砰的一声抱着被子倒在榻上，呵呵地笑：“干了吗？暖和了吗？我答应过要焐热你的……”她此刻口气温柔真挚，直如一个宜家宜室的小妻子。

宫胤心中一动，转过身来。景横波躺在床上，睁大眼睛看着他，一张雪白的脸，一抹粉色的靥，乌发柔顺地垂在肩头，光裸的手臂无意识地伸出来按住被子，如两弯雪藕。

宫胤抓起她手臂，塞入被中放好。景横波咯咯笑，道：“暖和了，暖和了！”

宫胤俯下身，凝视着她的眼睛，忽然道：“横波。”

“嗯……”她用鼻音回答。眼神朦胧又清澈。

“上次我和夏女官曾经说过几句话，有些话我不想再说，有句话我却还想再问你一次。”

“嗯嗯……”她答，眼神多了几分期盼。

“你，愿不愿意，”他语气缓慢，似在字斟句酌，“不再做这个女王，改换一个身份，只做我的……妻子，我会保护你，隐秘的，但是安全的，和我生活在一起……永远。”

景横波慢慢瞪大眼睛。“你在……”她想了一阵，在一片混乱中寻找到关键词，有点吃力地道：“……向我求婚？”

宫胤深吸一口气，注视着她：“是。”

景横波霍然闭上眼睛。

宫胤眉头一皱。

“我在做梦……我一定在做梦……”她喃喃自语，把被子往头上蒙了蒙。

宫胤眼底光泽微微一暗，坐直了身体。一刹那他脸上又恢复了往常冰雪冷傲的空白，淡淡道：“我明白了，你休息吧。”说完毫不犹豫地起身。

“宫胤！”

宫胤停住，没有回头。“我没有丝毫勉强你的意思，”他道，“你大可忘了。”

“宫胤……”景横波从被子里探出头，眼眸还是眩晕的，“你为什么在这个时候和我说这个……我好乱……我好晕……不过，你先别走，听我说完。”

宫胤慢慢走到窗边，将虚掩的窗子关上。“说吧。”

“我……”景横波抚着额头，弯起指节梆梆地敲，十分头疼的模样，“我得先告诉你……听见你那句妻子，我先震惊，然后好像是欢喜……对，是欢喜……宫胤，我知道我喜欢你，但是不是爱，我也没想清楚，我有时候不会想到那么多，喜欢你，想和你在一起，那就在一起，更远的事情，我觉得我还年轻，真的没有想过……但是你刚才忽然说出妻子两个字，然后我先慌后喜，我才知道，我可能是爱你的……”

宫胤注视着窗外，隔着窗纸可以隐约看见窗外树碧花红，只是那般的美和艳，朦胧而不真实，像一幅挂得很远的画。

“但是……婚姻那么远的事儿……我还年轻……我还没到二十岁……”景横波撑着额头，不胜烦恼地道，“真的要这么早吗？宫胤，我好喜欢恋爱的感觉，不想过早结婚生子做一个普通妇人……我想拥有最饱满的青春，想好好尝尝爱情的甜蜜，想不辜负最好的年华……我说了也许你不懂，你们这边二十岁都是老女人了，该嫁了……可在我们那边，二十岁……大好青春刚刚开始呢……”

宫胤立得笔直，看见一只蝴蝶缓慢地飞向一朵红菊，又无声坠落。这深秋的蝶，翅膀再载不动沉重的金风。

“……还有，为什么不能再做女王？为什么要改换身份？为什么喜欢一个人还要偷偷摸摸地过一辈子……我可以不在乎女王身份，我可以不要荣华富贵，但我不能接受不做我自己……我不能接受成为他人的附庸，一辈子像个鼹鼠一样生活……连自己都不能做……我会失去自己的……”

那只蝴蝶跌落了，在泥泞中挣扎，翅膀最终无力地紧贴在地面，不动了。

天凉好个秋。窗户还有一缝，宫胤轻轻拉上，咔嗒一声，挡住了一线凛冽的风，也锁住了这一刻室内的暖。

他缓缓回身，眉宇间白霜雪之色已去，换了平静和柔和。“你说得对。”他道，“我若懂你，便不该对你做此要求。你如此放纵散漫，该在最广阔的天地潇洒来去，谁也没有资格试图拘束住你的自由。”

“宫胤……”景横波睁大眼睛看着他，“你生气了？”

“不。”他缓缓走回，俯下身看着她，忽然伸手轻轻拭去她唇角微微晕开的一点口红。“是我一时想差。”他淡淡道，“我早知道，你这样的人，不适宜过那样的生活。折了你的翅膀，你会堕于泥泞，不再是你自己。到那时，和我在一起的已经不是景横波，我又何必？”

景横波垂下眼，她仍旧晕乎乎的，因为晕，她只想说心里话，就算不晕，她觉得还是应该说心里话，对喜欢的人不该有欺瞒，否则将来，难免会有过不去的坎儿。她心中还隐隐有一层担忧，对宫胤情况的担忧，总觉得这个时候的求婚，似乎不那么妥当，但他情绪掩饰得太好，以至于她知道，有些事就算她问，也不会有结果。她努力地想感知宫胤的情绪，却发觉不知是酒精作用还是宫胤自己本身就没情绪，他还是如此平静，毫无怒气，甚至是坚决的，似乎她这个答案他早就知道，问出来，不过是尊重她，从她口中确认罢了。

他没有生气，没有发作，没有多想，她该安心的，可是心中又有奇异的情绪徘徊不去，她忍不住抓住他的手，道："……我终究会看清楚自己的心……再给我一点时间想想……"

"好。"宫胤难得如此温柔，将她的手送回被中，"别闹了，睡一觉。"

她知道她又要被点睡穴，挣扎着抗议："不……"话音未落，眼前一黑。

宫胤坐直身体，看她瞬间沉入梦乡，这回睡得并不安稳，眉宇微皱有纠结之态，想必梦中也在为刚才的一席话烦恼。他微微叹息。是自己多少也有了几分酒意，短暂昏了头，其实何必出口这一句，让她思虑难安？这人间烦恼，本该男子来担。他微微抿起唇角，想着今日原本也是个意外。这酒给她喝，原本是为了强健她的身体，谁知道这是个酒疯子，竟然惹出这么多事来。

她的手指仍旧紧紧抓着他的手不放，他轻轻一根根掰开，每次掰开手指，指尖都和她指尖对一对——离心脏最近的距离。松开手后，他伸手将她微微纠结的眉头抚平，手指慢慢移下，落于她唇侧，轻轻捏出一个笑容。做个纵情自由的女子，你该永远微笑。

夜深了。玉照宫沉浸在一片冷白的月色中。夜晚的玉照宫特别安静，看不见行人和护卫，因为国师好静，所以玉照宫的机关和护卫向来都布置在暗处。

因为景横波睡在了静庭，她的寝宫就撤回了一大半的护卫，白天闹了那一场，所有人都累了，寂静的夜里，游荡着梦呓和呢喃。

一扇门轻轻打开。玉照宫的门都是时常修理上油，打开全无声息。

瘦弱的身影从门后闪了出来，长发披散，白衣单薄，一张同样苍白的脸泪痕未干，乍一看让人惊讶，这是不是女鬼。月光薄薄地落在她脸上，是静筠。她神态有点空，有点茫然，穿了双软底的鞋子，步子有点飘，一步步穿过院子，往女王寝室去了。

景横波睡寝宫的时候，虽然不要人在外头值夜，但一定有护卫在暗处看守，不过今晚是个例外，护卫全部去了隔壁。

静筠熟门熟路上了台阶，进了门，畅通无阻。

又一扇门轻悄悄地开了，拥雪乌黑的眼睛透过门板，无声注视着静筠的背影。眼看静筠进了女王寝室，她皱皱眉，无声无息也跟了进去。

静筠一点不像是偷进人家的寝室，也不像是来搞什么破坏，她昂然直入，闲庭信步，对景横波的寝室似乎有种天然的熟悉感。她在景横波床前站了站，在景横波的试衣间前站了站，她甚至在景横波的梳妆台前坐下，对着镜子慢悠悠地梳了梳头。

午夜，白月，模糊的镜子，散乱的长发，缓慢的动作，幽幽的脸，回忆而怀念的神情。

窗外偷偷盯着的拥雪，搓了搓胳膊，只觉得浑身汗毛都要竖起。她没有在静筠脸上找到杀气和敌意，甚至没有找到她的意识，静筠给她的感觉，像是处于一种民间传说中的“夜游魂”状态。但“夜游魂”是一种病，会不止出现一次，可她和翠姐与静筠认识这么久，没发现静筠有夜间游荡的毛病。或许有种人，是受了刺激才会出现这种行为？

静筠忽然在镜子上呵气。她红唇微张，在镜子上呵出一片白雾，然后伸出手指，开始画画。

拥雪眯着眼睛，仔细辨认那图，慢慢皱起了眉头。

静筠画了几笔，咯咯一笑擦去，空寂的室内，这一声笑如夜鸟低鸣，听得人发瘆。静筠似乎自己也被自己的笑声惊着，偏头听了听，忽然举起梳子，在半空中缓慢地敲了三次。三次敲完她又偏偏头，身子一让，似乎要让开镜子里扑出来的魔鬼似的。

拥雪眼睛一眨不眨，记下了她所有的动作。

铜镜里的女子面容模糊，看上去似乎忽然变成了另外一个人。

静筠做完这些，优雅地站起身，将梳子往梳妆台上一搁，昂起下巴，张开双臂。

这姿态有些古怪也有些熟悉，拥雪想了想——莫不是梳妆完毕，等人上前给她穿衣裳？可是她什么时候享受过这样的伺候？

拥雪当然也不会上前，她看着静筠张开双臂等了半晌，似乎有些失望地慢慢放下手臂，又在寝室内转了起来。

拥雪看她没完没了地转，也不见她做什么，稍稍松了口气，低头想了一阵，再次一抬头，忽然一怔。屋子里静筠不见了！她大惊，正要奔进屋内，忽觉身后有异，猛然转身。静筠直挺挺站在她身后！拥雪一声惊呼险些冲口而出！没想到她身后静筠似乎比她惊吓得还要厉害，脸上神情一震，那种模糊的面具般的诡异表情散去，眼瞳渐渐聚光，脸色却越发苍白。她似乎真正醒了。不待拥雪喊出声，她猛然先转身，踉跄向外便跑，跑得太急，绊到门槛，骨碌碌滚下阶，她也不知道哪来的力气，立马翻身爬起，不顾一切地冲出院子。

奇的是，这种情境下，这两个女子都没有发出声音。

拥雪站在廊下，僵立如人偶，浑身都凉了。她急急奔出几步，想要追，却发现静筠步子极快，她那小短腿根本追不上。她想了想，只好奔向侧门，打算招呼一下隔壁护卫，门却忽然打开了。铁星泽站在门后。

“我出来方便，听见隔壁似有动静。”他简单地道，“怎么了？”

拥雪松一口气，她不想把事情闹大，由铁星泽来解决再好不过，“静筠姑娘出了点事，能不能烦劳铁世子去瞧瞧？”

铁星泽点了点头，对身后闻声赶来的蒙虎、禹春打个手势，道：“没什么，我去瞧瞧。”飘身越过了围墙。

拥雪在院子里心神不定地等着，不时回头看看女王寝宫。翠姐也被惊醒了，听说了今晚发生的事，脸色发白，硬拉着她进入女王寝室，将里头东西都好好检查了一遍。

“不会有什么。”拥雪道，“我一直盯着，她没做什么。而且我也没感觉到她有杀气。”

翠姐停了手，转头看她，半晌道：“看不出你小小年纪，竟然也挺有城府。”

“我们这样的人，”拥雪慢吞吞地道，“想要活下去，本就该小心些。”

“我们这几个人，”翠姐拉着她坐下来，“当初靠大波救了命，现在也依附着大波活，大波好，我们才好。静筠有些糊涂，你可别学。”

拥雪不说话，乌黑的眼睛蕴着温润的光。

“我本来一直担心来着，一个人有时候都觉得睡不安稳，”翠姐欣慰地出口长气，“既然你也有心，那就好了，以后咱们姐妹警醒点，给大波守好她的院子。”

“我倒不觉得静筠有什么本事能对大波姐姐不利，”拥雪慢吞吞地道，“她的病是真的，她弱也是真的，她甚至没有胆气，我今天只是怕她自杀，令大波姐姐难受而已，没觉得……”她摇摇头。

“你这话说得好像能看出人的内心似的。”翠姐有些不以为然，“告诉你，知人知面不知心，越是娇娇弱弱，越可能行事狠毒，这样的人，姐姐我在青楼，看多了！”

拥雪摇摇头，似乎不想和她辩论，因为门一响，铁星泽回来了。

他半身湿淋淋的，抱着同样湿淋淋的、已经昏迷的静筠。

对着两人惊异的目光，他的回答同样简单利落：“她想要跳水，我救下了她。”

两人都倒抽了一口气。

“要紧吗？要不要请大夫？”翠姐并不愿意半夜惊动景横波。

“没事，我点了她睡穴而已，睡一觉就好了。”铁星泽将静筠交给两人，想了想道，“此事不宜声张，我想还是不告诉陛下比较好，善后之事，麻烦两位姑娘好好抚慰静筠姑娘。”

翠姐和拥雪都点点头。两人目送铁星泽的背影，翠姐忍不住长嘘一口气，喃喃道：“这位铁世子为人真好，坦荡细心。”

拥雪不说话，大眼睛里有种奇异的神情。

“怎么？”翠姐转头看她。

拥雪摇摇头，又点点头：“嗯，是好。”

景横波第二日醒来回自己寝宫，并不知道前一夜发生的事。酒醉的事，也没有给景横波留下太多印象。静庭的人都是可靠的，女王发酒疯的事情被严令封锁。景横波自己对于当日的事，记忆模糊，每件事都隐约记得，但每件事都不太记得细节。以她的酒量，本不该大醉，完全是喝得过快，也有心事的缘故。

景横波怕自己说了什么、做了什么不妥的事儿，特地将紫蕊召来询问当日发生的事，说到她要宫胤背，景横波大声为自己点赞，说到桥上表白，她连连追问有没有人看见宫胤表情，说到两人双双落桥，她笑得前仰后合。

但后头紫蕊说起来就颇有些支吾了，最后直接和她道，是不是该给静筠寻个婆家，此事她会尽力去办。景横波只知道就在她醉后当晚，静筠又病了，这次病得很重，直接下不了床。太医来过，说是先天体弱，后天挫伤，再有心气郁结，致缠绵之疾。这种情况，挪出宫是让她死，找人嫁也不合适。景横波隐约还是知道一点发生的事的，心中也百般不是滋味，她觉得自己话没错，做得也没错，一直以来她都认为静筠心思过重，人也太细腻，这种人你和她旁敲侧击没有用，就是应该下猛药。但选择的时机方式不对，当着那么多人的面，没留余地。她也禁不住苦笑——醉酒误事，这静筠要气出个好歹，她这辈子心里也不安。也只能先这样了，等她好些再安排之后的事。

景横波吩咐紫蕊对静筠多用些心，紫蕊答："陛下放心，臣一定瞧好了这个院子。"

景横波觉得她似乎会错了意，但也懒得说明了，她更多地想着那日酒醉最后，似乎……似乎宫胤求婚？然后？结果呢？似乎没结果。记忆中隐约宫胤还有个提议，具体内容记不清了，但她记得自己隐隐的抗拒。她知道自己，无论多喜欢谁，这么早结婚肯定不乐意，她还没玩够呢，怎么可以早早结婚生子做黄脸婆？

再说喜欢一个人，是否一定就能走入婚姻，也是需要时间观察的。对于婚姻和爱情，她并不因为走进古代就跟随古人风俗，她始终坚持着当初的想法——对婚姻期待又慎重，再喜欢一个人，都不会将婚姻轻易交付。因为一交付，就是一生。她珍惜自己的一生，也珍惜他的一生。他的身边，是否真的适合站下自己？她希望自己再强大些，能够真正和他并肩，如此才能不给他带来更多困扰。但她的强大，却又似乎必须建立在和他争夺、对立的基础上……真是个无解的复杂命题。

这个问题她解不了，也无法找宫胤去解，他又开始了一轮的忙碌，听说亢龙军在和玉照军换防。他似乎一切如常，照样将她的事安排得妥当，只是她越发少见到他。很多时候，连蒙虎也是匆匆来去。她不好意思把人拉住浪费人家时间。

天气越来越冷了，据说再过一阵子，大荒很多沼泽会冻起，道路会更加通畅，一些隐藏在沼泽深处和山间的大盗土匪，都会在这个季节出来掳掠。

这一天，阿善带着人回来了，景横波看见宫胤麾下这个擅长易容的女子，才想起来好像好久没有看见她了。阿善据说是去执行任务了，景横波不知道是什么任务，只是有次经过静庭护卫的值班房，听见里头阿善一边烤火一边和蒙虎道："我按照国师命令，去把那小子整了一顿。国师说那小子如果如常生活，就算了，如果他真的按照留书所说，改造了密室，全弄了菊花，就给他个教训。我也便简单教训了一顿。"

"怎么个简单法？"蒙虎的声音似乎在憋笑。

"我找了个舞女，易容成陛下模样，给他跳了一场舞，然后揍了他一顿，拿光了他屋里的钱，摸了他十件最精巧的暗器，还在他身上用菊花拼成'波波爱你，菊花万岁'八字。"阿善笑，"想必他一辈子都不会忘记陛下了。"

景横波在屋外听得目瞪口呆。这说的是谁？不会是西康城那个人吧？人都走了，还回头整人家一顿？宫大神的心眼儿原以为至少有针尖大，现在看来，有一微米吗？

"这事儿我知道就好了，也不必和主上禀报了，他现在没有空理会这等小事。"蒙虎的声音忽然低了下去，"既然你回来了，正好有事和你说……"

景横波这回便是把耳朵贴进墙里也听不见了。不远处有护卫走过来，她只好悻悻走开。

回到自己寝宫，她发现拥雪在廊下等她。

第四十七章　美人如花在云端

"我有样东西要给你看。"小丫头开门见山。

"好啊，是不是你终于学会了绣花？"景横波高高兴兴随她去，结果拥雪竟然出了宫门。

"你带我来这里干什么？"一刻钟后，景横波怔怔盯着眼前的建筑，这不是原女王寝宫吗？女王寝宫原本离宫胤的静庭很远，她弃了这寝宫搬到了宫胤的隔壁，此刻看着这高大宫室，有点不适应。

"跟我来。"拥雪牵她的手进了门。

女王寝宫自有规制，院子和寝宫的格局除了比景横波现在住的要大点外，其余布置都差不多。寝宫空着，没有人在，每日例行洒扫的宫人此刻还没来。

拥雪熟门熟路地带着景横波直奔寝室，一直在内室化妆台前停下。景横波此刻倒不问了，抱胸很有兴趣地看拥雪要玩什么花样——小丫头话少安静，绝不会做没有意义的事。然后她就瞪大了眼睛。

拥雪爬上梳妆台，拉开抽屉，找出了一把梳子。梳子是少见的纯黑色，光泽温润，有弧度，隐约有磨痕，看出来年代已久。然后拥雪看了看梳妆台上的铜镜，铜镜两边都有装饰，一般都用各种木料雕出图案，这座铜镜的镶嵌图案看起来很平常，一边一只凤凰，凤凰的各三支尾羽一左一右向内摇曳，围住铜镜。

景横波看看那梳子形状，再看看尾羽雕刻出的三道痕迹，心中一动。

拥雪拿起梳子，将梳子靠向凤凰尾羽，果然梳子正好嵌入尾羽痕迹之中。拥雪左右各连嵌入三次。

咔的一声轻响，景横波回头，咦，墙上没动静啊。

拥雪叹口气，拉着她衣袖，指了指床上。

景横波眨眨眼，咦，床上也没动静啊。

拥雪又叹口气，站上脚踏，哗啦一下掀开了床上的锦褥。

景横波目瞪口呆地看见床板如一扇大门缓缓开启。不对，何止床板。床板翻开后，并没有如她想象一般出现地道，而是出现床下的地面，与此同时，地面也开始分开，景横波目瞪口呆地低头，看见一道线从自己脚下缓缓分开，就好像地震时从自己脚下裂出巨大的深沟……如果不是拥雪早有准备将她迅速拉到一边，她想必会以大劈叉姿势栽入地下。

拥雪拉着她紧靠着梳妆台，梳妆台下的地面竟然是固定的，平常看不出来，此时整个地面都在分开，景横波才发现，房间里不多的每件家具下面那一块地面都是固定的，确保了整个地面打开之后，床物器具不至于跌落地道。

现在，她们面前，阶梯尽头，就是一座巨大的地下门，金凤图腾双翅凌空，四周有烈火升腾，烈火中十四个图案奇形怪状，景横波想了一下，发现是六国八部的地图。“这是谁的手笔……”她喃喃惊叹，“竟然整个寝宫地面就是一扇大门，我从来没有想到世上还有这样牛的地道大门，有必要这么大气魄吗……”

一排又长又宽的阶梯直通地下，景横波看看那楼梯，很容易就想起盗墓小说里有机关翻板的楼梯，拥雪却已经拉着她的手，噔噔噔地走下去。“哎哎，小心机关——”景横波还没喊完，人已经被拥雪拉着一路奔到了底。什么事都没发生。景横波自嘲地笑笑，所谓无知者无畏也。

拥雪拉她站在大门前，看看景横波，景横波看看她。

“开门呀。”景横波等了一会儿，催促道。

结果拥雪摇头，细声细气地道：“我只知道到这里的方法，门不会开。”

景横波傻眼，抬头看面前的大门，整座门百分之七十都是黄金，所有有颜色的地方都用宝石镶嵌，黄金宝石用料惊人，富贵辉煌，就算搬到玉照宫正殿去也丝毫不逊色。事实上，玉照宫并不豪奢，据说从前五代开始，玉照宫就已经摒弃了当年缀满宝石的华丽逼人装饰风格，走向庄重肃穆风格，这种风格在喜好清爽洁净的宫胤手上发扬光大，现在玉照宫除了景横波自己的寝宫，别处很少见到过多的黄金宝石。这种装饰流派可以证明，这座门乃至这整个地下建筑，不会是近五代王室手笔。

景横波发现这门上所有的雕刻都是凸出的，试探着抬手推了推，发现果然都可以活动。难道是组合六国八部的地图，这么简单？“拥雪，帮个忙。”她试探着让拥雪扶住她，按照记忆中六国八部的顺序挪动了离自己最近的两国图标。

刚挪完，就听见头顶嘭的一响。景横波大呼“不好”，连头也来不及抬，抓住拥雪一闪。啪，头顶悬空的一个花架落下，正狠狠砸在她刚才站立的地方，如果不是她闪得快，现在脑袋想必已经开花。

“这样也可以？”景横波再次目瞪口呆——房间里的家具就是机关暗器？先前她只是惊叹并奇怪这样的设计，整个房间地面都是大门，还特地固定了家具的位置，似乎有点不怕费事多此一举的感觉。此刻却觉得机关的设计人，个性一定很特别，疏狂随意，出人意料，任何人在开启机关时，都只会提防门内冲出来的机关，谁会想到头顶的家具？不知怎的，景横波还觉得，设计这机关的人，似乎是女子，似乎只有女子，会想到以家具做文章。

她暗暗庆幸自己搬动的不是六国的图标，不然落下来的可能是床？“此路不通。”景横波捏着下巴思索，“不是按照现在地图来的。”就说没这么简单嘛。如果说按以前的地图，那就复杂了，六国八部纷扰战争不休，不停地在抢夺资源和地盘，几乎每隔几代便会出现疆域变化，大荒历史上的地图变迁足足一本厚书，谁知道该用哪一代的。

景横波能记得的地图有限，还是宫胤硬逼着她背的，主要就是现今的地图，还有开国时的地图。她看看大门和四周的建筑风格，门很新，似乎不像年代久远，但使用少也可能很新，至于风格，五代之前都有可能。最后她一拍手：“赌了！”

按照记忆中开国女皇时代的地图，她重新小心翼翼挪动图形，一边挪一边紧张地不住问拥雪："头顶怎样？头顶怎样？发现不对叫我快闪啊——"咔嗒一声，开国时地图拼完，果然没有家具落下，景横波舒一口气，喜笑颜开："好了……咦？门怎么不开？"她愣愣望着依旧纹丝不动的大门。没有落下家具，也没有开门，什么意思？"是不是少了什么程序？"她问拥雪。

拥雪眨巴着眼睛，也在努力回忆。她忽然开始移动脚步，顺着原先房间的轨迹慢慢走了一圈，一边走一边仰头看，对照着上头家具的位置。她先走到床边的位置，站了站，又到了试衣间的位置，站了站，然后从那个小间出来，在屋子正中站了站，最后走到梳妆台下的某个位置。整个轨迹像在屋内随意溜达。但她最后停在梳妆台下的时候，脚步忽然向下一陷，与此同时，景横波听见轻微的咔的一声。她一回头，喜道："成了！"

门一开，并不如想象中的黑暗。景横波和拥雪站在门口，头一抬，呆住了。

日光又走过几日。这几日景横波总有点心神不定，似乎在思考着什么，时不时翻翻床下，取个东西来看看，又放回去。

这几日她总想去静庭，总被拦住，她也不想瞬移过去，宫胤有他的难处，她不想令他为难。有时候她会召阿善过来，学学她的易容之术，大多时候百无聊赖。她想着是不是找个理由出宫看看，还没走出殿门，忽然紫蕊来说，铁星泽来向女王请安。最近铁星泽时常进宫，偶尔也会来看一看她，他和景横波接触，是得到宫胤例外允许的，所有人都乐见其成。所有人也都喜欢铁星泽，他大气爽朗，坦荡真诚，也善解人意，在景横波这里时极其严谨守礼，也不说朝政大事，多半谈些风土人情、市井传闻，人人爱听，他一来，景横波宫里的侍女送茶端水都特别勤快。

景横波听说他来也高兴，这算是她来大荒后第一个异性朋友了。耶律祁是半个敌人，伊柒满口媳妇没个正经，谁也没铁星泽感觉靠谱。

"今儿冒昧求见女王，是帝歌市上有了样新奇玩意儿，特来邀陛下一观。"铁星泽开口就请景横波出门玩。

这正中景横波下怀，她今天也有事，把拥雪和翠姐都派了出去，正打算出门看看呢。"备车！出门逛街！"

车马出了静庭。一条白影，忽然出现在静庭书房窗前，凝视女王车马远去。

"主上，"蒙虎静静出现在他身后，"女王近期并不适宜出宫……"

他沉默，呼吸静静地扑在窗纸上，轻而细。"如果禁锢她一生才能换来安定，"良久他才道，"我宁愿给她危险的自由。"

蒙虎无声地退了下去，走到门边，听见他又轻轻道："我想，她亦愿如此。"

"陛下，出了宫门，我可就随意称呼你了。"铁星泽走到景横波的马车前接她下车，仰头笑道。

“当然当然。叫我小景好了。我也叫你阿泽吧。”景横波迫不及待探出头来，掀开帽子上的帷纱，看看四周，“带我来什么好地方……咦，这里感觉好熟。”

“这是明渠街，再往里是西歌坊。”跟随着她的紫蕊提醒，脸色有些古怪。

景横波恍然大悟，拍拍她的手：“西歌坊可是你的伤心之地，伤前不久才养好，要是觉得不舒服，就留在马车上别下来。”

“无妨的，都过去了。”紫蕊展开温婉的笑意，站到景横波身边。女王就是这样，看似散漫随意，实则细腻体贴，能跟随她，紫蕊觉得自己很幸运。

“说起来你的伤口好得很快。”景横波想起这事，“宫中的药确实不错。”

“这个陛下您就不知道了，是用了铁世子给我的药，我这舌上伤口才能尽快收口。”夏紫蕊笑盈盈向铁星泽道谢，铁星泽连连摆手，朗声笑道：“些许小事，夏女官你已经谢过了，何必再来一次。”

夏紫蕊微微垂下头，两颊似有些微红。

景横波瞧着这两人，想着紫蕊不会对这位世子有好感吧？两人站在一起，着实也算得上金童玉女。铁星泽虽是质子，但身份不低，他和宫胤又有交情在，将来安全回去的可能性很大。紫蕊如果嫁给他，一方面于紫蕊是个好归宿；另一方面，铁星泽将来是可能回沉铁部继承首领位的，如果因此能与她和宫胤形成紧密联系，等于他们也多了一个可靠盟友。景横波总觉得在铁板一块的朝政上，自己能给宫胤的帮助有限，如果能让自己的贴身女官成为铁星泽的夫人，也算是帮他更紧地将铁星泽绑在己方战车上。

可惜，铁星泽已经有未婚妻了，而且似乎非她不娶。只是看铁星泽望着夏紫蕊的眼神，似乎也有那么一点不同。景横波心中疑惑，有心试探，道：“哎哎，我觉得紫蕊你的伤还没好呢，说话好像还有些不清晰。”说着将夏紫蕊一推，推向铁星泽，“要么让阿泽再给你看看？”

“还没好吗？”铁星泽立即认真了，“要不再给你拿一封药来？”

紫蕊被景横波一推，少女敏感，立时明白一半，再抬起头时已经涨红了脸，声音也低了，“其实……也还好……”她不好公然说景横波说谎，也不好意思真的装伤没好，说到一半脸又垂了下去。这下连脖子都红了。

这一红，铁星泽那个聪明人，顿时也明白了大半，讪讪退后一步，望了景横波一眼，又看了紫蕊一眼。景横波笑吟吟地摸着下巴。

“景姑娘，”铁星泽大概是抵受不住她贼似的目光，赶紧岔开话题，指着前方墙壁道：“您瞧那画！”

景横波一抬眼，一愣。前方巷口墙壁上，贴着一张半人高的画，画风精致，画出了绿荫连绵的背景和远处高远的蓝天，但是画正中的位置却留白，只隐约勾勒出了轮廓，让人感觉，这画没画完。画的侧方，有一手漂亮的书法，写着“风华长留，刹那倾城”。在画的下方，有红漆画的闪电，指向巷子深处。不断有人从画前走过，因为这画的留白诧异停步，探头朝里望望，走了进去。

景横波哈哈哈地笑了起来，笑得铁星泽莫名其妙。“怎么，景姑娘觉得这画可笑？”他摇摇头，“可能您现在见着这一半的画觉得奇怪，不过在下建议您跟着走一段，就能看出妙处了。”

“是极是极，必须跟着走一段。”景横波连连点头。

铁星泽奇怪地看她一眼，引着她顺着闪电箭头的方向走，果然在下一个巷口，又见一张画，比先前的更精致，依然的蓝天和花影的背景，这回却多了一些亭台楼阁，可以看出似乎是一处巨大庄园或者说宫廷。

画下面有人在研究，猜着留白的到底是什么，也有人想都不想，直接跟着走下去。

“景姑娘请随我来。”铁星泽带着献宝般的神秘微笑，在前引路。

景横波咬牙忍笑，跟着。

下一个巷口人更多，看着画指指点点，也有人从画下经过，急急地道：“今儿听说开业，赶紧去排队！迟了可轮不上了！”

“老爷说了，必得排上前三，万万不可让那常侍老夫子抢在前面！”

这回的画上，花影扶疏，碧空如洗，亭台精巧，楼阁轩然，在连绵屋脊尽处，出现黑瓦白墙的素净建筑，庄重典雅，自有巍然之气。

有人在画下喃喃道：“这场景眼熟……”

“这场景陛下可觉得眼熟？”铁星泽靠近景横波，悄悄道，“猜出来没有？”

景横波瞟一眼铁星泽献宝般的得意模样，忍笑忍得肚子疼。她装模作样地想：“好像是有点眼熟……”忽然一拍手，“啊呀，这可不是静庭？”

“噤声！”铁星泽道，“我猜着，这可能是宫中人的手笔，不过这手笔着实不小，怕是要惹麻烦。”

“哦？”景横波眨眨眼。

“您看下去就知道了。”铁星泽还要卖关子。

“哦。”景横波转头，拼命掩下一抹贼笑。紫蕊哭笑不得地摇摇头。

再下一个巷口，果然又一幅画，这回黑瓦白墙的静庭书房多了一扇轩窗，窗中隐约似有人影，但人影似有若无，只能看见一点精致的轮廓，越发引人追索。这一位画师技艺比前几位又高一层，将人物虚影也画得姿态飘举，这回画下居然多了好些戴面纱的女子。

哈哈哈哈哈，花痴，景横波在肚子里狂笑。“这画真不错！”她眼睛亮亮，很得意自己的独特广告确实收到了引人追索的效果，“看下一幅去！”

下一个巷口人越发多，隐约可以看见排队的人已经排出了巷子，墙上贴着一幅画，这回可算齐活了，花影扶疏，亭台楼阁，青瓦白墙，小楼轩窗，窗中白衣人临风独立，轩然飘举，尊贵孤芳。虽然脸容未描，但周身风华，已似将透纸而出。

景横波这回笑不出来了，因为她听见一个女子竟然在低声吩咐丫鬟：“去排队，画不画无所谓，务必问清那画中男子是谁！”

“一路追索，终见全貌，这家画像馆的奇思妙想，令人惊叹。”铁星泽眉飞色舞，“以不断留白并不断填充之画引人追逐，比当街叫卖不知强上多少！真该让那些坊市老板都来学学！”

"一般一般啦。"景横波得意扬扬地挥手。

"不过最妙的画还不是这幅，我看见画像馆门口那幅，才真正惊为天人，只是……"铁星泽忽然神秘兮兮一笑，"就是希望这画像馆，不会被很快取缔。"

"哦？"景横波明知故问，"为什么？"

"您瞧瞧就知道了。"铁星泽指着前方，"那画中人物的脸，在那里才露真容。"

他笑得神秘，景横波笑得更神秘，顺着长长的人流往前走，走了好远才到了画像馆门口。一路上大堆的人排队，大声谈着天气和自家老爷身体，最前面几个坐在小板凳上，精神萎靡，仔细看，头发上还凝着露水，景横波惊吓地想——不会提前整整一夜排队吧？

"这是新开的一家叫作刹那的画像馆。"铁星泽给她介绍，"早些日子那些画就贴在那里了，引人疑问追索，但一直没开业，宣布说是今天开业，有人一天前就搬了板凳等。因为这家画像馆十分奇特，居然说每天顶多只卖三张画像，而且随时可能关门。这么多年我在帝歌，可从来没听说过这种不要生意还表示随时关门的店家，你瞧这里的人，一半是来排队等画的，一半是瞧好奇的，就想知道这生意这么好，这家会不会真的只卖三张、真的随时关门。"

"当然只卖三张，当然随时关门。"景横波嘟囔，"在小胤胤身上用了太多，现在没多少照相纸啦，搞大点，狠狠捞一笔，我真正想开的是女性商场呢……"

"景姑娘您在说什么？"人声鼎沸如菜市场，铁星泽没听清。

景横波却也没注意他，忽然抬头，目光灼灼。画像馆门口有人在维持秩序，却没能挡住一群不排队来舔屏的女人。燕瘦环肥、莺莺燕燕们将门遮挡得严严实实，不住有尖声询问传来："敢问小哥，此画中人可是真有其人？其人现在何处？姓甚名谁……"

"不知道不知道！"请来维持秩序的汉子们挥舞着扫帚赶人，"让让！让让！要排队就排队，不排队别挡着人！"

一群人推推搡搡，有个女子一身短打，似乎是江湖侠客或者卖艺女子打扮，忽然怒道："不过问一声此人下落，何至于如此遮遮掩掩？既然遮遮掩掩，又何必将这画像贴于门前？不给知道是吧？那我就撕下来，拿着满帝歌逢人问，总有人认识！"

她话音未落，一人飞身而起，道："你撕不如我撕，你问不如我问！"抬手就去撕门上宫胤照片。听声音竟然是个男的。

那侠女大怒，尖声道："滚开！"伸手去抢。

忽然人影一闪，一人出现在照片之前，一只手砰的一下压住了照片，怒吼："都给姐滚开！"

景横波横刀立马，怒战江湖。

哧的一声，那男人伸出去抓照片的手抓到了景横波的胸衣，他呆了呆，蓦地一个倒翻翻出人群，连连甩手大骂："混账！竟然是女人！啊！好恶心！恶心！"

景横波脸色发青——嫌弃姐？这世上居然还有嫌弃姐的？嫌弃的还是姐最引以为傲的？

那侠女动作慢些，一头正撞向她，景横波居高临下，一脚就将她蹬了出去："走你！"

围在照片旁的姑娘们尖叫散开，景横波回头，对里头听见动静急急赶来的翠姐、拥雪道："把照片取下收起，以后再不许拿出来！啊，谁出的馊主意挂门上的？"

"你呗！"翠姐毫不客气地答，头痛地看着面前的人山人海。

景横波挑挑眉，一转头，对上站在台阶下目瞪口呆的铁星泽。

"你……你……"口才不错的铁星泽有点结巴。

"你猜对了。"景横波一掠鬓发，对他妩媚一笑，"广告的创意者，刹那画像馆的主人，正是区区不才在下本美人我。"

铁星泽愣了愣，随即朗然大笑。"我真是蠢。"他拍自己额头，"早该猜到这样奇思妙想，除了您还能有谁？平白被您看了一路笑话。"

"你大概没有参与我的迎驾大典。"景横波道，"当日在场排在前面的人，其实看过这画像。"

"那段时日我偶有小恙，在府中休养，告假没有参加大典。病好后又回了一趟家乡。"铁星泽道，"否则对于如此神妙画像的主人，也不至于当面不识。"

"骗了你很不好意思啦，"景横波挥挥手，"等下给你画一幅做补偿吧。"

"您这画像万金难求，怎可在我这里浪费。"铁星泽急忙推辞。

忽然有人凑过来，道："啊，这位公子，你也好生英朗俊秀，能否和在下认识一下？在下玳瑁部人氏，人称飞天鹞子，才高八斗，学富五车，武功盖世，英俊潇洒。愿和天下一切貌美有为男子结为好友……敢问公子高姓大名……"

砰，拳头击打在鼻子上响亮一声。搭讪的男子两眼一直，脖子一僵，片刻，两管鼻血缓缓流下。砰，他倒了。

铁星泽面无表情，收回摆拳。"在下铁星泽。"他道，"钢铁之铁，揍你满眼星花之星，再搭讪送你去黑水之泽。"

景横波噗的一声险些喷出来。这小子真帅！

飞天鹞子倒是经打，一个翻滚爬起来，半张脸已经青肿，衬着两道鼻血花花绿绿的好看。他似乎被铁星泽的出手惊着，铁星泽一看过来，就赶紧绕着走，绕到门前，不胜唏嘘地仰头对宫胤照片的位置看了看，大声道："这位铁公子，在下现在没兴趣结识你了，长得一般般，脾气倒大。远不如刚才画像里那位，啊，美人如花在云端，雪肤花貌，高贵出尘，一定是位温柔高洁、脾性完美的绝世翩翩男子……"

景横波托着下巴想，是完美啊，你如果遇上的真是他，那就不是一拳能了结的了，估计得送你完美地转世。

照片已经取走，只留下保护照片的水晶罩，那飞天鹞子不胜唏嘘地抚摸着水晶罩，似乎还想瞧出点美男留影来，他摸啊摸……摸啊摸……

景横波挑起眉毛——摸水晶罩没什么，可问题是这家伙是在意淫她男盆牛！是可忍孰不可忍！她正准备喊人来把这龙阳君给扔出去，忽然一怔。水晶罩忽然开始粉碎！就被那家伙摸了几摸，居然就在他指下粉碎了！水晶硬度虽然不如金刚钻，但想要粉碎也极不容易。景横波看着那水晶罩在那家伙手下化为烟尘，退后一步。铁星泽也发现了异常，上前护在她身前。

一时周围气氛有些凝重，众人先前看这飞天鹞子被铁星泽一拳打倒，都以为不过是个潦倒三流江湖客，谁知道这一手一露，顿知原来还是个深藏不露的高人。

“你这一手厉害啊，”景横波从铁星泽身后探出头来，“这么个大高手，怎么刚才一拳就倒了？”

“好武功打男人算什么本事？”那家伙嗤之以鼻，“只要稍微平头正脸点的男子，我都不舍得打的。”

景横波听着这奇谈怪论，眨眨眼：“要打就打女人？”

“对！”那家伙天经地义地道，“我最恨最嫉妒女人了！为什么她们可以穿两截裙子，梳美丽发髻，戴各种精致首饰，依偎着男人同享鸳梦？尤其你这种！”他咬牙切齿，“不公平！”

众人露出古怪神情——疯子？

“你也照着女人那样打扮便是咯，”景横波笑吟吟，“你武功那么高，也没人拦着你。”

“我本来就该是女人！我从小就是那样打扮的！”飞天鹞子恨声道，“我娘生我生错了！可恨那么多年他们都不承认，还说我是疯子，我不是疯子，是他们生错了我还要轻视我！我要杀了他们，却给一个老家伙拦了，老家伙说我确实命中该是女子，只是被男子身体占据，我若想回归女子身，必须行善积德……啊呸！我本来就该是女子，为什么还要行善积德才能做到？什么叫行善积德？不能杀人吗？啊？”

铁星泽护着景横波退后一步，禹春从人群中冒出来，指挥护卫挡在景横波身前。原以为是个疯子，后来发现是个武功高的疯子，再后来发现这人是个残忍凶暴的疯子，居然连亲生父母都要杀。又如此排斥女人，足见危险。飞天鹞子似乎被勾到痛处，神情渐渐癫狂，铁星泽和禹春警惕地盯着他。

景横波却有点明白了。这位好像是性别认知错位啊！可能小时候因为某种原因被当女孩养，时日久了出现性别认知错位，真当自己是女孩，也习惯了做女孩，当父母发觉不对劲的时候已经迟了，他已经不愿意做男人。父母自然要他矫正过来，可是形成的固有意识要硬生生扳开谈何容易？做惯了女人，从心理到生理都是女子习惯，如何能适应男子身份？久了自然有冲突矛盾，长久的痛苦令人心中生恨，渐渐将一个“正常女孩子”折腾成了“变态男人”。说起来这种人也怪可怜的。

景横波打量这家伙形貌，叹口气——就算涂脂抹粉，也做不成假女人。他虽然口口声声羡慕和恨女子，但行动却无太多女气，只偶尔眼神有些怪异，想必在江湖混久了，慢慢也调整了些。

“为什么？啊？为什么？”飞天鹞子激动起来，满口喷着白沫，步步逼近，“凭什么你们可以一直做女人，想怎么打扮就怎么打扮，想和哪个男人在一起就可以在一起？凭什么我就不可以？凭什么我做了那么多年女子，忽然就不是了？凭什么你们说不是，就不是了！”

“站住！”禹春盯着他上蹿下跳、渐渐逼近的步伐，厉喝。

“凭什么叫我站住？啊？凭什么！”那已经半疯的家伙风一般卷过来，四面众人都觉空气一紧，眼前一闪，忽然就失去了他的踪影。下一瞬他已经越过人墙，出现在景横波身前三尺之地。大批大批的护卫奔过来，想要再次挡住景横波，那人看也不看，不过挥挥衣袖，风忽然成了钢板，狠狠拍过去，砰砰几声闷响，护卫们瞬间被卷起，惨叫着撞到墙上。

“都滚！”那家伙衣袖挥舞，双手向天：“都滚！”

罡风呼啸，又是啪啪两声，左右两边迎上的禹春和铁星泽双双被拍飞。

第四十八章　你一定很爱他

景横波面前忽然就没了人。疯狂状态的飞天鹞子扑上来。

禹春大惊，拼死要扑上。

夏紫蕊默不作声地挡到景横波身前。她脑后水晶发夹熠熠闪光，自从上次事件之后，景横波就把这个发夹送给了她。

景横波忽然一把拔下她的发夹，向前一抛。“看看这是什么！”她高声道。

日光下水晶光芒闪亮，刺得禹春都眼睛一闭。

飞天鹞子向前猛冲的身形顿住，一抬头目光也似被水晶发夹照亮。他忽然抬手，接住了发夹，只看了一眼，便紧紧攥在掌心。然后他抬头，惊疑不定地看着景横波。

“送给你，”景横波一笑，“我觉得你会喜欢。”

飞天鹞子怔怔地看着掌心的发夹，又看看景横波，眼底杀气敛去，换了淡淡的迷茫，身体却越来越抖，嘴角白沫越来越多，脸上肌肉不断抽搐，越发显得眉目狰狞。

“羊癫风！”忽然有人大喊一声，人人惊诧，潮水般向后一退。

砰一声，飞天鹞子栽倒在地，四肢抽动。

人人后退，只有景横波上前，蹲下身查看。

“小心！”铁星泽和禹春都上前拦。

景横波摇摇头，起身随意踢踢那家伙，道：“拖进去，找个大夫来看看。”

“陛下！”禹春和紫蕊都低声喊，神情不赞同——这个人太危险、太不正常了。

景横波摆摆手，她有她的想法。

飞天鹞子死狗般地被拖了进去，昏迷中犹自死死地抓着那个水晶发夹。

一场风波停息，门口队伍已经长到不能再长，拥雪挑了鞭炮出来准备放，马上就到开业的吉时了。

景横波看看人群，进了院子，里头已经重新装修过，保留了幽深的意境，又增加了一些明朗的点缀，原先有点阴森的氛围一改，一眼看去，修竹千竿碧影深深，清逸又幽凉。铁星泽赞不绝口。

景横波笑吟吟地听着，看看铁星泽的气色，“刚才受伤了？”

铁星泽随意抹去嘴角一点血丝，笑得爽朗：“无妨。”

“紫蕊。”景横波眼珠一转，“铁世子是为保卫我受伤的，作为我的贴身女官，你帮我好好照顾他。”

这逻辑颇有些奇怪，送飞天鹞子去客房休息的禹春回来正好听见，脸色古怪。紫蕊哪里还有不明白的，涨红了脸低声应是。铁星泽看景横波一眼，神情颇有些尴尬。

“好啦好啦，”景横波见好就收，笑嘻嘻地拉住他，“我答应给你一张画像的，来来，这边坐。”

“这个太贵重了……”铁星泽推辞。

“与其拿去挣钱，不如送给喜欢的人。”景横波摆摆手，一脸不在乎。照相纸不多了，她打好主意要每幅都卖出天价，赚一把就收手，多一张少一张都无所谓。

身边的铁星泽忽然一僵，一旁的紫蕊也抬起头来。景横波怔了怔，发觉两人神情有异，想了想才明白。“别多想，我的喜欢，就是看得顺眼，好朋友的意思。”她赶紧解释。以前她不会把这些事放在心上，可现在不一样了，她不希望产生什么不必要的误会。

铁星泽似乎松了口气，又似乎有点失望，紫蕊再次垂下了头。

屋子里闲杂人等都退了出去，景横波示意铁星泽：“来来，你自己选个角度造型，我给你来一张。”

铁星泽那神情似乎还想推辞，景横波有点奇怪地看着他：“咦，你平常最爽快的一个人，今儿怎么这么抗拒？”

“还不是心疼您的银子，您费这么大心思做这个画像馆，自然是有重要作用的。”铁星泽想了想，终于应了，“臣也算薄有资产，您这画像馆开张，臣应该送贺礼的，您可不要推辞。”

“有钱不收是傻蛋啦。”景横波笑呵呵地挥手。

铁星泽走到窗边，面对她随意一站：“就这样吧。”

景横波端起一个盒子，盒子开了一个口——她已经将拍立得改造过了，避免这东西过于精巧的造型引人追问。“对了，”她一边找角度，一边开玩笑，“我这画像技术有神妙之处，你听说过没有？”

“什么？”铁星泽似在望着窗外，随口问。

“据说人品不好的人，画出来会模糊哦。”景横波笑。

铁星泽回头，窗下光影模糊，看不清他神情，他语气微含好奇：“真的啊？那我忽然觉得紧张了。”

景横波哈哈大笑，越发兴趣盎然：“还有还有啊，它能照出所有人的内在哦。”

“这回我倒不信了。”铁星泽也笑起来，指指她的手，“我的陛下，快画吧。你再这么抖下去，只怕画出来真的模糊了。那我算人品好还是不好？”

景横波笑不可抑，赶紧收了声，端好拍立得，正要按下快门，忽然院内喧嚣，与此同时，靠着窗子的铁星泽猛然转头，惊道：“怎么了？”

咔嚓，快门声响。

“哎呀，糟了。”景横波懊恼，按下快门的一瞬间铁星泽转头，这张八成要废了。相纸慢慢吐了出来，她拿出来一看，咦了一声，喜道：“还好！”

铁星泽惊讶地道：“好了？”凑过来看。

相纸上窗边日光明亮，在铁星泽的额头闪烁，刹那转头万幸没让照片模糊，正好可以看见他侧面俊挺的轮廓。他靠在窗前，脸部微抬，似有微微惊讶之色，眼神放得很远。

“我发觉侧面的照片都特别有韵味。”景横波越看越满意，“这一张看上去都有点不像你了，有种……”她偏头想了想，“特别远特别神秘的感觉……像，忽然多了个灵魂。”

“陛下说得臣简直毛骨悚然，”铁星泽哈哈一笑，伸手来取照片，“臣倒觉得陛下这个盒子甚是神秘。”

景横波正好将照片递给他，两人手指相碰，景横波毫无所觉，铁星泽手指一顿，急忙将照片接了。

“确实特别。”他啧啧赞叹，“臣必将珍藏。”

“真的，别丢了。”景横波嘱咐他，“我这东西几乎是绝版，丢了就没有了。等将来我没有这东西了，想起来也许会找你要了看一看，你到时可别告诉我丢了。”

“怎么舍得？”铁星泽笑着将照片收起。

“刚才是怎么回事？我去看看。”景横波将装拍立得的盒子交给拥雪。

之前她已经教过拥雪怎么拍照，为了避免拍立得被太多人看见，她也想出了一个拍照的办法，一间房子用薄板隔开，中间人高的位置留一个窗口放拍立得，只露出镜头，来“画像”的人坐在对面，拥雪在里面咔嚓一声照好了，让外面的人继续等，等上半个时辰再交照片，省得大惊小怪的无法解释。

来照相的人其实已经定好了，就是排前面的三个，一个浮水部的太尉，一个御史台院正，还有一位有贤者称号的原礼司礼相。至于其他的，统统都是酱油君。

景横波让铁星泽帮忙维持秩序，她自己走到院子中，果然看见那个飞天鹞子从屋子里跑了出来，禹春正带人挡着。

景横波拨开人群走了过去，很随意地对飞天鹞子招了招手：“跟我来。”那抓着水晶发夹、两眼茫然的家伙呆了呆，默默跟她走了。满脸戒备的禹春放下手中武器，神情也有些呆。他算是发现了，风流懒散的女王其实才是最霸气的那个。她的霸气，深藏不露，只在危机时刻偶放光芒。

景横波带着飞天鹞子进了东侧厢房，不顾追过来要保护她的禹春，砰地将门一关，门板险些撞上禹春的鼻子。

一转身，景横波对着飞天鹞子，看看他脸色，道：“醒啦？”

那家伙有点萎靡，抓着水晶发夹不说话。

“这玩意儿喜欢吗？”景横波盯着他的表情。

飞天鹞子立即抬起头，眼神渴切：“喜欢！你还有吗？”

“有，”景横波耸耸肩，“但是不多。这本就是独一无二的东西。”

飞天鹞子点点头：“也是，我不能太贪心。”

景横波笑笑，走过去在他身边坐下。

“你不嫌恶我？”飞天鹞子偏头看她。

景横波这才注意到他眼瞳微微暗紫，似乎不是帝歌人氏：“为什么要嫌恶你？”

“我是一个……疯子。”他俯下身，双手插进头发，“我先前说了很多不该说的话吧？每次发病前我都控制不住……”

“你不是疯子。”景横波道，“你是一个从小被错误认识灌输，生生扭转了命运的可怜人。”

飞天鹞子霍然抬头看她，眼神厉烈。“我不可怜！”语气若有杀气。

“你可怜。”景横波看也不看他。

飞天鹞子霍然抬起的指尖眼看即将触及她的咽喉。这半正半邪的人杀气如此凛冽，景横波喉头肌肤微微战栗。要不要这么认真啊！

景横波一条腿后撤，做好随时瞬移的准备，一边捏紧了手指，依旧随意地道：“我可怜的不是你被人们看作疯子、恶徒，而是这么久没人能懂你。”

将要触及咽喉的手指顿住。

“呵！懂我？”良久他冷笑一声，不胜萧索，“懂我这个恶心的、不正常的、连父母都杀的不男不女的人？”他站起身，张开双臂，“懂我这个从小是女子长大了却忽然变成男人的怪物？懂我这个原本不想做女人等到后来想做女人却做不成的怪物？懂我这个从小被一路追打为了自保不得不想尽办法练武功的怪物？懂我这个前一天还是女子第二天忽然被绑进洞房要我睡女人的怪物？哈哈哈哈……”暗紫的眼眸散射疯狂，“怪物！怪物！”

“你不是怪物。”景横波站起身，还是那么随意地拍拍他肩膀，“错在你父母，不是你。是他们一开始给你安排错了性别。在你成长的初期，你被长期告知你是个女子，时间久了，你也就那么以为了。心理暗示的力量是强大的，其实你完全是个正常人，错的只是认识而已。”

飞天鹞子绷紧的肌肉一分分地放松下来。“这么多年……你是唯一一个对我这么说的人。”

“所以我对你有恩。”景横波接得无比顺溜。

飞天鹞子转身，忍不住一笑：“你真是个妙人。”

“你也是。”景横波转身在床上坐下，如对老友聊天，“有没有想过以后怎么办？”

“你知道我发过一个誓吗？”他不答反问。

“嗯？”

“这些年，我走过很多地方，见过很多人，也有一开始对我好的人，但他们在知道我的问题之后，都嫌弃厌恶，如避开一堆污物一般避开我。”飞天鹞子安静下来的时候，气质沉静，“有的人和我称兄道弟，转眼就弃我而去；有的人受我恩惠，却转身就带人来杀我，没有理由，只因为觉得我是身为男人却觉得自己是女人的怪物，就不该在世上存在，所以，”他一抹嘴角，狞狠地一笑，“我也宰了他们。”

景横波毫不意外地耸耸肩，这家伙杀气很重，正邪难分，会做这种事一点也不奇怪。但她一向以为，和满嘴仁义道德的所谓正派人士比起来，纵情恩仇的枭雄大恶更可信一些，哪怕是睚眦必报的真小人，都比伪君子让人舒服些。

“所以我丢掉了自己的名字，重新起名叫天弃。苍天弃我，我弃苍天。”飞天鹞子撇撇嘴，“所以我发了个誓，这辈子，如果有人真心不嫌恶我，在知道我的一切后还肯接触我，我必定会报答他。”

“我就知道你一定会报答我。”景横波托腮，笑眯眯地看他。这种内心有伤痕的人，对公平温暖特别渴望也特别看重，要说因此倒头就拜从此收入麾下那太意淫，但因此心存好感，关键时候伸个手，还是有可能的。她浪费这么多口舌，不就是为的这个吗？看见他破水晶罩和身怀神出鬼没的轻功那一刻，她就决定了。

“我不喜欢你。”天弃转头看了她一眼，是那种女子对女子的嫉妒嫌恶眼光，“你太美，太聪明，看似很随意，其实有心机，这种女人最讨厌了。”

景横波心想：怎么听起来像绿茶婊、心机婊？不至于吧？

“但我答应过的事一定会做到。”天弃站起身，冷冷道，“你能这样对我，不管真心假意，也算你不容易，所以，有什么要求，提出来吧。”

景横波眨眨眼，觉得这个家伙很好玩，气质多变。一开始被铁星泽揍的时候，以为是个像伊柒一样的猥琐货，再然后忽然成了苦大仇深的潦倒客，谈正事时一本正经腰背笔直，忽然又成了自有风范的宗师。“你先前问，那画像里的人是谁，”景横波慢吞吞地道，“现在还想不想知道？”

天弃的眼睛立即亮了起来，看得出他是真的很钦慕宫胤那一款，但是看看景横波的表情，他又摇头：“这人一定是你很重要的人，你才不会让给我。”

“谁说让给你了？你吃得消吗？”景横波哈哈一笑，“我交给你的事儿，不为难你，还是你喜欢的。这个人，我告诉你他在哪里，然后，你去保护他。”她笑眯眯地晃晃手指，“你想想啊，这么个美人，你以后可以天天看见，天天欣赏他的美，必要的时候还可以英雄救美，说不定美人会对你一笑，画上的神仙走到你面前，这一辈子也值了对吧？”

“我可以抢了他来。”天弃不以为然，“这世上还没有我真心抢抢不到的。”

“奉劝你不要动这个念头。”景横波大摇其头，“你如果真这样，那我也不要你报答，你快点圆润地走开就行了。实话告诉你，你抢他，会死得很惨，我可不想葬送你一条性命。”

“这个人虽然我只是凭画像一瞥，但我觉得他那气质，似乎练了一门特殊的功法。”天弃道，“你说的我信，但既然他这么强，何需我保护？”

“因为我忽然不放心，因为我觉得再强大的人也有弱的时候，因为我觉得他强了太久，撑了太久，而这种人一旦松懈崩溃，后果会很严重。我希望这一天永远不会到来，但我必须为这一天的到来做一点准备。”景横波忽然目光一亮，“你看画像就知道他练了特殊功法？你知道他练的那种功法有什么禁忌吗？”

“般若雪，对不对？”

“对！”景横波站起身，她有疑问很久了，“般若雪！你告诉我，这门功法是不是传说中要绝情绝欲、挥刀自宫什么的？”大神动情时候的表现不对，她早就发现，也存疑很久了。以前想问伊柒，但又觉得不妥，想不到天弃似乎也知道。

“你在说什么？”天弃奇怪地看着他，“般若雪最早起源于佛门，是天下最为神圣也最为难练的功法之一。原名般若莲，后来经过一代武学宗师雪祖改良，练天下至清至冷之气，成世间万法万宗之门，完满功法，更上一层，改名般若雪。这是传说中护心练气的最强功法，可以镇压涤荡人间一切污浊恶秽，冰雪之身，不染尘埃。但据说除了修炼之初比较痛苦，而且对修炼人的要求非常严苛、非常高之外，并没有听说过要以童子之身练功，要知道，雪祖本身还娶了三个老婆，生了四个孩子，如果需要自宫，哪来的儿女？”

“原来这样啊……”景横波长长舒一口气，禁不住展颜一笑，“那我就放心了。”

她一笑艳光灿烂，天弃立即嫉妒地转过头去。

“你的提议，我会考虑。”他慢慢地道，“我会先去瞧瞧这个人值不值得保护，心情好的话，也许我会出手。”

“你别给他发现就行。”景横波叮嘱，顺手画了去玉照静庭的路线图给他。她想给宫胤找个没有人知道的、隐身在暗处的保镖。她知道他身怀绝技，拱卫千重，可是那些终究都是放在明面上的力量，只要在明处，都可能被对付。或许宫胤也有暗中的护卫，但她还是觉得，一个连他自己都不知道的暗卫，才是关键时候最能发挥作用的。宫廷局势波谲云诡，危机重重，一直都是宫胤保护她，她也想保护他一次。

“把他那张画像给我。”天弃居然又提要求。

“不行。”景横波立即拒绝，她才不要把宫胤照片给这个人妖日日意淫。

“我有很多他的画像，你做一次让我满意的事，我就给你看一张。”她哄他，“你什么时候救了他的命，我就考虑给你一张。”

天弃的手缩回来，白了她一眼，讥道：“小家子气！”

景横波微笑，对自己的计较丝毫不以为丢脸。“走吧走吧，干你该干的活去吧。”看见这么个男儿身的家伙时时出现女儿姿，她也受不了。

天弃转身出门，迈出门槛时忽然停住。他没回头，再开口时，语气忽然有些唏嘘：“你一定……很爱很爱他。”

景横波一怔。天弃的背影已经消失在院子那头，她依然怔怔的，低头看日影探过一丛孤竹，斑驳地映射在她的长裙上。他不在身边的每一刻，天光都显得如此漫长。

良久，她慢慢从怀中取出宫胤赠送的那个玉盒，这东西她每天都要看一次，玉盒的缝隙里，她还特意塞进去自己制的干花。她将脸颊轻轻贴在玉盒上，呢喃般地道：“很爱很爱……真的吗……”

片刻后她又听见外头一阵喧嚣，奔出去一看，好家伙，又打起来了。

“凭什么不给我们进去！”“凭什么只画三家！”“我们排了一夜的队，好歹你得给我们见识一下！”“不就是他们有钱有势吗？我们也有钱！来人，回家拿银子砸死他们！”……大门外吵成一团，景横波一听就知道怎么回事了，果然，三张画像的规定，让这些被吊足胃口又等待很久的客户不满了。

本来之前翠姐等人一直在解释，也早早说明只有三张，但是人就是这样，不到黄河心不死，总觉得钱是万能的，不相信捧着钱上门还有人不收，都不肯散去，想等着前三家画出来以后再瞧瞧，最不济进门看看，也不枉等待了这许久。后来看见画完像的三家人出来了，果然神情惊异满意，都小心翼翼地捧着画像馆赠送的装画像的精美盒子，一看就知道效果很不凡。住在附近的多是官宦贵族，贵族向来追求的就是奢侈品、高大上、与众不同，更不能人有我无、低人一等，当下一哄而上，要求翠姐加客。

本来禹春带着护卫在，也不至于出大麻烦事儿，偏偏天弃出来了，这家伙行事只凭好恶，此刻正心情不好，一眼看见门口堵得人山人海，一群丑女丑男妨碍他去看美人，顿时勃然大怒，抬脚就踢飞了一大堆。这下惹了大麻烦，堵在门口的非富即贵，谁肯就此罢休？天弃万事不管，扬长而去，余下的人开始闹事。

“让掌柜出来！让掌柜出来！”人群哄闹着涌上前来，翠姐站出来想说自己是掌柜，还没站稳，就被人潮搡了一个跟斗。禹春急忙将她扶住，拉入身后，和铁星泽连连呼喝：“安静！安静！”但是人越来越多，附近普通居民区的百姓也涌了过来看热闹，里三层外三层，不仅景横波她们被堵在里面，连排上队画像的那三家也被堵住，不住有人拉扯着要靠近他们“把画像拿来看看”。

“叫掌柜出来！”“谁定的这臭规矩！滚出来，爷爷教训他！”“不出来拿银子砸死你们！你们不知道小爷是谁……”

第四十九章　又相信了爱情

“都——给——我——住——嘴！”蓦然一声尖厉高吼，压下了沸腾的一锅乱粥。

众人都觉得耳膜嗡嗡直响，一抬头，就看见三层台阶上站着一个女子。女子普通长裙，戴着帷帽，众人先前有注意到她接近，但人多并没在意，此刻从下往上仰望，忽然发觉这女子端的好曲线！玲珑又饱满的身线，最经得起角度的挑剔，从下往上看过去，那身姿的起伏流畅让人目光也跟着浮波溅浪，跳上几跳。几乎立刻人群静了大半，男子们惊艳，女子们惊嫉。

景横波挥开禹春，款款从台阶上走了下来，一指头点在最前面一个少年额上：“掌柜就是我，我出来了，咋样？”

少年呆呆地瞧着她，忽然脸红了。

“规矩是我定的，我是掌柜我说了算，”景横波又一掌推开面前一个大汉，“教训我什么？用口水喷我一脸？喂，你几天没洗澡了？”

大汉下意识地退后，赶紧去嗅自己腋下。

“拿银子砸死我啊！”景横波站在护卫群里，昂首向前，大力挺胸，“砸啊！赶紧砸啊！有本事砸塌了我这刹那画像馆啊！”

众人盯着那一霎汹涌，连刚才自己说什么都忘了。

“堵人家干吗？”景横波一把拽过那几位照上相的人家，来照相的都是老头子，正被家人紧紧护在中间。“这位，”景横波指着一位白发老者，“浮水部的太尉，年轻时一夫当关的英雄，据说当年有一人救一城的美谈。浮水部百姓得他救命数以千万计，这样的人，不配排你们前面？”

人群向后退了退，老者不禁唏嘘，似乎没想到自己当年旧事还有人记得，无声对景横波长揖。

景横波笑笑，一转身，又指住了一位脸色如铁的老头。“这位，御史台院正，一生耿介的司马老大人。你们应该听过名字，”她道，“老大人一生不畏强权，刚正不阿，清廉耿介，赤胆忠心。在位时弹劾贪官污吏近千人，得罪豪强无数，三个儿子先后被仇家报复身死，自己也曾三次下狱，光是上刑场待斩被刀下留人就有两次！一生起落，足可写一部抗争之书。这样的人，不配排你们前面？”

老者老泪纵横，对景横波深深一躬，哑声道：“不为姑娘赞誉，只为还有人记得老夫那惨死的犬子……”

景横波微微躬身，又指住了第三人，老者转头对她看着，不辨喜怒，似乎在等着听她说什么。

“大贤者瞿缇。”景横波道，“原礼司礼相。曾任三十年国学府大监。在位时谦恭自省，提携后进。桃李遍天下，五司门下，多半是他的弟子，在场的人，有一半都得称他老师吧？还有一半得称师祖、太师祖。”

人群静了静，有人开始后退。

“这样的人，不配排你们前面？”

人群骚动渐歇，那脸上没什么感动之色的第三个老头，忽然将脑袋凑到景横波面前，低声道：“女王陛下，老夫还在想，老夫可没前两位那么光辉彪炳的事迹，你若说得太吹捧，老夫可不打算给你面子。没想到你居然把老夫给抬出来当盾牌……嘿嘿。”

“嘿嘿。”景横波悄悄道，“谁说您老没事迹的？只是朕晓得您老为人品行高洁，不喜欢人家当面吹捧，只好把您老祭出来当盾牌啦。您瞧这架势，帮忙走一个？”

瞿缇忍不住一笑：“常方那老家伙总说女王陛下智慧天纵，绝非常人，老夫还不信，如今瞧着，明明是修炼了千年道行的狐狸……照老夫看来，您今儿这一席话，甚至咱们这几个人，都是早早安排好的吧？”

“您老英明。”景横波声音更低，“背你们英雄事迹都背了我半晚上，那些文绉绉的句子，累死人哪！”

瞿缇哈哈一笑，道：“都说女王不学无术，老夫说怎么今儿忽然出口成章来着！就是不知道陛下今儿这一出，到底演的何戏？”

“您老是明白人，还瞧不出？”景横波笑得真如狐狸。

瞿缇瞧她一眼，微微一笑。谁说女王散漫无用？谁说女王无权，被困在大荒权欲的枷锁内丝毫动弹不得？她其实从未放弃对自己权力的争取呢！而且她眼光毒辣、脑筋清醒，浮水部、御史台、贤者们，正是当前大荒朝廷中对女王态度中立、可以争取的三方势力。一个画像，常人赚钱的玩意儿，也能被她拿来收买人心。画像还是小事，借着画像这事儿，趁机对中立派示好，不着痕迹又正好搔到痒处。这些早已清心寡欲的老家伙，财帛美人都无法令其动心，只有尊重和肯定，才是他们不惜牺牲一切而孜孜追求的。今日看似小事，然而在这么多人面前，将那两位捧上神坛，让他们亲眼看见自己的威望和民心，让他们知道世上还有人深刻记得当初他们的牺牲和伟大，定能让他们生出“知音若此，此生不枉”的感叹。算准了首日三张像会引起纷扰，这是安排好故意造势，推动事态呢。善度势者明，善借势者胜。瞿缇一笑，觉得常方那双老眼，有时候还是挺亮的。

景横波三句话问完，人群退后了好大一截。可以不敬英雄，可以不敬君子，但不可以不敬老师，否则难以在帝歌上层社会立足。

“不好意思，给三老添麻烦了。”景横波鞠躬，“不必理会这些毛头小子，这边请。”

三个老头都捋须点头，在家人护送下走入人群。景横波含笑目送，铁星泽站在她身边，道：“要不要请人护送一下？人太多了，几位老人家万一绊着跌着……”

景横波目光一跳，一抬头忽然发现前方起了骚动。骚动是从前方巷子口开始的，那边挤挤挨挨的都是人，一大半看热闹的，忽然有人惊叫：“蛇！蛇！”随即便有人蹦跳逃窜，人群顿时乱了起来。外边一乱，里头的人搞不清情况自然也乱，顿时有人往里，有人往外，人头攒动如黑压压的海浪，一波一波漾得人群中心要出去的几个老头也一仰一仰。

景横波忽然发现那人头海浪中有一小簇逆流而上，直逼向人群中央三个老头，“小心！”话音未落，她的身影已经不见，再一闪已经扑到浮水部老太尉身前，抓着他的手狠狠将他一拉。

哧的一声微响，一溜血珠在日光下溅射如珊瑚。“哎哟，妈呀，好痛！”毫不掩饰的呼痛声，自然只有景横波叫得出来。

人群一静，齐齐看向景横波，她不知何时已经到了人群中心，站在几个老家伙身前，此时正抖着手臂，臂上的衣裳已经破裂，露出一道殷红的伤口。

她身边的浮水部老太尉神情倒没她狼狈，正微皱眉毛盯着她。老人胸前衣衫也已经破裂，隐约有一丝血迹沁出，但却远没有景横波血流得多。

变起仓促，很多人根本没明白发生什么事，更多的人挤过来想要看清楚。景横波握住手臂，踮起脚尖四处张望，隐约看见似乎有人飞快地挤了出去，想要追却被人群层层挤住，不禁又痛又烦躁，伸腿连踢：“让开！让开！你们这么挤我还怎么找凶手！”

“你干什么！”刚才被挤到一边，没看清楚情况的太尉的家人护卫，此时都挤了过来，一眼看见老人胸前的伤口，顿时大惊，转身就抓住景横波：“是不是你忽然冲过来伤人？是不是你？”

一些不明情况的贵族子弟，先前不满情绪尚未平复，此刻看见有热闹，赶紧都往里面挤。“杀人啦！画像馆女老板杀人啦！”

“让开！不得无礼！”禹春、铁星泽也急急拨开人群到了。

外围更多的人却开始鼓噪起来：“女王！女王！”

景横波一怔，一回头才发现，自己冲过来的时候，帷帽掉了。

而此刻外围看热闹的老百姓越来越多，这里靠近琉璃坊，很多百姓在上次琉璃坊事件中都是见过她的，她天生光艳，永远都是人群焦点，脸一抬，大部分人都已经认了出来。“女王！女王！”更多的百姓涌了过来，兴奋地挥舞着手臂。

内围的官员贵族们一怔，纷纷回头看她，有人已经认出她来，但大多无百姓的兴奋欢喜之色，有人皱眉，有人神色不豫，隐隐露出敌意，更有人反而悄然逼近了她。

禹春和铁星泽看情形不对，一左一右护在她身边。

百姓们感觉敏锐，也发现了官员们奇异的敌意，更加愤怒，大群的人涌进来，吵嚷呼喝之声响遍整个西歌坊。“让开！让开！”“你们挤在女王面前干吗？”“你们想对女王怎样？有我们在，我们不依！”“我们不依！”

官员们发现人越来越多，自己都被挤在里面，不禁脸上变色。里层人群开始收缩后退，各家的护卫闻讯奔来，站成一排挡在主人面前，和百姓人群之间形成楚河汉界般的对垒。

此时人群情形诡异，最里面是景横波和几个老臣，然后是住在附近的官员贵族，然后是巷子外涌来的百姓，百姓在兴奋，官员在沉默，景横波在思考。

她此刻感觉很奇异。这是她第一次在某种风波中，直面官员和百姓两个阶层，同时看见了官员和百姓对自己的冰火两重天的态度。如在两极行走，她在颤巍巍的中心。这样的状态，到底是好是坏？百姓的无比拥戴和官员的忌讳排斥，一旦激化到了一定程度，又会是什么后果？她转头看看浮水部的老太尉，眼神疑惑。为什么还不澄清？难道真的眼看着酿成大规模流血冲突事件吗？

“陛下的画像馆今日开张。”蒙虎在向宫胤汇报。

宫胤在桌前看折子，只点了点头表示知道。

他身边二狗子在吃炒米，霏霏在殷勤地帮他翻折子。景横波三分钟热度，经常嫌弃二狗子太吵，又嫌弃霏霏太会骗人，还嫌弃两只凑一起时各种打架弄得她身上总粘着兽毛和鸟毛，影响她的形象，所以出门常常不肯带着。两只这时候总觉得寂寞，总是打架也甚无聊，便结伴偷偷溜到静庭这边来骚扰。二狗子喜欢这边的炒米，霏霏却喜欢宫胤的书房走廊乃至寝宫——他所在的地方，它都能感觉到一种熟悉又奇异又舒服的沁凉气息，这让它贪恋流连。当然，宫胤的寝宫不会允许它进去，霏霏也无所谓，它挂在寝宫门上睡一睡，给宫大神看看门也是好的。景横波若知道，又得捏着个手指大骂半天——人比人气死人，她想让霏霏睡她门口，这小怪兽从来就没肯过！

宫胤对这两只的到来没反应，就像没看见。它们讨好他就接受，扇风翻书页来者不拒，哪怕扇风掉鸟毛，翻书有臊气，他也好像没看见、没闻着。没反应就是最好的反应，两只十分会审时度势——在宫胤这边，从来没打过架。

“陛下吊足了西歌坊众臣的胃口，早一天就有人排队，但陛下说只画三张，属下有些担心人太多，要求得不到满足，会闹出事来。”

宫胤点点手指，霏霏立即翻过一本。“她不就是想闹事吗？”他淡淡道。

蒙虎有听没有懂，但聪明地不再多问，继续汇报：“陛下选中的画像人，是……”

“这个不必和我说了。”

蒙虎闭嘴，眨巴着眼看着自家城府比海深的主子。

宫胤垂下眼，当初知道她的布置和规矩后，就明白这画像馆没打算做长久生意，她应该是想借此发出一些讯号。那就让她做，至于结果如何，不重要。如果一开始就担心她的安危，捆住她的手脚，那么稚弱的凤凰，就真的再也飞不上长空。到那时群兽环伺，谁来护她？

“人太多了。”蒙虎担忧，“那些平日里高高在上的官儿，吃了这个瘪，又得怪上女王。”

“不吃这个瘪他们就喜欢她了？只要她不肯老实听话，怎么做他们都不会喜欢，还不如做自己想做的。”宫胤道，“这点她比你们看得清楚。”

“就怕他们人多势众……那么多各家护卫，禹春未必扛得住……”

“她有百姓。”宫胤从容地示意霏霏翻页，“今日之后，她应该更能看清楚他人的敌意，也看清楚自己的真正依靠在哪里。”

蒙虎准备退下，既然主上什么都知道，他也不必多操心。

“我那画像，她撤下来没有？”宫胤忽然问。

“陛下有让……”蒙虎正要回答，忽觉外头似乎有风过，与此同时，宫胤忽然头一偏。

霏霏停了爪，大眼睛慢慢眨了眨，轻巧地跃了出去。二狗子还在傻兮兮地吃炒米。

“知道了。”宫胤再转头神情如常，“下去吧。有点冷，窗户替我关上。”

蒙虎心领神会地眨眨眼，关上了窗。

咔嗒一声，外头花枝微微摇曳。霏霏轻巧地跃了回来，对宫胤眨了眨眼，坐在了门楣上。

宫胤低头继续看折子，吩咐道：“点灯。”

门外有人应了一声，片刻，一个护卫慢慢地走进来，手中一盏油灯，灯光晕黄，将他的脸照得模糊不清。

宫胤没有抬头，专心看折子，淡黄光芒下，衣衫如雪黑发如缎，垂下的眼睫浓黑似羽。

护卫的步子很慢，似乎在屏住呼吸。

“有烟气，放远点。”宫胤随意地吩咐，看也没看他一眼。

护卫应了一声，将灯放在一边的灯架上，很殷勤地将灯架搬远了一点，搬完后顺势就站在了宫胤的身边，似乎很忙碌地捡起了地上被风吹起来的一枚枯叶。他捡叶子的时候，目光落在桌下，从宫胤的腿看到腰看到脖颈，再在他被长发半掩住的侧面轮廓微一停留，才慢慢站起身。

“你挡着我的光了。”宫胤忽然道，“站开些。”

他急忙应一声，往前站了站，这下离宫胤更近，在他的侧后方。

宫胤注意力始终都在折子上，不住圈点，那护卫踮起脚尖，仰着脖子，小心地看宫胤落笔，眼光并没有落在折子上，却不住在宫胤雪白如玉雕的指节上打转，又着重看了看他冰贝般的指甲。他呼吸渐渐急促，努力屏住，下意识地扭着手掌，掐着掌心，细微地晃动着身体，盯着宫胤背影，步子微微向前一点一点地挪。

“好看？”宫胤忽然道。

他一怔，抬头，哗啦一声，满桌的折子忽然飞起，噼里啪啦一阵乱飞，金红硬皮壳子半空拍击回旋纵横来去，竟如大阵，堵死了他的所有道路。“护卫”哈哈一笑，并不紧张，大声道：“果然瞒不过你！”身形诡异一转，已经脱出铺天盖地的折子大阵，到了宫胤背后，五指一亮如爪钩，抓向宫胤肩膀：“那就和我一起走吧！”

吱嘎一声锐响，他的手指在一道冰练之上滑过，溅开冰屑无数，雪影一闪，宫胤已经到了他身后，一脚踹在他后心，砰一声他撞倒在桌案上，笔墨砚台乒乓落了一地。

“好狠！”他依旧大笑，在宫胤第二脚踹过来之前，身子游蛇般向前一滑，从桌案前滑了出去，速度快到无法看清——宫胤那一脚对他似乎没有丝毫作用。

啪！雪影漫天一声巨大裂响，宫胤出手的雪链重重击打在桌案和地面，生生在坚硬的白石地面上劈出一道尺许的满是冰晶的沟！那位置如果还有人，此刻连尸骨都已经粉碎！那人闪电滑出，半空回头，眼中也露出骇然之色，惊道：“她没骗我，你果然……”

宫胤手指一抬，雪影锁链呼啸而起，涤荡出满室的风雪链光，那人哪里还来得及说话，身子一扭便向外拼命逃。宫胤指尖一弹，链尖忽地长出三尺，啪的一声，那家伙神一般的速度也没能完全逃掉，后背立即溅出一块手指大的血肉！

那家伙惨叫一声，拼命向前狂扑，他轻功无与伦比，一闪之间眼看就要逃出，忽然门楣之上，一个毛茸茸的玩意儿翻了下来。那家伙只看见一双巨大的幽紫色圆眼睛，在自己面前慢慢一眨，一眨，然后他惊骇地发现，自己的速度忽然就慢了下来！门槛近在咫尺，却若远在天涯。

嘶。劲风呼啸就在背后，可以想象出手人的决断和毫不容情。他心中一叹，闭上眼，不敢去想一霎后自己尸骨裂成两半的惨景。这种死法……算不算牡丹花下死，做鬼也风流？早知道该信她的……念头一闪而过，寒气冻僵肌体，他缓慢的意识忽然一滞，发觉有一些不对：风声怎么忽然停了？但身后那种尖锐凛冽、足可刺人灵魂的威胁杀气还在。一点冰凉的东西探入他的脖子，随即轻轻巧巧一带，霸气而冷静地，将他翻了个身。

他第一眼看见指着他咽喉的银光闪烁、造型特别的雪链。第二眼看见毫无血色但令人感觉特别稳定的执链的手。顺着衣袖一路看上去，最后撞进一双静而冷，如千万年雪山的眸子。千万年雪山冰雪不化，千万年长空涤荡如洗，千万年天池如玉明澈，千万年的风，掠不去的无垢光华。所谓肌肤胜雪，眉目如画，在这样的逼人气质之前，都似嫌多了几分烟火气。

天弃很慢很慢地抽了口气。“原以为那画已是极致，却原来不过十中之一。”他喃喃道，“朝见美人，夕死可矣！”

宫胤就好像没听见这明显味道不对的话。他自幼姿容出众，大荒民风也多怪异，什么样的人都遇见过，什么样的怪话都听过。眼前这个，能令他住手，自然不是因为行止特别。

“名字？”

“天弃。”

“何方人氏？”

“商国。”

“师承？”

“无师承，山野得奇技。”

问得漠然，答得老实。强力之前，没有奸猾的余地。

“见过我画像？”

“我一生最正确的事，是见过你画像后，再赶来见人。”

“死了你就不这么认为了。”

“我承认，我自大了。”天弃叹气，“不过我想我不会改变看法的。”

“似狂放又谨慎，似疯癫又明智。性情诡异而坚执，且擅隐匿身形，擅轻功提纵，擅临机应变，擅内家功夫。”宫胤的语气，像在点评一块肥瘦适中的猪肉。

“不过三招，你就能得出这么多结论。”天弃对四面望了望，“能以白衣之身登如此高位，大国师名下不虚。”他满脸倾慕地望着宫胤，“不过我觉得你容貌还胜你才能一筹，真不明白为什么外界不知。”

“知道我是谁，就应该听说过，我不是心慈手软的人。”宫胤就好像没听见他最后一句。

天弃的脸色变得很古怪，“你要什么？”

宫胤手指一弹，一枚雪色药丸激射而出。天弃下巴一阵酸痛，无可奈何地张开嘴，药丸入腹，凉意泛起，他激灵灵打个寒战。

宫胤收回锁链，坐回座位，他静静沉默在椅中的白色身影，在灰暗的室内显得有些模糊而疲倦。“不想死，就去保护一个人。”他道。

天弃的脸色更加古怪。“你一确定我的性情武功，就做了这个决定是吧？”他道，“为什么？”

“危险也许永远不会来，但必须为此做好准备。”沉默半晌，他语气淡淡，“去做，用尽你的全力，你的一生。”

天弃从墙头一跃而过，不惊花叶。他知道这一刻静庭无数护卫目光笼罩着自己，如果他稍有异动，会死得很惨。他心中并无畏惧，却有奇异的情绪流动。越过高墙时，他回头对静庭看了一眼，隔着重重碧影，隐约一抹白影静静伫立。他不由想起在另一所庭院里，那个跃动如火笑声慵懒的红影。两心一知，今日终于得见。他在风中穿行，留下一句轻轻的感叹：“今日之后……终于又相信了感情。”

人群攒动，楚河汉界，官民对垒在继续。

景横波被护在人群最里层，并没有急着说话，她忽然明白了什么。有些事，没那么简单，总要给人家取舍抉择的时间。

浮水部的老太尉在思索。他并非不知道景横波拼命救他，也并非不感激女王，然而他的身份令他为难。亲眼看见官员阶层对女王的排斥，而此时他代表浮水部，一旦发声，浮水部便等于站在了女王一边，他自觉没有资格和立场，去替浮水部做这样影响深远的决定。

“成老。”翟缇忽然在他身边悠悠道，“想当年成老不仅有一夫当关的战场传奇，也有当殿金瓜打权臣的朝廷轶事。老夫以为，前者固然了得，不过是将军保家卫国本分，后者才是成老作为浮水部股肱大臣，真正风骨气节所在——不畏强权，只持本心。三十年风霜过，三十年星华歇。”他长声叹息，“难道温软帝歌，无边富贵，真的能将一个人的虹霓志气，都消磨了吗？”

成太尉老脸一红。“诸位！”他忽然大声道，“静一静！静一静！”

老家伙毕竟当年叱咤战场，嗓门了得，景横波给震得一抖，四面声浪被瞬间压下，一静。

“你们都误会了。”成太尉开门见山，“方才是有刺客意图趁人多行刺老夫等人，多亏女王陛下及时赶到，救下老夫。”他一指景横波还在流血的手臂，“陛下替臣挡住了刺客一刺，臣还没多谢陛下救命之恩。”说完深深一揖。

景横波立即高声笑道：“太尉大人不必多礼，你是国家重臣，救你是朕应当的。”

纷扰的人群立即安静了。官员贵族们面面相觑，神情尴尬。百姓们激动平复，稍稍一静之后，又爆发出一阵欢呼。“陛下万岁！”“陛下仁慈！”还有人高声讥笑、教训对面的官员：“睁大狗眼看清楚，别总昏头昏脑分不清是非！”

官员们讪讪后退，景横波瞧着，冷笑一声，大声对外头百姓挥挥手：“多谢父老乡亲，没什么事儿了，都散了，散了吧。”

“陛下，这些混账官儿再为难您，您喊一声，咱们都不远！”“陛下，有空来奴家的摊儿吃炸果子！”“陛下，绫街的小吃最好，吃腻了宫中御膳，不如有空来尝尝咱民间风味！”

“好的好的！”景横波从善如流，笑靥如花。

百姓渐渐散去，景横波斜睨那些官儿：“怎么，要朕请你们吃饭？”

官儿们涨红了脸，默默施礼离去，刚才还水泄不通的画像馆门口，终于清静下来。

景横波皱眉看着人流散去，想找刺客又找不着了。她想起上次在赵府，也是这种情况，但上次赵府有范围，有固定人数，最终被宫胤揪出了凶手，今天这种场合，无论如何也找不出人来了。是巧合，还是有人一直和她作对？

身后禹春和铁星泽都长出了口气，道：“陛下，你可算安生了。”

禹春的脸色尤其不好看，他发现这位女王陛下简直就是事故体质，每次一出门必有大事，还一次比一次轰动，今儿险些就酿成帝歌有史以来第一次官民大范围冲突。禹春觉得他有必要和蒙虎交换一下职责，换个人来保卫女王，这样下去，小命不玩完，小胆也要吓破。

铁星泽却道："陛下的伤得赶紧包扎一下。"

禹春一迭声叫请大夫，景横波却道："我先前过来时，看见有一家医馆，人不少，想必大夫医术不错，不如就去那里包扎一下。"

"请来便是。"禹春满不在乎，"何必劳动您大驾亲自前去。"

"大夫被拖来，等着看病的人怎么办？"景横波白他一眼，"要亲民。"

铁星泽笑道："包扎好了，还可以去吃吃小吃，逛逛街。"

"知我者铁星泽也！"景横波大赞。

禹春只好苦着脸赶来马车，送她去医馆，一边赶车一边下定决心要辞了这见鬼的差事。

马车走不多远，在一条偏街的一家医馆停下，景横波戴好帷帽，老老实实进去排队坐下。

屁股还没坐稳，就有人指着她惊叫："女王陛下！刚才我看陛下穿的就是这一身衣服！"

"陛下来瞧病啦！"一声出炸开锅，看病的人纷纷站起，要将她往前头让。

里头大夫连连探头，正在诊脉的老者干脆地站起身："老头子这老毛病不妨事，还是先给女王陛下治伤要紧。"

人群闪开一线，大夫站在桌后向景横波长揖："见过陛下，陛下光降蓬荜生辉。请陛下前头就座。"一边一迭声令人拉帘子，摆凳子，又命去找最好的外伤药，一群小徒弟满面生光，在药柜前奔走得飞快。

景横波取下帷帽，她无心作秀，原本想趁机看看民生，寻找生活的感觉，却没想到遇上这样的热情。眼前是一张张诚挚的笑脸，向阳花一般向她开放，人群自动分开，让出道路给她前行，大夫在案后殷勤等待，不住声要拿出最好的百年参。她有点恍惚，忽然想起迎驾大典，也是人群分两线，也是一条道路自己单独走，但那时身周，是审视冷漠警惕的目光，前方，是无数等待刁难的官员大佬。她在那条道路上汗流浃背，然后被一个低职衔的小官呵斥。世间难买是人心。百姓是世上最为淳朴善良的人群，一生为生存苦苦挣扎，因风刀霜剑相逼而对善意分外感知细腻，上位者的些许恩惠，便可以令他们真心感激，誓死捍卫。而那些已经获得很多的官员贵族，在不断积累财富和欲望的过程中，渐渐泯灭了满足感和良知，私利至上，欲壑难填。她忽然似明白了什么，绽开由衷的微笑，眼神水光盈盈。

纷乱的大堂忽然无声，人人震惊地盯着那艳而纯的笑容，只觉心胸涤荡，海阔天空。便有一些人猜疑冷漠，在这样清亮的笑容面前，也觉似被性灵的光辉照射，看见内心深处的自私。

禹春抱臂站在门口，本来很警惕，此刻很放松，想着其实这差事也还行，挺有面子的，要不不换了？铁星泽仰望着景横波，眼底也似有光芒闪烁。

景横波微笑点头，拦住了想要上来保护她的禹春，从容地从人群中走过去——他人的好意，她不会矫情拒绝。这段短短的路，她自己觉得，比当初迎驾大典走得荣光得多。

大夫殷勤得近乎紧张，拿着药粉的手都在发抖，把最好的金疮药给她敷了一层又一层，把她不大的伤口包成了萝卜，还一定要送给她镇店之宝百年参，说给她补养补养身体。

景横波忍笑推辞了，表示自己再补就要流鼻血了。一转身，就看见面前递来很多手，眼前闪耀无数闪闪的眼光。有的送来自家做的糕点，有的送来乡下的土产，有的送来山上挖的药材，甚至还有个妇人，给她拎来了自家“全帝歌最好的”土鸡。

景横波毫不嫌弃，一一收下，禹春和手下们很快都两手满满。拎着一只咯咯叫的老母鸡的禹春，开始再一次思考辞职的必要性。和热情的百姓拉呱了一阵子，景横波走出门，门口齐刷刷站了一排绸衣人。一看就知道是附近店家的掌柜。掌柜们听见女王光降，闻风而来，都表示了对女王的倾慕，并盛情邀请陛下前往自己店中看看瞧瞧。心情很好的景横波，也便每家都看看，对一些涉及女性用品售卖的店家，还提出了一些建议。掌柜们恭敬地跟在她身后，亲自拿笔记录，端茶倒水伺奉殷勤，等她走出店外，“给陛下赏玩”的绫罗绸缎早已堆满了马车，掌柜们热情地跟着马车，请求陛下时常驾临，与民同乐。

景横波不过一笑，猜得到明日这些掌柜大抵都得打出个“女王钦点，皇家品鉴”之类的广告来招徕生意。紫蕊有些不满，认为她太便宜了这些老财，景横波却不介意，举手之劳，何必那么认真？“能被人借势，也是福气。”她道。

马车上满满当当载着物品，在下一个街口，她让马车停下，让禹春将东西发给百姓。紫蕊由衷地道：“臣跟着陛下，觉得今日最光彩。”

“咱姐俩真是英雄所见略同。”景横波拍拍她的肩膀大赞道，目光无意识地从马车外掠过，忽然一凝，急声道：“停车！”

马车停下，她跳下车，仰望着面前一栋三层联排铺面的建筑，啧啧赞叹。“这是哪家的产业？”她热切地对跟下来的紫蕊道，“位于琉璃坊闹市最中心，四面道路四通八达，上下铺面联排，最适合做我的女性商场了！”

“这楼空着呢。”紫蕊道，“我去给您问问。”

一个路人走过，顺嘴接道：“别问啦，问了也没用。这楼原先是桑家的产业，当初桑家买下来想要做酒楼的，还没开业就出了事。这楼便染上晦气，又因为太大太贵，再也无人问津。前两天听说有个人傻钱多的买下了，刚买下就开始动工，一定是有重要作用。你们来迟咯。”

紫蕊颇有些失望，景横波却来了兴致：“还有人和我眼光一样好哦？但是这楼并不适合做酒楼吧，临街铺面没开窗，还得开一大排窗户多费功夫。那买家在哪儿？我去和他谈谈。”

“这家主人很神秘，没见过，但屋子里有人监工，您自个儿去瞧瞧呗。”

“陛下，小心有诈。”铁星泽有点不赞同。

景横波摇摇头，她不认为这样也能惹出事来，她看见这铺子生出兴趣完全是突发事件，之前也没和任何人明说女性商场的事儿，没可能有人会想到在这里等着她。这楼她越看越心痒，仿佛已经看见了自己女性商场的雏形，一楼首饰玩意儿铺面，二楼服装和设计中心，三楼美容会所……一个丑女走进去，变成光辉灿烂的美女走出来……

楼里有工匠在做粉刷，看见有人进来也无人理会。

景横波一仰头看见这楼特别高的天顶，喜出望外道：“这天顶好！将来可以做个水晶聚光大吊灯！卖首饰最需要好灯光！流光溢彩！”一眼看见对面空荡荡的墙壁，扑过去道：

“这块得留着，找块最美的云石来，设计一个logo，一进门闪瞎人眼！”

工匠们朝她看看，有人走了开去。

景横波兴致勃勃地爬上楼梯，拍了拍老式枣木雕花楼梯扶栏。“这楼梯不好，又粗又笨，和总体风格不搭，哎，不锈钢或者铁艺楼梯最好，但这里可做不到，可是楼梯可以设计得精巧些，做成螺旋形。”爬上二楼，二楼和一楼格局又不同，一楼已经整个打通，二楼却还留了一半没有打通，景横波喜道：“这格局真的太合我心意了！这不是现成的设计大厅和服装间吗？那边一排大镜子，放一排座位，做造型就在那里……”噔噔噔她又跑上三楼，一上去就哇的一声。

紫蕊等人跟不上她的速度，还以为她遇险，心急火燎地赶上去，就看见她对着一道走廊，张开双臂，热泪盈眶，无比感动地道：“这简直就是天生为我的美容中心设计的……”

紫蕊翻了翻白眼。禹春托着下巴问铁星泽：“世子，您瞧女王陛下是不是犯癫狂症了？”

铁星泽善良而忧心忡忡地道：“我倒是担心陛下等会回到现实会不会哭。”

“你们看，”景横波目光闪闪，兴奋地拉着紫蕊，“这三楼简直太妙了，原先大概是想做雅间，都隔好了一间一间，简直是天作之合！现在我只要稍加改动，就是一间一间的美容小间，这些雕花隔扇打得很漂亮，可以不用换，但是颜色太老气，我们可以换成淡淡的米色或者米白色，清净明亮，配上绿植，绿植放在哪里好呢……嗯，这里，还有这里，一上楼梯就可以看见，还有这里，这里安排一个柜台，配两个最苗条、最漂亮的服务员……还有这些小间里面，”她一间间地推门，噼里啪啦嘴皮子飞快，“一人宽的雪白小床放这边，也要放些绿色植物，沼泽淤泥很多可以养颜的啦，回头把书翻出来研究一下。哦，对了……”她拳头往掌心一击，“千万别忘了制作统一的工作服……”

紫蕊抹一把险些喷到脸上的唾沫星子，眼神颇有些忧心忡忡。

禹春托着下巴，阴恻恻地道：“天亮啦……”

“是极是极，您的计划都非常好，”铁星泽上前搀住癫狂状态的女王陛下，“您都视察完了吧？咱们下去歇歇脚好不好？再说也该回宫了。”

“不急不急，我来看看这三楼的采光怎么样……”景横波挥开他，兴致勃勃向里走，推开一个房间的门。

忽然一把大扫帚飞了出来，直奔她面门！“你嚷完没有？嚷完快滚！吵得老子睡个午觉都不安生！”破锣嗓子振聋发聩，尽头的小房间里探出乱蓬蓬的脑袋，横眉竖眼，怒气勃发，“快滚！”

“闪开！”铁星泽奔过去，一把拉开景横波，拍开了扫帚，蓬蓬的灰尘落了两人一头一脸，两人一阵猛咳。

啪嗒一声，扫帚落在景横波脚下，这才将她从癫狂幻梦中拉回，她直着眼发了阵呆，犹自不死心地问：“你家老板在哪儿？我想和他谈谈……”

“谈什么谈！这是我家主子的产业！你买得起吗？你买得起我家主子也不会卖给你！轮不上！”头发眉毛纠结不清的老头从房内冲出来，抓起扫帚一阵挥舞，“谁准你们进来的？这是私人产业懂不懂？还大呼小叫吵我老头子午觉，再不滚我老头子报官了！滚滚滚滚滚滚滚！”

扫帚挥舞毫无章法，一看就知不会武功，却把几个大高手逼得连连后退。禹春一把抓住景横波，“走吧，陛下！”别再丢脸了好吗？

“啊，喂喂，我们谈谈，我们再谈谈——”景横波挣扎着伸出手，被禹春一阵风般卷下了楼，犹自听见她尖锐的呼喊在楼内回荡，“叫——你——主——子——来——谈——啊——”唰的一声，禹春已经卷着她狼狈逃出楼外，刚刚抹一把汗舒一口气，啪的一声，三楼掉下一柄巨大的扫帚，正正插在他们身边的泥沙堆里。

楼顶上，看门老汉的怒吼响彻琉璃坊：“滚！”

“呜呜呜，要不要这样子对我……呜呜呜，我好喜欢那座楼，不要这样让我幻灭……”

马车里呜咽惨惨切切，马车内外几个人面无表情，眼神诡异。女王陛下上车后哭了一路了，似乎此次打击很惨重。

景横波确实很受挫折。她也算走过帝歌不少地方了，琉璃坊本就是她看中的未来立业场所，她在这里有很好的人脉基础，做起事来一定很顺遂。而琉璃坊寸土寸金，大多是零散的小栋建筑，彼此之间又有距离，无法实现她的一体化女性商场设想，这是她在琉璃坊发现的唯一一座联排三层楼，甚至连内部格局都那么符合她的想象，几乎不用做太多改动，那一瞬间她简直以为这是老天送给她的梦想，地段、格局、设置、人脉，这么齐全的条件去哪找？然而在欢乐的巅峰，一把脏兮兮的扫帚啪的一下把她的梦击碎了。她在车厢里翻来滚去，哀悼她还没开始就已经破碎的创业梦。

“我说陛下，”禹春被她哼得忍无可忍，伸手敲敲车门，“至于这样吗？不就是一栋楼吗？回头我和国师禀告一下，管它谁家的，拿来给你就是……”

“多管闲事！”里头冲出来一句恶狠狠的回绝。

禹春耸耸肩——不识好人心，女人火头上，就是别惹。只是他有点犯愁，女王高高兴兴出去，哭哭啼啼回来，这要让国师知道了，他的脑袋还保不保得住？不过他的担心并没有成为现实，因为景横波一靠近玉照宫就不哼了。进了宫门，就安静了。

到了静庭，下车的时候，禹春一抬头，牙痛一般嘶的一声。眼前的女王，脸上溜光水滑，表情自如轻松，嘴角三分笑，眼神喜悦满，哪里还有半分刚才的懊恼沮丧！禹春眨眼又眨眼，不知道是刚才自己做梦还是现在自己做梦。更奇异的是，他发现景横波已经把袖口扎起来了，先前包得像只萝卜的手臂也挡住了。“这个……”他傻傻地看着景横波瞬间高贵安详的脸，觉得这世道越来越让人看不懂了。

“先前的事儿一件都不许说，只许说我在街上受到百姓欢迎的事儿，知道吗？”景横波疾言厉色告诫他一句，快步回去换衣服了，准备换完衣服再去宫胤那儿报到。

禹春愣了一会儿，摸了摸头，问紫蕊：“女官，陛下怎么不哭了？”

紫蕊的笑意飘散在这初冬的宫廷里，“因为，她不想所爱的人为她担心。”

“今天女王又有了新动作。”

“嗯？”

“她似乎在向浮水部、御史台，以及贤者们示好。浮水部成太尉先前当着百姓官员的面，公然感谢她的维护。”

“野心未已啊她！”

“原以为她能安心在其位，做个本分听话的女王，可如今看来，指望她本分，还不如指望宫胤会自杀。”

“本分？她何曾懂得这两字？这才多久，杀成都督之子，毁桑家，败赵府。现在又试图交好中立大臣，明摆着是冲着大荒百年规矩来，冲大荒群臣来，冲咱们而来！”

“更重要的是，宫胤似乎真有扶她上位的打算。”

“若真如此，你我乃至群臣，日后必死无葬身之地！”

“国师当不至于如此！他亦有勃勃野心，怎会允许女王凌驾于他之上！”

“你这是愚忠！这些时日他做了什么，目的是什么，你也统兵多年，当真看不出来？你们难道不知道，你们所谓的从龙美梦，早已破了！”

“亢龙的换防，赵府的衰败，难道还不足以说明宫胤的态度吗？”

“宫胤对女王不同寻常，我也认为他可能会改变原有主张。”

“他若一力袒护，也将失去一切。我们不需要优柔寡断、以美色为重的主上！”

“大荒可以没有女王，可以没有一个以女色为重的国师，却不能没有我们这些百年部族，簪缨豪门，朝廷支柱！”

“但你等若真和国师作对，只怕也难有好下场！你们难道忘了五年前的帝歌之变吗？”

“帝歌之变不会重演。因为我们都不是当初贸然发动的明城女王。我们有人，有心，有兵，有重臣，有六国，有八部，有近乎整个大荒的势力团体，宫胤即便是神，也不能抵挡我们齐齐出手一击！”

“因为他若出手，就算胜，也是惨胜。当大荒所有的力量都在反对，他便能一手掀翻，剩下的能有什么？他会失去人心，失去威望，失去对朝局的掌控，失去整个大荒！”

“失去对朝政的掌控，他又凭什么还能保护她？”

“他护她一时，能护她一世？只要她在帝歌，只要我们没有死绝，女王——”

“必亡！”

“我回来啦！”景横波习惯性喊一声，然后准备先回自己宫中换衣裳，把那萝卜手拆了，省得某人大惊小怪。

结果她半路上就被蒙虎拦住了。“陛下，”蒙虎道，“国师现在正好有空，您要不要去看看？等会儿他要接见斩羽部的首领……”

“我去我去。”机会难得，景横波立即跟他走了。一边走一边整发掠鬓，路过水池时还照了照。

她跨进门时，宫胤正放下折子，目光很平静。书房内已经收拾过了，根本看不出刚才有过一场激战。

景横波一进门，就扬起了嗓子和眉毛，飞起了笑容。“嗨！小胤胤！今儿我出去了，没惹事！”

“嗯。”宫胤对她招招手，示意她坐过来。

景横波喜欢坐在宫胤对面，静静地看着他。

“我开了家画像馆，很成功哦。”她得意扬扬，“多少人连夜排队等开业，哇，他们好喜欢我的画像馆，都老老实实排队！人虽然多，但秩序很好，都是我维持得好！”

“嗯。”宫胤点头，拉过她的手。

“百姓对我很欢迎哎。我到绫街区逛了逛，哎呀，他们好爱戴我的，送了我好多东西。值钱的我没要，不值钱的我都收了。对了，我给你拎回来一对芦花母鸡，自家养的鸡很营养啦，回头给你熬鸡汤喝。”

“一起喝。”他手指顺着她衣袖往上捋。

“还有那些商家啦，好殷勤，好巴结。”她更加得意，“送了我满满一马车的胭脂水粉、绸缎首饰，还说以后我去的话随时供应，不拿白不拿，我都收下了，回头就送给了百姓，是不是很高大上？”

“你去他们店里一趟就抵得上他们送出的价值。”宫胤手指轻轻巧巧地在动。

“是啊是啊，对了，我还看见一栋好漂亮的楼，我打算以后买下来，已经和对方谈好啦，人家愿意转让给我，分分钟我就可以做自己想做的事情了……咦，宫胤你在干吗……啊，你干吗拆我绷带……”一圈白色布带从宫胤指尖落了下来，景横波目瞪口呆地发现，不知何时自己那个藏得好好的萝卜手已经被他抓在手里，在拆布带了。“喂喂，你干吗？人家帮我包得好好的……你不会连人家帮我包扎都看得不爽吧……”

宫胤不理她，三下两下，布带落了一地，他目光落在景横波的伤口上，不算太深的刀伤，但被她周围雪白粉腻的肌肤一衬，便显得血迹殷然的狰狞，看着让人惋惜，这么漂亮的肌肤受这样的伤害，怕是会留下疤。

宫胤还是没什么表情，连眉毛都没皱，可景横波忽然就觉得周围气温在嗖嗖下降，忍不住打个寒战。好冷……有杀气……那个，自己出去一趟，挂彩回来，还瞒着他，这家伙会不会一怒之下，从此不让她出门啊？

“哎哟哟，我怎么把这伤忘了？”她立即开始哭天喊地，“哎呀呀，都是你，我都给忘记了，你非这样对我，哎呀呀，好痛好痛好痛，轻点啦，轻点啦，人家第一次……”瞒不住就不瞒，哭哭喊喊吵死他！让他没空生气！

宫胤抬头瞟一眼，光打雷不下雨，东仰西摆的不像在叫痛倒像在跳舞。他唇角浅浅无奈——这凶悍的笨女人！喊得好像被轻薄了。静庭外面多少人在听墙脚，“再假哭你就真的永远别出宫了。”

景横波哭声立止，抹抹脸，问他：“装得不像？”若有所思点点头，“演技还有待提高。”

他静静地看着她，执着她温暖的手心。这是独属于景横波的细腻和体贴，插科打诨也不过为了让他不要担心。他便也淡然几分，收了满心的恼怒，执起她的手，嫌弃地看一眼伤口上敷的药粉，对外面吩咐道："拿温水来！"

"哎呀，这药不是挺好吗？"景横波立即阻止，"人家说三两银子一瓶的最好的药！敷上去就不痛了！真的！你洗了我还得痛，不要不要。"

"你想留疤？"他永远一句话杀伤力强大，杀得景横波立即闭嘴。

温水和布巾送上，他屏退护卫，让景横波坐在休息用的软榻边，亲自动手。布巾蘸了水轻轻洗去伤口上的粉末，书房里只余水声微微，轻、柔。两人都不再说话，呼吸在此刻放得轻轻。她垂头看水盆里他手指纤长，指尖被热水烫得微红。他低头看她肌肤上一线伤口，还有垂下的微翘的睫毛在轻轻颤动，一颤就像惊破一个梦。

"学会保护自己。"良久他道。

"嗯。"

"救人未必需要你亲身上阵，别人的命永远没有你自己重要。"

"嗯。"

"出了再大的娄子，都会有办法弥补，大不了从头再来。唯独命不可以。"

"嗯。"

"浮水部老太尉为人持重，既然今日表态，以后浮水部便不会明面和你作对，再加上星泽的沉铁部，以及之后斩羽部也可以利用，以后八部里，这三部你可以基本放心。"

她抬起头来："宫胤。"

"嗯。"

"我有点拿不准，总觉得我做这些事是在抢你权。你生不生气？你生气，或者你有困难，明白告诉我，我可以不做。"

"然后乖乖去做傀儡女王？"

"……不。不做女王了。"她道，"我不瞒你，我很想做一个实权女王，因为我喜欢大荒的老百姓，讨厌大荒的大臣。我想驾驭那些大臣，为百姓真正做些事。我也想拥有自由和权力，做人上人。本来今天在街上的经历，让我这个想法更加强烈，但我忽然换了个角度想，觉得大荒百姓这么可爱，我在他们中间做个普通人也好。还有，宫胤，我想争夺权力，但永远不想与你为敌，令你为难，当权势和你发生冲突，我宁可退让。反正权势对我来说，本来就不是必要的东西。"她眨眨眼，"我可不要你让出来的东西哦。"

"我不会让你，也不能让你。"宫胤洗干净她的伤口，拿过一管药膏给她敷上，"横波，既然你说到这个问题，那我就告诉你，做你自己想做的事，一切要靠你自己争取。"

"你呢？"她睁大眼睛问他。

"你应该考虑的是大荒更多复杂难测的势力。"宫胤手指轻轻巧巧一翻，就给她包扎好了伤口，平整光滑，比先前她的萝卜手利落多了。

景横波收回手，心中一时滋味复杂，几分不解，几分温暖，几分怅然，几分不安。她抬头看宫胤，昏暗光线里，面容略有些模糊，隐约觉得似乎瘦了些。她有点慌，忽然张臂抱住他的脖子，和他面对面。

宫胤手指一僵。

“看着我的眼睛。”她轻声道，“不要因为我曾经的拒绝而逃避我。”

“我就在你面前。”他轻声答。

“永远吗？”

“横波，”良久他道，“连你自己都不敢相信永久。”

“不，我相信。”她靠在他肩头，“正因为相信，所以我才慎重。”

“我也相信。”他道，“我信只要用尽心力，这世上没有不能抵达的彼岸。”

他身上清越而冷郁的香气幽幽传来，她的心却并未因此安定，反而浮出几分不定的躁意，她唇下是他颈侧的肌肤，微凉如月，柔韧而光滑，属于他的独特冷香和属于男子的气息渗入肌骨，她忍不住将脸埋入，深深呼吸。手指顺着脊背的弧度滑下，落于他劲窄的腰，她感受着他的肌骨如玉，心却在半空幽浮，忽然想要更多的获得，更深的投入，和眼前这个自己唯一真心喜欢的男人，更进一步地拥有彼此。更进一步安他，也是安自己的心。

多年风流是表象，她内心坚守纯洁，并非固守教条，只是不愿将女子最珍贵的一切轻易抛掷。只留给爱，而并非只能留给婚姻。心中模模糊糊，不知是对是错，她却只想服从自己一霎间的渴望——人生在世多羁绊，纵情最难。她抬起头，轻轻舔了舔他耳垂，满意地看到他耳垂果然立刻红若珊瑚珠。此刻她呢喃声如梦，却清晰：“……想要我吗？”

第五十章　逼宫

他如遭雷击，猛然抬头。她却咯咯一笑，猛然抱住他的脖子，向后一倒。宫胤身不由己倒在她身上，即将压倒她之前猛地撑住双臂。黑暗中她看不清他的脸，但听得见他忽然急促的呼吸。她哧的一笑，揪住他胸前衣襟，一扯。刺啦一声，一线锁骨平直，在她的目光中亮着肌肤如雪的微光。她靠上去，将脸轻轻贴在他胸膛。一霎香气逼人。他双臂似一软，栽倒在她身上。她微微起了喘息，伸臂抱住。

室内香气氤氲，似清冷梅上雪香，又纠缠着牡丹般浓郁华艳香气，泾渭分明却又融为一体，福字寿喜双耳鼎内烟气袅袅，遮没一室的春意。窗外似乎起了风，将零落的残枝唰啦啦地扫在窗纸上。大荒的雪季，快要到了。

却忽然有急促的脚步声传来！与此同时，激越紧张的传报声，响彻整个玉照宫！

"报！"

"浮水部太尉伤势发作暴毙！"

"浮水部在京全员群情激愤，已经全数聚集，逼近玉照宫！"

火把将夜色点亮，远远看去苍黑的天幕上似被燃烧了一个红色的洞。景横波和宫胤赶到玉照宫门前时，看见的就是无数跃动的火把，连绵成一片深红的血带，将玉照宫包围。

人群在鼓噪，景横波听了好一会儿，才听出对方是在喊："女王暗杀八部重臣，挑起王庭争端！交出女王！杀了女王！"

她怔在当地，成太尉死了？"开门！"景横波仰头呼喊，她不信这个消息，她要出城，她要搞清楚到底怎么回事！刺杀成太尉的刺客明明被她挡下，成太尉当时血都没流几滴，走的时候还是好好的，怎么回家之后突然就伤势发作死了？这不可能！"开门！"她发狂般地呼喊，奔上前来。

手臂忽然被人扯住，宫胤的声音依旧清晰冷静，"站住！"

"宫胤！"她回头，眼睛通红，"他们在陷害我！成太尉不可能死的！一直有人在害我！"

"你冲出去，立即就会被愤怒的浮水部护卫们撕碎。"宫胤冷然道，"成太尉在浮水部威望极高。他们一定会为太尉报仇。而六国八部的人就算出手伤了你，也可以立即想办法跑回本部，王庭无法隔着六国对八部任何一部开战，你会死得毫无价值！"

"我可以解释！凶手如果是我，我当初为什么要救他？"景横波一指前方，"他们没长脑子，就拍醒他们！"

宫胤注视着她，明澈的眸子里映着一抹血影。"既然敢来玉照宫，自然早已做好了准备……"他低低道，随即吸一口气，一指城上，道，"上去再说。"

景横波看看把守得死死的宫门，也知道宫胤此刻不会让她出门，她仰头想了想，一转身，默不作声地上宫城城墙。

墙头上挑着数盏气死风灯，照出一团朦胧的光晕，她在城头出现时，城下广场顿时一片鼓噪之声。"女王来了！""就是她！就是女王！""就是她害死了太尉！"……

景横波看见底下一双双愤怒的眼睛，有士兵也有百姓。老太尉当年对百姓有活命之恩，更曾在浮水部遭遇大劫的时候，奔走于帝歌，让帝歌收留了一大批逃难的百姓，对于帝歌的浮水部百姓，他是恩人，是神。隔着三丈宫墙，她能感受到那般灼灼的愤怒，似要卷出数丈烈火，将她吞没。

"自尽以谢！自尽以谢！"底下的鼓噪声，如浪潮，一波波卷过。

景横波闭了闭眼睛。再睁开眼的时候，她声音高亢："闭嘴！"

"我没有杀成太尉。无数人看见我在西歌坊救下成太尉，为此自己还受了伤，你们不去找那个刺客，反来玉照逼宫，你们的道理在哪里？"

人群一分，几个一身重孝的人走出来，抬出担架，担架上是成太尉的尸首，隐约可以看出脸色发黑，躯体僵硬。担架边是一个老者，他沉声道："草民是帝歌人氏姜月柏，从医五十年，帝歌大多数百姓都识得草民，当知草民一生，从不虚言假饰。”

一众人都点头，宫胤在景横波身边道：“帝歌第一名医。性情刚正，悬壶济世，一生活人无数，从不收贫苦百姓诊金。”

景横波心中一沉。连宫胤都知道这人名声，可见其人信誉度。

“草民只说自己知道的。”姜月柏平静地道，“太尉胸前有轻微刺伤，但并未危及生命，令他身死的……”他举起身边成太尉的手背，“是这道抓痕。”他顿了顿，道：“抓痕有剧毒，一个时辰后发作，药石罔效。”

景横波看不清成太尉手上伤口，但知道一定有。

她怔怔地抬起手，此时才看见，自己两手指甲里还残留一点点皮屑和血迹，她记得自己冲进人群拉开成太尉的时候，确实是狠狠抓住了他的手，自己指甲长而坚硬，情急之下抓破是完全有可能的。她心中一片混乱——怎么会这样？

姜月柏说完就不再开口，退了下去。尸首身边的一个少年悲愤地道：“家母早逝，家父多年未续娶，更无近身侍妾，这抓痕，除了你女王陛下，再无他人！”

“我若杀成太尉，大可在西歌坊就不救他！”景横波冷然道，“何必费这事！”

“因为你要迷惑众人！”忽然一大群人涌入，当先一人大声道，“你当着帝歌百姓的面救成太尉，就是为了杀他的时候以此脱罪！”灯光映照下，那人坐在轮椅上，脸色苍白，赫然竟是赵士值！他身后，是一大群以他为风向标，视他为师的文官！

“放屁！我为什么要杀他？”

“因为成太尉反对了对你有利的协议！”又一个声音冷冷接口，“当日帝歌山口我等六国八部首领遇袭，曾经被迫和挟持者签署了一道协议。其中浮水部的协议，就是将来将浮水沼泽的一部分出产转让女王名下，当时签协议的是浮水部司空，但成太尉发现之后坚决不赞同，你知道后，恨他阻扰，故意安排了所谓画像的计划，诱他前来画像，又安排刺客来刺杀他，再装作自己奋不顾身相救，博得他的信任和百姓爱戴，再悄悄在指甲中下毒，杀了他！”灯光下来人声音清亮，身形玲珑浮凸，是绯罗。她身后静悄悄跟着六国八部的在京官员们，人人脸色铁青。

“这个协议我不知道！如果仅仅为了这个协议不能满足就杀人，难道我没长脑子？难道我不知道这事情的严重性？难道我想自己给自己找麻烦？”

“你行事恣肆放纵，何曾理会过规矩道德？”又是一声霹雳大吼，伴随着铁片甲叶的叮当摩擦声响，和独属于士兵的整齐快速小跑步伐，一骑黑马，忽然从黑暗中飙射而出，人未到声先至，响彻广场，“我儿和你无冤无仇，你都能在琉璃坊闹市，当着无数人的面，指挥着火马车撞死我儿！我亢龙为第一强军，国师嫡系，国师待你不同寻常，你都能不顾后果，下这样的狠手，一个阻挠你获益的浮水部太尉，你又怎么会顾忌后果，不敢杀人？你如此心性狠毒，行事跋扈，何曾顾忌过什么！”灯光下他须发怒张，戟指颤抖，满头黑发已全白。他身后士兵黑压压如潮水，无声无息涌入广场，青黑色的甲片，在幽黄一团的灯光下闪耀如冷眼。

“是极！桑大祭司对你尊敬爱戴，你却一进宫便将矛头直指她，为夺权无故毁祭司高塔，杀祭司护卫，覆桑家满门！你尚未登基便已野心勃勃，伤大臣，败豪门，夺大权，你要的根本不仅仅是女王之位！你要的是倾覆这百年规矩，倾覆这稳定朝局，倾覆我大荒数百年铁律和天下！”

“有句话说对了，你确实是身负使命前来大荒的使者，但不是神的使者，是魔的使者！你的到来也不是为了拯救大荒，是为了颠覆大荒！”

“你入宫至今，没有遵守过一条规矩，没有学过一条仪典，没有见过一次教引嬷嬷，还多次羞辱我礼司派去的官员。你这样的女王，如何能安于其位，维持我大荒朝局平稳？你如不死，我等必将眼见你祸乱朝廷，遗祸黎民！”这回颤巍巍走出的，是终于把病养好的礼相。他身后，是整个礼司的官员。人人面色涨红，神情激昂——自从迎驾景横波之后，五司第一的礼司便陷入了有史以来最没地位、最受气的状态，人人憋气至今，此刻环顾左右，顿觉心神畅快。

“妖女必死！”不知道是谁先吼出了第一声。

“妖女必死！”“妖女必死！”……吼声一阵接着一阵，此起彼伏，似浪潮卷过整个帝歌。

景横波清楚地看见广场上一团一团都是人，有兵、有六国八部的人、有文臣、有武将、有礼司的人、有士子，几乎集合了大荒上层的所有组成。除了最没地位的大荒百姓之外，所有人都在。景横波冷笑一声：凑得好齐！此时她知道不必解释了，解释也无用，果然如宫胤所说，安排好的陷阱，必然天衣无缝。这群人早已联合起来，费尽心思，等的不就是今日？

当日协议之事，她虽然抢到了一张，但关注的只是最后一行取消迎驾大典的事情，前面六国八部那么多条，哪里会一一细看，因此并不知道宫胤有让浮水部安排产出转让给她的事。但此时要说不知，谁信？何况还有那些阴错阳差结下的，难解的死结。

只要她不愿做傀儡，只要她想挣扎着活下去，她就注定和这些人，永远站在楚河汉界的两端。大荒的格局不容撼动，统治阶层的利益不容侵犯，那些对她出手的人不容她反抗，反抗就是不安分，是野心勃勃，是祸国妖女。她得罪的不是桑侗、赵士值，是整个大荒的既得利益团体。她在捍卫自己的同时，也令他们畏惧，畏惧得抱团而起，第一次齐心协力对付她。

鸿沟早成，不是她杀戮他们，就是他们杀戮她。群体的敌意化为利刃，一刀刀戳向城头，她在万刃中心。到了此刻，她反而不再愤怒，内心深处一片冰冷。她从来都知道欲速则不达，知道在自己掌握更多力量之前，贸然和利益团体争斗，吃亏的只能是自己。她宁可选择彼此都能接受的和缓方式，为此不惜装神弄鬼，至今只取了听政之权。然而这些人又何曾有一日放过她？她还未进入大荒国境，桑侗就试图杀她。她为自保毁桑侗，由此被所有官员警惕。成孤漠之子与其说是死于她之手，还不如说死于潜藏的阴谋。赵士值自身龌龊，却粉饰着大儒的面具，煽动无知文臣和士子盲从。成太尉之死，更是颠倒黑白。

不，这所有事件背后，还有一个身影，一个潜藏的、从未显形、似有若无的身影，沉默在人群之后，以一双鹰隼般的眼森然将她凝视，轻易不出手，一出手便直抵三寸，毒液入心。她是马车，冲入大荒政坛，原本打算徐图渐进，缓缓碾出属于自己的路，却有一双手在其后推动，欲待送她撞上南墙。是谁？是谁？

“杀了妖女！”广场上的呼声一浪高过一浪。

景横波微微冷笑。同样是这个广场，她曾因拯救帝歌百姓，在此地接受无数人欢呼。如今在此地面对另一群人的恶意，众叛亲离。众叛亲离……她微微侧头，去看一直没有说话的宫胤。

幽暗的天色下，他眸子冷然有光，似乎并不因此刻情形惊异。“亢龙军！”宫胤忽然开口，声音在广场上滚滚传开，立即就压下了所有的声浪。“军令未至，营门不开，谁允许你们今晚出现在这里？”

众人一凛，抬头看宫城之上，男子白衣如雪，女子红衣似火，并肩立于皇城烟华之下，恍若神仙。所有人都震了震，想起这个男人的身份和威望，想起他以布衣之身，扶摇直上，短短数年居高位，据大权，手掌国器，俯瞰大荒。想起传说中他的坚执、刚硬和凌厉铁血对待反对者的手段。广场上一静，有冬夜的寒风呼啸卷过。

却有一骑，悍然越众而出。“国师！”成孤漠单人独骑，远远行出阵列，仰头看城墙上的男人。

宫胤双手据墙，冷然下望。他的眼神如冰，成孤漠的眼神却是火。冰火交击，似有火花爆开。

“成孤漠，我记得你似乎已经停职，无权调动亢龙军。”宫胤声音清冷，“擅动军队者，死！”

“我成孤漠今日既然第一个站了出来，就是准备好去死的。”成孤漠咧嘴一笑，“国师，我准备以死向您劝谏——您可，迷途知返了罢！”

一声大喝如霹雳，震得墙头气死风灯都似在轻晃，光芒在宫胤脸上吞吐不定，看不清他脸上神情。他并没有对这句话有所反应。

景横波心中一震，再次看他，依旧无法辨明他此刻神情。

“迷途知返的应该是你。”宫胤手一挥。嚓嚓脚步声响起，从四面八方传来，广场上众人回首，就看见一色雪白的玉照龙骑，迅速从广场四门涌入，如一片森然的大雪，忽然覆盖了整座广场。

景横波看那一片雪白，恍若从黑暗中剥脱般显现，心中稍稍放心，宫胤果然是有准备的。场中虽有亢龙军，人数却并不恐怖，玉照龙骑占据绝对优势。

广场上微微有些骚乱，却并不激烈，稍稍一乱便又安静，尤其是文臣和士子那一团，很多人得偿所愿般哈哈大笑，干脆席地坐下了。

“国师果然试图以铁血手段镇压我等！”一个青年士子振臂高呼，“既然如此，且以我血溅宫门，来日青史之上，必有我等一笔！”文人好名，只觉又一名垂青史机会到来，今日若广场喋血，来日史书斑竹染血，足可光宗耀祖，兴奋不已。

“我已经无权调动亢龙军，所以今日随我来的，并不是亢龙的建制军队。”成孤漠立在人群最前方，冷静地道，“他们是我的士兵，是我的同袍，是我的挚友，是无法眼睁睁看着我被女王害得家破人亡、为帮我报仇甘心陪我一起死的，兄弟。”

他话音刚落，身后青甲士兵们齐齐上前一步。“亢龙青营第一纵队小队于山，向国师请死！”“亢龙白营主营参将黄达，向国师请死！”“亢龙蓝营副将谢林，向国师请死！”……呼声刚厉，蹈死之心决然。

广场上很多人露出淡淡笑意——人数不多，但亢龙七色营和三大主营的士兵都有，甚至还有副将，可见此事的影响力和成孤漠的号召力。

“我还是那句话，我无意晚节不保，我们无意做大荒叛徒，我们不愿背叛国师。”成孤漠仰头，“我们今日拼一死，宫门请愿，只请国师勿再被女色所误，清明己心，以天慧之剑，斩此祸国殃民之妖女于剑下！”

“成孤漠，”宫胤衣袖在风中猎猎飞舞，声音毫无情绪，“兵者王者之器，谁允许你倒持胁主？”

“能威胁主上的只有人心！”成孤漠厉声道，“今日我等站在这里，而亢龙大营在您严令之下，不能进帝歌一步。但是所有将士，都在十五里外孤山大营之中，聆听此刻的声音和回答！今日我等若血洒皇城广场，片刻之间，亢龙大营所有人都会明白往日热血空洒，一日之后，亢龙大营就会血洒帝歌！”

宫胤缓缓抬起目光，前方一片黑暗，层云更深，他的目光却似乎穿透黑暗和距离，看见了十五里外躁动不安的亢龙大营。被强硬力量压制在原地的亢龙军，一旦遭遇刺激，会爆发出怎样的力量，给帝歌造成怎样的后果？

“我成孤漠，不会以自身威望逼迫亢龙随我造反，葬送那许多同袍性命。大荒士兵，不想自相残杀！所以我只带了这些兄弟来，在宫城前向您情愿。对于您，我仁至义尽。我对得起您，对得起亢龙！”成孤漠声音惨厉，“所以，国师！若您倒行逆施，请您想象亢龙的失望和愤怒！”

景横波捏紧了城墙，冰凉的青砖将要硌破手心，她似毫无所觉。成孤漠这一手，不可谓不狠。他不造反，却带了死士前来请愿，合情合理，整个亢龙大营必定都为他委屈。这和当初他在琉璃坊的激愤表现不同，这回他占据了道理的制高点，无可指摘，令宫胤无法再以家国大义之名策反，将他逼入死角。

“失望愤怒的不只是亢龙！”绯罗一声高叫，走到成孤漠身边，席地坐下。

浮水部的属下百姓，抬着成太尉的尸首，走上前，坐下。

礼相由司中官员们扶着，颤巍巍走到最前面，坐下。

赵士值由人推着轮椅，行到最前，在他人搀扶下挣扎着从轮椅上滑下，跪在地上。他与众不同，此时也不忘做戏，双手拄地，仰头向宫城，长声嘶号：“国师！赵士值为您忧心如焚！天下苍生，尽悬于您一念之间！请国师万万不可自误！”

喊声凄越，天上忽落几点零星雪片，众人茫然抬头，正看见深黑的天幕上，有星星碎点，旋转飘落。今冬的第一场雪，提前来了。

“苍天有语，雪我沉冤！”赵士值双手向天，大声哭号。

“苍天有语，尔敢有违？”绯罗锐声高叫，“宫胤！你真的要为一个妖女，违逆苍天，违逆民意，违逆这整个朝廷、忠心军队、天下士子、六国八部吗？！”

广场上人群黑压压的，最近的请愿者已经触及守宫门的玉照护卫的衣角。护卫眼中也微微露出惶然之色，手按在刀柄上，轻轻颤抖。

宫城下呼声如潮。宫墙上宫胤一言不发。气氛绷紧如弦，似乎指尖一弹，便要锐声崩断。

“报——”忽有一声高喊，惊破此刻压抑。人人浑身一颤，宫城上宫胤霍然抬头，看向来者方向。那是雪色一骑，马头插白羽，玉照斥候骑士装扮。一骑如闪电般穿越广场，溅起广场上碎雪泥泞，众人惶然抬头，看见高大马身之上，骑士浑身汗湿血染！

景横波的心猛地一跳。

“报——亢龙大营发生营啸！”

皇城广场对立尖锐，堂皇府邸相谈甚欢。锦帐绣幄之间有舞女翩翩，做霓裳之舞，赤足深陷于柔软的金黄地毯，雪白脚踝上金铃低微脆响，不觉清亮，反更添几分奢靡柔媚气氛。

“请。”耶律祁银黑色衣袖曼妙拂过桌面，修长手指拈着金杯，从容一敬。

“请。”客人一饮而尽。

相视一笑。客人的笑容只看得见下半截，他戴了银制面具，只露薄薄嘴唇，和方正下巴。

“下雪了。”耶律祁忽然抬头看窗外，“今年的雪来得真早。”

“下雪了。”客人也侧身去看雪，“不知道皇城广场的雪，是否更冷一些。不过我想，宫国师此刻定然不会如你我这般，有心思去讨论雪来早来迟。”

耶律祁一笑：“或许他可以和半个朝廷的人，讨论一下雪和血哪个更冷。”

“如果真这么讨论了，”客人微笑，“想必耶律国师以后便可以和在下，讨论一下玉照宫宝座到底有多宽了。”

耶律祁唇角勾起一抹浅浅弧度，似这酒液摇曳醉人。“现在说这个还为时过早，宫胤未必会输。”

“他有很大可能不输。”客人道，“他久掌大权，积威甚重，帝歌附近的兵权都在他手上，广场上那么多人，没有一个敢真正针对他，都只要求他处死女王。只要他能狠下心，杀了景横波，他依旧是大荒独掌大权的右国师。”

耶律祁斟酒的手微微一顿，随即恢复如常，笑道：“你觉得，他会杀，还是不会杀？”

“你觉得呢？”客人反问。

“枭雄者，冷情绝性也，”耶律祁耸耸肩，“哪有爱美人不爱江山的？不就是杀一个女人吗？换谁，都该有正确抉择吧。”

“如果换耶律国师抉择呢？”

耶律祁端杯的手又是微微一顿，随即笑道：“这还用问吗？”

“耶律国师神情似言不由衷。”客人紧紧盯着他。

“不必操心我的神情，毕竟需要做取舍的不是我。”耶律祁笑容似有冷意。

客人微微一笑，回到刚才话题：“宫胤不会杀。”

“哦？”耶律祁的神情颇有些古怪。

“他和别人不同。他不喜欢受人威胁，他不喜欢背叛，他还因为某些原因，对某些感情特别在意。”客人道。

“哦，比如？”

“无可奉告。”客人笑，“我只能说，这个女王，对他是不同的。”

“既如此，”耶律祁神情复杂地长出一口气，“他岂不是要众叛亲离？为景横波选择放弃国师大位？”

“所以要恭喜耶律国师啊。”客人微笑，“您我费心筹划，这不是终见成果了吗？”

耶律祁一杯酒端在手中，似在凝神，半晌却摇摇头：“不，不对。”

“哦？”

“以宫胤的性情智慧，就算被逼到死角，都有可能绝地反攻。而且对于这种情形，他并不是毫无准备，说不定他也一直在等着这一日，好看清楚所有反对他的势力。我们切不可高兴太早。”

“您说得对。宫胤这个人，不喜欢被逼到死角，所以必然有所准备。但他的准备，也就是将兵力牢牢掌握在手中，不给任何人有机会渗入宫廷。将赵士值等人架空，不给他们翻覆朝政的机会。可以说，从帝歌和朝政掌握上，他到现在还是无懈可击，谁也动不了他。可问题在于，他可以掌控一切外在力量，却无法一手掌控人心，现在真正能逼住他的，是人心。”

“人心……”耶律祁轻轻沉吟，“是这大荒朝廷上下的，官员之心吧……”他脸上露出微微嫌恶之色，似乎也对这些官员不以为然。

“不管是哪种心，都是不可忽视的心思。”客人从容地把玩着酒杯，“就算他强力压制住了今晚的请愿，人心离散的后果他也承担不起。当然，他不想丢人心，也不想失去女人，可能他还会有后手，比如送走景横波，日后再寻机会。如此，不失人心，也不失女人。”

“依我看，也只能这样。”耶律祁一拍手。

客人凝视着他，嘴角一抹笑容玩味而洞察人心：“您也认为他会这么做，确定景横波性命无忧，所以对于请愿要求杀女王之事，并不着急？”

耶律祁放下酒杯，同样玩味地看着他。

客人并没有因为他的奇异神情不安，目光平静地对视。

“有没有人告诉过你，”耶律祁半晌缓缓道，“总习惯性擅自猜测他人心思的人，其实很愚蠢。因为这种人，往往会死得很快很惨。”

“哦？您会杀我吗？”客人眨眨眼。

“你说呢？”耶律祁又恢复了他春风化雨般的笑容。

“现在不会就行了。”客人轻轻一笑，抿了一口酒，“我对您，还是有帮助的啊。”

耶律祁看他的神情温柔，如对挚友。“嗯。”他点头。

“雪似乎大了点，我也该走了。”客人放下酒杯，不待他挽留便站起身，径自向门口行去。

耶律祁并没有起身相送，自顾自坐在原地喝酒。

“对了，”客人走到门口，似忽然想起什么，转身笑道，“忘记告诉您，我觉得，您的希望还是有可能落空的。因为宫胤还是有可能会杀女王的，即使他不想杀，但我会让他，不得不杀。”他轻笑着指了指脑袋，“他不能接受的事，有很多啊！”他轻轻笑着，放下垂帘，身影翩然穿过回廊。

耶律祁目送他背影消失，唇角那一抹不变的笑意渐淡。“试血。”他似对空气说话。

空气中无人，梁上却有清脆一声：“在。”

“去宫城，伺机行事。”

“营啸！”

广场上起了微微骚动，马上骑士在这样的冷天汗流浃背。

景横波看着宫胤一霎忽然绷紧的神情，心中剧烈地跳动了几下。什么是营啸？她不太明白，却能猜出，一定是亢龙大营生变了。

“国师！”成孤漠大叫，“亢龙大营营啸，您还要无动于衷吗？您要眼睁睁看着麾下第一强军分崩离析，自相残杀吗？”

“国师。”成太尉家人扑地号啕，“您要眼睁睁看着忠义名将，死于非命吗？”

“国师！”赵士值仰天长号，挣扎下轮椅，跪倒在雪泥之中，“当断不断，反受其乱！请诛女王！”

“国师！”轩辕镜昂首，须发颤动，“帝歌朱门，不能容倒行逆施之主！请诛女王！”

“国师！”绯罗冲前一步，红袖飞扬，“六国八部，不能容悖乱昏聩之主！请诛女王！”

“国师！”礼司老相挣脱搀扶他的弟子，“大荒朝廷，不能容颠倒纲常之主！请诛女王！”

又一波浪潮涌起，似呼应十五里城外亢龙大营的啸声，“请诛女王！”排山倒海之声，震得玉照宫墙都似在微微颤抖，地面都似在微微震动，飞雪都似一停，随即打着疯狂的旋儿，纷纷扬扬落下。

守门的玉照士兵，在逼近的人群前不断后退。

岿然不动的，只剩广场中央的开国女皇巨大雕像，和城头上的宫胤。群臣威逼，军队反水，六国八部多有参与，这场大荒历史上绝无仅有的、统治阶层齐心协力的对女王的抗议，未能令他震撼，只令他脸色如霜，冷过这夜的天色和孤雪。

景横波在这样的时刻，也非同寻常地平静。“宫胤，”她手扶宫墙，凝视着城下，在巨大的呼声中，清晰地问他，“想杀我吗？”

“不。”他道。声音清冷，眼眸如夜。

她轻轻一笑：“那么，让他们进来吧。”

“为什么？”

“每个人都是惜命的。”她道，“在城下，万众聚集，互相鼓动，容易令人热血沸腾，不顾一切。但若单枪匹马，未必能有这样当面抗争的勇气。”

宫胤赞赏地看她一眼。“你说得很有道理，但是不行。”他道，“让这些领头者进来，并不能对他们做什么，到头来你反而更可能被他们逼迫。”

“那就做给他们看。”她唇角一勾，“不是想杀了我吗？你就杀我给他们看啊。”

他手指微微一颤，霍然转头。

“国师！”城下人见两人久久没有动静，越发焦躁。

“国师！”绯罗高喊，“你在留恋什么？你可知道，你今日若不弃她，必将被六国所弃！”

“被八部所弃！”浮水部军民声音轰然。

“被帝歌门阀所弃！”轩辕镜声音若铁。

“被天下文臣士子所弃！”赵士值嘶声。

“被大荒朝臣所弃！”礼相颤巍巍老泪纵横。

“被亢龙军所弃！”成孤漠拔剑向天。

他的马前，一排六个士兵忽然上前一步。“今日大都督不得已，逼宫国师，都督有罪，我等愿意以命相代！”六人齐声大喊，“只求国师免大都督之罪，免亢龙之罪，听今日皇城广场浩浩众声，诛祸乱朝纲之妖孽女王，还大荒朝廷朗朗青天！”声落，刀起，刀光与雪光同降，直入胸膛！

“住手！”高墙上宫胤怒喝，衣袖一拂，六点银光飞闪而下。

终究离得太远，血光抢在银光抵达之前飞溅，将一色洁白地面泼洒鲜红。六具尸体怆然落地的闷声，似撞击在所有人心上。以死逼谏，喋血宫城！

城上城下一片死寂。

“妖女！”轩辕镜怒喝，“我大荒军士未能战死疆场，却因为你血溅皇城，你还有脸站在那里求人庇护？你但有一分尊严良知，此刻就该自己跳下宫城！”

景横波目光从地下六具尸体上慢慢移开，盯住了轩辕镜。

轩辕镜被她目光看得一窒，竟下意识转开，想想不对，赶紧又转回来对她怒目而视。

城下渐渐安静，看着城上女王。印象中鲜活放纵的女王，此刻有种不同寻常的冷静，并没有如众人想象般大怒哭闹，相反，巍巍然浩浩然，竟然和她身边已经掌握大权多年的宫胤极其类似。那两人并肩而立，便如一对人间掌控者，俯瞰风云。

一片寂静中，景横波终于开口，宫胤手按在她后心，以真力助她声音远远传出。“朕为什么要跳下来？”她一句话便似火上浇油。不待城下鼓噪愤怒，她又冷然道：“无论如何，我是经历了迎驾大典的大荒未来女王，自有属于我的尊贵。我可以死，但不能屈辱地死在万人之前。想要我死——”她厉声道，“进城来！”

“你使诈！”成太尉之子立即大叫，“你把我们诳进来，然后就可以杀了我们！”

“是吗？”景横波忽然一笑。这一笑在飞雪中忽然闪现，艳若桃李又冷若冰晶，美到萧瑟。

众人心神震动，随即忽然发现，城头上女王不见了！下一瞬景横波忽然出现在成太尉之子面前，手中匕首雪亮，冷冷抵住他胸膛。惊呼声起。

那男子一眨眼，眼前忽然就多了女王，匕首寒意直透胸臆，下一瞬就能抵达他心脏。他想退，不敢退，激灵灵打个寒战，心知无幸，绝望地闭上眼睛。想象中的剧痛并没有来，然后他听见风声和惊呼声。他再次睁开眼，面前空荡荡，只有裹着雪的风。抬起头，女王还是站在城头上原来位置，似乎从未移动过。似乎刚才一霎惊魂，不过是个梦，噩梦。但他从四周绯罗、轩辕镜等人神情中看出，那不是梦，是真的。他骇然抬头，看城上风雪中衣袖飘拂的女王。

“看见没，”景横波唇边一抹笑，“我不用诳你们，一样可以杀了你们。”

城下众人哑口无言，这是事实。刚才那一霎，所有人反应不及，只要女王匕首轻轻往前一送，成太尉之子十条命也报销了。众人更多的是心惊——如果刚才女王的目标是自己呢？自己躲得过去吗？答案是否定的。

“只敢躲在人后煽风点火算什么本事？”景横波唇角笑意讥诮，“既然这么想我死，那就进来吧。按照惯例，就算要赐死女王，也只能是赐毒酒自尽，或者赐绫自缢。想看我死，就进来看。”

“谁知道你肯不肯死！”

“她肯。”回答的是宫胤，他一抬手，手指冰冷地搁在了景横波颈侧。

景横波愕然抬头看他。

他却没有看景横波，一摆头，上来一个护卫，将景横波捆了起来。

“众意如此，本座不会置之不理。”宫胤淡淡对着城下，“你们要赐死女王，本座同意。”

城下无声，有点不敢置信地看宫胤让步。

“但本座也赞同女王的话。皇家自有其尊严，让她众目睽睽之下自皇城自堕，有失皇族尊贵。”宫胤冷然道，“既然口口声声要遵从法度，那就按法度来。给她全尸，并以女王之礼，厚葬。”

“可以让她皇城自刎……”绯罗忍不住发声。

“你上来验尸？”宫胤眼眸一瞥。绯罗脸色铁青，让她一个人上皇城验尸？她能活着回去吗？

“那么，你？”宫胤看向轩辕镜。轩辕镜装作没听见。

“你？”宫胤问赵士值。赵士值在泥泞里爬了爬，示意自己瘫痪了，无法上城。

“这也不敢，那也不行，你们当你们是谁，当真以为宫城一呼，我宫胤就得事事顺从？”宫胤语气越发深冷，“莫得寸进尺！莫忘记皇城之侧，玉照龙骑备战！”

广场上众人无声，默默低头。

“要么滚回去，要么一起进来。口口声声为大荒为朝廷，事到临头连结伴进宫都不敢，是公心还是私欲，你们自己清楚！”

“进宫便进宫！”成孤漠大声道，“亲眼见妖女授首，我毕生所愿！”

“进宫便进宫！”轩辕镜和众人商量，“我等都有头有脸，在场还这么多人看着，宫胤断然不能把门一关杀了我们，否则他也无法对天下人交代！”

众人纷纷点头。

轩辕镜生怕场上众人撤出，自己等人就没了后援，转身对场中众人道：“劳烦诸位在此守候。成败在此一举，请诸位务必不要离开。我等一定不负众望，带出妖女自尽消息！”

“大夫等尽管放心前去！”众人轰然应答。

“我们一有危险，就会放出消息烟花，届时亢龙军必反！我们相信国师，也请国师自重！”成孤漠声音响亮。

“本座答应的事，从无反悔！”

场上众人立于风雪之中，看深红宫门轰然开启。轩辕镜、绯罗、浮水部代表、赵士值、成孤漠、礼相及礼司三品以上诸员，及在场文武众臣，鱼贯而入，身后宫门缓缓合起，将这一夜鲜血和风雪，关入。

景横波被两个陌生护卫带下城头，刀剑一左一右，架在她脖子上。

宫胤先她一步下城，一人在宫道之前伫立，面对着进宫的泱泱诸臣。风雪渐烈，众人都裹着厚厚的长袍，只有他衣衫单薄，姿态笔直，雪白的衣袂在风中飘荡，如一抹白色的魅影，看得众人心中微微发寒。众人忽然都想起，宫胤内功属于冰雪一系，在寒冷天气威力更甚。夜色尽头，他冰晶雪彻如琉璃人，连唇都无血色。众人和他相隔数丈便站定。长长宫道，渐渐覆雪。

景横波走到中间，仰头，冷笑一声。“宫胤，”她不看宫胤，只看天，“你够狠。”

宫胤默然，雪花飞过他脸侧，分不出肌肤和雪哪个更白。良久他道：“情势所逼，陛下见谅。”

“别叫我陛下，”景横波冷冷截断他的话，“就在一刻前，你还叫我横波。”

风呼啸掠起宫胤鬓发，乌发掩了同样乌黑的眼眸，看不清眼底神情，“无论是陛下还是横波，都过去了。”

“是呀，”景横波又冷笑一声，还是仰头望天，声音萧索：“上位者的爱恨，从来都是短暂的。江山，总比女人重要。”

宫胤不再答话，垂下眼，微微后退一步。

“就在这里吧。”轩辕镜迫不及待地道。

他很期待女王的终结由他一手推动，这样在之后的政治博弈中，老牌世家豪门会获得更多的好感和支持。

绯罗却紧紧盯着宫胤——她不相信宫胤就这么同意了处死女王。虽然在这种情势下，他确实是不答应也得答应，否则便会失去整个朝廷的人心，尤其会失去亢龙，但只要对面是宫胤，她就不安心。“微臣愿献长生药。”她上前一步，奉上药丸。药丸深黑，流转着诡异的光。所谓长生药，就是毒药，死，也是另一种形式的长生。

众臣上前一步，齐齐躬身："请用此长生药。"

乌黑的药丸捧到景横波面前，她眉峰一聚："我要求女王应有的待遇。"

"给你全尸，就是女王待遇。"绯罗目光凌厉。

"我不想死在这冰冷宫道上。我喜欢舒舒服服，死也要舒舒服服地死。"景横波摇头。

"死到临头，还诸多讲究。"绯罗冷笑。

礼相却道："女王要求有理，她当有尊严死法。"

"你要在哪里死？"轩辕镜耐着性子问。

众人心中都不愿去她现在的寝宫，那里离宫胤的静庭太近。静庭在众人心目中，是玉照宫第一危险之地，护卫无数，机关重重，女王寝殿太靠近那里，一旦去了那里，谁知道会发生什么事。

"我要在那里结束，"景横波转头，看着南边方向，"我要在自己真正的寝宫里离开。"

众人翘首，看见风雪里远方一抹深红琉璃檐角挂霜。那是原女王寝宫。

众人松一口气。成孤漠冷笑道："也好。你到死都没能真正坐上皇位，如今让你在女王寝殿里自尽，也算全了你一生美梦。"

"是呀。"景横波又恢复了她懒洋洋的姿态，"在自己宫殿翘辮子，有大都督送葬，挺好。就是不知道大都督死了之后，谁给你送葬呢？"

"贱婢！"被刺到痛处的成孤漠脸色铁青，"你还有脸提这一桩！若非你残杀我儿，今日你何至于身死失位？"

"我被逼身死失位，不是因为杀了你那恶霸儿子，不是因为挖了他们祖坟，不是因为得罪你们中任何一个，"景横波摇摇头，"只是因为我把百姓看得比你们重罢了。"她翘起唇角，不尽讽刺，"今日玉照宫城下，如果站的是百姓，死的会是你们。"

"也许，"绯罗笑盈盈地道，"可惜，普通百姓没有特许是无法在夜间进入宫城周围三里之内的。你所依仗的百姓，在关键时期，无法帮得了你呢。所以，教你一个乖，下辈子投胎时，千万选对人巴结哟。"

"教你一个乖，"景横波斜斜瞄她一眼，"没有雪白的牙齿，就不要大笑；没有挺拔的胸，就不要掐腰；没有平直的肩，就不要偏头。你知道我每次看你娇笑挺胸偏头装娇俏，就恨不得早死早投胎吗？"

"景横波！"绯罗一个笑容展开一半，不知是收还是不收，手将要落在腰上，不知是放还是不放，头偏到一半定住，眼底煞气一露，"说吧！赶紧多说些！九幽地狱可没有你卖弄嘴皮子的地方！"

景横波哈哈一笑，转身就走。众臣都跟着，一步不离，生怕她跑了。

宫胤没有动，雪花零落于他唇边，不化。

几条人影，匆匆自隐秘宫道前行。

"快点，快点。"裹着风帽的紫蕊不断催促后面抱着霏霏和二狗子的翠姐、拥雪，"这里可以先一步到达女王寝宫。”

三个女子从隐蔽小道拐出来，进入宫门前，远远看见前方大部队已经出现在宫道那头。三人闪进门。

“我是女王贴身女官，等会儿必须在她身边，后面的事，拜托你们了。”

“翠姐，你随我来。”拥雪去拉翠姐。

“等等，你们先前有谁看见静筠了？”翠姐忽然问。

另外两人都一怔，随即紫蕊不确定地道：“她应该是在屋内睡觉的吧？不是说病得很重吗？”

“她每天都在屋内睡觉，可你真的确定刚才我们出来的时候，她是在屋内睡觉吗？”

三人脸上表情都不好看，刚才接到消息晴天霹雳，未及多想就赶紧赶过来，谁也没有心思再去管一个长期不冒头的病人到底在不在屋内。此时再想回头查看也来不及了，毕竟这里的事更重要。

“女王寝宫只有一个正门，她不可能偷偷摸摸来的，放心。”紫蕊安慰她俩，“我们小心些便是。”

“嗯。”

“我在前殿等候，拥雪你和翠姐去女王寝殿。”

三个女人匆匆分工，拥雪拉着翠姐直奔寝殿。

“这里有个机关。”她开门见山地道，“我不知道今天女王需不需要用这个机关，但我们应该在这里守着。另外我要告诉你，这个机关，静筠好像……”

外头忽然一声响，似乎一块瓦片掷在了墙上，拥雪一惊闭嘴。

“我去看看。”翠姐起身。

“我去吧，我身形小，不显眼，他们快要到了，别给他们看见我们。”拥雪拉住了她，匆匆出去了。

翠姐一个人，带着二狗子，留在金碧辉煌的女王寝殿里。

女王寝殿大门被缓缓打开。景横波在踏上台阶前，转身回望。隔着黑压压的人头，看不见宫胤的身影。

“别看了。”赵士值嘴角一抹玩味的笑，“让国师送别他心爱的女子，着实残忍，我想，他不会来了。”

“除了看守女王的护卫外，其余护卫请不要随入。”绯罗要求护卫们退下，生怕一关宫门，自己这些人就被宫胤手下屠戮了。

护卫们似乎得了宫胤的嘱咐，果真留在宫门外，将宫门大开着。

景横波回身，走入宫门内，第一眼就看见紫蕊立在宫门之侧，对她施礼。

“一等女官夏紫蕊，见过女王陛下。”夏紫蕊好像没看见众臣讽刺的笑容，从容恭敬如昔，弯下的裙裾一动不动，最完美的宫廷仪态。

景横波凝视着她，一瞬间百感交集。危难之时见真情，她所有的给予，从来只有在微末人群之中才有回报。

“如此忠诚的女官，何不忠诚地陪女王一起长生？”有人阴阳怪气地道。

“紫蕊正有此意。”夏紫蕊敛敛衣裙，平声静气地答。

一霎的静默。众人认真打量这个足列一等、完全可以飞黄腾达的女官，再看一眼唇角微笑、满目生光的景横波。眼中有难明之色。

翠姐等了一会儿，隐约听见外头拥雪似乎哎哟一声，心中一惊，站起身来向外看。

她走到窗边，隔着茫茫风雪，什么也看不见。忽然她听见身后二狗子怪叫一声：“小锈儿。”翠姐一怔，随即想起什么，立即转身，但是已经迟了，腰后顶着冷硬之物，寒气直入骨髓，她知道那是一柄削铁如泥的匕首。

熟悉的声音在她肩后，轻轻笑道：“翠姐，我等你们多时了。”

景横波跨入女王寝宫的正殿。在她进去之前，已经有成孤漠带领手下，将大殿之内迅速检查一遍，确保没有问题，才允许她进入。她缓缓行走在深红富贵万字花的长毛地毯上，越丹陛，过玉阶，上头是堆金嵌玉满绣褥的女王宝座。经过门槛时，她微微提起裙裾。无人看见门槛背后一抹紫影悄然闪进她裙裾之下。明黄裙裾长长拖曳，一路逶迤上玉阶，她在宝座上坐下，整了整裙裾，捆住的手托在下巴上，懒洋洋看着殿门。

众臣纷纷随入，各自习惯性站班，如果不是气氛严肃森冷包围住她，这态势倒有几分像女王临朝。站定之后，众人忽然发现一个问题：毒药由谁奉上去？用宫胤护卫，不放心。用女王女官，不放心。自己上？众人面面相觑，忽然都想起女王的诸多神异，想起刚才宫城之前，她鬼魅般忽然出现在成太尉之子面前，再鬼魅般消失。以女王鬼神莫测的手段，也许无法抗争这许多人，但弄死一两个上前逼她的人，还是很有可能的。她到现在都不急不忙不悲愤，表现诡异，令众人心中戒心更重，都觉得杀死女王固然要紧，但在场这么多人，大可以由别人去做这件事，不必自己逞这个英雄。看女王的样子，是不大可能自己去死的。

果然，景横波在上座，勾了勾手指，懒洋洋地道：“自缢太难看，我不要这样死给你们看。谁有种，把毒药献上来给朕？”

众人望着她，心中微凛，都觉得这女子不管心中如何打算，此刻依旧如此从容睥睨，才是真正的霸气。

“呵呵，成都督英雄盖世，又急于报杀子大仇，此事非成都督不可！”赵士值立即推荐成孤漠。

成孤漠武人习气，受不得激，当真上前一步。只一步，陛前铜鹤忽然倒下，直砸向他的面门！成孤漠大惊后退，铜鹤哐当一声落地，骨碌碌滚出好远。成孤漠不敢再动，骇然抬头看景横波。

座上景横波已经敛了笑意，手撑下巴，微微倾身，一双眼眸冷冷凝注着他，不见往日明媚，只见冷酷与杀气，一霎如神。

“在下还需要留此有用之身，延续我成家香火。”成孤漠立即退后一步，直白拒绝，“不如赵大人去吧。”

“我这不是不良于行吗，再不然，请成兄弟偏劳一下？”赵士值看看那铜鹤，又点名殿中资历最浅的那一个。

“我……我……”成太尉之子早已给先前女王那鬼魅一现吓破了胆，此刻哪怕她在笑，他都觉得鬼气森森，不由嗫嚅着向后退。

至于轩辕镜等人，早已站到一边事不关己地寒暄了。

景横波在上面，冷笑看着这群高官的嘴脸，推吧，让吧，早就看透了你们，要的就是你们这样！她的裙裾下，霏霏正忙忙碌碌，将自己的尿液洒在一个小小的香炉盖子上，然后捧起盖子，盖在香炉上。香炉里的烟气，经过湿润的盖子，再迤逦而出的时候，便由原先的纯白色，转变成淡淡的青色。一线青烟，从景横波裙裾下，悠悠缓缓散出。景横波注视着关得紧紧的殿门，眼中冷笑一闪而过。等下这烟气，应该就会令众人恍惚，她会带众人进入自己的寝殿。女王寝殿是私密地，众臣清醒时不会随便进入，但迷糊状态下就可以了。她想让他们领略下自己寝殿之下那一片特别天地的美妙。等他们领略过了，也许想杀她的主意就改了，她准备学一学宫胤，也让他们签下不得不遵行的协议。现在，就等烟气发挥作用了。

她目光在殿内掠过，忽然觉得有点不对，好像少了一个人。

半刻钟前，拥雪出门去查看外头动静。声音好像发生在墙外，她踩着积雪的石头，想要爬上去看清楚。头顶墙头忽然有碎雪簌簌而下，碎雪里，一抹亮光刺破她视野！拥雪仰头就让，脚下忽然一滑，跌下石头，重重栽倒在雪地中。后腰硌着石块，她痛得泪眼模糊，隐约中看见一抹身影如轻絮雪影，飘然自墙上掠下。这姿态……她心中一惊。

那人飘近她身边，蹲下身，似乎想要看她伤情，又似乎已经拔出了剑，手中亮光闪闪。拥雪未及看清楚，伸手就去抓那人脖下，那人向后一闪，手中银光一亮便要劈下，忽似听见什么声音，身子一掠，如风将雪吹过高墙，消失不见。拥雪躺在雪地上，慢慢睁大了眼睛。

冷硬的刀顶在背后，翠姐一动不动。

“静筠。”她道，声音一开始发颤，说了几个字便稳定下来，“你果然在装病。”

“谁说的，我什么时候装过病？”静筠在她身后咳嗽了两声，连咳嗽都是轻飘得意的，“但是为了手刃害我的人，我就算病体支离，也得爬起来是不是？”

“谁害你了？”翠姐皱起眉，“你不会是说大波吧？”

静筠冷笑一声，声音寒气似入骨髓：“为什么不会？你忘记上次就为一碗姜汤，她怎么对我了？”

“那也是你先心术不正，自取其辱。”翠姐声音里满是轻蔑，“你的命都是大波救的，你却对国师动了春心，是你先要去抢她的男人，她那么对你，要我说，还是客气的！”

“什么她的男人！”静筠声音忽然激愤，“她的她的，什么都是她的！我告诉你，什么都不是她的！不是！”

翠姐冷笑一声，连反驳都懒得。

两人不再说话，看庭前雪落，穿越深红窗棂，一两片雪花扑上脸颊，彻骨地冷。

“你是要杀了我吧？”半晌翠姐吸一口气，闭上眼，“那你就杀吧。我只恨当初没有力劝大波立即送走你。”

“她送不走我的，这本来就是我的地方。”静筠冷冷地在她耳边道，“我本来都不记得，最近，我都想起来了……不然你说为什么，我就能从这里面出来呢……”

“你什么意思？”

“你不配知道什么意思，你确实是要死的，我已经厌倦透了你在大波面前的模样，总是一副忠心耿耿姿态，总是一副对我防备模样。我和你认识这么久，也没见你对我这么上心，你不就一个爱钱的婊子，因为大波地位高才这么死心塌地地投靠？非要装为朋友两肋插刀的模样，你觉得你恶不恶心？”

“恶心的人看什么都觉得恶心。我爱钱，我贪了大波很多钱，但我也回报她了。总比有些人，得人家照顾很久，还心心念念想着害人来得正当，就怕恶事做多了，举头三尺有神明，死起来想必也不会比我迟哪去。”

“我本来就不会活很久……”静筠笑起来，急促的咳嗽引来呼吸的波动，拂乱翠姐的发，“之前我一直不知道自己该做什么，现在我想明白了，死之前，我要把试图取代我的人，都统统先赶下地狱！”

“就你这破筛子一样的身体，小心拖人不下，自己先落了地狱。”

“呵呵……”静筠似乎并不生气，笑意轻飘，“你一向牙尖嘴利，我不和你斗嘴。和死人斗嘴，浪费。”

翠姐咬咬牙，闭上眼，等着那冰冷一刀插下。她不求饶，也不想求饶，对静筠这种人，求饶不过是死前给自己多一层屈辱。

刀稍稍往里入了点，刺破衣裳，停住。她睁开眼。

“知道我为什么和你说这么多吗？”静筠的声音再次悄悄在她耳侧响起，“因为我有个很得意的计划，马上就要实行。这么智慧的东西，如果只有我一个人知道，简直就是锦衣夜行。我想让你也听一听，我想你听完之后再死，一定会特别焦虑和遗憾。”

翠姐不作声，眼睛盯着前殿。前殿静悄悄的，雪簌簌而落，拥雪还没有回来。

“等下会有人来，拖我去献毒丸。”静筠笑眯眯地道，“我会咳喘着，哭泣着，一步一行，爬到她的膝下，我会抱住她的膝盖，哭着表示不要她吃药，表示我愿意代她死。我还会忏悔我以前的不是之处，和她做临死前的道歉和告别，我会表示我愿意拿我的命来换她的命，只求她活得好好的……你说，她会怎么做？”

翠姐只觉得浑身的血，都似在这一刻冷了。“你……好毒。”她的声音从齿缝发出。真要这样，大波会怎么想？大波本来就因为上次的事对静筠心有歉意，如今又怎么能眼睁睁看着静筠当面代她去死？一旦大波试图救静筠，会有什么变数？就算大波真的狠下心，让她去死，静筠一定不会死，到时候又会出什么事？大波如果误以为静筠因她而死，这心障，也注定跟随一生，以后还让她怎么做回景横波？进或退，都是伤局死局。

“我给她备着好东西呢，”静筠一只手托到她面前，“你看，这里有药哦，有人提前给我送来的解药。万一景横波真那么狠心，真能眼睁睁看着我在她面前服毒，那也没关系，我会先服下解药，这药是宫廷珍藏御品，可以解这世上绝大多数的毒……呵呵，你说，她再不放心我，再怀疑我，看见我决然为她服毒，以死明志，是不是会感动信任我？呵呵，到那时……”她带着残忍的笑意，偏头看翠姐的侧面——她喜欢这样的感觉，从高的角度俯瞰，似一只兽，因胜券在握而从容笃定，戏耍爪下注定要死的猎物。这会令她忘记现状，真切地想起当初。做久了弱者，在黑暗中苟延残喘穿行，过往的记忆其实早已模糊，只知道下意识追寻那些曾经属于自己的东西，直到某一日被唤醒，才惊觉原来自己已经失落那许多。往事模糊如此刻窗纱，蒙一层凉而薄的雪，触手森冷。

“我想……”翠姐的声音忽然也很模糊，“我会知道的……”她忽然猛地向后一撞！哧的一声匕首插入她后腰！

静筠不想她竟然自己往刀口上撞，大惊之下手一软，身子向后一仰，翠姐趁势压下来，砰一声重重将她压倒在地，反手就是一个肘拳，击在静筠肋下发出一声闷响，静筠连吭都没吭一声，眼睛一翻便闭过气去。

翠姐倒在她身上，急促地喘息，身后鲜血慢慢洇染，染红静筠胸前衣裳。好一会儿她才稍稍平息，艰难地慢慢爬起身，先将落在地上的那颗解药收起，再咬牙伸手到后腰，想要拔刀，却忽然顿住。

门外忽然有脚步声。步声微急，敲响寂静的后殿。翠姐停住手，跪在窗下，警惕地向外看了看，正看见绯罗披着大氅，匆匆而来。“等下会有人来，拖我去献毒丸……”静筠的话忽然回旋在她脑海。翠姐咬牙站起身，一把拉下旁边衣架上一件厚绒披风，裹住了全身。披风带着宽大的风帽，将她的脸遮住大半。她站起身的时候晃了晃，脸色苍白如纸，乌发在这冬夜被汗湿，显得一双眸子大而无神，乍一看竟然真有几分像静筠。

绯罗已经走进廊下。翠姐来不及再处理静筠，怕自己力气不够杀人时静筠挣扎，被绯罗听见，只得拉过地毯盖住静筠的身体，自己匆匆迎出屋外。她垂着头，用手挡住脸，一步一咳、一步一摇地走向绯罗。此刻这虚弱姿态，宛然便是静筠。

绯罗以前自然看见过静筠，但都是远远一瞥，襄国女相眼高于顶，自然不屑于多理睬静筠这种身份的人。此刻她也只是淡淡一瞥，便道：“要你做的事，你都知道了？”

翠姐点头，咳嗽。

绯罗昂起下巴，递给她一个托盘，托盘上一颗黑色丹药。“你可要做好戏。”她道，“只要你做得好，你想要的都会得到。”

翠姐又点头，喘息。

绯罗有点嫌恶地转开眼。她并不清楚眼前这个女子的情况，整个计划自有人制订，静筠自有他人接触安排该做的事，她负责的只是将静筠押送去给景横波送毒。让这女子送药，是连环计，既可避免己方的人中景横波的计，又可以利用静筠给景横波设陷阱。对于这个看似没武功但常出奇制胜的女王，所有人都不曾小看。至于联络人和静筠之间达成了什么协议，她不知道，也不关心，她只要做好眼前这一步就好了。

一泓剑光如冷月，轻轻搁上了翠姐的颈项。绯罗在翠姐身侧冷冷道：“走吧。记住你要做好的事。”

第五十一章　决裂

景横波目光在人群中扫过，发现少了绯罗。人群中唯一一个女性，很容易被发现。她心中一跳，暗叫不好。大殿此刻密闭，霏霏的尿烟才有作用，一旦有人没进来，后一步开门，灌进来的风雪就很可能令她前功尽弃。但此刻也没好办法，只能寄希望于绯罗是想到了马上要面临的难题，为免被推出来，直接躲避了。她隐隐不安，觉得似有事发生。

此时群臣们反应已经开始变慢，虽还在推诿，但动作神情语言，都慢了半拍。

有人慢了半拍地道：“咦……女相呢？是女相提议赐毒的，她又是女子，由她来送女王最后一程，简直再合适不过啦。”

这话一出，众人纷纷赞同，“女相呢……”“此事女相正合适……”

“女相啊……”景横波转了转眼珠，笑道，“她去我的寝殿了，怎么，大家是要去找她吗？”

“去寝殿了啊……”有人开始向后转身，有人站在原地不动发呆，还有人皱眉思索。

景横波心中发急，抖抖裙角问小怪兽，效果现在怎样？怎么大家反应不一致？小怪兽也抖抖她裙角，在她裙底缓慢摇头——殿太大，人太多，每个人身体素质还不一样，当然不一致，能这样已经不错。霏霏的体液无色无味，连成孤漠这样的高手也不能察觉。

“女相在寝殿发现了好东西呢……”景横波声音悠悠缓缓，在烟气袅袅中摇曳。

“我确实发现了好东西！”忽然砰的一声门被踢开！大片冷风卷着冷雪，呼啦啦扑了进来！门口站着双眼含煞的绯罗，一手拖着一个着斗篷的女子。

景横波霍然站起。糟糕！

冷风卷人，碎雪扑面，顿时将殿内烟气涤荡，很多人面色一变，霍然一醒，抬头。

景横波一眼看见，颓然坐下。只差一步！真是老天不佑她！

霏霏在她裙底磨牙——为了这泡尿，它吃了多少难吃的玩意儿！

绯罗在门口冷笑，景横波心情沮丧，靠在宝座上重新思索办法，也懒得理她。绯罗踢开门，将翠姐拖进来，翠姐进门一个踉跄，低低啊了一声，绯罗扶住，在她耳边道："你要的一切，就在眼前，好好做！"翠姐低头望着地面，缓缓点头。

景横波抬起头来，眼神诧异。她已经听出了翠姐的声音，不禁有些奇怪，她这时候出现在这里干吗？正想问，忽然翠姐抬头，向她看来。两人目光一触，景横波一怔。翠姐目光里，焦灼、警告、不安、悲怆……千言万语，奔腾而来。景横波心中一窒，她立即把到口的话都咽了下去。

"陛下，"绯罗扬起脸，嘴角一抹得意的笑，"你是在等人给您奉药吗？这就有一个现成人选，你的好姐妹、好侍女静筠，让她伺候你走这最后一程，微臣是不是特别有人情味？"

景横波眉毛一挑，看一眼浑身轻颤、低头不语的翠姐，道："想杀我自己上，别为难我的人！"

"微臣可是好心，想让您临死前，好好体验一把姐妹情深，陛下怎么就不懂领情呢？"绯罗娇笑，押着翠姐缓缓上殿，走到丹陛之下，将她一推："去吧！好好伺候你的主子去吧！"

翠姐一个踉跄，扑倒在景横波膝盖之下。景横波立即弯腰去搀扶她，翠姐伸出双手，搭住了她的肘弯。景横波一垂眼看见她的手，只觉浑身的血都在刹那凝结——满手的血！

"翠……"她刚失声一个字，翠姐霍然抬头看她。

"别说话！"她伏在景横波膝上，牢牢抓住了她的膝盖。

景横波浑身僵硬，她的手垂在翠姐身侧，无意识一碰，忽然碰到她腰后一个突出的物体。翠姐一颤，景横波一怔，手指又摸了摸，随即脑中轰然一声。刀！她的手指忽然颤抖起来，垂眼看见自己的手，忽然也五指血红。血透过深红厚绒披风，染上了她的手……

"别动，别说话……"翠姐死死地扣住她的膝盖，尖长的指甲抠破了景横波的膝盖肌肤。

景横波咬紧牙关，才阻止了自己立即站起抱着翠姐瞬移离开的冲动。她被捆住手，自己也许可以瞬移，但无法带人离开。

"……大波……我说……你听……"翠姐的声音断断续续，听起来像是呜咽。

阶下的绯罗神情满意。

景横波僵硬着身子，指甲深深掐进掌心，极慢极慢点头。那一刀，她只摸到刀柄，又在那么个要害，她已经不敢想。心深处空凉空洞，忽然之间，什么感觉都没有了，什么阴谋计划，什么斗智斗力，什么危机当前，什么未来筹谋，都没了。眼前一切都在模糊，只有翠姐细弱的语声，是清晰的。

"……小心静筠……静筠应该身份不寻常，她和你……不能共存……小心身边的人……我这里有一颗药……这颗是可以解百毒的解药……你吃了吧……"

一颗药滚入她掌心，她麻木地握住。

她声音渐轻："……当初你帮我报仇……我不是有心设计你的……我这一辈子……就你一个朋友……恩人……我发过誓拿命护你周全……大波……你要周全地活下去……别辜负

我……”

景横波想要摸索出她的伤势，翠姐却避一避身，让开了。她不断喘息，“……答应过你一个都不会少，还是少了两个……以后你要好好的……大波……今天过后……还是想看见原来的你……”

“静筠！”阶下绯罗发觉不对劲，厉声催问：“你在干什么？快点！”

翠姐忽然拿起放在一边的托盘，举起药丸，背对绯罗，扬了扬手。她扬手时，手上鲜血滴落。

绯罗脸色一变，仔细一看她背影，霍然惊呼：“你不是……你是谁？”

翠姐不答，转头对她讥诮地笑了笑。“你说对了，”她道，“大波这样的人，永远都会有人，愿意与她同生共死。”手指回转，将药丸轻轻塞入口中。她毫不犹豫地一咽，咕咚一声，一个满足坦然的笑容。

“翠姐！”景横波嗓子忽然就破了。

翠姐转头，对她一笑，说道：“……可不能得罪你，你还答应给我丰厚陪嫁，给我找个如意郎君呢，唉，我的丰厚陪嫁……”

景横波低着头，看着她的身体倒在地上，永远地闭上了眼。那是她穿越后交到的第一个朋友，她信过她，也疑过她，冷淡过她，也与她交心过，她记得她从厨房雾气中探出的憔悴的脸，也记得她曾握住她的手说要保护她，这些事和话，她哈哈一笑便忘记了，她身边那么多人，那么多人，鲜花着锦来来去去，有时候她真的想不起这个有点女汉子、后来又有点纠结，但无论怎样翻覆，都注定不起眼的翠姐。然后有一天，在她被万众逼迫的时刻，这个被她忽略的女子，忽然闯了来，吃下了本该她吃的毒药，死在她膝上。她用命完成了承诺，她却不知道这辈子还能用什么来还。

她忽然仰头，“啊！”愤懑之声冲云霄，漫天飞雪一停。她眉宇间紫气一闪，双手一挣，啪，柔韧的牛筋绳断裂。

“拦住她！”群臣大惊逼上。

她已经弯下身，一把抄起翠姐尸身，一闪不见。

“她跑了！”众臣大惊失色。

“不要急！”绯罗脸色铁青，冷冷道，“她根本跑不掉，宫城之外，都是围困她的人！”

远处忽然一声女子尖叫，仔细听，是从女王寝殿方向传来。

“她在寝殿！”众人精神一振，急急追去。

众臣赶到寝殿时，就看见殿门大开，景横波抱着翠姐，立在梳妆台前。床就在不远处，她却没有将翠姐放在床上。她明黄的披风染了斑驳的雪和血，唇角也一丝血迹，衬得脸孔雪白，眼眸黑如深夜。

“国师到——”传报声远远而来。众人回首，便见宫胤雪衣大氅，亦若一抔冷雪，已经无声落于庭前。他看一眼门前逡巡不进的群臣，开口时声音若冰晶：“为何不进？”群臣顾忌女王，更顾忌他，身后有这么个人，只好纷纷进殿。

等所有人进殿后，宫胤才缓步迈入殿中，第一眼看向景横波。

景横波也在看着他，缓缓将怀中翠姐举了举。“宫胤，”她道，“翠姐死了。”语气平平，似乎麻木，似乎不过是个通知。

宫胤目光从她唇角血迹和腕间磨破的肌肤上掠过，垂了垂眼睛。再开口时他道：“放下她吧。”

“宫胤，你刚才为什么不在？”她浑浑噩噩地问。神志有点空，像忽然被剑捅了个深黑的洞，又像是忽然穿过了乱糟糟的雪。

他默然。一抹碎雪飘过他的眼眸，那一霎他眼神似叹息似怜惜，似无奈似决然，如流光一闪而过，下一瞬依旧幽深如晦夜，只倒映这一夜飘飞的雪。

她忽觉离他很远，不仅是半座殿的距离，不仅是这群反对的人，还有这目光的飘移，无言的解释，和怀中的尸首。手臂间变得沉重，快要揽不住。她觉得累了。不想再问，不想再思考，不想再面对这权势倾轧和争夺，不想面对这举世滔滔的敌意和陷阱。她本异世一狂人俗人，机缘巧合来一遭，无野心，无私欲，只想伴三五友朋，做完全自己，看山野风物，过无忧生活。这一路逃逃留留，都是她心路历程，她要的，从来都只是自由。仅仅如此。不能容，不被容。今天失去的是一个翠姐，将来，她还会失去什么？

景横波缓缓地笑了一下。人的想法，果然瞬息万变，一刻钟前，她还想着如何将群臣从正殿骗去寝殿，用这寝殿之下的无意发现，辅以自己的现代化手段，逼迫欺骗忽悠，令这些人退让。只要过得了这一关，只要宫胤一直在位，只要她慢慢来，总有抵达目的的那一天。但现在，她忽然不想了。不想再费尽心思，不想再欺骗忽悠，不想再把有限的生命和温暖，耗费在这样冷酷无聊的权争里。怀中翠姐用冰冷的尸首告诉她：不，你不适合。你看，还没开始，就付出了怎样的代价。果然，生死才会告诉人一个彻悟的答案。这个女王，不做也罢。但在此之前，有仇，必报。

她忽然踮起脚，一眼看向殿外，露出惊喜神情。与此同时，外头啪嗒响了一声。

众臣惊吓，纷纷转身去看。

宫胤本来站在众臣最后靠近门口处，下意识身子向后掠去。

就在这众人纷纷转身的一霎，景横波手中忽然多了一把梳子，她转身，飞快地用梳子敲击了身后凤尾三次。随后她抱紧翠姐，靠着梳妆台，等着一霎的沉没。没有动静。隐约咔咔一响，随即咯咯一笑。景横波身子一僵。

掠出门槛的宫胤身子一停，缓缓转身。

床前的垂帘，忽然被一双素手掀开。手指纤纤，指甲洁白圆润，手形娇小，只是显得肌肤略苍白些。手指拂开帘幕的姿态十分优雅，似乎连指尖的弧度都经过精心调整，一霎间景横波几乎以为自己看见了紫蕊。然而不会是紫蕊，她刚追过来，正一脸苍白怆然地站在殿前雪地里。

手指故意在帘边停了停，吸引了所有人的目光，帘子后那人又轻轻一笑，道：“宫胤，你看，今日的雪真好。”

景横波一震，她已经听出这是静筠的声音，但没想到，她的第一句话，竟然是对宫胤说的。一句话平淡无奇，却又似有玄机。

宫胤一震，霍然抬头。他眼底乌黑光芒一闪，一霎利若刀锋：“你……是谁？”

又一声笑，却不再是静筠以往带点羞涩的笑，淡，冷，若远若近的距离。帘子掀开，令众人眼神都一凝。她穿的竟然是女王王袍，深红和黑色的大典正装。圆领大襟，广袖右衽，流苏佩带，九翟纹章。除了未戴女王王冠之外，完全的女王临朝打扮。而她笼起衣袖，微微抬起下巴的姿态，真真让人想起临朝的帝王。在满室锦绣之内不失气度，君临天下。

景横波怔怔地瞧着静筠，从来没想过，满身小家碧玉气质的静筠，穿上王袍真的像个皇帝。或许无论是谁，穿上王袍都会像个皇帝？不，不对。不是谁都可以驾驭这样华贵威仪逼人的服饰，静筠此刻那种从容浑然、垂视天下的气质，非得上位者才能有。

满殿无声，众臣凝望，眼神里，似乎和景横波同样感受。有的人眼眸里，已经闪现出回忆，似乎因为眼前静筠的女王姿态，想起一些已经逝去的事。

景横波只看向宫胤。

他依旧笔直，立在廊下，半个身子露在外面，碎雪很快覆满他半个肩头，他却似毫无所觉，只盯着静筠。景横波听见自己的心猛然一跳。

静筠也只看着宫胤，手缓缓抚过胸前衣襟。“坐我西阁床，着我旧时裳。归来已相忘，一梦半生长。”她凄然一笑，“宫胤，我是明城。”

我是明城。四个字，仿若一道惊雷，忽然就劈在了景横波的头顶，她晃了晃，再也抱不动翠姐，只得将她放在凳子上，伸手扶住了身后妆台。眼前一阵阵发黑，看出去景物迷茫，耳边嗡嗡嗡声不绝，也不知道是耳鸣，还是殿中众臣的惊讶议论声，或者，都有。

廊下，宫胤目光随着她的动作，微微一闪。随即他转向静筠。人群纷议，只有他岿然如石。

静筠立在殿中，锦绣辉煌里一张脸苍白如纸，眼眸却是黑而凝定的，越过熙攘人群，只看着宫胤。“我回来了。”她道。

“我回来已经很久，可是你已经忘记了我，你们都已经忘记了我，连我自己都忘记了我自己。然后，所有人，让一个居心叵测、心思恶毒的女人，占据了我的位置。”她道。

“这是我的王袍，我的王座，我的寝殿，我的玉照宫。但我却在他国流浪，等我回来忽然就成了外人。”她道。

“一个真正的外人占据了我的位置。她用着我的宫室，我的寝殿，我的床，我的一切！她使唤着所有本应该我使唤的人，享受着属于我的荣耀和呵护，甚至使唤着我，奴役着我，践踏着我！我这真正的主人，被一个鸠占鹊巢的女人羞辱，所有人还要说我忘恩负义，卖主背信——你们说，世上有没有这样的道理？！”她道。

“宫胤，你为什么不舍得这个女人？你是不是到现在还在想着护着她？你是不是觉得她不会和你争夺天下、不会伤害你？哪怕她一直在给你捣乱，步步蚕食你的权力，你也宁可当作不知道？你为她的美色所迷，便不相信这世上有种母蝎子，在心愿达成后会吃掉公蝎？”她道。

殿外风雪忽烈，盘旋在宫胤上方，他在雪中清冷，眼眸似冰晶凝结。

“不可能，明城女王已经死了！而且，她也不是你这张脸！”殿中有人大呼。

“是啊。”静筠摸了摸脸，怅然道，“这张脸，我自己都不认得了。如果我还拥有原先的脸，我何至于受这许多苦？”

“到底怎么回事？”

“怎么回事？”静筠忽然一指景横波，“问她！”

景横波缓缓抬头，脸色比静筠更白，冷笑一声，懒而悠长。“还是劳烦你自己说吧。”她疲倦地道，“我怕我编得不够完美，不能令你满意。”

“我不和你逞口舌之利，我只拿事实说话。”静筠冷冷道，“有一部分事实，宫胤知道。”

景横波手撑着梳妆台不动，长发垂落遮住眼神。她现在什么都不想看，更不想看宫胤脸色。相处这么久，她已经足够了解他，此刻他的神情，她怕自己多看一眼，从此痛彻心扉，再难寻着救赎。

“当初所谓帝歌事变，对外是说女王暴毙，朝中得到的消息是明城女王叛乱，甚至好像还有些不堪的流言。”静筠讥诮地笑了笑，“当然，你们现在也该知道了，我不是叛乱，否则我也不敢此刻出现在宫胤面前。”

“可我们明明看见帝歌事变中，叛军包围了帝歌，险些破城！看见国师因被女王所刺，身受重伤，如果不是我们亢龙拼死救护，国师当时就死了！”成孤漠激烈反驳。

“你亲眼看见的吗？”静筠语气轻飘。

成孤漠哑口无言。他记得那个夜晚当他赶到时，只看见玉照宫中国师浑身浴血，看见地上明城女王尸首横陈。之后便是叛军攻城，国师带着重伤挣扎着上城击退叛军。之后明城女王被草草安葬，所有人都认为，女王夺权，被国师所杀，自然是死了。死了就是忌讳，问也不能问。然而今日，一个陌生女子自称女王，对往事细节如此清楚，并且毫无畏惧，难道她真是明城女王？难道当初之事真的有隐情？

“宫胤，那晚有人刺杀你，但是不是我，你也没看清对不对？”静筠手按在心口，轻轻道，“我曾对你做错过事，我曾因此发誓永远不再伤害你，我又怎么会违背誓言，再次置你于绝地？”

风雪中，宫胤缓缓上前一步，他凝视着静筠，眼底不喜不悲，甚至没有惊讶。

“如果你自称明城女王，那么就别再绕圈子，说出真相！”绯罗眉心竖起，眼神里依旧敌意不减。忽然冒出个女王，她一样觉得不妥。

“有些事，是我和宫胤之间才知道的事情，我无须对你们交代。”静筠傲然道，“但我可以说明的是，我从未试图夺权，从未策动叛军，从未伤及国师！出事那晚，我甚至根本没来得及和国师说话，就已经失去意识，等我醒来时，我已经被运上马车离开大荒，并且我也已经丧失了记忆，甚至换了脸，我不再记得我的身份，也不再记得以前的事，我甚至不再拥有健康，我醒来的时候身在大燕，面对一对夫妻，他们说是我的爹娘，我也便信了，没多久那对夫妻犯事被抄家流放，我被发卖……”她顿了顿，“所以当我再次见到宫胤时，我虽然不知道他是谁，却对他没来由地想亲近……”她的眼泪说落便落，“可是他已经认不出我，所有人也认不出我，一个女人占据了我的位置，我对宫胤直觉的靠近，变成了我居心叵测想要抢她的男人，何其可笑……呵呵……何其可笑！”

“是谁布置了那场阴谋？是谁弄走了你？”

“谁在这事件中得益，就是谁！”静筠大呼。

众人都一震，齐齐看向景横波。

景横波没有抬头，冷笑一声，衣袖掩在口上，微微一咳。就知道是这一句。

“女王，是我卜卦应象而来。”宫胤忽然开口，一字字说得冰冷，“她从天而降，之前从未来过大荒。”

“你怎么知道她从未来过？你怎么知道她真是从天而降？你怎么知道当初迎接她的那群护卫和她有没有勾结？”静筠恶狠狠地看着景横波，又盯住宫胤，“你怎么知道，你那卦象就是准确的？”

“我亲自卜卦。”宫胤闭上眼睛，淡淡道。

众人默然，国师亲自卜卦，确实很难有人做手脚，这一点是静筠说辞中最难自圆其说的一点。

静筠却丝毫不惧：“这大荒朝廷，还是有一个人，可以令你的卦象发生变化的！”

“谁？”

“桑侗！”

满殿死寂，半晌之后，有人长长出一口气。死去的人，不提，谁也想不起来。一提才惊觉，是的，桑侗。作为拥有祭司高塔的大祭司，本身就有齐全的用具和手段，国师卜卦是在祭司高塔，大祭司要做什么手脚，不难。

“你是说桑侗和女王勾结，陷害了你，然后改变国师卦象，推出新女王。”有人提出疑问，“可如果她们是勾结的，桑侗却死了，而且正是死在新女王手上！”

“岂不闻狡兔死走狗烹！”

满殿又是一静，以至于风声忽烈。半晌，所有人出长气的声音，几乎汇聚成一片呼啸的浪潮。

“还想不清楚吗？”静筠幽幽的声音回荡在殿中，“桑侗，或者还有其他人，想获得更高的权位。而当时，我正在和国师商讨修改大荒国律、允许男帝继位一事。这法令若推行，从此就没桑侗她们什么事了。她如何甘心？因此她设局陷害我，煽动黄金部叛乱，造成帝歌事变。然后修改转世女王卦象，安排了景横波接替我。但她没想到的是，景横波却也是不安分的，当上女王后蠢蠢欲动。桑侗觉得景横波渐渐失控，很可能她自己竹篮打水一场空。两人之间因为利益不均出现严重分歧，而此时景横波靠美色博得了宫胤的欢心，有宫胤撑腰，她趁机对桑侗下手，还借此得了民心……什么女王爱民，什么天降神女，除了祭司高塔，还有哪里能提供她如此多所谓神异？什么天命女王，明明就是一群宵小相互勾结窥伺大位的阴谋！”

景横波缓缓抬头，看了静筠一眼。好缜密好天衣无缝的推论！所谓政客，颠倒黑白，这么一推，居然也毫无破绽！

“既然如此周密，为何桑侗不杀你灭口？”景横波语声也清清淡淡。

“因为我还掌握着这女王寝殿的秘密。”静筠答得飞快，眼神斜斜地挑过来，满是得意与讥嘲，“桑侗换了我的脸，弄乱了我的记忆，就为了寝殿秘密。但是我的意识里，还残留着警惕，始终不肯说出秘密。所以，你们就设计让我再次家破人亡，然后让景横波来救我，指望我受恩感激，回到旧地会有意无意地将秘密泄露……你们打的算盘很如意，确实也如意了，前不久我受刺激不过，终于将开启寝殿的方法无意中透露，正被你的探子看在眼里……”静筠咯咯一笑，“可惜，你们没拿全方法，刚才想开门，不就开不动了？”她转向群臣，温婉一笑，“提醒诸位一声，你们的脚下都是空的。如果暗门刚才真的开启，你们现在想必已经在地底暗牢。到时候，别说你们逼女王自尽了，只怕你们想自尽，还要看女王同不同意呢。当然，”她施施然道，“如果靠着殿中家具，那还是安全的，比如女王现在一步不离的位置。”

群臣都将喷火的目光转过来，盯紧了景横波。“果然是个欺瞒世人的贱人！”“难怪妖气满身，竟是个祸害人间的美女蛇！”“这一腹毒计，若任你横行，岂不要颠覆我大荒！”……怒骂声铺天盖地，群臣已经选择相信静筠，毕竟女王寝殿的秘密，肯定不是寻常人能一口道出的，何况景横波无论有没有参与如此深远的阴谋，都是他们必须诛杀的对象，只不过现在拥有了更加冠冕堂皇的理由。

景横波只看向宫胤。别人会信，她知道，她只想知道宫胤会不会信。

他停在廊下，始终没有向前一步。他看自己以及看静筠的目光都如此深邃，以至于这次她无法寻找着他真正的情绪。

“宫胤！”静筠忽然一喝，“你应该知道我说的是真的！你明明知道她用心不纯！她为什么拼命接近你，以女色勾引你？她就是因为知道你……”

“够了！”宫胤清冷的嗓音，如刀截断了静筠的呼喊。他不再理静筠，清冷的眼神看向景横波，两人目光相视，隔着这大殿，风冷雪啸。

“是不是真的？”

景横波微微抬起下巴，一霎间心酸难言，她只能努力昂起头，不让某种液体，忽然从眼底涌出来。会问，就是已经生疑。这近一年的相处，一路同行的风霜，生死相依的默契，耳鬓厮磨的情意，抵不过一个突然蹦出来的女王的寥寥几句话。她勉强压下哽咽，告诉自己，不要赌气。不要赌气，做个冷静的人，任何时候不能意气用事，这是他教她的。“假的。”她答。

他沉默，眼眸微垂，看不出信还是不信。“反驳她。”他道。

景横波想了想，摇头。静筠的话，前后衔接得天衣无缝，竟然无懈可击。虽然其中还有很多疑点，但不是真正参与的人根本看不出来，比如桑侗和静筠到底是什么关系，静筠到底是被桑侗害了还是一直和桑侗勾结，这些真相，掌握在当事人手中，她只有疑惑却没有证据。她能用来反驳的，只是那些和他一路的经历，但那是大家都看得见的，此刻便重复一遍，也只令人觉得她无辞以对，临死挣扎。

这个局的厉害之处，就在于一切建立于对逝去者和过去事情的设想上。桑侗已死，桑家对她恨之入骨，不会有人出来给她澄清。有罪推定在先，任何人都难以自证。静筠的存在，本身就是最强大的证据和对她最大的压迫，前女王未死，现女王便不再具有任何权威性。她确实，无言以对。

“宫胤，”她缓缓抬手，按住了自己的心，“你说过，安排好的局，都不会留下破绽给你戳穿。我能让你看的，只是我的心。这么久，这么久，我和你，是真心还是假意，是故意接近还是无意吸引，是倾心相待还是有心暗害，是想夺权，还是仅仅夺你的心……告诉我你知道。”

“他知道？”静筠的声音尖厉，响在她身后，“他不知道！”她忽然退后一步，跨上景横波的床，掀开了床褥，从床褥之下，取出了一幅黄色的绢书，掷在地下。

老礼相低头看了一眼，霍然惊呼：“开国女皇的皇图绢书！”

此声一出，众人轰然一声。皇图绢书，是大荒皇室最为神秘的遗宝之一。但不是什么武功秘籍，也不是藏宝图，更不是皇城布防，而是传说中，道尽古今，预测大荒未来数百年国势的一部预言之书。据说开国女皇时代，异术大放光彩，大荒涌现了很多惊才绝艳翻手云雨的人物，女皇继位后，不知道是不是因为杀戮过多，皇城不宁，魑魅横行，女皇集齐天下名师于皇宫璇玑塔上，作法卜算七天七夜。七天七夜之后，所谓生魂幽魅有没有销声匿迹没人知道，但皇图绢书便在此刻出世。据说女皇看见绢书的当夜便吐血，之后便定下了转世女王制度，并将皇图绢书秘密封存，从此再没人见过。

后来便有一些当年大师的后人传出话来，比如皇图绢书窥尽天机，道破了皇朝更替风云，连各个朝代的大事都有所映射，合力推算出绢书的大师们，后来都因此早逝。而女皇也认为，对于王朝统治者来说，过早窥破天机绝无好处，从此将绢书封存，永远不许后世继承人获得。

现在，此刻，绢书静静落在地上。一些熟读史书的老臣，已经从绢书上古朴而色泽奇怪的玺印上，认出这确实是开国女皇时代的东西，那个时代的玺印包括油墨都独一无二，后世无法仿制，每一件在现今都是难求的绝品。

“这东西，你知道，我是拿不到的。”静筠注视着宫胤，唇角露出古怪的笑意，“你更知道，这绢书，很可能有对你不利的东西。”她一指景横波，声音忽然转厉，“你若说爱他，你若说真心，为何拿到了这么要紧的东西，却不告诉他？你难道不知道，这东西，关系他的生死吗？”

第五十二章　梦里拾花

景横波盯着那黄色的一卷，目中也似燃起火焰。她不知道！这东西，是当初她和拥雪下地殿拿来的，为此还动用了她的异能。她直觉这东西要紧，所以没给拥雪看，自己藏了起来。但那内容她看不懂，都是神神怪怪的句子，她只看懂了一句话："非授命于天者，擅览必亡，祸延三世！"虽然文绉绉，但她也猜懂了。因为看过盗墓类小说，这句的意思，等同于"诸敢发我丘者令绝毋户"。比那个诅咒还要狠些，子孙三代都算上。

当时她看了不过一笑，有心想拿给宫胤，却又犹豫。想着宫胤毕竟是古人，对这种诅咒应该会有反应。书上不是说练武之人不能有心障？有了心障以后便可能有心魔什么的。如果有诅咒，就她一个人担好了。反正她看这绢书里的文字，不像什么藏宝图、秘诀之类，也就丢开一边。

"到现在还不相信吗？"静筠声音凄切，"她处心积虑设计我，接近你，为的就是皇图绢书、女王大位！有了绢书，她可以轻易令你倒台，你一死，我也失去记忆，这大荒，就真的是她的了！宫胤……宫胤！"她上前一步，张开双臂，"她若真爱你，怎么解释这私藏！"

"我看不懂！我不知道这东西这么重要！"景横波霍然抬头。爱情中不怕挫折，怕的是欺瞒。这样的解释，依旧是苍白的，相爱之人应诸物共享，看不懂，就该立即拿去问宫胤才对。她口中满是苦涩之味，夹杂着淡淡腥气——死无对证了，当初那句话，是写在装皇图绢书的匣子上的，当她取出绢书，匣子就自己化灰了。

"哎哟，好深沉的心思，我这襄国女相，真真自愧不如。"绯罗的笑声，惊破大殿的沉寂，"一个说美色惑人心怀不轨，一个口口声声真心爱恋十足冤枉。要我说，真心不真心，试一试不就好了？"

静筠眼波流转，立即接道："女相认为，该怎么试才合适呢？"

"一切的欺骗都是为了更好地活着。"绯罗笑意盈盈，"如果一个人连死都不怕，那倒不能说她欺骗了。"她摊开手掌，掌心赫然又是一枚药，也不知道她准备了多少枚。

"是极。"静筠道，"所谓以死明志，当如是也。"

"国师，"她转向宫胤，"我知道你已经被这女人迷惑了心智，我举出再多证据来，你也将信将疑。但你也该给大家一个公平的验证机会，你何不就让她证明一下她的真挚和清白呢？还是……"她轻笑，薄唇吐字轻轻，"无论如何你都舍不得，不惜舍弃权位，一心要和这颠覆大荒格局的妖女，同生共死呢？"

"说起来，"轩辕镜忽然道，"明城女王陛下既然已经回来了，咱们以后也算有主事人了。"

赵士值立即道："明城女王睿智通达，宽容慈悲，向来是我大荒诸臣尊敬膜拜之主。如今女王回来了，当立即恭迎归位，也免得国器为奸人把持，倒行逆施，行下这毁国灭族之事。”他一边说一边斜睨宫胤。

宫胤白衣垂落，似乎没有听见这些人半暗示半威胁的话，忽然伸出手，慢慢比画了一个手势。

手势很复杂，似乎某种语言。静筠眼睛一亮，立即抬手也做了个手势。

她的手势一做，宫胤抬起的手立即便如被击中，瞬间垂落。然后他转向景横波。

景横波心中一跳，直觉告诉她，就在刚才几个手势间，宫胤已经完成了对静筠身份的确认。一旦静筠被确认为明城女王，她所受的指控就几乎等于被落实。

宫胤幽黑的眸子，静静地盯住了她。“为我证明。”

景横波心中轰然一声。一瞬间她眼前一片黑暗，脑中一片纷乱，她以为自己已经闭上了眼，她想大叫，想发狂，想要把这群人，统统扔到外面冰凉的雪地里去，让他们体验她此刻的感觉。然而一黑不过是刹那，下一瞬还是浩荡大殿，满殿敌人，隔着人群的那个她最在意的人，并不退让地看着她。他眼神清冷中似也有悲怆，或者是失望？她辨不清。这样的眼神，让她想骗自己刚才是幻听都不能。“宫胤……”她扶住梳妆台，努力让自己站得笔直些，她听见自己声音空荡荡地在大殿上空飘荡，“……原来，做再多，想再多，不过都是我……自作多情。”

“不。”他静静道，“是我。”

景横波如被人当腹打了一拳，身子向下一弯。一低头正看见翠姐惨白的脸。她静静沉睡，以为自己用死已经捍卫了她的安全，却不知道，在久设的局前，一切牺牲都显得毫无意义。“我不能让你白死……”她双手撑在凳子上，喃喃低语，伸袖缓慢地，擦了擦嘴。随即她吸一口气，抬起头来，慢慢站直。“好。”她道。

满殿一静。

“但我有一个要求。”她道，“我若以死明志，证实了我的冤枉，那我身边的人，包括已死的翠姐，都不要追究她们，放她们自由。”

没人答话，半晌，轩辕镜看看四周，道：“可以。”

挡住紫蕊的侍卫让开身子，紫蕊扑了过来：“陛下！”年轻的女子泪流满面，扑在她肩头，悄声道：“您走！走！”

景横波吸一口气——走不了了。自从宫胤进来，她身周气场就发生了变化，身前好像多了一堵墙，行动困难，她有预感，此刻瞬移，绝对移不出这座寝殿。这种感觉，在她第一次遇见他的时候有过，因此没能抓住那三次逃跑的机会。之后再没有过类似感觉。今日重见，是否冥冥中自有呼应，呼应这一段开始与结局？

景横波四面望望，却没有看见拥雪的身影。她也不想探究，是被杀还是背叛，都不重要了。

对面，群臣分开一线，都在看着宫胤，看这大荒第一人，如何处置这个当众背叛他的女子。看他是否真的在动情之后，因失望而再次绝情绝性，以枭雄的出手，向天下再次证实自己的决心和杀气。

绯罗举着闪着乌光的药丸，轻轻一笑：“我说……这颗药，你终究要吃的。”

宫胤忽然衣袖一卷，卷起药丸，冷冷道："她的事，我来处理。"

药丸在半空中一顿，随即闪电般飞向景横波，与此同时一股气流猛地一推，景横波咽喉一紧，不由自主张开嘴，药丸咻地投入了她口中。

除了宫胤在这一刻偏头看殿外雪外，所有人目光灼灼地盯着她，生怕她立刻就会吐出来，然后出手。她没有，这一口咽得干脆，所有人看见她喉间一动。

"我吃了。"景横波再开口时，语气冷静，"现在，可以了吗？"

她口齿清晰，众人又放下心——没有把药藏在舌根下。

只是她没有立即发作，众人又有些不放心，绯罗脸上却闪出笑意，道："陛下，这药是我们精心为你准备，可以让你浑身肌体渐渐僵硬，内脏腐烂而死。历时三天三夜，三天之后，你会化为僵尸却容颜如生，这也算是我送给你的一个礼物。将你的美貌永久留存，我想你一定很喜欢。"

景横波紧紧盯着她，道："将来你若死，我也一定送你美貌如初的死法。"

绯罗咯咯一笑："狠话谁都会说，我何必和你快死之人计较？"她环顾四周，"诸位大人，咱们都退出去吧。走之前记得将门窗都封上，因为等会儿女王陛下会叫得很惨，还得叫上三天三夜，只怕会扰了明城陛下和国师安宁呢。"

"陛下！"紫蕊扑倒在她膝下，抱着她膝盖的姿势让她想起最后一刻的翠姐。

她弯下身，将翠姐交给紫蕊。"出宫去吧，帮我葬了她，葬在宫外，不能留在这么肮脏的地方。"

紫蕊含泪接过，却道："陛下，我陪您一起。"

"去吧。"景横波只是挥手。

紫蕊咬牙将翠姐抱住，想了想，对她磕了三个头，抱着翠姐向后退去。

大臣们也鱼贯向外退去，风雪中那些倒退的高冠身影，如一幢幢石俑在庭院中肃立。静筠微笑着走了过去，从头至尾下巴高抬，没有看她一眼。绯罗含笑相迎，眼底闪烁着异样的光彩。成孤漠恨恨呸一口，大步而去。赵士值阴笑着，恋恋不舍地看了她一眼，无声无息地坐着轮椅出去。成太尉的儿子扬眉吐气地出去。礼相摇着头，默默由下属官员扶了出去。轩辕镜哈哈大笑，对着原先祭司高塔的方向抱了抱拳，走了出去。

人都离开，最后，只剩下了宫胤。景横波的目光，缓缓转向了他。再次目光交会，各自在眼神中寻找答案。他依旧是一泊冰湖，波澜不兴，衣袖垂落，凝定如初。景横波紧紧盯着他，从他的脸看到他的手，她的手指因为紧张，在不可控地微微颤抖。

廊下绯罗、静筠也在紧紧盯着他的背影，盯着他的手。

宫胤终于动了。他缓缓后退，退向门外。静筠、绯罗眼底爆出巨大喜悦，景横波脸色刹那如雪。

宫胤退出门槛，深红殿门分开两侧，身后是满庭雪和前任女王，身前是僵硬伫立、被昏暗光芒渐渐吞噬的景横波。殿门在他身前缓缓合拢，将这夜的雪、他始终平静的脸、难以言明的深邃目光，和她一霎绝望的眼神，合起。门一关，就是两个世界，黑暗即将降临。

忽有雪光！庭院里一棵覆盖积雪的树忽然爆开，大蓬飞雪团团四炸，溅了所有人冰凉一脸。众人急忙闭眼，恍惚中只看见一道红影从漫天雪团中电射而出，刹那霓虹四射，如雪在烧。血影刚出，就带起一阵猛烈的飓风，如一条红龙直射阶下，所经之处，地面积雪犁出雪花四溅的深沟。嚓的一声微响，伴随静筠、绯罗的惊叫，两人向两侧翻倒，肩头鲜血飞洒。剑光并未停留，一往无前，直奔宫胤后心！

宫胤此时正双手合起门，惊觉异象，听着风声狂飙便知道回头已经来不及，双手一推向前一扑，砰一声殿门大开，他身子向下一栽，一柄细剑已经将他钉在地上！

鲜血飞溅中，那红影踩着他胳膊冲进殿内，半空里猛地呸了一声，声音滚滚："老子最讨厌负心人！"

景横波一抬头，就看见红影狂扑而来，来人一把抓住她胳膊，手指如钢似铁："跟我走！"

"大波姐姐！"又一声尖锐的叫声，是拥雪的声音，那小丫头满脸青肿，连滚带爬地扑上阶，抱着霏霏和不知从哪冒出来的二狗子，"相信他！走！"

"起！"红影拎起景横波向外奔去。

经过殿口时景横波一低头，正看见宫胤从地上支身而起，仰脸看她，目光深幽。俯视与仰视，难言的恨与爱。一霎而过。脸前忽然一冷，景横波抬起头，只觉得眼前晶光耀眼，雪花扑面而来。出殿了。一眼看见跌跌爬爬的拥雪，从阶边滑下时她一手抄住拥雪胳膊。又看见紫蕊发疯一般跑过来，立即大喊："帮我带着紫蕊！"

"娘的，你事真多，这样老子怎么飞？"红影大骂一声，依旧身子一降，大喝，"抓住我！"

紫蕊跃起抓住他的手，再想去抱翠姐尸首时，红影已经腾空而起。紫蕊大惊，想要跳下，景横波闭上眼，低喝："别跳！"紫蕊下意识停住。景横波闭着眼，仰头向天。不去看底下纷扰惊叫，不去看庭院空雪落血，不去看那被抛下的翠姐的尸首，孤零零躺在雪地上，一双至死不闭的眼睛，空茫地看着她。苍空盘旋，越来越远。逝者已矣，生者还得努力地生。我答应过你，好好活。一滴泪在颊上未落已凝珠，自空中坠落，声若心碎，叮。

景横波始终没看清红衣人是谁，她被那人搂在怀中，遮住头脸，只感觉不是耶律祁，也不是伊柒。她忽然身子一震，眉间露苦痛之色，惊得旁边紫蕊偏头看她。

"陛下……陛下……"紫蕊努力地想要够着她，"你吃了毒药……毒药……"

"没事……"她顿了顿，轻轻道，"翠姐临终前，给了我解药……我刚才已经吃下去了……"

紫蕊和拥雪都同时吐出一口长气，如释重负。

她心中微微一动，一泊冰冷里燃起细微热度——山穷水尽时刻，依旧有人操心她的生死。真好。这老天待她如此复杂，抽掉她釜底所有的薪，却又为她点亮风雪里遥远的一盏灯火。只是，她还有没有力气，去将那点微光追寻？

"往哪里走？"红衣人在半空中辨认着方向，"找个守卫最少的方向闯出去！"

"去皇城广场。"景横波轻轻地道，觉得这人声音有点耳熟。

"什么？"红衣人目瞪口呆地道，"你傻了？皇城广场现在全是你的敌人！"

他一惊，脚下便没注意，不知踩到什么，身子一滑，背上的拥雪便被甩了出去，急忙伸手去抓。正在此时，底下咻的一声烈响！几人回头，便看见一柄重箭破雪而来，深黑色的箭头摩擦空气锐响如刺，激飞漫天碎雪！眼看那箭，便要先穿拥雪身体，再入红衣人后心。当！忽然又一道乌光闪过，横空一截！金铁交鸣之声震得人耳朵发麻，隐约似有一溜火花闪过。那重箭轨道一歪，自拥雪头顶擦过。那道截停重箭的乌光也在坠落，景横波低头，发现是一支短矛。

她回头，风雪茫茫，看不见射箭的人，更看不见出手救人的人。这种箭也好，矛也好，都不是宫廷护卫的常用制式武器。这风雪夜，是谁埋伏在她必经之路上，还要给她必杀一击？又是谁等在这里，一矛飞掷，只为救她一命？谁是敌？谁是友？

“娘的，吓死我了！”头顶红衣人还在喋喋不休，“危险，赶紧走，赶紧拿个主意啊，真去皇城广场？”

景横波点点头。

拥雪细声细气地道：“听大波姐姐的吧。”

“好吧。”红衣人苦笑一声，“我遇上她，就是各种倒霉，倒也不介意再倒霉一次！”

景横波听出这声音是谁的了。是那个人为导致性别认知错位的天弃！他竟在这时候出现，救了她。景横波忽然想起那日，在画像馆内，她说“你去保护他，不要被他知道”，心中似有逆血涌起，击破十二重楼，她尝见苦涩滋味。画像馆名刹那，呵呵，刹那。

皇城广场，是出去最近的路，天弃几个来回，已经看见广场上黑压压的人群。风雪虽大，这些决心甚重的人，都还在等着自己的主子。四面已经点起灯火，淡黄的灯笼被雪推撞着悠悠乱晃，远远看去如一簇簇鬼火。广场上，只有开国女皇神像依旧沉默伫立，不为风雪所侵，不为风霜所改，眼眸低垂，为这人世间风云深潜，无限悲悯。

“你真的要去皇城广场……”天弃看着人群，犹豫了，这么多人，还有军队，他没把握带着所有人闯出去。

景横波不说话。紫蕊和拥雪也不说话，似乎陪景横波死，也没什么大不了。

“好吧好吧，一群女人，一个比一个执拗，女人都是你们这样子吗？”天弃跺跺脚，叹口气，身子向前一纵，如一只红色大鸟，滑过人群上空。

广场上休息走动抵御寒冷的人忽然觉得头顶有异，一抬头就看见一道拖拖拽拽的巨大黑影，穿破黑暗和飞雪，落向皇城广场中央。

“开国女皇神像……”景横波低低道。

既然来了也没什么好疑问的，天弃毫不犹豫落在女皇神像之下。神像巨大，遮挡了一部分风雪，稍稍还暖和些，地面也是干的。天弃刚刚落地，一转身，就看见了涌来的黑压压的人群，还有人群后闪烁着森冷光芒的箭矢。

与此同时，广场尽头宫门轰然开启，入宫的臣子们气急败坏地涌出来，老远就大叫：“围住他们！围住他们！”

“我不懂你为何要自投罗网。是不是女人受了情伤就没了理智？”天弃回头对景横波苦笑，“我话说在前头，我救你是为了还你情，可没打算为了你去死，真要被困住，我肯定先走，你们趁早自杀。”

“你走就是。”景横波不为所动。

“对了，你不是有种特别的轻功吗？”天弃忽然想起什么，一拍手，“你赶紧移走啊！没了你做目标，我带她们两个，还是有希望出去的。”

“不急……”景横波凝注着对面，不知何时，人群已经分出一条道，道路尽头宫门开启处，宫胤正一骑缓缓而出。

他衣衫染血，脸色在黑夜里依旧看得出惊人的苍白。迎着景横波的目光，他下马，静静伫立，衣衫和雪同舞。

“我的瞬移……”景横波盯着他，喃喃道，“等着关键时刻用啊……”她身子忽然向前一倾，立即捂住嘴，片刻，指缝间缓缓沁出一抹黑血。

“陛下！”“大波姐姐！”

紫蕊和拥雪的惊叫声响在耳侧，她捂紧嘴，慢慢地，笑了下。翠姐给的解药，有什么用？解药吃在前头，宫胤给的毒药吃在后头，不对症。她原以为不过是做戏，她原以为他抢着给药是有猫腻，直到最后一刻，她都在等着他偷偷给她解药。

群臣退出时，她在等。他没有。

他最后离开关门时，她在等。他没有。

天弃出现带她离开两人擦身而过时，她在等。他没有。

无数次燃起希望，无数次失望。恍惚里往事飞旋，如这雪片翻腾在记忆中。这相遇一程，那个从未让她失望的他，被诱落崖时他俯冲而下的身影，山林行走中他拉住她迷乱的脚步，刺客入殿行刺之夜他的舍身相护，成孤漠的仇恨前他的悍然相对，赵士值府内他从容而来解她之危……那么多次，那么多次，他从未让她失望，翻手风云间让她看见属于男人的忠诚和力量，再不能自抑地信任靠近，将全心交付。却在最后城头风雪中，看见天幕尽头的凛冽。心在颠倒磨折中被一次次削痛，血肉模糊。

就这样还是没放弃希望——她不信，她不信他如此绝情。她不信只凭静筠几句证词，他就不留给她任何机会。当初桑侗劫持，琉璃坊悍然护卫，皇城广场一剑兵解历历在目。那一剑劈裂了她的神志，也劈开了她所有的不确定和犹疑，她在那日飞溅的冰晶和鲜血中稳固心意，并从此相信他对她亦如此。

然而皇城飞雪中，在天弃怀里，当毒性发作，内腑忽然痛彻如割的那一刻，终知绝望滋味。不是瞒天过海，不是合唱双簧，不是以假乱真，不是有默契的骗局，不是她以为并希冀的那一切。药是真的，有毒。

她咽下一口逆血，抬起头来，对面，那人衣衫如雪也染血，正遥遥看来。隔着碎雪，不见目光。恍惚里还是先前城头。风雪初起。成太尉家人抬尸请愿，她和他在城头下望。

“让这些领头者进来，并不能对他们做什么，到头来你反而更可能被他们逼迫。”

“那就做给他们看。不是想杀了我吗？你就杀我给他们看啊。”

“嗯？你打算怎样？”

“以让我自尽之名，让他们进来。他们要绑我就绑我，要处置我就处置我。你大可以扮演一个绝情冷性的上位者，为了江山牺牲掉女朋友。先取得他们的信任再说。之后我有办法，让他们放弃和我作对，最起码暂时放弃。”

“你确定你能行？”

“能。宫胤，我知道我给你添了很多麻烦。可是我不能退缩，因为退缩就是死，就算为了你，我也不能死。我们先合力过了这一关，保住你的亢龙，保住你的地位，保住我的性命，再慢慢一个个对付他们。只要你一直在位，一直掌握权力，只要我以后再用点心，我们齐心协力，没有道理最终斗不倒他们。我们缺的，就是时间。”

“是……我们缺的，就是时间。”

“那就这么办吧，由着他们。你记得表现得对我冷酷点哦。”

“我不会做戏。”

“没表情不说话就好啦，我觉得要你做戏反而可能出戏呢。其实我虽然会做戏，可要我对你激烈控诉什么的，我也怕我会笑场……宫胤，我们就做一对安静的美男美女，把这场双簧唱到底吧。”

“好。”

“你可别弄假成真，关键时刻要记得救我哦。”

“好。”

……

言犹在耳，却被这夜狂风暴雪卷去。原来，所谓双簧骗局，不过是她一厢情愿，原来他早已做好除去她的准备。或许，或许一开始，他还打算和她唱双簧，但当静筠出现，当皇图绢书的掩藏她无法解释，那一枚原本打算做双簧的药，就成了真的毒药。或许人生有情亦如毒，越用心，越迷惑，在虚幻的烂漫华彩里，含笑饮鸩。一段情长，不抵江山万丈。不求一生一世一双人，只求这皇图百年，江山万代，权欲之巅，帝业连绵。是她傻，身居傀儡之位却想自由，身在政坛却想爱情，历遍倾轧以为那都是别人的事，见惯他翻手风云却以为永不会发生在自己身上。一枚毒药，伤筋脉血肉，治人间痴傻。从此后，可清醒了罢！

广场无声，只余一双目光对望。两端伫立，各自染血。

长长通道覆了雪，她恍惚想起当初迎驾大典，也是长长通道，却是艳红地毯，她在马车中宛如新嫁娘般紧张，轿帘忽动，光影漫越，他的手轻轻伸进。那一霎她险些错觉他将搀她上红毯，迈向同心百年。那一路红毯向前延伸，在很长很长一段时间内，她以为，真的是通往幸福和完满的彼岸。

此刻才知，鲜艳总如血。一霎星转，血色红毯换白毡。碎雪翻飞如花开彼岸。对岸那人，模糊不辨颜容。她忽然抬头，身影一闪，广场一霎惊呼如浪潮。下一瞬身影如鬼魅，出现在宫胤之前。一柄匕首在同时，决然没入他的胸膛。天地在一霎凝结，只余飞雪簌簌，扯天盖地，覆满他肩，和她染血的手。

他一动不动，慢慢低下头，似乎在看自己伤口，又似乎不敢置信，又似乎，只是不想看着她。

她也一动不动，看那匕首慢慢推进，染过翠姐的鲜血之后，再浸透他的血。

“宫胤。”良久她开口，声音幽冷空静，似从遥远极地传来，“谢谢你教会我绝情。”内腑忽然一痛，一口黑血喷出，顺鲜红刀柄沥沥而下，她手一软，再推不进刀身。

毒血滴落他衣襟，他霍然抬头看她。

她却已经错开眼光，一声唏嘘，决然拔刀，鲜血飞溅。

力气用尽，他和她同时向后倒下，各自分开。

最后一霎她勉力回身，身形一闪。人在空间刹那穿越，故事和思绪，留在这夜的雪地。

“宫胤！我早就喜欢你了！很喜欢很喜欢！我想和你在一起！人会老会死，时间会走会过去，可是土地不腐、流水不腐、桥石不腐、树木不腐！今天我说的话，山川河流，土地树木，天地日月，皇天后土，你们作证！”

“宫胤，宫胤，我们一起改造新大荒好不好？我们一起打造一个新天地好不好？我们做一对大荒历史上最幸福的女王和国师好不好？我相信你能的，我也能的，而我只想和你一起做这些事，我们一起好不好？”

好不好？好不好？好……不好。

……

再一闪，她依旧回到了开国女皇神像之下，默然抬头看女皇的双眼，走了几步，站定。

身周有呼声鼓噪，人群在极度震惊之后，终于反应过来，如潮水般涌来。

“你们走吧。”她轻轻道，“再见。”

“陛下！”紫蕊、拥雪奔来。

她立在雕像下不动，蓦然衣袖一挥，将身边想要拉她一起离开的天弃推开。天弃一个踉跄，正撞上紫蕊、拥雪，还没站定，景横波衣袖连挥，四面碎雪忽然成团，对他劈头盖脸一阵猛砸，天弃被砸得连连后退，离她越来越远。

天弃还要奔来，忽有人大声道：“放箭！”

隐约远处有人大喝：“住手！”

更远处宫胤被从雪地里扶起，挣扎着挣脱搀扶的手。

嗡，飞箭攒射，惊破风雪。天弃等人正在半空，无处可避。啪！景横波衣袖中忽然甩出一道白光。白光远看去只是小小一团，飙射到空中，忽然一震，光芒大作，在半空中展开巨大的扇形淡绿色光图，光中隐约有图案，只是飞雪中一时看不清，只听见细微嗡嗡之声不绝，射向天弃等人的箭瞬间被绿光挡下。

与此同时天际七条人影飘下，拎住了天弃等人，那七人还要冲过绿色光幕去抓光幕那头的景横波，当先一人手一伸，就是一声怪叫：“好痛！”

幽光大盛，将景横波身影映得微微动荡如在水波之中，容色似雪，双眸黑如永夜。“别了。谢谢最后你们还在。”所有人读出那一霎的口形。随即便见那女子抬手一指，噼啪一声，头顶开国女皇神像低垂的眼中忽然射出两道乌光，乌光正击在景横波脚下地面，和她脚尖只差毫厘。乌光落地的一霎，四射黑光如剑，几个冲进欲抓住景横波的人被乌光扫及，惨叫一声向后翻倒，半空中鲜血横洒。

景横波垂下眼帘，看一眼绿光那头被七杀护住的紫蕊、拥雪，再看一眼脚下缓缓开启的洞口。

依稀那日，她和拥雪，顺着地底寝殿通道前行，看见前方一个出口，爬了上去。出来后，两人怔住。头顶开国女皇像目光凝注，眼前广场空阔，明净如水。月光荡涤而过，似真似幻。

“想不到出口在这里。”

“不过好像能出不能进。”

“未必，你看这出口的位置，好像正对着女皇神像的眼睛，也许开启的机关就在神像中。”

“我觉得这个出口也是入口，也许连接着另外的通道，不过未必是安全通道，刚才我过来的时候，听见好像隔墙就有水声。”

“管它是什么，反正咱们用不着。”

“那可未必。这一定是皇家逃生通道。”

“我可用不着逃生通道，有宫胤在，我不会出事，出了事我也不会离开他，我和他一起死在皇城似乎也不错。然后我带着他穿回去，在现代过甜甜蜜蜜生活，多好。”

“嗯。咱们一定一辈子用不上。”

“那回吧。等他有空，我带他来玩玩，嘿嘿，先不告诉他，给他个惊喜。”

“大波姐姐，你能不每句话都提及国师吗？”

“小丫头片子懂什么，这叫恋爱，恋爱就是这样的，说个名字都觉得甜蜜……哎，算了算了，和你说也不懂……”

……

呵呵，真的不懂啊，这人世间的爱恨。

乌光将散，洞口只出三分，不能容一人进入。她身形一闪，消失不见。砰的一声，几个等乌光散去，扑上来想要抓住她或者跟进洞口的人，在合拢的坚硬地面上，撞了个头破血流。

半空中绿光也在这一瞬散去，一样东西从半空坠落，重重砸在雪地上。方形，四角却圆，表面乳白光泽温润，雕刻着镂空的瑞草花纹，从镂空的缝隙里隐约透出幽绿的微光——当初宫胤的赠送。玉盒落地，一朵枯黄的干花从盒子的缝隙中震出，零落于雪地，转眼碎了，落一地淡黄粉屑，被风一吹，卷入雪中，散去。

梦里寻花，拾一朵，失一朵。

含恨饮鸩，咽一生，夜一生。

（卷一终）